千年古县　荣县记忆

1

往事钩沉

中国人民政治协商会议四川省荣县委员会　编

余仕清　主编

李晓明　副主编

西南交通大学出版社

·成　都·

图书在版编目（CIP）数据

往事钩沉 / 中国人民政治协商会议四川省荣县委员会编. —成都：西南交通大学出版社，2020.1
（千年古县　荣县记忆：全 6 册；1）
ISBN 978-7-5643-7352-8

Ⅰ. ①往… Ⅱ. ①中… Ⅲ. ①历史事件－荣县 Ⅳ. ①K297.14

中国版本图书馆 CIP 数据核字（2020）第 011727 号

千年古县　荣县记忆

Wangshi Gouchen

往事钩沉

中国人民政治协商会议四川省荣县委员会　编

责任编辑	罗爱林　赵玉婷　郑丽娟
助理编辑	梁霄雲　李　欣　罗俊亮
封面设计	原谋书装
出版发行	西南交通大学出版社（四川省成都市金牛区二环路北一段 111 号 西南交通大学创新大厦 21 楼）
发行部电话	028-87600564　028-87600533
邮政编码	610031
网址	http://www.xnjdcbs.com
印刷	成都六桂印务有限公司
成品尺寸	170 mm × 230 mm
总印张	90.25
总字数	1317 千
版次	2020 年 1 月第 1 版
印次	2020 年 1 月第 1 次
书号	ISBN 978-7-5643-7352-8
套价（全 6 册）	336.00 元

图书如有印装质量问题　本社负责退换

“千年古县　荣县记忆”丛书
编委会

序

千年荣县，地处川南，历史悠久，文化厚重。这块土地神奇而富有故事，载淳朴敦厚的民俗民风，孕育了千百万优秀的荣县儿女；至今尚存的众多历史遗迹，见证了荣县曾经的辉煌；开放包容的荣县大地，成为今天人们创业兴业的福地。

这是一片孕育圣哲贤达的土地。相传黄帝之子玄嚣封国于此；西周时，荣境为荣公封国。自“两汉”以降，有东汉廉臣费贻、三国名臣费诗、晋代名士费立、宋代为民请命的王梦易、明代兵部侍郎胡子昭、清代大儒赵熙、“延安五老”之一的吴玉章等一大批贤达名士生于斯、长于斯。陆游、苏轼、黄庭坚、文同、李焘、牛皋、南宋光宗皇帝赵惇等人都跟荣县结下了不解之缘。

这是一片神奇而富有故事的土地。北宋时期，“义门王氏”为反抗沉重的盐赋，三代请命，据理力争，终归获胜。有清一代，王开文、刘春棠不畏鞭笞，历尽艰辛上省府、访京城，状告污吏，伸张正义。1911年，吴玉章等人高举义旗，领导了荣县独立。1926年，中国共产党在荣县建立地下组织，积极开展抗捐抗粮和罢工斗争，涌现出了张二娘、黄大舜以及被誉为“农王”的川南农民运动领袖曾莱等风云人物。抗日战争时期，大批热血儿女从这里走向抗战前线，众多父老乡亲慷慨解囊、捐钱捐物支援抗战。这片热土，到处流传着英雄的记忆，写满了荣县儿女的光荣与自豪。“德行天下、勇为人先”业已成为荣县人的精神内核。

这是一片丰赡兴旺的土地。自古以来，制盐、冶铁、土陶、茶叶等产业闻名遐迩。这里曾经井架林立，“长筒汲井熬雪霜，辘轳咿哑官道旁”；这里曾经街市繁华，“地炉堆兽炽石炭,瓦鼎号蚓煎秋茶”。《蜀中名胜记》尝言：“荣虽山谷间，实为郡国一都会。”百业兴替，代有传承，被誉为“荣州三宝”的盐、陶、茶，已成为荣县传承千年的支柱产业；“荣州三绝”——麻辣鸡、羊杂汤、豆花饭，早已成为人们口口相传的舌尖美味。

这是一片怀珠抱玉的土地。青龙山伏卧的恐龙，静静诉说着这片土地亿万年的沧桑巨变；青阳古国的传说，引发人们上溯千年古老文明的追忆；雄踞东山的石刻大佛，诉说着大唐盛世的堂堂威仪；风雨沧桑的辛亥革命军政府旧址，彰显着荣县儿女敢为天下先的无畏精神；景色优美的吴玉章故居，承载着一代先贤德行天下的朴素情怀！

这是一片滋养了诗书华章的土地。据史料记载，自唐至清，荣县地区的文武进士多达301人。王庠策论入选《新刊国朝二百家名贤文粹》和《全宋文》者达20余篇；晁公武在此编纂了对后世目录学影响极大的《郡斋读书志》；李焘在此写过史学名著《续资治通鉴长编》；陆游在荣州为官70天，作诗词30余首，留下了“其民简朴士甚良，千里郁为诗书乡”的美妙赞叹；薛涛、刘兼、苏轼、黄庭坚、汪元量等唐宋著名诗人都曾流连于此，留下了许许多多美好的诗文。

这是一片包容淳朴的土地。在这里形成了特有的方言、民谚、歇后语，积累了众多的传说故事，传承了衣食住行、婚丧嫁娶等鲜活的民风民俗。这里民间文化繁荣，人们精神富有。歌谣、秧歌、川剧、评书、灯会、庙会等文化活动遍布城乡。没骨工笔蝴蝶画、农民漫画、麒麟灯、竹编龙、花船、竹琴等非物质文化遗产传承有序。“荣州三艺”——赵字、蝶画、农民漫画，是荣县优秀传统文化的标志。

本着“存史、资政、团结、育人”的目的，政协荣县委员会组织力量，编辑出版了“千年古县　荣县记忆”丛书，全方位、多角度解读和展示了荣县的历史人文、风土人情，辑为《往事钩沉》《乡贤名士》《百业兴替》《故迹留痕》《诗乡翰墨》《民风雅颂》六个分册。全书用大量的文史资料，形象生动地反映了荣县波谲云诡的历史事件、彪炳史册的历史人物、沧桑巨变的百业图景、景奇色秀的名胜古迹、争奇斗妍的灿烂文化、多姿多彩的风土人情。

“千年古县　荣县记忆”丛书的编写，得到了县内外有关单位、社会团体、学者贤达的关心、支持、帮助。他们出谋划策，衔接协调，调查实证，撰稿改稿，实在是殊勋可鉴。特别是一些离退休老同志不顾年高体弱，热情参与，无私奉献，令我们感喟难名。在此，我们谨向所有为此书付出智慧才华和辛勤汗水的朋友表示诚挚的感谢！

由于此书涉及的时间跨度长，内容涵盖面宽，资料收集难度大，加之编者水平有限，虽然反复考证，几易其稿，也难免有缺失、遗漏甚至错误等不尽如人意的地方，甚望读者批评、指正。

“千年古县　荣县记忆”丛书编委会

2019年12月

目录

CONTENTS

第一篇　沿革·传说

第二篇　史事·人物

第三篇　文化·教育

第四篇　革命·斗争

第五篇 宗教·信仰

第一篇　沿革·传说

荣县之“荣”名来源

公元前 1046 年，牧野之战，周武王姬发率军消灭了商朝，建立起西周王朝。周公旦、召公奭、太公望、毕公、荣公、太颠、闳夭、散宜生、南宫适及文母名列佐武王十大功臣，荣公为十臣之一。周武王得天下后，为了巩固全国政权，对开国元老实行大分封，太公望封于齐、周公旦封于鲁、召公奭封于燕。据说，周初约分封了 71 个诸侯国，其中兄弟之国 15 个，同姓之国 40 余个。相传荣公封于荣地，但是明代以前未有荣公分封的史料记载，唯有其封地人们代代相传。到明代《蜀中广记》始有记载，云：“荣县，周十乱荣公之采地，其后夷公之墓在焉。”清乾隆《荣县志》云：“后周荣公佐武王有天下，名在十臣列……公名不载经传，相传公盛德留周，此其封国。厉王时其裔荣夷公，入为卿士。”嘉庆《荣县志》:“荣夷公墓，县南十里。”说明到清代嘉庆年间荣夷公之墓尚在，只是今已无存。

荣公封于荣地后，荣地名山名川以“荣”为名者渐多。《山海经·大荒南经》云:“有荣山，荣水出焉。”古地名有荣德山、荣黎山、荣隐山、荣陵山、荣门山、荣川等。到隋唐间，有“四荣”“三荣”之说，《舆地纪胜》云：“荣州，和义郡、四荣、三荣、中巴。”“四荣”为荣德、荣黎、荣陵、荣隐。《读史方舆纪要》载：“荣德山，县东北四十一里。唐因以名州。《志》云：山在群山中，峭拔突起，高五百余丈。有小径至山顶，以木为梯，上有石室二十四，相传皆仙真幽栖之所。一名老君山。又有荣隐山，在县北三十里，亦幽胜。一名石�山。又

荣黎山，在县东十五里，上有龙池。县有‘三荣’之名，以此。”

唐高祖武德元年（618年），分资州设荣州（因界内荣德山而名）。改公井镇为县，荣州治所设在公井，辖公井、大牢、威远3个县。太宗贞观六年（632年），荣州治所从公井迁到大牢，割嘉州的资官划入荣州。这时荣州辖8个县，即公井、大牢、旭川、资官、威远、婆日、至如、隆越。高宗永徽二年（651年），荣州治所从大牢迁到旭川，今县城始为州、县治所共署地。玄宗天宝元年（742年），改荣州为和义郡。肃宗乾元元年（758年），和义郡复为荣州。北宋，沿袭唐制。宋英宗治平四年（1067年），因“旭”字犯神宗讳，以境内有荣德山，改旭川县为荣德县。神宗熙宁四年（1071年），公井县并入荣德县，荣州辖荣德、威远、资官、应灵4县。理宗绍定六年（1233年），升荣州为绍熙府，治所设于荣德县。端平三年（1236年），择地侨置。宝祐六年（1258年）后，废绍熙府。元代先后设绍熙宣抚司和绍熙路。

唐代以来，唐朝设州和郡，南宋设府，元代设路，荣县长期为州、郡、府、路与县共署之地，为川南的政治中心。《蜀中广记》云：“予考诸传记载，荣虽山谷间，实为郡国一都会。”据考证，其间至少封（或追封）有14位荣王、4位和义郡王。

元至正二十二年（1362年），明玉珍在重庆称帝，国号夏，仍置荣州。夏开熙五年（1371年），夏国被朱元璋明军所灭，荣州废。明太祖洪武六年（1373年），复置荣州。洪武九年（1376年），降荣州为荣县，延续至今。

“荣”名古矣，荣公封国距今已三千余载，唐代设州以“荣”为名也达1400余年。诚乃历史恒久远矣。

（李国权）

荣州与夜郎国之不解情缘

“竹郎庙前多古木，夕阳沉沉山更绿。何处江村有笛声，声声尽是迎郎曲。”唐代四大女诗人之一的薛涛的这首《题竹郎庙》千古流传。蜀中“五老七贤”之一、世称“晚清第一词人”的荣县人赵熙所作《竹王祠》诗曰：“写碑时记插秧时，不觉秋光上树枝。此去夜郎千里外，行人争拜竹王祠。”又在《彩云归·和休庵访薛涛墓次韵》中写道：“荣州廓，一声风笛，可重因夜郎。”古韵绵绵、诗意浓浓，悠悠叙述着千年古荣州与夜郎国之不解情缘。

中华文明源远流长，远古时代，被后人尊为中华人文始祖的轩辕黄帝统一天下，画野分疆，分天下为九州。荣地属九州的梁州之域。传说黄帝有一子名青阳，封于荣地。《蜀典》引《荣县青阳门记》：“荣门有青阳洞，以少昊国在其北。”又据《国语》韦昭的注解认为少昊即青阳。《蜀中名胜记》载荣州有青阳洞，在今县城金碧崖。经考证，荣县境地属古时青阳封国。由此说来，荣地亦是中华文明的重要发祥地之一，建立方国已有 4600 余年的历史了。

约夏商时期，在华夏西南，逐渐兴起了一个泱泱大国——夜郎国。据王正贤《从彝文文献记载探索古夜郎》：考证彝族史料，夜郎兴起于夏朝时期，历经武米夜郎、洛举夜郎、撒骂夜郎、结鼓（竹王）夜郎 4 个时期，于西汉时终结，历时 2000 余年。武米时期又分为夜郎、采默、多同、兴和苏阿纳 4 个历史阶段。夜郎初期只是一个较强大的奴隶制君长国。从国王采默即位开始，以夜郎为首，四周的小国建立起了联盟，并与周朝建立了联系。采默夜郎统辖 5 国；多同夜郎统辖 6 国；兴夜郎统辖 10 国，亲统 7 国；苏阿纳夜郎统辖 9 国；洛举夜郎统辖 10 国；撒骂夜郎有 6 盟国，直辖 4 国。结鼓（竹王）夜郎统辖之国为：俄舍为结鼓亲统的中央国，中部腹地有直属 10 国，另有 5 国为结鼓亲自统辖，东南部和西北部各有 10 国，东部有 3 国。可惜的是，竹王夜郎的最后一代国王不明智地惹怒了汉王朝，引来了国破家亡的大祸。

古夜郎国地广数千里。《史记·西南夷列传》称："西南夷君长以什数，夜郎最大。"这表明夜郎确实是当年中国西南最大的国家。大约在战国时代，夜郎已是雄踞西南的一个少数民族君长国。"夜郎"的本名应该是"耶朗"（林河《中国巫傩史》）。"耶朗"即唱诵之意，指在祭祀活动中以半朗诵半咏唱的形式宣读氏族盟誓。因而"耶朗"是一种口头盟约。凡是参加"耶朗"的氏族都是"耶朗"大团体的成员，相当于今天的联盟成员国。夜郎国实行的这种"耶朗制"，形成了一个以经济与文化为纽带的庞大社会组织，整个夜郎国就是由大大小小的"耶朗"成员组成。由于翻译的原因，汉人让"大耶朗"变成了"大夜郎"。古夜郎文化辐射范围甚广，《后汉书·南蛮西南夷列传》说"永初初年，九真徼外夜郎蛮夷，举土内属，开境千八百四十里"。当时的夜郎甚至包括今东南亚的一些国家。古夜郎的核心虽在今贵州黔西南一带，但它东至湖广，西及黔滇，北抵川鄂，南达东南亚，地广数千里，与西汉初期的版图不相上下，可谓泱泱大国。

在中原，西汉以前，夜郎国名无文献可考。夜郎之名出现较早是在公元 1 世纪左右西汉司马迁编撰的《史记》和公元 318 年东汉常璩编撰的《华阳国志》。夜郎国被中原政权记述的历史，大致起于战国，至西汉成帝河平年间（前 28—前 25 年），夜郎王兴被陈立所杀，前后历时约 300 年。这个古老的文明在中原史籍记载中留下了一团迷雾。

商代末年，周武王姬发率众推翻了商王朝，建立起西周王朝。荣公名列佐武王十大功臣之一。周武王得天下后，为了巩固政权，对开国元老实行大分封。约公元前 1045 年，周王室册封杜宇为蜀王，准其建都立国（蜀国），国土范围主要在成都平原、川中丘陵、汉中盆地。

荣公封于今四川南部地域，为荣国（约前 1045—前 316 年），此为荣县的“荣”名之始。战国时期，周慎靓王五年（前 316 年），秦惠文王使司马错灭蜀后，改蜀国为蜀郡（前 285 年），荣国亦被灭，荣地属秦蜀郡南安县（治所在今乐山市，“南安”取南方安定之意）。

相传，荣县为古夜郎国属地，《太平寰宇记》云：“荣州，和义郡，今理旭川县。《禹贡》梁州之域，古夜郎之国。”从夜郎国的疆域来看，古青阳国（今荣县）应该较长时期为夜郎国或者夜郎联盟成员国，直到西周时期周武王封荣国。由于荣国与西周都城镐京（今陕西省西安市西部）相隔太远，联系不强，不排除“荣国”既是西周分封的诸侯国，而同时又是夜郎联盟成员国的可能性。

在夜郎时期，各成员国之间、各部落之间经常相互交战。相传，结鼓出生于磨帕，后为夜郎君长。“磨帕”为汉语竹子之意，其地今属荣县。《太平寰宇记》云：“旭川县……竹王庙。《蜀记》云：‘昔有女人于溪浣纱，有大竹流入而触之，因有孕。后生一子，自立为王，因以竹为姓。汉武使唐蒙伐牂牁，斩竹王，因有此故，故土人不忘其本，立竹王庙，岁必祀之，不尔，为人患。’”竹王庙又称竹王祠、竹郎庙，旭川县城即今荣县城。民国本《荣县志》云：“竹王祠在东门桥。”可知到民国时期，荣县竹王祠仍在。

关于竹王的传说在其他古籍中也有记载。《华阳国志·南中志》记载：“有竹王者，兴于遁水。先是，有一女子浣于水滨，有三节大竹流入女子足间，推之不肯去。闻有儿声，取持归，破之，得一男儿。养之，长有才武，遂雄夷濮。氏以竹为姓。捐所破竹于野，成竹林，今竹王祠竹林是也。王与从人尝止大石上，命作羹。从者白：‘无水。’王以剑击石，水出，今竹王水是也，破石存焉。后渐骄恣。……武帝转拜唐蒙为都尉，开牂牁，以重币喻告诸种侯王，侯王服从。因斩竹王，置牂牁郡，以吴霸为太守。及置越嶲、朱提、益州郡。后夷濮阻城，咸怨诉竹王非血气所生，求立后嗣，霸表封其三子列侯。死，配食父祠，今竹王三郎神是也。”《后汉书·南蛮西南夷列传》中记载：“夜郎者，初有女子浣于遁水。有三节大竹流入女子足间，闻其中有号声，剖竹视之，得一男儿，归而养之。及长，有才武，自立为夜郎侯，以竹为姓。武帝元鼎六年，平南夷，为牂牁郡，夜郎侯迎降，天子赐其王印绶。后遂杀之。夷僚咸以竹王非血气所生，甚重之，求为立后。牂牁太守吴霸以闻，天子乃封其三子为侯。死，配食其父。今夜郎县有竹王三郎神是也。”夜郎竹王的传说还见载于《水经注》《贵州通志》《贵阳志》《兴义志》《安顺志》等史志典籍和少数民族文献，西南各民族民间有关的诗歌、传说等口述材料更是代代相传，并且出现了各种不同的版本。荣县既有竹王传说，旧县志又有关于“遁水”的相关记载，今还有竹王祠的遗迹，可能还是荣县的竹王传说更贴近于现实。

西汉成帝河平年间（前 28—前 25 年），末代夜郎王兴被牂牁郡太守陈立所杀，夜郎国逐渐消失在历史发展的洪流之中。但荣地人们与夜郎的不解情缘仍在续写，直到 2100 多年后的今天，仍有夜郎文化的依稀身影。

夜郎国灭亡后，夜郎人还在世代繁衍。据田曙岚《论濮、僚与仡佬的相互关系》一文：史籍记载，我国西南地区，在夏商周时期主要民族为濮、僚、夷，隋唐宋时期主要为僚、夷，现代主要有仡佬、彝、僰。他们的地望基本是相同的，是一脉相承的。毫无疑问，他们是属于同一个系统的民族，只是前后异名罢了。从生活习俗与文化特质方面来看，濮、僚与仡佬、彝、僰等少数民族有许多共同点。濮系民族的第一个特征，就是有“凿齿”（打牙）这一风俗。根据史籍记载，在上古时代凿齿打牙的，只有“凿齿之民”的淮人；在中古时代凿齿打牙的，只有僚人；在近代凿齿打牙的，只有仡佬族。濮系民族的第二个特征，就是有“椎髻”或“编发”的留发习俗。濮系民族上起秦汉，下至明清，各处发式虽不尽相同（有的椎髻，有的编发，有的缩髻，有的盘头插梳），但大体说来，都是留发而不断发的。濮系民族的第三个特征，就是“冢不闭户”的特殊葬法，史料中所载“于临江高山半肋凿龛以葬之”“置于千仞颠崖之上”“携之至高山山腹大洞中悬之”“葬于山洞”“有棺而不葬，置之崖穴间”“不施蔽盖”等，都是“冢不闭户”的具体形式。这种葬法，是我国西南民族外其他民族所没有的。濮系民族的第四个特征，就是具有“攻取朱砂”的传统技术。史籍记载，在上古时代具有治取朱砂技术的只有濮人，在中古时代具有治取朱砂技术的只有僚人，在近古时代具有治取朱砂技术的只有仡佬人。

荣县地处西南腹地，在夏商周时期主要民族为濮、僚；隋唐宋时期主要民族为僚、夏，僚人多夏人少；现代主要有汉族和回、彝、藏、苗、壮、布衣、羌等少数民族，有些少数民族仅有几百人。虽然濮僚族人急剧减少，但濮人文化、夜郎文化仍然有其深厚的文化底蕴。夜郎文化的竹王崇拜和竹崇拜还在荣州大地上代代相传。自汉武帝建元六年（前135），汉武使唐蒙伐牂牁斩竹王，荣地人不忘其本，立竹王庙每年祭祀，至今已有2100余年了。竹王庙（祠）虽屡遭破坏，却屡次复建，清代复建的竹王祠到21世纪初仍遗迹犹存，从而可看出荣县人世世代代对竹王的不朽崇拜和敬畏之情。从荣县的生态环境来看，各地茂密的竹林随处可见，农房的房前屋后大多竹林密布，在二十世纪七八十年代，许多农村的中老年人还有一些竹崇拜的习俗与传说；另一方面，竹的利用也相当广泛，作为食物有竹笋等可吃，作为器物有竹服饰、竹炊具、竹家具、竹玩具随处可见，其他如文房用具、乐器甚至工艺品也屡见不鲜，在生产工具、建筑等领域中，竹同样也被广泛运用。

现代荣县的少数民族不多，但濮僚文化对荣县的文化影响是非常深刻的，尤其在语言文化方面有较大影响。县属语音不仅与普通话、成都话差别大，在县内亦存在不同区域的特异之处，以旭阳镇语音为代表。其语法结构，与四川方言和自贡各区的语法基本相同。

五千年的悠久历史，五千年的沧桑变化，五千年的世代变迁。地处川南腹地的荣州大地，既有夜郎文化的长期影响，也有古蜀文化的渗透，更有华夏文明的引领。濮人文化、夜郎文化和夜郎国一起，与千年古荣州结下了几千年之不解情缘。

（李国权）

冶官县冶铁兴衰记

中华民族有五千年的悠久文明，汉唐帝国曾经如日中天，屹立世界之巅；晚清以来，我国却有近百年的屈辱史。五千年的兴衰与钢铁业的兴衰息息相关，钢铁业的兴衰反映了国家的国运盛衰。即使在钢铁产业被有些人称为“夕阳产业”的今天，又有哪个大国能够忽视钢铁生产的基础地位呢？

我国钢铁生产历史悠久，史籍中已有关于公元前2000年左右的夏朝冶铁的记载。《尚书·禹贡》记载：“华阳、黑水惟梁州。……厥贡璆、铁、银、镂、砮、磬。”东汉郑玄注：“镂，刚铁，可以刻镂也。”宋蔡沈注：“铁，柔铁也；镂，刚铁。”古梁州包括今陕西、甘肃南部和四川、重庆、云南、贵州大部地区。从《尚书·禹贡》的记载来看，也许我国的冶铁术起源于夏代以四川为中心的梁州。

秦惠文王九年（前329年），秦相张仪和将军司马错领军从陕西入川，灭蜀国和巴国，在巴蜀施行商鞅变法后的政治制度。废除奴隶制土地国有制，实行封建土地私有制，加强封建中央集权。废除分封制，推行郡县制。重农抑商、奖励耕战。改蜀国为蜀郡（前285年），荣地属蜀郡南安县（治所在今乐山市）。蜀郡在成都设立“盐铁市官”，对发展手工业、农业生产，壮大地主经济予以高度重视，蜀郡的冶铁、煮盐等经济生产快速发展，形成了较大规模。秦汉时期蜀郡的卓氏、陈氏，以冶铁而富甲天下。

《汉书·地理志》记载：“蜀郡。……临邛，有铁官、盐官。……

江阳，武阳，有铁官。……南安，有盐官、铁官。”临邛为今邛崃市，江阳为今泸州市，武阳为今彭山县，南安辖今乐山、自贡大部地区。汉代南安县为今四川的4个冶铁主产地之一。南安县的冶铁产地主要在荣县、威远、井研、犍为的铁山山脉。自秦汉以来，盐、铁税收便成为国家税收的最重要的组成部分，荣地最迟自秦汉以来，便以盐铁著称，为国家和地区的发展做出了不可磨灭的贡献。

三国时期，南安属蜀国（221—263年），诸葛亮曾在铁山山脉冶炼兵器。《嘉定府志》载：“铁山，从仁寿来，桓亘井、犍、荣、威间数百里，产铁。诸葛武侯取铸兵器。”《周地图记》亦有记载：“铁山，诸葛武侯取为刀剑。”1958年，金井墓群附近的罗成铁工厂挖出两块石碑，分别有“昔诸葛武侯炼铁于兹”和“诸葛武侯岩前取铁”的碑文。到了两晋时期，蜀地长期战乱，成了蜀人的梦魇。西晋末年，秦、雍二州连年荒旱，略阳、天水等六郡氐族和汉人等不得不流徙至梁、益地区。元康六年（296年），氐族首领李特率民入蜀。他们入蜀后，由于地方官吏的贪暴和政府限期迫令流民还乡，流民怨声载道。李特等利用流民的怨怒，于301年在绵竹聚众起义。李特及其弟李流死后，特子李雄继领部众，攻下成都，据有益州，建立成汉政权，为“十六国”之一。306年，始建国号“成”，也称“大成”。338年，李寿发动政变，改国号为“汉”。李氏据蜀，兵连战结，蜀地荒芜。其间，李寿引牂牁数十万僚人大规模迁徙入蜀。《益州记》：“入蜀僚人，布在山谷，十余万家。”成为益州之患。僚人喜挨山傍谷而居，荣地僚人主要分布在铁山山脉和野客山系。347年，东晋将领桓温伐蜀灭成汉，途经铁山山脉，之后铁山僚人之患才有所平息。

晋安帝义熙十年（414年），在川南中部的铁山山脉这片具有悠久冶铁历史的大地上，为加强冶铁管理，分南安县设冶官县，其县以设冶铁官而名。《元和郡县图志》记载：“咨官县，中下，东南至州九十里，本汉南安县地，晋义熙十年置冶官县，属犍为郡。”按照其方位和距离，治地在今双古镇一带。冶官县辖今荣县大部及犍为、五通桥部分地区。时赖牟铺为南安县与冶官县界，又为南安到资中之要道，再为商贸之要地，故发展为赖牟镇。其后不到百年，南齐永元二年（500年），有铁山僚人之患，废除冶官县。陈武帝永定元年（557年），四川夷夏交乱，北周陆腾征讨平息。陈文帝天嘉三年（562年），铁山僚人反，还是陆腾征讨平息，下三城，斩其魁首，俘虏3000人，招降3万户。

到了隋初，朝廷为巩固政权，对僚人大力招抚。583年，置威远戍。591年，升为威远县。590年，在今县城设大牢镇。593年，升大牢镇为大牢县。二县属资州，均为了招抚铁山僚人而设。601年，僚人作乱，围攻大牢，资州刺史卫玄出兵镇压，前后归附者10余万人。615年，复置咨官县（晋冶官县，误冶为咨）。

唐初，咨官县属嘉州。618年，划资州大牢、威远二县于公井镇置荣州，升公井镇为县。627年，析大牢县置旭川县，治所在今荣县县城，大牢县治所迁到五通桥区金山寺。632年，金山寺盐业日盛、交通便捷，故移州治于大牢县。同年割嘉州咨官县属荣州。651年，荣州治所由大牢迁旭川。唐季，以其有盐有铁，咨官更名为资官。唐代是我国历史上最强盛的时代之一，也是荣地最为鼎盛的时期之一。荣地先后设为州、郡，成为川南政治与经济的中心。经济上主要有冶铁业和井盐生产的支撑。冶铁业主要在资官县、旭川县、威远县管辖的铁山山脉，井盐生产主要在和义、威远、公井、应灵四县。《通典·食货》："和义郡。贡班布六匹，今荣州。""荣州，井十二所，都当钱四百贯。"《元和郡县志》："荣州。贡赋：开元贡：班布六匹，利铁。元和贡：班布。……旭川县，因县有盐井号旭井，取以名县。铁山，在县北四十里。……和义县，有盐井五所。……威远县，铁山在县西北四十里，有盐井七所。……公井县，有盐井十所，有大公井，故县镇因取为名。…应灵县，有盐井四所。"据《元和郡县志》关于剑南道开元贡赋的记载，在冶炼方面，有嘉州、雅州、眉州、泸州贡麸金，唯有荣州贡利铁。说明到了唐代开元年间，荣州的资官、旭川、威远所辖铁山山脉成为四川冶铁的主产要地，荣州的冶铁业得到了空前的发展。因冶铁而设立的冶官县，对推进荣州冶铁业的发展和荣州经济的繁荣发展，起到了举足轻重的作用。

到了前后蜀时期，政治上沿袭唐制，荣州的经济保持着相对平稳的发展。965年，北宋平蜀。宋代川峡四路（四川）与两浙路（江南）成为最主要的两大经济区。四川茶叶、布帛尤为著名，"天下商税，四蜀独重”。到了南宋，四川的经济地位越发重要。1160 年，四川供应军粮占南宋全国总额的 1/3 以上，孝宗时四川年税收总额一度达到全国的 40% 左右。随着经济的发展，四川总人口也在不断增加，由太平兴国年间的约 109 万户发展到南宋的约 259 万户、1300 余万人。

宋代四川经济与社会发展迅速，但地处川南的荣州却不尽然。北宋年间，荣州“夏人少，蛮僚多”，发生多次动乱，对经济和社会的发展造成了极大的影响。《宋史·王全斌传》记载：965 年，蜀兵乱，州从之，合、资、普、嘉、荣、戎等 17 州随之。《王兴孙墓志》记载：乾德中（963—968 年），和义县废，入威远，所在寇盗蜂起，县城危急，有义侠之士王蕴舒在夜晚潜出城向邻近求救，解县城之危。此次兵乱历时 3 年，对荣州经济破坏较大，特别是和义县为主要盐产区，因之而废。《宋史》记载：992 年，富顺监蛮人掳掠荣州，十二州都巡检卢斌领兵平息；993 年，王尽复起，卢斌击灭之；994 年，李顺攻陷成都，荣州知州张枢降贼弃市；1000 年，王均掳掠荣州；1002 年，荣州知州褚德臻盗取官银弃市。

北宋年间，荣州多次动乱，造成了荣州的人口急剧减少。荣州人口在太平兴国（976—984 年）时约为 6.78 万户，到崇宁（1102—1106 年）时减少到约 1.67 万户。动乱对荣州经济造成了极大影响，对资官县的经济和社会也同样造成了极大影响，加之宋代全国的冶铁业向北方转移，利铁已经较为普及，不再是稀有物资，资官县的冶铁遂逐步走向衰落，利铁也不再成为贡品。

到南宋后，荣州及资官县保持平稳较快的发展，特别是卓筒井在井盐开采上的应用，使资官县的盐业有了长足的发展。陆游到荣州上任，途经资官县赖牟镇时，感慨曰：“若荣州则井绝小，仅容一竹筒，真海眼也！”

或许由于北宋年间多次动乱，资官县的治地因此进行了迁移。北宋元丰（1078—1085 年）前，资官县迁移到今县西南七十五里的新桥镇一带。据《元丰九域志》记载：“资官，州西南七十五里，四乡，石梯、赖牟、永吉三镇。”

南宋末年，荣地陷入了长期战乱和衰败之中。1258 年，朝廷废绍熙府（原荣州），资官县亦废。元初，蜀地人烟稀少，四处田地荒芜，州县俱废。到 1341 年，才复设资官县。仅仅 10 余年后，1357 年，明玉珍攻重庆，破成都，占据全蜀，荣城亦陷。1362 年，明玉珍在重庆称帝，国号“夏”，仍置荣州。1371 年，明朝派兵攻夏国，明升投降，夏亡。荣州和资官、应灵 2 县被废。资官县至此逐渐消失在历史发展的长河之中。在南宋到夏亡期间，资官县的治地还进行了一次迁移，清初的《读史方舆纪要》记载：“资官废县，县西南百二十里。”位置大体在今犍为金石井一带，现仍有零星遗迹，镇有古建筑资官庙。

从晋安帝义熙十年（414 年），因冶铁设冶官县，后更名、变迁，到 1371 年被废，风雨近千载，因冶铁而兴盛，亦因冶铁而衰亡。荣县今铁山山脉仍有与冶铁有关的地名近 20 处，如铁厂镇、铁厂沟、铁炉嘴、铁炉坝、铁炉坪、铁炉湾、铧铁嘴、铁矿坰、银矿坰、烧窑坪、伍铜岩等。时光飞逝、岁月如梭，铁山山脉见证了川南荣地几千年的风雨兼程，也留下了千年冶铁的依稀身影。

（李国权）

治所变迁话大牢

大牢县设立于隋代，在唐代时一度为荣州驻地。大牢县后更名为应灵县，关于其治地问题，由于各种史籍记载较为简略，相互间还有不同之处，主要有四种说法：一、1992 年版《五通桥区志》：大牢县与应灵县治地在今五通桥金山镇。二、清代顾祖禹《读史方舆纪要》：大牢废县在今荣县西南五十里。三、《四川州县建置沿革图说》：隋开皇十年（590 年）于大牢溪（今荣县河）置大牢镇，十三年（593 年），改镇为县，故治原在今荣县龙潭镇，后徙犍为县金山寺。四、1993 年版《荣县志》：隋设大牢县于今旭阳镇，627 年迁到今五通桥金山寺。那么，究竟哪种说法更加准确呢？下面就结合《太平寰宇记》和大牢县设置的历史背景来进行考证。

唐宋年间的地理志以《元和郡县志》和《太平寰宇记》为代表。《元和郡县志》成书较早，但编修太略，关于荣州的记述只有 700 余字。《太平寰宇记》成书较前者为迟，但其卷帙浩博、采摭繁富、考据精核，关于荣州的记述达 1200 余字。此二书是研究荣县唐宋时期历史的最重要著述。二书为全国的地理总志，由于其篇幅浩博，关于荣州的具体记述，均难免也有一些瑕疵。如《元和郡县志》记州境东西 183 里，应灵县东北至州 150 里，和义县西南至州 170 里，距离误差较大；隋开皇十年于此置大牢镇，十三年改镇为县，记载有误。《太平寰宇记》误收入“滇池”条目，赵熙即指出：“滇池，姚州姚城误入者。”以《太平寰宇记》与《元和郡具志》比较，《太平寰宇记》关于荣州的记载，明显更详细更准确，特别是其对后者的记述进行了进一步的考证，更加准确地记述了大牢县的变迁等问题，为我们的荣县沿革考证解决了一大难题。

四库本《太平寰宇记》关于荣州及大牢县记述如下："荣州，和益郡。今理旭川县。……为南安县地，属犍为郡。……隋初废之，以其地属资阳郡。唐武德元年置荣州，领大牢、威远二县。贞观元年置旭川、婆日、至如三县；二年割泸州之隆越来属；六年自公井移州治大牢，仍割嘉州资官来属；八年又割泸州之和义来属，废婆日、至如、隆越三县。永徽二年移州治于旭川。天宝元年改为和义郡。乾元元年复为荣州。元领县六，今五：旭川、威远、应灵、资官、公井，一县废：和义。并入威远。州境：东西二百五十里，南北一百四十五里。……风俗：夏人少，蛮獠多。男不巾栉，女衣斑布。姓名颠倒，不知礼法。土产：麸金、羌活、黄连；旧贡：斑布。有盐井五十七。旭川县：……本汉南安县①，隋开皇十年于此置大牢镇，十三年改镇为县。唐贞观初于此立旭川县，乃移郡于此。……应灵县：西南一百五十里。……本汉南安县地，属犍为郡。隋置太平镇②，寻改为县。唐武德元年，割资州之大牢、威远二县于公井为县；六年自公井县移州于大牢、威远二县界③。贞观初移于旭川县。天宝元年改为应灵县。……公井县：东南九十里。……本汉江阳县地，属犍为郡。后周置公井镇。唐武德元年于镇置荣州，改为公井县。贞观六年移州于大牢。"

据2007年中华书局点校版《太平寰宇记》，今注释3处：①按汉南安县即今四川乐山市，《元和郡县志》"荣州·旭川县"条载"本汉南安县地"，此条"荣州"下也为"南安县地"，故此"县"后脱"地"字；②"太平镇"点校版为"大牢镇"，经查有北宋《武经总要》和明代《武编》误"太平镇"为"大牢镇"，此处以"太平镇"更为准确；③"威远二县界"5字误，《旧唐书·地理志》"公井县"条载"移州治于大牢也"，此条"荣州"和"公井县"下也是"移州治大牢"。

详细研读四库本《太平寰宇记》关于荣州的记述后，发现其对大牢县的变迁记述非常清楚。大致演变情况如下：隋开皇十年于今旭阳镇置大牢镇，十三年改镇为县。唐贞观初，大牢县分为二县：大牢县、旭川县。旭川县治今旭阳镇，大牢县治今五通桥金山寺。隋在金山寺置太平镇，寻改为平羌县（1992 年版《五通桥区志》)，后平羌县迁走，仍然为太平镇。唐贞观初大牢县治此，贞观六年（632 年）至永徽二年（651 年)，荣州治大牢，后县名改为应灵。

下面谈两点考证的问题：

一、金山寺在隋初设镇和设县应是太平镇和平羌县，而不是大牢镇与大牢县。

《太平寰宇记》云："应灵县：西南一百五十里。……本汉南安县地，属犍为郡，隋置太平镇，寻改为县。"与同一条下的关于旭川县、大牢镇的记述有明显区别。《元和郡县志》云："应灵县，中下。东北至州一百五十里。本汉南安县地，开皇十年于此置大牢镇，十三年改镇为县。县界有大牢溪，因取为名。天宝元年改为应灵。"二书关于大牢镇的记述截然不同，那么谁是正确的呢？后者较前者成书时间为早，是否就更准确呢？笔者认为当以《太平寰宇记》为准。其一，《太平寰宇记》为宋代乐史编撰，乐史曾经任陵州（今仁寿）刺史，对陵州附近的荣州必然较为了解，且可能对《元和郡县志》关于荣州的记述存在的问题进行了认真的勘校，故才能有截然不同的记述。其二，有《通典》记"旭川，汉南安县地。隋置大牢县，贞观初改之"为佐证。其三，《太平寰宇记》关于应灵县的记述当今可考。隋在金山寺置太平镇，寻改为平羌县。其镇名为"太平"，一因其地水运便利，人们为祈求平安；二因其地距离僚人聚居区较远，今乐山和荣县僚人聚居区主要在峨眉山和铁山山脉一带，僚人与汉人矛盾冲突较小，相对太平；三者今五通桥附近乐山沙湾有太平镇，或即与当时太平镇有关。其四，从地理位置看，大牢镇设在今旭阳镇更为合理。隋初设大牢县属资州（今资中），今旭阳镇位于大牢县中心，与资州较近，金山寺位于大牢县西部边界，也是资州边界，若长期设县治于边界则不合常理。其五，从当时的军事状况来看，大牢镇必在今旭阳镇。隋初，为强化对铁山山脉僚人的管理，先后设威远戍、大牢镇、威远县、大牢县，"大牢""威远"二名明显是为了威慑僚人而名，今旭阳镇靠近铁山山脉中部，大牢县当在此处。其六，从当时一军事典故看，大牢县也应当在今旭阳镇。隋仁寿元年（601 年），山僚叛乱，资州刺史卫玄前往镇压安抚。山僚围攻大牢镇，卫玄单人独骑到山僚营地，对众僚人说："我是资州刺史，奉天子诏令安抚你们，不要惊怕。”众僚人没有人敢动，卫玄向他们陈述利害，僚人主帅受到感动，劝降10万余人。说明大牢镇与当时铁山山脉僚人聚居区靠近，与今旭阳镇位置相合。若大牢镇在金山寺，距嘉州仅60里，军情紧急，为何不由嘉州派军招抚呢？其七，在隋代，资官县属于犍为郡管辖，太平镇一带应该属于犍为郡或者眉山郡管辖，而大牢县属于资阳郡，故大牢县城不可能设立于太平镇。合以上七条理由，足以说明《太平寰宇记》的记述正确。

二、隋代设大牢镇治地的其他几种说法。

隋代设大牢镇、大牢县于今旭阳镇，627年迁到今五通桥金山寺。这是1993年版《荣县志》的说法，应该是较准确的，《太平寰宇记》有详细的记述可考。除了《元和郡县志》的记述与《五通桥区志》相同外，有的史籍中还有一些其他的说法：（一）清代顾祖禹《读史方舆纪要》记：大牢废县在今荣县西南五十里。按距离大概在今新桥附近，与《元和郡县志》《太平寰宇记》不合。（二）《四川州县建置沿革图说》记：隋开皇十年于大牢溪（今荣县河）置大牢镇，十三年改镇为县，故治原在今荣县龙潭镇，后徙犍为县金山寺。此说是以当时的军事和社会背景推定，其研究方法可取，但其地点有误。

从各种考证来看，1993年版《荣县志》关于大牢县的记述是正确的。

（李国权）

闻名蜀中的大公井

提起大公井，人们很自然会想到贡井。的确，贡井地名的来源和大公井密不可分，而大公井又是和富顺富世盐井闻名于蜀中的“姊妹井”。

大公井是世界上第一口古盐卤井，其遗址在今贡井河街子 44 号东岳庙内。大公井最初开凿于东汉章帝（76—88 年）时期，兴盛于魏晋南北朝时期。据唐《元和郡县志》记载：“公井县，中下，西北至荣州九十里。本汉江阳县地，属犍为郡。周武帝于此置公井镇。隋因之。武德元年于镇置荣州，因改镇为公井县……县有盐井十所，又有大公井，故县、镇因取为名。”也就是说，在北周武帝时（561—578 年）就有了“公井镇”，在唐武德元年（618 年），因荣州治所设于此而取名“公井县”。公井县有盐井十余口，大公井为其中一宽口浅井，井口不太规则，因任民取卤煎盐，造福于当地百姓，故名“大公井”。荣州西移荣境，公井县又降成公井镇。

公井镇是卓筒井的发源地之一。北宋庆历年间，以卓筒井工艺为代表的小口深井出现以后，小口深井逐渐取代大口浅井，成为四川盐井的主要形式。南宋陆游摄政荣州时，就曾到荣州境内的大公井盐场，见识过卓筒井的生产场面，在其所著《老学庵笔记》中写下“蜀食井盐，如仙井（今临邛一带）、大宁（今重庆大宁河），犹是大穴，若荣州则井绝小，仅容一竹筒，真海眼也”的句子，吟过“长筒汲井熬雪霜，辘轳咿哑官道旁”的诗句。

明嘉靖年间，曾任礼部郎中的进士熊过在其所撰写的《吴方泉墓志铭》中曾有“子潮鉴籍为盐官丁口，煮盐贡井……贡井隶荣而畛于富顺”的记载，可见，贡井之名在明代就已出现。

“公井”变为“贡井”，除因“公”“贡”两字音近，久而久之，“公井”因语音变化而成“贡井”的说法外，民间还流传着一个传说。传说大公井开凿之初，井浅，仅几丈深，盐卤少且遇雨卤水更淡，产量低，质地不纯。烧盐用的是柴火灶，很不方便，且耗薪费时，需日夜有人守着，还容易熄火，影响熬盐。后来，人们发扬愚公移山精神，长年累月地舂井，当开凿到 130 多丈深的时候，终于舂出了瓦斯（天然气）。瓦斯日夜自燃，熬制出了晶莹纯白质优的盐。于是，地方官府将这珍稀的特产向朝廷进贡。皇帝食用大公井熬出的盐制作的鲜美菜肴后，龙颜大悦，便下令今后御用之盐就由公井供奉，公井赐名为“贡井”。

从此，贡井这个小地方就名声大噪。一时间，贡井是井灶密布，笕竿纵横，天车林立。盐场处处烟火蒸腾，水雾缭绕，井场里辘轳声、盐工号子声此起彼伏，供盐人出入的茶馆、酒馆，供贩运购买盐品的商人歇脚打尖住宿的旅店也多起来了。河街、老街、伍家坡、青冈林、狮子湾（今金鱼路）、鹅儿沟、艾叶、长土，到处遍布着盐井。到了清代，贡井更是进入了历史上的兴盛时期，盐井数量已达 300 多口，占了整个富荣盐场的半壁河山。“自流井与贡井向系一厂，名富义。自雍正八年（1730 年），分贡井属荣县。”1914 年，因盐务的地域关系，民国政府把自流井划称为富荣东场，贡井为富荣西场。1939 年自贡建市，合自流井、贡井两地，称自贡市。故大公井是自贡设市之源，贡井是自贡市发祥的摇篮。

大公井何时枯废已无可考。为纪念大公井，清乾隆四十四年（1779 年），在其遗址上修建了东岳庙，原井口就在神龛下。清末，东岳庙变成民居。如今，东岳庙已破败，唯余大殿孤零零斜立于荒草中。2009 年 2 月，大公井遗址被列为自贡市第六批文物保护单位。

有着近 2000 年历史的大公井让贡井人感到自豪，让井盐晶莹纯正的品质闪耀在荣州大地。

（刘胜秀）

绍熙府及其管辖

荣州，因南宋光宗皇帝赵惇任过荣州刺史，尔后以天子的“潜邸”升格为府，又以宋光宗的年号“绍熙”命名为绍熙府。关于绍熙府设置的年代，清乾隆和嘉庆本《荣县志》说是绍熙六年（1195年），而清道光本《荣县志》则说是绍熙元年（1190年），后清光绪本和民国本《荣县志》也沿袭了这一说法。民国本《荣县志》还就此加了一则按语：“绍熙事据甚多，史多失载。理宗为邰州防御使，即位改元宝庆，其年即升邰州为宝庆府。”关于绍熙府所辖州县，道光本和光绪本《荣县志》列表说明，绍熙府统荣州所属四县，即荣德、威远、资官和应灵县。而民国本《荣县志》转引《元史·百官志》说：“宋绍熙府统六州二十县一百五十二镇。”就连当今学者蒲孝荣在其专著《四川政区沿革与治地今释》中也这样记载：“宋光宗绍熙元年（1190年）升荣州为绍熙府，统六州二十县。”这样，荣州在绍熙元年升府和绍熙府统六州二十县似乎成了定论。笔者通过考查相关文献资料，对绍熙府设置的年代和所辖州县提出质疑。

一、绍熙元年荣州未升格为府

南宋历史学家李心传（1166—1243年）在《建炎以来朝野杂记》中说：

旧制：天子即位，尝所领州镇，自防御州而下皆升军名；若节镇州，则建为府。如英宗自齐州防御使登极，升齐州为兴德军，神宗自忠武军节度使建储，升许州为颍昌府之类。孝宗受禅，以始封洪、鼎、宣、建州旧有军额，则建为隆兴、常德、宁国、建宁府，而剑州止升为普安军，绍兴中，始再升为隆庆府。盖用此制。光宗自荣州刺史进封恭王，今上自英国公出就傅后封嘉王。四州皆为支郡，然三州躐升为重庆、英德、嘉定府，而荣州至今不锡军名，盖中书之误。

李心传这段话，清楚地说明了宋代天子即位前任过职的州郡，登基后其州郡升军建府的制度。宋代州郡分两大类：一为防御州，亦称支郡，设防御使和团练使；一为节镇州，设节度使。如果是防御州之类，因天子“潜邸”而建府的，首先要升为军节度，然后在此基础上建府。如宋孝宗受禅前被封为普安郡王，即位第二年将剑州（又名普安郡）升为普安军节度，绍熙元年再升为隆庆府。如果任节镇州节度使，或封亲王，就把该州直接升为府。如宋神宗任忠武军节度使时被立为太子，即位后就把许州（忠武军节度使驻许州）升为颍昌府。宋孝宗任过保庆军节度使、常德军节度使、宁国军节度使，封为建王，又因洪州、鼎州、宣州和建州早有军节度的建置，孝宗即位后第四年分别将上述四州升为隆庆府、常德府、宁国府和建宁府。结合《宋史》，因“潜邸”原因而建府的时间，有的在即位之初，有的在即位后几年或十几年甚至几十年，并非一定要在即位之年。李心传把这种在军节度基础上建府，或先升为军节度再建府的制度称为“旧制”，即过去的制度。有没有例外呢？有，南宋中后期也有不先为军节度而直接建府的。李心传把这种情况称为“躐升”，即不按“旧制”而超越常规。如宋光宗曾封恭王，宋宁宗从英国公进封嘉王，后来就分别把恭州升为重庆府，英州升为英德府，嘉州升为嘉定府。荣州虽不是要冲大郡，但也和恭州、英州、嘉州一样，是设防御使、团练使之类的支郡。赵惇在高宗绍兴三十年（1160 年）由荣州刺史进封恭王，这和宋宁宗从英国公进封嘉王相同。即使不暇升为府，按旧制也应升为军节度。但在《建炎以来朝野杂记》成书前，“荣州至今不锡军名”，李心传认为这是“中书之误”。

李心传是四川井研人，据《宋史·李心传传》载，他在应试落第后，无心仕途，居家专门著述。李心传熟悉宋朝的典章制度，他编成的《中兴四朝帝记》《十三朝会要》《建炎以来系年要录》《建炎以来朝野杂记》（成书于嘉定九年，即公元1218年）等书，材料丰富，兼国史和会要之用，可补《文献通考》和《宋史》之不足，具有很高的史料价值。况且井研与荣州近在咫尺，荣州升府之事，他岂能不知？否则，他就不会在书中感叹："荣州至今不锡军名，盖中书之误。"所以说，我认为在1218年前，荣州既未升军，也未建府。

从宋代碑刻来看，也说明荣州在这段时间内并未升府。

荣县城内原有一块宋碑，其内容是南宋开禧元年（1205年）五月，宋宁宗封皇子赵俨为荣王后给荣州的"布政榜"，要求荣州军民人等遵章守纪，不要干犯法之事。这块碑被清乾隆以来的各版《荣县志》收录，称"荣王严教碑"，也被南宋末年的学者王应麟重视，还被金石学家刘喜海的《金石录》记载。值得注意的是，碑文的开头是"应荣州管内官吏军人僧道百姓等"，结尾是"右榜荣州，仍散下管内，各令知悉"，落款是"皇子威武军节度使开府仪同三司荣王"。如果荣州早已升府，把荣州改名绍熙府之后，荣州之名已不存在，布政榜的开头结尾就不会再称荣州。正因荣州未升军建府，所以布政榜的开头结尾仍称"荣州"。把荣王赵俨的布政榜勒石上碑的是"朝散知荣州军兼管内劝农事臣袁桂"。从宋代知府知州的官称来看，袁桂是"知荣州事"，也称刺史，也说明荣州这时仍未升府。

荣县这块宋碑，1966年前还立在荣县中学校内，县文化馆还修了碑亭保护，可惜后来碑亭被毁，该碑下落不明。但令人欣慰的是，县文物管理所从县政协那里获得了一张拓片（文管所根据拓片已将布政榜碑重修，立于大佛寺荣州碑园），这张拓片成为荣州在开禧元年（1205年）尚未升府的实物，同时也说明了李心传的记载是正确的。

据民国《荣县志·秩官》记载，从宋宁宗到宋理宗时期，任荣州刺史的有庆元年间宋中和、冯俨，开禧年间袁佳，宝庆年间李刘、高稼。此外，还有未及上任而卒的荣州刺史蹇君章。其中，冯俨在啸台崖壁留有题刻，李刘有一篇《知荣州谢表》，表文中有"重念和义濮庸之路，未正绍熙替置之名”。从题刻和表文的标题和内容来看，荣州其时仍未升府。

或许有人会说宋绍熙一府统六州二十县，荣州是绍熙府所辖一州，当然县志上有光宗以后荣州刺史的记载，从而肯定绍熙元年荣州升为绍熙府。然而，《宋史·地理志》和宋代有关的地理专著，找不出府辖州的实例（羁縻州又当别论），即便是开封府和临安府，也不辖州而直接辖县。

二、荣州升府

荣县城东南郊外一里许，有一天然洞穴，唐宋时称龙洞，清代俗称罗汉洞。因其风景优美，历来是县人节日宴游之地。崖壁上除了二十余尊佛像外，还有五则宋代题刻，其中一则是：

> 嘉熙二年仲春二月，□池郡来摄府事。□□府□□县□神灵之境上，而检政□□□，盖百十有三日矣！越夏润四龙一，方携子海□□□致敬于王大父温国公文巽殿崖先生之祠下……恨不得，命晃书刻于石，以示后来宗族之子孙官于此者助。

嘉熙，宋理宗年号。嘉熙二年，即1238年。李槛，南宋历史学家李焘之曾孙。李焘，字仁父，号巽岩，卒后谥文简，累赠太师，温国公。李焘曾在宋孝宗隆兴年间任荣州刺史，有德政，州人为之立祠。姑且不论李槛这则崖刻的内容如何，它说明至迟在嘉熙二年，荣州已升为绍熙府。

荣州何年升府？根据《荣县志·秩官》记载和上面这则崖刻推测，可能在宋理宗宝庆以后、嘉熙之前，即公元1229至1238年之间。

清乾隆年间，知县黄大本编纂的《荣县志》，在其《补遗篇》记载“宋理宗绍定六年二月丁亥升府”，绍定六年即1233年。这段记载，正符合上述推测。

虽然，黄大本在《荣县志·沿革》中记载了“绍熙六年升（荣州）为绍熙府”，但他治学严谨，在补遗篇中追记了“绍定六年二月丁亥升府”，并注明这段记载来自刘世璋旧志（即康熙《荣县志》），而刘世璋编志书的主要依据是明代万历甲戌年（1574 年）《荣县志》的抄本。这样看来，荣县在宋理宗绍定六年升府可能为明代县志上所记载。推想明代万历时修县志，能见到的文献资料和文物资料较后代为多，所记荣州因是宋光宗的潜邸而升为绍熙府，不仅有升府的年代，而且有详细的日期，因此具有较强的说服力。

绍熙府设于南宋晚期，那时战争频繁。据史书记载，南宋端平二年（1235 年），蒙古兴兵侵宋，“蜀若不守，江浙自摇”。在蒙古兴兵进攻四川时，绍熙府也遭兵灾，以致“户口狼藉”，并在“端平三年，择地侨治”。淳祐二年（1242 年），元兵攻叙州，十二年（1252 年），汪德巨掠成都，薄嘉定。是二役荣皆被兵。宝祐二年（1254 年），凤池李鼎汉来绍熙府荣德县任职，四年（1256 年）离职。他在啸台崖壁题刻：“荣德，绍熙之剧县也。民贫而贼不加少，惟士风淳厚，非他邑所能济……丙辰之冬，瓜期时至，暇日来游龙洞……因援笔以记岁月云。”这是有关绍熙府石刻文物资料中时代最晚的记载。宝祐六年（1257 年），蒙古军队第二次全面进攻南宋。蒙哥汗率主力猛攻四川，短短几个月就攻占了四川三分之二的地区。四川大部分州县残破，绍熙府也在其中。二十年后，南宋灭亡，绍熙府仅存在 24 年。或即因其年代短促，文献记载甚少，致使《宋史·地理志》无记载，才会产生设置年代及所辖州县的问题。

三、宋代州府平行，府不辖州

为了弄清这一问题，有必要了解唐宋时期地方行政区划之间的关系，即唐代的“道”和宋代的“路”，以及州府之间、州（府）县之间的关系。

唐初依隋制，地方上有州（郡）县二级。唐高祖李渊改郡为州，郡太守改称刺史。后来首都和陪都以及皇帝驻幸过的州，均升为府，这成为宋代皇帝“潜邸”升府的滥觞。有唐一代，随着唐王朝疆土扩大，州县增多，原有的州县两级已不适应管理的需要，于是在州县之上产生了“道”一级的机构。唐代前期的道，职掌同于东汉十三州，以监察为主；后期的道，逐渐掌握了军事、行政、财政和司法大权，向行政区划转变。州和府直接辖县，同隶于道。如成都府辖成都、华阳等 9 县，荣州辖旭川、威远等 6 县，同隶属于剑南道。其间，府与州相比，只是规格略高一等，其间并无统属关系。

宋沿唐制，地方上仍实行三级。略为不同的是，将“道”改为“路”，使之更加行政区化，这为元代的行省奠定了基础。其次，在州府一级又有军、监与之平行，属于下州。如四川地区的广安军（今广安）、富顺监（今富顺）就属这种情况。有宋地方上实行路、府州军监和县三级行政制度。和唐朝相比，宋“府”的设置渐多，至北宋宣和末年“天下分路二十六，京府四，府三十，州二百五十四，监六十三，县一千二百三十四，可谓极盛矣！”南宋疆土日蹙，虽然只有十五路，但府的设置渐多。例如，北宋末年，川峡四路（简称四川）仅有成都、潼川、遂宁和兴元四府，南宋时增加崇宁府、嘉定府、顺庆府、隆庆府、同庆府、重庆府、绍庆府和咸淳府，增加的八个府（不算绍熙府），都是因皇帝即位前任过职（潜邸）而后升格为府的。

和唐代一样，宋代的府和州平行，都是直接辖县而隶属于路。连北宋京城开封和南宋首都临安也不例外。

再看府县关系，仍以开封、临安二府为例：“开封府，崇宁户二十六万一千一百一十七，口四十四万二千九百四十……县十六：开封、祥符……太康、咸平。”“临安府，大都督府，本杭州，余杭郡……大观元年，升为帅府，（建炎）三年，升为府……崇宁户二十万三千五百七十四，口二十九万六千六百一十五……县九：钱塘、仁和……昌化。”不论是北宋，还是南宋，包括京府在内的府，也是直接辖县，而不是先辖州再辖县。因此，绍熙府也不能例外。

荣县宋代时的崖刻也说明了这一问题。如前所引的龙洞崖壁的题刻：“荣德，绍熙之剧县也。”这句话也说明了绍熙府直接辖县，这和《宋史》的记载是一致的。

因此，无论是《宋史》，还是宋人在荣县的摩崖等文物资料，都没有宋代府辖州的记载。所以，“宋绍熙一府统六州二十县”的记载是站不住脚的。

推想《元史》关于绍熙府所辖六州二十县的错误来源是这样的。《元史》成书于明代洪武初年，成书仓促，未详加考核订正。编辑《元史》的人生在元代，熟悉元代的行政典章制度，加之元朝疆土空前广大，宋代的路、府州军监、县三级已不适应幅员辽阔的国家。在唐朝“道”、宋代“路”的基础上，元代除京师附近直隶于中书省外，又设河北、江浙、湖广、辽阳、甘肃、岭北、四川、云南等行中书省，代行中书省职权，简称“行省”。行省成为地方最高的行政区划。唐宋以来的州，到了元代，有的隶属于路，有的隶属于府。而路和府同隶于行省，地方上实行行省、路府、府州和县四级。再者，元顺帝至元四年（1338年）在川南地区设立绍熙府军民宣抚司，辖资、普、昌、隆四州和磐石、内江、安岳、昌元、贵平五县，巡检司十三处，军民巡抚司治在荣德县。至元六年（1340年），罢绍熙府军民宣抚司，而后又设绍熙总管府。“宋绍熙一府统六州二十县”既出于先人赡思之口，当时有的府又可以辖州，因而产生了绍熙府统六州之错。

如果绍熙府统辖了六州二十县，而民国《荣县志·建置》没有具体记载所辖州县，笔者推测所辖当是荣州周围地区。从地理位置看，荣州东面是富顺监（辖一县），南面是叙州，西面是嘉州，北面是仙井监（同下州，原为隆州），东面是资州，包括荣州所辖四县。假定绍熙府辖的是上述六州，就会出现几个问题：第一，资、叙、富、荣属潼川府路，而嘉州和仙井监属成都府路，绍熙府不大可能跨路辖州；第二，荣州未升府时，嘉州早已升为嘉定府；第三，六州辖县数不合。因此绍熙府不可能辖上述六州。如果绍熙府所辖的是潼川府路的州县，从地理位置上可能是资、普（辖三县）、昌（辖三县）、叙、荣、富。然而，这六州共辖十九县，也和辖二十县的记载不吻合。此外，乐山、犍为、井研、仁寿、内江、资中、安岳、宜宾等地的志书，也都没有属绍熙府管辖的记载。

四、绍熙府应辖多少县

既然绍熙府辖六州二十县是《元史》之误，那么又该辖多少县呢？

仍以开封和临安为例。开封府，北宋京城所在，辖县不过 16 县；临安府，南宋都城，所辖不过 9 县。区区一绍熙府，岂能辖 20 县？如果说荣州升为绍熙府是因为宋光宗的龙潜之地，那再看其他也是龙潜之地升州为府的辖县数："崇宁府，以高宗潜邸，升府，县四：晋源、新津、江源、永康。""嘉定府，本嘉州。庆元二年以宁宗潜邸升府，县五：龙游、洪雅、夹江、峨眉、犍为；监一：丰远。"甚至还有只辖二县的府，如"同庆府，本成州，宝庆元年以理宗潜邸，升同庆府，县二：同谷、栗亭"。

以上列举的都是因龙潜而升为府的州，而且升格为府后，辖县并未增加。荣州，下等军州，在唐代辖旭川、威远、资官、和义、应灵和公井 6 县。宋初废和义县入威远，宋英宗时撤销公井县并入荣德县（旭川改称荣德），终宋之世，荣州辖四县，即使升府后也应是如此。南宋祝穆编撰的《方舆胜览》，是最早记载有绍熙府的地理专著，比《元史》要早 100 多年。该书在绍熙府条下列有荣德、威远、资官、应灵四县。又在绍熙府的建置沿革中记载："《禹贡》梁州之域，天文参并舆鬼之分野。秦居之以为铁山生僚也，齐立南安郡，隋以其地属资阳郡，唐置荣州，又改大牢为应灵，改和义郡复荣州，皇朝属梓州路（梓州后升为潼川府，路以府名，是为潼川府路。笔者），后以光宗潜邸，升绍熙府，今领县四，治荣德。"

综上所述，荣州并非在宋光宗绍熙元年升府，而是在光宗之孙理宗绍定六年（1233 年）二月丁亥升府。其辖地不是"六州二十县一百五十二镇"，而是荣州原辖四县。

（周绍泉）

从荣州到荣县

在中国历史上，各个朝代对地方行政区划有相应调整，地名亦多有变化。荣县自有建制起，上千年的历程中又经历过哪些改变呢？荣县曾为州、为郡、为府，彼时土地辽阔，市井繁华，皆因当时有国家重要资源——盐、铁产业为支撑。难怪明朝曹学佺所著《蜀中广记》言：“予考诸传记所载：荣虽山谷间，实为郡国一都会。”

西晋时期，李雄踞蜀。后为充实因战争而荒芜的城镇，招夷僚居之，铁山一带布满僚人，多有叛乱。东晋安帝义熙十年（414 年），因“有盐有铁”设立冶官县，荣县版图日渐清晰。南齐永元三年（501 年），为安置流民，于荣县来牟镇侨置南安郡。隋初，废南安郡。朝廷因僚人之患，在铁山腹地置威远戍，屯兵驻防。隋开皇十三年（593 年），于此置大牢县。

唐武德元年（618 年），割大牢、威远二县，于公井镇置荣州。贞观元年（627 年），大牢县析置旭川县，因县有盐井号旭井，取以为名，荣县县治遂定于此，至今已历 1392 年。贞观六年（632 年）升威远戍为威远军，驻地荣州，归剑南道统辖。永徽二年（651 年），移州治于旭川县，旭川县遂成为州、县共署之地。天宝元年（742 年），改为应灵。元和八年（813 年）李吉甫所著《元和郡县图志》记载荣州境为：“东西一百八十三里，南北一百五十六里。辖治公井、资官、大牢。”旭川在宋英宗治平四年（1067 年）改为荣德、威远、和义六县。北宋乐史所著《太平寰宇记》记载荣州州境为：“东西二百五十里，南北一百四十五里。”可见，宋朝荣州州境比唐朝时扩大约四分之一。

荣州曾有四个时期短暂地易为他名，宋朝绍熙府与元朝绍熙府军民宣抚司，虽历时短暂，辖地却扩大了数倍。

1. 唐天宝元年（742 年）改荣州为和义郡，乾元元年（758 年）复为荣州。

2. 宋理宗绍定六年（1233 年），因荣州为宋光宗潜藩之地，升为绍熙府。后因蒙古入侵，端平三年（1236 年），绍熙府择地侨置。宝祐六年（1258 年）后被废。

3. 元顺帝至元四年（1338 年），监察御史瞻思奏请设绍熙军民宣抚司，统领六州二十县一百五十二镇。至元六年（1340 年）十一月，罢绍熙军民宣抚司。

《元史·赡思传》载：“襄、汉流民，聚居宋之绍熙府故地，至数千户，私开盐井，自相部署，往往劫囚徒，杀巡卒，赡思乃擒其魁，而释其党。复上言：‘绍熙土饶利厚，流户日增，若以其人散还本籍，恐为边患，宜设官府以抚定之。’诏即其地置绍熙宣抚司。”《元史·顺帝本纪二》载：至元四年（1338 年）十一月丁卯，“立绍熙府军民宣抚都总使司，命御史大夫脱脱兼都总使，治书侍御史吉当普为副都总使，世袭其职。本府元领六州、二十县、一百五十二镇。国初，以其地荒而废之；至是居民二十余万，故立府治之”。《元史·百官志八》“绍熙军民宣抚司”条载：“至元四年，因监察御史言：‘四川在宋时，有绍熙一府，统六州、二十县、一百五十二镇。近年雍、梁、淮甸人民，见彼中田畴广阔，开垦成业者，凡二十余万户。’省部议定，遂奏准置绍熙等处军民宣抚司。正官六员，宣抚使、同知、副使各二员。首领官三员，经历、知事、提控案牍各一员。司狱一员，蒙古、儒学教授各一员，令史八人，译吏、知印、怯里马赤各一人，奏差四人。所隶资、普、昌、隆下州四处，盘石、内江、安岳、昌元、贵平下县五处，巡检司十三处，各设官如制。又置都总使司，命御史大夫脱脱兼都总使，治书侍御史吉当普为副都总使。至元六年十一月，中书又因台臣言裁减冗官事，遂罢绍熙军民宣抚司。”

4. 罢绍熙军民宣抚司后，至正初改为绍熙路总管府。《新元史·地理志三》载:“宋绍熙府，元初废。至正初，置绍熙路总管府。领县四:营怀、威远、资官、应灵。”

至正二十二年（1362年），明玉珍占蜀称帝，仍置荣州。

明洪武九年（1376年），荣州降为荣县。《明史·地理志四》“嘉定州”条载:“荣，州东。本荣州。洪武六年十二月置。九年四月降为县。东有荣川水，有瓮溪关、飞水关，俱洪武间置。又有大坪隘口，成化十二年八月置。”此时，荣县划属嘉定州。

明洪武十年（1377年）五月，威远县省入荣县，十三年（1380年）十一月复置为威远县。清康熙六年（1667 年），威远并入荣县，十三年（1674年），复设威远县，二十年（1681年），威远又并入荣县；雍正六年（1728年），复设威远县。

（李锦梅）

幸

第二篇 史事·人物

卫玄单骑闯僚营

隋代初期，在川南铁山山脉周边，先后设立了威远、大牢二县。当时僚人与汉人由于文化与习性差异较大，矛盾较为激烈，社会动荡不安。仁寿元年（601 年），铁山僚人动乱围攻大牢镇，大牢危在旦夕。资州刺史卫玄单骑闯僚营，晓以利害，先后招降 10 余万人，为铁山山脉一带带来了较长一段时间的和平稳定，得到了川南一带百姓的拥戴，堪称大牢县的保护神。

话说大约在公元 338 年以后，李寿邀请数十万牂牁僚人迁徙入蜀。《益州记》：“入蜀僚人，布在山谷，十余万家。”僚人喜挨山傍谷而居，性情凶悍好战。荣地僚人主要分布在铁山山脉和野客山系。僚人与其他大部分少数民族一样没有受到古代统治者的尊重，在各类官方史书如《魏书》《北史》的记载中，根本不把僚人平等看待，而把他们贱称为“獠人”“蛮人”“夷人”。僚人与汉族平民一样，有时为了反抗政府的横征暴敛、繁杂的徭役，或者中央政权不是特别稳定的时候，也会发动起义。晋康帝建元元年（343 年）冬僚乱，《魏书》载：“建元中，李势在蜀，诸獠始出巴西、渠川、广汉、阳安、资中，攻破郡县，为益州大患。”晋穆帝永和三年（347 年），东晋将领桓温伐蜀，率军途经铁山山脉，之后铁山僚人之患有所平息。陈武帝永定元年（557 年），四川夷夏交乱。《周书 · 陆腾传》载：“世宗初，陵、眉、戎、江、资、邛、新、遂八州夷夏及合州民张瑜兄弟并反，众数万人，攻破郡县。腾率兵讨之。”561 年，陆腾任隆州（今阆中县）总管兼刺史。562 年，资州盘石民反，杀郡守，据险自守，州军不能制。陆腾率军讨击，尽破斩之。而蛮僚兵及所在蜂起，山路险阻，难得掩袭。陆腾遂量山川形势，随便开道。蛮僚畏威，承风请服。所开之路，多得古铭，并是诸葛亮、桓温旧道。同年铁山僚人抄断内江路，使官道驿站不通。陆腾率领军队讨伐，欲进攻铁山，却伪装回师。僚人不知道是计谋，放弃防守。陆腾出其不意发动攻击，大败僚人，一日之内下其三城，斩其魁首，俘虏 3000 人，招降 3 万户。

隋初开皇三年（583 年）置威远戍，590 年在今荣县城设大牢镇，591 年升威远戍为威远县，593 年升大牢镇为大牢县。二县均在铁山山脉周围，招抚铁山僚人是其重要任务之一。仁寿元年（601 年），僚人叛乱，卫玄受命于危难，出任资州刺史前往镇压安抚。卫玄到任之后，僚人正围攻大牢镇，大牢县城危在旦夕。卫玄艺高人胆大，单人独骑来到僚营，对众僚人说："我是资州刺史，奉天子诏令安抚你们，你们不要惊怕。"众僚人没敢轻举妄动。于是，卫玄向他们陈述利害，僚人受到感动，先后 10 余万人缴械投降。隋文帝非常高兴，赐给卫玄细绢 2000 匹，升任遂州总管，仍令为剑南安抚使。604 年，隋炀帝即位，征召卫玄入京为卫尉卿。即将上任前，卫玄在剑南安抚的僚人（主要是铁山山脉僚人）、夷人十分感激他，相送之人绵延几十里。卫玄告诉他们说："天子诏征，不可久住。"于是和他们告别，僚、夷百姓才各自洒泪离开。

自 338 年僚人大批入蜀以来，到隋代初期，240 余年间，僚人与汉人冲突无数，政府虽然派兵镇压无数次，但僚汉冲突却有增无减，导致矛盾冲突越来越激烈，军事镇压也导致无数的平民伤亡。唯有卫玄单枪匹马劝服僚人，为铁山山脉以及剑南道（今四川东部、南部地区）带来了较长一段时间的和平，堪称为大牢县的保护神。

卫玄其人虽然在大牢县仅有此事迹，但他的事迹在大牢县留下了不可磨灭的影响，为大牢县带来了较长时间的和平发展。今据《北史·卫玄传》，简要录其事迹如下，以为众知。

卫玄，字文升，河南洛阳人，生于西魏大统七年（541 年），卒于隋义宁元年（617 年），享年 77 岁。卫玄历任淮州总管、岚州刺史、资州刺史、遂州总管、工部尚书、魏郡太守、右候卫大将军、刑部尚书等职。仁寿初年，山僚叛乱，卫玄出任资州刺史，卫玄单人独骑说服僚人，招抚僚人 10 余万人。大业八年（612 年），隋炀帝第一次亲征高句丽，时任检校右御卫大将军的卫玄与左翊卫大将军宇文述、右翊卫大将军于仲文等一同出征。隋军九路军 53 万余人由增地出发，渡辽河，出征以失败告终，返回辽东城时只有卫玄军独以保全。大业九年（613 年），隋炀帝二次亲征高句丽，礼部尚书杨玄感谋反，围困东都洛阳。代王杨侑派卫玄率兵 7 万救援东都。卫玄到了华阴，挖了杨玄感父亲杨素的坟墓，焚烧其骸骨，向士兵展示必死的决心。卫玄与杨玄感交战，杨玄感屡次击败卫玄，卫玄寡不敌众，部下死伤大半，军力将近耗竭。于是他率军进驻邙山的南面，与杨玄感决战。一天之内双方交锋 10 余次，恰巧杨玄感之弟杨玄挺被流箭射死，杨玄感的军队才稍稍退却。后来屈突通、宇文述率军救援，杨玄感向西进军潼关。卫玄、来护儿、屈突通、宇文述等各路军队在黄天原（今河南灵宝县西南 20 余千米）追上杨玄感，隋军且战且进，一日内三胜。杨玄感仅率 10 余骑逃往上洛（今陕西洛南东南），自知大势已去，乃命杨积善将其杀死，起兵遂告失败。卫玄一生征战无数，智谋与勇猛兼备，屡战屡胜，堪称一代战神。隋炀帝说：“卿真是社稷之臣啊！使朕得以没有西顾之忧。”

（李国权　黄静）

“义门王氏”为民请命

荣县文庙设有崇圣、节孝、孝义、名宦、忠孝、乡贤、崇仁等祠。名宦祠中所祀为历任荣州的官宦，他们恪尽职守，深受民众拥戴，如宋朝李焘、李畋、罗拯、陈希亮等人。其中，陈希亮并未在荣州担任过官职，为何亦敬祀其中？这不得不提起北宋时期“义门王氏”为民请命之事。

义门王氏，其何许人也？

这得从唐朝说起。唐僖宗广明元年（880年），长安王知珏奉调入川，任荣州和义县县令，后举家迁往旭川城北双溪交汇处定居。王氏子孙中不乏行侠仗义之人。至宋朝时，因乡民称颂其家为“义门王氏”而闻名蜀中。其中，王蕴舒、王伯琪、王梦易、王庠等人为“义门王氏”的代表人物。

若说为民请命之事，得从荣州盐井说起。

荣州盛产盐，盐脉深埋于地下，但盐卤深浅多少不一。宋时，盐井大的为监，由官方掌管；小的为井，由士民生产经营。荣州自宋朝开始，以卓筒小井汲取盐卤，苏轼表兄文同所著《丹渊集》，描述道：“荣州卓筒盐井颇多……连溪接谷，灶居鳞次。”陆游摄政荣州，从来牟一路行来，所见亦为“长筒吸井熬雪霜，辘轳咿哑官道旁”的繁盛景象。

《皇宋两朝中兴圣政》卷五十五云：“蜀盐取之于井，山谷之民，相地凿井，深至六七十丈，幸而果得咸泉。然后募工以石甃砌，以牛革为囊，数十人牵大绳以汲取之。自子至午，则泉脉渐竭。乃缒人于绳，令下，以手汲取，投之于囊，然后引绳而上，得水入灶，以柴茅煎煮，乃得成盐。又有小井，谓之卓筒，大不过数寸，深亦数十丈，以竹筒设机抽泉，尽日之力，所得无几。”可见，盐业生产不仅辛苦，所得盐卤并不稳定。井盐生产有找井、掘井、汲卤、输卤、熬制等步骤，每个步骤又包含若干细节。仅凿井，就因地质软硬不同，有时一天凿一尺多深，有时七八寸、四五寸，甚至很多天凿不到一寸深。凿到一定深度，卤水不多，这口井就只能放弃。

荣州户籍分为民户、军户、匠户，盐区又有灶户。灶户上缴摊派的盐税，有时盐井井壁坍塌，或盐源枯竭产不出盐，税务却照常征收，有增无减。荣州因种种原因无法生产的盐井超过十八口，但每年税收如常催逼。那时，荣州户籍总共才一万六千六百六十七户，仅盐井就牵涉灶户三百五十户。

《王梦易墓表》对此有详尽的记载。因不能按时缴纳税额，官府将这些灶户的家庭财产悉数查抄。若仍不足数，则将其子孙都捉拿到官府，让他们受刑挨板子，打得体无完肤。一时荣州市井哀鸿遍野，民不聊生。另有一种特权阶级，即做官人家的井盐生产者，谓之官户。官户因资金和特权优势，占有盐卤资源更多，经营的盐井更具规模，却免征税收。这使灶户平摊的税额更高，能产盐时尚可支付，产不出盐还空赋其税，倒被高额税收拖赘至破产。民间愤愤不平，连郡守李畋亦因此制度让治下的民众不能安居乐业而深以为患。

王伯琪虽无官职，但有义声，他与其兄义愤填膺地率领众乡亲来到州署，在州官前请求官户与灶户平摊盐税，废井请免其税收，以令一方百姓脱此困厄。李畋上京公干时，将此事力言于孙文懿公。孙公赞美他“抗意恤民，古君子也”，遂将这种税收制度的弊端写成奏章上报。后因受阻，此事被搁置下来。荣州的官户觉得此制会侵害他们的利益，对王氏兄弟恨之入骨。于是，他们栽赃陷害又诬告王氏兄弟，使其蒙受不白之冤，王伯琪含恨离世，他的兄长亦冤死狱中。

那时王梦易尚未长成，长辈皆力劝他长大要入朝为官，王梦易也哭着说：“父亲力为乡亲的公德之心，我哪能让他在黄泉之下都得不到申冤呢？”王梦易刻苦研读，终于皇祐元年（1049年）考中进士，调绵州法曹，迁青石令。他为包拯所赏识，推荐为右军巡判官，数雪冤狱。为完成父亲未了的心愿，王梦易数次向州县申诉此事，州县不置可否。他又向省部和使者申诉，亦未有回复。后来他又将诉状投递到宰相那儿。几经周折，诉状传递到掌管三司开拆司的青神人陈希亮那儿，他判定返还涉事三百五十家被没收的财产，免除十八口废井每年需要上缴的三十万斤赋税。

消息传到荣州，涉事的三百五十家人如释重负，他们终于又获得安身立命之地。所以，人们对为此事努力的王伯琪、王梦易、陈希亮、李畋心怀感恩。后来，几位恩人相继去世后，人们将他们的神位供奉在文庙里，时时祭拜。

王梦易的妻子向氏，是宰相向敏中的孙女。她的侄女（向氏虽为长辈，实则比向皇后小五岁）21岁成为宋神宗的皇后，40岁成为皇太后。王梦易贵为皇亲国戚，并不倚仗权势，而是百折不挠地为民请命，终于换来荣州人民的安乐生活。此事在千年以后，仍然为荣县人所感佩。

（李锦梅）

陆游摄政荣州

公元 1174 年，隆冬季节，已近天命之年的陆游，一步步“入荣州境”，“晚登横溪阁”，直至“别荣州”。此时的陆游，心情就像这季节一样，荒凉而无助。

陆游自幼天资聪颖，饱读诗书，12 岁即能赋诗文，29 岁时赴南宋首都临安（今杭州）参加礼部考试，名列第一，无奈被奸臣秦桧排挤而被除名。后虽赐进士出身，走上仕途，但是不断受到当权的主和派排挤打压。从首府临安，到镇江，到福建，到南郑，陆游一路走来，从抗金前线到无足轻重的闲职，让一心抗金报国的陆游怎不心灰意冷，悲愤满怀？

说长不长、说短不短的七十天，陆游的脚步走遍了荣州的山山水水，赋予了荣州大地不朽的诗韵，留下了宝贵的文化瑰宝。

有人说：世界不是缺少美，而是缺少发现。陆游毕竟是诗人，虽然意志消沉，但是他依然洞察到了荣州的民风淳朴、山清水秀和风光优美，赞誉荣州“其民简朴士甚良，千里郁为诗书乡”。其实，荣州人历来有读书吟诗的习惯，古往今来，人才辈出。陆游的这名句，让“诗书之乡”的荣州从此声名远播，闻名于世。诗人绝对不会想到，八百多年后，古老的荣州——如今的荣县，会因为他的“诗意盎然”，被中国诗歌学会“中国诗歌万里行”命名为首个“中国诗书之乡”。这是诗人之幸，也是荣州之幸、荣县人民之幸。

高斋虽破，但对阡陌桑麻、小桥流水、竹篱夕烟，亦是快意；夜坐西楼，可小酌听风，掩卷低吟，挥毫疾书，看“何当宿楼上，月明照夜春”。诗人选择了荣州，应该说是朝廷、是命运让陆游来到了荣州。而真正伴随陆游一生的，是诗歌。他一生写下诗词九千多首，在这“远方”的荣州，他依然与诗为伴，写下诗词三十多首，成为荣州人民不可多得的精神财富。

一个地方吸引人，要么源于美丽，要么源于传说。东山的啸台，就是这样的集美丽与传说于一身的去处。啸台，古称嚣台，传说得名于黄帝的儿子青阳玄嚣，他打虎行至东山，见此地风景优美，景色宜人，便在此休息。后有晋朝名士孙登来此隐居，他喜欢在嚣台吟诗长啸，遂改作啸台。啸台处在半山腰的悬崖峭壁之上，宽三米，长二十余米。站在啸台之上，极目四望，古荣州景致尽收眼底。浩渺烟水，层叠群山，看云卷云舒，落日晚霞，不由得叫人心旷神怡。传说已远，名士不在，诗人的惆怅跃然纸上，留下“废台已无隐士啸”的慨叹。犹如今天的我们爬上啸台，想寻找陆游的足迹，却已经被八百多年的风雨侵蚀，只能在传说里面去追寻。

和陆游一生相伴的，除了诗词，就是茶。陆游善茶饮，当过茶官，精于茶道，他曾经写下了300多首关于茶的诗篇。他不论走到哪里，都会随身携带几件“宝物”：除了写字作诗的毛笔、砚台、笔床，还有一样就是煮茶的茶炉。到了荣州的陆游，入乡随俗，喝起当地土茶，赞曰“杯羹最珍慈竹笋，瓶水自养山姜花”。而后，从归来亭到讲教洞，从望儿山到放翁亭，诗人经常邀约三五友人，品茗谈心，吟诗作对，“铃斋下榻约僧话，松阴枕石放吏衙”。

淳朴的民风和美丽的自然风光让陆游重新认识了荣州，愈发觉得这里就是梦中的世外桃源。当“斜阳寂历柴门闭，一点炊烟时起。鸡犬往来林外，俱有萧然意”时，有鸡犬相闻，老妪蓑翁，其乐融融，让人沉醉。于是，陆游在第五个儿子子布满月后就举家迁到荣州。陆游的夫人王氏是四川崇州人，荣州也算是半个娘家。于是，陆游重新修缮高斋，打算在荣州山水间逍遥一生。但是事与愿违，高斋的油漆未干，陆游却接到调令。就内心而言，他并不想在此了却一生，只是许国虽坚，报国无路。其实他依然时时渴望“一朝偶为旱岁起，卷海作雨飞霹雳”“三更冒急雪，大战梁楚郊”。

当“咚咚漏鼓催窗色，急急文书动驿尘”之际，陆游百感交集，他可以再一次驰骋疆场，保家卫国，从此“便恐清游从此少”，只能看“锦城车马涨红尘”了。

（徐林建）

“靖难之变”与胡子昭

“靖难之变”，是明朝开国皇帝朱元璋死后不久爆发的一场统治阶级内部争夺皇位之战，起于建文元年（1399年）燕王朱棣以“清君侧之恶”的名义举兵反抗朝廷，至建文四年（1402年）朱棣由燕王荣登皇位而结束，历时近4年。

由农民起义而登上皇位的朱元璋，为了确保朱明王朝千秋万代地统治下去，一方面加强君主专制统治，把军政大权牢牢地掌握在皇帝一人手中；另一方面，想方设法加强皇室本身的力量，具体的办法就是分封诸王。他把自己的24个儿子和1个从孙封为亲王，分驻全国各战略要地，想通过他们来屏藩王室。朱元璋是这样说的：“天下之大，必建藩屏，上卫国家，下安生民。今诸子既长，宜各有爵封，分镇诸国。”从全国来看，这些封藩主要有两类，一是腹里，二是边塞要地。受封诸王在自己的封地建立王府，设置官属，地位相当高。公侯大臣进见亲王都得伏而拜谒，无敢钧礼。

明朝洪武帝（朱元璋）驾崩后，由于建文帝年龄小，又生性仁慈懦弱，他的叔叔们各霸一方，并不把他放在眼里。这样一来，建文帝的皇权受到了严重威胁，于是兵部尚书齐泰、太常寺卿黄子澄、侍讲学士方孝孺和兵部侍郎胡子昭等建议削制封藩，讨伐诸王，以加强中央集权。

在大臣们的鼓动下，由方孝儒、胡子昭等人草拟了征讨诏檄，建文帝开始搞削藩运动。在削制封藩征讨取得初步成效后，朝廷正准备向北平燕王朱棣用兵时，早就想造反的朱棣立即举兵南下，以“清君侧”“诛奸臣”为名，自称“奉天靖难”，公开造反。他在攻破建文帝的各道防线后，于 1402 年 6 月 13 日攻破南京城。建文帝吓得从地道逃走，诸臣都以为皇帝已亡。文武百官大多数见风转舵，向燕王投降，但方孝孺、胡子昭等人拒不投降，结果被捕下狱。

燕王朱棣以“清君侧”之名将胡子昭杀害于南京，时年 41 岁。其临刑诗曰：“两间正气归泉壤，一点丹心在帝乡。”明正德八年（1513 年），胡子昭始得平反昭雪，追封兵部尚书，后又追封太子太保。胡子昭是荣县（原荣州）历朝历代官阶最高、声望最著、影响最大的历史名人。其忠贞不二、一心为国的品质，在四川乃至全国都有广泛的影响。有人称其“抗节不屈”之名“天下知之”。

胡子昭在明初靖难忠臣里并不算最有名的，毕竟他前面还有方孝儒和黄子澄、铁铉等官阶比他大的人。

在朝廷正式为靖难忠臣平反之前，明朝廷就有不少的放宽政策的行动。包括朱棣本人，虽因政见不同而大开杀戒，但私下里也曾表达过对建文忠臣的钦佩之情。朱棣死后，其长子明仁宗朱高炽在位虽只有一年，但释放了建文帝的儿子“建庶人”，赦免了很多建文帝的旧臣及其家属，把被流放的家属，除一人继续流放外，其余全部放归原籍，将没入教坊为伎的女眷全部放回（胡子昭之女胡银瓶，也因此能带着胡子昭的骸骨归老荣县东川沟）。但这只算是对前朝过于严厉和不人道的做法的一点点纠正，距从政治上平反还远得很。

万历时，距朱棣篡位已经一百二十多年了。皇帝这把龙椅，当年是骗来的，是抢来的，还是合法继承来的，已经不重要了。出于对当时并不太平的政局的考虑，万历帝正式为建文死难忠臣平反，下诏为“靖难”中尽忠而惨死的诸臣建庙祭祀，并对他们的后裔给予抚恤。万历三年（1575 年），建“表忠祠”于南京表节坊，官方正式祭祀胡子昭等人。此后，对建文死难忠臣的祭祀活动进入高潮，大量的祭祀庙祠从地下转为正式，并大量重建和扩建。

四川御史熊相于正德十年（1515 年），奏请朝廷为胡子昭平反昭雪，朝廷准奏。这时距胡子昭沉冤已将近 120 年。后熊相到川南巡按时，又为胡子昭墓立碑一块，上书“兵部左侍郎敕封明忠臣”，此碑至今仍立荣县东兴镇东川沟胡家坝。

（余仕清）

张献忠烧杀荣县城

张献忠（1606—1647年），出生于陕西省定边县郝滩乡，明末农民起义首领之一。张献忠成年后参军，当过延安府捕快，因事被革职。后至延绥镇从军，因犯法当斩，主将陈洪范观其状貌奇异，为之求情于总兵王威，重打一百军棍除名。明崇祯三年（1630年），张献忠积极响应王嘉胤的反明号召在米脂起义，自号“八大王”。由于他身长瘦而面微黄，须一尺六寸，军中称为“黄虎”。次年，参加王自用联军，为麾下三十六营之一。他英勇善战，很快成为三十六营的主要首领，并以能谋善战的“八大王”出名。王嘉胤死后，与李自成等归附高迎祥。高迎祥称“闯王”，张献忠、李自成号“闯将”。崇祯八年（1635年）参与荥阳之会，议决进取，张献忠与高迎祥等共攻略东方。不久，张献忠与李自成因小故开始分裂，张献忠率部攻长江流域，李自成攻黄河流域。张献忠部队多次入川作战，三次攻占荣县城，荣县屡受兵灾之祸。

崇祯十二年（1639年），张献忠起义军因被明军围剿，采取“以走制敌”“避实击虚”的战术，向四川转移。崇祯十三年（1640年），起义军由湖北西北部入川，主要沿长江一带到四川中部，在四川转战半年有余。明兵部尚书杨嗣昌驻兵重庆，主持对张献忠起义军围剿事宜。十二月，张献忠攻克泸州，接着由泸州出发进攻成都。起义军一部途经荣县，攻陷县城。荣县典史（掌管缉捕、监狱的地方官）马如圮被起义军所杀，知县孙光烈只身脱逃。县城和义街（今河街）、柱史街等西南诸街几乎被打砸烧尽。次年正月，农民军在开县（今属重庆）

黄陵城被官军左良玉部追及，双方激战，左良玉逃走，左部参将刘士杰、游击郭开力被击毙，官军将士死伤过半，农民军大获全胜。此战后张献忠挥师出川，兵锋直指鄂中。

崇祯十七年（1644 年）正月，张献忠率军再次由湖北西北部沿长江一带入川。此时，经过 3 年湖广鏖战的起义军已发展壮大，张献忠在武昌时已自称“大西王”。六月，大西军攻克重庆，杀掉从汉中逃来的瑞王朱常浩、巡抚陈士奇、兵备副使陈纁、知府王行俭等一批明朝宗室和官僚。农民军分三路向四川首府成都挺进，沿路州县“望风瓦解，烽火数百里不绝，成都大震”。其陆路起义军经永川、荣县、资阳、简州，再次一举攻克富顺、荣县城。

十一月，张献忠在成都称帝，建立大西政权，以成都为西京。置左右丞相、六部尚书等文武官员，任命郡县各官。分封义子张可望为平东王，张定国为安西王，张文秀为抚南王，张能奇为定北王。分兵四出，欲占据全川。各地的明朝将领纷纷聚集兵马，袭击大西农民军，屠杀大西政权地方官员，给大西政权很大威胁。对此，张献忠进行了严厉的镇压。

大西到荣县接管政权，知县秦民汤携县印逃到县南约 90 里的莲花寺。寺里的僧人平时练习少林拳，武艺高强，愿意为官府效命，名为“僧兵”。大西派人到莲花寺向秦民汤索要官印，秦民汤和僧兵将他们打杀了。大西军日夜兼程奔赴成都，请求派兵增援，于是大西军从成都调派万余人马到荣县，围攻莲花寺。僧兵寡不敌众，全部被歼灭，知县秦民汤被俘后处死。

其时，大西尚未接管荣县政权。荣县武学生出身的曹璜（时任都司）、曹珍（时任守备）兄弟俩随副将杨国明驻守嘉定（今乐山市），听到大西欲占据全川这个消息后，立即准备组织人马回荣保卫家乡，并请副将杨国明派兵帮助，杨国明没有答应。曹璜便率领所部 300 余名士兵奔赴荣县，并招募兵丁，而饥疲之民，不堪其选，仅招募到精壮者 600 余人。时值范张荣自号“泣天无主都督”，拥众一方，曹璜认为他讲义气，相约与之合讨敌军。曹璜将家庭生计托付给兄长，自率 1000 余人迎敌。交锋 3 日，范张荣却无一兵相助。曹璜以孤军阻遏敌军前锋小霸王于羊喘之间。官军虽少，但关系身家存亡，无不以一当

十、奋勇当先。最终敌人被击溃，官军追击 10 余里。次日，张献忠军大部队开到，城周满山皆兵，将县城围困。曹璜部队从早晨至中午都未冲出包围圈，随从士兵却已伤亡大半，败势已定。申时（下午 3 至 5 时），曹璜部队转移到城北山后，旁有悬崖，曹璜与家丁跃马而下，马毙，人却安然无恙，竟得走脱。大西军破城后进行全城屠杀，男女老幼无幸免者，全城染满了鲜血，东门藕塘尸骸堆积如山丘。

大顺三年（1646 年）初，清朝改派肃亲王豪格为靖远大将军，和吴三桂等统率满汉大军，全力进攻大西军。十一月，豪格派护军统领鳌拜等将领突袭大西军。二十七日晨，清军在西充县太阳溪与张献忠军相遇，张献忠不幸中清将暗箭身亡，时年 41 岁。张献忠死后，他的部将孙可望、李定国、刘文秀、艾能奇、冯双礼等率领农民军向南转移，后与南明联合，共同抗击清军，转战西南各省，坚持了近 20 年，直到清康熙初年。

明末清初，由于战乱频仍，荣县境内地旷民稀，田园荒芜。清康熙初，清政府推行实边政策，低征田赋，奖励入川垦殖，大批移民入川，后称“湖广填四川”，由湖广迁徙入县的较多。康熙二年（1663 年），全县仅有 1000 余人。经过 100 余年休养生息，到乾隆六十年（1795 年）时，全县人口达到了 11.22 万人，农业、盐业、商业也逐步恢复并走向繁荣。

（李国权）

清代李蓝起义军血战荣县

清咸丰九年（1859年），爆发了清代西南地区规模最大的一次农民起义——李永和、蓝大顺农民起义。1859年7月，云南昭通破产农民李永和、蓝大顺等在牛皮寨聚众起义，史称“李蓝起义”。李蓝起义自1859年秋至1865年夏，历时6年，转战滇、川、鄂、陕、甘五省，起义军人数最多的时候达30余万，沉重打击了清朝统治。

1859年10月，李、蓝率义军六七百人由滇入川，连克筠连、高县、庆符（今高县北）诸县，以“打富济贫”“除暴安良”为号召，深得四川人民拥护，队伍迅速发展到数千人。中旬，起义军渡过金沙江，围攻叙州府城（今宜宾市）。久攻不下后，于12月8日主动撤围，李部进入宜宾县青山地区，蓝部沿岷江北上，直趋犍（为）乐（山）盐场。嘉定府（治今乐山市）之犍为、乐山、荣县和叙州府之富顺，井灶林立，是四川最主要的产盐区。川盐收入为清王朝重要财源之一，也是当时四川协济湘军军饷的主要来源。蓝部此举严重威胁犍乐、荣县、富顺一带产盐区。清政府急调萧启江部湘军6000余人入川，川、陕、甘、鄂各省清军数万人也赶赴犍乐、自贡盐场一带，防堵义军。但起义军行动迅速，一举攻占犍乐盐场，获大量资财，并吸收大批农民、盐工加入。

1860年1月中旬，起义军由宜宾经荣县五宝镇攻犍为，途经董家场（今东佳镇），场镇集市被毁。起义军进攻犍为县城失利，进至罗城场附近的铁山地区，随后突袭荣县贡井、富顺自流井，转战荣县李子桥（现李子）、豹子山、杜家井（现度佳镇）、文昌宫（现文昌）、雅鹊冲、大才寨等地，直至1862年10月起义在荣县平息，历时近3年，伤亡不下1000人。

1860年1月23日，即清咸丰十年正月初一，这天雨雪交加，清军躲在营房里过节。趁此机会，起义军2万余人从董家场拔营，经杨家场隐蔽地进至荣县，于26日进到了贡井、自流井。井地周围数10里内的物资储备，尽为起义军所有。起义军以贡井天池寺和谢家松林为大营，四处活动；同时，大量吸收盐工、小贩和贫苦农民加入，队伍很快发展到10余万人。

清军特别加强了荣县、富顺的防守，由占泰（任川北镇总兵）和虎嵩林（前湖北宜昌镇总兵）等率重兵驻守界牌、程家场一带。1月26日，起义军占据天池寺及谢家松林为大营后，清军总兵虎嵩林在三十里外扎营，派团练打前锋。次日，团练到达柑子坳，叫骂阵前。起义军兵分三路出击，团练有些胆怯，虎嵩林率先逃跑，起义军气势益胜。一段时间后，参将明耀光到达，在浸水坳扎营。荣县人余镇江率几百人焚烧起义军望楼，激怒起义军，起义军出来后又先行逃跑。3月，起义军从富顺返回贡井，明耀光在中溪伏击渡溪的起义军，起义军被杀死或淹死300余人。起义军为摆脱清军，决定撤离贡井、自流井。3月7日深夜，起义军冒雨从天池寺出发，经柑子坳、秀才坡向川西转移。新任四川提督占泰事先察知起义军将要撤离，急令各路清军堵截。3月8日，一路起义军到达桥头铺（今贡井桥头镇），扎营高坳的清军军吏高某带领1000余守军据险以守，不与起义军交战，起义军离开。一路起义军到达李子桥，仅到荣县3日的清军副将张万禄看到尘埃遮天蔽日，知道起义军到了，当即率兵与起义军在沙子坡交战，杀死众多起义军，起义军从唐家坝败走，张万禄又率军追至豹子山与起义军激战。8日下午，起义军使计，伪装成明耀光旗帜，大声呼救，张万禄信以为真，便催马下山，前去救援。到山下方知中计时，已经失去地利，被围困于豹子山下。张万禄骑马持矛迎战，战马陷入泥田之中，遂下马短兵相接。张万禄奋勇杀敌，受创20余处，无奈寡不敌众，只好指挥部下撤离。但是300多人没有一人逃跑、投降，都殊死搏斗、以身殉难，田里的水都被血染红了，张万禄和参将施嘉泽、都司关某以及里人王香馥等都死在这里。

豹子山一战后，起义军大部向西转移，气势更盛，四处袭扰官军。

时起义军所到之处，虎嵩林总是微服逃遁，待起义军走后，他又返回。6 月，起义军头目何复带队到文昌宫（今文昌），知县罗廷权命令团练在土地场进行防御，失败后退守屏风山。起义军追至麻柳坳，遇到一卖糖为生 80 余岁虞姓老人，询问他关于县城中的情况。老人说城中兵士众多，武器精良，地势又十分险要。于是起义军离开了，没有进攻县城。

起义军围攻井研数月不克，于 9 月初撤围，分兵转战于川南各地。一路由县西到东川沟，又到鸦鹊冲（属今高山镇），一路从县城西南到古文场，一路由过水坳（今过水镇）直逼郝家坝。

1861 年 4 月，起义军一部到达长山桥（今长山镇），清军参将胡中和驻扎在县城。胡中和率队外出巡察，在碓丘崖与起义军相遇激战，左腿受伤撤退。起义军进到双石桥（今双石镇），聚万人攻大才寨而难以攻破，到大才寨附近白庙寺高呼要与大才寨的人言和，大才寨的人都聚集观看，起义军从偏僻的地方搭梯而上，打开寨门，大才寨被攻破。此战大才寨被杀 300 余人，被俘 100 余人。7 月，起义军趁夜到达程家场（今贡井成佳），守住要塞，挨家挨户掳掠，将二三十人以绳子捆手连成一串，名曰“安夜篆”。

李蓝起义在荣县的战事是起义早期的缩影，是起义发展壮大的关键时期。起义以“打富济贫”“除暴安良”为号召，队伍迅速发展壮大。自 1859 年 7 月李蓝起义爆发，六七百人由滇入川，到攻占犍乐盐场发展到 2 万余人，再攻占贡井、自流井后队伍迅速发展到 10 余万人，起义队伍人数最多时发展到 30 余万人，活动范围遍及 5 省之广，坚持 6 年之久，沉重打击了清朝统治，客观上支援了太平天国起义。但后来起义军分区作战，未形成统一的领导核心，各战区缺乏有力的战略配合，绵州、眉州之战又采取长围之策，进行阵地决战，终致失败。由于起义军没有完善的管理制度，也造成了打砸、抢劫、烧杀地方百姓的混乱局面，故史书有称“李乱”或“李逆乱”者。其打砸、抢劫、烧杀行为对荣县经济社会造成了极大破坏，加之 1861 年天旱，赤地千里，饿殍满地。

（李国权　黄静）

1943 年冯玉祥在荣县

冯玉祥先生是进步的爱国高级将领，他在抗日战争后期，亦是在国力很弱的时候，在陪都重庆组建了“中国国民节约献金救国运动总会”，并两次奔走四川西南各县市，深入民间发动民众献金救国运动。第一次是 1943 年（民国三十二年）11 月 18 日，他从重庆出发，到自流井、威远、荣县、眉山、彭山、新津、双流、成都等地，奔波 70 余天，平均每天对群众讲话 4 次，共讲演 300 多次。第二次是 1944 年 3 月中旬，他亦是从重庆出发，到江津、合江、泸县、隆昌、富顺、威远等县市发动民众救国献金。冯先生劳心焦舌，废寝忘食，激发起了后方民众的抗日救国热情。这不仅增强了抗战中的经济力量，而且对于促进西南数千万民众的觉醒和奋起战斗，坚定他们抗日救亡的信心起到了重要作用。

冯先生为杜绝一般捐款的弊病，定了四个原则：一、免去大包小包，捐款由本会直接送达；二、献金的用途，是慰劳前方忠勇将士，救济苦难同胞及荣誉军人，多则用作建军；三、不开支，凡是为此运动，一切消费全由发起人自掏腰包，不得开支捐献款一文钱；四、完全自由自愿，不加丝毫勉强，每月每人出十万不为多，出一毛钱也不为少。这样一来，民众对冯先生领导的献金救国运动就信任了。冯先生为了说到做到，亲自往川西各地指导。

1943 年 11 月 8 日，他一早自重庆起身，中午 12 时到永川，在一家小饭店吃了午饭，晚间抵内江在中国旅行社招待所住宿。9 日上午到自流井，领导献金运动数日（包括赴威远县发动献金在内）。

11 月 16 日上午 9 时，冯先生一行到达贡井。9 时半，冯先生被邀前往旭川中学给教职员工和学生讲话。旭川中学系大盐商余述怀先生创办并自任校长，共有教职员工 40 人，学生 331 人。冯先生讲说尊师重道意义及节约献金道理，师生们热烈响应，当场献金 7 万元，余述怀先生另献金 10 万元。胡联华说："我听过多少人讲演都不动心，因为都是走江湖，油嘴滑舌地说一套。只有这次听冯先生讲话，我居然感动得流泪，因为讲的都是真话、实在话。"后来，冯先生到余述怀先生家坐了一会儿。有一位从乡下来的胡先生说，他家住太平乡，有 10 个孩子，每人都愿献金，共献 5000 元，再捐牙祭费每月 200 元。

正要开车前往荣县时，忽然跑来两个童子军，是育才小学的学生。这两个学生说，他们学校师生感到原来所捐少了，就再想捐献 10 000 多元，因怕冯先生走了，所以叫他俩先来说。冯先生说那里设有分会，把捐款交分会也一样。说话间，又有位邬玉生先生来捐款，一下就捐出 10 万元。

冯玉祥离开贡井，下午 2 时半到达荣县城。荣县是冯玉祥由渝出发的第三站，县长黄希濂对冯先生说，他曾在西北干部学校读书，常考第一名，后来考上北京大学，还是经冯先生特别准其请假上北大的。他在荣县做了三年县长，做事有魄力，把街道全改宽，铺面修建整齐，新建县署。冯先生在县政府休息片刻，就去拜访赵熙老先生，赵先生家距县政府不远。赵先生时年已 78 岁，视力较差。相谈十余分钟，冯先生告辞。后前往县政府后面的民众体育场，参加民众欢迎大会。体育场主席台刚修完，宽敞宏伟。当天到会人数，据报告为 5896 人。冯先生讲话时先致候众人，然后说节约献金救国的事。会后，他又前去参观中城镇小学。该校是利用旧有文昌宫改建，宽敞明洁。冯先生说，各地小学都应利用旧时宽敞庙宇改为校舍，化无用为有用，为地方多出人才，这比磕头烧香好得多。回来时，冯先生又看了看民教馆旁的"放翁诗境"和"莲池"两处景点。晚上 7 时，冯先生又在县政府大礼堂对机关领导和士绅们讲话，与会的有 100 人左右。冯先生首先感谢大家的迎接，说"甚不敢当"。接着又说一走到荣县城，就觉得是新天地新景象，一切都有朝气，有精神。县长固然努力，也靠大家帮忙，才有此成绩。冯先生说："什么事情，我们自己不去创造，还等着外国人来替我们建设吗？"冯先生又说："中国人多有惯性，日久天长，成了恶习，什么事都不愿做，懒得很。而且怕多事，树叶子掉下来都怕砸着。看见别人一做，又说是'冒失鬼'，在一旁说风凉话。所以，荣县这样的大建设，一定有人反对。实在说来，而有这样有魄力的县长，应当为诸位恭贺！"冯先生讲完后，黄县长表示荣县人对任何事都不会落人后。接着，陪冯先生来此的盐务总局朱宝岑总工程师说："冯先生不是来要我们出钱，而是来救我们的。我父亲仍住北平，已88岁了。现在日本鬼子对于60岁以上的人，不配给粮食，他老人家只好与60岁以下的人分着吃，顿顿吃不饱。'九一八'的时候，大家都说在关外打没有关系。可是不几年，华北也亡了。现在大后方的人，又说是在宜昌那边打没有关系，这观望态度是不对的。我们一定得赶快起来挽救我们的国家！"

冯先生因有事，先离开了会场后，会上开始动员献金，先由黄县长说出一个人捐献的数字，由到会的人自行决定该献多少。只一会儿工夫，就献金一百六十万元。黄县长还说以后要长期献金，希望荣县人民每人每月二元，又为一百万元。后来，冯先生认为短时间获得这样好的效果，是民众平时有组织有训练的结果。

冯先生到荣县，住在教会旁边的仁济医院。这儿房舍宽敞整洁，服务周到。冯先生认为在这偏僻地方，建有这样的建筑是很不容易的。冯先生为此做《仁济医院》诗："外国人，设医院，特别宽大在荣县。房子多，几百间，英国真算是有钱。这点心，用得远，最少打算几十年。有参谋，有副官，通通住在楼上边。更可见，有打算，深谋远虑为哪般？"

17日早上，冯先生到华美女中讲话。这个学校是教会办的，就在仁济医院旁边。冯先生说："我对于'主'的道理，还是个小学生，我希望继续不断地学习。《福音》上有一段话：'敌人来在国境内，吹起号筒。'现在，敌人在宜昌，我们的号吹得够不够呢？不够！我们要经常揭露敌人的罪行。如现在北平、天津及沦陷区各地，60岁以上的人不配给粮食，活活饿死。这也是应当让大家知道的。如今，已有30多个国家做我们的朋友，这个仗一定会获胜的！再如美国、英国的节约情形，美国人把西装翻领剪掉，裤子翻起的地方也剪掉。一个人虽省不了多少，而全国都这样做，就省得多了。美国人这样做，英国人就马上仿效，英国皇后拿尺子把宫中的洗澡盆都画上红铅笔印子，只有三寸深，用水不许超过，又把宫中所养九百头大鹿，留下一百头作种，其余八百头都杀了，送给前方军队吃……我们应该学习此种爱国节约的精神……"

在华美中学讲话后，冯先生同黄县长到东门参观富东乡中心学校。学校设在乡公所和大队部旁，旁边又有合作社、保健部。当时新县制倡导的"教""养""卫"可算连成了一片。冯先生还受邀前往大佛寺。因为另有事，冯先生未进寺内，只在外面了解了一些修建大佛寺的过程。说是一峨眉和尚，募化了 68 年才建造完成，冯先生对此毅力亦很称赞。

冯先生看见路旁麦子地都是一墩一墩的，就对黄县长说："我给你提条建议，北边种麦子都是成垄，南边这种种法，实在要少收许多，你们可以照北边的种法试验。"黄县长马上回答说："一定试验。"冯先生又走绕城公路，由东门到南门。此处新建大桥一座，拆去城墙一段，公路通入。冯先生一看正是河水直冲的地方，就说："应该培修这靠城墙的一面，不然涨大水的时候，城中怕要进水了！"

冯先生回到住处，已是下午 5 点。又去文庙"文学舍"赴赵熙、刘鸿岷、黄岗、李焕平诸位先生之宴。当晚，黄希濂县长向冯先生汇报其在荣县的施政大概。

18 日早上 7 时，冯先生去县府大礼堂对学生讲话。他在讲话中说："现在有机会读书，勿忘前方数百万之流血将士，要学习司马光求学的'四忘'（忘饥、忘渴、忘寒、忘暖）和孔子的'发愤忘食'以及孙中山的'三不'（手不释卷，笔不旁挥，汗不停流）。我们是四万万五千万人的大国，被数千万人的日本揍成这个样子，这完全是知识不如人，非得咬牙用功不可。用功有个简便的方法，就是要尊师重道。有些地方的学生给先生起外号，看他个子大就叫他'骆驼'，个子小就说他'蹦三蹦四还够不到二道梢箍'，就给他起个外号叫'一梢箍'。这样对待先生，先生如何能诚心诚意来教你们呢？"

冯先生还为不少人题写字画，又写了"还我河山"四个大字，预备刻在东门外的山壁上。其时，有一位画家拿了许多画来找冯先生题字。冯先生见其中有速写人像，问所画是谁。画家说是为冯先生速写的。冯先生打趣地说："这倒像我的表弟。"这个画家一定要冯先生签名题字，冯先生只好签了。后来冯先生给画家做了一首《画家》诗："一位新画家，也好画人像。画好找我看，是谁都不像。定要我题字，题为冯玉祥。我就慢慢抬起头，对他脸上细端详。一点不像我，好似表弟样。大家都笑了，他并不张皇。还是要我题，题个冯玉祥。冯玉祥来冯玉祥，这样的画像，永远不会有进长。"

冯先生在荣县只住了两天多，18 日下午就起身前往五通桥。在荣县停留时间虽不久，但效果很好，募金 160 万元。冯先生对荣县人的精神振奋和爱国情绪高涨印象很好。

冯先生后于五通桥亲自写了《给热心救国朋友的第三封信》，信中说："荣县是全国唯一实行新县制的模范县，教育发达，人民爱国的情绪尤为高涨。讲话两次以后，为时不过 4 小时，即捐献 160 万元。此后按月捐献，则拟全县 50 万民众，每人献金 2 元，月可达 100 万元。每人每月节约 2 元，对己实无所损，对国却有大益。全国各地均能如此发动，不仅救济方面有了办法，于建军方面，也可得到大的补助。"

12 月 21 日，冯先生在新津县又印发出一份《火热的节约献金运动》书信。其中叙述荣县时说："全县教育，异常发达。加之人民的爱国情绪也极高涨。在我讲了两次话以后，为时不过 4 小时，就捐献了 160 万元，而且以后要发动全县 50 万民众，每人每月节约 2 元，就是月献 100 万元。"从冯先生写的两封信看，荣县人民战时节约献金，于救国是有极大贡献的。

（徐雨琛）

丙子干丁丑

1936年（丙子年）至1937年（丁丑年），荣县遭受特大旱灾，民间称“丙子干丁丑”。

1936年7月起，天大旱，全县未下透雨，旱情延续到翌年春夏。田土龟裂，塘堰干枯。1937年4月30日，始降甘露，所得雨37毫米。久旱土干，所降雨量，土壤尚未润湿，继之骄阳肆虐，南风时作，田畴龟裂，农民播种的旱作物大部枯萎，玉米、高粱等无法下种。立夏已过，尚无秧苗栽插，而秧母秧苗亦多枯死。入夏，小春大为减产，胡豆、豌豆大片干枯，成片无收。

5月，县政府向省政府报：“去秋至今，继续干旱，无论山林原野，土质均变焦结。去秋即已大欠，今春又复无望，人民生计日愈困苦，四乡饮水，亦告欠缺。西北一带，朝夕不见炊烟，饿殍载道，乞食成群，饥荒之象，惨不忍睹。”据西北山区第四区区长何裕光报告：“该区地处西北两方，重山秃岭交错，而土地浇薄尤以本区为甚。大旱之际，饥民之众，为全县之冠。本区地质田土尽系粘泥，旱地多杂沙石，土质最劣。自去秋干旱以来，土皆焦烁，而田则龟裂，有若石块。及至今夏，如宜宾得雨固早，而本县附城东南一带，亦皆于旧历四月中旬已降大雨，惟本区数十里迟至四月之超，始行得雨。可插之秧，或系成节老黄。新播种者，时节已过。老苗入田既难出谷，新秧插后又多萎死。总计本区田亩当以千计，而栽插之田不及十分之一点五，观察其收获不及一成。至于土内干粮，至五月之后，霪雨经旬，稷菽等多为水渍，收获亦仅得半。本区田多土少，区区干粮裨益殊浅，其情形之特殊，真有出乎意之外者。惩前毖后，隐患堪虑。窃思本区去岁秋成善称丰稔，春间遇旱犹饥饿载途，几难维系。而今夏之栽插又如是其微，稻谷之收竟已绝望，遥遥岁月，如何度过？故一般民众无不惴惴自危。迩来比邻犍、宜山地拦劫之案既以层出迭见，一至秋后旧粮已尽，新谷不登，灾害之严重，必有不堪言者。”

6 月，省政府训令荣县：“鉴于去冬天旱，今春又未下透雨，小春收获平均不足三成。要求全县普遍修筑塘堰，实行以工代赈，口粮由业主负担。”并规定救济春荒贷款办法：一、业主贷与佃户；二、富绅贷与贫农；三、乡镇仓积谷借贷。施行后，灾民得以暂时维持生活。一方面筹募贷款办理急务，一方面拨赈款，但为数甚微，杯水车薪，无济于事。因而成为纸上空谈，无力抗灾赈灾。

1937 年，高山、梧桐等地的农民，在中共地下党领导下，向地主王清模、张一法等发起了“吃大户”斗争。

同年 5 月，继续天旱，县政府召开各机关法团、联保主任会议，提倡育迟稻，并从省外运回晚稻种子，栽迟秧，打迟谷；印宣传资料，发至各联保、保、甲，以利农户施行，视为补救本年旱灾最好的办法。5 月 7 日，县部通知各联保、保，一律于 5 月 11 日在就近山头放炮，以震动空气下雨。此时旭水河已干枯断流。

同年秋，县境各地发大水，从 8 月 7 日至 28 日，程家区、五宝镇区、董家场区、长山桥区，农田冲垮无数。旭水、越溪、牛尾等河水猛涨，沿河两岸禾苗、人畜、财产均遭受重大损失。

“丙子干丁丑”，重灾涉及全省 140 个县，我县是其中之一，受灾面积 1227 平方千米，灾民 86 229 户，人口 434 052 人，约占全县农户的 83%。全县 68 个联保，重灾区 45 个，次灾区 23 个，因而列入全省作为救济的县份之一，拨款二万元救灾。

据 1938 年荣县所辖各区调查统计，1937 年实收粮食的情况是：水稻全县下播为 40 万亩（约合 2.7 万公顷），收成不及一成者约占 60%，一至三成者约占 30%，三至五成者约占 8%，五成以上者约占 2%。实收黄谷 3067 万千克，比过去正常丰收年（以下同）10 261 万千克，减产约 70.6%。除玉米、马铃薯保产外，高粱略有增产。棉花减产约 45.1%，小麦减产约 41.2%，胡豆实收 38 万千克，比丰年 170 万千克，减产约 77.65%，豌豆实收 57.5 万千克，比丰年 291 万千克，减产约 80.2%。

附 竹枝词《诛掘芭蕉头》

荣县自去秋（1936 年）至今，八个月仅小雨两次，田土龟裂，灾荒程度日甚一日。饥民 20 余万，无所得食，掘观音粉、芭蕉头充饥。

兹觅得掘芭蕉头竹枝词。

不信今年是厄年，今天无雨又明天，
田头干裂土头死，问有生机在哪边。
入春无雨到清明，四野苦无青草生，
结队携锄城里去，可知城外有饥民。
两行街柳正翻底，掩映芭蕉一望齐，
你知爱它风景好，我饿不服择东西。
蕉叶燕头坎弟锄，蕉身连壳味如何，
拖儿带女团团坐，明日东家尚有余。
连日街头结队行，清荫除尽不须惊，
春来旱至无甘雨，何必窗前叶打声。
无端日日掘蕉头，食可求而不可求，
秩序有关汉命重，燎原饥火几时休。

（龙达舜）

水打南门坝

自北宋元符元年（1098 年）以来，到 1949 年间，荣县发生过大风、冰雹、干旱、洪涝、病虫害、地震等重大自然灾害共 56 起，其中民国三十四年（1945 年）的那场洪灾，是荣县历史上一次特别重大的自然灾害。

民国三十四年（1945 年）7 月 9 日至 11 日，荣县发生了百年罕见的特大洪灾，也就是人们所说的“水打南门坝”。城区日降水量 158.8 毫米，山洪暴涨，河水入城，深达丈余，南门坝水深 3 至 4 米。水灾将南门坝一带房屋、人畜、农田等冲没殆尽，城区川主庙粮食储藏所、河街、南街、花巷子、桂林街均水深数尺。王家坝田野横尸数百具，附城四乡淹死 195 人，全县经济损失 10 018 011 元。省政府核准扣减稻谷 14 200 市石（合 710 吨），缴款代购谷 71 100 市石（合 3555 吨），并核发赈灾款 400 万元。

据原居住在上河街现年 87 岁高龄的谢恕宏老人回忆：民国三十四年，他 15 岁。半夜涨水，他随父母爬上屋顶才得以逃生。他说“张簸箕”一家 5 口人，只有 1 人逃出来。“徐瘟猪”在南门坝开馆子，办旅馆，接待的都是些下苦力的人。当时，住旅店的大约有 20 人，全部淹死。当天有一家结婚的，主人和请的客人全都死于那场洪水。

同样，原住在河街的刘传麒老人回忆道：涨水那年他才 4 岁，当时他妈妈抱起他往楼上逃。他们家是一楼一底的楼房，家里进水，家具都漂起来了。河街底层进水，南门坝一带的茅草房或平房全部被水淹没。

退休干部罗俊辉详细地回忆了当时涨水的情景：

"1945年，大姐、二姐相继离开了家，离开了荣县。农历六月初一，下了大雨，旭水河涨了大半河水。南门坝一带的穷苦居民存在侥幸心理，认为今年的洪期会平安地过去，缺少防范意识和措施，像往常一样劳作和生活。初二时，乌云密布，雷声隆隆，旭水河涨水。白塔山上流下的山水，穿过田土坝子，顺着竹子市流向河里。我和小伙伴们就在河边去打水凼凼。晚饭后，又下起了雨，父亲（泥工）照样要进城去闲逛，想碰碰运气，看能否找到明天的活。母亲与我和弟弟在家已经睡了。不知过了多久，父亲过了南门桥、黄桷树，在离家还有20多米时，忽然听到有人呼喊'涨水来了！'又听见父亲说'才半河水，大惊小怪的'，他又到邻居家串门去了。不知又过了好久，大约是晚上11点左右，父亲对母亲喊叫：'涨水来了，起床快走！'时间紧迫，什么也顾不着拿。母亲抱着弟弟，父亲抱着我，掀开门，向十多米外的李染匠李大娘家跑去。李大娘家地势高，她家的房屋和祖师庙周围几十间房连成一片，不易被洪水冲垮。李大娘家就成了邻居们逃生的最佳场所。我们刚上石梯进李大娘的屋，洪水就跟着进屋往上涨。李大娘忙搭上楼梯，指挥大家上楼。有些人吓瘫了，只好连拖带扯地拉上楼去。父亲把我们送上楼后，他不听大家的劝阻，一个人硬要回家去看看。父亲走后，雨更大了，风也大，电闪雷鸣，人们呼喊救命的声音，洪水的咆哮声，房屋树木的倒塌声，以及孩子的啼哭声响成一片。又过了几个小时，洪水终于停止了上涨，这时的洪水离楼口只有30厘米，坐在楼口，就可在洪水里洗脚。从稀疏的电闪中，可以看见洪水正在消退。雨小了，风也停了。我和母亲整夜都在担心父亲的安危，直到天亮也没有消息。

"第二天（六月初三），天已大亮，洪水像一只怪兽吃饱了似的缩到旭水河床里去了。有的人被洪水吓昏了，不敢动；有的人壮着胆子下了楼。放眼望去，可望到白塔山脚。我们的家没了，连着几十米长的一座座房子没有了，四处光光的，满地垃圾、粪便、浮渣、淤泥、水凼，空气中散发着臭味、腥味，阴风惨惨，满目凄凉。我吓得双手紧紧抱着母亲，母亲没有父亲的消息，泪水打湿了她的衣裳。那天父亲下楼时，正好洪水上涨疯狂。回家时，洪水已有1米多深，借着闪电的亮光，父亲看到家里的坛坛罐罐和屋里的四水锅都浮起来了。他根据多年的经验认为洪水涨了，很快就会退去。于是他把家门关上，想不让家什浮出门去。正在这时，父亲听到程氏母女急喊‘罗三爷救命！’父亲赶快叫她们抓住料棒棒，自己也抱着一根棒棒被洪水冲走了。在经过擦耳崖时，也正是锁江桥被冲垮的时候，擦耳崖边锁江桥左侧下方有个大的石厂，洪水到那儿就形成了一个回水沱。父亲恰好被卷入了这个回水沱，他大喊救命。石厂边一位姓陈的好心人听到后，急忙开窗伸下一根竹竿来，父亲抓住竹竿，被陈家父子二人扯上去，捡回了一条命。”

查阅荣县民国时期档案，虽然社会各界对水灾也有一定的重视，省政府和县政府对灾害的救治制定了相应的法律法规（如01—08—047卷《四川省政府四川省第二区行署荣县政府关于赈灾公债的训令、条列》、001—14—140卷《四川省政府四川省第二区行政公署荣县政府关于筹办农贷款、救灾的训令、呈》），对灾区进行了核减稻谷、赈灾等（01—08—685卷《四川省政府荣县政府关于核减款额豁免租捐追收欠款财务审核的训令、呈、清册》），但是受时局的影响，灾难来时，黎民百姓在滔天洪水中形同鱼虾，命若游丝，只能自己救自己。

据荣县档案馆馆藏档案和史料记载，当时很多项目不按工程设计和施工规定建设，导致基础设施薄弱，地下通道不畅；加之旭水河河床浅而狭窄，陈年的垃圾、淤泥堆积，在荣县出现大水灾时，整座县城排水系统堵塞，造成百姓被淹死。当时张炳富在荣县的采访报道《请看荣县大水灾》经重庆《大公晚报》刊载，影响巨大。

洪灾，留下了惨痛记忆。时至今日，洪灾依然是人类所未能驯服的对手。

（刘玉芳）

推行“新县制”，创建“模范县”

1941 年 5 月 14 日，荣县县长曾德威离任。1941 年 5 月 15 日，四川省政府委任黄希濂为荣县县长。黄希濂到任后，即向荣县各界人士代表表示：“我是来推行新县制的。”他向荣县各界人士宣誓，立志三年把荣县建成全国“模范县”。黄希濂特意在县政府门墙作了两幅大壁画，并题写“荣州上下，努力建成模范县；抗战前方，争取最后大胜利”。

推行“新县制”示范县，是国民政府选定的荣县，教育部亦以荣县为国民教育示范区。黄希濂带领黄秉盈（时任荣县政府主任秘书）、妻子冷蜀德（时任荣县华英女中校长）等人在荣县政府机关法团和学校中精心选拔组建“核心班子”，负责“新县制”的决策与实施。

荣县政府改甲、保、联保、区、县五级为乡镇和县两级。县设参议会，乡镇设代表会，保设保民大会。除县长暂不选举产生外，乡镇长、保长分别由代表会和保民大会选举产生。

荣县政府开展“三大运动”，推进“五项建设”，突出“管、教、养、卫”四项工作。

在“管”这个问题上，要求各乡镇和县政府在人事、文书、会计等方面必须实行科学管理。县政府新修政府会议堂、办公室及房舍和万人体育场（一方面开展大型群众体育活动，另一方面便于召开大规模的集会）。全县 54 个乡镇公所，均建有乡队部、仓库、操场、合作社、保健所、调解室、电话室和礼堂。全县 548 个保，都有立保办公处、保队、合作社、办公室、会议室、户文卷柜、保健室等。政府采取集中训练的方式，对正副乡长、乡公所职员及各级干事进行培训。要求各乡镇对正副保长每年集中训练四次，甲长每年集中训练两次。县政府成立了乡镇工作督导团，督导乡镇执行政令。

在“教”这件事上，县政府组织各乡镇专门人员对学龄儿童、失学成人进行摸底调查。在摸底调查的基础上，全面开展普及教育和扫盲教育（成人教育）。在县政府的领导下，公立县级中学有两所，私立县级中学有 7 所，县立中学还增设了高中部。黄希濂倡导“学校教育，必须课程、体育、劳动服务平衡发展”。县政府将乡镇所在地两级学校定为中心学校，实现了一乡一所中心学校。同时，改初级小学为保国民学校，全县 415 所。黄希濂在任县长期间，县政府投入 3500 万元（旧币）对各地校舍进行修缮。1942 年开始，荣县相继办起了荣县师范、荣南中学（五宝中学）、凤鸣中学（乐德中学）。荣县还在原有 14 所乡镇中心小学的基础上，增办了 34 所小学。1942 年，荣县举办了第一届荣县运动会，有 3642 名运动员参加。后来，荣县政府还举行了第二届运动会。每年春节期间，县政府组织乡镇举办龙灯会，并在县城开展比赛。

在“养”这个层面上，县政府专门成立了县财政整理委员会。这个机构负责整理财务和地方收支，实施审计制度，推行新税法。县政府高度重视市容市貌。1942 年 2 月，县政会议做出决定，更新市容，加宽街道。决定颁布后，黄希濂带领县政府各科室、中城镇全体职员、保甲长等，在东街、西街街道两旁搭架高梯，命兵士工匠登梯上屋，揭去房瓦，锯退椽木。只用了两日，县城按要求全部拆锯。二日后，县政府令各店主自行雇工修复铺面。数月后，又相继拓宽城内外街道。无条件拆除了花巷子、柴巷子民房，然后辟为新街。将县城的窄街小巷拆除后，拓宽了街道，形成了 7 ~ 10 米宽的街道 12 条（三合土街道），宽 2 ~ 5 米的巷道 16 条（泥石路面），街巷总长 0.73 万米。全县各乡镇纷纷仿效，拆民房，拓宽街道。同年，县政府又采取强硬手段，筑修公路。抽民工 1300 万个工作日，民工自带口粮、工具，抢修荣威公路。1943 年上半年，集中力量对南门桥进行了改建。新建成的南门桥，为 5 洞石拱桥，高 4.3 米，长 40 米，宽 12 米，并更名为“凯旋桥”。同时，对西门桥进行了扩建。扩建后的西门桥为 7 洞石拱桥，高

4.3 米，长 44 米，宽 7 米，并更名为“中正桥”。同年，县政府扩建了公共体育场，开辟了三荣公园。荣县县城街道名称、住户门号牌规格统一，将街道加宽为 10 米修直，用三合泥铺筑。荣县 54 个乡镇亦参照县城对街道进行改造和修整。乡村公路修筑到了 42 个场镇，总长 412 千米。新建和补修桥梁、涵洞 180 余座，贯通境内的川中公路。乡镇有水利分会，保有水利工程队，三年中修建水塘 3183 口，堤堰 576 道。各乡镇、保成立合作社 254 个，充实改组旧有信用社 273 个，农业推广中心区 3 所。1943 年 8 月，县政府筹办电厂。同年，川中公路运输局在荣县设站，开展客货运输。4 月，川中公路运输站发售自贡、内江、乐山、遂宁等地客车票和过路车票，长途客车每 5 ~ 7 天开一班次。1944 年 1 月，中国农民银行荣县分理处成立，与合作金库合署办公，次年升格为办事处。1944 年 12 月，县政府制定了《荣县城乡建筑线规则》，规定建筑房屋需经呈报、审批，私人擅自建造者、擅建公有建筑者，勒令拆除或补办手续并处罚款。

在“卫”这个方面，县政府把国民兵团部、乡镇国民兵队部和尚未出征的壮丁组织起来，进行国民训练。三年中出征壮丁 4 万多人，预备壮丁 7 万多人。1941 年 4 月，荣县将已训国民兵分为侦察、通讯、交通、工务、消防、救护等任务班，乡村成立警备队。次年冬，冯玉祥到荣县募捐抗日经费，题写“还我河山”分别刻于城南罗汉洞和擦耳岩。县政府积极响应，组织荣县人民捐款捐物。1943 年 7 月 7 日，县政府组织荣县民众在荣县后山体育场集会，悼念抗日阵亡将士及死难同胞，并为他们树碑纪念。

1942 年，民国中央政府指定在荣县摄制新县制实施的电影。1944 年，四川省政府主席张群在四川省国民政府参政会上，专门表扬了荣县推行“新县制”所取得的巨大成功。民国《中央日报》连续报道荣县“新县制”实施情况。这在荣县历史上是破天荒的第一次，时至今日，在老一代荣县人心中仍留下了难忘记忆。成渝各地报刊纷纷撰稿，赞扬荣县不愧为推行“新县制”的“模范县”。冯玉祥、白崇禧、朱光潜、刘百川先后来荣县视察。经四川省政府主席张群举荐，经国民中央政府批准，1944 年 5 月 25 日，出资 96.78 万元（法币），由美国摄影社来荣县摄制模范县“管、教、养、卫”实施情况的影片。

美国记者在荣县拍的纪录片，记录了抗战时期大后方模范县城的欣欣向荣，整洁宽敞的街道，学生、职员举行的运动会，民众为抗日捐款捐物的场景。

（余仕清）

第三篇 文化·教育

苏轼与黄庭坚的荣州情缘

苏轼（1037—1101年），四川眉山人，宋嘉祐二年（1057年）进士。黄庭坚（1045—1105年），江西修水人，宋治平四年（1067年）进士。黄庭坚进士及第时苏轼已官至翰林学士，但他们由于年纪相仿，政见相同，因此交谊甚厚，是亦师亦友的关系。

他们和我们古老的荣州有何情缘呢？

原来，唐朝末年，有一个叫王知珏的京城长安人到古荣州和义县（今荣县）任县令，任职期满，因看好荣山旭水的灵气，于是举家扎根下来，聚族而居，世代繁衍。其孙王蕴舒、曾孙王伯琪、玄孙王梦易均以解救乡邻、伸张正义、为民请命为己任。后来王庠又义不入仕，贤节乡里，所以世人尊其家族为“义门王氏”。

王梦易，字潜夫，为王知珏第四代孙，宋仁宗皇祐元年（1049年）进士。先后任绵州法曹、青石县令。后由包拯举荐，授右军巡判。为官清正，颇有政声。在果州通判任上，因茶运政策苦民而为民请命，得罪权贵，“非罪失官”。

王梦易原配生长子王靡等子女，具体情况不详。后来续娶了哲宗母亲钦圣皇后（1046—1101年）的叔祖姑向氏，生王庠、王序兄弟。王梦易失官回家以后，在双溪汇合处筑归来亭，并在石龟山下凿一石洞，以辅导庠序二子读书。因和苏轼相得，又是同为朝廷效命的进士乡党，苏大学士自然时有来荣。王梦易当然不会放过机会，请苏大学士辅导庠序二子，甚至请他点化荣州学子，地点就在归来亭或者二子读书的石洞。后来，归来亭就有“东坡讲学亭”之称，那石洞就是今天还能够看到的讲教洞。

黄庭坚作为“苏门四学士”中的杰出代表，跟王梦易父子自然也有不少交往，相传黄庭坚还为讲教洞题名“地仙洞”。

后来官至徽猷阁直学士的王序告老还乡，又在讲教洞与归来亭之间的山麓建横溪阁，用以交友宴客和陈列足以光耀门庭的诏书、封赏、书籍等。赵熙曾为其题写一副对联：“大宋小宋，大苏小苏，一朝难兄难弟，此地有二王合传；古文今文，古体今体，独占好山好水，何人更高阁藏书。”印象之中，横溪阁曾经作为富北小学校舍，后因修双溪水库而拆除。如今，东坡讲学亭和横溪阁已不复存在，仅讲教洞孤独地诉说着北宋荣州那段辉煌与缠绵。

话说王梦易在庠序二子尚未成年时就驾鹤西去。据《宋史·王庠传》记载，王庠“时十三，居父丧”。其母向氏遍访名师培养庠序兄弟，二人学有所成后还远赴外地求学。苏轼给黄庭坚的信中说“眉人有程遵海者……王郎盖师之”，即为其证。兄弟二人均有才华，尤其是王庠，崇宁壬午（1102 年）“应能书，为首选”。当时京城遭遇蝗灾，王庠上书论时政得失，谓：“中外壅蔽，将生寇戎之患。”招致朝廷不满，落第回家，立志奉养母亲。王庠自述以“苏轼、苏辙、范纯仁为知己，吕陶、王吉尝荐举，黄庭坚、张舜民、王巩、任伯雨为交游”。王庠所提及的人大多是以苏轼为代表的元祐党人，当时党禁甚严，王庠自感“不可入举求仕”，于是甘愿“屏居田里”，连续八年没有应试。其后，在母丧守制完后，“复举八行，事下太学，大司成考定为天下第一”。但他“凡十一次坚辞聘诏”，把朝廷的恩遇都让给了兄弟和侄子们。

苏轼非常欣赏王庠的才华和德行，即使在王梦易去世以后，还把侄女（据考，当属苏轼堂兄苏不欺女儿）嫁给了王庠，这样苏轼就和荣县有了姻亲关系。

由于年代久远，“义门王氏”的文献仅存王庠的两首与黄庭坚的唱和诗和部分策论。我们只能通过苏轼、黄庭坚与王庠兄弟、荣州薛使君等人的书信等有限资料，尽量探寻他们与荣州尤其是“义门王氏”的那段尘封往事。

《苏东坡全集》有苏轼与王庠书共五篇，大多是苏轼被贬惠州和儋州期间给王庠的回信。根据书信内容，王庠数次派人专程去信或带礼物、医药探望并向苏轼叔丈请教学术问题。

《与王庠书》(其一)："轼启。远蒙差人致书问安否，辅以药物，眷意甚厚。自二月二十五日，至七月十三日，凡一百三十余日乃至，水陆盖万余里矣。罪戾远黜，既为亲友忧，又使此两人者，跋涉万里，比其还家，几尽此岁，此君爱我之过而重其罪也。但喜比来侍奉多暇，起居佳胜。"

被贬海南儋州，是苏轼一生中最落魄的时候。从书信内容可知，王庠派两名家人，跋涉万里，到瘴疠之地去探望他，这令一贬再贬身心饱受摧残的苏轼十分感动。

苏轼因乌台诗案、党禁之祸多次遭贬，最后来到"僵朴者相属于前"的"瘴疠之邦"的海南儋州，但他仍然万事处之泰然。他对王庠的殷殷之情溢于言表。"前后所示著述文字，皆有古作者风力，大略能道意所欲言者。孔子曰：'辞达而已矣。'辞至于达，止矣，不可以有加矣。《经说》一篇，诚哉是言也。"回信对王庠的著述尤其是《经说》一篇给予了高度评价。"前后所示"，说明王庠在苏轼被贬儋州以前就不断有诗文请求苏轼指点。此信在评价《经说》的时候，阐述了西汉以来文衰德替的情况，并用自身的遭遇告诫王庠对古人不宜妄加评论。最后以姻亲长辈的身份谆谆告诫王庠坚持自己的学术道路，不写千人一面的文章，终会实现理想，成就大业。

还有两封回信也应该作于苏轼贬儋州之后。《与王庠书》(其二)曰："寄示高文新诗，词气比旧益见奇伟，粲然如珠贝溢目。非独乡闾世不乏人为喜，又幸珍材异产，近出姻戚，数日读不释手。每执以告人曰：'此吾家王郎之文也。'"一席话，表达了苏轼对侄婿的进步与才华的喜爱和自豪之情。《与王庠书》(其三)曰："前后所寄高文，无不达。日每见增叹，但恨老拙无以少答来贶。又流落海隅，不能少助声名于当时。然格力自天，要自有公论，虽欲不显扬，不可得也。程夫子尚困场屋，王贤良屈为州县，皆造物有不可晓者。"这封信既对王庠著述进行了肯定和赞叹，又勉励王庠"格力自天"，上天"自有公论"，是金子总会发光的。言语之间，无不充满对侄婿的勉励之情。

而另外一封书信，口吻与其他几篇很不相同，也没有贬谪的哀叹，应当是苏轼在惠州之前给王庠的回信。

不难看出，当年王庠应试之前去信给叔丈，希望得到他“少年应科目时，记录名数沿革及题目”等资料，也就是当年苏轼应试的读书笔记等秘籍。可见王庠当年也急于求成，想走捷径。而苏轼告诫他，再有才华也需要时间的积淀。学习“实无捷径必得之术”，只有“积学数年”，循序渐进。他提倡“八面受敌”的读书方法，即每次集中力量阅读、思考、研究一个方面的问题，各个击破，逐步扩大学习成果。这一方法就是在今天仍然有参考价值。毛泽东说过：“苏东坡用‘八面受敌’法研究历史，用‘八面受敌’法研究宋朝，也是对的。”

苏轼的这些书信，大都是对王庠关于诗文、学术方面的答复与指导，这对王庠后来的进步起到了至关重要的作用。同时，一个反复遭贬但对姻亲后学不断肯定、赞扬、关切、爱怜、勉励的垂暮老人形象也跃然纸上。

苏轼不仅关照和指点侄婿王庠，王序为求取功名、进益学业也请教过苏轼。《与王序》一首即是明证。

黄庭坚与荣州的关系应该源于其与王梦易的交往，有一首《书王氏梦易扇》可以作为佐证：“压枝梅子大于钱，惭愧春光又一年。亭午无人初破睡，杜鹃啼在柳梢边。”而黄庭坚与王庠交往则起源于王庠给苏轼一封请求信。苏轼的回信和《与黄庭坚书》比较清楚地说明了其中的因缘：“承欲往黔南见黄鲁直。此古人所难，若果尔，真一段奇事也。然足下久违亲庭，远适更请熟虑。今谩写一书，若果行，即携去也。”

这封信表明，苏轼接受王庠请托另写了封给黄庭坚的推荐信，叫王庠带上去找他，而介绍王庠的这封信很可能就是《答黄鲁直五首》（其五）：“某有侄婿王郎，名庠，荣州人。文行皆超然，笔力有余，出语不凡，可收为吾党也。”

这封信比较简洁地介绍了王庠的基本情况。“文行皆超然，笔力有余，出语不凡”，不乏对王庠的溢美之词。其中有推荐的成分，而“可收为吾党也”则是对王庠才华和品行的高度肯定。

绍圣元年（1094 年），苏轼、黄庭坚先后被贬惠州、黔州。王庠想去拜谒被贬在黔州的黄庭坚却又需要奉养多病的母亲，终未成行。但这并没有影响黄庭坚对王庠的好评，而且更加敬重他的孝义。

我们在《山谷集》《山谷别集》《山谷外集》《山谷题跋集》等文献中也找到了黄庭坚与荣州薛使君、王庠、王雍、王祖元交往的一些依据。

首先我们看看黄庭坚《与荣州薛使君书三首》：

> 某顿首再拜，荣州使君承议阁下：某既发戎州，舟次得所惠教，恩意千万，感服无以为喻。即日寒涩，不审尊候何如？伏惟岂弟之政近民，民以悦服，庭无留事，斋中尝有尊俎之乐，寝食之味，神所相劳，无阶参敬，惟有怀仰。伏祈为国为民自珍玉体，谨勒手状。（其一）
>
> 承长者以才术之美，尝入叔父给事心镜，恨未相识也。叔父忠义孝友，在今士大夫间，千人之一也。方得立献纳之地，不幸蚤世。因垂谕，不胜霣涕。（其二）
>
> 贵州人士，惟周彦衣冠之领袖也。其人深中笃厚，虽中州不易得也。其兄庄叔，老于世事，亦不可得。紫衣僧祖元，亦周彦之族兄，抱琴种竹，有潇洒之趣，以星历推休咎，常得十之七八，试问之，可知也。（其三）

其一，黄庭坚被贬至戎州（今宜宾）安置后，荣州薛使君很快致书慰问，而黄庭坚复信认为，薛刺史执政有方，百姓和乐，官民其乐融融。这里当然不乏溢美之词。其二，薛使君曾深受黄庭坚叔父（可能是黄向）赞许，可惜黄庭坚没能与他结识；而黄庭坚叔父忠义孝友，千里挑一，却英年早逝。其三，薛使君向黄庭坚请教星相黄历方面的事情，这或许跟荣州建设有关。黄庭坚在回信中极力推荐王氏兄弟庄叔、王庠（字周彦）、霜钟寺僧王祖元三人，并请薛使君就近询问王祖元。这封回信表明，黄庭坚对王氏家族成员非常了解，他们之间是曾经有过交往的。

黄庭坚与王庠交往，应当始于前述苏轼向黄庭坚推荐王庠的那封信，即黄庭坚被贬黔州之时。

黄庭坚《与王周彦书》（其二）："某顿首启，手书勤恳，并寄诗文，意气骎骎翼翼，出门已无万里，古人所谓‘断以不疑，鬼神避之’，如公笔力，他日孰能当之？往在元祐初，始与秦少游、张文潜论诗，二公初不谓然。久之，东坡先生以为一代之诗，当推鲁直，而二公遂舍其旧而图新。方其改辕易辙，如枯弦弊轸，虽成声，而疏阔跌宕不满人耳。少焉，遂能使师旷忘味，钟期改容也。如足下之作，深之以经术之义味，宏之以史氏之品藻，合之以作者之规矩，不但使两川之豪士拱手也。未即得面，驰情无量，秋初觊能一来快尽此事。谨勒手状。”

这封信就是王庠得到苏轼的推荐信后先期写信给黄庭坚并附寄诗文请教以后，黄庭坚的回信。回信对王庠的诗文给予了肯定，同时指出王庠诗文火候还不足，还需要“深之以经术之义味，宏之以史氏之品藻，合之以作者之规矩”，在经术、史学和章法方面还要狠下功夫。

后来还有两封则纯粹是黄庭坚跟王庠探讨修身养性和人生追求、分享学习《易经》的心得方面的书信。这表明当时他们二人交往已久，虽然未得蒙面，但已经比较随意了。

另外，《山谷集》中一篇《与王庠周彦书》则是作于苏轼、秦少游去世之后：

> 东坡先生遂捐馆舍，岂独贤士大夫悲痛不能已。“人之云亡，邦国殄瘁”者也。可惜，可惜！立朝堂堂，危言谠论，切于事理，岂复有之？然有自常州来，云东坡病亟时，索沐浴，改朝衣，谈笑而坐化，其胸中固无憾矣。所惜子由不得一见，又未得一还乡社，使后生瞻望此堂堂尔。欲作诗文道其意，亦未能成。秦少游没于藤州，传得自作祭文并诗，可为賈涕。如此奇才，今世不复有矣！所寄诗文，反复读之，如对谈笑也。意所主张，甚近古人，但其波澜枝叶不若古人尔。意亦是读建安作者之诗与渊明、子美所作，未入神尔。见东坡《书〈黄子思诗〉卷后》，论陶谢诗、钟王书，极有理，尝见之否？孙伯远善论文章之美恶，严君可长在笔下，公能致此二士馆之，当有得耳。

苏轼卒于公元 1101 年 8 月，而黄庭坚此时虽然奉诏东归，但仕途一直不顺，辗转鄂州、舒州、宜州，最后在公元 1105 年 5 月客死宜州。

但黄庭坚没有因为自己的遭遇而疏远与王庠的关系，而是不断有书信往来，足见他对与王庠之间师友情谊的珍视。这封书信也可看作是黄庭坚留给荣州的暮年余晖。

信中除对苏轼客死常州和秦少游的去世表示沉痛哀悼之外，对王庠“所寄诗文，反复读之”，对王庠诗文的不足进行了点评，并推荐王庠参考苏轼评论陶渊明、谢灵运的诗和钟繇、王羲之书法的文章《书〈黄子思诗〉卷后》，同时推荐王庠去孙伯远、严君可门下求学。

如果说苏轼主要是以长辈身份对庠序兄弟进行爱惜、肯定、指导和期望的话，那么黄庭坚与荣州的关系就主要是相互酬唱了。黄庭坚在戎州（宜宾）时与王庠、王祖元的诗歌唱和，成为诗歌和书法史上的一段佳话，其诗歌与书法至今仍为业内探究的题材。

元符元年（1098 年）三月，因其外兄张向提举夔州路常平，为避亲嫌，黄庭坚再贬为戎州安置。得知久仰大名、多有赐教的黄山谷来到宜宾，王庠兄弟喜不自胜，期间他们在戎州与荣州之间应有互访。大约在元符二年（1099 年）闰九月间，王庠将自己的《题元上人此君轩诗》等习作呈给黄山谷，请求指点。大约山谷认为原诗不很完美，但不便修改，加上他自己又极为推重祖元的为人，所以乘兴以王周彦诗的韵脚作了一首有示范意义的《戏用〈题元上人此君轩诗〉韵，奉答周彦起予之作，病眼空花，句不及律，书不成字》：

此道沈霾多历年，喜君占斗斫龙泉。
我学渊明贫至骨，君岂有意师无弦。
潇洒侯非贪爵命，道人胸中有水镜。
霜钟堂下明月前，枝枝雪压如悬磬。
敝帚不扫舍人门，如愿不谒青洪君。
来听道人写风竹，手弄霜钟看白云。
平生窃闻公子旧，今年谁举贾生秀。
未知束帛何当来，但有一筇相倚瘦。
欲截老龙吟夜月，无人处为江山说。
中郎解赏柯亭椽，玉局归时君为传。

这首诗描写了祖元才华横溢、气节劲直的僧人形象。王庠得此诗后自己留下山谷墨宝，抄录诗歌给祖元，同时按照诗歌原韵又作了一首和诗给山谷请求指教。与黄庭坚的两首唱和诗也成为王庠仅存的诗作。

另一方面，祖元得到黄庭坚的题诗，也是如获至宝，于同年冬季专程自荣州到戎州拜访山谷先生。

在戎州及江安期间，黄庭坚以王庠的诗韵一共写了三首诗、四幅书法给王庠和祖元。后来祖元大师将第一首诗制成碑刻。此碑曾藏于荣县文庙，后散佚。据悉，该碑刻拓片现存中国国家博物馆。

苏轼和黄庭坚在荣州留下的印迹虽然不是很多，但我们从只鳞片爪的有限文献中感受到了苏轼以及弟子黄庭坚对荣州尤其是对“义门王氏”的拳拳之心和殷切之情。他们虽然没有长期留驻荣州，但是对荣州传统文化的贡献是不可磨灭的！

（钟学惠）

晁公武和他的《郡斋读书志》

晁公武（1105—1180年），字子止，人称“昭德先生”，钜野（今山东巨野县）人，南宋著名目录学家、藏书家。晁氏是北宋名门，文学世家。他的七世祖晁迥（951—1034年）为著名学者，官至礼部尚书。高祖晁宗悫、曾祖晁仲衍，都是饱学之士。父晁冲之，字叔用，为江西诗派作家。叔父晁补之、堂叔晁说之都是著名学者，以名节文章盛名于世。

出生于书香门第的晁公武自幼好学，博览群书。北宋末年，遭逢靖康兵灾，民不聊生，他携家带口入蜀避难，迁居嘉定府（今四川乐山）。在战乱中，过去家里的藏书损失殆尽。绍兴二年（1132年），晁公武登进士第，后为四川转运副使井度的属官。绍兴十七年（1147年），任恭州（今重庆）知府，后又任荣州（今四川荣县）、合州（今重庆合川）、泸州（今四川泸州）等地知府。隆兴初，入朝为吏部郎中、监察御史。隆兴二年（1164年），兼枢密院检详文字，不久又为御史台右正言、殿中侍御史、侍御史。他针对当时朝廷官府冗员太多、皇恩泛滥等现象，上奏了一系列批评和整改策论，在当时产生了一定影响。乾道四年（1168年），以敷文阁待制的身份任四川安抚制置使。第二年，授敷文阁直学士，在四川重建广惠仓，赈济饥民。乾道七年（1171年），任临安府少尹，后官至吏部侍郎。退休以后，在四川嘉定府符文乡度过了他的晚年。卒于南宋淳熙年间。

除17首诗歌外，晁公武的著述仅存《郡斋读书志》一书，但是仅此一书就足以震古烁今。据他本人的《〈郡斋读书志〉序》记载，他自幼喜欢读书，虽然家里的藏书大多毁于兵火，但仍“心志不衰”。他任四川转运副使井度的属官期间，曾帮助井度编书、刻书，得到井度的赏识，并结下了深厚友谊。后来井度罢官返乡，考虑到自己的子孙不够成才，临死前将全部藏书共五十余箱赠予他，并嘱托他如果以后有好学之人值得寄托，则把藏书送给此人，如果找不到可以寄托之人，则尽可拥有藏书。井度表明自己不为名利没有把藏书送给达官贵人或卖给有钱人，就是怕这些书得不到应有的归宿。酷爱读书藏书的晁公武得到井度赠书如获至宝。他以井度赠书为基础，结合自己原来的收藏，剔除重复以外，共拥有了二万四千五百多部书。

绍兴二十一年（1151 年），晁公武在任荣州知府的时候，利用“三荣僻左少事”的闲暇，“日夕躬以朱黄，雠校舛误，终篇辄撮其大旨论之”，每天校勘和写书评，终于完成了《郡斋读书志》初稿，并在其后不断对初稿进行修订和补充。

因当时荣州府有个昭德堂（陆游在荣州有《昭德堂晚步》一诗），所以世称晁公武为昭德先生；另一种说法是因晁氏世居都城开封昭德坊，因称昭德先生。当然昭德堂是否晁公武仿京城家乡的昭德坊而建则不得而知，而书名中“郡斋”二字则取自荣州府衙内的高斋（陆游《斋中夜坐有感》《桃园忆故人》有相关记述）。可见荣州对晁公武的著述和后世评价影响甚大。

《郡斋读书志》共 20 卷，具有多方面的学术价值。

首先，该书收录的图书达 1492 部，基本上包括了宋代以前各类重要的典籍，尤以搜罗唐代和北宋时期的典籍最为完备。这些典籍至今不少已亡佚和残缺，后世可据书目的提要而窥其大略。

其次，该书体例安排严谨，全书分经、史、子、集四部，部下又分 45 小类；书有总序，部有大序，多数小类前有小序；每书有解题，形成了一个严谨完备的图书体系。全书的大序、小序中，注意阐述各部各类的学术渊源和流变，发扬了古代目录学“辨章学术，考镜源流”的优良传统。尤其是他对经学素有研究，因此在经部大序、小序中，叙先秦、两汉、魏晋、中唐经学的演变和流弊颇有独特的见解。

再次，由于该书所收书籍为作者实际收藏，所以在提要中对典籍情况的介绍，都有凭有据，自然非其他丛抄旧录的书目所能比拟。作者撰写的提要不仅翔实有据，而且注重考订，内容详略得当。其介绍作者生平、成书原委、学术渊源及有关典章制度、轶闻掌故，皆能引用唐宋实录、宋朝国史、登科记及有关史传目录，并详加考证。这些材料许多今已失传，因此《郡斋读书志》所撰提要内容，很多具有较高史料价值。

末次，《郡斋读书志》是我国现存最早的具有提要内容的私藏书目，对于后世目录学影响很大。比晁公武稍后的目录学家陈振孙说："其所发明，有足观者。"陈氏所作的《直斋书录解题》就是效法《郡斋读书志》撰成的，有不少内容引用了晁氏的书目提要。宋末学者王应麟的《困学纪闻》《汉书艺文志考证》《玉海》也大量征引了《郡斋读书志》。至于元代马端临的《文献通考·经籍考》，则主要是以晁、陈二书目为蓝本编纂的。直至清代的目录巨编《四库全书总目》，仍采用《郡斋读书志》的材料多达三百多条。由此可见《郡斋读书志》在我国目录学史上的重要地位。

《郡斋读书志》在流传过程中形成了 20 卷衢本和 7 卷袁本两个版本系统。上海古籍出版社 1990 年曾出版由孙猛整理的《郡斋读书志校证》。

（钟学惠）

梁启超师从赵熙

梁启超师从赵熙，在中国近代文学史上传为佳话。一百年过去了，往事如烟，今天的人们大多不知道，听说过的人也大多疑信参半，甚或以为是故造以拔高赵熙。

梁启超是维新变法的首脑人物之一，与其师康有为合称“康梁”。从“公车上书”到办《清议报》《新民丛报》等报刊，鼓吹维新变法、资产阶级改良等，再加上多种学术著作问世，一时声名鹊起，远播海内外。这么一个人物真的会师从年龄稍长的赵熙吗？

事情确实是真的。梁启超说得很明白：“庚戌秋冬间，因若海纳交于赵尧生侍御，从问诗古文辞。”庚戌，即 1910 年，若海，即潘博。此梁赵纳交之始，纳交之目的是“从问”。自此，梁启超于赵熙执礼甚恭，书信往来，谊兼师友。他一次致书谓：“仆为文浅薄庞杂，吾师得毋呵为野狐禅。小女聪慧能文，不愿其继承家学，愿太老师教之。”女，即长女梁思顺，字令娴，梁思成大姐。梁启超对赵熙已称“吾师”，代小女称“太老师”，何其郑重，则“师从”之事无疑。不仅梁本人“从问”，而且对女儿也“愿太老师教之”，则“从问”可能不是有人解释的“更多是客气之辞”。

有人认为，梁名声和成就在赵之上，他会师从赵熙吗？这得从两方面回答。梁的名声上面已说到，此不置论。首先，我们客观分析梁的成就。梁一生主要成就在政治，其名声也主要是因政治而获。梁逝世后，胡适约任鸿隽、陈寅恪等参加其葬礼，写下挽联：“文字收功，神州革命；生平自许，中国新民。”高度评价其平生政治活动。梁漱溟说：“总论任公先生一生成就，不在学术，不在事功，独在他迎接新世运，开出新潮流，撼动全国人心，达成历史上中国社会应有之一段转变。”在学术方面，梁一生也有大量著作问世。马相伯、吴季清都曾在不同场合劝说梁不要急着出名，要静下来读几年书，梁因种种缘由未曾听从。对梁的学术，张怡荪（曾主编《汉藏大辞典》）曾提出尖锐的批评：“或则不明旧制，或则不察故书，或则不知训诂，或则不通史例，皆由立言过勇，急切杂抄，以致纰缪横生，势同流产。”张当时还很年轻，说得尖刻。梁启超倒显得大度，写下题识：“张君寄示此稿，考证精核，极见学者态度。”比梁年轻十四岁的丁文江曾劝梁放弃政治活动，从事学术研究，并谓“任公的分析能力极强，如果用科学方法研究历史，必定能有不朽的著作”。“如果”后语既是梁学术研究之不足，也是对梁的期盼。丁文江是梁欧游考察的翻译，又是梁学英文的老师，二人过从甚密，丁的话具有相当的判断力。胡适在日记中不无感慨地说：“任公才高而不得有系统的训练，好学而不得良师益友，入世太早，成名太速，自任太多，故他的影响甚大而自身的成就太微。近几日我追想他一生著作最可传世不朽何在，颇难指名一篇一书。后来我们的结论是他的《新民说》可以算是他一生的最大贡献。”说到底，其最大贡献还是在政治而不在学术。应该说，胡的评价比较客观公正，指出造成此状况的原因也很准确。其次，要认识梁启超的人品、性格。梁坦率天真，光风霁月。郑振铎说得最透彻：“梁任公先生对他自己的缺点与好处，分析得很正确，很明白，而昭示大众，一无隐讳的。”他不是那种不懂装懂，故作高深其实浅薄的人。学术有成就，只能说是在某一方面或某些方面。不懂就问，拜师学习，光明正大，理端行正，有何不能放低身段。师从他人，正是梁的坦荡处、智慧处。认为梁学术趋于成熟，名声更甚，就不可能师从赵熙，师从只是“客气之辞”，只能解释为不懂得梁启超，贬损梁启超。

那么，为什么梁指定要向赵熙“从问诗古文辞”呢？且看梁的实际情况。“诗古文辞”即“诗”与“古文辞”两大块。先说“诗”。1910年，即梁赵纳交之当年二月二十八日，是梁令娴十七岁生日，在女儿的要求下梁启超写了一首祝贺生日的长诗。他说：“作文我很内行，作诗却是我的短处。偶然吟诵一下，人们总是笑我。”这是再明白不过的坦承自己短于作诗。梁是不甘落后的人，既明白了就设法克服。就在前一年（1909年），他的生活已陷困境，“为饥所驱，不得不卖文以求自活”，“但他尤能苦中作乐，每日与学生杨睿、女儿思顺一起读书，学习德文，兼学为诗”。“兼学为诗”，表明他已在采取实际行动补救了。他看重赵诗的卓越成就，谓其“诗撼少陵律，笔摩昌黎垒”“艺林厚根柢”，正可以针砭自己“俄学病驰骛，所养失端委”。所以他在《寄赵尧生侍御以诗代书》的末尾提出四个请求，今援其二：“第一即责君，索我诗瘢痏。首尾涂乙之，益我学根柢。”“复次责诗卷，手写字栉比。凡近所为诗，不问近古体。言多斯益善，求添吾弗耻。”两个请求都很实用，一是改诗，从头至尾彻底修改，达成目的“益我学根柢”；二是求诗，多多益善，以为学习榜样。

再说“古文辞”。“古文辞”即通常所称的“古文”。古文自先秦、两汉迄唐宋发展形成深厚的传统，再经桐城派方苞、姚鼐等几代人的提倡，有其严格的规程，讲究义理、文法。姚鼐编辑《古文辞类纂》行世，古文之风更盛。梁启超大半生生活在清朝，受的是旧式教育，自负“作文我很内行”，难道他笔下写的不是古文？不然为何年近不惑还要从头扎童子功。梁写的还真不是古文，且看他的自述：“启超夙不喜桐城派古文，幼年为文，学晚汉、魏晋，颇尚矜炼，至是自解放，务为平易畅达，时杂以俚语韵语及外国语法，纵笔所至不检束，学者竞效之，号新文体。老辈则痛恨诋为野狐。”（《梁启超年谱长编》）梁启超的这种文体人们称为“时务体”或“新民体”。其实是现代白话文的滥觞，在后世影响很大，毛泽东的文章里有鲜明的痕迹。胡适对梁启超文字的特点作过准确概括：“（1）文体的解放，打破一切‘义法’‘家法’，打破一切‘古文’‘时文’‘散文’、‘骄文’的界限；（2）条理的分明，梁启超的长篇文章都长于条理，最容易看下去；（3）词句的浅显，既容易懂得，又容易模仿；（4）富于刺激性，‘笔锋常带感情’。”（《胡适古典文学研究论集》）梁启超要学习古文辞，倒不是他要放弃擅长的“新文体”，而是他要补课，要掌握曾经不喜欢的古文。

梁启梁“从问诗古文辞”，从学习方式讲不可能像吴玉章、谢持、陶闿等人名载学籍，入室问学，而是“书讯往复”“首尾涂乙”，就是用书信方式，批改诗文，类似今天的函授学习，这倒便利而实用。

这种“从问”方式的效果怎样呢？梁启超本人说“所以进之者良厚”，换言之即进步快，收获大。那赵熙有说法没有呢？1912 年，袁世凯当政，想邀梁启超合作，梁亦心动，周善培识破袁的阴谋极不赞成，前往日本劝阻梁归国。时赵熙正在上海，周启程前专程去请教老师，赵熙说：“任公曾经寄给我很多诗，请我替他修订，我也替他修订了不少，他都能虚心接受。我也想去见见此人。”（周善培《追忆梁启超》）第二天，周善培就陪着赵熙同船前往横滨。可见，赵梁见面之前早已有了师生之谊，以及“从问”之实与“从问”之效。由于文献缺失，可惜经赵熙批改的诗文已经看不到了，否则将会有许多有益有趣的发现。有趣的是，近代文坛流传一个说法，有人读梁的几首七律诗，惊异于其进步之快，及见到原稿才知经赵熙点窜者强半。观上述“从问”情形，此传说“虽不中，亦不远矣”，不可简单斥为无中生有。

人们谈论这段往事，是看重两大历史文化名人的交往、情谊与风范，不存在抬谁压谁的问题。梁固不必压，赵本不须抬，梁早已高标于世，赵的高标“纳交”之时也已确立。“赵侯云中鹤，轩轩抗高志。名节树藩篱，艺林厚根柢。”不过，家乡人谈起这段佳话，难免不露一丝自豪之色。

（胡林）

《情探》探秘

“上朝写谏本，归田编戏文。”这是对赵熙（1867—1948年）在清末活动的写照。赵熙，字尧生，号香宋，荣县城北郊宋家坝人，蜀中“五老七贤”之一，世称“晚清第一词人”。赵熙以诗词书画戏五绝闻名于世，其改编的《情探》，剧本情文并茂，给川剧注入了高雅的文学色彩，对川剧改良有着重大影响。梨园名伶一时竞相排演，成为经典剧目。其一夜改写《情探》的故事，也成为川剧史上的佳话。

一、改编情探始末众说纷纭

2015年9月初，中国收藏家协会书报刊委员会常务理事、荣县籍收藏家姜小平，从北京一位藏家处淘得一本1936年11月1日出版的《美术生活》杂志四川专号，里面刊载有罕见的自贡盐场老照片（比孙明经1938年到自贡来调查研究时拍摄的照片，还至少早一年半），及赵熙的国画《江村夕照》和川剧剧本《情探》。笔者早就听闻《情探》乃川剧经典剧目，便萌生了探其究竟的想法。

《情探》是《焚香记》中的一折。《焚香记》的故事在很多剧种都有表现。赵熙版《焚香记》讲的是王魁金榜题名后，忘恩负义，抛弃当年资助她的烟花女子焦桂英，入赘丞相府。焦桂英痴心被负，愤而自杀，死后化为冤魂，经海神“批捕”，阎王派鬼卒与其一道前往丞相府将王魁捉拿的故事。《情探》这折戏讲述的是，焦桂英之魂手持阎王的“逮捕证”，跟鬼卒一起来到丞相府捉拿王魁。她害怕王魁的情变有不得已的原因而冤了王魁，也希望王魁留恋往日的情分。于是心有不舍，以情相探。“缓思裁，权相待，尤恐他从前恩爱依然在。好教奴千回百转，触目伤怀。”这折戏以焦桂英的绝望、王魁的被捉而终。

在认真阅读赵熙剧本后，笔者通过互联网，观看了由梅花奖得主古小琴、陈巧茹分别主演的川剧《情探》。对该剧有一定认识后，笔者找来1985年7月出版的《自贡文史资料选辑》第十五辑，认真阅读了赵熙之子赵念君撰写的《川剧〈情探〉的作者究竟是谁？》，以及由赵熙长女婿胡师仲之弟胡少权口述，原市川剧团编剧肖士雄整理的《赵熙写作〈情探〉始末》。笔者还阅读了《重庆文史资料》第十七辑刊发的李丛撰写的《川剧〈情探〉的作者究竟是谁？》，以及文史爱好者洁尘创作的散文《赵熙的戏词》。随后，笔者又阅读了赵熙长女婿胡师仲的侄子胡昭麒于2004年3月25日向自贡市图书馆捐赠其父亲胡铁华（胡师仲、胡少权的亲哥哥，胡汝修之子）的诗集说明书。胡铁华系自贡地区旧四大盐商之一的胡氏慎怡堂的末代“堂主”，其子胡昭麒向自贡市图书馆捐赠的，是其诗集手稿《松所诗册》《松所诗稿》。该捐赠说明书写明，胡师仲于1905年与赵熙长女结婚。其父胡汝修仿《红楼梦》中大观园建造崇安祠堂，那里时常高朋满座，在官场不得志的姻亲赵熙，在弃职还乡后是崇安祠堂的常客。

在上述多篇文章中，对赵熙创作《情探》的时间及相关事件的记述有较大差异（即使在同一篇文章中也不乏自相矛盾之处）。笔者以自认为最符合实际的时间及相关事件，叙述赵熙创作《情探》始末（因此标题不敢称“纪实”，而称“探秘”）。如有疏漏，敬请了解赵熙及其作品《情探》的文史爱好者予以补正。

二、原版《活捉王魁》不如人意

清光绪十八年（1892年），胡氏慎怡堂“堂主”胡勉斋去世。这年，赵熙中进士。胡勉斋之子胡汝修，便通过他人请来赵熙题写挽联。

好书法、爱诗文的胡汝修，与赵熙一见如故。

清光绪二十八年（1902 年），赵熙任泸州经纬学堂监督（即校长），和其得意门生向楚（字仙乔，“赵门三杰”之一）路过贡井时，被胡汝修邀请到崇安祠堂做客。宴会上，雇有木偶班子演出助兴。该班子打的是川剧锣鼓，唱的是川剧唱腔，但以木偶人在台上表演，偶尔也有演员与木偶人同台演出。当天演出的剧目是《活捉王魁》，女主角木偶人披头散发，拭暴眼，凶光毕露，是一尊“恶煞”——复仇女鬼的扮相，而且一见王魁就逮。尽管王魁作匍匐乞怜状，仍被捉拿。

赵熙看后认为，《活捉王魁》剧本语言冗赘，缺乏文采；情节简单，没有波折，缺乏矛盾冲突；焦桂英形象凶悍，“殊乏温柔敦厚之致”；人物刻画差，负心汉王魁的形象很不典型；结尾将王魁演绎得可怜却仍被捉拿，不能表现王魁的丑恶灵魂和焦桂英的善良性格。

赵熙向大家介绍说，《活捉王魁》一戏，出自明朝中期王玉峰根据宋代民间传说创作的戏曲剧本《焚香记》。王玉峰等同时代剧作家，受当时写戏常常以大团圆为结局等艺术手法的影响，把焦桂英写得多情，同时又把王魁写得有义，焦桂英气愤自杀，是误会造成的。甚至在个别改编剧本中，还出现了“桂英诬王魁”一折。该戏被川人改编为川剧，名为《红鸾配》，分为《誓别》《折书》《逼嫁》《阴告》《阳告》《活捉》6 折戏。赵熙认为，如果把焦桂英写得越是多情，就越能反衬王魁的无义。不仅主题思想更加鲜明，剧情矛盾冲突也更为激烈，更能吸引观众。因此他认为，应该着力写一个穷书生中状元入赘丞相府后，因贪图富贵抛弃妻子的故事。整个剧情要突出焦桂英多情而善良的性格。

胡汝修等人听了赵熙对《活捉王魁》的评论后，一再怂恿他即刻改写剧本，使得他改写此剧的兴致倍增。当晚，赵熙欣然提笔，一气呵成。

赵熙版《活捉王魁》生动地描写了焦桂英的鬼魂来到王魁处，通过讲述昔日自己对他如何好，希望以情来打动王魁。逼使王魁不得不“徘徊”，还有点自悔。但王魁终于还是害怕“韩丞相知道多妨碍”，而认为负焦桂英是自己“出于无奈”，并决心以焦桂英“冒闯相府”，将其送到枉死城中去。焦桂英从而“探”出了王魁负义的本质，默许鬼卒活捉王魁。为表现焦桂英的善良性格，剧中特地增加了一个一开始就想将王魁直接捉拿归案的鬼卒角色，而不是焦桂英的鬼魂直接将其捉拿。

赵熙版《活捉王魁》立意在焦桂英发于“情”，写“探”而止于“情”。在“情”和“探”的浪潮里，一波三折，非一平如镜。剧本语言精练，富有文采。唱词既符合人物性格，又俊语如珠，如开头就将原版“更阑静，月正光，王魁独自叹家乡”改为“更阑静，夜色哀，月明如水浸楼台，透出了凄风一派”。显然，赵熙版更符合整个剧情需要。“梨花落，杏花开，梦绕长安十二街。夜间和露立窗台，到晓来，辗转书斋外。纸儿、笔儿、墨儿、砚儿，件件般般都似郎君在，泪洒空斋，只落得望穿秋水不见一书来。”这段柔肠百结的唱词，令人拍案叫绝。

胡汝修、向楚看了赵熙版《活捉王魁》后，称赞不已。胡汝修更是倍感兴趣，他找来贡井木偶剧班的班主罗德怀、谢太平为剧本挂曲牌（以合适的曲牌创作音乐）。谢太平将曲牌挂好后，木偶剧班排练了几天，便在胡氏慎怡堂举行了首场演出，深受观众喜爱。

随后，川剧名旦张绍玉、名小生张海云分别饰演焦桂英、王魁，将赵熙版《活捉王魁》搬上川剧舞台，引起轰动。赵熙兴致勃勃，又将《焚香记》整部戏全部改写，并将剧本交给向楚抄录保存。

1905 年，时任四川巡警道、劝业道的赵熙门生周善培（字孝怀，“赵门三杰”之一，是龚扇名扬天下居功至伟的助推手），在一次参加堂会看川剧时，见丑角用拂尘在袍内做滑稽动作，认为有伤风化，决议改良川剧。不久，在成都市华兴正街的老郎庙（即悦来茶园，今锦江剧场）成立了“戏曲改良公会”，以“改良戏曲，辅助教育”为宗旨，施行了聘请社会名流编写或改良剧本、组织示范演出、修建戏园、考核伶工等重大举措，此处也成为川剧伶人汇聚之地。从此，以成都为中心辐射全川的戏曲改良运动，轰轰烈烈地开展起来。

在“川剧改良运动”中，周善培亲自召集鼓师、演员排练赵熙版《焚香记》。为便于排练，他将其分为《誓别》（焦桂英送别王魁赴京赶考）、《劝休》（王魁金榜题名后被劝休妻）、《牒告》（海神牒告阎王派鬼卒捉拿王魁）、《情探》（阎王派鬼卒与焦桂英的鬼魂一道前往捉拿王魁）、《冥判》（判处王魁，与《情探》同为一折，后来因在演出中被认为是画蛇添足而删去），并安排乐师重新挂曲牌创作音乐。

赵熙版《焚香记》演出大获成功。《情探》一折深受大众喜爱，作为示范剧本，发往全川供各地戏班演出。

三、社会各界高度评价《情探》

《情探》作为示范剧本，发往全川供各地戏班演出后，胡汝修、赵熙决定在自流井隆重上演该剧，并选用自流井钧天茶园的川剧名伶叶淑仙、杨华廷主演。

在排练《情探》时，赵熙亲自给两位主演讲述自己的创作意图、主题思想等。他说，王魁与焦桂英二人有旧情，但王魁最终是一个见利忘义的背信弃妻之徒，焦桂英是美貌多情之女。焦桂英死后，仍一往情深；王魁被活捉，还顽固不化。生角要演出王魁虽人而实鬼，应突出王魁性格上的变化，他见到焦桂英的鬼魂之初，还是有点念及旧情，当利欲熏心之际，则是“宁可我负人，不可人负我”。旦角要演出焦桂英虽鬼而实人，演出中更要突出焦桂英的善良和一往情深的性格特征。对一些重要细节的处理，赵熙也讲了自己的意见。

叶淑仙、杨华廷主演的《情探》，演技精湛，唱念做打无一不到位。观众看后，给予高度评价，胡汝修等人也认为比成都的演员还演得好。

1912 年，在川剧发展史上有重大影响的“三庆会”在成都成立。该会负责人康子林与“表情种子”周慕莲联袂演出此剧。二人珠联璧合的演出，使得《情探》一剧光彩照人。从此，“三庆会”及《情探》名扬天下。《情探》成为川剧经典剧目后，为多个剧种移植，并被高校当作示范课文讲授。

1935 年，川剧“四大男旦”之一的薛艳秋、著名生角张少华到上海演出《情探》，被知名画报《良友》报道。次年 11 月 1 日出版的《美术生活》杂志“四川专号”在介绍《情探》时，介绍了作者赵熙，刊发了剧本以及“四大男旦”之一的杨云风等人出演《情探》的剧照。

据姜小平考证,《美术生活》由上海新闻报馆总发行。该杂志总第32期即为“四川专号”。该专号介绍赵熙《情探》剧本时，编辑在“蜀中传诵之名剧”的编者按中说：“本剧原名《活捉王魁》，剧情简率，词句谫陋。后经荣县赵尧生改作今本，不独词语典雅，而悱恻缠绵之情，有不于言者，较原本均高出万万倍矣!”

（蒋周德）

话说荣县川剧

早期，荣县本地没有“科班”和戏班，演出者多为外地来的流动戏班。

清咸丰以来，因盐工、市民需要丰富多彩的文化生活，很多川剧戏班相继来到荣县演出。

当时，上厂盐场的贡井，因系荣县属下的一个乡，所以到自贡献艺的戏班，常来荣县演出。荣井两地“玩友”，因亲谊关系，也常有往来。这对丰富荣县文化生活和交流川剧艺术，起到了积极作用，同时涌现了大批戏曲观众和“玩友”爱好者。

来荣县演出的流动戏班不少，其中有较大影响的有如下几个：

一、富春班。据剧团老艺人陈天文介绍：大安寨盐商王某，酷爱川剧，但又怕族人责备为不务正业，遂以“戏开台，盐水来”为借口，自玩戏班，即“富春班”。该班行头华丽，名角如云。鼓师有彭华廷，旦角有唐金莲、刘三凤，小生有董月清、杨华廷，小丑有蒲松年，还有名旦曾君（幺师弟）、罗桂元、“豌豆尖”、“油菜薹”等。剧目以一批高腔犯工戏为主。有一次，王母要欣赏儿子戏班演出，在家里唱堂会。一演员在“王婆骂鸡”演唱中，无意讽刺了王母。王母盛怒，叫其子解散戏班，并焚烧全部剧装。在湖广庙前空坝焚烧时，部分艺人为生活计，私藏了部分剧装。后由杨炳臣（自贡人）出面组建“新富春班”。于 1928 年来荣，在城隍庙演出。后因杨炳臣负债，戏班由县城曹润民出面接收，交与谢昆山经营，先后在荣县城乡演出。1932 年，因川军在县境内混战，致使演出萧条。谢乃将班底典与自贡许成三经营，后来改名“同庆班”“元盛班”等，常在邻近县乡演出。

二、品玉科社。1932 年，由班主陈云久、教师周竹封、鼓师叶炳臣率领，来荣在河街火神庙演出。1934 年又在西街南华宫米棚内搭台演出。该社演员全是女性，演出水平较高，观众对此感兴趣，上座率很高。

三、陕班。大约在 1936 年来荣，在河街火神庙演出。主要演员有张一彩、李顺彩（旦）、李清云（净）、李顺冒（生）、王三祥（丑）。演出“秦腔”等拿手好戏，受到好评。

四、新民讲演团。1937 年来荣，在西街天上宫开戏园。除演出传统戏外，还演了几台刘怀钦编写的反映现实生活的时装川剧，如《哑妇与娇妻》《太太的枪》《洪宪宦场》等。同时因采用了软硬片的布景演出，观众感到新颖，轰动一时。

五、维新大舞台。川军十七师旅长徐正刚玩的戏班，1939 年在城内西街湖广庙内搭草棚开戏园。演出时，剧场内设有“弹压座”，舞台附近及入口处均有荷枪实弹的士兵站岗。该班班底雄厚，名角很多，有著名鼓师左青云，著名演员肖克琴、李惠仙、白月娟、竹素卿、陈淡然、杨淑英（旦）、周孝平（生）、袁玉升、周竹峰（小生）、于心田、韦步云（净）、杨四民、熊松（丑）、筱昆苍、华子才（武生）等。演出剧目大多是川剧，连演月余，场场客满，后因警报频繁停止演出。

六、有声社。仁寿县戏班，班主肖文瑞，1945 年来荣县，为新落成的三荣戏院“踩台”，演出质量好。名角有李仕仁（鼓师）、曾荣华、胡声扬（小生）、丁德超（生）、钟兆雄（净）、筱胜奎（女花脸）、钟平安（丑）、紫莲、蓉玉、筱嫱（旦）等，演出了《赠剑斩巴》《夜探杀宫》《盗红绡》《貂蝉》《孟丽君》等。

此外，有一鼓师辜伯明统领一班场面打花锣鼓，“上坝”打法吸引了很多“玩友”观众。还有元盛班、同庆班、伶女科社等，在观众中较有影响，大多在区乡演出。元盛班多承演酬神会戏，活动在城南的双石、成佳、龙潭、五宝等地。

工余饭后唱“玩友”（又叫“打围鼓”或“吼玩友”），是荣县人文娱活动方式之一，城乡均有自筹经费的“玩友社”组织。1930 年前，交通闭塞，各“玩友社”的“帮打唱”较落后，戏路子不宽。1932 年，163 师在荣县驻防，师长陈兰亭酷爱川剧，能打鼓，师部集中了一批“资阳河”名鼓师，如张有年、杨敏安、简瑞霜等，称为“玩友副官”，他们经常“围鼓”座唱。经陈的关系，又引荐了周德明、何富三、谢崇新等名鼓师先后来荣任教。内乐公路建成后，贡井盐场各井灶沿公路开设“炭棚子”，在其中的职员陈沅初、刘让泉以及为抗日募捐义演来荣的黄启灵和天有社教师叶炳臣等人的影响和授艺下，荣县的川剧爱好者开了眼界，丰富了演唱节目，学到了很多的锣鼓和唢呐演奏技艺。“玩友”这一艺术形式在城区和乡镇得到了较大的发展。

20 世纪城区有影响的“玩友社”有钧天社（鼓师曹润民）、集义社（鼓师钟仲纯、赖成林）、齐民乐（鼓师赵文俊）、富有社、盟胜俱乐部、天有社（鼓师叶炳臣）等。乡镇“玩友社”比比皆是，如龙潭镇的雅乐社、同乐社（鼓师杨文宗、杨绍林），成佳镇协和俱乐部（鼓师李和清），望佳清雅俱乐部（鼓师丁砚辉），双古聚贤会（鼓师孙怀友），等等。这些“玩友社”除在打、唱上有一定水平外，还在节日组织“票演”。

天有社影响最大，该社成员大都是知识分子。私立华英中学有几个教师酷爱川剧：教务主任尹耕辛（演唱）、训育主任尹位思（二鼓）、历史教师祁哲祥（花脸）、体育教师胡略（胡琴）。他们认为川剧是我国传统文化的组成部分，应予以提倡。1939 年秋，他们在“学生自治会”文体股下设立“川剧组”，由能打小锣鼓的部分学生组成，并请齐民乐鼓师赵文俊于每日午后课外活动时教学两小时。1940 年以后，学校正式聘请叶炳臣任教，组织逐渐扩大，由唱“围鼓”到登台“票演”。除演一些传统戏外，还由祁哲祥执笔编写了以抗日为题材的时装大幕川剧《武胜千秋》。1942 年冬，该剧为冯玉祥将军来荣募资抗日义演数场，受到冯将军及观众的好评。同年冬，在为丁绍固父亲祝寿演唱后，丁请赵熙即席写了“此曲只应天上有，今朝都到眼前来”的对联相赠，因取“天有”二字成立“天有社”。成员以华英中学“川剧组”学生为基础，吸收了荣县的知识分子与自贡的黄启灵、陈沅初和五通桥的胡义成、杨培元及洪雅的陈尧生等人参加。组织健全后着手对剧本进行整理，对吹、打、拉、唱等艺术技巧进行分析、研究。每逢城乡盛大节日，均应邀“票演”数场，实际上已成了荣县的业余川剧团。

县属 48 个场镇都有“玩友社”组织。一处有事，附近都来凑兴，“围鼓”活动长年不断。双古是荣县上成都北大路的第一栈，地处山区，乡脚很宽。民国时成立“玩友社”聚贤会，请著名鼓师钟辅臣执教，培养了孙怀友等一批打唱人员。他们常与附近的于佳、观山、松峰等地的玩友联合座唱和“票演”，十分活跃。龙潭镇常有流动剧团演出，也有零星艺人长年旅居。民国初年成立“玩友”雅乐社，抗日战争时期又建同乐社，以后又以青少年组成儿童乐园社，先后培养出一些好“场面”，如徐文彬，精通打击乐，常有各班争相聘请；罗海林有“大锣王”的美称。“成”字科社的刁方成，为家乡培养了一批能武功的青少年。城区“玩友社”普贤会，每年农历五月间，都要组织一批善男信女去峨眉山朝山进香，少则两三百人，多则上千人。抗战胜利后，由“哥老会”出面筹备，约集数十名“玩友”，以“盟胜俱乐部”（盟胜，喻盟军胜利之意）名义，于 1946 年农历五月，同盛大的普贤会一同朝山。沿途场镇吹打过街锣鼓，并与马踏、乐山、峨眉等地“玩友”举行了川剧联合座唱，剧目有《祝庄访友》《拜月赐环》《逼嫁刁窗》《大宴赐马》等。在乐山城内座唱时，一群美国士兵见盟胜俱乐部挂的耳幛上绣有中、英、美、苏四国国旗，热烈鼓掌，以示共庆抗日胜利。来牟乡在 1946 年也组织过两次“玩友朝山会”，规模较小，影响不大。

“端公班”是一种庆坛活动，据传来自湖北。富裕人家，堂屋内大都供有“坛神”（即财神赵公明），并备有石制“坛凳”一个。或因遭天灾人祸，或遇家务不顺，或庆贺丰收，则专请“端公班”来“庆坛”，少则二至三天，多则七天。

庆坛分“正坛”“耍坛”。正坛为庆坛的主要法事，在白天举行，由“端公”穿上法衣，吟诵一些祈求菩萨保佑、家务顺遂、人畜平安、五谷丰登等的法语，吟诵时均配有音乐。耍坛，即由“端公”演出，于晚上在院坝或阶沿以席铺地举行。演出时，诸亲百客围坐一圈，先由一小丑登场，讲一方一地风趣故事或做些低级表演，以赢得观众笑声，如“刚才我从门口过，见条骡子五只脚，有说它是 ×××，我说有点像你的脑壳”，并同时用手按着挨近的一观者的头，引得哄堂大笑。小丑下场后，正戏才开台，演出剧目多是《五桂联芳》《请长年》

《裁缝偷布》等川剧折戏。民国初年，河街的“罗端公”（其名不详）底子最厚，除司庆坛法事外，还常在小南门外黄桷树下搭草台售票营业演出。民国时，曹家街的“刘端公”，也置办剧装从事庆坛演出，班内的“罗包头”、“夏包头”（旦角）演唱均有水平，在荣县人中留下了较深的印象。

城隍会，《洪武实录》载：“洪武三年六月，诏天下府、州、县立城隍庙。”民国以来，规模最大。这一习俗大约从同治年间起，一直兴旺到抗日战争时期，始渐衰落。县城东街的城隍庙，是城内最大的寺庙。庙内供奉的城隍菩萨，据说就是阴间的县大老爷。这一县是否风调雨顺、物阜民安，都为其所掌握，是不敢得罪的神。乡民杀了年猪，都得先抬到庙中供献，祈求保佑。传说阴历五月二十七是城隍生日，每年都要在这时举行为城隍祝寿的“城隍会”。会期主要活动，一是请戏班来庙内唱会戏，二是组织城隍出驾游行盛会。城隍会的筹组工作，先由码头各公口推选出有威望的人为会首，若干人为执事，并向各商业行帮和士绅捐助，根据筹集经费多少来安排戏会时间和城隍出驾规模。为了达到人神共娱和驱除邪妖的目的，会戏多以演《目连传》《搬东窗》《梁传》等大戏为主，十本，二十本，最多演过四十八本。会期从农历五月二十起，至六月底结束。会期中，城乡善男信女和邻县商人都来赶会，盛况空前。人们既观赏了会戏演出，又进行了物资交流。在荣县唱过会戏的戏班很多，富春班声誉最高。城隍出驾，定在城隍生日的农历五月二十七举行，用一特制彩轿，内安放城隍夫妻的木雕神像，另由若干装扮成《刘海戏蟾》《武松杀嫂》《罗汉戏观音》《小放牛》等戏中人物者高桩平台相随，一批短衣草帽轿伕抬杠。队伍从城隍庙起驾，前面彩旗牌匾开道，中间几批过街锣鼓，经由搭了“瞒天过海”（即用白布搭的过街篷，并吊有各式彩色灯泡）的东街、西街、河街、南街游行。沿途码头各公口及各大商店，城镇士绅都摆设香案迎送，整个县城锣鼓喧天，鼓乐齐鸣，鞭炮声响彻云霄，万人围观。最后，由会首主持在城隍庙中厅大摆祝寿宴会，酬谢政界要人、资助神会的士绅及各行业公会的头面人物，并由上述人点戏，直到深夜始散。

龙潭镇一年一度的“平安会”定在春节期间举行。正月初九为正会期，这天要举行龙灯出驾大会。相传龙能行云布雨，为龙神办会，就能有风调雨顺的好年景，因此农民都乐于捐助，或钱或米不论。平安会不仅邀请有名龙灯队、狮灯队来演出，更邀请戏班来助兴。龙潭是“一程二龙三五宝”的大集镇，地处旭水河畔，与自贡毗邻，农副产品畅销贡井盐场，又是通向宜宾的要道，人口集中，市面繁荣。会期中商贾云集，各地玩友又相聚在镇上“打围鼓”或登台“票演”，倍加热闹。到了正月十五，还在镇外的象鼻嘴放“烟火架”，沿河两岸，灯火通明，鼓乐喧天，人山人海，直至次晨始告结束。

县属各乡村集镇，或为还愿，或为酬神驱邪，或为庆贺丰收，举办各种不同形式的庙会，请戏班来唱“大戏”。只不过规模较小，其经费亦由当地筹集。由于会期中商人营业兴旺，商家也乐意资助。

资阳河名丑角龚吉升。著名川剧艺人龚吉升，艺名“叫化婆”，出生于荣县关帝庙街。家贫，其父靠弹棉花为业。吉升 11 岁时，拜岳春弟子孙普山为师学艺，后在资、内、叙、泸等地搭班谋生，开始演娃娃生，后专攻丑角。他嗓音圆润，很会行腔，以演丑角唱功戏见长，代表作如《西关渡》《姑苏台》《战万山》《竹林堂》等，“襟襟丑”剧目亦佳。1935 年城隍庙演会戏，请县长杨江屏点戏，杨最喜欢龚吉升《审百案》一剧的唱腔，连点了十多场《审百案》，从中午到黄昏，龚吉升叫苦不迭。有人提醒说：“县长，天黑啰！”杨才作罢。龚刻苦学艺，对艺术精益求精，艺成后先后被重庆章化大戏院、成都悦来剧院、自贡富春班聘请，其表演艺术和风格受到同行和广大观众称赞。他晚年因家境不好，尽管年高体弱也得为生活而奔波，致使精神失常，1945 年在宜宾普耳渡演出后，在过河船上不慎跌入河中淹死，时年 70 岁。他两个儿子，亦为有名艺人。长子龚建章（生角），1949 年后任自贡市川剧院院长。次子龚荣光（武生），1949 年后在四川省川剧院任教，1957 年任西昌川剧团团长。

资阳河名鼓师叶炳臣。叶炳臣，自贡沙坪人，幼年时即在贡井艺人胡二顺处当学徒，后受业于资阳河名鼓师彭华廷，并跟随彭师搭班多年，艺成后在品玉科社司鼓。叶对场面十分精通，能吹善打，鼓眼干净利落，指挥技艺特别高超；对五种声腔器乐，都能运用自如，对“高腔”更有研究，能使帮、打、唱凝成一体，做到珠联璧合。由于长期的舞台实践，他的戏路子很宽，经验十分丰富。1940 年在华英中学教打锣鼓，在学生中培养了一批鼓师：林剑秋，后在乐山川剧团；杨松荣，1949 年后改行教书；程书铭，后在荣县川剧团；陈永富，后在宜宾县川剧团。1942 年，叶被天有社聘为教师，口传了很多传统节目，并无私地传授了《昆排鼓》《花排鼓》等打击乐以及唢呐公堂等演奏技巧。

著名“玩友”教师钟甫臣，荣县城关人，号称“笑眯眯”，因家贫帮人当整米匠，酷爱川剧。工余时，他将量粮食的斗翻转来当鼓打，打烂了无数大斗小斗，因而被东家解雇。其后，钟长期以教“玩友”为业，弟子遍及荣县、犍为、井研、乐山等地。他精于打击乐，并积累了一套训练打锣鼓的教学方法。他嗓音清秀，对“高腔”戏很有研究，在各地“玩友”中有很高的声誉。

著名川剧票友黄启灵，自贡人，家中排行第七，毕业于由田汉任院长的上海南国艺术学院，先后在富顺中学、旭川中学任教十多年，写了很多川剧剧本，出版过一本川剧专辑，流传很广。1942 年冬，他应邀来荣县作抗日募捐后，即留住县城，并加入天有社。因他精通乐理，在讲唱时能掌握气息，控制强弱，对剧情、台词理解又深刻，所以唱得字正腔圆，优美动听。他“票演”的《夜探杀宫》《杀家告庙》《北楼杀惜》等剧，声情并茂，最能感染观众。经他传授，很多川剧爱好者在讲唱上都长了功夫，受益匪浅。

川剧乐师丁松甫，荣县城关人，生于 1917 年。家贫，父母早亡，在其叔父丁郁兰经营的“云溪阁”苏裱店学艺。他长年与书画接触，加之勤奋好学，不耻下问，进步很快，能画多种山水人物，并操练魏碑书法。他酷爱川剧，对吹拉技巧刻苦钻研，常登台为抗日募捐义演。1936 年，贡井名乐师谢崇兴来荣教“玩友”，丁向他请教唢呐吹奏，谢口念曲牌，丁用铅笔记工谱，再翻成简谱，默诵几遍后，即能照样吹奏。谢大为震惊，说：“这样下去，我哪有许多东西与他学。”因而提出不教。丁无奈，想出妙法，藏在谢教“玩友”屋子的隔壁，由其他人向谢请教，他在另屋偷学。不出两月，谢能吹奏的唢呐曲牌，大部分已为丁所掌握。1942 年以后，在叶炳臣的细心指导下，丁的功夫更加精深，不但能吹奏“四大公堂”和许多的常用曲牌，而且多数都能变调，成为当时荣县地区的首席乐师。

县人赵熙，晚清翰林。1902 年，他在自贡姻亲胡家看木偶戏《活捉王魁》，以惜少温柔敦厚之致，遂作《情探》一折。四川巡警道周善培改良川剧，首将该剧由名鼓师作谱演出。该剧目可分演、合演，惟《情探》词句优美，格调高雅，婉转动人，在民间流传甚远，是观众喜爱的剧目之一，荣县市民很多都能哼唱《情探》中的唱腔。县城“玩友”赖清如常“票演”此剧，演唱上有一定功夫，观众赞他的“月儿高”“高入云霄”，当时有“荣县的赖《情探》，自贡的蔡《阳告》”（蔡国卿《阳告》唱得好）之说。赵熙还写有《香莲闯宫》《渔文辞剑》《除三害》等剧。郭沫若在《少年时代》中盛赞赵熙先生“对改良川剧有极大影响”。

清代，荣县城乡已建了很多寺庙，这些寺庙多与移民有关。如“南华宫”系广东移民所建，“天后宫”系福建移民所建，“万寿宫”系江西移民所建，“禹王宫”系湖北移民所建。寺庙都建有戏台，俗称“万年台”。观众只能鹤立台下，翘首高瞻，风吹雨淋，所以又称“坝坝戏”。荣县城隍庙的万年台修建讲究，台面宽大，内台可供艺人住宿，两侧建有很长大的耳楼，可避雨遮风，那时县城的很多演出活动，多在此举行。

1944—1946 年，荣县时任县长杨江屏喜看川剧。他见站在坝子看戏的男女混杂，认为有伤风化，加之大雨或烈日下难以演出，因此令会首在城隍庙的坝上搭起木架草棚，又用木棒绑成座位，从中分开，男左女右分坐，中间留走道，是为“戏园”。1939 年，“维新大舞台”在西街湖广庙内演出，亦是搭木架草棚开“戏园”，设有座位，观众买牌子（戏票）对号入座。没有买到牌子的观众，只能买站票在两侧走道上看戏。1945 年，富南乡乡长王旅和，把位于城中心的王氏宗祠下厅拆除，利用旧砖旧料建成“三荣戏院”。舞台侧另建乐台，使演员和乐队分开，改变了演职员混杂一台的习俗。内场配备化妆室和供艺人住宿的房间。观众厅设木椅座位 700 个，木椅背上钉有放茶碗的铁丝圆圈。售一张座票的同时，还要售一碗茶，观众可品茶看戏。演出中，还由茶房为观众送洗脸帕，每送一次，即要给一次小费，是较为讲究的剧场。

（程书铭）

贡井书院

由于盐业生产的发达，清雍正八年（1730年），在荣县下设贡井分县，分县置县丞，行政级别高于一般的乡镇。当时，贡井地方富庶，办学筹款容易，加之地主、富商为了培养为他们服务的人才，也乐于兴学，先后办起了两所书院，其中一所为公办。两所书院，即旭川书院和酌经书院。

一、旭川书院

荣县知县宫鉴桂于清嘉庆二十二年（1817年），倡建书院于贡井文昌宫（又名文昌庙、文武庙，小地名窑嘴、陶咀，后迁河街），以贡井在唐时隶属于旭川县，故名“旭川书院”。书院创办人、知县宫鉴桂“示谕不得增塑佛像、多招僧道”。经费，每年收斗租银一百两、秤租钱二十四千文。山长岁奉束脩银六十两，伙食银十二两，聘仪、席仪、两节仪各二两，入馆、解馆夫马钱量地远近酌送。道光中，“束脩、膏火、奖赏，县丞及该处经管绅士筹款酌发”，由地方人士筹有学田收租，并设草市收捐，以充经费，所以该书院延续时间较长，至光绪三十年（1904年）才与全县书院一样同时停办。旭川书院是县立书院，属于公办。

关于旭川书院开办时间有二说：一是嘉庆二十二年（1817年），

1997年《自贡市志》、1995年《自贡市贡井区志》、1993年《荣县志》均主此说；二是嘉庆二十三年（1818 年），此说在有的专题著述中可见。据胡昭曦考证：道光本《荣县志》有两处写道："文武宫。县东九十里贡井。正殿祀文昌帝君，前殿祀关圣帝君，每岁春秋，县丞与近处绅士自办祭品致祭。嘉庆二十二年，知县宫鉴桂于庙内添设旭川书院，并示谕不得添塑佛像。""旭川书院。县东九十里，贡井文昌庙内，地基系吴姓施。嘉庆二十二年知县宫鉴桂设，并示谕不得增塑佛像、多招僧道。"民国本《荣县志》则载："（嘉庆）二十三年，（宫）鉴桂又建书院于贡井文昌庙，取唐县名之，曰旭川。"又说："（嘉庆）十九年设桂林、旭川书院。"二志记载不同，或为今人存在歧说之源。

胡昭曦认为：道光本《荣县志》为道光二十五年（1845年）荣县知县王培荀等据嘉庆十七年（1812年）县志重修刻印的，距旭川书院设立不到30年（此时该书院仍在）。共同修志者有荣县凤鸣书院山长廖扶九、桂林书院山长张海云，他们当是最了解实情的，从其具体记述可见。而民国本《荣县志》修于民国十八年（1929 年），距旭川书院设立已110余年（此时该书院已停办25年），且远离县城90里，修纂者很可能对此疏于考实。该志既云嘉庆二十三年、又云嘉庆十九年建旭川书院，一书二说之淆混，亦可佐证。因此，当以道光本《荣县志》所载嘉庆二十二年（1817年）设立旭川书院为据。

旭川书院，设山长，每年收生童16名。其中"正课，生员二名、童生四名；副课，生员二名、童生八名。每年正月内收录，向由县考取送院。每月官课由县封题送县丞衙门，考试将卷送县阅定榜示。道光中，知县马映辰改令由县丞代考"。

由罗筱元、胡善权二位整理的《清季自贡地方五书院》中说：旭川书院光绪以前的山长，能够知道的有3人，即沈维镛、杨公华、杨筱帆。荣县文化名人、清翰林赵熙纂《荣县志·人士第八》载："沈维镛，字镜堂，居桥头铺之沈家坝。道光己酉（1849年）举于乡，历主旭川、凤鸣、龙门讲席。"杨公华，贡井人，系咸丰年间恩贡，曾主讲旭川。杨公华之侄子杨筱帆是廪生，也曾做旭川书院山长，其时间可能是咸同年间。光绪年间，旭川书院早期的山长有刘炳勋、黄茂、黄英、黄书（黄书年），都是孝廉。这里要说的是，以上5位山长，除黄书外，《荣县志》均遗漏未记。而黄英任山长期间编著之《筹蜀篇》号称“中国近代之百科全书”，极负盛名。清光绪年间任旭川书院山长的还有梁谦（吉六）、李春沛（卓凡）。他们均为光绪己丑（1889年）科举人。特别是李春沛是当时很有声望的山长，曾设教荣县鹿角砦，从学者众。李到旭川书院做山长时，吴玉章也同来就学。另外，刘光模（映藜）也出任过光绪年间旭川书院的山长。

二、酌经书院

谢、林、刘、康等七姓人组建的贡井文昌宫文昌会，置有田房地产。光绪二十二年（1896年），谢等恐旭川书院常驻该庙（文昌宫），化私为公，即以其会产孳息，自办书院，名为“酌经”，而另购河街裕崇号房舍以赠旭川书院，商请移让。旭川书院遂迁于斯。酌经书院系私立，因经费不足，文昌会以牛羊为祭祀用品，向汤锅铺（宰杀牛羊出卖的商店）募集常捐补充，亦入不敷出，仅办4年，就于光绪二十六年（1900年）停办。其首任山长为孙克勤（树南，后更名荣），系富顺筱溪人（今贡井区筱溪街道），丁未科（1907年）举贡会考，名列二等。继之者为李春沛（卓凡）、梁谦（吉六），均为有名的举人。酌经书院院生人数不详。

三、书院的管理

在当时，私立书院须呈报官署备案，自筹经费，自聘山长。山长每年束脩纹银数十两到数百两不等。据《荣县志》记载，道光时，荣县凤鸣书院山长每年束脩为120两，桂林书院和旭川书院的山长束脩是60两。旭川书院山长伙食银12两，聘仪、席仪、两节仪各2两，入馆、解馆夫马钱量地远近酌送；道光中，“束脩、膏火、奖赏，县丞及该处经管绅士筹款酌发”。院生（当时一般人尊称为“老爷”）名额无定，多者百余人，分内庠和外庠，亦称内学、外学，或称上舍、下舍。内庠为秀才，外庠为童生。内外庠各推一人为学长。山长名望大，讲学勤，则从之者众，临近各县来此求学的人不少，间有省外慕名而来者。每年春节开学，岁杪散学。开学时地方官或主办人整肃衣冠，先祀孔子，后拜山长，谓之“送学”，如父母之送子弟入学者然。院生具贽敬礼，以师礼拜见山长，贽敬礼金之多少，由院生自定，一般为铜钱一串（一千文），多者数串，少则百文。大盐商子弟有送纹银十两的，送几十两的人则很少。端午、中秋两节，院生向山长致送节礼，多少略如贽敬。

山长讲经、讲文、讲诗无定期，惟逢三、八两日，则课八股文两篇，四书、五经题各一，试帖诗一首（八韵）。庚子（1900年）科后，改行策论文取士，即考经文、策论。考卷由山长评定甲乙，谓之“序文”。月终考课，评卷分特、超、优三等。特等的文章，有时山长召集院生齐聚讲堂，由山长朗诵赞扬后，将原卷张贴或交院生传观，以资鼓励观摩。特、超、优等的奖金，一般为铜钱四串、两串、一串，院费充裕的则为白银八两、四两、二两。三等名额共约十人，院生少的不到十人。院生犯规或不堪造就的，由山长挂牌斥退。

清廷为了纳学子于正轨，从思想上巩固其统治，曾颁发书籍十二种：清《上谕》一部（10本）、《诗经》一部（24本）、《书经》一部（24本）、《性理》一部（5本）、《学政全书》（1本）、《春秋》一部（24本）、《新颁学政全书》一部（8本）、《训饬士子文》（1本）、《明史》一部、《通鉴纲目》一部（105本）、《朱子全书》一部、《东汉书》一部。

书院的财务、事务，公办的聘请斋长一人董其实，以廪生或秀才充当。私立书院，则由主办者派人管理。另外，书院雇佣司事、伙房、杂工若干人，视事之繁简，经费盈绌以定。职工薪水及山长束脩由书院负担。书院的薪炭、用水、修缮、公用的灯油、纸张、山长的文具等费，均由书院供给，谓之“膏火”。院生的饮食、灯油、书笈、纸张自备，但如月能得一次两串钱的考课奖金，便可自给自足。

四、黄英山长和他的《筹蜀篇》

前引文献中记述的山长，其文字都不甚多，黄英亦然。胡昭曦教授认为：相对而言，从《筹蜀篇》中了解到黄英的情况还算稍多一点。四川提学使吴庆坻是光绪二十三年（1897 年）到任的，在此之前，旭川书院的山长有可能是李春霈。吴庆坻赞赏黄英“明通制造，能读西书”，并札“饬各州县就近延聘以端师范”，黄英或许是接替李春霈而任。黄芝《筹蜀篇·叙》中所说，自此黄英“连年主旭川院席，官绅服其识，学者悦其说，今从游者数十人，而来者犹未已”，据此黄英任山长至少有两三年。据此推测，其任期或始于光绪二十四年（1898 年）或二十五年（1899 年），止于光绪二十八年（1902 年）之后，当时他仍在任上，并刻印了《筹蜀篇》。

黄英，字叔权，清末民初四川荣县人，光绪十四年（1888 年）举人，生平不详。有文章说他于 1896 年前后曾在成都中西学堂任教习，其胞兄有黄书年、黄芝。三弟兄皆博学多识，图强求新，务求开辟地处一隅的巴蜀之闭塞风气，以黄英尤为突出。黄芝《筹蜀篇·叙》写道，黄英与乃兄书年“两度燕尘，久居津沪，广搜秘籍，博采通人，一门之内，自相师友……穷实学十数年矣。日殷殷然以通古今、识中外为多士倡”。黄英在《筹蜀篇·民智》的自注中说：“戊戌夏稿，已登《蜀学报》，以其合于筹蜀之意，故附刊之。”又在自序中说，义和团起事后，“吾蜀罗君已培急欲设馆于成都而约余主笔，时方以著书未暇也”。则其时黄英已是蜀中著名学者。据黄芝《叙》所述，黄英受到光绪二十三年（1897 年）到任的四川提学使吴庆坻的赏识，也得到贡井县丞刘篠谿的支持，“刘君篠谿贰尹与权弟洽，数称之，于院事尤加意，朊然有兴学心”。撰写此书，黄英已酝酿多年，于光绪二十七年（1901 年）定题动笔，次年撰成。在此过程中，其二位兄长书年、芝也给予了帮助，一同商议，“订条目，抒心得”。然后黄芝等人沿长江访游各地直至上海，并将所得汇为实录供黄英参考。此书的出版也得到贡井县丞刘篠谿和贡井士绅的鼓励和帮助，“（县丞刘篠谿）先睹为快，怂恿付梓，谢君和轩司马、刘君子文茂才均乐为筹助，鸠工剞劂，克日竣事”。

《筹蜀篇》为木刻线装本，封面、扉页各 1 页（以一个单页计 1 页，下同）。封面题签“光绪辛丑夏四月/筹蜀篇/江安傅增湆署”，光绪辛丑年为光绪二十七年，即公元 1901 年。扉页题刻“荣县旭川书院校刊”。全书共 2 卷，分上下两册，上卷为第一册，下卷为第二册。书高 25.6 厘米、宽 16.6 厘米；板框高 18 厘米、宽 14.3 厘米。黄英自序共 3 页，落款为“光绪壬寅年孟夏荣县黄英叔权自叙于公井旭川书院”。光绪壬寅年为光绪二十八年，即公元 1902 年。黄芝《叙》共 6 页，落款为“光绪元默提格之岁寎月胞兄黄芝弁言”。半页 10 行，行 22 字。上卷共 162 页（含目录 2 页），下卷共 185 页（含目录 2 页），总计 347 页、76 340 字。

黄英撰著、旭川书院刻印的《筹蜀篇》一书，计分水利、民智、边防、议院、矿物、农学、蒙学、女学、民教上、民教下、保教、水机、盐务、西文、东文、论策、风水、医药、西学、蚕桑、救旱、体操、新旧学、代数、中西学、中西文言等 26 篇。撰著者黄英既精于国学，又涉猎西学，且晓英语；既谙悉人文学科，又了解自然学科；既掌教书院，又接触社会；既立足四川，又放眼全国和世界。《筹蜀篇》内容广泛，资料丰富，见解清新，筹划务实，展示出黄英“通古今、识中外”的知识结构和学术水平，凸现出黄英救亡图存、开启民智的维新思想和爱国之心。

资料显示，书院刻书始于宋代，至清代为最兴盛，形成了古代刻书史上独树一帜的书院刻本。至清代，书院的出版功能得到进一步的强化，刊刻图书成为较大规模的经常性活动，形成了正谊堂、广雅书局、桂垣书局、尊经书局、南菁书局、经苑、味经刊书处等闻名全国的书院专门出版机构，这是中国近代新兴出版业的前身。胡昭曦教授指出：虽未见旭川书院设立书局并经常刻书，但能由书院组织刊刻印行本书院的学术著作，在当时全国县级书院中尚不多见。

五、旭川书院的杰出学子

辛亥革命的两位杰出人物吴玉章、谢奉琦曾先后就读于旭川书院。吴玉章在《辛亥革命》一书中写道：1882 年初（13 岁），他随二哥吴永锟就读成都尊经书院，夏天兄弟俩奔母丧回家。服除后，其二哥到尊经书院续读，自己留家。1898 年在旭川书院就读。1900—1901 年在本县教书。1902年到威远县继续求学，年底去泸州投考川南经纬学堂。1903年2月9日（夏历正月十二），同其二哥和黄芝等一行9人离川赴日本留学。《吴玉章回忆录》有更详记述："以康有为、梁启超为代表的资产阶级改良运动，在甲午战争后，由于民族危机的刺激而发展。变法维新思想一时传布全国。……我开始接触'新学'，也是在这个时期。我的二哥最喜欢买书，他于母亲服满之后，仍回成都尊经书院续读。……我那时虽在乡下，但我二哥却能按时不误地把新书寄回来。当我读到康梁（特别是梁启超）的痛快淋漓的议论以后，我很快就成了他们的信徒，一心要做变法维新的志士，对于学习八股、考功名，便没有多大的兴趣了。……'戊戌变法'的那些措施，虽然是微不足道的，但在当时却震撼人心。……那时我正在四川自（自流井）贡（贡井）地方的旭川书院读书，由于热心于变法维新的宣传，人们给了我一个外号，把我叫作'时务大家'。当变法的诏书一道道地传来的时候，我们这些赞成变法的人，真是欢欣若狂。尤其是光绪帝三令五申地斥责守旧派阻挠上书言事，更使我们感到鼓舞，增长了我们的气势，迫使那些反对变法维新的守旧分子哑口无言。……我们在书院占了上风就表明进步思想在那里占了上风。可惜好景不长，很快'戊戌政变'就发生了，'六君子'也被杀了。守旧分子立刻向我们反攻。他们嘲笑道：'早说不对嘛，要杀头哩！'但我们并不气馁，我们引谭嗣同的英勇事迹来回击他们。"

1993年版《荣县志》载，谢奉琦生于清光绪八年（1882年），贡井人，"幼年就读于私塾，光绪二十八年（1902年，时年21岁）入富顺炳文书院，后转学贡井旭川书院。他勤奋好学，关心时务，憎恶科举制度。时值帝国主义瓜分中国的狂潮……他主张科举非改革不可，八股非废去不可。果尔，则人民思想必富；思想富，则国家前途乃有起色。否则，睡狮沉沉，不亡何待？……光绪三十年（1904年），毅然辞别刚结婚三年的贤妻刘仲仪，到成都东游预备学校，攻读日语"。

（曾新）

公共体育场的建设

二十世纪三十年代前，荣县县城没有一处可供学生和县人活动的公共场所。

1934 年，张镜蓉任县长时，驻军田冠五旅的一团驻防荣县，常感无练兵场可供操练。因职务之故，团长李宗煌与县政当局多次磋商，最后决定在县城后山席草田坝开辟公共体育场，计划将凤凰山山嘴和邻近土丘削平，再把席草田填高。所需工程由驻军庄子辉全营士兵和县团丁划片包干，进行修筑。经过约一年时间始告竣工，可容万余人的广场初具规模。荣县体育场落成后，由蜀中“五老七贤”之一、世称“晚清第一词人”的赵熙撰文，在原县人民政府后侧荷花池畔，立下石碑以资纪念。碑文曰：“丙子夏，李君宗煌提军驻荣，命全体官兵平筑广场，为国体育，庄子辉实监其工，特铭德刊碑。杨元度书。”

体育场建成后，县政府教育科组织筹办荣县第一届运动会。事前，邀请中小学部分体育教师和爱好体育的各界人士参加筹备，其中有杨元伟、吴元澍、钱芹华、胡略、张尚钰、郭槐檀等人，并确定了专人负责测量、制图、场地建筑，以及篮、足、排、网、跳坑等场地的设置、装配。同时，赶制运动器材；不能制作的，还派专人到成、渝两地采购。运动会歌，又由杨元度作词，张翰飞作曲，谱成运动会歌，发给各中小学练唱。会歌歌词是：“旭日初晖，放射四围，大家齐赴运动会，这是吾荣第一回；能够跑跳，踢掷击接，四肢百体功用才不废。态度要和平，精神要粹砺，胜不心高败不气馁，造成民族英雄收复失地。继续努力，继续奋斗，我们的光荣不仅夺得锦标归。”

1936年春，荣县第一届运动会在新建体育场开幕。参加本届运动会的单位不多，有中学八所、两级小学十四所和部分县民代表。那时体育尚未普及，如此规模的体育竞技活动，足以引起人们的兴趣和关注，每天看热闹者不下七八千人。至于各项竞赛、竞技、夜间晚会的开展，对于县人参与体育活动，在客观上起到了一定的启蒙作用。

1941年，黄希濂任荣县县长时，也举行过一次县运动会。会后，黄希濂认为，荣县已先后建立荣县师范、荣南中学（五宝中学前身）、凤鸣中学（乐德中学前身）和荣县中学，学校数量在原有的14所中小学的基础上已增至38所，全县学生人数增长较多，现有的体育场狭小，设备简陋，加之无人管理，杂草丛生，已不能使用，如果以后要举办大型运动会，实难容纳，就是表演四百人以上的团体操也无法施展。因此，黄希濂责成教育科和刚成立的荣县国民体育委员会负责筹划，扩建体育场。教育科会同国民体育委员会分别邀请各中小学体育教师和爱好体育的社会人士，举行筹建会议和征集意见。参加筹建会的有徐祥洪、吴元澍、杨元伟、王凤如、王玉北、陈颐仲、张学富、张尚钰、龚桑让、李仁杰、刘远志、胡略、郭丹基、林树森、宋文俊、余建舒、雷若平等人及县府有关科室负责人。筹建会开了很多次，提的问题和建议也不少。最后确定体育场扩建方案：在原有基础上，将凤凰山山嘴后削平，向北推移三十八米。这样，比原有面积增加一倍半。另外，又于射击场右侧新建音乐台一座，将体育场西北部的一片水田、坡土和一大堰塘平筑成体操场地，装置天桥、浪桥、平衡木、肋木、木城和高低杠等器材。不仅可供县运动会开展活动，而且还长期供城区各级学校学生和市民锻炼。

这次扩建，在广场北部正中修建了检阅台，两旁添设石级看台，在广场中央建成了300米的兰曲式跑道。100米的直线跑道为八线，宽度为1.2米；曲线跑道为六线，每线仍为1.2米。跑道线内设足球场，西部跑道与足球门之间设跳坑两个：一为撑竿跳和跳高坑，一为三级跳远和跳远坑。

这次扩建，基本上是根据建筑学原则和场地实地情况来实施的。竣工后，从使用效果看，比较适用。据当时的估计，举办较大型运动会，可以容纳八百到一千名运动员。进行各项竞赛活动的同时，四周空地能容纳观众两万人参观。关于县体育场的设计和装配，均由参加筹建会的中小学体育教师和爱好体育的各界人士，以及有关人员亲自绘制平面示意图和指导实施。

削平凤凰山山嘴为射击场、体操场，工程十分艰巨。在开工前，由建设科会同县指导员草拟计划和计算安排，四十八个乡镇每乡镇征集石工二十名、泥工二十五名，每次由四至五个乡镇民工合组编成两大组，计时计件限额完成，每半个月轮换工程一次。总监工由县指导员朱华光、但昭森负责。正中检阅台和音乐台的图案，由修建大礼堂的自贡市职业工程师王某设计。所需用的泥、木、石等工程材料，由工头承包。最后一道工序，即平筑广场所需的炭花、河沙，均由中城镇（即今城关镇）和四乡团丁负责运输和填平。扩建历时七个多月，所动员人力有五万人次左右。在1942年秋举办县运动会的前夕，一个初具规模、可容二万人的体育场始告建成。

（钟尔典）

谷醒华创办旭阳中学

旭阳中学，是一所私立中学，创办于1924年初，停办于1929年底，历时六年。创办人谷醒华先生任荣县中学校长期间，在与他的挚友“白屋诗人”吴芳吉通信中，深感时局混乱，公立学校在经费、人事上毫无保障，不可能培养更多的人才，提出筹办私立学校。1922年，他受四川省教育厅指派，公费赴日本及京、沪各地考察教育，又在南京近郊的燕子矶参观了陶行知先生所办的“晓庄师范”，深受启发，坚定了他在荣县创立私立中学的决心。

1923年，谷醒华先生任荣县教育局局长，邀集同盟会员赖君奇、吴香篪、张植如、邹古元和进步人士黄元赞、张汉光等人倡议筹办“荣县旭阳中学”。在大家的支持下，组建了校董会，公推谷醒华任校长，张植如负责财务。商得江西庙（在南街，原旭光小学）首事同意，借为校址。

1924年初，荣县旭阳中学校牌高悬，首班学生入校上课。校舍建筑宏伟，占地广阔，两层大殿，前殿作礼堂，两旁作办公；后殿作食堂，可设方桌二十席；右侧厨房亦甚宽敞；礼堂前，有天然运动场；正前方戏台及左右两侧看台，先后隔成六间教室，每室均可容纳条桌、长凳五六十套；楼下隔成十间寝室，安置木床百余张；右方有一座花厅，建筑极为高敞，正内系内戏台，天井内花木扶疏，中厅安设大餐桌及全堂椅凳，是会议室及教员休息室；四周厅房数间，作教职员宿舍之用。建校后不断发展，满员时学生共六班，人数多至一百七八十人，住校教员十余人。为适应当时情况，所设班级全为初中男生班。低年级人数最多时，从未超过五十名，高年级人数减少时曾合班授课（如一、二班合班，三、四班合班），直至毕业。寒、暑假均招生，校内常保持在六个班级。

旭阳中学无常年经费，全凭学费收入，每生每期缴纳学费毫洋八元，这对当时学生家庭来说负担已是不轻。因当时周围学生就学困难，远近前来应考入学者为数甚多，除本县各乡外，邻县如威远、富顺、宜宾亦常有人来入学，城内读通学的也不少。学生伙食自理，学校仅代为收管。

教师待遇极低，除伙食由校方供给外，授课每小时以毫洋四角付给。校长谷醒华带头尽义务，兼职不兼薪，其他训育、教务等均如此。临近期终，教员伙食难以为继时，张植如总是慷慨解囊相助。在开办初期，所有设备、教具，全由张独立张罗。

旭阳中学先后聘任的教师，多是德才兼备、热心教育事业且富有经验的大专毕业生。校长谷醒华系成都高师最早的毕业生，张述铭、曾莱、赵鹤仙、黄渭滨、李则夷都是他的晚期同学。余如胡善权毕业于北京大学，刘献文毕业于北京工业大学，李伯颜、叶慕尧、黄直儒、戴钦明系成都高等工业学校毕业，胡用权、邱祖尧、蓝显谟系成都外语专校毕业，叶仙蒂、林伯九、张尚钰系成都政法专校毕业，丁权中系成都农业专校毕业，田桦渊、谢澄志系成都第一师范毕业，王禹双系华西协和中学毕业，至于主持军事训练和体操的朱俊卤、张树良两人，又系黄浦军校出身，在那时的中国农村县城，亦是不多见的。

旭阳中学开办之初，正值教育部改革学制，中学分为高、初两级。旭阳中学事属初创，毫无基础，只得从初级办起。所有课程设置，均按部颁标准。限于师资，也未能完全照办，例如音乐、图画两科，便付缺席；体育科无相应场地、设备，不得不以军事体操代替，常借用外南白塔山下大校场；动植物两科，以农业常识课代替，学校无农场可供实习，教师丁权中多次率学生去实业局农事实验场，就地授课。

校董赖君奇先生，当时任职荣县中学，未负责旭阳中学校内具体事务。他常来校，总要到各班课堂视察教学情况，必去查看学生自习，遇上集会则向学生训勉有加。

1925年，孙中山先生逝世不久，每周星期一要举行总理纪念仪式。旭阳中学礼堂上方，高悬孙先生遗像，两旁贴着的“联俄、联共、扶助农工”三大政策的巨幅标语，是谷先生主要的宣讲内容。

1926年，国民党荣县县党部成立，谷醒华任书记长。执行委员中除吴香篪、张植如、赖君奇、张汉光、严章森、程觉远、范晶如外，叶仙蒂、胡用权、胡善权、林伯九都是旭阳中学教员。县党部设在校内，学校在县党部的领导下，民主办学，教学育人。学生朝气蓬勃，思想活跃，追求科学知识，探索革命真理，旭阳中学实际上成为了荣县进步力量的中心和四川省著名的革命学校之一。当时，曾想改旭阳中学为吴玉章在重庆主办的中法大学的附属中学，因时局变化作罢。

旭阳中学师生组织和参与了许多群众运动：一是1926年“非基督反帝大同盟”，由“荣县学生联合会”所发动和组织，会长就是旭阳中学的学生、共产党人范晶如。他以全校同学为主要力量，联合荣中、女师、县高小同学（华英中小学的同学因外籍牧师的阻挠未能参加）举行盛大游行，同时沿街讲演，揭露帝国主义侵略本性，拆穿基督教传教办学的阴谋，唤醒人民的爱国意识。谷醒华先生手持小旗，带头走在游行队伍前列。游行队伍高呼“打倒帝国主义！”“驱逐外籍牧师出境！”等口号，行至北门华英学校时，加拿大牧师（外号“钟木老壳”）竟十分傲慢地连声回答“那是打不倒的”。于是群众愤怒，大呼“打倒‘钟木老壳’！”钟在众怒面前，怕得要命，傲慢之态全消失，灰溜溜地逃回教堂后院。三天后，钟持英文信来到县党部向谷醒华道歉，要求保护外侨生命财产安全。二是1927年春，掀起了轰轰烈烈震动全川的抗捐运动，就是当时成都、重庆等地报刊以大字标题报道的“荣县军团冲突”，这是由国民党县党部所领导并与共产党人合作发动的一次运动。旭阳中学的董事和教师谷醒华、赖君奇、叶仙蒂、胡用权、胡善权等都是“抗捐运动委员会”的主要成员，他们亲赴斗争前线——李堰乡的蒙子岩、马银岩，或派代表分赴叙、泸，请求武装支援。蒋介石在上海发动“四一二”大屠杀，在北伐途中杀害赣州工会领导人倪弼的时候，郭沫若发出了《请看今日之蒋介石》《脱离蒋介石后》两文，旭阳中学在纪念周上进行了宣读。三是1928年10月，“学联”组织学生在华英中学演出反帝反军阀的文明戏，遭到教徒阻挠，师生代表朱俊卤、梁应庚、马介民、刘恩龙等提出抗议，县政府竟下令派出武装部队将在福音堂门口的代表殴打驱散。刘恩龙遭枪托打伤，并被抓进县府关押。各校师生闻悉，纷纷自发集合包围县府，要求惩办凶犯，释放并医治刘恩龙，尤以旭阳中学师生最激烈。县长钟干在一片愤怒声讨声中，低头认错，答应惩办团丁队长、挂红放炮释放刘恩龙。

旭阳中学自开办以来，即与中共地下党组织关系甚密。早期的共产党员程觉远、刘一先、刘光裕等经常出入校园，范晶如、梁权、罗致钧、罗忠全、万鼎元、朱灼、刘家才等是最早被发展的党、团学生。其后，程慕仁、曾莱、赵鹤仙、朱俊卤、张树良、黄渭滨（涪陵人）等先后来校任教，更增添了学校进步力量，尤其是曾莱，具有磁石般的吸引力。1929 年春天的一个场期，地下党领导、发动成千上万农协会员营救被捕入狱的三个农协同志，他们扛着锄头、扁担从县城五道城门涌入城内，在大街小巷游行。驻军面对突然出现的农协队伍，惊惶失措。县府迫于压力，乖乖地送出了被拘捕同志。曾莱就是这场斗争的领导人之一。同年暑假某日，外北煤运工人大批涌进城内，袭击监狱救一工友，并想打死住在雪鸿旅馆的煤炭收税员吴亮彩，因故未能成功，军警受到惊吓。1929 年下学期，曾莱推荐高师同学黄渭滨来校接替工作，他去内江担任县委书记，后在梁山（现梁平）不幸被叛徒出卖遇害。

旭阳中学除课堂教学外，还重视学生的课外阅读。当时，校方所订并随时张贴的报纸有重庆的《新蜀报》、成都的《国民公报》。教务室设有一个小小的书柜，购备多种进步书刊供学生随时借阅，如《向导》《中国青年》《共产党宣言》《铁蹄下之中国》《创造月刊》《洪水》《东方杂志》《小说月报》等书刊，文学作品如鲁迅的《呐喊》《彷徨》《热风》《华盖集》，郭沫若的《女神》《星空》《我的幼年》《反正前后》，茅盾的《追求》《动摇》《幻灭》《林家铺子》，老舍的《赵子日》《老张的哲学》《骆驼祥子》，叶圣陶的《倪焕之》《稻草人》，蒋光慈的《少年飘泊者》《哀中国》《纪念碑》，谢冰心的《寄小读者》《繁星》《超人》，李劼人的《死水微澜》，高语罕的《白话书信》，等等。当时，在政府这也禁止那也禁止的条件下，旭阳中学鼓励学生自由阅读实属罕见。

1927 年孙中山先生诞辰纪念日，全校师生举行了一次以铁厂铺为目的地的远足旅行。路旁的砖瓦厂、石灰窑、坛罐窑以及煤炭洞都成了自然教育老师的现场教室，学生们对土法烧制坛罐的工艺产生了极大的兴趣。目睹煤工们在暗无天日的坑道中负重爬行，师生留下了深刻的印象。

1928 年，全校师生于校内举行盛大的游艺宣传演出，节目由师生合作。当日正值场期，农民及市民大量涌入校内，挤得水泄不通。在一幕以表现贪官土豪互相勾结、压迫剥削劳动人民的戏中，叶仙蒂饰大地主，邱祖尧饰大恶霸，观众中竟不断爆发出“打倒土豪劣绅！”“打倒贪官污吏！”的口号声。赵鹤仙和李则夷合演郭沫若编写的歌剧《棠棣之花》，演到情节凄凉处，观众感动得流泪，到激昂处又大受鼓舞。

1929 年，全校师生又做一次参观自流井的长途旅行，寄住筱溪小学，受到主人的热情接待。那天参加当地盛大集会，张尚钰老师代表学校在会上发言，获得一片掌声。游行队伍中出现“荣县旭阳中学”校旗和整齐学生队伍时，两旁观众都报以阵阵的掌声。

谷醒华先生 1928 年冬应二十四军一师师长张志和（共产党人）邀请前往江津任该部秘书，他认为遥领校长虚衔不甚恰当，校董会另聘张鸣球代理。张其时任县团练局长，为应付恶劣环境有所尽力，但政府对旭阳中学的监视和逼迫并未因此放松。驻军张志芳旅派团长张继昭率军威胁学校，省府派人以宣抚使的名义驻入旭阳中学，监视达月余之久。同年，省教育厅又派督学来校视察。1929 年下学期，驻军余中英旅变本加厉，对旭阳中学进行摧残，竟派所部康华尊营部进驻学校，强占办公室，寒假时又驻入一连军队。学校多次交涉均无效，军队拒不撤走，也不让学校招生。谷先生不得已于江津军中，亲书《旭阳中学停办宣言》，由学校向社会各界印发。在校学生一律发给转学证书，学校设备均移交旭光小学，开办六年之久的旭阳中学被迫停办。

（李则夷　胡用权）

凤鸣书院的建立与发展

荣县中学的前身系凤鸣书院。清康熙四十九年（1710年），知县李芮改察院行台布政分司为书院，三间两进，因地处凤鸣山麓，故名凤鸣书院。

乾隆十七年（1752年）十月，知县黄大本捐献俸禄，整理内外讲堂六间、东西前后书房共十间、书厅三间、牌楼一架、大门一间、厨房二间，一切应用家具全部具备。书院设山长一名，管理书院事宜。有正课生员四名，童生十名；副课生员六名、童生十六名。

乾隆十九年（1754年），绅士丁凤溥等倡议乐输，官复捐俸，襄凑置买楼房嘴义田一区，田价五百九十两，税契一十七两七钱，加补业主银十两，田地四至开列契纸粘卷额，办纳粮银一两七钱，另租谷充书院师徒公费，详奉批允汇入交代，每年尚须贤司牧量捐俸廉，以补不足，庶得垂诸永久。

光绪十九年（1893年），赵熙以翰林庶吉士由北京回荣县，主讲凤鸣书院，任凤鸣书院山长。

光绪三十年（1904年），凤鸣书院废。

廖朝翼，字扶九，县东荣梨山人，人称东崖先生，本县拔贡生。特别爱好学习，一生从事教育，曾任凤鸣书院山长，得意门生有曾省三、蓝瑾章等。

民国二年（1913年）春，经教育部核准备案，成立“荣县县立中学”（属初级中学），校址在万寿寺。第一任校长黄茂，又名书年，前清举人。学制为旧制，修业年限为四年，首届招收四个班，学生两百余人。

民国四年（1915 年），学校迁西街凤鸣书院。十四年（1925 年），因校址地势狭窄，不敷分配，又迁回文庙街万寿寺办学；同时改学制四年为三年，改校名为“荣县县立初级中学校”。

民国二十五年（1936 年），奉令将荣县县立女子初级中学校并入，称“荣县县立中学校女生部”。该部前身是私立女学堂，清宣统二年（1910 年）主办过简易师范及专修班，民国十六年（1927 年）停办这两种班，招收初中生，改名为“女子中学”。民国二十四年（1935 年），经教育部批准，定名为“荣县县立女子初级中学校”，地址在原蚕桑学堂旧址，即今荣县中学教师宿舍。

民国二十八年（1939 年）十月，抗日战争时期，为躲避日本飞机空袭，迁校至乐德乡张家祠堂和碧云庵办学。二十九年（1940 年）秋，奉令增设高中班，招收男生一班七十名，女生一班六十名，地址在县城原校址。三十二年（1943 年）上学期，初中部由乐德迁回原校；下学期将女生部划出单独成校，名为“四川省荣县女子中学校”，男生部更名为“四川省荣县中学校”。

1950 年 3 月，荣县人民政府训令：“为统一领导，节省开支”，决定将两校合为一校，更名为“荣县县立中学校”，李伯颜任校长，胡用权任副校长。同年四月，荣县师范学校撤销，将现有班级并入，称师范班（1954 年，奉令将师范班并入资中师范）。同年 11 月 25 日，奉内江专署令，将荣县县立中学校更名为“四川省荣县中学校”（校长李伯颜，又名李童，中共党员，四川公立工业专门学校毕业），沿用至今。

荣县中学创办时，校舍简陋，设备不齐。民国二十年（1931 年），由政府拨款新建礼堂一间，教室八间。二十六年（1937 年），又新建寝室八大间。三十一年（1942 年），购置高初中理化仪器全套设备、新旧床铺六百四十架、新旧课桌凳八百八十套。1950 年后，荣县人民政府对荣县中学的校舍进行了改造和增建。1959 年至 1985 年，先后新建和改造教学楼一幢二十四间，教师宿舍八十间，学生宿舍楼一幢十八间，教学实验大楼一幢十八间，总建筑面积为 5781.1 平方米。

荣县中学历史悠久，民国七年（1918年）至十一年（1922年）四年间，因校长谷醒华（国民党员、民盟成员）领导有方，治学严谨，学校学风纯朴，成绩优良，受到四川省教育厅的表彰，被誉为“川南之冠”，校长受到公费出省、出国考察教育的奖励。

（王林）

男女同校的旭光小学

1927年，重庆“三三一”惨案后，吴柏修从重庆回到荣县。在此之前，吴柏修和县人刘永昭在中法大学当教务员，校长吴玉章，教导杨伯凯。“三三一”惨案后，因莲花池的省党部和中法大学被军警所砸，他们回到荣县。不久，吴找到谷醒华先生，共议筹办一所学校，发展家乡教育事业，得到谷的赞同和支持。吴柏修积极奔走，租得河街原私立明新学校校址（即今新生街对面，明新学校是由县人吴南辉先生早期创办）。内有两间教室以及原套桌椅板凳，吴一并租下。在筹备中，成立校董会，成员有谷醒华、赖君奇以及部分社会名流。校董会在选校长时，因吴柏修是积极倡导和筹建者，众欲举之，但吴以自己刚从外地回乡，情况不熟，恐自己惹下是非而婉辞推却，于是校董会举赵鹤仙担任校长。

1927年秋，荣县私立旭光小学开学。一个普通小学，本不应对社会有多大影响，可旭光小学却如一块石子投进一潭死水，激起了社会的极大反响。为什么呢？就因旭光小学提倡并实行了男女合校，在荣县首开男女合校先河。这一举措，冲破了千百年来封建意识的桎梏，实在是荣县教育史上一件值得书写的事。在此之前，以“民主”办学的著名的旭阳中学，原拟男女合校，但也惧于顽固的封建伦理，怕招不到学生，只好将女生部办到张植如的张家祠堂内（即今锄把巷内）。旭光小学实行男女生合校，遭到顽固势力的攻击。县立小学教导尹为思说：“谁的儿女要想惹梅毒，就到旭光小学去读书吧！”再如，学校开办不久，就因为“龙钟婚姻事件”，迫使赵鹤仙不得不辞去校长职务而离开荣县。“龙钟婚姻事件”是怎么一回事呢？龙氏，女，五宝镇人，当地名人龙树骧之女，在成都读书。“钟”就是钟尔典。由于“媒妁之言、父母之命”，龙钟早已缔结婚约。但龙在外读书，受风气的影响，甚不满此婚姻，意欲退约。龙之父母当时在外地做官，乃亲自送其女回五宝镇，强迫她与钟完婚。龙不从，表示“不允这门亲事。不然，充其量我死”。那时，这批青年人受新文化的影响，提倡男女平等、自由恋爱，正好借此事扩大宣传。于是出宣言，贴标语，支持龙氏反抗包办婚姻。这事在荣县千百年来都没有过，立即轰动全城。指责声、咒骂声均有，但青年们不理，照样支持龙，同学们还派谷伯雍与龙接头。龙钟拜堂后，龙暗叫同学设法将她送走。谁料到，新婚之夜一过，龙被软化了，风波平息，而同学们还蒙在鼓里，还在印传单。龙钟和解，给那些老顽固们抓住了把柄，把一切罪过都推给青年，还说“人家男女双方本来就没有意见，都是这些人挑拨起的”。一盆火又倒到赵鹤仙头上，因他是校长。在社会非难声中，赵鹤仙再也无法待下去了，只好辞去校长职务，含恨出走。此是1928年上半年的事。

赵鹤仙辞职，众推吴柏修任校长。这个时候，地下党员多了，有陈家钰、张本端、钟扬明、范杰等。此外，还有一名女性，姓张，对外称是钟扬明的表妹。她既未任教，也未担任任何职务，以后也不知去向。还有一名女性，就是邓可非，后来成为陈家钰的妻子。有人说，陈、邓当时就是夫妻，其实不是。陈、邓结合，是后来陈与原妻离婚后的事。那时党的会议邓从来没有参加过，不知她那时是否已经入党。

1929年，吴柏修卸任校长，继任者是张伯高。校董会由丁良式主事。丁与二十军师长唐式遵相交甚厚，唐以丁“找不来钱”为由，又与他在二十一军谋了个财务委员的职务。旭光小学开办之初，学生人数不多，后来迁往火神庙（亦在河街，原搬运站），扩大到七八个班。火神庙后面是国民党县党部，与“旭小”只一厕所之隔。旭光小学教程完全根据政府规定，县立小学什么课程，“旭小”都有。旭光小学教师完全出于对教育事业的热忱，对薪金待遇是毫不计较的，以义务授课为主。有的教师吃得起饭，就只上课不领薪；吃不起饭的，则只领仅够饭钱的薪水。甚至极个别家境较富者，自己捐钱又义务教课。此外，旭阳中学教师到“旭小”义务兼课者不乏其人，义务教师有胡用权、杨元皋等。开始几年，政府是不拿一文教育经费的，学校全靠社会各界人士募捐和收学费维持。到1938年，丁硕章当财务委员会主任的时候，政府每年才发300元经费，此时我任校长。旭光小学的校歌是谷醒华先生所作，他将歌词交与吴柏修，吴转交赖君奇。赖说：“我还不能说要不要得，交给我的老师看看。”赖的老师就是詹长坡之子詹桂村，是当时荣县很有名气的文人。詹老师看后说：“君奇，你给醒华说，这个歌词写得好，我只给他改一个字。”詹口述，赖执笔。原词开头是“立校在旭水之阳”，詹改为“开校在旭水之阳”，说“立”字在全词中音韵不谐，用“开”字好一些。谷、赖等均赞同，说改得好，乃定下来。

1929年，我离开旭光小学。此时，旭阳中学在逼迫下停办，“旭中”“旭小”都驻上了军队，唐式遵的指挥部就设在旭光小学内，校长仍是张伯高。此人是鼎新人，论学识不怎样，但交往多，八面灵通，与赵八、赵离（赵熙之子）关系好。

1930年至1931年，荣县地下党遭到极其严重的破坏。1934年，刘一先回荣县整顿党组织，他是川南组织的负责人之一，是在荣县农民运动搞得火热的时候调出去的。他回荣县时，我正在成佳小学任校长，同校有钟尔典、马介民、曾伟（后来在高山叛变）等人任教。刘一先隐藏在双古，不知怎样被捕的。后来经丁硕章、赖君奇、周谷云（曾任熊克武的秘书）等人的多方营救出狱。刘出狱后，就当旭光小学校长，丁硕章为董事长，一直办到1938年。

1939年正月，吴玉章同志回到家乡，程觉远和我们都去亲听他的教诲。吴老在与我们的谈话中指出，除了进一步搞好抗日统一战线工作外，文化战线的同志要搞抗战文化，努力办好学校，创办书店，努力唤醒民众的觉悟，才能把抗战进行到底。程觉远即与大家商议，调整一下各校的人事：由刘一先到关岳庙任公立小学校长；马介民任县立小学校长；刘一先遗下的旭光小学校长由我接任。所以“旭小”成立至被查封，头尾都有我。此时旭光小学的教师有程觉远（教史、地）、蔡希仲（1949年后任过财政局局长）、马介民、张学富（教体育）、张本端等，都是本县人。外地来的有挨近成都某县的罗智云，是个近视眼，看报纸时眉毛都擦得响，叫“罗瞎子”，教语文和数学。另外还有一个河街的王明达，也是近视眼，妻子是河南人，姓田。王是程觉远介绍来的，很受学生尊重，夫妻二人都很年轻。王是从小离开荣县的，所以本地人尚不认识他。

旭光小学有很多地下党人进行革命活动。1939 年下半年，省政府教育厅门启山来到荣县，住在县府。有一天，他把我找到火神庙转拐的一个叫“霞天”的茶馆，对我说：“你们学堂有共产党在公开宣传共产主义哟！”我心头一惊，赶忙否认：“哪有这样的事？我当校长的都不知道。”他说：“没有这样的事？嘿，还是在讲堂上讲的，公开给学生讲。”我一听就明白了，他指的是程觉远，因程觉远讲史地。我讲过史地，知道其中原因。那时，每个教师都有一本教科书（大概就似今天的参考书），书中分析国际上革命和党派情况很详细，特别对法国的情况。我想一定是这个原因，就以此为由进行辩解。他们捞不到什么把柄，也只好作罢。

1940 年，快过年的时候，丁硕章对我说：“晶如，县长（曾德威）说了，我们学堂要停办。”我问：“什么原因？”他说：“不晓得。县长也没有说所以然。因我是董事长，为了顾我的面子，不用查封，要我们自己停办。”我说：“学校办到这个地步，无缘无故停下来不好，是不是怀疑我们学堂有共产党？头一次门启山就来查问过。如果这样，我是校长，我负责，我引咎辞职，县里另选高明，好歹把学堂保存下来！”其实我心里明白，他们是不会怀疑我的——因为我是绅粮的“少少”嘛！丁硕章将我的意见转呈曾德威，曾仍不允，说：“范晶如离校，学堂还是要停办。”我又表示，本期才新招了学生，是否把这期学生教完才停？他还是不同意。万般无奈之下，我又提出，该校尚有一毕业班，如蒙准许，缓停数月，把这班毕业生送出去。曾德威毫无转圜余地，下令立即停办关门。记得丁硕章为保全学校，还请了客，尽了最大的努力。最后向我说：“老范，没得法了。只有搁了。”怎么办呢？学生咋个处置，尤其是毕业班？因为“旭小”是私立学校，不能转学到县立小学。正当焦头烂额之际碰到刘若平，他正在私立赣粤小学当校长（董事长是刘念谟），校址在江西庙（即原旭阳中学校址），又是进步人士，又与我常打交道，彼此熟悉。我把自己的困境告诉他，说："我有一个毕业班，能否借你校校址，读完这一期？"他满口应承，说："要得，我再去跟我叔爷（刘念谟）说一声。"刘念谟表示，只要不增加教师，不增加经费，移过来可以。于是这个毕业班是在"旭光"读书，"赣粤"毕业，其中还有我的老三范志先。历时十四年，旭光小学就这样被迫停办了。

（范晶如口述　戴泽祥整理）

牛峰寨上存仁中学

牛峰寨建于清咸丰年间，寨周十余里，悬崖四削。明朝曰云台山，清嘉庆重修曰牛头，后曰牛峰。峰当作封，牛肩胛坟起曰峰，是山本无峰。咸丰三年（1853 年），诏各省修筑寨堡，富顺许维邦、县人王安宇倡修之。咸丰九年（1859 年），兰朝鼎（又名大顺，号“兰大脚板”）和李永和（又名长春，号“李短辫子”）领导大规模农民起义时，寨制规程：自旧户外，分上中下，计口出谷。上四石，中三石，下二石，故寨为富。光绪十年（1884 年），居民凿山下石炭，后被知县陈察查封。民国六年（1917 年），川滇军屯双古坟数月，征费于寨，导致寨贫。

当时，兵乱匪祸盛行。富户豪绅，为避匪之祸，将牛峰山建为寨。此寨周围岩壁陡峭，高十余丈，只有“天时”“地利”两道寨门可供上下，其余任何地方均不能。刀矛用作武器的时代，牛峰寨是避兵匪的好地方。山上风景秀美，有“北屏晚照”“地利薰风”“哨楼雾雨”“天桥弄雪”“公局晴曦”“牛乳香浓”“翠献清音”“风林秋月”八景。山寨舒适宜人，更是避暑胜地，因而迁住此寨的民众较多。寨中组织了一个管理机构叫“存仁局”，负责管理山寨。凡入寨者，均须缴纳寨费（一两到几十两银子不等），才取得寨户资格。寨户逐年增多，寨费收入也相继增加。收入了寨费，陆续购置了田产，最多时年可收租五六百石，这就是牛峰寨小学和存仁中学经费的来源。

存仁局中的人挥霍无度，贪污占用，引起部分寨户不满。1929—

1930年间，寨户们发起了对存仁局的清账。经热心教育的赖君奇、邹固云、魏佐廑等倡议，收存仁局年租作创办小学经费。经寨户同意，申报立案后，随即成立牛峰寨寨立小学，校址在寨的牛头仓坝（即牛峰寨存仁局储存租谷的地方）。第一任校长赖君奇，其后刘光华、朱沏明、朱丐苒、税祥等都先后任过校长。其中教师有地下党员赵文锦、朱沏明、李林泉和其他一些进步人士。他们向学生传播社会主义思想，加之循循善诱，学生品学俱佳，为当时社会人士赞扬。

存仁中学创办于1939年春季，在原小学校址上建立（原小学迁到砖房新建校舍），名誉董事长但懋辛，董事长赖君奇，校长胡善权，教务主任刘心舟，训导主任胡用权，教师叶芝、叶慕尧、刘俊文、杨元伟、杨倩华，事务主任雷动之。荣县、自贡、富顺、宜宾、犍为、威远、井研、乐山、仁寿等地一千余人报考，后取新生两百多人。第一期期考，升级的仅七八十人。为照顾失学青年，开办了暑期补习班。我参加补习班，第二期才报考入学的。当时教补习班的教师有刘健文、叶芝、胡善权、朱沏明、程觉远等，既补习学业知识，又传播社会主义思想。

第二期校长仍为胡善权，1940年到1942年叶芝任校长，1943年赖君奇任佼长，1944年到1950年校长又是叶芝，1951年校长是官亦民和谢池春，1952年上半年校长是范炳文，下半年是张荣辉，1953年校长是刘一先，同年，人民政府接管私立学校，“存中”到此为止。

这所学校，是在地下党组织的知名人士支持下建立起来的，教师来源广泛，素质较高。大城市许多学历高、教学经验丰富的老师经人介绍来校任教，如袁步其、文正蒙和川大讲师刘槐庵等。知名人士如谷醒华、黄大可、程觉远等经常往来其间，有时还召集学生请他们讲话。学校经常收到一些兰其卫、兰其邦和无名氏寄来的报刊（一般是《新华日报》。“二兰”原是“寨小”学生）。洪盛详先生赠给学校进步书刊不少，江锋曾化名汪刃锋来校参观。地下党员朱沏明任会计，吴绍周教史地，所有老师们都循循善诱，诲人不倦。他们上课时，启发式教学；下课后，常督促检查。当时因宿舍不足和部分同学经济困难，在校外食宿。老师们如胡用权、刘俊文、官亦民、周德全、叶芝，有时还有赖君奇等，晚上经常要到校外住有同学的地方进行巡视，查其是否赌博或不认真读书。这种坚持不懈培育人才的精神，不能不为之感动。

特别使我感受最深的是，我因家贫没有上过小学，仅读过几年私塾。1939 年暑期到“存中”上补习班，第二学期入学。因经济困难，校外食宿。有几次教师巡查通学，发现有学生半夜过后还点上油灯看书，老师令其熄灯。有一次，夜很深了，赖君奇、胡用权、刘俊文等老师勒令熄灯，不准再半夜读书，以保护目力和身体健康。并规定：今后再如此，即停止就读。这种对学生爱护毕至之情，有时回忆起来不免泪下。

我一期考试名列第一，学校照顾穷学生，第二期调校半工半读（一面读书一面任书记，即缮写）。绝大部分同学都勤奋学习，学业成绩良好，第一班学业期满，到县里会考时有 40 多人，除 2 名补考外，其余同学考试成绩均合格，总体成绩名列全县前茅。升学率 90% 以上，而且 80% 以上都是著名高中。

然而，因大多数同学或多或少受了一些社会主义思想影响，言行方面不免要表现出来，因此被军警宪特所怀疑甚至监视。民国荣县政府派庄司法之弟庄智勇来校，任童体教师，实质是监视地下党活动。幸好被地下党人察觉，注意言行，对学校图书室进步书刊全部收藏转移。同学们对不学无术的庄智勇大为不满，一次上第三班军体课时，被郝孝忠等同学轰吼。不到期终，他就自动离校了。平时国民党人也借参观学校为名，侦察地下党活动。每次消息传来，刘代玖（学校图书管理员）、张学能（参加“新民”）、官世德（任缮写）和我都为收藏转移进步书刊忙个不停。存仁中学是带有红色色彩，为国民党所监视的一所学校。

1941 年左右，地下党员朱沏明在校任会计，“寨小”教师李林泉兼任“存中”图画教师，成都来校地下党员吴绍周教史地。朱沏明还在学校发展了新民组织，刘代玖、张学能、官亦民等都参加了这个组织。

由于受地下党组织传播的社会主义思想熏陶和老师们的热情教育，同学们刻苦学习，人才辈出，声誉远扬。著名校友如在北京市公安局任职多年的孙箔、武汉市人民法院的杨雄才、铁道部兰州设计院总工程师李南生、西安水利工程师朱正国等，其他担任中小学领导、教师和科局长及以下职务的更数不胜数。

学校在体育方面，成绩也非常突出。中学开办以后，学生逐年增加，人多时曾达八九百人。学校侧面运动场不敷使用，于是就在学校附近“地利”门下，开辟了能容纳一二百人活动的运动场。体育教师李仁杰、杨元伟、刘远志、王建中等认真负责，一丝不苟，在他们的指导下，学校田径、球类成绩俱佳，在几次县运动会中获得冠亚军不少。

（朱升岩）

抗日刊物《流火》

1938年7月，中共自贡市委书记饶孟文回荣县工作。同年10月，在其倡导下，由中共党员刘一先、程觉远带头，发起成立了荣县文化教育界的抗日救亡团体——流火社。此社与中华全国文艺界抗敌协会、“文协”成都分会有密切联系。

流火社在1938年12月1日创办《流火》文艺月刊，刊名取自《诗经》“七月流火”。至1940年1月，共出刊11期，由荣县救济院印刷部印刷。每期封面印有木刻画，或反映将士英勇杀敌，或表现后方辛勤劳作，或揭露日本血腥屠杀。每期印刷1500份，除在荣县销售外，还销往自贡、威远、内江、乐山、宜宾、泸州、成都、重庆等地。

《流水》编委有柳倩、刘若平、钟绍锟、丁克武、刘石夷、李石锋等，后期由刘若平担任主编。撰稿人包括老舍、周文、刘盛亚、马宗融、高兰、陈翔鹤、方敬、王余杞、柳倩、常任侠、胡风、任钧、肖蔓若、赵清阁等知名人士。其创刊宗旨为：“在动员全民抗战的阶段，不但拿起所有的枪，还要拿起所有的笔，对着敌人作顽强的战斗！”表示“我们都不怕艰苦，愿以最大的最坚韧的努力干下去”。诗人柳倩有诗曰：“堪叹少年‘流火’日，喜逢甘雨树浮生。甜城岁月须勤过，无负神州万岁民。”

（钟永新）

第四篇　革命·斗争

荣县独立

1911年4月的广州起义失败后，我和洪承点、熊克武等又匆匆地到了日本。因为洪承点刺死了叛徒陈镜波，在香港不能久待，所以我们走得很急。到日本不久，我看见铁路风潮兴起，估计革命运动会继续发展起来，便决心回国参加。6月，我回到上海。这时，以宋教仁为首的一些同盟会员正在上海搞了一个同盟会的中部总部（中部同盟会）。这个组织虽号称为同盟会的分支机构，实际是在那里闹独立性。不过，它主张以长江流域为中心，在中国的中部发动革命，而反对在边疆继续搞武装起义，这个意见在当时却是正确的。

当时，全国各处都曾不断地发生饥民暴动和抗捐抗税的斗争，其中尤以长江流域和山东一带最为普遍。1910年春，长沙发生了规模巨大的饥民抢米暴动，参加者二万余人，把巡抚衙门和外国教堂都给烧了。同年夏，山东莱阳又爆发了几万人的抗捐起义。1911年，长江流域大水成灾，饥民暴动和抗捐斗争更为发展。例如湖南浏阳一带和浙江杭州、宁波等地饥民的抢米斗争，规模都是很大的。同时，上海、汉口等城市的工人斗争也日趋活跃。再加以铁路风潮的发生，就使得革命潮流更为高涨起来。中部同盟会，虽然没有自觉地看到这种革命运动发展的趋势，但它所规定的活动方针在客观上却是符合于实际情况的。

我在上海并没停留多久，也没有见着宋教仁，但宋教仁他们却给我安上了主持四川同盟会工作的名义。这大概是他们觉得张懋隆资望不够，因而故意把我的名字放在他的前面。其实，我并未听闻过这件事。随后，我从上海到了宜昌，一路上，看到人们都对清朝政府十分不满，而对革命极表同情。到宜昌又看到那里的川汉铁路职工正在为保路而斗争。这一切使我预感到有什么非常的事即将发生。

在宜昌，我们换乘专门行驶川江的蜀通轮船。这轮船虽说十分简陋，由一只机器船牵带着一只拖驳船并行前进，但比我们当年出川时所乘的帆船来说，已经安稳而又迅速多了。就是这样，一支简陋的蜀通船，也竟然要请外国人来管理。不仅技术人员是外国人，连船长也是外国人。这位外国船长摆着帝国主义者的架子，对中国人十分凶狠。因为船上人多很挤，天气又热，所以到晚上，有很多旅客到筏子上去睡觉，而把筏子系在那只载人的拖驳船上。到第二天早上，轮船上服务员并不等旅客全部登船，只是由机器上的洋人鸣笛一声，就立刻开船，并用力砍掉系绳，将筏子上的旅客弃置不顾。这些旅客，刚从梦中惊醒，即见轮船开走，无不仓皇失措。而且轮船告急，风浪很大，几乎要把筏子淹没。于是这些旅客便大声怒号，高呼求援。

看见这种情景，我心中实在难以忍受，便用言语号召船上旅众一齐到饭厅里开会。全船旅众对这件事情都很愤恨，因此便喧嚷起来，痛骂起来。痛骂洋人不顾中国人的性命，太不讲理。那位洋船长在机器上听到人们叫骂，非常生气，竟把他的手枪取出示威。这时，船上的买办见众怒难犯，便将那洋船长劝回房里去，并把那些被弃的旅客接上船来。一会儿，只听得那买办对船长说道："这帮人都是留学生，谁也惹他们不起。"啊，原来他们只怕留学生，我要你们看看中国老百姓的厉害。我于是继续向旅众演说团结救国的道理。一时，人们的情绪又复高涨，纷纷议论不休，吓得那帮洋人和买办低头不语，再也不敢寻衅了。

我经过重庆的时候，见到了谢持、杨庶堪等同盟会员。这时四川的铁路风潮已经闹得很大了。但重庆的革命党人却没有大举起事的图谋，他们只派了朱之洪为铁路股东代表，到成都去做些合法的斗争。朱到成都后，也参与了成都革命党人的一些革命活动。我在重庆住了一日就继续赶路回家。路过永川时，我看见满街都挂着黄布，到处都扎起"皇位台"，台上供着光绪帝的牌位。两旁写着一副对联，一边是"铁路准其民有"，一边是"庶政归诸舆论"。台上供着从光绪帝的"上谕”中摘出来的两句话用以作为争路的根据。市场两头的口子上，还有“文官下轿、武官下马”的牌子。一切全和皇帝死了办“皇会”一样。这种情形，乍看起来觉得非常可笑，但仔细一想，确是一种很高明的斗争方法。它既适合于当时人民群众的觉悟程度，又剥夺了统治阶级任何反对的借口，而且无论什么官员打从这里经过，都得下来步行，完全丧失了他们平日的威风。这种斗争方式，虽是由立宪党人倡议的，但毫无疑问也是得到革命党人同意的。立宪党人取其温和而无犯上之嫌，而革命党人则利用它来广泛地吸引群众参加革命斗争。立宪党人用光绪帝的“上谕”来为自己服务，而革命党人又用立宪党人的方法来为革命服务。这段历史的发展是多么的有趣啊！

在夏历的“盂兰会”（七月十五日）以前，我回到了家乡。一天，我往县城里去，直到南门外，看见一个人带着队伍，远远地走在我的前面，等进城后走到跟前一看，原来这个人就是龙鸣剑。他自从在成都用“水电报”发出起义的号召以后，马上赶回荣县，参加了王天杰等人发动的起义。他们组织了一支武装，现在正要率领这支起义队伍，前去攻打成都。他一见我，非常高兴，对我说道：“你回来就好了。同志会由蒲、罗等立宪党人领导，做不出什么好事。我们必须组织同志军，领导人民起来斗争，才有出路。我马上要到前线去，一切大计望你细心筹划吧！”这样议定之后，他便和王天杰领着一千多人的起义军直赴成都去了。当出城门的时候，龙鸣剑异常激愤，他拔剑起誓道：“不杀赵尔丰，决不入此门。”同行的军士们都很感动。

龙鸣剑、王天杰没有到达成都，在仁寿附近即和清军相遇，发生战斗。随后他们又与秦载赓率领的起义军会师，组成东路民军总部，由秦载赓、王天杰任正副统领，龙鸣剑任参谋长。东路同志军与清军转战于仁寿和成都附近一带，因装备悬殊，补充缺乏，在秦皇寺作战失利。于是龙鸣剑、王天杰乃分兵改道攻取嘉定。接着他们又进兵叙府。在行军途中，龙鸣剑已积劳成病，又兼作战不利，后来竟在宜宾乡下含恨而死。

龙鸣剑为中国的资产阶级民主革命奋斗一生，特别是在四川的保路运动中，起到了重大的作用。他运用正确的策略推动着革命运动的发展。而当时机成熟时，他又毫不迟疑地立即发动武装斗争。在辛亥这年最紧张的夏天，他冒着盛暑，往返于成都与荣县之间达六七次，这种为革命事业而不辞劳瘁的精神，实在令人敬佩。正因为这样辛勤的工作，才损害了他的健康，丧失了他的生命。他临死之前，仍念念不忘革命工作，并对王天杰提出了许多重要的意见。他虽死在异乡，但入葬的时候，群众自发前往送葬的竟达一万两三千人。可见，他是多么受着群众的爱戴。像龙鸣剑这样的人，才是辛亥革命真正的英雄，但过去的一些资产阶级“历史家”却不怎样提到他，这是极不公平的！但是，只有人民群众才是历史的创造者和历史的裁判者，既然群众是那样拥护他，“历史家”纵然不肯秉笔直书，他最后也是不会被埋没的。

自龙鸣剑、王天杰率领起义军离开荣县后，我便承担起后方的全部责任。就是龙鸣剑启程的那天，荣县城里的大地主张子和请客，我也被请去了。席上有人持大地主、大当铺老板郭慎之上县官一禀，说什么“三费局”（征收局）被“匪”（指龙鸣剑和王天杰）劫去八百两银子，要张子和签署。我一看即问张子和道：“龙鸣剑和王天杰领着同志军去打赵尔丰，是替我们大家争铁路、争人格。他们是为国争权，为民除害，做的是光明正大的事情，怎么能说他们是土匪呢？”被我这么一问，满座的士绅们都哑口无言。我于是继续说道：“同志军到前线去为我们打仗，我们在后方应继起支援。我提议全县按租捐款，替他们筹军饷。”对于我的提议，他们心里虽然不赞成，但都没有人敢出来反对。席散，我即召集各方人士商议，通过了按租捐款的办法，就这样为同志军解决了军饷问题。有了经费以后，我更加紧训练各乡民团，并且还开了一个军事训练班，准备不断扩大队伍，支援前线。

当龙鸣剑病重离开部队后，王天杰感到孤单，便率部队回到荣县。清朝政府的荣县知事和郭慎之等土豪劣绅，一听到消息就都逃走了。王天杰等人来找我商量办法。我提出应立即宣布独立，自理县政，大家都很赞成。这时，广安县的同盟会员蒲洵来与我联系工作，正住在我家里。我考虑到本县人出来管理县政，容易惹起纠纷。于是，便想请他来主持荣县民政。我征得他本人同意后，便提出来请大家讨论，大家一致拥护。9月25日（旧历八月初四），我和王天杰等在城内召集各界开会，由我发表演说，宣布荣县独立，并提议蒲洵来主持县政。大家都知道我是刚从东京同盟会总部回来的人，自己不图官职，却把蒲洵推了出来。而蒲洵也是同盟会员，且又是外县人，与各方面全无矛盾，因此都很满意。于是，在一致欢呼声中，建立了荣县的革命政权。从此，东路民军也有了一块根据地作依托了。

荣县起义发动于 8 月初，比武昌起义要早两个月。荣县宣布独立是 9 月 25 日，比武昌起义也早半个月。因此，它的影响很大，成为成都东南民军反清武装斗争的中心。在荣县独立的前后，起义军还曾经占领过彭山、眉州、青神、井研、名山、洪雅、夹江等十数州县，但都旋得旋失，没有得到巩固。只有荣县建立了革命政权，并且一直坚持下去。辛亥革命胜利以后，蒲洵还在荣县作知事。他的声誉很好，受到群众拥护，替当时的革命党人保持了荣誉。

我们虽然在荣县站住了脚，但小小一县的革命政权，是难于单独存在的，因此必须向外发展。我们首先去攻威远，马上就攻下了；再攻自流井，却遭到大队巡防军的抵抗，相持不下。这时武昌起义已经爆发了。我们由于被敌人严密封锁，并不知道外面的情况。只是从各种风传中听说湖北革命党造反，有一个姓黎的当了都督。这又引起了我们的疑问：既是革命党人起义，就应该打出孙中山先生的旗号，怎么会钻出一个姓黎的人来呢？我们局限在一个地方斗争而不了解整个局势的发展，真是苦闷极了。我们必须和外面取得联系。

（吴玉章）

中共荣县地下组织的创建与发展

1924年，宜宾人郑佑之（1922年加入中国社会主义青年团，后转为中国共产党党员）在宜宾古罗场、荣县五宝一带进行革命活动，传播马列主义思想。1925年，他开始在五宝一带发展共产党员，建立中共组织。同年夏，他介绍荣县五宝镇刻字工人程慕仁（原名程天叹）加入中国共产党。下半年，在荣县五宝一带发展党员七人，建立了三个党小组。

1926年夏，荣县党员发展到二十多人，成立了中共荣县五宝支部。同年秋，陈家玉从广州农民运动讲习所结业回五宝乡，并于次年春由郑佑之介绍加入中国共产党。陈入党后，被派往荣县城发展和建立党团组织。陈进城后吸收了程觉远、王吉谦、刘一先、钟扬铭等入党，成立了荣县城区党小组。

1927年春，荣县人民反对“一岁两征田赋税”斗争取得胜利后，在有党员三十多名、党支部七个和两个直属党小组时，于是年秋建立了中共荣县特支委员会，程慕仁任书记。

特支下属组织：城区党小组组长陈家玉，五宝街支部书记黄志诚，黑屋城支部书记李玉良，云峰寺支部书记兰乐天，古文场支部书记周炳文，莲花场支部书记陈金汤（又名陈明渊、陈敦慈），牛尾河支部书记刘育才，土地坳支部书记刘昌明，龙潭场小组组长万鼎元。

1928年夏，建立中共荣县委员会，程慕仁为书记，组织委员乃为程觉远（1929年调成都），宣传委员为陈家玉（1928年冬调川南特委后，由刘光裕接任）。同年秋，增补曾莱为委员。

县委下属十七个党支部：五宝镇支部书记黄志诚，黑屋城支部书记李瑞吾，云峰寺支部书记兰乐天，土地坳支部书记刘昌明，县城支部书记王吉谦，龙潭场支部书记万鼎元，莲花场支部书记陈金汤，鼎新寺支部书记刘光裕，古文场支部书记周炳文，高山铺支部书记黄大舜，鸦雀冲支部书记钟奇，李家晏支部书记张志远，双石桥支部书记吕九成，长山桥支部书记朱全鲁，章佳场支部书记傅开阳，威远梧桐场支都书记赖正培，宜宾古罗场支部书记朱华伦，共有七十多名党员。

1929 年 4 月，程慕仁奉调四川省委（后因工作需要未离荣，同年五月被捕），省委派熊灼微接任县委书记。不久，熊调离荣县，由刘光裕代理县委书记。同年十月，上级派高伯礼（高郭宣）前来荣县任县委书记至 1930 年 2 月，这段时间的县委委员先后有黄大舜、曾莱、丁泽光、曹瑞堂、万炳兴、张树良、罗志钧、范光岑等（史料记载朱全鲁是县委委员，但在其遗存档案中没有记载）。时县委仍辖属十七个支部：城区支部书记王吉谦，五宝支部书记李玉良，古罗支部书记朱华伦，古文支部书记周炳文，鼎新支部书记罗志钧，牛尾支部书记刘育才，莲花支部书记陈金汤，龙潭支部书记万鼎元，高山支部书记黄大舜，鸦雀冲支部书记钟奇，墨林支部书记朱澈明，李晏支部书记张志远，双石桥支部书记吕九成，长山支部书记朱全鲁，留佳支部书记刘羽军，章佳支部书记傅开阳，梧桐支部书记赖正培，党员增加到三百余名。

1930 年 2 月，高伯礼调走，上级调孔跃三（又名孔方新、孔方沁）来荣县任县委书记。同年夏，孔跃三调走，县委书记由刘一先代理到 1930 年 10 月。这段时间的县委委员有龚成义、黄才焯、张海清、洪默深、丁泽光、万炳兴、范光岑、曹瑞堂等。时县委下属四区委，二十一个党支部：西北路区委书记范光岑，委员朱沏明、刘羽军、谢镇西、虞刚、余伯川，双古支部书记范吉祥，留佳支部书记刘羽军，保华支部书记虞刚，长山支部书记范光岑（兼）；小南路区委书记虞尧卿，委员虞沛然、李文然，雷音支部书记不详，老龙支部书记虞尧卿（兼），董家支部书记董德泉；南路区委书记罗志钧，委员李月沧、罗文俊、周炳文、刘开礼，龙潭支部书记林七贤，鼎新支部书记马××（名不详），古文支部书记周炳文，五宝支部书记刘君×，李晏支部书记罗文俊；东路区委书记黄才焯，委员缪洪彬、陈宝和、丁泽光、杨焕文，高山支部书记钟新明，章佳支部书记傅开阳，双石桥支部书记张本端，东保支部书记万炳兴，汪家支部书记兰九安，墨林支部书记刘福崇，鸦雀冲支部书记钟奇，梧桐支部书记赖正培，城区直属支部书记朱全鲁。

1930 年 10 月 4 日（农历八月十三），荣县农民武装暴动失败后，党组织遭到严重破坏。有的党员被杀害，有的由组织调离，有的被迫离境，仅有少数未暴露身份的党员隐藏下来。

1932 年春，中共自贡中心县委书记高伯礼来荣县恢复党组织，建立中共荣县支部委员会，书记黄才焯，委员龚成义、张海清、刘爵五、刘能武。1933 年上半年，因自贡中心县委书记高伯礼被捕遇害，自贡党组织遭到破坏，荣县党组织被迫停止活动。

1935 年下半年，中共自贡中心市委书记郭代林到荣县恢复党的组织，重建荣县支部委员会，书记龚成义，组织委员黄才焯，宣传委员刘爵五、刘能武。同年底，中共自贡中心市委正副书记郭代林、曾直夫被捕，紧接着荣县的黄成义、张海清等被捕，荣县党组织又遭到严重破坏，被迫停止了组织活动。

1938 年 7 月底，中共自贡特支派饶孟文回荣县清理党员情况，10 月恢复党员十八名，建立四个支部，成立中共荣县特支，书记宋永发，组织委员张相廷，宣传委员黄才焯。同年 12 月，成立中共荣县县委，书记谢长琮，组织委员黄才焯、宋永发，宣传委员钟新明、张相廷，农运委组织委员黄才焯（兼），统战委员程觉远。时县委辖十个区委，有党员五十人：一区（高山铺）书记张焕林，二区（清水寺）书记张蜀文，三区（缪家岩）书记袁吉祥，四区（鸦雀冲）书记钟子华，五区（章佳场）书记陈自三，六区（鹿角岩）书记丁泽光，七区（双古）书记朱沏明，九区（五宝）书记郑琢如，八区、十区书记无记载。

1939 年 10 月，县委调整分工，黄才焯任县委书记，谢长琮任秘书，组织委员宋永发，宣传委员钟新明、张相廷，统战委员程觉远（是年冬调苍溪），妇女委员梁屈萍（女，当时名梁质）、沈克纯（女），委员郑光第（又名郑志远）。1939 年底，黄才焯去延安学习，谢长琮接任县委书记。

1940年春，谢长琮离荣县，闻化鱼任县委书记，组织委员罗石生，宣传委员钟新明、张相廷，妇女委员沈克纯，青年委员郑光第，委员李长基。

1940年底，闻化鱼调离，罗石生任县委书记，组织委员朱泐明，宣传委员钟新明，农运委员张相廷，妇女委员沈克纯，委员李长基。

1942年5月，中共荣县县委贯彻中央“隐蔽精干，长期埋伏，积蓄力量，以待时机”的方针，县委书记罗石生在做好疏散和隐蔽的善后工作后离荣，荣县党的组织即停止活动。

黄才焯又名黄大可，1945年出席中共第七次全国代表大会。

1947年7月至10月，川南地下党组织先后派钱寿昌、钟盛明、张家璧到荣县清理地下党的组织。10月，黄才焯由川北回到荣县参加此项工作。11月，在川南工委副书记钱寿昌主持下建立中共荣县工作委员会，张家璧任书记，黄才焯、钟盛明、彭德富、张佑成任委员。

1948年初，将荣县工委改为荣县革命委员会，作为领导农民武装暴动的决策机关。后奉令停止暴动，革命委员会只一两个月又恢复为工委，委员未变动。

1948年4月，张家璧、钟盛明因身份暴露，党组织决定将他俩调宜宾，黄才焯接任工委书记，增补程觉远、朱泐明为委员，其他委员未变动。1949年2月程觉远升任工委副书记至当年7月。这段时间工委下属组织和领导人是：留佳支部书记刘羽军，正安支部书记钟富安，清水支部书记罗芝煜，望佳支部书记陈忠轩，高坎湾支部书记曹桂华，白毛沟支部书记不详，鹿角岩支部书记朱玉章，双石支部书记余述钦，李子支部书记汪国清，五宝支部书记李自天，牛尾支部书记杨伯君，莲花支部书记邹正心，龙潭支部书记李月沧，鼎新支部书记张正文，千金镑支部书记王荣武，李家湾支部书记刘玉章，方家坪支部书记方益高，赵家洞支部书记郝永洲，成佳支部书记范伯钦，城区支部书记张学富，威远尹政权支部书记杨吉安，威运刘家洞支部书记廖超，威远梧桐支部书记周绍荣，威远郭家洞支部书记刘著明（郭家洞支部1948年2月初建立，当月并入刘家洞支部），另外还有威远的铺子弯、凉风坳、竹角冲和大坝口四个党小组。

1948年8月，建立中共荣县中心县委到1949年12月。中心县委书记黄才焯，委员为张家壁、钟盛明。荣县中心县委辖荣县、威远、宜宾、长宁、庆符、高县和自贡市。时高县、庆符只有少数党员活动，无党的组织。威远县无县级组织，只有三个党支部和四个党小组，先后归荣县工委和县委领导。这段时间荣县中心县委的下属组织和领导人是：中共荣县工委书记黄才焯（兼，1948 年 4 月至 1949 年 7 月），中共荣县县委书记黄才焯（兼，1949 年 7 月至同年 12 月），中共宜宾县委书记张家壁（兼），中共长宁地工委书记胡书文（1948 年 8 月至 1949 年 9 月），中共自贡市工委书记肖菊人（1949 年 7 月至同年 12 月）。

1949 年 7 月，恢复中共荣县县委，县委书记黄才焯，副书记程觉远，委员朱沏明、罗芝煜、张学富。县委下属西北、西南、东南、城区四个区委，区委下属城区、双石桥、章佳、高山、五宝、牛尾、周家嘴、李子、正安、莲花、留佳、尹政权（威远）、刘家洞（威远）、梧桐（威远）等十四个支部，党员 247 名。

另外，还有威远的铺子湾、凉风坳、竹角冲、大坝口四个党小组和成都到荣县活动的 6 名党员组成的临时党小组。

1950 年 1 月 7 日，中共川南区委组织部通知解放军部队调到荣县工作的党员和荣县地下党员胜利会师后，组成新的中共荣县委员会。新县委书记新斧，副书记黄才焯，委员程觉远、李箴言、朱沏明。至此，中共荣县地下组织完成了它的历史使命。

（陶淮钦　张贵祥）

中共荣县地下组织发源地——五宝

1926年，中共荣县五宝支部在五宝成立，成为中国共产党荣县组织的发源地。革命烈火从五宝迅速向荣县各地蔓延，在中共荣县组织史册上留下了光辉的一页。

一、期盼救星

五宝镇是荣县的三大集镇之一，历来有“一成（成佳场）、二龙（龙潭场）、三五宝（五宝镇）”之说。五宝镇，地处宜宾县、观音场、古罗场、徐场等地通往自贡市的交通要道，来往客商络绎不绝，市场繁荣。五宝镇与自贡、宜宾毗邻，是荣县的粮仓地之一。五宝的乡绅大户常年穿绸挂缎，酒肉不断，醉生梦死；而劳苦大众常是衣不遮体，难以度日。据统计，1949年前，五宝镇辖区有八十多平方千米，围界约八十千米，百分之八十的耕地被少数地主占有。这些地主采取加租加押手段，大肆掠夺农民。人口众多的无地农民，则是含辛茹苦，度日如年。加之，二十世纪二十年代，盘踞在四川的军阀为了扩充各自的势力范围，采取名目繁多的苛捐杂税，大肆搜刮民脂民膏，吸吮劳动人民血汗，闹得民怨沸腾。当时流传很广的“一年累得不得了，找到钱儿享不到，全被强盗抢去了……”“这些强盗不打倒，我们永远伸不了腰，你看我们心焦不焦……大家快快起来搞，团结起来最可靠，把强盗一起打倒……”等歌谣，就是五宝镇人民强烈革命愿望的真实写照。在这种情况下，五宝镇地区的人民，早就盼望有一个正确的政党来领导他们翻身得解放。

二、燎原之火

共产党来了！1924年，中共党员郑佑之（宜宾人）在宜宾古罗镇创办普岗寺平民学校，同时又到荣县古文、五宝一带从事革命活动。郑佑之在荣县从事革命时，与荣县当时的国民党进步人士谷醒华往来甚密。郑与谷交往中，经谷介绍认识了五宝刻字工人程慕仁（当时名程天叹）。在接触中，郑认为程慕仁思想进步，即加以培养，向其传播马列主义思想。1925年夏，程慕仁经郑佑之介绍加入了中国共产党。程慕仁入党后，在本地发展了黄玉如、罗俊修入党，建立了中共荣县五宝镇小组，这是荣县的第一个党小组。

党小组建立后，就暗地把进步的农民发展为农协会员，培养积极分子，从中吸收柯相成、杨荣三、黄志诚等先进分子加入中国共产党。先后在大堰（现五宝乡玉宝村）、土地坳、水口寺、高峰寺建立四个农协小组和三个党小组。由于农运发展较快，1926年底建立了五宝地区农民协会，下辖莲花、牛尾、云峰寺、黑屋城、麦子坳五个分会。为使农协开展反土劣斗争，在农协干部中挑选胆大、明理、能言的组成“战干帮”队伍，专门为受重租高押的佃农打抱不平。他们根据外地经验，将地主残酷剥削农民和广大民众生活苦情编成《庄稼佬》歌，在群众中广泛传唱，借以启发农民的觉悟。

1926年夏，建立了中共荣县五宝支部，程慕仁任支部书记，这是荣县的第一个中共支部。同年秋，陈家玉由广州农民讲习所结业回到五宝。他与程慕仁交往密切，追求革命，要求入党。他在1927年春的武装抗捐斗争中，表现十分勇敢，出谋献策，五宝党支部批准他加入中国共产党。陈家玉入党后，被派往荣县城区发展党员和党的组织。从此，中共党组织以迅猛之势向全县各个地方发展。在五宝所辖地区也建立了街道、云峰、土地坳等四个党支部。

1930年，荣县“八一三”农民武装暴动失败后，五宝中共组织和全县中共组织一样遭到了严重破坏。

抗日战争开始，重建中共荣县县委，五宝党的组织亦同时恢复起来。五宝地区成立了区委，李自天任书记。

1941年1月“皖南事变”后，中共中央提出“隐蔽精干，长期埋伏，积蓄力量，以待时机”的方针，五宝党组织再一次停止了中共有组织的活动。

1947年川康特委派张家壁等来荣县清理并恢复中共组织。经清理，恢复了中共五宝镇支部，并在五宝建立了中共荣县西南路区委，李自天任书记。

五宝镇的中共组织，自1926年建立以来一直烈火熊熊，坚持达二十余年，即使是在与上级组织中断联系的极为艰难的情况下，依然革命火种不灭，共产党人各自为战，顽强斗争。

三、越烧越旺

（一）三次围攻团防局

五宝的地主，不仅比一般场镇多，而且势力大。这些地主依仗自己租多钱多，有钱有势，欺压百姓，残害人民。贫苦农民对这些地主恨之入骨。大地主陈相奎依仗他老婆罗惠文娘家的权势（罗惠文的大哥罗灿然系大地主，县参议员；四弟罗文杰，大地主，曾任国民党通江县县长和国民党荣县县党部书记长），采取高租重稳等手段盘剥农民，逼得佃户们走投无路。佃户纷纷反映，陈相奎已四次不接受“主客纠纷”的调解，团防局又支持他，他们坚决要和他拼到底。经中共五宝党小组研究决定：于1925年9月28日，派党员罗俊修、农会积极分子周国新（后参加中国共产党，1929年被敌人杀害）出面指挥农民一千多人，由陈相奎的佃户、农协小组长张九和把陈相奎揪到五宝街上调解评理。由于人多势大，陈吓得屁滚尿流，谎称解小便跑到团防局去躲藏。周国新冲进团防局要求把陈相奎交出来。团防局不理，激怒了民众，将其门窗、锅碗打烂，并发誓：“再不理，我们就烧房子！”

因而迫使团总派师爷龙楚珊出面交涉，答应了三点要求：1. 叫陈相奎向农民道歉；2. 陈相奎当面向佃户保证不再加租加稳，已加者照退，提了人工的照付工资；3. 团防局出布告，严禁地主加租加稳和刻剥佃户。至此，其他地主也不得不暂时停止对佃户加租加稳。

五宝镇团正李雪村（1950 年被处决），地主，满口“仁义道德”，实际嫖赌烟酒样样俱全，人称伪君子、假善人。他对佃户百般虐待，同时还大肆造谣，诬蔑革命。1929 年 2 月，县委委员曾莱、范光岑根据县委指示，到南路各地视察农运情况，到五宝听得党支部书记李玉良汇报地主残酷剥削农民，特别是当听到团正李雪村大肆造谣诬蔑、破坏革命时，曾莱等极为气愤，当即决定：趁第二天（2 月 22 日）五宝逢场之机，在禹王宫召开五宝地区农协会员大会，由李雪村的佃户、农协会员刘少堂等将李雪村抓来批斗。第二天，农协会员和农民手持红旗赶赴猪市坝集中，刘少堂去叫李雪村前来算账。此时，李玉良还向集中的队伍介绍说：“这两位同志（指曾莱、范光岑）是县里派来领导我们工作的。”顿时掌声四起。李雪村见人多势大，怕吃眼前亏，只好跟着去禹王宫会场。大会由曾莱主持，他首先说：“我们农民，为了全家生存，披星戴月，冒暑受寒，种点粮食，缴了地主的租谷，有的还要欠账，家庭生活无着落。还有苛派，也要转嫁给佃户，这不近情理吧！李雪村，你是地方上的团正，当然你更懂道理，今天向大家讲一讲。”接着曾莱问：“你加了佃户多少租稳？佃户除向你交租外，还转嫁了些什么苛捐杂税？你向地主豪绅讲了些什么？你造了些什么诬蔑革命的谣言？”这时，大会派出的侦察李壁君跑来报告：“区队长陈冠群大骂我们是土匪，敢把团正李雪村抓来批斗，要翻天了。并命令团丁来围攻我们，扬言要把我们统统打死。”人群中立即发出强烈的吼声：“狗团阀这么凶，他们要屠杀人民，我们与他们拼了，快下命令！”曾莱当即与主席台上的同志简单商量后宣布：“农友们，区队长说我们是土匪，大家承认吗？大家甘愿凭空地白拿给他打死吗！”人群中又发出强烈的吼声：“我们都到团防局去，看他们怎样打死我们！”曾莱说：“好！但队伍不要乱，要听指挥，刘少堂还是要跟李雪村一道去团防局算账。”曾莱、范光岑冲在队伍前头，率领农协会员直冲团防局，正碰上陈冠群向集合的团丁训话：“大家要破除情面，去把禹王宫包围，冲进去开枪，打死多少我负责。”团丁齐声道：“他们不是土匪，全是百姓，有些还是我们的亲戚、家门、弟兄、叔侄、朋友和邻居，要我们去打死他们，我们就交枪回家。”李雪村见群众威武雄壮，跑去急喊：“不要开枪！”在李雪村的再三告饶下，团防局派师爷龙楚珊出面谈判。结果李雪村保证不向佃户加租，不转嫁苛捐杂税，并走在大街上去公布，群众向他提出的质问全部是实事，保证今后不再造谣生非；团防公所贴出布告，不许地主虐待佃户；损坏团防局的门窗、家具由团防局自行修复，曾莱等同志把谈判经过和结果都当众作了宣布。至此，第二次围攻团防局又取得了胜利。

1925 年，第一次围攻团防局和揪斗大地主陈相奎后，陈的凶恶嘴脸虽有所收敛，但内心更加仇恨佃农。1928 年端午节后，陈召集所有佃户，说什么“三年来我背了大债，从今年秋收起，照原佃约稳项加四成，租谷加三成；另外军政国防费，大家也要为我担负些，半个月内交大管事收”，并对佃户宣布说：“今天未备午饭，早点回去，预备交款。不同意交款的来拿‘交头’（即拿稳租，取佃之意）。”佃户听后，虽内心愤恨，但有口难言，有的被逼得卖衣当裳，有的被逼得家破人亡。五宝党组织知道这一情况后，经反复研究，于 1929 年 4 月 14 日再次组织农民揪斗陈相奎和围攻团防局（因上次揪斗陈时，团防局出了布告不得随意加租加稳）。团防局又是派师爷龙楚珊出面交涉，由陈相奎再次保证在三天内将加收的租稳退回佃户。五宝党组织领导发动的第三次围攻团防局的斗争又取得了胜利。

（二）兴办女子高、初级小学校

为彻底打破封建枷锁，使妇女获得解放，从而扩大革命力量，在中共宜宾特支书记郑佑之的指导下，中共荣县地下组织十分注意把身心都受封建束缚的妇女解放出来。因此，于 1927 年春在五宝场南华宫创办了一所女子高、初级小学校。高、初级小学各招收一班学生，每班 36 人。兴办这所学校的目的是为提高她们的文化水平和阶级觉悟，引导她们走向革命，并从中培养一批妇女干部，为更广泛地开展妇女运动创造条件。所需经费由党员李玉良垫支和向开明士绅募捐。教材从各书店中选购具有民主性、革命性的书籍，再选用一些活页文选，书籍费由学生自理。筹办时，不少人有顾忌，青年女子不愿上学，学生来源不广。对此，即由中共党员和农协骨干运用各种关系进行有针对性的“劝邀”。不久，报名人数超过了原定数额。

1927年2月，中共宜宾特支为加强对女子高、初级学校的领导，办好这所学校，派中共党员郑克君、严雪冰前来主持校务，另聘了当地有文化的党员和进步人士担任义务教员。学生们在这所学校里不仅学文化、求知识，还受到革命的熏陶。不少学生进校不久即把长辫子剪了，有的还改变了服装，学校充满着同封建礼教决裂的氛围。然而，这一行为使土豪劣绅大为恐慌，他们一面到处造谣；一面勾结地方武装，扑向高、初级小学校。这年4月14日，宜宾县清乡大队长（又叫保商大队长）张显光率领武装来五宝捕走郑克君、严雪冰，押回宜宾关监，致使五宝这所女子高、初级小学校横遭摧残，被迫停办。

（三）开办不赚一分钱的盐米店

为安定民众生活，减少他们所受的中间剥削，从而密切党和民众的关系，中共宜宾县委委员郑佑之指示五宝镇党组织筹办一个不赚一分钱的盐米店。中共五宝镇支部经研究，指派党员黄志诚具体筹办，所需资金采取先货后款的办法（商界称“杀猪缴账办法”）。筹备就绪后，这个深受民众欢迎的平价盐米店，于1927年2月8日在原东岳庙外街柴市坝借用冉八娘店铺正式开张营业。为祝贺这家商店的开办，开张当天，附近农协组织都送来了对联，鞭炮齐鸣，十分热闹。内外店门上贴有两副对联，一副是“不赚一分钱，专为工农做事；办来千家货，解决穿吃问题”，再一副是“先从白米红盐起，再办绿蓑青笠来”，充分体现了办店的宗旨。

逢场天，这家盐米店的店员一有空就唱起内容十分新颖的能唤醒农民革命觉悟的歌，吸引赶场的农民。歌词是：

想起一事真好笑，而今世道变求了，盐米布价钱增高。哎哟，哎哟，盐米布价钱增高（重句，略，下同）。

白米一升要两吊，盐巴六百不肯少，布一尺七百铜造。

穷人生活靠挖料，动员全家老和少，天未亮摸黑去挖。

累死一天进多少，半斤盐巴买不到，活不成只有上吊。

为啥穷人这样糟糕，穿不热和吃不饱，不饿死看朝哪跑。
地主奸商命都好，衣食住行不操劳，比神仙还要高超。
你们别听鬼吹箫，他们是伙大强盗，抢我们不留丝毫。
平价商店真正好，不信你们请来告，不赚钱硬是公道。
盐米成衣都买到，包你全家都欢笑，入农会甩掉穷帽。

民众一听，触景生情，联想到土豪劣绅敲诈勒索，逼得农民日子一天比一天难过，深感这个世道太不公平，太不合理，都认为农协会领导团结大家向土豪劣绅斗争。可是，土豪劣绅对这家盐米店恨透了，他们说："五宝镇红了半边天，共产党又开了一个盐米店。"不久，由于土豪劣绅的造谣中伤，加之宜宾清乡大队长张显光以异党活动为名，前来进行恐吓和破坏，致使这个盐米店于同年四月底被迫停业。这个盐米店虽然开办时间不长，但启发了民众的阶级觉悟，对开展五宝地区农民运动产生了很大影响。

（四）组织万人签名反日运动

"五卅"爱国运动是中国反帝大浪潮的开始，特别是1925年6月1日，上海人民在中国共产党领导下爆发了声势浩大的罢工、罢课、罢市斗争，大革命风暴迅速由上海席卷全国。1926年夏，五宝镇人民在这场浪潮的推动下，积极响应上海人民的反帝斗争。中共五宝镇支部为了扩大反日宣传，激起人民的反日爱国热情，发起了"万人签名反日运动"。要求自愿签名反日的人必须做到：1. 参加反日大会和游行示威；2. 不购仇（日）货，原有仇货应自动销毁；3. 至少动员三个人来签名反日，并大力传播反日传单和十首反日儿歌。运动开始，一布商不但不停售仇货，反而大讲讽刺话。筹备反日大会的负责人李玉良出面并取得当时五宝镇商会负责人同意，对这个布商罚细纱白布一匹，作为万人签名运动之用。签名运动开展后，很快出现了反日热潮，约一周就有六千余人签名。

（五）开展武装抗捐斗争

1926年，四川军阀二十四军调所辖第五旅驻防荣县，旅长张志芳勾结县知事邓帮植下令"一岁两征田赋税"。命令下达后，对拖欠款者，逮捕关押；对抗税不交者，以捣乱论处，格杀勿论。真是“苛政猛于虎，整得民怨沸腾”。张志芳、邓帮植还派提款委员张义元率领一连军队到五宝镇催收捐款，要求限期交清。对此，五宝党支部决定开展一次抗捐运动，减轻群众的困苦，同时唤起群众，壮大革命力量。于是报经宜宾特支批准，主动与五宝镇国民党区党部合作，组织群众罢市、罢课，举行抗捐游行示威。提款委员张义元在五宝人民的怒吼声中，吓得跑回县城向主子报告。张志芳马上加派两连兵力前往弹压。五宝的抗捐斗争开始后，宜宾特支即以各种群众团体的名义编印宣言、传单、公开信等，向全川各地机关、团体和报社散发，呼吁各界的声援和支持。中共五宝支部还用“打狗集团”的署名印发声讨张志芳的檄文。

早在五宝抗捐斗争开展前，当时的国民党荣县县党部负责人谷醒华等就在城内发动进步人士开展反对“一岁两征”的请愿斗争。当五宝镇举行抗捐游行示威，撵跑提款委员张义元的消息传到县城时，谷醒华等即赶赴五宝镇，与五宝中共组织商讨抗捐斗争的开展。通过协商研究，成立了荣县抗捐运动委员会（以下简称“抗委会”）。抗委会成立后，立即集中五宝、古文、河口、李晏、牛尾、莲花、鼎新等地团防武装为基本力量，并得到了宜宾、富顺、威远、自贡、仁寿等地的武装支援，公开宣布全县武装抗捐。抗捐武装与张志芳的部队在李晏的马银岩（又名蒙子岩）相持对抗，引起全川舆论的强烈反响，纷纷谴责军阀部队强征粮税，与人民为敌。军阀部队迫于人民力量的威力和社会舆论的谴责，派出代表在自贡与抗委会和谈，答应了抗委会提出的条件，这场抗捐斗争取得了胜利。

（程慕仁口述　林志湘整理）

中共荣县地下组织重要活动据点——高山

高山铺（现高山镇）是中共荣县县委的重要活动据点，这里的共产党人向反动势力进行了不屈不挠、前仆后继的斗争。

一、举红旗，闹革命

1927年下半年，荣县高山铺的织布工人黄大舜听说共产党好，他喜出望外，四处打听，找到了共产党组织，加入了共产党。

黄大舜入党后，积极动员群众，发展农协会员，建立农协组织，并在农协会员中发展了黄才焯等人入党。高山农协会在县委领导人曾莱、程党远等的直接领导下，率领农协会员与封建势力、军阀政府进行了坚决的斗争。斗争的不断胜利，教育和鼓舞了人民，推动了农民协会蓬勃发展，中共组织也不断发展壮大起来。1928年，高山铺、鸦雀冲、章佳场、梧桐场都分别建立了农协会和党支部。四个支部书记分别是黄大舜、钟奇、傅开阳、赖正培。从此，高山铺一带的人民，在党组织和农协会的率领下，高举革命旗帜，向帝国主义、封建主义和军阀政府进行了艰苦卓绝、持续不断的斗争。

二、民歌唤醒穷苦人

1927年下半年，程慕仁、黄大舜、黄才焯学习外地党组织经验，根据自己辛酸经历和广大农民的苦难生活，编写了《挑炭歌》《庄稼歌》。后来，又由县委代书记刘一先等在文字上略加修改，作为农协会的宣传教材。

《挑炭歌》歌词是：

最苦不过挑炭人，想起您在好伤情。
鸡叫半夜天未亮，挑起篼篼就出门。
热天太阳大得很，冬天冷来颤兢兢。
走拢厂门把价问，少了一文干不成。
本来缴给假得很，肩上要挑百多斤。
挑拢炭市眼睛盹，唯愿买主快买成。
吊炭掌柜心肠狠，回回整倒下力人。
称多称少由他定，有时差错十几斤。
若不卖来打断顿，卡起穷人卖相因。
卖了炭来把账算，凉糕都未错吃盘。
路又远来回家晏，买粮回家火才燃。
儿女饿得惊叫唤，提起令人好心酸。
左思右想没办法，挑炭之人无下场。
穷人只有回头想，大家结个死心团。
大众同胞干干干，土豪劣绅太猖狂。
穷人政府成立了，房屋土地都有了。
穿吃二字那不少，这时我们才安然。
这时我们才安然！

《庄稼歌》（扬州调）的歌词：

红日未升天未亮，庄稼老汉起来了，出门去忙得不开交。哎哟哟，出门去忙得不开交。（重复，略，下同）

我们穿的是烂袍，吃的苞谷与红苕，连这些也难吃饱，哎哟哟，连这些也难吃饱。

每日累来不得了，找些钱儿得不到，被强盗抢去了。哎哟哟，被强盗抢去了。

帝国主义大强盗，还有军阀第二号，整得我们实在太惨道，哎哟哟，整得我们实在太惨道。

贪官污吏跟着搞，还有劣绅和土豪，庄稼佬挨得不少，哎哟哟，庄稼佬挨得不少。

苛捐杂税不得了，派工派款天天搞，看我们怎样开交，哎哟哟，看我们怎样开交。

加租加稳真不少，又提芝麻与红苕，大小春都提尽了，哎哟哟，大小春都提尽了。

我们快些起来搞，团结起来最可靠，把强盗一起打倒，哎哟哟，把强盗一起打倒。

这些强盗不打倒，你的孩子不伸腰，看你心焦不心焦，哎哟哟，看你心焦不心焦。

敌人都被打倒了，土地收归我们了，庄稼佬快乐又逍遥，哎哟哟，庄稼佬快乐又逍遥。

三、反牛头捐

1928年秋，中共高山党组织发动和组织农民起来反对高山大地主、团正谢南阶勒收牛头捐。为了打开局面，县委决定先由黄才焯、黄大舜出面，找谢南阶评理。谢以莫须有的罪名将黄大舜送县关监。县委委员曾莱作呈子诉告谢南阶，县法院慑于广大群众的强烈呼声被迫放人，但对退牛头捐款避而不谈。于是，群众义愤，党员和农协骨干利用逢场人多拥挤的时候，分别散发传单，向群众演说，揭露土豪劣绅勒收牛头捐剥削农民的罪行，号召群众去团防公所要求取消牛头款，要求将已收捐款如数退还农民。通过宣传动员，上千农协会员和赶场农民把团防公所包围起来，发出“不退牛头捐，枪毙谢南阶！”的怒吼声。这时，丧魂落魄的谢南阶早已躲藏了。愤怒的群众在农协会的带领下堵住高山场的各路口进行搜查，终于在一家酒店后面把谢抓了出来，拖到团防公所答话。谢南阶慑于群众的威势，不得不答应群众的正义要求，同意免收并退还已收牛头捐款。由团防局贴出布告，定于下一个场期凭据兑现。

高山铺反牛头捐取得胜利的消息，很快传遍荣县乡村。已成立的农协组织扩大了，未成立农协的地方，农民纷纷要求成立农协。同时，各地也仿照高山，开展反对牛头捐运动。地主土豪闻风丧胆，无理勒索捐税的团保只好张贴公告，退还勒索的捐款。

四、砸牙行，打米行

1928年，中共荣县县委领导农协会，在农村展开了打牙行的斗争。高山铺首先打开了这一局面，其方式是：组织甲地的儿童团员到乙地、乙地的儿童团员到甲地市场去开展。儿童团员们一面打烂牙行的升斗，折断秤杆，撕毁捐票；一面高呼口号，散发传单，张贴标语，揭露牙行盘剥农民的罪行。威远县镇西场米商李六生垄断米行，以低价买进，高价卖出，玩弄斗秤花招剥削民众，民众对其十分痛恨。中共荣县县委组织联合威远镇西场和荣县高山铺的农协，发动当地农民打镇西场米行。中共荣县县委委员、县农协秘书曾莱亲自领导农民以锄头、扁担为武器，冲入镇西市场，捣毁李六生的米行，将米商李六生撵出了荣、威地区。

五、严惩恶霸地主范志澄

威远县梧桐乡金竹滩地主范志澄，曾任威远县团练局长，收租五十余石。范依仗自己的权势，贪赃枉法，欺压群众，奸淫妇女，鱼肉乡民，激起民众的愤恨。1929年，金竹滩一带的农协蓬勃发展，范志澄惊恐不安，搬到与金竹滩毗连不远的观音岩寨子（属荣县高山管辖）躲避。但他仍不甘心，还一面组织人妄图杀害农民干部，一面散布恐吓言论，咒骂农协会员。他把农协说成是“狗屎蜂儿造不起列子”，扬言要把农协会员“一个一个地杀掉”。荣、威两县党组织和农协会为使农运工作顺利进行，决定严惩范志澄，并派农协干部缪洪彬、曾汉文等组织武装力量。为了引蛇出洞，农协会派人做农协会员、范家炭棚记账员刘述明的工作，叫刘诱约范于 1929 年 6 月 20 日（农历五月十五），在金竹滩炭棚结账，结账时有意拖延时间，以便农民找他算账。这天将近傍晚，缪洪彬、曾汉文各率领的几百农协武装人员和农民同时出现在金竹滩周围四面的山头上，到处是“打倒恶霸地主范志澄”的怒吼声。范惊恐万状，慌忙潜藏。农协武装人员紧缩包围圈，通宵达旦未搜着人。次日清晨，探得范躲藏在长田壁下佃户范吉安家。由于范志澄开枪负隅顽抗，农协在征得户主同意后，搬来柴草，把恶霸地主范志澄烧死在熊熊烈火中。烧死范志澄后，高山乡农协会在高山铺召开大会，宣布了范志澄的罪行，并出布告四处张贴。

六、处死敌探曹友三、龙曹氏

曹友三是荣县政府衙门的差头，其妹龙曹氏经人撮合，嫁与军阀部队驻荣县的龙营长为小妾。曹友三、龙曹氏仗势欺人，气焰嚣张。他们用高利贷盘剥农民，谁要是欠他们的债款，隔一个场期就要付百分之二十的利息。

1929 年上半年，龙营长调防，丢下龙曹氏。这时，龙曹氏生活更加糜烂，与县长龚泽群勾扯不清，成了龚的姘妇。军阀政府仍叫曹氏兄妹利用到高山收债款的机会，侦探革命人士情况，妄图逮捕高山党组织领导人。对此，中共荣县县委将计就计，准备用秘密手段除掉这两个危害革命的敌探。

经过侦察，得知曹、龙将于 1929 年 10 月的一天到高山铺收债款，县委指示高山地下党负责人钟新明做好乡公所有关人员的工作，待曹氏兄妹到高山铺时主动热情接待，还安排住在高山团防公所。由钟安排曹氏兄妹俩晚上到场上一家烟馆去抽大烟，戒严堵死场前场后来往行人，以便半夜秘密行动，把曹友三、龙曹氏抓到老林（地名）处死。

事情的发展按照预定的计划顺利进行，当押赴曹龙两个敌探去老林途中，曹龙二人哀求说：“放我们一条生路，从此不再告你们，决不再做对不起你们的事。”

押至老林，天将拂晓，曹友三提出要留全尸，农协武装人员用绳子将两个敌探勒死，抛入漩洞，由带队人向等在现场的农协会员交代，用泥土把漩洞填好，不让尸体的臭气散发出来。

七、恢复地下党组织

1930 年，荣县爆发了“八一三”农民武装暴动。荣县农民武装起义失败后，军阀政府派出军队日夜搜捕共产党员和农协干部。白色恐怖笼罩荣威两县，中共党组织遭到严重破坏，无数党员、农协干部和革命群众惨遭杀害，仅中共高山党组织领导的共产党员被杀害的就有 23 人（其中区委以上领导 4 人），农协会员 22 人（含农协干部 8 人）。高山党组织在人民群众的信赖和保护下，仍然隐蔽了一部分共产党员，如丁泽光、陈宝和、曹文等，继续领导民众与反动势力作斗争。

1932 年，高伯礼来到荣县，在高山恢复了高山中共党组织。1933 年上半年，中共自贡党组织遭到破坏，中共高山党支部停止组织活动。1935 年下半年，郭代林又在高山建立中共荣县支部，恢复党籍的有二三十人。

中共高山党组织领导人黄才焯、钟新明等化悲痛为力量，组织起“青山会”“互助会”“调把会”等化名的农协会，并与章佳、梧桐、鹿角岩等地隐蔽下来的共产党员丁泽光、陈宝和等取得联系，巧妙地组织群众，向地主王清模、谢成楷等进行“借粮”“吃大户”（即穷人成群到地主、土劣家吃饭），使农民得到了实惠，鼓舞了斗志。

八、抗日救亡打先锋

1938 年 7 月底，饶孟文（又名饶世俊）回荣县去高山清理和发展共产党员，派共产党员钟新明打入高山乡政府任乡文书，派张相廷打入十保任保长，策应地下斗争。同年十月，在高山成立中共荣县特支，十二月成立中共荣县县委，县委下设九个区委。其中高山一带就设了六个区委：一区区委设在高山铺，二区区委设在清水寺，三区区委设在正安廖家岩，四区区委设在鸦雀冲，五区区委设在章佳场，六区区委设在鹿角岩。为了更好地开展党的工作，决定共产党员张炳扬在高山铺开设旅馆，作为荣、威党组织的地下联络点。罗芝煜、张相廷开办“合作村”，在清水寺草店卖油、盐、酒和迷信品作掩护，盈利作为中共党员往来的生活必需费用。

“七七”卢沟桥事变后，高山党组织响应党中央全民抗日的号召，执行县委的决定，成立了高山乡抗敌后援分会，钟新明任主任，上级派到荣县工作的共产党员梁质（女，另名梁屈萍，时为高山小学教师）和陈烈光任干事。抗敌后援分会成立后，以分会的名义，办抗日救亡壁报，张贴抗日救亡标语，教唱抗日救亡歌曲，演出抗日救亡戏剧，开展为抗日捐献、义卖活动，掀起了热火朝天的抗日救亡活动高潮，提高了民众抗日救亡的爱国热情。

1939 年，中共高山党组织响应《新华日报》元旦社论的号召，党支部委员张相廷、党员钟华星，均以保长身份，组织代耕队义务为缺乏劳力的钟永光、黄玉青、李树荣、张志荣等抗日军人家属代耕。梁质、陈烈光满怀革命热情，组织师生向抗日前线将士写慰问信，利用节假日率领学生开展抗日宣传活动，动员民众有钱出钱、有力出力、有物出物，哪怕是分分钱、简筒米、斤斤苕都可捐献或义卖，并将所得款项和变卖捐献物资的钱，买成副食品或其他慰问品，到年关、节日登门慰问军人家属，鼓励前线抗日将士英勇杀敌。高山党组织响应 1939 年 2 月 30 日《新华日报》关于“动员全体人民参加抗战”的号召，在党组织一经动员，立即有七名共产党员（钟述明、王家福、钟国初、黄玉青、林开成、李福海、钟永光）带头报名去当壮丁，奔赴抗日前线杀敌，忠诚报效祖国，挽救民族危亡。

1940 年后，荣县国民党地方当局贯彻国民党中央“防共、限共、溶共、反共”的政策。高山地下党组织贯彻县委关于“县的党组织撤退后，共产党员要隐蔽下来活动，以便保护农民利益”的指示，结合当时的实际，决定隐蔽下来的共产党员以“五虎会”“七书会”“土地会”“牛王会”“猪王会”“互助会”等形式将群众组织起来，动员他们制造社会舆论，要求抗战时期地主不得加租另佃；出征壮丁债务抗战胜利后才还，并停付利息；对于提出另佃的地主，则大造舆论，多方做工作，不让其另佃；对巧立名目加租的地主，则在退佃时按原租约退实物或银圆；不行时就吃茶讲理，借用群众舆论公评，公评不下时就采取软拖的办法。高山地下党组织抗租的形式、方法传遍全县，使不少地方的地主不敢退佃，有的自动换佃约，按原佃时的法币能买的实物修改稳租，从而保护了佃农的利益。1941 年下半年至 1942 年上半年，为了阻止国民党政府的破坏和适应白色恐怖环境，高山党组织按照中共荣县县委提出的“先疏散，后撤离”方针，停止了组织活动。

九、组织武装，迎接解放

1946 年，国民党搞国大代表和乡、保长竞选，这时高山、正安隐蔽的共产党员罗芝煜、夏作民等以探亲、访友的形式，利用青帮、行帮和农村风俗习惯作掩护，发起组织“弟兄会”“孝友会”“土地会”“牛王会”“观音会”等组织，巧妙地发动群众开展斗争，把乡长谢纯初挤下台，使原中共荣县县委委员钟新明竞选上高山乡乡长，为后来的中共荣县组织开展活动打下了基础。

1947 年 7 月至 10 月，中共川康特委先后派钱寿昌、张家壁、钟盛明到荣县高山铺，黄才焯十月也从川北回到高山与张、钟一道清理全县的共产党员、农协会员，并在此基础上恢复党和农协组织。通过清理，仅三个月时间，据不完全统计，全县恢复中断关系的共产党员达七八十人（含早期入党的老党员陈宝和、丁泽光、张国荣、夏作民等），农协会员也恢复到三百多人。同时，安排共产党员罗芝煜在高山清水寺瓦店子卖酒，作为地下党员的联络点。

中共高山组织和农协组织恢复后，发动群众反对内战，号召青壮年不为蒋介石发动的内战当兵，开展了卓有成效的抗丁、抗租和抗粮斗争。接着，又执行中共荣县县工委的指示，为了搞好“三抗”，控制武装，进行农民武装暴动，共产党员夏桂林、钟富安、陈忠轩、王荣武等，打入国民党基层政权，分别担任了保甲长，从而对搞好“三抗”斗争、控制掌握武器、保护党的干部和维护农民利益做出了贡献。如正安的中共小组长夏桂林，执行组织决定，竞选期间想方设法，花去两石黄谷买了一个副保长。后因保长长期生病，实际由夏桂林行使保长职权。夏当保长后，同共产党员罗朝纲、周双明密切配合，不仅控制了墨林乡的八十多条枪及弹药，还巩固发展了农协组织。到 1949 年上半年，二保（夏任保长辖区的序列）的四名壮丁任务，加上上年的三名欠额，一个壮丁也未送乡，夏因此被乡队副拘留。通过党组织营救，夏获释后逃往异乡。

高山的抗粮斗争，搞得主动积极，有理有节，方法多种多样。一是由共产党员、农协会员造地主的舆论，说“某老板的田是雷公虫爬过的，田瘦、干燥、租子重，佃户种得伤心，哪个去种这个地方也没有好日子过”等，造成无人去租佃。二是收谷子时要求地主或派人现场监收，收打时设法不使监收人到场，先弄走一些谷子，最后逼迫地主让租。三是遇着有的地主要加租加息时，只好动员佃户顶住，承认加租打欠条，但不出钱、不出粮、不搬家，一年拖一年，拖到最后一笔勾销。四是鼓动群众大造舆论，逼地主执行四川省参政会上通过“一五”减租的决议，但由于种种原因，高山、正安、墨林的佃农一般只得到“一二五”减租的实惠。五是借故拖延公粮入库。1949 年秋，中共高山组织通过各方面的力量，响应中共荣县县委号召，造夏季洪灾减产的舆论，请求政府减征公粮，拖延公粮入库时间。由此，使这一年高山乡的公粮入库仅有 46 080 斤（合 23 040 千克），约占配额 870 816 斤（合 435 408 千克）的 5.2%。

1947 年底，高山党组织及时把工作转到组织农民武装和开展武装暴动的准备方面来。经过两三个月的紧张活动，高山周围一带的乡（场）很快就把农民武装建立起来了，而且掌握控制了这些乡（场）的武器弹药，仅高山、正安、墨林三个乡就组建了两个农民武装大队。

（张贵祥）

荣县“八一三”农民暴动始末

1930年农历八月十三，纵横百余里的荣县大地上，在中共荣县县委领导下，爆发了一场震撼全川的农民武装起义。

一、暴动前的政治形势

1929年中秋前夕，军阀刘文辉的二十四军第八混成旅进驻荣县，除公开搜捕镇压共产党员和农协干部外，参谋长钟干还草拟了一份屠杀计划，在旅部（含特务连、机枪连、山炮连）和三个团内各组织了一个侦察队，逮捕革命志士，屠杀革命群众。在此情况下，荣县的革命形势急转直下，白色恐怖笼罩荣州大地，无数荣州儿女与敌人进行了殊死斗争，有的被捕入狱受到严刑拷打，有的献出了宝贵的生命。当时荣县分七个区，1929年上半年，仅第六区在刑场公开杀害的革命群众就有46人。

据时任中共四川临时省委军委秘书的梅子乾后来回忆：“当时荣县农民被军阀政府剥削得无法生活，吃的是两餐玉米面糊糊，穿的是烂襟襟，即便是丰收之年，也难吃上一顿干饭。”军阀的残酷压榨和剥削，造成荣州大地民怨沸腾，人心倾向革命，从而滋生了荣县这块红色土地上的革命。

1930年6月11日，在李立三主持下，中共中央政治局会议通过了《新的革命高潮与一省或几省的首先胜利》的决议。同年7月，中央派余乃文来川任省军委书记，并向临时省委传达了中央政治局会议的决议。中央政治局会议后，李立三等人拟定了进行以武汉为中心的全国总暴动，集中红军进攻中心城市，“会师武汉，饮马长江”的计划。7 月 25 日至 28 日，中共四川省军委在江津召开全川军支联席会议，中共荣县县委代理书记刘一先参加了这次会议。会议决定全省成立五个军区，组织十七路红军游击队会师重庆，进攻武汉。8 月 2 日，中共四川省临时省委扩大会议在重庆举行。会议继续贯彻李立三的左倾冒险主义，决定积极配合全国总暴动，将党、团、工会合并为各级行动委员会，领导各地武装起义。省行委成立后，立即武装起义，决定江津、合川、广汉发动士兵起义；荣县、威远发动农民起义。川南行委（设自贡）为贯彻中央、省委决议，决定领导自贡市人民为“夺取自贡地区政权，建立苏维埃政府”而大罢工、大罢市，并指示各县举行秋收武装起义，配合工人的斗争。

为发动荣县农民武装起义，上级党组织曾先后派何之、李觉民、刘曼等来荣县作军事活动的计划和武装准备。1930 年 8 月，省委又派梅子乾来县督促和指挥农民武装起义。

梅子乾在成都时，罗世文给他介绍荣、威情况时，说这两个地方革命热情高，群众基础好，至少可以动员三四千人、一二千支枪。梅子乾到荣县后，实际调查发现与罗世文说的情况悬殊太大，荣县进行武装暴动的基础要好些。荣县打入驻军内部的地下党员，当时也失去了联系，接不上头。抽调干部也十分困难，最多只能调几个青年团员来充当带队人员，但都没有受过军事训练，带兵打仗根本不行。

梅子乾住在乡下一个地下党员家里，这个农民兄弟对他说：“你这样打扮，一看就是个有文化的外地人，这地方暗探很多，土豪劣绅会通风报信……”所以白天不敢外出活动，只好晚上由这个兄弟带路到另一些地下党员家里了解情况。这一住就是一个多月，调查了大量材料，认为在荣县最多只能动员二三百号农民、几支烂枪，没有弹药，威远更动员不起来。如果强行组织暴动，必定要失败。于是，梅子乾准备回省委报告不能盲目暴动的原因。

正在这时，省委又派熊灼微同志（又名熊伯虹）来荣县传达省委指示：各地都在加紧准备暴动，荣、威暴动是这次全川暴动的重要一环，应加速准备，不论条件如何，都要组织暴动，而且愈快愈好。荣、威暴动起来后，可以促进其他地区的暴动。

8月上旬，中共荣县县委召开扩大会议，出席会议的有50多人。会议传达了中央《新的革命高潮与一省或几省的首先胜利》决议精神。会议确定武装暴动的军事计划："全县于旧历八月十三日晚上同时起义，在李㘰集中火力，压倒县城，解除余中英旅，夺取自贡市中心城市，然后东下重庆，最后会师武汉。"会议还确定了起义口号，并将荣县党、团、农协会合并组成荣县行动委员会，具体领导起义事宜。同时决定，把农民赤卫队整编为"中国工农红军四川十三路军第二纵队"，梅子乾任总指挥，熊灼微任副总指挥，有序推进暴动准备一系列工作。

二、召开会议，部署农民暴动

1930年秋收后，荣县留佳场余家坡张丫山一带和往年一样，田埂上到处立着半干未干的一束束谷草，这是预备晒干后储藏起来给牛儿过冬的食物。四处狗的吠叫掩盖了夜晚偶尔传来的几声青蛙懒洋洋的叫声。在一所叫翠竹园的破砖房子里，陆续来了些带外地口音的外乡人。方圆几里地，不稀不密的有些汉子目光警觉地注视着周围的情况，大破砖房子的人越聚越多了。一天夜里，许多火把同时往大砖房聚集，这是中共地下荣县委员会在这里秘密举行县委扩大会，是荣县农民暴动前很重要的一次战前部署动员大会。

会议在晚上八九点钟开始，梅子乾、熊灼微、方沁（时任县委书记）、黄大舜（时任农协主席）、黄才焯（时任东南区书记）、玉光、范光岑（时任西北区书记）、刘羽军（时任留佳支部书记）等几十名地下党领导和骨干参会。据刘羽军回忆："会议由县委书记方沁主持，贯彻自贡特委关于'夺取政权，建立苏维埃政权'为中心任务的罢工、罢市和举行秋收起义的决定。到会的有各区委书记、支部书记。"

到会人员对秋收后发动农民参加武装暴动表示积极拥护。东南路区委书记黄才焯同志首先发言，他说："我们东南路加上周边县农民武装，大约可以出动武装队伍上千人，现在所缺的是枪支。"西北路区委书记范光岑（洪普）同志说："我们大约也可以组织上千人的队伍起义。”指挥长李如松（罗城人）同志到会，他说：“指挥部下设四个中队，百斗坪武装队伍大约两百人，枪支很少，主要是大刀、梭镖、长矛；以花溪河的船运工人为主体的武装队伍，大约三百人，枪支除掌握瓦滓滩盐务所的三十条枪外，还计划夺取青龙场团防局的四十来支枪；还有一支队伍是犍为县宝光寺为主体的农民武装，大约也是二百来人，枪支主要靠夺取罗城铺团防局的枪支；还有一支是白杨沟、玉皇凼、跳石河煤矿工人组织起来的队伍，已掌握跳石河团防局的枪支二十余条。现在最困难的是我们这支队伍刚刚组织起来，还没有进行紧急训练，可能战斗力不强。”

接着由省委派来的领导荣、威暴动的梅子乾同志做了总结性的发言，他说：“党中央给四川的任务是，要求四川的党组织把能够组织的武装力量组织起来，配合全国总暴动。重庆以北地区发动广安驻军二十八军起义，组成暴动二十八路军指挥部；组织江津暴动指挥部。各路暴动队伍会合后开往下川东，会合那里的驻军李家俊队伍，封锁长江口，把守各处重关要隘，阻止四川军阀刘湘部队出川打我洞庭湖一带的贺龙红军队伍。我们四川的暴动队伍拉到湖南洞庭湖与贺龙队伍会合。”他继续分析当地的敌我势态，布置暴动后的行军路线，他说：“荣县驻有敌军三团人，自贡地区也驻有两三个团的敌军。暴动起来后，前面有自贡市的敌军阻挡，后面有荣县驻军的赶追。我们不能与敌军主力正面接触打仗，只能避开敌军主力，绕道走小路，边走边袭击地方队，夺取武器来武装自己，快速离开县境，迅速到达江津与势力较强的起义队伍会合。”

会议开到半夜时，远在县城的刘文辉部已得到情报，外围负责警卫侦察的地下党暗哨也发现当地一些反动势力行为诡异。此时，周边的电话线已被地下党员破坏，军阀一时半会还调不来部队。为了参会人员安全，凌晨一点左右，决定会议由留佳余家坡转到长山，由谢镇西（西北路区委委员）负责找开会地点。最后会议地点选在了谢镇西家佃户刘志喜家（蟠龙坳），这地方山高林密，一夫当关，万夫莫开。刚转移完，军阀刘文辉的二十四军第八混成旅就开进了余家坡，到处搜查，却一无所获。

会议继续在蟠龙坳开了三天，讨论发动暴动问题，分配了具体工作。之后又在牛峰寨范光岑家开了一次三昼夜的大会，内容也是组织暴动问题。

三、组织发动“八一三”农民暴动

1930年农历八月十三日半夜，荣县农民武装起义爆发。

纵队领导人梅子乾、熊灼微在高山铺按预定计划向纵队直属两个中队的起义人员讲了武装起义的意义，接着就宣布起义。首先打开高山铺街上的当铺，把所有衣物、被盖等物资分给附近农民。接着率队缴获高山铺、鸦雀冲、梧桐、章佳团防公所的枪四百余支。当晚，红军部队从高山铺出发，次日拂晓到达望佳。这时起义队伍有五六百人，原准备捉拿处决区团总刘从之，但因刘从之已回家，便将团正刘泽昭抓来杀了。紧接着，队伍直向李晏进军。纵队到达李晏时，见无行动，即朝河口小南区方向游击前进。

因南路区委起义命令未及时下达，当直属纵队途经李晏时，当地还没有行动。直到第二天农历八月十四日晚上，李晏的罗文俊（支部书记）才集中队伍100多人，在沈德三家布置夺取李晏团防枪支和起义事宜。次日二更开始行动，捣毁了李晏团防队，缴获马枪、毛瑟枪40多支，子弹千余发，没收银圆40多元、铜圆两挑、关泥（鸦片烟）190多两和红布八丈，处决了当地一霸张明哲。这时纵队早已离去，罗文俊便率队去追赶。15日晨，队伍到达谢家庙，将缴获的红布做了两面大旗，上有镰刀斧头及“打富济贫”四个大字。当晚到达老龙场与团防武装人员展开战斗，缴获毛瑟枪十八支、子弹二十多发。中秋节夜和第二天，鼎新中队分别与董佳、金花乡起义队伍会合后，又夺了这两个地方团防枪30支，打了金花当铺。红军队伍在离董佳不远的佛耳岩住了一天多，仍然与纵队联系不上，当晚被敌军一个营包围。李晏的队伍冲出包围，深夜至老龙乡、留佳乡之间的山沟里，遭军阀武装追击、堵截，只得被迫分散突围，撤回原地。

中秋节的拂晓，鼎新一带的红军队伍由县委派去的范光岑等率领，向五宝镇的黑层城进发，准备到古文乡与大队会合后，再追赶纵队。

队伍赶到黑层城中共五宝支部书记李玉良家时，因怕暴露，商定假装土匪抢走李玉良家步枪五支，并强夺同院地主李宏模、李集皋家的枪支后，再追赶大队。鼎新的红军队伍到达古文场所辖烟灯寺时，集中的大队早已开走。队伍随即经华家观到董佳场，仍未赶上大队。这时，听说纵队定的集中地点是距老龙场20千米的铁山。这天早晨纵队已与敌军交火，经过激战后失败，一些红军队员伤亡。为保存力量，纵队下令全线起义队伍听候上级调动。

当时，富东一带的红军队伍因信息不准，弄错了约定的起义时间，提前在农历八月十二日晚上行动，把红旗插到离县城三里的虎洞山上。快到拂晓，看到各地都无动静，只好退回大石门、金鱼寺一带。这时因已惊动敌人，势单力薄，无法再打县城，只好把队伍解散。富西、铁厂一带的队伍驻在高石梯扎营一天，见无攻城动静也解散了。墨林的队伍在刘富崇带领下，拖了百多条枪，在山上住了一天一夜，因与各方面联系不上，也解散了。

红军纵队从高山铺出发后，一直往前挺进，从东区经南区到西区的长山桥，再到北区双古。总部到达双古时，将团总驻地包围。团总早已逃走，随即抓住通讯员谢咸三，逼他说出团总周慰文、程镜明的家。队伍赶到时，未抓到人，就把搜出的钱物分给贫苦群众。农历八月十九日夜，纵队行军至仁寿青峰场附近的鸡公山扎营。当晚深夜被敌军追击包围，红军队伍随之被冲散。纵队总指挥梅子乾、副总指挥熊灼微经由仁寿转回成都，其余人员分散返回原地。至此，一场席卷全县的农民起义最终失败。

“八一三”荣县农民起义，在荣县现代革命史上是一次伟大的壮举，几乎全县所有场镇的农民武装都卷入了这场起义，显示了在中国共产党领导下，组织起来的农民在革命斗争中的伟大力量。这次起义，虽因敌我力量悬殊、计划不周、信息不灵、行动不统一等原因，导致最终失败，但使荣县革命队伍经受了锻炼，获得了武装革命的宝贵经验教训，同时在荣州大地上播下了熊熊燃烧的革命火种。

（罗秀能）

马介民舌战易专员

故事说的是中共地下党员、荣县旭光小学教师马介民，为维护教师合法权益，不畏强权，舌战国民党资州专员的事。

那是 1937 年春的一天，一队全副武装的国民党马弁及十多名荣县地方官员，簇拥着一乘滑竿从东门桥进了荣县城。滑竿上坐着一位身穿长袍、头戴礼帽的国民党官员。别看他长得獐头鼠目，模样丑陋，他可是国民党四川省政府的红人——资州专署专员易希亮。

易希亮到荣县做什么？路边有人小声议论说是来刮地皮的，也有人猜测是来赈灾的。因为去年（1936 年）7 月，荣县遭受了特大洪灾，淹死人畜无数，接着从 8 月起，到今年（1937）春，又遭受大旱，受灾面积 1237 平方千米，灾民达到 43.4 万人。

然而，易希亮根本就不是来赈灾的。他无心理会荣县冷落萧条的市面，不屑一顾沿途衣衫褴褛的灾民。只见他双目微闭，坐在滑竿内一动不动，心里却在盘算：此次奉上峰指令到荣县，如何才能做到既平息小学教师闹事，又不伤着刘委员长。只是这刘委员长贪污的把柄全捏在那些“教书匠”手中，如果讲道理，肯定被动。怎么办呢？想来想去，始终想不出好的办法。最后决定还是只有使用对待老百姓的一贯做法，采取高压手段，方可奏效。主意打定，于是振作精神，招呼轿夫，加快脚步直奔荣县县政府。

易希亮一行到县政府后的情况暂且按下不表。再说这易希亮要庇护的刘委员长到底是何方神圣？荣县小学教师“闹事”究竟是怎么回事？

原来，这刘委员长即荣县地方反共顽固势力“和益派”的头头、荣县财委会委员长刘哲群。由于其弟刘著存为国民党21军秘书长，并曾任川东道台，刘哲群便依仗其弟势力，在荣县一贯与进步人士作对，并且胡作非为。由于他势力大，连县长曾德威都惧怕他几分。特别是他利用手中的财权，大肆贪污，并在大灾之年，无端克扣全县小学教师薪资，中饱私囊，激起了全县教师的怨愤。为了打击地方贪官污吏，维护教师的合法权益，隐蔽在旭光小学的中共党员马介民发动小学校长、教师500余人，组成“小学教师”请愿团，控告刘哲群舞弊行为。初时，刘哲群满不在乎，说什么“几个穷光蛋教师，何足道哉！”于是马介民等人通过打入国民党县党部的刘一先开展统战工作，使县财委会三股股长钟乃纯、县文教科长胡用权从内部搜集刘哲群贪污的罪证材料，由教师请愿团整理成文200多件，向四川省政府控告，并向各地散发传单，争取外援。同时，通过统战工作，促成以国民党县党部名义，创办《旭阳旬刊》，向社会公开揭露刘哲群的贪污罪行。刘哲群的嚣张气焰才有所收敛。随着反刘斗争的开展，国民党四川省政府眼看事情闹大，不能再置之不理，这才指示资州专员易希亮到荣县，示意在尽量不损伤刘哲群的前提下，平息小学教师“闹事”风波。

易希亮刚进县政府，便与县长曾德威、刘哲群等人密谋策划压服教师的办法，并通知教师请愿团代表马介民等人第二天到县政府大堂，易专员要“亲自审案”。

次日上午，县政府门口，荷枪实弹的国民党士兵站成两排，中间留一条“火巷子”。忽听大堂传来吆喝：“传马介民！”只见身穿长衫、头戴博士帽的马介民双手扶一下眼镜，昂首挺胸，不慌不忙地穿过士兵组成的“火巷子”，然后大摇大摆地走上大堂。大堂上除易希亮、曾德威和一些办事人员外，偏偏不见被告刘哲群的影子。马介民立刻明白了易希亮要什么花样，略一思索，便有了主意。这时，只见易希亮侧目瞪了马介民一眼，鼻子里“哼”了一声，然后拖长声音，装模作样地问道：“你……就是马介民吗？”“是……”马介民也学着易希亮的腔调，拖长声音回道。这下可激怒了易专员，只见他突然从椅子上站起身来，气急败坏地吼道：“你状告刘委员长，有什么凭据！”马介民根本不吃易希亮这一套，他双眼紧紧盯住易希亮的脸，故意吃惊地反问道："我们告的罪证早已写在状上，难道易专员没有看？"言下之意：你连状纸也没看，还审什么案啊。这初次的交锋舌战，使易希亮感到马介民果然厉害。于是语气缓和下来，对马介民说道："你快说！"坐在一旁的曾德威也前来帮腔，要马介民快回答易专员的话。马介民不慌不忙地说："既然是审案，我们的控诉要有对方，叫对方出来，我们当面说。"易希亮被马介民弄得恼羞成怒，控制不住自己的情绪，咆哮着威胁马介民说："我晓得你们荣县异党多得很！"马介民不卑不亢地反问道："请问专员是来问案的，还是来查异党的？"易希亮又进一步威胁道："你晓不晓得班房是用来关人的？"马介民毫不退让，诙谐地说："易专员的话，糊弄得了别人，糊弄不了我。我马介民能从班房的门进去，也能从班房的门出来。"一来二往，易希亮渐渐招架不住，转身向曾德威说："你去请刘委员长出来。"

刘哲群来到大堂，易希亮立即叫人抬来椅子，准备请刘哲群坐下。马介民立即毫不客气地说："我与刘哲群是一样的，他坐我也要坐。"气得易希亮脸色铁青，浑身微微发抖。刘哲群见状，满脸羞愧地站在堂上，不敢落座。于是马介民抓住时机，乘胜追击，当庭列举刘哲群贪污公款、中饱私囊的事实，斥责他克扣小学教师工资的罪行。刘哲群无法抵赖，答话支支吾吾、含含糊糊，弄得易希亮下不了台，收不了场。"案"还没审完，就急忙宣布退堂，嘱由县长曾德威负责调解，随即坐上滑竿，灰溜溜地回了资中。

刘哲群贪污罪行铁证如山，加之荣县小学教师在地下党员领导下的坚决斗争，刘哲群最终被撤销了财委会委员长的职务，小学教师被克扣的工资也得到了补发。

（曾昭禄）

轰轰烈烈的荣县农民协会

一

1926 年，中国共产党在荣县建立组织后，把组织群众开展活动作为自己的主要工作任务，发动和建立了农民革命组织——农民协会。

1927 年春，全县农民反对“一岁两征田赋税”的斗争取得胜利后，更加鼓舞了群众，推动了农协会组织的发展。高山、章佳、双古、望佳、李晏、五宝、古文、老龙、留佳、铁厂、东兴、富东、富西、富北等乡镇的农民协会，在党的领导下相继建立。尤其是五宝、高山地区的农民协会不仅组织健全，而且农民运动也开展得轰轰烈烈。这些有利的政治形势，为建立县农协会打下了坚实的基础。

为了加强农运工作的具体领导，适应斗争形势发展的需要，中共荣县县委决定成立指挥全县农民运动的指挥部——县农民协会。

1928 年夏，荣县农民代表大会在威远梧桐乡破头山（现荣县金台乡洞口村）召开，到会代表 400 余人。曾莱、刘光裕代表县委向大会作了《开展农民运动》的报告和讲话。同时，会议做出了继续开展“反对加租加稳”“反对添钱夺佃”“反对高利盘剥农民”等各项斗争的决定。会议选举黄大舜、丁泽光、黄才焯、唐文彦、缪洪彬等九人为荣县农民协会委员，黄大舜任县农民协会主席。县农民协会机关设在高山铺方家坪曾莱家里。县农民协会还刻了一枚直径7厘米的圆形印章，作为秘密发出指示或公开发出布告之用。

1929年，在中共荣县县委领导下，荣县的东南西北和小南区地区性的农协会组织相继成立。1930年秋，荣县“八一三”农民武装起义前夕，全县农民加入农民协会组织的已达四万余人，农民武装队伍发展到数千人。

二

1938年7月底，全县各乡镇在一二次国内革命战争时期建立过农协组织的地方，很快又恢复农协组织。高山、正安、望佳、鼎新、五宝等地农协组织恢复最快。长山、双古农协组织也相继建立。长山、高山、留佳、双古、梧桐、五宝、正安等乡镇，为避免组织遭受破坏，还建立了实际就是农民协会的“土地会”“牛王会”“青山会”等组织。

抗日战争时间，加入农协会组织的农民有15 000多人。农协组织在中共荣县委的领导下，开展了以减租减息斗争和捐献、义卖等为中心的抗日救亡运动。

三

在荣县共产党组织的领导下，高山、五宝、杨佳、长山、双古等二十多个乡镇的农协会率领广大农民，开展了抗丁、抗粮斗争。中华人民共和国成立前夕，参加农协会的农民有两三万人，部分乡镇组织了地下农民武装。这些农协会员和地下农民武装，在维护国家和人民财产，收缴部分国民党溃军的武器装备等方面做了不少工作。

（张贵祥）

与中共为友的荣县国民党进步人士

国民党进步人士谷醒华（荣县人），不仅竭诚拥护国民党“一大”通过的以“反帝、反封建”为主要内容的大会宣言，还在国民党召开“二大”后，积极贯彻执行“联俄、联共、扶助农工”的三大政策。

1925 年农历七月，国民党四川省重庆莲花池左派省党部派吴匡时（吴玉章的大哥）回荣县筹建国民党荣县党部，并任命吴匡时、谷醒华二人为荣县县党部的筹建员。吴、谷二人经过近两个月的筹建工作，在全县建立了六个区党部、五十八个区分部，于十一月成立了国民党荣县临时县党部。1926 年 10 月正式成立了国民党荣县左派县党部，由谷醒华、赖君奇、张植如、叶仙蒂（叶芝）、林伯九、胡善权、王元九等七人任执行委员，吴匡时、张光森（张景桥）、王子岗三人为监察委员，钟英、兰其昌、胡用权、叶慕尧四人为候补执行委员，赵寿衡、李子得二人为候补监察委员，谷醒华任书记。

国民党荣县左派县党部成立后，在民众中广泛宣传“联俄、联共、扶助农工”三大政策，明确提出了“打倒帝国主义、打倒军阀、打倒土豪劣绅”的政治口号，带领民众开展“反帝、反封建、反军阀”运动，并组织起工会、农会、青年会、妇女会、教育会等群团组织。

一、创办进步学校，培养革命人才

谷醒华于 1924 年 1 月参加了国民党第一次全国代表大会，回到荣县后，为了在荣县推行孙中山的“三大政策”，培育革命人才，他邀同盟会员赖君奇、邹固云、张植如和吴香篪等发起创办荣县私立旭阳中学，并亲自担任校长。新创办的旭阳中学本着“实施党化教育，造就革命人才”的办学宗旨，经常向学生宣传、讲解“联俄、联共、扶助农工”的政策，致力于提高学生“反帝、反封建”的爱国觉悟。学校为达到培育革命人才的目的，大力提倡新文化，鼓励学生阅读进步书刊。当时，旭阳中学订有重庆《新蜀报》、成都《国民公报》等不少进步报纸，拥有两三百册进步书刊，如《向导》《中国青年》《新青年》《共产党宣言》《铁蹄下之中国》《洪水》《呐喊》《女神》等，供学生阅读和讨论。旭阳中学的办学宗旨和具体办学措施使得学校学风生动活泼，学生朝气蓬勃，校风积极向上。

旭阳中学始终重视教师的选择，所聘请教师都是品学兼优、思想进步、倾向革命的知识分子。荣县建立中共组织后，一些共产党员先后被聘请到学校任教，为学校增添了革命力量，使这所学校成为荣县共产党在县城的革命大本营。当时的中共荣县县委书记程慕仁、县委委员曾莱和共产党员朱全鲁、张树良、赵鹤仙、黄渭滨等就以在旭阳中学担任教职员的身份作掩护，开展革命斗争，发展党团组织。荣县的第一批共青团员，就是在当时的旭阳中学和县立中学发展起来的，如范晶如、罗忠全、朱沏明、虞尧卿、刘福崇等。由于共产党员在学校的任职和开展革命活动，使得这个学校的不少学生后来成为荣县共产党和共青团组织的骨干。

二、团结合作，武装抗捐

1926 年下半年，四川军阀驻荣县旅长张志芳勾结县知事邓帮植，强制推行“一岁两征田赋税”，整得全县民怨沸腾。对此事，国民党荣县左派县党部，一面组织地方进步人士开展请愿斗争，要求免除“一岁两征”；一面通电全省，表示“苛政不除，斗争不止”。1927 年春，中共五宝组织在五宝镇组织上千群众举行抗捐游行。为此，谷醒华赶到五宝镇，与中共五宝组织合作，公开成立了“荣县抗捐运动委员会”

（以下简称“抗委会”）。抗委会下设“武装抗捐前线指挥部”，立即调集五家所属乡镇的团防武装，开赴李晏乡的蒙子岩、马银岩一带，与军阀部队对峙。同时，先后写信和派人到邻近县市和成渝等地报馆呼吁求助。他们得到了自贡、宜宾、威远、富顺、仁寿等地的武装支援，在舆论上得到成渝几家报馆的支持和声援，形成全川军民谴责军阀政府横征暴敛的强大舆论力量，迫使四川军阀派出师长冷寅东等人去贡井与他们谈判。谈判结果：协商停止“一岁两征田赋税”，张志芳旅调防，县知事邓邦植被撤职。抗捐运动取得了胜利。

三、继续合作，坚持斗争

1927 年，重庆发生“3·31”惨案，国民党重庆左派省党部遭到破坏。不久，蒋介石发动“4·12”反革命政变，公开叛变革命。蒋介石公开叛变后，不仅大肆屠杀共产党人，而且对国民党左派人士也大肆进行清查。这年秋，荣县成立国民党党务整理登记委员会，实际就是解散荣县左派县党部，建立右派县党部。谷醒华对此立场坚定，愤怒指责国民党右派，严正拒绝党员登记，公开退出了国民党。

荣县国民党左派县党部虽被解散了，但这些国民党左派人士如谷醒华、赖君奇、叶芝、胡用权、胡善权等仍然继续与荣县地下党紧密配合，积极开展反对蒋介石统治的斗争。1927 年下半年，谷醒华、赖君奇、张植如等又在县城创办私立旭光小学，成为荣县地下党在县城的又一个活动据点。

1929 年至 1932 年，谷醒华在江津先后担任二十四军一师师长张志和（共产党员）秘书和县长时，利用其职权掩护了荣县共产党人程觉远、官质斌、赵鹤仙等。抗战时期，谷醒华在成都积极支持荣县共产党反对地方反动势力“和益派”首要人物刘哲群，为反刘不断出主意、想办法，并修改揭露刘罪行的稿件。谷醒华在成都一面积极从事反蒋斗争，一面尽力帮助荣县筹建民盟组织。

1946 年农历腊月十二，谷醒华以石新为笔名，在《新华日报》和中共中央南方局主办的《群众》周刊上发表文章，抨击蒋介石撕毁政治协商协议，揭露其发动内战的阴谋和罪行，指出各民主党派和民主人士对此应有的立场和态度。

赖君奇利用在地方上的社会地位和声望，积极支持荣县地下党的斗争，掩护和营救地下党员和其他革命人士。他不顾个人安危，设法掩护中共荣县县委委员曾莱和学运干部刘智清（即禾波），使其免遭逮捕并安全离荣。程觉远被捕后，赖君奇利用奉命训育感化地下党人的机会，设法向党组织转告了程觉远在狱中对党组织的思想汇报，以及敌人要重点破坏荣县东南路革命运动的情报。赖君奇还受地下党的委托，利用师生和亲戚关系做当时成佳场的驻军团长和团防负责人的工作，要他们不要虐待和尽量设法营救在押的地下党员和农协干部，从而减轻了地下党和农协组织的损失。

（张贵祥）

川南民主革命活动中心——荣县同盟会

清朝末年，各种旨在推翻清王朝的革命团体相继成立，孙中山组织了“兴中会”，黄兴在湖南组建“华兴会”……这些小团体的分散活动，已不能适应革命发展的需要，客观上要求汇集各革命团体的力量，组织一个全国性的革命政党，并在政治上、思想上提出一个明确的革命纲领。孙中山因势利导，于 1905 年 7 月 30 日在日本东京召开筹备会，8 月 20 日召开成立大会，宣布了中国同盟会的成立，明确提出了“驱除鞑虏，恢复中华，创立民国，平均地权”的宗旨。

荣县籍留日学生谢奉琦于筹备会时即加入同盟会，成为荣县最早入会者（当时同盟会员仅 70 余人）。中国同盟会正式成立时，荣县籍留日学生但懋辛、丁厚扶、李正熙入会。之后，在日本的荣县籍学生又有吴玉章、龙鸣剑、吴永柖、兰作栋、周世屏、吴景英、范蓁、张国伟、肖湘等入会。吴玉章任同盟会评议部评议员，但懋辛负责宣传联络工作，谢奉琦则由孙中山委任以调查评议要职。

1906 年，孙中山委派熊克武（井研县人）、谢奉琦回川主持四川分会工作。熊、谢在荣县县城及荣、井（井研）接壤的长山桥设立秘密联络点，在群众中，特别是知识界中进行广泛的宣传、组织和发动工作，并在荣县建立了荣县同盟会。一批爱国的知识青年相继加入同盟会。由熊克武、但懋辛主盟，在荣县加入同盟会的有黎靖瀛、王天杰、龚郁文、朱国琛、赖君奇、李晁文、邹固元、赵叔尧、杨允公、刘念谟、但新洲、姚文仲。由吴玉章、丁厚扶、黄树中主盟介绍加入的有张植如、龚绍伯、杨亚东等。龚郁文任自流井、犍为、仁寿、荣县的联络员，并在城内川主庙、长山桥黎靖瀛家设了联络点。

赖君奇、杨允公入会后，多次分批约集一些教师和学生，在城区九折屏、万寿宫附近的绅商研究所、飞仙浦草场和武侯祠等处秘密集会，讲解和宣传同盟会纲领，加强组织发展工作，陆续吸收了罗叔明、余契、吴凡超、吴兆环、李子叙、李朝甫等入盟，至1907年，又有范爕、范模兄弟加入同盟会。在成都、叙府、嘉定等地的起义斗争中，入会的有但懋权、朱国经等。1909年，荣县人张智剑在成都入会，次年他在县属贡井乡谢奉琦家又吸收了钟硕须、谢均之、周大猷、季慎、李光甫、向阳、向杰等人入会。1911年四川保路运动中，吴慕姚加入同盟会。

从1905年至1911年，荣县加入同盟会的姓名可考者达48人，其中在日本入会者13人，在荣县入会者达35人。至于保路运动兴起，王天杰开办民团训练所，他在所内发展了相当一批学生入会，但没有留下具体的入会名单。五宝镇武装起义发动后，跟随王天杰去攻打成都的同志军达一千余人，其中已入会的不是少数。

龙鸣剑回川后，在成都创办四圣祠法政专科学堂，并以此为掩护，在川西广泛联络哥老会首领，争取他们加入同盟会，为推翻清王朝统治积蓄革命力量。荣县成为川南民主革命活动的中心。

荣县同盟会活动据点：一是城区的九折屏、武侯祠等处，党人常秘密在此集会。他们宣传反清思想、同盟会纲领，商讨组织动员民众、筹集经费、购买军火、伺机举事的大计。二是西北的长山桥小学，当时赖君奇、黎靖瀛正在该校任教，以教书为掩护，从事革命活动。县内同盟会员李晁文、朱国琛、邹固元等常到学校与赖、黎联系。井研离长山很近，熊克武亦常到校与荣县同盟会员研究两县共同行动的问题，长山桥小学堂一时又成为县之西北路及邻近各县党人的秘密联络中心。

当时，有个内江人叫余婺，他曾因领导彭县起义，被官府通缉，而隐匿在长山小学任教。他敏锐地感觉到这个学校弥漫着一种革命的气氛，感受到进进出出的一些知识青年教师的勃勃朝气。他有意想靠近他们。赖君奇等党人警惕性很高，尽管大家朝夕相处，关系融洽，但时机未到，仍然不敢暴露组织和自己的身份。直到有一天，荣县同盟会员确信余婺也是一个爱国主义者，还是志同道合的同志，大家才吸收他加入了同盟会。其中，有一个“生吞金鱼”的故事。但懋辛在一篇文章中回忆：“长山小学堂教师们的休息室外，有一个客厅，厅内有一个天井，下面有一个大石缸，内有石山，养了许多金鱼。他们常在阶边围坐，饮茶谈天。熊（克武）到之后，当然也不例外。但自从黎（靖瀛）等入同盟会后，谈话就不那样空洞了。余婺怀疑熊来后必定有什么名堂，认为黎等保守秘密不让他知道。于是大谈其革命主张，大骂康有为、梁启超保皇立宪的荒谬。赖君奇就从旁插言说：‘老余，你只夸口，咬断铁钉也无益。假如有入同盟会的机会，去实行革命，你敢不敢干？’余说：‘哪有不干之理，说干就干。’赖就说：‘你敢把石缸内的金鱼抓起来吃一条，我就相信你是真心。’余婺当即抓一尾来生吃了。此后，即由黎靖瀛等介绍余婺加入了同盟会。”

早期的民主革命战士们推翻封建专制制度，致力民主共和的决心和勇气，值得我们学习。他们前仆后继地奋斗、拼搏，终于推翻了延续两千多年的封建统治，取得了辛亥革命的胜利。

（戴泽祥）

抗日救亡运动中的荣县人民

1937 年“七七”卢沟桥事变拉开了抗日战争的序幕，一场抗日救亡的民族解放运动席卷神州大地。

1938年，中共自贡中心特支派饶孟文回荣县清理并发展党团组织，重建了中共荣县县委，领导全县人民投入抗日救亡运动中。同年 6 月，吴玉章从欧洲载誉而归，回到阔别 14 年的家乡荣县，宣传党的抗日民族统一战线。荣县地下党员程觉远、范晶如等去拜会吴老，吴老说：“当前中心工作，就是建立抗日民族统一战线，开展抗日救亡。具体工作要抓好学校。”

中共荣县地下组织根据吴老的指示，从旭光小学抓起，在全县掀起了轰轰烈烈的抗日救亡运动。首先扩大校董会，利用校董会宣传抗日。旭光小学校董会成员本来只有 50 余人，为宣传抗日需要，又聘请一些学生家长、爱国工商业者以及成、渝等地曾在该校读过书的进步校友为校董会成员，使校董会扩大到 100 多人，然后以校董会开会名义，宣传抗日的形势，宣传我党抗日民族统一战线的方针政策及其意义，校董会的成员又在其亲友中宣传，收到很好的效果。

为占领舆论阵地，中共荣县地下组织决定创办“旭声书店”。书店经理由旭光小学校长、地下党员范晶如兼任，店员是地下党员、旭光小学职员李自天和进步青年董永康。“旭声书店”几个大字由进步人士吴柏修写信请吴老题写，以免反动政府发难。吴老对此十分重视，为避免国民党当局对书店的干扰破坏，利用自己与孙中山先生的关系，转请孙中山先生的长子、民国政府行政院长孙科题写。旭声书店出售抗日救亡书刊，同时也秘密出售一些马列主义书籍，而且承担地下党活动的联络工作。旭声书店还通过集资办店的股东会议，宣传中国共产党的全面抗战路线，先后培养了七八十名抗日救亡运动的骨干。

创办《流火》杂志，广泛宣传抗日。《流火》是文艺月刊，是当时荣县中学青年教师刘若平发起并主办的。因《诗经》有“七月流火，九月授衣”，加之日本侵略我国的“七七”卢沟桥事变，所以取名《流火》。编委有柳倩、刘若平、钟绍锟、丁克武等。“抗敌、团结、救亡”是《流火》的办刊宗旨。《流火》主要刊载小说、诗歌、戏剧、杂文等文艺作品。撰稿人十分了得，有老舍、周文、刘盛亚、高兰、胡风、李世峰、柳倩等著名的作家、诗人和文坛领袖。《流火》每期印发 1500 份，主要销往成渝地区。

旭光小学每天早晨升旗后的训话课成了抗日时事教育课，老师们用大量事实揭露帝国主义侵略中国的罪行，呼吁同学们身在学校，心怀祖国，不忘国耻，团结战斗，把日本侵略者赶出中国去。国文教师讲的不只是国文课本上的，还讲述岳飞的《满江红》、文天祥的《过零丁洋》等爱国诗文。历史课教师专讲日本帝国主义侵略中国的历史。地理课教师结合时事讲地理，向学生介绍日本帝国主义侵占了我国哪些地方，抗日义勇军在哪里作战，《游击队之歌》中的太行山在何处，《松花江上》的松花江是在哪省，“关内、关外”是指哪些地方，等等。音乐教师与语文教师合作，教唱一首抗日歌曲就讲解一首歌词，把文学与艺术融为一体，学生易记、易唱。学校还成立有歌咏组、戏剧组、壁报组，学生自由参加，教师分别到各组指导。每天下午的课外活动丰富多彩，歌咏组教唱革命歌曲，戏剧组排练街头剧和短小曲艺节目，壁报组写标语、画漫画、出壁报。

1938 年，旭光小学音乐教师刘智清（即现代著名诗人禾波）与青年学生刘铸钧、钟俊等人，组织荣中、华中的部分同学和旭光小学部分教师，成立了“抗日晨呼队”。每天早晨，三十多名师生会集于凤鸣山上的钟鼓楼，然后整队出发，经文庙街、上西街、河街、南街，穿城隍庙巷子，越过席草坝，最后回到钟鼓楼解散。晨呼队沿途高唱《义勇军进行曲》《国际歌》《大刀进行曲》《太行山上》《大路歌》等抗日歌曲，唤醒人们为抗日救亡团结战斗。

抗日晨呼队后来发展成为抗日宣传队。1938 年下半年又发展成为宣传团，被编为荣县抗日救亡第四宣传团。这个宣传团主要由旭光小学、荣中、自立女中等校师生组成，由中共党员、旭光小学音乐教师刘智清负责。宣传团利用学校这块阵地宣传动员群众，他们排演《流亡三部曲》《放下你的鞭子》《逃亡难民》《日本帝国主义的残暴》《在铁蹄下沦陷区的人民》等话剧和活报剧《锄奸记》等。当时，荣县城一无剧场，二无电影院，宣传团的演出吸引着全城人民。每场演出，观众爆满，不少观众随着剧情的起伏跌宕而心潮澎湃。当剧情反映日本帝国主义穷凶极恶屠杀中国人民时，观众中会不约而同地发出“打倒日本帝国主义！”的怒吼；当演员在台上唱《义勇军进行曲》《大刀进行曲》等歌曲时，观众们会情不自禁地随声和唱。

丰富多彩的学校生活使学生不愿离开学校，轰轰烈烈的抗日救亡，在年轻、稚嫩的心灵里已扎了根。学校放假了，孩子们回到家里觉得冷冷清清，很不习惯，他们不甘寂寞，都想为抗日救亡做一点力所能及的事。旭光小学高年级学生傅仇，在一个暑假里邀约六七个同学，兴致勃勃地要成立一个剧团，他们要学老师那样去演出、宣传。主意已定，那么剧团取个什么名字呢？几个孩子费尽了脑筋，最后还是傅仇想出了一个好名字——怒吼少年剧团。多美的名字呀！大家都同意了。他们还学着大人的样子，郑重其事地想为剧团刻一枚印章。傅仇忙着把剧团的名字写在纸条上交给刻章师傅。印章刻好了，傅仇取回一看，糟了，“怒”字刻成了“恕”，成了“恕吼少年剧团”。傅仇忙去找刻章师傅，原来是自己写错了字，师傅是照字刻字。师傅说：“我知道你要来找我的，当今全国人民为日本帝国主义的侵略都在怒吼，怎么你们要‘恕吼’呢？来，我帮你改刻一枚就是。”一字之差，失之千里，小傅仇差点掉下眼泪。刻章师傅是个好人，免费为傅仇刻了一个“怒”字，换掉“恕”，这样“怒吼少年剧团”的大印刻成了。接着，他们积极排练节目，准备公演。怒吼少年剧团首场演出是在汪家滩。别看是几个孩子，他们的节目真多，有合唱、独唱、表演唱，还有花鼓、金钱板和活报剧《牧童杀敌》。不久，学校开学了，这个剧团也解散了。怒吼少年剧团虽然存在时间不长，可它的作用、它的影响是很大的。

1943年11月，冯玉祥将军来到荣县。抗战爆发后，他先后被任命为第三、第六战区司令。后因为与蒋介石不和，被免去军内职务。他虽不能金戈铁马，驰骋抗日疆场，但是抗日之心未灭，依然奔走于广大地区，从事抗日宣传动员工作。由于他的身份特殊，说话很有分量，对广大群众有极大的鼓动作用。冯玉祥将军来了，大家奔走相告，国民政府还组织农工商代表和社会名流，敲锣打鼓去南门桥迎接。

11月6日，县政府在后山体育场召开万人大会，冯玉祥将军发表了抗日演讲。他身材魁梧，精神矍铄，声如洪钟。演讲主要内容是号召大家“有钱出钱，有力出力，主动积极捐献，支援前方打鬼子!”讲到动情处，他便振臂高呼“打倒日本帝国主义!”“还我河山!”“把日本帝国主义赶出中国去!”等口号，全场为之热血沸腾，都愿意为抗日捐献。离开荣县时，他还提笔写下“还我河山”四个大字。

冯玉祥将军走后，县政府将冯将军的题字裱制成字画，每个办公室挂一幅，激励政府工作人员为抗日努力工作。同时，还将字放大，分别刻在擦耳岩和真如岩。

冯玉祥将军走后，一场为抗日募捐的运动便在荣县轰轰烈烈开展起来。中共荣县地下组织在全县城乡掀起了捐献、义卖运动。各地农协会员带头捐献、义卖，动员亲友和农民有钱出钱，有力出力，有粮出粮，哪怕是筒筒米、斤斤茗，都可捐献、义卖，以表爱国之情。捐献寒衣，教师首先带头，一人至少捐献一件。学校还向学生动员“省下糖果钱，捐作寒衣费”，并在各教学班之间开展竞赛，看谁捐得多。孩子们是爱国的，他们都想多捐献，多贡献。旭光小学有个名叫王棋的小同学，平时父母给的糖果钱从不多要，自从学校号召捐献寒衣费，她每天总要向父母多要糖果钱，而且公开对父亲讲：“我要积存起来捐献。”当父亲不大高兴时，小王棋伶俐的小嘴便向父亲发起攻势：“你不爱国，想当亡国奴吗？老师说前方将士死都不怕，我们有什么理由不支援？”家住农村的、贫苦人家的孩子，没有糖果费可捐，就靠自己的双手挣钱捐献，有的拣狗粪卖钱，有的割马草卖钱。抗战爆发后，洋布价格飞涨，纺织工业随之兴旺。当时荣县城乡，到处可听到“嗡——嗡——”的纺车声和“唧——唧——”的织布声。那时，纺一两棉花可得工钱一角，不少女学生每天晚上要纺一二两棉花才睡，纺纱所得的钱，都用来捐献。

学校也开展义卖活动。师生自制工艺品送去机关、团体，劝说官、商、富翁购买，所得之资捐作寒衣费。一些官僚、商人见到学生就回避，生怕找到自己头上。县征收局局长之子梁鸣志，把老师制作的一对铜字梗拿回家，要父亲出 20 元购买，其父骂其不肖，梁鸣志说父亲不爱国，父子争执不休。父亲怕别人说他不爱国，伤他的面子，只得出 15 元买下了事。

当时，赵熙居住在县城，他是著名的书法家、诗人，时年 77 岁高龄，双目失明，在家休养。可老人爱国情怀不老，他命家人取来纸笔，盲书、盲画若干书画作品，要家人拿去街上变卖，所得银钱全部用来捐献。

去前方打鬼子，广大青壮年义不容辞。荣县的抗日征兵是 1937 年冬开始的，据资料显示，到 1939 年底，荣县送去壮丁 1332 人。抗战期间，荣县共送壮丁 48 000 多人，全川约 350 万人，荣县是最多的县之一。

学校还动员学生向抗日将士写信，每一封信，要附上一张手绢，手绢上要写上“抗日必胜”“抗日救亡”等字样。这些捐献的物资，这一封封慰问信，这一张张动情的手绢，就是荣县人民抗日救亡的行动，就是荣县人民的爱国之心。

在抗日战争中，四川出兵约 350 万，死伤约 64 万人，其中牺牲 26 万多人，伤 35 万多人，下落不明 2 万多人。因战时混乱，没有规范的档案管理，再加有的是整班、整排、整连甚至整团消失，四川在抗日战争中牺牲的战士到底有多少，现在已无法确知，上面这些都是大致数字。荣县根本就没有抗日将士名单，这是很遗憾的事。从资料上得知，荣县抗日将领有 5 人，即但懋辛、李昆岗、彭斌、陈思齐和周绍孟。其中，彭斌还待考。周绍孟，乐德人，国民革命军 41 军 124 师，抗战爆发前所在部队驻绵阳，抗战爆发后，请缨出川到山西娘子关抗击日寇。1938 年，因为国民革命军韩复榘部不战而退，使战略要地徐州失去屏障。为了确保徐州不丢给日本帝国主义，蒋介石就调 41 军到鲁南抗击日寇，为徐州保驾。周绍孟所在 124 师镇守藤县。日军对藤县发起猛攻，周绍孟和师长壮烈牺牲，当时的军衔是少将参谋长。

（蒋永红）

将计就计处决密探

这是发生在荣县高山铺的真实故事。

1929 年 10 月的一天，高山铺团防公所门口来了两乘滑竿，滑竿上坐着一男一女。男的穿一身崭新的毛蓝色中山服，头发和皮鞋油光锃亮；女的手提红色挎包，身穿墨绿色丝绒旗袍，脸上敷着厚厚的白粉，嘴唇涂得血红，就像是川戏舞台上的妖精，引来不少行人围观。这一男一女下滑竿后，径直走进了团防公所。

这对男女究竟是什么人？他们到这穷乡僻壤的高山铺来做什么？

原来，这一男一女是国民党荣县县长龚泽群派到高山铺刺探地下党情报的密探。男的名叫曹友三，在县衙里作差头，女的是他妹子，由于有几分姿色，又喜欢打扮，被军阀刘文辉驻荣部队的龙营长纳为了小姨太太，人称“龙太婆儿”。谁知好景不长，不久前，龙营长奉调离开荣县，狠心将她扔下。她生性风流，难耐寂寞，很快又和县长龚泽群勾搭成奸，心甘情愿作了龚泽群的姘妇。龚泽群素知她兄妹在墨林、高山一代放有高利贷，便指派二人以收债为名，经常到高山、墨林刺探中共荣县地下组织的情报。这次，他们又奉命前来打探地下党领导人黄才焯的行踪，准备伺机将其逮捕。

谁知地下党组织通过打入国民党内部的同志，早已掌握了他们的身份，在事前便得知他们这次到高山铺的时间和目的，并决定将计就计，命令农协赤卫队安排武装人员，趁曹氏兄妹到高山铺之机，秘密处决这两个密探，并指示打入高山乡团防公所的钟新民密切配合赤卫队行动。

两个密探走进团防公所，团防公所内只有师爷一人，师爷非常热情地接待了他们。一阵寒暄过后，曹友三以十分神秘的口吻附耳向师爷说明来意，并再三叮嘱不能走漏风声。两个密探万万没有想到的是，这位热情接待他们的“师爷”，原是打入团防公所的地下党员钟新民。得知两个密探今天要来，一大早，钟新民便来到团防公所内，按照县委的布置，一一支开了公所内人员，独自留下来“热情接待”。所以，曹友三刚把话说完，师爷连忙答应：“那是当然，那是当然。”一阵阵热情敬烟递茶过后，师爷钟新民站起来，毕恭毕敬地说：“二位一路辛苦了，我给你们准备了两间干净舒适的客房，就在团防公所内，先休息休息。”接着又说：“难得二位大驾光临，我马上去置办酒席，给二位接风洗尘，聊表敬意。”曹氏兄妹嘴里说着“不消得”，心里却美滋滋的。

安顿好两个密探后，钟新民连忙跑去向黄才焯报告了消息，并约定晚上由钟新民把曹氏兄妹引到场上烟馆抽大烟，然后由农协会武装人员采取行动。行动计划商定后，钟新民又急急忙忙地跑到场上饭馆订好酒席。

当晚，曹氏兄妹饭饱酒足后，醉醺醺地被师爷钟新民带到了场上烟馆。农协会赤卫队员分成三个组，一个组堵住上场口，一个组堵住下场口，另一个组在陈忠轩带领下，闯进烟馆捉拿密探。正当曹氏兄妹躺在床上吞云吐雾地抽着大烟，飘飘欲仙地做着升官发财美梦时，手持大刀的赤卫队员仿佛从天而降，两名密探还没回过神来，嘴里就被塞上了布团，双手被捆得牢牢实实。赤卫队员将两名密探押至靠近正安的老林，以革命的名义，代表人民处决了这两名凶恶的密探，党的组织避免了一次重大的损失。

（曾昭禄）

为迎接解放而战

荣县地下党组织，是一支久经考验的战斗队伍。自 1947 年下半年，工作委员会得以恢复以来，根据上级党组织的部署，中共荣县地下组织积极开展了迎接解放的工作，在农村广泛开展了抗丁、抗粮和控制武器的运动；组织地下农民武装斗争，在县城和乡镇建立并发展党的外围组织——荣县新民主主义促进会；组织读书会，广泛团结知识分子和进步青年；利用打进国民党荣县地方政权的共产党员和同盟会员，广泛开展统一战线工作。他们团结地方进步人士，争取中间力量，分化利用国民党荣县地方上层人物，壮大革命阵营。

一、开展农协活动，组织地下武装

1947 年 10 月，中国人民解放军总部发出的《中国人民解放军宣言》指出："为了早日打倒蒋介石，建立民主联合政府。我们号召全国各界同胞，在本军到达之处，同我们积极合作，肃清反动势力，建立民主秩序。在本军未到之处，则自动拿起武器，实行抗丁抗粮、分田废债，利用敌人空隙，发展游击战争。"荣县党组织根据这一号召和上级党组织的具体部署，在农村恢复和发展农协会，积极开展抗丁、抗粮和组织农民地下武装斗争等运动。到中华人民共和国成立前夕，荣县农协会的人数达到三万余人，不少乡镇农协会还建立了自己的武装。

同年年底，中共荣县工委根据中共川康特委关于组织农民地下武装，举行“荣威武装暴动”的决定，制定了“双武计划”（即控制武器、组织地下武装）。根据这个计划，决定力争控制当时全县四千余条枪的一半以上。在全县条件比较好的乡镇，每乡镇组织 80 至 120 人的地下农民武装。

为完成“双武计划”，党组织千方百计地安排共产党员、新促会员以及进步人士打入国民党荣县乡保团。例如：共产党员郝永州担任了莲花乡自卫大队队副；共产党员陈忠轩担任了望佳乡保长；共产党员余沛然担任了董佳乡保长；共产党员夏桂未担任了墨林乡副保长；新促会员陈用章担任了双古乡乡长；进步人士刘石松担任了乡自卫大队队副；进步人士曾相辅担任了富东乡自卫大队队副兼模范中队长。为了多控制枪支，农协会还设法派农协会员担任乡丁、保丁并控制武器。

在荣县解放的头天晚上，国民党警察中队企图逃往宜宾山区打游击。当逃到杨佳乡时，即被当地农协武装拦截。当天晚上，国民党荣县政府县长邹以南带领便衣警卫向宜宾方向逃窜。在经过荣县与宜宾交界的牛尾乡时，即被当地农协武装拦截，他们携带的县政府大印和武器全部被农协武装收缴。

荣县城解放的当天，由于宜宾尚未解放，为防止宜宾方向的国民党军进攻荣县，中共荣县县委即令章佳乡一带的农协武装组织一个大队，由赖民、王荣武率领，赶赴李子桥布防。武装大队完成布防任务返回时，又沿途清查潜藏在农村的国民党溃散官兵，共清查出国民党军队的官兵 50 余人，机枪 3 挺，步枪 45 支，电台 2 部，黄金约 5 千克。

1949 年 12 月 6 日，长山乡农协武装柴山会，拦截国民党军：上午拦截了路过长山的国民党军一个排，缴获其枪支弹药；下午又拦截了经过长山的国民党军一个营，除缴其枪支弹药外，还缴获军用物资两卡车。

在竹园铺战斗打响的前夕，长山党组织根据县委支前工作安排，对支援和配合解放军解放竹园铺作了具体的布置和周密的准备工作：第一，保证粮食供应，安排了新促会员范一中、邹贞牧、谢志华和九一学会会员林之本等人组建军民合作站，分工负责，保证战斗打响后粮食的及时调拨供给；第二，侦察敌情，派了新促会员范光裕等以走亲戚为名，前去侦察敌人的工事构筑和火力布置情况（由于敌人戒严，未达目的）；第三，给解放军带路，柴山会挑选了十五名熟悉路径的会员，专门负责为解放军带路；第四，组织战地服务队，组织了以柴山会会员为骨干的近两百人的担架队，负责战斗打响后，从火线转送伤员和安放烈士，并负责战斗结束时打扫战场。竹园铺战斗结束时，长山党组织领导柴山会、新促会和九一学会圆满完成了这四项支前任务。

二、建立党的外围组织，团结知识分子和进步青年

为广泛团结知识分子和进步青年，荣县党组织壮大迎接解放的革命力量，于 1948 年秋建立了党的外围组织——荣县新民主主义促进会（以下简称“新促会”）。新促会的工作分别由程觉远、朱洌明和张学富负责。程觉远、朱洌明负责在中年进步分子中发展会员，张学富负责在进步青年中发展会员。

新促会成立后，为广泛团结青年，提高青年的革命觉悟，他们在全县不少乡镇组织了形式多样的读书会。

长山乡新建的九一学会，会员主要是大中学生和中小学教师。他们学习革命理论，讨论政治形势和学术知识。他们还向群众解释政治形势，号召大家团结起来迎接解放。由于宣传到位，在解放军到达长山时，场上家家户户的门前都贴上了欢迎解放军的大红标语。

留佳场新促会组织的读书会，会员一面学习革命书刊，开展学习讨论；一面通过出墙报、办专栏等形式，在场上宣传政治形势。

度佳乡的新促会员吴剑组织的三五学会，提出了“拥护真理，维护正义；研究学问，砥砺品行”的口号，激励会员为正义而斗争。后来，三五学会改名“知行学会”，将其宗旨变为“知行知行，知行合一；维护真理，维护正义”，要求会员一面学习革命道理，一面投身于迎接解放的斗争。

在成都的共产党员徐玉良、刘光，1948 年夏天到荣县。他们也在城内组织了秘密读书会。在人员增多后，又利用城内基督教的团契组

织开展活动，进而控制和夺取了部分地方的领导权。秘密读书会利用团契做政治时势报告和学术报告。

1949 年，先后从成都到荣县的共产党员蒋德心、钟俊、林韫如等人，在这年 8 月刘光离开荣县后，在徐玉良、刘光组织的秘密读书会的基础上成立了荣县民主青年协会（以下简称“民协”）。民协成立后，在城内积极开展了迎接荣县解放的活动。10 月 1 日，中华人民共和国成立后，民协会员在学校教师中积极宣传新中国的诞生和共产党的政治主张、方针政策，宣传解放军的胜利进军。

1949 年 11 月，荣县县委领导的新促会与成都党组织领导的荣县民协进行了合并，改名为“荣县新民主主义联盟”（以下简称“新盟”）。新盟成立后，设立了组织、宣传、调研、统战、治安五个组，分别开展工作。组织组负责新盟自身的组织建设；宣传组负责针对国民党散布的谣言，宣传共产党的政治主张和方针、政策，以安定人心；调研组负责调查国民党的党、政、军各部门的具体情况，从中研究对策，确定行动方案；统战组负责开展对国民党荣县党、政、军各界的统战工作，动员已愿意跟党走的地方党、政、军各部门官员监视反动分子的活动，保护好本单位、本部门的档案材料，以争取立功，听候接管；治安组负责县城的社会治安，保护人民生命财产。

三、统战工作显神威，人民平安获解放

荣县党组织的统一战线工作，因受吴玉章的指导与帮助，在一二次国内革命战争和抗日战争时就已经打下了很好的基础。解放战争时期，党组织在过去的基础上开展了更为广泛深入的工作。在中华人民共和国成立前夕，县委的统战工作已经深入到国民党荣县地方政权的各个领域，不少机关、部门和乡镇政权内部都有为地下党服务的人。

1949 年上半年，由于人民解放战争不断取得胜利，使得荣县的国民党地方势力惊恐不安。这些人眼看国民党政权失败已成定局，加上对共产党的政治主张不解或怀疑，对未来的政治道路何去何从犹豫不决。为了稳定这些人的情绪，县委从 1949 年夏天开始，由程觉远负责，

通过打进县党部和县参议会任职的刘一先等人，用转转会、茶话会以及请客等方式“解除私怨，维护地方安定”。他们分别邀集一些地方势力人物，通过摆龙门阵的形式，讲明形势，并以间接的方式向这些人讲明共产党的政治主张。

1949年夏天，到成都参加国民党游干班训练的曹午堃等人回到荣县。他们在地方势力“和益派”的操纵下四处活动，急不可待地要把全县各乡镇的武器集中起来，组织地方反共势力，用以抵抗人民解放军解放荣县。对此，党组织发挥统战工作的威力，使游干班分子的目的落空。

县委为了荣县解放和解放后的人民政权积储粮食，紧紧抓住荣县1949年夏季洪灾的机会，通过统战工作，以国民党县参议会的名义，一再要求国民党省政府减征。这使得荣县这一年百分之九十以上的应征粮食控制在农民手里，为1950年春人民政府征粮打下了坚实的基础。

正当县委领导全县农协会、新促会积极为解放军准备粮食的时候，国民党荣县政府也奉命成立了负责供应蒋军粮食的“军民合作站”。对此，县委当即决定变国民党“军民合作站”为解放军到县时的粮食供应站。于是，通过统战工作，派新促会员杨腾蛟等人打进“军民合作站”控制粮食调拨权。更为关键的是，在荣县解放的前夕，国民党四川叙泸警备区的副军长卿云灿率部进驻荣县城，在县城南街一带构筑工事，准备在县城与解放军决战。同时，还将大量汽油用油桶装运至南街堆放起来，声称守不住县城时，就炸燃汽油，将县城毁灭。地下党在这万分危急的时刻，通过统战关系做卿云灿的工作，使他放弃了在县城决战的决定，避免了一场大灾难。

1949年9月，刚接任国民党荣县政府县长的邹以南在短短的三个月任期内，举办“自卫训练班”，成立“反共救国自卫军”。他严令警察局长胡可非强化县城治安，还要求各乡镇迅速成立义务警察队，防范“土共”，阻止荣县的解放。荣县在临近解放的前几天，邹以南虽已病重，但仍不甘心其最后的失败。他一面派出暗探，四处刺探解放军进军消息；一面指令县政府秘书窦采凡以他的名义召开各机关、法团负责人和军警头目参加的应变会，要求组织征粮队加紧到区乡勤收公粮，并要求地方反动武装准备抵抗解放军，抵抗不了时就将队伍拖到东兴、墨林一带山区去打游击。他还指使窦采凡在官员中散布“共产党对我们这些人是饶不了的”等诽谤言论，说共产党很快就要来，要大家自找地方，暂时隐蔽起来。但是，这些地方官员都明知大势已去，谁也无心继续为国民党卖命。除少数人自知罪行深重先后逃跑外，多数通过共产党员的宣传动员工作，都得到共产党的宽大处理。

1949 年 12 月 5 日，邹以南在得知解放军已到自贡，并和平解放自贡后，怀着无可奈何花落去的心情，于当天夜晚携带荣县政府大印，率几名便衣警卫，自己蒙头盖面地爬上滑竿，悄悄逃去。

1949 年 12 月 6 日上午 11 时左右，人民解放军二野十军二十八师的先头部队到达荣县城。这时，还停留在县城的部分国民党军慌忙向长山方向逃窜。接着，二十八师大队陆续到达。于是，民盟、新盟的同志在县委的统一领导下，立即按照预先的布置准备，一面帮助解放军解决驻营、警戒和粮食供应等问题；一面组织人员协助解放军维护县城秩序；一面组织群众欢迎解放军，庆祝解放。

在荣县，解放军进城时，不少居民的门前插上了小红旗，县城到处贴上了“欢迎解放军，庆祝荣县解放”的标语。先前已组织好的县城学生立即涌向街头，手持小红旗，载歌载舞，欢呼荣县解放。

（李志友）

大台寨之战

解放荣县时，在双石乡（现为双石镇）内乐公路旁边的大台寨（现为大才寨）打了一仗，这次战斗的经过和解放军伤亡情况都鲜为人知。

古人常言：兵败如山倒。这对解放战争中的国民党军队说来，一点不假。1949 年 12 月 5 日晚上，国民党的 29 军 201 部队，从内江经过双石乡前往乐山，逃窜所乘坐的汽车就有 100 多辆，使一些官僚、恶霸、地主确有“山雨欲来风满楼”般身临末日之感。

次日凌晨 6 时，天还没有亮，中国人民解放军 2 野 10 军 28 师作为追击敌人的先头部队的 82 团 6 连驱车三辆，由自贡赶到双石乡，在文昌宫下面暂时停车进行侦察。他们一面同过往群众亲切交谈，宣传解放军是人民子弟兵，叫大家不要害怕；一面要大家提高警惕，注意周围的动静。

突然，从原李子乡来了一些背着武器的国民党士兵，人数逐渐增多，向解放军的 3 辆汽车蜂拥而至，嘴里一个劲地嚎叫“搭车，搭车！”“老子走得够受累啰！”“当官的怕共产党枪毙，只管自己坐车逃跑，老子们为啥不坐车？”“搭车，搭车！不搭就砸烂，谁也别想坐！”

很显然，稍有不慎就会发生一次遭遇战。解放军的连长眼疾手快，马上掏出手枪打了三枪。这么一眨眼的工夫，国民党军队尚未弄清是怎么一回事，汽车上的 150 多名解放军战士已经跳下汽车，跟着连长和指导员准备冲上文昌宫，抢占制高点，随即开枪震慑敌人，并向解放军大部队报警。

这时候，由原李子乡往双石乡移动的国民党官兵有 300 多人，听见枪声，才知道解放军已经控制文昌宫，对他们十分不利，便经蔡家堰方向冲进大台寨，而后又把机枪、步枪架在寨门和寨门垛上朝文昌宫射击。

对于这种新的变化，文昌宫的解放军认为，必须尽快歼灭大台寨上的敌人，否则敌人居高临下，用火力封锁寨子脚下的公路，必然会给解放军大部队的通过，造成极大的障碍和困难。

大台寨到文昌宫有一千米以上的距离，一声令下，解放军一个个跑步到达大台寨的猪腰子堰塘。紧接着，他们兵分两路，一路正面攻打大寨门，一路赶回突击小寨门。

枪声震耳欲聋，战斗非常激烈，附近的农民群众全吓呆了。解放军对大寨门连续冲锋了三次，受伤 21 人，阵亡 3 人，可惜仍未攻克。但是，敌人的伤亡更大，而且火力被牵制，思想被麻痹。正因为如此，从小寨门一跃而上的解放军，没有碰到很大的抵抗，打死十七个国民党兵之后，就直插大寨门。等大寨门的敌人明白过来，他们已面对着无数的枪口和“缴枪不杀”的吼声，只好举起手乖乖被俘。有个国民党军官不服气地说：“活见鬼！解放军明明在前面开枪，不知怎么一下子又抄到屁股后头去了。”就这样，解放军胜利地结束了战斗。

大台寨下面（今双石镇燕子村十一组）的一伙国民党士兵如惊弓之鸟一样，听见寨子上战斗打响，丢盔弃甲，落荒而逃。当天下午打扫战场，缴获轻机枪 2 挺，步枪 30 支，望远镜 1 副，军大衣 4 件，第二天交给了解放军主力部队。

下午 3 时，双石乡公所主任邹华康同志，带领群众购买了 3 副棺材，把解放军烈士尸体装入，埋在大台寨下。

后来，把 5 连副连长陶何庆烈士的遗体搬迁到原富北乡双溪书阁烈士陵园。

几十年过去了，另外两名烈士，至今不知他们的姓名，更不知他们的籍贯，不得不令人欲语无言，黯然神伤。

大台寨之战，是解放军在荣县的唯一一场战斗。

（赖民）

第五篇 宗教·信仰

荣县的佛教文化

佛教产生于公元前 5 世纪的古印度，距今已有 2500 多年。创始人是古印度王子乔达摩·悉达多。他 20 岁离家成道，此后被尊称“佛陀”，意为觉悟者，简称“佛”，所传教派被称为“佛教”。东汉永平十年（67 年），汉明帝派遣使者至西域广求佛教经典，并迎请迦叶摩腾、竺法兰等高僧至洛阳，佛教开始在中国广为流传。

经过上千年的沧桑岁月，佛教文化与我国传统儒家、道家等多种文化水乳交融，成为我国传统文化中重要的组成元素。尽管世事变迁，仍以“智慧、慈悲、平等、和平、和谐、利世”等平凡而深广的教言，在人世间熠熠生辉。

从荣县的历史看，隋代起，几乎历朝历代都有外地僧侣或本地人士在荣县修建庙宇，发展教徒，传播教旨。据史料记载：隋炀帝大业（605—617 年）时，在荣县城文昌宫处建成佛庙一座。宋绍兴时（1131—1162 年），赐名“嘉祐寺”。唐开元初年始建荣县二佛寺。晚唐时，荣县县城东山岩因佛建寺，始称“开化寺”，北宋元祐十年（1095 年）整修后名“真如寺”，今称“大佛寺”。宋崇宁三年（1104 年），修建荣县“万寿禅寺”（旧址在今荣县中学）。明朝邹蟾春在荣县贡井修建天池寺，距今已有 600 多年历史。

清代为荣县佛教发展的极盛时期，每个乡镇都有寺庙，僧人总数上千，信教群众数以万计。清末，居士刘子充在荣县吕仙岩（今属墨林乡）传播佛教的净土宗。荣县士人黄觉、赵叔尧，甚至四川军阀刘文辉等都来拜他为师。民国五年（1916 年）4 月 8 日，经政府批准成立“中国佛教四川省荣县分会”，黄觉任会长。民国二十五年（1936年），改称“荣县佛教分会”，会址设二佛寺，理事长释光明。民国三十一年（1942年），由释常文任理事长，会址迁大佛寺。民国二十六年（1937年）1月，荣县佛教居士林（居家信佛人的组织）成立，赵叔尧任林长。其时，前清荣县知县许源、官鉴桂等达官贵人和社会名流都信佛，几乎“户户供观音，人人念弥陀”。

中国佛教分三大语系，即汉传佛教、藏传佛教和巴利佛教。传入荣县的是汉传佛教，先后有禅宗、密宗、天台宗、净土宗等宗派。佛教是一种蕴含着丰富哲理的宗教，其内容广博深奥，其经典浩瀚。佛教的教义，视人生为“无常”“无我”“无苦”。苦的原因由每人自身的“惑”“业”所致，根据行为的善恶，轮回报应。故摆脱痛苦之路，唯有依“经、律、论”三藏，修持“戒、定、慧”三学，彻底转变世俗欲望和认识，超出生死轮回范围，达到极乐目标，叫作“涅槃”或“解脱”。基本特征是“诸行无常，诸法无我，一切皆苦，涅槃寂静”。

佛教供奉的对象分为佛、菩萨、罗汉和护法天神四种基本类型。佛主要是如来佛，即释迦牟尼，其他还有过去的燃灯古佛，未来的弥勒佛等。菩萨是候补佛：观音、文殊、普贤、地藏合称“四大菩萨”。罗汉是“阿罗汉”的简称，地位仅次于佛和菩萨，居第三等，如“十八罗汉”，有的丛林（大寺院）还塑有五百罗汉。护法天神著名的有“四大天王”以及韦驮、哼哈二将等。

佛教活动，也称佛事活动，一般分大型活动和平时活动两种。剃度出家的人，男称比丘，女称比丘尼（即僧和尼，俗称和尚、尼姑）。凡剃度出家的僧尼都必须守戒，不得结婚；不出家的男女皈依信徒统称居士。平常佛事活动主要由住持（亦称“方丈”，这是借用道家之语，即住持居所一丈见方）主持，寺庙内的僧尼参加。大型佛事活动，居士也要参加。

清代和民国的荣县寺庙，大庙除设置住持统领全寺僧众外，还设置五个执事，分头管理院内事务。一、监院，协助方丈和尚分管行政事务；二、知客，负责接待来往宾客；三、维那，负责朝暮念诵、佛事安排；四、衣钵，管理住持的衣钵、汤药和法器陈列等；五、典座，负责膳食安排，是生活总管。小的寺庙，执事缩减，甚至只有住持一人。

荣县地区的佛诞法会，主要有阴历二月十九观音菩萨圣诞、四月初八释迦牟尼佛圣诞、六月十九观音菩萨成道、九月十九观音菩萨出家以及冬月弥陀会等。在这些纪念日，各大寺院多开展大型佛事活动。届时，十方大众齐集大雄宝殿或观音殿，焚香上供，诵经礼佛。法会由方丈主持，僧俗均可参加。活动内容主要是讲经念佛和水陆道场仪式。讲经都由德高望重、精研佛学的法师担任。时间短则两三天，长则七天半月，甚至一月。

各寺院平常佛事活动主要是：朝暮课诵；应施主要求念延生普佛，祈福求寿；往生普佛，超度亡灵；吉祥普佛，祈求愿望，等等。

佛教供佛和做法事的处所，称之为寺庙。殿堂是佛教寺院的主要建筑。殿，用于供奉佛像、菩萨像；堂，是僧众修行和起居的地方。汉地佛教自明代起，殿堂的建筑开始定型化，即通常在南北的中轴线上依次建有山门、天王殿、大雄宝殿、法堂、藏经楼，在它们的左右两侧建有伽蓝殿、祖师殿、观音殿、药师殿等配殿，寺院的两侧为僧众的生活区域。

荣县的佛教寺庙，大体可分为“丛林”和“小庙”两类。丛林往往住有数十至上百的僧人，有大量庙产。如宋代修建的万寿禅寺，占地数十亩，僧舍 416 间（清代被占）。荣县天堂寺位于同心乡境内，是仿新都宝光寺规模建造，仅僧舍就有 234 间，光绪二十八年（1902 年）被焚毁。小庙往往住几个人甚至仅有一人。尚存的大佛寺、二佛寺、天池寺是丛林，其余多是小庙。

荣县大佛寺，位于荣县城区大佛街大佛寺路一号，距自贡 34 千米，以其隽美而享誉神州，素有“乐山大佛雄，荣县大佛美”之誉。大佛寺坐落在荣县城郊大佛山（亦称真如岩）山麓，山门书题“大佛禅寺”，以石刻大佛命名。大佛始刻凿于唐代，气势雄伟，衣纹流畅，慈眉善目，神韵飘然，是古代艺术家和劳动人民匠心独运的上乘之作，是中国石刻遗存之艺术瑰宝。大佛寺庙宇依山就势，以佛像为中心向左右两边展开，主要由大雄宝殿、观音殿、地藏殿、达摩殿、罗汉殿、藏经楼、禅房、方丈室等组成。山下远望禅林，古刹错落有致。整个建筑群体宛如一只展翅欲飞的大雁，大佛好似端坐在大雁背上，佛寺一体，殊为壮观。寺内主要景点有大肚弥勒（俗称“笑罗汉”）、达摩渡江石刻（位于殿西崖壁上，是为一高达 5 米的达摩像，手持念珠、禅杖，脚踏苇叶，立于汹涌波涛之中，其造型为世所罕见）、啸台游赏（大佛后半山间有一“啸台”古迹，传说是晋代著名隐士孙登长啸处），还有放翁诗魂、松荫枕石、白云深处、荣州碑园、瑶圃休闲等人文景观。

寺院内最为著名的大佛摩崖造像刻于唐代。据康熙年间的《古今图书集成》记载："大佛山在城东一里，唐人刻大佛，与山齐。"北宋元丰八年（1085年）至元祐七年（1092年），僧淳德募修，历时8年，对大佛进行过大规模的装修，佛像全身施彩贴金，直至清末民初，仍是"金像巍巍"。大佛依山崖凿成，刻在高约40米、宽约16米、深约14米的敞口敞顶大龛内，头与山巅齐平，通高36.67米，头高8.74米，肩宽12.67米，体宽14.6米，膝高12米，脚宽3.5米，就高度而言，仅次于乐山大佛，是全国第二大石刻佛像，也是世界第三大石刻佛像。该佛像造型优美，比例匀称，和服袒胸，双足踏在座前的两朵莲花之上，善跏趺（又为端坐）在金刚座上。大佛头饰螺髻，脸面略方而丰腴，双眉间有白毫，鼻高唇厚，两耳方长，双手平放膝上，右手抚膝，左手手心向上，掌中有摩尼珠。头顶上方有一道石条卷拱护罩，上刻"大开觉路"四字。崖顶上还有砖阁一座，远看像戴在大佛头顶上的宝冠。大佛前有阁楼遮盖，以使佛身免遭风雨侵蚀。阁楼也是大佛寺的主体建筑，将大佛从肩部以下遮得严严实实。虽然要入寺内仰望才能看到大佛全貌，给瞻仰者带来不便，但却保护了大佛佛体不受外来的破坏，因此至今保存完好。

荣县二佛寺，位于老县城西南500米的金碧崖南端，隔河与县城相望。沿崖佛像林立，造像上千尊。唐宋时名浮屠崖，亦称千佛崖。佛像装金饰彩，阳光照射，金碧辉煌，故称金碧崖。今存造像93龛，因与城东大佛相比较小，故称作"二佛"。佛像为唐代造刻，龛呈平顶方形，高8.5米，宽7.3米，深5.7米，为弥勒坐佛，佛像高5.8米，宽2.6米，左手持摩尼珠，头盘螺髻，赤脚踏莲，坐西北向东南。二佛左右的龛壁上刻有28小龛，120尊造像，有多宝释迦、地藏观音、弥勒上生经变等，造像高者1.1米，矮者0.3米，龛内有龛，错落有致。占地面积3200平方米，其中建筑面积1800平方米，由山门、大雄宝殿、禅房、客堂等组成。

荣县二佛寺在唐代、北宋时名开元寺，南宋改名净土院，明代为广志寺。清乾隆十八年（1753年）重建，因沿崖有佛像上千尊，又名为千佛寺。寺内除二佛龛外，崖壁上有12尊造像，有明代石刻，还有咸丰年间的告示碑、光绪年间的篆字碑和行书诗碑。

（邓科）

仙风道骨留荣州

唐宋时期，荣州盐铁发达，经济实力雄厚，庙观遍布域内。道教真人独辟蹊径，在荣德山、筠山、翠壁峰等几座名山筑室修道。

宋代李畋的《该闻录》记载，唐末到宋初期间，有七位高道或者真人，他们分别是尔朱先生、朱真人桃稚、神和子屈突无为、海蟾子刘昭远、荣隐先生、火井县许山人、五代前蜀杜光庭。他们有时隐居深山修真悟道，有时又云游四海传经布道。相传荣隐公云游到今荣县地界，来到筠山，看到这里山势巍峨，森林密布，山水灵秀，就停歇下来，在山上修筑一所石屋，吟诵经典，修炼丹气，朝饮甘露，夜啖果蔬，与松鹤为友，与云霞为伴。时而又带着师刀、法鞭、令牌，肩扛令旗，手执如意，游走乡野，为庶民驱妖降魔，消灾治病。

一天，荣隐先生照常带着行囊，顺铁厂铺而下，翻越白石沟，循双溪，过郡楼，沿着旭水河，迤逦来到一个叫钓鱼台的地方。河水在这里遇到一个弯道，产生道道漩涡，河面也陡然开阔起来。只见河水浩渺，波光粼粼；鸥鹭翔集，鲤鱼跳波；西岸山势陡峻，松柏森森，松涛阵阵；东岸土地平旷，沃野万顷。荣隐先生凭着侣鱼虾而友麋鹿的经验，认定这个汇聚山川灵气的地方一定是一个垂钓修行的好去处。于是放下行囊，就地取材，坐在山崖坎下河边的一块大石上垂钓。荣隐先生不知天日，不问年月，不为渔获，但求修真，不知不觉，已经须眉尽白，但依然童颜如初，精神矍铄。经年累月之后，人们不知老者何时而来，何时而去，只知道荣隐先生曾在此垂钓，后人就命名这里为“荣隐钓台”，又把先生修道的筠山称作“荣隐山”或“老君台”。

宋代《续博物志》作者李石《扇子诗》盛赞荣隐先生得道成仙，诗曰："洞中龙老不知年，荣隐先生稳着鞭。大袖长歌出天汉，信乎平地有神仙。"

清乾隆二十八年（1763 年）本《荣县志》记载："荣隐山修道观，石碑在本山上。"民国十七年（1928 年）本《荣县志》记载："荣隐先生，修道荣隐山，石室一所，不著时代。古有荣隐庵。"又："钓鱼台，县南十五里，荣隐公钓所。旧址称鱼矶垂钓。唐人篆'心月矶'三字，立矶上，后移县谯楼，今佚。近土人传对岸掘得一碑。荣隐公即陈抟。按，陈抟有《钓潭集》，而碑说则荒谬。"又："老君台，县西三十五里，旧志称�山夕照。世传荣隐公石室在焉。唐有修道观碑，山下铁厂铺，陈希夷书四字：生涯无极。"

这些记载，又牵出了另一个著名的得道真人陈希夷——陈抟老祖。据文献记载，陈抟（871—989 年），字图南，号扶摇子，普州崇龛（今四川省安岳县龙西）人。跨唐、五代、北宋时期，先后受到唐宋皇帝多次召见，赐号"白云先生""希夷先生"，著名的道家学者、养生家，尊奉黄老之学。五代时应考进士，名落孙山，遂隐居武当山九石岩。后返古蜀，游峨眉山讲学，号"峨眉真人"。后晋天福年间，同麻衣道者隐居华山云台观，常游历于华山、武当山之间。逝于华山张超谷，享年 118 岁。宋徽宗政和五年（1115 年），陈抟故里弟子——钦真观道士谢道缘，去华山探得陈抟老祖墓穴，秘密盗回老祖仙尸（木乃伊），安葬于普州城东南 1.5 千米之云居山。墓碑刻有"陈希夷先生"画像及《自赞铭》全文。今安岳有大量陈抟遗迹。

陈抟老祖遁迹山林，栖身于武当山、华山修道，又遍访名山江河，亦游于市井京都，遍察民生疾苦，始终怀抱天下大同的理想。然而观其生平，又不阿于权贵，虽然有君王递相邀请，先生始终抱卧高岭，其雄杰之典范，足以笑傲终南之遗风。

陈抟生活年代略晚于荣隐公，他前往峨眉山，途经荣县，对荣隐先生修行遗迹倾心向往。当他来到筠山，对荣隐先生的道行佩服无比，于是题下"生涯无极"四个大字，并刻石立碑在荣隐山下铁厂铺。当他循着荣德山的大名来到荣德山，只见一座数十丈高的石山拔地而起，既像天尊放在大地上的一个甑子，又像老君炼丹的丹炉。仰视老君山，有一条曲折通往山顶的石径耸入云端，山上云遮雾罩。登上山顶，山下层层梯田次第蔓延，远处崇山峻岭逶迤连绵。雨后天晴，登临此山，山下云雾氤氲，俨然仙山琼阁。陈抟老祖便在这里停留下来。

由于陈抟老祖的到来，远近道观的真人顿时云集而来，让这座荣德山热闹非凡。老祖一面布道传经，一面遍游荣山旭水，翠壁峰、钓鱼台、旭水河等灵山圣水都留下了他的足迹。

不知何年何月，老祖离开了荣德山，这里只留下了众多真人当年修炼的道场。荣德山也在老君山外多了一个名号——希夷山。

时至今日，在老君山的半山腰，石梯右方还有一石室，近二十平方米，乃古时道士修道之所，相传太上老君曾在此修炼。如今石刻皆已风化，依稀难辨。山顶旧有老君祠早已毁弃，现仅存一所简陋的三清圣殿，是本地郭姓居士近年来募修的。而那半山上佛道同龛的造像和三清殿内供奉的神像，无不体现道家兼容并蓄的胸怀。

老君山自唐宋以来就成为道家的修炼圣地。明嘉靖《四川总志·荣县》记载荣德山在“荣县东北四十二里，其高插天，一名老君山。山有仙人修道石室二十四所”。二十四所石室的道场，象征一年有二十四个节气。我们不妨想象一下，这二十四石室，能容纳多少慕名来此修真的道士，鼎盛时期的老君山道场是何等气派！

因为太上老君和陈抟老祖的传说，后人据此赋予了老君山、荣隐山、翠壁峰、钓鱼台等美丽的名称：荣德晴岚、�山夕照、翠碧凌霄、鱼矶垂钓。

1915年秋，赵熙与郭次纯、郭曼军、郭洄同游老君山。赵熙题壁：“一念前生堕世间，飘然人外御风还。秋来化鹤三千岁，独立荣州第一山。”用极大的想象力描述了太上老君得道成仙，化鹤归来，傲立老君山的情景。郭次纯的题诗：“万丈高处蹋秋晴，沆瀣何年饮太清。笑劝希夷一杯酒，天风吹下步虚声。”

赵熙还在《烛影摇红·翠笔山》中有“白云深、希夷睡醒。鱼边集客，猿外摩天，一丝岩径”(《赵熙集》按语：出荣县北城，经蓝桥坝到翠笔山，山上传有陈抟遗迹)，在《齐天乐·荣德山》中有“州以山名，砦犹宋建，老去希夷安往”(《赵熙集》按语：荣为山县，山凡两大干，其北曰铁山，荣德山系其支脉。唐武德元年置州，以山为名。山上有老君祠、唐刺史薛高邱摩崖、陈抟石室、龙池)等让人浮想联翩的优美诗句。

(钟学惠)

道教在荣县兴盛于唐

道教在中国古代鬼神崇拜观念上，以黄、老道家思想为理论根据，承袭战国以来的神仙方术演化形成。它是一个崇拜诸多神明的多神教原生宗教形式，主要宗旨是追求长生不死、得道成仙、济世救人。老子是春秋时期的思想家，他开创了道家学派。东汉顺帝时（126—144年），张陵于蜀郡鹤鸣山（今四川大邑县境内）创立了五斗米道。它奉老子为教主，称之为“太上老君”，以老子《五千文》（即《道德经》）为主要经典。还把儒家的敬天与百姓法祖总结汇集，并加入其他诸子的思想，从而成为一个崭新的宗教，名曰道教。

张陵，道号张道陵，道徒尊其为“张天师”。他和道徒、民众一起，在蜀中开山修路，打井造林，发展生产。再加上他精通医道、气功，为人治病颇有成效，深受民众的拥护，“百姓然奉事之以为师，弟子户至数万”。张陵把民众组织起来，划分为二十四个教区，即“二十四治”。经过张陵祖孙三代的传教，特别是在其孙张鲁的努力下，道教在川北、川东、汉中有了很大的发展，并建立了政教合一的汉中政权。

道教最兴盛的是唐代。唐室自认老子为祖先。唐太宗、高宗皆推崇道教，玄宗、武宗亲受法箓，自称道门弟子，成了道士皇帝。流风所被，朝官贺知章弃官入道，诗人李白学道岷山，杨贵妃亦入道籍，号曰“太真”。学道求仙，已成为当时的一种社会思潮。荣县的荣德山，相传唐末五代道士陈抟老祖曾在此修真，故老君山又名“希夷山”，使荣县成为川南地区道教繁盛之地。

荣县道教的宗教活动甚多，常见的法事活动主要有：

敬天。中国古代流行自然崇拜，之后发展为对最高神“天”的崇拜。在古人那里，“天”有意识地化生了万物和人，为宇宙万物的主宰者。人与天有一种感应关系，天注视着人的一言一行，人积善，天降吉祥；人积不善，天降灾殃。人们遇事要由巫祝通过卜筮、祭祀向“天”请示或祈福。

祭祖。中国古代流行祖先崇拜，这种崇拜又和鬼神崇拜结合在一起，形成一整套祭祖拜神的宗教礼仪。先民对祖先的崇拜，是为了求得祖先的护佑，祈福免祸，泽及子孙。在此基础上，发展演变为后世儒家的“三纲五常”之说，其最基本的核心就是孝敬祖宗，并规定了相应的祭祖仪式。儒家的“三纲五常”、伦理道德及祭祖仪式为道教所接受，而且将其和道教的神仙长生教义结合起来。凡人欲求长生成仙，必先孝敬祖宗，否则一无所成。道教还主张人有义务多做功德，以便解脱祖先，超升神仙世界。

祭神。中华先民依靠祭祀等古代宗教礼仪为沟通鬼神的工具。祭祀时，巫以歌舞降神，将鬼神的意旨传达于人；祝以言辞悦神，将人的愿望向鬼神祈祷。周朝时王公百姓都信仰多神。《周礼》说：“大宗伯之职，掌建邦之天神、人鬼、地祇之礼。”后世道教做法事，如建醮坛、设斋供，即等于古人祭祀之礼；唱赞词、诵宝诰，即含有言辞悦神之意；上表章、读疏文，即如古代巫祝的祈祷申诉。道教所供奉的诸神具有民族性和历史性，大多已列入国家祀典，并为全社会普遍信仰。

宫观，道教祀神和做法事的处所，称作道宫或道观，还有庙、院、殿、祠、堂、坛、馆、庵、阁、洞、府等称谓。道教宫观的建筑形式和布局与佛教寺院的建筑大体相仿，也采用中轴线院落式布局，只是殿堂的名称与所供奉的神像不同而已。道观从山门开始，先后依次排列着龙虎殿或灵宫殿、三清殿或玉皇殿、四御殿、纯阳殿、重阳殿或老君堂。佛教的“藏经阁”，道教称“三清阁”。道教中的全真派“方丈”、正一派“住持”是道教宫观执事的最高教职称谓。

荣县自古道教盛行，较大的道观有唐代修建的老君台（今铁厂镇内），宋代修建的玉皇观（旧址在今县中医院），明代修建的真武庙（今五通乡境内）、云台观（今新桥乡境内），清代修建的纯阳阁（即县西郊望景楼），还有台观乡境内的金凤山（庙）等，均有庙产，香火旺盛。道士设坛扶乩、诵经礼斗、书符画水，为人们消灾治病，指导人们祭祀练功等活动。以上宫观现多已不复存在，尚有遗迹可陈者仅老君山的希夷观、墨林乡的吕仙岩、真武山的醒悟寺等。

希夷观，为唐末道士陈抟（即陈抟老祖），于后晋天福中（936—944 年）来四川荣德山隐居炼丹修道时所建。县西荣隐山下铁厂乡曾有他亲题“生涯无极”石刻。据南宋《舆地纪胜》记载：“荣德山，其高擂天，资（州）、昌（州）、富顺皆见之。一名龙仙，一名老君……其山在川谷之中，独拔五百余丈，中有希夷观、老君祠，刻石为像。有小路至山顶，以木为梯。《图经》云：‘其西南至穴直上，径阔五尺，清风紫气，自穴出入。’又有仙人修道石室二十四所。石上有仙人迹，半山存唐刺史罗高邱立摩崖碑。”

从这段记载可知，荣德山在唐宋时已成为道家的修炼之地，是荣县历史上重要的道教场所。今山麓西南至山顶的崖壁上刻有四则题诗、四幅唐代道教造像、三通摩崖碑和二则题字。一条人工开凿的石梯直通山顶。山顶有老君庙，正殿叫“三清圣殿”。老君像脚踏荣县、威远两界，为唐朝石刻，堪称荣县、威远两县共同拥有的瑰宝。

醒悟寺，位于荣县长山镇得胜村 8 组境内的真武山，因山上供奉有道教真武祖师神像而得名。山虽只有数十米高，方圆也不过数十亩，然而因坐落在地势开阔的五通坝上，所以显出几分巍然。山上建宫庙始于清朝初年，是佛道合一的宗教场所。其间因种种原因，宫庙 8 次被毁，又 8 次重建，现定名为“醒悟寺”。沿阶梯上山，最先来到的是龙王殿，殿内 9 条飞龙沿崖壁雕刻，形态各异，栩栩如生。让人称奇的是龙王殿虽地处半山上，然这里却有一股潜水从龙口源源流出，香客们称之为“圣水”，以为饮之能消灾得福。出龙王殿后，沿依山而建的台阶而上，便来到观音殿，殿内正中供奉的是千手千眼观音圣像，面容慈祥，千手呈半圆形散开，每只手正中嵌有一只眼；殿两边供奉的是普贤和文殊菩萨。出观音殿后，再往上便来到位于山顶的总持殿，这里是全寺的中心。殿内正中供奉的是塑着金身的准提观音佛像，左耳房内供奉的是玉帝和王母像，右耳房内供奉的是真武祖师和关公像，整个大殿气势雄伟，做工精美。只见香客们两手合十，双目微闭，顶礼膜拜。整个殿内钟声不绝，香火极盛。每逢阴历初一、十五及二月十九、六月十九、九月十九等时日，来山朝拜的香客极多，摩肩接踵，多达上千人。

吕仙岩，位于墨林乡吕仙村 6 组，其东北里许是荣德山。吕仙岩因传说吕洞宾来此修炼而得名，原有道家宫观，现已荡然无存。其崖东头称为观音岩的崖壁上有造像 4 龛，龛高 2 米左右，内造观音、大势至菩萨以及释迦和弥勒说法图。崖壁间有造像记，字迹大部漫灭，依稀可辨有“广德”字样。“广德”即唐代宗年号（763—764 年），龛内壁有宋绍兴年间（1131—1162 年）的装修记。可知该处造像建于中唐时期，南宋时曾装修。吕仙岩上，原有一个寨子，叫“集生砦”，据说可以和三多寨媲美。寨子始建于清咸丰十年（1860 年），占地约三十亩。寨子四周围墙矗立，用条石砌成，长约八里，高约两丈。东面为寨门，内外两层，有护卫把守。寨门外有壕沟，长三十多米，宽十多米，深约两米。壕沟上有吊桥，平时收起，有人进出时确认身份后方才放下，让其通行。寨门上有城堡，护卫日夜巡视。寨内建有道家的文昌宫，宫门有石狮镇守，宫内雕梁画柱，十分精美。另有颜氏武状元府第，门前石狮石鼓，甚是气派。寨子由李、颜、王三大家族共同修建，主要供自贡大盐商颜昌英后裔颜紫澜等人居住。现已基本毁损，只剩一阕寨墙。

道教中有一流派叫槐轩派，清末民初在荣县境内流行甚广。创始人是双流县的刘止唐，门徒称他为青阳祖师；二代传人是眉山县的刘宝诚，门徒称他为翌久祖师；三代传人就是颜紫澜，门徒称他为涤魔祖师。颜紫澜学问很好，善于讲经说教，影响及于邻近的威远、内江、富顺等地。三代传人过后，道统传给颜紫澜之子颜述槐，同时又传给荣县王端符、威远王绍先、内江郭孔嘉，这些人死后，就没有人宣教传道了。

（邓科）

天主教清嘉庆时始入荣县

天主教于唐代开始传入中国，被称为景教。它曾发展了少量信徒，修建过教堂，但很快就消失了，唯有西安出土的“大秦景教流行中国碑”存世。元朝时，天主教再次传入中国，当时信徒发展至数万人，在元大都也建有教会团体和教堂。元朝灭亡后，天主教再度消失。

明末，意大利人利玛窦来华传教。他采取尊重并吸取中国传统文化的新传教方法，得到中国皇帝和士大夫阶层的欢心。他还把介绍西方先进科技知识作为传教的辅助手段，终于使天主教在中国立住了脚。1840 年鸦片战争后，中国沦为半殖民地半封建的国家，传教士也陆续进入中国，到处设立教堂、修道院，兴办学校、医院、孤儿院，用各种方法传播和发展天主教。从 1840 年到 1949 年，经过一百多年的发展，天主教在中国已经有了约 300 万教徒。

清嘉庆或道光年间，有杨、文、戴三姓天主教徒从贵州千担沟迁居来荣县东川沟（今东兴乡）落户，至清宣统时已繁衍了八九代人，是荣县最早的天主教徒。清同治二年（1863 年）至八年（1869 年），自流井天主教会法籍神父杨树平到荣县发展教徒，并于清光绪五年（1879 年）在县城桂林街修建荣县天主堂，此后还在成佳、龙潭等 12 个乡镇建立了 12 个传教点。

天主教、东正教都脱胎于基督教，都以《圣经》为经典，信奉上帝耶和华。天主教的基本教义与基督教大体相同。简而言之，具体化为“十诫”和“十二信条”。十诫包括：不可信仰耶和华以外的神；不可制造偶像与拜偶像；不可妄称耶和华的名字；以主日为圣日，要敬拜上帝表示感谢之意；应孝敬父母；不可杀人；不可奸淫；不可偷盗；不可做假见证；不可贪恋他人财物。十二信条包括：信全能的天主第一位圣父创造天地万物；信天主第二位圣子耶稣基督乃我等主；信耶稣为拯救人类降世为人；信耶稣受难；信耶稣复活；信耶稣升天；信世界末日，耶稣重来审判万民；信天主第三位圣神启发人避恶从善；信教会的至圣至公和诸圣相通；信世人的罪恶能得到赦免；信世人死后肉身在世界末日时复活；信善人升天永生。

天主教信奉的是无影无形的上帝，在天主堂供奉耶稣背负十字架的雕像或画像外，还有圣母玛利亚及圣徒的画像，供人们瞻仰。而基督教堂一般在圣殿前方置备一醒目十字架而已。

天主教宗教仪式复杂，组织严密，有等级分明的教阶制度。天主教的神职人员是罗马教皇（红衣大主教）、大主教、主教和神父。神父是罗马天主教的宗教职位，千百年来只有男性才可担当此职位，而且他们终身不可结婚。协助神父祈祷和传教的是修女。天主教的教仪就是经常性的做弥撒和每年举行的四大瞻礼活动。弥撒亦称感恩祭，是圣教会祭献天主的大礼，也是圣教会最重要、举行最多的礼仪。其目的是成圣体圣血、祭献天主，向天主表示钦崇、感恩、祈求和赎罪。教会的主要信仰活动都围绕着弥撒而进行。

弥撒由主教或神父主持。一是圣洗（洗礼），即主礼人在受礼者额头上用水划“十”字，并呼受礼人名字，说：“我洗你，因父、及子、及圣神之名。阿门。”圣洗有洗去重生和洗去原罪之意，亦是加入教会的标志。二是坚振，是坚定教友信念的礼仪。主礼者在受礼人额头上敷以圣油并划“十”字，说：“我奉圣父、圣子、圣神之命，以圣膏油坚振你。”三是忏悔，这是所有信教者包括神职人员和一般信徒经常行的圣事，是一种赦罪仪式。向神父或主教坦陈告罪，表示忏悔，由神父或主教给予赦罪，并令其做一定的善功。四是领受圣体，即由主礼者将面饼和葡萄酒祝圣后即为耶稣的圣体和圣血分给忏悔者做圣餐，体现与圣子耶稣相结合，蒙受神恩护佑。五是终傅，由主教或神父为垂危的教友、教徒身上抹圣油，念经文要病人忏悔，使其灵魂得救。六是神品，也称圣品，即修道生升为神职人员的仪式，由主教左手按领受者之头，右手涂圣油于其手上。七是婚配，天主教所有神职人员是不结婚的，但神父可在教堂为教友主持结婚典礼。

此外天主教每年要举行耶稣复活节、圣神降临节、圣母升天节和耶稣圣诞节四大瞻礼活动。复活节是每年春分后第一次月圆后的第一个星期天，耶稣复活是基督信仰的核心。圣神降临节在复活节后第五十天，圣神降临节是教会建立的开始。圣母蒙召升天节是每年公历 8 月 15 日，纪念耶稣之母玛利亚在结束了尘世的旅程之后，她的身体就被天主提升，进入到天堂的永远境界。圣诞节是教会年历的一个传统节日，是庆祝耶稣基督诞生的纪念日。教堂会在每年 12 月 24 日的平安夜举行弥撒，然后在 25 日祝圣诞节。在许多国家，圣诞节也是一个家庭团聚和喜庆的日子。

天主教堂，通称天主堂，是天主教协会办公和教徒主要活动的场所。世界著名的天主教堂有罗马梵蒂冈的圣彼得大教堂，是欧洲天主教徒的朝圣地，是全世界第一大教堂；德国科隆市的标志性建筑科隆大教堂，它的高度居世界教堂的第三；法国巴黎圣母院大教堂，也是天主教巴黎总教区的主教座堂。

清光绪五年（1879 年），荣县天主堂建立，地点在县城桂林街。有神父主持教务活动，建有经堂、神父客厅、卧室、男女生院、学生讲堂，还有食堂、花园等，占地上千平方米。天主教堂中，除中间有耶稣基督的十字架受苦像外，两边有时还会有圣母玛利亚、大圣若瑟等圣人圣女们的圣像。而基督教堂里一般只有一个红十字架，内部设施也比较简单。荣县天主堂还在河口乡设有分教堂，分堂有教徒 400 多人。民国三十二年（1943 年），唐正勋主教在该堂做弥撒，临近的乐德、五宝、古佳等地一千多名教徒前来参加，盛况空前。除此之外，先后在成佳、龙潭、新桥、永佳、古佳、长山、铁厂、东兴、双石、乐德等乡镇建立了 12 个传教点，神父定期去主持宗教活动。

1902 年，荣县义和团受金堂县群众攻打教堂的影响，高举义旗，一举捣毁了天竺桥教堂，打死传教士和教民 10 人。1928 年，荣县教师马介民带领部分青年学生，打毁桂林街天主堂，遭到县团练局武装镇压，学生十多人受伤，马介民被捕监禁。荣县天主教（堂）经费由宜宾天主教区拨发。第二次世界大战后，因经费困难停拨。1942 年，黄希濂任县长时县城街道统一改造，讲习所房屋改为民房出租。

荣县天主教历任神父有法国夏、陆二神父，之后有法籍神父李克周，中籍神父周作纯、余若望、李直洲、王志渔、成竹、吴左明、黄志成。修女有严旭辉等。最后一任是法籍神父谢升贤。1949年，神父、修女撤离，停止活动。

荣县天主教爱国会负责人获国家宗教局“首届全国创建和谐寺观教堂先进个人”称号，现为全国天主教平教徒委员会委员。

（邓科）

荣县基督教始于清末

基督教在尚未分裂前曾两次传入中国。唐太宗时期传入长安，太宗命立波斯寺（复改为大秦寺），定名为景教。大约在 8 世纪，景教传入四川，在成都西门石笋街建大秦寺。元朝建立后，基督教再次传入中国，但元朝灭亡后，基督教亦迅速消失。

基督教后又于 1876 年传入四川，先后有英、美、加、德、澳、挪等国基督教 30 多个差会。迄 1900 年，先后进入四川的传教士和医生有 254 人，多数来自英国、美国和加拿大。1906 年，四川各教差联合成立华西基督教教育协会。1910 年，美以美会、英美会、公谊会联合创办华西协和大学。1901—1935 年，入川基督教传教士多达 1000 余人，约占入川传教士总数的 56.5%。到 1920 年，各差会在四川 51 个城镇开辟了 76 个总堂，其数量之多仅次于广东、江苏二省。1920 年，四川已有礼拜堂 369 个，有教徒 12 954 人，在四川各地教会工作的外国人有 543 人，其中牧师 91 人；中国传教士 490 人，其中牧师 35 人，传道员 455 人。

清光绪二十九年（1903 年），由加拿大基督教英美会乐山教区，派加拿大籍牧师王雨春夫妇来到荣县。他们租得县城西街“仕盛园”对面的 12 间店房，改修为“城中福音讲堂”，开始了在荣县的传教活动。宣统三年（1911 年）辛亥革命时，来传教的加拿大人逃离荣县。民国元年（1912 年），他们卷土重来，在县城东门、北街和成佳、五宝、长山、李子等场镇建教堂和外国传教士住宅，均派有牧师或布道员进行传教布道活动。

民国五年（1916 年）至二十一年（1932 年），加拿大人石玉光等 11 名传教士先后来荣县传教，广泛发展教徒。民国时期，教会先后在县城创办修建仁济医院、仁济护士学校、幼稚园、华英小学、华英女子职业学校、华英中学等，并在双石、张家、李子等地修建教会学校，规定学生进行祈祷、读《圣经》、做礼拜等活动。至民国三十一年（1942 年），城乡已建教堂 18 所。民国十七年（1928 年），县内爱国人士痛恨帝国主义借传教侵略中国，组织“非基督教反帝大同盟”，于圣诞节在县城游行示威，教会学校取消学生做礼拜、读《圣经》的规定。

民国三十八年（1949 年），外国传教士相继离县，由华人周士怡任教区会长。教会有布道员 8 人，福音堂负责人 7 人，教徒 293 人。

王雨春夫妇来荣县后，修了城中福音堂和城东福音堂，开始传教布道。1906 年，又在城北门清富山租得一块地皮，修建礼拜堂（今北门福音堂）。经过一年多时间，修成一座可容一百多人参加活动的教堂。入口处建有钟楼一座，教堂后面建有一楼一底中式砖木结构住房 20 余间，为传道人员生活用房。此后，加籍牧师王雨春驻北门福音堂传教布道，并担任基督教荣县教区区长，一直到 1932 年为止。同期，北门福音堂还有个加籍牧师叫石玉光，以及两个加籍女传教士任曙光和赫玉光。接手王雨春北门福音堂的是中国牧师卓学之，直到 1936 年移交给中国牧师周仕怡。周同时还兼任荣县教区区长，直到 1949 年底结束。

1916 年后，教会活动深入场镇，并建立教堂，计有双石桥、汪家滩、高山铺、杨家场、长山桥、铁厂铺、李家堰等 8 处建了福音堂，在过水坳、李子桥、高石梯各建有一座布道所。1949 年底，全县尚有 7 座福音堂和 2 处布道所。

（邓科）

伊斯兰教清雍正时传入荣县

伊斯兰教是世界性的宗教之一，与佛教、基督教并称为世界三大宗教。它于7世纪初兴起于阿拉伯半岛，是由伊斯兰教的先知穆罕默德所创立。伊斯兰教在世界上有10亿多信徒，他们大多分布在阿拉伯国家，以及中非、北非、中亚、西亚、东南亚、中国、印度和巴基斯坦等国家和地区。

7世纪初的阿拉伯半岛，社会处于大变动时期，四方割据，战乱频繁，内忧外患，危机重重，在宗教信仰上是多神论，各个部落都有自己的神，互不买账。因此，实现半岛的和平统一和社会安宁成了众心所望。这时先知穆罕默德出现了，他以“安拉是唯一的真神”为口号，提出“施舍济贫”“和平安宁”等主张，获得各个部落支持，都统一在伊斯兰教旗下。伊斯兰教认为除了安拉再没有神，反对信多神、拜偶像。伊斯兰，是阿拉伯语的音译，本意为“顺从”。顺从安拉旨意的人，即“顺从者”，阿拉伯语叫“穆斯林”，是伊斯兰教徒的通称。在中国，穆斯林也称安拉为“胡大”或“真主”。穆斯林都相信穆罕默德是“先知”，是“安拉的使者”，是奉安拉之命向人类传布伊斯兰教的。

穆罕默德建立了伊斯兰教之后，又建立了穆斯林军队，并打下了周边国家，成为地跨欧、非、亚的大帝国。在亚非50多个伊斯兰国家中，穆斯林均占各国总人口的大多数。在30多个国家中，伊斯兰教被定为国教。尽管穆斯林们分布于世界各地，国籍、民族、肤色和语言各不相同，却共同恪守着那古老而纯洁的教义：宇宙间只有一个主宰——安拉。并且依照各自的理解，遵循着《古兰经》的教义。伊斯兰教作为一种宗教信仰、意识形态和文化体系，传到世界各地后，与当地传统文化相互影响和融合，在不同的历史条件下，对许多国家和民族的社会发展、政治结构、经济形态、文化风尚、伦理道德、生活方式等都产生了不同程度的影响。

我国的伊斯兰教一般认为是在公元651年（唐朝永徽二年）从阿拉伯传入我国的泉州、广州等地。当时主要是一些阿拉伯商人、士兵和阿訇。据《闽书》记载："（穆罕默德）有门徒大贤四人，唐武德中来朝，遂传教中国。一贤传教广州，二贤传教扬州，三贤、四贤传教泉州。"

伊斯兰教分逊尼派和什叶派两大教派，我国主要是逊尼派。在我国的回族、维吾尔族、塔塔尔族、柯尔克孜族、哈萨克族、乌孜别克族、塔吉克族、东乡族、撒拉族、保安族等民族中，大多数信仰伊斯兰教，在其他的汉、满、蒙、藏、傣等民族中也有信仰者。我国穆斯林大多数聚居在宁夏回族自治区、甘肃、青海、河南、云南、新疆维吾尔自治区等省和自治区，其他各省、自治区、直辖市也有分布。

唐末五代时期，四川已有穆斯林居住。10世纪初，伊斯兰教大规模传入四川。明清时期，四川伊斯兰教逐步发展，清代是四川伊斯兰教的兴盛时期。

清雍正十一年（1733年）左右，隆昌县殷家坝回民迁到荣县瓦滓乡寨子山定居落户，成为最早把伊斯兰教传入荣县的人，至今已有200多年历史。清乾隆三十年（1765年），隆昌县殷家坝又一支回民迁到荣县墨林乡定居。清乾隆末年，仁寿县部分回民迁到荣县留佳乡居住。以后随着荣县工商业的发展，来荣县经商的回民也逐渐增多。之后这三个乡都陆续建了伊斯兰教的寺院——清真寺。

伊斯兰教教法严密，回民信仰虔诚。荣县的回民全部信奉伊斯兰教，他们参加宗教节日活动，婚丧都按宗教仪式举行，新生儿请阿訇取名，遵守穆斯林的生活习俗，等等。

伊斯兰教主要节日有：一、开斋节，伊斯兰教规定，教历太阴年9月为斋月，10月1日开斋。斋月开始与结束，都是以看见新月为准。斋月期间封斋的人，每天日出后到日落前不吃不喝，实行斋戒。到了望见新月时就是开斋之日。每逢此日，午前穆斯林沐浴盛装，举行会礼，相互祝贺，回族人民大都相互赠送"油香"（一种用面作的油炸食物），俗称"大开斋"。二、古尔邦节，从"开斋节"向后推七十天为“宰牲节”。回族人民称为“古尔邦节”。“古尔邦”是阿拉伯语的音译，意为“献牲”。古尔邦节是根据古代阿拉伯地区的宗教传说演变而来的，也是朝觐者在麦加活动的最后一天。相传“先知”伊卜拉欣，在一个晚上梦见“安拉”命他将自己的儿子伊斯玛仪献祭，以考验他对安拉的忠诚。当伊卜拉欣遵命执行时，安拉又命以羊代替。后来阿拉伯人就每年在此日宰牲献祭。伊斯兰教继承了这一习俗，规定伊斯兰教历太阴年 12 月 10 日为古尔邦节。每逢此日，穆斯林沐浴盛装，举行会礼。有经济能力的穆斯林要宰牛羊待客或馈赠阿訇、亲友和贫民。三、圣纪，伊斯兰教创始人穆罕默德的诞生日（伊斯兰教历太阴年 3 月 12 日）。这一天，穆斯林要集会诵经赞圣，讲述穆罕默德事迹并聚餐。相传这天也是穆罕默德的逝世日，故又称此日为“圣忌”。中国穆斯林习惯将“圣纪”和“圣忌”合并纪念。

清真寺，也称礼拜寺、礼拜堂，是伊斯兰教穆斯林礼拜的地方。清真寺是伊斯兰教建筑群体的型制之一，是穆斯林举行礼拜、宗教功课、宗教教育和宣教等活动的中心场所。《古兰经》云：“一切清真寺，都是真主的，故你们应当祈祷真主，不要祈祷任何物。”中国唐宋时期称为“堂”“礼堂”“礼拜堂”；元代以后称“寺”“礼拜寺”；明代把伊斯兰教称为“清真教”，遂将“礼堂”等改称“清真寺”，沿用至今。

瓦滓乡清真寺建于清咸丰二年（1852 年），位于瓦滓乡六村 1 组，小地名寨子山。该寺坐东向西，砖木结构，建筑面积 250 平方米，由大殿、小桥子、宿舍、厕所、天井等组成。清真寺有田 1.5 亩，土 2 亩，坟山 12 亩。1942 年以前的阿訇名叫苏子钱，1942 年以后的阿訇是蔡仲康和马昌林。墨林乡清真寺地处墨林油坊坳，修建于清同治年间，土木结构，建筑面积 155 平方米。有田土、坟山、荒山若干。墨林清真寺阿訇青海人希尼玛从 1926 年一直任到 1949 年，是荣县在任时间最长的阿訇。留佳清真寺位于留佳镇，建于清光绪元年（1875 年），砖木结构，建筑面积 402 平方米，有田地、坟山若干。留佳清真寺有个阿訇叫马道龙，1920 到 1928 年间在任。抗日战争时期，全国各地成立“回民抗日救国协会”，后改为“回教协会”，荣县成立“回教支会”，总干事马至上。

（邓科）

后 记

本书为“千年古县　荣县记忆”系列丛书之《往事钩沉》，余仕清任主编，李晓明任副主编。

2017 年 5 月，县政协确定“千年古县　荣县记忆”系列丛书方案后，在县内外邀请了一批作者为本书撰稿，同时通过各种媒体面向县内外征稿。共收稿 150 余篇，60 余万字。在此收稿中优中选优，确保了本书质量。

以下就本书收稿、编排、审改中的有关事项，做三点说明。

1. 选材。本书收到稿件 150 余篇，现收录 52 篇，15 万余字，其中在《自贡市文史资料选辑》、《荣县文史资料选辑》、《中共荣县县委党史资料汇编》（第一辑）中选了 21 篇进行修改、整理后予以收录。选稿力求突出荣县地方特色，再现荣县历史事件，尽可能短小精悍，以小见大，讲述荣县史事。

2. 结构。本书所用稿件均为独立成篇，分为五个篇章，即“沿革·传说”“史事·人物”“文化·教育”“革命·斗争”“宗教·信仰”。每个篇章，原则上按事件发生的时间先后排序，个别有所调整。

3. 风格。本书总体上以史实记录为主，因作者阅历、写作功底不一，难以达到完全一致。为此，对个别作者和稿件进行了大幅度修改和删减。

本书在编辑过程中得到了县政协及县政协专委会领导的大力支持，得到了相关单位、部门及文化同仁的鼎力相助，在此深表谢意！

由于编者视野、水平有限，书中错漏在所难免，诚望专家、学者、读者批评赐正。

《往事钩沉》编写组

2019年12月

千年古县 荣县记忆

②

乡贤名士

中国人民政治协商会议四川省荣县委员会 编

罗秀能 主编

李晓明 副主编

西南交通大学出版社

·成 都·

图书在版编目（CIP）数据

乡贤名士 / 中国人民政治协商会议四川省荣县委员会编. —成都：西南交通大学出版社，2020.1
（千年古县　荣县记忆：全 6 册；2）
ISBN 978-7-5643-7352-8

Ⅰ. ①乡… Ⅱ. ①中… Ⅲ. ①名人－介绍－荣县
Ⅳ. ①K820.871.4

中国版本图书馆 CIP 数据核字（2020）第 011729 号

目录 CONTENTS

第一篇　序　篇

第二篇　历代荣王

第三篇　历代名吏

第四篇　名人乡贤

第五篇　烈女侠士

第六篇　革命人物

第一篇 序篇

青阳玄嚣

玄嚣，即少昊，号青阳，在蜀地江水之域建青阳国（岷江与沱江之间的古荣州千里之地）。黄帝之长子，其母嫘祖，是远古时羲和部落的后裔，华夏部落联盟的首领，同时也是东夷族的首领。生于江水（今四川绵阳地区），其弟昌意生于若水（今四川雅安地区）。被后人尊为帝，列入“五帝”系统，为中华共祖之一。

少年玄嚣在江水之域建青阳国，成立黄帝五部之一的鹰部，为黄帝征战九夷打败蚩尤立下赫赫战功！玄嚣是最早记录在史书上的荣州历史人物，至今青阳洞和玄嚣崖还在默默向人们述说着远古的历史。

据清末翰林赵熙考证：荣县地处二水之间，就是玄嚣降居之地。今县东高山铺境内的荣梨山的玄嚣岩和今县城西南 0.5 千米金壁崖南端山湾里的青阳洞，据说就是青阳玄嚣曾经居住过的地方。

上古莽荒时代，荣地境内大小山岗森林茂密，遍地野兽出没，特别是老虎常常从山林里出来伤害黎民百姓。玄嚣决定消灭下山的老虎，为百姓除害。有一回，他追赶一只吊睛白额老虎，追了很久，不知不觉追到现今县城所在地东南边这座山上，最后终于将老虎射死。此时他自己也累得满头大汗，想找一个地方歇歇气，凉快凉快。忽然看见半山腰有一处平台，就到平台上一边歇凉，一边欣赏盆地近处和远处的山光水色，很快便喜欢上这个地方。此后一有闲暇，玄嚣就来这里游赏。后来人们便将平台称为“玄嚣台”。为了方便常来这里游赏，玄器便从荣梨山来到离平台不远的金壁崖南端的天然洞穴居住下来。后来人们又将洞穴称为“青阳洞”。

魏晋交替之际，有一位饱读经史、博学多识、誉满京华的学者孙登，因为不满司马氏集团对与曹魏有关系的名士大开杀戒，愤然辞官，到益州隐居。据传他在益州隐居时，常常登临荣地玄嚣台长啸。人们每每见他身穿茅草编织的衣裳，长发覆身，在玄嚣台上迎风长啸。啸毕，或手捧经、史逐字苦读，或手舞足蹈吟诗作赋，或摇头挥臂抚琴自乐。孙登死后，景仰他看破名利、不恋官场风节的人，请石匠在玄嚣台岩壁上刻“啸隐”二字，以此表达对他的崇敬。据史籍记载：“北宋称此为‘孙登啸台’”后来，南宋历史学家、荣州刺史李焘又在玄嚣台崖壁上刻“啸台”二字。人们便将“玄嚣台”改称“啸台”。

玄嚣立青阳国，给荣州大地留下了开天辟地以来的传承，饮食文化中“辛香”是青阳的爱好，至今荣县人的饮食中依然少不了“辛香”；玄嚣谋求帝位开创了荣州“隐士”文化，陆游诗中“闭合扫地焚清香，老人处处是道场”正是对隐德的描写。玄嚣创鹰部征战天下而不居功的遗德被荣州人继承，影响了后世和义生僚，抗金抗元，辛亥首义。

（李晓明）

荣隐公

据传，荣隐公即陈抟，李畋《该闻录》、李石《续博物志》都称荣隐公是得道成仙的七个人之一。荣隐外，尔朱先生、朱真人桃稚、神和子屈突无为、海蟾子刘昭远、火井县许山人、汉杜光庭也。荣县与荣隐公相关的遗迹和地名甚多，据说当年荣隐公曾隐居于荣县铁厂镇的“荣隐山”，而荣县十二景之一的“鱼矶垂钓”相传是陈抟钓鱼的地方，这里有块大石头刻有一位垂钓老头的肖像，据说此人就是荣隐公陈传。

陈抟，字图南。据传他四五岁时，在涡水岸边游戏玩要，而涡水传说是道家的发祥地，有青衣老妇给他哺乳，从这以后陈抟日益聪明颖悟。长大后，他读经史百家，一见成诵，过目不忘，以诗著名。五代后唐长兴年中（931 年），赴试进士落第。从此不求俸禄官职，以山水为乐。

后周皇帝周世宗喜好道士烧炼丹药点化金银的法术，有人把陈抟的名上奏朝廷。后周显德三年（956 年），周世宗命令华州把陈抟送到朝廷，留陈抟在皇宫中居住了一个多月，向陈抟询问点化金银的法术。陈抟回答说：“陛下为四海之主，应当以致力治国为念，怎么留意黄白方术这样的事情呢？”周世宗不责怪他，任命他为谏议大夫，陈抟坚决辞谢接受这一职务。周世宗已经知道陈抟没有其他方术，就放他回到原来居住的地方，诏令该州长官逢年过节慰问陈抟。

后周显德五年（958 年），成州刺史朱宪向皇帝辞别赴任时，周世宗命令他带五十匹帛、三十斤茶叶赐给陈抟。

北宋太平兴国二年（977 年），陈抟来宋朝进觐，太宗对待他很优厚。太平兴国九年（984 年），陈抟再次来朝觐，太宗更加以厚礼对待他，并对宰相宋琪等人说："陈抟独善其身，不为势态利益所干扰，才是真正的方外之士啊。陈抟隐居已经四十多年，估计年龄将近一百岁了。陈抟自己说他经历五代离乱之世，庆幸现在天下太平，所以来朝廷进觐我，与他交谈，听听他说的是值得的。"于是派中使送陈抟到中书省。宋琪等人从从容容询问陈抟说："先生得到的玄默修养的方法，可以传授别人吗？"陈抟回答说："我是一个山野隐士，对当下的世道没有什么用处，我也不知道神仙炼丹化成金银之事、吐纳养生之理，无此类方术可以传授。假使能让白日冲天，对当今世道又有什么好处呢？现在圣上龙颜秀异，有天人一样的外表，博古通今，深究治乱，真是有道德仁义圣明的君主。现在正是君臣上下同心同德，兴起改革以使天下太平的时候，勤行修炼的功劳也不及此。"宋琪等人称好，把陈抟的话告诉皇上，皇上对陈抟更加器重。

北宋雍熙元年（984 年），宋太宗再次召见陈抟，并下诏赐号希夷先生，赐给一套紫衣，挽留他住在朝宫，命令官吏扩增修葺他所居住的云台观。太宗多次与陈抟和唱诗赋，几个月后放他回山。北宋端拱初年（988 年），陈抟仙逝，享年 118 岁。

（李国权　罗秀能）

第二篇 历代荣王

历代荣王

《蜀中广记》载："志云：城西清富山有古荣王府，按周荣公封国之后，唐宪宗封其子帻、宋真宗封子德雍、孝宗封子光宗、宁宗封子曮，俱曰荣王，县旧有绫锦村、杏春村皆宋藩封故迹也。"

"荣"名字的由来源于西周时"荣公封国"，历史上直接分封荣的"荣王"和"荣国公"至少有 10 多位，他们食禄为荣，甚至有些封地荣，这些"荣王"历史资料详略不一，故以下介绍篇幅长短有异。

一、荣公

公元前 1046 年，牧野之战，周武王姬发带领周与各诸侯联军消灭了商朝，建立起西周王朝。周公旦、召公奭、太公望、毕公、荣公、太颠、闳夭、散宜生、南宫适及文母名列佐武王十大功臣，荣公为十臣之一。周武王得天下后，为了巩固全国政权，对开国元老实行大分封，吕尚封于齐、公旦封于鲁、召公奭封于燕。据说，周初约分封了 71 个诸侯国，其中兄弟之国 15 个，同姓之国 40 余个。相传荣公封于荣地，但是当时未有荣公分封的记载，唯有其封地人们代代相传。

明代《蜀中广记》始有记载，云："荣县，周十乱荣公之采地，其后夷公之墓在焉"。《论语》注中记载："荣公为武王十乱之一。"

《国语·晋语》中也记载："文王诹于蔡原，访于辛尹，重之以周，召毕、荣。"荣公在周武王姬发执政时期已称周荣公，封于荣国。周荣公与周武王同辈，是周文王姬昌之庶子，与召公奭地位相当，名次爵位仅在四大顾命贤臣之一的毕公之下，是周初佐周武王治天下之重臣。在周成王姬诵执政时期有卿大夫荣伯，这人是周荣公之嫡后。这在《史记》中也有记载："成王既伐东夷，息慎来贺，王赐荣伯作《贿息慎之命》。"在出土的西周中期青铜器皿师永盂中，也镌刻有"荣伯参与周王赏赐田"之事的记载。为此马融注："荣伯，周同姓畿内诸侯，为卿大夫。"孔安国则书序注："荣，国名同姓。"现在荣县界内，荣姓是一个大姓。

二、荣夷公

清乾隆《荣县志》云："荣地……后周佐武王有天下，名在十臣列……公名不载经传，相传公盛德留周，此其封国。厉王时其裔荣夷公，入为卿士。"

荣夷公是荣公的后裔，西周时期荣国的第六任国君。他在周厉王三十年（前9世纪）以后得到厉王宠信，被任命为卿士。荣夷公建议周厉王对山林川泽的物产实行"专利"，由天子直接控制，不准平民（国人）进山林川泽滥砍滥伐。厉王听了很中意，在全国范围内推行了"专利"政策。原本这条国策对环境和资源保护有积极意义，但由于执行过程中太过严苛，以致断了部分百姓的生路，造成广大人民的强烈不满，朝野上下，杀机四伏，人人自危，民怨沸腾。厉王又派了一个佞臣卫巫监视百姓，将许多不满"专利"的平民捕来杀死。后来连不少没有发过怨言的平民也被杀死。厉王的高压政策，使得亲友熟人在路上遇到了都不敢互相招呼，只能看上一眼，使都城变得死气沉沉。

用今天的眼光客观评价荣夷公，其封山育林、保护河川的建议是很有前瞻性的。至于朝廷在施政过程中为何失控，这或许与荣夷公的初衷相悖。嘉庆《荣县志》载："荣夷公墓，县南十里。"说明到清代嘉庆年间荣夷公之墓尚在，只是至今已无存。

三、荣国公高满政（唐代）

高满政，隋朝将领，马邑镇将，后从刘武周。

刘武周死后，突厥任命苑君璋为大行台，统帅其余众，并令突厥将领郁射设督兵助镇。苑君璋与高满政进攻代州（今山西代县），被唐军打败。唐高祖遣使劝他归附唐朝，但苑君璋拒绝，并再次进犯代州，仍被打败。高满政主张“尽杀突厥以归唐朝”，苑君璋不从。唐高祖武德六年（623年），高满政顺应人心，杀死守卫在马邑的突厥兵，并逼苑君璋归唐，苑君璋在内外叛离、置身无所的情势下亡奔突厥。高满政以朔州城投降唐朝，被唐任命为朔州总管，同年被封为荣国公。

后苑君璋联合突厥进攻马邑，被高满政打败。农历七月，颉利带兵攻打朔州，被唐军大败于腊河谷（今朔县北）。农历十月，颉利大举进攻马邑，唐将李高迁临阵脱逃，高满政被围困在马邑城内。后来，都虞侯杜士远杀死高满政，开城向突厥投降。（高满政之后第四位受封的“荣王谘议参军”是“李承突”，章怀太子之孙。李承烟是李承突弟，均为荣王谘议参军。因资料缺失，无法进一步考证。）

四、荣王李琬（唐代）

靖恭太子李琬（？—755），原名李嗣玄。唐玄宗李隆基第六子，母为刘华妃。开元二年三月，封为甄王。十二年三月，改名滉，封为荣王。

十五年，授京兆牧，又遥领陇右节度大使。二十三年，加开府仪同三司，余如故。二十五年，改名琬。天宝元年六月，授单于大都护。十四年十一月，安禄山反于范阳，当月下制以琬为征讨元帅，高仙芝为副，令高仙芝征河、陇兵募屯于陕郡以御之。数日，琬薨。琬素有雅称，风格秀整，时士庶冀琬有所成功，忽然殂谢，远近咸失望焉。赠靖恭太子，葬于见子西原。琬诸子尤繁衍，男女五十八人。

甲申，以京兆牧、荣王琬为元帅，命高仙芝副之，于京城招募，号曰天武军，其众十万。丙戌，高仙芝等进军，上御勤政楼送之。十二月丙戌朔，禄山于灵昌郡渡河。辛卯，陷陈留郡，杀张介然。甲午，陷荥阳郡，杀太守崔无诐。丙申，封常清与贼战于成皋罂子谷，官军败绩，常清奔于陕郡。丁酉，禄山陷东京，杀留守李憕、中丞卢奕、判官蒋清。时高仙芝镇陕郡，弃城西保潼关。常山太守颜杲卿与长史袁履谦、贾深等杀贼将李钦凑，执贼将何千年、高邈送京师。辛丑，诏皇太子统兵东讨。以永王璘为山南节度使，以江陵长史源洧副之；颍王璬为剑南节度使，以蜀郡长史崔圆副之。二王不出阁。丙午，斩封常清、高仙芝于潼关，以哥舒翰为太子先锋兵马元帅，领河、陇兵募守潼关以拒之。辛亥，荣王琬薨，赠靖恭太子。

五、荣王李愦（唐代）

李愦（？—880），唐朝皇子，是唐宪宗李纯第二十子，生母不详。

咸通三年（862 年），李愦被侄子唐懿宗封为荣王。广明元年（880 年）八月十九日，授开府仪同三司，守司空。十月初九日，李忄责 去世。其子李令平嗣王。

《旧唐书·列传第一百》：荣王愦，咸通三年封，广明元年八月十九日，授开府仪同三司，守司空，其年十月九日薨。其子令平嗣王。

《新唐书·列传第七》：荣王愦，咸通三年始王。广明初，拜司空。子令平嗣王。

六、荣王王宗智（五代十国）

王宗智，926 年 5 月 2 日去世，又名王宗献，五代十国时期人物，前蜀高祖王建的第五子，陈妃所生。

王宗智家族显赫，却命运不济。武成三年（910 年），王宗辂（前蜀高祖王建第三子）被父亲封为雅王。前蜀后主乾德六年（924 年），王宗仁改封为韩王。次年，后唐庄宗李存勖派李继岌、郭崇韬率军灭前蜀。伶人景进向庄宗进言应剪除王衍，庄宗便杀害了王衍及其亲族。三月十八甲戌（926 年 5 月 2 日），王宗智、王宗辂、王宗纪、王宗泽、王宗鼎、王宗平、王宗特、王衍兄弟八人一起死在秦川驿，葬于长安县三赵村。

七、荣王赵元俨（宋代）

宋太宗赵恒的众多皇子当中，有一位赫赫有名的“八大王”，他威严刚正，无论是在朝廷还是民间，人们都知晓他的威名，他就是赵元俨（985—1044）。他在宋真宗第二年被封为“荣王”。

赵元俨是宋太宗的第八个儿子，由于他在天下威名远扬，百姓都叫他“八大王”。史书记载，赵元俨年少聪颖，太宗感到很惊喜，因此对这个儿子也更加宠爱。由于太宗不希望赵元俨过早参与政事，因此赵元俨一直到 20 岁时才被封王。

赵元俨平生爱好不多，唯独喜欢书画，喜好写诗词文章，尤其擅长二王（王羲之和王献之）的书法。赵元俨精通绘画，他所画的白鹤雪毛丹顶，颇有神韵。此外，赵元俨也曾自己雕刻十六罗汉，并令蜀人为之描染，形态逼真，无可企及。

宋真宗即位以后，加封赵元俨检校太保、左卫上将军，封他为曹国公。第二年，真宗又让赵元俨担任平海军节度使，封他为同中书门下平章事，加封检校太傅，还封他为广陵郡王。可以看出，真宗对自己这个弟弟的确很好，不仅给了他荣华富贵，还让他掌管了一定的兵权，从中也不难看出兄弟二人的感情之深。

宋真宗在泰山封禅后，改任赵元俨为昭武、安德军节度使，进封他为荣王。除此之外，真宗还让赵元俨担任了太子太傅一职，由他来教导国家储君，可见真宗对他的信任。在宋仁宗年幼即位后，朝政大权由章献太后控制，而赵元俨唯恐自己被太后因私怨而报复，于是他干脆称病在家，说自己得了疯病不能上朝。一直等到太后驾崩，仁宗亲政以后，他才上朝。而皇上对赵元俨则是更加尊敬和信任，每有国家大事都会向他请教后才去执行。

庆历三年（1043 年）冬天，赵元俨的病已经很严重了。宋仁宗感到很是担忧，他来到赵元俨的病榻前，亲手为他调药，并在屏风后和他交谈了很久，而赵元俨所说的也都是忠直之言。宋仁宗想要赐给他白金五千两，赵元俨固辞不接受，并说道："臣羸惫且死，将重费家国矣。"仁宗听完后为之哭泣。

第二年正月，赵元俨在家中去世，朝廷追赠他为天策上将军、徐兖二州牧、燕王，谥号是"恭肃"。等到办葬礼时，仁宗多次前往他的家中。后来仁宗又下诏，命人将赵元俨的墨迹及所作的诗分赐给朝中的重臣，其余的藏在了秘阁中。

虽然世人大多只知道宋太宗的儿子宋真宗，但这位"八大王"赵元俨的威名却一直流传在历代的话本戏剧当中。在一些作品中，赵元俨甚至还被塑造成为一位刚正不阿、体恤百姓的贤王，可见他在民间的影响力之大。

八、荣王赵德雍（宋代）

赵德雍，字仲达，魏王赵廷美第四子。淳化初，授右骁卫将军，历右羽林、龙武二将军，累廷蔡州观察使、咸宁郡公，终天平军节度观察留后，赠宣德军节度、同中书门下平章事，谥康简。

九、荣王赵询（宋代）

赵询，初名赵与愿。6岁时，被宋宁宗收为养子，赐名赵曮，除福州观察使。嘉泰二年（1202年），拜威武军节度使，封卫国公，听读资善堂。后，赵询被立为太子，拜开府仪同三司，封荣王，更名赵帱。

后，出居东宫，更名赵询。嘉定十三年（1220年）去世，时年29岁，谥号景献太子。

书法学高宗和孝宗，善画竹石。

十、荣王赵希瓐（宋代）

赵希瓐，南宋宗室，燕王赵德昭的八世孙、赵惟吉七世孙、赵守度六世孙、赵世括五世孙、赵令稼玄孙、赵子奭曾孙、赵伯旿之孙、赵师意之子，封荣王。

嘉定十七年（1224年），宋宁宗病危，史弥远矫诏立赵希瓐之子赵与莒（赵昀）为帝，是为宋理宗。

十一、荣王赵与芮（宋代）

赵与芮（1207—1287），宋太祖十世孙，燕王赵德昭九世孙，宋理宗赵昀的同母弟，立为荣王。后进封福王。其子赵禥继理宗皇帝位，即宋度宗。德祐二年（1276年），临安城被元军攻克，赵与芮被俘虏至元大都。赵与芮在大都生活了11年。元至元二十五年（1287年），赵与芮薨逝，享寿80。

十二、荣王赵从式（宋代）

赵从式，宋朝宗室，秦康惠王赵德芳之孙，英国公赵惟宪之子，袭封舒国公。宋神宗即位，封安定郡王，终保康军节度使，赠同中书门下平章事，追封荣王，谥安僖。

十三、荣王赵宗绰（宋代）

赵宗绰（1034—1105），北宋宗室，宋太宗赵炅的曾孙、商恭靖王赵元份之孙，濮安懿王赵允让之子。官至河阳三城节度使、检校司徒。绍圣三年二月薨，年62，赠太师，追封荣王，谥孝靖。

十四、荣王郭瑊（宋代）

郭瑊，宋孝宗的成穆皇后之父，累官昭庆军承宣使，追封荣王。

十五、荣国公范百禄（宋代）

范百禄（1029—1094），字子功，范镇兄锴之子也，成都华阳人。第进士，又举才识兼茂科。时治平水灾，大臣方议濮礼，百禄对策曰："……简宗庙、废祭祀，则水不润下。……昔汉哀尊共皇，河南、颍川大水；孝安尊德皇，京师、郡国二十九大水。……盖大宗隆，小宗杀；宗庙重，私祀轻。今宜杀而隆，宜轻而重，是悖先王之礼。礼一悖，则人心失而天意睽，变异所由起也。"对入三等。绍圣元年（1094），追封范百禄为荣国公。

十六、荣王撒敦（元代）

1333 年，妥欢贴睦尔在上都即位，是为元惠宗，又称元顺帝。元顺帝是元朝最后一个皇帝。

元顺帝以伯颜为右丞相，燕铁木儿之弟撒敦为左丞相。不久又封撒敦为荣王。两年后，即 1335 年，撒敦死。

十七、荣王和者吉（元代）

元代另一位封为荣王的是元代牙牙之子和者吉，因资料缺失，无从考证。

（罗秀能）

第三篇　历代名吏

唐代

卫 玄

公元 593 年，在川南铁山山脉下荣水河畔，设立了今县城土地上的第一个县——大牢县。当时，荣地上僚人多、汉人少，僚人生活习性与汉人大为不同，僚汉矛盾频发。设立大牢县的第 8 年，即 601 年，僚汉冲突加剧，山僚叛乱。卫玄临危受命，出任资州刺史，前来镇压安抚。卫玄到任后，大批僚人围攻县城，县城危在旦夕。卫玄只身单骑造访僚营，众僚人莫敢轻举妄动。卫玄向他们陈述利害，獠人主帅受到感动，先后劝降 10 余万人。由于卫玄的招抚，避免了更大战争的发生，此后铁山山脉一带的僚汉矛盾逐步缩小，僚汉融合逐步占据主流，卫玄可谓是大牢县的保护神。卫玄其人其事传记如下。

卫玄，字文升，河南洛阳人，生于西魏大统七年（541 年），卒于义宁元年（617 年），享年 77 岁。卫玄历任资州刺史、检校右御卫虎贲郎将、紫金光禄大夫、刑部尚书等职，横跨北周、隋朝两代，是当时重要的官员、将领。

卫玄年少时有器量和见识。隋文帝杨坚在北周任丞相时，他任检校熊州事。和州蛮民造反，卫玄以行军身份去攻打平定。杨坚接受禅让登基称帝，他升任淮州总管，又进封同轨郡公，因事被免官。没过多久，他又担任岚州刺史。适逢朝廷大起修筑长城的劳役，诏令卫玄监督修筑长城。后改任卫尉少卿。

仁寿初年（601 年），卫玄平定山僚（即铁山山脉僚人）叛乱有功，隋文帝赐予 2000 匹细绢，任命为遂州总管，仍然让他安抚剑南（含今自贡、宜宾在内的四川大部分地区)。炀帝即位后,又征召他任卫尉卿。他即将离开川南上任,大牢、资州、戎州一带的僚人、夷人都很惦念他,来探望他的人绵延几百里路。卫玄告诉他们说:“天子诏征,不可久住。”于是和他们告别,僚、夷百姓才各自洒泪离开。

过了一年,升任工部尚书。之后又被任命为魏郡太守,依旧担任尚书一职。隋炀帝对卫玄说:“魏郡是有名之都,是险要之地,老百姓多狡猾奸诈,因此要劳烦你去管理。这个郡距离京都并不遥远,你应当经常往返,商议朝政。”赐给他 500 段各色杂帛,就又派他去上任了。不久,任命他为右候卫大将军,检校左候卫事。

大业八年(612 年),隋炀帝第一次亲征高句丽,时任检校右御卫虎贲郎将的卫玄与左翊卫大将军宇文述、右翊卫大将军于仲文等一同出征,由增地道出发。隋军九路军渡辽河,共 35 万余人,返回辽东城时,只剩 2700 余人,而卫玄军独以保全。出征高句丽以失败告终,炀帝大怒,宇文述、于仲文等除官为民,卫玄被任命为紫金光禄大夫。

大业九年(613 年)正月,隋炀帝驾幸辽东,准备二次亲征高句丽事宜,命令时任刑部尚书卫玄等辅佐代王杨侑留守西京。六月,礼部尚书杨玄感以右骁卫大将军来护儿谋反,讨伐来护儿为由起兵反隋,围困东都洛阳。代王杨侑派卫玄率兵 4 万救援东都。卫玄到了华阴,挖了杨玄感父亲杨素的坟墓,焚烧了他的骸骨,向士兵展示必死的决心。一路前进经过崤山、渑池,直奔洛阳城北。卫玄与杨玄感交战,且战且行,将军队驻扎在金谷。卫玄率步兵、骑兵 2 万人渡过瀍水,与杨玄感交战。杨玄感屡次击败卫玄,每次作战杨玄感都身先士卒,他还善于安抚部下,部众越来越多,达数十万人。卫玄寡不敌众,部下死伤大半,军力将近耗竭,于是他率军进驻邙山的南面,与杨玄感决战。一天之内双方交锋 10 余次,恰巧杨玄感之弟杨玄挺被流箭射死,杨玄感的军队才稍稍退却。后来屈突通、宇文述率军救援,杨玄感于是向西进军潼关。卫玄、来护儿、屈突通、宇文述等各路军队在黄天原(今河南灵宝县西南 22 千米)追上杨玄感,隋军且战且进,一日内三胜。杨玄感仅率 10 余骑逃往上洛(今陕西洛南东南),自知大势已去,乃命杨积善将其杀死,起兵遂告失败。隋炀帝驾幸高阳,征召卫玄到其所在的地方。隋炀帝慰劳卫玄说:“卿真是社稷之臣啊!使朕得以没有西顾之忧。”擢升卫玄为右光禄大夫并赐给良田、宅第及财物数万，让卫玄返回长安镇守。隋炀帝对卫玄说：“函谷关以西全部委托给你。你安然无恙，国家就安然无恙；你有危险，国家也就危险。你出入必须有兵士保卫，坐卧应该加强防备。如今特意给你 1000 名士兵，充当侍卫随从。”卫玄和樊子盖一起受赐玉麒麟符节，用以代替铜兽符节。

大业十一年（615 年），隋炀帝下诏让卫玄安抚关中。当时盗贼蜂起，百姓饥馑，卫玄终究不能救恤，而官方败坏混乱，贿赂公然进行。卫玄自认为年老，上表请求告老还乡。隋炀帝派遣内史舍人封德彝前去告诉卫玄说：“京师是国家的根本，是宗庙园陵的所在地，需凭借您在那里镇守。”卫玄这才作罢。

义宁元年（617 年）五月，太原留守李渊起兵反隋。八月，李渊率领义军进入关中。当时卫玄年事已高，闻知李渊军队向长安进军，忧惧成疾，不再参与政事。十月，李渊到达长安，他屡次派使者到城下对卫玄等人宣称自己尊奉隋皇室，并无反叛之意，卫玄等人不做答复。十一月，李渊军队攻陷长安，卫玄归居家中。同月，卫玄去世，时年 77 岁。

（黄　静）

袁天罡

袁天罡是谁？大家应该不陌生，历史上有名的风水术士，曾经给武则天算过命，预测她有天子之命，结果多年后，果真应验，因此而闻名于世。出自其手的《推背图》更是家喻户晓。当代阴阳易辨派创始人高煜翔评价袁天罡："名如皓月罩千秋，声似春雷震古今。"

隋大业中（605—618），荣县为大牢、咨官、和义三县地。袁天罡曾任咨官县县令。

公元600年前些，袁天罡出生于益州成都。其曾祖袁达为梁时显官，祖父袁嵩为北周蒲阳、蒲江二郡太守、车骑将军（《隋书》卷二十九）。其父袁玑曾为梁州司仓（古代文官官职名，从八品从九品或不入流，职能通常与财政税收有关），没有大的作为。叔父袁守成是一个道士，以神机妙算闻名于世。

袁天罡父母早亡，幼年时代就随叔父进入道观修炼道术，由于天资聪颖、学习刻苦，在道观里修得了精湛的相术，能知风水、天象，预测未来。后又跟著名的医学家、道士孙思邈学习医学、易经，成为隋末唐初著名的相术风水大师。

隋炀帝大业元年（605年），袁天罡在隋王朝都城洛城内清化坊租房卖卜。其间，结识了隋末贬官杜淹、王珪、韦挺三人，并给他们相面。他预言杜淹将以文章显贵而名扬天下；王珪不出十年将官至五品；韦挺面相如虎，将出任武官。并预言三人为官后都要遭贬谴，届时大家还会见面。后来的事实应验了此卦的准确性。

隋大业中，袁天罡出任巴蜀咨官县（荣县来牟镇，据最近考证应该是金石井）县令。隋末，天下大乱，袁天罡弃官为道士，号黄冠子，返回益州（成都）故乡，依然以卖卦为生。

唐高祖武德初年，袁天罡被蜀道使詹俊看重，任为蜀郡火井县县令［火井县在今邛崃市火井镇。隋炀帝大业十二年（616年）置火井县，元世祖至元二十一年（1284年）撤销，置县达668年之久］。任县令不到两年，他就辞官回到益州重操旧业。

唐武德七年（624年），利州（今广元）都督武士彟把当时名气很大的相士袁天罡请到府第，让他给夫人和孩子相面。到了都督府邸之后，袁天罡看到武士彟夫人，细看以后说道："夫人骨法非常，必内生贵子。"武士彟把儿子元庆、元爽和女儿武顺叫出来，请袁天罡给他们相面。袁天罡预测这两个男孩将来可官至三品，为保家之子；女孩不利其夫（武顺是武则天的胞姐，即后来的韩国夫人。武顺后来果然安享荣华，但克夫早寡）。最后，武士彟抱出了在襁褓中的男孩打扮的华姑（武则天），让袁天罡给这个襁褓中的孩子看相。袁天罡仔细一看，觉得这个脖子异于常人（相法上称为"凤项"）的孩子很了不得，大吃一惊道："此子日角龙颜，龙睛凤颈，伏羲之相，贵人之极也，若要是个女子，当为天下之主！"因此卦道破了"若是女子可当皇帝"的天机，这可是杀头之罪！武士彟半信半疑，但却不敢透露半点风声，更不敢点破这个孩子是个女孩。

袁天罡虽居巴蜀，名声却远播京师长安。贞观初年，袁天罡就以相术预测名扬天下。白居易《长恨歌》中的"临邛道士、鸿都客"所指的就是"天下第一道士"袁天罡。

贞观六年（632年），唐太宗李世民从朝臣杜淹、王珪、韦挺口中得知袁天罡是蜀地卜相的旷古奇才，便下诏要袁天罡到长安晋见。太宗皇帝在九成宫显德殿召见了袁天罡，并在九成宫让他为贞观重臣张行成、马周等人看相。袁天罡对张、马二人所要预测的事无不准确，唐太宗对袁天罡术数之精奇深奥大为称赞，问袁天罡道："古有君平（严君平，名遵，原名庄君平，因避汉明帝刘庄讳，改为严君平。西汉道家学者、思想家、术数大师），今朕得卿，何如？"袁天罡回答说："严君平是生不逢时，臣要比他强得多！"袁天罡被唐太宗任命为钦天监台正，钦天监台正是朝廷掌管观天象、推历法的机构，也是唐太宗的天象风水参谋。

贞观八年（634年），袁天罡请求太宗皇帝允许他回到家乡。太宗准其奏请，委以火井（临邛）县令，让他回蜀郡赴任。

袁天纲在隋末唐初以相术风水被称为一代术数大师，生前各种神奇的预测无不准确，在正史新旧唐书中有一些记载，各种野史笔记小说中也记载了他的一些传奇故事，民间更是把他视作半人半仙，世代口耳相传。

袁天罡是中国历史上有名的星象预测家，最著名的就是“袁天罡称骨算命法”，预测吉凶祸福、荣辱盛衰既准确又简便，现在仍广为流传。他和李淳风合编的《推背图》推算了初唐及以后中国2000多年的命运，因为它预言准确，使历朝历代的统治者忌讳和不安，因此一直被列为禁书。

袁天罡死在何时，死因是什么，死后葬于何处，史书并无记载，多是一些民间传说。至于电视剧《神探狄仁杰》中所描述的袁天罡之死因，笔者经多方查证，没有找到相关记载，估计是剧作者根据民间传说编写的故事。

（罗秀能）

柳　奭

柳奭（？—659），字子邵，蒲州解人，唐朝宰相，高宗王皇后的舅舅，655—658年任荣州刺史。《康熙夏县志·名贤》载："唐柳奭，宗元曾伯祖（实为伯高祖）。高宗永徽二年为中书令，与长孙无忌等，为立武昭仪事，贬荣州刺史，又贬象州。四年诏御史，追诣京师，与无忌皆被杀。"

柳奭的曾祖父柳庆，北魏尚书左仆射。祖父柳旦，隋朝太常少卿、新城县公。父亲柳则，左卫骑曹，出使时死在高句丽。柳奭亲自去高句丽迎回父亲的遗体，被高句丽人所景仰。贞观年间，柳奭任中书舍人，后因外甥女王氏为太子妃，升任兵部侍郎。

永徽二年（651年），柳奭因是外戚，被任命为中书侍郎，同中书门下三品，成为宰相。永徽三年（652年），取代褚遂良而担任中书令（宰相），监修国史。王皇后没有儿子，柳奭建议她收养高宗庶长子李忠（刘宫人所生）为子。王皇后向高宗皇帝提出，高宗同意，也得到了长孙无忌等人的支持。同年，高宗立李忠为皇太子。

永徽五年（654年），王皇后失宠，高宗宠爱武昭仪，柳奭和他的姐姐魏国夫人柳氏（王皇后母亲）也不被后宫礼遇。柳奭十分不安，于是辞去宰相职务，高宗命他担任吏部尚书。

永徽六年（655年），王皇后和魏国夫人柳氏行巫蛊之术以求皇帝再次宠爱皇后，受到武昭仪的指控。高宗禁止柳氏入宫，将柳奭贬出长安，为遂州（今四川遂宁）刺史。当他走到岐州（今陕西宝鸡）的时候，岐州长史于承素奉密旨指控柳奭泄露宫中的谈话，这事的直接后果就是尚未到任的柳奭被进一步贬为荣州刺史。至此，王皇后家本身的政治基础已经被拆得所剩无几。之后，高宗皇帝废黜王皇后，立武昭仪为皇后，不久王皇后和萧淑妃就被武后杀死。

显庆二年（657 年），许敬忠、李义府指控曾经反对废后的宰相韩瑗、来济勾结被流放到桂州的前宰相褚遂良，心怀不轨。韩瑗贬振州（今海南三亚）刺史，来济贬台州，褚遂良贬爱州，柳奭贬象州（今广西来宾），终身不许回京。由此可见，柳奭任荣州刺史约两年时间。显庆四年（659 年），武后指使许敬宗诬告长孙无忌、褚遂良、柳奭、韩瑗四人谋反，柳奭的罪名是通宫掖，谋行鸩毒。长孙无忌流放（后被逼自杀），褚遂良已死夺官爵，柳奭、韩瑗处死。同年秋，柳奭在象州被处死，家族流放岭南，亲属在桂州（今广西桂林）为奴婢。同年，另一位唐朝宰相于志宁已赴荣州开始担任刺史，原因也是牵连到了废后立后的事情上。

神龙元年（705 年），武则天去世，中宗遵其遗命，恢复褚遂良、韩瑗、柳奭官爵，赦免其家族。开元初年，柳奭的侄孙柳涣为中书舍人，上表申诉柳奭冤死。玄宗下诏将柳奭改葬其家乡蒲州。值得补充的一点是，柳奭是“唐宋八大家”之一柳宗元的伯祖父。

（罗秀能）

于志宁

于志宁（588—665），字仲谧，京兆高陵（今陕西高陵县）人。唐朝宰相，曾任职荣州刺史，于显庆四年（659年）到任。

于志宁是周太师燕文公谨的曾孙。曾祖父为北周立有功劳，授太师官衔，封燕国公爵号。父亲名宣道，在隋朝官至内史舍人。炀帝大业末年，于志宁被委任为冠氏县长，当时山东各地爆发起义，于是他弃官回乡了。

高祖李渊进了关中，于志宁带领随从到长春宫迎接拜见，高祖因为于志宁在当时很有名望，所以对他相当不错，封授他为“银青光禄大夫”。到李世民担任渭北道行军元帅时，诏令授予于志宁为渭北道行军元帅府记室，和殷开山参与谋议军政事务。到了李世民担上秦王、天策上将后，于志宁被提拔为天策府从事中郎，经常陪着李世民到处打仗，同时兼任文学馆学士，做一些文字工作。薛仁杲被消灭后，他在囚禁的俘虏里认出了褚亮，推荐褚亮当了自己的同事。贞观三年（629年），于志宁被多次提拔，当上了中书侍郎。太宗李世民有一次设宴款待亲近的朝臣，宴席间没看到于志宁，于是便责问身边人：“于志宁在哪儿？”主管官吏禀奏：“敕令召见三品以上官员，于志宁是第四品。”太宗明白过来了，特地诏令他参加宴会，当即授予他散骑常侍、太子左庶子（跟随太子身边，辅佐太子，有什么不正确的可以驳回纠正，将太子的言行好坏上奏天子）、黎阳县公官职爵号。

当时正在讨论准备建立供奉皇家七代祖先的七庙，朝臣们都请求把凉武昭王李訚作为始祖，房玄龄等大臣都觉得这样可以，但于志宁认为凉武昭王不是开创大唐帝业的根基，只他一个人的意见跟大家不同。太宗诏令功臣们世代继承刺史官爵，于志宁禀奏：“如今和古代情况大不一样了，分封制使人们爱慕虚浮的名位，给后代造成实在的祸患，这不是使江山社稷永久安定的办法。”太宗都采纳了。太宗曾对于志宁说：“在古代，太子一出生，还需要人背的时候，就安排大臣辅佐。过去西周成王姬诵以周公姬旦、召公姬奭为老师，每天耳濡目染的是精当的道理、准则，反复熟悉就成了他的本性。现在太子年纪小，您应当用精当的道理、准则辅导他，不让邪门歪道诱惑他的心灵。努力办好这事，官职赏赐是可以破格获得的。”太子承乾屡犯罪过，于志宁想阻止他，呈递《谏苑》婉言劝说。太宗非常高兴，赏赐给他黄金十斤、绢帛三百匹。贞观十四年（640 年），兼任太子詹事。第二年，因为要替母亲服丧才免去了职务。不久，太宗诏令提前复职，于志宁坚持请求服丧满期，太宗派遣中书侍郎岑文本敦促开导说：“忠孝很难两全，现在太子等待人去教导约束，您应当节哀，忠孝面前要有取舍，不可徇私情。”于志宁这才复职。

太子在农忙季节建造用于唱歌跳舞的宫室，一连几个月不停工，其所做所为多有不妥。

于志宁于是上书劝谏：“微臣以为，克俭节约，是发扬优良传统的根本；骄侈放纵，是败坏道德的根源。现在的东宫是隋朝建造的，那时人们就说它奢侈豪华，哪能容许在这些东西上再进行雕琢装饰？服役的工匠和没收进官府的奴隶都是违犯法律禁令逃亡在外的人，他们带着钳子凿子锤子木棒，来往进出，监门、宿卫、直长、千牛等警卫人员不能盘问。武士在宫外，奴隶在宫内，怎不令人担心呢？另外，东宫里头多次响起鼓声，乐官乐工动不动就留在宫里不让出去，前几年皇上的口谕告诫，殿下能不想想吗？”太子不听。太子身边的侍从多数由宦官充任，于志宁又劝谏说：“微臣听说，尧帝之所以伟大，在于常常用考察古代的事迹，以明辨道理是非、总结知识经验；之所以留下千秋功业，在于他善于访求举拔贤能。舜帝被认为是聪明的君王，在于他赏罚分明。明察断事，正确施政，一定要多用贤才，驱除小人。成功失败，都取决于这些道理。宦官，身心都不健全，善于使用温顺阿谀逢迎，靠着受宠作威作福，凭借上传下达制造祸患。所以春秋时宋国的太子痤被伊戾陷害致死；齐桓公的宠臣易牙等人立无亏为太子，使齐国大乱；赵高杀死了秦始皇的长子扶苏，秦二世胡亥使秦朝灭亡；灵帝时的宦官张让使东汉分崩离析。近代的北齐任命邓长为侍中，陈德信为开府仪同三司，在内参与皇家家宴，在外干预朝廷政务，北齐终究被颠覆。现在殿下周围任用的全是宦官，轻慢高级官员，欺压显贵朝臣，任官品级混乱，法度秩序废弛，连毫不相干的人都觉得奇怪。”太子更加不高兴。东宫的车夫侍从依照惯例应该轮流休假，但太子不遵照执行，还私下引进突厥人，和他们互相亲近纠缠。于志宁控制不住自己的情绪，呈递谏疏极力陈词说：“我见仆从车夫，直到兽医，从春季到夏季，不能轮流休息。有的人父母健在，没人伺候，有的人儿女幼小，没人抚养，大概不是宽厚仁爱的心肠。另外，突厥的达哥支等人，人面兽心，不能对礼仪教化做指望，不能用仁爱真诚来对待。亲近他们，对美名没有益处，对大德会有损害。何况把他们引进妇女居住的内室，让他们经常亲密接近，别人都震惊害怕，而殿下对这些都心安理得吗？”太子大为恼怒，派张师政、纥干承基去刺杀他。这两个人潜进他的住宅，看到于志宁疲倦地枕着土块睡在草垫上，不忍心刺杀，就离开了。李承乾的太子身份被废除，太宗了解实际情况，说道：“听说您多次劝谏，承乾不听您的，所以到了这个地步。”

这时东宫属吏都获罪免官，唯独于志宁因辛苦努力而得到宽待。

晋王李治立为皇太子，又任命于志宁为太子左庶子，升任侍中，授予光禄大夫，提高封号为燕国公，主持编撰本朝历史。高宗永徽二年（651 年），洛阳人李弘泰诬告太尉长孙无忌谋反，诏令可以即时斩首。于志宁上疏劝谏：“正值春天是少阳象数当令，不适宜执行死刑，再说诽谤言论不是十恶不赦的大罪，请按法律等到秋分以后再判决。”高宗同意。衡山公主在因公除去为太宗皇帝服丧的丧服后，准备嫁给长孙家。于志宁认为：“《周礼》规定，女子十五岁举行成年簪礼，二十岁出嫁，发生变故，二十三岁出嫁，这就可知遇上服丧必须服满三年时间。《春秋》记载，鲁庄公派人到齐国送聘礼，为母亲服丧不满两年就要求结婚，《公羊传》《穀梁传》不对此讥讽，这明显是失礼了。眼下舆论说是‘因公除去丧服就可穿上吉服’，这是西汉文帝创立的规矩，只是替天下百姓着想而已。衡山公主是服重丧，丧服可以按照先例去掉，孝心不能按照先例改变。心中悼念太宗时结婚，不是人们的情感能容忍的。”高宗于是诏令衡山公主等服丧期满以后再结婚。授予于志宁尚书左仆射官职、同中书门下三品头衔。不久，兼任太子少师。

永徽四年（653 年），有 18 颗陨石坠落到同州，高宗询问说：“这是什么征兆？我要以悔改以前的过失、修养以后的德行来警诫自己，怎么样？”于志宁回答：“《春秋》记载‘有五颗陨石坠落在宋国。’内史说‘这是自然现象，不是产生吉凶的根源。’事物本来有自身的规律，和人事没有一点关系。虽是这样，陛下在没有灾害的情况下也警诫自己，对造福是没有妨害的。”很快升任太傅。曾和右仆射张行成、中书令高季辅一起得到高宗赏赐的土地，于志宁禀奏：“我家从北周、北魏以来世代居住在关中，没有失去家产。张行成、高季辅如今才开始经营田产，希望把赐给我的土地赐给不足的人。”高宗赞赏他的美德，把赐给他的土地分赐给了张行成、高季辅。

显庆四年（659 年），因为年老请求退休，诏令免去尚书左仆射职务，改授太子太师官职，保留同中书门下三品头衔。

高宗废除王皇后时，长孙无忌、褚遂良坚决劝阻不被采纳，而李勣、许敬宗等又暗中给于志宁做工作，叫于支持废除王皇后，于志宁左右为难，不敢说话。武则天皇后认为他没有帮自己的忙，心怀不满，后来因此杀掉长孙无忌时，于志宁获罪撤职，离京任荣州刺史，后转任华州刺史，批准他退休。去世时 78 岁，被追认为幽州都督，谥号为“定”。后来恢复左光禄大夫头衔、太子太师官职。

于志宁接待宾客热情，乐于推荐后辈。

凡是法规、法令、礼仪制度，他都参与研究起草，得到的赏赐数额巨大。

当初，于志宁和司空李责力修改订正《神农本草经》，并绘制标本图画，合并为 54 篇。皇上问：“《神农本草经》流传很久远了，现在重新修订，有哪些不同呢？”于志宁回答说：“南梁陶弘景把《神农本草经》和杂家的《别录》合在一起，进行注解题名。这些只是江南的民间药方，对药物学并不完全通晓，往往会出现错误。现在对 400 多种药物进行了考核修正，还增加了后代使用的药物 100 多种，这些就是不同于《神农本草经》的内容。”皇上说：“《本草》《别录》为什么是两部药书？”于志宁回答说：“东汉班固的《汉书·艺文志》只收录了黄帝内、外经，没有收录《神农本草经》，到了南齐阮孝绪的《七录》才收录了它。人们认为神农尝药来拯救生命，而黄帝以前的没有记载，把认识的传给后代，到黄帝的医药官桐君、雷公才记录在书中，但是写的郡县多半是汉代的名称，怀疑是张仲景、华佗改写了它的原文。《别录》是曹魏、晋朝以来吴普、李当的药物笔记，它叙述了花叶的形状和颜色，主药从药互相配合，以《神农本草经》为纲进行叙述，所以陶弘景把它们编写在一起。”皇上说：“好。”这本书于是广为流传。

（周紫月）

宋代

宋光宗

一、早年经历

宋光宗赵惇，宋孝宗赵昚第三子，母亲是成穆皇后郭氏。绍兴十七年（1147 年）九月生于孝宗藩邸。绍兴二十年（1150 年），赐名赵惇，授右监门卫率府副率，转荣州刺史。宋孝宗即位后，拜镇洮军节度使、开府仪同三司、封恭王。庄文太子逝世后，孝宗认为赵惇的英武才能像自己，想立为太子，但因为按长次轮不到他，所以迟迟没有决定。这时，虞允文为相，请求趁早确立皇太子。乾道七年（1171 年），立为皇太子。

淳熙十四年（1187 年）十月，宋高宗去世。孝宗悲痛欲绝，欲为高宗守孝三年。再加上此时的孝宗对政事心生倦怠，于是打算禅位给儿子赵惇。淳熙十六年（1189 年）二月，赵惇受父宋孝宗禅位登基，以次年为绍熙元年。

二、李后干政

光宗皇后李凤娘是庆远军节度使李道的次女，由术士皇甫坦推荐给高宗，聘为恭王妃。她生性善妒，经常向高宗、孝宗诉说太子身边人的不是，遭到两宫的训斥。

光宗即位后病情时好时坏，无法正常处理朝政，这正中皇后李氏下怀。从绍熙三年开始，“政事多决于后”，大权旁落李氏之手。然而，她既无兴趣也无能力参决朝廷大政，权力对她而言最大的作用就是可以为娘家大捞好处。她封娘家三代为王，侄子孝友、孝纯官拜节度使，一次归谒家庙就推恩亲属 26 人，172 人授为使臣，下至李家门客，都奏补得官。李氏外戚恩荫之滥，是南宋建立以来所没有的。李氏家庙也明目张胆地僭越规制，守护的卫兵居然比太庙还多。李后一门获得的显赫权势、巨额财富，无疑都是其患病的丈夫光宗所赐。

三、立储分歧

光宗皇后李氏只生有嘉王赵扩一人，立为太子，本是顺理成章之事，但却受到孝宗的阻挠。可能是因为嘉王天性懦弱，孝宗认为其不适宜继承皇位，相比之下，魏王赵恺的儿子嘉国公赵抦生性聪慧，深得孝宗喜爱。当初光宗取代了二哥赵恺，成为太子，如今孝宗却宠爱赵恺之子，不同意将嘉王立为储君，无形中加深了光宗心中对孝宗本就存在的猜忌，让光宗时时感到恐惧和不安。在他看来，父亲似乎不仅对嘉王的太子地位，甚至对自己的皇位，都是潜在的巨大威胁。在别有用心的李后和宦官们不断离间挑拨下，这种恐惧感逐渐成为光宗挥之不去的阴影，其心理和精神压力越来越大，终于导致了无端猜疑和极度偏执的症状。他视重华宫为畏途，不再定期前去问安，尽可能躲避着孝宗。天子孝行有亏，臣子劝谏责无旁贷，而臣僚们的这些言行更激起光宗的固执与疑惧，终于引发历时数年的过宫风波。

光宗病情不断加重，皇后李氏负有不可推卸的责任。她生性妒悍，又有着强烈的权力欲。一方面，她独霸后宫，不允许任何女人与她争宠，光宗对此只有忍气吞声，抑郁不乐；另一方面，她视孝宗夫妇为她皇后地位的最大威胁，想方设法离间孝宗、光宗父子，在很大程度上加剧了光宗的病态心理。

四、内禅退位

在过宫问题上，有些大臣对光宗晓之以理、动之以情，光宗有时也似乎被打动，当时答应了过宫，但一入后宫，就会在李后操控下改变主意，最终也未能成行。一次，光宗在谢深甫等大臣的苦谏下传旨过宫，即将出发之时，李后从屏风后走出来，挽他回去，中书舍人陈傅良出班拉住光宗衣襟，一直跟随至屏后。不料却遭到李后的呵斥，陈傅良只得大哭而出。宗室赵汝愚是光宗较为信任的大臣，对于他的劝说，光宗也是反复无常。

随着光宗病情的恶化，政局也开始动荡不安，群臣再也无法容忍这个疯子皇帝。绍熙五年（1194 年）七月，赵汝愚、韩侂胄等人在太皇太后吴氏的支持下拥立嘉王赵扩登基，是为宋宁宗。宋宁宗登基后，尊光宗为太上皇，皇后为寿仁太上皇后，移驾泰安宫。

宋光宗此时对政权交接尚蒙在鼓里。当他知道后，长期拒绝接受宁宗的朝见，依然住在皇宫之中，不肯搬到为太上皇预备的寝宫里。他对于失去皇位的担心终于应验，病情因此又加重了。与他一同失势的李氏一反常态，对光宗不再像以前一样咄咄相逼，反而有同病相怜之心。她唯恐触动光宗脆弱的神经，常以杯中之物来宽解光宗心中的郁结，还反复叮嘱内侍、宫女，不要在光宗面前提起“太上皇”和“内禅”等敏感字眼。

五、光宗去世

庆元六年八月庚寅日（1200 年 9 月 16 日），光宗患病，八月辛卯日（9 月 17 日）在寿康宫去世，享年 54 岁，后葬于永崇陵。十一月丙寅日，上谥号宪仁圣哲慈孝皇帝，庙号光宗。嘉泰三年（1203 年）十一月八日壬申日，加谥号为循道宪仁明功茂德温文顺武圣哲慈孝皇帝。

（罗秀能）

段　谔

段谔，字建中。段志玄四世孙，段怀皎之子。历任支江县令、江陵县令、荣州太守。唐大历元年（766 年）为昌州太守，政绩不著。四年（769 年），为避战乱，在安富鸦屿山上置行州，修筑城墙，凭险而守。后任循州刺史，赠左仆射。

段谔是唐朝名宰相段文昌的父亲。唐建中初（780—783），段谔以柱下史参梓潼（今四川绵阳市梓潼县）军计，典荣（今四川荣县，古称荣州）、昌（今重庆永川市境内，古属昌州）二部。段谔之子段文昌于 773 年出生于西河（今山西汾阳，古属西河郡），从小便随父到四川生活。贞元初（785 年左右），段谔出任循州刺史（治归善县，今广东惠州市东）。不久，段谔或因故被贬，先后出任湖北枝江县宰、江陵县令，段文昌便随父客居荆州（今湖北江陵县）。后来段文昌父母相继早亡，殁葬于荆州，《新唐书》记云："文昌先墓在荆州，岁时享祠，必荐以音乐歌舞。"

（罗秀能）

王 明

王明（生卒不详），字如晦，成安城内人。后周末，历任清平、鄃城、鄢陵县令，在这三县均有政绩。宋初，任荣州知州，以清廉、干练，升任左拾遗之职。

开宝三年（970 年），宋太祖用兵岭南，王明任随军转运史。他用巧计打下贺州，又与潘美等平广州，以功升秘书少监，为岭南转运副史。他严格要求部下，要体恤民间疾苦，凡没有名科的征敛，一律奏请皇上免除。因治理有方，升任韶州刺史。

开宝七年（974 年），太祖即将用兵南唐，以王明为黄州刺史，随后又为池州至岳州江路巡检，以战绩升都部署。王明计袭南唐大将朱令赟，将其擒获，金陵遂下，南唐亡。王明被召为右谏议大夫，判三司事，后官至礼部侍郎。契丹骚扰边境，朝廷派王明出知真定府，敌见这位文武全才守边，料不能得逞，遂退兵而去。王明卒年 73 岁。

（罗秀能）

刘　兼

荣县在隋代以前一直是南安县的一部分，史料极少；隋代设立大牢县，唐置荣州，但记载也不多；到了宋代，因为是宋光宗的“潜邸”，一度升为绍熙府，有关荣县的记载才逐渐多了起来。但对于曾任荣州刺史的刘兼却鲜有记载，以至刘兼是何朝何代之人，都有诸多说法。

一是唐人说。《全唐文》刘兼条有“兼，天宝（742—756）时进士”的记载，并收其诗《洛阳令李果赞》：“狡吏畏威，妖狐破胆。好录政声，闻于御览。”（《全唐文》卷四〇三）但是，《全唐诗》中刘兼诗均为七言诗，并无此四言诗。深查《洛阳令李果赞》发现，这诗与唐李兼的《题洛阳县壁》“猾吏畏服，县妖破胆。好录政声，闻于御览”（《全唐诗》卷八七三）大同小异。资料显示，李兼（？—791），唐陇西人。玄宗天宝中，仕为校书郎，官至征拜国子祭酒。《题洛阳县壁》这首诗出自一个“县妖破胆”的典故：“（汉朝）李果为洛阳令，吏民畏之。有刘兼者过其境，夜闻户外语声曰：‘古今正人，李令是也。见其行事，令人破胆。我辈可于他县血食。’兼开门视之，无物。乃鬼神也。”（潘自牧《记纂渊海》卷三十五录《孔氏六帖》）故事里的刘兼为汉代刘兼而非唐代李兼，因此以《全唐文》为据认为刘兼是唐人矛盾较多。笔者疑全唐文将李兼、刘兼张冠李戴了。

元代辛文房《唐才子传·殷文圭》也有关于刘兼的记载：“如王周、刘兼、司马札、苏拯、许琳、李咸用等数人，虽有集相传，皆气卑格下，负鱼目唐突之惭，窃碔砆韫袭之滥，所谓家有弊帚，享之千金，不自见之患也。”（《唐才子传》卷十）这段文字显示，刘兼为唐人，但是否为荣州刺史刘兼没有旁证。

二是宋人说。“郭贽……（太平兴国）三年（978 年），与刘兼、张洎、王克正同知贡举，迁右补阙，与宋白并拜中书舍人，赐金紫。”（《宋史》列传）晁公武介绍旧《五代史》时指出刘兼参与修撰：“《五代史》一百五十卷。皇朝薛居正等撰。开宝（968—976）中，诏修梁、唐、晋、汉、周书，卢多逊、扈蒙、张澹、李昉、刘兼、李穆、李九龄同修，居正监修。”（《郡斋读书志》卷五）这些文献显示刘兼为宋代官员、学者，与荣州刺史刘兼比较契合。

三是五代入宋说。《全唐诗》卷七六六：“刘兼，长安人，官荣州刺史，诗一卷。”《五代诗话》刘兼条下云：“云间朱氏得宋刻《唐百家诗·刘兼集》中有《长春节》诗。长春为宋太祖诞节，盖五代人而入宋者。”编者引用了相关内容，肯定地说刘兼是长安人，“官荣州刺史”，且引用明代文学家、藏书家胡震亨（1569—1645）一句话来说明刘兼是“盖五代人而入宋者”。

三种不同的说法，使得他们对刘兼作品的结集，采取了归入唐诗和归入宋诗两种做法。由于《全唐诗》收录刘兼诗，一般都把他看作唐朝人。这是人们的好古情结使然。

对于刘兼生活年代的多种说法，我们比较认同五代入宋说。其诗作《长春节》就证明他为宋臣。长春节，是宋太祖建隆元年（960 年）至开宝九年（976 年）间庆祝宋太祖赵匡胤诞辰的节日。建隆元年（960 年），将每年的农历二月十六日宋太祖诞辰日定名为“长春节”。本诗是为宋太祖诞辰而作。宋人可以咏唐事，但唐人不可能写宋事。

根据其诗作，刘兼做过荣州刺史是确信无疑的：“偶奉纶书莅旭川，郡楼嘉致尽依然。”（《登郡楼书事》）“嘉陵江畔接荣川，两畔旌旗下濑船。郡印已分炎瘴地，朝衣犹惹御炉烟。”旭川、荣川即今荣县城，是唐宋时期荣州治所。

尽管文献资料十分匮乏，但不管《全唐诗》也好，《全宋诗》也好，刘兼还是给我们留下了 80 多首诗，分析诗歌内容，大多数作于荣州，而我们通过这些诗歌，能够大致知道诗人当时的地位和在荣州的思想感情、生存状况。

一、怀才不遇，位卑权轻

一是诗人主观上不能接受被贬谪的现实。“偶奉纶书莅旭川，郡楼嘉致尽依然”，诗人认为自己调任荣州纯属偶然。“去年今日到荣州，五骑红尘入郡楼。貔虎只知迎太守，蛮夷不信是儒流。”（《去年今日》）“故园迢递千里外，荒郡淹留四载余。”（《对镜》）“一承兑泽莅方州，八度春光照郡楼。”（《春晚寓怀》）但是长期滞留荣州，而且一任就是至少 8 年就不是偶然的了，这与诗人权轻位卑、不受待见有很大关系。但诗人始终没有调整过来。实际上，三国时期，这里就是冶铁基地；唐宋时期，荣州盛产盐茶。荣州本为比较富庶繁荣之地，但在诗人笔下却是十分荒僻的地方，诗人多以“炎瘴地”“边郡”“荒郡”等称呼荣州，以“蛮夷”“南夷”称呼当地百姓。如《去年今日》：“貔虎只知迎太守，蛮夷不信是儒流。”《春游（其二）》：“圣主未容归北阙，且将勤俭抚南夷。”这与诗人渴望得到重用而又怀才不遇有很大关系。同样是被派到边远的地方任职，比诗人晚得多的陆游来到这里虽然觉得荒寒，但也能看到“长筒汲井熬霜雪，辘轳咿呀官道旁”“卖蔬市近还家早，煮井人忙下麦迟”的繁忙景象。

二是诗人郊游的对象多是中下层人士，从《秋夕书怀呈戎州郎中》《送从弟舍人入蜀》《再见从弟舍人》《从弟舍人惠茶》《寄长安郑员外》《寄高书记》《寄滑州文秀大师》《酬勾评事》这些诗题就可以看出，与诗人交往的都是郎中、舍人、员外郎、书记官、评事、高僧等中下层官员和方外之士。刘兼没有一个位高权重的诗友，对于渴望重用的文人是何等悲哀。在朝中即使是与众官员一起过宋太祖诞辰的长春节，也要渲染奉承一番，如《长春节》。朝廷宣赐锦袍也要供在高位大宴宾客以夸耀一番，如《宣赐锦袍设上赠诸郡客》。

二、关注小我，情绪感伤

刘兼长期不能融入荣州社会，只有对小我的关注，诗歌情绪低沉感伤，缺乏昂扬之作。“郢客岂能陪下里，皋禽争肯恋樊笼。”（《秋夕书事》）把自己比作郢客、皋禽，把荣州人和荣州比作下里、樊笼。

忧患诗人在其失意之时，并不执着于一己之得失，而是超越自我，心系邦国、黎民和人的生存本身；伤感诗人在失意之时，虽也伤时伤世，但多沉溺于个人的哀愁。刘兼就是一个伤感诗人。

刘兼生活在五代到宋这样的大变革时代，与皇权疏离且一直没有放下名利意，人格中的自我中心意识在他的仕宦生涯中占据了主导地位，于是他的诗歌大都以羁旅离愁、思乡怀人、岁月感叹为题材。如“夜窗飒飒摇寒竹，秋枕迢迢梦故山……觉来依旧三更月，离绪乡心起万端……宦情率尔掩鱼艇，客恨依然在燕梁。”（《梦归故园》）“因忆故园闲钓处，苍苔斑驳满渔矶。”（《对雨》）“宦情总逐愁肠断，一箸鲈鱼直万金。”（《秋夕书怀》）“霜砧月笛休相引，只有离襟泪两行。……鸾胶处处难寻觅，断尽相思寸寸肠。”（《秋夕书怀呈戎州郎中》）“蜀笺都有三千幅，总写离情寄孟光。”（《江楼望乡寄内》）等等。

由于蛰居时间太长，感叹怀才不遇，萌生退隐之意而不得：“刘毅暂贫虽壮志，冯唐将老自低颜。无言独对秋风立，拟把朝簪换钓竿。”（《晚楼寓怀》）

感叹年岁老去：“青镜重磨照白须，白须撚闲意何如。”（《对镜》）“归计未成年渐老，茱萸羞戴雪霜头。”（《重阳感怀》）

为了表达这种低沉凄婉的情绪，诗人大量使用了包括落日、斜阳、宿鸟、疏林、暮烟、月亮等在内的黄昏意象，其中月亮多达23处；为表达伤春悲秋之情，诗人涉及秋的意象也多达23处，诗人笔下的秋，除“新秋菡萏发红英，向晚风飘满郡馨”（《莲塘霁望》），“是叶葳蕤霜照夜，此花烂熳火烧秋”（《木芙蓉》）展示的是秋的绚烂外，其余均与秋的悲凉肃杀有关，或借秋风或飞霜落叶来表达自己内心丰富而复杂的情感。

三、为人直气，坚守正道

在刘兼的诗歌中，或多或少可看出他的道德修养。“守方半会蛮夷语”（《秋夕书怀（其一）》），“直气从来不入时，掩关慵更钓磻溪。斯文未丧宣尼叹，吾道将穷阮籍悲。”（《秋夕书怀（其二）》）“守方”，坚持正道。“直气”，正气。虽然对来到荣州这个荒僻的地方不满，但他还是坚持正道，慢慢去适应，对荣县话也学得半会。虽然明白正气自古以来不合世俗，但他仍然要坚守，“斯文未丧”，他无愧于所学的儒学。

在《万葛树》《新竹》中，他赞美万葛树（即黄桷树）和新竹凌寒不凋的高尚节操。

在他的其他诗作中，他告诫人们“巧舌如簧总莫听，是非多自爱憎生”（《诫是非》），远离是非，吸取历史教训。还要谦虚，“蹄涔岂信有沧浪，萤火何堪并太阳”（《简竖儒》）。教育学童要积善、直言，“劝汝立身须苦志，月中丹桂自扶疏”（《贻诸学童》），对青少年的成长寄予殷切期望。

（钟学惠）

刘 通

刘通是宋太祖时的虎捷都指挥使，领嘉州刺史，因此举家迁至四川。对于刘通，史书记载不详，但其女却是在历史上留下了浓墨重彩的一位皇后。

正史把刘娥和汉代的吕后、唐代的武则天并称为“三大女主”，称她“虽政出宫闱，而号令严明，恩威加天下”“有吕武之才，无吕武之恶”。

宋史载：刘娥 15 岁时随银匠龚美从益州到京城卖艺，她的美貌和聪明吸引了韩王赵恒，遂进了韩王府。但是，一个卖艺女子很难得到皇家认可，宋太宗赵光义下旨将刘娥逐出王府。于是赵恒把刘娥藏在自己心腹张耆家中，就这么一藏藏了十几年。

赵恒登上帝位后，才把刘娥接入宫中，30 岁的刘娥从后妃中最底层的美人做起，后升为德妃，她始终是皇帝最宠爱的女人。皇后郭氏去世后，宋真宗要封自己心爱的女人为皇后，但是遭到朝臣的反对。怎么办？为此，真宗 6 年不立皇后，虚席以待。当时，真宗的两个皇子先后夭折，如能生个皇子，不就能名正言顺立为皇后吗？刘娥就出了个借腹生子的主意，让自己的侍女李氏被真宗宠幸后怀孕，真宗便对外宣称是德妃怀孕，生下皇子后，刘娥秘密地把这个男孩抱养，认为己出，这就是后来的仁宗赵祯。刘娥“产子”，有大功于社稷，就顺理成章地做了皇后，圆了真宗的心愿。

刘娥是贤内助，每批奏折，宋真宗不能决断时，刘娥总是引经据典帮其解决难题。晚年宋真宗得了风疾，不能有效地行使皇帝的职权，便让刘娥从幕后走上了台前。谁知刘娥刚刚走上台前，就遭到宰相寇准、大臣李迪等的反对。寇准通过宦官周怀政独自觐见真宗，并说动真宗同意由太子监国，寇准辅政。于是，寇准让杨亿起草奏章。不料寇准却一高兴喝多了酒，把整件事都说出来了，而且很快传到了他的政敌丁谓的耳中。丁谓立刻进宫，面见真宗，刘娥也适时提醒真宗，太子今年才9岁，能有实质的监国能力吗？寇准这样做实是架空皇帝，自己夺权。真宗大怒，对寇准深为失望，立刻下旨将他罢相。不料宦官周怀政见寇准被贬，竟然想要发动政变囚禁刘娥、杀死丁谓。政变失败，周怀政被杀，寇准受牵连，被贬出京城。这样，刘娥利用了丁谓与寇准的矛盾，跨出了掌权执政的关键一步。不久，真宗去世，遗诏："一切军国大事由皇后处分。"从此刘娥的执政合法了。

（罗秀能）

张　佖

张佖，五代南唐文臣，常州人，祖籍淮南，约生于932—937年，曾任荣州刺史。

建隆二年（961年），上书后主陈治国十策而擢监察御史，随后主入宋后屡有升迁，官终右谏议大夫、史馆修撰。淳化五年（994年）尚在任上，此后事迹失载，约卒于此后数年。

早年，张佖在掌管国史的史馆任职，常有许多客人到他家中吃饭。有一天，宋太宗问他：你家怎么有那么多食客？张佖回答说：我的许多亲戚朋友在都城谋生。他们很穷，衣食困乏。而我多少有点节余，因此，他们常来我家吃饭。我也没有什么可招待的，也不过是些菜羹而已。有一天，他家正吃饭时，皇上派人来取走了他家正吃的饭菜。一看，果然是粗糠、菜羹。皇上赞叹，表扬他讲了实话。时人因此称他为菜羹张。

（吴昊洋）

李虚己

李虚己，字公受，五世祖李盈，从光州随王潮迁至闽，于是定居建安。父李寅，有节操，在江南李氏政权任职，官至诸司使。江南国被灭，授任他为殿前承旨，他辞谢不接受。当时江南伪官都被留居在京城，而李寅母独居江南，李寅就派长子回去侍养。考中进士，初次任职为衢州司理参军。

母亲年老，李寅辞官回乡。李虚己也进士及第，历任沈丘县尉，城固县知县，改任大理评事，多次升职为殿中丞，提举淮南茶场。召任荣州知州，后改任遂州。

当时太宗专心政务，曾亲自书写 20 多张纸，内容是："公勤洁己、奉法除奸、惠爱临民者，乃可书为劳绩，月给俸以实钱。"命令主管机构挑选群臣中政绩最突出的赐之，并且告知说："惩治奸邪的根本，在于遵守法令，不可乘机生事。"当时李虚己得到赐书，便献诗自述父子的遭遇，荣及祖母。

皇帝高兴，在诗末尾批写道："李虚己做官学古人，荣亲事生，接受赐书后出任太守，想建立新的功绩，我得到一个好的郡守。"于是赐五品服，又赐钱 50 万给他的祖母，命翰林学士张洎召集两制、三馆儒臣传阅所批语。其后因行南郊典礼施恩封群臣的母亲和妻子，李虚己又请求免掉给妻子的封号授给祖母，诏令都给予封号，当时人们认为这是莫大的荣耀。

朝廷派使臣考察川峡官员的治政，而各州多数治理很差，唯有李虚己与薛颜、邵晔、查道几个人能够称职。又升任尚书屯田员外郎。为方便侍养父母，请求通判洪州。那时李寅已辞官回乡，年事已高，而李寅的母亲仍然健在，李虚己以双辇迎接。

李寅到豫章后，喜爱当地山水，说："这里可以成为我养老送终之地。"于是就在临近州城的東湖筑房屋居住。李虚己任侍御史，出任提点荆湖南路刑狱，调任淮南转运副使，多次升职为兵部郎中，授龙图合待制，历任判大理寺。很久以后，他请求到外地任职，真宗称赞他儒雅谨慎，特别升他为右谏议大夫。

数月之后，出朝为河中府知府。召回京城权御史中丞。不久，因病辞职，进升给事中、洪州知州。升任尚书工部侍郎，调任池州。请求分司南京，不久后去世。

（罗秀能）

罗 拯

罗拯，字道济，祥符人，宋仁宗景祐元年（1034年）甲戌科进士，明道中担任荣州刺史。荣州城被梧桐水和东川水两河环绕，每到涨水时，都会殃及城池，于是罗拯主持修建了东西二道堤坝消除水患，民甚感其德。

在任江淮转运使时，罗拯组织民众，采取浚滩排堵之法，使漕运畅通。罗拯性格柔和，胸怀阔大，不与人较曲直，不计前嫌，办事秉公。他任江淮发运使时，与副使皮公弼工作上有些不协调，当皮调任后，御使弹劾皮借贷官钱，拯出以公心，为皮辩解；谏官钱公辅曾揭过他的短处，但他并不计较，常推荐钱的姻亲中有才德的人出来做官。时人说他“以德报怨”，服其长者气度。卒年65岁。

罗拯任福建转运使时，最早提出在泉设司之请。他秉承朝廷结交高丽“以谋契丹”的旨意，于熙宁元年（1068年）曾遣泉州商人黄谨（《高丽史》作黄慎）向高丽王致意；时高丽与宋无信使往来已41年了。熙宁三年，黄谨再至高丽，高丽王文宗“遂遣金悌入贡，高丽复通中国自此始”。罗拯派泉州海商交通高丽，表明当时泉州与高丽（及海外诸国）有频繁的贸易往来。在罗拯任福建转运使之前的嘉祐末年，泉州已是“舶商岁再至，一舶连二十艘，异货禁物如山。吏私与市者，价十一二售，幸不谁何，遍一州争与市”。当时地方官不仅私自买卖外货，而且价钱只给一两成。可见设司之前，泉州的海外贸易管理十分混乱，贪官得酬其利，而朝廷实损其益。罗拯善于理政，所至多有建树。他任福建转运使期间，为了加强海外贸易管理以增加国库收入，及向神宗提出设福建市舶司于泉州的奏疏。神宗于熙宁五年（1072

年）诏令发运使薛向拟议办法："东南之利　舶商居其一，比言者请置司泉州，其创法讲求之。"可见在泉设司问题，已被提上朝廷的议事日程了。

神宗熙宁三年（1070年）为江淮发运使，六年为左司郎中，加天章阁待制（同上书卷二四七），九年知永兴军。元丰元年（1078年）知青州，二年知颍州，三年知秦州。卒年65。

明洪武进士解缙在吉水《山原罗氏族谱序》称："襄阳罗拯，始为吉州推官"，"推官遂留家吉水之河口下浪鼓鸣冈，是为罗氏族祖也"。据考，罗拯又名元极，（时溶）。属企房，万忠之子。宋景家祐元年进士。妣徐氏，生三子：日宣、日严、日思。

（罗秀能）

陈希亮

荣县文庙内，供奉有一块陈希亮的牌位。《荣县志》里的“职官”“政绩”篇里，也有陈希亮的记载。陈希亮何许人也？荣县人为什么会世世代代对他顶礼膜拜呢？

陈希亮，字公弼。北宋真宗大中祥符九年（1016年）的正月十五这一天，四川眉山青神县学里的生员陈希亮听从老师建议，决心外出求学。由于父亲早逝，母亲和陈希亮都是跟着大哥大嫂过日子。陈希亮向大哥大嫂提出想去成都求学。大哥大嫂让陈希亮去收乡亲们外欠的32万钱款，并告诉他以后家里的房屋田产就没有他的份了。陈希亮满口答应，他拿过大嫂递过来的借据，挨家挨户地通知这些欠债的人明天早饭后到关帝庙聚会。

第二天上午，人们纷纷齐聚关帝庙。一大群人围着陈希亮纷纷求情。陈希亮挣脱围着他的人群，登上几级台阶，点燃了借据，免除了乡亲们的借款。乡亲们开始以为他是闹着玩儿的，后见他果然烧掉了借据，呼啦啦全跪在地上给他磕头。

陈希亮靠着自己平时省吃俭用存起来的几个钱，只身来到了成都。几年之后，学问精进。一天，他收到侄儿陈庸来信，说母亲已经去世，父亲身子大不如前，希望叔父不计前嫌，回来照看家里，并指导侄子们的学问。陈希亮不敢怠慢，告别老师同学，回到了家里。他一边料理家中田产，一边督导两个侄儿陈庸、陈谕，和他们一道刻苦读书。他们不论寒暑，夜以继日，挑灯夜读，吟诗作文，废寝忘食，孜孜不倦。宋仁宗天圣八年（1030年），他带着两个侄儿进京赶考。捷报传来，叔侄三人同时高中。四邻八乡的人，无不为他们感到高兴。乡亲们称他们为“陈家三俊”。那些当年被陈希亮免除欠款、烧掉债券的人家，自动行动起来，配合官府，凑钱在陈家门前立了一座牌坊，题名叫“三俊坊”。正当地方官和乡亲们在陈家大立牌坊的时候，陈希亮却带着侄儿在京城等候吏部的委任。陈希亮初任大理评事，陈庸被任命为浬州推官，陈谕被任命为房州推官。

不久，长沙县知县空缺，吏部委任陈希亮出任。陈希亮不敢怠慢，立即走马上任。上任不久，就接到十几户村民的联名状，上告护国寺海印法师，侵占他们的田地。他们多次上告，官府置之不理。于是陈希亮发签捉拿海印法师，打他 40 大板，海印和尚瘫倒在大堂上一一招供，签字画押，退还乡亲们的所有田地。海印和尚被充军到西夏前线服役。他结交的章献皇后家和一些达官贵人，没有一个站出来为他说话，全都保持沉默。因海印和尚恶迹昭昭，咎由自取。全县及周边四邻的老百姓，无不对陈希亮刮目相看、顶礼膜拜，呼之为青天大老爷。

后来，陈希亮又为一个即将处决的伪造纳粮凭证的犯人申雪冤屈，抓获了真凶绳之以法。乡民们无不夸耀陈希亮明察秋毫、公正严明，是老百姓的好官。

3 年期满，考绩优秀，迁陈希亮为殿中承，担任陕西鄠县知县。一天，陈希亮带两个随从便衣外出寻访。忽见十几个拖娃带仔、挑筐背箱的逃难人群。这里风调雨顺，他们为什么逃难？陈希亮询问后得知，四里八乡到处是瘟神祠、水神祠、火神祠、风神祠，到处都要钱。若不拿钱，家里养的鸡鸭鹅、猪狗牛都会害瘟，莫名其妙地死去，甚至家里的房子也会莫名其妙地遭到天火的焚烧！陈希亮表明了自己的身份，并当即表示要给百姓解决问题。

逃荒人群呼啦啦跪倒在路旁。陈希亮一一将他们扶起，并让他们同自己一道回到县衙，给每人发 50 文生活费，让他们先到街上买点儿吃的，填饱肚子，回家安心种地。然后陈希亮明察暗访，抓捕了 3 个投毒放火的红衣老人，将他们就地正法；关闭作恶多端的非法祠庙 300 多所，勒令 78 家端公道士和尚巫婆，回家老老实实种地，不得装神弄鬼、为非作歹、祸害百姓。法令实施之后，全县震动，老百姓无不欢呼雀跃。四邻州县也纷纷效仿，风俗为之一变。3 年任满，升迁他为太常博士。

来到京城，吏部任命陈希亮为开封府司录司事。上任不久，京城福胜塔发生火灾，塔被烧毁。朝廷打算花3万贯铜钱重新修建。陈希亮上书皇上，陕西正在打仗，不如将建塔的钱用于前线犒劳将士，激励将士奋勇杀敌，或许能克敌制胜，一举建功。皇上听从了陈希亮的建议，果然取得胜利。

皇上觉得陈希亮有御史之才，就责成吏部任命。就在吏部任命还没有下达之时，沈皇后的侄儿沈元吉因看见一个叫方秀梅的姑娘而起奸淫之意。一天见姑娘一个人在家里，就要行非礼。姑娘极力反抗，誓死不从。沈元吉将姑娘掐死后泄欲。后又将姑娘身上的玉镯、戒指、项链洗劫一空。陈希亮将沈元吉捉拿归案。沈元吉在大堂上也供认不讳。就在退堂送监关押之时，沈元吉趁人不注意，拔腿就逃。哪知慌张之极，脚下一绊，一头跌入两丈来高的石坎之下，脑浆迸裂而死！

沈皇后上告皇上，陈希亮草菅人命，未经查明上奏皇上，就致人死命。皇上下令追查，让御史弹劾开封府在场官吏。陈希亮说："杀此贼者，我一人而已，与其他人无关。"由此罢去官职。

第二年，京西一带强盗猖獗，把太守县令都杀害了。新上任的宰相富弼推荐陈希亮出任房州知州。房州历来没有兵备，老百姓提心吊胆，扶老携幼地四处逃难。陈希亮到任后，将监狱里那些小偷、扒手以及因交不起租而被捕的犯人放出来，又招募了一些年轻人，组成一支几百人的队伍。日夜巡逻操练，声震山南。强盗不敢进犯，民心始安。

华阴人张元跑到夏州，有人说他当上了赵元昊的谋臣。皇上一怒之下，将张元的亲朋故旧100多人迁徙充军到房州。陈希亮查得这些人衣食无着、饥寒且死，便密奏皇上说：张元的事，是真是假尚不得而知。就算是真的，为国的人，不能顾自己的家。这样做只会更加使他死心塌地地为赵元昊卖命。况且这些是他的远亲，本来没有罪过。皇上还是赦免他们，放他们回乡吧！皇上准了陈希亮的奏章。张元的亲朋故旧们对陈希亮无比感激。

3年期满，回到京城听候安排，吏部打算任命陈希亮为大理寺少卿。陈希亮说，司法官员死守法律条文，不是我所擅长的。还是让我到地方上为老百姓效力吧！于是任命他为安徽宿州知府。宿州横跨汴水，建有桥梁。每年洪水季节，水流湍急，船只下行经常撞击桥墩，船毁桥坏。反复修造，老百姓怨声载道。陈希亮反复观察，亲自绘图，设计了一种单孔拱桥。先在两岸修建稳固桥基，再用木料单孔飞架。从此再没有发生船毁桥坏的事了。老百姓称这种桥为飞桥。皇上知道后，对陈希亮大加褒奖，赏赐他缣帛绸缎。并下令，自京城到安徽宿州，所有的桥梁都建成飞桥。

皇祐元年，调他担任滑州知州。这年夏天，黄河发大水，滑州一带的鱼池埽发生险情，即将决口。陈希亮会同水利官员，抽调周围各县的驻军，紧急增援。他亲自住在决口的地方，日夜指挥。官兵们再三劝说，甚至流着眼泪求他撤到安全的地方去，他坚持把帐篷搭在最危险的地方，晚上就住在帐篷里，绝不撤离。直到洪水完全退去。

第二年，陈希亮担任曹州知州。上任不到一月，就将几个暴乱头目绳之以法，平息了暴乱。

数年之后，调陈希亮为庐州（今安徽合肥）太守。朝廷的虎翼军驻扎在寿春的队伍因为谋反罪被诛杀了一大批人，有一些没有参与的人被安置到庐州。这些人提心吊胆，不知道会不会受到株连。一天，有几个人悄悄潜入太守府，图谋不轨。侍卫们将他们抓了起来。陈希亮说，这些人喝醉了酒，不知道自己干了些什么，赦免他们的死罪，把他们流放到边境上去效力吧！其余的人，陈希亮照样让他们去守库房，在自己左右当差。下属们都为陈希亮的安全担心，陈希亮却更加信任他们。这些人无不感恩戴德，指天发誓愿为陈大人效死力。

嘉祐二年，调陈希亮任开封府判官，后又任三司户部勾院。由于三司户部的事情过于繁杂，历年来积压的文书不得处理，于是朝廷又让陈希亮兼任开拆司长官。这时，担任右军巡判官的王梦易将老家荣德县 18 口盐井枯竭，而地方官照常征收赋税，交不出就抄家罚款 350 多家的诉状交到了陈希亮手里。陈希亮查明之后，立即下令退还罚没的 350 多家人的财物，免除荣德县每年 30 多万斤的税粮。这就是荣州人民世世代代将陈希亮的牌位供奉在文庙名宦祠里的直接原因。

三司户部积压的文书，自先帝真宗天禧年间以来，有 604 件；自仁宗明道年间以来达 212 万件。陈希亮不分昼夜，加班加点地督促官吏们认真清理。9 个月之后，处理了三分之二。度支吏消极怠工，陈希亮重责他 20 大板。担任副职的官员认为陈希亮擅自处置责罚，目无朝廷。于是，文书又日渐积压起来。

陈希亮感到在朝中难有作为，请求外任。朝廷任命他为京西转运使，赏给他三品服饰。上任不久，石塘河军队发生叛乱，为首的周元自称周大王。汝州、洛阳一带人心惶惶，担心乱兵到来，性命难保。陈希亮得知消息后，带着十几个人，前去巡查。下属们劝他多带些军队前去，他没有理睬。路上碰到 24 个参与叛乱的士兵。这些士兵看见陈希亮带这么十几个人，态度也十分温和，估计不出他是来干什么的，于是在道路两边向陈希亮诉说他们的苦衷。陈希亮也和颜悦色地询问他们的苦处。最后，陈希亮让一个老兵押着这些人交给叶县看管，并告诉知县听候自己的命令，不得擅自处理。不久，陈希亮赶到叶县，告诉这些士兵们说："你们都属于自首，可以赦免你们的罪过。但你们必定有为首的头目，你们应该老老实实地把他们的罪行交代出来。"

众人不敢隐瞒，将周元等人的罪行一一老实交代。后来，陈希亮发兵捉住周元等人，将周元斩首，将一名军校充军到荒远的边境。其余人等，照常在军队里边服役。

不久，朝廷又调陈希亮担任京东转运使。潍州参军王康前去上任，从山东博平经过。当地有一个叫"截道虎"的强盗，把王康和他的妻女打了个半死，地方官却不敢过问。陈希亮派人将"截道虎"抓获，流放到荒僻的海岛；又弹劾当地官员故意放纵强盗的胡作非为，上上下下 6 名官员被罢官。徐州太守性情暴虐，用一些鸡毛蒜皮的理由抄没了几十家老百姓的财产。上司追究起来，他又抓了一个小偷来屈打成招抵罪。陈希亮一一查明，上奏朝廷，将太守革职。

仁宗嘉祐八年，陈希亮请求告老还乡。朝廷不答应，任命他为凤翔知府。陈希亮的威严在所任过职的官场上也是有口皆碑的。官员们有时集聚喝酒，兴高采烈，猜拳行令，大呼小叫。只要陈希亮一到来，他们马上变得规规矩矩，不敢造次。

凤翔任上，苏东坡被任命为凤翔签书节度判官厅公事。按理说，同为四川眉山家乡人，彼此关系应该十分融洽。但苏东坡性格豪爽，和陈希亮一丝不苟的性格迥然不同。苏东坡起草的公文，陈希亮毫不客气地给他大涂大抹，改得面目全非，多次叫苏东坡拿回去返工。苏氏父子三人的文章令京华纸贵，连仁宗皇帝也称赞不已，说是为子孙选了两个宰相之才。现到了陈希亮手下却连连碰壁。苏东坡不服气，多次和他争辩。陈希亮也不客气，毫不通融。

苏东坡名动朝野，同僚下属对他都十分恭敬，口口声声叫他“苏贤良，苏贤良”。哪知陈希亮知道后大发雷霆，训斥下属以后不许这样叫。陈希亮晚年的架子越来越大。即使是同僚来拜见，他也让别人坐在客厅里等候，许久也不出来接客。经常看见来拜见的官员坐在客厅里打瞌睡。苏东坡为此诗兴大发，写诗讥讽他说：“谒入不得去，兀坐如枯株，岂惟主忘客，今我亦忘吾。同僚不解事，愠色见髯须，虽无性命忧，且复忍须臾。”

两人的矛盾日益尖锐。陈希亮举办的宴会，苏东坡拒不参加。中元节同僚下属都到太守府参拜，苏东坡避而不见。陈希亮抓住这一点上书朝廷，指责苏东坡目无尊长。朝廷下令对苏东坡罚铜8斤！苏东坡依然不管不顾，落落寡欢。后来在一篇《谢馆职启》的文章中说：“一参宾幕，轨蹈危机，已尝名挂于深文（苛刻的法条），不自意全于今日。”意思是说，一旦担任了幕府这样的职务，必须循规蹈矩，处处充满危机。已经领会了苛刻法律条文的束缚，没想到全在于今天。后来，陈希亮在太守府的后花园修建了一座“凌虚台”，来远望终南山。叫苏东坡写一篇文记，苏东坡毫不客气，提起笔来一挥而就。

文章讥讽陈希亮想修一座高台流传于世，不可靠。甚至你能干多久，活多久也很难说！文章交给陈希亮看了后，他没有改动一字，吩咐立碑刻石。后来，他对人解释他对苏东坡的态度时说：

“吾视苏明允，犹子也；苏轼，犹孙子也。平日故不以辞色假之者，以其年少暴得大名，惧夫满而不胜也，乃不吾乐耶！”意思是说，我看待苏洵苏明允，就像看待自己的儿子一样，看待苏轼苏东坡，就像看待自己的孙子一样。平时所以不用好态度好脸色对待他，就是因为他年纪轻轻就名扬天下，担心他盛名之下其实难副的缘由啊，哪里是我不高兴，不喜欢他呢！

其实，官场的险恶，曲折，艰难，苏东坡后来是深深地体会到了。苏东坡一生从不为人写墓志铭。但对陈希亮却打破了自己定的规矩。他在写的《陈公弼传》中，检讨自己说：

"公于轼之先君子为丈人行（长辈），而轼官于凤翔，实从公二年。方是时年少气盛，愚不更事，屡与公争议，形于言色，已而悔之。"

陈希亮在凤翔任上，下属州县曾送给他一些美酒，他推辞不过，只好接收下来，然后分送给了下属官员。朝廷御史知道后，弹劾他接受贿赂，于是被罢官。他也不解释，认为自己虽然分送给了下属，但下属们感谢的仍是自己，还是要算自己接受了贿赂。但仅为此事，毁了自己一世清名，不久，抑郁而终，享年64岁。赠工部侍郎。4个儿子，长子陈忱，任度支郎中。老二陈恪，任滑州推官。三儿子陈恂，任大理寺丞。四儿子陈慥，字季常，少时使酒好剑，用财如粪土。与苏东坡友善。一生没有功名。

陈希亮被后世尊为中国古代十大清官之一。

（胡宗杰）

晁公武

晁公武（1105—1180），字子止，号昭德先生。绍兴二年进士。南宋著名目录学家、藏书家。晁氏是宋代名门、文学世家，七世祖晁迥官至礼部尚书，族父晁补之、从父晁说之均为著名学者。晁公武父亲晁冲之是宋代江西派诗人。

靖康末，金人南侵，举家避难四川，定居嘉定（今乐山），家藏书，在战乱中损失殆尽。嘉州一带山清水秀、气候宜人，晁公武便在这里定居了下来。井度是南宋著名藏书家、刻书家，晁公武曾任四川转运使井度的属官。当时四川 50 余州，几十年未被兵火相扰，藏书多但亡阙不全。井度天性好书，凡有异本，听说后必求得而后快，遂收藏甚富。晚年与晁公武交谊深厚，遂将平生所藏之书赠予晁公武。

晁公武是一位知识渊博的学者。他藏书 2 万多卷，不仅仅是一个普通的藏书家，还懂得如何利用好这批图书。

晁公武长于讨论当时理乱兴衰的原因，追述历史，回忆北宋遗风，又善于文学表达。高宗绍兴初年（1131 年），晁公武中进士。绍兴二年（1132 年）二月，以吏部员外郎兼国史院编修官。三月，以枢密院检详诸房文字兼。二十一年（1151 年），以侍郎身份，改任荣州刺史。在任期间，动用民工达 2 万多人，重建 4 座环城石桥。又在东山摩崖纪事，至今遗迹尚存。晁公武家富于藏书，又得南阳公藏书 50 箱。在荣州刺史官邸撰成我国第一部私家书目提要，故名《晁氏郡斋读书志》。晁公武后来又担任成都知府，官至敷文阁直学士、吏部侍郎，又任扬州、潭州、四川制置使。他严格管束官吏，爱护百姓，许多被废置的事业都兴办起来，没有拖着未办的案件，故人称“良吏”。死后，葬于嘉定州（今乐山市）符文乡。著有《昭德文集》《石经考异》《中庸大全》等。

（张 傑 李国权）

李 焘

李焘（1115—184），字仁甫，一字子真，号巽岩。眉州丹棱（今四川丹棱县）人。生于宋徽宗政和五年（1115 年），唐太宗李世民第十四子曹王李明之后。南宋著名历史学家、目录学家、诗人。南宋高宗赵构绍兴八年（1138 年）进士，授华阳县主簿，未就任，于丹棱龙鹄山读书。南宋高宗绍兴十二年（1142 年）秋始赴任。后调任雅州（今四川雅安市）推官。高宗绍兴二十四年（1154 年），任双流（今成都市双流县）制置，后升荣州刺史。

因荣州城以河为城壕，雨季洪水常常涌入城内，使百姓生命财产遭受损失。孝宗隆兴元年（1163 年）夏秋，又发大水。李焘主持在城东至城西沿河岸修筑河堤，以阻止洪水泛滥。孝宗乾道八年（1172 年），调任泸州刺史。淳熙三年（1176 年）提升入朝，任秘书监，权同修国史，兼权实录院同修撰，让李焘专门从事编修史籍。孝宗淳熙十一年（1184 年），任敷文阁学士。不久后逝世，享年 70 岁。他在临终前说："臣年七十，死不为夭，所恨报国缺然。"李焘死后，朝廷追赠他为光禄大夫，累赠太师、温国公。赐谥号"文简"。

李焘以名节、学术著称，他博览典籍，著述丰厚。著有《巽岩文集》《四朝通史》《春秋学》等 50 多种，可惜大多数已佚。现存的有《续资治通鉴长编》520 卷、《六朝制敌得失通鉴博议》10 卷、《说文解字五音韵谱》10 卷，都被清代《四库全书》收入。

《续资治通鉴长编》是其代表作。这部著作是他于公务之外，日翻史册，遍求正史、实录，傍采家集、野史，增广门类，"网罗收拾垂四十年"才完成的。

李焘自隆兴元年（1163年）至淳熙四年（1177年）先后4次上进此书。隆兴元年（1163年），李焘在知荣州任上，进太祖朝部分，共17卷。乾道四年（1168年），进已修成的太祖、太宗、真宗、仁宗、英宗5朝，共108卷。淳熙元年（1174），进神宗朝《长编》，计417卷。淳熙四年（1177年），徽宗、钦宗二朝《长编》编成，孝宗称赞他“无愧司马光”。北宋“一祖八宗”至此完篇。但李焘仍在不断地修订重编。重编的《长编》为980卷，记北宋168年史事，另有《修换事目》10卷，《举要》68卷，《总目》5卷。共计1063卷。凡实录、国史、会要、野史、家乘、墓志铭、行状等有关资料，无不广收博采。其中分注考异，详引他书，保存了大量史料。

南宋初期学者、教育家张栻在评价李焘时说：李仁甫如霜松雪柏。无嗜好，无姬侍，不殖产。平生生死文字间。清代浙东学派的重要代表，著名的史学家、文学家全祖望评价李焘说：先生性刚大，特立独行。早著书，秦桧当路；桧死，始闻于朝。既在从列，每正色以订国论。清代著名史学家、诗人赵翼评价说：考古之学，至南宋最精博。如郑樵（宋代史学家、目录学家）、李焘、王应麟（南宋经史学者）、马贵与（马端临，字贵舆，宋元之际著名历史学家）等是也。清代政治家、文学家，《四库全书》总纂修官纪昀等人在评价李焘和他所写的《续资治通鉴长编》时说：焘博极群书，尤究心掌故……其《续资治通鉴长编》淹贯详赡，固读史者考证之林也。

（李国权）

陆　游

“死去元知万事空，但悲不见九州同。王师北定中原日，家祭无忘告乃翁。”陆游晚年写的这首《示儿》，我们在小学时就学过了，且知道陆游是南宋著名爱国诗人，写过 9000 多首诗，但很多人却不知道陆游曾在自贡荣县当过官，在荣县生活过 70 天，且写下 30 多首有关荣州的诗词。

陆游（1125—1210），字务观，中年自号“放翁”。出生于山阴（今浙江绍兴）一官宦之家。陆游 29 岁时曾在省试中位于第一名，但在后来的礼部试中却被秦桧一党黜落。孝宗即位后，主张抗金恢复中原的陆游受到孝宗赏识，特赐进士出身。后任镇江、隆兴二府通判。陆游在仕途上并不顺利，主和派抬头之时，他曾被罢黜，在乡间闲居数年。

隆道六年（1170 年），45 岁的陆游被起用为夔州（今重庆奉节）通判。后应四川宣抚使王炎之请入幕襄理军务，抵达汉中南郑。他骑马走遍汉中一带的军事要塞，考察形势，并积极向王炎“陈进取之策”。这期间也是陆游诗歌创作的重要阶段。但八个月后，王炎被调回首府临安，陆游也转至成都任职。之后数年，陆游在四川的蜀州、嘉州、荣州等地担任一些闲散官职或代理地方官。

陆游于淳熙元年（1174 年）冬月初至次年正月初十在荣州任通判。在荣州的 70 天里，陆游共创作诗词 31 首。

那么，初来荣州，陆游形成了怎样的印象呢？

“一起一伏黄茅冈，崔嵬破丘狐兔藏。炯炯寒日清无光，单单终日行羊肠。”这是陆游在《入荣州境》中描写的景象。冬日荣州丘陵的荒寒景色似乎也暗示了诗人孤独途穷、前途黯淡的处境和心境。

一路旅途艰辛，入荣境的当天并没有赶到州治荣城，陆游投宿于赖牟（今来牟）镇。在《赖牟镇早行》中，他写道："孤灯照影听初鸡，揽辔情怀倍惨凄。雪作未成云意闹，茅荒无际客魂迷。触寒手指藏犹裂，畏崄图书弃不携。老去有文无卖处，等闲题遍蜀东西。"此诗展现出诗人为赶到荣州府赴任，天不见亮就骑马上路，在愁云惨雾中将随行图书也弃在了赖牟驿的情形。由此可见陆游那时的孤旅情怀和愿在蜀中各地舞弄笔墨、寄托理想的心愿。

那么，多盐井的荣州，作为卓筒井发源地之一的荣州，给诗人又留下了怎样一番印象呢？陆游在散文《老学庵笔记》中写道："蜀食井盐，如仙井、大宁，犹是大穴。若荣州则井绝小，仅容一竹筒，真海眼也。"的确，荣州的盐井小得只能容下一根楠竹，而盐泉却如同直通大海的海眼一样汩汩涌流。"长筒吸井熬雪霜，辘轳咿哑官道旁。"那些吸井长筒，咿呀作响的轱辘，辛勤劳动的人们，又吸引着诗人，让他感到愉快。陆游还把荣州百姓劳动生产的场面写进了《晚登横溪阁》一诗："荦确坡头筇竹枝，西临村路立多时。卖蔬市近还家早，煮井人忙下麦迟。病客情怀常怯酒，山城光景尽供诗。晚来试问愁多少，只许高楼横笛吹。"可见，陆游不只是在观察生活，透过此诗，也看出了他要融入荣州，安心在此栖息，喜欢上了这里的风土人情的心绪。

初到荣州，"废台已无隐士啸，遗宅上有高人家。""杯羹最珍慈竹笋，瓶水自养山姜花。"陆游登啸台，品慈竹，"一杯径醉"，可见他的心情始终不好，只好在行吟、品酒中打发百无聊赖的时光。

陆游在荣州的诗作中，提及的荣州自然人文景点有啸台、龙洞、虎洞、横溪阁、高斋等，这些地方都曾留下诗人的足迹与情思。也正是有诗人的这些诗篇，才使"其民简朴士甚良，千里郁为诗书乡"（《入荣州境》）的荣州在人们心中大大增加了美誉度。

啸台现位于荣县大佛寺内的半山腰。相传黄帝之子玄嚣打猎时在此小憩，是为"嚣台"。又传魏晋名士孙登来荣，登台长啸，其声悠扬，如凤凰之音。北宋称此为"孙登啸台"。啸台是一个台面长 25 米、宽约 3 米的天然长方形的观景台。陆游常登临此台览荣州景致，留下了"啸台载酒云生屦，仙穴寻梅雨垫巾"（《别荣州》）之佳句。"来朝日出春风动，更看青天万里开""脱尽名利缰索，世界原来自大"（《桃园忆故人》其三）等诗句，更透露出诗人登高望远，让此处风景消苦解愁之心思。

紧邻啸台的龙洞又叫罗汉洞，洞口终年有岩泉下滴，因滴水成坑，人们便因坑凿建“莲池”。水滴池中，叮咚作响，有若鸣琴，故称“滴水成琴”。此处被誉为荣州十二景之一，名“龙湫夜月”。陆游除有《蓦山溪·游三荣龙洞》一词外，还有《龙洞》一诗：

峭崖摩天如立壁，枏根横走松倒植。
呀然一岫惊倒人，空洞坡阤三百尺。
幽阴宜为异物托，角爪痕存犹可识。
想当蟠蛰未奋时，腥风逼人云触石。
一朝偶为旱岁起，卷海作雨飞霹雳。
向来伊吕正如此，莘渭千年有遗迹。
我欲酌酒招蜿蜒，安用辛苦常行天。
太平海内多丰年，归来故祠听管弦。

龙洞之外，荣州另一景虎洞也吸引陆游到此一游。

虎洞，又名少阳洞、飞霞洞，俗称猫猫洞，位于县城东北约一千米处，为天然洞穴，立面略呈三角形。该洞因其形状似虎口，洞前山丘形似虎舌，洞后山势形似一尊剪尾而卧的老虎而得名。洞内冬暖夏凉，空气清新，滴水成翠。洞内原有尼庵，现存乾隆、嘉庆、道光及民国初年的碑刻 5 块。清朝著名书法家赵熙书尺大楷体“虎洞”刻于洞旁石壁。陆游在《虎洞》一诗中这样写道：

空山秋高木叶黄，茫茫百草凋秋霜。
逶迤深谷白昼静，群鸦竞噪众鸟翔。
洞中有虎何猛烈，牙如利刀爪如铁。
奋鬣掉尾初出穴，昂头四顾吐其舌。
双睛忽动飞电回，层崖长啸阴风来。
山中黎藿谁敢采？野外狐兔皆悲哀。
……

横溪阁也是荣州著名的人文景点。据《宋史》和《荣县志》记载：北宋元丰末年，王梦易罢官回荣州，仿效陶渊明在家乡双溪河畔筑“归来亭”，第二年病故。其子王庠、王序尚幼，向夫人筑石室，请名师教育二子。后来王庠品学兼优，娶苏东坡女（一说侄女）为妻。为奉养母亲，王庠不愿做官，被朝廷表彰为“廉汛处士”。王序归乡后，在双溪河畔建书阁，内藏皇帝的诏书和赏赐的书籍，双溪阁为此扬名。传说苏东坡曾到此辅导后学。陆游也钟情于松竹并茂、蜡梅满地、古树参天的双溪，曾几度游赏，赋诗饮酒，留下《晚登横溪阁》诗二首和《沁园春·三荣横溪阁小宴》三首。

今天，若人们还能在陆游驻足过的啸台、虎洞、横溪阁等地寻觅到他当年的诗词就好了。

陆游来到偏远的荣州，时有英雄无用武之地、壮志难酬的愁绪。他寄情于荣州的山山水水，也常在高斋夜坐，思乡，自笑，借酒消愁，与“渔翁共醉”。诗人的饮酒是在这样的情况下进行的：“浊酒一樽和泪斟”。他的纵情豪饮里，却是“荔子阴中时纵酒，竹枝声里强追欢”（《高斋小饮戏作》）。可见，“遇酒能狂似少年”的陆游在痛苦中难以自拔，因而借酒浇愁、强颜欢笑。他品“香醪”（今天的醪糟），手握“杯中琥珀红”而醉，他在挥泪中自伤。借酒排遣郁闷的陆游，无意间使“荣州酒赤而劲甚”为天下人皆知。

陆游在荣州的70天里，由初来时的痛苦悲凉到逐渐爱上这里的山水和淳朴的乡亲。他把荣州比作世外桃源，想在此安居乐业，结束颠沛流离的生活，可是，1175年正月，“急急文书动驿尘”，陆游被调任四川制置使司参议，离开荣州赴成都后入范成大幕府。他在《别荣州》一诗里记录了此事：“啸台载酒云生屦，仙穴寻梅雨垫巾。便恐清游从此少，锦城车马涨红尘。”诗人对离开荣州充满了不舍：“离离芳草长亭暮，无奈征车不住。惟有断鸿烟渚，知我频回顾。”（《桃源忆故人》）

陆游在荣州任通判期间虽然没有可圈可点的政绩，但在荣州短短的70天里，他却留给我们丰富的文化遗产，也使荣州“诗书之乡”的美名得以传扬。

陆游来荣州是诗人的不幸，荣州有了陆游的足迹、诗文是荣州之大幸。保护好仅存的啸台、双溪阁遗迹，该是今人要做的事情。

（刘胜秀）

牛　皋

小时候看连环画《岳飞传》，书上说“笑气牛皋，气死金兀术”。说的是南宋抗金名将牛皋因为活捉了不可一世的金朝大将金兀术，过度高兴而死。虽说这只是虚构的故事情节，历史记载牛皋其实是秦桧派人用毒酒害死，但是牛皋确实一个传奇人物，并且做过荣州刺史。

牛皋于 1087 年出生在汝州鲁山（今河南平顶山市鲁山县）石碑沟村，这里森林茂密、交通闭塞、人烟稀少。当初牛皋以卖柴为生，与老母和妻儿相依为命。他力大如牛，肩挑重担健步如飞。每次上山砍完柴，牛皋都去砍一棵结实的树做扁担，然后挑着柴火进鲁山县城去卖。仅靠卖柴火似乎很难满足家庭的日常开支，这时牛皋想到了发挥自己的射猎技艺。牛皋从小就喜欢弹弓、射箭，随着不断练习，他的射猎技艺有了很大长进，几乎百发百中，箭无虚发。石碑沟村林丰鸟多，这给了牛皋充分施展射艺的机会，每次进城卖柴，牛皋都要捎带一些野兔、野鸡等猎物回家，生活过得有滋有味。经过这样日复一日的艰苦劳作，牛皋不仅练就了强壮的身体，射艺也达到炉火纯青的地步。

建炎三年（1129 年），金军入侵中原。国难的关键时刻，牛皋决定加入抗金队伍，保卫家乡。由于擅长射艺，他到鲁山县衙当了一名射士，主要负责日常治安，同时也协助训练民兵。鲁山被金军攻陷，牛皋就自行组织力量，抗击金兵。牛皋武艺高强，并且为人豪爽耿直，一声号令，应者云集。牛皋领导义军多次打败金军，后来，他又在鲁山讨伐势力强大的贼寇杨进，三战三胜。由于战功显赫，远赴四川南部的荣州任刺史、中军统领。牛皋在荣州做刺史那是“身在曹营心在汉”，满门心思是硝烟弥漫的战场，每天习武练箭、操练队伍，很少关注荣州的秀丽山水，可谓足不出户。因此荣县的山水没有留下牛皋的任何传说，史书上对于他在荣州任刺史之事也是一笔带过。不久，金军再次进犯京西，于是，牛皋雄赳赳地奔赴抗金前线，取得了鲁山宋村和邓家桥大捷。

1133 年（绍兴三年），岳飞统管江西、湖北军务。牛皋奔赴临安（今浙江杭州）面见宋高宗赵构，力陈刘豫必败，中原可复。赵构将牛皋所部划归岳飞指挥，牛皋加入岳家军，一直担任岳家军的副帅，岳牛二人并肩作战，书写了一部可歌可泣的抗金史。

秦桧杀害岳飞后，十分惧怕牛皋。绍兴十七年（1147 年）三月初三，秦桧密令都统制田师中，以宴请各路大将为名，用毒酒将牛皋害死。牛皋临死前悲愤地说："牛皋年 61 岁（虚岁），官至侍从，已经足够了，所恨的就是南北通和，使我不能马革裹尸而死，而死在屋檐下而已！"一代英豪命殒奸人。

（胡为民）

元　代

曹　诗

曹诗，字必才，罗山人，顺宗朝进士。旧《志》：“荣州大尉曹必才，有《荣德山保守御敌功碑》。”《曹氏谱》：“必才，官南京。剿除红巾，以功升南城大尉。降荣州判抚，在任 18 年。”

州人刻公像于城东罗汉寺，崖壁题曰：“塑公之像、刻公之形，18 载，惠爱斯民。”民国志按：谱言由醉，今理董之。元无南京，盖即河南，沿金称也。红巾，即刘福通、徐寿辉等，时谓红军，亦曰香军，朝旨谓河南妖寇。元制，大尉秩高，如汉职，行事摄官承之。自纳麟外不多见，惟主捕盗之尉乃常职。《汉书》：王莽改制，以都尉为大尉。后或误袭之云。判抚，盖州之判官。其云“在任 18 年”，则至正十四年（1354 年）莅任。十七年（1357 年），明玉珍袭重庆，与元大战嘉定大佛寺，遂据成都，故荣保希夷山砦，诗旋归玉珍。二十三年（1363 年），玉珍称帝，国号夏，诗旋臣夏。洪武四年（1371 年），汤和下重庆。明升降，诗旋臣明。曹诗生于元成宗大德七年（1303 年），明洪武八年（1375 年）去世，享年 72。

当玉珍之据蜀也，元死节者，朗革歹、赵资、完者都，世称三忠。及明之灭夏也，汪兴祖、丁世贞诸人死焉，余皆审机以为去就。诗一意保境息民，民德之，故刻像罗汉洞岩致颂。

（罗秀能）

明 代

秦民汤

秦民汤，汉阳人，曾担任荥县知县。

1640 年，张献忠开始从楚（湖北）进犯蜀（四川）。崇祯十七年（1644 年）十一月，张献忠在成都称帝，建立大西政权，以成都为西京。设置左右丞相、六部尚书等文武官员，任命郡县各官。分封诸义子张可望为平东王，张定国为安西王，张文秀为抚南王，张能奇为定北王。分兵四出，欲占据全川。各地的明朝将领纷纷聚集兵马，袭击大西农民军，屠杀大西政权地方官员，给大西政权很大威胁。对此，张献忠进行了严厉的镇压。

大西到荥接管政权，知县秦民汤携县印逃到县南 90 里的莲花寺。寺里的僧人平时练习少林拳，武艺高强，愿意为官府效命，名为“僧兵”。秦民汤便前往莲花寺投奔倚靠他们。大西派人到莲花寺向秦民汤索要官印，秦民汤和僧兵将他们打杀了。大西军日夜兼程奔赴成都，请求派兵增援，大西军从成都调派万余人马到荥县，围攻莲花寺，僧兵寡不敌众，全部被歼灭。知县秦民汤面对杀气腾腾的大西军，身穿整齐的大明朝公服，大义凛然地坐在办公的厅堂，被大西军当场抓住捆绑了起来。秦知县毫无畏惧，至死不屈，痛骂不绝口。大西军用乱箭将秦知县射死，其死后牌位入祀于名宦祠。

乾隆《钦定胜朝殉节诸臣录》卷八记载：“荥县知县秦民汤，汉阳。崇祯十七年，献贼破城被执，不屈射死。”并列入 352 名“寇难殉节”烈士名单。

（罗秀能）

曹璜　曹珍

崇祯十七年（1644 年），张献忠军直驱入蜀，再次攻克荣县，处死了县令秦民汤。

当时，大西尚未接管荣县政权。荣县武学生出身的曹璜（时任都司）、曹珍（时任守备）兄弟俩随副将杨国明驻守嘉定（乐山市）。听到大西欲占据全川这个消息后，立即准备组织人马回荣保卫家乡。于是请副将杨国明派兵帮助，杨国明没有答应。曹璜便率领所部 300 余名士兵奔赴荣县，并招募兵丁。然而饥疲之民不堪其选，仅招募到精壮者 600 余人。时值范张荣自号“泣天无主都督”，拥众一方，曹璜认为他讲义气，相约与之合讨敌军。曹璜将家庭生计托付给兄长，自率 1000 余人迎敌。交锋 3 日，范张荣却无一兵相助。曹璜以孤军阻遏大西军前锋小霸王于羊喘之间。官军虽少，但关系身家存亡，无不以一当十、奋勇当先。大西军被击溃，官军追击 10 余里。次日，张献忠军大部队开到，城周满山皆兵，将县城围困。曹璜部队从早晨至中午都未冲出包围，随从士兵已伤亡大半，败势已定。至申时（下午 3—5 时）才移到城北山后，旁有悬崖，曹璜与家丁跃马而下，马毙，人安然无恙，竟得走脱。大西军破城后全城屠杀，男女老幼无幸免者，全城染满了鲜血，东门藕塘尸骸堆积如山丘。

大顺三年（1646 年）初，清朝改派肃亲王豪格为靖远大将军，和吴三桂等统率满汉大军，全力进攻大西军。十一月，豪格派护军统领鳌拜等将领突袭大西军。二十七日晨，清军在西充县太阳溪与张献忠军相遇。张献忠中清将暗箭身亡，时年 41 岁。张献忠死后，他的部将孙可望、李定国、刘文秀、艾能奇、冯双礼等率领农民军向南转移，后与南明联合，共同抗击清军，转战西南各省，坚持了近 20 年，直到清朝康熙初年。

（罗秀能）

清 代

黄大本

黄大本，浙江嘉兴人，乾隆四年（1739 年）己未科进士。乾隆十六年（1751 年）四月出知荣县，直到乾隆二十八年（1763 年）离任，前后在任 12 年。在任上修缮城墙与护城河，整修书院，清理义冢，修纂《荣县志》，让百姓垒积堤坝、修筑土堰，建树良多。士人和百姓到现在依然称赞他。乡里愚昧之人竞相谣传说这些建设会影响荣县风水，这就是《法言·学行》里所说的“一哄之市”而已。死后入名宦祠。著有《旭川纪事》《己卯秋葺城工竣》《濬西河》《题龙山》等著作。以下摘录其著作中的相关语句，从中可以了解当年荣县的相关人文和地理风貌，从这些语句中也可看出黄大本深厚的文字功底。

乾隆二十三年（1758 年），大水，黄大本《旭川纪事》云：“戊寅六月二十一，夜半荣州山雨集。咫尺城南水拍天，满郭蛙声杂人泣。五更以后雨脚收，黎明出城勤抚辑。水高于屋万家破，死者何辜绝呼吸。”或云：“两河蛟作孽，我朝往事年六十。”或云：“老山地势如建瓶，水势一泻成壁立。余愧父母乎斯民，眼中惨惨心汲汲。欲为善后计长久，筑城凿池事孔急。濠身展宽其势舒，蓄泄便于水出入。作堤捍水尤要策，永永人功保兹邑。恒情虑始颇觉难，官民利害贵相习。作诗纪事贻后人，雨来半夜何嗟及。”《己卯秋葺城工竣》云：“敢言百废已俱兴，辛苦当于一力承。城郭不完宁泄泄，室家随我筑登登。情殷保障人知否，邑有逃亡问未曾。二水五山无恙绿，抚心常自切冰兢。”《濬西河》云：“金碧岩前地脉通，东川直达气如虹。展开水力由山下，收得霞光入镜中。欲护沙堤先插柳，已登秋稼不妨农。后来作宰荣溪者，疏凿毋忘趁岁丰。”《题龙山》云：“兹山名虎又名龙，塔影群推文笔峰。人过进贤桥外路，寺传兴国古时钟。登临载酒还吹帽，苍翠摩天自种松。试看真如崖土坼，居然人镜兆芙蓉。”

（罗秀能）

李南晖

李南晖（1709—1784），字仲晦，号青峰，又号西海云樵，通渭县（今甘肃省通渭县）人。生于康熙四十八年（1709年）十二月二十八日，雍正十三年（1735年）乙卯科举人。雍正十二年（1734年）初，李南晖参加岁考即获得第一名，不久又中拔贡，次年举乡试第七名，后赴京会试，六次参加礼闱都没有得中。

历任本省秦州、河南桐柏、陕西中部等书院讲席，所到之处，人称其为“巨公”。诗字留题，信手拈来，很多都是传世之作。李南晖潜心研究易理，曾阅读《系辞》，读到“言行枢机”章时，曾若有所思地说：“谨言慎行，恐怕是学习《易经》最好的实践吧？”当读到“圆神方智”章时，又顿悟地说：“斋戒洗心，恐怕是学习《易经》的诀窍吧？”

在秦州时，墙壁间画太极、河图等象而反复玩味。一天，他梦见古帝王召见，样子和衣冠如同当地所流传的样子，还梦见伏羲赐给他食物。第二天早上，他起来再看太极、河图等，突然有所领悟。从此以后，体验日益密切，明智如神，躬行不言，默而成事，达三十余年。

李南晖著有《读易观象》，为六十四卦三百八十四爻，与三圣所系之辞，没有一句话不出自河图，这大概是古往今来儒者所未阐发过的要旨。

乾隆三十年（1765年），授四川威远县知县。政事空暇时，以观看卦象、玩味卦辞为乐，主持修筑城池、修纂县志及修建桥梁、河堤、书院等工作，将曾经废置的事都兴办起来。当地百姓爱戴他，彼此融洽得如同一家人。人们称李南晖所修的万年桥为“李公桥”。

乾隆三十三年（1768年），出知荣县。在任上爱护百姓，培育人才，刚正不阿。乾隆四十四年（1779年），因病退休，士人和百姓请求他留任，朝廷没有答应，于是为他建造了生祠来祭祀他，李南晖倍感欣慰地说："我应当会再回来。等到城的西南角有红灯，就是我回到荣县了。"回乡后，重订《周易》，独坐一室，即使家人也不能随意进入。乾隆四十九年（1784年）春，李南晖忽然说："我县将有大难。"于是将其书稿藏在夹壁之中。不久，回民叛乱，李南晖协助县令，与其约定誓守此城。

不久，县令因害怕找了一个托词就逃跑了。李南晖说："此地不是我归宿。"回家后，坐于家祠中，叫来次子李思沆、侄子李师沆侍立左右，仆人三儿也持烟火在旁侍奉。城池陷落后，一起痛骂叛贼而获死。只有三儿获救，但他已被缠在臂膀上的火绳灼伤了皮肤。当三儿详细地述说李南晖等人被杀害的情形时，听的人没有不感动流泪的。

五月十六日夜，威远县城西南角有火光，县里的人就说李公红灯来了。不久，李南晖殉难的噩耗果然传来了。叛贼被平定后，文襄公福康安到通渭县搜集李南晖事迹上奏朝廷。朝廷命福康安以知府礼规格，祭葬追赠李南晖太仆寺卿，入昭忠祠。不久，又奉旨入乡贤祠，命史馆为之立传。

李南晖所著曾刊行于世，现存《易象图说绪论》十卷、《读易观象惺惺录》二十二卷。

李南晖曾自书诗刻石，云："天地无可图报，只是勉力为善。圣贤无可图报，只是反己自修。君父无可图报，只是守身尽职。"又有《过朝天峡诗》云："呼吸风云近，人从天路行。山光低鸟道，水气湿猿声。改步千峰异，达观万壑平。可能通帝座，方寸向神京。"

（李国权）

曾承谟

曾承谟（生卒年未详），湖南临武县（今湖南省临武县）人，字从典，号噩斋，清朝年间拔贡。

曾承谟出身于书香门第，祖父和父亲都有文化，从小便对曾承谟言传身教。而曾承谟自幼天资聪慧，异于常人，七八岁时便能指物作诗，在当时传为佳话。曾承谟四五岁时便进了私塾读书，是同学中的佼佼者。十六七岁时，曾承谟便已有一米八左右的个子，浓眉大眼，帅气挺拔。成年后，身材高大、多才多艺的曾承谟成了许多女子仰慕的偶像。到 20 岁那年，他便开始食月禀（在官府任职，享受俸禄）。乾隆十八年（1753 年），学政（主管教育的官员，在当时地位很高，和巡抚同一级别，都是正三品官员）叶花南遴选贡生进省城最高学府深造，曾承谟参与廷选以后，被授予州判一职（州判一职在清朝之位阶约为从七品，州判职能通常为地方衙门辅佐主官的基层官员编制，不过也为外派直隶州知州的左右手）。

乾隆二十二年（1757 年），曾承谟被派往湖北，出任江陵县丞，主管堤工。他在户设立了夫，圩设立了长（其实就相当于现在为治理水源实行的“河长制”）。他还制定政策，让百姓可以种植杨柳来抵租税，并且大量聚积土石用于修坝筑堤。几年之后，曾承谟的治理便起到了明显的效果，百姓不再遭受溃坝水淹之灾了。后来，曾承谟升任蕲州别驾。曾承谟在任蕲州别驾六年，先后署理嘉鱼、谷城、远安、通山、黄陂等县。乾隆三十年（1765 年），总督吴达善、巡抚李因培联名保举曾承谟出任钟祥县知县。曾承谟施政平稳，清正廉洁，杜绝请托。后因父丧回到原籍，丧期满后，便开始到四川任职。最早是出任四川庐山县令。

乾隆三十四年（1769 年），曾承谟调任荣县知县。刚到四川时，朝廷命他监修威远城，于收支一丝不苟，尽职尽责，绝不让施工单位偷工减料，当地百姓和施工的工人都很佩服他。

曾承谟到四川任职期间还有一些政治背景需要补充一下，那就是“大小金川之战”。乾隆初，大金川土司莎罗奔夺取小金川泽旺印信，又攻明正土司（今康定）。1747 年，清军 3 万人分两路进讨，久而无功，川陕总督张广泗被清廷处死，改派岳钟琪为总兵，克期进讨。1749 年，莎罗奔请降，大金川事件初告平息。以后，大小金川之间常有冲突。到 18 世纪 60 年代，金川局势再度紧张，又一次引起清王朝的关注。1766 年，清廷派四川总督阿尔泰联合 9 家土司会攻大金川，小金川土司僧格桑（泽旺子）却与大金川土司索诺木（莎罗奔侄孙）联合反清。1771 年，清军败绩，清廷又将阿尔泰革职，派温福入川督师，向金川进兵，第二次金川之役由此开始。

乾隆三十六年（1771 年），小金川战役中，曾承谟奉命调往战场，总管南路粮草事宜，驻扎在章谷。乾隆三十七年（1772 年），清军进攻小金川，随营管理种台。乾隆三十八年（1773 年），跟随将军阿进攻打大金川，驻扎在当噶尔拉。五月，升任成都司马。六月，西路清军进攻噶尔拉失利，大将军温福战死，清廷又派阿桂为将军，增兵金川。当噶尔拉被包围后，曾承谟的同僚都神情沮丧，只有他忠靖自持，奋不顾身，将军阿桂特别赞赏他。随后又跟随参赞大臣富由约咱，从巴底巴旺进攻得林卡马奈。经多次血战，清军于 1776 年年初取胜。历时 5 年、死伤逾万人、耗银 7000 万两的第二次金川之役至此结束。曾承谟因督办粮饷有功，多次升迁，官至山西兵备道。在任上捐出俸禄，修筑河堤，又修建河神庙，当地人民到现在还记得他的恩情。

据《临武县志》记载，曾承谟死后葬于湖南临武县南十五里，地名高安水。

（罗秀能）

贾廷彦

贾廷彦（生卒年未详），字吉士，阳曲县（今山西省阳曲县）人，举人。贾廷彦以优贡身份进入当地最高学府学习，补正白旗教习。乾隆二十四年（1759 年），他领受顺天府乡荐教习。任满后，参与朝廷选拔，得选出任四川清县知县，后历署江安、纳溪、永宁、荥经、江油等县知县。乾隆三十二年（1767 年），出知荣县。

他所到之处，约束县府各级官吏公正地听讼断狱，反对采用强硬而严酷的方法治理百姓。后调任清溪县知县，清溪是通往炉藏、云贵的必经之路，住户稀少，往来的差役络绎不绝。贾廷彦在办公闲暇之余，对百姓特别给予安抚体恤，经过四年的辛勤付出，清溪县疮痍的局面得到了扭转。后调任政务繁剧的华阳县，时逢朝廷在金川用兵，面对繁重的运输、征召、制造等任务，他全都详细筹划，以方便百姓。需要审理的案件堆积如山，贾廷彦常常工作到半夜，不敢嫌苦怕累。

不久，升任忠州知州，权成都府篆，又升迁潼州府。以父丧归家时，他的母亲已经年近八十岁。因老母患有痰疾，日夜在旁侍奉，聘请医生进行调治，母亲出入时，都是由他背着。后来母亲去世，他守丧期满除服后补任四川龙安府知府。城东靠近大江，城堤常被江水吞噬，他捐出养廉银，倡导修筑堤坝，并在堤上种植柳树，以求巩固坝基。他主持修复先农各坛，修建书院，购买书籍，倡议捐资设立膏水津贴，使山野偏僻之地之人立志求学。东南鸽子崖石壁峭立，下临大江，以前都是靠木头渡江，来往行人感到害怕，为此，他采用悬于半空中的栈道的样式修建了三里偏桥，方便往来。所辖城邑江油中坝、太平二场商贾云集，被江水漂没的货物超过半数，他查看详情后，主张在当地修筑堤坝。一年后江堤建成，二场恢复了此前的繁盛，人们称此堤为“贾公堤”。贾廷彦在龙安府8年，正俸和养廉银因军需核减扣除了一半，他不再聘请幕宾，案件和公文都自行打理，府衙内没有眷属，上上下下不过10余人而已。宴请宾客，总共不超过五个器皿的吃食。

后升任福建主管延、建、邵一带府州官吏的道员。龙安府百姓听说了这个消息后，如同失去了父母一般痛苦，扶老携幼赶来拦住他的车驾，不忍心让他离开。抵达福建后，勘查各营汛炮位，往来于瘴暑之中，三个月即因病辞官归家。

贾廷彦虽然位居州牧的高位，却不受官场风气的污染，归家的行装只有布被和布帷而已，与赴京赶考的举子没有什么不同。享年七十三岁。他的儿子贾澄成进士，后官刑部主事。孙子贾志先，贡生，候选训导。

（李国权）

王培荀

王培荀，字景叔，号雪峤，山东淄川人，是近代山东知名诗人和颇有建树的学者。王氏先祖原系河北枣强县人，在明洪武初年迁徙至山东淄川。王培荀的祖父名相符，字小山；父亲名思枢，字斗南。他们都是满腹诗书、誉扬乡里的失意文人，尽管奋斗一生，也未能踏入仕途一步。王培荀的外祖为山东新城王氏，这更是一个功名显赫、人才辈出的贵族世家。这个家族明末出过兵部尚书、户部侍郎，连续四代人官赠太子太保，人称“王半朝”。清初，王渔洋三兄弟更是以才华横溢、权倾朝野，为世人所瞩目。王培荀的外祖父王兆奥，就是领袖诗坛的神韵派诗人王渔洋的族孙。王兆奥不仅诗文能传其家世，且还是一个远近闻名的围棋高手。王培荀就生长在这样的书香世家之中。王培荀虽然是庶出之次子，但因他自幼聪慧过人，故倍受父母宠爱。特别是他的祖父，对他企望很高，将重振王氏书香的厚望寄托在了他这位爱孙的身上，从小对王培荀进行了严格的贵族教育。

王培荀幼年是在外祖家度过的，由他的伯舅亲自为他启蒙。外祖家有处别墅，位于风光旖旎的锦秋湖畔，优雅的环境、严格的课程，使王培荀受到了良好熏陶，更为后来的成才打下了坚实的基础。稍长之后，王培荀回到祖父膝下，由他的祖父为他延请塾师，在家中的小园石癖斋中读书。王培荀读书非常刻苦，初学作文便写得有章有法，他的祖父看了之后，高兴地在他的文章后面批到：“见得到、说得出，决科非难事也！”欣喜之情溢于言表。在父辈的辛勤栽培下，嘉庆八年（1801年），年方弱冠的王培荀就以优异的成绩考中了秀才。翌年，他的祖父告别了人世。祖父死后，家庭人口日渐增多，又遭连年灾荒，仅靠父亲一人教书，家计难以维持。

于是，王培荀在他20岁刚出头的年龄，就走上了教书谋生的道路。教书之余，刻苦钻研经义。功夫不负有心人，在经过整整20年的努力之后，终于在道光元年（1821年）山东乡试中，以恩科第四名中举。时年39岁，已届不惑之年。4年之后，他的生母王氏患咯血病，医治无效，离他而去。又两年，他的父亲也溘然病逝。父亲病故时，王培荀正远在百里之外的蒲台设帐教书，闻讯急归，父亲已咽气多时了。父子未能临终诀别，王培荀痛不欲生，视作终生遗憾。父亲去世不久，年仅19岁的幼弟培蕊也因病夭亡。迭遭大变之后，一家生活重担就全都落在了王培荀一人的肩上。中举之后，王培荀更加刻苦自励，于教书之余焚膏继晷，揣摩制艺。然而，在之后的15年间，虽先后6次赴京会试，却场场铩羽，屡战屡北。道光十五年（1836年）会试落榜之后，53岁的王培荀对功名已心灰意冷了，回想幼年时祖父对自己的期望，禁不住潸然泪下。

正当王培荀对仕途绝望之时，恰逢朝廷开设6年一度的挑场。结果，王培荀竟意外地荣获大挑一等。当时获大挑一等的只有3人，王培荀就居其一。按惯例，大挑一等作县令用，于是他被分发到边远的四川，去当一名七品的知县。王培荀临赴川之际，他的同乡好友马子琴曾赠诗为他饯行，诗中有云“新称花县宰，有负木天才”。诗中抒发了对王培荀这位本应供奉翰苑，而被屈作七品知县用的奇才的惋惜与不平。道光十五年（1836年），王培荀告别妻子兄弟，只身一人，间关万里，去四川赴任初任丰都令，继而改署荣昌、新津、兴文、荣县等知县。

道光二十三年（1843年），被荐任为四川乡试同考官。在主持乡试中，他亲贤爱才的无私精神，至今在蜀中传为佳话。王培荀入川翌年，由他的四弟培垣护送其眷属及其长兄的遗孤，来到了丰都任上。从此，他的家人便跟随着王培荀在这块异乡的土地上住了下来。在川一晃就是14年，直到道光二十九年（1849年），年届古稀的王培荀致仕归田，才举家重返山东故园。不幸的是，他的四弟和侄孙却都因病死在了异土他乡。在回乡途中，与同乡王春舫太守结伴同行，于路赋诗甚多，有《蜀道联辔集》一卷。回乡之后，王培荀安闲地度过了10年的田园生活，这期间他曾主讲过般阳书院。咸丰九年（1859年）病卒于淄川故里，享年77岁。

在川14年中，王培荀先后任过5县县令，不管是巴东的丰都，还是川滇边界上的兴文，都是些贫瘠不毛、文化落后的穷县，故公务少、应酬少、闲暇多，这也为他政暇之余著书立说创造了条件。他在四川任职最长的要算荣县，足足在这里待了6年，政绩也数在荣县最为卓著。荣县地处川南，是沱江支流旭水上游的一个穷县。县城就坐落在旭水之阳。这里汉人与少数民族杂居，经济发展极不平衡，许多山民还处在刀耕火种的蒙昧状态。县境内崇山峻岭、地形复杂，匪盗如毛，民不聊生。

王培荀到任之后，为百姓做了件好事，深得民心。他擒盗魁、剔蠹役，解民倒悬。荣县旧有一班独脚大盗，动辄杀人放火、奸淫绑票，无恶不作，百姓深受其害，整天像在刀尖上过日子。而官府对盗贼却畏之如虎，束手无策。王培荀到任之后，在短短几天之中，就收到许多告发盗匪为害百姓的诉状，其中有的诉状还涉及官府衙役为盗作伥的事实。王培荀清楚地感到，作为一县之官，如果连百姓起码的生存条件都不能给予保障，要他又有何用呢？于是，他在认真剔除了县衙中那些一贯作威作福、鱼肉百姓的蠹役之后，亲自率领丁壮民役，出其不意直捣盗窟，将民愤极大的盗首一一擒获，并呈报上峰，就地正法。这件事在川南振动很大，川南通衢，无不争传荣县出了个“王青天”。

（罗秀能）

姚宝铭

姚宝铭，字蓝坡，福建福州（今福建省福州市）人。其叔父是鸦片战争中誓死率众保家卫国，最终因就敌外敌，城被攻破，从容跳入梵宫畔中的万公潭自杀，以身殉国的定海县知县姚怀祥。鸦片战争后，道光帝降旨褒扬恤典，对姚怀祥子弟“恩予世袭绅民”，为“云骑尉三代”“恩骑尉世袭”。姚宝铭在道光二十五年（1845 年）高中进士，历任四川的华阳、巴县、荣县、富顺、大邑、犍为等县知县和涪州知州、泸州直隶州知州。朝廷考核，政绩卓异。他为政和乐平易，爱护百姓，审理案件不用酷刑，蜀人称之为“姚婆婆”。

咸丰五年（1855 年）出知荣县。姚宝铭到任后，颁布施政纲要 20 条，主要内容是惩办狡诈之人、杜绝贿赂、清除贪蠹、整理团练等当时的急务。他坐在厅堂办公，前来围观的百姓众多，从不加以禁止。他捐出养廉银奖赏鼓励士人，与生童讲论学术，勤勉而不知疲倦。他聘请山长主教书院，不屈从上司的指派，一心聘任能当教职者的人掌教。县里有多余款项，上司想要提走，姚宝铭根据乡绅百姓的恳求，请求留作地方公费；考虑到保甲团练的费用不够开支，于是买粮充实义仓（为防荒年而在乡社设置的粮仓）贷给民户，待秋收时加收利息偿还，不仅充实了义仓，还通过借贷生息以备荒年之不虞。从此以后公事通畅，全县再没有分摊赋税的拖累。第二年正月，姚宝铭即将离任。虽他在任仅百余天，但满路都是称颂之声。百姓听说他将要离开，都叹息不已，甚至有人为之落泪，竞相为他树立“去思碑”，以记载他的德行。颂曰：“矫矫元之公，其后身仁慈如佛，威重如神。公来何迟？公去何速？德动四民，官居百日，民怀众母，士庆名师。公身虽去，公德常贻。”

涪州修筑城池，公家经费难以为继，姚宝铭捐出自己的俸禄促成其事。竣工刚5天，石达开的军队就逼近县城，围攻3年也没能攻取。当时法令规定，被掳百姓的头发超过3寸的，都要杀头。姚宝铭用比普通的尺子长1寸多的量尺测量，借此保全头发的百姓无法统计，涪州百姓对他非常感激，为他建立了生祠。春秋两季，农事完毕后举行谢神的祭祀，百姓都称他作“姚公”。

今天，在闽侯县大湖中山姚氏宗祠，还供奉着姚怀祥和姚宝铭的牌位。

（李国权　罗秀能）

刘齐衢

刘齐衢（1813—1860），字本枢，号绮田，闽县（今福州市区）人。出生在号称“福州七大名门家族”之一的刘家。刘齐衢年幼时父亲去世，由其伯父刘家镇教养。刘家镇是林则徐的挚友，曾创办圣功书院和凤池书院。清道光二十一年（1841 年），刘齐衢与弟齐衔“兄弟同榜两进士”，轰动一时。其弟刘齐衔后来娶了林则徐的长女林尘谭，成了林则徐的女婿，官至河南布政使，署理河南巡抚。

刘齐衢考取进士后，朝廷马上就封了他知县级别的官位，随即派往四川任职。先是补任兴文、荣县、江津知县。兴文县为偏僻之地，土地贫瘠，他在任 3 年，百姓在他的治理下，安居乐业。

咸丰五年（1855 年）出知荣县。刘齐衢品德高尚、习气温润，接见士人和百姓和蔼得如同家人一般。凡是地方之事，他都虚心走访，绝不以才能自负、意气用事。他办公勤勉审慎，特别关注团练事务。每次校阅团练，他不惜以自己的养廉厚加赏赐，因此团勇都勤于操练，家家户户都铸造兵器以自卫。李太守来巡视嘉州地区，为之叹感了很久。刘齐衢在任将近两年，办事沿袭惯例，没有特别的功劳，但士人感悦他的德行，百姓信服他的教化，就如同子弟跟随父兄一样，觉得惬意极了。刘齐衢生性特别谦让，有人给他送万民伞、德政匾，他都坚决拒绝。将离任时，士人和百姓相约在遮道为他饯行，不到五更天他就乘坐单车出发了。等到了约定地点，乡里饯行之人两眼相望，有的感动得落泪，刘齐衢也哽咽不能出声，士人和百姓为他树立“去思碑”。颂曰：“公心慈厚，公性谦冲，如夏之莆，如春之风，保我疆宇，谷我士女，德重荣山，恩流旭水。甘棠思召，黍苗思郇，公车不复，悠悠我心。”

江津地处要冲，开支繁多，积案不少，民众苦不堪言。刘齐衢年富力强，举凡防御之策、军需之供、安民之事，莫不躬亲。齐衢说“盗即民也，清盗之源，在易使民为盗”，只要做到“老有所养，壮有所业，幼有所教，而田舍庐墓皆有所保护之，孰甘舍安乐为匪？”刘齐衢免除县里私税，解困安民。在全蜀骚动的情况下，江津却得以“少安”。因操劳过度，逝于任上。四乡民众知其清廉，争先捐资，将其灵柩运归。

（李国权　罗秀能）

第四篇　名人乡贤

费　贻

据《华阳国志》记载，“费贻，字奉君，犍为南安县人，公孙述据蜀时漆身为癞”，“公孙述（？—36），字子阳，扶风茂陵人。两汉间政治人物。曾经割据蜀郡，并以‘白帝’自比”。也就是说，公孙述割据蜀郡时，费贻已有一定的名望，由此可推断：费贻也属西汉末东汉初的人物。

据《华阳国志》记载，费贻为犍为南安县人。犍为郡南安县，即今天犍为、荣县、乐山一带。荣县古属南安县。

光武帝刘秀建立东汉王朝后，任命费贻为合浦郡（治今广西合浦东北）太守。费贻任合浦太守期间，勤政有为，爱民廉洁。《华阳国志》等史籍称费贻“修身于蜀，纪名交趾”，是历史上清廉有气节的人物。

费贻把中原的农耕技术带到合浦，亲自教合浦民众耕种，修渠筑坝蓄水，并和老百姓一起耕田建屋，得到了民众的爱戴和拥护。费贻离任之日，合浦士民不忍让其离去，扶辕百里相送至一山下，才依依不舍分手泣别。费贻离开合浦后，民众为纪念他治理、开发合浦的功德，便把泣别的大山取名为“廉山”，把所在的田垌称为“大廉垌”，把合浦江（汉时又称“瘴江”，明代称为西门江）改名为“廉江”，把费贻在合浦带领民众所挖的井称“廉泉”（今合浦县城体育场内，汉时称甘露井）。唐贞观八年（634年），唐太宗因合浦境内有廉山、廉江，便将合浦郡改为廉州，取意为“弘扬廉洁勤政吏治之风”。

费贻是富有贤名之人。他在乡中以操守著名，与李业、谯玄、王皓、王嘉并称为南安“清廉节义五杰”，俱为刘秀（即后来的汉光武帝）所敬重的名士。西汉末年，王莽专权，天下大乱，群雄割据。时公孙述据蜀为王，也想借重这一批名士的声望来巩固自己的地位，但这些名士都不愿为公孙述所用，以死明志或被逼死。后闻费贻贤名，多次请其出山。费贻不愿为割据势力卖命，于是跑到深山隐居。公孙述派人前往寻找，费贻就把漆树汁涂在自己身上，使皮肤过敏感染成癞疥状，还披发佯狂逃避。后光武帝刘秀派人去寻找费贻等人回来为国效力，并多次派遣特使去邀请费贻入朝。

费贻在合浦太守任上，大力推行政清刑简。“政清”就是执政清廉公正，勤政有为，施德惠民。“刑简”就是各种规章制度都要符合百姓的利益，不能让不必要的规程扰民而成为老百姓的负担。他在任期上更是身体力行，为合浦的民众做了大量有益于民生的业绩，志书因此记称：“民感其德。”明崇祯本《廉州府志》因此记述：“合浦江山皆名廉者，以贻故也。”费贻故乡的民众为之作歌：“节义至仁费奉君，不仕乱世，不避恶君。”合浦府学孔庙的三贤祠为之塑像祭祀，以传政德。荣州文庙的乡贤祠中立有费贻神位。合浦孔庙保存完好，可惜荣县文庙已在20世纪80年代末被拆毁！

费贻在《后汉书》中也有传：“时亦有犍为费贻，不肯仕（公孙）述，乃漆身为厉，阳狂以避之，退藏山薮十余年。”

汉光武帝对费贻也是深爱有加。据《华阳国志》等史籍记载，费贻随特使朝见汉光武帝时，光武帝说：“寡人思卿久矣，未能得见，今幸屈至，喜跃弗胜。”费贻答说：“臣恨无才佐事陛下，既蒙恩诏，敢自违乎。”汉光武帝“大喜。遂封费贻为合浦太守”。“于是咸悦，莫不归心。”

由此可见，费贻在当时是具有一定影响力的，汉光武帝“遣使复征”，更是有眼光的。

（罗秀能）

费 诗

汉代时荣县一带属犍为郡南安县，而南安县府也曾在今荣县来牟镇，据赵熙编《荣县志》记载，该镇曾出土“南安县碑”。南安县存在了大约 400 年，晋代时才被“冶官”县取代。费诗就出生在南安县，其雄才大略、为人耿直、巧劝关羽等品格和事迹流传至今。

东汉延康元年（220 年），刘璋任益州牧，费诗为绵竹令。先主刘备进攻绵竹，费诗首先以城投降。先主攻下成都后，领益州（今四川省地）牧，任命诗为督军从事。不久，又调任牂牁（今贵州省遵义、思南等地）太守。后召回改任州前部司马。

刘备为汉中王时，费诗去拜关羽为前将军。关羽闻黄忠为后将军，愤怒地说：“大丈夫终不愿与老兵同列！”不肯接受官职。费诗对关羽说：“历来图谋帝王事业的，任用人才，不拘一格。从前，萧何、曹参与高祖少小时都是亲密朋友，而陈平、韩信是逃亡者，又是后来的。而韩信官职最高，可是萧、曹并无怨言。今汉王因一时功勋，在汉室有极高威望。在汉王心中自有轻重，黄忠岂能与君侯相比？况且你们关系不同寻常，犹如一体，祸福利害，共同担当和享受。现在我为你打算，不应该计较地位高下、爵禄多少。我是奉命而来，你如不接受这一任命，我便归去罢了。但很为你可惜，恐怕会有后悔之日。”关羽听后大受感动并醒悟过来，当即接受了前将军的任命。

公元 221 年，群臣集议，打算推刘备称帝，费诗不同意，即上疏：“殿下以曹操父子逼迫献帝而篡夺帝位，所以你远在万里羁旅中，纠合士众，将以讨伐曹操。现在大敌未灭而先自立，深恐人心疑惑。从前高祖与楚王项羽约，先破秦王者称王。及屠咸阳，活捉子婴，大功告成了，犹在推让，没有马上称王关中。今主公还未出兵中原，便欲自立，我认为这是不应该的。”因此事违背刘备意图，被降职为部永昌从事。刘备于同年四月称帝。

建兴三年（225 年）春，费诗随丞相诸葛亮南征四郡。其秋，南征取得胜利，费诗随诸葛亮来到朱提郡汉阳县。时投降蜀汉的李鸿来拜会诸葛亮，得到诸葛亮的接见，费诗和蒋琬亦同时在座。李鸿说：“我前不久经过孟达住所，恰逢见到叛汉而来的王冲。王冲说明公，您非常痛恨孟达，要诛杀他的妻儿，幸好昭烈帝没有听从而作罢。孟达却说：‘诸葛亮看待事情能了解本末原委，终究不会这样做的。’因此没有相信王冲的话，并且对明公倾心仰慕。我觉得孟达的心意已经不用再说了。”诸葛亮对费诗、蒋琬说：“回到京城后一定要给孟达写信互相通报消息啊！”费诗却当场表达了反对的意见，进言道：“孟达这个小子，昔日对刘璋不忠，后来又背叛先主。这种反复小人哪里值得我们写信给他呀！”诸葛亮听后没表态。费诗这番直言，使诸葛亮脸上难看，心中不悦。诸葛亮本来就是一个十分注重自己声名的人，费诗此言无异于说他是与小人在“追平生之好”，对于这种“影射”，诸葛亮当然不能容忍，因而费诗从此遭受冷落。而诸葛亮仍想引诱孟达做外援以方便北伐，还是与孟达进行了通信。

费诗《三国演义》中出场于第 65、73 与 91 回，形象与历史上大致相同，为蜀汉官员。刘备攻取益州后擢用归降的费诗。刘备自称汉中王，曹操得知后结连东吴，欲夺取荆州。诸葛亮建议进攻樊城以挫敌计，刘备于是以费诗为使，令关羽进攻樊城。关羽初知爵位与黄忠同列，不肯受拜，费诗巧妙说服关羽并传达了刘备的命令。出征前夕，糜芳、傅士仁大意烧毁了军器粮草，关羽怒欲问斩，费诗出面劝谏，二将得以保命。后诸葛亮出师北伐，以费诗为秘书留守成都参与处理朝政。

费诗其人性情耿直，言语铮铮。他的直言既得罪过刘备，也得罪过诸葛亮，因此一直没得到重用。“诗终刘氏之世，官位不尽其才。君予以昭烈之弘旷，武侯之明达，诗吐真言，犹尚凌迟，况庸主昏世，率意直言，而望肆效者哉。”诸葛亮逝世后，蒋琬执掌蜀汉朝政，费诗被任命为谏议大夫，后死在家里。在刘备时期，费诗这样的官位不足以发挥自身才能。

（罗秀能）

费 立

晋代名士费立，南安人，出生在名门望族，其父费揖曾任职巴西太守。四川为“蜀”，重庆为“巴”，“巴西”即指重庆西部。据谯周《巴记》记载，建安六年，刘璋分巴郡垫江以上为巴西郡（重庆垫江县名沿用至今）。当年蜀国悍将张飞也曾做过巴西太守，据《诸葛亮传》相关文字考证，“巴西”的郡府极有可能是今天的阆中。

费立年少时，父亲费揖向晋王朝投降，把“巴西郡”拱手送给了晋国。费立从小虚心好学，勤奋刻苦，性情平和，沉默少言。东晋时，被举荐为孝廉，担任王国中尉，带领兵马、保护帝王、防备意外情况，地位非常重要。（《晋书》卷二四《职官志》明确记述王国所置军队是由中尉统领。）王年轻时，喜欢微服私访，四处游玩参观。费立经常很严肃地规劝小皇帝，有时还以书面形式上奏，措辞急切诚恳，当然还是很符合君臣之间的基本规矩，规劝得很得体。但少皇帝还是不太喜欢他，这之后他便被贬到成都任县令，当年成都县是有名的难治理，费立到任后不久就做出了成绩。由于他公正高洁，让他担任州里的大中正（相当于现在的州长）。后转任巴西太守，但或许是因为他父亲当年任此职时投降晋朝，他可能有些心理阴影，所以就拒绝了这个更大的官职。转而任梁益宁三州都督，兼尚书。费立任职三州后，每次考核三州的官员都很严格，对于他们施政的功过是非，该表扬就表扬，该批评甚至惩罚都绝不手软，不讲关系、不讲人情，哪怕是平时与自己关系再好的人也一样对待，所以当时三州官史都对他有畏敬之心。然而没被褒奖的人们大多恨他的这种不讲情面的衡量标准，数次向郡县里辞官，都希望去河、泰、汝、颍等管理松散点的地方任职。久而久之，朝议就想把费立调到荆州担任刺史。

后来皇帝迁都到长安，费立被加官员外散骑常侍，封关内侯。

晋朝初期八王之乱，加之连年天灾，天灾人祸之下，晋王朝国力日渐衰弱。胡人于是乘虚而入。永兴元年（304 年），匈奴贵族刘渊在左国城（今山西方山县境内）起兵，逐步控制并州部分地区，自称汉王。光熙元年（306 年），晋惠帝死，司马炽嗣位，是为怀帝，改元永嘉。刘渊遣石勒等大举南侵，屡破晋军，势力日益强大。永嘉二年，刘渊正式称帝，四年刘渊死，子刘聪继位。次年，刘聪遣石勒、王弥、刘曜等率军攻晋，在平城（今河南鹿邑西南）歼灭 10 万晋军，又杀太尉王衍及诸王公。旋攻入京师洛阳，俘获怀帝，杀王公士民 3 万余人。而费立一心忠于西晋王朝，一代忠良费立最终于永嘉五年（311 年）与其子一同被胡寇所杀。至此之后，《荣县志》等史书上再难找到费姓的名士了。

《华阳国志》对费立扼腕长叹：费立是蜀汉降臣的后代，蜀汉灭亡时他还没有出仕，所以他自幼就随父到洛阳，受中原玄学之风影响很深，所以性格冲邃、玄静、沉默。从他任职成都县令来看，他善于处理政事，能别人所不能；而从他准正三州人物来看，其人性格耿直、原则性强，所以得罪了一大批有才无德或者才能平庸的小人。可怜的是，就是这样一位能力出众的大臣，因为是蜀汉降臣的后代，所以他和其他同辈的蜀中名士一样，无法入职中枢，面对朝廷日益昏庸、国力日益下降、胡人日益猖獗的形势却无能为力，最终随着西晋王朝一同覆灭。

（吴　勇）

昙 凭

南朝梁代僧人慧皎所撰的《高僧传》记载：南北朝的南齐时期，有个和尚名叫昙凭，俗姓杨，犍为郡南安县人（时荣县属南安县管辖）。

昙凭天资聪明，却不喜欢读书，从小就对寺庙里的佛像感兴趣。16 岁那年，他离开家乡，来到繁华的洛阳城，毅然在中国最早的寺庙、佛教最初的落脚点洛阳白马寺出家。他擅于读经，声韵优美，也颇为自负，可是并不广泛被人推崇，为此郁郁寡欢。

有一天凌晨，昙凭情不自禁地问师傅自己的才能如何被别人认可。老和尚微微一笑，随手指了指禅房外的那棵大树，大树的枝头一只百灵鸟正在放声歌唱。接连几天，昙凭发现那只百灵鸟每天凌晨很早就开始歌唱。只要它一开口，其他的鸟儿立即停止鸣叫。昙凭略有所悟，于是，他剔除浮躁，静下心来勤学苦练，终于练就最高境界，远近闻名。

后来，他回到蜀地的龙渊寺。这龙渊寺古时颇有名气，它位于四川成都，相传创建于汉代，因寺院的殿前有秦时蜀郡太守李冰造的石犀，故俗称“石牛寺”。据《四川总志》第二十四卷载，“殿中有井，相传通海，故谓龙渊”。东晋隆安三年（399 年），著名的和尚慧持听说巴蜀有峨眉之胜，意欲观瞻，于是西行到了成都，住在龙渊精舍，大弘佛法。许多信徒闻风赶来，人山人海，升堂听其讲经，号“登龙门”，龙渊寺名声大振。

昙凭回到龙渊寺，勤诵经书，弘扬佛法，被巴蜀的僧人推崇备至。

传说他“梵音一吐，辄象马悲鸣，行途住足”，成为一时之望的高僧。他曾经铸一口铜钟，为蜀地铸造铜钟之始。

“山不在高，有仙则名；水不在深，有龙则灵。”水到渠成，是金子总会发光。只有不断地提升自我，像昙凭大师那样静心苦练，才有可能为天下人所知，为众人敬仰。

（胡为民）

王梦易

在荣州历史上，有一位像包拯一样为官清廉、刚正不阿、为民做主的好官，他就是宋皇祐年间（1049—1053）中了进士，后经包拯举荐，被授为右军巡判官的王梦易。

王梦易，北宋荣州荣德县人，字潜夫。祖籍陕西长安（西安），其先祖王知珏在唐僖宗时奉调荣州任和义县令，任满后举家迁至县城北郊双溪。王氏聚族而居，人称“义门王氏”。

王梦易的父亲王伯琪以义声著于乡州。当时，州内多盐井，州民煎盐纳税，多至破产，而官户人家却例外，无税赋之重。王伯琪为民鸣不平，竭力向地方当局伸张正义，主张盐税由盐户和官户平均负担，地方当局不但不允，反而嫌其碍事，从而诬陷于他，伯琪忧愤离世。

王梦易曾在今天的绵阳、合川、南充、汉中等地任州、县官。在官至果州通判后，其政绩卓著，但他仍不忘其父遗恨，决心力承父志，为民请命。他先将盐茶制中的种种弊端向州县陈述，无人听取；后又向使者、省部申诉，仍无人听取采纳。嘉祐二年（1057 年），王梦易再向户部勾院三司陈希亮进言。陈希亮也是四川人，对梦易及其父亲主持正义之事早有所闻，遂予准请，给予支持。于是，荣州原被抄没的 350 户财物，才得以还给本户，同时还减免了当年税额 30 万斤。广大百姓欢天喜地，对王梦易伸张正义的行为奔走相告。他们深深钦佩王梦易。王梦易被眉山北宋天圣进士孙文懿称为“抗意为民，古真君子也”。

梦易曾摄理兴州，察觉旧例川茶由招募的民工运入陕西，不但使民工苦于跋涉，且兼被敲诈。梦易将之奏请皇帝，应照驿站传递法，置茶铺，免民役，茶税也能收得，这样办公办私必称便利。可王梦易的奏请却招来刺史的忌恨和诬陷，被降官三级。元丰八年（1085 年），王梦易愤而罢官回荣。

王梦易仰慕陶渊明“不为五斗米”折腰的气节，为表其心志，回家后在故乡双溪河畔三角洲边筑起一亭，名为“归来亭”。1086 年 9 月，王梦易便因病归去。

那时，王梦易的两个儿子王庠、王序年龄尚小，其妻向氏停在梦易柩前誓要教子成才，乃请名师教育二子。后来王庠品学兼优，娶苏东坡侄女为妻。八行考试，全备为天下第一，为奉养母亲，不愿做官，被朝廷表彰为“廉汎处士”。王序归乡后，又在双溪河畔建书阁。

宋宣和五年（1123 年），王庠、王序请当朝宰相张商英为其父撰写碑文，书写墓表。这块墓碑高 3.9 米、宽 1.2 米，半圆形碑额，赑屃碑座，是荣县尚存最早的墓碑。这块 2000 字多的碑文里详细记叙了王梦易发扬“义氏王门”积极进取精神、怀着使命感参与盐业事务的事迹。

（刘胜秀）

王 庠

王庠，字周彦，荣州人。王家几代住在荣州，祖父王伯琪，以“义”名播远近，被人们称为“义门王氏”。

当时荣州的盐井众多，不少老井因开采时间过长而卤水淡竭，产量锐减，但盐监衙门在征收盐税时，却仍按过去盐井产卤高峰时期定下的税额征收，加上地方官吏舞弊，不论盐户生产经营规模大小，一律按户口征收盐税。这致使小规模生产经营的平民百姓纷纷破产，而官宦人家大规模生产经营的作坊却生气勃勃。面对弊政，王伯琪向荣州刺史请命，要求盐税按生产经营规模征收，官户与民户一视同仁。这件事招致了官户们忌恨，无中生有对王伯琪提起诬告诉讼，致使王伯琪蒙冤含恨去世。

父亲王梦易，北宋仁宗皇祐元年（1049 年）进士，不忘父亲的遗恨，决心力成父志。北宋仁宗嘉祐（1056—1063）年间，他把荣州盐税不公的种种弊端向州、县官府提出，没有得到采纳；又向刺史提议，向时任判三司户部兼开拆司的陈希亮说明，得到陈希亮大力支持。加上曾在荣州做过官，其时在朝任尚书郎的李畋协助向朝廷力言荣州盐税弊端，于是返还了 350 家过去按户口征收的盐税，同时每年免除全县盐税税额 30 万斤。王梦易曾经代理（陕西）兴州知府，后改任蜀川茶运使。他发觉按历来的做法，川茶由招募的民工运送到陕西，不但使民工苦于长途跋涉，而且沿途还要被敲诈。于是便奏请皇帝，请求按照驿站传递的办法，沿途设置茶叶递铺，既可免除民工长途跋涉劳役之苦，而且朝廷还能收取茶税，这样做于公于私都有利。因为这件事，王梦易招致上司忌恨，并对他进行诬陷，使他受到降职三级的处分。北宋神宗元丰八年（1085 年），王梦易被罢官回到荣德县（今荣县），为表白心志，在双溪之上建起一座亭子，取名叫“归来”亭。北宋哲宗元祐元年（1086 年）八月十五，王梦易含恨死去。王庠母亲向氏，钦圣宪肃后的姑姑。

王庠生于北宋神宗熙宁三年（1070 年）。他 7 岁时，所写文章即像成年人一样有思想、有文采。13 岁时，父亲王梦易去世。王庠哀痛激愤地对弟弟王序说：“父亲因为为官正直遭受诬陷罢官，忧郁而死，母亲把我俩叫到父亲的灵前，手按着父亲的棺材发誓说：期盼你我兄弟二人长大后能有所成就，请朝廷为父亲恢复名位，才准许将父亲安葬。我俩要用母亲的誓言互相勉励。况且通过科举考试进入仕途，是父亲生前对我们的期盼，我也有志于此。”于是闭户穷经、史、百家书、传、注之学，并不远千里寻师求学，务必弄懂经、史、百家等知识学问的真谛才肯罢休。据《宋史·艺文集》记载，《王庠文集》共有 50 卷，可惜都没有流传下来。他与苏轼常有书信往来，向他请教作诗填词；也与苏辙、吕陶、黄山谷、范纯仁等人为友。苏辙见他诚恳好学，将女儿许配给他。

王庠早年曾上书范纯仁、苏辙、张商英等人，都持中立不偏不倚的主张。吕陶、苏辙都很器重他。王痒曾把自己所写的《经说》一文寄给苏轼，文中说：二帝三王之臣，皆志于道，惟其自得之难，故守之至坚。如孔、孟作《六经》，斯道有一定之论。士之所养反不逮古，乃知后世见《六经》之易忽之不行也。苏轼在给他的回信中说：《经说》里的这些话，确实说得太对了啊！

北宋哲宗元祐（1086—1094）年间，吕陶以贤良方正、直言极谏科推荐王庠，王庠以宋邦杰已经学业有成，却没有谁推荐为由，主动把机会让给宋邦杰。吕陶得知此事后，对王庠的人品更加敬重。不久，哲宗绍圣（1094—1098）年间，章惇等人专权用事，停止了制科考试。王庠感叹道：这是命中注定的啊！但我们没有辜负父母的教诲，只要按照父母的意愿去努力过就行了！北宋徽宗崇宁元年（1102 年），王庠参加“能书”（宋代科举考试中的一种）殿试，被列为首选。当时京师遭受蝗虫灾害，王庠上书议论时政得失，说朝廷内外言论堵塞，当权者不了解民间的真实情况，将带来社会动乱和战争等祸患。张舜民看见这些话，认为他危言耸听，感到非常吃惊。王庠落选径直回荣县侍奉母亲，蓄情养志。此后8年没参加过任何考试。北宋宋徽宗大观四年（1110年），在全国推行“舍法”，州里推举王庠去应试。王庠说：“从前，还在我母亲52岁时，我便请求在家侍奉她老人家，现在母亲已年满60，要我去参加考试，这样做，岂不是违背了我的本心吗？”正当“元祐党禁”闹得非常厉害之时，王庠毫无忌讳地公开对人说：我与苏轼、苏辙、范纯仁是知己；吕陶、王吉曾经对我有推荐知遇之恩；黄庭坚、张舜民、王巩、任伯雨是与我交往密切的好朋友，（他们现在均遭受打击）我不可以在这种时候参加科考求取功名，只想隐居乡野。宋徽宗继位后，（因为王庠的母亲向夫人是宋徽宗嫡母钦圣太后的姑妈）朝廷加恩，赐予王庠官位，王庠将恩赐让给弟弟王序，并请求朝廷为去世的父亲恢复了名位。北宋宣和五年（1123年），王庠父亲的灵柩得以安葬。接着母亲去世。处理完母亲的丧事后。王庠复出被推举通过“八贤”考试，进入太学（古代官学最高学府）。经大司成考定为天下第一，皇帝亲自下诏书表彰他。朝廷知道他不愿意做官，赐给他处士的名号。马上又改为潼川府教授，赐给他身份和官服，一天之内朝廷封赐的诏命4次送达家中，王庠却坚决推辞不愿接受。

王庠虽然身居山林，与文人雅士唱酬赋咏，但其所言所写、所唱所咏，表达出来的都是忠君爱国的思想。向太后念及与堂姑婆向夫人之间的情分，曾经多次要赐给王庠官位。王庠将官位让给弟弟、侄子和外甥等，并且把家中的田产平均分给庶兄及前母所生的姐姐。王庠死后，宋孝宗因为他生平事迹与品德，赐予他“贤节”的称号。

（罗秀能）

王 序

宋哲宗元祐八年（1094）九月，垂帘听政的高太后去世，当了 9 年傀儡的皇帝宋哲宗亲政。

哲宗亲政时期，后宫以向太后最为尊贵，王序、王庠的生母向夫人正是向太后的姑姑。姑姑的儿子已长大成人，且学问已成，名声在外。于是向太后奏明皇上，让吏部安排姑姑的儿子出来为朝廷效力。吏部通过地方官等渠道考核认为，王庠最适合选拔的条件。王庠却极力推辞，让同父异母的哥哥王靡和弟弟王序接受朝廷的安排。王靡被任命为梓州路学政；王序恩补承务郎，调任果州（今南充市）司法参军。

初涉仕途

果州是当年父亲任过通判官职的地方。王序担任果州司法参军 3 年，公平公正公开地纠正了几起冤案错案。当地的流氓地痞销声匿迹，民事刑事案件迅即减少。3 年期满，考绩为优。朝廷宣他进京听候新的差遣。

这时朝廷任命吴玠担任都水使者，他将弟弟吴璘和王序要到身边，帮着他治理水患。吴玠、吴璘后来成为抗金名将，多次打败金兵，粉碎金人妄图从川北攻占四川，消灭南宋朝廷的企图。至今，川、陕一带有吴王庙、忠烈祠、吴公祠、名将庙等 20 余处。苏州的湖嘉寺也是原来的吴王庙。可见吴玠在老百姓心中的地位了。王序到吴玠手下当差，也学到了身先士卒、雷厉风行、当机立断等许多优良品质。

开封位于黄河边上，经常泛滥成灾。北宋时期的几代皇帝，都十分重视黄河的治理。宋哲宗元符元年，朝廷对黄河河堤进行了大规模培修。沿河 500 里之内，征调民夫 10 万人、士兵 3 万人。一场规模宏大的治河行动开始了。上千里河堤全面铺开，堤面宽 11 米，加高 2 米。砍伐树木，搭建帐篷。仓储、生活、居住，沿黄河两岸一字排开。王序跟在吴玠、吴璘身边，骑马奔走在千里河堤之上，检查工程准备情况，确保三月初一能全线开工。根据上千年来摸索总结出来的经验，冬天气温太低、冻土太硬，施工困难，泥土的水分多了少了都不行。只有 3 到 6 月洪水到来之前，抓紧筑坝，修建的大坝才坚实耐用。大坝取土，必须离大坝 15 丈远之外，且不得挖出深坑深沟，以免大坝出现垮塌现象。

工程正式开工之后，吴玠带着吴璘和王序，吃住奔走在工地上。每到一处，他们都要示范性地参加劳动：或帮着民工推小车，或用柳条筐担泥土，或和大家一起抬起石夯打夯筑紧泥土。民工们看见身居高位的朝廷官员都来和自己一道参加劳动，干劲倍增。工程进展十分顺利。吴玠后来把他这种身先士卒的实干精神用于带兵打仗上，士卒们无不为他舍身卖命，奋勇争先，以一当十。陕南川北一带的和尚原之战，吴玠曾创造了带领数千残兵败将打败金兵数万之众的神话！

工程竣工之后，吴玠推荐提拔王序为都水丞（大约相当于水利部副部长）。王序在担任都水丞期间，兴修农田水利，增设塘堰堤坝，在抵御自然灾害、确保农业收成上起了一定的作用。当然，对家乡荣德县的水利设施，他也给予了一些专款拨付，大力扶持。

随军转运使

几年之后，23 岁的哲宗皇帝驾崩，向太后不顾宰相章惇“端王轻佻，不可以君天下”的反对意见，坚持立哲宗的弟弟端王赵佶为皇帝，是为宋徽宗。宋徽宗请向太后垂帘听政，向太后开始不答应。后在他哭着多次请求之后，勉强同意了。但半年之后就归政徽宗。这时王序被升迁为直秘阁。接着又外派为河阳知府。3 年之后，考绩为优，赐进士出身，进待制（国史馆或秘书处）。

北宋末年，正当宋辽对峙之时，在辽的北方又悄然兴起一个新民族——女真族。女真族最早发迹在黑龙江省，其首领完颜阿骨打逐步统一了各部落之后，于公元 1115 年在会宁府（今黑龙江省阿城南白城镇）称帝，国号大金。金建国后，为加紧对辽国的打击，主动联络宋朝进行联合攻辽的谈判。宋徽宗宣和二年（1120 年），双方在海船上达成协议：约定南北夹击共同灭辽，辽灭亡后，将辽的燕云十六州归还宋朝，这就是历史上的“宣和海上之盟”。

宣和四年（1122 年）四月，宋徽宗和宰相蔡京等朝廷重臣决定：任命刚刚打败了西夏、镇压了南方方腊起义的宦官童贯为河北河东宣抚使，率军北上。五月，徽宗又任命蔡京的儿子蔡攸为两河宣抚副使，与童贯共领 20 万大军，讨伐燕京（今北京）；任命王序为随军转运使，负责后勤粮草、军械的供应。王序不敢怠慢，筹措了 10 万担粮草和军需器械，挑选了交往多年、深为知己的袁成将军一道，带领士兵，星夜兼程，赶赴燕京前线。

经过一个多月的行军，行进到霸州地界。天忽然降起漫天大雪，士兵骡马疲乏不堪。晚上，王序正在帐篷里看书，随军押运的袁成将军前来拜访。

“王大人，白天鞍马劳顿，晚上还要秉烛攻读啊？”

“袁将军，快请坐。现在是国家多事之秋，我们无论是读书还是当差都不敢有丝毫懈怠啊！”

“王大人正当年富力强，将来担大任挑重担的机会指日可待。童大人镇压方腊反贼大获全胜之后，已晋升为太尉兼河北宣抚使。今带领 20 万大军攻打燕京，得胜之师，所向披靡。我们将来也会沾童大人的光，一道成为有功之臣，得到封赏的。”

“但愿如此吧！可我还是有些忧虑。一则是我们的大军从西北镇守西夏的前沿，千里奔袭杭州一带的方腊反贼，已是强弩之末，十分疲惫。现在又行军千里，由南往北，去攻打燕京。而辽国军队守住本土，以逸待劳。这是我们的兵家大忌！”

“王大人说得有理，朝廷内将相不和，于军不利。就是这次出征，种师道将军就提出了反对意见。他认为，今日之举，譬如强盗入邻家，我们不能救，反而又趁火打劫，与强盗分赃，怎么可以呢？可是，他的意见遭到了童大人的反对。辽国也派人向童大人求和，指出宋军帮助金兵是助纣为虐、养虎为患，将会祸害自己。但童大人已听不见不同意见，以为自己带着得胜之师，收取燕云十六州如囊中取物，辽人将会望风而降。”

“当然，我们也巴不得早日收复已失去200多年的燕云十六州。这也是大宋开国以来历代皇帝的心病。但自古以来骄兵必败的教训，还是应该引以为戒的。但愿我们的担心是多余的。还是早点儿睡吧，明天再赶一天路，赶到军前交割清楚，就完成了我们这次长途押运的使命了。”

第二天下午，王序和袁成终于赶到童大人帐前，交付使命。童贯英俊魁梧，美髯垂胸。

童大人下达军令：

“二位将军带兵前去主要是造成威慑，我们的檄文已发往辽国军前。敦促他们早日开门投降，交出燕云十六州。皇上已有指示，我军不得对辽国军民妄放一枪一箭，妄杀一人一骑，违令者，杀无赦！二位将军谨记！”

大军进发，王序和袁成休息一夜之后告辞返回，准备下一次押运。王序对皇上、童贯下达的莫名其妙的命令感到不解。两军对阵，不放一枪一箭，不杀一人一骑，这还叫打仗么？走了没多久，就听到宋军大败的消息。原来种师道带兵前往白沟，中途接到前军统帅扬可世带兵前往兰甸沟派人招降。使者被辽军杀掉，宋军陈兵兰甸沟城下，城上箭如雨下，宋军却遵循童大人指令，不得放一枪一箭，束手就死。辽军掩杀出城，宋军溃不成军。退守白沟，又被辽军追杀。种师道不得已退守雄州，又被辽军追杀到城下，损失惨重！

前方失败的消息传到京城，徽宗皇帝才明白辽军不是想象中的不堪一击，赶快下令班师回朝。回到京城，童贯把失败的责任全推给种师道。于是种师道被罢官，强令致仕退休。这时蔡京也被罢相，担任宰相的是王黼。王序反被晋升为徽猷阁直学士。就在这一年的七月，辽国皇帝耶律淳病死，他的妻子萧氏以太后的身份主政。宰相王黼鼓动宋徽宗，让童贯和蔡攸乘辽国国丧期间发兵夺取燕云十六州，以雪前次败兵之耻辱。任命刘延庆替代种师道指挥军队作战。仍命王序做随军转运使，负责后勤供给。金太宗完颜阿骨打唯恐宋军靠一己之力先取了燕京，得不到宋朝的岁赐，便遣使来约战期。宋朝派赵良嗣再使金朝，讨论双方履约事宜。

王序和袁成又筹措了30万担粮草和军用器械,千里迢迢送往燕京前线。辽朝的涿州守将郭药师见辽朝在宋军和金军的合击之下朝不保夕，于是率他统帅的劲旅八千常胜军连同他镇守的涿州、易州投降宋军，收编入刘延庆麾下。不费一兵一卒就得到了两座城池，宋徽宗的头脑又膨胀起来，在封赏郭药师的同时，御笔改燕京为燕山府，其他8州也一一由皇帝赐名，似乎一府8州都已纳入了宋朝的版图。

王序、袁成将30万担粮草、军械运到军前。这时的宋军可谓兵精粮足。童贯派刘延庆、郭药师率大军10万渡白沟伐燕。大军进发到良乡，被辽将萧斡带兵阻击。刘延庆只好屯兵在卢沟桥以南，闭垒不出。郭药师自愿率奇兵6000，乘敌后空虚，夜袭燕京，但要求刘延庆派他的儿子刘光世带领军队前往接应。郭药师攻入了燕京，辽军殊死血战，刘光世却贪生怕死，违背约定，不发救兵。郭药师带去的6000精锐死伤大半，仅带着数百骑逃回。辽将萧斡截断了宋军的粮道，四处扬言说，辽军3倍于宋军，将举火为号，一鼓聚歼宋军。刘延庆闻风丧胆，一见敌军火光，就自焚大营，仓皇南逃，士兵自相践踏百余里。王序费尽千辛万苦送到前线的粮草辎重尽弃于道路,拱手送给了辽军。第二天，宋军在白沟被追兵再次打败，刘延庆只好退守雄州。

这两场战争，使王安石在熙宁、元丰年间变法以来积蓄的军用储备丧失殆尽。至此，童贯主持的两次伐燕均告惨败，而即将灭亡、朝不保夕的辽朝居然能大获全胜。金朝也在一旁冷眼看清了宋朝在军事上腐朽没落、不堪一击。这时，金太祖完颜阿骨打已攻下辽朝的中京和西京。年底，又亲率大军攻克了燕京。他见宋军窝囊无能，对宋朝的使者赵良嗣的态度也变得倨傲和强硬起来。赵良嗣奉命与金朝谈判履行海上盟约，交割金朝答应交还的燕云十六州的相关事宜。

经过几次使节往来和讨价还价，金人下最后通牒：金朝只将燕京六州二十四县交割给宋朝；宋朝每年除了向金朝移交原来给辽朝的50万岁币，还须补交100万贯作为燕京的代税钱；倘半月内不予答复，金朝将采取强硬行动。

宋徽宗宣和五年正月，赵良嗣回朝复命，徽宗全部答应，只让他再次使金，要求归还西京。金朝乘机再向宋朝敲诈了20万两的犒军费，宋朝也一口应承下来。但金人最后照单收了银两，仍拒绝交出西京。四月，双方交割燕京。金军入城近半年，知道城池将归还宋朝，便大肆剽掠洗劫。居民逃匿，十室九空，整座城池几如废墟。金军临走时，又将富民、金帛、子女捆载而去。童贯、蔡攸接收的只是一座残破不堪的燕京空城和蓟、景、檀、顺、涿、易六州，其中涿、易二州还是主动降宋的。

尽管如此，宋徽宗君臣还是为暂时收回了燕云六州而自我陶醉。王黼、童贯、蔡攸、赵良嗣等都作为功臣一一加官晋爵，童贯被封为广阳郡王。

京兆府路安抚使

朝廷花大价钱收回了燕云六州，王序也得到了封赏。他以徽猷阁直学士身份，被封为京兆府路安抚使兼京兆府，坐镇西安，管辖13个县，成为一方大员。

为父亲平反昭雪是王序多年的心病。他趁一次上朝的机会，奏请恢复父亲王梦易的名誉。皇上准奏，追赠王梦易为通议大夫。朝廷拨专款为他按大夫体制修建坟墓。王序请求宰相张商英为父亲撰写碑文，张商英也欣然答应。待一切准备就绪，皇上命王序为钦差大臣，回家为父亲王梦易举行安葬典礼。王序会同四川各路、州、府、县，以及周围的父老乡亲，为父亲举行了隆重的安葬仪式，终于实现了母亲带着他兄弟二人跪在父亲灵柩前发的誓愿。

回到京兆府任上，成了一方大员之后，手中有了生杀大权，说话办事能作数了。这时，蔡京又再度为相，在全国施行民政救助措施。王序马不停蹄，视察了所属的十三个县的社会治安、军队驻防、农田水利设施以及民众生活，发现许多鳏寡孤独，乞丐、残疾、智力障碍、伤残老人和因贫困被父母遗弃的婴儿，以及因灾因病致贫的人。他们生活无着、无所归依，病了没钱医，死了没人埋。王序下令由府上拨专款设置居养院，专门收养那些生活无着的人和救济因灾荒、战乱逃难的难民；设立安济坊，医治那些无钱医病的人；设立漏泽园，掩埋那些无亲无故、无人办丧事或办不起丧事的穷苦百姓。

蔡京也认为王序的措施得力，于是下令全国推行。这是几千年封建王朝第一个全面进行社会救济的有力措施。这对于缓解流民集聚，因走投无路而铤而走险进行大规模起义活动,有一定的疏导预防作用。

在金朝消灭了辽朝残余势力，统一了全辽之后，金太宗于宋徽宗宣和七年（1125 年）十月任命谙班勃极烈、完颜斜也为都元帅，统领金军，分东西两路，向宋朝进军。金兵首先攻占燕京，郭药师投降，然后带领金兵渡过黄河，逼近北宋首都汴京。此时，44 岁的宋徽宗赵佶赶忙传位给他 26 岁的儿子赵桓，是为宋钦宗。他自己则带着蔡京、童贯急忙南逃。

宋钦宗赵桓即位后，改元靖康。在群臣对误国专权的蔡京、童贯的声讨声中，宋钦宗将二人一贬再贬。起初贬童贯为左卫上将军，再贬为昭化军节度副使，发配到英州、吉阳军。还没等他走到英州、吉阳地界，朝廷又下诏历数他十大罪状，命监察御史张澄沿他所走路线，到途中斩掉他。张澄追到南雄将童贯斩首。他的头被带回京城悬首示众。蔡京开始被贬为秘书监分司南京，接着再贬为崇信、庆远军节度副使，衡州安置，后来又迁徙到广东北部的韶州，再迁到海南岛儋州。可惜他刚刚走到潭州（今湖南长沙）就走不动了。他当了十几年宰相，富可敌国，身上带足了金钱，但沿途的老百姓非但不卖给他一杯茶一碗饭，反而纷纷地咒骂他。于是他感叹道："京失人心，一至于此。"

最后，蔡京饿死在残破不堪的崇教寺中。他死后没有棺材，仅用破布裹尸，埋入了他倡导修建的专门收葬贫病无家者的漏泽园中。他的子孙大部被杀被流放，结局十分凄凉。

靖康元年十二月一日，开封被金兵攻破，宋钦宗正式在城外上降表，献上 100 万锭和银，500 万锭的犒军费。结果还是被诱降至金帐，俘虏徽、钦二宗及皇族、后妃等 3000 多人，千里迢迢地被押往金朝大都会宁府。北宋灭亡。

靖康之变时，王序仍坐镇京兆府，管理着所辖的地盘，没有受到金兵的蹂躏。南宋王朝建立后，宋高宗建炎三年，王序被任命为凤翔知府。

金兵在虏走徽、钦二宗之后，分两路大军妄图一举消灭南宋王朝。

西路大军在吴玠、吴璘两兄弟的抵抗之下，未能踏入四川半步。

王序在金兵南侵、凤翔失守之后被罢官。他回到荣德县，在城北双溪汇流之处修建了一座横溪阁，呈列皇上多年来的诏书诰命，还将历来和达官贵人交往的诗词书画悬挂四周，俨然一座藏品丰富的博物馆。可惜在几百年的朝代更替、兵荒马乱之中损失殆尽，一点儿影子也找不到了。

王序熙宁五年（1072年）生，字殷彦。为避宋宣祖弘殷讳，改为商彦。累官至银青光禄大夫、徽猷阁大学士、文安郡开国侯，食邑1400户。绍兴六年（1136年）卒。享年64岁。

（胡宗杰）

宋　迈

两宋时期的四川，人称“人文之盛，莫盛于蜀”。古称荣州的荣县，在宋代约祥符八年（1015 年）至嘉定四年（1211 年）约 200 年时间里，竟有 175 位中榜进士。清乾隆《荣县志》记载，南宋开禧二年（1206 年），荣州知州袁桂在文庙建雁塔，陆续增刻了荣州进士 155 人的姓名，部分详记出于何榜何年，并有碑另载 20 位荣州进士。结合清乾隆《荣县志·宋迈传》来看，南宋进士宋迈遵从父亲遗言，抚育 4 个弟弟长大并成为进士，创下荣州一门 6 进士的奇迹，六位进士即宋宠光、宋迈、宋选、宋道、宋造、宋适。清嘉庆及其后县志又改宋迈父亲为宋纶练，巧合的是宋宠光与宋纶练皆为第一甲第四人。孰是孰非，给今人留下难解之谜。

宋孝宗认为“君唯急于求贤，国莫疆于得士”。淳熙五年（1178 年）夏四月辛未，姚颖榜以下 417 人赐进士及第、进士出身、同进士出身。宋迈与父亲同为此榜进士。然喜悦难抵忧思，金人一直侵宋，即便扼腕狂读，满脑子的文韬武略却抵挡不了金人的铁骑。西夏人、蒙古人亦蠢蠢欲动，肆意侵吞大宋版图。很快，连中榜的喜悦也没有了。父亲病重，将宋迈喊到病床前，嘱咐他将 4 个弟弟抚育成才后才能去做官。

父亲去世了，母亲更为辛劳。宋迈只好掩藏起心中的抱负，恪守乡间“长兄为父”的责任，让母亲生活轻松一点。他与弟弟诵读名篇、讲解经义，更要操持家中大小事物。4 个弟弟亦遵行长兄教诲，孜孜不倦地勤勉苦读，终于，一个个都考中进士，在荣州一时传为佳话。

宋迈后来担任洪雅县令，任职期间得到了清介的好名声。

（李锦梅）

胡子昭

明建文四年（1402年）。九月十一日，京城金陵（今南京），应天府锦衣街西市，秋风起时，夕阳西下。

一辆辆囚车吱吱呀呀地开来，即将行刑的一干囚犯被押解至刑场。囚犯中，一位身材修长的中年男子缓缓地抬起头，须发散乱间，一双坚毅的眼睛炯炯有神。他抬头看看天空，被晚霞染红的天边灿烂依旧。他又回头望了望自己的同门：黄子澄、曾凤翔、何典宝、卢原质……忽然，锣鼓声急促响起，行刑官手持钢刀大步流星走了过来。中年男子的眼神立刻变得冷峻，他抬头遥望西南方向重云深处的故乡，仰天长叹。

时辰终于到了，监斩官将令牌一甩，声嘶力竭地叫喊："斩立决！"一声令下，膀大腰圆的行刑官高高地举起钢刀，中年男子微闭双眼，叹了口气。

然而，即便再次选择也是今日结果——与其苟且偷生，不如以身殉国！

钢刀已到头顶，中年男子那藏于胸间的浩然正气喷涌而出：

两间正气归泉壤，
一点丹心在帝乡。

撕心裂肺的声音划破天空，飞向远方。

残阳如血。行刑官用力一挥，钢刀落下，只听"咔嚓"一声，忠贞不屈的灵魂骤然消失，热血喷涌而出，洒满大地！

中年男子名叫胡子昭，时任兵部左侍郎，嘉定府荣德县与贤乡（今荣县东兴镇）东川沟人，时年45岁。

东川沟位于荣县西北边陲，地处崇山峻岭之中，原生态的自然风光优美壮丽，雄奇的山峰挺拔峻秀，幽深的山谷草木繁茂。场镇坐落在山脚的平坦地带，四面望去，都是连绵起伏的大山，整个镇子仿佛躺在一个摇篮里。邻近场镇，有个小小的平坝，为胡姓人家集聚地，名胡家坝。背靠四季青翠的大山，村前是一片开阔地带。一条小溪从大山深处逶迤而来，流水潺潺，清澈见底，过东兴镇，经这片沃土，缓缓流入旭水河。东川沟乃旭水河的源头，千百年来，哺育着一代又一代勤劳的荣州儿女。

元朝年间，胡子昭的父亲胡复初从大足县迁来东川沟，在东川书院教书为生。他学识渊博，善于教书育人，深受学生喜爱，东川书院因其而闻名遐迩。胡复初站稳脚跟后，置地修房，逐渐形成了一座有48个天井的胡家大院。

元至正十七年（1357年），胡子昭出生在这山清水秀之地，父亲为他取名志高，意为志向高远。他从小深受父亲的影响，饱读诗书，加之天资聪颖、勤奋好学，幼年便出类拔萃、卓尔不群。后来，胡复初又有了次子胡子义。胡复初牢记家训，严格训导两个儿子。胡子昭、胡子义聪慧好学，尤其是胡子昭，小小年纪便名扬桑梓，着实让人赞叹不已。

东川沟流传着这样一个传说：

胡家大院对面的山峰上有几块奇石，远远望去像两只狮子。有天早晨，胡子昭起床洗脸，发现脸盆里有两只狮子，于是便同它们玩了起来。之后，胡子昭聪慧异常，打开书本便过目不忘。自此，这两只狮子每天早晨都来陪胡子昭玩一会儿，胡子昭的知识也越来越渊博。

这个传说看起来更像是老乡的杜撰，但从中可以看出人们对胡子昭才华的钦佩，觉得他是神仙下凡，才会引来神狮相助。当然，另一方面也充分说明了少年胡子昭的聪明才能为常人所不及，于是人们便以为有神仙助他了。

青年时代的胡子昭曾写有两首《东川诗》，描绘了元末明初时故里东川沟的情景。

一

柞树寻花经，携壶入翠微。
路危行客少，山僻到人稀。
古庙寒云篆，幽溪冷石矶。
岸深驯野雉，频顾不惊飞。

二

人道山行好，山行好寂寥。
布袍穿棘刺，草履滑松毛。
古水留云暖，清泉漱石骄。
独行偏会意，猿虎莫轻佻。

胡子昭凭着自己的勤奋好学和机智聪明，洪武十二年（1379 年），20 岁的他便高中进士，蜀献王（朱椿，太祖十一子）推荐他出任荣县儒学训导。那个时候方孝孺在汉中讲学，胡子昭倾慕方孝孺的才华，便前往拜师学习。临行时，蜀献王赠诗曰：

促装何所往，驱车入汉中。
欣然游大郡，况复依方公。
学业日益富，道德日益隆。
丈夫志远大，岂肯屈樊笼。
他年升馆阁，步武接夔龙。

胡子昭勤苦攻读，以纲常之重为己任，很受方孝孺器重，逐渐有了名气。蜀献王得知，便向朝廷推荐。明太祖亲自面试，非常满意，赐名子昭，授以翰林院检讨，参与编修《太祖实录》，后升刑部右侍郎。

燕王朱棣为太祖第四子，相貌奇伟，须髯飘逸，知勇大略。他早就对太祖逝世时“诸王临国中，毋奔丧”的遗诏不满，惠帝朱允炆采纳方孝孺、胡子昭等一批有识之士的建议，试图削弱藩王割据势力，更是激怒了他。洪武三十二年（1399 年），朱棣打着“诛奸臣，清君侧”的旗号起兵造反，爆发了历史上有名的“靖难之役”。朱棣发兵南下，自瓜州渡长江，经镇江、龙潭直逼皇城金陵。1402 年 6 月 13 日，朱棣率兵抵达金陵金川门。谷王朱橞、国公李景龙等开门迎降，兵部尚书齐泰溃败潜逃，文武百官见大势已去，纷纷屈膝跪拜。消息传入宫中，建文帝自焚而亡。

朱棣自命新君登极，他坐在高高的龙椅上，俯瞰俯首称臣的前朝大臣，眼神冷峻。他需要这些人来辅佐他完成大业，即便他们不够忠心；他还需要人来帮他名正言顺地做皇帝，于是派随从去请方孝孺为他撰写即位诏书。他认为，只要用“三公九锡”的封赏或酷刑的威逼，就可以令那文弱的儒生听命于他。谁知道，他迎来的却是为建文帝披麻戴孝的方孝孺。方孝孺入朝而来也只是为了给建文帝哭灵，他将笔狠狠地扔在地上，一边哭一边骂：“死即死耳，诏不可草！”随后，胡子昭、黄子澄等人披麻戴孝，哭哭啼啼地闯入宫中。他们与朱棣反复辩论，慷慨激昂，历陈大义，义正词严，表明自己“剖心无怨”，忠于前帝的心迹。

朱棣强压住怒火，想再次威逼利诱方孝孺，方孝孺竟破口大骂，将朱棣篡夺帝位的丑恶行径一一罗列出来。朱棣勃然大怒，下令诛杀方孝孺十族，除了九族外还加上了方孝孺的门生。方氏亲族人等不分老少一律杀戮，死者达 870 余人，姻亲门下发配边疆者达 1300 百多人，开创了中国历史上刑法“灭十族”的记录。

新任兵部左侍郎胡子昭，作为方孝孺的得意门生，自然也难逃此劫。被捕后，新王朝的统治者对其用尽酷刑，想让他改变气节，为其所用。但胡子昭和他的恩师一样，威武不屈，骂声不止，句句谴责朱棣的罪行和他的不仁不义不忠，誓死效忠先帝。朱棣恼羞成怒，将胡子昭等 18 名前朝忠臣斩于应天府锦衣街西市，并诛杀胡氏四族。

刹那间，血雨腥风笼罩着整个胡氏家族。

胡子昭被杀后，胡氏家族遭到了灭顶之灾，荣县钞没 48 户人家，另加租 800 担，大足县钞没 58 户人家。亲党朋友，凡是在四族以内的人，都受到牵连。胡氏家族人人自危，逃难避祸者有之，改名换姓者有之。成年男子不是被杀就是充军，女子都被没入官府为婢。胡子昭的父亲因为年迈，被发配边关，他的妻子黄氏和女儿金奴被没为官婢。

冤案不管时间长久，总归要平反昭雪。而蒙冤枉死之人，亦会受到人们的怀念和敬重。胡子昭等人被杀后，民间就有议论：“两朝臣子，各忠其事，为何顺者昌，逆者亡？”就连朱棣自己也承认：“彼食其禄，各尽其心耳！”可见朱棣也赏识胡子昭等人的节烈，因此逐渐放松了禁令，却依然不为靖难旧臣平反。不过，永乐六年（1409 年），年已 30 余岁的金奴被允许回家。永乐二十二年（1425 年）七月，朱棣去世，朱高炽继位。十一月，朱高炽立即手谕礼部：“建文诸臣，已蒙显戮。家属在官者，悉宥为民，还其田土，其外亲戍边者，留一人戍所，余放还。”第一次正视历史，称靖难被诛的方孝孺等为忠臣。虽然没有实际的名分和平反，但在言论上已经给予了自由。

天顺初（1457 年），金奴 80 余岁，想着自己的父亲没有儿子，也没有其他的后人，如不能在有生之年让父亲落叶归根，便会是终身的遗憾。于是，金奴进宫面见英宗皇帝，乞求能将父亲胡子昭的骸骨归还。英宗皇帝朱祁镇觉得此举合情合理，便派人查寻到胡子昭的骸骨，以礼部勘合，钦赐放还。金奴携父亲的遗骸回归故土，将他安葬于荣县东川沟胡氏家族的祖居之地（俗称“阁老坟”）。至此，流落异乡 80 余年的胡子昭，终于落叶归根，长眠故土。

传说胡子昭因头被砍，用金子铸刻了一个头颅来安放在尸骨上埋葬，结果引来了盗墓贼，胡子昭墓早已被盗，而今只剩下一块残碑，碑文大部分已毁，依稀可辨少许文字：“敕封明忠臣，兵部左侍郎”等。

显赫一时的胡家大院已不复存在，名噪一时的“阁老坟”已被开垦成耕地，但胡子昭的名字却永远镌刻在历史的丰碑上，忠臣胡子昭将与故乡的山水同在，与日月同辉。

（王　林）

吴朝鉴

吴朝鉴（鑑），字法官，号济川，庠生。明洪武九年（1376 年）二月三十日子时生于宜宾县义上乡两路口老虎冲。其祖父吴必秀，原籍湖广黄州府麻城县孝感乡吴所湾（又名斗坡），元末游宦别驾（“奉旨入川”）到四川泸州任州判，诰授奉直大夫敕封承德郎（正六品官）。其父吴海蟾初与胞弟吴海增迁居泸州、富顺接壤的海塘中坝，后独自迁居宜宾县义上乡两路口老虎冲。

吴朝鉴曾任富义厂新罗井盐官、丁口煮盐贡井（时隶荣县）。初居新罗井。后因当地恶邻王姓因势强逼朝鉴迁出，吴朝鉴便于明永乐十二年（1414 年）购买贡井大（潼）滩西岸宋勾龙尚书遗址，改名吴家嘴。自此，吴氏荣、宜、富邑占三籍矣。为此，吴朝鉴临有诗云：“辛苦经营四十春，吾庐一旦属亲邻。可怜昨夜犹为主，堪笑今朝却是宾。燕雀有情还抱恨，犬猫随我不知嗔。临行嘱咐至窗前，异日相逢是故人。”可见，新罗井应为其父其叔在泸富接壤的海塘中坝的旧居所在地（“辛苦经营四十春”），同时也道出了邻里的冷暖。

吴朝鉴为官之时为荣县的盐务发展做了不少工作。他谨遵吴氏祖训——“子孙务在读书以振先业”“耕者勤耕，读者苦读”，以此训诫后人奋进苦读。因其训诫有方，其后人多有建树：其子吴鼎为廪生，为中宪大夫（正四品）；季子吴刚被诰封奉政大夫（正四品）；幺子吴凯被诰封奉直大夫（正四品），任福建泉州同知。其孙子吴道宏为明天顺皇帝丁丑科（1457 年）进士，官至南京大理寺卿；另一孙子吴道廉（宁）为荣县义官，被敕封文林郎（正七品），其女嫁给富顺举人（知州）熊载为妻，生二子，长熊迟、次熊过，均为进士。

吴朝鉴的曾孙（道宏之子）吴明霸于明弘治年间（1490 年）随父吴道宏（自乞致仕）迁居荣县中里仁义乡（今新桥镇永兴附近）。朝鉴的第十二代孙吴绍华于清康熙年间（1662—1722）由荣县清流乡迁徙到荣县中里仁义乡林伍公冲（今正紫镇张家庙村一社小地名朋石岩）置业之后，吴家人丁兴旺、家业繁荣，尤其值得一提的是朝鉴的第十四代孙吴文玉“少端严如成人”，成人后仕途坦荡，被诰封中宪大夫（正四品），署成都府、嘉定府事前官、正堂官、户部，山东、广东、福建、云南、广西、贵州、山西等刑部、广东清使员外郎兼管八旗（现广庆乡）户部等职，出守（任）湖南沅州、长沙以及湖北德安等府知府，获三级军功 1 次、二级军功 4 次等功勋。乾隆二十八年（1763 年）癸未岁冬月吉旦日，吴文玉 58 岁时，被御敕“品冠群英”匾一块。乾隆四十年（1775 年），吴文玉为激励子孙，“汤为总约”自制“出纳持平”与上匾同挂于吴氏老屋堂屋大门上方。

据吴氏族谱记载，至清雍正止，吴朝鉴的后裔中共 9 人任职正四品官，21 人获进士称号，49 人获举人称号，1 人获大学士称号，7 人任职知府（州）官，16 人任职知县官。

吴朝鉴于明成化年间（1466 年）去世，因其孙吴道宏贵而被诰封通议大夫，妻彭氏被诰封淑人，二人合葬在贡井吴家下嘴幺滩子，有碑（已废）可认。

（吴岷钟）

吴道宏

据乾隆《荣县志·坊市》载："禹门躍浪坊，为进士聂耕、刘文、吴道宏、伍性、曹迈、何显淑立。""大廷尉坊，为大理寺卿吴道宏立。""进士坊，同上（为大理寺卿吴道宏立）。"拥有3块牌坊的吴道宏，究竟是何许人也？

吴道宏，祖籍江苏延陵。其高曾祖父吴必秀于元末因授四川省泸州州官而"奉旨入川"，又因元末明初战乱而没能回到原籍。其子孙后代便在川南繁衍生息。吴道宏的祖父吴朝鉴为明朝荣县盐官，掌管贡井、荣县、富顺三籍的煮盐之事。吴道宏的父亲吴鼎为明朝大理寺右少卿。吴道宏从小在荣县生长，住荣县中里仁义乡（今正紫镇）。自幼聪明过人、知书识礼，深受邻里赞誉。24岁（1453年）便获明景泰皇帝癸酉科举人，28岁（1457年）又登明天顺皇帝丁丑科进士（该科状元为黎淳），并获明翰林院侍读官之职（从五品，专门为皇帝及太子讲读经史。400多年后的荣县人赵熙亦为翰林院编修，为正七品），之后为朝廷监察御史（官不大，但权限甚广，颇为百官忌惮）。

至明宣德年间（1457—1464），由于统治者大肆兼并农民的土地，大量掠夺农民的财物，大批农民流离失所。而当时的湖北、河南、陕西和四川交界的荆襄地带，是明朝统治势力相对较薄弱的地区，这里虽然多为深山大谷，却非常富饶。大批失地农民瞧准这块"风水宝地"，便大量流入这里，以开矿、垦田为生。到后来，这里的流民竟多达150余万人。这么多流民聚集在这里，使统治者非常害怕，担心其造反。于是就派兵去驱赶或抓捕他们。这样做不仅未达到预期的效果，反而逼迫流民在刘勇等人的率领下于天顺八年（1464年）举行了起义，尽管后来被朝廷派兵镇压了，但这里的隐患却未得到根治。成化皇帝（朱见深，其为太子时，吴道宏曾是他的侍读官）继位（1465年）后，为彻底根除荆襄地区的隐患，便采纳了原杰、吴道宏等人的建议，采取了给流民上户口（附籍于当地州县）承认其迁居的合法性、调整区划（拓郧阳县为郧阳府，设湖广行都司等机构，并命河南、湖广等巡抚兼抚郧阳）、升吴道宏为大理寺少卿抚治郧阳（以湖广之郧阳、襄阳二府，河南南阳府之邓、唐等州县，陕西西安府之商州，汉中府之兴安等州县以及四川之夔州府隶之）等措施，较快较好地平息了荆襄地区的风波。为了表彰吴道宏的佳绩，成化皇帝遂封吴道宏为右佥都御史（正四品）。不久，由于吴道宏长期奔波于上述各州县，积劳成疾，在任身故。为了弘扬吴道宏的奉献精神，成化皇帝追任吴道宏为大理寺正卿，命“民立祠以祀”；奉旨葬于四川叙府（今宜宾市）凤凰山（今翠屏山），“御赐葬祭诰封光禄大夫”。其父吴鼎被赠为大理寺右少卿为中宪大夫（吴氏族谱载：“奉天承成化皇帝制曰：国家褒美臣下，推恩锡命于其亲，亦有加焉，盖厚伦重本之道也。尔封南京太常博士吴鼎乃封南京大理寺右少卿道宏之父，晦迹邱园，克敦诗礼，笃生贵子，显用于时，当推其所，自锡以荣，封养虽弗，逮封恩则，宜加进兹。特进尔为中宪大夫，南京大理寺右少卿。灵爽如存，尚其钦服。”）。与此同时，吴道宏的嫡母熊氏和生母田氏均因“柔慈端静，仪范闺门”和“相夫致显，教子登庸”而被赐封“恭人”。吴道宏的夫人也因此被封为一品夫人。

吴道宏的儿子吴明昌、吴愚、吴拙均为举人，且任知县、通判等职。

另外，吴道宏的妹妹嫁给富顺的举人熊载为妻，生二子：长子熊迟为嘉靖壬午（1522年）进士；次子熊过为嘉靖己丑（1529年）进士，翰林院庶吉士，为嘉靖八才子之一。

据吴氏族谱记载，吴道宏之后至清雍正止，其后裔中共有9人任职正四品官；21人获进士称号；49人获举人称号；其第12世孙吴文玉为中宪大夫，因多次荣立军功而被清乾隆皇帝御敕“品冠群英”匾一块。

（吴岷钟）

龚　汇

龚汇，字文渊，景泰四年（1453 年）考中举人，任徐州学正。旧志“知县李清奏请建学”条载：天顺元年（1457 年）七月十七日，四川等地方承宣布政使嘉定州荣县上奏：为修建学校，准许儒学进呈牒文。根据举人龚汇之前的进呈，伏读诏书，上面写的是：凡是有关军民利害之事，准许众人直言不讳。钦此。钦遵。

龚汇听说：山川灵验，文化就会昌盛，学校气象新，贤才就会多起来。现在皇帝在上，日月格外光亮，这是天下百姓的福气。我在景泰四年（1453 年），侥幸以《易经》而考中顺天乡试第十三名。我想天下的大事，最严重的莫过于不修葺学校。我私下里见到荣县县学地势低洼、文庙破旧、堂斋狭窄，生员们都没有住所。这本是地方官要有所作为的，但他们却视而不见。老师和学生想修缮，却无能为力。

按旧《志》，古代学校的地基背阴朝阳，左边靠近凤鸣山，右边靠近荣王府城。唐、宋时学校都建在此地，泮池、石像、石碑至今保留着。这里地势很高，是国家兴办学校、培育人才、祭礼圣贤的好地方。宋代荣州刺史袁桂的《进士题名记》写道：“荣州虽是藩邸旧镇，但学校经过三次搬迁，才到了这个好地方。”恳请皇上顾念，学校确实是天下之根本大事。请下旨让地方官在农闲时期，由官方派人，讲学校移修到古学校遗址上。按照标准建文庙、殿庑、厨库、堂斋、房舍，用来准备祭祀。府城是宋时封王的地方，让地方官在里面修建宿舍，让生员们在那里吃饭住宿，完成学业，准备科举考试。凡是修建学校的费用，都请官方支出。一定要保证不侵犯百姓财产，不损民力。利用农闲时的工夫，完成长久大计。这不仅可以让圣贤感到欣慰，也是为了当代师生教授的方便。将来在明伦、彝伦堂一起学习的人们，一定会世世代代忠君爱国、奉养亲人。恳请皇上看到我的上奏后，明确降旨修缮学校，方便县里的学生，得此除行。

根据七乡里的老人等讨论，因为是移修学校的大事，不敢自作主张，请具奏进呈给皇帝。天顺二年（1458年）四月某日。工部力字三百六十三号。经过讨论，降旨，准许让地方官办理此事。公文下发到州县，相关人员要按旨办事。

文庙建成，龚汇写了篇《记》，有“圣明的太祖皇帝极力推崇君师道统，尊奉孔子，严格执行祭礼，建置石碑，设置科举。荣县的学校正是由此而建”的句子。

（李国权　罗秀能）

伍性和他的两个儿子

伍性，字宗诚，别号龙溪，荣县人，成化甲午（1474年）举人，戊戌（1478年）考取进士。第二年，出任华州太守。一上任都展现出了过人的执政才能，遇事迎刃而解、当机立断。不到一个月，便把整个华州治理得井井有条。

当年浙江一带经常潮水泛滥，淹死了许多人。朝廷派出专门的官员前去治理水患，都于事无成，于是就选拔伍性担任按察佥事，负责修水利、治水患。当时一些达官显贵把房屋修建在一些关键的渡口处，经常造成淤塞，而且这些人对拆迁万般阻挠。凡遇到这类情况，伍性下令一律拆除。治理潮患很快就取得了一些成就，朝廷也很快得到消息，于是对伍性更加重用，又任命他兼任理南直隶苏、松、常、镇屯田一职（税官）。这4个州府在当年是富得流油的地方，赋税能占全国的一半。伍性把治理和收税的工作同时做，一齐准备充分。开凿河道，用船把收到的粮食如期向朝廷上交，及时完成任务。

山西地势险要、民风刁悍，朝廷又命伍性前往治理。伍性到任后，廉明刚断、发摘如神，那些不遵纪守法的人也不得不收敛，变得规规矩矩了。当时山西人把伍性编入歌谣在民间传唱，歌词中称伍性为“伍明镜”。

不久，伍性被选拔到广东担任参议，督理粮储，专管粮食方面的事务。他不贪不取，养活了无数的人，而自己却一贫如洗，不久告老辞官回家时，连路费都没有。伍性回家后喜欢游历山水，在荣县过起了隐居生活，差不多有30年。他从不居功自傲，回乡后严于律己，乐于帮助乡邻，为荣县人所敬仰。他在家时教孩子们读书，闲暇时约上十几个乡老临山水酌酒赋诗，其中的快乐惬意，就不用多说了。嘉靖元年（1522 年），伍性再次受到朝廷恩典，提升二级，授大中大夫。嘉靖六年（1527 年）卒，享年 81。因他生前节操高尚，施政有德有方，所以死后请延入庙，受人们世代景仰。

伍性有两个很有作为的儿子。大儿子伍惟扬，字元名，性情聪敏，诗文写得很豪放，以为没有考中进士，皇帝下诏任命他为成都前卫指挥同知。正德初年，征蓢蓝、鄢两个寇贼团伙，他的功劳最大，得到 12 面银牌的赏赐。捷报传到朝廷，皇帝钦赐他两件虎豹锦衣，授予他成都府指挥同知轻车都尉的爵位，他的子孙可以世袭。

二儿子伍惟贞，字元吉，从小聪明颖悟，侍奉父亲在浙江做佥事。拜提学宪副广安人吴石谷为师。老师讲《周易》，他常常日夜苦读，于是得以精研《易》理。伍性到山西做官，把他送回老家入学读书，通过科举考试，成为廪生。每次县学考试都是第一名，远近知名。奉养继母王氏、赵氏，都能属守孝道。父亲去世后，十分哀痛，以至于哭坏了身体，但能循礼守丧。下葬后，将父亲的德行、政绩写出来，请求入庙从祀。哥哥去世后，侄子还小，他将侄子抚养长大。伍惟贞考了 12 次举人都没有考中，正德十六年（1521 年），到京城应贡。嘉靖四年（1525 年），国子监选拔他参加顺天乡试，仍然没有考中，于是通过选拔求得功名。嘉靖十二年（1533 年），任云南昆阳州易门县知县，在任 6 年，革除弊政，安抚百姓，兴办学校，培养人才，当地人都称赞他。嘉靖十七年（1538 年），退休回家，每天以训导后代、催促农耕为乐。勤俭持家，常与人一起喝酒唱和。与他交往的人没有不喜欢他的。与同乡人喝酒，宾客 12 人，都一视同仁，人们都因为他有始有终而感到荣幸。70 多岁时仍夜里写字、骑马远奔。

（李国权　罗秀能）

童世彦

童世彦（生卒年不详），字士美，荣县人。明万历十年（1582 年）中举。在夷陵做官时，铲除土豪，清理户籍，捕治江洋大盗。收溺赈饥，造船利渡。革除“换帖纳银”（佐吏对请求改换证明身份文件的人收取一定银两），“斗级赔累”（主守仓库、务场、局院、官物的人受赔款拖累）。整理麦税，建立社仓，人民安居乐业。群众爱戴他，在东山寺设一香位，供祀他。寺前桥命名“童公桥”（即宜昌最老的桥——万寿桥。1596 年，夷陵知县童世彦在如今万寿桥处修建一座石拱桥，宜昌人称之为童公桥。经过数次毁坏、重建、整修，1953 年，市政府将桥改名为万寿桥）。不久，升任州官。时值收矿税的宦官到处敲诈，群众不敢揭发，童世彦严禁贪污，太监企图不能得逞。

他在山西做官时，求皇帝将藩国庄田收入由县官征收、解报，主管庄田的官员不可能再苛虐农民。他经管商税，建立出纳制度，无漏洞，节余统统报院。万历二十八年（1600 年），督修太原贡院，节约开支，捐款罚款盈余，用来添筑商号百余间，剩余全部报解，深得士民称颂。当潞安府所属潞城、襄垣、黎城、平顺大闹饥荒时，他发款施粥，救活不少人。署长子县时，夏初，落冰雹，禾稼尽受毁坏，他首先开仓发放谷子，然后上报，秋收时填还，因之升任鹤庆府官。丧父还乡，万历三十四年（1606 年）服满，补柳州州官。当地部分民众“焚乡掠市”，他平治有法，民众逐相戒而还其掠取所得。为他们请老师，设私塾教他们学习礼让。7 个月后丧母，还乡守孝，服满，补永昌府府官。禁宰耕牛，惩治滇沐镇奸豪，修九龙池水利，均有政绩，老百姓修生祠纪念他。任金腾兵备道时，借用群众祠堂为收生堂，这是因金腾风俗，凡租佃屋子，妇人不得在那里生育，故设收生堂收容产妇。任金沧道台时，兼理四道，公文繁多，他处理均为朝收夕答。取消小税，清理里排，禁巫鬼，断疑案，善政很多，但终于因执法刚直，被革职还乡。

当蔺酋奢崇明叛军盘踞富顺，童世彦捐款招兵，约富顺会剿。叛军自威远来荣，他督率所部，战于城东屏风山，杀其头目，夺获了很多军械物资，荣城得以保全，富顺也得以收复。时年 80 岁。此事奏闻皇帝，朝议又以原官起用，赏银建牌坊于县城大街。次年卒。童世彦重恩义，故友蔡德仁之子先流落为奴仆，后做和尚，他把德仁子赎回，并为他娶亲，蔡氏因而不绝。世彦子名养淳，万历丙午年举人，任广州通判。

（李国权）

曾三省和曾省三

曾三省和曾省三，这是两个有趣的名字。想必他们的长辈在给他们起名的时候不约而同地想到了那句“吾日三省吾身”。可是县人要么不太了解两人，要么分不清。其实一个是明朝钟祥县人，一个是晚清本地人，两人都跟荣县有一段历史渊源。

曾三省即曾省吾，字三省，号确庵，晚年自号恪庵。明代湖广承天府钟祥县人。嘉靖三十五年（1556年）岁次丙辰进士。隆庆六年（1572年），以右佥都御史巡抚四川，当时蜀土司都掌蛮（僰人）发动叛乱，其首领阿大、阿二、方三等盘踞九丝山一带僭王称号，屡抗官兵，震惊云、贵、川三省。万历元年（1573年），曾省吾奏请发兵征讨并亲率官兵出征。派遣大将刘显、刘铤父子率汉土官兵，分五路围攻僰人。僰人寡不敌众，王城被攻破。平叛之役大获全胜，曾省吾也因此升任右副都御史。至今，在九丝城还留有他撰文并亲笔书写的《宗功小记碑》崖刻和“九丝山岩刻”。

在征剿僰人期间，出于对明朝初年靖难死事的忠臣胡子昭的仰慕，他亲临荣县拜谒子昭故里和阁老坟，并作《祭胡子昭》文。

曾省吾后来官拜工部尚书、太子太保，地位十分显赫。可惜颇为内阁首辅湖广同乡张居正所赏识并倚为心腹之交的他，在张居正病故后，遭到新任内阁大肆排挤，最后被削职为民，永不叙用。

曾省三，字佑卿，四川荣县人，出生在荣县双石桥一个贫民家庭。但他天资聪颖、虚心好学，很受乡贤和私塾老师的赏识。他在老师的资助下读完了私塾，后来参加府试，知府也很赏识和器重他，于是很快出了名。他的求学生涯也顺风顺水，由秀才而举人，再到咸丰二年（1852年）进士及第，一气呵成。他被选为翰林院庶吉士不久，改任兵部主事，接着以此身份出任江西赣州南康县太守。这时，恰逢太平天国起义（1851—1864）。

听说太平天国大军将至，曾省三亲自率军到南康边境去抵御。正好晚清湘军著名将领鲍超赶到南康，看到曾省三军队严整，随时准备迎战敌军，非常诧异地说："敌人气焰十分嚣张，我们这样尖锐的军队都还考虑是否打得赢他们，你竟然有这么大的胆子，用团练武装来抗击敌军？"又说："你们军力弱，实在不行的话，就把你们的队伍杂编入我们军中，跟我们一起竭力和敌人拼一拼。"曾省三答应了鲍超的安排。

鲍超何出此言？原来鲍超（1828—1886）可不是等闲之辈。鲍超，初字春亭，后改字春霆，夔州安坪藕塘（今重庆奉节）人。行伍出身。在曾国藩手下转战广西、湖北、安徽、江西、浙江、广东、河南、陕西各地镇压太平天国运动，先后赐号"壮勇巴图鲁""博通额巴图鲁"。他的军队被称为鲍军或霆字军。一生参加过500场以上战役，身遭遇108处创伤。光绪十二年（1886年）逝世，谥忠壮。

根据鲍超进军太平天国的时间和路线，鲍军进驻南康的时间约在1861年春夏。太平军来到以后，看到省三他们的守备力量明显增强了，担心有埋伏，于是远离南康而去。

当时江西巡抚沈葆桢非常赞赏曾省三的胆识，在给皇帝的奏章中评价曾省三说："操行坚苦，勇敢有为。"于是曾省三得到了同治皇帝官加一级、领道衔（省部级待遇）的奖赏。

平定太平天国以后，调江西吉安府。到任吉安一年，仍然像在南康时筹措经费，加强防御。同时，还在军政事务的空隙，考核官吏治政能力，严厉去除一直以来留下的弊病，颁布条令，设立禁止事项。老百姓对他非常认可。

曾省三曾说："欲治民，先厉士。则兴学为急。"他把发展教育作为管理百姓的重要措施。但当时吉安的青原、白鹭两个书院，因为战乱祸害，没有了办学经费，兴学难以为继。于是他主持劝捐活动，共募得2万贯钱和2000余担租谷的田地。他聘请一个叫刘殿的大儒主讲，还为吉安下辖的各县书院募捐。在曾省三的努力下，吉安地区读书风气蔚然兴起。

后来，他因母亲去世，回家守制。服孝 3 年期满后又回到江西任职，却因病卒于江西省城南昌。终年仅 41 岁。

曾省三入官以后，逐渐得到曾国藩赏识。在他春风得意的时候，大量购置唐宋文人书籍，希望以一己之力尽数求索，但最终没有能实现平生夙愿。赵熙在民国《荣县志》中，对他的文风和文品做出了高度评价："其文高异，一扫县人之论而独为之。生山乡中，能持通人之论。清三百年，士不以边隅而自郁者，省三一人而已。"说他的文章高妙而奇异，与县人文风大不相同。他生于山乡却能秉持通达的观点，不因为生于边远的地方而自我封闭，在清朝 300 年中只有曾省三一个人。

曾省三出仕以后，在荣期间积极参与家乡文化建设，先后为家乡留下了多处墨宝。咸丰六年（1856 年），题刻锁江桥碑 2 通，原立于城南锁江桥左侧，后毁。据拓片重刻的石碑现陈列于荣州碑园。其字迹遒健有力，有较高的书法价值。同治五年（1866 年），重修讲教洞，曾省三题记勒碑，惜碑今无存，幸有其拓片为荣县文物管理所收藏，也成为研究"义门王氏"的重要资料。至今讲教洞下方崖壁上还留有他题刻的"宋王庠王旭读书处"几个大字，可惜因时间久远和"文化大革命"期间破坏，已不易辨认。

（钟学惠）

简仁瑞

据《明史》记载，简仁瑞，字季麟，四川荣县人。当年由举人任西安同知（知府的副职），后调任平凉知府。

崇祯十六年（1643年）冬，李自成带领的农民起义军攻入函谷关，各藩王及监司（有监察州县之权的地方长官）以下的官吏得知消息都打算逃走。简仁瑞去拜谒当时的韩王朱韶，说："长安（西安）有重兵把守，那些谣言不值得相信。殿下您轻易抛弃三百年的江山，打算到哪里去呢？即使敌军压境，延、宁、甘、凉几个州县的军队还可以相互救援。如果实在不能抵挡，与国家同生死共存亡，也不辱没太祖、成祖以及各位宗祖啊。"韩王没有听从简仁瑞的劝谏。当晚，韩王的护卫军士兵挟持韩王和各个郡王、家人冲出守关逃命而去，临走时还胁迫简仁瑞跟他们一起走。简仁瑞义正词严地拒绝他们说："我是平凉的太守，我走了，谁来防守？"

韩王走后，简仁瑞把平凉四面守关外的居民都迁移到城内，用泥土石头堵住城门，准备死守平凉。不久，农民起义军令他们投降的书信就送来了。简仁瑞把未处决的几个死囚找来对他们说："我过去没有杀你们，你们能够用什么来报答我吗？"死囚们都说愿意听命。简仁瑞就把他的幼子托付给他们，叫他们护卫出城。

第二天，义军进抵达城下。城中几个有文化的人起草了一份投降书，要求简仁瑞签名并盖官印。简仁瑞怒斥了他们，感到自己独木难支，于是整理好自己的衣服冠带，在州府大堂自缢身亡。

不久，义军就攻克了平凉，下属各城池也都投降了义军。

《明史》（卷二九四列传第一八二）中有约300字的传记，可见史家对他的认可。

（钟学惠）

李亨吉

明末，荣县有一读书人名叫李亨吉。他从小受在蒙化府（现云南大理州境内）任官的父亲李国柄的影响，养成喜读诗书、为人侠义、崇尚忠孝的好品性。所读之书，几能过目不忘；遇见邻里有难，除倾其所有给予资助外，还会感到十分难过；遇见不平之事皆会义愤不已！由于他学习用功，成绩非常优秀，刚 20 岁就考取了由公家给予膳食的生员，时称“廪生”。他还有一个哥哥，名叫李元吉，是“庠生”（相当于秀才），而且是荣县有名的孝子。父亲年迈后便告老还乡，与家人享受天伦之乐。

到明崇祯时期，张献忠带领一支农民军从陕西南下攻打巴蜀，很快就攻陷成都，并于 1644 年 11 月在成都自立为王，建立起“大西政权”。张献忠攻陷成都后，一路南下，同年攻陷荣县，并在荣县建立政权，派驻“伪官”。张献忠为巩固自己的政权，四处网罗人才，当得知李亨吉与父兄皆为荣县名人时，就想请他们去为他的政府办事。由于李亨吉目睹了张军屠杀荣县贫民，火烧县城和义街（南门至西门）、柱史街（西街分巷）等惨景后，早已对张献忠及其政权恨之入骨，所以对其“邀请”多次给以“坚决拒绝”。

张在荣县的伪官见软的不行，就来硬的，便派人将李亨吉捉拿到县衙，并让其下跪。李亨吉昂首挺胸来到县衙，面对伪官怒目而视，且大声说道：“我的膝盖只能对天、地、君、亲、师下跪，怎么可能向你们这些伪官下跪呢？”张的伪官便叫刽子手断其脚筋，看他跪不跪。谁知李亨吉对此毫不畏惧，主动将脚伸出来让其断筋。他的壮举让伪官非常为难，因此后要押解到西京（即成都）去受审，故取消了原来的决定，又叫刽子手将他的两只耳朵割下来扔在地上，李亨吉不仅没有半点畏惧，而且将地上的耳朵拾起来嚼食了，他说："耳朵是受之父母的遗传，怎么可以随便丢弃呢？"伪官见他如此壮烈，只好叫手下将他的父亲和兄长一起捉来与他一道装入专门押送囚犯的槛车，火速送往成都听候上级处置。在押送途中，李亨吉仍一路高昂着头，沿途百姓均对他肃然起敬。一直到押赴刑场，李亨吉仍骂不绝口。只可惜，一代英烈就这样被张献忠的刽子手给杀害了。

至清乾隆（1736—1796）年间，荣县有一知县名叫黄大本，他对修志工作非常重视。他在修志过程中，发现"甲申之祸"中许多节烈的英雄豪杰都没有载入史册，有许多都被淹没了。特别是如李亨吉这样的"青青子衿，明于大义，视死如归"的"天地之完人"怎么能不被载入史册呢？！必须把他和他的父兄的事迹载入荣县的史册，既是告慰英烈的在天之灵，更是对"不忠不孝者"的针砭！于是他就把李亨吉及其父兄的事迹载入了清乾隆版《荣县志》卷之三。

（吴岷钟）

陈均远

陈均远生于嘉庆二年（1797年）十一月二十八日，湖北监利人王柏心为他写的《神道碑铭》里说：先生名均远，字竹簃，荣县人，寄籍在大兴。先辈是从广东迁来的。曾祖父陈连亮，祖父陈修文。父亲叫陈为光，从掾吏开始，官至浙江杭州税课大使一职，升任乌程主簿事。陈为光有两个儿子，陈均远是他的大儿子。

陈均远小时候就非常聪明，江西汤子燮见到他，感到很惊讶，教他应举的学业。父亲死后归葬，家徒四壁。过了很久，才通过纳资得到从九品的职位。听说汤子燮在吴中任县令，就前往吴中佐助他。

汤子燮因父母去世而回家，陈均远就到了都城，加捐为县丞，分配到湖北，专门审理积案。因为到省的时间超期了，所以就降了两级。刚好汤子燮丧满后到湖北做官，奉命到荆州治江修堤。汤子燮奏请让陈均远去办理，才得以恢复所捐之职。汤子燮到襄阳上任，那里号称多盗贼，仍然请陈均远辅助缉拿。当时有抢劫布船的人，陈均远到了境内，役某甲来拜访他，他见此人年纪轻轻，但穿的衣服和鞋子都很新，就怀疑他。通过寻根究底的盘问，这个人承认他就是真盗贼，他的同伙没有一个逃脱的。

崇阳钟某谋逆作乱，上级派兵平叛。陈均远上奏建议剿匪时机。后来叛逆得以平息，由于他的功劳很高，朝廷下旨赏赐他戴蓝翎，优先补用。于是补任蒲圻县丞，升襄阳府经历。汤子燮离开襄阳，又请他代为管理县里的事。不久到枣阳、宜城上任。为母亲守丧期间被皇帝召见，他便穿着丧服面见皇帝，被任命为知县，代为管理南漳。到汉川为官，正好碰到发大水。因救助灾荒的功劳很大，又到嘉鱼做官。

咸丰元年（1851 年），调任崇阳县县令。有很多百姓蒙受邪道的迷惑，在他劝导之下，人们都改正了。监利的江堤垮了，需要治理。所有人都推辞，而陈均远当时在湖北，便请求去办理。布政使高兴地说："别人都往后退，你却自行前去。以前就听说你很有才干，果然是真的啊！"他去了之后，发现堤坝年久失修，赶紧集合官民增修。夏天，江水大涨，与堤相平，陈均远督促工人，随时准备救灾。季党湾决堤，大风夹着浪涛往内地灌水，上万百姓聚集在一起大声号哭。陈均远像山一样站在水中，发誓用身体挡住洪水。不一会儿，有条破船卡在了决口处，他命人赶紧往上填土石，最终堵住了决口。

广东的土匪攻陷岳州，县里的百姓都惊慌逃窜。陈均远穿好官服，点上蜡烛，独自坐在堂上。监狱里的囚犯大声喧哗，他呵斥说："我是执法者，谁敢再喧哗，斩！"命令像往常一样打更。贼人从县里经过，没有掠夺就离开了。在此之前，局势很紧张，陈均远察觉到贼人的疏漏，就故意放他离去。

白螺寺的僧人轮音诬告村里 100 多人与贼人私通，跑到岳州告发。陈均远揭发了他的诬陷之词，将僧人正法，其他人一概不问。

咸丰三年（1853 年），陈均远调到江陵做官。江陵地处交通要道，但军备不足。陈均远用川盐羡余之资，招募了 1000 多名壮士，打造了很多军事器械。兵士们为他效力的，他根据各人能力的不同分配职务。又招募了土豪巨盗中的可用之人，给他们戴上帽子，让他们戴罪立功。第二年（1854 年），贼人侵略汉阳，冒充官人惊扰百姓。荆地的土匪盗贼聚众而起，很长一段时间，地方与上级失去了联系。邻县的局势一天比一天紧急，郡里的监利、石首两地都聚众为乱。团伙大的有一万多人，小的有几千人。他们到处抢劫，攻城略地。陈均远以为荆州是湖北的关键要塞，应当驻兵守卫，并招募勇士出兵剿匪。他向上级请示，并付诸实践。四川资助湖北的军饷共 2 万多两银子，陈均远截留下来，增强士气，修缮兵器。又请在湖北的云南王、佟二位镇军留下来协助。四川人从军的接连不断前来，陈均远都发给他们兵器，分兵援助剿匪的队伍。于是，清政府军队在郭西的龙会桥和境北的浩子口都打了胜仗，军队依次收复了监利、石首、华容等地。又追赶贼人到太平口，分兵击败了安陆、潜江、天门的贼人，迫使其逃走，攻下了蒲圻、嘉鱼、崇咸各县。而林天道、李光荣二军，最终与少司马曾公一同光复了湖北省城，各县都派兵呼应。出兵、收兵，都由陈均远主持。陈均远兼任通判及理事同知。时流言四起、谣传不断，陈均远对内安定人心，对外鼓舞士气，有条不紊地施展谋略，每次都能切中要害。当时，湖北境内有十分之七的地方已沦陷，只有荆郡固若金汤，并有克敌制胜的威力，这都是陈均远的功劳。

湖北两次沦陷，抚军带领着撤退的部队前来，其他地方的逃兵也聚集于此，每天相互争斗，荆州城大为惊扰。在陈均远的安抚下，他们都安定下来了。之前奏请升任同知，到现在官员们都上奏称他功劳大。皇帝降旨：赏戴花翎，以知府的身份留在湖北补用，之后又安排他管理荆州府事。

咸丰五年（1855 年），江汉还没有光复，江上的百姓担惊受怕。陈均远带领 300 勇士到达监利，伺机防御，督促团练。陈均远向来深得监利百姓之心，人们听说他来了，都奔走相庆，争着见他，并为他建立了生祠。然而，他突患重病，一直好不起来。上级上报朝廷，皇帝下诏优恤他，加赠太仆寺卿。

陈均远气度豁达、刚毅有为，能裁决外事、任用外人。遇到紧急事件或纠纷，他皆能从容决断，谈笑间就能解决。他议论爽快，为人诚恳周到。治理盗贼计谋神速，出人意表，但不滥用武力。贵州有 57 个人带着兵器，相约去从军。他们从沙市路过，巡逻的士兵把他们抓住了，马上就要行刑了。陈均远请求查清原籍，最终为之辩解，释放了他们。其他保全性命的不计其数。汤子夔携全家几十口人从湖北战乱中逃来，陈均远多年资助他们衣食，从来没有厌烦的神色。他对亲戚乡邻以及贫穷的读书人都解囊救济，人人称道。

陈均远卒于咸丰五年（1855 年）十月十八日丑时，享年 59 岁。妻子是耿淑人。有四个儿子：陈有钰，有军功，赏戴蓝翎，选为通判；陈有銛，六品顶戴；陈有钊，六品顶戴，选从九品，过继给陈均远的弟弟陈培远立嗣；陈有鑫，同知衔湖南，即补知县。有一个妹妹，嫁给了成都冯警庵少尉。有两个外甥：冯嘉熖、冯嘉麟。咸丰七年（1857 年）四月初四，葬于荣县北郊外姜家山。墓碑碑铭书：

屹屹南郡，环壤寇作，四战之冲，谁严锁钥？
励我戎士，丰我军储，千里蛇虺，以次翦除。
全楚西塞，兵雄上游，鄂恃以复，遂定数州。
方贼之盛，孰敢议攻？前筹抗辨，实惟陈公。
惟我陈公，奋其锋距，岂惟鄂安，功济全楚。
如何时栋，奄忽云萎，卿班加赠，亦有荣施。
郁郁松阡，蜀山巀嵲，我铭丰碑，式彰奇杰。

（李国权　罗秀能）

曹俊亮

曹俊亮，字灼三。其为人有些标新立异，当时读书人大多出自廖朝翼门下，只有他不是。廖朝翼在荣县是个响当当的人物，道光十五年（1835 年）乙未科，二甲 13 名进士。曹俊亮常常对廖朝翼所说的作文之法嗤之以鼻。当时荣县知县王培荀，号知文，山东淄川人，是个大文人，著作有《寓蜀草》4 卷、《雪峤外集》1 卷、《听雨楼随笔》10 卷。这个知县非常欣赏曹俊亮。后来，在王培荀的影响下，再加上曹俊亮在学问上刻苦钻研，若干年后他的文章行云流水、自成一体，倍受读书人青睐。

咸丰三年（1853 年）考中进士后（癸丑科殿试金榜第三甲第 36 名），曹俊亮准备进京受官。当时在牛峰寨发生了一件官府盘剥寨民引起骚乱的事。荣县西北有座高山叫牛峰山，山上有座古寨叫“牛峰寨”，寨内财富极丰，引起官府垂涎。牛峰寨是群山中的险要地带，当年正值太平天国前期，各地起义不断，避乱的人都聚集在那里。当时，赵友泰当知县，以牛峰寨私造武器为由，关押寨区团总朱国章兄弟。又以县库代保箱笼为名命令将寨上箱笼入县库。出库时却短少牛峰寨箱笼 50 多支（在古代，除了田地、房产等不动产外，金银细软、绫罗绸缎、书画宝玩都需要箱笼来储藏，它的多少直接代表着一个家庭的财富）。这引起寨民强烈不满，于是他们不断上访，一直上访到布政司。赵友泰便说寨民图谋不轨，要大肆捉拿。曹俊亮生性仗义，便暂时放下赴京任职的事，和李希白［字栖霞，道光二十四年（1844 年）考中举人］到省里去，通过李惺传话给总督黄宗汉说情，最终以赵知事调任安岳、放回团总，事情才得以圆满解决。牛峰寨的人对曹俊亮很是感激。

曹俊亮进京后任刑部主事，后又调到云南武定州做官。武定州界内派系问题比较复杂，两派经常相互争斗。曹俊亮到任，正好赶上两派又在打架。一派中有个乡绅，据说当时势力超过了官府，坚决主张剿拿另一派的人。另一派害怕，也谋划着铤而走险和对方硬干。曹俊亮下令停止相争，但那乡绅根本不听。于是，曹俊亮亲自去见那乡绅，这乡绅趾高气扬，根本不把曹俊亮放在眼里，闭门不愿相见。之后曹俊亮想尽办法侦查到乡绅所在的地方，见到这乡绅后，曹俊亮为了让他停战，晓之以理、动之以情，甚至声泪俱下，乡绅才答应和解。于是自己又一个人骑马到另一派的村子，刚到村子，只见那些村民跪在道路两旁，作揖叩头，呼喊救命。之后，在曹俊亮的主持下把两派头领叫到一起，公平协商，最后订立盟约，事情得以平息。

这次行动，救活了几万人，于是他们设位祭祀他（生祠）。在武定州任上时曹俊亮父亲去世，他便又回到原籍荣县为父亲守丧，守丧之后，改到陕西任职，任潼关厅同知（知府的副职，正五品）。

曹俊亮为官勇于担当，又有才干，所以名声很好，不管是官场还是在民间，大家都很喜欢他。

（李国权　罗秀能）

刘存厚

在荣县滚滚历史尘埃中，尚有清咸丰时期沙场领兵的刘存厚。

刘存厚，字仲山，四川荣县人。幼时好谈兵，长大了又喜欢舞枪弄棒练习刀兵之事。到他 30 岁时，家里出钱让他去刑部学习主事。他每每与人谈论，总说好男儿当以热血报效国家，并且想花钱招募兵勇自成一军。

当时正值清朝咸丰时期，国防空虚、军备废弛。自鸦片战争以后，中国开始向外国割地赔款。对内限制读书人的言论自由，动辄抓捕关押，牵涉极广。太平天国和捻军乘势揭竿而起。地方政府奏请皇上增加军费剿匪，咸丰皇帝没有意识到起义军的强悍，要求地方政府上奏折呈明开支。太平军如火如荼，很快蔓延到了东南，占领了一些城镇，给当时的社会带来极大动荡。

1853 年 3 月，太平军从广西一路攻打到江苏，占领了江宁（南京），将之改称天京，定为都城。又派军占领了镇江和扬州，与天京呈犄角之势。不久，钦差大臣向荣一路尾随，率领一万多清军前来堵截，在天京城东面和东南一带建立江南大营驻扎，阻扼太平军向东进逼苏州、常州；钦差大臣琦善则率领一万多人在扬州城外建立江北大营，遏止太平军北上中原。

此时，兵部侍郎王茂荫（《资本论》唯一提到的中国人）接触到刘存厚，发现他有忠君爱国的思想，言谈中可见其谋略，于是推荐他从军到江南大营。江南大营离英国人的租界很近，英国人常来窥探官兵虚实，滋生事端。巡抚许乃钊见刘存厚举止沉鸷，有将才之略，就将他推荐给了钦差大臣向荣。向荣吩咐的事情，刘存厚办理得妥妥帖帖。

向荣很欣赏刘存厚，拨给他粤兵 600 人，川中勇士上千人，驻守东坝。刘存厚扼上下二坝为营垒，遏制太平军进入苏杭。太平军见这里壁垒森严，也不敢打这儿经过。

向荣计划用枪炮攻打江宁，可营里的枪支火药不好使用，刘存厚提出可以改造枪支火药，让它们发挥更大的作用。向荣也觉得有必要改良枪炮，就叫刘存厚带人在孝陵卫庙里制造枪炮。有一天，天气很热。工人在发奋舂制火药时，碓窝内由于反复摩擦，温度太高，“轰”的一声，瞬间就发生了大爆炸。刘存厚反应很快，一下跃出了屋，但头发和眉毛还是着了火，身上也炸得皮焦肉烂，后来总算医治好了。另外 100 多个工匠则全被火药炸死了。

驻上海的太平军攻打到青浦，巡抚许乃钊让刘存厚移兵前去支援。刘存厚一个月接连攻下 5 座城池。每次战事，他都身着短衣，骑着高头大马，手拿大刀冲在最前面。刘存厚手下的兵勇乃是仓促间招募的，战斗一开始，这些人就吓得退缩到一边。刘存厚骑着马纵横驰骋，手起刀落奋勇杀敌。冲到城边，见矢石不停地扔过来，众兵勇又吓得避开了。刘存厚拿着大刀登上城楼，家丁谢升也跟着登城，还没站稳，一把长矛便刺向刘存厚。刘存厚侧身以手将矛挡开，长矛又转而刺向谢升。刘存厚怒喝一声，挥刀砍向拿长矛那人，大喊着登上城。抵死拼杀后，青浦又收回清军手中。刘厚存因此首功被保举为知府，发江苏补用，赏瑚松额巴图鲁名号。以战时的规章制度，文职军官赏赐勇士的称号，是从刘存厚开始的。

这时，道员吉尔杭阿因战事调剂来到江南大营，和刘存厚两人交谈十分投契。刘存厚认为对方的胆略更在自己之上，就把吉尔杭阿当哥哥一样敬重。不久，巡抚许乃钊调走了，吉尔杭阿升为巡抚，待刘存厚如亲兄弟一样。

攻打占领上海的太平军时，刘存厚的部队因误杀了一个外国女人，外国人发兵来到军营前，气势汹汹地要讨说法。刘存厚独自骑马前去交涉：“各位，战事中伤及无辜，不足以挑起两国战争。如果你们想报仇，就用我的命来抵偿。若想挑起两国战争，我们必定宁死不屈。”外国人看他态度强硬，估计另讨不了好，只好商谈赔偿了事。上海围了几个月才打下来，其中刘存厚出了很多点子。战事结束后，上级以首功赏赐刘存厚，并授以江宁知府，记名道员。清军攻镇江的太平军时，夺取了银山，又打败前来增援的瓜州敌军，争抢回金鸡岭，仍是刘存厚立了首功。

吉尔杭阿认为刘存厚是个有勇有谋的人，于是便于 1856 年特派他驻守高资（今镇江市丹徒区）。高资是太平军运粮至江宁的重要通道，刘存厚带领清军三营 1600 人驻守在高资市郊烟墩山，太平军首领秦日纲率领数万人前后夹击烟墩山，想要夺走这个阵地。因分击各路太平军，吉尔杭阿的九华山大营此刻只有 8000 官兵。有人对吉尔杭阿说：你用这点兵去对抗数万人，无异于以卵击石，不如放弃高资吧。吉尔杭阿决心奋然一击："必须发死战来阻绝贼兵的粮道，镇江才能攻下来。我愿以死来报效国家！"随即带兵前往烟墩山增援刘存厚。太平军远远看到吉尔杭阿的旗帜，赶来密密匝匝围了数层，鏖战了 5 个昼夜。吉尔杭阿亲自执旗挥舞督战，被一发炮弹击中，死了。刘存厚大为悲痛，他拉拢两匹马，让后头的马驮着吉尔杭阿的尸体，自己骑马突围，总兵虎嵩林断后。刘存厚鞭催二马往前，边战边回顾尸体是否掉落，身体被刺中 10 多处，人和马鲜血淋漓，好不容易才突围出包围圈。旁边有人攻击刘存厚，后面那匹马受惊反向奔走。因吉尔杭阿的尸体还驮在这马身上，刘存厚追赶逃跑的马，很快又陷入太平军的重重包围。又经过一番抵死斯杀，太平军佩服刘存厚勇猛不屈曲，不想让他死。一个人上前劝他赶紧投降，刘存厚跳过去抢了这人的刀，将他杀死。太平军一拥而上，将刘存厚的头砍下来，又割下吉尔杭阿的头，将他俩的头挽到一起，挂在城楼上。

咸丰八年（1858 年）四月朔日，他的遗骸埋葬在了镇江南郊的竹林寺旁边。

清朝自雍正二年开始，遵循周礼在各地建忠烈祠。刘存厚死后，皇上颁旨在其原籍与阵亡地建专祠祭祀，还敕封他的一个儿子做了骑都尉。

清史稿为"刘存厚"树传，民国《荣县志》收录了前湖南藩司李榕、江苏巡抚许乃钊各为刘存厚作的传。

（李锦梅）

张　容

张容，字心如。吴三桂统治云南、四川时，选拔当时成绩优秀的学生参加考试，而张恕为首选，也即考上了进士。但因是吴三桂组织的，后来没有被清朝廷认可。清朝平定吴三桂等三藩之乱时，张容才把名字改成了张容，应试考中了秀才，中康熙甲子（1684 年）乡试第九名，被选拔担任青阳县县令。他为官清正廉洁，对工作一丝不苟。到他任期满回老家时，贫穷得连路费都没有，青阳的百姓凑了一些钱资助他回家。大学士桐城张英《寄族侄容》写道：

数载青城教泽宣，清河独尔继前贤。
征书间里调琴鹤，断讼平时爱石泉。
雅化崇儒分薄禄，高风课子富鸿编。
更忻同谱情逾笃，两地惟凭尺素传。

张英深知张容在乎自己为官做人的准则，而不在乎个人的得失。《翰林院侍读宜宾樊泽达送之任》写道：

九华卓立大江南，一县新肩百里担。
竹马云屯迎父母，花城春晓劝耕蚕。
诗成谢朓多相寄，我愧嵇康七不堪。
莫惜催科书下考，循声遥盼鲤鱼函。

张容回乡后，曾在青岩寺设课堂（据说是今天留佳镇和保华镇一带），四面八方的求学者络绎不绝。嘉庆《荣县志》写道：迄今犍为、井研的秀才，考上功名的有一半是张容的学生。宜宾赵暐、犍为余光祖都考上了进士，当时的荣县人特别崇拜他。他教学生四书五经、诸子百家，熟读成文，所以他的学生中，写作高手特别多。他所参与写作的著作有《九华山志》《青阳宦迹草》二卷、《荣县志》若干卷。王培荀记其断句云：

敢望俗情无白眼，应知时命有苍天。
善事上官非屈即，恩留下里岂邀名。

（罗秀能）

李志昭

李志昭（1875—1941），又名秾郁、显璋，清光绪元年（1875年）四月生，城区人。清末秀才，毕业于成都警官学校。宣统三年（1911年）后，先后在警政、司法、盐务等部门任职，因军阀割据、官场浑浊，遂弃官归里。遍读医书，自学成医。民国5年（1916年），在县城西街开设“昭仁馆”卖药行医，擅长中医内科、儿科、温病及推拿术。

行医中，他辨证施治，从不生搬硬套前人经验。他认为“学医不可无书，治病不可有书”，要求“把医书读活，才能在治病中得心应手”。长于视诊、切脉，认病准确。用药严谨，质量要求严格，疑难病坚持亲手制药配方，疗效显著，卓有盛誉。

他重视医德修养，常以“不可利欲熏心，不可因人好恶，不可重富轻贫，不可自以为是”警诫自己。对贫苦病人，一律免费就诊，药费低廉。常自费研制预防中暑、中风、小儿惊风、霍乱等症的药品“万应丸”和预防风寒、感冒、积食、吐泻、腹痛的药品饮料“午时茶”，免费散发给穷人，并印发《达生篇》等医书和小册子无偿赠送群众，普及大众医学常识。

民国26年（1937年），任县中医公会会长，后任国医馆荣县支馆馆长，牵头组织成立县中医研究会。次年，开办医学讲习所，主讲温病、杂病课。著《时症略辨》《杂病讲义》《儿科讲义》等。他在弥留之际向家人说：“我将与世长辞，唯受任国医支馆馆长职，再不能与同仁共研医学，振兴医林，乃终身遗憾也。”民国30年（1941年）4月病逝，享年65岁。

（罗秀能　李国权）

赵 熙

赵熙（1967—1948），四川荣县宋家坝人，字尧生，号香宋，署雪王龛。4 岁入“培根书屋”，读四书五经、唐诗。19 岁入乐山九峰书院，深受山长胡薇坦常识，赠诗曰“尧生年少最工文，鹤立寒鸡总不群。记得九峰云外路，玉兰花发正适君”。15 岁应童子试，受主考官青睐。17 岁应嘉定府试，中秀才。24 岁中举。25 岁入京会试，中第十七名进士，殿试列一甲五十四名，点翰林院右吉士，后转国史馆协修、纂修，后实授御史，转江西道监察御史。清朝灭亡后，赵熙退居家乡，修《荣县志》，计学凤鸣文学舍，偶尔应友朋弟子之邀赴成渝或上海小住。1946 年由蓉返荣，车经资中球溪河时发生车祸，不幸受伤，自是体力衰减，目力昏，居常默坐。后晨起微跌，因伤致疾，1948 年 8 月 25 日辞世。葬于荣县大坪山。

赵熙不愧为一代文化巨子，道德文章闻名海内外，尤其在诗词、书法、戏剧创作方面，建树颇高，堪称大家。后文分别论及。

大诗人赵熙

赵熙平生喜为吟咏，成就斐然。钱基博《中国现代文学史》称其诗词“出入唐宋，袭故弥新，风调冠绝一时”。胡先骕《评香宋词》谓“吾国不朽词人中，又新添一座矣”。陈衍谓：“赵尧生，豪于诗者也。观其诗，疑若锤凿甚力，而为之则其乐而易。……尧生挥斥而成，无攒眉苦吟之态。”赵熙自律甚严，不轻易出版诗集。1936 年，大出版家、商务印书馆董事长张元济入蜀，劝赵自选诗集，由商务印书馆影印出版，虽允应而无果。赵曾自谓：“我自选诗，决不出五百首，仅此足矣。”赵熙在世时无诗集印行。赵熙诗词出版情况大致如下。

1.《香宋诗前集》

赵熙辞世前，由门人弟子收集得诗2000余首。中华人民共和国成立初期，郭沫若倡议出版《香宋诗集》，经江庸校勘，由周善培作序，印成《香宋诗前集》二册。题名《香宋诗前集》盖有二因：一是经费不足；二是尚有未及收集者，故先印已收集者十之六，余十之三四及尚未收集者待后印也。所需经费，郭沫若任十之一，戴自牧任十之七、江庸任十之一、周善培任十之一。由于校勘忙促，错误遗漏较多。又因种种原因，竟未出版《香宋诗后集》。“灾梨，真非易事也。”

2.《香宋诗钞》

《香宋诗钞》收诗近500首。由赵熙子元凯、念君编集，1986年由四川人民出版社出版。诗后附解题和简注。前载陈衍旧序。

3.《赵熙集》

《赵熙集》由王仲镛主编，王仲镛、王文才、赵元凯、赵念君编。1996年5月由巴蜀书社出版发行。王仲镛写有前言。《赵熙集》乃至今为止收集赵熙一生著作最完备的本子，是研究赵熙生平、思想和文学艺术成就最翔实可靠的材料。

《赵熙集》内容分三大类。一类香宋诗集，共收诗3500百余首。二类香宋词，三卷共320首，四卷补遗39首，共359首。还收戏曲《情探》。三类香宋文录，卷一记叙、杂文41篇，卷二碑传墓识29篇，卷三奏议、有关诗文及评论选辑24篇。

4.《香宋词》

《香宋词》共3卷，收词300余首，林思进辑，1917年在成都出版。赵熙《香宋词序》曰：“六百日中，凡如干篇。云香宋者，汉许君有言：‘宋，犹居也。’《离骚草木疏》中‘其芳菲菲，树之维宜’，而余今实无一椽之庇。嘻！自欺而已。”寄慨良深。

赵熙诗歌内容丰富，极具思想价值，有“诗史”之称。

首先，拥护、支持“维新变法”，对清廷持批判态度。如《杂感》11首、《哀语》4首、《纪慨》2首等都是这方面的代表作品。这些诗，或表现对维新的支持，或批评清廷对维新人士的诛逐，或表现对人民苦难的同情，或表现对清军四处劫掠烧杀的愤慨，都是当时历史的真实写照。

其次，具有强烈的爱国主义精神。民国军阀混战时期，他毫不留情地揭露、批判军阀罪行，同情人民的苦难，感伤国家动荡不安。如《闭产》:“新年闭产一兵无，小担衔头各有呼。到底不知谁是贼，春风双影斗狸奴。”用庾信《小园赋》“藏狸并窟”典以及猫斗隐喻军阀混战。如《浪子》:“浪子从军不救穷，雪山寒透五更风。可知劫是何人造，懵懵抛尸血泪中。”写老百姓穷饿从军求饱却枉死于军阀混战。抗日战争时期，他坚决主张抗战，书写条幅一百幅交由冯玉祥义卖，支持抗战。他对溥仪降日组织伪满政权极为不满，与昔日老友今伪满政权中人断绝音问。他对汪精卫降日极端愤慨，《燕方》诗道“何待范金惩卖国”，主张对汪要像秦桧夫妇一样铸铜像跪地万世受人唾骂。他对蒋介石政权妥协投降苟安西南嗤之以鼻，作《重庆》诗道:“西望长歌入汉关，大江东去客西还。樱桃红了芭蕉绿，且认渝州作蒋山。”直接将蒋政权与南宋小朝廷相比。

再次，是悯农，同情、关注农民的命运和现状，与杜甫人民诗人的思想一脉相承。其大量诗作一方面表现悲悯农民的辛劳、穷苦；另一方面，高度赞美农民的贡献和创造力。《山农》说:“梯田高下水均匀，山半开田力苦辛。合取班书人表按，世间一等列农民。”主张把农民列为世间第一等人。《乡寺》诗又说“天下勋劳让老农”，强调农民对社会的巨大贡献。他十分尊重农民，亲近农民，和乡邻相处融洽。《宋坝》诗记其乡居情形:“向野百情适，春田明夕阳。犬行如导客，蛙语正秣秧。稚子闻声聚，邻翁话短长。小花含白朵，何物耳中珰。”

最后，描写山水景物。诗人喜欢山水，游必登临，登临必诗，诗必倾情。诗人游踪遍大江南北，描写蜀中山水最多，尤其汉嘉、岷峨成渝、荣州。荣州最多，一因其喜游，二因其主撰《荣县志》，对荣州山水详加考察。集中表现荣州山水的诗就有:《北山诗三十八首》《再游北山诗十九首》《荣德山纪游诗三十六首》《九日登翠笔峰，高出云霄之上，曹靖仁先，罗浚志潜各携稚子同游，聚饮蓝桥溪次，归作纪游小计，存北乡故事三十一首》《丁卯三月，东川沟纪行十一首》，计135首，零散的尚不计在内。我们不妨将赵熙册水诗当作一部巴蜀旅游地理志或又一部《蜀中名胜记》。这众多的诗描绘了荣州山水的优美景色，表现了诗人无比的喜悦和热情。试举两例：“东川路出两崖间，石隙双河合一湾。此峡若将伊阙比，西边山寺胜香山。”“空崖绾辫学仙猿，下转山边歇水边。割取蔚蓝天一片，水香风色店门前。”（《九日登翠笔峰，高出云霄之上，曹靖仁先，罗浚志潜各携稚子同游，聚饮蓝桥溪次，归作纪游小计，存北乡故事三十一首》之十三、二十三）。

赵熙诗歌内容极为丰富，上述乃撮要而言。

赵熙作为一代大诗人，其诗歌有着鲜明的艺术特色。总体来说，“出入唐宋”，唐宋诗兼取，是其渊源。唐诗“尚情”，崇尚感情的表达，重视形象思维；宋诗“主理”，崇尚理念的表达，重视逻辑思维。赵熙作诗继承唐宋诗，兼具唐宋诗总体风格。具体分析，赵诗风格有如下特点。

第一，崇尚之采，注重写景，风格雄奇飘逸峭拔。陈衍推赵熙为“当世岑参”，赵熙欣然接受，“弟蓄真蒙德所涵，荣于诗格比岑参”“感旧集中君第一，喜今天下我岑参”。岑参诗“尚巧主景”“奇逸而峭”，赵诗都与其一致。如《下顶心坡》诗：“一路林花发，飞梁处处逢。泉声鸣大壑，日气塞诸峰。路僻猿将子，云香麝入松。金山传佛像，红叶半楼钟。”写游峨眉山下顶心坡沿途所见，或雄丽，或奇峭，或壮美，或幽秘，气象开阔，潇潇洒洒，娓娓道来，引人入胜。《荣德山纪游诗三十六处》三十九云：“僻地何人解好文，一杯邀取小茅君。将松缚作苍龙帚，看我开门扫白云。”其想象之奇特、气势之雄放，与岑参何异？

第二，旷远沉雄，古淡蕴藉，是赵诗突出的两个方面。二者有时独自表现，有时交互融汇，如盐入水，难主动分解。兹举二例，一是《峨眉绝顶》：“开辟夜不尽，苍苍华藏秋。中天一明月，万古此高楼。呼吸通星界，华夷判地球。雪山五万里，槛外是神州。”一是《送人之绥山》：“缥渺数峰处，仙居闻葛由。桃花一万树，香与白云流。送尔不能去，荒林空自秋。何山足芝术，为问古龙湫。”

第三，好写时事。诗人关心国家人民，关注社会时事，故诗中多所反映。很多是在游历观览中，突然插进一段时事，说明诗人对国事、时事未尝一时一刻去怀。如《飞阁》诗尾联云：“神州只在栏干北，云白山青忍重看。”登临之际感念时事，流露出深深的忧伤关切之情。“云白山青”用杜甫《小寒食舟中作》“云白山青万余里，愁看直北是长安”诗意，指遭日蹂躏三北方。《牛峰最高顶》诗尾联云：“独立倚天长剑在，便从左股割蓬莱，”句后自注：“时感日本不平之约。”甲午战争之后，日本向袁世凯提出二十一条，并派兵三万侵华，胁迫订立《中日条约》，割让烟台。“蓬莱”即指此事。

第四，诗人性格端谨、刚直不阿，但他的诗却有幽默风趣的一面，读来饶有趣味。《蓝桥坝》云：“重阳不雨入山遥，溪路平平涨尽消。便想玉浆无觅处，云英嫁了剩蓝桥。”唐人传奇言裴航于蓝桥驿因渴求浆遇仙女云英，后娶之。诗因蓝桥同名，又因同为渴求饮，便联想起云英嫁裴航故事，佳人已渺，蓝桥空在，表达出一丝不见云英不能求欲的失望与惆怅，诗味活泼风趣。诗人饱读诗文，信手拈来，便成妙谛。《传警》之二云：“荒塍拥被奈寒何，忽地人如蚁破窠。富不舍财穷爱命，最怜老妪负双鹅。”躲避日军空袭，逃命要紧，老妪却不忘背走双鹅，令人忍俊不禁，笑声方出，悲怜已至。

第五，喜用典故，语言生新。赵熙喜读黄庭坚诗，用力甚勤。其喜用典故，语言生新，正是受黄诗的影响。前者试举《试五经文客至不去戏赠》为例：“厌听芒锥立出囊，当筵鲍老自郎当。仗边立马应归枥，花下游蜂各一房。来世青经徒故事，古人报国有文章。画眉深浅凭夫婿，稍薄邯郸大道倡。”诗用了《战国策·赵策》《新唐书·李林甫传》《后汉书·吴佑传》《史记·货试上张水部》及宋人杨亿《鲍老》等典籍与诗歌典故。后者，赵熙诗学黄山谷用语造句最突出、最富创意。且看“才出北门先一笑”(《翠笔峰》)显然模仿山谷“未到江南先一笑”，但又有变化，与下句“一峰如笔插秋光”，遥望高峰惊见奇景相切合。“一朵仙山绿到门”(《古云招宿吕家寺》)形容山形如“一朵”，极为形象，极为生新，言前人所未言。“绿到门”言青翠山色扑面而来，与王荆公“两山排闼送青来”异曲同工。

赵诗的艺术特色还可指出不少，限于篇幅，仅谈几个主要特点。

戏剧大家赵熙

赵熙一生留下 3 个剧本：《情探》《除三害》和《渔夫辞剑》。赵熙 44 岁前主要是读书和在朝为官，以后闲居，多数时间在写诗和写字，间亦作画。其为大诗人、大书法家。写川剧剧本乃偶然为之，牛刀小试。但 3 个剧本，尤其是其中的《情探》一鸣惊人，奠定了他大戏剧作家的地位。

清光绪二十八年（1902 年），赵熙 35 岁，贡井南华宫演出川剧，其中有一折子戏《活捉王魁》。饰王魁者为资阳河派名小生张海云（艺名张缺扒），饰焦桂英者为名小旦张绍玉（艺名官喜）。赵熙时住慎怡堂，胡汝修遂邀赵熙往观，陪同者有胡汝修之子胡少权等。

《活捉王魁》乃明人所写《红鸾配》中之一折，写王魁入京科考高中状元之后负心再娶丞相之女为妻，前妻焦桂英死后鬼魂活捉王魁到地府对质。观完戏后，回到慎怡堂。赵熙谈了观感，提出了一些不同看法，表示有改写之意。胡汝修等人十分兴奋，大加鼓励，赵熙也极有兴致，当夜即动笔。胡汝修等为其燃灯磨墨，备好美酒香茶。一夜之间，顺利脱稿。经在慎怡堂初演后定名《情探》。

《情探》较之《活捉王魁》有几处重要而根本性的改变。一是主题，谴责王魁绝情负义，一改王玉峰大团圆结局为悲剧结局。二是改焦桂英出场时散披头发、手拿纸钱、见面就捉的凶悍形象，突出其温柔善良、多情多义的本色。剧情围绕“情探”二字做足文章，情中有探，探中见情，情而再探，探不离情，剧情起伏变化，一波三折，将焦桂英有情有义、温柔善良的形象展现得淋漓尽致。而相形之下，王魁则愈显得忘恩负义、卑劣猥琐。三是一改曲词冗赘少文为精致典雅，不减《西厢》《牡丹》。如原作王魁出场时唱词为：“更阑静，月正光，王魁独自叹家乡。”“一盏孤灯照兰房，银灯拨尽油不亮。阴风惨惨好凄凉，隐隐的销金帐，耳听得鬼哭神嚎，犬叫汪汪，常在我耳厢。”《情探》则大异其趣：“更阑静，夜色哀，月明如水浸楼台，透出了西风一派。”“睡定又还起，无风门自开。”“此事真奇怪，面庞儿却好似从前恩爱。你是何方何氏女裙钗，为然何万水千山得得来？”

《情探》一问世，各地争相演出。成都三庆会戏圣康子林（艺名康二蛮）与名旦刘世照联袂登场，一时轰动。自流井钧天茶园川剧名伶杨华廷（外号麻三）、叶淑仙（艺名豌豆尖）在“念君别墅”演出，演出前赵熙亲为演员讲解剧情，演员深悟《情探》真谛，故演出中精彩处剧场雷动，观者齐声喝彩。不少先前观看过成都演出的人以为有过之而无不及。后来重庆川剧名家周慕莲（旦）、肖楷（小生）又在章华剧院演出《情探》，盛况空前。赵熙观剧后即席赋诗：

绝代深恩化作仇，哀弦和泪写伊州。
章华台上三更雨，不是情人亦白头。

一拍红牙万转哀，香魂何苦问从来。
人生会作鸳鸯死，如此瑶华怨夜台。

（《章华戏院观剧七首》之一、二。“白头”亦作“泪流”）

再接着，川剧名旦薛艳秋在上海演出《情探》，也引起轰动。《良友》画报做了专题报道，刊登了薛艳秋饰焦桂英的剧照，介绍了作者赵熙和剧情。

从此，《情探》走向全国，足迹遍港、澳、台，甚至走出国门，到达欧美等国，受到广大观众的青睐。

《情探》还特别受到专家和演出者的极大关注。原西南师范大学赖以庄教授、原四川师范学院屈守元教授、澳大利亚格里费兹大学考林·玛格利斯教授、著名文学艺术理论家王朝闻先生等都专门著文或谈话研究赞赏《情探》。

《情探》以其深刻的主题、周到曲折的安排和典丽雅致的曲词成为川剧艺术中的经典剧目，自其问世到现在，相信到将来，其演出都长盛不衰，得到广大观众的永久的喜爱。

（胡　林）

黄氏三兄弟

晚清政治腐败，国难当头，一些有志之士痛心不已。他们留学海外，将所见所闻著书立说，又振兴教育，力图改变中国落后面貌。当时，荣县到日本留学的有 30 余人。黄茂、黄芝、黄英三兄弟为荣县教育做出了极大贡献，竟与诗词书法卓绝的荣县晚清进士赵熙齐名。张仲儒在《荣县解放前的佛道两教》一文中提道：“黄茂，前清举人；黄芝，后改黄觉，前清优贡；黄英，前清举人。”由此我们知道黄觉原名黄芝。黄英的女儿黄润苏为复旦大学教授，著《澹园诗词》。张大千艺术研究院前院长屈义林在《此情长似泱泱水》——〈澹园诗词〉序》中言：“作者黄润苏教授，生长在世代书香之家。她的父亲黄英（叔权）先生昆季三人，与同县（四川荣县）著名诗人赵熙齐名，时人称她的四伯父黄书云（黄觉）与赵香宋、刘翰仙为‘三老’，曾为之举行过‘重游泮水之庆’。”黄英的外孙刘征泰在《如愿——贺〈澹园诗词〉付梓》中提及，黄英在兰州任地方官时，曾主持建造了钢铁结构的“黄河第一桥”。

黄茂，字书年，壬午科（1882 年）举人。幼聪颖凝重，性情温厚，至孝。对声音、训诂学很有研究，曾用《说文部首》36 字为华文字母，创韵纽图，定 14 位音呼，以拼一切音。著述 10 余种，藏之家塾。学使吴子修以黄茂“品端学粹”上报朝廷，奖给六品官衔，任屏山县教谕。又任成都、华阳、郫县教谕。任旭川书院山长。1913—1914 年任荣县中学校长。黄茂以小学经学提倡后进，实开吾荣风气之先，又常常资助家境贫寒的学生。黄芝《觉园笔记》末有《附录五芳堂家乘要略》，对黄茂有以下描述："先胞兄书年，茂，幼聪颖凝重，六岁破蒙。一日毕大学全本成诵，龚德轩师深异之。历游赖昆山、詹长坡、刘宝臣、颜紫澜先生之门，故平生深信因果，敦品励学，穷究心性，静养有得。尤邃于《周易参同》诸书。住成都尊经书院时，王壬秋先生深器之，于声音训诂之学，饶有心得。中壬午年乡榜后，以小学经学提倡后进，实开吾荣风气之先。尝刺取说文部首三十六字，为华文字母，创韵纽图，定十四位音呼，以拼一切音。括无不尽，盖神明于古今音学，视王照官话字母，尤简切，著述十余种，藏之家塾。吴子修学使以品端学粹入告清廷，奖给六品衔，官屏山县教谕。历署成都、华阳、郫县教谕。性情温厚，喜培植人才，遇寒士，时时助其膏火，俾之成就，贫乏请求者，辄予之，弗稍吝人或谓告求者多伪，不免为所欺，兄笑曰：彼虽伪，我心自真。倘逆其诈而拒之，则真者将无所得矣。事亲孝，主讲桂林书院时，每二三日一归省亲，必亲涤溺器，先考妣屡阻之，弗辍也。晚年以刘子充先生之勗，常阅佛藏，修净土宗，恒茹素，卒年五十九。"。

黄芝（约 1861—1950，后更名黄觉，人称黄觉老），字书云，光绪庚子（1900 年）贡生，1903 年留学日本弘文师范学习教育。归国后撰《舆地韵言》，以韵语形式介绍五大洲、世界各国都城、中国京城和十八行省。后任平武县任教谕。宣统三年（1911 年）任绵竹知县。民国初，创办荣县女子中学并任校长。民国 10 年（1921 年），募修大佛桥。修大佛路，在龙洞白雀寺前建弥陀阁。民国 13 年（1924 年），任荣县佛学社社长、中国佛教会四川省荣县分会会长。1934 年，创办《荣县佛学月刊》，以宣扬佛教、挽救人心、改良风俗为宗旨。他译编《新谈天》，著有《舆地韵言》《觉园笔记》。

黄英（1867—1928），字叔权，光绪戊子（1888 年）科举人，1903 年留学日本，就读陆地测绘专科。回国后曾任甘肃省灵宁厅同知。民国后，任兰山观察使。1914 年弃官回乡，入军阀幕府任刘存厚顾问，任邓锡侯秘书。又任江津县县长、简阳县县长。后任旭川书院山长。著有《地球揽要》《筹蜀篇》《华文易知》《代数明捷草》《格物答问》《扫苔馆诗钞》（1926 年，邓锡侯出资刻）。《筹蜀篇》中叙：余方汇刻蒙学书四种，并拟条例为普通学读本。该书体现了黄英"经世致用，务实筹划”的救国理念。《皇朝蓄艾文编》卷五十三载有黄英的《四川利害论》，黄英针对列强欲瓜分中国的野心，疾呼：劝士积学兴邦，保商以期振作。

从《附录五芳堂家乘要略》中可知，黄氏兄弟之父文林公夫妇就有孝悌、忍让的美好品格，传统的家庭教育成就了几兄弟自强不息、与人为善的性格。现在学界研究有张振国所著《民国稀见文言小说集七种叙录》中《黄觉〈觉园笔记〉》一篇。何一立先生著《黄英〈筹蜀篇〉及其维新思想》、胡昭曦先生著《近代蜀学学者黄英及其〈筹蜀篇〉》，沧海遗珠终将面世矣。

（李锦梅）

罗文谟

20 世纪 30 年代末至 40 年代中期，蜀中艺坛名家荟萃，各流派的金石书画展及相关学术活动常在成都举行。时任蜀艺社社长、四川美术协会常务理事的罗文谟就是这众多展览活动的发起人和推动者。可惜这位博雅多能，擅长金石篆刻、书法、国画和古体诗的美术教育家、活动家不到 50 岁就亡故了，其大量优秀的美术作品也在“文化大革命”中被毁。

热衷政治活动

罗文谟，四川荣县人，1902 年 12 月 12 日出生于五保镇涂家嘴一中医世家。自幼聪颖好学，喜翰墨。从荣县中学毕业后，于 1921 年远赴上海，考入上海艺术专科学校。在国家动荡不安的形势下，罗文谟认识到只有投身革命，才能救国救世，于是，他常投身于国事活动。1924 年在上海加入了中国国民党，并任上海市第三区党部执行委员。

“五卅惨案”后，全国学生奋起抗英，全国学生联合会成立。罗文谟被推任常务委员兼宣传部主任，为反帝爱国极力奔走。1925 年冬返回四川，先后在成都艺术专门学校、成都省立第一中学等学校任职，其间还兼任《四川日报》《白日新闻》《成都快报》的主笔和总编。罗文谟一直为劳苦大众呼吁、呐喊，曾写过《川北农民哀歌》，反映时代之声。

1930 年，四川省党务指导委员会在成都改组成立，移到重庆办公，罗文谟又任训练班秘书。1934 年，任军事委员会政训处西北分处上校秘书。西安事变发生时，罗文谟受杨虎城秘书张寒杉举荐，受张学良、杨虎城暗中委派，与宋美龄联系沟通。西安事变之后，罗文谟调任四川党部书记长，与爱国人士合作共建四川省各界抗日后援会，力推抗日救亡运动。1939 年 7 月 1 日，四川省临时参议会（后改为四川参议会）成立，罗文谟任秘书长直到中华人民共和国成立。

1943 年年底，冯玉祥在成都少城公园（今人民公园）发起节约献金救国运动，罗文谟将他开画展的全部销售收入——10 万法币捐献出来，这笔捐赠（当时 2000 法币可买一石米）位于当时献金捐款的首位，这在国民党贪污成风，有人借机发国难财的当时，如此先国而后家、慷慨大义是多么的难能可贵！

解放战争时期，罗文谟多次掩护中共民主人士，资助成都的中共地下组织。四川大学外语系的地下党员毛文成、易汝奇曾住在罗文谟家中，并借此开展地下工作。罗文谟摆脱了国民党欲挟持他去台湾的企图，并婉辞了挚友张大千的赴港之邀，毅然出面组织成都有关单位和人士维护地方安宁，迎接和平解放。中华人民共和国成立后，罗文谟和夫人许子睿还曾受贺龙的接见和宴请。

钟情梅竹的书画家

罗文谟从小就喜欢梅竹。他家的房前屋后，到处都是茂林修竹，并夹有蜡梅、红梅花。家乡的天一山上也是翠竹繁茂，竹林深深。梅、竹的清高、清秀让人爱慕。罗文谟后来在自己成都的住所辟出一角专门种梅栽竹，并把这里称为“梅竹簃”。他常在院里散步，给梅竹浇水施肥，赏梅品竹。冬天，剪几枝清香梅花插于花瓶中。春天，采几个不能成竹的嫩竹笋炒食。他还用梅树枝干和短竹竿自制手杖。罗文谟还把自己的住宅取名“双清馆”，画室叫作“香雪斋”。罗文谟认为，诗、书、画技艺相通。有时，他会在画面下端或一角的空白处盖章补白，“古荣州人”“家住三荣天一山”“双清馆”等表明自己的籍贯、住所或画室的印章为画作增加了“笔趣”。

倾情于梅竹的罗文谟还在画作上自题有咏梅咏竹的诗。“松竹为益友，岁寒不改操。逢春花又发，品节自孤高。”这是其一。其二曰：“生来野逸本天真，香淡清超自有神。耐得岁寒余傲骨，年年雪后又生春。”咏竹的诗云：“亮节高风气凌云，飘然洒落自超群。东坡与可皆知赏，何可一日无此君。”这些诗句皆展现了罗文谟坚贞、高洁的志向。他刻有一枚闲章，名叫“梅花知心人”，足可见他对梅花的钟爱。

知道罗文谟喜爱梅花，张大千就曾画梅花并题诗赠他：“殷勤说与儿孙辈，识得梅花是国魂。”梅兰芳也画过墨竹扇面赠给罗文谟，齐白石在罗文谟的折扇扇骨面上刻过几片竹叶。然而，这些墨宝在“文化大革命”中皆损毁殆尽。

曾任四川省委代理书记的张秀熟与罗文谟在20世纪20年代后期和抗战期间一起共过事，相知甚深。他曾特意画梅相送，并以陆游的咏梅诗题款：“幽谷那堪更北枝，年年自分著花迟。高标逸韵君知否？正在层冰积雪时。”诗配画，可谓意味深长。

把一腔爱国思想寄情于梅花的罗文谟在1940年画了幅梅花赠送古北口中国驻军抗日高级指挥官杨鹏升，并题诗述怀。1945年，抗日战争胜利时，罗文谟又在一幅梅花图上题诗赠杨鹏升，可见他对梅花历尽冰霜魂犹在的赞美。1950年，他集中精力画了上百幅梅花草图，命名为《百梅集》。那些千姿百态、老干苍虬、枝干曲折劲拔的梅花或蓓蕾含苞，或繁花朵朵，表现出梅花在不同生长阶段的特征，那幅幅水墨梅花皆疏密相间、错落有致，生动传神。这是罗文谟长年累月朝夕观察，由写生而写意，注重技巧与精神的结合的体现。可惜这套汇聚画家精神与才气的图稿还未最后完成并公之于世，罗文谟便于1951年1月不幸离世。这套图稿现被成都古籍书店收藏。

淡泊名利的美术家

罗文谟在艺术活动中自号“静盦”，表明自己“宁静于书画，致远于艺术”，淡泊利禄、长葆艺术青春之心。

1937年，国民政府迁至重庆后，各地高等艺术院校及美术界人士纷纷入川。罗文谟认为，全国大艺术家云集四川，正是切磋交流、发展艺术的大好时机。于是，罗文谟利用自己任蜀艺社社长之便，热情帮助来川的外省同仁解决各种困难，协调各方关系，促进了解，加强合作，共谋发展艺术事业，并多次发起画展，“以文会友，以友辅仁”。

为了改善美术工作者的创作条件，维护自身的合法权益，罗文谟同林君墨、张采芹等人商议筹建一个全省性的美术界专业社团。1941年4月在成都成立了四川美术协会。省内外专业美术工作者和业余爱好者200余人加入了协会。罗文谟特请喜爱美术的四川省政府主席张群出任四川美术协会会长，他自己退居常务理事，实际上仍由他主持协会的全面工作，成为抗战时期和解放时四川美术活动的领军人物。

四川美协成立后，为了解决无固定收入的画家碍于情面不便向索画者收取润笔酬金，索画者有的又不好开口向画家索画的问题，罗文谟向同仁建议采取一致行动，自订“润格”。建议实施后，双方都很满意。一方面，画家可按劳取酬，多出作品，出好作品；另一方面，购者也满足了求画欲望，提高了审美情趣。连远在老家荣县的书法家赵熙也来“诗婢家”（以装裱书画为主要业务的中介）接受预定书画。

后来，经罗文谟和协会的其他常务理事多方奔走，终于取得政府支持，在祠堂街少城公园一侧建起了四川美术协会会址。从此，四川美协有了自己的展览馆，展事频繁。罗文谟又参与筹备和主持开幕仪式，把他们推荐给新闻界宣传，动员各方人士参观选购。徐悲鸿、关山月、黄君璧、谢稚柳等国内名家都在此举办过个人书画作品展。远在昆明的潘天寿要在成都办画展，但不能亲自前往，他把画作寄往成都委托四川美协代办。罗文谟和张采芹等人竟不怕麻烦，接受委托，圆满完成了展出任务，让潘天寿钦敬不已。

1943年3月，罗文谟也在祠堂街举办了个人书画展，展出了斗方横幅、中堂条幅、对联、国画等120幅。画展设有来宾题册、订购书画登记册，当天就订购了70多幅。张群、向仙乔、芮敬宇、邓锡侯、潘文华、田颂光、严啸虎等名流皆来捧场。罗文谟的巨幅立轴写生设色山水《峨嵋天下秀图》和条幅重彩工笔画《红叶喜鹊图》最使人震撼。前者集诗、书、画、印于一体，画境开阔，远、中、近景生动形象，兼工致细密、豪放潇洒之风格。后者为青城山写生之作，构图生动，用色分明，富有情趣。同年12月，罗文谟把自己办画展的全部收入10万元法币捐献出来支持抗战。

1944年11月，罗文谟创办了《新艺》美术月刊，并在上面发表了《书画家之修养》《纪念美术节与复兴民族的艺术》等诗文。虽然《新艺》到1945年8月就停刊了，可这只办了5期的美术月刊却是抗战大后方出版的一份重要刊物，对当时艺术界影响巨大，特别是对推动战时美术研究活动起到了一定作用。1947年，罗文谟又与邓只淳、洪毅然创办了《艺苑》月刊，并带头发表富有卓见的学术论文和优秀的国画作品以资引导。

1951年年初，罗文谟蒙冤而逝。

居香港的张大千得悉罗文谟的噩耗，提笔写了首七律寄托哀思。

1985年，罗文谟获平反昭雪。

1999年，画家晏济元（1901—2011）为《德艺千秋——罗文谟的艺术生涯》撰写了出版题词："尝见其写梅，深得华光遗意，着花点蕊，尤为精到，似有暗香扑鼻之感，余每觉未得其妙。"

民国名流、蜀艺社的耆老方鹤斋曾写诗赞道："社中书画多英彦，不及临风玉树枝。"

罗文谟的学生祁博文深得其真传，被人称为"祁梅花"。祁博文在2011年由罗文谟的小儿子罗荣汉所著的《双清馆百梅集》中写了篇回忆老师"梅趣"的文章，以"百梅香飘海内外，德艺双馨永留芳"的诗句来表达对老师的仰止和缅怀。

罗文谟的艺术成就可谓瀚海沉珠、鲜为人知，但其作品却经得起时间的考验。就像书画家周北溪缅怀罗文谟的题词所言："翰墨文采，留辉蜀中。"相信罗文谟"梅竹双清，德艺长辉"的精神和情操会永远为人民所纪念。

（刘胜秀）

李三江

李三江，人称“李神仙”，程家场道士冲人。其人“疯疯癫癫”，常以一砖一瓦、一草一木，或拾一片甘蔗壳，口中念念有词，然后叫病人泡水吃；或张口渡气，与人治病。奉之为神者尊称为“李神仙”；不信者，则叫他“李疯子”。别人叫他神仙也好，疯子也罢，他从不计较，依然我行我素。但这人心地善良，不贪财，一生做好事。他把四处募集到的钱用来买田租百多石，用全部租谷救济贫困人家；在高洞乡境内修宏观桥，以方便行人；在程佳下场建平民工厂，把附近的叫花子收留起来学手艺；民国29年（1940年），私立荣东中学建校，校董会向他求助，他慨然将田租捐作学校基金，人们称赞他是“活武训”。

民国26年（1937年），“丙子干丁丑”，他在程家场每天为灾民施苞谷稀饭两餐。一天，他听说贡井大盐商余述怀来程家场，便在彭家茶馆向他募化救灾款200元。余述怀见在座的都是有头有脸的人物，不好直接拒绝，便以“下了雨才捐”为借口推脱。李神仙说：“你捐了钱就会下雨。”余述怀说：“如果明天下雨我后天就捐。”“好。”李指着众人说：“请大家作证，明天下雨，后天我就到府上来拿钱。”余见他说话很硬，有点心虚：“不忙，下小雨不算。”李说：“翻膝子的雨才算嘛。”余述怀心想，几百天都没下过透雨了，现在天清气朗，哪来的大雨？李神仙在说鬼话。

次晨乌云拦东，早饭后，瓢泼大雨连续不停。下午，李神仙冒雨去贡井拿钱。俗话说“富不舍财”，余述怀要赖只给 100 元。李说：“我从程家场徒步行走了几十里路而来，沿途都是翻膝子的水，余二公说话要算话！”大有不拿钱不走之势。余述怀没法，于是忍痛拿出了 200 元。

（罗秀能）

幸

第五篇 烈女侠士

牟阿回

相传，宋嘉泰年间荣县双溪书阁一带山上常有老虎出没，黄昏后便出来寻找食物、吞食家畜。每到这个时候便无人敢上山。

有个叫牟阿回的小女孩，家就住在这里。牟家世代以耕田种地为生，牟阿回是家中老大，下面还有一对刚满一岁的双胞胎弟弟，日子虽然不宽裕，但也其乐融融。阿回从小就聪明伶俐，并且胆子很大。由于她是老大，家中就把她当男孩来养，练就了她一副爬树上房的好身手。

在她 8 岁那年，父亲上山砍柴不幸掉下十几米高的悬崖，所幸被半山腰的松树所挡，方幸免于难，但是从此瘫痪在床，失去了劳动力。原本就不富足的家庭，瞬间被极度贫困所困扰。生活的重担一下子全部落在母亲一个人的肩上，灶台已渐渐揭不开锅，吃了上顿缺下顿的日子越来越多。两个年纪尚小的弟弟常常饿得“哇哇”直哭。看着瘫痪在床的父亲、日渐憔悴的母亲和两个嗷嗷待哺的弟弟，小小的阿回一下子成熟起来。

“母亲，我想去给大户人家放牛，给家中减轻一点负担。”

“山上常有老虎出没，太危险了！我宁可苦点累点都不能让你去给人家放牛。”母亲斩钉截铁地回答。

“母亲您放一万个心嘛，我会爬树，老虎来了，我就爬到树上去。老虎不会爬树，当然就咬不到我了。父亲病卧在床，两个弟弟尚小，我们家现在连饭都吃不起了，我去了还可以为家里节约一些粮食。”

“那好吧，你自己要注意安全，天黑前一定要回来。”母亲拗不过小阿回的执拗，思忖良久含泪答应了。

从此小阿回每天早出晚归，开始了牧牛的生活。除了为家中节约了一部分粮食外，每月还可以拿回一些工钱来补贴家用。

一晃两年过去了。这天，阿回与往常一样，早早赶着牛来到龟子山上。傍晚时分，在田里劳作一天的母亲回到家中，发现女儿还没有回来，于是丢下家人赶往山中："阿回、阿回——，你在哪里？"

"母亲，我在这里。"贪玩的阿回这才回过神来，急忙回应母亲。

"死妮子，这么晚了还不知道回家，老虎来了怎么办？"

阿回与母亲牵着牛快速地往家中赶。半路上，路边密林里突然窜出一只老虎挡住了她们的去路。从没见过老虎的阿回早已被吓呆了，张大了嘴巴，站在原地不知如何是好。饥肠辘辘的老虎正要对阿回下口，说时迟那时快，母亲立刻将阿回拉到自己身后，对着老虎说："不、不要伤害我和女儿，不要……"饿慌了的老虎被阿回母亲这一突然的举动怔住了，迟疑了片刻，迅疾将阿回母亲衔在嘴上拖着就跑。当阿回回过神来时，母亲已经被老虎叼走，在老虎嘴里痛苦地挣扎着，嘴里还在对阿回喊着："快跑……"

看见自己的母亲被老虎叼走，所有的害怕即刻烟消云散，一心只想救母亲的阿回，哪里听得进母亲的话。她抄起赶牛棍，奋力追赶老虎，喊道："你这个畜生，放下我母亲，放下我母亲……快来人啊，老虎吃人了！老虎吃人了！"嘴里衔着一个100斤左右的大人，老虎始终跑不快。终于，阿回追上了衔着母亲的老虎。阿回一边用赶牛棍猛打老虎的头部，一边大喊大叫、大哭大骂："放下我母亲，放下我母亲！"终于，老虎受不了阿回的击打，松开口放下母亲，跑到不远处坐着喘气去了。阿回跑过去扶起满身鲜血、已经昏迷的母亲："母亲，母亲，你醒醒啊，呜呜呜……"母亲渐渐苏醒，看见老虎还在不远处喘着粗气虎视眈眈地看着她们母女俩，就对阿回说："不要管我了，你快跑吧……"

休息过来的老虎看见追赶自己的是一个孩子，于是站立起来，随时准备再次扑向母女二人。看见母亲苏醒，阿回顾不得说什么，她面对凶恶的老虎，站起来一边挥舞着赶牛棍，随时准备还击再次冲过来的老虎，一边大声向山下呼喊："快来人啊，老虎吃人了，老虎吃人了……"而老虎看见阿回手中的木棍，也不敢轻举妄动。阿回与老虎就这样一直对峙着。

山下正在做晚饭的村民们隐隐约约听见了阿回的呼喊，纷纷出来拿起锄头、锹把跑上山去。那只老虎被众多愤怒的村民们所震慑，转身钻进密林里逃走了。乡亲们帮忙将阿回的母亲背回家中，找来许多草药为她治伤。经过一段时间的调养，阿回的母亲恢复了健康。阿回再没有去给大户人家放牛了，但她英勇救母的事迹得到了村民们的交口称赞。

（罗秀能　肖　玲）

邹玉川

明末清初，荣县有一个邹氏家族，因为经营盐井而致富，家族拥有方圆几十里的土地。但是邹家长子玉川（字太元）却不好读书，喜欢要刀弄棒，到 20 岁了都没有进过学堂。邹玉川拜了不少有名的把式为师傅，娶妻生子以后也还乐此不疲，渐渐地，他的武艺在乡里有了一些名气。

当时正处于明末战乱期间，官军、民团、义军都不惜血本招兵买马，正是尚武之人出人头地的机会，邹玉川毅然抛妻别子随着义军征战去了。

这一去便是数年征战。战乱平息以后，邹玉川因为没有文化，虽然转投官军，混到一个低级军官的职位，可是人到中年，一身武艺也派不上多大的用场，加上征战多年也厌倦了漂流转徙、朝不虑夕的日子，很想过过清闲而太平的日子，于是解甲归田。

邹家在当地实力雄厚，规模庞大的邹家大院依然巍然屹立在宽阔的邹家大坝之上。

邹玉川风尘仆仆地带着一身行囊回到邹家大院，一众妻儿带着仆妇用人赶忙迎接，其乐融融，温暖无比。玉川坐定，几句寒暄之后，就相互问长问短，了解对方别后的情况。

哪知刚刚聊到兴起，弟媳慌慌忙忙地闯进堂屋，全然不顾大哥刚刚踏进家门，惊慌失措地大叫道：“大事不好了，我家玉田被土匪绑架了！”

转身看到大哥，急忙倒身下拜，声泪俱下：“大哥，救救你弟弟呀！”

得知弟弟现在关押在10里之外的寨子里，邹玉川顾不得征尘满面，忙解开包袱，取出几锢银子，在家人的带领下就出门了。

土匪绑架邹玉田的时候，万万没想到习武从军的邹玉川这么快就会回来，邹玉川的到来让绑匪心生恐惧。

且说邹玉川征战十几年，见惯了打打杀杀，侥幸全身而退，已经放下屠刀，打算与世无争了。他找到当地有名望的士绅做中人与土匪谈判，表示破点财不要紧，只要放人就可以了。最后邹玉川给了土匪数百两银子把弟弟赎了回来。

所谓“福无双至，祸不单行”。弟弟的事情过去不久，堂弟又因与邻里纠纷，失手打死了人。按照当时的法令，需要偿命或者巨额赔偿。堂弟托人找到邹玉川，希望堂哥能够借钱赎命。由于赔偿数额很大，邹玉川的钱财也不够，于是卖掉田产去救堂弟。拿到巨额赔偿，受害人家属却说，你邹玉川用钱保你堂弟的命，你就一定要到我们家做奴仆来补偿。没想到邹玉川马上答应跟随他们前往。参与调解的各方人士和围观百姓都被邹玉川的行为感动了，纷纷劝受害人家人说：算了算了，他弟弟又不是故意杀人，你家既然得了赔偿，又何必为难别个慷慨解囊的堂哥呢？在众人的苦苦劝说下，受害人才放弃了这个要求。

邹家家财万贯、田产广袤，早就有人对它垂涎三尺。有个叫黄朝的人，看到邹玉川乐善好施、慷慨仗义，就私下贿赂县里土地管理官吏，把邹家几十亩良田的所有权改成归自己所有，之后拿着官方文书霸占了这些土地。

邹玉川有8个儿子，个个都知书识礼、很有才干，看到父亲这样软弱，便拿着家里的土地契约，到县衙申诉。县令弄清真相后，将黄朝押解到县城，关进监狱。庭审还原事实，辨明是非，判令黄朝庭杖三十。看到黄朝被打得皮开肉绽，邹玉川又起了怜悯之心，将黄朝侵占的几十亩田索性送给了他。

这时几个儿子不干了，纷纷责备父亲。邹玉川却说：“我的土地还有很多，何必计较这区区几十亩呢？何况喜欢背后耍阴谋的人，你是不知道他哪个时候又要出什么花招来的。送他几十亩土地，以免后患。”果然，从此以后，黄朝再也没有招惹过邹家。

邹家大院后面，有一家姓杨的老年夫妻，二人相依为命，以种桃为生。他们日子过得清贫，倒也夫妻和睦，相敬如宾。一天，邻居家一个小孩爬到杨家树上偷桃子。这本是小事一桩，可是杨氏夫妇看到有人偷桃，一阵大吼，吓得小孩从树上掉下来摔死了。邹玉川听说这件事以后前去观看，正好撞见夫妻俩挂在桃树上寻短见。邹玉川赶忙将他们放下来，通过急救，二人终于苏醒过来。问他们为什么要自杀，他们说："人命关天。我家这么穷，哪里赔得起？还不如死了算了！"邹玉川同情年老无依的杨家夫妇，借了500两银子给杨氏夫妇赔偿死者家属。

古时盐税是当地官府重要的财税来源，盐产地往往派军人协助管制。此时管理井产的官员是一个贪虐的赵总兵，听到杨家借了邹玉川500两银子赔偿人命，认为邹玉川不止拿500两给他们，他们一定中饱私囊了。于是命人把他们抓起来，每天严刑拷打，要他们交出掖藏的银两。后来了解了实情，便放过杨氏夫妇，对邹玉川的为人非常佩服，亲自登门拜访。邹玉川借机替井民诉苦，认为现在的盐税太重，井民都快活不下去了，劝赵总兵减税惠民。赵总兵因为邹玉川的劝说而稍微减轻了井民的负担。

后来，赵总兵因为贪虐被法办，他的儿子赵帝简改名换姓，流落异乡去帮人拉纤。邹玉川乘船出行的时候，多次看到这个人，觉得很熟。后来认出他了，就问他："你不是赵总兵的儿子吗？"赵帝简只好承认。邹玉川还给了他200两银子，叫他回去做点别的买卖。

邹玉川家里有一个丫鬟，跟别的男人私通，后来一起私奔了。几天后，被邹玉川派人双双捉拿回来。几个儿子要把他们送到官府法办。邹玉川说："我要亲自送去。"半路上，邹玉川就问那男的："你也是人，为什么干这种法理不容的事？"那男的跪倒在路上不停地哭泣，连声道歉说自己错了，希望主人原谅。邹玉川就说："你们知道悔改，我就不追究你们了。"说完，给男的松了绑，让他快走，然后带着丫鬟回到家里。

过了一个月，有个人找到邹家，说："某某是我的侄儿，你们为什么因为一个丫鬟而把我侄儿杀了？"邹玉川也没有申辩，拿出300两银子给来人，让他不要再纠缠这事儿了。可是那个人贪得无厌，竟然把邹玉川告到了衙门。那个与丫鬟私奔的男人出庭作证，才还了邹玉川的清白。但是邹玉川并没有因此而追究这个骗子的责任。

明末闹饥荒，有个穷人家的孩子主动请求到邹家做奴仆，以混口饭吃。后来，这个穷小子擅自跑了。几个儿子对此事非常不满，要求惩治他。邹玉川说:“你们本是良家子弟，惩治他，只不过是让别人怨恨我罢了!”这事就此作罢。

邹玉川遗憾自己从小没有读过书,就请塾师到家里来给他和子孙们讲学。他对老师非常热诚恭敬，极尽师徒之礼。后来他的后辈中有 6 人在科举考试中被录取。他的后代中也不断有人被选入国子监读书。

（钟学惠）

王维屏

王维屏，荣县秀才，天性纯朴敦厚。有一次，他的祖父生了重病，多方求治，吃了很多药都没有一点效果。王维屏割下自己大腿上的肉当药饵，给祖父熬制药汤，祖父服用后，竟然奇迹般的痊愈了。又过了几年，王维屏的父亲又生了重病，医者说是“不治之症”。王维屏又像救祖父那样把腿上的肉割小块当药饵，不久，父亲的病也痊愈了。官府知道后，县令亲自为王维屏举行了庄重的表彰仪式，并赠送了一块匾挂在王家的大门上，上面写道：“孝子顺孙。”

甲申年（1644 年），张献忠的起义军在荣县城烧杀抢掠。一天夜晚，义军杀戮了许多荣县城不愿低头的士绅。王维屏因头一天出城去背米，幸免于难。等他回来后，与乱兵相遇，也被抓起来了，但因为他之前重孝道的事早已远近闻名，乱兵知道是他后，竟然直接把他放了。后来虽然王维屏死于饥荒，但能在那种兵荒马乱的年代保存全尸而死，也是不容易的。荣县志评价道：王维屏并非幼童稚子，他的朴厚真挚也绝非沽名钓誉，而是完完全全的怀有一颗赤子之心啊。

（罗秀能）

张星良

清康熙年间，荣县留佳镇现人和社区一带山高、林密、竹子很多，这里好多老百姓以采挖野笋为生。

张星良出生在现荣县留佳镇人和社区一带的一个贫穷人家。母亲很早就去世了。年幼懂事的小星良离开了刚刚读了 7 个月的学堂，跟随父亲到深山老林以挖山笋为生，以补家用。

星良有个伯父，靠着做收售山笋的生意，成为留佳场数一数二的富户。但这个伯父却为富不仁，常以各种理由克扣挖笋人的银钱，星良父子也不例外。留佳场的挖笋山民个个敢怒不敢言，因为挖的山笋得靠着他换成银钱，养家糊口。

这天天不见亮，小星良又早早起床，收拾好工具随父亲来到了大山，行走在荒山老岭之中。正当他父子俩聚精会神埋头寻找山笋时，突然，不远处一只老虎横卧在前面挡住了他们的去路。从没有见过老虎的小星良被眼前这只大虎吓蒙了，正当他转身要向父亲求救时，却见父亲早已吓得小便失禁、双腿直抖、瘫倒在地。这时，小星良镇定下来，迅速查看了一下周围，看见身后有一片茂密的竹林，于是将父亲扶起来藏在竹林中，说：“父亲，别怕，有我呢！”说着，小星良跳出竹林，坐在老虎与父亲之间，面对距离自己只有一步之遥的野兽。老虎喉咙里发出“呼呼”声，鼻子里喷出臭气，但是，小星良没有丝毫的胆怯与畏惧，他对着那野兽大声呵斥道：“来吧，你这吃人的畜生，我不怕你！”随时准备将自己的身体喂给老虎，以此来保护自己的父亲。

老虎在星良面前转来转去，转了很久，也许是被星良目光如炬、视死如归的气势所吓倒，抑或是小星良的孝心感动了上天，那野兽一直不敢轻举妄动，来来回回围着小星良转了半个时辰之后，最后终于离开他们，消失在了漫漫崇山之中。老虎离开后，星良立刻瘫软在地。半晌，小星良才想起父亲，起身来到竹林中，将早已吓得魂飞魄散的父亲搀扶出来。父亲这时仍惊魂未定，话都说不出来，四肢不停地发抖。小星良一面用小手为父亲抹着起伏不停的胸脯，一面不断地安慰他，说："爸，老虎已经走了，我们现在没事了，没事了！"好半天父亲才缓过气来，流着眼泪对儿子说："娃儿呀，如果是因为我的原因，你把自己拿去喂了老虎，我活着还有啥子意思哟……"

星良以身喂虎救父的故事很快就传遍了十里八乡，人和乡一带有虎出没的消息也不胫而走，从此这一带的山上就更加荒凉了，以至于今天这里都树竹林密。星良父子也不敢再进山采竹笋了，他们把之前的积蓄全部拿出来，在刘家场（今留佳镇）开了一家面粉加工作坊。两年后，又开了家油坊，榨菜油。勤劳节俭的星良经过七八年的苦心经营，家业越来越大。而当初靠剥削乡人的劳动成果暴富起来的伯父因吃喝嫖赌抽，早已将殷实的家底给倒腾个精光，渐渐落魄成了一个叫花子。

不久，父亲去世了，星良万分悲痛，于是就把伯父接到家里。原来受到过伯父欺压的乡民都以为星良发财后会为难伯父，万没想到星良对待伯父就像对待自己的亲生父亲一样，赡养他直到去世。伯父曾流着泪对星良说："星良啊，我当初做了那么多对不起你、对不起乡民的事，你为何还要这样待我？"星良却说："以德报德是常理，以德报怨大丈夫。"

发财之后的他常对别人说："我这一辈子没什么太多遗憾，最大的遗憾就是自己读书太少了。"所以，星良对教书先生、有学问的人非常尊敬，捐资助学慷慨大方，在留佳乃至荣州一带深受人们爱戴，他的事迹传为佳话。星良活到了 74 岁，死后奖给他师范举人的身份，追赠他为文林郎。

（罗秀能）

毕 姬

荣州西部铁厂境内，群山逶迤，绵延不绝。众山之中，一山巍然屹立，古树苍天，俊秀如玉，当地人称锜山。

清朝初年，山上住有一户毕氏人家，夫妻俩日出而作，日入而息。中年喜得一女，视若掌上明珠。女儿双眸有情，心灵手巧，毕氏夫妇给女儿取了一个动听的名字——毕姬。

毕姬天生一副好歌喉，擅长山歌，一曲《锜山曲》唱得高山点头、河水让道，十里八乡无人不晓。16岁时，毕姬已出落得似清水芙蓉，面若桃花，嘴似樱桃，手如柔荑，肤如凝脂，求婚者趋之若鹜。

乡绅曹氏，富比石崇，良田万顷，白玉为床金做马。公子曹颖，幼读诗书，举止文雅、谈吐幽默、风度翩翩、仪表堂堂。毕氏仰慕曹氏富有，托媒人说合，将女儿许配给曹氏做儿媳。

世事难料，曹氏家突遭变故，中道败落，一贫如洗。毕氏夫妇后悔当初轻率，想解除婚约，毕姬坚决不同意。父亲大怒："父母之命，媒妁之言，由不得你！"便找来媒婆商议，准备将女儿另嫁。毕姬闻言，大哭道："我生是曹家的人，死是曹家的鬼。"

春暖花开的时节，毕姬随母到舅舅家。毕姬故意和表妹一起，跑到曹家附近的山上去摘野花。姐妹俩追逐嬉闹，银铃般的笑声在山谷回荡。不远处，一个少年挥舞鞭子，赶着一群猪牧放。表妹了解姐姐的心事，指着牧猪郎笑着问毕姬："你认识他吗？他就是你的未婚夫，你还会嫁给他吗？"毕姬一下子怔住了，她没有回答表妹，头也不回地跑回家。毕姬没有想到未婚夫会沦落到如此地步，怪不得父母要毁约，于是假装生病卧床不起。

一个风高月黑的夜晚，毕姬偷偷地跑出来，与闺中密友一起，急匆匆地跑到曹家，叩响了茅屋。曹颖打开房门，毕姬含情脉脉地说："你认识我吗？我就是你的未婚妻，父母嫌贫爱富，要把我另许他人。等几天你就设宴，赶快迎娶我。"眼前这个貌若天仙的女子，竟是自己日思夜想的未婚妻，曹颖显得惊诧莫名，语无伦次："你……你……真是毕姬？如果你父母不同意咋办？"毕姬说："我既然已经许配郎君，父母也没有办法，你赶快迎娶我吧！"毕姬回家后，悄然无声地收拾衣服饰品，吉期到时，恰逢父母有事外出。毕姬偷偷地跑出去，被曹家派来的车马接走了。父母回家后，不见女儿，邻里告诉他们，曹家人已将你们的女儿接走，正在举办婚宴。夫妇俩急得像热锅上的蚂蚁，却没有办法阻止女儿结婚。第二天，毕姬带着丈夫回娘家，父亲指着毕姬的鼻子道："我怎么养了你这个不孝之女！"毕姬感慨地说："我以前是你的女儿，你可以责怪我，现在我是曹家的媳妇，你不可以责怪我！"

父亲无言以对，思忖良久，从家中拿出辛苦积攒的10万铜钱："你们好自为之吧！"

毕姬夫妇叩头谢恩。

（王　林）

张廷良

清末荣县市集，街道上人来人往，买卖声喧嚣成一片。存仁医馆后院，弟弟将年幼的孩儿托付给哥哥张廷良，便撒手人寰，院里传来一片悲泣与痛哭之声。张廷良忍住悲痛，嘱咐用人张白胡备办丧事，务必厚葬弟弟。在响器的悲怆和道士的符篆经忏中，张家送走了至亲之人。

张廷良是位仁医，常扶助柔弱老贫，对这些就医者分文不取，甚至还资以小助。但这是一个悲哀的年代，世局动荡，朝政内忧外困，盗寇四起。

这天，张廷良听客人们交谈，云南一帮凶狠的土匪往荣县方向来了，他们杀人不眨眼，到处打家劫舍、抢掠富户。送走客人后，天还未黑，张廷良打算早些关门。突然，城垛上兵丁敲响铜锣，厉声呼喊“贼人来了，贼人来了，大伙快找地方躲啊！”街上人群惊慌失措地奔跑起来，边跑边嘶声呼叫。张廷良加快上门板的速度，好不容易只剩一扇门了，一队土匪手执大刀大摇大摆砍杀过来，一路抢夺财物，交与专人放置到马驮的大兜里。来不及上好门板，张廷良转身往街沿边跑，可是 70 岁的老人哪里跑得过那些壮汉？张廷良刚过一条街，一个土匪追上前抓住他，满脸狞笑凑到他面前：“呵，老东西，你跑得有兔子快么？”后头传来一个洪亮的声音：“看这老头穿戴，是个有家世的，把他绑起走……”

土匪过处，满目疮痍。几天后，张家人回到存仁医馆，一家子聚齐，却单单不见了张廷良。城内城外找寻一番，始终未见他的踪迹，却听人说："只见贼人绑缚一帮乡绅往东去了，想是为取赎金罢，张医生或许也被绑去了。"张廷良的大儿子张锡三是个英武爽直的汉子，他嘱咐张白胡赶紧去账房支取300两金子，两人匆匆忙忙往土匪走的方向追随而去。一路上尸横遍野，他俩将近似张廷良体型的尸身也去翻看，见不是他则心有宽慰。他们一路走，一路探问，走了七天七夜，却没得到一点讯息。

来到一个山湾处，张白胡软塌塌地瘫坐到地上，踢掉那双破得再挂不住的鞋，骤放悲声："老爷啊，您救了那么多贫苦乡亲，人都说您是大好人嘞。老天爷，你……"张锡三呜咽有声："白胡，我一定要找到父亲带回家中，哪怕只剩他老人家一把骸骨……望大慈大悲的观世音菩萨保佑父亲平安。"白胡擦擦眼泪，安慰锡三："少爷您放心，老爷是好人，不会有事的。"

转眼走到富顺地界黄镇铺，终于探听到土匪在此地一山丘处扎营。两人潜行到营地，远远望见土匪有数千人之众，这阵势要找人尚不容易，何况救人呢！待得夜间，他俩摸进一条水沟潜藏起来，匪人太多，进出不便，带的干粮又吃完了。两人在水沟里藏了三天三夜，渴得没办法，只能捧起水沟里的污水喝两口。锡三颗粒未食，泪尽血出，不禁叹息道："这样下去我俩先饿死了，不如晚间偷偷摸出去，找个农家买来背篼、镰刀装成割草的，去探听父亲在不在营中。"白胡一把按住他："少爷，您身子金贵，这事您交给小的去办，小的一定想方设法探听来老爷的消息。"

白胡出沟回来，锡三已饿得有气无力了。他倾起身子扯住白胡："有老爷的消息吗？"白胡嘿嘿直笑，从怀里掏出几个馒头、几只红苕递给锡三："少爷，探到老爷消息了，此刻关在营房里，只是看守得紧，进不去。小的还打听到土匪后天拔营。"锡三手抚胸口，眼睛变亮了："阿弥陀佛，阿弥陀佛，终于找到父亲了。可是，土匪人多，我们硬拼也没用，且不知父亲关在何处，只好等他们拔营时想办法救父亲出来。"

过了一天，土匪营门大开，前头有骑马的绝尘而去，后头有搬运货物的、押解乡绅的，声势浩大。张廷良年纪最大，在后头走得慢些。到了黄镇铺街上，一小巷处隐隐传来锡三"爸爸、爸爸"压低的呼唤声。土匪人多势众，呼喝打骂之间，也没人觉察。张廷良瞥见一水缸后锡三和白胡的身影，于是，他不动声色，磕磕绊绊地越走越慢。锡三见押送的土匪往前催打人去了，上前将老父亲扯到背上，背到一隐僻处躲起来。等土匪声息远去，再背上父亲往荣县方向猛跑。他和白胡换着背行了 200 多里，回到家，3 个人都精疲力尽，睡了几天才缓过神来。

荣县 3 位清末进士闻听这段泣血救亲之事，慨然成诗。廖朝翼（学者）诗云：“阿爷被胁落群狼，有子寻亲似寿昌。自古善人天必相，炉中日炼著金刚。”曹俊亮（刑部主事）云：“群狼误入归无恙，风诏遥颁世泽新。年过八旬天与福，谁知虎口去寻亲。”曾省三（兵部主事）云：“轮周花甲六年春，历尽尘途百苦辛。厚恤里邻和戚属，晨昏待爨许多人。”

张廷良安享晚年，直到 87 岁驾鹤西去，乡亲对他的离去仍惋惜不已。

（李锦梅）

第六篇　革命人物

吴玉章

吴玉章（1878—1966），名永珊，字树人，1878 年 12 月 30 日生于荣县双石蔡家堰。父母早逝，在祖母和兄嫂教诲下，从小养成忠厚笃诚、坚忍沉毅的品德。

光绪二十九年（1903 年）三月东渡日本留学。在日本，吴玉章先后入成城学校、冈山第六高等学校学习，与川籍同学发表《劝游学书》，使四川留日学生人数大增，仅荣县就有近 30 名。1906 年加入同盟会，任评议部评议员。次年在东京主持《四川》杂志，宣传反帝反清的民主革命，并在四川荣县等 22 个州、县设代办所。1908 年参加同盟会执行部工作。在日 8 年，革命活动不断。

1910 年 6 月，吴玉章回国潜赴北京营救谋刺载沣失败被捕的同盟会员，后被派去日本采购武器。1911 年 4 月，革命党人在广州黄花岗起义，奉令购运军火。起义失败，返川领导保路运动。9 月到荣县，助龙鸣剑、王天杰组织民军北上会攻成都，亲自训练民团，筹措粮饷，支援前线。9 月初，王天杰回师返县，吴玉章不失时机，与龙鸣剑、王天杰等人积极配合，于 25 日主张自理县政，召开会议宣布荣县独立，成立革命军政府，在全国建立第一个县级资产阶级革命政权。后又赴内江，联络鄂军中党人处死清廷大臣端方，11 月 26 日领导内江独立。后乘夜赴渝，清除内乱，巩固了蜀军政府。

1912 年 1 月，吴玉章代表蜀军政府赴南京，参加革命政权筹建，出任参议院议员、大总统府秘书。袁世凯篡国，吴玉章参加二次革命，失败后到法国，在法组建华法教育会，为国培养人才。

1917 年 1 月，吴玉章回国开办留法俭学预备学校，先后送留法学生数千人。

1922 年 8 月，吴玉章任成都高等师范学校校长。1924 年，与杨闇公等秘密组织“中国青年共产团”，发行《赤心评论》，宣传马克思主义。2 月，被杨森解除高师校长职务。5 月 1 日，在成都组织追悼列宁群众大会，督军杨森下令逮捕他，同刘伯承、熊晓岩等潜行贵州。离川前，他只身返县，在旭阳中学与进步人士、校长谷醒华等促膝谈心，并鼓励师生把旭阳中学办好，为革命培养人才。

1925 年 4 月，吴玉章在北京加入中国共产党，组织决定他留在国民党内开展统战工作，派他回川整顿国民党组织，改组省临时执委会和重要县市党部。他在重庆创办中法大学，与杨闇公等建立了中共重庆地方委员会。1926 年，国民党二大召开，吴玉章当选为国民党中央执委。次年 3 月，在国民党二届三中全会上，当选为中央常委和政治委员，兼中常委秘书。曾保护贺龙部队开赴武汉，协助朱德、刘伯承发动顺泸起义。大革命失败后，参加南昌“八一”起义，任革命委员会秘书长，随军南征。10 月，中央派他和刘伯承等秘密前往苏联。

吴玉章在苏先后入莫斯科中山大学、伯力共产主义大学、海参崴远东工人列宁主义学校、苏联科学院远东分院、东方大学学习和工作，他认真研究中国汉字的产生、变迁及发展趋势，倡导汉语言文字改革，做了许多工作。

1938 年 4 月，吴玉章回国任第一届国民参政会参政员。10 月，中共六届六中全会上，当选为中央委员。11 月去陕甘宁边区，先后任延安宪政促进会会长、边区新文字协会会长、鲁迅艺术学院院长、延安大学校长。1940 年 1 月，党中央在延安举行庆祝吴玉章六十寿辰宴会，李富春代表党中央诵读祝词：“你是中国革命最先进最觉悟的老战士，你始终是前进的，你始终是站在时代的前面奋斗着。”毛泽东亲临祝酒时说：“一个人做点好事并不难，难的是一辈子做好事，不做坏事，一贯的有益于广大群众，一贯的有益于青年，一贯的有益于革命，艰苦奋斗几十年如一日，这才是最难最难的啊！”号召大家“学习他对于革命的坚持性”。宴会上，就连国民党驻延安官员也表示敬仰，称他是“中国革命史上的伟大人物”。12 月，吴玉章赴重庆参加政协会议，坚持

“针锋相对，寸土必争”的方针，争取广大群众和中间人士。

1948年5月，任华北大学校长。北平解放后，出席人民政治协商会议，参与创建中华人民共和国工作。1949年年底，吴玉章担任中国人民大学第一任校长。不久还兼任国务院文字改革委员会主任、全国教育工会主席、中国自然科学普及协会主席等职。从1954年起，历任第一、二、三届全国人大代表和常务委员，在党的八大上，继续当选为中央委员。

1988年，邓小平为吴玉章雕像题字：“我国杰出的无产阶级革命家、教育家、历史学家和语言文字学家。”

（罗秀能）

龙鸣剑

龙鸣剑，原名骨珊，字顾三（顾山），别号雪眉，1877 年 5 月 4 日（清光绪三年四月初二）出生于四川省荣县五宝镇凤翔村 1 组。

龙鸣剑幼年就读于本乡私塾，他勤奋好学、肯动脑筋，“每授一业，必穷其底蕴”，因此常受到塾师夸奖。9 岁那年，父亲病故，从此便跟随四伯龙文宦游各地求学，先后在大关、昭通、嘉州等地学校学习，接受传统的儒家思想教育。

1896 年，19 岁的龙鸣剑到嘉州参加院试，并以优异的成绩举秀才。考中秀才之后，龙鸣剑虽为县学生员，却并未入县学，而是在家里，一边帮母亲打理油坊，一边潜心读书，准备 3 年后参加乡试。

1905 年夏，龙鸣剑考入成都优级师范学堂。他常待在学校图书馆，开始接触西方的政治学说和自然科学知识。思想日趋激进的他不愿“长此伈伈睍睍，尾附于双瞳如豆，一叶迷山之小儿”，于是四处游说，并代表同学面见教务长，“诋其瑕，某自渐，陵之以气，君更气出其上，侃侃指斥不为下，既而见逐客书”。龙鸣剑不甘受辱，愤然离开学堂。

1907 年春，龙鸣剑在四伯的支持下，离开故乡，去北京考察政情。4 月 12 日，龙鸣剑带着对京城的失望辗转来到天津。在四伯及其他朋友的帮助下，官费到日本东京留学，进入早稻田大学学习法政。

1907 年 7 月，龙鸣剑由但懋辛主盟，加入了中国同盟会。“我亦支那小分子，横流砥柱要当中。”从此，龙鸣剑便积极投身于推翻清政府的革命运动。“我更何心事吟咏，愿提宝剑上燕台。”表达了他投笔从戎参加反清斗争的信心和决心。

1908 年 5 月，河口起义失败后，东京同盟会总部孙中山立即召见龙鸣剑、王仰思、秦彝鼎等人，决定派往云南宣传革命思想，发展更多的人参加同盟会，建立革命组织，相机领导武装起义。

龙鸣剑乘海轮绕道南洋，经越南入云南从事革命工作。他深入到云南村寨，积极向云南百姓宣传革命思想，扩大群众基础，动员更多的人参加同盟会，建立革命组织，为武装起义做准备。他常与战友商榷同盟会事，奔波于滇南的崎岖小路上，“食宿半于崖上下”，“粗砺充饥杂石沙”。他以诗述志，《滇南道中》《思茅署中呈伯父》《洞中自嘲》《夜宿溪上山洞》《山行》等诗篇，真实形象地反映了他当时的行踪与心境。

1909 年的春天，龙鸣剑回到四川，在成都市锦江区四圣祠街创办了一所法政学堂。他聘请的教师均是受过西方教育的年轻后生，他们深受西方民主政治的影响，思想激进，学堂以西式教育为主，兼教授学员时事课。

龙鸣剑利用办学的合法身份，在法政学堂建立了成都同盟会地下机关，积极进行革命活动。龙鸣剑派人到各个地方，与这些地方的会党取得联系。在此期间，龙鸣剑结识了川西哥老会首领秦载赓，在秦载赓的号召下，又有不少哥老会成员加入同盟会。郫县的张达三、雅安的罗子舟、荣县的王天杰都加入了同盟会，后来还成了各地武装起义的中坚力量。

1909 年 10 月，四川咨议局成立，龙鸣剑当选为议员。龙鸣剑利用自己议员的身份，利用咨议局这个合法讲坛四处游说，不断地宣传革命和鼓动反清的不满情绪，并在暗地里发展了一大批议员加入同盟会。这些人大都是地方的绅士，家境都比较殷实，能为后来的武装斗争提供强有力的物质保障。

1911 年 5 月，清政府宣布“铁路干线国有政策”，强收川汉、粤汉铁路为“国有”。6 月 17 日，成都各团体 2000 余人在铁路公司开会，成立“四川保路同志会”，推举立宪派人士蒲殿俊、罗纶为正副会长，提出了“破约保路”的宗旨，发布《保路同志会宣言书》等文告，四处张贴，宣传保路。龙鸣剑与王天杰、秦载庚等人采取了与立宪派“明同暗斗”的策略，“外以保路之名，内行革命之实”。龙鸣剑一面发动群众参加公开的合法斗争，一面联络会党、组织群众，准备武装起义。

随着各地保路运动的展开，龙鸣剑意识到，这是推翻清王朝腐朽统治的最好时机。6 月一个的闷热下午，龙鸣剑和钟岳灵约上两位四川哥老会首领秦载赓和张益山，与胡范渠相聚于胡家书楼。5 人商定，利用秦载庚在四川袍哥中的崇高威望，以他的名义，用鸡毛信通知各地袍哥组织首脑人物，8 月 4 日到资州罗泉井参加“攒堂大会”，假商人聚谈之名，谋武装起义之事。

攒堂会议结束后，龙鸣剑立即赶回成都，在四圣祠召开秘密会议，他亲自做报告，还派人到各地联络并督促起义。安排部署之后，龙鸣剑即冒着酷暑，奔走于成都与各地之间，动员组织武装起义，仅成都与荣县两地，他即往返达六七次之多。

在荣县，龙鸣剑看到荣县的武装力量在王天杰等人的领导之下有了一定的规模，而且各个是训练有素的好手，他感到非常欣慰，于是，决定在自己的家乡五宝镇率先发动起义。

龙鸣剑把自己的想法和几个同盟会员一说，大家一拍即合，随即召集民团领队到训练所开会。

龙鸣剑分析了当前的形势，认为现在各地群众为了保路揭竿而起。自攒堂大会之后，很多地方的袍哥也举起了起义的大旗，清政府疲于应付，正是起义的好时机。

8 月 27 日，五宝镇的大街小巷，一面面红旗迎风招展，一杆杆钢枪银光闪亮。王天杰、龙鸣剑以民团训练所学生 100 余人为基干，在五宝镇“大召其党徒合民团子弟共千余人”，枪数百支，王天杰以荣县民团总团长的名义宣布起义，打响了荣县独立的第一枪。

龙鸣剑将五宝同志会更名为五宝同志军。同志军马不停蹄，直奔荣县城。荣县知县李燊春、经征局长李淇章及县内豪绅郭慎之、张子和之流听说五宝同志军来了，早已吓得屁滚尿流，携带家眷逃之夭夭。

五宝同志军到达荣县，与荣县西北路参加起义的同志军会合后，队伍不断壮大。龙鸣剑让王天杰带着队伍暂时聚集荣县城，等待时机汇合各地的起义队伍围攻成都。而自己则返回成都，联络各地的袍哥组织，准备发动大规模的武装起义。

9 月 7 日，四川总督赵尔丰诱捕带头请愿的立宪派头面人物蒲殿俊、罗纶、邓孝可、张澜、严楷等人，并下令开枪屠杀前来请愿的民众，制造了“成都血案”。

血案发生的当晚，龙鸣剑趁着夜幕，从城上缘索而下，奔至锦江河畔的九眼桥农事实验农场，与朱国琛、曹笃商量，如何将被封锁的真相迅速告知天下、鼓动各州县群起抵抗。

就在大家一筹莫展之际，龙鸣剑看到被引入农田的灌溉渠里，一片叶子顺着水流漂浮而去，突然双眼一亮。他兴奋地对朱、曹二人道："办法有了。用木片代替电报、信件，走水路。'水电报'比信快，只消一天，保证沿河百里的乡镇都能收到。"

在农场工人协助下，他们找到并裁制成数百张木片，上书"赵尔丰先捕蒲（殿俊）罗（纶），后剿四川，各地同志速起自保自救""省城业已发难，望各地同志速起救援"等字样，并在木板上涂以桐油，制成"水电报"，连夜秘密投入锦江中。"水电报"乘秋潮水涨，随江而下。各地接到"水电报"的消息后，便一传十，十传百。不少人又照样仿造，将更多的"水电报"投入江中，使"成都血案"的消息很快传遍沿江各州县。

数日间，10余县同志军20余万人，把赵尔丰围困在成都城内。

龙鸣剑发完"水电报"后，设法只身离开成都，星夜赶回荣县，准备策划组织民军，以便北上攻打成都。同盟会员在县城内召开起义动员大会，龙鸣剑传达"成都血案"消息，民愤不可遏。他们以义勇军号召乡人，几乎人人成军，仅几天时间，一支数以千计的民军就组成了。

正当整装待发那天，吴玉章刚好从双石来到县城，龙鸣剑非常激动，对吴玉章说："你回来就好了。同志会由蒲、罗等立宪党人领导，做不出什么好事。我们必须组织同志军，领导人民起来斗争，才有出路。我和天杰马上要到前线去，这后方一切大计，就望你细心筹划了！"这支浩浩荡荡的队伍，在龙鸣剑和王天杰率领下，向北而去。出县城北门时，龙鸣剑慷慨激昂，拔剑起誓："不杀赵尔丰，吾决不再入此门！"

荣县民军到达双古坟时，已增至3000余人。队伍集中后，进行整编。由龙鸣剑、王天杰领导，龚郁文任军需处长。

同志军在双古坟进行了3天集训，龙鸣剑严明军纪："只杀清妖，不许扰民，犯者杀无赦！"

集训结束后，同志军组织健全、军纪严谨、士气旺盛，雄赳赳、气昂昂地向成都挺进。

在仁寿县城，龙鸣剑带领一支小分队，乘夜袭击县衙门。仁寿知县为保命，最终答应给同志军补足粮草。补足粮草之后，龙鸣剑率领同志军继续向成都进发。队伍到达仁寿杨柳场时，与川西哥老会领袖秦载赓率领的同志军会师，为了统一指挥，两路军编为东路民军。由秦载赓任统领，王天杰任副统领，龙鸣剑任参谋长，龚郁文任军需处长。

队伍中的基本骨干大部分都是同盟会员，这支队伍遍及于彭山、青神、眉州、井研、仁寿、叙府、富顺等1州7县，先后转战于中兴场、中和场、苏码头、秦皇寺等地，与清军激战20余次。龙鸣剑总是身先士卒，挥剑与敌人奋力厮杀。他骑白马、挎短枪、挥长剑冲锋在前，在枪林弹雨中指挥作战，往来冲突，欲“拼一死以谢天下豪杰”。

1911年9月中旬，会围成都，因军粮告罄、装备悬殊，加上兵员不足，在华阳县秦皇寺失利之后，民军总部决定：“以武力推翻旧统治，迅速建立新政权。”决定分兵向州县发展。

龙鸣剑、王天杰率荣县同志军从成都撤兵后，转战于嘉定、宜宾一带。老百姓箪食壶浆，欢迎同志军。在嘉定，龙鸣剑分析当前形势：“成都乃省会城市，清军势力强大，难以攻克，军事上需重新部署，叙、渝可联成一气，以增强革命力量。分兵占领州县乃上策。荣县群众基础好，你回去整顿民团，待机攻取县城，迅速建立政权。我带兵暂留嘉定，从侧面支援。”

王天杰非常赞同龙鸣剑的观点，准备带领部分同志军回荣县。临行前，龙鸣剑叮嘱王天杰，回到荣县后迅速联络荣县的革命力量，占领县城，以此来作为各地起义的后方基地。

9月23日晚，王天杰回荣县后，马上找到吴玉章等商议对策，吴玉章主张立即宣布独立，自理县政。他的这一主张，得到城内同盟会员热烈赞同。

9月25日，在县学衙门（今荣县中学初中部）召开各界人士大会，吴玉章宣布荣县独立，并成立军政府。到会者一致拥护。

荣县独立的消息传到嘉定，龙鸣剑非常高兴，决心加紧军事行动，以扩展革命势力范围。而嘉定民军团务守李守却坐卧不安，派人日夜监视龙鸣剑的一举一动，竟设计软禁龙鸣剑。在警卫员的帮助下，龙鸣剑摆脱软禁，回到营地，带着同志军趁着夜色直奔荣县。王天杰听说龙鸣剑回来了，马上赶到其下榻的地方，将最近荣县的情况向龙鸣剑做了汇报。

为了巩固荣县的政权，几人商议，必须将与荣县相邻的威远、自流井、贡井、富顺、井研以及叙府等地拿下，建立独立的政权，脱离清廷的统治，才能牵制清廷，保卫新生政权。

王天杰带领同志军和贡井盐工队联合大战自流井巡防军，并取得了重大胜利。清政府不得不将叙府的巡防军调来支援。龙鸣剑看到叙府空虚，就想到一个“捣叙救荣”的计策。龙鸣剑认为“自流井属叙府，叙防军去自流井，叙府必空虚，我若捣叙，防军必还救，荣县之围则解矣。”为了保卫荣县革命成果，龙鸣剑不顾重病在身，决计“捣叙救荣”。

1911 年 10 月 30 日，龙鸣剑率荣县同志军向叙府进发。士兵们各个斗志昂扬，对这次战斗也充满了信心。傍晚时分，龙鸣剑接到消息，说是秦载赓统领在战斗中壮烈牺牲。猛听这一噩耗，龙鸣剑呆愣半天才回过神来，只觉得万箭穿心，天旋地转。忽然，龙鸣剑捶胸号啕大哭：“哭向秦庭惨不春，淆涵兵败更何人？尚余浩劫残灰在，飞到荣山旭水滨。”剧烈的咳嗽伴着他的哭声，在秋雨绵绵中格外的凄凉，一股鲜血从他的胸膛喷涌而出。

病榻上的龙鸣剑时刻关注着局势的发展，不时有通讯员前来报告前方的作战情况。当前路军将抵叙府城下时，传闻清军已占领离荣县城 60 里的程家场，龙鸣剑甚为忧愤，数次吐血，病情恶化。病危期间，他仍在灯下绘制攻战方略：“联合各路同盟会，先订军律及同盟条约，须预备一月，次行筹足军饷，再次定期直捣成都。”

11 月 26 日早晨，龙鸣剑为王天杰规划了“求贤、筹饷、练兵、造械、保民、慎行”6 策，每策 300 余言。又有消息传来说“荣县城失守”，这一消息，似晴天霹雳，将在场的所人惊得目瞪口呆。好不容易建立起来的民主政权，千辛万苦得来的革命果实，就这样夭折了。龙鸣剑大吼一声，跃然下榻，涕泪纵横，写下《绝命诗》：“槛边极目望三荣，黑黯愁云四野生。不识同群还在否，可怜我哭不成声。”龙鸣剑愤志未达而祸中桑梓，捶胸呕血，继而吐血不止，昏厥过去。

11 月 26 日下午，在叙府徐场杨湾赵家大院，龙鸣剑含恨逝世。一代英豪，就这样走完了自己短暂的人生。龙鸣剑牺牲后，被运回老家安葬。入葬那天，荣县、宜宾两地万余群众参加了悼念活动，人们肃立默哀，向烈士表达最后的敬意。

龙鸣剑壮志未酬，含恨逝世，年仅 34 岁。

（王　林）

王天杰

一

王天杰，字子骧，四川荣县人，清光绪十四年（1888 年）生于荣县南约 3 华里的王家坝（今旭阳镇菠萝村）一户大富豪家庭。他为人豪爽，常常资助别人，特别是革命党人需要经费时，他从不吝惜，有时还将他夫人的首饰拿去典当。他对人和蔼可亲，因此许多英雄豪杰都喜欢和他打交道。1906 年，18 岁的王天杰还在读书时，便由谢奉琦、丁厚扶介绍参加了同盟会，从此积极地投入革命活动。

四川保路运动之后，又发生了“成都血案”。龙鸣剑以“水电报”的形式号召大家声援成都，举起反清旗帜。王天杰便在荣县出售私产，招收学生数万人，举办民团训练所，准备随时响应反清起义。

清光绪三十年（1904 年）八月二十七日这天，五宝镇的大街小巷，一面面红旗迎风招展，一杆杆钢枪银光闪亮。王天杰、龙鸣剑号召民团训练所学生、哥老会及民团子弟共千余人，集聚禹王宫，每个人的左臂上都拴着红布条。王天杰以荣县民团总团长的名义宣布起义，率先打出反对清朝的革命旗帜。同志军从五宝镇出发，一路奔到荣县城，受到了人民群众的热烈欢迎，荣县城当日更是万人空巷。之后，在群众的支持下，同志军的队伍不断壮大，形成了一股强大的反清力量。

1911 年 9 月 25 日（农历八月初四），荣山起舞，旭水欢歌，荣县城内锣鼓喧天、鞭炮齐鸣。王天杰、吴玉章在县学衙门（今荣县中学初中部）召集各界人士会议，吴玉章宣布：“荣县独立！”到会者一致拥护，掌声响彻整个学衙门。

二

荣县独立对整个中国的影响是巨大的。荣县在不久后就成了东路民军反清武装斗争的中心和根据地。为了保卫独立、扩大势力，新政权决定由王天杰率领起义军向外扩张。在王天杰的指挥下，很快攻占了威远。正当准备回师向自流井进攻时，一支巡防军气势汹汹地由自流井向荣县开来，王天杰率兵迎头阻击，两军大战于程家场。

程家场（今成佳镇）位于荣县东部，元末明初，“湖广填四川”，程姓来此居住，建有宗庙程家寺，乾隆时已成集市。

程家场是荣县通往贡井、自流井的必经要道。这里商贸发达，煤栈、货栈、茶坊、旅舍、饭店应有尽有。街上板板车、马拉车，南来北往。故有“一程二龙三五宝”之说，其热闹繁荣的程度不言而喻。

程家场地处浅丘，无任何天然屏障，视野开阔，双方军队布防一目了然。在没有任何准备的情况下，两军一接触，便交上了火。

霎时，枪声大作，炮声隆隆，尘土飞扬，硝烟弥漫。

巡防军管带骑着一匹枣红马，手持长剑，大声喊叫：“给我杀！占领程家场赏银五千，直踏荣县城赏银一万！”俗话说，重赏之下必有勇夫。巡防军凭借优良的武器，卖命地向同志军发起猛攻。

“坚决守住东大门，誓死保卫新生政权。”王天杰挥动大刀，左冲右突，指挥同志军拼死抵抗。战斗进行得异常惨烈，双方厮杀得天昏地暗。同志军终因武器粗劣、势力悬殊，败下阵来，趁着夜色，慌忙撤军。同志军撤回荣县城，准备进行短期休整，总结经验教训，然后再集结大量兵力进攻巡防军。

三

1911 年 10 月 10 日，武昌起义爆发后，全国人民革命情绪空前高涨，清政府以退位为条件，辛亥革命也以孙中山的解职和袁世凯的登台而宣告结束。

袁世凯在帝国主义的支持下，采用军事威胁和谈判相结合的手段，窃取了中华民国临时大总统职务。1913 年 3 月，袁世凯派人在上海暗杀宋教仁，发动反革命内战。8月初，熊克武、杨庶堪在重庆举兵讨袁，川东、川北、川西都积极响应。面对讨袁声势的不断高涨，王天杰再也静不下心来养病，他不顾个人安危，马上找到副团总龚郁文等人商议，决定起兵响应，以民团300多人为骨干组成讨袁军，自己亲自出任讨袁军大统领，掀起了又一轮革命热潮。

四川都督胡景伊得知荣县起兵后，派刘存厚师3个营的兵力前来镇压。9月10日，王天杰与龚郁文一起，带着民军与敌军交战于荣县城西郊10多里的白石铺。

白石铺位于铁厂镇境内，属于丘陵地带，地势平坦。那天早晨，天刚蒙蒙亮，敌军就抵达了白石铺，准备悄悄地摸进荣县城，打个措手不及。谁知，王天杰早有准备，他亲自带领民军在此设伏，打算主动出击，趁刘存厚的部队喘息未定就将其击败。

敌军似天上的乌鸦，黑压压的一片。王天杰一声令下："打！"刹那间，枪声响成一片，敌军猝不及防，被打得晕头转向。民军战士士气高涨，高喊着"杀呀！"纷纷冲向敌军，敌人早已倒下了一大片。等刘存厚回过神来，前锋部队已损失惨重，只得仓促应战。

第一轮强攻之后，双方进入胶着状态。王天杰率领的民军虽然作战勇猛，但毕竟是仓促间招募的人员，数量有限，加之缺乏训练、装备不足，后援乏力。而刘存厚却是有备而来，实力雄厚、武器精良。

这场战斗打得异常惨烈。王天杰完全不顾自己病弱的身躯，身先士卒，冲锋在前，民军战士也都打红了眼，拼命往前冲。敌军被这种气势给怔住了，尽管粮弹充足，竟也难在一时半会儿取得胜利。虽说兵力悬殊较大，但这种僵持不下的局面一直维持到中午。午后，在弹尽粮绝又无援兵的情况下，王天杰只好将所有士兵撤下火线，准备转道直赴重庆，以便与熊克武的讨袁军会合，再议良策。

四

讨袁军到达永川，熊克武的军队已经战败，周骏的部队已先入城。王天杰率领的民军被川军一师和四师团团包围，道路阻塞，陷于绝地，既不能前进也无法后退。除非投降，否则突围生还的概率为零。看着跟随自己拼杀沙场的民军战士，王天杰眉头紧锁，考虑良久。如果自己只身亡命，既对不起八百子弟，怕他们流落无归、溃散为匪，更对不起革命先烈和家乡父老兄弟。他面色凝重地对部下说："诸君徒血于此，无益，务散去。"但即便散去，也需要回家的盘缠。王天杰又想到川军一师师长周骏是自己的拜把子兄弟，如果以自己的生命去换取整个部队剩余战士们的性命，想来周骏看在昔日的情分上应该会同意。于是，王天杰交代完所有事务后，决定单骑前往永川城里去会见周骏，希望能全部收容他的部下，以便资遣回籍，一切罪过由他个人承担。

谁知道，这一去就再也没有回来。

五

1913 年 9 月 19 日晚上，秋风瑟瑟，冷气逼人，王天杰被周骏杀害。周骏将王天杰的尸体丢弃广场数日，想以此手段恐吓革命者。然而，就在王天杰被暴尸广场的第二天，尸首旁边却贴出了一副挽联："侯之门何存仁义？头可断即是将军！"

荣县人张志高素与王天杰交好，在重庆得知王天杰遇害消息后，立即赶到永川，以白绸裹尸，买棺装殓，将王天杰送回荣县安葬。第二年（1914 年）春，王氏家族才敢按旧俗替死者成礼，并将其埋于旭阳镇波罗村 3 组老鄂山。1999 年 7 月，迁至双溪书阁烈士陵园。

1941 年 2 月，荣县建王烈士祠，辛亥革命的积极参与者、国民党元老、国民政府监察院院长、著名书法家于右任先生在《题荣县王烈士祠》一诗中写道：

鼓鼙声里奏神弦，又值中兴战伐年。
创业艰难人共识，愿将心力续前贤。
书生报国气如虹，雄剑举举旧蜀中。
今日良金重写象，成仁始信即成功。

王天杰的一生定格在 25 岁。

（王　林）

赵艺西

赵艺西，字烺羲，生于1888年，四川荣县人。思想家，民主共和倡导者。早年曾留学法国，后游学美国时，在檀香山认识了孙中山并加入同盟会。1911年参加辛亥革命荣县首义，与吴玉章、龙鸣剑等人领导了此次起义。主要著作有《不合时宜之思想》《自由言论与反民主的少数》《驳古金水先生民主之无用》和诗集《野马集》等。后积极投身于抗日救亡运动。抗战胜利后，以无党派人士身份参加了1946年在重庆举行的政治协商会议，并提出诸多建设性意见。后因内战爆发，政治抱负无法实现，流亡海外。于1949年愤懑而终，时年61岁。

（罗秀能）

丁厚扶

丁厚扶（1882—1909）一作丁厚福，又名淑萍、苹子、平子。荣县人，家贫，好读书，善言论。光绪二十三年（1899）留学日本，入早稻田大学，学习法政。光绪三十一年（1905）加入同盟会。主张欲行其学说，必先使势力发展；欲发展其势力，非报纸不为功。所以他尽力支持创办民报社。他往往节衣缩食，典当全部家产，用来结交中外革命志士。他说："若吾一人冻馁，能使四万万人饱暖，则幸甚。"为本国和日本众多有识之士钦同敬重。他动员和介绍100余名中国留日学生加入同盟会组织，在反对日本政府颁布《取缔清韩留日学生规则》斗争中，众推其为代表之一，与清政府驻日公使汪大燮交涉。《民报》出版后，无法运回国内，同盟会总部派他与胡瑛将《民报》和同盟会章程及革命书籍携带回国，并运动军界、学界中人起义。后任同盟会四川分会长，与谢奉琦奔走成都、重庆、叙州（今宜宾东北）、泸州等地谋大举，事败。光绪三十三年，去嘉定从事革命活动并入嘉定府中学监务承担"世界地理"课教学工作。宣统元年上半年，曾力主开除学生郭开贞（即后郭沫若），受到大部分师生抵制，遂退出学校并返回荣县，于同年9月13日，因病逝世。

（罗秀能）

罗鼎

罗鼎（1878—1911），字叔明，清光绪四年（1878年）生，城区人，从小随父习武，擅长剑术，有侠义之气。在成都读书时，喜读进步的书刊，常与同学议论国事。光绪二十六年（1900年），八国联军攻陷北京，罗愤然说：“华夏子孙，岂忍列强凌辱？民族兴亡，匹夫有责！雪国耻，不惜流尽满腔热血，乃叔明之志也。”

《辛丑条约》签订后，罗鼎深信：“反对帝国主义侵略，必须推翻清王朝统治。”从此潜身商场，广交爱国志士。于光绪三十三年（1907年）在川南地区秘密组织“东山会党”，进行反帝反清革命活动。宣统元年（1909年）加入同盟会。11月，同革命党人李子徐等，在川南地区聚集民军230余人，与熊克武、廖腾霄密谋，定于16日“捣屏（山）攻叙（府）”。因党人佘英等密谋嘉定发难事败，计划未能实现。后去自流井与王天杰计议，密谋重整队伍，再行起义，因计谋泄露，清政府明令缉捕。遂化名马集成，继续在隆昌、自贡一带进行革命活动。

次年3月，同张培爵等于川南设永利牧畜公司，作为党人秘密联络点。宣统三年（1911年）正月，应黄兴电召，秘密组织人员赴广州参加起义，在途中知起义失败回川。同年，四川保路运动兴起，罗叔明同党人杨兆蓉、龚祝三等在泸州、永宁等地进行策反工作，八月初在贵州仁怀县，组织并率领义军100余人挺进川南，与党人王焕卿、韩励生等率领的民军会合，被推为川南一带民军统领，先后攻克合州（合江）、江安、古宋等州县，宣布独立。

蜀军政府成立后，派罗去川南各地视察独立情况。探知古蔺宣布独立后，军政大权均为原清巡防军管带李晓清独揽，无一党人参加政府，地方恶霸与李狼狈为奸、为非作歹，遂于12月6日去古蔺县城。李“殷勤”迎接，将罗叔明及同行人员王伦等4人送入城内关帝庙暂宿，随行士兵被留驻城郊。

当日，与地方人士会谈时，罗指出李集军政大权于一身，违背孙中山制定的军政、民政分掌的政策，要李在军、民两权中择一去一，李表示“赞同”。会后，李密令亲信哨官领兵一连，于次日拂晓包围关帝庙，向罗住处开枪射击。罗叔明中七弹牺牲，时年33岁。

民国元年（1912），蜀军政府公布罗叔明为四川死义烈士。罗灵柩护送回乡后，县人举行追悼大会。烈士遗体殡葬天庆山。民国35年春迁葬北郊烈士陵园。

（罗秀能）

范夔　范模

范夔（1880—1912），字华阶，清光绪六年（1880 年）生，荣县人。性好侠义，曾因窘辱官吏，避难屏山。光绪三十三年（1907 年），由佘英介绍加入同盟会，暗结蜀中志士 1000 余人，出没富顺、威远、荣县间，趁清军出巡，率众伏榛莽中袭其后，夺得枪械，受通缉，逃到云南、贵州、缅甸等地。

宣统三年（1911 年），四川保路运动兴起，范夔回县。"成都血案"发生后，组织乡军 500 余人，奔赴成都会战，华阳秦载赓以范夔为前锋司令，率民军 1000 余人，与清军激战于东山庙、包家桥、三角碑等地，兵败。会同龙鸣剑、王天杰率领的民军攻入仁寿县城。后于籍田铺与秦载赓、陈孔白、胡驳垓率领的民军会师，组成东路民军总部，再次攻打成都，激战于中心场等地，后失利，东路民军兵分三路，转战川南各地。民军总部任范夔为统带，9 月，同弟范模率军 1000 余人，攻下井研县城，遂与清军战于贡井等地。11 月中旬，随王天杰率民军攻贡井，清巡防军败撤成都。

12 月 2 日，王天杰命范夔、范模率民军 1000 余人进入富顺城，范夔为富顺县司令，范模为参谋长。30 日，大足县张桂山率同志军 2000 余人进入富顺东街，范夔将船只一律停靠县城右岸，不让张渡河进城。民国元年（1912 年）1 月 1 日，范收编的巡防军哗变，不能控制局势。张桂山率部入城击溃叛军，自称东亚义字全军水陆大统领兼富顺军政府都督，范夔为副都督兼军政部长，范模为参谋长。10 日，重庆蜀军政府北伐军中路司令但懋辛率军一营到富顺编遣张桂山、范夔等部同志军，任命张、范为北伐军统带。12 日，驻自流井滇军攻富顺，张、范率军抵御，滇军使人“说和”，范燮等轻骑入滇军营地被诱捕。14日，范燮、范模等被杀于土主山下，富顺人民设奠10日悼念他们。

（罗秀能）

龚潜

龚潜（1873—1913），字郁文，生于清同治十二年（1873），城西九折屏（今旭阳镇古城街）人。1902年，东渡日本，进早稻田大学专学蚕桑。1904年，在县内创办蚕桑学堂。1906年9月，由但懋辛、丁厚扶介绍加入同盟会，负责荣县同盟会工作，并担任自流井、犍为、仁寿、荣县地区联络员。龚郁文任蚕桑学堂校长期间，曾先后召集赖君奇、赵述尧、杨允公、李子叙、李朝甫、吴凡超、吴兆环等，在北街学衙门秘密集会，商议筹集起义经费和武器弹药等。

1911年8月，王天杰参加资中罗泉井会议回县后，曾同王天杰等秘密集会，共同商计起义大计，决定以城内龙王庙和长山桥（今长山镇）的长山小学为联络点，进一步加强党人的联络工作，并由王天杰等在县城文昌宫开办民团训练所，由赖君奇、黎清瀛、李晁父、邹固元在长山小学、平桥和双古坆（今双古镇）的郝家桥一带组织武装力量。他同县内党人王天杰等策动县人罢市、罢课，开展抗捐、抗粮，在五宝镇发动武装起义等。9月，同龙鸣剑、王天杰等率领民军北上成都攻打赵尔丰时，担任军需长职务。

1913年，龚郁文任县民团副团总。8月，同王天杰等人在县内组织讨袁（世凯）军，宣布讨袁。9月10日，川督胡景伊派兵镇压，龚郁文、王天杰率民军同袁军激战于白石铺，因弹尽援绝，向重庆方向撤退。兵至永川，为袁军所阻。龚坦然入城交涉，为永川同志某君所阻，乃留友人家，但已不能同王天杰一通消息。及闻天杰遇难，改名汪净波去重庆，于24日在金子坊忧愤而死。时年40岁。

10月29日，龚郁文遗体运回荣县，葬林黄坳龚家祠坎下。1915年，县人在西街两湖会馆举行龚潜、王天杰追悼大会。

（周紫月）

张植如

张植如（1883—1928），字祖良，生于鼎新阚家坝。从小过继叔母为子。16岁停学理家，勤于自学。光绪三十二年（1906年），由吴玉章介绍加入同盟会。与王天杰等秘密进行革命活动。地方当局谋划陷害，母惶恐异常，植如安慰说：“儿此举实为除暴政，拯民于水火，拯国免遭危亡，虽死无悔。与母之苦节，同留天地之正气也。”母心境坦然。

民国建立后，张植如任革命党蜀支部荣县分部长，与王天杰共同监督地方行政。有户吏某将公仓账册等私藏起来，渔利中饱，长期未得解决。张植如负责县征收局后，追查严办，县人称快。民国2年（1913年），讨袁军兴，张植如、王天杰等在县内响应。张植如任招讨使总部军需课长。王天杰遇难后，张被查抄，受通缉，去京沪避祸。护国军兴，熊克武、但懋辛以靖国军主持川政，植如回川。

民国13年（1924年）1月，任国民党（左派）荣县党部执行委员，同谷醒华等创办旭阳中学，任校董事，并负责财务，经费不足由自己承担。民国16年（1927年），张志芳旅驻荣，强行一岁两征田赋税。植如参与县武装抗捐斗争，被密告为“幕后指挥”，而避祸匿居乐德镇半岩程家数月。

蒋介石叛变革命，植如深恶痛绝，从此，绝口不言党务，专以教育事业为重，倡办旭光小学，并自划凤鸣巷住宅一部，创办女子自立中学，办学经费不足，自己担负。

民国17年（1928年）3月28日病故，时年45岁。

（罗秀能）

曾　莱

曾莱（1899—1930），原名永宗，化名兰瑞清，1899 年 10 月出生于荣县双石桥夏家湾一农民家庭。1918 年入荣县中学读书，后考入成都高等师范学校，常听校长吴玉章讲演，受到十月革命和马列主义的宣传教育。1926 年夏，去武汉参加国民革命军第四学生军，投身北伐，曾任团政治委员。1927 年 12 月，参加广州起义，在巷战中受伤住院，与组织失去联系。沿途抬“滑竿”、当挑夫，行程数千里回到故乡。

1928 年 2 月，任教旭阳中学。3 月加入中国共产党，负责领导东路各乡镇农民运动。同年夏，被选入县农民协会领导机构，后增补为第一届中共荣县委员会和自贡特别区委农运委员。次年 4 月，曾莱等奉命组织数千农民围攻县公署，援救被捕的农协会员龚泽然等 3 人，县知事被迫放人，农民给龚等披红戴花，抬着他们游遍四大街，高呼“打倒贪官污吏”等口号，后聚会南门坝庆祝胜利。曾莱身份暴露，离开旭阳中学，化装为农民、商贩，隐蔽乡间坚持做“农运”工作。“五二五”事件后，曾莱化装为卖黄鳝的小贩，赶去双石处理善后工作。他在群众中威信高，被农民誉为“农王”。

同年秋，曾莱调任中共内江县委书记，他自编《农民四季苦》歌谣，启发农民阶级觉悟，先后在杨家等乡发展农协会员 2000 余人，成立农协会。10 月 7 日，杨家乡农协向乡、县提出免征五亩以下的亩捐未成，便组织农协代表 3000 余人，举行示威游行，涌入三圣宫团务会所。团总江庆余等被迫答应免征，县知事带兵下乡压制群众，坚持捐收。曾莱面对知事据理力争，知事理亏溜走。内江农民称赞曾是“圣人”，他被公认为农民运动杰出领袖。

1930年，中共四川省委调曾莱去重庆，同打入川军二十一军特委会工作的共产党人余宏文一起搜集情报，先后将罪大恶极的叛徒黄纯五、钟恩及、黄婉香处死。并援救合川中心县委书记曾海元免遭逮捕。次年，调任梁山（今梁平）中心县委书记，领导梁山、达县、开江、宣汉、万源、大竹等县革命活动。同年春，恢复和发展农协组织。秋收时，以贫农团、雇工会为核心，发动贫雇农夜间到地主田里收割稻谷，并以游击队为骨干，领导农民进行破仓分粮和打击恶霸地主等。在武装斗争上，采取分散游击以联系群众和掩护自己、集中以打击敌人并发动群众的方针。在虎头寨、南岳场、大树坝一带建立革命根据地，纵横100余里。外逃地主豪绅不敢回来收地租，军阀武装不敢轻易进犯。同年秋，曾莱被隐藏在梁山中心县委的内奸阴谋杀害。

1957年12月23日，中央人民政府为曾莱颁发了《革命牺牲工作人员光荣纪念证》。

（蒋永红　古杰文）

黄大舜

黄大舜（1872—1931），又名黄乐尧、黄树荣，荣县高山镇人，第二次国内革命战争时期荣县有名的农民领袖。1928—1930年，曾任中共荣县县委委员、荣县农民协会首任主席。在1930年荣县“八一三”农民武装起义中任纵队指导员。1931年任宜宾县委委员，同年4月7日被军阀枪杀于宜宾城北花园庵。

扶危济困的黄大哥

1872年，黄大舜降生在荣县高山镇一户贫困农民家庭，谁都不曾料到，这个孩子长大以后成了荣县农民运动的领袖，带领广大农民兄弟轰轰烈烈闹起了革命。

黄大舜有兄弟三人，他排行老大。因幼年丧父，黄大舜很早就承担起了养家糊口的重任。在他年仅几岁时，母亲就托人说情让他去给附近的地主放牛；年纪稍大一点，又改学织布。黄大舜聪敏好学，又肯吃苦，到十几岁时，已经是远近闻名的织布好手，常年走乡串户帮人织布，赚来的钱用以维持一家6口人的生活。

黄大舜性格豪爽，喜欢结朋交友。他结交的朋友也是和他一样的“苦哈哈”。当时，在地主、军阀和帝国主义的压迫下，穷苦人家常常出现卖儿卖女的惨剧。每当朋友有难，黄大舜总是倾囊相助，哪怕自己只拿到一升工价米，也要匀半升给落难的朋友。时间一长，黄大舜身边不仅聚集了一帮肝胆相照的朋友，更深受贫困农民信赖，远近的农民提到他，都要竖起拇指尊称他为“黄大哥”。除了朋友间的互帮互助，黄大舜还经常和朋友们一起讨伐“现今的坏世道”，希望能找到办法改变当下贫富不均、贫苦人备受压榨的状况。

1924年，郑佑之根据党组织指示，回宜宾古罗乡募集资金创办普岗寺平民学校，并先后在观音、万里、古罗等乡及毗邻的荣县五宝镇发展党员，建立中共组织。黄大舜听到家乡来了帮穷苦人打富济贫的共产党，欣喜若狂，立即四处打听、寻找共产党。不久，黄大舜在高山光荣地加入共产党。1927年，高山成立党支部时，他被推选为党支部书记。在同曾莱等人接触的过程中，黄大舜认识到，穷人不是生来穷，打富济贫也不能根本转变穷人受剥削、受压迫的命运，只有广大农民团结起来，推翻压在身上的三座大山，自己当家做主人，才能根本改变这个吃人的坏世道。从此，他开始积极投身于农民运动，从农民信任爱戴的“黄大哥”逐步成长为农民运动领袖。

当选首任农协主席

1925年，当时的荣县五宝镇建立了第一个农协小组。到1928年夏，全县各区、乡均建立了农协会，全县参加农协的农户已达四千余户，计有会员16 000余人。中共荣县县委分析了农民协会发展的情况，认为目前农民的革命斗争热情高涨，党和农协在群众中树立了很高的威信。为了更好地领导全县农运工作和适应斗争形势发展的需要，中共荣县县委决定成立全县农协的总指挥部——荣县农民协会。

是年秋，中共荣县县委在高山铺破头山召开了第一次农民代表大会，共有400多名农民代表到会。大会听取了县委农运委员曾莱“关于开展农民运动”的报告；中共荣县县委委员刘光裕代表县委在会上讲话。与会代表一致肯定了各场（镇）开展农运以来取得的成绩，讨论了存在的问题，总结了经验教训。为了加强农运工作的领导，大会推举了黄大舜、曾莱、陈宝和、丁泽光、黄才焯、唐文彦、缪洪彬等九人组成县农民协会，黄大舜任县农协主席。会议还做出了继续开展反对“加租加稳”“添钱夺佃”“高利贷剥削”等各项斗争的决定，为下一步农运工作指明了方向。

当时，县农协机关就设在高山铺方家坪曾莱家。县农协还刊刻了一枚直径7厘米的圆形印章，秘密发出指示或公开发出布告。

县农协成立后，根据中共县委关于必须利用各种各样的组织开展斗争的指示，很快在农运工作搞得较好的高山铺一带，以放牛娃为成员组成了“镰刀把会”，会员发展到500多人，并积极投入到高山、墨林、梧桐、双石等场镇的反捐斗争和揪斗虐待放牛娃的地主等斗争中，同时在妇女中成立了“姊妹会”。

很快，全县农民形成了成年人有农民协会、儿童有镰刀把会、妇女有姊妹会的格局，各个组织团结一致开展斗争。

反对“牛头捐”

1928年秋，县城内的县法院涌来大批“泥腿子”，在农协会员的带领下，他们将县法院团团围住，高呼：“黄大哥是好人，黄大哥无罪！释放黄大哥！”原来，就在这年秋天，高山铺大地主、团正谢南阶串通一帮地主，在高山铺一带勒收“牛头捐”，规定农民凡养耕牛，就要缴纳两个生大洋（银圆）作为“牛头捐”。耕牛是农民耕田犁地的好帮手，能帮助农民增产增收，解决温饱。“牛头捐”一出，很多农民不得不忍痛卖掉耕牛，因为实在是负担不起沉重的税钱。一时间，高山民怨沸腾，要求取消“牛头捐”的呼声日益高涨。中共荣县县委为了给秋收后开展的反夺佃、反苛捐斗争做准备，要其取消“牛头捐”。谢南阶依仗权势，不但不听黄大舜等人的劝说，反而以“扰乱视听抗交捐税”的罪名将黄大舜送县关监。

黄大舜被关押的消息传出以后，高山农协会员和大批农民自发前往营救。县法院摄于群众压力，不得已只得批示退款放人。

黄大舜出监后更加坚定反抗“牛头捐”的决心。他召集农协骨干，总结分析了前次抗捐失败的经验教训，准备掀起一场更大的抗捐运动。

一个赶集天，黄大舜率领农协武装两百多人包围了高山镇团镇公所，要谢南阶出面答话。见农民势大，谢南阶早就吓得躲藏起来。在镇团公所未搜到谢南阶，黄大舜随即命令农协武装队员将4个场口堵住，挨户搜查，终于在一家酒馆的桌子底下发现了缩成一团的谢南阶。见平日威风不可一世的谢南阶如此狼狈，农协会员们心头大快。在黄大舜的带领下，会员们将谢南阶押到团镇公所旁一个大坝子的土台子上“对话”，数千赶集的群众也涌到大坝子里看热闹。

黄大舜威风凛凛地站在台子上，向围观群众宣传说：“耕牛是种田人的衣食父母，要收捐，农民如何养得起牛？这岂不是要咱们种田人的命吗？”话音未落，台下响起一片“取消牛头捐，打倒谢南阶”的呼声。呼声越来越大，眼看群情汹涌，谢南阶再也不敢耍威风，连声答应取消“牛头捐”，并应群众要求同意将已经收取的捐款逐一退还。黄大舜当即命令谢南阶写出取消“牛头捐”的告示。眼看“牛头捐”取消，群众无不欢呼雀跃，竖起拇指称赞：“黄大哥是条硬汉子！”

高山取消“牛头捐”的斗争取得胜利，极大地鼓舞了全县农民，很快，反“牛头捐”的斗争在各乡镇轰轰烈烈地展开。很多犹豫不决的人纷纷要求加入农协，农协很快发展壮大，到 1930 年，荣县“八一三”农民武装起义时，全县农协会员已有 4 万多人，比 1928 年县农协成立时增加了一倍多。

围攻县衙救农友

1928 年，中共荣县县委按照上级“要在各种斗争中教育群众，扩大组织，来推翻和夺取政权，以便早日建立各级苏维埃政府”的指示，在现高山镇鸦雀冲召开了县委扩大会议，做出了“继续开展反对军阀，反对土豪劣绅斗争”的决定，并指令农协在各乡镇开展了一系列反对地主加租加稳、大力盘剥的斗争。同时，在多个乡镇揪斗了一部分民怨极大的地主恶霸，使最初为农民和穷苦人家争取利益的经济斗争发展为反对军阀政府的政治斗争。

农民运动的蓬勃发展震慑了军阀、土豪劣绅，他们对农民协会又恨又怕，决心“抓几个、杀几个”，把革命火种扑灭。

1929 年，军阀和土豪劣绅相互勾结，选择了农民协会最庞大、最健全、群众基础好、斗争开展最激烈的高山铺开刀。当年 3 月 21 日（农历 2 月 21），军阀政府凭高山铺团正王汝嘉的告密，无故逮捕了高山铺农协会员龚泽然、王相廷和陈国清，将 3 人关押进县监牢。3 人在监牢受尽了折磨，24 小时被捆绑罚站，不让上厕所，屎尿只能顺着裤腿流。坐牢的头几天，家人送去的饭菜也不让吃，后来家人借钱搞了“团餐”（即刚进监牢的新犯人要拿钱买东西来招待老犯人），他们才吃上家人送的饭菜。

中共自贡市特支获悉3位农友遭无辜逮捕的消息后，当即指示荣县党组织要充分利用时机，发动和组织全县农民开展斗争，狠狠回击反动势力，解救3位农友。中共荣县县委经过研究，决定由中共自贡特支农运委员、中共荣县县委委员曾莱和中共荣县县委委员、县农协主席黄大舜任指挥，组织全县农民以“请愿”的方式向军阀政府示威，要求释放被捕农友。

龚泽然、王相廷和陈国清3位农友的无辜被捕早就激起了全县农民的义愤，各区、乡农协会在宣传请愿活动时得到了广大农民的热烈响应。

1929年4月5日，清明节，预定请愿示威的日子到了。天刚蒙蒙亮，各乡镇参加请愿示威运动的农民便齐聚在县城东、南两道城门外，等候请愿总指挥的命令。为了按时参加请愿示威运动，有些离城较远的农民半夜就出发，连夜赶了几十里山路来到县城。早上八点钟，总指挥发出开始行动的命令，数千手持扁担、镰刀和长矛的农民在总指挥的率领下，挥舞着写着“要求立即释放无辜农民！”“农民有集会结社自由！”等标语的各色三角小旗，高喊着“打倒封建军阀！”“打倒帝国主义！”“反对军阀政府非法逮捕农民！”等口号，浩浩荡荡地从县城东门、南门向县衙挺进。到达县衙后，游行示威队伍将县衙里三层外三层地围起来，要求县知事刘承仕出来答话。

此时的刘承仕哪有胆子露面，他一边嚎叫：“快把西、北门关了！”一边脚底抹油跑去躲藏起来。驻军头目龙友奎听说农民进城围攻县衙，急忙从城隍庙驻营地带了一排人马前来镇压。见龙友奎带兵前来，原本围得铁桶似的游行示威队伍突然让出一条道来，任由龙友奎等人通过。待龙友奎等人全数进入县衙，只听一声呼哨，原本散开的地方重新合拢，将龙友奎等人也围困在内。

自投罗网的龙友奎自知力量薄弱，不敢蠢动。他一方面命令手下不得轻举妄动，一方面则低声下气地向农友们讨好地说：“我们都是荣县人，绝不会对不起大家。大家有什么要求，我负责尽量办到！”有农友高声呵斥道："滚开！不关你的事，我们要狗官出来答话！"暗中得了刘承仕指令的龙友奎继续赔笑脸说："你们要求的不管什么问题，我都负责解决。"双方一直相持到中午，县知事刘承仕始终不敢露面，农协会当即提出五项要求：一是立即释放无辜被捕的农民；二是公开宣布被捕农民无罪，恢复名誉；三是给三个被捕农友披红放鞭炮；四是今后不得任意逮捕和迫害农民；五是农民协会是农民自己的合法组织，有集会结社的自由。对农协会提出的五项要求，龙友奎得到刘承仕的示意后，表示全部接受。

稍后，县监狱的牢门打开，龚泽然、王相廷和陈国清三人被送出。龚泽然的妻子和叔娘立刻上前，将三人身上捆绑的绳子解开，把身上的屎尿都擦干净。龚泽然、王相廷和陈国清身披细红，在热烈的鞭炮声中昂首阔步走出监狱，跟随队伍游行示威。游行时，黄大舜高举红旗走在最前面，红旗上写着一行醒目的大字："反对军阀政府非法逮捕农民！"

荣县"八一三"农民武装起义

1930 年 6 月 11 日，在李立三同志主持下，中共中央政治局会议在上海召开，会议通过了《新的革命高潮与一省或几省的首先胜利》的决议。会后，李立三等人拟定了以武汉为中心的全国总暴动、集中红军进攻中心城市、"会师武汉、饮马长江"的计划。8 月 2 日，中共四川临时省委扩大会议在重庆举行，决定（四川）积极配合全国暴动，将党、团、工会合并为各级行动委员会，领导各地武装起义。并决定江津、合川、广汉发动士兵起义，荣县发动农民起义。

为了加强领导和指挥荣县的武装起义，1930 年，上级党组织先后派何之、李觉民、刘曼等人来荣县作军事活动的计划和武装起义的准备。8 月，省委扩大会议召开后，省委又先后派梅子乾（又名梅岑雨）、熊灼微（又名熊伯虹、张敏人）来荣县督促和指挥农民武装起义。

梅子乾、熊灼微与当时的县委书记方沁接上头后，与县委分工直接组织武装起义的领导成员黄大舜等积极准备，组织起义。大家开会讨论，决定起义的军事战略定为：全县于农历 8 月 13 日晚上同时起义，在李宴集中火力（当时认为向李宴集中，进可攻县城，退可同宜宾联系），压倒县城（即控制县城），解决余中英旅（旅部及一个团驻县城），夺取自贡中心城市，然后东下重庆，最后会师武汉！起义口号为：打倒万恶军阀！打倒土豪劣绅，一切政权归农会！没收土地归农民所有！打倒贪官污吏！

会议还按照上级规定，把县党、团、农会合并组成荣县行动委员会，具体领导行动事宜。同时，把农民赤卫队整编为“中国工农红军四川十三路第二纵队”。梅子乾任纵队总指挥，熊灼微任副总指挥，黄大舜任纵队指导员。纵队下面设若干大队、中队。纵队总指挥部设在高山铺。为了增强起义队伍的战斗力，队伍整编后，每个小队配发一支教练枪，利用夜间组织大家学习枪支弹药的使用常识和练习枪法。

1930 年农历 8 月 13 日（公历 10 月 4 日）夜，高山铺纵队总部火光熊熊，五六百手持长矛、大刀、梭镖的起义人员在夜幕下摩拳擦掌。梅子乾、熊灼微、黄大舜 3 人做了起义动员，宣传起义的重要意义，随即宣布正式起义。起义队伍在 3 人的带领下开赴高山铺、鸦雀冲、梧桐乡等团防公所，缴获团防枪支 400 多条，并打开高山铺街上盘剥穷人的当铺，把被盖、衣物分给附近的穷苦农民。随后，起义队伍按照预定路线挺进，次日拂晓时分到达望佳，拟处决望佳团总刘从之。因刘从之已经回家，起义人员随即将团正刘泽昭抓住杀掉。

杀掉刘泽昭之后，起义队伍经李宴、河口向小南区方向游击前进。到达双古后，纵队将当地团总驻地包围，不料，团总一早闻风而遁，令起义队伍扑空。团总通讯员谢咸三被纵队抓获，从其口中逼问出团总周慰文、程镜明的家。纵队直扑两人家中，谁知，周、程两人早已弃家外逃，纵队只得将从两人家中搜出的财务分给周边的贫苦群众。

农历 8 月 19 日晚，总队在青峰场附近的鸡公山扎营，稍做休整。深夜，纵队被敌军追击包围，困在鸡公山上。因敌人势大，硬拼会造成严重伤亡，黄大舜自告奋勇，带领敢死队员趁天黑从山上扭着绳索下山，和山上人员里应外合冲击敌人的包围圈。冲出包围圈后，纵队被打散，梅子乾、熊灼微经由仁寿返回成都，黄大舜则带领被敌人打散的几十名赤卫队员专选偏僻小路，经过几天的昼伏夜出，终于回转高山铺隐蔽。

荣县“八一三”农民武装起义再一次显示了农民在武装斗争中的伟大作用。农历 8 月 13 日至 8 月 19 日，一周的时间里，起义队伍从高山铺出发，经望佳、李宴、古文、河口、乐德等十几个乡镇，最后到达青峰场，游击 300 多里，夺枪 600 多条、子弹 2000 多发，摧毁了 10 多个场镇的反动武装，长了广大农民的志气，灭了敌人的威风！

开会被捕英勇就义

“八一三”农民武装起义失败后，荣县陷入白色恐怖中，反动军阀政府大肆镇压革命活动和抓捕革命群众，荣县的中共党组织和农民协会遭到严重破坏。为了保存革命的有生力量，按照自贡特委决定，身份暴露的黄大舜和党员刘一先调离荣县。

1931 年年初，黄大舜调任中共宜宾县委委员。3 月 24 日，四川省委特派员苟良戈来宜宾巡视工作，宜宾中心县委在墨匠街（现清华街）一酒店内召开扩大会议，参加会议的有孔方沁、苟良戈、沈玉麒、蔡涛、黄大舜及团中心县委委员朱汝正、闵南轩 7 人。

会议持续了 3 天。到 3 月 26 日，会议改在真武山二天门附近茶馆开会，大约进行了 3 个小时，朱汝正（叙联中学生）要回校上课，先行离开。因担心在茶馆停留时间过长引起他人怀疑，剩下 6 人遂转移道中孝街李四娘茶馆（北操场口）研究一些具体问题的处理方法。不料，被刘文彩的谍查队发现，将茶馆重重包围，除闵南轩趁乱逃脱外，其余 5 人不幸被捕，设于北门城垣郭兴发处的地下机关亦被查抄。

3 月 31 日，黄大舜等 5 人被军阀覃筱楼杀害于宜宾城北花园庵。牺牲后，五人合葬一冢，世称“宜宾五人堆烈士”。

（林　媛）

吴鸣和

吴鸣和（1890—1933），又名吴兰生，出生于荣县双石桥蔡家堰一耕读之家。吴玉章侄子。父亲吴永锟（号紫光）“服膺宋儒理学，性至孝”，主张实事求是、知行合一，重民族气节和道德操守，与弟吴玉章东渡日本寻求救国救民之路，并在日本加入孙中山领导的同盟会。辛亥革命后讨袁斗争失败，担任县知事的大伯吴永棏（同盟会员）遭撤职，曾担任孙中山临时总统府秘书的叔叔吴玉章遭通缉流亡国外。父亲吴永锟为资产阶级民主革命的失败及骨肉兄弟遭迫害而极度悲愤，自缢于蔡家堰家中。

吴鸣和在父亲的熏陶、教育下，从小养成诚信笃行、坚韧沉毅的品格，以及做事善始善终的好习惯。他崇尚历史上为国家、民族慷慨捐躯的仁人志士，立志干一番事业。辛亥革命后，他决心从戎报国，就读于熊克武在成都举办的军事学校。毕业后服役于熊克武部，先后担任连长、营长等职。国共合作、北伐战争掀起后，吴鸣和为投身北伐，于 1927 年到了武汉。他拥护中国共产党的政治主张，毅然加入了中国共产党。入党后，他跟随担任国民党中央党部执行委员兼秘书的三叔吴玉章在国民革命政府中工作。

7 月，蒋、汪合流，汪精卫叛变革命，吴鸣和随吴玉章离开武汉，赴南昌参加“八一”起义。之后，吴鸣和随军南征，历尽艰险。起义军在广东潮汕地区失败，他同吴玉章、刘伯承经香港转移到上海，由党组织安排赴苏联，入苏联高等炮兵学校学习。1930 年回国，受党中央派遣，到鄂豫皖苏区工作。1932年，随红四方面军入川，在川陕革命根据地，先后担任红四方面军总部参谋、红四方面军十一师参谋主任。其间，他因反对张国焘以“肃反”为名迫害红军干部，历经坎坷。1933年，在南江县作战负伤，经医治无效牺牲。时年43岁。

（罗秀能）

陈家玉

陈家玉，号世泽，笔名荣眸、莹子、慕光，党内化名李宽怀。1903年1月14日出生于荣县五宝镇亮水塘（今属蔡佳乡）。父陈钦三，母刘常和，靠种地和织布维生。9岁的陈家玉始得发蒙读书。

1926年5月，陈家玉经国民党荣县临时县党部领导人谷醒华推荐，考入广州农民讲习所学习3个月。他通过学习，开阔了视野，提高了阶级斗争觉悟，明白了只有革命才能救中国的道理。同年秋，他从农讲所结业返乡。1927年年初，在中共荣县五宝支部的领导下，他与支部书记程慕仁和川师进步学生赵鹤仙共同策划，发动农协会会员、农民和五宝街上的工商业者上千人游行示威，反对军阀政府“一岁两征田赋”，迫使督收“田赋”款的驻军连长张义元带着一连驻军撤回县城。随后，荣县军阀政府调遣驻军前往镇压，在李家晏的檬子岩、马银岩一带，与中共荣县五宝支部和国民党荣县党部（左派）领导的农民武装抗捐队伍相对峙。陈家玉在这场武装抗捐斗争中不怕艰险，参与武装抗捐委员会的领导工作，积极出谋划策，编写标语、口号，快邮代电发信向成渝各地求援，淋漓尽致地揭露军阀政府横征暴敛和调集军队镇压群众的罪行，使武装抗捐斗争获得全川的声援。由于陈家玉在武装抗捐斗争中表现突出，经中共宜宾特支书记郑佑之介绍，他加入了中国共产党。

1927年夏，陈家玉受中共五宝支部的派遣，到荣县县城发展共产党员和共青团员，建立党、团组织。进城后，他先去河街郭家当铺做家庭教师，后以旭阳中学、自立女中、旭光小学教师为掩护，积极从事党、团组织发展工作。短短几个月时间，他就在知识分子中发展王吉谦、程觉远、刘一先等为中共党员，在城内建立起党小组，他任小组长。同时，他在旭阳中学、自立女中、旭光小学和县立小学进行革命活动，先后发展罗忠全、马介民、虞尧卿、虞刚、毛池彬（女）、毛池影（女）、刘华昭等30多名学生加入中国共产主义青年团。同年10月，成立“共产主义青年团员荣县地方青年干事会”。陈家玉这些出色的工作，为同年秋中共荣县特支机关从五宝迁入县城，加强党的领导，党、团组织迅速发展到全县，奠定了牢固的基础，创造了有利的条件。

1928年10月，共青团荣县委员会建立。是年夏，全县共产党员发展到70余名，有17个党支部，成立中共荣县县委，陈家玉任县委宣传委员。他重视舆论工作，用革命的思想宣传动员群众，开展反帝反封建斗争，迅速筹办起县委的喉舌——《反日》《荣钟》革命刊物，自任主编。他除组编稿件外，还常撰写文章，从多方面揭露帝国主义、封建主义和新旧军阀压迫、剥削人民大众的罪行。1928年8月12日，他在《荣钟》上发表《去雁》一文，以妇女受压迫、剥削在最底层的社会现实，揭露帝国主义、封建主义残酷压迫、蹂躏妇女的罪行，动员妇女站起来革命。文章最后一段是：“请你们赶快起来打破虚伪的观念，不顾他人的是非，以百折不挠的精神，实行彻底的革命，完成你们女子在这伟大时代里面所负的重大使命。”

为把反日斗争推向高潮，中共荣县县委决定，由陈家玉负责筹备召开反日大会。他广泛联系社会各界，冲破县公署、县团练局的种种刁难、阻挠，得到县城各机关、团体和学校的支持。8月18日，中共荣县地下县委在荣县县立中学广场召开反日大会。陈家玉在大会上的演说慷慨激昂。大会在“打倒日本帝国主义”“打倒土豪劣绅”等口号声中胜利结束。

1928年冬，陈家玉调任中共川南特委宣传委员。到职前，在病中，他受川党组织派遣，前往自流井执行特殊任务，为党筹措活动经费银圆1000元。

1929年6月，中共四川省委召开第二次扩大会，陈家玉当选为省委宣传委员。12月，递补为常务委员，兼管组织工作。

1930年4月，陈家玉因病离开省委机关，去潼南双江镇爱人邓可非处养病。由此，陈家玉暂时失去与党组织的联系。

陈家玉失去组织联系后，方知组织的温暖。病稍有好转，又先后去宜宾、重庆、南京寻找党组织，希望接上关系，但都未能如愿。1932年6月20日，他在上海与共产党人官质斌、熊灼微、万鼎元等取得联系，与他们一道在党的领导下从事抗日救亡活动。

陈家玉到上海后，与先到这里的共产党人邓垦、陈家康、熊灼微、柳倩等地下党人共商开展革命斗争之法。为以教师身份作掩护，开展抗日活动，他们办起了私立上海惠平中学，陈家玉任校董会副主席兼数学教师。

1935年5月5日，国民党政府与日本签订《淞沪停战协议》，出卖和破坏上海军民抗战。同年12月9日，北平发生震撼全国的“一二·九”爱国学生运动，上海数万群众游行示威声援。陈家玉担任游行示威副总指挥（总指挥邓垦）。游行中示威群众遭到军警镇压，陈家玉被捕坐牢29天。在全国人民“爱国无罪”的强大舆论下，加之在上海的共产党人陈家康、官质斌等人出面活动，用南洋无线电学校买菜的公章出具保释，陈家玉方得出狱。出狱后，他写下并发表《响应“一二·九”》的诗作。

他在那艰苦抗日的岁月里，根据党的全民抗战的主张和抗日民族统一战线的政策，撰写了许多宣传全民抗日和驳斥消极抗日的文章。仅从征集到的28篇文章看，发表在《抗日前线半月刊》上的有《一年来抗战给予我们的教训》《悲壮伟大的一年》《台儿庄胜利的意义》《徐州放弃后的抗战形势》《逃亡不能苟全》《怎样保卫大武汉》等。他明确提出：“中国只有彻底抗战下去才是生路，各党各派只有在抗战与统一的辩证的发展中才能取得抗战的最后胜利，动员广大民众参加抗战是战胜敌人的一个基本条件，今后应该严厉防备和断然应付汉奸的卖国行为，要运用民众力量和游击战争去消灭伪政府和袭击敌人的根据地。”与此同时，他还先后写出《国共合作问题》《团结御侮的要策》《抗战文化的几个问题》《对于小学抗战之管见》《抗战必胜与学生军训》《关于工人问题》《军队训练问题》《第三期抗战学生应该做些什么工作》《战时政治讲义大纲》《国际形势讲义大纲》等文稿，作为培训抗日官兵、青年学生、农民和文化团体等抗日力量的教材。

1938年，武汉失守。国民政府实行消极抗日、积极反共的政策，在抗日部队中排斥异己、清查异党言行。由于陈家玉写了大量呼吁国共合作抗日的诗文，赤诚爱国、成绩卓著，其所在抗日部队领导不忍让他受到迫害，劝其离开部队。同年8月，他满腔义愤，带着他呕心沥血写出的文稿和在报刊上发表的诗文回到故乡。

陈家玉病情稍有好转后便重返家乡，接受进步人士叶芝、谷醒华的邀请，先后在荣县存仁中学、成都协进中学任教。他在这两所学校党组织的领导下，把反帝反封建的爱国思想寓于教学活动中，继续和师生们一道开展抗日救亡活动。

1940年冬，陈家玉去重庆，与地下党人、老战友陈家康、柳倩、官质斌等又取得联系。经柳倩推荐、郭沫若批准，他担任了国民军事委员会总政治部文化工作委员会（下简称抗日文委）资料室主任，协助郭沫若开展上层人士的抗日民族统一战线工作。到职后，他井井有条地管理好抗日文委设在重庆赖家桥、天官府的图书资料，废寝忘食地学习和工作，及时向抗日文委下设的国际问题研究组、文艺研究组、对敌宣传组提供所需的图书资料，积极参加抗日文委举办的报告会、讲演会等重要活动，并与新华日报社、八路军驻渝办事处互通情报、接上关系。1942年12月，因积劳成疾，陈家玉病逝于重庆仁爱堂医院，终年40岁。

陈家玉病逝后，八路军驻渝办事处发了讣告。在当时经济困难的情况下，仍以天字第一号棺材、用白大绸裹身、外套八路军军干服入殓。党组织决定由陈家康、郭沫若、阳翰笙、何成湘、罗髫渔、钱俊瑞、王亚平、臧克家、高原、柳倩、官质斌组成治丧委员会。

追悼会结束后，八路军驻渝办事处和抗日文委尊重死者家属的要求，由郭沫若出面去重庆地方当局有关部门办了运灵柩返籍的通行证。灵柩葬于陈家玉祖宅右边竹林中。坟前立有石碑，以此缅怀他忠诚于党和人民的事业，反帝反封建战斗的一生。

（蒋永红）

张二娘

随着小说《红岩》的广泛流传，“双枪老太婆”的形象也深入人心。在那个战火硝烟弥漫的年代，荣县也出现过一位在枪林弹雨中身先士卒的巾帼英雄，她就是荣县鼎新乡（现荣县鼎新镇）人张二娘。

夜贴标语

张二娘原本是鼎新乡一个穷人家的女儿，10 多岁时被当地的地主恶霸张保三强抢为妾，在张家受尽了欺辱。张保三死后，张二娘和几个年幼的孩子被赶出了张家，靠种点干土和帮人做针线活拉扯几个孩子。张二娘萌生了反抗压迫、反抗剥削的念头。1927 年，荣县党组织负责人程觉远、曾莱等人到鼎新乡发展农协会员，张二娘毫不犹豫地加入了农协。

1927 年，鼎新乡的土豪劣绅和反动势力惊恐地发现，几乎就在一夜之间，“反对大斗小称！反对加租加稳！反对添钱夺佃！”等标语就贴遍了鼎新乡的大街小巷。反动派派人将这些标语撕了，但很快又会有人重新贴上。原来，这一切都是张二娘母子的杰作。每次要去贴标语之前，张二娘都会早早把糨糊熬好装进桶里，入夜后，鞍子冲学校的进步师生将写好的标语送到张二娘手中。等到夜深人静，所有人都进入梦乡后，才由张二娘的小儿子张敦竹提着糨糊桶到鼎新街道贴标语。此举极大地鼓舞了当地的穷苦农民，在较短的时间内，鼎新乡的农协会员就发展到了 100 多人，成立了 4 个农协小组。

破仓借粮

1929年4月，由于仓首樊治伦接连几年将原本用于低息贷给农民度春荒的谷子借给奸商和地主豪绅放高利贷，共同牟利压榨农民，许多农民家中已经断炊，随时都可能饿死人。当地农民强烈要求惩治樊治伦，开仓放粮。

时任鼎新乡妇女团团长的张二娘决定发动农民“破仓借粮”。队伍出发，张二娘始终走在前面。队伍遭到团正胡湘南和樊治伦的阻拦，但见张二娘等人态度强硬，樊治伦假意表示：“你们先回去，要借谷子的改天一个个来借，我称给你们就是！”张二娘却不上当，说：“有谷子你现在就借给大家，我保证大家都守规矩，绝不强抢白要……只怕这仓里已经没有谷子了！”一些农民愤怒地涌向仓库，打烂了仓门板，果然见仓里已经空空如也。眼看抵赖不过，胡湘南和樊治伦只得答应筹粮，并在3天内将200担黄谷如数以低息借给农民。事后，张二娘被推举为鼎新乡游击队副队长，并光荣地加入中国共产党。

攻打李子桥

1930年农历10月，女游击队队长张二娘来到离鼎新乡15里的李子桥侦查。根据张二娘等人的侦查结果，李子桥没有驻军，团防力量也比较薄弱，夺枪的把握比较大。随后，农协在新观音（今鼎新镇新屋村）召开会议，决定发动李子桥暴动，夺取团防局武器。

农历10月28日清晨，游击队队长龚子华、副队长张二娘率领近百人的队伍，拿着扁担、锄头作为掩护，暗藏大刀、关刀、梭镖等武器，分成4个小组赶赴李子桥。张二娘带领的第三组则沿街高呼口号，宣传行动目的。张二娘和其他游击队员一样腰栓白帕，卷起袖子为记，走在队伍最前面，一边高呼口号，一边将街市上土豪劣绅们开设的绸缎铺和典当铺的物资分给赶场农民，并烧毁证券、票税和债册。

李子桥暴动中，张二娘身份暴露，她和小儿子张墩竹不幸被捕。在四川军阀24军旅长余中英“就地正法”的命令下，1930年农历冬月初二，38岁的张二娘及13岁的小儿子张敦竹与另外几名农协会员一共8人在鼎新河坝英勇就义。

（林　媛）

沈玉麒

沈玉麒（1896—1931），男，学名叔荆。1896年出生于荣县桥头铺沈家下坝。童年在双石铺外公李鸽庭家生活，并在该地学校读书，受到革命先辈李筱亭（大外公）和舅父李仲权烈士的影响，思想进步、品学兼优。1912年考入成都叙属中学。1916年，中学毕业，通过李筱亭介绍，担任绵竹县国民党县公署主任。后又在绵阳、乐至、安岳、懋功县任统计、司法等公职到1926年。

沈玉麒目睹军阀连年混战、官场腐败，人民生活在水深火热之中，深感痛心疾首，1926年毅然辞职回乡。1927年受聘到双石铺八宫丘公民常识学校做教师。在校长李仲权影响下，他潜心阅读《资本主义浅说》《新社会观》《唯物史观》《社会发展史》《新青年》等进步书刊。他支持并积极参加李仲权领导的革命活动，由李仲权介绍，加入中国共产党。此后，奔波于宜宾县的永兴、白花、双石铺一带，以教书做掩护，从事革命活动。

1928年春，沈玉麒去宜宾永兴场，组建农民协会，发展党团组织，引导组织群众进行抗捐斗争。当他得知中共宜宾县委书记李筱文、候补书记李仲权被国民党宜宾军阀政府杀害的噩耗时，沉着判断，及时离去。不出所料，他刚离开，特务就带着军警包围了永兴小学。

沈玉麒回桥头后，公开身份是桥头乡万寿宫小学（现桥头镇中心校）教师，秘密职务是中共宜宾县委桥头支部书记。他向群众宣讲《国家与革命》，向贫苦农民宣传共产党的主张，发展了农协会员400余名，主持建立了农民协会，领导桥头人民开展了减租减息和抗捐抗粮斗争。

他动员弟弟沈玉麟、堂弟沈玉龙和自己两个女儿投身革命。他通过组织联系，支持宜宾城内女青年唐涤秋争取婚姻自由，冲破了封建牢笼的束缚。他还支持为反抗继母虐待而离家外出求学的女青年陈启明，为其筹谋费用，并为唐、陈设法安排工作，引导她们投身革命斗争。

1930 年上学期，桥头铺小学新旧势力斗争激烈，团正等地方势力从中作祟，致使学校停办，中共宜宾县委派来的共青团员唐涤秋无立足之地。沈玉麒多方设法，在自己家住地开办农民子弟校，聘唐涤秋当教师。唐涤秋在沈玉麒的领导下，以教师为掩护进行革命活动。沈家坝、桥头铺成了当时自流井、双石铺等地地下党组织的一个重要活动据点。

1930 年春，沈玉麒奉命离开桥头去宜宾。沈去宜宾的身份是轮船公司职员，党内职务是宜宾地下县委委员兼交通。同年上半年，宜宾地下县委根据中共中央“全国总暴动”的决议和上级指示，将党、团、工会组织合并为行动委员会，进行武装暴动的准备工作，沈玉麒任行委秘书兼交通。他积极配合行委领导成员，发动轮船工人、黄包车工人和商业店员等罢工、罢市，并开展学运、妇运、兵运等工作。

1931 年 3 月 26 日，宜宾地下县委在县城篾匠街召开党团扩大会，听四川省委巡视员苟良戈传达党中央的指示精神，布置宜宾武装暴动工作。由于对“武装暴动”有争议，会议当日没有结果。28 日一大清早，苟良戈、孔方沁、沈玉麒、蔡涛、黄大舜以及宜宾中心县委委员朱汝正、闵南轩等 7 人先后赶到约定的地点真武山二天门附近茶馆继续讨论武装暴动事宜。孰知，这家茶馆正是敌人的黑店，会议刚结束，特务已包围了茶馆，与会者除两人在混乱中逃出外，沈玉麒和另外 4 名党的领导干部被捕。

沈玉麒在职的川航处老板南次赛同沈眉荪是好友，他出面“担保释放”沈玉麒，诱其自首“认罪”，被沈玉麒拒绝。他和其他 4 名被捕者不惧敌人酷刑，严守了党的机密，保护了党的组织。同年 3 月 31 日，就义于直武山下花园庵（现宜宾市人民广场）。终年 36 岁。

1951 年春，荣县废除旧政权保甲体制，组建乡村人民政权时，将原桥头乡二保辖地改名为玉麒村。

（罗秀能）

谢奉琦

1912 年 3 月 18 日，中华民国临时大总统孙中山先生以“在蜀运动起义，功在民国不小”追赠谢奉琦为陆军中将，谥左大将军，“准崇祀忠烈祠以慰忠魂，而垂不朽”。并一次发给烈士夫人刘仲仪 1200 块银圆，以后每年为 700 块银圆。这是孙中山任命的五大将军之一。

谢奉琦，字能九，号玮頫，1882 年 12 月 9 日出生于荣县贡井乡（今自贡市）。22 岁考入日本东京成城学校，与吴玉章等同学。1905 年以孙中山、黄兴为主盟人，加入中国同盟会。他积极参加反对日本政府《取缔清韩留日学生规则》的斗争，深受孙中山器重，被委以调查评议等要职。他常与黄树中、熊克武、但懋兴、喻培伦等相与运筹革命事务，共同秘密研制炸弹。第二年，孙中山委派黄树中、熊克武、谢奉琦为四川主盟人，寻找时机相机起义。谢奉琦积极设立革命机关，宣传革命大义，联络会党，运动新军，还在泸州创建了同盟会川南分会，在各地发展同盟会员数百人。其中就有荣县的黎靖瀛、邹固元、王天杰、赖君奇等。

1907 年，同盟分会决定叙府（宜宾）、泸州、永宁各处同时起义，以配合成都发动的军事起义。叙府起义由谢奉琦主持。时至 11 月中旬，由熊克武、佘英等领导的泸州、江安、永宁、成都等地起义均遭失败，革命党人纷纷至叙府坚持战斗。谢、熊、佘号召各路会党积极准备起事。谢奉琦说服叙府中堂勇管带刘绍峰、县幕詹树棠加入同盟会，得府县堂勇 200 余人为其所用。又派人去屏山发展了哨官李飞鹏、李忠臣入盟，从而控制了巡防军一部，并联络屏山党人杨功甫等数十人配合行动。起义安排就绪时，中央团队土劣雷东恒向知府宋联奎密告了全部起义内情。宋闻讯立即将革命党人依靠的舒新之所部巡防军调驻屏山，同时捕杀了刘绍峰、詹树棠，就近逮禁革命党人凌体萱。又派巡防军统带董南彬去安边捕李飞鹏回屏山斩首示众。死难者达 200 多人。叙府起义失败，革命党人被迫转移他处，力图再举。

宋联奎通电全省悬重赏缉拿谢奉琦。亲友劝谢急出避难。谢奉琦认为，若他外逃必多株连，孰若拼一命以纾他人之死。不久，谢奉琦在贡井被叛徒汪蔚然率捕吏所捕。捕役认为谢有飞檐走壁之功，唯恐中途不翼而飞，竟以铁链穿透他颈下左锁骨，并断其脚筋，经富顺、泸州押往叙府。奉琦强忍剧痛，向沿途群众宣传革命大义，许多人悲愤填膺，潸然泪下。

谢奉琦入狱后，多次拒绝清政府的威胁利诱。宋联奎亲审，奉琦直言不讳："我是中国同盟会的革命党人。吾死，犹归耳。汝实汉族，而甘心北面事胡虏乎？若有人心，速反正，从我去，否则有死而已。"1908 年 3 月 27 日夜，在叙府东街一洞天街口刑场上，谢奉琦昂首挺胸，神色自若，临难索笔赋绝命诗一首：中原多故祸燃眉，草泽人怀复国思，我志未成民益愤，还将万弩射胡儿。大义凛然，断头许国，年仅 26 岁。

辛亥革命后，蜀军第五师师长熊克武率革命党人于泸州码头设谢奉琦灵位，杀叛徒汪蔚然以祭之。宜宾人民在谢奉琦就义处建"谢将军祠"，并将水洞口街更名为"谢将军街"。烈士家乡贡井街曾命名为"玮頫路"，并赠匾其故居书"谢将军府"。

1930 年，吴玉章在奉琦遗像上题词："玮頫同志就义十二年矣，检点遗照，不禁泫然。"表达了对烈士沉痛悼念的深情。

（蒋永红　谢鸣明）

马介民

马介民（1908—1940），荣县城关镇人。自1927年19岁时起，从事革命工作13年间，经常遭受反动势力的迫害，疾世忧愤，以致积劳成病，于1940年早逝，年仅32岁。马介民在各个不同时期，先后使用过文彬、绍源、史奎、子之等名字，最后定名马介民，意取甘为人民做牛做马。

马介民父亲名马升平，早死，家境清贫，祖辈三代均早寡独子，仅以印售木版线装古书为业，招牌文星堂，地址下西街（现时279号）。马介民自幼聪敏强记，阅读书刊，几有过目成诵的天赋才能，加以勤奋好学，故学业成绩特优。参加革命工作后，因白昼无暇攻读，常在夜间入睡前卧床阅览，尤其当时政府查禁的红色进步书刊，更非在夜深人静时暗自阅读钻研不可。

1922年以前，在私塾读书，名马文彬，几年内除熟读四书五经及各种杂书（如《增广贤文》《三字经》《龙文鞭影》《幼学琼林》等）外，还涉及新制史、地书籍，因而颇有新、旧文学修养。自1923年至1925年，改名马绍源，在县立高级小学旧制廿四班肄业。3年内每期考试成绩均名列第一，该班国文教师傅鼎成（威远人）老先生尤为器重，主动以其爱女许配为妻，当时全校传为佳话。

1925年秋至1928年春，肄业于荣县初级中学新学制第三班。3年内，先与同班同学、中共地下党员刘一先、朱特民等，外表以国民党员身份组织国民党荣县中学党支部，暗中即在共产党领导下从事地下革命活动，宣传马列主义。至1928年春季开校不久，因县中豪绅王恩溥霸占学校公地，修成私人住宅，不肯迁走，学校当局软弱无能，屡经协商，毫无结果，甚至愿与计价收买，改作教室，而王仍横不讲理，索价高昂。马绍源即以学生会名义出面干涉，逼迫王恩溥限期迁腾房屋，维护教育事业。校长李完叔胆小怕事，反而压抑学生，遂闹成学潮，全校罢课示威，延续一月有余。终至马绍源带领同学们就地利用砖头、石块予以捣毁，仅两小时，即将所谓王恩溥公馆变成瓦砾一堆。同时为了解决新建教室建筑费，他又动员全校同学约 400 人，每人捐献保证金大洋 4 元。事后王恩溥串通驻军旅长张志芳亲率军队入校，扬言要逮捕、斥退即将毕业的马绍源、刘一先、朱特民等几名肇事祸首。这时，几个学生会领导人虽不公开出面，仍在暗中策划，学潮一时不能平息。学校当局又软硬兼施，表示只要他们递交悔过书，不再闹事，仍欢迎返校，给予毕业文凭。这批领导人中，另有个别意志薄弱者，竟受骗悔过返校。马绍源、刘一先及朱特民 3 人立场坚定、反抗到底，宁愿抛弃 3 年学业功亏一篑的毕业文凭，拒不悔过、返校。当时正有进步人士谷醒华等人办有私立旭阳中学，他们即投向该校，继续地下革命工作，策划工农运动。

继 1927 年“八一”南昌起义之后，中共在全国开展的土地革命运动于 1928 到 1929 年间在荣县发展到了最高潮，各地农民协会风起云涌，“铲除贪官污吏”“打倒土豪劣绅”“抗粮抗租”“分田分地”等革命口号响彻云霄。而国民党政府的血腥镇压在这一时期也达到了顶峰。当时的县长钟干竟奉命通令各区乡镇，所有捕获的农协赤化分子，只要有“罪证”，一律就地正法，企图借此迅速消灭革命力量。例如县城上西街的范崇高，在西门外白石铺被抓时，从身上搜出了农协会传单，上午 9 时押回县府，钟干立即升堂，查看所谓“罪证”传单后，立即绑赴西门坝，处以枪决。街坊上的知名人士温爵如、范兆休、温伯牟等人，眼见押范进城时，立即就近邀约，意欲前往县府说情具保，刚走到南街口，即见范崇高已背插“赤匪”标子，由县府押赴刑场，无法挽救了。类似这样以迅雷不及掩耳的手法，在城区及各乡镇被屠杀的农协会员和嫌疑分子，不下数百人。最凶狠的阶段，竟不时在路上发现被杀死尸，只要在死者身上放一块瓦片，上面画有“赤匪”二字，即无人接近，更不敢过问，真成了风声鹤唳、人人自危的恐怖世界。

这段时间的马绍源，白昼则佯装酒徒、赌汉，终日出入于茶馆、酒店、赌场，以掩人耳目，暗中打听官府对农协的对策；夜间则前往乡下，召集农协骨干分子，在田野里开会，听取报告和布置农协行动。当时市上常有人传说："昨晚上某某地方庄稼都躏死了一大坝，农民协会又开了秘密会啊。"可见当时农协领导人的活动情况和人数众多。

1930年年初，党内出现叛徒，在悔过书内泄漏了马绍源的秘密，政府对他进行暗中侦查。眼看在荣县不能容身，马绍源即潜往成都继续活动，适值吴老（玉章）刚从苏联回国不久，留住成都时，曾约集同志筹办有私立西南大学一所，他便化名马史奎报考，在国文试卷内述说自己的情况，无力自费读书，如蒙录取，即须给予职位，半工半读，否则请不予录取。结果得被学校录取作工读生，除免缴学、食费外，每周支领零花钱大洋一元。同年年底，省政府认为西南大学是制造赤化分子的渊薮，校长吴老本人又早已离开成都，去海参崴远东工人列宁主义学校任教，无人庇护，西南大学即被查封。此时的马史奎，在成都既无依靠，又眷念家乡革命事业，不得不返回荣县。殊不知省方缉拿他的密电早已到达县府，他刚抵家门，行李置于柜台上尚未收拾，即被特务武装逮捕，投入下卡（当时监狱分上下卡，上卡关押一般刑事、轻罪犯人，下卡关押重罪及死刑犯人）。从此他便成了官府的摇钱树。县府不时使人散布诱吓谣言，说"要枪毙马绍源了"，故意使家人闻讯，家人只有不惜金钱，火速求人向官方行贿。这种情形，在他被押约一年的时间内，不下四五次。而他本人却若无其事，身陷囹圄，仍处之泰然。

1931年夏天，初中同学龚俊杰及曹鲲九两人前往监所探视，他拖着沉重的脚镣，走到铁窗口晤谈时，还满面笑容地向两人说："是非之地少来好。"最后又说："马绍源可以随便关，真理谁也关不了。人生就该为真理而斗争嘛，见着亲朋好友，请转达没有什么！"

自从他被捕后，全家人万分焦急，除随时用金钱向官府行贿外，还多方设法请求县中名望特重，并素为川中官僚军阀所尊崇，被称为"尧老"的清时翰林赵熙向官府疏通，终得赵尧老亲笔致函县长汪铭鼎："马氏一门，三代早孀，独有一子，君子不绝人之嗣，盼予宽恕，促其悔悟！"乃得从缓，未予及时处决。延至1931年秋末，又得县人营长郝伯权与年铭鼎军校同学关系，从中说情，乃获准由殷实铺保戚属刘赢州（马绍源的姑爷）、街邻大商家黄裕兴、何海泉、团总周监从（赵熙外场管事）等 7 家联保，乃得出狱。

出狱后的马绍源，表面上虽已获得自由，却一直被特务暗中监视。他自 1930 年年初被迫离荣赴蓉，直到 1931 年秋末在荣县出狱，将近两年的时间内，完全与荣县社会杜绝了关系。这两年又正是荣县农运被官府镇压到最低潮的时期。马绍源出狱后不易与组织取得联系，未能迅即开展地下工作。“九一八”事变之后，中国社会的主要矛盾已由国内的阶级矛盾转化为中日的民族矛盾，党的战斗目标当有所改变。到 1932 年春，马介民与同志朱色民（即初中三班同学朱特民）取得联系，伙同前往成都邻县新津花桥子，化名马子之充任私立四知小学教员。该校董事长兼校长杨栋材曾任县团练局长，恶霸一方，把持地方财政，从中贪污，乡人明知他有弊端，但未得实据，无奈他何。马子之疾恶如仇，先则发动群众组织清账团进行查账，账上又无漏洞可寻，最后公推马老师暗中协助清查，他终于发现一笔几百元的买马账，只有买马时的支出账款，实际马没有了，却无马匹的报销着落。根据此种类似情节，一查证其余项目多属捏造的假账，因而才将恶霸杨栋材予以全盘推翻。

1933 年暑假，马介民离开四知小学返回荣县时，适逢同学曹鲲九担任曹氏两级小学校长，教员中又有中学时代的好同学赵寿君、龚俊杰、黄永富等。他便改用马介民的定名，欣然应聘，担任该校教务工作，连续两个学期，他的施教方针就是德、智、体全面发展。但其确切含义是：“德”是要关心国家大事，立志做旧社会的改革者；“智”是努力学习科学知识，要学以致用；“体”是无论男女学生，都要从事体力劳动，绝不能培养少爷、小姐式的人物。地下党员、中华人民共和国成立后荣县的商业局局长张学富便是这时的高小生。为了打入官场，探悉政府对地下党的动向，马介民依赖他在西南大学工读时练得的一手誊写公文的仿宋字，得在县府教订科（科长即自幼相识的、赵熙的八儿子赵荀龙）兼任录士。县长杨江屏常来科里打麻将牌、饮酒，划拳作乐，马介民不惜自己仅有月薪大洋 12 元的微薄收入，陪同县长、科长们打牌、饮酒划拳，每 4 圈麻将，输赢可达三四十元之多。但凭仗他的聪明机智和高超牌技，他多赢少输，竟成公私两利之举。

为了解决东街、曹家街（即附东街）一带及附近农村学龄儿童的普及教育问题，马介民自 1934 年秋季离开曹氏小学起，便主动积极地找辜伯沅（曾任县中校监学，是较进步的士绅）、刘光裕（地下党员）筹划，利用东岳庙神殿，创办一所两级小学校。经过他各方奔走周旋，在不到半年的时间内，成立起以辜伯沅为首的校董会，自己亲任校长，正式展开建校工作，先即打通县府由教育科立案，向外募集经费，兼治部分义务教师；然后与社会上封建迷信意识作斗争，进行打毁东岳庙正殿及十二殿神像、培整教室、拼凑桌凳等一系列披荆斩棘的工作。至 1935 年春季，一所崭新的“私立新生两级小学校”诞生了。

可惜至同年秋季开学时，一则因他接任城区第一小学（即关岳庙小学）校长职务，无暇兼顾新生小学草创工作，二则因经费无着，年仅半岁的私立新生小学终于夭折，停办了。至 1933 年下期，马介民调任县立两级小学校长。

他自幼聪颖过人，加之 10 年来党的培养，遂养成了他嫉恶如仇、擅长出谋划策、能言善辩的性格。就在他接任县立小学校长期间，把持全县财政的豪绅、荣县财务委员会委员长刘哲群（即曾任川东道尹及廿一军秘书长刘著存的长兄）仗势欺人、肆意贪污，并借故克扣县小学教师薪资：先以八成开支，继更七折发放。因此群情激愤。一批小学校长公推马介民为首，组成小学教师请愿团，指名控告刘哲群贪污公款、克扣薪金，一时闹得满城风雨，但惊动了专区，易希亮专员亲到荣县处理。易专员的轿车刚抵荣县，刘哲群约同县长曾德威便抢先欢迎，招待备至，请愿团无从接近。次日在县府大礼堂对审时，先有刘委员长尾随曾县长，并一批属员们拥着易专员登场，全场俨然一特别法庭。然后命人大声疾呼：“传教师请愿团代表上堂！”以这样倒置原、被告的情势，企图威胁请愿团人员。马介民从容不迫地来到礼堂坐下，以舌战群儒的姿态，理直气壮地列举财委会种种贪污事实和克扣教师薪资行为，不但说得刘哲群哑口无言，最后还讥笑形同审判官席位的易专员一到荣县即与被告聚首密谈，拒绝原告人，容有“先入为主”甚或“受贿”的偏袒嫌疑！弄得易希亮本人也难乎为情，势非秉公裁决不可。结果请愿团获得全胜，刘哲群因而垮台，事态乃告结束。

同年（1930 年）秋后，在文庙庆祝孔子诞辰（农历八月廿七日）

的大会上，当着一批教育界权势以及颇有名望的秀才、举人、优贡、拔贡之类的达人先生们（如吴伯让、詹桂村、严月初、罗灵士等人），马介民以县小校长的身份上台讲演，主要说：“孔夫子教了三千子弟、七十二贤，是一位伟大的、出类拔萃的教育家、思想家、文学家兼政治家；他学而不厌、诲人不倦的循循善诱精神，是我们学习的好榜样。我们从事教育的人，虽不能至，也应该心向往之，才配称仲尼之徒。可是现在有这样施教精神的教师实在太少了，相反，滥竽充数的，包括我在内，确大有人在。自以为道德文章堪比孔子，其实是不学无术、误人子弟的冒牌货。似如孔子有灵，他一定会说：‘某某非吾徒也，小子鸣鼓而攻之可也！’”当时名望颇大的吴伯让，都听得频频点头称赞。

自从小学教师请愿团获胜解散后，刘哲群一伙妒恨马介民入骨，欲置之死地而后快。遂勾结官府，并唆使县中恶霸集团之一的“和义派”（该派人物常在西街和义茶馆集会，故以此名，首领即刘哲群与刘念谟）随时寻机迫害马介民。终于 1937 年秋季，不但解除他马介民小校长职务，还暗示各地教育机构，此后一律不得再予聘用任教。从此，马介民便成了终身的失业者，本人生活概依友好至交资助，聊以糊口。他内心虽因疾世而忧愤，但对有益国家民族的革命工作，仍然矢志不渝，从未灰心放弃。当时正值“七七”事变后，国内出现第二次国共合作，形成举国一致对日抗战的大好局面。他在兴奋情绪中，约集进步小学教师丁克武、刘若萍、李其灼等人，组成“怒火歌咏团”，自任团长，大量传播抗战歌曲，并向广大人民群众宣传抗日意义。一年后，眼见国民党仍在假抗战、真反共，很快半个中国即沦陷敌手，歌咏团已不足肩负唤起广大群众的重任，他又将歌咏团扩大，组成“怒火剧团”，轮流到各区乡试演出并讲解抗战形势，唤起民众，救亡图存。

这时挂羊头卖狗肉的国民党政府对马介民等的爱国行为仍然采取仇视态度，他们的一切言行都有特务暗中监视。1940 年夏天，他因生活困窘，遂积劳成疾，幸赖亲友资助，得住仁济医院治疗。先是由自贡派来协助的洋人藤医生诊治，病情本已大有好转，能食能说了。但不久藤调回自贡，这时家人便见到“和义派”有人乘机与医院往来；仅 3 天后，病情即急转直下，无可救药了。抬回家中已不能说话，亲朋好友前往探视，他指着继室邱淑芳以及原配所生的两个小孩，呀呀以手势示意，盼在身后照顾他们三人，次日即气绝身亡。死后衣衾棺木俱无，仍赖生平友好至亲，乃得厝葬于东门外黄竹林祖茔。

对马介民病状的骤然恶化，竟至迅速死亡，当时家人明知“和义派”有串通医院从中毒害的重大嫌疑，奈何家中仅孤儿寡妇，只得含恨了事。他的两个孩子——长子名马之行，次子名马一行，均聪颖，刻苦勤读，后均成长为大学毕业的党员干部。

纵观地下党员、革命烈士马介民的一生，他在党的长期教育培养下，养成了疾恶如仇、爱国忧民的秉性，随时随地都在与邪恶势力作斗争。为了推翻三座大山的人民正义事业，他不为名、不为利、不怕死，一声不响地埋头战斗到最后一息。他虽未及看到五星红旗在天安门首次冉冉升起的盛景，但荣县人民至今提到他的名字时，总不免有“壮志未酬身先死，常使亲朋泪满襟”的追悼之意。

（罗秀能）

饶孟文

饶孟文，原名饶世俊，四川荣县人，1910年6月出生在荣县城里的一个知识分子家庭。祖父饶海门，又名饶光烈，学识渊博，亦精医学。父亲饶子明，又名饶先辉，豪侠仗义，清末毕业于成都四川高等学堂后，继承父志，在县城里创办新学，培育救国英才。同时，积极参加反清斗争。1911年四川掀起了保路风潮，子明应声而起，随龙鸣剑、王天杰一道，组织保路同志军，攻打四川都督赵尔丰。为抗击清王朝铁路大臣端方的镇压，毅然变卖家产购买军火。1913年，在忧国忧民中抑郁而死。时年，饶孟文才3岁，家境已十分窘迫。母亲拉扯着饶孟文及其三姐饶世文，母子3人相依为命。孟文、世文上学费用只有依靠父辈世谊的接济和大姐夫李晁父的帮助。

李晁父，四川荣县人，曾留学日本，参加同盟会，与吴玉章交好。1911年秋，领导自贡各界参加保路运动，被捕入狱，几遭杀害。出狱后，继续坚持战斗，至全川解放，始解甲从教，后在成都省府做事。

1918年秋，饶孟文在一所私塾学堂发蒙读书了。他聪颖勤奋，常常超前完成老师布置的作业。只用了一年半的时间，他便对四书滚瓜烂熟。之后孟文进了县立模范小学校。他除学习老师讲授的知识外，还大量阅读课外书籍。1922年秋，他与同学谢传兴、曹杰等联络穷人家的孩子300余人，成立了一个“故朋会”。“故朋会”的宗旨是：团结穷人家的孩子，学国术、练游泳、打抱不平。不久，“故朋会”被警察局勒令解散了。

有一次，饶孟文随母去叔父饶韵陶家做客。吃饭时，他发现主人是用两种饭菜待客，便立即退席，而且质问叔父：“你为什么薄待穷人？”饶韵陶无言以答，十分尴尬。众亲友窃窃私语：“稚童不可轻薄！”

学运初露锋芒

1925年，饶孟文考入县立初级中学。时值北伐高潮，《新青年》《向导》等刊物已在荣县广为流传。饶孟文对这些进步刊物爱不释手。他主持成立了读书会，邀约志同道合的同学，每周集会一次，交流读书心得，讨论国家大事，在学校颇有影响。1926年春，他被选为校学生会主席，并当选荣县学生联合会执行委员。1926年冬，他背着母亲，离家出走，决计去投考黄埔军校，以谋大业。可刚行至自流井，就被母亲派去的人劝阻，宏猷未遂。

1927年春，中共荣县五宝支部与国民党荣县县党部左派人士合作，掀起了轰轰烈烈的抗捐斗争。饶孟文以荣县学生联合会执行委员的身份，鼓动学联成员参加这一斗争，并带头去斗争的第一线当宣传员。同年秋，学联被解散，饶孟文又与罗忠全、马介民、刘一先等进步学友成立了“反帝大同盟”和“青年锄奸团”，半公开地进行活动。

1927年年底，饶孟文初中毕业，为就读高中到了成都。他住在大姐夫李晁父家里（李晁父在省政府做事），常去成都师大找曾经在家乡荣县一起参加学联活动的苟永芳借书看，两人志趣相投，十分要好。他们探索知识，畅所欲言，谈论国事，每至深夜。

1928年1月，经苟永芳介绍，饶孟文加入了青年团。紧接着，他参加了共产党领导的反劣币运动和择师运动。2月14日，省一中校长杨廷铨，因其武装霸校踞位，强行搜查、侮辱、殴打学生，专擅开除学生，引起众怒，学生“朋相殴之”，竟被失手打死。饶孟文从大姐夫李晁父那里得知，国民党反动派要“姑借杨案以发事端”，对成都地区共产党领导的红色社团为骨干的革命力量进行反革命大围捕。他置个人安危于不顾，连夜去师大找苟永芳等人报告信息。2月16日，反动当局果然出动军警，逮捕了革命师生百余人，其中14人在下莲池被残杀，苟永芳、李敦厚等人幸免于难。

成都“二一六”惨案后，团组织决定饶孟文和另外两个同志去报考绵阳二十九军第一路军军官教导团。饶孟文到了军官教导团，就用“拜弟兄”的形式，组织同乡会、弟兄会；他团结穷苦士兵，伸张正义，反对打骂，要求改善士兵生活，这些斗争都取得了胜利。但是，饶孟文已被敌人盯上了。1928 年 6 月底的一个夜晚，组织派人通知他，并给他 5 元钱做路费，要他立即逃离部队。饶孟文连夜赶到了成都。

荣县农运骨干

1928 年 7 月，饶孟文受组织派遣，回到家乡荣县。他在中共荣县县委的领导下，以教书掩护，积极开展革命活动。他先在县城里的两湖小学教书，负责教师共青团支部工作，后又任共青团荣县城区区委书记，管理荣中、县女中、旭中、旭小团的工作。在此期间，他还深入农村，创建了荣县城北乡农民协会。是年寒假，组织决定由他担任共青团荣县县委执行委员。他意识到自己肩负的责任更大了，更加积极地投入工作。寒假中，他去荣县东区高山铺、鹿角岩等地组织“儿童团”“镰刀把会”，参加的儿童多达百余人，成为当地农会一支重要的力量。

1929 年春，饶孟文服从组织安排，去荣县东兴场开展革命活动。他以东兴小学教师的身份做掩护，深入农家，宣传革命，团结贫苦农民，组建了东兴乡农协会和青年团东兴区委，他担任区委书记。当时，荣县农民运动正值高潮。头一年秋，高山铺农协组织农民反对征收“牛头捐”，把团总谢南阶推上了被告席；这年二月间，五宝镇农协组织数千农民抗租抗捐，当地团正、恶霸地主李雪村被揪斗。荣县军阀政府妄图扑灭农运烈火，于 3 月 21 日无端逮捕了 3 个农协会员，这就更加激怒了群众。4 月 5 日，荣县党组织和县农协组织数千农民，包围了县公署，县衙大堂成了农民的演讲场。在不可抗拒的革命力量面前，当局被迫释放了逮捕的农民，斗争获得全胜。饶孟文在这次斗争中负总交通责任。5 月 25 日，中共双石桥支部和双石乡农协组织群众斗争恶霸地主张树安、赵炳江。县知事派马弁前去镇压，酿成荣县“五二五”流血事件。事件发生后，饶孟文参加了党组织领导的“复仇队”，积极组织农民进行游击骚动。虎板山焚烧张树安的巢穴，金竹滩烧死恶霸地主范志澄，高山铺处死敌探龙曹氏、曹友三。这些斗争，饶孟文均参与其中，而且是骨干。

1929 年 6 月，饶孟文担任共青团荣县县委书记。

由于饶孟文积极参加革命斗争，敌人开始注意他，后公开通缉他。为了更好地开展工作，组织于 1930 年春派他去荣（县）、宜（宾）、犍（为）三县交界的金石井组建农协、掌握武装。他到了金石井，与农民和煤矿工人打成一片，不到 3 个月就组建了金石井乡农会，成立了共青团金石井区委，掌握了一支有 200 余人的地方武装。

1930 年 8 月上旬，中共荣县县委召开扩大会议，传达贯彻 6 月中共中央政治局会议通过的《新的革命高潮与一省或几省的首先胜利》的决议。会议按照省委指示，决定于农历八月十三举行武装暴动。对这一决定，好些同志不同意，饶孟文反对的态度更坚决。中共川南特委派来的人没有接受意见，强调“必须积极准备暴动”。会议决定饶孟文去老龙、东佳做组织群众、编制武装、调查统计反动势力等工作。

饶孟服从组织决定，到了老龙、东佳，一面积极开展工作，一面书面向上级党组织反映“立三路线于中国社会之不适”。不久，川南特委派员到荣县召开活动分子会议，批评了荣县县委的右倾情绪，强调“应加速准备，不论条件如何，都要组织暴动”，宣布撤销饶孟文共青团县委书记职务。饶孟文仍回金石井工作。

1930 年 10 月 4 日，梅子乾、熊白虹（起义总指挥）在高山铺宣布武装起义。起义队伍途经望佳、李晏、河口、东佳、老龙，直指北区的青峰场。可饶孟文接到的命令是“14 日夜半起义，15 日到南区双石桥汇合”。饶孟文带领人马起义时，起义的大队人马已经过了老龙场。饶孟文对如此重大的行动竟没有统一不变的方案感到不理解，但他仍带领队伍去追赶大部队。最后，因敌我力量悬殊，起义宣告失败。

“八一三”农暴失败后，国民党政府派军四处缉捕共产党员、农协骨干。荣县党的组织、农民协会遭到很大破坏。饶孟文为躲避敌人追捕，抄小路取道入成都。

饶孟文到了成都，住在南台寺的一个同学处。“双十节”那天，他见到了中共荣县县委委员范光岑。范问他：“找着组织没有？”饶孟文回答：“我目前需要读书、养病和对革命的研究，还不必要革命的行动。”

正在这时，迎面走来了荣县“八一三”农暴的总指挥梅子乾。饶孟文厉言责问梅子乾：“(荣县“八一三”农暴)为什么先期举行？(起义部队)为什么南北背驰？为什么游而不击？”说着说着，就向梅子乾一唾。倔强、暴躁是饶孟文的最大弱点，梅子乾知道他的个性，不计较地走开了。范光岑当即批评饶孟文：“老毛病又犯了？这是什么地方！你这样有多危险！再说，立三路线也非他所为，你怎么能这样！”饶孟文只是说：“我实在抑制不住呀！”然后羞愧而痛苦地低下了头。

蓉城抗日救亡

1931年1月，原中共荣县县委书记熊白虹找到饶孟文，先向他讲述了立三路线的产生、发展和荣县“八一三”农暴的得失，然后又讲到少数服从多数、个人服从组织、全党服从中央的组织原则，教育他“一个布尔什维克不能闹意气，要严格要求自己，要有不屈不挠的精神”。最后，他代表组织通知饶孟文：“党组织已决定撤销对你的处分，把你转为中共党员。”熊白虹的话如涓涓细流滋润着饶孟文的心田，党的培养教育、组织的信任使他热泪盈眶。同年2月，饶孟文考入华西协合高中理科二年级念书。不久，中共四川省委组织部的邹风平去约见他。邹向他介绍了当时的斗争形势后，嘱他：“好好学习，深入群众做细致工作，不必过多暴露。”

当时，成都华西大学、华西协中是教会学校。饶孟文和党内的同志一起，从团结自费生入手，建立起了学生会，办起了壁报，创办了文艺、政治综合性的《浪花》旬刊。与此同时，积极发展青年团成员，建立了华西临时支部，饶孟文任支部书记。

“九一八”事变后，成都市出现了抗日救亡高潮。国民党改组派的抗日大会、国家主义派的讨日大会、青年学生的反日大会三大救亡团体鼎足而立。饶孟文是反日大会的骨干，积极参加抗日救亡活动。

1932年秋，饶孟文考入华西大学制药系。时值“二刘”军阀大战，青年学生的反日大会已无法公开存在。饶孟文服从组织决定，从青年工作转为党的工作，在成都市南区区委担任组织委员。不久，区委书记单惠民被国民党奸细杀害，饶孟文接替了南区区委书记的职务。区委对上直接与省委方明接头，1933 年初夏，方明被捕，南区区委与省委失去了联系。区委下属支部成员多因形势严峻而逃匿，最后剩下 5 个人。饶孟文没有退却，他带领自己的同志，一面战斗，一面寻找党的领导。

1935 年 4 月，饶孟文在华西大学发动了学潮。当时华西大学有个国民党复兴社的外围组织“煌华学会”，其负责人是国民党特务机关的通讯员，其人生活特殊，骄横跋扈。饶孟文、徐庆坚等人十分讨厌他，偶尔旁敲侧击，说话挖苦他。他对此怀恨在心，趁饶孟文人等闹学潮，遂向国民党军事委员会成都行辕告密。4 月 15 日，饶孟文、徐庆坚、艾西由等 7 人被捕了。

事情发生后，中外籍教授均要求当局放人；各院、系组织学生向当局抗议；李晁父通过关系向行辕说情；饶孟文的三姐饶世文以华美女中校长身份，联合被捕学生家属赴行辕探监，让饶孟文他们知道各方正在设法营救，鼓励他们坚持斗争。学校校长张凌高在强大的压力下，被迫出面保释。在强大的舆论压力下，当局便草率传讯后当堂宣布释放。

1936 年 5 月，饶孟文大学毕业了。重庆青年总会干事黄次盛介绍他去贵阳省立医院任药师，饶孟文婉言谢绝，后在成都市南郊农村里的新新农场，以制造蚊香、酿葡萄酒维持生活。

1936 年 6 月，日本政府提出在成都设领事馆，消息传出，四川人民极力反对。8 月 23 日，成都万人集会游行示威。24 日，发生了“大川饭店事件”。这一天，饶孟文一直在骡马市街大川饭店周围走动，他在观察、在思考、在寻求。就在这里，他结识了在大川饭店门外演说的天府中学图书管理员侯方岳。他俩从互相猜疑到互相审查，最后到互相信任。当时侯方岳组织了一个“海燕社”，把读书会成员逐个审查后吸收入社，他为“海燕社”提供安全开会的地址，并亲自负责警戒。在他的直接关怀下，“海燕社”正式成立了。饶孟文未在社中担任职务，也不公开讲话，而一直暗中指导、支持、保护。他动员老共青团员、荣县人范天觉参加“海燕社”，负责刻写该社的秘密刊物《前卫》。1936 年 11 月，当侯方岳因发动天府中学学生绝食募捐援绥抗日运动被开除公职和学籍后，饶孟文即表慰问，并与徐庆坚、甘道生一起为之解决食宿困难，积极培养侯方岳入党。

在此期间，成都市各救亡团体都在找党，都暂时没找着党。有的团体自称是正牌共产党，指责别的团体是假共产党。饶孟文冷静地分析着，绝不附和。他联络自己熟知的没有找着党的共产党员，于1937年1月成立了“中共成都特支”，他担任支部书记。他坦诚地告诉自己的同志：“我们这个组织是失去了关系的自发组织，将来找到党时，所有的党员都要交组织个别审查的。”与此同时，他还与熊唯知、犹凤岐等人筹组了以较为年长的知识分子为主的“群力社”。

1937年11月，中央派回四川负责和恢复重建四川党组织的高凤平、廖志高抵达成都，不久建立了省工委。

1938年3月，中共成都市委成立，饶孟文任组织部长。同年4月，饶孟文领导的“群力社”组织了几个人去郫县进行抗日宣传。郫县县政府对这一正义行动，竟以“散发谎谬传单”为名，诬称宣传队有“托派汉奸嫌疑”，竟派反动军警强行搜查并扣留抗日宣传队。饶孟文立即与侯方岳、杜浮生等人商议对策，组织了一两千人，分为两路，一路包围省政府，要省政府电话通知郫县放人；一路直奔郫县，冲进县政府，迎出宣传队，斗争获得全胜。

汗洒盐都阆南

1938年7月，饶孟文接受任务，去自贡恢复发展党的组织。他到了自贡，用化名王一樵首先创办了《新华日报》分销处，安排党的同志在分销处，以推销党的报刊、书籍，恢复发展党的组织为主要工作。他深入荣县、富顺、威远等地恢复发展组织，1个月后就建立起了中共自贡特支，3个月就建立了中共自贡市中心市委，饶孟文任市委书记。

1939年7月，中共川康特委调饶孟文到阆南做中心县委书记。他到阆南后，深入实际，调查研究，发现阆南党的组织庞大但脆弱，中心县委制度不健全，责任不明确。他与县委的同志们一道，首先整顿组织、调整干部，进行党员审查、教育。接着，深入基层，开展群众工作，培植地方干部。正当工作全面展开时，阆南中心县委被叛徒出卖。1940 年 4 月 10 日，阆中当局出动警察抓捕共产党人。饶孟文幸免于难，可是，他在阆南已无法开展工作。

不久，党组织决定饶孟文参加川康特委工作。特委安排他住三台，其任务是：领导川陕鄂边区绥署统战部，帮助三台、阆南地方党，但不出席县以下会议。这时，饶孟文的三姐夫陈全汉（彭山人，曾留学日本，在日本参加共产党）被四川省建设厅派往三台建立“川北森林事务所”并担任所长。饶孟文紧紧抓住这一关系，争取姐夫陈全汉的支持，把党内的人安插进森林事务所，把“川北森林事务所”变成了共产党活动的据点。饶孟文不避艰险，往返于通江、阆中、三台，在半年时间就下基层巡视了两遍。他的工作，一直受到川康特委的赞赏。

制药献身延安

1940 年 10 月，川康特委代理书记程子健通知饶孟文：“南方局已决定你去延安做制药技术工作。”

1941 年春，饶孟文到了革命圣地——延安。党中央决定饶孟文去临卫药厂负责制药工作，卫生部还约请他承担医大课程。时值国民党掀起的第二次反共高潮，抗日进入关键时期，医务人员奇缺，药品供不应求。饶孟文自知肩负责任重大，他刻苦钻研技术，勤奋学习科学知识，出色地完成了党交给的任务。

1946 年 12 月 22 日，饶孟文正在谈论工作，突然晕倒，经抢救无效逝世。时年 36 岁。

饶孟文逝世后，12 月 25 日，《解放日报》在重要位置登载了讣闻，讣闻指出，饶孟文的逝世，“诚为我党之一大损失”。12 月 30 日，延安各界代表集会，在联司卫生部追悼饶孟文。追悼会上，卫生部的育生、黄既正副部长讲话致哀。

饶孟文一生刚强不屈，对党忠贞不渝。36 个春秋中，竟对革命奉献了整整 20 年，而且总是不避千难万险，勇往直前。他是一位百折不挠的共产党员。

（蒋永红）

傅开阳

傅开阳，化名傅亚霖、胡俊、蝴蝶，1906 年农历九月十二日出生于荣县章佳乡猴子凼。父亲傅晓凡，母亲傅张氏，弟兄 3 人，仅靠三亩半田土维持生活。三弟兄中，傅开阳排行第三。傅晓凡为使儿子知书识礼，为傅家改变贫困，节衣缩食送儿子上学读书，尤其把希望寄托在幺儿开阳的身上。开阳也没有辜负家人的重托，7 岁入学，13 岁考入荣县旧制中学。17 岁学成毕业后，先后在江津县、荣县的章佳、高山乡等地教书。1926 年以后，他以教师职业做掩护，同曾莱、程觉远、钟阳明、范杰、兰其生、范晶如等一起从事革命活动，并在活动中加入中国共产党，1928 年夏至 1930 年春，他任中共荣县章佳乡支部书记。

傅开阳在章佳、高山教书时，章佳、高山乡小学还是教会学校。洋学堂是县地方反动当局不常去骚扰的地方。傅开阳就利用这个条件，常和曾莱、程觉远、黄大可等在这两所学校召开党内会议、农协骨干会议。有时，傅开阳的家也是一个开会的地点。在家开会的时候，傅开阳总是小心翼翼地嘱咐自己的爱人傅兰清:“来家开会的事,任何人都不能讲。”并要傅兰清在屋外放哨，“有人来了，不论是熟人，还是生人，都要立即报告”。傅开阳常常向自己的爱人傅兰清宣传革命的道理，要求她“要做一个革命的人”。他还时常说道：“地主、土劣好凶啊！看我们这些穷人怎么翻得到身啊！只有把穷人组织起来，打倒那些凶恶的地主、土劣，我们穷人才能翻身解放，过上幸福美满的生活……”

1929年年初，傅开阳带领章佳乡的农协会员，参加了在县城援救被地方反动当局逮捕的高山乡3位农友的斗争。事后，国民党荣县地方反动当局和驻军加紧镇压革命。他们一面对地下党和农协会组织进行全面的破坏，一面又派出军警、特务大肆逮捕共产党员和农协会干部，并在全县通缉共产党领导人曾莱、程觉远、朱全鲁、傅开阳、范杰、兰其生等6人，甚至连傅开阳、朱全鲁、曾莱、范杰等4人的家属也不放过。

中秋节前，国民党荣县驻军派了一个连的部队开赴章佳场，准备在第二天天未亮动手捕人。农协会员傅天祥的母亲见此情况，马上想到傅开阳正在猴子凼，于是，慌慌忙忙跑到离场几里路远的猴子凼报信。傅开阳急与父亲和两个哥哥到外地躲藏起来。当晚，党组织派人通知傅开阳的妻子傅兰清，敌人可能要来搜查，要她立即把傅开阳保存的党内资料和农协会员名单以及照片等统统烧掉。

次日清晨，天刚蒙蒙亮，国民党一个连的兵力来到傅开阳家。他们穷凶极恶，翻箱倒柜，把傅开阳家洗劫一空，房门也贴上了封条。反动军队见没有抓着傅开阳，又没有搜着地下党和农协会的一点东西，气急败坏，最后把傅开阳的妻子和大嫂捕去，关在章佳场团防公所内进行吊打审问，硬逼傅兰清要说出傅开阳的下落。后来，傅兰清又被送往县监狱，坐牢4个月，经地下党组织多方援救才出狱。傅兰清出狱后，不敢回章佳场，被迫到成佳场娘家居住。第二年2月生一女儿傅德容。

地方当局和驻军对傅开阳的通缉，使傅开阳无法进行党的工作。党组织为保护革命同志，1930年3月介绍傅开阳到南京继续从事党的地下工作。

一天，从威远界牌方向来了一个人通知傅兰清，要她赶快到威远去见丈夫傅开阳。傅兰清按捺不住夫妻久别重逢的喜悦，立即起身来到威远。第二天，傅开阳才来与妻子相会，见面后只说了几句话："女儿要当儿养，耐心将女儿傅德容养大成人，我和李××两人要去读黄埔学校。"说完后就匆忙与妻子告别，踏上了新的征程。

傅开阳到南京后，很快与当地党组织接上组织关系，从而积极地开展党的地下工作，成为一个表现出色的地下党员。1932年年初，南京市地下党内出现了叛徒，党的组织遭受到严重的破坏，傅开阳不幸被捕。4 月 30 日，傅亚霖（傅开阳）、刘纯如、方维志等 25 位共产党员被枪杀于南京雨花台。

中华人民共和国成立后，为纪念革命先烈，修筑了南京雨花台烈士陵园。

烈士的鲜血染红了雨花台，千万革命人民将永远铭记烈士英名。傅开阳永远活在人民心中！

（蒋永红）

邹绍孟

邹绍孟，荣县乐德镇人。国民革命军 41 军 124 师少将参谋长。抗战爆发前，邹绍孟所在部队驻绵阳。抗战爆发后，部队请缨出川，在山西娘子关抗击日寇。1938 年，因国民革命军韩复榘部不战而退，战略要地徐州失去了屏障。为确保徐州不丢失给日本帝国主义，蒋介石急调部队进击鲁南，邹绍孟所在部队被调去镇守滕县，参加了著名的台儿庄战役。

台儿庄战役之滕县保卫战，在抗战历史上开了守城将士与城池共存亡的先河，也直接促成了台儿庄战役大捷的胜利。邹绍孟就是在滕县保卫战中光荣牺牲的。

邹绍孟在战场上的表现及牺牲经过，江山挽歌著《抗日之铁血争锋》第 107 章是这样描述的：

> “4743 团刘雄飞拉回滕县！”一想起唐成走前的决绝，税梯青就对着旁边的参谋长周绍孟说道。后者一愣，连忙开口说道：“这样一来，我们 124 师驻守的地方就有兵力不足的问题，鬼子如果这时冲上来，那我们就……”
>
> 上峰的作战命令如果在战时突然改变因此让战斗失利的话，这包袱谁都不敢背。税梯青一狠心“我来背！如果有半点差池，就推到我的身上来，反正都黑了，也不怕这一点。”
>
> 周绍孟看到自己的老搭档既然都这么说了，也只好服从了，在军事上，税梯青才是主官。
>
> “老税，趴下！”税梯青突然感到身体一重，就感觉被人压

在下面，还没有等他反应过来，旁边就轰然一炸，天空响起飞机马达轰鸣声。

“参谋长！参谋长！”税梯青翻过身来，看到周绍孟已经面部碎渣，大口地朝外面吐着血。

“老税，我，扛不住了”周绍孟颤微地从怀里掏出一封已经盖好火蜡的，准备寄出去的信件说道：“将这信寄给我儿，让他戒骄戒躁，学有功成之后，勿忘国耻！”

头一歪，手一松！这位出川抗战的名将陨落了！税梯青感到自己眼眶中泪有些忍不住地往外溢，压抑了片刻，大吼叫道：“老周！我的兄弟啊！”用力将对方的头靠进自己的怀里。他怎么能不伤心？就在刚刚还在商讨着战事，现在就……

（注：书中的周绍孟就是邹绍孟。邹绍孟牺牲后，滕县守城官兵只剩下 300 人，这 300 人全部用手榴弹与敌人同归于尽。）

1938 年 3 月，时任 124 师参谋长的邹绍孟收到寄自四川乐山五通桥岳父的书信，得知长子邹汝宁成绩“名列丙等”，甚为不安。3 月 11 日，忙碌完一天军务的邹绍孟坐下来，伴着不远处不时传来的炮声，给儿子汝宁写了一封家书。

他写道：“幼时均一味说诳，长成亦必无所成就，对国家社会无补。国家何须有此国民，家庭何须有此子弟。望汝凡事立志向上，存极盛竞争心，不可一味贪玩，不温功课，以致每事均落人后，不知道羞愤。因我身属军人，刻在前线抗战，万一不幸以身殉职，完我军人之天职，则今后捍卫国家与复兴中华民族责任端在汝辈，而是否能肩此重任，则视汝等幼时之修养造诣如何。为盼。望汝细味此旨。不晓处请汝外祖父与汝解说，牢记勿忘。”此刻的邹绍孟，似乎预感到全城将士以身殉职已经在所难免，唯有将抗战到底和建设国家的重任托付后辈。

信还没有来得及寄出，就发生了前面摘录的《抗日之铁血争锋》107 章中所描写的战事。

邹绍孟的信寄到成都时，加盖的邮戳日期为 3 月 15 日。几天后，信送到五通桥邹绍孟岳父手里。而此时，滕县城破，守城将士全部成仁的消息已经传遍大江南北。时任 124 师留守处处长杨光明专门将这封家书翻拍，冲洗数千张，赠予前来索要该信文本的人们。

1938年4月17日，成都《新新新闻》刊出家书全文。家书的影印件刊于当时国内的唯一画报《良友》1938年第四期的扉页。

抗日将领邹绍孟的血色家书，当时，在全国引起很大的震动。

（蒋永红）

曹立中

曹立中（1924—1949），又名炽昌，民国 13 年（1924 年），生于城区关岳庙街。先后在荣县中学、成都南熏中学、民新中学、光华大学读书，热爱文学，喜读鲁迅、高尔基的文学作品和《新华日报》《观察》等报刊，常与同学中的中共党员和民主青年协会成员往来。认清只有跟着共产党走，中国才有希望。民国 34 年（1945 年）年底，昆明“一二·一”血案发生后，成都相继发生特务毒打和逮捕四川大学学生、民主同盟成员李实育事件，他积极参加全市师生示威游行和川大中共地下党领导的“四九”血案周年示威集会。

民国 37 年（1948 年），因家庭经济拮据停学，在县必才中学教书。次年 2 月复学，参加川康“民革”组织，从事“学运”工作。担任“民革川康分会”组织处干事，先后发展“民革”成员 10 余人，在川南一带开展迎接解放的宣传工作和进行武装斗争的准备活动。

同年“民革川康分会”筹建“民主联军川西分区”，准备发动崇（宁）灌（县）起义，由“民革”组长黎一善从成都军校密取军用地图。事泄后，两人被捕入狱，经利诱刑讯，坚不吐实。曹立中密托看守送出的短信中写道：“我们经非刑拷问，未供出组织和同志，为了革命，纵肝脑涂地也心甘情愿。”12 月 7 日，曹等 32 人，于成都西门外十二桥惨遭杀害，后称“成都十二桥烈士”。

1950 年 1 月 20 日，成都军民为曹立中等隆重举行合葬仪式，烈士遗体迁葬成都青羊宫烈士陵园。

（罗秀能）

吴震寰

吴玉章同志一生革命，高风亮节，令世人敬仰。他的儿子吴震寰受其影响，献身革命，听从党令，学有专长。正欲在革命胜利后为建设事业大展宏图施展才华之际不幸早逝，令人痛惜不已。

吴震寰出生于 1900 年，之前有一姊吴慧修。1903 年，吴玉章便东渡日本留学，寻求救国之路，幼时之震寰便与慈父少聚。在家风的影响下，在母亲游丙莲的教诲下，他秉承父亲坚毅之意志，潜心读书求知，学问大进。在家乡学完小学课程后，他于 1918 年入保定育德中学继续攻读。他身上流淌着父亲的血脉，青年时期便彰显出热爱祖国、以报效国家和人民为己任的革命家气质。1919 年五四运动期间，他便投身学生民主革命运动，当选学生代表出席全国“学联”成立大会。同年 10 月，他远渡重洋赴法国勤工俭学，与邓小平、陈毅、聂荣臻等老一辈革命家一样，寻求救国之道，学习现代科技知识，以救国报国。

吴震寰进入格林诺卜电科专门学校学习电力专业。3 年后以优异成绩毕业。无奈此时中国国内正是军阀混战时期，局势混乱，暂不能回国。为了生计，也为不荒芜学业，乃暂在法国从事水电建设并继续深造。因工作认真，业绩突出，颇得法人器重，晋升为水电工程师。在法期间，震寰不忘初衷，追求自己的理想，积极投身共产主义运动，于 1930 年在法国加入共产党。

1933 年，根据党的指示和父亲的意见，吴震寰赴苏联留学，入莫斯科东方大学。毕业后任职于苏联国家计划局，参与了乌克兰水电工程建设。他党性强，又是内行，技术专长得到充分发挥，深得苏联水电同行和工人们的赞扬。

1938年，震寰与父亲按党的指示一同回国参加抗日战争。他遵照周恩来同志的指示，接受国民政府资源委员会的聘请，先后在长寿下清渊硐水电站、江津高岩水电站工作。担任过工务长、总工程师、副厂长职务。他在这些特殊工作岗位上，利用自己的合法身份和有利条件，默默地为党工作。震寰性格温和、待人友善，又是留洋专家，深得同行和工人们崇敬。1941年，他主持设计、修建了长寿龙溪河水电站。1945年抗战胜利后，他又赴海南岛接收石碌铁矿和昌化水电站，再赴东北接收小丰满水电站。上述任务完成后，在回南京复命时，他向周恩来做了汇报，并将这些企业很有价值的资料做了介绍。

吴震寰具有很强的党性。在近20年的党内生活中，他按照规定只同党组织保持单线联系，接受党的指示，执行党的决定。1940年，震寰同蔡乐毅女士在重庆结婚，周恩来、邓颖超亲临祝贺并主持婚礼。席间，震寰郑重地向周恩来提出：我是一个战士。我要到延安去，直接为党工作，甚至直接上前线打仗。我实在不想在国统区工作了。

周恩来亲切地说："震寰同志，你的心情我完全理解。但延安既无大工厂，也无水电站，你到那里发挥不了你的专长。我党奋斗20余年，并不缺少懂军事、搞武装的人才。然而搞现代化，办水电站的人才，在党内却屈指可数。至于像你这样在法国、苏联就当工程师的人才，就更是凤毛麟角了。"

震寰表示："听党安排。我不去延安了。"

中华人民共和国成立前夕，吴震寰任四川都江电厂厂长、工程师、川西电力公司总工程师。为保护好这些企业，完好地交给中华人民共和国，他团结厂内同仁和工人们奔走忙碌。他憧憬着为中华人民共和国的水利电力事业做出更大的贡献。不幸的是，1949年9月1日。他因阑尾炎入住成都华西坝医院治疗，在手术台上去世，享年49岁。

人们为这位优秀的红色专家英年早逝而痛惜。都江电厂的工人们自发集资铸铜钟一口悬于厂内，每日鸣钟以示纪念。

2001年11月，荣县人民隆重地迎回震寰灵骨，将他与夫人蔡乐毅女士同葬于双石镇蔡家堰。世人在凭吊吴老之际，也同时悼念这位红色专家。荣县人以有吴老这样的父子乡贤而自豪。

（戴泽祥）

但懋辛

但懋辛（1886—1965），字怒刚，民国陆军上将，参加过黄花岗起义，四川九人团中仅次于熊克武的第二号人物。1886 年 1 月 25 日生于四川荣县方家冲一个殷实人家。父亲以医道济世，悯贫怜苦、施药治病，很受乡里尊重。但懋辛幼时聪明好学，在私塾里熟读四书五经，涉猎经史。

但懋辛是同盟会会员，国民党陆军上将。他的一生正逢中国从半殖民地半封建社会向现代化社会转型的激烈动荡年代，他追随孙中山，在辛亥革命中，刺杀摄政王、参加广州起义，为推翻帝制、创建共和进行了不屈不挠的斗争；在护国、护法斗争中，他讨伐袁世凯、讨伐北洋军阀，参加了一次又一次艰苦卓绝的战斗；在第一次国共合作中，他拥护联俄、联共、扶助农工的三大政策，支持孙中山改组国民党；在抗日战争、解放战争中，他坚持与中国共产党合作，为人民的解放事业和人民政权的巩固做出了贡献。

成都解放前夕，积极参与熊克武、刘文辉、邓锡侯等起义工作。1950 年 7 月，中央人民政府正式任命但懋辛为西南军政委员会委员。1953 年 9 月，又任命他为西南行政委员会委员兼司法部部长。但懋辛平生爱好书法，其功底非同一般，常有人慕名登门求字，他总是一一答应。组织上曾决定调熊克武、但懋辛到北京工作，但懋辛认为自己年事已高，希望能继续留在家乡，为四川人民再做一些贡献。1965 年 11 月 7 日，但懋辛因病在成都逝世。

在他辞世前的八十寿辰酒会中，他曾吟诗追记平生感言：“我生自负负人多，一事无成八十过。经史新翻嬴舜禹，岳衡钟毓挺岷峨。惊心愧乏同群力，好景来时反病魔。拥被难忘新岁月，深惭知己勤高歌。”

（罗秀能）

黄才焯

黄才焯，1902 年 2 月 19 日生于荣县高山铺新屋山一贫苦农民家庭，又名黄大可，小名平安。中共七大代表、荣县农民运动领导人。

领导荣县农民运动

黄才焯于 1927 年参加高山乡农民协会，发动贫苦农民组织起来，参加反剥削反压迫斗争。1928 年 5 月，参与领导反对封建军阀征收煤炭税的斗争并取得胜利。6 月，加入中国共产党。入党后按照党组织安排开一杂货店，作为党组织的地下联络点。同年夏，当选县农民协会委员，负责路东地区的农民协会，开展反苛捐杂税、反加租另佃、反高利盘剥的斗争。1929 年春，参与领导县农民协会围攻县衙门、营救被捕农友的斗争并取得胜利。同年底，调中共荣县西北区委组织委员兼区农协会主席。1930 年春，增补为中共荣县县委委员，担任县行动委员会执行委员，负责组织西北区几个乡镇的农民武装起义，组织起五六百人的农民赤卫队，整编为中国工农红军四川第十三路第二纵队高山大队，与敌作战。起义失败后，先后到宜宾、犍为县等地做工。1932 年春，担任中共荣县支部书记。1935 年春，负责中共荣县支部的组织工作。1936 年年初，被敌人逮捕，乘机逃脱。后秘密回到家乡，联络邻近党员继续开展革命活动。

出席中共七大

1937 年，荣县党的地下组织得到重新清理，恢复与上级党的联系。

黄才焯于1938年12月任中共荣县县委组织委员兼农运委员。1939年7月，任中共荣县县委书记。1940年10月，中共川康特委为培养农运干部，派他到延安学习。他化名朱福。以新华日报社炊事员的身份，穿上八路军军服到延安。在中共中央党校学习并参加整风运动，在此期间还有个小插曲：黄才焯去见荣县乡贤吴玉章说，他学习没有钢笔，吴玉章当即就给了5元钱，叫他自己购买。在学习期间，黄才焯向中央组织部报告了荣县地下党的组织情况和斗争情况，写下了《荣县党的工作情形》。1945年4月至6月，中共第七次全国代表大会在延安隆重举行。出席大会的正式代表547人，候补代表208人。黄才焯作为四川代表组的14个代表之一，出席了这次具有伟大历史意义的重要会议，并于会后参加四川地下组织开展斗争，经验总结写出《农村工作初步讨论总结》。

服从分配　不恋权位

1946年春，黄才焯回到四川。同年3月至1947年5月，任中共川北第二工作委员会副书记兼遂（宁）蓬（溪）潼（南）工委书记。他以织布为掩护，从事党的地下活动。1947年11月，任中共荣县工作委员会委员。12月，任中共川南工作委员会委员。1948年春，担任中共荣县工委书记。同年4月至1949年12月，任中共川南工委委员。8月，任中共荣县中心县委书记兼荣县工委书记，领导荣县、自贡、宜宾、威远等地区的党组织。1949年7月，任中共荣县县委书记。开展阻止国民党政府征粮的斗争，为解放后人民政府的征粮工作创造了有利条件。中华人民共和国成立后，任中共荣县县委副书记兼县农民协会主任。1950年10月后，任川南区农民协会副主任，中共内江地委委员。1952年5月，调国家合作总局西南合作局加工企业处副处长，当西南合作局派车到泸州接他时，去接的同志见他穿得朴朴素素，将他误认为是机关炊事员。1957年4月，55岁的黄才焯调任四川省工人养老院院长。

实事求是　坚持原则

1958年后，全国迅速掀起“大跃进”高潮。刚开始，黄才焯带领全院干部职工积极响应，热情很高。后来发现这种不讲科学遍地开花式的炼钢铁劳民伤财，于是养老院停止了炼钢。高产风、浮夸风在全国各地泛滥成灾。当上级指示养老院要搞亩产万斤的高产地时，他明确抵制。

1959年，他回到荣县。当他看到高产示范田里满是密密麻麻的秧苗时，抑制不住自己的情绪，走下田去把“高产秧苗”扯了一片，然后重新按适宜的行距栽上。这次黄才焯回荣县可惹下了大祸。当他返回养老院时，正碰上重庆市召开反右倾大会，他被指名参加。会上，有人揭发他反“大跃进”、反高产田。会议主持人还把荣县揭发他扯高产秧苗的信当众宣读。于是，他成了这次反右倾大会的重点批斗对象。这之后，他被关在小屋里反省检查达半个月之久，但他始终坚持自己的观点，认为亩产万斤不实际。他这种坚持实事求是的态度和刚正不阿的品质让批斗他的人觉得“顽固不化”，但组织上考虑到他是老干部，是党的七大的代表，对他作了“从轻”处理：降为副院长。但他仍然不承认自己的“错误”，拒绝在处分文件上签字。

1961年开始，党中央提出了对国民经济实行“调整、巩固、充实、提高”的方针。在进行经济恢复工作的同时，对“大跃进”时期受到批判和处分的党员、干部进行甄别。1963年，组织上恢复了黄才焯院长职务。

1964年，黄才焯退休。在此之后的十几年里，他始终保持着革命者克勤克俭、平易近人、廉洁奉公的高尚品质。在家乡休养时，他常常向社队干部和青少年回忆革命历程，讲述斗争故事。

1981年1月31日，黄才焯在成都市第一人民医院停止了呼吸，享年79岁。成都市民政局为他举行了隆重的追悼会，悼词对他的一生做出了高度评价：黄才焯同志是中国共产党的好党员，几十年来在党的领导下长期坚持革命斗争，克服和战胜了种种困难，完成了党交给的各种任务。黄才焯的一生，是革命的一生、战斗的一生、艰苦朴素的一生。他是一个很好的革命老干部。

（蒋永红）

后　记

从玄嚣到荣公封国，从诸葛亮铁山冶炼兵器到宋光宗主政荣州，风光旖旎、物产丰饶的荣州经历了大西政权、李蓝起义的兵荒马乱，扛起了推翻清政府的首义大旗。数千年的悠悠时光，铸就了荣县这块红色热土。在这块富饶美丽、充满传奇色彩的土地上，孕育了一大批仁人志士、乡贤名流。这些乡贤名士，像一颗颗珍珠，镶嵌在荣山旭水漫漫的历史长河之中。

在各级领导高度重视、各位专家学者全力支持之下，本书作者通过查阅大量资料、走访知情人士，勤耕两年多，现终于完稿。该书是一部记录荣县人物较为全面的书籍,其中收录了近百名荣县乡贤名士，他们或为真龙天子，或为政绩显著的大吏，或为舞文弄墨的才子，或为仁义忠孝的义士，或为舍生取义的英烈。因篇幅有限，历史长河中涌现出的荣州杰出儿女不胜枚举，但本书列举的乡贤名士，定是灿烂星空中最耀眼的明星。

该书在编辑过程中，遇到史料缺乏、人物收录存在遗漏、创作风格不太统一等问题。编辑部经过大量的修改和查证，尽力做到使该书兼具文史性、文学性和可读性。但因种种原因，该书还存在一些问题，离读者的期盼也许还有一定距离，希望各位读者提出建议，以便我们在今后的编撰工作中不断提高。

《乡贤名士》编写组

2019 年 12 月

千年古县 荥县记忆

3

政迹留痕

中国人民政治协商会议四川省荥县委员会 编
曹宏 主编
吴坤学 副主编

西南交通大学出版社
·成都·

图书在版编目（CIP）数据

故迹留痕 / 中国人民政治协商会议四川省荣县委员会编. —成都：西南交通大学出版社，2020.1
（千年古县 荣县记忆：全 6 册；3）
ISBN 978-7-5643-7352-8

Ⅰ. ①故… Ⅱ. ①中… Ⅲ. ①古建筑－介绍－荣县 Ⅳ. ①K928.71

中国版本图书馆 CIP 数据核字（2020）第 011726 号

目录 CONTENTS

第一篇　古城遗迹

第二篇　佛寺摩崖

第三篇　名山寨堡

第四篇　桥梁洞窟

第五篇 宫庙祠堂

第六篇 牌坊墓葬

第七篇 故居旧迹

第八篇 历代碑刻

第一篇

古城遗迹

朝阳光照五陵城

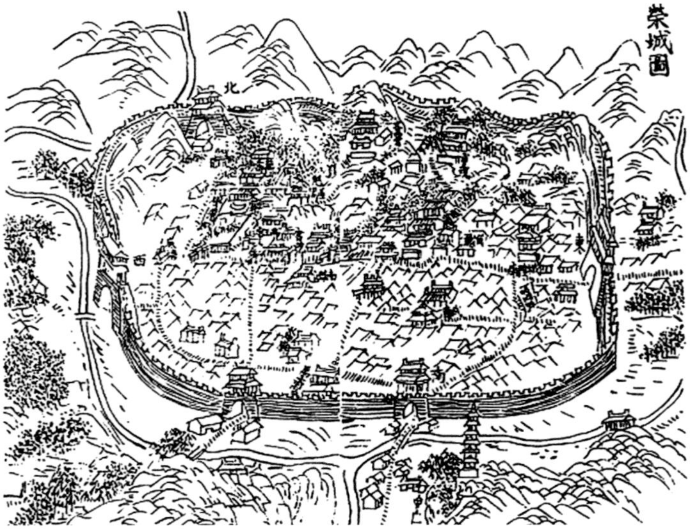

古荣州城图

荣县先后名大牢县、旭川县、荣德县、荣怀县、荣州、和义郡、绍熙路总管府、绍熙府等。荣县老城建镇于隋开皇十年（590年），先后叫大牢镇、署中区、中城镇、城关（区）镇、旭阳镇等。而荣县县城还有一个鲜为人知的名字：五陵城。

历代《荣县志》对荣县县城（老城）地貌，归纳为16字：廓濒二水，城抱五峰；形如仙掌，势若凤鸣。

“廓濒二水”，指荣城三面环水。一从东来，名梧桐水；一从北来，叫东川水。二水合流于南门艄公嘴，以下称旭水。旭水穿过白塔山和金碧崖两山交界处，史称荣门，下有一座石板平桥，叫锁江桥。两山一向东逶迤至大佛山，一向西延绵至望景楼，形似屏障，不愧为荣城的门户。

“城抱五峰”，指荣县城内有五座山峰，它们在唐宋时颇有名气，称“州北五山”。据南宋《荣州图经》和明代《蜀中名胜记》卷十一载，从西至东，依次是清富山、莲宇山、凤鸣山、天庆山、桂林山。

清富山，从北街原县总工会起，至西街小学、原县医院一带，均属此山范围。民国本《荣县志》记载，山麓为当年荣州衙署所在地，也是故荣王府遗址。陆游任荣州州官时就住在此。原总工会内的佛耳池，便是当年的莲塘水榭之地。山上建有楼台亭阁，唐人诗中称“郡楼”，宋代称“清富楼”。“清富”二字源出于北宋丞相张商英的“为富不清，为清不富，二者兼之，难乎其名”。对官府来说，楼名“清富”似有警示意义。山因楼名，风景幽胜，红檐画栋掩映于万绿丛中。登上清富山，北望群山连绵北去，东川水娓娓而来，峭壁悬崖映水，亭台楼阁隐林。西有望景岑楼隔水而对立，东与莲宇接壤，正南山势逐底，官邸依势而就，东福西贵，一眼便知。“清富登临”为“荣州十二景”之一。

莲宇山，今荣县中学内松林坡。坡上古松苍劲，是风鼓松涛万马嘶的处所。坡下是南宋绍兴十三年（1143年）迁建的文庙。文庙为宋代时荣州学宫所在地，故又称州学。文庙大成殿内原立有北宋宣和三年（1121年）的《九域守令图》碑，碑阴书竖刻“莲宇”二字。“莲宇”的含义就是佛寺。碑文如下：

按班固《地理志》：黄帝方制万里，画野分州，得百里之国万区。尧遭洪水，天下分为十二州。禹平水土，又制九州，列五服。周爵五等，自公侯至附庸盖千八百国。周室既衰，诸侯转相吞灭。陵夷至于战国，天下分而为七。秦并四海，变易古制，始为郡县。更汉晋分裂，至隋灭陈，天下方合为一，凡郡一百七十，县一千二百。唐高祖改郡为州，然海宇初定，权置州郡。太宗始并省之，分天下为十道，至开元盛时，凡郡府三百二十有八，县一千五百七十三。及五代丧乱，离为十国，郡县之数，莫可考究。圣宋龙飞，天下复并为一，迄今百有余年，其间州县废复不常。世传《守令图》数本，然其废复郡邑多未改正，兼州县著望，罕得其详。今当以《九域志》为定。谨按志云：凡一州之内，首叙州封，次及旁郡，彼此互举，弗相混淆。总二十五路，京府四，次府十，州二百四十二，军三十七，监四，县一千一百二十五。志之所载，自有东南西北之分，加以善本校正。因命刊勒。以皇朝《九域守令图》为名。其如绍圣间收复州郡，志所不载者，莫知所据，故不录云。宣和三年（1121年）岁次辛丑，十一月壬戌，朔，初八日己巳，朝请大夫知荣州军州、管勾神霄玉清万寿宫、兼管内劝农事、赐紫金鱼袋臣宋昌宗重立石。

庙内的孔子像是精工彩塑的泥像，据传，塑像之泥皆从山东孔府运来。

宋代还建有崇宁寺，寺庙规模很大，有房间416间，为宋代荣州第一禅林。也有碑文记。

荣州崇宁万寿禅寺图残碑，在荣县中学校内松林坡出土。刻石于北宋崇宁五年（1106年）。碑的右侧及下部已毁，残碑高0.98米，宽0.9米。荣县文物管理所（后简称文管所）存有其拓片。碑的上端有高0.07米的卷草花纹图案，四周阴刻双线条。通碑由文字和万寿禅寺图两部分组成。

文字在碑的上半部，高0.4米。现有44行，满行25字。正中有一龛，行楷阴刻“荣州崇宁万寿禅寺图”。碑文叙述寺庙各殿堂的名称、方位、具体尺寸，建庙的原因及第一代住持的法名。因碑文较模糊，出土时被金属器具划伤，仅个别字句可辨认，不能连缀成文。

万寿禅寺图在碑的下半部，残高0.58米。图碑以示意图的手法，标明寺庙的位置、布局，以及各建筑物的名称、开间等。从图上看，庙宇建在城内莲宇山上，北至城垣，东至莲宇山东麓，西北至北门城楼。从布局上看，庙宇坐北向南，以寿堂、方丈室、四圣亭为中轴线，向东西两边对称展开，主要由三组建筑群体组成。

寺庙的中心建筑是以寿堂、思堂、□堂和两边的觉轩、□轩、凉室、禅室组成三个复式四合院；方丈室南接凉室、禅室，北通四圣亭。东西院坝内栽植梅花，四圣亭（禅林以阿弥陀佛、观世音菩萨、大势至菩萨和大海众菩萨为四圣，故名四圣亭）建在城垣之上，为重檐亭。

中心建筑的东面是□厅和□堂组成的四合院。西面是官厅和□厨、西便门、□堂组成的四合院。官厅北面是三合院，有石梯通城垣上的方亭。东面和中心建筑之间有一院子，栽有杉树，旁有消暑堂。寺庙中的官厅，是官府管理僧众的办事机关。

据《宋史·徽宗本纪》记载："崇宁二年（1103年）九月癸巳，令天下郡皆建崇宁寺。"与碑上的记载是一致的。因是奉敕修建，所以荣州崇宁万寿禅寺的规模很大。嘉庆本《荣县志·建置·寺观》："万寿寺，界凤鸣、莲宇二山之麓，为朝会习仪所。"

凤鸣山，今钟鼓楼一带，是"古荣州十二景"之一的"凤鸣朝阳"。为五峰之冠，居全城最高处，"可以总揽一州之景"。山上有宋建嘉祐寺，后改为文昌宫，设凤鸣书院。古时山上修竹万竿，《舆地纪胜》说"此竹结实，有凤来栖也。"北宋名人王庠给黄庭坚的诗有："鸣凤览德来纪年，要知圣泽如流泉。霜钟堂前饱竹实，道人娱凤抚舜琴。"霜钟堂就是此山嘉祐寺的一处禅堂。因此这座"县中主山"誉名凤鸣山。

天庆山，原在荣县中心广场主席台后，今荣县中医院一带，山上是宋建天庆观，即玉皇观，旁有莲花池。山下是唐宋以来的县公署所在地，并先后建有爱莲亭、六合亭、知稼亭、凝翠楼等，是古荣州政治文化中心。现在是城区文化休闲娱乐中心——首义广场。

桂林山，山麓原为荣县文化馆，今为柳倩诗书馆。据县志载，荣县有"丹桂、金桂、银桂，桂林山在城中，自古以来小山丛桂"。唐贞观年间建文庙，后改为桂林书院。院内有许多茂密的桂花树，花开季节，香飘半个城池，故名。

"形如仙掌"，指地势。登上西门望景楼观看：北来的东川水，经九折屏向西，绕过程家坝，再向东，这一绕形似一只仙人的脚掌，五座山峰为五个脚趾。

"势若凤鸣"，登上白塔崖面向古城，"仙掌"成了凤凰尖尖的嘴壳；五座山峰当年万木葱茏成球状，成了凤凰头上五只美丽的翎冠，加上北去的山势，一只鸣叫的凤凰展示在眼前。

明代提学王文曾书写："五山绵亘，雉堞联飞；延袤三里，望如重城。"明朝《凤鸣朝阳》诗曰："艮岳隆平有凤鸣，朝阳光照五陵城。"荣城因此又称为五陵城。

（周绍泉　谢鸣明）

荣王府

荣县老城有一小街，名曰古城街。此街宽不过5米，长不过200米，在荣县老城街巷中，属于小巷之列，但它却很有来历。

古城街坐落于县城之西北角的清富山下，背倚老城墙，南北走向，与北街平行。包括清富山麓在内，这一大片地域，是唐宋时代的刺史署，又称荣王府，距今已有1400年的历史。

据志书记载，唐高祖武德元年（618年）置荣州，不久，州署从公井县迁来此处，迄至明太祖洪武九年（1376年）降荣州为县，历经唐、五代、宋、元、明，七百余年间，这里便是州的最高行政机关所在地；南宋绍定年间，荣州升格为绍熙府，这里又成府的署所。州（府）还辖旭川（荣德）、威远、公井、应灵等县。荣州俨然川南之大都会。

在荣州任过刺史者，有志可查的有62位。宋朝第12位皇帝光宗赵惇，即位前曾任荣州，于宋理宗朝升格为绍熙府，以示“龙潜”之地。爱国诗人陆游则在光宗之前的淳熙元年（1174年）来荣州任过（代理）刺史70天。还有多位唐宋王子，人长住京师而挂名荣州刺史，据《新唐书》《名胜志》记载，唐玄宗之子李琬，宋真宗之子赵德雍等，都是挂名荣州刺史。

荣县县城，地处东川、梧桐二水的冲积平坝上，地势平坦开阔，到处都是营造府第的好地盘。荣王府何以会选址此地？一因地势险要，二因环境优美。

清富山，高踞县城之西北角，可以俯视全城。它的西北方向，是连绵曲折，斧削般光滑的断崖，山崖无脉，从北门延至西门，遥对凤栖山。断崖高处近百米，无须筑墙，犹如天然屏障。崖下东川水悠悠，正北远处耸云山对峙。在冷兵器时代，真称得上是一坚固城堡。崖随山势水路，曲折迂回，有宋人刻“九摺屏”三个字于崖壁。今依稀可循旧迹。

历经唐、宋两朝营建，荣王府的规模在当时可谓相当庞大，极尽莲塘、江楼、亭台园林之胜。当年之繁华奢靡，今已难寻其踪。但从文献和古代文人墨客留下的诗词中可以窥见一斑。刘兼有《郡楼闲望书怀》诗：

荣王府区域图

郡城楼阁绕江滨，风物清秋入望频。
铜鼓祭龙云塞庙，芦花飘市雪粘人。
莲披净沼群香散，鹭点寒烟玉片新。
归去杜陵池馆在，且将朝服拂埃尘。

清富山上建有一楼，名清富楼，是荣王与妃子戏乐游玩、待客饮宴之地。以楼为中心，建有四亭相伴：左为迎曦亭，右为袭香亭，背面为望熙亭，正面为来薰亭。亭台楼榭交错，绿树荫浓，鲜花缤纷。宋人张商英有诗一首赞清富山：

向明轩槛满烟云，延得薰风似故人。
愠解为宣虞帝化，南来不是庾公尘。
深林兰芷香先到，胜地溪山影亦新。
不别常挥谢安扇，自仁扬德在斯民。

汪元量，号水云子，精乐理，善词赋，常操琴入宫廷，献艺于殿堂。他来到荣州，做客荣王府，饮酒清富楼。酒酣之际，在楼上远眺，但见青山绿水，阡陌相连；鸡鸣犬吠，炊烟袅袅；远有村居，近有城郭，不禁为荣州美景所倾倒，即席作五言诗并歌之：

醉倚高楼上，裁诗得五言。

蚕丛云幂幂，鸟道月昏昏。
妓女吹金管，庖丁洗玉盆。
客痴浑不寐，府主更开樽。

清富山麓的荣王府邸，在宋宁宗开禧元年（1205年）新筑内城一座。内城正大门旁，立有唐长安三年（703年）建的大周至德碑。府邸广阔，建筑雕龙画凤，楼台亭阁相连。庭院正中一池清水，碧波荡漾，荷香扑鼻，鱼儿戏游，任人观赏。此池形似佛耳，故名佛耳池。池旁还有古井一口，名八方琉璃井。井壁以卵石砌成，晶莹亮丽，井水甘甜清冽。

昭德堂，在刺史署。宋晁公武建，与讲教堂皆废。晁氏世家大族，文物备载史集，祖回居京师昭德坊。著《昭德新编》，故公武赐名昭德堂。公武撰有《郡斋读书志》。陆游《昭德堂晚步》诗云：

笑唤枯筇蹋夕阳，探春聊作静中忙。
高枝鹊语如相命，幽径梅开只自香。
苔蚀断碑惊世换，钟来废寺觉城荒。
谪仙未必无遗恨，老欠题诗到夜郎。

这可以清晰地看到荣王府随同宋朝的没落而逐渐荒废，延至明朝末，荣王府已不复存在，各类建筑，已然废毁。明龚汇《荣王府》诗：

清风坪上绍熙城，绕郭山光照凤鸣。
瓦砾已随朝市变，楼台犹想帝王荣。
西湖末句成终古，南渡光皇尚太平。
夜步赤沙溪上月，相看无语总多情。

直至光绪年间，加拿大人在清富山上建起仁济医院，继而又建福音堂、华英女子学校等，昔日荣王府第才逐渐有了生气。100余年来，县之西北角成了荣县文化、教育、医疗、宗教等活动的集中区域。中华人民共和国成立后，荣县总工会也曾长住荣王府佛耳池。

清末民初，佛耳池曾为张子玉私宅。在改造府邸时，淘底挖坑曾获时之石马、金狮、铜鼎、陶器。尤以在佛耳池淘得一方小铜章最为珍贵，章上篆刻有“皇天锡第之家”六字。时清翰林赵熙先生正租赁住在张家，经其辨认考证，盖宋光宗物也。并以诗记录其事：

宋代龙潜刺史衙，张堪新地此悬牟。
大名国玺真天锡，小印铜章得地洼。
往日清寒居士宅，香风红笑女儿花。
佛池戏睹南朝史，此物原来属赵家。
异日重华悲帝子，当年锡第宠皇孙。
佛池水竹绿山村，宋邸龙潜北郭门。
复仇未遣金人破，传国嗟无玉玺存。
纽上土花凝碧处，光朝法物重彝尊。

荣王府第虽已湮灭，但历代文人的诗词歌赋，却为我们留下了深厚的人文底蕴。“清富登临”成为“荣州八景”的第一景。因陆游有“三荣郡治之西，因子城作楼观，曰高斋，下临山村，萧然如世外……”的记述，清富楼有了“高斋”的别称，古城街也有了子城街的雅名。

今绕城西一周，古城街犹在，佛耳池可循，临河峭壁书刻有迹。只见旭水悠悠，荣王府已成寻常巷陌，其辉煌历史只在骚人墨客片言只语中品味。

（戴泽祥）

绍熙门

荣县开发较早，从隋朝开皇十年（590年）在今县域置大牢镇，十三年（593年）改镇为县，已有1400余年建置史。唐太宗年间，置荣州于今县城，县城即成为州、县共署之地。时荣州所辖有大牢、旭川、威远、公井、资官、婆日、至如、隆越等八县。

宋代官制，州官为知荣州事，俗称刺史。南宋时期，赵惇在高宗、孝宗两朝曾在荣州任刺史，并于高宗绍兴三十年（1160年）晋封恭王。1190年，赵惇即位，改年号为绍熙，宋光宗在位五年。

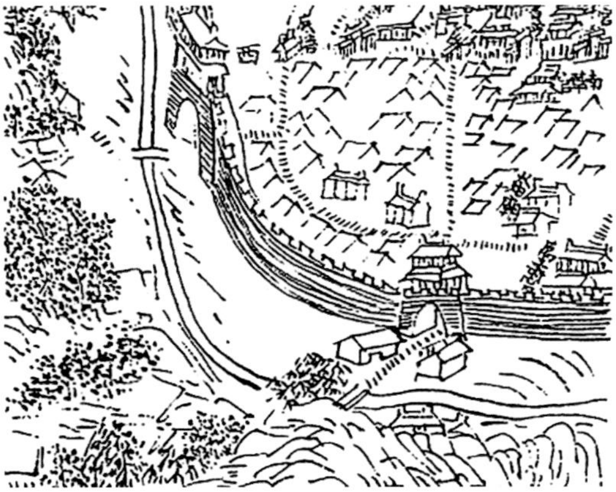

荣王府区域图

宋代制度，天子即位前任过职事的地方，都要升格，如是防御州以下升为军；若为节镇州，则升为府。古荣州算不上是要冲大郡，仅是只设防御团练之类的支郡，按制要先升节度然后再建府，但赵惇即位前已晋封王位，因而在南宋中后期，也就有了不先升军而直接升府的例外。

宋光宗即位，他任职过的荣州因是天子的“潜邸”按制升格为府，便以宋光宗的年号“绍熙”命名，是为绍熙府，成为南宋时期川陕四路13个府之一，与成都府、重庆府、嘉定府、顺庆府等平起平坐。

绍熙府何年设置？清代乾隆嘉庆年间的《荣州志》说是绍熙六年（1196年），清道光本《荣县志》则说是绍熙元年（1190年），光绪和民国本《荣县志》沿袭了后一种说法。而据清乾隆年间荣县知县黄大本编纂的《荣县志》“补遗篇”记载，绍熙府为宋理宗绍定六年（1233年）二月丁亥升府。资深文史专家周绍泉先生根据宋荣王严教碑以及荣县龙洞（罗汉洞）崖壁上的宋代题刻，考证得出结论，荣州在宋光宗之孙宋理宗绍定六年（1233年）七月丁亥升格为府。宝祐六年（1258年），蒙古军队攻入四川，四川大部分州县残破，绍熙府也在其中，20年后南宋灭亡，绍熙府仅存24年。因其年代短促，又值战乱之期，故文献记载甚少。古荣州之名人人尽知，而绍熙府之名知者寥寥。

荣县县城坐落在沱江支流上游二溪交汇的冲积平坝上，“廓濒二水，城抱五峰”。二溪是指东川水和梧桐溪；五峰即县城以北之五山，自西至东，为清富、莲宇、凤鸣、天庆和桂林山。县城土城墙环绕，城开五门，即东门、西门、南门、北门、小南门。20世纪小南门还很完整，但迄今五道城门已难见其踪。小南门还有一个名称——绍熙门。

赵惇离荣赴京登基，选小南门出城。他即将成为天子，不能穿门洞而出，乃在城内城外架上云梯，从城墙上乘马而去。荣州升格为绍熙府后，此门因其为“龙腾”之地，遂改名绍熙门。这段故事，未见诸文字记载，为笔者20世纪80年代初文史采风中，在民间老人口碑相传中获得，姑且存之。

明代，绍熙门改为安定门。民国时期开始，该门叫小南门。

进绍熙门向北，穿河街，抵西街，这一段路名西南街，此街有保险公司、中国银行、石油公司等单位，街面繁华。老百姓多称此街为柴巷子。盖因此街贩卖柴火成市所致。

荣县绍熙门已湮灭，亦无必要恢复。但荣县曾经是州治所在地，还因是宋光宗即位前的“潜邸”而升格为府这一段史事，县人不应该忘记。建议将西南街易名为绍熙路让后人了解此段文化历史，提升城市文化品位。

（戴泽祥）

荣县文庙

孔子庙，是祭祀我国伟大的思想家、教育家孔子的祠庙建筑，在历代王朝更迭中，又被称作文庙、夫子庙、至圣庙、先师庙、先圣庙，尤以文庙之名更为普遍。绝大多数文庙都有棂星门、泮池、大成殿、东西庑、尊经阁、明伦堂、崇圣祠、乡贤名宦祠，荣县文庙也不例外。

荣县文庙，在城北莲宇山。唐武德元年（618年），始建于桂林山，北宋乾德三年（965年），文庙移建兴贤门（今南门）。南宋绍兴十三年（1143年），知州孟某迁建莲宇山，庙内竖有九域守令图碑，雁塔列于泮池旁。元朝末年，文庙毁于兵火。

明洪武六年（1373年），学正张朝祖重建于桂林山。明天顺元年

文庙图

（1457年），举人龚汇请求重建于莲宇山，天顺三年（1459年）动工，天顺四年（1460年）建成。明成化四年（1468年），修五间大成殿；五年（1469年），塑孔子像、四贤像（颜回、子思、曾子、孟子）；八年（1472年），建成东西庑；九年（1473年），塑十哲像（孔子门下最优秀的十位学生的合称）。十一年（1475年），按察司佥事江陵人戴宾，因为土木工程未完成，命令训道陈源，典史周志，荣县人赵升、袁景徽监督管理，建成戟门、棂星门、厨库。嘉靖中期，大学士张璁提议将孔子的头像改为木质的，他说孔子为先师，塑成的像不能毁。相传塑造孔子头部的泥土，取自尼山（孔子出生地），往返超过万里。历经150多年，文庙再次被毁。

明万历二十二年（1594年），荣县人给事中杨镕、知县程梯，士绅黄纪贤、赵可师、尧可近等人筹资修建文庙，明伦堂迁到大殿旁，启圣祠列左，名宦乡贤祠列右。不久修建堂下书楼，补砌东西庑，教谕罗青、训导吴惟中、黄莪现场督促，主簿杨进忠在泮池前做屏，典史赵文臣修泮池、石栏，知县朱万元重修尊经阁，经费全部来自几位的俸禄。二十八年（1600年），知县朱继国改建明伦堂、启圣宫、东西庑。不久建奎星楼（在旧礼门、文昌祠南），魁星信仰盛于宋代，从此经久不衰，成为历代读书人在文昌帝君之外崇信最甚的神。三十四年（1606

年），修复尊经阁。

崇祯八年（1635年），殿倾斜墙倒塌，知县杨崇忠、教谕刘朝用改换榱栋，筑墙约250米，一年竣工。从明季之乱开始，文庙没有专人管理。康熙二十年（1681年）六月六日，文庙倒塌，举人刘世璋，以知县荆乔蕃、韩尽光先复之力，于二十三年（1684年）修成大成殿。三十六年（1695年），知县陈大猷建戟门、两庑及名宦乡贤祠。四十四年（1705年），知县王泽修明伦堂（旧学署，临西街）。乾隆十二年（1747年），知县徐德龙移明伦堂于庙右，奎星阁移棂星门左。十九年（1754年），知县黄大本捐俸禄300余金，恢复旧貌。五十二年（1787年），知县张兆星、马履中、龚巽，继续修复，花费2000余金，当时泮池外较远的地方有屏，屏外为圣门坊，坊外突出的为复墙，东西建礼门、义路门，供人们平常进出文庙。嘉庆十三年（1808年），知县许源募金千金，移圣门坊于泮池前旁，开门供出入，礼门、义路门也上移到圣门坊前，左右以云龙石屏为障，好像宫墙一样，又绘孔子、四贤、十哲像，疏通泮池，翻新大成殿、戟门、棂星门，文庙面貌焕然一新。道光十八年（1838年），将文庙坐向癸丁向改为子午向，接着移崇圣门、棂星门、奎星阁，十九年（1839年）移大成殿、大成门、东西庑及宫墙、泮池甬道，各项工程依次完成。光绪二十六年（1900年），知县唐迁皋修齐宿更衣所，三十年（1904年），更衣所内放置乐器。更衣和乐器都是在祭祀孔子的典礼上使用的。宣统元年（1909年），升格为大祭祀，墙瓦为黄色，读书人入学捐银二两，叫泮池费，汇集起来叫洒扫费，购置田房，则由庙费资助。

荣县文庙，从618年始建，迄今1400多年，命运多舛，数次迁移，几度损毁。至荣县中学扩建，拆除后仅剩大成殿，20世纪90年代将大成殿拆除后，文庙彻底从人们的视线中消失，而今只能留存在记忆中，令人唏嘘。九域守令图碑，现存四川省博物馆，是荣县文庙仅存的文物。

（王　林）

镇南塔

龙头山位于荣县旭阳镇菠萝村，旧名虎头山。明朝时，荣县知县王梦魁更名为龙头山，并修建元帝祠来镇住它。

龙头山上有座塔，叫镇南塔（亦名文风塔，俗称白塔），坐东向西，始建于明代，占地面积60.84平方米，清嘉庆十四年（1808年），县令许源重修。塔基为方形须弥座基，高2.3米，每边长7.8米，塔身四方形，2、3层外塑有罗汉、匾额之类，外观11层，层层上收，各层均开窗，塔内共5层，中为实心柱，66级踏道绕实心柱盘旋至顶，底层有拱门，四周装饰着仿木的斗拱12，塔顶呈覆盆状，塔体通高23.85米。镇南塔巍然屹立于龙头山巅，斜插天际，很像一支巨大的文笔书写长空，乾隆本《荣县志》标为“龙头点额”，以后的县志改为“龙头竖笔”或“龙头插笔”，“古荣州十二景”之一。

据许源《重修镇南塔记》，镇南塔修建的原因有二：一是镇南龙头

镇南塔

山山头平旷，不如滨河左右岸的真如崖、千佛崖山势蜿蜒起伏，“气散而不凝”，建塔有镇住真气的作用；二是从唐韦肇进士及第，提名到慈恩塔以来，历代都有将塔视为文笔峰，在塔上提名进士及第者的惯例。明塔坍圮以后，荣县中进士的人数忽然减少，重建此塔，有光大荣县文脉的意图。

此外，荣城在唐宋时是荣州州署所在地，“廓濒二水，城抱五峰”，塔名镇南，确“为山川之镇”，有装点江山的作用。登临塔顶，可俯瞰全城，远山近水，尽收眼底。在文人墨客的眼里，镇南塔形似一支挥洒长空、飞舞夺魁的“文笔”，因此又成为科甲功名兴隆的兆头。清代荣县教谕刘德煜诗云：“龙头山势最玲珑，文笔巍然耸太空。直插云霄疑画日，时挥烟雨逗飞虹。堂开三教基尤在，寨锁重门气亦雄。试问科名谁独占，崖边消息已潜通。”

清乾隆时期，荣县知县黄大本游龙头山后，写有《题龙山》：“兹山名虎又名龙，塔影群推文笔峰。人过进贤桥外路，寺传兴国古时钟。登临载酒还吹帽，苍翠摩天自种松。试看真如崖上坼，居然入镜兆芙蓉。”

1989年，为了保护塔身安全，将镇南塔入口大门封闭，从此，游人再也无法进入塔内。2006年11月，荣县财政拨款40万元，对镇南塔进行维修，历时3个月，使其成了真正的“白塔”，以崭新风貌展示在世人面前。并于南崖绝壁凿出三截天梯，与干道相通，游者有登南天门之感，白塔更显巍然。2013年4月，荣县镇南塔被国务院公布为全国重点文物保护单位。

（王　林　黄　平）

钟鼓楼

一寸光阴一寸金，寸金难买寸光阴！

荣县钟楼，县人多称之钟鼓楼，建于民国11年（1922年），迄今已98载，原为县级文物保护单位。2007年升格为自贡市文物保护单位。

在之前，县之机关法团学校居民，大多没有钟表计时，西方传入之钟表，斯时还是稀罕物、奢侈品。人们安排一日作息，古时以“十二时辰、日月轮回”为标准，近代则以城门上设的鼓楼、县衙门（公署、政府）发的“醒炮”“午炮”“更炮”为参照时。我辈在儿时，更有更夫在夜里敲锣报时。听到锣声，父母则提示：“二更了，熄灯睡觉。”

基于此，县上有识之士便建议仿效外县。在县城建一钟楼，以先进的报时钟，取代“晨钟”报时。时任县知事王铭新，尊重民意，慨然采纳。这王知事乃双流人，清末学者，在川内有些名望。他参加过辛亥革命，民初在成都几所中学任教。军阀陈洪范驻嘉定，辖荣县。慕王之名，委他来荣县任知事。

建钟楼，一要花钱，二要选址。钱之来源未见典籍记载。但20世纪20年代，四川处于军阀割据时期，有枪就是“草头王”，占地便当“土皇帝”。军阀们自委官吏，自收税捐，坐支银库。荣县乃富庶之地，区区一钟楼修建费用并无难处。选址，当然以城内最高为佳。这王知县与县内人士在几座山勘察一番后，最后确定在凤鸣山山巅建造。这凤鸣山在县城五山之中央，西有清富、莲宇，东有天庆、桂林，又踞全县最高处。它背倚城垣，俯瞰可总揽一州之胜，在此建钟楼，其钟声可传全城。

钟楼非宏大工程，弹指数月便成。在当年全城皆为小青瓦平房的时代，钟楼雄踞高处，全城都可见到它的雄姿。

荣县钟楼为西式砖木结构，其样式与笔者在川内一些县见到的钟楼样式大同小异。楼身呈正方形，边长5.1米，高18.5米，无柱，墙体厚达0.6米，簿型青砖，石灰浆砌就，四角攒尖顶，建筑面积200平方米。钟楼周边空地，以条石砌一圈围之，另无附属建筑物，盖因功能单一，无须画蛇添足。

钟楼共四层。第一层东，南、西各开一门；第二层四面各开一窗；第三层四面各有一外径约两米的圆形洞口，内嵌钟表刻度、时针（罗马字），众人从四面均可见到，今仅余南面时钟依稀可见；第四层则是安放时钟并敲钟的地方，四面各有三户立窗，十二小窗，有利于声音传播。中用托架，安置铁钟。从底楼到四楼，设木梯上下。

按县署之规定，从清晨5点到晚上10点，敲钟人按时报点。先“当”一声，稍停再“当当”两声，继而“当当当”，使声音有节奏感。铁钟庞大，声音洪亮，加之地处高岗，空间无阻，全城可闻。20世纪60年代，曾有摄影爱好者拍摄出“鼓楼晨曦”一景——太阳初升，霞光万丈，钟楼在霞光中巍然挺立，十分壮观。

钟　楼

钟楼二楼窗户两侧，刻有县人黄觉先生所撰对联一副。联曰：“莫辞负钟声，关心城市万家，闻声各惜阴分寸；试登临楼上，极目荣山千里，直上须来第一层。”提醒人们珍惜时光，赵熙先生对这一新事物也表示欢迎，写下《钟楼》诗一首：

山城与众听，昼夜响无停。
滴海无官漏，微风别塔林。
花时催老景，月落此哀音。
击到何年歇？人间梦未醒。

他还应邀撰写了《钟楼记》一文，记述了建造钟楼的意义和经过，同黄觉一样，寄希望于民众要珍惜时光“日新又新，各勤而事，罔或游般”。

随着社会进步，各种计时工具进入千家万户，钟楼的报时功能早已失去。钟楼不知何时不再报时，许多资深老人亦记不住准确时间。笔者20世纪60年代初在县城就读时，已不闻钟楼钟声了，大抵可知钟楼不再报时已30余年。

荣县钟楼乃一单体建筑。周边无倚靠，立于高处，饱受日晒雨淋、风摧霜浸，百年不朽，今尚未见维修之记载，可见该建筑质量上乘。后人不得不佩服当时设计者的设计精妙，施工者的工匠精神，监督者的尽心尽职。

（戴泽祥）

竹王祠

竹王祠，又称竹郎庙。遗址在今荣县东门桥头。始建于唐，明清重建，现已拆毁。竹王祠的由来，据《蜀记》：“昔有女人于溪浣纱，有大竹流水上，触之有孕，后生一子，自立为王，以竹为姓。汉武使唐蒙伐牂牁，斩竹王。土人不忘其本，立竹王庙，岁必祠之。”

根据赵熙《竹王祠碑》所记：“荣县城东溪上有竹王祠。”明确指出荣县竹王祠方位，而他主撰的《荣县志》记，东溪“又南经城东飞仙桥（即今东门桥原址），传有道士吴，有白鹤衔天书迎之，故名白鹤滩。右有竹王祠，祭祀夜郎侯多同”。则明确指出竹王祠在东门桥所在的东溪右岸。

经笔者与赵熙的晚辈2012年春前往寻访，基本认定竹王祠所在位置，在东门桥入城一侧的桥头，紧邻东溪。这也符合《蜀中名胜记》十一引旧志“荣县东荣川岸有竹王祠”所记。《自贡史志·古代历史》记载：“这个时期，秦国南方的夜郎国逐渐发展壮大，其疆域北境到达自贡市之南，邓关的僚人石洞、荣县东门桥的竹王祠，可能是夜郎文化在自贡的遗存。时自贡市境分属巴郡、蜀郡与夜郎国。”同样明确指出竹王祠在荣县东门桥，即竹王祠在东门桥的东溪岸上。

后笔者获知，名“老唐子”的乐山人士（唐长寿）也曾到荣寻访竹王祠遗迹，并依据“一是赵熙《竹王祠碑》所记‘荣县城东溪上有竹王祠’，二是林树森《基督教在荣县》一文所说‘荣县东门桥竹王祠增设福音堂一所’”可知，在清晚期至民国中期时，荣县还有竹王祠，位置也很明确——城东东门桥。

荣县竹王祠的正门由于城市改造或其他原因现已不存。按常例，

荣县竹王祠的位置

《竹王祠碑》碑刻就安放在正门与正殿的第一重院内，现亦不知去向。从竹王祠遗迹看，原有竹王祠应该是三重两进布局；正殿是一座保存较完整的清代建筑，小青瓦全木结构，青砂石柱础，圆木立柱，用材较粗大，木架穿斗，呈穿斗抬梁混合式梁架，前有檐厅，殿内应该没有隔墙，砖墙和门、窗应该是后来改修时所建，屋脊上有装饰，两端有飞翘，青瓦覆盖，檐口装饰基本不存；这木结构建筑应该是清代重建的竹王祠主殿，用以供奉竹王塑像。后院与后殿的清代建筑已不存，被改建为两座相对的小青瓦砖房，不知是民国时修福音堂所建，还是中华人民共和国成立后改为铸钢厂时所建。这里曾用作荣县废旧金属回收公司收购和堆放场地，现因旧城改造全部撤除。

关于荣县的竹王祠，不少史料都有记述。

唐代著名女诗人薛涛的《题竹郎庙》：“竹郎庙前多古木，夕阳沉沉山更绿。何处江村有笛声，声声尽是迎郎曲。”被众多学者认为此诗所描写的就是荣县竹王祠。宋本《元丰九域图志》：“荣州竹王祠。”又《太平御览》卷一六六引《蜀记》：“荣州旭川县（今荣县）有竹王庙。”张蓬老《蜀中名胜记》：“邑东荣川即古遯水河，岸有竹王祠，盖以祀夜郎王者。”赵熙《荣德山纪游》中有《竹王祠》诗：“此去夜郎千里外，行人争拜竹王祠。”赵熙主撰《荣县志》记，东溪“右有竹王祠，祭祀夜郎侯多同”。《四川通志》也记载荣县有“范公祠、竹王祠”。贵州年鉴社编《解析夜郎千古之谜》中《竹王在各地有哪些遗迹和民俗遗存》一文说，“四川有三处竹王庙（大邑县、邛崃市、荣县）”。荣县人称东溪为竹溪，亦与东溪上有竹王祠有关。

赵熙在《竹王祠碑》中阐明了夜郎国与荣州的关系及夜郎文化对荣州的巨大影响。赵熙认为，荣县东溪并非夜郎母剖竹之所，“荣之东溪亦冒遯水强云，夜郎母剖竹在是，荒哉论也”。然荣县“非夜郎藩矣”，之所以立祠祀竹王，首先，因为“凡古奇哲类，以佹迹传之，中仰圣悉然”。古荣州对夜郎国的一时称雄可谓钦羡；其次，古夜郎国地域辽阔，辐射影响必然宽广，古荣州作为古夜郎国的接壤地带，必然深受其影响；再次，古夜郎县县域的不断变化及由此带来的夜郎民族的迁徙，也无形中扩大了其历史文化的传播及影响；再次，自西晋“八王之乱”、成汉据蜀立国引发巴蜀动乱、人口大量外逃，从古江淮一带经过古夜郎国地域迁徙而来的濮阳僚（甚至可以推测其中不乏夜郎国后裔），几百年广泛生活在古荣州大地（古荣州地域是铁山獠的重要聚居地），直至隋末、唐初为从水路征高丽“发民造船，役及山獠，雅、邛、眉三州獠反”被镇压，加上唐、宋王朝对僚人的剿抚，僚人作为一个民族逐渐淡出历史，但留下了拥斯茫水（今名越溪河）、僚人洞（又称蛮子洞）、崖墓等遗迹，播散了夜郎文化，亦加强了荣州人对竹王崇祭的绵延；又次，民间有崇神敬鬼的习俗，代代相因，才会有“行人争拜竹王祠”的盛况。

（陈时伟）

望景楼遗址

望景楼，位于县城西凤栖山，一名万景楼。古时凤栖山主峰，其峰孤秀，擎顶蓝天，古有民谚语：“荣县有座万景楼，半截还在天里头。”古时山上遍栽茱萸，伴以无数桃花，景色诱人，“万景岑楼”是“古荣州十二景”之一。无名氏《望景岑楼》：“高冈楼阁已无存，今古犹传万景名。山色北来烟树蔼，水流东去大江清。登临最喜康衢静，俯仰犹宜畎亩晴。幸际太平全盛世，桥边车马迓恩荣。”

民国本《荣县志》：“西转凤栖山，一名万景山，有高洞曰凤栖洞。明知县熊大辂刻曰洞口桃花，旧有楼曰万景，后圮。嘉庆中，许源重建。凡三成，祀洞宾，人多无聊之诗。”“万景楼，在城西凤栖山，与凤鸣之名，疑皆王蜀时造，读五代史记可知，旧称万景岑楼，土风竞唱，大雅嗤焉。”

五代前，县人在山顶建有高楼，登楼俯城，荣州锦绣，山环水绕，巷陌纵横，风拂云掩，气象万千，故名望景楼。唐时于峰顶建高楼12层，名万景楼。明代定为万景岑楼，明末一度改称玉皇观，后废。嘉庆十四年（1809年）重建，知县许源撰《万景楼记》：“凤栖山在城西，其峰孤秀，有楼曰万景。余披志乘而识其名，询之，则徒废址也。岁戊辰，民和年丰，因重建斯楼，凡三层，层各二丈许，广阔倍之。役始于戊辰孟冬月，成于己巳仲冬月，适吕仙奉诏列入祀典。而邑旧无祠。因肖像于最高之层，原山门曰纯阳阁，而楼名仍其旧。计费金千七百有奇。”从前文可知，最后一次重建万景楼是在1808年，历时一年余才完工。共3层楼，层高约6.6米，楼名万景楼，因在顶层供奉吕洞宾像，顶层称为纯阳阁。整个工程耗银1700多两。

访问当地居民得知，望景楼于1958年冬拆毁，菩萨亦被毁坏，现在只剩遗址。

来到望景楼遗址，已是一片枇杷林，枯枝衰草点缀其间。往日高耸入云的岑楼，松柏掩映的庙堂，只留偶尔可寻的残砖瓦砾。站在山巅，举目四顾，旭水和公路环绕，远处高楼大厦鳞次栉比，车水马龙的喧嚣热闹与这清静凤栖山形成鲜明对比。

（王　林）

荣县军政府旧址

荣县军政府旧址位于荣县旭阳镇南街社区荣县首义广场南侧，坐北向南，占地面积约907平方米。荣县军政府旧址原为清代县衙驻地，辛亥革命成功后，这里成为中华民国的县衙所在地，中华人民共和国成立后，又成为荣县人民政府办公地。

1911年，四川保路运动风起云涌，各地纷纷组织保路同志军，荣县在同盟会员的策动下举起反清义旗，于该年8月发动武装起义。9月25

荣县军政府旧址

日，在吴玉章、王天杰等人的领导下，宣布荣县独立，自理县政，在此设立荣县军政府，在全国率先脱离清政府统治，建立了第一个县级资产阶级革命政权。

军政府旧址由正厅（旧县署三堂）、后堂及两侧厢房组成，三合院布局。整体建筑为砖木结构、穿斗梁架，单檐悬山式屋顶。其中正厅面阔7间：长24.1米，进深6.8米；后堂长11.3米，进深5.7米，通高3.64米；左右厢房均面阔3间长10.4米，进深4.1米，通高3.02米。正厅及厢房有廊相连接，素面台基高0.86米，有4级踏道通往院坝。

1988年将正厅和后堂开辟为7间陈列室，分三部分展示辛亥革命时期同盟会在荣县等地开展革命活动的情况。馆名“辛亥革命首义荣县军政府旧址”由胡耀邦题写。

正厅，一鎏金牌匾“革命先驱师表典范”挂于正厅门楣。厅内正面墙上“驱除鞑虏，恢复中华”“建立民国，平均地权”两幅条屏。正厅中央陈设一套土漆大椭圆会议桌椅，五把太师椅正对门整齐靠后壁墙。正厅东侧角落，一高大的五斗橱。展示柜还分别展出了部分保路运动和辛亥首义文物。环顾空旷的大厅：吴玉章、王天杰、龙鸣剑等正团桌而立，正中一张地图，指挥若定，运筹帷幄。这是当年军政府开会议事的重要场所。正厅两侧正房和厢房，自西向东依次为序厅和一至六展厅。

序厅由序言和武昌起义浮雕图片组成。序言肯定了荣县独立在辛亥革命中的首义地位，吴玉章在缅怀辛亥烈士时说：“在起义中的无数英雄、志士和先烈，他们为争取祖国的光明前途，而不惜抛头颅，洒热血，牺牲个人的一切，那种大无畏的革命精神，不仅为中华民族的历史写下了光荣篇章，而且永远值得天下后世的人们歌颂和学习！”

一至三展厅分别重点展出了辛亥革命前中国内忧外困的黑暗现实，以吴玉章、王天杰为代表的荣县早期同盟会的发展，以及反清斗争的情况。荣县同盟会员包括在日本加入同盟会的吴玉章、龙鸣剑、谢奉琦、但懋辛、丁厚扶等十余人和他们回国后，在荣县又发展的赖君奇、杨允公、王天杰、罗叔明、张植如、曹笃和朱国琛等一批热血青年，荣县同盟会员已30余人。

三至六展厅分别重点展出保路运动和辛亥首义的情况。其中，水电报是荣县保路同志军在特殊时期传递消息的一大创举；晚清第一词人、大书法家赵熙题写的“辛亥秋保路死事纪念碑”巨幅图片耀眼夺目。

孙中山对保路同志军起义做了如下评价：“若没有四川保路同志会的起义，武昌革命或者要迟一年半载的。”

荣县是全国最早脱离清政府统治、建立革命政权的县域，军政府旧址是历史的见证，是不可替代的革命古迹，具有十分重要的历史意义和革命教育意义。

为纪念荣县辛亥首义100周年，2011年在旧址东面，新建了辛亥革命首义纪念碑。

（曹 宏）

郭家大院

在荣县河街原县档案馆内，有栋房子距今已有130年左右的历史了，人们称之为郭家大院。它秉承了清代庭院式民居风格，用料考究，外观严整。为两层砖瓦结构，二四墙，罕见大木为梁。其门窗、楼梯、地板均为实木，现状完好，少虫蚀现象。一楼为内外两层窗，内层嵌玻璃，外为厚木板。楼房南北皆有走廊，门窗上端与走廊外上方均呈圆形拱券，外周每根方柱上端有类白菜饰纹，走廊边沿以石为栏。地基为长条石，南面下端有四方孔洞10个，探其南北贯通，其深尺余，沟渠齐整。西端尚保留部分围墙。

2017年4月12日，自贡几位专家来到荣县，就档案馆址疑为原郭家当铺进行访问，县里相关人员友好接待他们一行。此次探寻因先得两张文管所拓赵熙《郭家当铺碑》碑文拓片。会议交流过程中，知此楼是郭家大院的一部分，是否是郭家当铺经营场所暂时不能确定。只能各方寻找资料，从资料中来分析一二了，荣县郭姓商人成了此次查找资料的重点。

据荣县文管所对碑园里两块郭氏当铺碑的介绍，清代光绪初年，威远郭氏兄弟来荣县，用3000两白银买下韩老陕经营的当铺。

据1993版《荣县志》卷十五："富有当，民国初年开业，是县内第一家当铺。业主郭慎之，初期资本有1万多银圆。典当衣物、蚊帐、金银首饰、玛瑙玉器等。民国17年（1928年）歇业。"

既然他们是威远过来的，又查到威远郭家的资料：清末，威远主营当铺业的郭家与另外几个大家族厚积家业，把持公事。郭均元于道光十九年（1839年）在威远西街创办济祜当，其继承人郭维桢担任县警务长；郭均元的长孙郭宏图于咸丰元年（1851年）创办大丰益当；另一年孙子郭宏级经营福成当；郭宏级之侄郭藩于同治十二年（1873年）创办福全当，宣统时为三费局局长。郭家在邻近的荣县、资中等地也开有当铺（《〈烈士的正名〉——四川保路运动侯宝斋案胡驭垓案考论》）。

当即从荣县文史资料中查到，曾在郭慎之富有号当铺做过伙计的赵儒伯写的文章《荣县的富有当》，细致地描写了郭家大院的来历及当铺经营流程。文管所的当铺碑介绍或许源于此文，细读碑文拓片，其内容却与建祠堂相关。1993年版县志与文史资料各为福有当和富有号，后有荣县人欢迎解放军进城的老照片上恰恰有富有号，看来富有号为郭慎之的当铺名，看其位置也正在河街。

结合商会资料、碑文及其他资料看来，让人产生了这些郭姓人或为同一家族的想法。郭氏家族以当铺为主业，生意辐射至周边市县，获利甚丰。威远从事当铺业的郭均元为长者，来荣县的郭宏佐、郭宏典两兄弟为其孙辈。他们的当铺生意做得出色，让后进郭慎之羡慕，于是单独在河街建了富有当。

郭慎之的富有当“是当时荣县首屈一指的建筑，造价三百两银子，占地约一百来亩，房子七幢，全部一楼一底，雕梁画柱，金碧辉煌，周围是高墙封闭，俨如宫殿一般。”（《荣县文史资料》第九辑《荣县的富有当》）。

2017年4月末，荣县大佛论坛会议后的下午，我们又到档案馆查阅相关资料。涉及清代商会资料，每份材料上必署有郭宏典、郭宏佐、郭慎之其中一人的大名，这些资料多为呈禀类事或为商业事断公道。由称呼上的恭敬来看，这几位是当时荣县商业界的头面人物。文史资料记载1909年荣县商会分会成立，郭宏佐为商会总理。

据说我国典当业兴起于明代，典当物多是一些生产工具。当铺只收取轻微的保管费用，让贫民生活可以缓冲应急。到了明末清初，当铺业逐渐被王公贵族所掌握，典当物也上升为金银珠宝等贵重物品，当铺业亦产生一些规则，比如酬神之类的。清朝时，典当业流行全国，大多由官吏富绅经营，以裕国通商，利国利民为口号，实则以高利贷盘剥平民。到了清后期，当铺业愈为谋利，置别人生死于不顾。所以辛亥革命前后当铺被愤怒的群众打毁。

郭慎之开在河街的当铺，店名由著名书法家包弼臣写“富有号”悬挂在铺头，“进大门的左右两侧是人多高的柜台，柜台上是木栅，只开一个大洞，用来取东西。当东西的人，要起踵伸手才能把东西递上去。”（《荣县文史资料》第九辑《荣县的富有当》）清末，兵荒马乱，民生凋敝，加之鸦片盛行，给了当铺业发财的契机。

郭家大院

东西当在当铺，只能得到实物价值的半价以下，典当人一个月付利息两分给当铺做管理费，不足一月，当天下午赎回也得付两分利息。如果两年后没有赎回就成了死当，这时当铺就有权将典当物转手卖给别人。如果员工估价错误也是要赔偿，做错事也需赔偿。所以典当行业是包赚不赔，有时一件东西可得数倍利润。"每年二、六两月是青黄不接的荒月，当的东西估价最便宜，特别是光绪二十八年（1902年）荣县大天干，而富有号正是这年获利最大。……富有号每年的纯利约一万串铜钱以上，当时黄谷仅四串铜钱一石。"（《荣县文史资料》第九辑《荣县的富有当》）富有号当铺仅1年利润就可买黄谷2500石。短短数年，郭慎之就另在乐山、资中设立了分号，获利更大。

保路运动中，龙鸣剑和王天杰率领部队上成都去了。荣县富豪张子和请了吴玉章做客。席间，有人将郭慎之的呈报："三费局（征收局）被匪（指龙、王等人）劫去银子800两。"递给张子和签署。吴玉章看到了，问张子和："龙鸣剑和王天杰领同志军去打赵尔丰，为我们大家争铁路、争人格，为国争权，为民除害，做正大光明的事情，怎么能说他们是土匪？"满屋子的人瞠目结舌，一想此话确实有道理。吴玉章又说："同志军到前线为我们打仗，我们后方应该给予支援。我提议按租捐款，为他们筹措军饷。"在场没人敢反对。席散后，吴玉章立即召集各方人士商议，通过按租捐款的办法，为同志军解决了粮饷问题。王天杰率部回荣县时，县知事及郭慎之吓得逃跑了。吴玉章与王天杰等人商议，提出自理县政。9月25日，吴玉章和王天杰等在荣县城内召集各界开会，吴玉章发表演说，宣布荣县独立。

中华人民共和国成立后，郭家大院这栋楼收归国有，成了档案馆。此楼在河街后进庭院内，位置不临街，据说楼层地基下埋有约1米厚的煤炭防潮，我们估计当时此为富有当的库房或办公室。辛亥革命后，荣县当铺业逐步衰败，这栋典型的清朝川南建筑经历了100多年风雨，依然完好地保留着。现存郭家大院为市级文物保护单位。

（李锦梅）

旭水老酒坊

旭水酒坊位于富东街，坐东向西南，始建于1870年，占地大约1394平方米。有杨公作坊、曹家糟坊、石桌子酒坊多个名字。前名无考，后二名有据。该酒坊宏大在当时川南为甚。其酒窖更是名扬川南。该酒窖遗址作坊建筑为砖木结构，18柱17开间，面阔82米，进深17米，屋脊上端有冲棚。现存窖池38口，每口长4.7米，宽3.6米，深1.5米；作坊内另有石甑子、冷却池、酯化桶等若干。整个酒窖保存较为完整，对研究荣县的酿酒历史、生产工艺及当时的社会经济发展状况有较好的佐证。

荣县又名荣州，因气候温和、雨量充沛、水质纯净，酿酒条件得天独厚。到唐宋时期，荣县的酿酒工艺及酿酒规模就达到相当的水平，尤其是当时所酿造的一种高粱酒“琥珀红”，色赤、劲甚、味酽，在川南一带甚至在川陕四路有着很高的知晓度。在晚唐时期，时任荣县刺史的刘兼就曾留下著名诗篇“柳成金穗草如茵，载酒寻花共赏春”。宋代大

旭水老酒坊

诗人陆游谪居荣州时亦诗云“行歌满道知人乐，露积连村见岁丰……鹅黄名酿何由得，且醉杯中琥珀红”，以此来甚赞酒业盛况。“行当系缆柳阴下，仰听莺语倾香醪。”的悠闲。当时著名书法家、诗人黄庭坚路过荣州时，品尝荣州酒后也发出“有酒如渑客满门，不可一日无此君”的感慨。由此可见，在当时的荣州，酿酒行业已初具规模且拥有精湛的酿造水平。

历史上，曹家街东门桥一带是荣州最为繁华的地段，应运而生的茶馆、酒店、烧房（酿酒作坊）数量众多。历史上曾有“东富西贵”一说（西城为州署县衙所在地）。到了清同治年间仅东门桥周边一带就至少有烧房6家以上，从规模和知名度以石桌子酒坊最为有名，据说其当时的老板曹顺意，不但酿酒技术好，为人也很厚道，他在烧房外的空地放一大的石圆桌，十几个石凳子，供过路人休息还有三麻柳凉茶免费给路人，当时石桌子人气很旺，随时都有十几个人围在桌旁喝茶、乘凉、歇脚，所以荣州人一提起石桌子都知道人好酒更好。

石桌子酒坊创始人曹顺意，祖籍东川乡，读过几年私塾，原来在东川、高山铺一带做木材生意，因为人精明而厚道，生意极为红火，年纪轻轻就创下很大的家业。据说当时他用于自己生意上货物运输的骡马黄牛达数10头，偶尔也用自己的骡马黄牛帮一些糟坊外运烧酒。他见当时荣县的烧房众多，销量极大，周边的威运、富顺乃至嘉定府一带均有商贩前来购买荣县烧酒。偶然的一次机会，曹顺意在曹家街一酒馆喝酒，碰到当时很有名气的酿酒师傅曹老幺，精明的曹顺意眼前一亮，热情相邀曹老幺共饮，曹老幺受宠若惊，几杯酒下肚后，两同宗结为兄弟。曹老幺告诉曹顺意，烧酒不仅销路好，而且利润丰厚，若曹顺意有意，他愿倾己全力，帮衬曹兄在荣县酿酒行业占一席之地。曹顺意大喜，于是决定转做建糟房酿酒，请来当时最有名的风水先生，看地选址、建烧房，经过数天的考察，风水先生认为东门桥右侧城墙边是块风水宝地，它北靠一斜坡地，寓示靠山稳固，南临梧桐水，寓示财源滚滚；左右两侧为当时繁华的商业地带，人气极旺，是一块置业的宝地。怎奈此地早为他人所有，原来，这儿是一姓张的烧酒作坊，张家在此地经营已是第四代，生意还很红火。曹顺意好不沮丧：张家无意盘出，其他又找不到更好的宝地，看来天不助我，只能守住自己的老本行了。谁知一年后，事情发生转机，张老板因长期操劳，卧病在床，他的独子也因从小体弱多病，根本无力经营，张家糟坊面临倒闭的困境，张家决定把糟坊盘出。经曹老幺牵线，厚道的曹顺意拿出较高的价钱把张家糟坊买下，决定在此宝地大展拳脚，建曹家糟坊。为扩大规模，曹顺意变卖了东川、高山铺和县城内的多处房产、铺面以及部分骡马黄牛，筹集了大量资金，高薪请来当地颇具名气的几十名泥、木、石三班工匠。由曹老幺具体负责实施，先后花了3年时间，到清同治九年（1870年），建起了在当时最大规模的曹家糟房。曹顺意对糟房的要求很高，根据曹老幺的建议，建窖池所使用的条石，制作蒸粮、蒸酒的石蒸、摊凉的地板，均是从1万米外的高山铺一带运回，运输成本极其昂贵，但曹顺意坚信曹老幺的话：石头的好坏也能影响出酒的品位。曹顺意和曹老幺对窖泥的选择更是达到苛刻的程度，他俩先后在清流乡（今复兴乡一带）、双古坟（今双古镇）、夏头镇（今保华镇）、李家宴（今乐德镇李宴）、程家场（今贡井区成佳镇）、东川（今东兴镇）、高山铺等地实地考察、对比，前后花了数月时间，几乎走遍荣县所有的地方，他们发现：东川作为梧桐水的发源地，这里植被丰富，空气洁净，泥土黏稠度适中，土质甚好，最终确定使用东川的泥土作为窖泥。半年后，曹家糟坊第一次出酒，曹顺意邀请众多亲朋好友及同行前来品酒以示庆贺，并诚邀同行提出意见，结果发现：此酒劲甚、味醥，但色泽稍逊。曹老幺建言：“酒要久好”，等酒窖发酵久了，酒的品质就自然高了；另外，水质对酿酒的影响也很大。曹顺意随即动用各种关系，并拿出部分资金，先后取得虎洞、神仙洞、龙洞三处泉水的取水权。一年后，曹家糟坊的烧酒名声大振，因酒“浓香郁雅、甘洌净爽、回味悠长”而享誉川南；曹家糟坊可谓是门庭若市，财源滚滚，各路客商纷纷登门，并先后在城东、城西、富顺等地开设烧酒店铺，手下拥有酿酒技师、店员、作坊帮工上百人。

自幼深受忠孝节义传统美德影响的曹顺意为人厚道善良，先后拿出大量家产用于修桥补路、敬老捐学等善事。还在作坊外一空地建有石桌、石凳若干，并免费提供茶水，供过往农民、挑夫、商贩等歇脚解渴等，石桌子的免费茶水、曹顺意的善举、曹家糟坊浓郁、甘洌的烧酒名声远扬。从这个时候开始，石桌子酒坊逐步成为曹家糟坊的代称，成为川南一带最具影响的酿酒作坊之一。

到了清光绪三十一年（1905年），曹德明接手石桌子酒坊，全盘负责生产和对外销售。他自小受家庭环境熏陶，酿酒技艺精湛，且头脑活络、精明能干、交际甚广。因长期烧酒外运销售的原因，他与当时的同盟会员、西北路袍哥龙头大爷范燮、范模兄弟交往甚密，与王家坝豪门少爷王天杰更是以弟兄相称。他奉行“多个朋友多条路”的信条，在县内外士农工商各阶层可谓无所不交。此时的曹德明充分运用广泛的社会关系，加上曹家酒坊良好的声誉和石桌子烧酒优良的品质，把酒作坊经营得红红火火，事业达到巅峰状态。在辛亥革命期间，曹德明出于与范燮、范模和王天杰等同盟会员的私人关系，对革命党人在荣县的活动予以了很大的支持。在荣县独立前后，为支援前线革命，吴玉章在城东三里外的铙钹顶上创办军工厂，曹家糟坊是城区通往军工厂的必经之路，曹德明暗地予以帮助，并提供了大量烧酒供军工厂的工匠们饮用、解乏，十几年的时间，曹德明以丰厚的家产、广泛的交往、众多的善举成为荣县的知名贤达，拥有很高的威望。尤其是只需一口就能指出烧酒在发酵、蒸馏过程中存在不足的超常技艺，使得他的品酒技艺在川南一带中名冠同行。民国年间，由于军阀混战，社会动乱，加之国民政府的苛捐杂税的盘剥，糟坊一度衰败，到民国35年（1946年）左右，曹家糟坊技师及帮工不足40人。

今站在这陈旧、冷落的酒坊面前。追忆它辉煌的历史足迹。在这“万类霜天竞自由”的大好环境中，如何重振其当年之辉煌，待人远思！

（曾　德）

佛寺摩崖

第二篇

大佛寺

荣县城东南500米的真如崖，南宋诗人陆游诗中称作东山，因崖壁刻有巨佛，清代以来称作大佛崖。大佛摩崖造像，俗称荣县大佛。1956年8月，被列为四川省首批文物保护单位，1980年7月，四川省人民政府重新公布为省级重点文物保护单位，2006年，被列为全国重点文物保护单位。

大门上赵熙题写的“大佛寺”匾额格外引人注目，几个遒劲的大字，使游人感受到赵体风神俊逸的艺术风格。跨入大门，呈现在眼前的是三层平坝，第二层地面上饰有佛的十二个脚印，这十二个脚印从上到下、从下到上，从左至右、从右到左，都是按二四四二排列，信徒们走过时，既不能走错走遗漏，更不能走回头路、重复走，看似简单，走起来还真有点难。

左面佛教文化馆，展示以大佛寺为主的荣县地区长达2000余年的佛教文化发展状况和独具特色的佛教石刻文化，荣县历代文化馆则展示荣县历史文化的精粹；右面荣县名人书画馆展示赵熙、柳倩、“荣州三杰”“荣州二蝶”的书画作品，宋代碑刻艺术馆则展示宋墓墓室石刻艺

大佛寺

术，表达了宋代荣州人丰富的物质和精神文化生活以及视死如生的生命理念。

1983年，政府拨款对大佛维修改造，在山麓西北新建山门，门上有一副对联：“鹫岭竖禅关，宏开觉路；龙山留道脉，独辟法门。”2000年以后，此山门关闭暂停使用。

继续往前，便是108级石梯，从台阶的每一级眺望，都可仰视巍峨的大佛头顶。石梯由花岗石建造，分为3节，每节36梯，共108级，需要一步步踏实往前走，方能目睹大佛真容。

往东前行十几步，便来到大肚弥勒殿。大肚弥勒殿原叫燃灯殿，1983年维修时，改称大肚弥勒殿。大殿中央弥勒佛笑逐颜开，两侧为县人、书法家柳倩书写的对联：“开口便笑，笑古笑今，凡事付之一笑；大肚能容，容天容地，于人何所不容。”细细品味，顿觉心胸开朗，灵魂似乎经历了一次洗礼。

往上行走，便来到大佛殿。佛像坐南面北，头与山巅齐，气势雄伟，比例匀称。通高36.67米，膝高12米，脚宽3.5米，从其高度而言，仅次于乐山大佛，是全国第二石刻大佛；从其类别而言，又为全国第一石刻释迦牟尼佛。考其雕刻年代，清康熙年间编纂的《古今图书集成》、清同治三年（1864年）刊刻的《嘉定府志》、清乾隆二十一年（1746年）由县令黄大本主持编撰的《荣县志》载：唐人刻大佛与山并高，大佛头饰螺髻，上饰高髻；脸面略方而丰腴，双眉间有白毫相，鼻高唇厚，两耳方长；双手平放膝上，右手抚膝，左手放于左膝上，掌中托一颗圆珠，造型非常罕见。因为包括相邻乐山大佛在内的国内众多佛像，通常都是双手抚膝，并没有手里托珠的姿势。此珠为摩尼珠，佛教七宝之一，指能如自己意愿，而变现出种种珍宝之宝珠。此宝珠尚有除病、去苦等功能，一般用以譬喻法与佛德，及表征经典之功德。大佛善跏趺坐在金刚坐上，双足踏在座前的两朵仰覆的莲花之上。清代，佛像上建拱券，下建架殿，只能远看大佛头，近看大佛脚。光绪年间，佛像衣着施彩，体上贴金，殊为壮观。抗日战争时期，佛金被人刮走，而今仅有痕迹可寻。

大佛所在的庙宇，唐宋时名开化寺，民国本《荣县志》载：“架殿十层，高四十七丈，阔五十丈。”“宋时寺门，抵今溪岸。”可惜毁于明末兵火。清代康乾时期，大佛寺“筵楹横竖，久没于荒烟蔓草之中”。嘉庆十年（1805年），峨眉山僧隆辉朝拜普陀山南海观音后路过荣县，目睹佛像裸露荒野，遂留荣县，在大佛山结庐为庵，四处化缘聚资，重建寺庙。嘉庆十三年（1808年），知县许源捐资、募化，在大佛头部敞顶龛处，建造石拱券保护佛像。拱券上建重檐阁楼。楼下前为石质牌坊，上刻许源题字“大开觉路”，楼上悬挂匾，曰“大佛寺”。清末民初，大佛寺香火旺盛，邻近各县朝山拜佛之人络绎不绝。清代翰林赵熙题有《咏大佛》绝句：“金像巍巍入太清，元丰元祐八年成。荣州不让嘉州好，只少凌云风水声。”诗中“八年”当指宋代对大佛寺的重修时间。

大佛东面崖壁上，刻有清光绪初，陕西省西安人张腾蛟书题的“白云深处”四个行书大字，浑厚匀称，苍劲有力。大佛西面为达摩殿，崖壁上刻“达摩渡江像”，像高4.9米，近乎圆雕，达摩手持念珠，肩荷禅杖，脚踏芦苇，掉头侧身，稳立于鱼翻浪滚的汹涌波涛之中，形象传神，颇有“谁谓江阔，一苇飞渡”的气魄和风韵。半山腰，有古迹叫啸台。台宽约3米，有十八罗汉唐代摩崖造像，因“文化大革命”破坏和年代久远，全无佛头，且风化严重。相传荣境古为黄帝之子玄嚣封地，玄嚣打猎时曾在此小憩，是为嚣台。又传魏晋名士孙登曾在此长啸吟咏，又名为啸台。这是“荣州十二景”之一，曰“啸台游赏”。

啸台历来是文人墨客载酒赋诗胜地。刻有南宋历史学家、荣州刺史李焘“啸台”摩崖题刻。1903年，赵熙携长子德造第4次赴京，担任国史馆协修、纂修等职。临行前，县令唐枝中为其在大佛寺饯行，于啸台赋诗勒石《赵熙将之京师》。1904年，赵熙游大佛寺，登啸台感叹道：“废台文献久无征，宋代题诗屋几层。冷眼看穿司马氏，山中一笑即孙登。”南宋大诗人陆游，淳熙元年（1174年）冬摄知荣州，流连70日，在3首诗词中提到啸台。《别荣州》：“啸台载酒云生屦，仙穴寻梅雨垫巾。”《蓦山溪·游三荣龙洞》：“啸台龙岫，随分有云山，临浅濑，荫长松，闲据胡床坐。”《齐天乐·三荣人日游龙洞作》：“客中随处闲消闷，来寻啸台龙岫。”

“嘉州大佛雄，荣州大佛美！”荣县已成功举办7届大佛文化旅游节，相信不久的将来，会有更多的人认识荣县大佛，亲近如来福地，领略其独有的艺术魅力。

（王　林）

二佛寺

二佛寺

荣县县城，今旭阳镇。唐宋时曾为州（府、郡）治所。因其曾是川南富庶之地，又因宋光宗赵惇即位前在此任荣王，故而颇有名气。

唐宋两朝，荣县佛教兴盛。今天遗留若干座佛寺于县境内。仅县城咫尺之间，就有大佛寺、二佛寺、古佛寺三座禅院。一城三佛相连，在川南各县也甚罕见。

这二佛寺坐落于县城西南金碧崖下，隔旭水河与老县城相望。据乾隆本和民国本《荣县志》记载和专家的考证，二佛造像和寺庙始建于唐代。唐代和北宋时名开元寺，南宋时改名净土院，明代称广志寺。清乾隆十八年（1753年），寺院重建，以沿崖有摩崖造像千尊，即名千佛寺。但因该造像、寺院均小于东山之大佛，故多以荣县二佛寺称之。

寺内依崖造像，建有弥勒坐佛一尊。佛像通高5.8米，宽2.6米，坐西北望东南，造型和东山大佛相似。不同的是二佛寺的佛像造于平顶方形石龛内。龛高8.5米，宽7.3米，深5.7米。前有庙宇遮护，身后有圆形头光及莲瓣形身光，头光顶部刻有一上一下两尊佛像，沿头光及身光往下，直达金刚座。左右对称又有浮雕12尊结跏趺坐的小佛。从设计创意、雕刻技艺看，二佛寺的佛像较之大佛寺的佛像，造型更为美观，比例更为匀称，手法更为细腻。其崖刻技艺之精湛胜于川内其他佛像。几十年间笔者曾陪同亲人、朋友浏览该寺，友人们都啧啧称赞二佛寺的精美绝伦。称面谒二佛寺的佛，有很强的亲切感。二佛寺的佛像慈目善目，不显威严，善男信女乐访善缘。

二佛寺曾经冷清破败。中华人民共和国成立初期，寺院被分配给当地农户居住，迄20世纪80年代初，佛事活动停滞达30余年。既无住寺僧尼，亦无任何香火。1982年4月，笔者陪同自贡市文物部门的诸同志考察，在此见到的是这样的景象：山门无存，院墙垮塌。仅存的大雄宝殿及所有厢房，均住有农户；鸡鸭满院；污水横流；柴草零乱，垃圾成堆。弥勒坐像及其他造像早已被烟火熏得面目全非。好容易才觅得咸丰年间的告示碑及光绪年间知县唐枝中书写的碑刻，也被污泥或石灰涂抹，有的被农家作了洗衣台面；寺内小尊造像身首分离，横躺地上。更令人揪心的是，主像弥勒造像双耳断裂，腹部被凿了一个方洞。据村民介绍："文化大革命"中，某人听信佛爷肚里藏有金珠宝贝的谣传，竟心存邪念，爬上佛座，持錾子敲打了一天，终因不见藏宝的任何迹象，方才泄气罢手。

1980年代中期，荣县人民政府贯彻国家民族宗教政策和文物保护法，拨出专款，迁走村民，将大雄宝殿和厢房进行了维修，并批准将二佛寺列为对外开放的宗教场所。1985年9月，又被自贡市列为市级文物保护单位。凡此种种举措，为二佛寺重新振兴奠定了基础。同年，原住持女尼释照福也从外地回到寺里，目睹政府的开放政策，乃决心恢复寺院原有辉煌。她率住寺僧众忠于佛法，勤于佛事，尽职尽责维护寺规，克勤克俭开展佛事活动，赢得县内外佛家弟子和游客好评。开茶馆、办素席，为寺院积累资金。加之善男信女和游客的功德捐献，为修复二佛寺打下了雄厚的经济基础。释照福将这些钱陆续投入，修复殿堂、禅房、斋房、茶厅；新砌堡坎；为弥勒坐佛修复金身……几年间，一座破败颓废寺院，逐渐变得金碧辉煌，活力显现。

释照福是二佛寺重振再生的功臣。她的作为获得宗教管理部门的肯定。1990年，她作为宗教界代表人士，被举荐为荣县政协第八届委员。1992年，释照福圆寂于寺内。弟子们按佛规，将她灵骨安放于寺庙后坡上，并修有佛塔相伴。

今之二佛寺，常年香火不断，游人不绝，茶客满座。每年二、六、九月观音大士生辰日或重要节气，寺内的素席还需预订。拜佛吃素，成为游览二佛寺的重要内容。

金碧崖与二佛寺同处一地，甚至同处一壁。说了二佛寺，必涉金碧崖，因二景实在无法分割。

实际上二佛寺就是金碧崖之首。出山门沿山崖西行，在长达500多米的崖壁上，共有造像1000余尊。这些摩崖造像，均为唐宋时所刻，称浮图崖，也称千佛崖。之所以称金碧崖，盖因唐宋元明诸代，上千尊佛像装金饰彩，在阳光照耀下金碧辉煌，十分壮观。故“金碧崖”之称，一直沿用下来。清代县人郭泂所题“金碧崖”三个大字刻在崖之上方。

金碧崖造像，持续时间较长，时代特征明显。唐代造像浑厚有力、气势磅礴，刀法简练；宋代造像体态秀丽、匀称自然、刀法精细。这些造像充分显示了我国古代劳动人民的聪明才智和超高的艺术水平。历代名人雅士，来此者多为这精湛的艺术长廊所倾倒。清代以前，金碧崖一线真是风光秀丽；沿河向西而行，左边鼓钹声醉，千尊佛像金碧辉煌，令人目不暇接；右边是潺潺而流的旭水，垂柳轻拂，微风拂面，碧波荡漾。一叶扁舟在河面游弋，三两钓翁依柳垂钓……置身其中，怎不令人心旷神怡，乐不思归。明代诗人赵远以“路从金碧崖边过，人在丹青画里行”为金碧崖风光做了最好的诠释。

很可惜的是，金碧崖岩石是属于易风化的红砂石。经过上千年的风雪侵蚀，千尊造像风化严重，有数百尊已面目全非，要想恢复是难上加难。

郭泂“金碧崖”题字下方，有人工开凿的一个穿天洞。洞长5米。游人至此出于好奇，都会穿洞登顶，一览荣州全貌。洞中潮湿凉爽，洞壁生满苔藓。大暑游览，游人喜在洞中小憩。穿洞右拐登梯可见天光，石梯30余级直达山顶。顶名饶钵，以其形如同戏剧所用的乐器饶钵而得名。登上饶钵顶，顿觉天地开阔，荣州全景尽收眼底。绿树掩青瓦，街道错落有致，行人熙熙攘攘。清代翰林县人赵熙闲赋居乡，每年9月9重阳登高常选饶钵顶，该处还刻有赵先生记述游金碧崖、登饶钵顶的五言诗一首“一洞穿崖出，天光见白云。莓苔满壁合，鹰隼逆风闻。万绿高低树，全山要害军。君看此城郭，掌上数螺纹。”楷书阴刻，字迹浑厚有力，清晰可识。

饶钵顶在金碧崖最高处。20世纪80年代，在此建立了电视转播台和广播调频发射台。机房巍然屹立山巅，天线发射架直插云端。现代文明与古代文明有机地融为一体，为荣县平添了一大景观处。

金碧崖、二佛寺原处城郊。随着社会发展，城区区域不断扩大，该两处景点已成为城中位置，处于老城和新城之结合部。一座风雨桥将新、旧城区连接，金碧崖一线已经成为一个新兴的商贸区、浏览区、文化区、整日车水马龙，喧哗热闹替代了昔日的宁静安详。

■ 附：

二佛长联

（此联共500余字，对仗工整，气势宏大，不失为古迹中的文化瑰宝）

银杏居士撰写　蜀南绍堪手书

斯寺昔旭川开元。叹客舟朝凤兴佛教，竭诚向往。嘘嘘，奈尘缘晦暗，空前劫难，破败非常：殿宇塌、莲座坍、金身驳、眶瞳残，四壁倾颓，墙垣碎断；乱凌凌一片废墟，空荡荡满目荒凉。枫露涕零，檐铃哀伤，达摩怒目，如来怅惋……万籁齐暗声声慢，雾障琼崖隐灵山。忽聆放翁吟哦，乍听苏子教讲。揽髻怀情空伫望，渺渺孤城沉夜郎。天山古松叠翠，蒙泉王珠铿锵，啸台铁树繁花，高梯天鹅徜徉。甚赞山谷遗珍，库序延芗，茅屋出圣哲，九州威羹，亿兆景仰。从来英才潇洒，鲲鹏豪壮；钟灵毓秀，虎步龙骧；精诚报国，栋梁祯干；破釜沉舟，卧薪尝胆。……堰关以缚王侯，揭竿而摧金銮，轰轰烈烈，恩泽梓桑。剑龙征腐恶，天杰酬家邦；韶乐奏升平，华胃享长安。百年激荡，岁岁重阳。爽气西来，颐和酣畅。地利薰风，浩浩汤汤。欣辟法门，怡斋惠飨。

此地今盐都形胜。慨释迦托福照浮图，艰苦备尝。噫噫，恰法轮常转，佛坛开放，吉庆隆昌，阶墀厚、净禅宽、铁塔耸、钟声响；千缘荟萃，宝刹轩然；熙攘攘八方接踵，笑盈盈空巷朝参。棕伞婆裟，窗哨欢翔，法师合掌，寿星安详……百花竞艳色色鲜，月浸流洲映禅关。欣赏尧生墨翰，敬诵柳老华章。萱风得意馥幽草，泱泱渠水漫新秧。双溪潜虬石化，锦沟桫罗天然，岑楼密橘悬金，龙都芝兰馨香。堪誉二蝶艺精，科影垂光；将军夸奇迹，群窟辉煌，世界奇观。更兼学者风流，桃李芬芳；耕爷传贤，播文过懿花；用权惟公，清廉高尚，革故鼎新，光大发扬……育才殷竞中兴，张德深孚众望。鳞鳞炳炳，善慰炎黄。雏凤吐清声，诗乡臻瑞祥。梵音颂盛世，国土倍严庄。六道轮回，滚滚长江，旭日东升，磅礴舒展。天蒸曙霞，璀璀灿灿。弘开觉路，功德弥彰。

（戴泽祥）

古佛寺

古佛寺位于荣县西干道凤栖山麓、旭水河畔，因其供佛像与大佛（东山）、二佛（金碧崖）在一城，体量又在第三，故又称三佛寺。

古佛寺始建于唐代，寺内主殿佛像为释迦牟尼，乃唐玄宗开元年间造像，为县内唯一圆雕石刻佛像，距今已有1300余年。

主殿第二层，普光明殿（亦名千佛宝殿）正中供奉五方五佛，即东方世界阿从佛、南方世界宝生佛、西方世界阿弥陀佛、北方世界成就佛、中央世界毗卢遮那佛，四周环绕供奉千佛，即表达千佛共会，一真法界的场景。每尊小佛高25厘米，代表《楞严经》25圆通。其身相、色相与中央供奉的大佛完全一致，以此示为一佛之化身，体现圣凡一体。

据文献记载：古佛寺始建于唐玄宗开元年间，因寺内有一尊石刻古佛，故名。古佛的造型与大佛、二佛的造型相同，佛高5.6米、头长1.1米、肩宽2.2米。坐南向北、体态匀称，其造像先于大佛、二佛百余年，乃旭水河畔一天然巨石完整雕刻而成，为县内唯一圆雕石刻佛像，其法相庄严乃荣州一绝。

古佛寺

唐朝末年寺院毁于战乱，宋元祐年间重建，明代改为接官厅，明末寺院又毁于兵燹，至清康熙年间复建，历代香火鼎盛，佛事兴隆，来寺礼佛、朝拜的信众络绎不绝。同治五年（1866年），由住持僧秉珏进行大规模培修后，古佛寺达到鼎盛时期，规模宏大，左至万家坝，右到西门桥，后殿藏经楼远至凤栖山为望景楼，成了文人们吟诗作赋、引经据典之地，清末邑人蜀中文豪赵熙游古佛寺后，写有《下山饮古佛寺》：

出游人意比云闲，黄菊簪花两鬓斑。
城内诸生城外馆，寺前流水寺中山。
老僧穷饿将何计？浩劫苍茫塞两边。
古佛幸从唐代溯，日头归路悟无还。

然“世事有因缘，法性无古今”，“文化大革命”期间，寺院被占，殿堂损毁，古佛像被打坏，佛头被打入寺前河中，浸泡了数10余载。2007年，经荣县人民政府批准，由果明法师及四众弟子筹资重建。

（曹 宏）

醒悟寺

从荣州（今四川省荣县）赴嘉州（今乐山），旅人过白石铺、铁厂铺、老君台、白岩石，一路翻山越岭，人困马乏之际，一到五通坝，豁然开朗，淡烟轻霭，平畴远风，悠然有桃源之趣。放眼望去，碧云晴岚之际，隐隐有一布达拉宫式恢宏建筑，这就是醒悟寺。

醒悟寺地处荣县长山镇得胜村8组，高踞五通坝真武山。据寺内记载：真武山原有一座古庙，始建于唐初。民国本《荣县志·社祀第十一·长山桥》："有观音阁、真武庙，县六十里。五通坝真武山，本玄武也，以宋讳曰真武，靖康三年建。"说明古庙原为玄武庙，宋靖康三年（1128年）为避圣祖赵玄朗之讳，始改玄武为真武。真武庙当为主祀道教四圣之一的真武大帝。同版《荣县志·山脉弟四·铁山》载："啸天龙……东为麓，旧驿曰青冈铺。南为鹰窠岩、洞屏山、磨盘山、五旗山、真武山，宋靖康三年，建真武观。"可知真武观，亦即真武庙，为道家修真之所。1993年本《荣县志·卷二十八社会风土·道教》称："县中较大道观有：唐建修道观（铁厂乡老君台），宋建天庆观（即玉皇观，今县中医院），明建真武山（五通乡境）、云台观（新桥乡境），清建纯阳阁（即县西郊

醒悟寺

望景楼）、金凤山（台观乡境）等，均有庙产。道士从事设坛扶乩、诵经礼斗、书符画水，为患者消灾治病，指导门人练功等活动。”可见，明朝时亦重建过真武山道观。现在真武山醒悟寺大殿里，尚供奉有真武大帝神像。真武山曾经的旌幡符篆，已深深隐没于历史的烟云之中。

省道305线由南至北贯穿五通坝，西侧有两条村道水泥路通往真武山，在山腰北面交汇，并绕到真武山前，为真武山系上一个灰白的项圈。项圈之上，小山头部就是巍峨耸立的醒悟寺。俯视醒悟寺，是座四方坛城，从山颈直冲山巅，略微内收，形成一个高台，台顶即山顶。其坐西北向东南，向东南略倾斜。坛城的南墙最为宏伟，东西向一条直线，随山势形成一个等腰梯形。下部大致三层楼高，东西两端转角处如同讹角柱的四角一样直角凹陷，顶着一窄窄的平台。四面赭红色高墙完全罩住了整个山头，南北向铺开两进四合院，院子周围房屋的后墙，就是山颈伸上来的红墙。山即是庙，庙即是山，山头虽小，寺庙壮观。游人还可沿东、西、南、北观台欣赏各方美景，于高处俯视苍穹，与五通坝的祥瑞之气交融。

往主殿总持殿的路有两条，一条路往前山小路，虽为水泥路面，却少有人行，落叶满路，杂草相侵。中间一段阶梯，形成一个几字形的弯道，朝东北斜着搭在寺庙的平地上。平地边沿，蒿草齐肩，几棵幼桂一字横列于蒿草丛中。树干笔直，殊不为团圆之状。眼光越过树梢，就落在醒悟寺南边墙垣高高的顶端。一条路经偏殿，即“项圈”西北侧独立的重檐歇山式大殿。此大殿分两层，底层为龙王殿，龙王殿内浅浮雕九条飞龙，形态各异，栩栩如生。倘机缘巧合，正值龙王吐水，则为一大景观，香客称此为“圣水”，常驻足饮水，认为此水能消灾得福。

沿龙王殿侧面台阶而上，二楼为观音殿，殿内正中为一天然巨石雕刻而成的千手千眼观音佛像，佛像面容慈祥，千手呈半圆形散开，每只手正中嵌有一只眼睛。《大悲心陀罗尼经》说，观世音菩萨在过去无量亿劫时，跟随千光王静住如来修行，听如来宣说大悲心陀罗尼，当下从初地证到超八地，于是立誓要利益一切众生，并生千手千眼，发愿后果然具足千手千眼，并且十方大地一起震动，十方诸佛一齐放射超日月大光明。千手遍护众生，千眼遍观世间，象征观世音菩萨的广大慈悲和无边愿力。

巨石上刻“石刻千手观音菩萨”，下有碑文。碑文显示，千手观音为虞芝兰等居士募资，安岳邹笃云雕刻，住持释克戒2012年立石。

观音殿另供奉着描金绘彩的菩萨数尊，或坐或立，妙相庄严。出观音殿北侧，沿山脊即可到达醒悟寺正殿之底层。殿墙之中有镂空法轮为窗，以莲花与如意为饰，上有文字“慈航普渡”“众善奉行”“诸恶莫做”等。转过数层台阶，来到殿宇之上的天井，其右偏殿内供奉一尊秽迹金刚，门外有联：“手执八物诛众生免遭厄，化佛宣密语一切众生悟。”其左为祖师殿，匾额显示祖师殿为2009年建成，门外有联：“居紫微参造化而主星辰，镇玄天踏龟蛇以生物象。”

殿内供奉禅宗三位祖师，当中为达摩禅师（将禅宗从印度带到中国），左侧为禅宗六祖（实际创宗人），右侧为百丈怀海禅师（制定了今日中国禅宗寺院规章制度）。

祖师殿后，即进入总持殿后门。总持殿前门楣悬挂金匾“南无七俱胝佛母准提王菩萨”，“七俱胝”是无量无边之意，七俱胝准提佛母是说无量无边那么长远的时间以来，有很多修行者因为修习清净的准提妙法而终得成佛，故称为准提佛母。准提菩萨又称为七俱胝佛母，这个名号出自《七俱胝佛母准提大明陀罗尼经》，“俱胝只念三行咒，便得名超一切人”。佛陀说法，不出显密二门，显则广谈性相，晓悟，修证法身。密乃但令持诵，默登圣位。可见此咒有不可思议之神力。

上层楼阁悬挂“总持殿”，门外以对联形式悬挂着：“稽首皈依苏悉帝，头面顶礼七俱胝。我今称赞大准提，唯愿慈悲垂加护。”这是龙树菩萨撰写的准提菩萨祈请文，念诵祈请文，既得准提菩萨加持，又得龙树菩萨和七俱胝数量佛陀的加持。这篇祈请文包含了皈依、礼佛、赞佛、随喜、祈请五大次第，历史上很多高僧仅持祈请词便亲见本尊，可见其功德无量。

总持殿内准提菩萨显得金碧辉煌，为一尊十八臂的菩萨，各手臂姿态各异，执有法器，中间一对手结印，两腿盘坐。殿中悬挂佛帐龙门，绣有“佛光普照”四字，另绣两条金光灿灿的飞龙。再前悬挂经幢宝盖，两边悬挂圆幢《千手千眼无碍大悲心陀罗尼》《佛顶尊胜陀罗尼经》。殿内有两条巨大的铜制蟠龙盘绕于石柱，间饰云纹。其柱础亦为飞龙，建筑中正脊、檐角多处亦以各式飞龙为雕饰题材。殿中多处塑有观音神像，大殿左边山崖上正在雕刻一尊与山齐的“飘海观音”。观音脸部饱满，两眼平视前方，左手施无畏印，右手执净瓶。

总持殿左耳房内供奉道家尊崇的玉帝和王母像，右耳房内供奉真武大帝和关公像。由此看出，真武山既保留了古庙祭祀真武大帝的传统，又为佛教的丛林宝刹，是佛、道合一的寺院。

醒悟寺古代是道教基地，到了清朝无道教照管，当时佛教已普及全国，就由佛教徒改为活动场所，供养燃灯古佛、释迦牟尼佛、观世音菩萨等，但一直保留供奉着真武祖师。清朝初期，蒋维清等4人捐资在真武山修建了一座四合院的寺庙，占地4万平方米。民国时期仍香火旺盛，朝拜人士极多。20世纪50年代，该庙地作为得胜村农会办公地点，后破除迷信时彻底损毁。

1997年，民间自发组织重建醒悟寺。现该寺占地面积约2万平方米，建设面积约4666平方米，公路和梯步占地约9666平方米，绿化占地约6333平方米。建成殿宇4栋，房舍400余间，可容纳几千人的庄严道场。寺内供奉佛菩萨120尊，僧人居士手工绣制佛菩萨像31尊、心经、大悲咒、楞严咒各1副。

醒悟寺每逢会期，来山朝拜的香客摩肩接踵，有时多达万余人。2003年6月25日，经荣县人民政府批准醒悟寺为宗教开放活动场所。

（李锦梅）

白云寺

瓜瓢山地处度佳镇白岩石村，为岷江与沱江的分水岭，海拔745米，紧挨305省道，与真武山遥遥相望。

瓜瓢山山峰11座，座座是佛山。据说山上有1个洞，径深约500米，形似瓜瓢，此洞故名瓜瓢洞，此山也叫瓜瓢山。洞中有20座完整的佛

白云寺

像，当地善男信女，每逢初一、十五，便到洞中朝觐，焚香烧纸，顶礼膜拜，山背后便冒出缕缕青烟，弥漫山间，恍若仙境。

瓜瓢山顶峰有一寺庙曰白云寺，是佛教场所。据白云寺牌匾记载，白云寺始建于唐开元六年（718年），距今已有1000多年的历史。清朝时香火旺盛，清末民初进行过维修，民国时四川军阀混战有所损坏，“文化大革命”期间彻底损毁。

白云寺的来历，民间有段传说。瓜瓢山虔诚的佛教徒去朝峨眉山，老和尚清祟长老问：“从何而来？”答曰：“从瓜瓢山来。”长老捋捋须髯说：“瓜瓢山很高啊，我在这里都能看见白茫茫的一片，你们那个寺院就叫白云寺吧！”瓜瓢山的信徒遵从长老的金口玉言，将寺院更名为白云寺。当地百姓说，天晴的时候，站在瓜瓢山顶峰，就能看见峨眉山。

20世纪末，重建后的白云寺占地13万平方米，坐北向南，顺应山势由西而东逐层上升。步入大门便是天王殿，一尊来自缅甸的纯白玉罗汉，冰清玉洁，笑迎八方来客，四大天王护法神保护佛门净地不受亵渎。天王殿后面是大雄宝殿，巍峨雄伟，层层叠叠，雕梁画栋，金碧辉煌，钟磬声声，梵音缭绕。念佛堂旁边有流瀑喷泉，小桥莲池，潺潺的流水声与游人的笑声应和着。大佛殿堂气势恢宏，巧夺天工，20多米高的阿弥陀佛像慈眉善目，令人叹为观止。

林间小道，曲径通幽，漫步其间，心旷神怡。沿坡拾级而上，山间杂木丛生，蕨菜遍地，茶林葱绿，茶香馥郁。登上山顶，豁然开朗，放眼四望，峰峦起伏，云雾缥缈，层层梯田，彰显丘陵特色。

空气清新、风景秀丽的瓜瓢山，已建成“层台耸翠，飞阁流丹的佛家胜地”，成为旅游休闲的好去处。

（王 林）

天堂寺

天堂寺遗址，地处荣县旭阳镇天车村21组。民国18年（1929年），赵熙主纂的《荣县志》对此有记载。说天堂寺在县北25千米，建于明朝。天堂寺在连绵群山中的一座奇峰上。峰高峭峻，独显上苍鬼斧神工的无穷魅力。壁陡峭而峻，林茂密而幽，百鸟争鸣而灵，与日月同生辉。处万山之环抱，乃荣州第一古刹。当站立于尖子山，清晨，寺周云雾缭绕，犹如画家泼墨，将群山变成一幅水墨丹青。寺对面有一座土山，叫木鱼山，四面乃悬崖绝壁。

天堂寺

古时天堂寺，僧人在水井里取水时，排成长队，从山下将水手手相递而上，人沿石梯而上，是何等壮观。明崇祯年间，张献忠屠城后将天堂寺与地理寺诸僧一并诛戮于和尚滩，300余名和尚的鲜血染红了整条河流。愁云惨淡，河水呜咽，哭诉张贼之残暴。

清咸丰、同治年间，寺重建，坐北朝南，占地约3万平方米，有僧舍234间。在巨石上有造像上千个。不仅有佛、菩萨、金刚、鬼王、玉皇、力士，还有舍利塔。尤其是那尊后龙山佛像造在较高的巨石包上，雄视群山，威严肃穆。后龙山佛像与荣县大佛遥相对视。新寺气势与原寺不分上下。新都宝光寺接管了天堂寺。荣县风鸣书院廖扶九有较榜题留于寺。

光绪年间，官府以寺产归公为由，限制僧人数量。光绪二十八年（1902年），一场大火，烧毁了天堂寺。残垣断壁，瓦砾雕梁满山遍野。

不久，又由僧人发起，信徒施功德，重新修建，然气势大不如从前了。解放初的天堂寺，有僧人在此，周边僧人也常来游禅论法。1960年以后，僧人走的走，死的死，最后只留下一人。没隔多久，那个僧人也走了。也许是大雄宝殿被拆之故。中华人民共和国成立后不久，天堂寺收为公产，政府在此办起了天堂寺小学。因地势偏僻，不久，迁于铁矿坳。同心公社修办公楼，又将大雄宝殿拆除，天堂寺夷为了平地。

民国4年（1915年），赵熙回荣县定居，以逸民自处，寄情于山水。一天，他邀友来到天堂寺，即兴写下了游诗：

青山二百四房栊，第一荣州古梵宫。
粥鼓钟鱼归劫火，兔葵燕麦立春风。
坏廊经雨明碑尽，环海无尘佛力雄。
人世兴亡亦如此，起看天地乱云中。

赵熙听说王家庵就在离寺2500米处，于是结伴行至王家庵，写下了诗句：

洞然肝肺化青霞，半日行程画不差。
非雨非晴好天气，有松有竹野人家。

乱山疲路欣逢寺，远水新秧坐听蛙。
若问谢公今日屐，蚁萦苔岛蝶穿花。

据传，有人见过“修庙碑记”，碑中写道：

上栋下宇以避风雨，似为人非为鬼也。然有栋宇以避风雨。日出则受其暄，雨降则被其润。神庙而培修佛像，庶无雨蚀风销，神得人以安，人得神而佑也。

还有人在舍利塔群之左发现了“天花二年”的题记。在和尚坟内，有人发现有地藏龛。从龛看，是唐末五代常见的帷屋形龛，由此可以推测建造年代上限中唐，下至晚唐五代。

天堂寺左右两侧各有形如竹笋的石柱，当地叫它“石笋”，高约10米。现存那根“石笋”较为完整，奇怪的是“石笋”顶端是常青树，从未发现枯枝和黄叶。

和尚坟就在天堂寺左侧100多米处，坟内空空如也，外貌犹存。和尚坟现存两处，只有一处还有块石碑。从碑顶部刻的“证真常”三个字看，坟内所葬的是高僧。再从残破的两块阴刻石碑看，这是临济宗师的门下。

该坟葬的是永振老和尚，圆寂于清咸丰元年（1851年），农历十月初一戬谷立碑。这碑是永振老和尚的徒弟仁村、仁桂，法号分别是法清、法万及徒孙圣清、圣善、圣怀、圣德所立。

当地有些传说，其一山门对面有个形似乌龟的山头，说是神龟的化身；其二说是埋葬宝藏时，缺有缘之人封关。木匠发现银光闪闪的一瓦窑银子，因没装银子的工具，他只拿了两块。有人叫去修门，他怕别人看见，就把宝藏盖好。木匠再回原地，宝藏不见了。上天冥冥中借木匠的神力把宝藏永远的埋葬了，民间流传着“上桥对下桥，银子一瓦窑”的谚语。其三地质考察的人在村民家住了几天，发现有一块方形的石头。一敲击，地下会发出一种嘎嘎的鸭叫声。勘探用钻头到处打孔，挖出了一对宝物，是对金灿灿的鸭子。自此，再无那种嘎嘎叫声了。这些神奇的传说，在村民口中代代相传，早已变得模糊失真。随着时光的流逝，终将消失在岁月的尘埃中。

在历史长河中，天堂寺屡屡被毁，多次重建，多次辉煌，然“劫数”难逃，最终被夷为平地。如今瓦砾残垣荡然无存，唯剩些长条巨石可见证那段历史。

（余仕清）

玉泉寺

今来牟镇新寺村7组村委会办公地点，原为清朝道光年间修建的玉泉寺。寺院得名于寺左树林中一眼清澈甘美的天然泉水——玉泉。这间寺院规模不大，用料极为考究。山门上端为未显丝毫风化的整长方巨石，上面抠凿出圆拱形，下面呈扇面形，其间留凿“玉泉寺”石匾，次下为“几”字形条案承接。两下端圆拱各凿一长形小孔，未审其用。两侧方形门柱有联：“凤鸣山笑，玉暖泉香。”底有条石门槛。寺门山墙为平脊三重檐马头墙，最低层饰有大鸟。门房内两端墙上两个对称蓝色莲花印记。

玉泉寺东西长31.7米，南北宽29.5米，占地面积有800多平方米，是正门、厢房、门房组成的四合院（左厢房已毁），共存12间房屋，正殿4间。殿前有石砌院坝，屋檐下四根柱础为一对狮子，一对大象，略有破损（大象鼻了不见了）。

正殿为五架梁框架，全为整棵优质圆木，梁柱之间漆饰亮丽如新，只积了些灰，建筑格式为硬山式屋顶，面阔20.75米，进深11.2米，山墙为平脊四重檐马头墙，最低层上刻宝瓶圣物，下刻天官，两段

玉泉寺

图案寓意为天官赐福。上几层亦为组合式图案，位置较高，为飞檐所挡看不清楚。左侧厢房一面墙上有中华人民共和国成立后，玉泉寺成为学校时书的大字：好好学习，天天向上。

当地老人用手比画了讲戏台及四道大门的位置，玉泉寺外草丛间零散分布着一些残存的雕花石柱，从现存遗迹的做工用料来看，不难想见这座寺庙鼎盛时期道场弘丽，香火亦十分旺盛。这座建筑保存到现在约两百年，除去人为破坏，材料几乎没怎么磨损。2007年，玉泉寺成为自贡市文物保护单位。此处不当道，已显偏僻，因此保存较完好，对研究佛教在西南地区的发展，以及清代寺庙建筑风格有一定的参考价值。

（李锦梅）

雷音寺

在荣县西南边陲与宜宾、犍为交界的雷音乡有个“一乡七寺”的真实故事，这7座寺庙的遗址仍在，而最为雄伟的雷音寺的变迁却充满传奇色彩。

且说雷音寺，始建于南宋末年（1268年），原名宏音寺，后毁于战火。清朝康熙十年（1671年）扩建，是当时蜀中三州（叙州、嘉州、荣州）之圣庙，与乐山大佛、荣县大佛齐名，占地竟有10万平方米。雷音寺有九重殿、18个偏殿外加21个配套建筑，均为木制框架结构。而寺内因上、下殿各有一个约300千克的大钟，每当晨曦敲击，声如雷鸣，响传百里，故名雷音寺。当时荣县隶属嘉州（今乐山市）。

叙州、嘉州、荣州均有寺庙，而尤数雷音寺兴盛。雷音寺中人口众多，香火鼎盛，每日敲钟、开饭、值门的就有两班和尚轮流值班，又分上下半夜值夜，素有“大和尚五万五，小和尚无法数”之说。雷音寺年年香火旺盛，每逢节日，有上万香客前往朝拜。一时声名远播，独占净地鳌头，引起了佛界关注。

忽有一日，另一寺庙的和尚去嘉州府状告：雷音寺里养有妇人，寺内有“五荤和尚”无数。州官大人素来对佛虔诚，听得此事大怒。遂令手下武官陈云龙前往雷音寺查办。

那武官陈云龙骑着高头大马，一天一夜到达山高林密的一个陡坡，马儿一声嘶鸣，突然跪地不起。陈云龙好生奇怪，急忙寻路边人家打听，才知离雷音寺不到10千米。他本是信佛之徒，便放走了马儿，寻至雷音寺大门外。乔装为商人，挑着货担，叫卖佛珠玛瑙、针头线脑、梳子篦子、镶边什么的，查看动静。

一周后的一天，一小和尚出门买针线，过了一阵又有和尚出门买梳子、篦子。凭此，陈云龙臆断寺庙养有女人，寺庙腌臜！遂冲入雷音寺，亮明身份，抓捕了寺庙正副住持，遣散众多和尚。然后放了一把火，火烧雷音寺，熊熊大火燃了七天七夜，雷音寺只存残垣断壁和一片瓦砾。陈云龙还将寺庙正副住持带回嘉州，由州官大人亲自审问，结果让他大吃一惊。

原来雷音寺有几个小和尚是独子，从小出家，其母亲先后不幸守寡，她们誓不另嫁。在求得住持同意后，小和尚便把母亲接到寺庙，在寺里后院从事洗浆缝补。嘉州大人速派手下核查，果然与住持所供一致。

恰逢八府巡按巡到嘉州府，在听了事情经过之后，判决“武官有错，僧寺无过”，责令陈云龙三年之内复原寺庙。

历时三年，由于经费有限，无法完全复原。陈云龙修了一个浓缩版的雷音寺。修有上、中、下三重大殿，两偏殿再加耳房，有围墙、山门；沿阶而上，行至大雄宝殿，殿内供有三尊大佛，均为丈六金身；尚有一尊释迦牟尼佛像供于三尊大佛之前，有两大弟子摩诃迦叶和阿难陀胁侍左右；大殿左右两墙供有十八罗汉、一百零八将等。寺中有一“抹肚菩萨”，相传若有人肚子疼，只要去摸一摸菩萨的肚子就好了。下殿中供有武圣关羽像、送子娘娘、猫王菩萨等。由于菩萨众多，无法放置，就在柱子上、挑方、屋檐上都刻上各式各样的菩萨。三尊大佛为篾做泥糊镀金身，小菩萨多为木刻、石刻而成，活灵活现，甚为逼真。上、下两殿还各有锅盖大的鼓一个。

当时荣县断案都要通报雷音寺住持，如有牵连，还得尊重住持意见改判。虽如此修建，但仍未得到巡按的认可，后又修建华藏寺、圭山寺弥补。除以上三个外，尚有香炉寺、云台山、千佛山、三星殿，香火旺及一时，雷音境内当时就有七个寺。

后六寺逐步衰败，仅雷音寺香火不断。1940年后，雷音寺部分改为学校，有几十个孩子在寺内上学。当时有和尚四五名，十二个常备队员，装备有鸟铳等，养有六七条狗，有伙食团，专人做饭，寺庙有田地百余亩，以作供养。

最后一任雷音寺住持为僧云昌，中华人民共和国成立后由唐国海看管。1951年，在偏殿设立了乡政府办公地点，管辖当时的新成、新庆两个乡（1959年合并为雷音乡），设有专人“传达”，长夜开会等。后因水源关系，1960年乡府迁至现所在地新屋坝村，再后来办过民校。

“文化大革命”期间，打烂了所有佛菩萨塑像，木制的就当柴烧了。其后房屋分配到各户，再后来东拆西拆，毁坏殆尽。现幸存的只有一石刻水缸和一个碾砣。

（邹光耀）

吕仙崖

据赵熙《荣县志·山脉》记载：“吕仙崖，本李家崖也，咸丰中，民寨其上，祀吕洞宾，且附神说，乡人尊信之。寨南一峰曰狮子岩，迤东曰棋子崖，以石传。”

吕仙崖位于荣县墨林乡吕仙村6组，与荣德山隔沟相望。其本来叫李家崖，传说是吕洞宾来此修炼而得名，崖上有仙崖寺，清咸丰时建。赵熙诗云：“老树霜红满卦坛，神京曾自觅微官。片时春梦三山晓，万里秋风一剑寒。”如今，仙崖寺早已毁没。

吕仙崖东面的观音崖，壁立千仞，绝壁上建有观音阁。沿崖有4龛唐代佛教造像，龛高2米左右，内造观音菩萨、释迦牟尼和弥勒说法图。崖壁间有造像记，字迹大部分漫灭，只依稀可辨有“广德”字样。“广德”即唐僖宗年号。此外，龛内壁有南宋绍兴年间的装修记。由此

吕仙崖

可知，该处造像刻于中唐时期，南宋曾装修。此造像比例匀称，线条流畅，为浅浮雕。造像保存完好，属川南地区唐代石刻精品。1996年11月，吕仙崖造像被公布为县级文物保护单位。2007年6月1日，被公布为四川省文物保护单位。

吕仙崖一带，群山逶迤，景象万千，其北面山嘴，一排巨石错落有致，突兀耸立，当地人叫棋盘石，据说这是吕洞宾与何仙姑下棋的地方。相传，吕洞宾、何仙姑等八仙仰慕此人间天堂，常来此观景、下棋。吕洞宾、何仙姑的棋艺各有千秋，不相伯仲，常为一步棋争得面红耳赤，而以和告终。一日晚上，月朗星稀，二人相约到吕仙崖对弈。“厮杀”正酣，吕洞宾对何仙姑的“神卒”不服，何仙姑也对吕洞宾的“回头马”有疑义，二人互不相让，激烈争辩起来。何仙姑说：“下棋之人对弈起来，一般常忽视卒的威力，用不好时叫小兵，卒用神了那才是‘神卒’呢！”说完睨视着吕洞宾。吕洞宾知道何仙姑的用意，也不分辩，得意地夸起自己的“回头马”：“我的马不用扬鞭自奋蹄。”谁知，这句话惹怒了何仙姑，愤然而起，将棋盘翻转于掌股之间，然后倒扣在桌上。吕洞宾以迅雷不及掩耳之势接住散落的棋子，顺手一甩，棋子“唰唰”飞出，直奔东面而去，将崖壁打出一道道印痕。后在汶川大地震，棋盘石上“棋盘”被震坏掉了下来，而今只剩下支撑“棋盘”的石柱及石凳。不过，棋子崖山腰绝壁上整齐划一的七个棋子印，却给吕仙村平添了一道靓丽的景观。

吕仙崖上，原有一个寨子，叫集生寨，始建于清朝咸丰十年（1860年），由李、颜、王三大家共同修建。寨子四周围墙用条石砌成，围墙上有城堡、瞭望哨。南寨门外有壕沟，壕沟上有吊桥。最值得啧啧称奇的是，寨内九龙抢宝石雕，据说能与故宫九龙石媲美。气势恢宏的集生寨毁于20世纪60年代，残存的寨门、壕沟及部分寨墙，似是向人们诉说着一段曾经辉煌的历史。

2016年11月，吕仙村被住房城乡建设部公布为第四批中国传统村落，目前正在加紧村道及附属设施建设，打造乡村文化旅游。相信有一天，会有更多的人领略吕仙崖秀逸的风姿。

（王　林）

后龙山摩崖造像

后龙山在荣县同心乡铁矿村2组，东西走向，这里山高林密，人烟稀少，是荣县的高寒地区。

后龙山东北半坡有明代天堂寺遗址，其西南一群巨石包上造像千龛，内容有佛、菩萨、金刚、鬼王、玉皇、力士和舍利塔等。佛像造在较高的巨石包上，周围是树林，鲜为人知，当地人称之为大佛。

1991年9月顺河乡大椏口村回乡高中生罗凤鸣来此采药，发现遗址后，遂将此处造像报告县文管所，10月我受文管所之托，前往调查，情况如下：佛像近乎圆雕，半身，造在大石包上，为周围的树林所掩盖。佛龛敞口敞顶，佛像坐北面南，半身高4.2米，肩宽2.6米。佛像保存基本完好，只是右脸上有边长20厘米左右的不等边四边形伤痕，鼻右下端残，佛头长1.88米，脸宽1.05米；头上螺髻13层，其中第一层有33个，每个直径7厘米；双耳略方，长0.7米，下坠方形耳环，转角处为弧形，环长0.3米，宽0.18米。大佛身着佛衣，内著僧抵支，外罩披肩；袖口在

后龙山摩崖造像

肘腕之间，双手腕处佩镯，合于胸前结披甲护身印（佛教密宗造像的一种手印）。从造型上看，和仁寿县牛角寨半身大佛相似，应为弥勒佛。佛像原有庙宇保护，当地人称为大佛寺。大佛右边树丛中有清同治十一年（1872年）的修庙碑记。碑长约1米，宽1.45米，厚0.13米。碑上长青苔，碑文依稀可辨，略云："上栋下宇以避风雨，似为人非为鬼也。然有栋宇以避风雨……有大佛一尊，不知创自何年。日出则受其暄，雨降则被其润，予等□□神庙而培修佛像，庶无雨蚀风销，神得人以安、人得神而佑也。"

据当地父老子孙相传，大佛寺规模很大，后被大火焚毁。该组有一位90多岁的张姓老太太，据她说曾目睹大佛寺被烧，其时有半个月之久。大佛寺，清代和民国编纂的《荣县志》皆没有记载。和大佛寺一山之隔的天堂寺也曾被大火焚烧。据民国本《荣县志·社祀》"天堂寺"条下载："天堂寺，县北五十里，明建万山环合，为全境第一大刹……咸丰间复振，僧寮二百三十四间，规模新都宝光寺为之。然其地僻，往往丛贼，寺僧弗能禁，或与之缔交，久则相习。光绪中官以寺产为公管而限僧数焉。二十八年（1902年）毁于火，遗砾满山。"而大佛西有山头，上建寨，当地人说是曾是强贼栖居之地，大佛寺是否系同一原因焚于这一年，待考。大佛南50米的巨石包上有地藏龛，龛处壁上刻“地藏”二字。此龛为重口，外高2.3米，宽2米，内高2.1米，宽1.3米，深1.5米。地藏身高1.2米，肩宽0.6米，头戴披风，身着交领袈裟坐在莲座上，双手放在腹前膝上，左手持钵，右手似持物，惜已毁；右腿盘曲，交于左腿之上；左脚下垂，踩在座前开放的一朵莲花之上。莲桌高0.5米，座前浮雕莲花二朵，其中一朵含苞欲放，莲尖直抵右腿；另一朵已为左脚所踏。地藏头从颈部处断裂，且从中又分为两半。大佛东南100米的巨石包上雕刻舍利塔3座，均为四角攒类顶，有塔刹从右至左分别高1.9米，1.7米和1.9米，右边有一块摩崖碑，字迹风化，疑为造像记。左边有“天佑二年”的题记，字径0.2米。“天佑”是唐哀帝李柷的年号，天佑二年即公元905年。大佛西南150米的巨石包上造像一龛。此龛高1.5米，宽2.1米，深0.65米。龛顶壁上刻有“玉皇、鬼王、金刚”等字样。龛内从左至右分别为金刚，鬼王，玉皇，力士。金刚身高1.1米，身宽0.5米，头戴盔，身穿铠甲，外罩战袍，端坐，双手下垂放在腿上，座前刻一兽，似狮。鬼王头戴软脚幞头，身高0.95米，肩宽0.3米，鼻孔朝上，双眼仰视，右手腕挂巾状物，疑为生死簿，站立。玉皇头戴冲天蹼头，身高1.3米，身宽0.5米，穿圆领长袍，腰间系带。玉皇脸面严肃，双眼平视，右手抚膝，左手摸胡须。力士在玉皇之左，身高1.1米，身宽0.5米，上身赤裸，头生双角，右手持器械，左手握剑柄，剑朝下，小腿裸，腿肌凸起，赤脚。据当地村民说，此龛造像原有名为虎王庙的小庙覆盖。1958年冬毁，今瓦砾犹存。

后龙山摩崖造像无文字记载，也未发现造像记，仅在舍利塔群之左有“天佑二年”的题记。大佛的造型和仁寿县牛角寨中唐时期的弥勒半身佛比，其脸形、手印极为相似。地藏龛是唐末五代常见的帷屋形龛，故此推测造像年代上限中唐，下至晚唐五代。

大佛双耳坠环，外罩披肩，双手佩镯于胸前结印，这在荣县众多石刻造像中是绝无仅有的，有一定的地域特色，这可能与仁寿的摩崖造像有一定的联系。流经同心乡政府驻地兰桥坝的小溪，其源头在铁矿村，宋代的志书上称之为“洛阳水”。此溪流8里后在桑梓园注入东川河。北宋地理学家乐史编纂的《太平寰宇记》卷八十五“荣州”条下说洛阳水从陵州始建县界南流入，可知同心乡铁矿村一带在唐宋时期属陵州始建县。陵州，又名隆州，后改仙井监。陵州州治和后来的仙井监署，其治地均为今仁寿县县治。始建县，隋大业三年（607年）置，北宋时撤销后，其地并入仁寿县和井研县，和铁矿村接壤的威远越溪区，辖8个乡共231.7平方千米。据《威远县地名录》记载，该区在1958年前属仁寿县管辖。因此，从地理位置上也为该处造像造于唐末五代提供了旁证。该处造像已于1993年10月经县府批准为荣县文物保护单位。

（周绍泉）

大佛沱摩崖造像

大佛沱摩崖造像坐落在古佳乡、新桥镇、雷音乡三个乡镇交界处，属古佳乡小井冲村4组管辖。2006年9月，大佛沱摩崖造像被自贡市人民政府公布为市级文物保护单位。

民国本《荣县志·水道》：“又南迳大佛沱，崖有佛刻，自是入宜宾。”

从新桥镇坐船沿越溪河而下，两岸翠绿欲滴的河竹，连绵的群山上挺拔的青松，时而栖息时而飞翔的白鹭，风光迷人，如醉如痴。30多分钟后，船停靠在大佛沱码头。沿越溪河左岸的山路步行约500米，一尊大佛便呈现在眼前，这便是大佛沱摩崖造像。

这尊站立的大佛，雕刻在大坪山山脚的悬崖上，坐东北向西南。左右各10余米，是一处高约15米的天然岩穴，恰似一间房屋，能遮风避雨，尤其是右方的岩石，从侧面看过去既像两根巨大的树根牢牢地插入地下，又像两根巨大的石柱将岩穴撑起，两根石柱的中间，有一棵盘根错节的古树，裸露的树根缠绕在石柱周围。

大佛沱摩崖造像为一龛14尊唐代造像，主像为释迦牟尼，是县内现存唯一的立佛，通高4.8米，宽2米，佛像右手下垂做与愿印，左手当胸，掌中握摩尼珠，佛顶、背光环内刻有13尊结跏趺坐的小佛像。主像比例匀称，线条流畅，保存完好，具有较高的艺术价值。唐宋时荣县

大佛沱摩崖造像

的佛像大都为坐姿，而大佛沱这龛造像却为立姿。大佛沱造像没有造像记，依据造像风格当为唐代所造。在“文化大革命”期间，佛像的脚、手、头曾被人用錾子打烂。改革开放后，信佛的群众对其进行了修补。1985年8月，当地村民集资修建三层护身房架，保护佛身。2003年，画师吴洪俊、郑国荣为佛像彩画。古佳乡属野客山脉，岩层为红砂石，易风化，主像不同程度地受到侵蚀。

大佛沱摩崖造像左侧约20米的崖壁上，刻有两个神龛，上面一个长1米、高1.1米的观世音菩萨，慈眉善目，左手持净瓶，端坐在莲台上；下面一个长0.5米、高0.7米的牛王菩萨，满脸络腮胡子，目光如炬，席地而坐。

大佛前方，越溪河奔流不息，河水湍急，撞击着岸边，发出惊人地轰鸣声。赤足站立的大佛，既像是在做法镇住咆哮的河水，又像是在为百姓祈祷风调雨顺，历经千百年的风雨洗礼，容颜已显得十分苍老。

（王　林）

武官大佛

一座佛有一座佛的传说，矗立在荣县望佳镇武官村山顶的武官古佛也给世人留下了无数的故事。

沿荣县城东行约10千米，就到了荣县望佳镇武官村。在绿意点染中，一座依山雕刻的千年古佛静坐山顶，目光凝重地注视着武官村的山山水水，这就是荣县武官大佛。

沿着曲折平坦的村道，来到荣县望佳镇武官村3组东山上，沿泥路依山上行200米，古佛寺跃入眼帘：小青瓦、红砖墙，香火缭绕，人声熙攘。“千年古佛保存人间，民间传说神仙逍遥”，好一个缘佛仙境。

步入寺庙，方可仰视古佛全身：遮风避雨房后，古佛坐南面北，面部神态安详，慈眉善目炯炯有神，目视山川土地；高鼻厚唇棱角分明，诉说古往今来；双手护膝安然自若，传达国泰民安；衣纹整齐细致入微，展示能工巧匠精湛技艺。古佛虽历经千年风雨沧桑，仍然保存基本完好，面部表情仍栩栩如生，细节雕刻仍清晰可见。

武官大佛，原名五官大佛，也叫古佛寺。大佛，坐落在武官村中心东山上，佛像高10米左右，凿刻于唐末宋初年间。佛像造型优美，慈眉善目，衣纹整齐。武官大佛，是四川为数不多的宋代摩崖造像，衣饰有一定特点，对研究宋代时期佛教文化有一定的历史价值和艺术价值。

据当地人说，就在古佛对面有个松林坡，坡下有个四合院，在南宋时五人中举，出了五个朝廷的官。古佛修建是否与这五个官员有关，不得而知。不过，就在松林坡坎下至今还有个洞，当地人传说洞内有不少金银财宝。

由于历史悠久，庙宇逐渐朽漏，以致慢慢损塌，佛像也经过风吹日晒，全身长满乱草，无人过问，逐渐被尘土草丛掩蔽。1915年，经当地人杨富先和朱菸客二人捐款捐物，方才去掉泥土，缮修佛身。杨富先之子杨鹤岑说：“那时，我才4岁，亲眼所见。当时，父亲和其他人刮去佛

武官大佛

像杂草后，佛像裂有部分石缝，就用黄泥巴滚棉花做材料，进行修补缝口，修补拜台和保坎，从此以后，香烛更加兴旺。”

1949年以前，石刻佛像保存完好，有古建筑寺庙数座，供有观音菩萨、药王真人、土地夫子、猪王菩萨等神像，每逢正月初一至十五，香烛通明，燃九皇灯，设台宣佛，热闹非凡。

1991年，鼎新镇樊训良在热心人的捐款捐物投劳支持下，很快修起简易雨棚，10余名群众自发组成了武官大佛管理小组；1996年，台湾同胞王浩纯捐款6300元修缮古佛寺；2000年，高山镇村民杨润明捐铜金粉10千克和油漆材料为大佛“穿”衣。

佛像左面供有建于明末清初的石刻造像观音菩萨、望天川主、牛王菩萨、土地菩萨、猪王菩萨等。石像造型优美，形象逼真。

据传说，古佛大约雕刻于唐末宋初，有师徒二人相约在荣县刻佛。师父刻下佛像数尊（今千佛崖），徒弟只刻下一尊（今荣县大佛）。师父怒而将徒弟打死，留下无尽的遗憾。而武官古佛就是徒弟在刻荣县大佛之前的“练手”，徒弟为刻出一尊外形优美的荣县大佛，到武官村选择了山清水秀的东山刻佛。经过不断的雕磨打造，武官大佛应运而生。

武官古佛在年代上与荣县大佛同时代，在雕刻艺术上与荣县大佛相似，慈眉善目，惟妙惟肖。经观察与对比，武官古佛与荣县大佛有许多的相同点，即使不是出自同一人之手，也是出自同一门之手。

武官古佛具有神灵气息。“文化大革命”前，这东山头上古佛没有露出来，只是经常有人在山下烧香、祈福。“文化大革命”时期，一场大雨将掩盖武官古佛多年的泥土冲垮，古佛呈现在了人们面前。人们正打算把古佛完全清理出来的时候，一个“红卫兵”爬上古佛头顶，想把古佛敲碎。当他刚用铁锤向古佛头顶敲去的时候，肚子突然疼痛难忍。于是，他放下铁锤战战兢兢地从古佛上下来，回到家中，便一病不起。于是，古佛有神灵气息的说法便传开了。古佛头顶，被那个“红卫兵”敲了一个洞。后来，好心人用水泥将古佛头顶补了起来。

位于武官村5组的朝天坝，与东山遥遥相望，山势雄伟，像望天猛虎。民间相传，此山在夜间出现过白老虎，专吃地里庄稼，一旦被人发现，便会腾云驾雾，直入云霄，不见踪影。

朝天坝有个寺庙，名叫朝天阁，建于明末清初，石刻造像有观音菩萨、望天川主、财神菩萨、牛王菩萨、土地菩萨，石像造型优美，形象逼真。逢年过节，香烛通明，点九皇灯，讲圣谕书，热闹非凡。“文化大革命”期间朝天阁被毁，石刻造像被打落头部，弄得乱七八糟。1972年搞坡改梯，造像被抬来砌石坎，损坏部分衣纹。2005年11月造像搬迁到武官大佛庙内修补复原。如今，武官古佛寺内成为村里老年人休闲的好去处。

（余仕清）

山堡名寨

第三篇

荣德山

荣德山

荣德山，在距县城约22千米的墨林乡吕仙村，是一座颇有自然、人文历史价值的荣州名山。

史书对荣德山多有记载。南宋《舆地纪胜》载：“荣德山，其高插天，资州、昌州、富顺皆可见之。其山在川谷之中，独拔五百余丈。”明代地理著作《蜀中广记》卷十一：“方舆志云，荣德山，在州东北四十二里，州以此得名。其山在谷中，独拔五百余丈。中有希夷观、老君祠，刻石为像。有小路至山巅，以木为梯。半山有唐刺史薛高丘摩崖碑，碑目云‘开元二十年刺史薛高丘立’，多载仙灵事，今已磨灭。本志云，荣德山为陈抟修真处，又名希夷山。有石室二十四及龙池千叶莲。”乾隆《四川通志》记载：“荣德山在县东北三十五里，荣州取此为名。”“一名老君山，山中有仙人修道。”

传说太上老君在荣德山修真、悟道、炼丹，故荣德山又名老君山，因与数千米外威远县境内的另一座山山形相似，而此山更显高大巍峨，故当地百姓称之为大老君，另一山则为小老君。又传说唐末五代道士陈抟（自号扶摇子，宋太宗赐号希夷先生）曾在此修真，故又名希夷山。

荣德山自威远建县以来就是荣县和威远的界山。乾隆《威远县志》如此描述其地势："横山护其左，君山峙其右。"

荣德山在唐宋时已成为道家的修炼之地，是荣县历史上重要的道教场所。荣县把荣德山列为荣中八景或十二景之一，名"荣德晴岚"；乾隆本《威远县志》称为"老君丹灶"，是"威远八景"之一。唐高祖武德元年（618年）置荣州，即以此山为名，故荣德山被称为荣州第一山。

民国本《荣县志》："山突起横冈上，纯石如甑，如龙锯角，其高出万山。"荣德山海拔800多米，山形仿佛被拦腰截断的一根擎天的石锥，山顶与山底几乎一般大，完全垂直于地面的绝壁，它像一只倒扣的量米斗，又像倒置的甑子，更像是一座丹炉，并由此演化出老君修道炼丹的传说。

从山脚到山顶，只有西南面有一条狭窄陡峭的曲折小道，攀登时须手脚并用方可。攀过那一段崖壁上凿有"抠手窝"的最为陡险的石阶后，半山上一道整石开凿的石门，笔直的石阶之上，抬头便是一扇只容一人上下的四方形天窗。钻出天窗后，一个厚实的木窗盖挪在一旁。若此门紧闭，要想登顶怕是要插上翅膀，大有"一夫当关、万夫莫开"之势。钻过石门，石径向右旋转，绕到了石门顶。上山之路又开凿在门拱之上，成为一座天桥，直通山顶。

现有简陋的三清殿一座，千叶莲池千年未变。只是传说中的老君祠、希夷观、二十四石室等早已踪迹无存。

山西南面崖壁上，有两块摩崖石刻碑。一块为薛高丘摩崖碑，是唐代荣州刺史薛高丘来此参道后，命人刻碑于此，多载仙灵之事，碑文磨灭；另一块为绍熙判府曹公老君山保守记碑，因仅有碑名几个大字尚存，有人认为是南宋绍熙判府曹某抗元纪念碑，也有认为是元末绍熙军民宣抚司判府曹诗（曹必才）纪念碑，具体所指有待进一步考察。另有四龛唐宋造像、四则题诗和三则题字。摩崖造像中保存完好又富有代表性的是太上老君及侍者力士造像。其中佛道合龛造像在四川极为罕见。摩崖造像中保存完好又富有代表性的是第6号龛和第10号合龛。

第6号龛为重口龛，外为方形，内呈帷幔形。龛高2米，宽1.5米，深1.3米。龛内造像属道教，模仿佛教一佛、二僧、二菩萨、二力士的造法。主像为老君，结跏趺坐（俗称盘腿打坐）在莲花座上。老君头上道冠，身着道服，脸颊有髭须，面部潇洒，神态自然，身后有圆形头光及火焰形身光，双手在胸前握法器。老君左右为二侍者，左侍者拿佛座，右侍者捧笏。左右壁上为仙人力士。仙人脚登道靴，立于莲花之上。二力士瞪目咧嘴，长有胡须，上身赤裸，肌肉凸起，握拳挥臂，凶猛狰狞。左右力士下各有一头护法狮子。

第10号龛为佛道合龛。释迦牟尼居左，太上老君居右，均结跏趺坐在莲座上。释迦之左，有一僧、一菩萨、一金刚，金刚头上有三尊菩萨头像。老君之右，有一道、一仙人、一力士，力士头上有三尊仙人头像。金刚和力士下面各有一尊护法狮子。荣德山这龛佛道合龛造像，不仅荣县仅此一龛，就连四川的道教造像也是罕见的。

四则题诗分别为威远郭泂、郭次纯、郭曼军于乙卯秋（1915年）招游荣德山清末翰林、荣县诗人赵熙时所题，其中赵熙一首最为精彩：

一念前生堕世间，飘然人外御风还。
秋来化鹤三千岁，独立荣州第一山。

赵熙的词作代表之一《齐天乐 · 荣德山》，则想象奇特，大气磅礴地描写了荣德山地形地貌特征和山上的祠庙碑刻等古迹，以及荣德山的传说：

是谁锯下苍龙角，晴空一坪秋广。万古无风，小池不涸，青入四禅天上。鳞原一掌。指贴地婆城，药膏圆样。影落东南，天台四万八千丈。

唐年祠庙尚在，薛碑今蚀尽，苔翠无恙。州以山名，寨犹宋建，老去希夷安往。洪荒坐想。定绝岛孤撑，海浮千嶂。倘扣玻璃，日球空外响。

三则题字分别为“烟霞”“云梯”“丹岩”。在山的西南面，有一古洞，相传是太上老君炼丹时居住之地，人称神仙洞。荣德山南面为吕仙崖，上有四龛唐代摩崖造像，山上尚保存古寨集生寨寨门和城墙遗址。

（曹　宏）

荣隐山

荣隐山，古称筠山，海拔730米，在城西约17.5千米，地处荣县铁厂镇三台村（原老君台村）。村子里有条村道，是水泥路面。新修的村道，有幢民房的墙上有几个字：荣县铁厂镇大丰村七组。前行不久，那电线杆上标有：三台村。

村道水泥路不远处，有条上山之路。这条上山路，还残留着不少青石板，是古时通往成都的茶马古道。这些青石板记载着这一带经济的兴与衰，可以说那时是兴旺的，不然哪会有青石板路。

石板路下，有一座石拱桥，原以为是筠山桥。向一农家打听，方知筠山桥还在下游百来米。民国本《荣县志》：“筠山桥，地址筠山铺，高七尺，长一丈四尺，宽五尺，修费四万。”

那时的筠山风景秀美，树木苍天，每当夕照晚霞，耀人眼目，明代称此景为“筠山夕照”。无名氏《筠山夕照》诗：“偶从崖下睹云龙，前代名楼有旧踪。天上玉堂青锁闼，人间金谷绣芙蓉。山川一览丹青里，风月双清锦绣中。喜遇四方无事日，康衢击壤乐时雍。”

山巅为老君台，民国本《荣县志》：“荣德山、荣隐山，都标老君，这是唐尧的遗风，与荣梨山合称‘三荣’。”站在老君台举目四顾，众山竞相朝拜，故有“老君台上抬头望，二十四个金银像”之说。

王建通正元年（916年），国号汉，据《筠山虎谣》记载：“筠山高极入穹苍，人道虎为殃。人行过此不曾伤。咸阳宫阙在平地，高鹿食人无数计。吁嗟苛政猛于虎，斯言垂万古。”歌谣用对比手法揭露出“苛政猛于虎”，反映当时的黑暗现实。

清朝诸生汪涵《�山曲》讲述了发生在�山的一凄美的爱情故事：“荣县西去山如玉，女儿秀夺筲山绿。一山全绿开一花，香风谱出筲山曲……”一个女子，当未婚夫家庭中落沦为牧猪郎以后，矢志不二，设计同他结合。当父亲闻讯问罪之时，慨然陈词：“儿前为毕氏女，汝可责；今已为曹家妇，不可责也。”弄得嫌贫爱富的父亲莫奈其何，只好屈从。

筲山有修道院，唐时还有院碑，已佚。嘉庆元年（1796年），五通坝闹虫灾，便在老君台修建老君庙，专治害虫。老君像为龙头蛇身凤尾，此造像独一无二。由于年久失修，庙宇毁坏，“文化大革命”后，老君庙遭遇毁灭性的损坏。老君菩萨被盗，下落不明，从此庙门冷落。

为永保老君名胜，乡民重建老君庙，供信徒祭拜，现立于山中。庙门有副对联：“我国教世主皆名老子，法轮玄机转号称道君。”

老君庙旁，有位80多岁的老人，常为游人冲开水，还备有红苕或花生供游人吃。据说，她有个女儿，9岁时不幸伤亡，从此她以做善事为乐。老人说，我的听力好，吃得，睡得，身体健康。

山上有座玉皇殿，大门两侧贴有两副对联：“上管三十三天祖，下管万民百姓神。”“识当年养性心篇垂来金关，意昔日修身悟道鼎上昊天。”

（余仕清）

荣梨山

荣梨山位于高山镇清水寺村11组。高山镇古为铺递，是荣县东出的通衢大道。以前，荣县城往高山铺的路途中，有五道精美的石牌坊，至今仍有五道牌坊的小地名。历代县志中，关于荣梨山的碑文诗作不少，它非但景致灵秀。

古籍皆称此山为荣黎山，又名五龙山，现为荣梨山。山上的寺庙经时代变迁亦从慈云寺，改为五龙寺，又改为舞龙寺。大旱年间，此山特别为人所崇，按《遁甲开山图》中的五龙，最大的角龙，是木仙；第二徵龙，是火仙；第三商龙，是金仙；第四羽龙，是水仙；最小的宫龙，是土仙，它们治在五方兴云布雨。将它们叫作舞龙，于古义是相违背的。

荣县境内没有大江大河，常遇旱情。据《宋史》卷六十七记载：宝元二年（1039年）、熙宁三年（1070年）、乾道四年（1168年）、淳熙九年（1182年），巴蜀大地经常遭遇自然灾害，粮食颗粒无收，人民遭遇大饥饿，社会因此很不稳定。宋光宗绍熙三年（1192年），荣州的麦子因干旱没有一点收成，草根树皮都搜刮来吃完了，饿死很多人，仅流落到成都乞讨的就有1000多人，威远被遗弃的孤儿有600人。父母官看在眼里急在心里，他们常用最古老的方式——祈雨来解除民间疾苦。

清道光本《荣县志》卷五言，荣梨山山巅有慈云寺，寺中左右各有一口龙池，旱不涸，雨不溢，池口常有云气。右有巨石，方广丈余，其下为龙洞，邑人杨仲淳题曰“嘘阴”，祷雨辄应。《方舆胜览》与《舆地纪胜》记载，耆旧相传，山上有慈云禅院、山神祠、五龙池，池水清冷，冬夏不涸，凡水旱祈祷，无不即应，连山上的松树和竹子也长得像龙的形状。佛殿前有七女塔，因有僧人在山上讲莲华经，天上七仙女常来此听经，因此聚石为塔。《四川通志》言荣梨山有“荣梨山古寺碑、唐元符元年祷雨碑”（注：唐代并无“元符”年号，此应为“宋”），说明此山历来为荣州祈雨之所。

荣梨山曾有鲁清〔宋天禧二年（1018年）士，荣州人〕书写的碑，碑中言大中祥符七年（1014年），荣县从春天到夏天没下过雨，土地干裂，春耕时节快过了，而土地还干得无法播种，农民十分着急。荣州太守皇甫公自咎说，“老天不下雨，害我黎民生计，是谁的罪过呢？是我没尽到自己的职责啊”。他听人说荣梨山祈雨灵验，于是“洗心禋奠”，冒着毒辣的炎炎烈日，来到人们认为是神灵住所的荣梨山龙洞祭祀山神。皇甫公发下宏愿：“若下的雨足够民用，我将在此山建亭，以答神庥。”过了一天，果然下起雨来，一连下了两天，足够种地之用，人们在田野间欢呼雀跃，转忧为喜。第二年，皇甫公调走去别的地方任职，临走前，他留下俸缗五万给会操持的人，拜托他们代为建亭。后有君子论此事，说：“民忧而咎己，公也；祷神而立应，诚也；破俸而利民，义也；报神而不爽，信也。”仅此四条，足见皇甫公之贤能。

宋代，荥梨山寺庙名慈云寺，寺中有二祠，一座称山神祠，一座称五龙祠。北宋熙宁八年（1075年）十月，一道由京城飞驰而至的诏书打破了荥州山乡的宁静。因多次祈雨灵验，宋神宗将荥梨山山神封爵为灵应侯（诏敕曰：朕敕百神之祀，非特以为报，亦所以致吾诚也。守臣称尔之灵，能为民除灾而降祉，是用锡之侯爵，昭尔有功，神其鉴哉，永庇于兹土，宜特封灵应侯。牒至准）。但郡吏不知令典，以为龙与神并封，将山神像迁到龙洞，以就榜额，导致连年干旱。熙宁十年（1077年）六月，宋神宗又下了一道诏书，将五龙祠特赐为会应庙。官员们得到圣旨，前往躬行祭告之际才发现了差错，于是将山神像迁回原位。当天还炎炎夏日，过几天就下了倾盆大雨。因此刻“敕书记”，并恭刻诏书，以传不朽。

明代崇祯七年（1634年）十月，荥县县令杨崇忠到荥梨山祈雨灵验，刻下“荥梨山灵应侯祷雨感应复祀碑”。碑中言，《五统志》说这里是龙户。韩愈之说这里是龙户集。杨县令为解黎民干旱之苦，照宋代旧例，上供品，点香火。叩拜没一会儿，“云雾吐合，障蔽天日，龙洞滈深赍其限天池洑流……”令人啧啧称奇。

清代乾隆十九年（1754年），知县黄大本重新刻了鲁清碑，并在山上建灵雨亭。

清代嘉庆十三年（1808年）十月，知县许源又在荥梨山立了“修舞龙寺记碑”。此碑将荥梨山前事记叙，又记许源嘉庆七年（1802年）到荥县任职，嘉庆十年（1805年），他奉差遣北行，归来后见荥县大旱，于是到荥梨山祈祷神灵，天很快下了雨。到了嘉庆十三年（1808年），荥县又是大天干，许源想到上次祈雨很灵，就又打点物品前来荥梨山祈雨，一路上内心忐忑，担心山神会不会有所回应。于是“斋心涤虑，默祝加虔”，并仿效董仲舒的阴阳启闭法，命人清理龙洞洞口淤积的泥土，以通山泽之气。果如所愿，第二天就大雨如注，禾稼回生。许源清理洞口时，掘得宋鲁清碑，但字迹已模糊了。打开洞口，里面仅容一人伏身以进，黑暗如漆，用灯烛照亮一看，洞里怪石嶙峋，状若虬龙，且深不可测。旋即，将古碑竖于洞旁，又把洞口关闭了，并在周围砌了4米高的石墙，保护此洞。尚觉不足，又与邑人张廷桂等商量翻新寺庙以答谢神灵。他们将慈云寺中正殿、后殿加以修补，并新修了一个拜庭，两个抱厅，池与洞都围起石栏杆，山门和围墙也增高扩大了。

实则荣梨山并非只在祈祷求雨时为人所关注，它以位置高绝，望出去能一抒胸臆而为绝佳的游览胜地。清嘉庆十一年（1806年），知县许源就陪同嘉定知府宋鸣琦畅游荣梨山，并留下唱和诗作。

钟灵毓秀之地，人才卓绝。廖朝翼〔清道光十五年（1835）进士，荣县人〕的老家就在荣梨山，人称他为东崖先生。他是至孝之人，高中进士之后并未出去做官，而是回到家乡终身从事教学，亦教出了曾省三、蓝瑾章两位进士。

清道光本《荣县志》卷三十八“杂识志”说城东荣梨山山脚下，俗称石燕子，幽僻雅致，积流成涧，水声潺湲，上有岩宽广可遮蔽数十人。乾隆三十四（1769年）年，有个乞丐来到这儿，将它作为休憩之所。乡亲们看他可怜，给他拿来食物，他不吃。过了一段时间，岩下忽然立起一座高约0.6米的泥石所塑神像，众人一看，是观世音菩萨，而那个乞丐却不见了。乡亲们给神像彩饰金身，并奉以香烛，置买庙地，即今天的寺院。

清咸丰年间，云南农民李永和、蓝朝鼎起义，在荣县附近产盐地带发生多起战争，县人死伤不少，荣梨寨应为避此战乱而建。其上尚有一道完整的石山门，上书“荣梨寨　大清咸丰十一年（1862年）孟冬月之吉日立”。

当地人为我们讲述20世纪60年代前舞龙寺未破坏时的盛况。那是几进的抬梁与穿斗混合式木梁架构院落，歇山屋顶，石雕木雕工艺精美。荣梨寨山门两侧各有一座炮台，进山门爬一段阶梯有座戏楼，戏楼顶上有钟楼，钟上布满捐功德的人名，撞钟时，多远的人都能听见。中间一个青石铺就的院坝，两边各有一块石头基座，每年除夕的晚上，其上各竖一根木制灯杆，一边点三十六盏天灯，点至正月十五过后再把灯杆放下来。两边厢房是生活用房。第二进是舞龙寺大殿，右手是龙王菩萨，左手是五皇菩萨，后面有数百斤重的铜铸韦驮菩萨。其后有两个龙池，龙池里有各有龙首，嘴里会喷水。一池为和尚与香客的吃水，一池为生活用水。又有一个院坝，长有一棵树干直径约1米的桂花树。右边为十八罗汉，形象有些吓人，后有燃灯古佛，一身燃着多盏香灯，和尚们每天都要给他点灯。最后一进是正殿大佛殿，中间有个大佛菩萨。“文化大革命”时，用大索子将此菩萨拖下来，里头钻出一条很大的菜花蛇，原来菩萨背后有个四四方方的洞，蛇由此钻入。此殿规模较前两进宽阔，里头还有送子娘娘像。殿后有块巨石，石上有神仙脚印，后头崖边还有很多个小菩萨。整个荣梨寨用围墙围起，面积有约2万平方米，里头有东南田、西南田，寺庙周边还有数百亩土地属于庙产。民国时，舞龙寺还有七八个和尚，1949年后逐渐遣散还俗。

如今，荣梨山的住户逐渐搬离，登上荣梨山，仍可见寨墙，一些断裂的精美石雕隐藏于墙角，两座龙池亦在草丛中隐掩。

（李锦梅）

大才古寨

“大呀大才寺，荣啊荣州城，东门入不得，另有两道门。”

悠悠山歌把我们引到了大才古寨。大才古寨建在离城南10千米的荣陵山（又名金台山）上。荣陵山，不知是否是因荣王之陵于此而得名，已无从考证。

方圆三十里浅丘中，独自横亘巍峨。东西北雄踞险要，南稍缓逶迂，如一只侧卧猛虎把守着荣州城的南大门。大才古寨有三门、二殿、一墙、一井、十二塘，现分述于后。

三　门

东门，又名东寨门。门高4米，宽约2米，正面镶上约6.7平方米的铁板，铆钉再铆上。相传子弹难透，刀枪不伤，火烧不燃。大门在厚约1米的寨石墙上。门后加上斗碗大的顶杠。楷书“东寨门”几个大字嵌入门眉石梁。

山歌中说“东门入不得”，何以入不得？

相传，张献忠入川，一路烧杀抢掠，无恶不作。到了荣州境内，在李子蛮子洞，不仅杀光了蛮子洞周边男女老少，连最后从蛮子洞中搜出的一足月孕妇，也没逃过被杀的厄运。但当刽子手手起刀落，便见乌云翻腾，雷电交加。张献忠的大旗也应声而倒（倒旗寺旧址）。张献忠正无处出气，四野空空，唯愁云惨淡。向东一望，一座雄伟山寨横亘于浅丘山水之中。香烟萦绕，邈邈天际，巍巍而立。挥师东来，大军杀气腾腾，把山寨铁桶般围上。便从东门攻寨。说来也怪，远看山寨里人气冲天，而大门敞开，无人把守。当贼兵攻到，门自关上，贼退，门无人自开。如此数次，如有神护。张贼亲临，也是如此。门无人而自关自开，张贼大惊，恐失军心。抽刀砍门柱三刀，刀折。速退兵，终不得入。这是一不得入。

另外一种说法是：东门是专用于出殡而用。死者为大，寻来龙去水，从东而出。古有生人属西，死人属东，死生异处，不得相妨。东方万物始之说，死生轮回，生生不息。平时下杠加锁，不为人用。这是二不得入也。

在寨的东南百米悬崖处，有一悬棺，离地有15米，并配有诗：“谁家棺木挂悬岩，善良姐妹痛心怀。白日雪飞做祭礼，夜间星移照灵台。孝子贤孙今何在？放到而今还未埋。”

南门，又名南熏门。宽1米，高约2.6米，门洞深3米。弧顶结构，门框石皆约1米的条石砌成。门若东门，也铆上铁板。南门山势稍缓，蜿蜒逶迁入蔡家堰。层层稻田如梯相连。云卷云舒，鹤舞莺飞。水鉴山色，山添水姿。微风拂面，绿禾扬声。

北门，又名大北门。高约6米，双门对开，各有2米。依险而建，是进入大才寨的主门。结构如东门一样建造。进得大门，便是大才寺后殿大院。每年正月十五天灯会，方圆十里的乡绅民众结伴而集，点天灯，期盼来年风调雨顺，五谷丰登。

二　殿

后殿，供奉东岳大帝。相传，东岳大帝黄飞虎在兴周灭商中得到广泛认同。成神后，掌管万物生死。大才寺的东岳大帝，铁铸金身，威风凛凛，黄袍加身。身后金童玉女，也是铁铸金身，手持银枪宝剑。其灵验异常，香火鼎盛。每年农历三月二十八，还愿的香客把白条猪（还愿用）从大殿一直排出500米。蔚为壮观。后殿左为无常二神，右为鸡脚二神。过奈何桥，观音菩萨散福，推妖磨，割舌根等场景皆为泥塑。殿角有一偏寓，叫飞来殿。无常二神背后有一消息菩萨，它设有机关消息，人无意碰到消息，机关自发，菩萨立起，好不吓人。

过了后殿，便是天宫堂，只有土地、财神、灶神三尊。据说财神与曹大才托梦，曹依梦而在寨上挖了一坛中锭（七两二的银锭），莫汉坤也挖了不少银圆。

大殿供十八罗汉，皆木雕或泥塑，有《永垂千古碑记》碑记载其历史：

从来莫与为先，谁为之传；莫与为后，谁为之继？《大才寺志》载："金台山古刹也。"稽其创挒，东岳殿宇神像。自大明万历而以至今二百有余岁矣。因前主持徒圣子，现成为事，而不知有拾遗补缺之功，以致风雨飘摇，殿宇崩颓，神像毁坏，目击心伤，可胜言哉。今幸有寺邻、国学谢建常，不忍颓踏，于是发协同主持僧宗恩倡化首领爰募十万，善男信女重捐锱铢，修葺东岳后殿。勒石砌砖，共剿义举，庙貌辉煌复现。重塑东圣岳母、炳灵夫人、关圣夫子、地非地藏行坐等像，罗列□上□，复古人有丁观者为塑。值功已成，应行刻刊碑勒名永垂，为古护福无量矣，是为序。首人国学谢建常二千二百……嘉庆九岁次甲子孟冬榖旦主持比丘僧宗恩。

一 墙

大才寺寨墙，长约2000米，厚有0.4米至1米，高1米至3.3米不等，依山势而建，由9个哨台均分。每到夜里，便有专人守夜。一台呼，而九台应。最有名的当属乌龟台，整石而为。乌龟台下有绝壁，刻有一大罗汉，并书："自得山中趣，谁能石上名。"

一　井

水乃生命之源，在这山上，有一口井。井口直径约1米，有安全石隔一半。井口有5层厚约0.4米条石，向下便有1.5米宽，成上小下大的桶状。每向下0.1米，便有一手抓脚蹬之处向下共约有16米。15米左右的绳子方可取水。

十二塘

大才寨，有60余户人家，家家青石板路相通。土楼高约8米，一般三层，中层住人，下层养畜，上层储物。冬暖夏凉。居高而别世，依寺而神佑。透过窗向外望，禾田泛绿，鱼跃戏波。好一桃源圣地。山高水阔，但这连片的十二塘，塘塘鱼跃，塘塘荷香，水何以足？坐塘坎，脚荡水，水不浑，清凉之余顿悟——整山石，从古至今采石余坑为塘。塘坚而水不漏，塘深面窄水难升，水易于保留。

古磨，古风宝，古碑，古引水渠……无不能触摸到历史的风韵！依寨坚抗兵，官赐“五世同堂”匾，武举人的故事……解放军作战大垭口，这些故事仍为当地人津津乐道。

（曹　宏）

大石门

明朝时，曾任徐州学正的荣县人龚汇有一首七言律诗《洛阳溪》：

石门门外白云飞，路入东川步步奇。
马上看山呼得应，溪边留月影如规。
松房雨过飘丹桂，箐口烟寒护紫芝。
金马玉堂人去远，清风未许此山移。

石门，位于荥县城北约4000米，分小石门、大石门，属东兴镇老君坝村2组管辖。出荥县城北，取道双溪涵翠楼，沿着湖边公路往东蜿蜒而上，约3000米就到了黑林沟村，爬上牛角山的脊背，视野一下开阔起来。举目远眺，四围都是波状的山峦，起伏绵延至天边，盆地的感觉顿生。翻过山脊，山峰往左前方迤逦而去，如弯弯的牛角直插谷底，公路则从右前方折而向下，活像从牛背滑到牛脖子上，斜斜的绕山往下走，不到一百米，路的前方一座山崖突兀于前，这就是有名的狮子崖。

公路右边靠牛角山有一块巨石矗立，此乃小石门，人们也将它称作“挖断颈”。关于“挖断颈”，当地老百姓有一个津津乐道的故事：因为狮子崖与牛角山原本相连，而经过此地只有右边悬崖上的一条狭窄的石梯可走，相传清乾隆年间，轿夫们抬着一个新娘翻越狮子崖，嫁往县城一大户人家。由于崖高路险，一个趔趄，新娘子连人带轿掉下悬崖，香消玉殒。新郎悲痛欲绝，遂将新娘葬在悬崖对面牛角山头，还在旁修庙祭奠，发誓再不娶妻。此事被当时知县大人黄大本知道了，就亲自带人勘察，决定开山挖路，从左侧绕过去，就平坦多了。现在看来也确属挖断山脉开凿的路，只是石板路已变成了公路，从狮子崖左侧前行，只要抬头便可见右侧岩壁上怪石嶙峋，千姿百态，因风霜的侵蚀，显得斑驳陆离。

狮子崖三面悬崖，下临深谷，地势十分险峻，唯有正对公路的北坡稍缓，可以攀缘。绕过山崖，公路沿山脚延伸，路右侧有村道上山，走不到百米，就来到狮子崖正面，远远望去，正像一只盘踞山岭的雄狮，对着大石门瞻望。好游者都会想起那个传说中跌下山崖的新娘，禁不住去探寻那条天梯，爬上半山上掰开蕨草，可见峭壁上有隐约的石梯，可是上有绝壁凌空，下有深谷难测，百步九折，猿猴难度，只有感慨蜀道艰难。

大石门

崖下不远处一条古道赫然在目，此道全由黄浆石板铺成，约有1千米，沿山脊延伸，每块铺路石长约70厘米，宽约50厘米，侧面都是呈上大下小的梯形楔口，人们说这样的石块铺路会越踩越紧，石块会嵌进路基的泥里，即使雨水冲刷也不易滑脱。这些石块都往下形成一个斜面，上面车辙蹄痕，如凿子戳就，即使苔藓斑驳，依然清晰可辨。明清时荣县盐业发达，商贾云集，这就是上成都的古盐道，想当年商旅往来，这可是交通运输的大动脉。踩在这古道上，似乎就踩在千年荣州厚重的历史上。

沿途古迹很多，当地80多岁的村民丁树荣如数家珍：尤其是坡顶的字库塔，虽只有1米多高的残缺的基脚，守塔僧人的钵盂碎片，塔顶的波状檐口，但是其古朴的风格可见一斑。老人回忆，此塔原本有6米来高，塔身是六角柱体，以前人们很重视文化，连读书人写过的字纸都不得随意丢弃，更不得拿去做手纸，受到玷污，必要定时背到这字库塔内焚烧。这塔对面就是周家山，山脚就是周家大院，隔了山谷还可隐约看到周家老祠堂的样子。

古道尽头就是大石门。大石门的雄奇令人惊叹，会蓦然想起荣县人、晚清第一词人赵熙的《石门关》："万古悬崖一径存，无人铭字凿云根。是寻胡子东川路，第一乾坤此石门。"

这里原本有石门寺，灯杆石的位置赫然在目。还有一个寨子，也只剩一段古寨墙遗迹，有四五米高，条石砌成，大概五六米长，已经有些歪斜。紧邻寨墙的山石上有四个大字"天然胜跡"，字迹遒劲，雍容，没有题款。由此往下，石梯陡峭，右侧往山体凿有石室一间，据说右侧原有两块石碑，一块正对上来的石梯，后面供奉着土地菩萨，石壁上还有一块，现在还可依稀看出原来嵌碑的痕迹。石室长约五六米，宽约两三米，高约两米，石室原来供奉着观音菩萨，左右两边各有一块石碑，现在都空无一物，只有光光的石壁似乎在等待着什么，石门楹联在历史长河中渐渐漫灭，只有左联依稀可辨识，为"慈云法雨满乾坤"，右联已无法考证。

这是前人去东川的必经之路。明代大理人、荣县知县李锐经此去拜谒胡子昭墓，写有《石门》："先生古忠臣，我来访故里。下马过高梯，清风只在此。"沿石梯下行约三十米，只见左侧已无依傍，下临深谷，一棵千年红豆生于半山，就像石门的卫兵，为石门站岗、挡风雨，让它可以在这里傲然屹立，右侧绝壁嶙峋，上有榕树凌空，其根在石缝里屈曲盘旋，与山崖扭在一起，有的悠然地垂在半空，绝壁上居然有泉水渗出，顺着树根嘀嗒下来。

古道就此塌陷，无路可走，大概是山体滑坡，留下5米左右长的缺口，前方可见古道延伸，湮没于丛林杂草中。

如果从路边抓住藤萝，可以攀缘过去，爬上对面的古道会看到右侧悬崖陡峭，蜂窝状的熔岩像天然回音壁，石壁上有好些个佛龛，只是佛像大多已经被盗凿，錾子的凿痕清晰可辨，只有一尊观音约1.5米高，除了头部损毁，其余衣折纹理都还完好，取站姿，似乎手捧玉瓶，大概是位置高，实在不好操作，才得以保留。古道沿山势往下折行，约五六十米处更加陡峭，上面巨石横空，突兀于高崖上，当地人称为老鹰嘴，道侧石壁也随处可见供奉过土地菩萨的佛龛，以及立过碑的印痕，其中一处约四五米高的岩壁上，有一个约七八十厘米长，五十厘米宽的龛位，四边印痕清楚，老人说当年赵熙的石刻“石门”二字就嵌在此处，只是此碑现无下落。再往下走，右侧山石整块断裂，像老天抛下的巨大令牌，形成独特的风景——当地人叫作令牌石。山势渐缓，令牌石下露出一废弃房屋，断壁残垣，杂草丛生，就在这断墙的后檐山石上，看到一方整石头雕成的神桌，长1.68米，高1.56米，如一张八仙桌，两边还有长方形的龛位，纹饰清楚，雕刻古朴。只是这神桌为什么会在这里，还连着山体？就连当地老人也不知缘由。

沿山脚下就是我们上来的公路，沿着溪边往东兴镇延伸而去。此时回望大石门，昂首矗立，不禁让人记起明代昆山举人、荣县教谕王永的《访子昭故里大石门》：

久慕东川景，今过大石门。
两崖高峭壁，一路曲通村。
好鸟和春昼，清泉嫩树根。
若论忠义气，此路锁乾坤。

（卢敬超）

兵家要隘三大口

荣县有著名的三大关口，古时为县城的天然屏障，是兵家必争之地，也是有名的风景区。它们就是狮子口、大垭口和老林口。

左狮右象狮子口

民谣有："千里来龙曲水湾，左狮右象把门关；石牛石马坐城口，彩旗插在牛峰山。"

荣县西北边陲的双古镇有狮子口，山清水秀，人杰地灵。狮子口周围是块风景胜地，是旅游观光的好去处。上面这首民谣，就是前人对狮子口周围地形地貌的概括。这里的风景名胜，可以确定为以下几个景点，即左狮右象，锣鼓齐鸣，牛石镇江，光照九旗，游龙戏水。

左狮右象：狮子口在很久以前，是没有路的，后来有条石板路，中华人民共和国成立前修了一条小马路。左边的山形好似一只狮子威武地雄踞山上，有头有嘴有前爪，右边的一座山，土名叫桥肚埂，酷似一只大象，鼻子弯弯的，与狮子面面相对，距离不到200米。在狮子面前十几米有酷似大小笑和尚的两块巨石，正在逗狮子。狮象对峙，构成一道大门。门对面的大山叫火烧坡，从曲水湾看去，火烧坡很像一扇大门，天然形成"左狮右象打门关"的雄伟气势。

锣鼓齐鸣：曲水湾左侧有一小湾叫打锣湾。岩壁上有一面石锣，面向南方，石锣直径约8米，锣面上有一小孔，好像锣的穿绳孔。石锣东侧约50米处有一石鼓。传说以前元宵节有人敲锣打鼓，使锣鼓齐鸣，对门山上的狮子和大象以及状似龙灯的九节龙和逗要狮象的大小笑和尚，都会同时翩翩起舞，非常像是一场精彩的中华民间狮子舞。

牛马镇江：从打锣湾向右行到锡河，锡河流到此地与拥斯河汇合，叫水口。水清见底，河中有马鞍石。走近一看，才知有一凹形大石，沉于水中，两头露出河面，很像马鞍故称其为马鞍石。顺河而下，约200米处，就是石牛沱，沱中有巨石，极像一条耕牛，在河中游泳。往下再行300米即水口。这就是民谣中唱的“石牛石马水口”了。

光照九旗：民谣中唱“彩旗插在牛峰山”。当晴天日出时，站在曲水湾石锣旁远看牛峰山天时门的半岩上的九面彩旗闪闪发光。这九面彩旗是岩壁上九块大石呈旗形。当地人说这些彩旗是配合狮子龙灯舞蹈的旗帜。

游龙戏水：牛峰山侧有一古庙叫龙井寺，寺侧有一古井。传说有一条巨龙在井里饮水。龙有九节，故名九节龙。其实是从曲水湾数到龙井寺有九座山头，很像龙的脊骨，因而得名。这是民谣中的“千里来龙曲水湾”。

天鹅抱蛋：传说从前有人在山上挖坑埋人，事前有一白发老者告诉挖坑人，若看见“马骑人，鱼上树，戴铁帽人”就要停止挖坑。挖的当天，有一人肩上扛木马路过此地，又有一人提一串鱼来看热闹，将鱼挂在树上，后面有一观众，头顶铁锅路过。挖坑人没有注意这些现象，仍然挖坑不止。结果挖出一对雪白的天鹅，冲天而起，向峨眉山飞去，只剩下几只鹅蛋。山上至今还留下天鹅抱蛋的窝。

傻儿师长曾驻军的大垭口

双古镇的大垭口左临石岗寨，右有仙岭山，高山峡谷，仅有一条通路，有“一夫当关，万夫莫开”之势。这里四周是山，不少悬崖绝壁，绿树成荫，山青林茂，风景幽静。它是石岗寨西寨门的要道口。站在口子上清楚地看到石岗寨悬崖边上有鹰嘴，嘴下三石并列，如老鹰展翅高飞，再下有两巨石如鹰爪，十分逼真。20世纪30年代川军混战时，大垭口也是他们争夺的战略要地。现在山上还有战壕遗迹。传说傻儿师长在大垭口部署战中，晚上篝火多达300处。

大垭口周围有许多典故，不少游人来此，流连忘返。其中有穿山洞、石笋、石缸、和尚脑壳、板凳山、蔡家大坟，不但精致迷人，还有不少美丽动人的传说。

穿山洞：沿石岗寨西寨门上行200米向左悬岩边荆棘丛生的小道。穿过两块大石，在攀行数十步就到了一个天然形成的石洞。当地人称穿山洞，处于悬岩边沿，站在这里，叫人胆战心惊，俯视山下，一马平川，景色迷人。远处可观望天鹅抱蛋，使人心胸豁然开朗，周围各山景点，尽收眼底。过去此山常有豹子出没，人们晚上不敢出门，怕豹子伤人。穿山洞东行不远，山下有白果屋基，在屋基坎上，可见半山上有形似鸡冠的立石，人称鸡冠石，雄伟壮丽。

石笋、石缸：穿过美丽的茶叶林，到了石岗寨的东寨门，可能望见斜对门半山上的石笋、石缸。特别是石缸，在半岩上，很难攀登，形似水缸，天然形成。传说曾有人在石缸内发现铜币，已生铜绿。

和尚脑壳：沿大垭口到石岗寨东门，隔一深沟，突然冒出一圆形山顶，山上林木茂密，绿草茵茵，当地人称和尚脑壳。全山古藤老树夹杂青松翠柏、鸟语花香、环境幽静。如果大暑天游此山，深感凉风习习，别有一番情趣。山下有梅山寺遗址。有民谣“梅山对啄老，银子钟盖倒”。传说从前有一和尚把银子用钟盖上埋于地下，谁人发现会发大财。有一天一位农民在对面啄老寺外面犁田，于田中犁到钟把子，马上跑回家叫人来挖钟取金银。等家人一齐赶到田边，不见钟把，连犁头也不见了。

板凳圣山：大垭口附近的大山腰有板凳山。山上有天然生成的石板凳，凳面长2米，宽0.3米，凳脚高0.8米。站在凳上，稍有摇动感觉。周围树木葱郁，属长江防护林地带。附近有原地下党员朱澈明故居，是荣县地下党活动的据点之一，许多地下党员如黄大可、刘一先等人，经常在朱宅聚会，口称是来的客人。如果有病，请医生只称家中老人生病。1949年7月中旬，中共川南工委副书记钱寿昌到此主持召开川南工委工作会议。黄大可、程觉远、朱澈明、肖莉人等8人到会。会上钱寿昌传达了中共南方局关于迎接西南解放的指示。所以人们又赞美大垭口板凳山是革命圣地。

蔡家大坟：大垭口附近有蔡家大坟，群山拥抱，树木葱茏，蕨草丛生。坟前又两根石桅杆，高9.8米，杆柱是由整块大石修筑而成，嵌在石凳上，制工精细、美观，是荣县最高的桅杆石柱，为清代所建。左边一根桅杆笔直，右边一根略带倾斜。传说右边的是当师父不在家，徒弟们竖立的。师父回家听说，不信徒弟们安了围杆，立即跑去看时，果然已竖好，可惜有点倾斜，但经多年未倒。

“双狮拜象老林口，二虎雄踞叫化坟。如血石花映峭壁，沙僧笑对远山村。”以上四句诗，说的是荣县到双古的公路边，双古镇与铁厂镇交界处的老林口胜景。公路两侧有狮子山和老林口山，两山平行，面向铁厂的高石梯。老林口山的距离高石梯仅500米左右，清末诗人赵熙曾有一首《老林口》：

山路不知远，白云身所亲。
遥遥老林口，烟火见居人。
怪石天为古，高田稻自春。
因声谢樵父，避地岂无邻。

狮子山和老林口山，均前高后低，如狮俯卧，面向象鼻山，狮子山怪石天成，突出于草丛中。老林口山有山泉流出，常年不断，人称“狮奶”，高石梯山岩陡峭，远看似象鼻面对一小丘，顶部圆滑如和尚头；近看如笑和尚领着两头狮子，朝大象顶礼膜拜。这就是远近闻名的“双狮拜象”。

从老林口山南行约250米有当地肖姓祖坟，坟前有丹桂一株，距今100余年，树干两人半方可合围。枝繁叶茂，形如华盖，高达33米，遮阴半亩左右，此桂树之大之奇，甚属罕见。春初叶芽肉红，成叶翠绿；金秋月桂满枝，飘香数里。观赏山树，令人赞叹不已。“喜看肖家坟外头，飘香丹桂任遨游。树遮半亩荫田地，十丈高枝胜冕旒。”即指此景，叫作“丹桂飘香”。

丹桂树后状元马山，悬崖峭壁，很是雄伟。距地约133米处，石上生有一树，状如塔形，天旱则叶落枝枯，遇雨即活，蔚为壮观。当地人称此树为“还魂树”。树下右侧，离地约16米有石洞，外窄内宽。据乡人介绍，洞内有两间屋子，灶具犹存。前人避难，攀藤而上，居住于此，今天下太平，洞废腾断，已无人上去。树下左侧，岩石自然形成“犀牛望月”图像。树右上方，距山顶6.6米左右有一穿山洞，约长500米，前大后小。因洞小路险，大人前去，一壁奇观名曰“峭壁奇观”。

老林口与高石梯之间的叫花坟，名闻遐迩。传说曾有一乞丐常在此地乞讨。一日忽死于山下岩洞中。乡人发现时，正见蚂蚁搬沙掩埋尸体。当夜，山崩地裂，尸体压于石下，人们称它“叫花坟”。坟上石壁有红色石花，阳光照映，一如朝霞。坟前有两座山埂，如二虎盘踞。立于坟上远眺。青山滴翠，风景优美。传说此乞丐后人做了大官，为防别人毁坟，远在千里之外的石柱坟修筑拜台，每年清明对坟遥拜。对此，后代传说不一：一说乞丐后人曾出状元；一说此人姓阮，后人远征南安，在此定居，官高族望。均查无实据，不足为信。此地风景极美，值得游赏，故名“贫丐古冢”。

（梁汉学）

牛峰古寨

民国本《荣县志》载：牛峰寨，古称台山。咸丰时建，凡五门，四门皆凿于悬崖。赵熙诗曰：“万峰高处古云台，大石蟠空壁坞开。历尽兴亡伤乱世，造成形胜费雄才。千家人向眠牛聚，四面山如怒马来。独立倚天长刃在，便从左股割蓬来。”

牛峰古寨，有人说是地质变迁留给大自然的瑰宝，藏身于人杰地灵的我县西北边陲；又有人说是连绵群山中的一座奇峰，独显上苍鬼斧神工的无穷魅力；还有人说是因山峭壁而峻，因林茂密而幽，因百鸟争鸣而秀；更有人说是吸天地之灵气，与日月同辉，融八景于一身。

牛峰山，有着许许多多说不清道不明的传奇故事，让无数文官武将为之敬畏。在它身上，无数文人墨客为它倾情泼墨，多少英雄豪杰为它操戈拔剑。这就是风情万种的牛峰山，千百年来横卧在云雾缭绕的双古镇。

牛峰古寨，坐落在牛峰山上，海拔约800米，相对高度400米，环绕半山一周近1万米。山脚占地近2平方千米，距离县城3万米，位于双古镇之南，离场镇约2000米。它是亘古时代极强烈的地质运动造成的断层岩突起的一座高山。山巅长2000多米，宽200至700米不等，总面积近0.7平方千米。因其山形酷似一条稍卷曲的卧牛，因而得名牛峰山。此山脉中段有一带高脊，似牛背。牛头前有一穿山洞，酷似拴牛的桩，叫亮洞山，故此以牛命名，就更形象了。

牛峰古寨

传说中，这头卷曲的卧牛，还是一头白毛色的母牛，十分漂亮，乳汁飘香，数里外就嗅到扑鼻香。据传，这牛常趁着夜色溜出大山跑到周边糟蹋庄稼。清乾隆年间，知县黄大本便派人在牛颈的要害山脉处，开凿了一条宽约3米、深20余米的口子。当地村民说，自从这条口子开凿后，像鲜血一般的水就从口子处流了几十天。这道人工开凿的口子处，旁边的崖壁上还雕刻有碑文，故此碑是不是对开凿口子的记载，现已无法考证。

1993年本《荣县志》记载，双古境内有一座形似卧牛的山峰，矗立于群山之间，牛头向东，端望亮洞山，因山有洞，天光透明，状如满月，人们给它取名“犀牛望月”。传说，很久以前，在苍松翠柏铺满的青山脚下，有一座庙宇，叫滴米寺，寺内有个和尚叫阿三。一天，他看见一条黑牛在田里吃嫩绿的秧苗。他吆喝着，那黑牛像没听见似的，从这块田吃到那块田。第二天，黑牛又到田里吃秧苗，阿三照样吆喝，总是无法制止。后来，阿三注意到，这黑牛不是近处农家的，而是从亮洞山附近跑来的。他把这事告诉了师父，师父给他耳语了几句。于是，这天半夜，阿三连夜赶到亮洞山，借着皎洁的月光，很快找到了黑牛，将它拴住。他用师父传授的方法将牛治死，为当地农民除了一害。黑牛死后，化为一座山峰，人们将此山取名为牛峰山。

山上风景优美，气候宜人，居住此山的前人们，在那里发现了许多美景：在山寨炮楼的凤林湾，也就是形似牛尾巴的地方，树林茂密，异鸟群居，尤以野鸡、山甲（鸟名）特多，鸟羽艳丽，美若凤凰，故名“凤林”。秋高气爽，月明星稀时，绣针坠地亦能拾取，故称为“凤林秋月”。在牛尾处，山上翠竹掩蔽，山下清泉长流，水清冽，味甘美，流水淙淙，声如鸣琴，清脆悦耳，故名“翠献清音”。在最高处，也就是牛的脊梁处，原有一哨楼，常是云雾缭绕，雾浓必有雨，哨楼时隐时现，故称“哨楼雾雨”。牛颈为全山最狭窄处，下有山洞，形成天然桥梁，隆冬季节，漫山雪飘，此处虽高，却无积雪，故名“天桥霁雪”。牛峰寨管理寨务的存仁局，简称“公局”，八字粉墙，大门内庭开阔，左为待月楼，右为醉墨轩，门临石阶30多级，旭日东升，晨曦朗照，停立门前，放眼瞭望，胸襟开阔，故称“公局晴曦”。牛肚乳房处，崖泉浸溢，沿流成渠，常年不竭，久旱不减，淫雨不汤。水清甜香浓，可供数千人饮用，故名“牛乳香浓”。牛头处有一段光滑崖壁，呈灰白色，状如屏风。月光照其上，500米外的磨子沟，映得分外明亮，故称“白屏晚照”。

牛峰寨五门中，以地利门最险，门分上下两道：下门为石墙木棚（已毁），上门凿穿悬崖而成，并置铁盖门。进门有石梯100多级，两侧莓苔满壁，常年滴水，雾气不散。即使酷暑，仍感凉风习习。门内阴刻“飞泉满青天”，门外刻“地利薰风”。

牛峰寨，还有神话般的传说。因牛峰寨四周峭壁凌空，面积较宽，建房有地，山上又有丰富的泉水，加上有蓄水塘蓄水，只要囤粮丰富，可供万人居住。据载：窃此寨为历来避乱之所，山势陡峻，水源繁滋，为邑中第一险隘。自前明迄今，历遭兵燹，附近六县赖此寨以存活者，先后约数万人。嘉庆咸丰年间，两奉上喻培修，计费8万余金。李蓝之乱，井、乐、犍、威、资、宜、隆、富八县绅民住寨避难者，2000余家，人丁不下3万。太平天国后期李蓝起义时，牛峰寨以东山湾一带约1700米范围内，屋舍相连，犹如市街，夜晚万家灯火，热闹非凡。自贡大安寨险些被破，而牛峰寨却稳如泰山。据载：相传献贼入川时，里人筑寨于此，被围半载，无可如何。牵母彘于观音岩或人和门等处，不时按之作声。贼曰：“彼倘肉食，几时能破？”遂解围去。今沙坝嘴崖下有五灶形大小不一，即贼人炊窜处也，故名“五眼灶云”。据《张献忠传论》，张献忠是个善战的军事家，有一批谋士，又备有快马，他攻城往往出其不意，难以抵敌，而牛峰寨被围半年，未破而去。牛峰寨之牢不可破，远胜州府城池。传说，张献忠带兵围攻时，因山上的人赶着几头猪跟着山脊跑，并有意将猪打得嚎叫，让山下张献忠的军士们感到山上人不愁吃，围困的目的难以达到。同时，山寨上的人有意编织了一双约0.6米长的草鞋，有意把鞋底磨光扔于山下，让张献忠的军士感到山上的人高大无比，难以取胜，因而只好退兵。牛峰山不但有天然险阻，而且其筑寨工程，也十分浩大。其周围近6000米长的岩边，凡寨上稍感不放心处，即下剐上砌，造成悬崖绝壁，固若城墙。多处岩边有寨墙，砌墙条石厚0.45米或0.6米，墙高一般1.5米左右，当严防处则高达10米。墙上绋有城垛。寨墙不远有哨棚一座，用于守夜，用于巡查。观音岩、地利门、人和门等处，有炮台。牛背最高处，有三层楼的哨楼一座。

牛峰寨也不是富豪们理想的天堂，以为该寨“一夫当关，万夫莫开”，只要寨门一关，就可以高枕无忧了。实事并非如此，据载：此寨不患明攻只患暗袭，暗袭唯暗中吊人上山一法耳。吊得两三百人上山，当众人睡梦之中，振臂一呼，老幼妇女，谁敢出敌，只闻彼此呼号耳。即有壮丁，练成武艺，亦黑夜中，寻衣觅刀仓皇无措而彼奋力杀来，一人可敌十人，两三百人可敌两三千人，真决雍溃堤无能为力矣。牛峰寨财富极丰，也引起官府垂涎。咸丰三年（1853年），正是洪秀全起义早期，荣县知事赵友泰以牛峰寨私造武器为由，关押寨区团总朱国章兄弟。又以县库代保箱笼为名命将寨上箱笼入县库。出库时牛峰寨箱笼减少五十多只。寨上兴师动众，官司打到布政司。还有荣县一进士延误入京受官之期而奔走，案悬两年多。后赵知事调任安岳，放回团总，寨人即庆幸。

1937年，日寇侵占华北，又进攻上海，国人大为震惊，深痛缺枪炮、飞机、坦克，缺乏科技人才。当时有志之士赖君奇、但懋辛、邹古元等，倡议拿部分寨款，办一所私立中学，以补西北路无中学之缺，使西北路学子，就近有中学可上，也好培养一批抗日人才。倡议被采纳后，选出以赖君奇为董事长，但懋辛为副董事长（名誉董事长）的董事会，胡善权为校长。1938年开始建校。1939年春招收第一批学生200人。中学命名存仁中学，简称存中，学校的校址是赖君奇亲自选择的。学校的教室正建在牛头上，校门对着牛尾巴。董事长威望高，聘到的教师学历和水平都甚高。教风严谨，教学质量高，抗日氛围很浓。在教师中，先后有中共地下党员朱澈明、程觉远、刘一先等等，成为我县西北路地下党的重要成员。在我县知识界，许多人知道存中是所进步学校，学校学风好，教学质量高，学生以艰苦朴素见长。加上牛峰群山环抱，牛乳飘香，校园清雅，苍松入云。古云山清水秀出文人，牛峰山正应于此。因存中甚为有名，1943年冯玉祥将军到荣县筹款抗日时，还赠赖君奇“诲人不倦”字幅。但懋辛多次到牛峰山看望师生，使学校越办越好。除本地外，自流井、贡井、荣县邻近县，来的学生也不少。从1939年到1949年，先后培养了初中学生2000多人。那时，白天晚上，朗朗的读书声回荡在这幽静的山谷里，不愧是教学育人的好地方。

（余仕清）

石岗寨

石岗寨位于荣县双古镇东面的大垭村2组、5组、6组地界，距荣县县城2.4万米、顺河4500米，海拔770米，风景秀丽，空气清新，常年云雾缭绕，恰似人间仙境。

石岗寨有大小山头七个，属小丘陵地貌。山间有四个方池、一个圆池、三口堰塘，蓄水充足，为居民提供无污染的生产、生活用水。石岗寨四周悬崖绝壁，东南西北四道寨门与外界相连。东寨门宽1.36米，高2.6米，深1.9米，石砌拱门。离寨门不远的绝壁上，有一神龛，宽0.8米，高0.86米，深0.52米，刻有“土地祠”三字，龛两边刻有一副对联：“有龛风扫殿，无油月作灯。”龛内的土地菩萨早已遁形，难觅踪影。内壁两边刻有不少文字，因风化严重，无法辨识。只可见落款为“中华民国29年二月二十一日穀旦”——“穀旦”即良辰，指晴朗美好的日子，旧时常用为吉日的代称。南寨门同样为石砌拱门，宽1.55米，高2.5米，深1.95米。东南两道寨门保存较为完好，为石岗寨唯一的历史见证。西寨门在修建进山公路时毁掉，实在有些遗憾。北寨门据说修了四五次都没完工，修了又垮，垮了又修，基脚完好，寨门就是修不起，也不知是何原因。

石岗寨四周有一条便道叫更道，两三千米长，乃打更人夜晚行走时所用，部分更道尚存，只是荆棘丛生，行走困难。南面有一座小山，形似金钟倒挂，叫金钟山，金钟山与石岗寨之间隔着一条深沟。金钟山上修有简易的住房，叫更棚，为打更人的住所。一座简易的木桥将金钟山与石岗寨相连，木桥长约15米，宽约1米。20世纪70年代，石岗寨开办茶厂时，木桥犹在。

在古代，石岗寨乃人迹罕至的荒山野林，常有野兽出没，当地故有“牛峰寨出谷子，石岗寨出豹子”的说法。中华人民共和国成立前，地下党利用这里荒山偏僻，人迹罕至的有利条件，进行地下活动。据说，1949年7月，川南工委工作会议就是在这里召开的，所以当地群众又把石岗寨称为“红色革命圣地”。

（王　林）

仙人山

荣县之北40千米的建华乡，有一山叫仙人山，山上古庙数重，建筑雄伟，更兼山色奇美，景点集中，一年四季游客络绎不绝。

乙卯春，赵熙不辞辛苦，带上随从，乘轿来到仙人山，应庙主持之请，挥笔写下“明月来投玉川子；晓云遮尽仙人山”的山门楹联，横批“仙梵花宫”。至今完好无损，金光闪烁。赵熙为什么来仙人山题诗作对？这里还流传着一个故事。

赵熙字尧生，别号香宋。因考状元时，朝廷不仅考文章，还要口试，有时要问到家乡的名胜古迹。当问到赵熙老家荣县的风景名胜时，他虽然将荣县的十二大景和县内许多风景名胜，答得还差不多，可惜恰恰落答了有名的仙人山，结果没考上状元，只考中了一个进士的功名，留翰林院任国史编修兼宣统皇帝的老师。

辛亥革命推翻清朝后，赵熙赋闲在荣县桂林街香宋故居。回忆起朝廷殿试口试中，连县里大名鼎鼎的仙人山也答漏了，非常遗憾。因此在民国4年（1915年）春天专程来访仙人山。上山时受到庙里方丈的热情接待，而且用赵熙平日爱吃的豆花饭款待他。于是赵熙饭后不仅题写山门对联和匾额，而且吟七律诗一首，用汉白玉石刻，镶于半山宾峨亭侧大石上。“文化大革命”期间，此石刻流落民间，改革开放后，物归原庙。至今仍镶原地，完好无损。这首七律诗题名《仙人山绝顶》。诗曰：

苍龙瘦脊抉空飞，蜕骨灵山挂石扉。
我是德云前世住，仙朝珠馆几时归？
花笼石刻寻幽径，天敞群峰压大围。
若有人兮松际下，上清风冷五铢衣。

仙人山石刻

此外，山上还有李亚群一诗。李亚群是井研县千佛乡人，曾任中共四川省委宣传部副部长。早年在成都参加革命，当国民党追查时，被迫离开成都，辗转于乐山、井研，后来回到老家，继续从事革命活动。他曾住井研东门外廖季平家。1933年冬季的一天晚上二更过后，邱挺生跑去向他报信：“县衙门的差狗子提着马灯出来了，你还不快跑！”第二天清晨，又是地方上在抓人。城里又有人带口信给他父亲，“你家二娃在不在？通缉令已经下来了，叫他快跑”。因此家里不能住，只好到仁寿的回龙场一位亲戚家住下。这时他与地下党组织断了联络，自己也遭通缉，心情很苦闷，极渴望与党组织取得联系，以便投入战斗。

李亚群到回龙场亲戚家住了不久，听说在仁寿、荣县、井研、威远四县交界处有座佛教名山叫仙人山，山上松柏成荫，花草繁茂，风景绮丽，古迹也多，又是附近乡民求神拜佛的圣地。李亚群就借上山游览之名，一则抒发胸中忧郁之情，二则利于隐蔽自己逃避追捕。来到山脚，抬头一望，山势挺秀，森林茂密，遮天蔽日。走近一看，庙宇壮观，檐牙高翘。登上山腰，见有赵熙诗刻于岩壁。继续走上仙人桥，四周山峦，尽收眼底。坐下小歇，一面欣赏仙人山景物，一面联想自己党组织遭到敌人破坏，自己居无定所，渴望早日与上级组织取得联系，一时诗兴大发，吟得七律一首，题名《登仙人山》，诗曰：

心事难凭雁字传，振衣千仞瞰人间。
荒凉故国垂双泪，倦煞书生又一年。
岩石杳无仙子迹，河山犹剩夕阳天。
流离未敢轻生死，道路漫漫且向前。

石刻清晰，先贤作古。拂石小栖，任微温的阳光懒懒照耀，古人遗迹顿增仙人山厚重的文化底蕴。

（曹　宏）

集生寨

距荣县县城约22千米的墨林乡吕仙村，有著名的荣州第一山荣德山和吕仙崖，而吕仙崖上有一个当年规模巨大的寨子，这就是集生寨。

吕仙崖东西北三面壁立，南北走向，山势自南向北逐级抬升。集生寨分上下寨，下寨地势较低缓，上寨四周围墙矗立，用条石砌成，长约8000米，高约6米。南面建寨门，内外两层，护卫把守。寨门外有壕沟，长30

集生寨

余米，宽10余米，深约两米。壕沟上有吊桥，平时收起，有人进出，确认身份后方可放下，让其通行。寨门上有城堡，护卫日夜巡视。寨内桂馨堂，堂外石狮镇守，堂内雕梁画柱，翘角勾心，十分精美。

集生寨以规模宏大著称。集生寨曾是远近闻名的佛教圣地，自下而上分别有灵官堂、九龙壁、文昌庙、仙岩寺等庙宇。寺外居民有数百家。原有天井44个，占地面积约2万平方米，且寨内建筑多由石砌，异常坚固。可惜由于时间久远，再遭到人为破坏，寺院被毁，寨墙垮塌，集生寨已严重毁坏，破损的上寨大门、寨墙和门前壕沟，残缺不全是石板路、排水沟和一些断壁残垣。但从目前保存的寨门来看，仍可想象出当年宏伟壮观的景象。寨门上方一米见方的“集生寨”三个阴刻打字虽遭凿损，但仍能见其古朴雄浑。门寨墙残长70米，残高4米至7米，厚5米，残存部分垛口，寨墙以巨型条石垒砌，其中较大的一块经过丈量长1.66米，宽1.12米，高0.38米。集生寨的门洞宽2.5米，高3.8米，进深1.1米，门道宽2.8米，高4.2米，进深8.2米。无论从条石的大小，门洞高、阔，门道进深等来看，寨门的规模在四川地区寨堡遗存中也是比较罕见的。

集生寨墙的修建有两种说法。一是有专家认为建于宋末理宗时期，兵部侍郎徐玠出任四川安抚制置使兼知重庆府事，负责四川防务，与当年荣州抗击元军所修筑的大刀寨、平安寨、牛峰寨、大才寨等构成荣州防御工事，又与钓鱼（合川）、神臂（合江）、青居（南充）、大获（苍溪）、云顶（金堂）、三龟九顶紫云（乐山）等城寨堡构成四川抗元的防御链。其依据主要是荣德山绍熙判府曹公老君山保守记碑，但因该碑年久风化又缺乏其他文献佐证。

另一种说法是建于清代中晚期咸丰年间，自流井大盐商颜昌英邀约李、王两大家族在富顺、威远、内江三县交界处修建三多寨以后，又在距其祖籍威远很近吕仙崖上仿三多寨建筑规模。从咸丰十年（1860年）起，历时四年修筑集生寨，有颜氏武状元府第、桂馨堂、怡怡堂（胞弟霭廷所有），敦五堂（胞弟仕超后代所有），以及家庙文昌宫，整个集生寨大半属颜姓。鼎盛时期，商贾云集，热闹非凡，名扬邑里。后一种说法有颜氏家谱、其他历史文献和四大盐商的相关建筑为证，证据较为充分。

笔者认为，按照古代荣县的历史变迁，集生寨自宋末以来代有修葺和损毁，到颜氏建成规模宏大的寨堡，在抗元、抗击张献忠进剿和李蓝都发挥过不可低估的作用。

（曹　宏　钟学惠）

牛头寨

民谚曰：李家崖的银子，狮子崖的洞子，牛头寨的顶子，看不得牛心寨的样子。

牛头寨位于墨林乡牛头寨村3组天乙山上，距墨林场5000米。牛头寨始建于咸丰四年（1854年），因山形似仰天长望的牛头，山前两根擎天石柱，恰似牛角，故名牛头寨。

民国本《荣县志》云：“牛头寨，长一里，广四十丈，寨门一，居民六十家。牛头寨又为大坪山，牛角石，石相距数丈，中有穴，风吹则鸣。”

修建牛头寨的石材取自山上，从而形成了六个大小不一的蓄水池，乃村民灌溉、饮用之水源。东面有一条羊肠小道直通山顶，接近山顶的地方有一道石砌的寨门，这是进入山寨的唯一寨门，寨门尚存，门上刻有对联一副：“红日一发近，青山万古高。”横批：“古天乙山”。寨门前崖壁上有一神龛，供奉着土地菩萨，横额上刻有“福德堂”三个字。山寨四周为绝壁，用条石砌围墙，大部分已损毁。牛头顶有一段残存的围墙，墙上有射击孔，内宽外窄，30多度倾斜，从射击孔往外瞭望，视野开阔，山下目标尽收眼底。

据老乡说，民国14年（1925年），高山农民协会在黄才焯、夏作明、曹绍山等领导下，曾以牛头寨为据点，组织抗捐抗税斗争。而今山上仅住有一户人家——龚是从大爷夫妇，政府多次动员其搬到山下去，可他们住了一辈子，舍不得那片热土，夫妇俩依旧在那里过着自耕自助的农家生活。

（王　林）

仁荣寨

仁荣寨位于荣县东兴镇枣子坝村14组与威远县越溪镇（1958年由仁寿县划入）互相村6组交界处。

仁荣寨山脉为东西走向，西高东低，呈凹字形，四周悬崖峭壁，山顶地势平坦，中部埂子最窄处不足两米。东面凉风坳为两县分界线，山坳十分狭窄，却是东兴到越溪的大路。

仁荣寨建于何时已无从查考，据当地人讲，可能是清嘉庆年间。左氏家族，自“湖广填四川”移居东川沟后，历经无数代人的原始积累，逐渐成为当地的旺族，在东川沟一带，均有左氏的田产。清朝后期，朝廷腐败，民不聊生，强盗土匪四处打家劫舍，十分猖獗。左氏当家人为了族人的生命和财产安全，决定寻址修寨以自保。一日来到凉风坳，见这里峰峦如聚，地势险要，有“一夫当关，万夫莫开”之势，相中此风水宝地，便横下一条心择址建寨。山上有一户李氏人家，双方签订契约（已遗失），议定寨子建成后，只限左李二姓共用。李氏的土地东起灵官石、西止埂石坳、南至三叉河、北临哆口石，系两县管辖范围，寨子又建在两县交界的山顶上，取仁寿、荣县之义，故名仁荣寨，又因是左氏出钱修建，故当地人习惯叫左家寨。

仁荣寨山高坡陡，交通十分闭塞，修寨时就地取材，从而形成了大小不一的几个水池。寨子周围砌有约3.3米高的围墙，唯一的寨门位于东面，宽1.34米，高2.76米，纵深约3米。寨门上设有炮台，有数个炮孔。

寨门左侧崖壁上，有一尊土地菩萨，头部已风化，右侧内壁有一块“永垂千古”石碑，高1米，宽0.78米。这是一块功德碑，刻于“中华民国癸丑年（1913年）九月初十日”，记述了十五位乡民，每人捐赠苞谷五升作神本，每年九月初十日焚钱敬神的事。踏进寨门，就像进入一间没有屋顶的房间，迎面石壁上刻有“仁荣寨”三个楷体大字，字高1.3米，宽1米。左侧十几级梯步，直通山顶。寨内有鱼池、堰塘、水井，生活设施一应俱全。寨内空气清新，景色宜人，春闻鸟语花香，夏听松涛阵阵，可谓是一处难得的世外桃源。

仁荣寨

大尖山、尖子山、石榴山……层峦叠嶂，目不暇接，拱卫着仁荣寨。这里是旭水河的源头，千百年来，哺育着一代又一代荣州儿女。仁荣寨附近群山绵亘，植被茂密，生长着大片的漆树、麻柳，秋冬时节，树叶开始由黄变红，看漫山遍野，层林尽染，错落有致的彩林，恰似一幅美轮美奂的油画。

（王　林）

高石梯

高石梯在荣县城西北山区，北接老林口，南邻山王庙，距城15千米，现属铁厂镇山王村地界。地势西北高而东南低，海拔859米，属深丘地带，四面悬崖峭壁，似古寨堡。因上下山处均有石阶，陡立状若楼梯，故名高石梯。

高石梯周围有大小山峰30余个，皆丛林覆盖，远望郁郁葱葱。在此群山环抱，绿树成荫的小天地里，杂以山花吐香，百鸟争鸣，各类野物倏忽往来奔驰，景物优美，地高天旷，气候清爽，最宜盛暑纳凉。按民国本《荣县志》“山脉”篇载有：“荣，山县也，山凡两大干，其北曰铁山。”“铁山自东徂西，数其支自东始。”“铁山又西，其支曰狮子山，县西北；下行老林口，接高石梯，西人避暑处。”据此，足见高石梯位踞山区，向为避暑佳境。山林有石板小道，未筑川中公路前，荣县到成都的捷径，即由此经过，称为北大路。

早在清光绪二十九年（1903年），即有加拿大人传教士王雨春，来荣传播基督教。稍后，基督教会四川大会将川西灌县青城山、彭县白鹿顶及川南峨眉山新开寺、荣县高石梯四处，指定为外国来华人员避暑区域，遂开始在高石梯初建西人避暑山庄。1914年，加拿大人宋道明任教区区长时，会同医生洪承宣及牧师王雨春等人，实地绘测建筑蓝图，报经四川大会批准，成立“高石梯修建组”，即大规模兴建房屋。布局为星罗棋布式，间隔250米至500米筑为一幢，规格为土木结构西式平房，第一批修成十幢有余。1920年，加拿大医生石玉光、牧师满毓仁受川南盐管理局稽核所（当时我国盐务、海关、邮政等大权，概由西人把持）委托，在高石梯继续修建，因而此处房屋逐年增多。为了鼓励各人多建广修，教会规定，凡来此新建房屋的外国人，可享受建房补助费400加币（约等于当时中国银圆600元），于是各人竞相争建，除基督教堂、圣经学校外，绝大部分为私人住宅。来此避暑人员区域为川东、川南一带，如涪陵、泸州、宜宾、自贡、富顺、威远、仁寿及荣县等地。最盛时，居住人家近50户。人员国别，以加拿大居多，余则概属英、美、法等国籍。

每年暑假开始，上述地区的外国人，即携同家小、厨师、佣人等云集山上避暑，欢乐异常；也有将奶牛、奶羊、狗、鸡、鹅、鸭、兔等牲畜家禽一并罗致前往，尽量供其享受之用。因当时交通不便，只能走步经由杨家沟、栋水坳、烟波桥、穿心店、山王庙等坎坷小路，始能上山，所有人货运输，全赖人力肩负提携。再以外国人员薪金特别优厚（传教士月薪130加币，医生150加币），相当于中国同类人员工资的十倍；且平素养尊处优，好逸恶劳，习以为常，哪能吃苦跋涉崎岖山路？

故无论大人小孩，一律乘坐滑竿轿子。清末民初时，阔绰者竟乘四人大轿，俨若达官贵人。整个暑期中，沿途经常人员往还，备办供应物资，肩桃背磨，络绎不绝。担任此类劳役者，全是我国贫苦百姓，山上所有家务累赘琐事，也是附近贫苦农民承做。不仅如此，国营企业的成都西川邮政管理局，曾通令前述四处被指定为西人避暑区域的内地邮局，每年暑期应特设临时机构，专为他们通邮服务。因之荣县邮局届时一接西人函告，即须听令，立即向高石梯开设邮亭、邮站，指派专人前往收投邮件，为这批外籍人员效劳。

避暑外国人在山上的活动组织，可分团山会、礼拜会、汇报会跳舞会等等。团山会又名转转会，即各家定时互邀吃喝玩乐，门外张灯结彩，室内灯火通明，常与跳舞会同时进行，每至深夜，乃尽欢而散。礼拜会即牧师传教活动，皆在宣讲《圣经》；此会每礼拜一次，欢迎群众参加。汇报会即交流会，有一定职位的西人始能参与，讨论内容，外界人无从知悉。凡此种种，高石梯大好国土，全被外人摆布，成了旧政府无权过问的特区。

自1949年12月，外国人尽行各自回国，上述不合理现象云散烟消。高石梯所有山林房屋，在人民政府的管理下，理应更臻完好。然而大办钢铁之后，房层被拆毁或朽坏，树木被滥伐殆尽，固有旖旎风光，遭罹

高石梯

败损。此后建成国营林场，实行科学植树，封山育林。1960年与白岩石林场合并，设为林场管理委员会，专职管理。现改名荣县林场，后林场又更名为高石梯森林公园，经过改革开放以来的休养生息，恢复重建，已经成为集旅游、休闲、避暑、养老为一体的综合服务景区。

（佚　名）

桥梁洞窟

第四篇

《简氏族谱》所载之锁江桥

锁江桥

《荣县记忆》编辑部约笔者写一篇“锁江桥怀古”的文章。苦于资料匮乏，加之建桥年代久远，几无可采访之人，故迟未下笔。

谁料机缘巧合。笔者偶得《简氏族谱》一书，略一翻，竟有《简氏修耀龙桥碑序》。详之，原来这耀龙桥就是锁江桥也，不禁大喜，真乃“踏破铁鞋无处寻，得来全不费功夫”。

简氏一族，不仅文风昌盛，而且乐善好施，修桥铺路，恩泽乡梓。其中，明天启进士，曾任江西南昌府丰城县令、宁州知府、再升户部广西清吏司主事。其两度修建锁江桥，又建锣星阁以振文风，可见一斑。今仅录《简氏修跃龙桥碑序》中简敕建桥始末以观其德：

荣邑南门外有合江，通水道焉。数百步许，名曰擦耳崖。其间吾先祖敕公故址遗事，至今犹存。左有白塔，连接大佛诸峰，胜迹森罗；右则千佛，直引土主牌楼，名山星列。东水发源于分岭，西水衍派于东川。二水如带而来，众山如砺而至，山水交会于城南之下。两峰耸然，夹壑而出，有谷口焉。我祖敕公大人，生当明季，奉命广西户部主事。谢政养亲，就食于家，置业于斯。靓山川之环绕，慨南峰之独缺。爰捐金千余，构桥楼以连地势，以接诸峰。命其名曰跃龙，取义于合邑之跃龙门也。尔时木石俱就，皆自北而南，无如工未告成而殒，此崇祯辛巳事也。接继干戈扰攘，功竟废弛。厥后先君子先祖父等，欲董绪其事，未果。至不肖辈，物力维艰，埋没于沙洲者，今百有五载矣。幸逢徐侯，莅任兹土。清廉仁爱，素裕官箴。功业事迹，卓立旭阳。莅民策士之余，览其客山客水，寻访故事，绪修遗迹。因命予族率乡耆等，共勷我祖未成之功，不数月而告竣。侯亲题其桥曰安聚。是徐侯之盛德已彰，吾祖之美意亦传。更且修建前人未创造之镠星，以壮荣邑之文峰。伫看异日人文蔚起，簪笏蝉联。莫不曰："侯诚荣邑之甘棠，圣朝之良干也。"承恩江汉，戴德嵩华。有环结草，无计执鞭也。余学谏识浅，不善文辞，爰序其事，以垂不朽。

此桥后邑侯黄大本更名为锁江桥。

乾隆十二年岁（1747年）在丁卯夏月嗣孙简芮　谨撰

由序可知：

一、锁江桥修建时名跃龙桥、竣工后名安聚桥。黄大本知县时更名锁江桥。

二、锁江桥始建于明崇祯辛巳年（1641年），竣工于105年后的清乾隆十年（1746年）。

三、镠星阁与复工后的锁江桥同时代修建。修建镠星阁意在"状荣邑之文峰"，鼓励县人读书以"人文蔚起，簪笏蝉联"，而非民间传说"治水"。

当然，今之锁江桥，早已不是300多年前简氏所修的。笔者在《城南轶事》一文中对此已有议论，此处不再赘述。

（戴泽祥）

■ **编者按：**

民国本《荣县志》：“安聚桥又名锁江桥，城南东西水汇下游。高一丈二，长八丈五，宽六尺。唐贞元中，张刺史建，名灵济桥；清乾隆十二年知县徐德龙倡捐重修，四十四年圮，五十六年知县龚巽集绅修。”与文同，暂备一说。

奉先桥

荣县有大小河流80条，基本都是山溪沟谷性质，且多为小溪。按注入划分为沱江水系和岷江水系。县境内大部分是平桥，只有沱江水系的旭水河、岷江水系的越溪河干流上才有几座较大的桥。据民国本《荣县志·津梁表》统计，当时已有桥320座，基本上是清代和民国时期修建。清代以前的桥梁，大多数被洪水冲毁后重建；地处交通要冲的清代桥梁，也随着交通事业的发展，大多进行了改造，已看不出原貌。唯有旭水河高滩地段上的奉先桥，还保持了修建时的风貌。

奉先桥，地处双石、李晏、青云、李子四乡镇交界的高滩，故俗称高滩桥。桥为东西走向、石结构、三孔。桥长58米、宽6.5米、高13.5米；有桥栏，高0.8米。整个桥面用条石铺成，桥身微呈弧形。桥两端各有长6米的垂带式踏道。桥拱正中圆雕镇江石龙，龙头向上游。桥的两端原有圆雕石狮各两尊，1980年当地村民误信狮子下面有宝藏，将东头的一只石狮撬下了河。

桥西侧有造桥碑记，碑帽仿歇山式样，碑的正中刻有“奉先桥”三个大字。据碑文记载，该桥建于清同治八年（1869年），由刘成钦、刘文灏等人捐资修建，由石工蔡运坤设计施工。

修建奉先桥，还有一个美丽的传说：正当建桥之际，来了一位老石匠，要想在工地觅活干。蔡石匠见他年岁太大，没有收留他。老石匠也不急于赶路，在工地上东瞧瞧西望望，最后在废弃的石堆里选出几块石头，打成方不方、圆不圆的石料。拱桥要完工之时，总找不到合适的

奉先桥

"煞尖石"，蔡石匠也急了。这时有人说几天前来的那个白胡子老汉打了一堆石头，用来作"煞尖石"行不行？大伙赶忙去把那堆石头抬来，一放，不长不短，不宽不窄，刚好合适。众皆大喜，蔡石匠吩咐赶快去寻那老头儿以致谢，可谁也不知他到何处去了。这时大家才恍然大悟，认为是鲁班来此帮助他们建好奉先桥。

奉先桥自建成以来，已历时150多年，历经风雨剥蚀，洪水冲刷，依然安然无损。现奉先桥被自贡市人民政府公布为市级文物重点保护单位。

（周绍泉）

同心桥

荣县同心桥，当地人称蓝桥、佛生桥，位于旭阳镇大井村2组与马石村3组交界的洛阳溪上。1993年12月，双溪水库完工蓄水后便被淹没，沉于库底，不见曦月。后因降水减少，用水量大增，水位骤降，同心桥重新露出水面。

同心桥

同心桥东面，离桥约十来米的绝壁上，有一处石刻，长4.06米，高1.1米。从左至右阴刻“同心桥”三个字，字径大小不一，字高也相差十几厘米。上款被毁，从模糊的笔画推断，可能是“大中华民国三十一年”等字样。尾款大部分文字能辨识，前段记述同心桥桥名来历，后段记述“同北公路”的事，并介绍了工程的社会背景，只是一些字无法辨认。

“荣城通同心乡鸟道崎岖。运煤为生者，每日六七千人之众。苦力马牛杂遝，吁嗟载道。”此话意为同心乡盛产煤炭，离同心桥不远的蓝田坝便有煤厂，苦于交通不便，山路崎岖，运煤主要靠人力，来来往往，络绎不绝。“余乃筹聚民工，辟筑公路，计工程万余，卒化悬岩峦石为坦道，称为同北公路。”文中的“余”指当时荣县的县长黄希濂，他组织民工修建荣县至同心的公路，称为同北公路。“尤以关门石观音庙一带削括建桥工程艰巨，因名同心桥。”“关门石”就是同心桥所在位置，悬崖峭壁，工程最为艰巨。“是路之成，端赖同心乡乡长钟文楷之坚苦督率，此外如区长陈颜湘，技工赵炯明与附北乡长朱志诚及保长李风高、李开荣、朱松楷、赵志君、吴□□、□□□，士绅吴晦西、林烈光、黄树堂等均与有大力焉。”区长、乡长、保长及士绅均为修建同心桥出大力，故取名同心桥。“当此抗战建国大时代中，倡导建筑乡村公路。荣县实居全川之首，现已完成三十四路，而同北路更为处女□□，□□□咸□创造之艰辛，而能继续培修以愈臻畅则利，□□，□□□。”修建同北公路，是在抗日战争的大环境下，全川倡导建筑乡村公路，荣县修建乡村公路数量位居首位。究其原因，荣县盛产煤炭，而煤炭又是战略物资之一，因此将同北公路称为抗战遗址之一也不过分。“而能继续培修以愈臻畅则利，□□，□□□。”这是作者的希望，继续加以培修，保证公路通畅，煤炭等物资才能源源不断地运送出去。“荣县县长佛生□□□撰□”，即撰写人是当时的荣县县长佛生。

“佛生”是黄希濂的号。黄希濂，资中县归德乡人，民国30年（1941年）5月至34年（1945年）4月任荣县县长，故同心桥又叫佛生桥。

“文化大革命”期间，石刻的上款全部文字、尾款部分文字，被人用錾子打坏，辨认困难，留下些许遗憾。

（王 林）

皇龙桥

荣县西北边陲于佳乡，场名于佳场，1993年本《荣县志》：“集市于佳场，原名余家场。”余家场地势偏远，从前却是荣县到成都的必经之地，商贾云集，热闹非凡。余家场虽不大，其历史却源远流长。据说，余姓是铁木真的后代，其祖先为了躲避明朝的追杀，改姓金居住于此，可金也与元朝有关，于是便去掉下面一横，改姓余。余氏繁衍生息，聚集成市，便成了余家场。

石埂村是于佳乡的边缘村落，北与仁寿县松乡连界，东与威远县小河镇接壤。1987年，在大汶塘皂角树三县交界处会同定点，埋下三角形水泥界桩，面向三县方向刻印“界”字，可谓一桩分三县。石埂村海拔虽不高，却也山势险峻，大自然的鬼斧神工，造就了许多自然景观，加之厚重的历史人文，留下了不少名胜古迹。当地老百姓如数家珍：棺材石惟妙惟肖、狮子庵林幽院深、戈铲山赵熙挥毫、皇龙桥石刻留芳。

皇龙桥位于石埂村6组祥科坝与威远县小河镇新同村2组牌坊坝之间。这里是越溪河上游，河面并不宽，流水潺潺，清澈见底，秋冬时节，水位下降，河底的石头露出水面，淌水便能过河。

皇龙桥是一座石平桥，长36米，宽2米，共8个孔，9个桥墩，用巨型条石镶嵌在桥墩之间建成。为了纪念修桥事宜，萧氏在威远县境内修了

皇龙桥

一座石牌坊，花鸟虫鱼，雕刻精美，戏剧场景，栩栩如生。坊间柱上刻有四副对联，其中一副云“信有仙人同逐石，权将狮子坐骑驴”。荣县境内，桥头不远处，离地几米高的岩壁上，楷书阴刻“皇龙仙桥”四个大字，并刻有“议叙正八品萧仕萧仕驤，李氏、夏氏捐修，皇清议叙县丞萧锦棠董工，萧呈皋、萧呈铎鉴理”，“清代咸丰三年（1853年）竣工”等字样。岩壁下刻有一块功德碑，记录捐资修桥人的姓名，因风化严重，难以辨识。左侧岩壁上刻石为龛，泥塑观音像。观音菩萨坐在莲台上，头已不知去向，左手损毁，右手平放于膝盖。此外还有土地神龛，龛内刻有土地菩萨，衣纹清晰，头部被毁，此龛名曰福禄堂，刻有一副对联：“保一方清吉，佑四境平安。”根据相关文字推断，皇龙桥应为萧氏倡导修建，当地流传萧氏“十兄九翰林”，可见萧氏在当地的影响。

皇龙桥上游数10米，岩壁上有仙人溪石刻，长3.4米，宽0.84米，字径0.6米，字高0.68米，上款“大清存古进士”，下款“资中刘方中书”。“仙人溪”三字为草书，笔法圆润，书写流畅，为皇龙桥增辉添彩。

皇龙桥，承载着一段历史，其名字的来历扑朔迷离，结合余姓乃铁木真后裔的传闻，越溪河又叫拥斯茫河的现状，难道真与皇氏有关？

随着时代的变迁，牌坊已成为记忆的符号，皇龙桥虽有损坏，但仍矗立于越溪河上，发挥着不可替代的作用。皇龙桥与上游的狮子庵、下游的仙人山交相辉映，构成一幅美轮美奂山水画，令人驻足流连。

（王 林）

讲教洞

沿双溪水库上坝左路上行，你会在半山腰看到一个荒凉的石洞，石洞地面几乎已和路面平行。洞内空空如也，洞壁刻有三个大字，都因为“文化大革命”被人为凿毁而无法辨认了。结合史志文献和字迹轮廓，我们知道那是“讲教洞”三个字，而前后题款则完全无法辨识。

洞内左右石壁、石台右下端和洞口约有十处大小不等的方形框痕，这当是历代的镶嵌题刻被人撬走以后留下的痕迹。洞外山崖笔立，石洞周围有或圆或方大小不等的榫洞，显然当年洞外搭建过房屋。洞口右侧有一神龛，神像尚存，但无法辨识是否为后人凿刻的文殊菩萨。与石洞平行的下首岩石上，依稀能够辨识被凿毁的阴刻“王庠王序读书处”几个字。

根据实地测量，讲教洞洞高2.54米，洞宽6.5米，洞深3.75米。内凿有一个石台，台高1.15米，台宽1.25米，“讲教洞”三字位于石台内的洞壁正面，字间距1.15米左右。洞内面积约25平方米。结合崖壁榫洞推知，当年洞外搭有房屋与石洞连成一体，是一座冬暖夏凉的居所。洞口下方的上高下低的倾斜石槽，应是当年从山上安放引水竹管留下的痕迹。种种迹象表明，这个石洞当年曾有人长期居住，而这个居所的主人就是荣县北宋名人王庠兄弟。

这座石洞所在的山本名耸云山，又叫石龟山。《舆地纪胜》记载：“高山城下有双溪，一从西来，其水浊，一从东来，其水清。西来之水，名寿水，东来之水，名东川。”山上苍松翠柏，山下两水交汇，远望此山，形如石龟，是为石龟山。

根据史志记载，早在唐代末年，有一个叫王知珏的长安人被任命到荣县做太守，当时荣县叫和义郡。王太守任期满以后，看到荣山旭水钟灵毓秀，于是举家定居城北双溪一带，家族世代繁衍生息。其孙王蕴舒、曾孙王伯琪、玄孙王梦易均以解救乡邻、伸张正义、为民请命为己任。后来王庠又义不入仕，贤节乡里，所以世人尊其家族为义门王氏。

王梦易原配生长子王廱等子女，具体情况不详。后来续娶了英宗母亲钦圣皇后的叔祖姑向氏，生王庠王序兄弟。王梦易因屡次为民昭雪冤狱，还主张盐税由官民同担，惹恼权贵被污失官。回家以后，在双溪汇合处修归来亭，并在耸云山山腰凿一石洞，因洞搭建房舍，引山上泉水，在此辅导庠序二子读书。王梦易元祐元年（1049年）进士，苏轼嘉祐二年（1057年）进士，二人同为朝廷效命的先后进士乡党，关系相得，苏大学士自然时有来荣。王梦易当然不会放过机会，请苏大学士辅导庠序二子，甚至请他辅导当地学子，地点就在归来亭或者二子读书的石洞。后来，归来亭就有东坡讲学亭之称；那石洞就是讲教洞。

黄庭坚作为苏门四学士中的杰出代表，跟王梦易父子也有不少交往。相传黄庭坚还为讲教洞题名“地仙洞”。相传后来王庠在山上泉眼的井口壁上刻有“蒙泉”二字，以示饮水思源，不忘向夫人养育之恩。

话说王梦易在庠序二子尚未成年时就驾鹤西去。据《宋史·王庠传》记载，王庠“时十三，居父丧”。其母向氏遍访名师培养庠序兄弟。向氏思念孩子又怕影响他们学习，就常在讲教洞对面山上隔溪遥望，后人把这座山取名为望儿山，即今上坝右路那座山。

相传王庠兄弟为人孝顺，洁身为学，每次到讲解洞学习，必过山溪。两水合处，水深且急，兄弟年纪尚幼，王父在世时，亲自舟送。今母王氏，无力为之。正为难时，一只千年老龟浮出水面，并开口说话。请王氏安心回去，兄弟二人它驮过溪去。王母仍然担心，然兄弟二人非常人，坦然而上龟背，飘然而过。后每当兄弟过溪，龟必来相接。

苏轼非常欣赏王庠的才华和德行，即使在王梦易去世以后，还把侄女（据考，当属苏轼堂兄弟的女儿）嫁给了王庠，这样苏轼就和荣县有了姻亲关系。

崇宁壬午（1102年），王庠“应能书，为首选”。后因奉养母亲，连续八年没有应试。其后，在母丧守制后，“复举八行，事下太学，大司成考定为天下第一”。但他“凡十一次坚辞聘诏”，把朝廷的恩遇都让给了兄弟和侄子们。朝廷旌表其为“廉逊处士”，去世后谥为“贤节”。

王序以恩幸至徽猷阁直学士。告老还乡后，又在讲教洞与归来亭之

讲教洞

间的山麓建横溪阁，用以交友宴客和陈列足以光耀门庭的诏书、封赏、书籍等文物。横溪阁因地处双溪汇流，又称双溪书阁。因景色奇丽，远山环抱，遂成荣州人们游览之地。陆游来荣仅七十天，就曾几度游此，饮酒赋诗，留下《晚登横溪阁》诗二首和《沁园春. 三荣横溪阁小宴》三阕。这里曾被县人尊为“荣州十二景”之一——双溪书阁。

由于年代久远，归来亭和横溪阁早已不存。清光绪年间，县人揣度旧址重建横溪阁，坐北向南，单檐悬山式木结构，面阔5间25米，进深7米，中间建楼以为书阁，四面走廊，供游人游览，占地面积230平方米。

书阁北面对联一副：“大宋小宋，大苏小苏，一朝难弟难兄，此地有二王合传；古文今文，古体今体，独占好山好水，何人更高阁藏书？”书阁的南面正中一块大匾，上刻“横溪阁”三字，两边柱上悬挂一副对联：“北宋古书阁，东坡同党人。”皆赵熙书写。

横溪阁疑似原富北小学校舍，后因修双溪水库而拆除。如今，东坡讲学亭和横溪阁已不复存在，仅剩讲教洞孤独地诉说着北宋荣州那段辉煌。

（钟学惠）

青阳洞

青阳洞位于旭水之畔，有众多传说。造化天成，人文丰富，是荣县古迹中内蕴华质的璀璨明珠。

青阳洞，位于荣县城西南500米的金碧崖南端的山湾里，是一个天然洞穴，高约12米，宽约25米，深约30米。2009年2月，青阳洞被自贡市人

青阳洞

民政府公布为市级文物保护单位。

青阳洞左侧峭壁上，镌刻有清光绪三十四年（1908年）郭宏典所题“青阳洞”三个大字，从右至左，楷书行文，阴刻。右侧崖壁上刻有县人张国熙（字子和，宣统时官邮传部主事）题记：“有天地便有此山，谁知几万万年及其灭也，更当无万无千。青阳非早，我生非晚，五千年中谭洞典，芥子转转复转转。”笔力雄浑，除两三个字有缺损外，其余部分保存较好。

青阳洞洞内左侧崖壁上阴文篆刻“朝阳洞天”四字，旁有一则题记，字迹依稀可辨，有“宋为阳明洞，明为青阳洞”。不知何人所书，何时所刻。

青阳洞原有石潭，潭中有甘泉，清爽凉快，宜于避暑。20世纪40年代，每逢夏天，洞内便开设茶馆餐厅，游览休憩的人络绎不绝。赵熙游青阳洞后写道：“荣州古国号青阳，帝子当年治此乡。每向洞天谈轶事，便从石史悟洪荒。冥冥鲜意秋光合，滴滴泉声海气凉。晚醉故人寻道帔，野风川上藕花香。”描绘了他当年在青阳洞的闲情逸趣。

（王　林）

虎　洞

在县城东北郊约1500米处，今旭阳镇王序塘村境内，有一个叫猫儿坡的地方。在猫儿坡山湾里，有一个天然形成的洞穴，名叫虎洞，俗称猫猫洞（俗称老虎为大猫）。洞呈外高内低状，洞内宽约15米，深约20米，高度大部分在4米左右，内部地面较为平整、干燥。离洞口不远，有几处岩壁长年滴水不断，水质极佳。附近村民常常以盆钵桶罐接水回家煮饭饮用。

自古荣为山城，虽然山不算高，但是，古时候县城北郊和东郊连绵重叠的山坡上，树木茂密，野草丛生，时常有走兽飞禽出没其间。正如南宋大诗人陆游在《入荣州境》和《斋中夜坐有感》这两首诗中所描写的那样："一起一伏黄茅冈，崔嵬破丘狐兔藏。""鸮枭乘屋弹不去，狐狸欺人怒竖毛。"据民国本《荣县志·事纪》载：宋宁宗嘉泰四年（1204年）七月，箐口民女牟阿回曾打虎救母。箐口即今双溪水库石龟山，在县城北郊约500米处。所以，古时候猫儿坡有老虎出没，定然不假。

不知什么时候，深山里的猛虎又跑到了城郊，在富东王序塘村境内这个天然石洞中居住下来，并不时出来捕畜伤人，危害极大。官府悬赏组织猎户将其捕杀。此后，县人便称此地为猫儿坡，称山湾那个天然洞穴为猫猫洞，也称虎洞。南宋大诗人陆游于淳熙元年（1174年）在荣州（州衙在今旭阳镇）做官时，曾写有《虎洞》一诗云："空山秋高木叶黄，茫茫百草凋秋霜。透迤深谷白昼静，群鸦竞噪众鸟翔。洞中有虎何猛烈，牙如利

虎　洞

刃爪如铁。奇鬐掉尾初出穴，昂头四顾吐其舌。双睛忽动飞电回，层崖长啸阴风来。山中黎藿谁敢采？野外狐兔皆悲哀……”，可见老虎之凶猛厉害，也说明在宋代，此洞已有虎洞之名。

后来，不知何时，也不知何人，在虎洞前面修建起一座规模不大的寺院，洞内原有石刻碑记，因年久保护不善，已遗失，难以考证。从清乾隆四十三年（1778年）三月十五日立所《募修大佛弃言》碑碑文中“……荣邑东郊外有古刹，名曰虎洞，前僧住焚已来，朝暮焚礼，观之我佛金身颓败，僧世恨愁不及，独力难成，所以撰薄，募化四方檀越长老仁人，各捎锱银，共勷大善”。从这段记载看，虎洞前面这座寺院的名称也应为虎洞，庙内应为僧人。建庙的时间至少早于清乾隆四十三年。据传乾隆时期，有女尼多次募款延修尼庵，初具规模，将虎洞命名为少阳洞，尼庵称为少阳庵。其时，尼庵正前面高坎下为庵门，庵门两边围墙向后延伸连接山崖，进入庵门为一个院子，靠围墙左右为翠竹丛丛。穿过平坝由石阶上高坎，便来到一楼一底的三光楼。三光楼为尼庵的前殿，上下各三间，楼下为食、宿之处；楼上正中一间供彩塑韦陀像，两侧为接待及处理事务之所。出三光楼过一小坝又来到中殿，中殿共有房屋五间，正中一间供金身大佛释迦牟尼，左右两间分别供文殊、普贤二菩萨。左次间供观音菩萨像，右次间供有牛王、猪王菩萨。过正中耳门，再拾级而上即到少阳洞。洞左右两边塑十八罗汉，正中供燃灯古佛，洞后壁还有水主菩萨，这便是上殿。整座尼庵，显得环境非常幽雅。前来敬香的善男信女络绎不绝。

清道光时期，女尼慈慧又募化聚资，对文殊、普贤、诸罗汉等塑像装彩，于是香火更盛。寺内晨钟暮鼓，诵经之声不绝；寺外烟云弥漫，绕寺穿林，冉冉升空。阳光照射，远望如彩霞飞渡。于是又称此处为飞霞洞。

民国22年（1933年），女尼制办桌、凳等，在庵内设茶馆、餐厅，供游人们休息、就餐，颇能吸引游人。清末翰林，著名书法家、县人赵熙一次携友来游，题写“虎洞”二字，镌刻在洞左石壁上，字高0.75米，宽0.6米。为楷书阴刻，下有题款：“华阳林鹤卿记游，赵熙题。”其题字笔力浑厚，刻工技艺高超。几经沧桑，如今虎洞及赵熙所题“虎洞”二字尚存，而尼庵已不复存在。不过，此地至今仍然是县城里的人盛夏闲暇休闲的去处之一。

（曾昭禄据杨绍堪《虎洞》整理）

龙 洞

龙洞，亦称罗汉洞，是一个天然洞穴，位于荣县城东南500米的真如崖（大佛山湾里）。

龙洞洞口峭崖摩天如立壁，沿崖壁，现存唐代佛教造像28龛，唐代摩崖石碑1块，宋代以来的题记（字）8则，以及著名爱国将领冯玉祥于1942年来荣募捐时书题的“还我河山”几个隶书大字。

龙洞摩崖造像及题刻与荣县大佛毗邻，无论是自然山崖、历史文物，还是保护利用均融为一体，具有重要的历史价值和艺术价值。大部分已经风化，保存完好的有5龛造像，其中两龛内容相似，都属观无量寿经变，龛内刻有楼台亭阁、经幢、宝塔、佛像，舞乐等。另外两龛刻有内容相同的一佛二僧二菩萨，龛内主像的造型和荣县大佛相似，菩萨姿态各异，肌丰肤润，头戴宝冠，耳坠大环，上有璎珞满身，下着羊肠大裙。“文化大革命”初，这两龛造像遭到损毁。另一龛为毗沙天王像，高2.93米，头戴六方平顶高方冠，身穿七宝庄严金刚甲，外披没膝战袍，脚踏3个夜叉鬼，腰挂1柄长剑，右手抚摸护心镜，左手平托腰间。天王脸面威严，双眼虎视一切鬼神，从造型风格上看，为唐代晚期所造。

洞口终年有岩泉下滴，因水滴成坑，人们便因坑凿建莲池。水滴池中，叮咚作响，兼有洞穴，和三面崖隔山环，有若鸣琴，故称“滴水成琴”。

若明月当空，月映池中，飞珠溅落击碎水中银盘，满池碎银跳动，银光闪烁耀眼，奇丽非凡，煞是好看，堪称佳境，被誉为“龙湫夜月”，是“古荣州十二景”之一。因其风景秀丽，唐宋以来便是邑人的游览之地，在宋代已有“四川之冠”的称誉。南宋大诗人陆游，晚清第一词人、邑人赵熙等文人墨客来此游览留下了脍炙人口的诗词。其无名氏题赞“龙湫月夜”一诗，尤为精绝。诗云：

山有灵兮月有光，龙湫独占广寒乡。
仙瓢曾洒人间雨，洞府常留海上方。
白兔临池和药剂，嫦娥出浴舞霓裳。
年年分我一杯水，洗却苍生渴热肠。

（王　林）

湘阳洞

民国本《荣县志·山脉》：“大坡山又为板凳山猴子岩，岩有洞曰湘阳洞……湘阳洞，县东二十五里，寺以洞名，深不见底，岩泉琤琤有声，虽旱不涸。”

湘阳洞位于高山镇营盘村7组，沿高山到六角岩的乡村公路行走约2.5千米，到达一个山湾，沿着一条羊肠小道，穿过一片茂盛的芭蕉林便是。

湘阳洞坐南向北，说是洞，其实土语叫“挖岩腔”，乃风蚀形成的自然地貌，长20多米，最宽处有几米，面积几十平方米，洞外宽内窄，洞壁青翠欲滴的苔藓赏心悦目。据说明清时建有庙宇，庙以洞名。寺庙有一定规模，内有108尊造像，1952年冬毁埋于地下，庙宇也在1958年秋拆毁。1993年夏，当地村民将部分造像挖出，因陋就简，复原施彩。挖出的造像有观音、文殊、普贤、药王、罗汉、供养人等。1997年运至大佛寺，陈列于达摩祖师殿。

湘阳洞石刻造像现存34尊，3尊瓷质，高不盈寸，其余为石质，雕刻栩栩如生，饰以彩绘。两尊造像站立，高1米多，其余或蹲或坐。有的双手合十于胸前，有的左手或弯曲、或持物，有的右手握拳或高举、或持物。有的身披袈裟、僧袍。其中有四尊须髯飘逸。湘阳洞石刻造像为我县唯一的可移动造像，根据现存碑刻和造像内容风格，可知应为明代所刻，可补我县明代造像之缺。

湘阳洞洞内，随处可见断裂的石柱，有几砣柱基上有雕花。洞左侧有一枯井，估计乃寺庙的水源之地。洞中一大一小两尊菩萨，衣纹清晰，雕刻精美，头颅却不知去向，香火也十分冷清，似乎很久没有朝觐者。洞内有两块石碑，一块保存较为完好，长1.84米，宽0.9米，厚0.13米，横额刻有“善与人同”四字，文字因风雨侵蚀，难以辨认，落款为“嘉庆十六年三月朔九日”；另一块则断为几截，横额刻有“同结善缘”四字，碑文乃楷体小字。根据碑文“湘阳古刹嘉庆年间好善诸君已装塑送子观音……”及提到的人名和捐资金额可推测，此碑应为寺庙的功德碑。

（王　林）

廟堂宮祠

第五篇

文昌寺

文昌寺

留佳镇文昌寺位于瓦滓村5组，2012年3月，被荣县人民政府公布为县级文物保护单位。

文昌寺坐东向西，始建于崇祯十七年（1644年），迄今已有370多年的历史，是一处为供奉掌管人间禄籍文运的文昌神而建的坛庙祠堂建筑。

文昌寺由梓潼神张育（张亚子）的后人传来。东晋宁康二年（374年），蜀人张育抗击前秦苻坚英勇牺牲，蜀人把他安葬在绵阳市梓潼县七曲山中，尊他为神，为他修庙供奉。先后经历代皇帝封为左丞相、济顺王、英显王、文昌帝君等，佛教也尊他为证果定惠王菩萨。文昌本为天上的星宿，专司人间功名禄位，梓潼神封文昌帝君后，便完成了星神结合的信仰。

张亚子的后人为了躲避战乱，迁徙到留佳镇开垦荒地，定居下来，建起了草庵，初名梓潼庵，后来香火渐渐旺盛，遂把它扩建，名梓潼观。元朝时改名文昌宫、文昌庙、文昌寺，近代僧人曾改名龙华寺，现仍沿用文昌寺一名。

清初（1644年），张氏一家八兄弟，在文昌菩萨前许愿，若考中科举，将重修文昌庙，结果一家三人分别考中秀才、举人、状元。于是，1645年掀掉草庵，重修文昌庙，再塑金身。文昌庙整个建筑由正殿、门房及两侧厢房组成。共有房屋十五间，正殿为四柱三开间，硬山式屋顶，穿斗式梁架结构，有封火墙，正脊装饰色彩艳丽。

中华人民共和国成立后，文昌寺曾一度被当作留佳粮管所加工房，20世纪70年代，被大队使用办过学校，右面厢房墙体上“教书育人，全面发展”八个大字，便是那段历史的见证。学校撤销后，又租给预制板厂使用。“文化大革命”时期，文昌寺遭到严重毁坏，仅保存有大雄宝殿、天王殿、厢房等。改革开放后，当地不少群众到寺庙从事活动，因寺庙破损，香火冷淡。2004年2月，法师释清藏进庙主持恢复修建文昌寺，重塑释迦牟尼、观音、文殊、药王、普贤等菩萨；2007年4月16日，荣县人民政府民族宗教事务局批准为佛教活动场所，重塑文昌菩萨、十八罗汉等神像；2011年2月起，对全寺屋脊和大殿、东厢房等进行维修，使寺庙焕然一新。

文昌寺大门木质匾额上，“文昌寺”三个楷体大字为陆启题写，两侧厢房的外墙体有八个瓷片镶嵌的大字，左面为“文光射斗”，右面为“官曜联奎”。墙体两侧分别饰有八幅图，除一幅为张氏考中状元还愿图外，其余均为佛教修行图，每幅图饰有白云，给人虚无缥缈之感。大雄宝殿内，释迦牟尼端坐于莲台，左手持莲花灯于前胸，右手放在膝盖上；两旁十八罗汉，形态各异，栩栩如生。左右厢房有一道对称的石拱门，门柱上刻有对联，左为“鼍鼓声雄叶桂殿，龙文彩射斗牛坛”，右为“春水半池芹草秀，秋风满苑桂花香”。门拱上面扇形图内，左刻“奎明”，右刻“辟灿”。左厢房为法师的居所，右厢房则供奉文昌、观音、文殊、药王、普贤等菩萨。

留佳镇文昌宫基本保持原有的清代建筑风貌，整体结构保存较为完好，它对研究清代文昌文化及坛庙建筑风格具有重要的价值。

（王　林）

药王庙

药王是中国民间对古代名医的尊称，或称医王，北谓扁鹊，南称孙思邈，药王庙乃供奉药王的庙宇。

荣县药王庙坐落在鼎新镇鲤鱼村2组的旭水河畔，始建于唐朝中期，扩建于明朝万历三年（1575年），培修于清雍正四年（1726年），由张刘氏、男泽生等募捐修建。

荣县药王庙共有殿堂5间、厢房16间，占地约6660平方米。药王庙摩崖造像共两龛，造像4尊，龛成矩形，敞口平顶。1号龛造像3尊，药王孙思邈居于尊位，左手托龙头，右手持药丸，端坐于虎背，左右两尊造像为孙思邈的侍者；2号龛则供奉观音菩萨立像1尊。

据史载：孙思邈历经隋唐两代，是一位医术精湛，医德高尚的医学家，著有《千金方》一书，被后世尊为医王或药王，并设庙祭祀。传说

药王庙

他治愈了唐太宗妻子长孙皇后的头痛病，宫廷要留他做御医他却不愿为官。唐太宗与其结为兄弟，赐两名新科状元给他做侍者。

孙思邈“坐虎针龙”也有来历的。传说有一次出诊，遇到老虎，不管是走大路还是小路，老虎总是挡住他的去路。孙思邈说：“猫猫，你想吃我就点头三下，不想吃我就摆头三下。”老虎摆了三下头。孙思邈问道：“你有病吗？让我看看。”老虎点了一下头，四爪慢慢伸开趴下来，昂起头，张大嘴。孙思邈上前仔细检查，发现老虎喉咙里卡着一只簪子，他顾不得害怕，赶紧拿药钳从虎口中取出簪子，并敷上药。虎愈，为报恩充当他的坐骑。孙思邈骑虎出诊，一条龙挡道，流露出乞求的眼神。孙思邈看了龙的舌苔，发现龙有病，便给龙扎针。龙愈，为谢孙思邈，便随他出诊，每到一个地方，若遇天干，便发水滋万物。

荣县药王庙在“文化大革命”期间被拆除，当地一农民建房时将庙宇的横梁（上面写有修建、扩建、培修时间）用于二扑檩子，此横梁至今还留存。拆药王殿时，发现一条大蛇，撵走后又回来，工头不敢盲动，找来薄膜将药王殿遮住，4尊造像才免遭一劫，得以保存。

从1998年开始，当地农民陆续归还庙地约3000平方米。1998年至2000年，僧人释克正主持修复药王庙，投资40多万，全部由居士捐资。现有山门、大雄宝殿、禅房、客堂等，大雄宝殿正中塑有释迦牟尼佛，左边有药师如来佛，右边有阿弥陀佛，殿内还塑有韦驮、文殊、普贤、观音、地藏、伽兰、七佛如来像等。2003年6月25日，经荣县人民政府批准作为宗教活动场所，正式对外开放。

每年农历四月二十八药王会，各地三宝弟子、居士纷至沓来，举行法事活动，吃斋饭，场景十分壮观。

（王　林）

邹氏祠堂

祠堂是汉人祭祀祖先或先贤的场所。在古时，家族观念相当浓厚，往往一个村落就生活着一个姓氏的一个家族或者几个家族，并且多半建立自己的家庙祭祀祖先。中华人民共和国成立后，特别是20世纪60年代，祠堂基本都被推倒砸烂或改造成了办公场所。

邹氏祠，位于双古镇石河村6组，坐东北向西南，始建于清道光初年（1821年），建筑面积140平方米，是一座当地邹姓族人的祠堂，当地人称其为上祠堂。此外还有下祠堂，属于分祠堂。据说，主祠堂在观山镇。

在建筑结构上，双古镇邹氏祠为四柱三开间砖木结构，穿斗式梁架，单檐硬山式屋顶。面阔13.2米，进深8.1米，通高6.1米，圆形石质檐柱高3.17米，径0.4米，柱础分别刻有狮象图案。外墙体砌有九层条石，上层为火砖。祠堂北面墙壁上绘有两幅人物图，十分精美。双石中学邹云鹏推测说，一幅为邹忌（战国时齐国大臣、政治家），另一幅为邹衍（战国时齐国阴阳家的代表人物），邹氏尊其为先辈，故供奉于祠堂。此外还有四幅儒道典故的壁画，另有“福”“寿”两字。

双古邹氏祠两侧方形石柱上，阴刻有两副楹联。一副为：“世谱云仍庙貌序一堂昭穆，人文星灿礼乐华百代冠裳。”此联表明邹氏人丁兴旺，庙堂供奉着祖先，邹氏聪明有智慧，出了许多贤人雅士，非常注重仪表。另一副为：“鲜廉寡耻登斯堂自应却步，振纲肃纪入此室庶不汗颜。”此联表明邹氏成员应具有廉政不阿的品质，不能做愧对自己、家庭、家族的事，要依礼依教，遵纪守法。

说到邹氏祠，老百姓津津乐道地讲述着与之有关的传说。明末清初，张献忠剿四川，其军队路过邹氏祠时，见荆棘丛生，未仔细搜查，藏在里面的百姓就此躲过一劫。还有一个传说是邹氏祠堂出了位将军，功夫十分了得。他在乡下务农时，不知是何原因，官府派人去抓他，他正在耕田，十分镇定地说，你们先别慌，我要给牛洗洗脚。说完，便将牛抱起来慢慢地给它洗脚。给牛洗完脚后，又说，请随我到家去，我要拿点东西。官府的人一起到他家，他说“请喝茶”，便将门口的石盆端起来递给官府的人。官府的人吓得目瞪口呆，逃之夭夭。当然，这位将军叫什么名字，官至何处，无从查考，传说而已。

邹氏主要分布在双古、观山、复兴、于佳一带，据说邹氏祠谷子的收量很大，每年清明会要坐80至100桌，可谓人丁兴旺。中华人民共和国成立后，祠堂被收为公房，后卖给村民居住。现而今堆放柴草等各种杂物，房屋渗水，地面十分潮湿，若不及时加以修缮，将有倒塌的可能。邹氏祠为研究荣县清代祠堂建筑风格及宗祠制度具有一定的价值，希望能引起有关部门的关注。

（王　林）

刘家祠堂

刘家祠堂位于荣县东兴镇埂子村2组埂子嘴，西与明朝兵部左侍郎胡子昭的胡家大院相隔不足1000米，坐西向东，建于清代，是目前荣县境内外观保存完好的宗祠之一。

清朝年间，在东兴镇埂子村埂子嘴一带聚居着许多刘氏后人，故将此地取名为刘家坝。他们由胡广填四川时从湖南湘阳迁居此地，在此繁衍生息，购建田地，发展畜牧业，家族势力不断壮大。

因为刘氏家族的繁荣昌盛，一个叫刘纯实的长者，由东兴镇4组迁至

刘家祠堂

埂子嘴后，决定为刘氏家族建一座祠堂。他请阴阳先生看地选址，挑砖买瓦，拣选能工巧匠，精心施工，所有窗户、房檐上都雕刻精美图案。

埂子嘴刘家祠堂，占地面积约450平方米，建筑面积约320平方米。祠堂是由大正殿、天井、左右厢房组成的四合院，现两侧房已损毁。祠堂为叠梁式梁架，硬山式建筑，大殿内左侧有楼。原为戏楼，中间为天井，有垂带式踏道连接正殿，正殿为六柱五开间，檐柱柱础为石质，柱础呈瓜瓣状，檐柱为松树圆木，上书楹联“世系演天潢上祖陶唐下宗炎汉，湘阳寻谱牒故乡南楚新宇东川”，室左侧有风火墙，为女儿墙，右侧为马头墙。20世纪90年代初，屋檐上的木制雕花和唐僧以及孙悟空图案还依稀可辨。至今屋脊上的花卉清晰可见，狮子图像依然栩栩如生，这只神兽一如当年建筑时恪尽职守地卧于正中，镇守着这座两百多年的祠堂。

解放初期，祠堂内除贡奉刘家始祖及入川始祖之外，曾多次驻扎拉练部队，并用作粮仓。20世纪70年代末成了当地孩子们的教室，后又为农户所有。

在祠堂西北约1000米，即干沟口处，还有一古建筑矗立于山脚。此建筑为四合院式，三个天井，外墙为青砖所砌，内部为木制结构的串架壁，窗户、房门、门楣内侧处处有雕花。此古屋部分正殿、厢房已损坏，但至今仍居住着刘氏后人。

据当地老人讲，在祠堂以西1000米处，有一栋刘氏家族中最富裕人家的宅院，为三个天井的四合院。院内地面，由排列整齐的青石板铺成，不管是横看、竖看、斜看，每块石板的边缘都在一条直线上，足见修建时匠人技术之高。正殿门口地板上刻有阴阳八卦图，屋檐上雕梁画栋，很是气派。这栋古建筑在20世纪80年代末被拆除了。

曾居刘家祠堂的农户说，曾有一块刻字的石板，立于祠堂内，但不知后来被谁撬去砌猪圈了，相信那块石板重见天日时，就能解开祠堂建造详情之谜。

埂子嘴刘氏祠堂，为研究清代晚期的宗祠建筑风格及县内刘氏家族的起源提供了实物资料。

（陈秀容）

范氏宗祠

范氏宗祠位于复兴乡新祠村8组，雄踞于大屋沟狮子山，前眺望娘山，背靠狮子头，西临茫溪流绕，东接石凤飞升，龙腾虎跃之姿，狮吼凤鸣之势，堪称奇观胜景。宗祠建于清光绪十八年（1892年），由正房和左右厢房组成三合院布局，坐东北向西南，建筑面积675平方米。

详考汉民族姓氏来源，要么皇亲国戚，要么达官贵人，范氏也不例外。据说范氏为帝尧之裔，春秋时晋国元勋士会受封范县，遂以范为姓，是为立姓之祖。

据《范氏族谱》记载，北宋名相范仲淹的长子范纯佑后裔，经江苏吴县，先后迁广东、福建转湖广邵阳。复兴乡范氏始祖范迁一，再迁徙当阳县望楚乡董家村郑家宅。明洪武四年（1371年），范觉仁携三子（应龙、应虎、应彪）从湖广入四川，居住在眉山青神县，20年后，范觉仁去世，1395年前后，三兄弟分别定居于荣县上里清流乡（今荣县复兴乡）大屋沟、后屋沟、蔡冲沟，当地人称“三沟”。范氏子孙在此生生不息，枝繁叶茂，瓜瓞绵绵，先后建宗祠于石凤山妙觉寺和狮子山。

《荣县史料参考》第五期：“清顺治五年（1648年），姚黄（姚天动、黄龙）农民军到荣县，己丑（1649年），姚黄到了叙泸等地。又詹鸿章《乡土志》说，姚黄军来，县人范继尧、继禹、继商等兄弟，率众同姚黄军战于妙觉寺，死伤甚多。姚黄军进兵荣县城时，范继尧退兵防守，追至烟坡山下遇缘桥，范继尧战死了，姚黄军占领荣县。”《范氏族谱》载：“清顺治三年（1646年）尧商二公为除贼在阴坡桥殉难后，承嘉府杨侯和皇上敕命，以继尧、继商为神主，范氏子孙修祠塑像于庙内，四时祭祀悼念，妙觉寺便成了范氏宗祠雏形。”族谱与史料记载虽然有些出入，但基本事实清楚。乾隆四十九年（1784年），合族倡议，妙觉寺为三沟范氏总祠。

清光绪十八年（1892年）建新祠于大屋沟狮子口，新祠是抬梁式结构，悬山式屋顶，正房为四柱三开间，面阔30米，进深22.5米，以圆石为梁柱，两侧风火墙为马头墙，上面有鸱吻、花卉及仙桃等图案，均以彩瓷镶嵌，正房外有5级垂带式踏道，两侧厢房为串夹壁结构，外有檐廊，整个建筑气势恢宏，是颇具特色的古建筑之一。

2014年，在三沟范氏族人的共同努力下，修建了《范氏新祠坊》，修复了主体房屋三间，风火墙一壁。现在，范氏宗祠以崭新的风貌，迎接来自四面八方的范氏族人。

范氏新祠坊立于山顶公路旁，正中“英略辉煌”四个大字熠熠生辉，“开宗立姓始传承百代圣贤精英砥柱朝野功盖华夏三千载，湖广入川来肇起三沟兴繁昌盛瓜瓞延绵派衍名门第一家”，此牌坊联叙述了范氏的来历及其繁衍。

宗祠正殿门柱有一副牌匾：“继祖德先天下之忧而忧，续家风后天下之乐而乐。”告诫范氏后人要有忧国忧民的思想。大门联为“石凤归隐狮山犹存洒泪重瞻新祠貌，茫溪永流三沟益秀拈香再拜先祖灵”。殿内供奉“高平堂范氏历代先祖神位”，有范仲淹、范迁一、范应龙、范应虎、范应彪等先祖雕像。墙上挂有范氏始祖范士会画像，另有“范仲淹家训百字铭”：“……勤读圣贤书，尊师如重亲，礼义勿疏狂，逊让敦睦邻……”。尊师重教，礼义谦让，良好的家训，范氏后裔英才辈出，不胜枚举。

范氏宗祠造型精美，结构紧凑，为研究清代晚期的宗祠建筑风格及县内范氏家族的起源提供了实物资料。

（王 林）

荣氏宗祠

在荣县复兴乡有一个村叫五根树村，这个村的小地名叫荣氏祠。

据当地一位耄耋老人朱安贵介绍，荣氏祠就是荣氏宗祠，是前清时期当地的一个大户荣姓族人修建的青砖黛瓦四合大院，是专门用于荣氏家族召开重要会议或祭祀祖宗的场所。整个大院占地1000多平方米，正殿高大气派，殿内供奉堂神、财神、土地等菩萨和荣氏祖宗牌位；两边厢房主要供荣家佃户居住，下厅有一个戏台子和两个槽门。据史料记载，凡是有双槽门的一定是大户中的大户人家。槽门口有一对口含宝珠的石狮子，据说10多年前被一个商人花了1万多元钱买走了。当时修建宗祠十分讲究，当时砌墙的青砖就是请当时的书法大家在砖坯上写好“荣氏宗祠”四个字，然后或阴刻或阳刻或横排或竖排做成半成品再放到窑中烧制成砖。

到民国时，政府推行新县制，荣氏族人主动将宗祠捐献给政府办起了男女学生混读的国立小学，取名为荣家祠小学。朱安贵老人曾在这里读过书，他还记得当时的一个老师叫范礼权，学生和老师都住校。1952年，为了扩大办学规模，当地政府便将该小学迁到1500米外的复兴场口但家的砖房办学。该小学取名荣县复兴小学，一直办学至今。

学校迁走后，政府遂将该房屋分给了当地的贫雇农居住。后因年久失修而坍塌。前不久笔者到现场考察，“荣氏宗祠”已荡然无存，仅能从当地居民砌作院墙的砖块中偶尔发现刻有“荣氏宗祠”字样的青砖黛瓦。

荣氏宗祠

据《史记·周本纪》载："荣氏祖先本与西周时的姬姓同宗。""周武王卿士荣伯食采于荣，因以为姓氏。"据《名胜志》载，周荣公佐武王有天下，名在十臣列，锡（赏赐）土于此。周励王时，荣公后裔荣夷公入为卿士。据《荣县志》载，在荣县城南5000米处有荣夷公墓。可见，早在3000多年前，荣氏祖先便在荣县繁衍生息了。

荣县复兴场的荣氏或为荣公的后裔。遗憾的是，荣氏族谱早已失传，荣县复兴场荣氏究竟是荣公的第多少代子孙已无从考证。而清朝时的荣氏宗祠的青砖黛瓦或可见证荣氏家族曾经的辉煌。荣氏族人为荣县兴办官学培养人才无私奉献的精神永远值得传承。荣氏宗祠也将永远留在当地人的记忆里！

（吴岷钟）

牌坊墓葬

第六篇

名威镇世牌坊

名威镇世牌坊

名威镇世牌坊，坐落在观山镇楠树村1组。该牌坊坐东面西，仿木石结构，四柱三开间。根据牌坊上的题款，可知为明代所建。1993年9月，名威镇世牌坊被荣县人民政府公布为第二批县级文物保护单位。

名威镇世牌坊宽5.6米，高3.9米，石柱呈八棱形，直径0.45米。牌坊正面上端龛内阳刻“名威镇世”四个大字，行文从右至左，右边刻有题款：“嘉定州荣县知县李乔狱、户部主事邹必荣。万历丁未孟冬（1560年）。”左边题款风化严重，字迹模糊，难以辨识，从“石匠”二字推测，乃立牌坊匠人名单。龛下阳刻双凤朝阳图案，栩栩如生。牌坊的背面刻有“岳毓腾辉”四个大字，下端刻花卉图案。虽然牌坊上层的斗拱、滴水，四柱的主联、副联，下方的抱鼓、石狮等，都已经损毁无迹，即便如此，仍为荣县唯一留存的明代牌坊。从牌坊上的题刻可知，应为邹必荣做户部主事后所立。据道光本《荣县志》载：“邹必荣，举孝廉，授工部屯田司主司。”其名排在胡子昭之前。

观山学校邹木根老师说，牌坊可能是王家庙的山门。据说王家庙规模相当宏大，香火旺盛。但姓人家存有一块为善最乐碑，记载重塑神像培修庙门捐资者姓名，落款为“大清光绪四年（1878年）戊寅十一月十八日立”。

（王　林）

大观桥牌坊

荣县境内有座大观桥，知晓的人不少。不是桥的显赫，是大观桥这座牌坊，是现今荣县境内保存得较为完整的牌坊之一。

民国本《荣县志》记载：清同治十二年（1873年），在董家乡（中华人民共和国成立后更名东佳乡，乡镇建置调整为东佳镇）老筒车越溪河上建了座大观桥。

远观，这大观桥，没了踪影。据说，自从修建了石拱坝，大观桥沉

大观桥牌坊

没于河中。用竹竿，可探到据水面两米有大观桥桥墩。这大观桥，因何修建，村民自有说法。老人讲："这条越溪河河流很宽，水又很急，古时的老筒车越溪河两边的村民因河不便来往。有人想起用船渡，两岸村民才勉强过岸相互交往。老筒车，这个地方土壤十分肥沃，风调雨顺。这里有两个大户人家，分别住在河两岸。一边住的姓杨，另一边住的姓虞。相传1873年，杨虞两姓的儿子，相继考为秀才，也有人说是同年。两户大姓人家出了秀才，方圆几十里都轰动了。出了秀才，既是两姓的喜事，更是全村百姓的大喜事。村民欢天喜地，燃放鞭炮祝贺。虞姓父亲提出，要感恩父老乡亲，出资修建一座桥，解决两岸村民出行。虞姓父亲提出，杨姓父亲坚决支持。据《荣县志》记载：虞光华牵头募建大观桥，建于清代同治年间。村民流传，杨虞二姓各出资一半修建，也有道理。有人说桥正中有个标志，正是说明了这一点。这个标志是什么，因桥已沉下，不好考证。大观桥是否是连接杨、虞二姓的，也是众说纷纭，但这桥的修建，杨、虞二姓共同出资，是百姓公认的。

大观桥桥名，各说不一。有人说：大观，汉语词意解释为盛大壮观的景象，也有人说为人所瞻仰，也有人说大桥旁有座寺庙，因寺庙而得名。寺庙是否就是大观寺，已无从考证。据一位虞姓老人讲，小桥傍的半山坡，原本就有一座极具规模的道观，也许就是大观寺。也有人讲：河对岸，宜宾管辖范围有座很大的寺庙，不知是什么寺庙，有人见过寺庙的遗址。史料中，董家场方圆几十里，并没有大观寺的记载。"大观"二字的来历，至今还是个谜。

当地村民介绍，20世纪60年代修建了老筒车石拱坝，大观桥就一直沉没于越溪河中。东佳、保华两岸的村民不走大观桥，而走石拱坝了。2013年，政府修建了一座大桥，取名南瓜桥，百姓出行方便、安全，只有伫立在此的大观桥牌坊见证着越溪河两岸的变迁。

说起这大观桥牌坊，据《荣县志》记载：清同治十二年（1873年），在东佳乡老筒车越溪河上，大观桥建成，在河右岸立牌坊纪念，坊以桥名，俗称老筒车牌坊。传说中，大观桥牌坊是村民为感谢杨、虞二姓建的功德碑，也因又叫老筒车，村民俗称老筒车牌坊，但牌坊上刻的仍然是大观桥。大观桥牌坊，屹立桥的右岸，在这青山绿水之间，默默地述说着那段遥远的历史。牌坊为仿木结构，三重檐歇山顶，四柱三卅间，通高6.65米，宽4.35米。古老的牌坊，显现了清代石刻工艺的精湛。牌坊的翘角、鸱吻、抱鼓石、石狮，不知何时被人毁。不过，精美的匾额、对联、浮雕装饰等还清晰可见。牌坊正中的板坊上阴刻“大观桥”三个楷书繁体大字，非常清晰，字体浑厚有力，醒目大方。顶上为一组花卉和一小龛，龛内阴刻“上谕颁行”四个字，周围饰二龙抢宝。牌坊有三副对联。第一副对联上联已风化，下联还可辨认：“万姓□徽猷。”第二副对联：“稳步不虞波宕漾，题名还喜石玲珑。”第三副对联：“铭功思已往，踵事待将来。”两边的副匾分别刻着“利物”和“济人”。牌坊斗拱上的浮雕有戏剧人物、花卉虫鱼、宝剑书卷、村落住宅，雕刻精美，栩栩如生，令人叹为观止，展示着荣州石刻历史文化艺术之精华。

（余仕清）

王序塘宋墓群

民国本《荣县志·山脉》：“一为城主山，曰凤凰山，原曰高城，原义门王氏墓。此王氏者，北宋太常博士梦易，廉逊处士庠，微猷阁直学士序，群子姓附之，前曰王序塘。”

王序塘宋墓群为宋代荣县义门王氏墓地，位于荣县旭阳镇王序塘村3组，小地名乌龟坝。这里景色秀丽，山水环绕，是难得的一块风水宝地。

王梦易（？—1086年），字潜夫，荣州人。宋皇祐年间（1049—1053年）中进士。后调任绵州（今绵阳市）法曹（法官），升任青石令。因包拯推荐，授予右军巡判官。屡次为民昭雪冤狱，有政声，升授果州（今南充市）通判。因主张盐税由人民与官户平均负担，而招致上司的忌恨和诬陷。据《宋史》和《荣县志》记载：北宋元丰末年，王梦易罢官回荣州，仿效陶渊明不为五斗米折腰，在家乡双溪河畔筑归来亭，第二年病故。王梦易去世后，葬于王序塘乌龟坝，坟墓坐北向南，青龙为猫坡，白虎为大垭口，两山相连处形似笔架，王梦易墓正好对着

王序墓室

笔架山，常言道：“坟前一座笔架山，不出文官出武官。”

王梦易去世时，其子王庠、王序尚幼，向夫人筑石室，请名师教育二子。王庠品学兼优，娶苏东坡侄女为妻，八行考试，全备为天下第一，为奉养母亲，不愿做官，被朝廷表彰为“廉逊处士”；王序则官至微猷阁直学士，鄜廷路经略安抚史。

宋宣和五年（1123年），王庠、王序为父立碑，碑座为赑屃，赑屃是龙之九子之一，形似乌龟，这也许是乌龟坝名字的来历吧。遗憾的是，王梦易墓被毁，而今是一片竹林，乡村公路从墓址旁穿过，据说墓旁还有蒙恬将军石像，雕刻精美，也被毁坏，剩下半截不知埋于何处。

离王梦易墓约200米，为义门王氏墓地，这里埋葬的是王氏后人，听当地老百姓说，王庠、王序也埋葬于此（注：此为讹传，王序墓在旭阳镇子同桥村先龙坛）。墓地两侧有石羊、石猪、石牛、石马等，此外还有一位将军，均为整石雕刻而成。所有墓室为石板镶嵌，做工精致，无半点缝隙，但后来均遭毁损。

王序塘宋墓群，它成为留给后人的一个念想，一个永远无法抚愈的伤痛。

（王　林）

刘时应夫妇墓碑

刘时应夫妇墓碑位于长山镇蟠龙村6组，小地名斜石板（又叫高碑），坐东向西，分布面积2200平方米。1996年11月，被公布为第三批县级文物保护单位。2012年7月，被公布为省级重点文物保护单位。

据刘时应第九代后人刘德荣讲述，刘家为当地旺族，望龙门一带，都是刘家的房产，共有48个天井。刘家拥有大量的土地，吃饭时要打锣，帮工的人才知道。刘时应于清嘉庆年间曾在观山任仓守一职，有一年天大旱，粮食颗粒无收，刘时应便将仓库的粮食借给老百姓吃。谁知，第二年天又大旱，老百姓还不起所借的粮食，而仓库的粮食又不能空缺。刘时应便从望龙门将粮食调到观山装满粮仓。观山的老百姓为感谢他，自发地凑钱，做了48个匾额，从观山开始放火炮，一直放到望龙门。

刘时应墓建于清嘉庆十六年（1811年），周围是光石板，坟冢由泥

刘时应夫妇墓碑

土垒成，长12米，宽10米，高2米。两侧为八字仪墙，外有抱鼓石，碑高5.3米，宽6.1米，厚0.3米，每重枋间雕刻有人物、农耕、花鸟及生活场景，明间额枋阴刻“百代荣昌”，左右次间额枋分刻“子孝”“孙贤”。另刻有两副对联，分别为“百载千秋永享磐石之安，三多五福长发螽斯之庆”；“富贵荣华乃系山川秀，兰桂腾芳实钟岳渎灵”。

刘夫人林氏墓在山顶，被一片茂盛的林木覆盖，与刘时应墓相距100余米。建于清嘉庆十七年（1812年）。明间额枋阴刻“昭兹来许”，左右次间额枋分刻“翼子”“贻孙”。另刻有两副对联，分别为“姆仪世泽佑启百代人文，慈范流芳秀毓一门珠紫”；“水秀山明昭吉穴，龙蟠凤逸拥佳城”。

刘时应夫妇墓早已被盗，其墓碑保存完好，两碑均为仿木仿古重檐牌坊形建筑，四重檐六柱五开间，墓碑雕刻精细，人物花卉、房舍等均为镂空雕刻。层次清晰，内容丰富，县内仅此独有，是研究四川地区清代葬俗及雕刻艺术难得的实物资料。

（王　林）

黎氏墓

来牟黎氏墓位于荥县来牟镇来牟村13组，小地名四合水。从来牟镇场口蜀茗春厂区旁，沿着一条羊肠小道下至半山腰，穿过一片茶树林便是。2012年7月，来牟黎氏墓被四川省人民政府公布为省级重点文物保护单位。

来牟黎氏墓修建于清代道光元年（1821年），坐东北向西南，占地面积174平方米，由墓冢、牌坊、拜台、神柱组成。

墓冢以泥土垒成，四周用条石砌成保坎，墓冢被藤蔓、杂草等覆盖。牌坊高3.86米，宽5.2米。牌坊为四柱三开间三楼庑顶石坊，明间正中刻有“皇清例赠浩国子父考黎（讳）学贵大人之墓”，左面刻有“太妣范氏孺”，右面刻有“庶母车氏孺”等字样，两边柱上刻有对联“最

黎氏墓

悲三老掩泉台景留片石，惟望二陵含宿草瑞绕隹城”，横批“似绩徽音”。碑上刻有三朵硕大逼真的曼陀罗花，花的上端刻有父慈子孝、夫妻敬爱的场景。由此可见，此墓应为黎学贵与妻范氏孺、妾车氏孺的合葬墓。

墓碑两侧为八字仪墙，各有一块扇形石，左面刻有“源远”，右面刻有“流长”。两旁柱上刻有楹联：“万古藤萝清月照，千秋窀穸碧云培。”左面扇形石下刻有碑文，字迹模糊不清，难以辨认。右面扇形石下刻有落款“祀男国学黎凤孝、莫氏、孙朝轩、廖氏……（其余姓名风化），大清道光元年（1821年）十月十八日立”，另刻牡丹及男女劳作的场景。仪墙两侧有抱鼓石，起到稳固墓碑的作用。

墓前两侧各立两根方形神柱，前面两根神柱两面刻对联、两面刻图案，后面两根神柱三面刻对联，一面刻图案。对联为仿木制悬挂效果，图案则为神仙闲适的场景。因荆棘丛生，且地面也有落差，险象环生，万般无奈之下，只录了两副对联：“望乡台畔尚思家尘缘未断，荒冢石头宜恋魄精春常新”；“是我宗碑一宅当东光旌姓，亦吾淑范三峰拱让佑儿孙”。

来牟黎氏墓的墓碑及神柱所刻人物、花卉、瓜果等，雕刻精致细腻，栩栩如生，保存十分完好。文字均为阴刻，字体为楷书、行书，极具功力，非草率而就。来牟黎氏墓为荣县保存较为完好的一处墓葬，为研究清代荣县的葬俗文化及碑刻艺术提供了实物依据。

（王　林）

曾天瑞墓室初考

曾天瑞墓，俗称曾家大坟，在荣县双古镇高跳墩村5组。墓葬坐东向西。头枕黄茅山脚，由墓碑和封土组成。墓碑呈牌坊形，四柱三开间，已部分破坏。原有拜台，已毁，封土高约6米。墓室距墓碑3.7米，有墓道相通，墓道高0.5米，宽约1米，用黄色泥土填塞。

墓室平面呈长方形，宽约3米，高6.6米。平高1.8米处起拱，拱高1.33米，全由条石筑成。墓室分为祭室和撑室两部分。祭室深约2.3米，东面与椁室相接，西面为墓门。墓门上面长方形龛，龛内阴刻“曾氏先代源流”。满行14字，共30行395字。距墓门各有一根石柱支撑墓顶，石柱直径0.45米，上面分别镌刻“滕蛟”和“起凤”以及诗词。祭室的南和北面石壁上分别阴刻“书中玉”和“列雕弓”，以及诗词。祭室的东面与撑室联结。椁室内石椁一座。周围相通。石椁外长3.7米，宽1.8米，高1.8米，除撑门外，全用厚0.35米的整块石板组成。石椁内东面头部椁壁上阴刻四柱三开间的重檐阁楼；南北椁壁上分别刻“富贵荣华”“忠孝双全”以及题诗。西南椁门门相上浮雕双凤朝阳的图案。门楣上的半圆形镇椁石，石上刻“曾氏源流”，满行19字，计23行379字。

曾天瑞墓在1989年被盗，随葬品全部被劫。墓门、椁门、棺木及“买地券”石碑被损毁。同年9月县文管所派员清理，出土《续修家谱义例》《增修家谱序》《曾氏谱系》等石碑3座，已为县文管所收藏。

据墓室内的“曾氏源流”记载，曾天瑞祖居江西吉安。湖广填四川时，其父曾性熳离开江西迁到四川，居仁寿东林乡。曾天瑞生于1731年，1807年在荣县清流乡跳磴河印合石置买田业，1808年5月由次子曾德胜监造石椁寿堂一座，1820年8月卒，终年90岁，同年10月安葬。

曾天瑞墓，其墓室规模宏大，石椁用整块巨石组合而成，这在清代荣县仅有，具有一定的研究价值。县府已于1996年11月26日公布曾天瑞墓室为第三批县级文物保护单位。

■ 附一：

曾氏先代源流

夏后少康封次子曲烈于鄫世子国也。历殷至周。简王时娶鄫子娶莒子仲女为先夫人。生世子巫。鲁成公娶莒子长女为夫人，生襄公。鄫子于鲁襄公连襟也。鄫世子巫于鲁襄公外姨兄弟也。鄫子先夫人卒，又娶莒子季女为后夫人，乃先人之季妹也。生一女，还嫁于莒，为姑。旧婚，既而生子乃鄫子之外孙。后夫人性悍，爱己女而憎先夫人之世子。巫不得已乃奔鲁，依襄公为附庸。莒人立鄫子之外孙，国归异姓。世子巫曰："国既灭矣，邑亦宜除。"去邑为曾，受姓自始也。巫生夭，夭生阜，阜之子皙生宗圣公。传至十九世，据公痛事新莽，徙居江西之吉安庐陵县吉阳乡。又十九世，传至承公，生三子，名硅、旧、略。珪公仍居吉阳，旧公徙云盖，略公徙抚州。硅公生五子：宽、伟、岂、辉、隐。宽公二十一世孙光亨徙蒲邑横山。二十五世孙质粹于嘉靖十八年自吉阳召回山东加祥县，世袭五经博士、守护宗圣庙。此珪公之分派也。旧公之迁徙，具载谱册。略公传五世而生洪立公，是为始迁南丰一世祖，凡分迁吉、抚，建者、皆其苗裔也。

■ 附二：

曾氏源流

尝思江河万派流于一源，玉树千枝根于一本，水源木本所自来也。兹有鄫公讳立肃字天瑞者，系出于曾世子巫，地居豫章之吉安。自洪立公迁居南丰洪龙池乡，递传复古公、伯清公、文正公等，俱处江西建昌府广昌县系大洋。皆本支人氏。又自性熡公离桑梓入蜀，多历年所，居于四川成都府资州仁寿县东林乡胡家沟村子屋基。性熡公所生六子，俱各家成。其四子天瑞，年逾七十有八，置业颇丰，复于嘉庆丁卯年（1807年）天中月上洗日置业于嘉定府荣县清流乡跳磴河印合石，固卜乙山辛向，在戊辰年（1808年）五月十二日巳时建修石椁于斯，不意于戊辰年（1808年）八月十三日辰时寿终。筮吉于本年十月初三日辰时安厝于此。历溯生平，忠厚传家。称饶足承粮，载籍于仁、井、荣三邑焉。给序由来已志不朽，所以知渊源之有也，是为序。

嘉庆戊辰年（1808年）十月十三日立

（周绍泉）

故居旧迹

第七篇

吴玉章故居

吴玉章故居位于四川省自贡市荣县双石镇蔡家堰村6组，距县城14千米，距自贡市32千米。在305省道荣县段金台新村旁，有一座显目的景区标志——“玉章故里”。沿着景区人道前行不到2千米，即到达玉章故里景区。

吴玉章1878年12月30日出生在荣县一个被称为“三荣望族”的书香门第，少年时父母就去世，靠兄嫂抚养成人。他6岁开始读书，13岁到23岁的10年里，先后就读于成都尊经书院、自贡旭川书院、泸州经纬学堂等，后留学日本、法国。他先是戊戌变法维新运动的拥护者和宣传者，后来参加孙中山领导的同盟会和辛亥革命，参与广州黄花岗起义，领导四川保路运动。1911年9月25日宣布荣县独立，在全国率先脱离清王朝建立军政府。五四运动时期，吴玉章接受科学社会主义思想。1925年加入中国共产党，参加过南昌起义。先后担任成都高等师范学校（四川大学前身）校长、鲁迅艺术学院院长、延安大学校长。

吴玉章故居

中华人民共和国成立后，吴玉章任中国人民大学校长兼中央社会主义学院院长，担任中央人民政府委员、全国政协常委、全国人大常委、中国文字改革委员会主任、中国科学院哲学社会科学部委员、中国教育工会主席等职。

他领导全国的文字改革工作，制定并实施了《汉字简化方案》《第一批异体字整理表》和《汉语拼音方案》，推广普通话，是我国文字改革的先驱。同时，他还是我国第一代优秀的马克思主义历史学家，推动了历史学科的建设，为中国历史学做出了巨大贡献。

吴玉章历经戊戌变法、辛亥革命、讨袁战争、北伐战争、抗日战争、解放战争、新中国建设而成为跨世纪的革命老人，与董必武、徐特立、谢觉哉、林伯渠一起被尊称为“延安五老”。他领导的荣县独立成为资产阶级革命最早的成功典范。他在四川发起的留法勤工俭学运动，创建的无产阶级政党组织——青年共产党，为中国和四川造就了一大批人才，彪炳史册。

吴玉章的祖上在清康熙六十年（1721年）春，随湖广填四川大军从福建长汀迁居成都，雍正五年（1727年）迁居荣县双石镇蔡家堰。世代开荒种地，辛勤劳动，朴实厚道，耕读传家，在清道光十七年（1837年）至清光绪四年（1878年）之间，逐渐拥有了几十间房屋的土建穿斗式木结构双水四合院落，取名庆余堂。

庆余堂的院门上除悬挂堂匾外，还有“耕读传家，泰伯遗风”的匾对。堂屋有“光前裕后”“三揖天下让”等牌匾。正厅屋门联是：“百年还振延陵绪，三让犹存泰伯心。”下堂屋门联是：“荆树有花兄弟乐，书田无税子孙耕。”客厅门上的联对是：“创业难，守业亦难，须知物力唯难，事事莫争虚体面；居家易，治家不易，欲自我身作则，行行当立好规模。”吴家几代人的勤耕苦读，在后辈中形成的敦孝悌、睦乡邻的优良家风被传颂乡里。

1958年，吴玉章回到家乡，将旧宅捐赠办荣县师范学校。1983年师范学校搬迁后，改办蔡家堰中学，后撤并到双石中学，并更名为玉章中学。1988年是吴玉章诞辰110周年，国家拨款，在旧居基础上重建吴玉章故居，整修至双石乡的道路及蔡家堰大桥。

蔡家堰大桥南端建牌坊一座，正面刻联“摧毁封建王朝推翻三座大山不辞艰苦出夔门，创办勤工俭学造就民族精英救国图强一片心”；背面刻联：“仓颉造字开中华文化千秋伟业，汉字拼音立电脑运用万代宏基。”牌坊联由吴玉章后人撰，原全国政协副主席叶选平题写。修葺后的吴玉章故居，占地约1.55万平方米，总建筑面积1050平方米。

2001年，对故居进行了扩建和改造。至此，故居总占地面积约3.6万平方米，由吴玉章故居陈列馆（吴玉章旧居）、吴玉章夫妇墓园、树人苑三部分组成。

陈列馆大门门楣悬挂国家主席杨尚昆的题匾“吴玉章故居”。进门，院坝正中安放吴玉章半身雕像。雕像基座正面刻有邓小平题词：“我国杰出的无产阶级革命家、教育家、历史学家、语言文字学家吴玉章。”基座背面阴刻吴玉章的生平简介碑文，文字为繁体正楷。堂屋门楣悬挂徐向前元帅题写的匾额“革命前驱”。厅堂正中有董必武、陈毅、张爱萍等革命前辈题词贺词。

吴玉章故居

陈列馆内陈列着吴玉章青年时期的生产生活用品和他一生革命历程的相关实物、图片，其中最值得一提的是《中共中央祝吴玉章六十寿辰时的贺词》《毛泽东祝吴玉章六十寿辰的祝词》和吴玉章为悼念妻子离世而痛书的《哭吾妻游丙莲》。毛泽东在祝词中说："一个人做点好事并不难，难的是一辈子做好事，不做坏事。一贯的有益于广大群众，一贯的有益于青年，一贯的有益于革命，艰苦奋斗几十年如一日，这才是最艰最难的啊！我们的吴玉章老同志就是这样一个几十年如一日的人。"对吴玉章的一生作了高度评价。《哭吾妻游丙莲》是1946年11月17日吴玉章在延安得知妻子去世时写的一篇感人至深的文章。吴老一生为革命，与妻子相聚甚少，但感情忠贞，夫妻都终生未相负。

吴玉章故居陈列馆，从1989年元月正式开馆以来，已接待国内外参观者上百万人次，成为自贡市的爱国主义教育基地。1991年4月四川省人民政府将其列入省级文物保护单位。2003年被评为国家2A级旅游景点。2006年被公布为全国重点文物保护单位。2017年起，投资数亿元打造以吴玉章故居为核心的玉章故里旅游景区，2018年启动中国人民大学青年干部教育培训中心等项目建设工作，同年通过国家4A级景区验收。故里景区对原故居展区进行了重大调整：原旧居（陈列馆）调整为吴玉章生活纪念馆，庆余堂仅存的两层三间祖屋辟为图书收藏馆；原玉章示范礼堂辟为吴玉章临时生平事迹陈列馆。今后将在故里景区停车场过永珊大桥对面修建较大规模的吴玉章生平事迹陈列馆，并按照吴玉章一生的9个节点建设占地6平方千米的"玉章故里 · 漫画小镇"综合景区。

（钟学惠）

曹家园

曹家园，又名张家园，始建于嘉庆元年（1796年），是典型的清代庭院式民居建筑群，砖木结构，穿斗式构架，原占地面积约2万平方米。该建筑群位于荣县古文镇曹家园村，离古文镇有四五千米路程。当地七八十岁的老人回忆当时的盛况说园内有108间房，200多扇门，48个天井，3个戏楼，解放初期依然保存完好，可惜“文化大革命”时刀锯斧砍，除去了燕山、屋脊、挑檐上那些精致的动物花草浮雕，人们扛着钢钎二锤足足打了两个星期才停下来，后来倒的倒，拆的拆。现在曹家园的老宅子已经所剩无几，唯有中厅及左厢房有陈氏兄弟住着还基本完好。

曹家园呈正方形，四方四正。门口有一排七八间已经空落的教室，这是1975年拆了曹家园的戏楼重建的小学。大门以前叫朝门，朝门前原有两根双斗桅杆，十几米高。据说按清朝科举制度，只有文武兼修才可立双斗桅杆。进了朝门，才是中门，中门两边设有耳门，一般人是不能走中门进的，只能走耳门，进门的通道上方就是一个大戏楼，戏楼前是宽敞的内坝，可以容纳上千人。

从朝门进来，戏楼、中厅、正堂沿轴线南北贯通，左右厢房、后院、附院等各处的四合院皆对称。戏楼两边与厢房走廊相连，既便于观戏，又便于来往。左右两边厢房均是两层楼房，各十来间，1949年前也是私塾和义学的教室。右边曾是族中名医张宗之的医馆，其大弟子就是现在荣县名中医谷声渝的祖父——谷正敷，另有杨文光、袁佐青、邱仲文皆成名医，服务一方百姓，1950年后一直是学校教室。人们说曹家园的

曹家园

走廊最有特色，各处前廊后檐宽敞，穿堂过巷相连在一起，可以绕园一圈，即使雨天也不用担心湿鞋。其次是天井，曹家园有48个天井。因组成院落的四面房屋皆相互联属，屋面搭接，紧紧包围着中间的院落，檐高院小，形成天井，每个天井都是条石铺成，且有很好的排水系统，还因地制宜设有假山竹石。现在唯有从中厅到正堂的左右两个天井尚好，另左厢房外的天井齐整。天井的排水系统非常完善，下水道都做的是铜钱样式，可以清楚看出当初修建时所花的工程。

中厅是目前保存相对完整的，原本是开敞的厅堂，有10多米高，厅堂的柱子全是合抱大的圆木，底座是雕花青石，房顶雕梁画栋，虽经200多年的沧桑朱颜犹存，显示出当时主人的不凡。土改时分给陈军才一家居住，所以都搭了阁楼，堆满杂物，左右出中厅的圆门都被堵了，一边做了厨房，立了烟囱，另一边砌断，和厢房做了其兄弟陈军华家的住所。中厅被隔得七零八落，只能凭高度想象它原本的威仪了。

出了中厅，穿过天井，又上几级台阶才是正堂，这里刚解放时做过昌坪乡的乡镇府，后来昌坪乡撤并入古文镇，这里就做了村委会的办公地点。

从正堂右边廊下出巷子，可见宽阔的院坝，这些就是后院所在。以前两边还有小戏楼、四合院，外面才是围墙、后门，现在依稀可见围墙的地基。老人们说这个围墙连在前面的厢房上，围墙很高，中间砌成一米多宽的廊子，上面盖了顶，更夫和镖师们可以在上面巡逻，客人亦可在上面赏景。

出了后院，一条小路可上后山，这就是碉楼坡，碉楼坡后面是铜钱山。登上此处，顿觉天高地迥，俯瞰坐南向北曹家园，背靠碉楼坡，左前方是道子坡，老人说那儿曾是张家的练武场。前方视野开阔，良田美池环绕，正前方远处山丘名曰大坡，皆是禾黍青青，肥饶之地。整个曹家园地势开阔，环境幽雅。

据道光本《荣县志》及《萃坪祠·张氏族谱》记载，原居乐德镇的张氏，因耕读起家，迁居岩上，其第七世子张大鹏于公元1789年买下曹家园，并于嘉庆元年（1796年）春季开始“创修房廊于下台，鸠工庀材，不惜锱铢，以成大厦，更名张家园”。大鹏子张敦叙“为人光明磊落，好施与，尤善排忧解难，家虽饶余，毫不骄矜。邑中公仲，如膏火礼仓团练军饷，修桥补路，无不捐资”。县里褒奖，给匾题“古处独敦，义重膠庠”八字。

张敦叙之长孙张廷英是同治甲子的武举人，所以才能立双斗桅杆，并辟道子坡为练武场，跃马扬鞭，刀枪剑戟无一不可。据说，张家有一柄大刀重约41千克，配有约3.3米长的刀把。

赵熙在《荣县志》中记载，因与张敦叙曾孙——任昭通太守的张国玺之弟邮传部主事张国熙是姻戚，曾受邀游赏曹家园，说“觇君所创业，横纵其亩，蔚然有周子南国焉”。极言其规模宏大，融合南北风韵，气势恢宏。

（卢敬超）

虞家大院

虞家大院，占地3000多平方米，历经了300多年风雨洗礼，尚有近百间房屋完好，在略显破败的大门前，仍然能看到雕梁画栋、雕花门窗、龙凤石坎、飞檐翘角的厚朴与精致。在偏僻小乡，能有如此规模的民宅，实属少见。

虞家大院

据虞氏族谱载，明末清初，湖广填四川，虞氏祖先第11代传人（入川第1代）虞宏从湖北迁入四川荣县城西门定居。他生有三子，取名为思聪、思碧、其思（入赘曹氏）。三兄弟成人后，分立门户，思碧留住荣县城。

虞思聪决意在乡下修建住宅，繁衍子孙后代，于是四处寻找建宅之地。后据人推荐，他踏遍大半个荣山旭水，仍然没能找到如意的建宅之地。后据人推荐，他来到相距县城50多千米的雷音寺塘嘴山前，眼前的山水走势令他震惊！但见斑竹溪绕着山嘴两边，一块开阔的平地，正对面朝向是天宫堂，一湾流水奔流而来，若在平坝修建这坐西向东的住宅，可谓如鱼得水，有朝有福，上风上水。这就是他要的风水宝地，他毫不犹豫买下了这片土地。

清康熙二十八年（1689年）虞家大院的正房建成，当时只有房7间。虞家人秉承祖训“忠孝为本，勤俭持家，善待他人，知恩不报”，逐渐人丁兴旺，家业不断壮大。到光绪六年（1880年），虞氏16代虞世虎、17代虞光灼已把大院扩建成占地3000平方米的双四合院，既今天所见的虞家大院。

虞家大院坐西向东，清一色的土木结构，木结构椽斗式人字架结构房顶，除正房为两层阁楼外，其余厢房均为三层木楼。底楼用于养牲口，二楼为起居住房，三楼做仓储堆放粮食、农具、杂物等。在大门右侧和后大门左侧分别修建了碉楼，高约10米，碉楼用于防御守候，开凿了炮火枪口，厢房二楼每间房屋预留了梯形状的枪垛，南北端外墙离地约4米高处建有吊脚楼回廊，青瓦粉墙。整个建筑错落有致，层次分明，外观雄伟，古朴大方，具有典型的川南民居风格。

如今虞家大院仍然翠竹怀抱，溪水环绕，古木参天，炊烟缭绕，它依旧风姿绰约，吸引着八方游客前来观光古宅风韵。

（邹光耀）

铁炉嘴冶铁遗址

荣县铁厂镇境内，群山逶迤，绵延不绝，此乃铁山支脉。崇山峻岭之中，隐藏着一处遗址——西汉冶铁遗址，是自贡迄今为止发现的年代最久、规模最大、保存完好的古代遗址，据说还是三国时期诸葛亮炼铁造兵器的地方。

铁炉嘴冶铁遗址

冶铁遗址是一处以铸造为主的汉代冶铁场，是“荣州贡铁”的冶铁遗址，唐代见诸史籍。唐人李吉甫《元和郡县志》载：“荣州贡铁。”遗址分布较广，面积约1.5万平方米，有大量的炉渣及矿石，现存铁炉一座。2009年2月，冶铁遗址被自贡市人民政府列为市级文物保护单位。

冶铁遗址位于曹家坪村5组，小地名铁炉嘴，离铁厂镇约5千米。这里的地名都和铁有关：铁炉坝、铁炉嘴、铁炉沟……地势由西北向东南倾斜，山岗绵延，森林茂盛，若没有向导，很难见到其庐山真面目。

铁炉坐西北向东南。铁炉为黏土捣杵而成，炉高4米多，直径约2米，底座不到1米。东南部分已经垮塌，形成一个较大的缺口，可以直接进入炉内。炉内壁光滑，被烧硬的泥土成烟火色；炉外壁历经沧桑岁月，已烙下深深的印痕，密布的“蜂眼”诉说着风雨残酷侵蚀的历史。

（王　林）

从玄嚣台到啸台

进荣县大佛寺寺门，朝右边小径缓行数十步，沿巨石中开凿的石级爬到山腰，有一处相对开阔而平坦的去处。站在这里面北俯瞰，一城美景尽收眼底；极目眺望，远山近水历历在目。自古以来，这里就是荣县人节假日家人或朋友聚会，登高远望常来的地方。这便是玄嚣台，又称啸台。

提起玄嚣台、啸台，民间有不少古老的传说。

相传上古时期，华夏人文始祖黄帝将其元妃嫘祖所生之子青阳玄嚣派到岷江流域嘉定水以东，沱江资中水以西一带来发展。据清末翰林县人赵熙等人考证：荣县地处二水之间，就是玄嚣降居之地。今县东高山铺境内的荣梨山有玄嚣岩和今县城南500米金碧崖南端山湾里的青阳洞，据说就是青阳玄嚣曾经居住过的地方。

上古蛮荒时代，荣地到处大小山岗森林茂密，遍地野兽出没，特别

玄嚣台

是老虎常常从山林里出来伤害黎民百姓。玄嚣决定消灭下山老虎，为百姓除害。有一回，他追赶一只吊睛白额老虎，追了很久，不知不觉追到现今县城所在地东南边的山上，最后终于将老虎射死，此时他自己也累得满头大汗，想找一个地方歇歇气，凉快凉快。忽然看见半山腰有一处平台，就到平台上一边歇凉，一边欣赏盆地近处和远处的山光水色，很快便喜欢上这个地方。此后一有闲暇，玄嚣就来这里游赏。后来人们便将平台称为玄嚣台。为了方便常来这里游赏，玄嚣便从荣梨山来到离平台不远金碧崖南端的天然洞穴居住下来。后来人们又将洞穴称为青阳洞。

到了魏晋交替之际，有一位饱读经史、博学多识、誉满京华的学者孙登，因为不满司马氏集团对与曹魏有关系的名士大开杀戒，愤然辞官，隐居河南辉县苏门山中，夏天自编草为衣，冬天则披长发覆身，不时在住处高台或迎风长啸，或抚琴自娱，或手捧《易经》逐字诵读。一天，孙登正在荒台抚琴，他从前的朋友阮籍受司马昭派遣上山来访。阮籍向孙登询问一系列重大历史问题和哲学问题，并要求孙登回去辅佐朝廷，孙登却如痴如呆，面无表情，似乎什么也没听见。阮籍突然领悟到自己所谓的重大问题，在孙登这里是何等没意思。便缓缓下山。走到半山时，忽然听见孙登在荒台上长啸声声，啸声充溢于山林原野，如鸾凤之音，似梵钟仙乐，久久不绝于耳。阮籍从啸声中领悟到：这是孙登在用啸声回答他关于重大历史、哲学问题的提问。阮籍从孙登身上感受到一种逍遥浮世的存在，一种与造物同体，与天地并生，与道俱存的人生境界。回家后，写下《大人先生传》。

后来孙登又来到益州隐居。据传他在益州隐居时，常常登临荣地玄嚣台长啸。人们常见他身穿茅草编织的衣裳，长发覆身，在玄嚣台上迎风长啸。啸毕，或手捧经史逐字苦读，或手舞足蹈吟诗作赋，或摇头挥臂抚琴自乐。孙登死后，景仰他看破名利、不恋官场风节的人，请石匠在玄嚣台岩壁上刻“啸隐”二字，以此表达对他的崇敬。据史籍记载：北宋称此为“孙登啸台”后来，南宋历史学家、荣州刺史李焘又在玄嚣台崖壁上刻“啸台”二字。人们便将玄嚣台改称啸台。

此后历代达官显贵、文人骚客、士子布衣常常登临啸台游览瞻仰，极目远眺，凭栏把酒，怀古咏今。啸台成为荣州极佳之览胜之处。

历经风雨侵蚀，前人先后在崖壁上凿刻的“啸隐”“啸台”等题字已风化无存。民国11年（1922年）重阳节，清末翰林、县人赵熙见“啸隐”二字风化，遂篆“啸台”二字刻于崖壁。

（曾昭禄）

渔矶垂钓

明清以来，荣县就有“荣中八景”之说。乾隆年间，黄大本任荣县县令，始将荣中八景扩大为十二景，并撰有荣州十二景诗，以后各种版本的县志皆有记载，其中“渔矶垂钓”就属于扩编的十二景之一。

“渔矶垂钓”就在现在叫钓鱼台的地方。过望佳镇品山村旭水河上的复兴桥，沿上游西岸一两千米的地方便是钓鱼台。那是一个河湾，西岸是一大片竹林，一条村道沿河岸穿林而过。在拐角处有巨石挡道，岩石上有一石龛，但石像已不在，两边有对联，但字迹磨灭，难以辨识。佛龛临村道一边已经被铲掉了大部分。转过佛龛，有一披蓑戴笠的垂钓老者石刻，线条较浅，形象已不大清晰。身旁相传有一装鱼的笆篼，现已不存。

钓鱼台

钓鱼台地处望佳镇和旭阳镇交界的地方，即现在的旭阳镇新龙村。

从西岸望去，对面是一片种满“不知火”的小山村。河道南北蜿蜒，不见首尾。河面宽度约一二十米，河水近乎静止，东岸一片河滩，杂草丛生。近看，岩坎近处有几块石头，可供人在上面垂钓。据载，其中一块石上有唐人“心月矶”题刻，后来搬到县署谯楼，现已不知去向。至少，唐宋时期，这里便是荣州一景。

来到东岸一打听，这边果然是插旗村，当地村民告诉我，对面就是钓鱼台，上面有佛像的岩石已缺。

从东岸远望渔矶垂钓景区，对岸两山对峙，和东岸平缓的小山丘形成鲜明对比。钓鱼石就在河湾深处，那块大的钓鱼石，就是传说中的钓鱼台。竹林深处散落着几处民居。村民告诉我，下方山坡上那一大片竹林曾经是一个寺庙，后来是一所小学……

村民还告诉我，从前钓鱼台一带河水较深，河面也比现在宽得多，钓鱼台石下面有一个石洞，有很多鱼藏在里面。有个姓程的双石人，是个打鱼匠，水性好，经常钻入石洞摸鱼。那里有回水沱，水流又急，一般人不敢下去，于是，程鱼匠就把它当自家的鱼缸，要吃鱼时就来取。可是有一次，程鱼匠下去以后再也没能活着出来。后来人们才知道，里面很宽敞，程鱼匠也不敢钻到里面去，只是用脚勾住洞口探身抓鱼。遇难那次，很可能是水流太急，把他冲进石洞没能游出来。

至于那个石像，村民只叫他钓鱼老汉，其实是荣隐公，或陈抟老祖，那石龛里供奉的也应该是他们。宋代李畋的《该闻录》记载，荣隐公是唐末到宋初期间的有七位得道神仙之一。陈抟，字图南，号扶摇子，赐号白云先生、希夷先生，北宋著名的道家学者、养生家，尊奉黄老之学。相传荣隐公曾到三荣之一的荣隐山修炼，陈抟老祖也曾在荣德山修炼，都曾到钓鱼台垂钓。因这些美丽的传说，古人把这里美其名曰“渔矶垂钓”。明代杨石、清代龚巽、清末民初县人赵熙都赋有诗篇。

杨石《渔矶石》：“流水南来绕钓矶，黄芦秋霁草萋萋。当年钓隐人何在？一片残霞锁石溪。”

龚巽《钓鱼台》：“钓台千古首严陵，大泽羊裘世艳称。何似�山老荣隐，并无名姓到觚棱。”

赵熙《荣隐公钓台》："末流所向即危机，休出山来惹是非。羡尔一龛端坐好，不当失脚下渔矶。"

随着历史的变迁，被古代才子尊崇的许多景点大多风景不再。渔矶垂钓的景致也早已今非昔比，但前人的这些诗作，倒为这里增添了不少文化色彩。

（钟学惠）

柑子园字库塔

字库塔，亦称敬字亭、惜字塔，是古人因"敬天惜字，崇儒重书"而专门用于焚烧字纸的建筑。古时，读书人废弃的字纸是不能随意丢弃的，所有用过的字纸或废书，都要统一收集起来，选择良辰吉日，行礼祭奠之后，再点火焚化。

柑子园字库塔

柑子园字库塔位于荣县高山镇萝卜沟村11组（原正安乡柑子园村5组），距离正安约6000米。柑子园字库塔是荣县清代晚期崇儒敬学，文风昌盛的重要佐证。2012年3月，荣县人民政府将其列为县级文物保护单位。

柑子园字库塔建造于清咸丰八年（1858年），距今已有160多年的历史，为重檐六角攒尖顶，黄砂石质地塔式建筑。字库塔共三层，通高3.35米，一层为五棱形底座，兽足敞口，棱长0.9米；二层棱长0.64米，南面有投放字纸的方形小孔，长0.35米，宽0.2米，北面有烟道；三层塔龛中供奉有文昌神位，上书“文昌宫”，并阴刻楷书楹联一副：“掌文衡功名有主，察善恶报爽无私。”

据当地人说，底层本是封闭的，文物贩子以为里面藏有财宝，几年前在南面凿了一个圆形的洞，直径约0.36米，掏出一大堆灰，只找到一些铜钱。字库塔塔尖被顽皮的孩子爬上去掀掉后，搬来丢在河里。塔顶的盖板明显移位，不知是“5·12”汶川地震还是人为破坏造成的，若不尽早复原，有掉下来摔坏的可能。

荣县保存较为完好的字库塔仅此一座，它是诗书之乡的历史见证。

（王　林）

盐井坝遗址

保华镇冯家塘村13组有个盐井坝遗址。当地70多岁的杨姓老人说，盐井坝，当地人说是杨家坝。在这个坝上，有条拥斯茫水河，河中央有口盐井，河畔坎上有几个盐灶，河畔山崖建有摩崖造像，不远处还有不少墓地。

在拥斯茫水河畔有处小竹林，竹林相邻处有上下两块土，即小盐灶和大盐灶，只是灶台已毁，成了玉米地。在拥斯茫水的河中央，便是盐井，井口有30厘米左右。盐井里的水，至今是咸的。荣县东佳镇修水电站，大观桥处修了拦河堰，这口盐井从此就淹没在拥斯茫水中。只有遇枯水季节，这口盐井才会浮出水面。荣县文物管理部门经普查时记载有三口盐井，可老人说，自从他懂事就只见过这口盐井。据查，这口盐井建造于清代，属小口径，是否是运用的古老而精湛的顿钻凿井技术，无法考证。

大文豪苏东坡有这样的描述：“自庆历、皇祐以来，蜀始创筒井，用圆刃凿山如碗大，深者数十丈。以巨竹去节，入井七、八丈，牝牡相衔为井，以隔横入淡水，则咸泉自上。又以竹之差小者，进入井中为桶，无底而窍其上。悬熟皮数寸，出入水中，气自呼吸而启闭之，一筒致水数斗。凡筒井皆用机械，利之所在，无所不知。”这段文字中，苏老先生就卓筒井的开凿、护井、汲卤、井口大小、井深、产卤量都做了相当细致的描述，字里行间其实隐含着与传统大口井对比，以彰显其先进性、优越性。大约100年后，陆游任荣州刺史时则明白地补充了这一点，他说：“蜀食井盐，如仙井（川西临邛一带）；大宁（川东今重庆大宁河），犹是大穴，若荣州，则井绝小，仅容一竹，真海眼也。”这段话告诉我们卓筒井最早出现地在荣州。而与苏轼同期的文同，早在北宋熙宁五年（1072年）在其奏章中便称嘉州、荣州卓筒井开凿“甚密，彼处亦皆有此似卓筒盐井者颇多，相去不远，三二十里，连溪接谷，灶居鳞次”，“若荣隆等十七州所煎，皆卓筒小井”。这一时间，恰恰早于陆游出任荣州刺史探访盐场卓筒井102年。证明了荣州之盐场在陆游到达前百余年的北宋熙宁五年（1072年）前便卓筒井“开凿甚密”了，的确是卓筒井的原生地之一。据记载，卓筒井的施工很像古代的舂米。所不同的是，它的锥头下吊着一种特殊的圆锉，里面有一把直刃。圆锉的直径与南方的楠竹相当，因此卓筒井的井孔呈圆形。在人力的作用下，锉不断地被高高吊起，然后依靠自身的重力不断地冲击地下的泥土和岩石。圆锉每冲击一次之后就换个角度，以便锉内的直刃把井底的岩石击碎。这种钻井方式就叫作“冲击式顿钻法”。老人说，他几次去过盐井口，肯定地说，盐井是圆的，这无疑就是运用的机械顿钻凿井技术，也就是卓筒井。

离盐井500米左右，现存三口烧盐的盐灶遗址，自清代开始烧盐，到中华人民共和国成立前停产。盐灶口呈方形，全部以条石砌筑。盐井离盐灶那么远，盐水怎么流到盐灶。据说，采取竹筒引水法，也就是在竹筒上缠上竹草，一节连一节形成管子，就把盐水引到了灶台。据四方碑记载，有条用青石板铺成的盐马古道，经保华场、竹笋铺、朱家河铺、南阳场、罗城铺、犍为县城、嘉定府运往成都。

在冯家塘村4组有杨成惠夫妇墓、杨虞氏墓，这两处墓葬都建造于清代。其中，杨成惠夫妇墓坐西北向东南，建造于清光绪二十年（1894年），分布面积约43.8平方米。整个墓葬由墓碑及墓冢组成，墓冢以泥土和乱石垒砌，长6米，宽0.5米，高2米。墓碑为歇山式石坊，高2.55米，宽2.66米，厚0.37米，额枋阴刻“大气盘郁”四字，枋间素面无纹饰，间两边刻有楹联，碑体两侧有抱鼓石，上刻卷草花纹图案。杨成惠夫妇墓墓冢保存完整，碑体有风化现象，部分字迹不清晰。在该村3组还有冯礼先夫妇墓，墓坐东北向西南，建造于清光绪十三年（1887年），分布面积约71平方米，为冯礼先及夫人虞氏的合葬墓。整个墓葬由墓碑及墓冢组成，墓冢以泥土和乱石垒砌，长7.5米，宽7米，高2米。墓碑为歇山式石坊，高2.1米，宽2.14米，厚0.42米，额枋阴刻“癸山丁”三字，斗拱及枋间有花卉图案，间两边刻有楹联，碑体两侧有抱鼓石。这些墓地主人，据传就是盐井坝井的股东之一。但资料有限，无法考证，仅列于此，暂备一说。

在该村5组有盐井坝摩崖造像，造像凿刻于距地面高2.5米的岩体上，坐东南向西北。凿刻于清代，分布面积约3.3平方米。龛内主像为净瓶观音像，有头光及身光，左右两侧有似飞天状的侍从相对而立。右侧侍从头上有卷幔，双手合于胸前，足踏云彩，左侧侍从残缺。造像左侧立有功德碑，右侧有造像记。观音菩萨造像，有人说是为了保村民过河平安而造，也有人说是为了盐井生产而建。

盐井坝现存遗址为研究荣县盐业生产历史提供了重要的实物资料，有着重要的意义。

（余仕清）

历代碑刻

第八篇

荣州碑刻一园收

在地面立石作为永久性纪念物或标记者为碑，其上镌刻的文字或图案为碑刻。碑刻在中国有着悠久的历史，最早的碑刻首推战国时代的秦国的石鼓文。

荣县，古称荣州。荣州历史悠久，人文荟萃，文化昌盛，其碑刻之盛，名冠川南。据《四川省荣县志》卷二十九《文物·古迹·景胜》篇（油印本，未刊行）载：荣州之碑，始于南朝萧齐永元三年（501年），在今来牟铺立“南安县碑”。至清光绪三年（1877年），有记载的碑刻有93块。而保存至今最早的碑刻是在荣德山的“薛高丘摩崖碑”。随着时间流逝，风浸雨漶，加上人为破坏，这些珍贵的古代碑刻大多数已佚或残损。

为保护好这些碑刻，荣县文管所于1993年修建荣州碑园，用以陈列荣州历代名碑。荣州碑园坐落于风景优美的大佛寺内西侧半山腰，占地面积约120平方米，呈四合院廊式布局，门额书“荣州碑园”四字。园内中央为天井，四周花木蓊郁，碑刻大部分为嵌入式陈列，前置朱色木栏，每件碑刻均有文字简介。自左至中至右为三大单元27件38块、园外2件2块碑，共陈列荣州历代名碑29件40块，现分述于后。

左单元，9件11块：

治家格言碑、征粮章程碑、锁江桥碑记、五桂团团务局记碑、奎星会碑记、荣县各界纪念七七抗战碑、善恶碑、义和团碑记、重建梵刹。

中单元，8件14块：

郭家祠堂碑（亦作郭家当铺碑）、弥陀院碑、梅兰菊竹碑、此君轩记碑、胡公祠堂记碑、售粥代赈碑、古四柏堂记碑、宋家祠堂记碑。

右单元，10件12块：

祠堂碑、武考条规碑、学田章程碑、重修学宫碑记、庙西赎地记碑、重修文庙记碑、宋故勾龙仲休墓志铭、宋故张夫人墓志铭、王长史转念功德碑、布政榜碑。

园外，2件2块：

王梦易墓表碑、王天杰烈士祠碑。

碑园陈列的是荣县宋代以来的历代名碑，这些碑刻或有学术价值，或有书法价值，或与历史上的重大事件有关。有的可起到“补史之缺、参史之错、详史之略、续史之无”的作用，反映出荣县地方民俗风情，可以从不同的层面了解历史，了解荣县。

唐宋以降，荣州传世名碑甚多，具有数量多、内容广、种类全、书画美、镌刻精等特点。现据《荣州图经》、民国本《荣县志》等古籍记载，列碑园未陈列，或已佚之名碑碑目如下：

有唐代之大周圣德碑、开元寺碑、祷雨碑；五代后蜀之州院碑、后庭怨词碑；宋代之九域守令图碑、御制碑、此君轩诗碑、王序墓志铭、雁塔题名碑；明代之增修文庙记碑、孔像碑；清代之重修白雀寺记碑、凤鸣书院记碑、重修镇南塔记碑、望景楼记碑等碑。

荣州碑园开自贡地区碑园之先，成为碑刻爱好者、相关学者学习临摹、研究碑帖的重要阵地。荣县文管所同仁为搜集、陈列、研究遗碑，弘扬传承传统文化，殚精竭虑，做出了极大的贡献。

（陈述琪）

一、唐　碑

薛高邱摩崖碑

【原　文】

（佚）

【按　语】

薛高邱摩崖碑，位于墨林乡吕仙村荣德山山腰悬崖处。荣德山，又名老君山，当地人称大老君，是荣县名称来源的荣隐、荣梨、荣德三座古名山之一。唐代荣州刺史薛高丘于唐玄宗开元二十年（732年），来此

薛高邱摩崖碑

参道，后命人勒石为是碑。因其绝壁，无法近身考察。唯见碑周凿有石槽，碑顶大字，风化无存。依稀可见有密密麻麻的核桃般大小的碑文，只是相距甚远，看不清楚。此碑距今已有1285年，为目前荣县境内现存最早的一座摩崖碑了。至于碑文，历代《荣县志》等文献均无详记，其内容则为“多载仙灵事”。

二、宋 碑

王长史转念功德碑

【原　文】

孤子男伯珪等奉

亡父摄长史从正月玖日，叁拾壹僧就家开转大藏经壹藏并逐日斋僧，至贰月拾叁日就圹，所设散□□□者，以凭追荐，谨具转念。功德数目如后：

转大藏经一藏，总一千七十六部，计四百八十帙，共五千四十八卷。

转大乘经五百一十五部，共二百三帙，计二千一百七十三卷。

转大乘律二十六部，共五帙，计一十四卷。

转大乘论九十七部，共五十帙，计五百一十八卷。

转小乘经二百四十部，共四十八帙，计六百一十八卷。

转小乘律五十四部，共五十五帙，计四百四十六卷。

转小乘论三十六部，共七十二帙，计六百九十八卷。

转贤圣传集一百八部，共五十七帙，计五百四十一卷。

念般若多心经一千卷。

念佛慈护真言一万遍。

念解冤结真言一万遍。

念往生真言一万遍。

念破地狱真言一万遍。

念安土地真言一万遍。

念摩诃般若波罗密一万遍。

斋计一千僧。

王长史转念功德碑

右伯珪等窃念体禀：阴阳受生，父母功高而天方并矣，德厚乃地可比焉？欲尽孝思，唯学南陔之雅，什拟伸荐奉须凭。西域之灵文，伯珪是以严洁厅厨，特邀缁侣转一藏之微言，既就设千僧之妙供，圆谐并用荐。严亡父长史生界唯冀，洗六尘之烦恼，早悟生空，出三界之苦源，顿抛幻化。又愿见存眷属，咸九乂宁当沾神祇俱处胜利，伏乞证明，稽首谨疏。

天禧四年（1020年）二月十三日，孤子伯珪、伯琠，侄男伯瑾、伯珝、伯琪

【按　语】

王长史转念功德碑，出土于荣县旭阳镇王序塘村宋代石室墓。墓主王长史，北宋县人王梦易叔祖。王家为当时荣州望族，王梦易、王庠、王序被后世誉为“义门王氏”。转念功德碑高1.08米，宽0.45米，刻石于北宋天禧四年（1020年），现藏荣州碑园。此碑实属罕见，对研究荣州“义门王氏”史实，以及宋代葬俗、佛教经卷目录有重要参考价值。

大佛殿地面记碑

【原　文】

郡郊之东偏有山焉，高而不之险，夷而不之平。其旁有岩洞，其下多林麓，其状如绘，其势若屏。细坞深径，蛇回蚓曲，左右筱苇蒙杂蓊蔽。间有佛庙曰“开化寺”，其原乃自乎季唐之建。以年绵远，雨浸风颓，彩像颠泯，荆棘盈庭。释文简主寺事，尝与合堂同席而议曰：“往年朝廷诏天下郡县，凡名山奇迹，令掌藏先圣之手泽，年以所掌之劳而赐一僧牒。郡人皆曰：‘里之绝胜，惟在于此。’今吾徒幸得所居，蒙被圣泽已久矣！虽旧址不废，乃屋舍不完，得不侈大其堂殿，以副所掌之御书乎？益又使游者有可观览、止者有所介洁。”其党皆森立而应之

曰：“非吾师，孰能之？”简师喜就其事。荣川豪民富商以简师有名于其徒，争出力以助之，寺之役几二岁而成。巍堂大庑，栋桷之众，垩丹之饰，像设严焕，复于观游之设有加焉。其简师之旁见于乡人□秘丞勾之述，此不复，因缘之。今夫简师之释嗣曰元遂，一日告其师曰：“师仆仆然营葺，既已完矣，尚有可缺。其于堂之地，欲命匠石甃□□□，所以壮丽其堂殿、严洁其□□。□夫春则□玩赏，夏则生清凉，施施而行，漫漫而游者，绝涂泥于其地，可乎？”简师曰：“吾老矣，无能为也，宜汝成之。”元遂曰：“诺。”盖元遂者，其为人也，宽平而不忮，质静而无求。不忮则似乎悫，无求则近乎愿。悫、愿者，忠信之质，以忠信而诱众掠缗，扩囊发箧以毕其事，就其党而较之，不亦善乎！余尝多此释之为人，又爱其景趣，携朋会友讲道于此。因而简师备道其状，索余之记。余诺之，而不暇，私有以自叹焉。且浮屠之流，尚能创其始而成其终，至于士大夫以先王之道相隶，其当创始成终，则往往喜为□摇龃龉，摭异以求胜，岂不惑？噫，自非简师之勤而创其始，元遂之劳成其终，而事其事，乌能而成之哉？故直书云耳。

元丰元年（1078年）仲春陈郡袁诩志

□□勾当修造僧清惠，住持押寺文善，专勾当布石僧元遂，小师继宗、继欢、继海

施石并刻字手工妻曰谢氏，男文胜、文德

□□□□元正书丹，离□篆额

仁善刻字

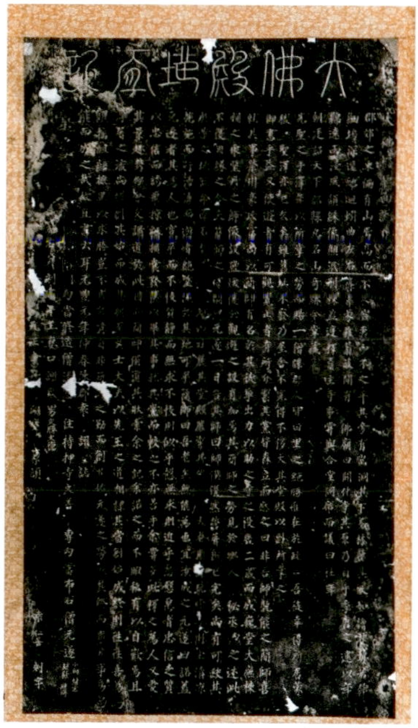

大佛殿地面记碑

【按　语】

据1993年本《荣县志》载：碑高1.3米，宽0.73米，宋元丰元年（1078年）立。民国本《荣县志·金石》作“开化寺碑”，叙其碑文大意，未原文收录。并载：“碑在今罗汉洞，世人将

以治城。”额篆“大佛殿地面记”。碑已佚，有民国时期拓片，长1.28米，宽0.7米，为县文管所收藏。

灵枣碑

【原　文】

碑阳：

崇宁四年（1105年）九月十四日

灵枣。

梦溪沈博毅书

碑阴：

通惠威烈，显应侯殿。

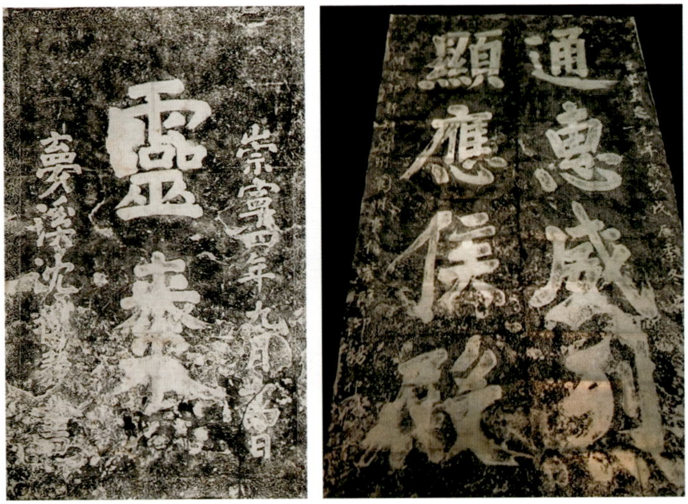

灵枣碑

【按　语】

清嘉庆元年（1796年），此碑于荣县城南约500米土主湾庞靖侯（庞统）祠出土，后移竖文庙内，今佚。

现仅存其拓片，拓片长1.95米，宽1.18米，四周有0.07～0.08米的卷草花纹边饰。正中竖书“灵枣”二字，楷书。上款“崇宁四年（1105年）九月十四日”，下款“梦溪沈博毅书”。据民国本《荣县志·金石·

灵枣崖碑》载："一石两刻，其背为杨仲修书。"杨所书"通惠威烈，显应侯殿"，时为宋宁宗嘉定元年（1208年）。一碑两刻，相距103年。

沈博毅，北宋政治家、科学家沈括之长子。曾在荣州做地方官，崇宁四年（1105年）为土主湾灵枣崖书碑。其父沈括晚年隐居镇江市梦溪园，著《梦溪笔谈》，故落款有"梦溪"云云。

荣州崇宁万寿禅寺图残碑

【原 文】

荣州崇宁万寿禅寺图

荣州崇宁万寿禅寺图

【按 语】

荣州崇宁万寿禅寺图残碑，在荣县中学校内松林坡出土。刻石于北宋崇宁五年（1106年）。碑的右侧及下部已毁，残碑高0.98米，宽0.90米。荣县文管所存其拓片。碑的上端有高0.07米的卷草花纹图案，四周阴刻双线条。通碑由文字和万寿禅寺图两部分组成。

文字在碑的上半部，高0.4米。现有44行，满行25字。正中有一龛，行楷阴刻"荣州崇宁万寿禅寺图"九字。碑文叙述寺庙各殿堂的名称、方位、具体尺寸，建庙的原因及第一代住持的法名。因碑文较模糊，出土时被金属器具划伤，仅个别字句可辨认，不能连缀成文。

万寿禅寺图在碑的下半部，残高0.58米。图碑以示意图的手法，标明寺庙的位置、布局，以及各建筑物的名称、开间等。从图上看，庙宇建在城内莲宇山上，北至城垣，东至莲宇山东麓，西北至北门城楼。从布局上看，庙宇坐北向南，以寿堂、方丈室、四圣亭为中轴线，向东西两边对称展开，主要由三组建筑群体组成。

寺庙的中心建筑是以寿堂、思堂、□堂和两边的觉轩、□轩、凉室、禅室组成三个复式四合院；方丈室南接凉室、禅室，北通四圣亭。东西院坝内栽植梅花，四圣亭（禅林以阿弥陀佛、观世音菩萨、大势至菩萨和大海众菩萨为四圣，故名四圣亭）建在城垣之上，为重檐亭。

中心建筑的东面是□厅和□堂组成的四合院。西面是官厅和□厨、西便门、□堂组成的四合院。官厅北面是三合院，有石梯通城垣上的方亭。东面和中心建筑之间有一院坝，栽有杉树，旁有消暑堂。寺庙中的官厅，是官府管理僧众的办事机关。

据《宋史·徽宗本纪》记载："崇宁二年（1103年）九月癸巳，令天下郡皆建崇宁寺。"与碑上的记载是一致的。因是奉敕建修，所以荣州崇宁万寿禅寺的规模很大，有房舍416间，当为宋代荣州第一禅林。嘉庆本《荣县志·建置·寺观》："万寿寺，界凤鸣、莲宇二山之麓，为朝会习仪所。"

（以上转录自《四川省荣县志》卷二十九《文物古迹景胜》）

九域守令图记碑

【原文一】

按班固《地理志》：黄帝方制万里，画野分州，得百里之国万区。尧遭洪水，天下分为十二州。禹平水土，又制九州，列五服。周爵五等，自公侯至附庸盖千八百国。周室既衰，诸侯转相吞灭。陵夷至于战国，天下分而为七。秦并四海，变易古制，始为郡县。更汉晋分裂，至隋灭陈，天下方合为一，凡郡一百七十，县一千二百。唐高祖改郡为州，然海宇初定，权置州郡。太宗始并省之，分天下为十道，至开元盛时，凡郡府三百二十有八，县一千五百七十三。及五代丧乱，离为十

九域守令图记碑之碑阳（拓片）

国，郡县之数，莫可考究。圣宋龙飞，天下复并为一，迄今百有余年，其间州县废复不常。世传《守令图》数本，然其废复郡邑多未改正，兼州县著望，罕得其详。今当以《九域志》为定。谨按志云：凡一州之内，首叙州封，次及旁郡，彼此互举，弗相混淆。总二十五路，京府四，次府十，州二百四十二，军三十七，监四，县一千一百二十五。志之所载，自有东南西北之分，加以善本校正。因命刊勒。以皇朝《九域守令图》为名。其如绍圣间收复州郡，志所不载者，莫知所据，故不录云。

宣和三年（1121年）岁次辛丑，十一月壬戌朔初八日己巳，朝请大夫知荣州军州，管勾神霄玉清万寿宫，兼管内劝农事，赐紫金鱼袋。臣宋昌宗重立石。

【原文二】

莲宇

绍兴己未眉山史炜肆书，郡守河□□

【按　语】

九域守令图记碑，高1.74米，宽1.33米。北宋宣和三年（1121年），荣州知州宋昌宗重立。原立于荣县文庙大成殿内，1964年被发现，现存四川省博物院。其拓片为荣县文管所收藏。

碑阳：上方是北宋的行政区划图——九域守令图。图长1.3米，宽1米，标有东南西北4个方位。是中国现存最早以县为基层单位的全国行政区域图，为中国现知立石最早的石刻地图。地图是按1∶90 000的比例尺绘制。下方有42行约410个字的题记，字径0.02米，楷书。题记大部剥蚀，仅残存76字。《原文一》，据乾隆本《荣县志》关于九域守令图碑碑文的记载，转录于1993年本《荣县志》。

碑阴：竖刻“莲宇”二字，字高0.6米，宽0.45米，楷书。左下方有“绍兴己未眉山史炜建并书，郡守河□□”的题款。莲宇，指莲宇山，今荣县中学内，其含义为佛寺。绍兴己未，就是北宋绍兴九年，即1139年。

王梦易墓表碑

【原　文】

大宋故赠通议大夫王公墓表

观文殿大学士、通奉大夫、提举西京嵩山福宫清河郡开国公张商英撰。大中大夫、守尚书右丞、兼神霄玉清万寿宫副使、陇西开国公李邦彦书。保和殿学士、银青光禄大夫、提举三山河桥安定郡国侯孟昌龄篆。

太常博士王潜夫，元丰末非罪失官。元祐丙寅（1086年）八月十五日，以宣德郎终于南荣私第。终之日，其夫人向氏，年三十六。三男长曰廱、次曰庠年十六、次曰序年十四。夫人执二子手泣于柩前曰：“未亡人不能宣吾夫之横逆，复夫之官。庠、序未有成立，终不葬此柩也。”于是专贞静居，命诸孤从贤师学。夫人于钦圣宪肃皇太后为从祖姑。钦圣闻其守志立节，又怜二子白身，首思官庠，庠以逊序。兄弟力学能文。崇宁初，偕贡礼部不第。庠谓序曰：“吾弗隐，谁侍吾母？汝弗仕，谁大吾门户？”已而，庠以侍母，凡十一次坚辞聘诏。序两献文入等，稍迁都水监丞，治塘堤有劳，三岁五迁，至朝奉大夫，遂封赠潜夫朝奉郎。二子泣请于夫人曰：“母之教子，志已成。父之官已复而有加矣，庶可葬乎？”夫人许之，既而完窕而夫人亦殁，遂合祔为焉。夫人之懿行孤节，冯澥既志而铭之。又谓潜夫为前辈，澥不

王梦易墓表碑

及见而知之，盍求于潜夫同时伟人，纪其详以信天下后世。庠、序以书求曰："唐人志铭，子孙不得柳公权笔。以为不孝，昔者先君子从交于吾乡先生无尽公，诗编简牍秘于私家者俱存也。先子之平生，及其诬服抵罪，乡先生固知之矣。苟无一言之赐，则庠、序不孝之罪，于天何赎耶？"予叹曰："尔父之为人，吾与范蜀公、何济川深知之；尔父之得罪，吾与诸人尽尝扼腕。当不幸时，尔未克有知，予与诸人窃叹而无及焉。"今庠也太学定八行全备为天下第一，名芳于朝，又以从官之请旌为廉逊处士；序也以仕官褒显累迁大中大夫、擢徽猷阁待制知三城，又亲赐进士第。夫君子之泽，五世而斩。不质于人，必质于天，何必以吾文为之尽哉。无已，则天惠所作《双溪先生传》尽之矣。

传曰："无尽居士表其墓曰：'予读邕传，见其文章直气，为奸邪所恶，诬以重罪，使吏评治，事出吏口，迫令手书，未尝不掩卷流涕曰："安得宽平之人，使之治狱为吏哉。"以李邕之狱例之，则刻木画地，自昔为然。岂矢人不仁，出于其术。抑蝮蝎之性，异形而同毒哉。潜夫乐易急义人也，自殁之后，交游散失。后二十年，二子卓卓有立，能从冯长源、郑少徽、杨天惠求文以显亲之名，拳拳终不失予，予惟天之报施，至微而不可昧。屈于人者，天必直之；殃于人者，天必庆之。潜夫之名，方大而昌，亦何辨哉！'"

宣和三年（1121年）六月二十日，男廉逊处士、视朝散大夫庠；男正议大夫、充徽猷阁待制、知河阳军州事、充陕西河东河北路宣抚使司随军转运使序立石

【按　语】

王梦易墓表，原立于荣县旭阳镇王序塘村，1983年移至大佛寺。碑立于宋宣和三年（1121年），为荣县现存最早的墓碑。碑通高3.9米，宽1.2米，厚0.2米。碑额为半圆形，额篆书"大宋故赠通议大夫王公墓表"。碑身刻由张商英撰文、李邦彦书写的碑文。碑座为石刻赑屃。王梦易墓碑是荣县尚存最早的墓碑。墓碑保存完整，惜碑文已风化几近无法辨识，所幸历代《荣县志》均录有其碑文。上述释文即据乾隆二十一年（1756年）黄大本主纂版、嘉庆十七年（1812年）许源主纂版之手抄本、民国18年（1929年）赵熙主纂的《荣县志》校勘。

王梦易（？—1086年），字潜大，荣州荣德县人。宋皇祐（1049—1053年）年间进士。后调任绵州法曹，升任青石令。因包拯推荐，授予右军巡判官。屡次为民诏雪冤狱，有政声，升授果州通判。当初，梦易父亲王伯琪，因主张盐税由人民与官户平均负担，而招致上司诬陷，抱恨而死。梦易力承父志，锐意盐税弊端革新，同样亦遭部刺史嫉妒，遂降职三级。后又罢职回乡，筑亭于双溪，名“归来”。元祐元年（1086年）卒。梦易有二子王庠、王序。庠隐不仕，序赐进士官至光禄大夫，有政声。王家三代遂成就“义门王氏”美誉。

碑文作者张商英（1043—1121年），北宋蜀州新津人。字天觉，号无尽居士。从小就锐气倜傥，日诵万言。最初任职通川主簿的时候，一天进入寺中看到大藏经的卷册齐整，生气地说：“吾孔圣之书，乃不及此！”欲着无佛论，后来读《维摩经》，看到“此病非地大，亦不离地大”，深有所感，于是归信佛法。后入仕，拜尚书右丞转左丞。宣和三年（1121年）卒。赠少保。《宋史·艺文志》载有文集一百卷，已佚，《两宋名贤小集》辑有《友松阁遗稿》一卷。《宋史》卷三五一、《东都事略》卷一〇二有传。

民国本《荣县志》在收录碑文之后，有一段有注解性质的文字，亦录如下，以备稽考：“墓在县东北四里凤皇山孙村龟趾，今立人家隙地。商英出入邪正之间，所谓有把茅盖顶，即能呵佛骂祖者也。冯澥上书废元祐皇后，皆附势趋风，无忌惮之尤，而庠、序以亲名托之，何哉？杨天惠，潼川人，熙宁三年（1070年）进士；郑少徽，华阳人，元祐三年（1088年）进士。”

宋故勾龙仲休墓志铭

【原　文】

宋故勾龙仲休墓志铭（篆额）

宋故平阳公墓志铭

奉议郎、拟知汉州绵竹县、劝农□事、兼兵马监押杨荔撰

通直郎致仕赐绯鱼袋勾龙彭年篆额

宣教郎致仕赐绯鱼袋彭汝舟书丹

立身以事亲为本，克家□贤载于经，见于传记，杂出于诸子百家之书，有自来矣。为人而能竭力奉亲，干蛊以立门户，众必予而进之，盖遵名教之重，以为后来劝也。宣和乙巳岁，荔归于乡，邑人□□弟造门泣而言曰："先人倾逝已七年矣，今方谋葬，而墓碑未有文，以传于后。谨录平生行事，敢以铭请？"荔谢以不能而弗听，读其所编，行实皆事亲。干蛊之事，乃志而铭之。

宋故勾龙仲休墓志铭

公讳□□，字仲休，姓勾龙氏。仲尼弟子有井疆者，公之先也。井疆之后，世绪中微，谱录堙汩。公远祖同□，唐末自京兆徙成都之华阳。八代祖□□，仕至捡校工部尚书，长子延晖出守通议，避难于□，因家焉。曾祖务渊、祖□复、父□□，皆晦德不仕。

公少孤，致孝于母，悲忧惧乐，不主于己。惟以其母被饰、饮食可以奉母者，力致之，虽劳弗惮。母张夫人尝曰："诸子事我，非不夙夜，汝尤尽诚而侍侧，吾寝食必安，□老而所由是，伯仲益以孝谨相勉。"母丧明，公□赂良医攻治，瘼未尽除。公乃□天祈哀，亲以舌舐其目，再明如初。张夫人滋喜优游臻老，享年八十二。临终谓曰："而孝感幽明天地，其知之，吾死无憾。"公居丧，毁瘠及举襄事如礼，族党咨欢。

公之父倜傥轻财，及其终也，家无积藏。而公昆□八人未婚娉，张夫人常以为念。公曰："门□岂终替耶？"遂与兄刻厉劝约，治家治财皆有绳墨。不数年，资用富绕，乃□弟妹婚嫁，卜吉壤以迁奉。先府君兄弟皆身率家人事孀亲，极孝，乡里称之。

公不知书而天资颖悟，乐于为善，家既就绪，尝恨为生事所夺，不克留心于学，乃延儒教子孙。遇士大夫贤者，以礼接之，有所求皆满意而去，以故子弟得与贤士游日益。众皆隶籍郡庠，嶷嶷秀整，可望远大。

所谓公以孝事亲，以贤克家，如前所陈。至于外姑□贫，故诿以后事，公为之捐财厚葬。族属有女，孤而无托者，公鞠□娉之亲近交游。仰公以炊者，非一有缓急。扣门者，未尝辞。以故睦 仁恻类比。

晚年营别墅，占溪山之胜，蔬町稻畦松林竹坞回环左右，旦暮逍遥，其间乡先生勾□允道辅榜其名“达轩”，公为人可知也。

忽得疾，卧于箦。一日，闻挽铎声，杂讽□暄，咽过门曰：“得非亡兄七府君，灵柩归葬乎？我平生友爱，当相从游于泉下。”遂呼子孙戒以遗言，终于正寝 。宣和元年十二月十日也，享年七十六。

娶张氏，生子十一人。二男曰诜，友爱善治，生能继父业；曰说，为儒。女九人，皆嫁。孙男五人，曰衎、辉、衡、之纪、之约；女四人。重孙男六人，二孤。卜以建炎元年十月乙酉葬。

公于华阳乡顺化里北山之下，礼也。

呜呼，死生亦大矣。公生能事亲，干蛊重义好施；死知从兄以归九原。虽不学而孝弟，根子心见于行事者，契乎仁与义。此荔所以为之志而继之铭，铭曰：

勾宗华阳，出于井疆；占籍三荣，其来自唐。

公乃厥后，干蛊克家；宅心孝弟，不居其华。

种植德本，既见于身；昌大荣显，在于后人。

崇岗美积，幽宫在下；琢铭坚珉，以示来者。

南荣夏昇刊石

【按　语】

勾龙仲休夫妇墓，墓葬位于荣龙（荣县—龙潭）公路距李子乡200米处右边。1984年11月扩宽公路时发现，为两座墓室。从墓内出土墓志铭得知左为勾龙仲休墓室，右为其妻张夫人墓室，属双室并列的“同坟异葬”的夫妇合葬墓。

勾龙仲休，北宋末年，荣州人。字仲休，姓勾龙氏。从墓志铭中可知其主要事迹为“致孝于母”。卒于北宋宣和元年（1119年），七年之后的宣和七年乙巳（1125年），在外为官的杨荔回乡，应勾龙仲休后人之请，为之写此墓志铭。墓志铭碑今嵌荣州碑园，碑高1.1米、宽0.6米。碑额为勾龙彭年书“宋故勾龙仲休墓志铭”九字。碑文为彭汝舟书丹，夏昇刊石。

宋故张夫人墓志铭

【原　文】

宋故张夫人墓志铭（篆额）

宋故清河张氏夫人墓志铭

儒林郎巴州司兵曹事兼仪曹管右推勘公事孙佺撰

迪功郎巴州司兵曹事兼工曹管右推勘公事孙伯定篆额

迪功郎巴州通江县主簿兼监茶场樊□书丹

南荣勾龙右诜将葬其母，求余僚友谢□新德父之文，以状其行，复因德父求余文以铭其墓。余于勾龙君声迹不相接，然千里乞铭，是真能子矣。而夫人之贤，有德父之文可考，力辞弗克，谨按其状曰：

夫人姓张氏，世家于资之赖盘，曾祖鼎高以财杰其乡，时王均寇蜀，居民震扰，公捐财以募少壮御贼于境，众赖以安，贼平，徙家荣乡。祖谏父，皆弗仕。

夫人幼孤，天资柔惠，闲于礼法。事其母以孝闻，母爱之，尤为择佳配，遂以归勾龙公仲休。已弗逮事□，事其姑若母然，服食寝兴，必躬必时，皆惬所欲，凡三十有三年。如始归姑尝称之曰："娶妇得如是人，堂上有不如意事耶？"姑年八十余，一日忽整衣正坐，谓夫人曰："感汝至孝，吾将告终，愿期汝吾寿，孝德世传，瞑目无憾矣。"夫人垂涕进杯粥，姑受而尽之，乃逝。夫人居丧，毁瘠殆亡生意初。

仲休公四妹尚幼，夫人受□甚于手足，毕其嫁，以时皆□礼抑？尝念其母云："亡久矣，子舍不能举襄事□，竭匣中，办之不靡不薄。"乡评尤以是多之。

夫人教子治家皆有法，所闻者礼义之训，所□者孝友之行，是以其子推财相逊。其介妇殉郎立孤里中，孤贫不间戚悚，多被恩德，故死之日，为服缞绖者，以十数哭之尽哀。

夫人喜诵佛书，素若警悟，偶聚族，燕饮且曰："吾今夕数尽，有风雨至，吾将归矣。"众初以为疑，夜漏尽一十刻，果闻风雨声，了然化去。实大观四年（1110年）三月九日也，享年六十有六。以建炎改元十月二十九日附仲休公葬于华阳乡顺化里北山之下。男二人，诜以孝友克家，说读书为乡闻人。女九人，皆适士族。孙男五人，曰衍、辉、衡、之纪、之约。孙女四人。曾孙六人。

呜呼，夫人之德贤于远矣，是宜有铭。观其姑之所尝称，以见其为妇之孝；子以财相逊，以见其为母之贤。呜呼，康宁考终了然可尚，以见其能□之所难谓□必有后也，其将□□。

宋故张夫人墓志铭（拓片）

【按　语】

宋故张夫人墓志铭，1984年11月于勾龙仲休夫妇墓中出土。张夫人为勾龙仲休之妻。墓志铭碑今嵌荣州碑园，碑高1.1米，宽0.6米。碑额为孙伯定书“宋故张夫人墓志铭”九字。碑文为孙侊撰、樊□书丹。刻碑时间是南宋建炎元年（1127年）。

从已出土墓志铭而言，宋代的墓志铭极为少见。勾龙仲休夫妇墓中的两通墓志铭碑于荣县李子乡出土，墓主均为平民百姓，碑文用语朴实，所记述者均为平凡之事，宋代荣州普通人生活状况可见一斑，为人们进一步研究当时社会情形提供了宝贵的实物资料。

柳倩补书李焘啸台摩崖石刻

【原　文】

真如崖穴峭深，佳处未易目也。崖半横出，或屋其上。少隘，因使荣德令广之。《图经》谓此“孙登啸台”。登隐河北，未闻至蜀。然古称啸，登独善，凡啸者必稽焉，虽远托亦宜。况登不污魏晋，道最高。嵇、阮且不得为弟子。其神游八极之表，复何所不至。区区限于方域，则陋矣。隆兴元年（1163年）端午日，荣守太史公陇西李焘仁父书。

丁卯孟夏　柳倩重书

【按　语】

在今大佛崖啸台处，原有宋代摩碑一方，为李焘隆兴元年（1163年）题记，民国本《荣县志》载：因石质朽，已漫灭。1987年，荣县籍诗人、书法家柳倩重书李焘题记，镌刻于啸台岩壁。摩刻长2.8米，宽1.5米左右。

柳倩补书李焘啸台摩崖石刻

李焘（1115－1184年），字仁甫（民国本《荣县志·金石》作"仁父"），一字子真，号巽岩。眉州丹棱（今四川省眉山市丹棱县）人。南宋官员、著名历史学家、目录学家、诗人。隆兴时，知荣州。李焘博览典籍，著述颇多，大多失佚。今存《续资治通鉴长编》五百二十卷、《六朝制敌得失通鉴博议》十卷、《说文解字五音韵谱》十卷，清代皆编入《四库全书》。《两宋名贤小集》《全宋诗》等录有其诗。

柳倩（1911—2004年），原名刘智明，荣县人。当代著名诗人、学者、剧作家、书法家，左翼作家联盟成员。故乡建有柳倩诗书收藏馆。

布政榜碑

【原　文】

皇子威武军节度使

应荣州管内吏军人僧道百姓等：兹者猥荷皇慈，宠颁徽数。衮衣命服，仪均槐位之崇；茸毒高牙，壤锡茅封之贵。眷全闽之督府，洎和义之名邦。方留侍于君亲，未即班于条教。洪惟上圣，光篡炎图。贤和于朝，共翊登闳之运；民安其业，坐臻熙义之期。凡尔有官，各钦乃守。务靖其而在位，思精白以承休。至于褒衣博带之流、缁布黄冠之侣，旄

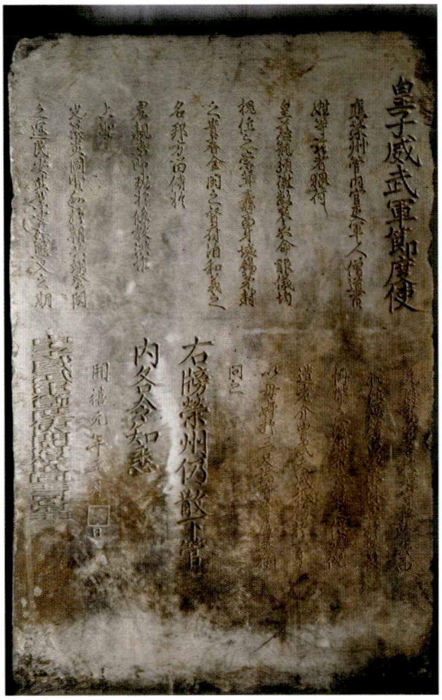
布政榜碑（据拓片重刻）

倪遗老、介胄武夫，咸祗饬于一身，以毋奸于三尺。诸有尊属，并存问之。

右榜荣州仍散下管内各令知悉。

开禧元年五月□日

皇子威武军节度使开府仪同三司荣王

【按　语】

南宋宁宗开禧元年（1205年），皇子威武军节度使卫国公赵曮进封荣王后发布政榜，告谕荣州军民。同年夏天，荣州刺史袁桂将榜文勒石上碑，并于碑阴勒题跋。碑原立于荣州衙署（今荣中校内），“文化大革命”中碑佚，今据拓片重刻，立于荣州碑园内。

布政榜碑高1.56米，宽1.16米。碑阳共21行文字，正文行书，字径0.04米。碑阴为袁桂的跋文，可惜未保存下其拓片。民国本《荣县志》题作“荣王曮教”、清代学者刘喜海《金石苑》题作“宋荣王曮榜”，但对碑文的记载和形制描述有一定错误，今以拓片改正。

这张布政榜，即在当时已引起人们重视。南宋学者王应麟在其所撰札记考证性质的学术专著《困学纪闻》中说：“开禧改元，皇子封荣王，榜威武军合旧典矣！予草福王制，院史欲以布政榜下福州，予榜所领两镇，盖引开禧故事也。”

绍熙府儒学碑

【原　文】

第一部分（上栏）：

一.准尚书省札子，正月十五日三省同奉御：“朕惟孔子之道，自孟轲后不得其传，至我朝周颐、张载、程颢、程颐，真见力践，深探圣域，千载绝学，始有指归。中兴以来，又得朱熹精思明辨，折衷会融，使《中庸》《大学》、语孟之书，本末洞彻，孔子之道，益以大明乎世。朕每观五臣论著，启沃良多，今视学有日，宜令学宫列诸从祀，以副朕崇奖儒先之意。”右札付国子监。

一.准淳祐元年（1241年）正月空日，尚书省札子，勘会正月十五日御笔指挥，周颐、张载、程颢、程颐、朱熹，宜令学宫效之，从祀所合，各加封爵，除朱熹已封徽国公外，合议指挥正月十七日奉圣旨：“周颐封汝南伯，张载封郿伯，程颢封河南伯，程颐封伊阳伯。”右札付国子监。

一.准淳祐元年（1241年）正月空日，尚书省札，正月十九日同奉御笔：“王安石谓‘天变不足俱，祖宗不足法，人言不足恤’，此三语为万世罪人，岂能从祀孔子庙庭，合议削去，于正人心，息邪说关系不小。”右札付国子监。

一.准行在尚书礼部，符据国子监由□会本监准，淳祐元年（1241年）正月空日已降，省札备奉御笔，指挥为周颐、张载、程颢、程颐、朱熹五名列诸从祀，及削去王安石事，本监已遵从指挥，牒临安府差画工，赴大成殿，于从祀内除去王安石一名，及逐一彩画周颐等五名容貌，照资次排，祭祀尽添入从祀外，今录连节，次已降，省札指挥在前，乞指挥编下所路运司及诸州军，照应行下所隶州、县学等处，一体遵守，照应施行。

第二部分（中栏）：

臣绳祖向任漕管日，准礼部恭奉御笔，将五臣封爵列之孔庭从祀，仍黜王安石，指挥施行。绳祖寻拟云：“本司照得先正五臣，绍洙泗之绝学，

绍熙府儒学碑

启关洛之正传，阐圣道以丕昭，续斯文而弗坠。圣上发挥宸翰，焕饰儒先，锡以号荣，列之从祀，且又削去熙宁误国之奸臣，示学者之指归，千载□遇，所当遵奉，惟谨窃虑州县视为常程，奉行不处，拟□备牒诸州守臣，任责督励郡县学宫，□彩画□五先生像于孔庙从祀，仍明典削去王安石旧像。又虑年来兵火，州县学宫多不存在，因恐日久必致泯没无考，欲并牒守臣，勒石□□，乃属县令、长，于学租上支钱粮，命工勒石，将礼部所奉御笔全文，本□□刻，限十日以墨本申解，以凭稽考，如有□□不处，□应定行严察，以克制施行。□□上熙朝崇儒，□祀之感。”是时漕臣梁膺已从所拟，遍下儒学矣。后五年，臣绳祖假守淯郡，祇诣孔庙，匪从也。列之绘像，抑不弗见之镌刻。三叹，作□者视学校为何等事，而又慢令弗处，不胜诛邪！谨钦勒坚泯，备载元拟，□□昭圣上□鸿猷景，镖传之罔极云。淳佑五年（1245年）八月□日奉议郎知长宁□兼四川制置使司参议官，权潼川府路□判官，兼提举学事臣史绳祖拜书稽首谨跋。

第三部分（下栏）：

臣闻道在天地间，古今一太极也。真元不常，会气化有醇酬，而斯道流行。否极则泰，□□□复，未尝一息间。故否于春秋战国，得洙泗一孔圣与曾、思、颜、孟四大贤而泰；祸于熙宁绍圣，得关洛一周□其上程、朱、张四君子而复。□上圣□大贤，闻明之于先，一□□君子，□□□于后，使斯道如□，圣□曰□□□，新矣乎人。□□□□□□圣上天锡□，智开□□□□□□□□□，正□邪□□转移人□从议。漕臣史绳祖□□□，布□□德，意于元幕，今文章有正气于一路，此心此学，有□无已。科文历变之余，斯道晦而行，明非□，君明臣良。上行下仿，寿克而耶。□□□进无庸备员，职教于□□□年之后，缺典未修，大惧。无□□称亟，绘像而纪之。伊学者睹□□汉之昭回，知作人之模范，见贤而思齐，见不贤而内自省。则目击道存，无为而成。君犹天欤！□淳佑十年（1250年）八月朔旦，从政郎绍熙府儒学教授臣支南荣百拜谨记。

【按 语】

绍熙府儒学碑，原嵌于荣县文庙西庑墙壁上。1993年，由荣县文管所收藏，现存入文物库房。碑高1.66米，宽0.71米，厚0.14米，碑面多坑点、纹痕，风化腐蚀较严重，部分字迹模糊不清。石碑两面均刻有文字，碑阳即为本篇——宋代绍熙府儒学碑，碑阴为明代和义记碑（见另篇）。

绍熙府儒学碑碑文四周以卷草花纹饰边，中间亦以卷草花纹将其分为三个部分（三栏）：

第一部分（上栏）碑文是宋理宗在淳祐元年（1241年）的圣旨，共四条：第一、二条是下诏以周敦颐、二程、张载、朱熹五人从祀孔庙并加封爵；第三条宋理宗谓王安石为万世罪人，下旨撤销王安石从祀孔庙的地位；第四条是要求各地遵照圣旨，彩画五臣之像从祀于孔庙中，同时将王安石的像从孔庙中去除。

第二部分（中栏）碑文是由潼川府路转运司判官兼提学事司的官员史绳祖于淳祐五年（1245年）写的跋文。

第三部分（下栏）碑文是绍熙府儒学教授支南荣于淳祐十年（1250年）关于绘制五臣像及将皇帝诏书、尚书省指令和史绳祖跋文勒石刻碑的跋文。

南宋时期的荣州（今荣县），因宋光宗幼年时任过荣州刺史，按宋朝升州为府的惯例，于宋理宗绍定六年（1233年）升荣州为绍熙府。从碑文看，此碑应是《古今图书集成》所称的儒学封祀五臣碑，但儒学封祀五臣碑仅提及了碑目和立碑人。而绍熙府儒学碑内容不仅涉及封祀五臣，还包括黜王安石于文庙，以及绍熙府执行这些诏令的情况，故称该碑为绍熙府儒学碑更为确切。

本篇所辑（略有编辑），均录自《四川文物》（2013年第1期），彭慧《宋代绍熙府儒学碑考》一文。

三、元　碑

绍熙通判府曹公老君山保守记碑

【原　文】

绍熙通判府曹公老君山保守记

（碑文文字浸漶无存）

绍熙通判府曹公老君山保守记碑

【按 语】

民国本《荣县志·秩官》载："曹诗，字必才，罗山人，顺宗朝进士。旧志荣州大尉曹必才，有荣德山保守御敌功碑。……诗生元成宗大德七年（1303年），明洪武八年（1375年）卒，年七十二。"保守御敌功碑即指此碑。因时代久远，除碑头"绍熙通判府曹公老君山保守记"13字清晰可识外，已浸漶无存。更为可惜的是，历代《荣县志》等文献均只记其事，未录其碑文，究其原因则为"游人罕有到者"。碑冠亦十分精美，居中曹诗端坐，左右文武相拥，威严可敬。至于凿石勒碑时间，民国本《荣县志·山脉》载："元至正十七年（1357年），判官曹诗保此有碑。"

四、明 碑

孔子文宣王画像石碑

【原 文】

□□通祀大成至圣文宣王像

德配天地，道贯古今。

删述六经，垂宪万世。

四川荣县儒学文庙刊行

成化十一年东华龚氏拜书

孔子文宣王画像石碑（碑阳）

孔子文宣王画像石碑（碑阴）

【按　语】

孔子文宣王画像石碑，是明成化十一年（1475年）由县人龚氏绘制，刊刻并立于文庙。碑高1.61米，宽0.82米。1984年，为荣县文管所收藏。

碑阳刻孔子文宣王像。这尊孔像，头戴十二旒冕，身着十二章服，手捧镇圭，俨然君王形象。孔子这种文宣王形象的碑刻在国内极为罕见。碑阴为线刻九天大帝及福禄寿喜四星像。石碑采用线刻浅雕技法，线条流畅，刀法娴熟。

另据《四川省荣县志》卷二十九《文物古迹景胜》篇载：石刻为富顺刘源深画，李道宏刊刻。

和义记碑

【原　文】

和义记

记曰：义公天下之利，利生于义，义则和，和则利，利则天下同，于至善之归。荥在唐名和义郡，在宋称东川道院。我朝正统时庠士邹儒希孟在太学，其六堂师友怀其义交之和。今成化时，其子自然，待选天官，咸曰："邹氏复见其人。"岁甲午夏，按察佥宪江陵戴公振扬风纪，适希孟季子秩然、孙良臣受理分司佥。宪公勉议和义之道，遂感悟父祖之志。秩然捐银□十两，作灵星门；良臣捐银八十两，为殿宇彩饰、庭陛甃砌之费。盖由佥宪公兴起，斯文而感发焉。时叙南卫经历南昌龚华、文英提调木石，以成其功，是谓利物，足以和义。上有好者，下必有甚焉。未有好义而其不终者，此荥和义之俗，今古同然。国人谓彼义，民入粟于官，官有□□之□。况学校乃礼义风化之原，今有功于学，学宜嘉奖之懿。《中庸》论孝，特善于继述，观□流。邹氏一门父子兄弟，不忘其本，修崇庙，学则人神歆格永锡尔。类比如自然，出仕于时为邦家之光，世世书香而和义之风，复流芳万古云。

和义记碑

东华山朝阳龚汇文渊记并书

（以下名录略）

明成化十一年（1475年）乙未三月立石

【按 语】

和义记碑，原嵌于荥县文庙西庑墙壁上。1993年，由荥县文管所收藏，现存入文物库房。碑高1.66米，宽0.71米，厚0.14米。石碑两面均刻有文字，碑阴即为本篇——明代和义记碑，碑阳为宋代绍熙府儒学碑。

碑记作者龚汇，荥县人，字文渊，明景泰癸酉举人，官徐州学正，其代表作为《文庙碑记》，民国本《荥县志》有传。此碑立石于明成化十一年（1475年），记述邹氏一门修葺文庙义举。

重修文庙记

【原　文】

重修文庙记

荣在昔为青阳国南安郡，唐为大牢旭川和义郡，宋为荣州绍熙府。土禹谓封域，千里山川重阻。原志谓："地旷人稀，民良俗朴。"郡乘谓："民勤稼穑，士尚诗书。"张仲谓："风淳事简，可以道化，号为东州道院。"李敦谓："五陵横亘，延袤三里，题为小锦城。"盖吾荣背负五山、周没四水，真有得夫形势之胜者。至于兴贤育才，化民成俗则首崇学校。荣学：唐武德元年（618年）建于桂林山；宋乾德三年（965年）移近兴贤门；绍熙十三年（1202年）孟侯迁于莲宇山；开禧二年（1206年）袁桂立题名雁塔，教授刘道成记，略云荣虽藩邸重镇，学凡三迁，始得胜地。国朝平定，海宇偃武修文；洪武六年（1373年）始降荣州，儒学印时，别驾马公辅学正，张朝祖仍创于桂林山；天顺元年（1457年）徐州学正孝廉龚汇奏复今处。旧志谓："金水资生之地，山川明秀，地势高平，允矣兴贤育才之奥区。地灵而人杰，当有云蒸霞蔚，从龙附凤者，桓生矣独是。"日月征迈，风雨飘摇，文庙正殿后半忽尔倾颓，墙垣亦圮。非所以妥先圣之灵，而尽官师士子之心也。邑侯杨宗忠、学博刘朝用目击心恻。即日捐赀命匠选材修理，砌葺周围，筑墙八十六丈。百堵皆兴，两齐则刘起鸣。曹天相首倡，躬率人人乐助，并殚力尽心，夙夜匪懈。由是废者，以举故者，以新脆者，以坚崇厚砻密，焕然改观。山川之明秀者，若益其耸翠；地势之高平者，倍增其景色矣。人事之结构不与天地之形胜并美而共久也

重修文庙记（拓片）

哉。是役也，始事于甲戌年七月，成功于乙亥年三月。念快觏此举，不敢以庸阘辞，聊书巅末，托之贞泯，并记其岁月云。

赐进士第承德郎户部广四清吏司署郎中主政邑人简敕撰

（以下名录略）

崇祯八年（1635年）六月初九日立

【按　语】

荣县文庙在城内莲宇山南麓，即今荣县中学校内。

重修文庙记，详述了文庙因殿倾斜墙倒塌，知县杨崇忠、教论刘朝用改换榱栋，筑墙286米，一年竣工之事。时为崇祯八年（1635年）。记碑高2.05米，宽1.1米，原嵌文庙，现收藏于荣州碑园。

唐武德元年（618年），始建于桂林山。北宋乾德三年（965年），文庙移建兴贤门（今南门）。南宋绍兴十三年（1143年），知州孟某迁建莲宇山。元朝末年，文庙毁于兵火。明洪武六年（1373年），学正张朝祖重建于桂林山。明天顺元年（1457年），举人龚汇请求重建于莲宇山，四年之后建成。明成化年间，文庙多有增修。明万历二十二年（1574年），知县程梯等人筹资再建文庙。从明季之乱开始，文庙没有专人管理。康熙二十年（1681年），文庙倒塌，举人刘世璋，以知县荆乔蕃、韩尽光先复之力，于二十三年修成大成殿。三十六年（1697年），知县陈大献建戟门、两庑及名宦乡贤祠。四十四年（1715年），知县王泽修明伦堂。乾隆十二年（1747年），知县徐德龙移明伦堂于庙右，奎星阁移棂星门左。十九年（1754年），知县黄大本捐俸禄三百余金，恢复旧貌。五十二年（1787年），知县张兆星、马履中、龚巽，继续修复，花费二千余金，当时泮池外较远的地方有屏，屏外为圣门坊，坊外突出的为复墙，东西建礼门、义路门，供人们平常进出文庙。嘉庆十三年（1808年），知县许源募金千金，移圣门坊于泮池前旁，开门供出入，礼门、义路门也上移到圣门坊前，左右以云龙石屏为障，好像宫墙一样，又绘孔子、四贤、十哲像，疏通泮池，翻新大成殿、戟门、棂星门，文庙面貌焕然一新。道光十八年（1838年），将文庙坐向癸丁向改为子午向，接着移崇圣门、棂星门、奎星阁，十九年（1839年）移大成殿、大成门、东西庑及宫墙、泮池甬道，各项工程依次完成。光绪二十六年（1900年），知县唐迁皋修齐宿更衣所，三十年（1904年），更衣所内放置乐器。更衣和乐器都是在祭祀孔子的典礼上使用的。宣统元年（1909年），升格为大祭祀，墙瓦为黄色，读书人入学捐银二两，叫泮池费，汇集起来叫洒埽费，购置田房，则由庙费资助。

20世纪80年代，荣县文庙存大成殿、东西庑房、戟门的泮池，其余均毁。大成殿是歇山式屋顶，琉璃瓦面，抬梁式屋架，面阔5间33米，进深3间14米，连同两边的庑房、戟门，占地面积1553平方米，为荣县中学使用，属县级文物保护单位。荣县中学扩建，拆除后仅剩大成殿，20世纪90年代将大成殿拆除后，文庙彻底从人们的视野中消失，而今只能留存在记忆中。

五、清　碑

重修学宫碑记

【原　文】

重修学宫碑记

国朝文治之隆，远迈前代。方今圣天子崇儒重道，凡僻壤穷乡隶版图者，无不崇祀先师，修明庠序。矧三荣为蜀南巨邑，官司之所振兴，士民之所矜式，其不敢因陋就简，贻讥缺略也。明矣粤稽圣庙之建，明初在县治东天顺间。邑人龚汇奏请改建今地。康熙壬戌（1682年）六月六日，剪焉覆篑孝廉刘世璋纠人，擘画百端，拮据万状，始复旧制。乾隆癸酉（1753年），邑宰黄大本捐俸，鸠工补残缺，理漫漶，黝圣丹漆，既丽且崇。戊子岁（1768年），笏随叔茎肆业书院，肃瞻先师遗像，见殿宇爽垲，回廊纡折，泮林古柏，连甍接栋。每风晨月夕与金碧之色相辉映，于山青水绿间使人肃然而生敬，距今二十有三载矣。重游于兹，望宫墙则柏栽千株，郁然深秀矣。入戟门则华阙洞开，玉题金铺，峥嵘延属矣。登广庭则雕梁镂楶，连阁对扩，云气图而珍灵集矣。阳台阴基，砥平飙临，足习步顿以升降矣。所谓清庙肃以微微，弥万祀而无衰者，于体制不尤崇闳欤已。而绅耆等征记于笏，询之则同年学博冯廷赓。丁未（1787年）秉铎斯邑，仰见栋宇微欹，朱漆剥落，即蹶然谋所以重新者，于是商之邑宰张兆星诹及绅士张应鹏、黄元中等，各欢欣踊跃，共襄盛举。后邑宰马履中、龚巽继之，用观厥成焉。是役也，经始于已酉（1789年）夏五月，告竣于辛亥（1791年）秋七月，计木工七千有奇，石工六千有奇，油灰筲瓦他物称是，共縻金钱二千余贯。其间之不避寒暑，不辞劳瘁者，则耆民邹正鹏及世璋之元孙纯修。经纪大纲，厥功尤多，而官文广程九皋亦区画不遗琐屑。三载以来，时和年丰民气安恬殆，亦有默相焉者矣。笏观前代，明圣当干戈甫定，草莱初辟靡不右文，劝学推崇师表，以为天下后世法，又况躬际。隆平沐浴膏泽其竭诚，敬而祀春秋者，当更何如乎？苟必俟邃宇隳颓始图兴复，则力劳而费愈巨。今官司之倡率，如彼士民之趋赴，如此，此可见。人情乐学之心大抵同。然而茂美易成之材，必有兴教化相深者抑？闻已酉岁（1789年），庙貌方新，是科蜚声乐榜者三人。呜乎，天人相感之理，不其然欤？笏故从伸民之请毕书巅末以告夫，凡为圣人之徒者。

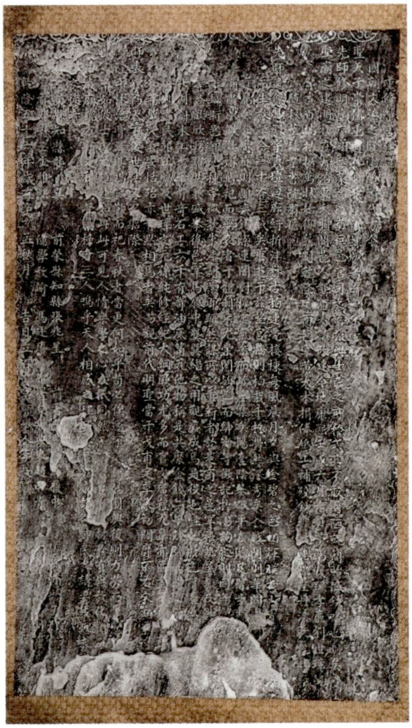

重修学宫碑记（拓片）

荣县知县龚巽

贡井县丞金维熙

前荣县知县张兆星

儒学教谕冯廷赓

前署荣县□□履中

署荣县典史赵□青

乾隆五十六年（1791年）岁在辛丑孟秋月吉日立石

富顺举人李长笏

【按　语】

学宫，又名辟雍，总的来讲是学习的地方，也就是我们现在所讲的学校。“学宫”一词在西周时期已经出现，是周天子设立的大学，专门教授国子和贵族子弟的场所。见明陈继儒《大司马节寰袁公家庙记》：“讣闻，上遣官视葬，有司陈祭（袁可立），博士弟子员乡三老俎豆之于学宫之旁。”但是孔庙建制后，学宫意思的使用发生了转变，开始泛指官学，即历代王朝的地方官办学校，尤其指明清之际府、州、县的地方官办学校，并且官学与地方孔庙共同组成了一个特殊的建筑群类型——庙学建筑，孔庙成为学校的信仰中心，学校成为孔庙的存在依据，这种二合为一的庙学亦称文庙。

荣县学宫，历史悠久，依附文庙，庙兴则宫兴，庙衰则宫衰。历史上几经兴建、修葺，重建、培修。此碑记述了乾隆五十六年（1791年），由荣县知县龚巽主持的一次对学宫的重修经过。碑文作者是富顺举人孝廉李长笏，石碑原立文庙，现嵌于荣州碑园。碑高1.9米，宽0.9米。

功果不昧碑

【原　文】

功果不昧

立施白人吴元松、杞，今因居住窎远，难以管业，请凭族正，将自己项下大佛崖右边荒土同心施入，大佛寺住持僧隆辉管业，以作历年焚献资费。其土自施出之后，任意住持输纳管业，吴元松、吴元杞子孙永远培修，增福无量，恐后无凭，立碑垂记。祈保人兴财发，家门清畅，诸般等事总降吉祥。

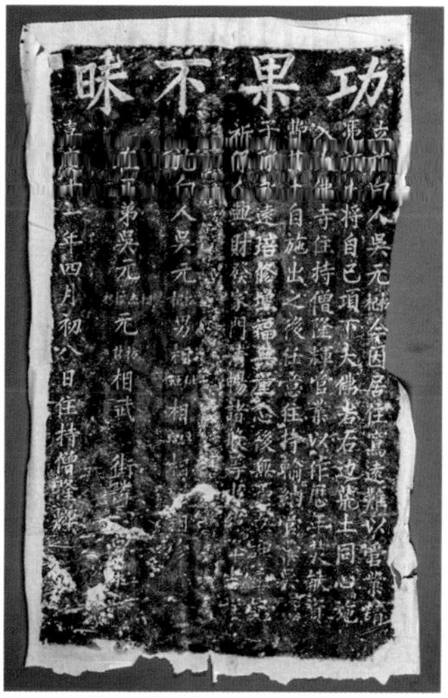

功果不昧碑（拓片）

施白人吴元松、杞，男相玑、瑶、瑠、瑥、□、□、珍。

在正弟吴元相、杰、棚、梁、枋、材、相武，街邻曾永济。

嘉庆十一年四月初八日　住持僧隆辉

【按　语】

此碑高1.1米，宽0.6米。1984年在荣县电瓷厂（罗汉洞内）发现，现为荣县文管所收藏。

新建考棚碑记碑

【原　文】

新建考棚碑记

人生未历之境，处之安与不安者，恒不一而足苟无所感触于当前，要未能一一曲筹之，而先事经营也。余束发应童子试，邑故为楚南巨区，诸营建较他邑特备汇试处制。虽减于学政试院而宏厂，有过之无不及也。应试者约二三千数，鱼鱼雅雅，群然无燥湿之虞。予亦滥竽其间，觉处之宽，适如窗下。以为汇试处，固尽如是也。稍长举于乡，率恣游于燕赵秦豫间，则已有不尽如是者。乙卯捧檄来川历，代庖汉州、仁寿、三台、新都、内江等邑，偶值岁科试或扃之于官衙，或集之于萧寺类，皆露处其史，炎蒸风雨，各听其时之适值而已。忆曩日□□，所谓宽适如窗下，而身受之者，斯境渺不可得，心怦怦焉，而未能即有以处之也。壬戌授兹邑试士，则于城北万寿寺，其露处与向之代庖诸邑等，心益怦怦焉。虽未能即有以处之，而不得不急谋，有以处之也。会补修文庙及文昌宫，邑人士争事捐输，因仰圣人之馀资，以为覆庇圣人之徒之用，亦守土者之责也，岂仅以身受之而安者安斯人已乎。堋在文昌宫侧，左右各九间、官厅三间、龙门坊一座，坐号一千二百有奇。

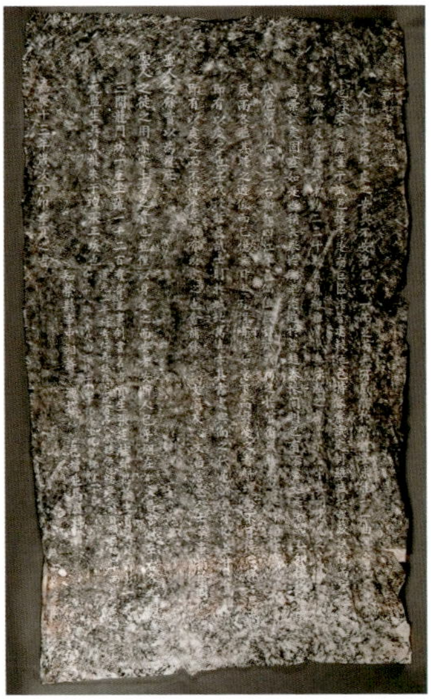

新建考棚碑记碑（拓片）

董事例书名者：贡生张廷桂、邱思诠；生员龚庭肃、彭一元、吴兆元；监生吴汉祺、朱于渲、张正瑗也。

道光二年（1822年）科考，仁寿县蒋宗瑞冒名入荣县学经儒学□□□□，银四十两，增修□□□□，各三十八张，又膏火内拨钱二十四千，添修尘号桌凳各二十张。

知荣县事中湘许源撰

邑增生马应祥书

嘉庆十三年（1808年）岁次丁卯季夏之吉

【校　语】

《四川省荣县志》卷二十九《文物古迹景胜》载：此碑“记在凤鸣山建考棚之事。现立师范校内。”据荣县知情人士讲，后因荣县中学（师范并入荣中）扩建，碑即不知去向了，极有可能已毁。现据拓片及嘉庆本《荣县志》录存，拓片下端文字模糊不清者，以县志补录。是碑刻石于嘉庆十三年（1808年）。作者许源，字汇泉，湖南湘潭人，乾隆甲午（1774年）举人。嘉庆年间任荣县知县，纂修《荣县志》。民国本《荣县志》称其“喜为文”，赵熙有诗赞曰：“好古何人到许源。”

杨泗岩摩崖碑记（一）

【原　文】

书云

文昌修桥□路为圣，万古如斯，是知为善最乐，信不诬矣。荣城北郊外，名曰杨泗岩。虽非巍峨貌，庙亦系历古有像焉。至今有求即应，有感则灵。见此崎岖旧径毁颓，故目击心悲，心欲为而力不足。订簿募化乐善锱铢，同结修补。兹此工成告竣，勒名于石，以志万世不朽云。

首人邹荣魁出钱五百文。

邹五德出梯木栏杆。

邹正联、邹怀仁、邹昌杰、邹昌佺、邹昌贵、王立富各出钱乙百贰。

邹荣琥、邹荣琏各出钱乙百文。

许金祯八十文。

邹昌仁、姜正湖、李文楷、马文琮、黄应中、姜洪贵各出钱六十文。

黄信常罄乙口。

邹荣珑、许大盛各出五十文。

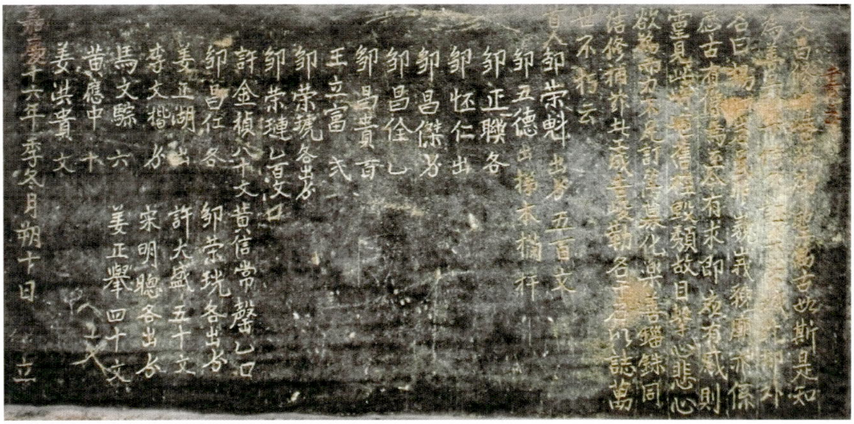

杨泗岩摩崖碑记——嘉庆十六年（1811年）

宋明聪、姜正举各出钱四十文。

嘉庆十六年（1811年）季冬月朔十日立

【按　语】

杨泗岩摩崖碑记位于荣县铁厂镇山王村9组，坐东南向西北。目前发现4处崖刻，凿刻于清代嘉庆至光绪年间，间隔时间为68年。在仅4.3平方米的分布面积范围之内有多达4处崖刻，在荣县是绝无仅有的。杨泗岩摩崖碑记对研究荣县清代中晚期的民俗、经济等社会状况，以及荣县邹氏家族繁衍生息提供了重要的实物资料。

杨泗岩地处高石梯后山悬崖绝壁，其得名于断崖上的杨泗将军塑像。明清时期，乡民在崖上凿洞建庙，“焚香祝献”供奉杨泗将军，以求“永保安康”。杨泗，为民间信奉的保护神，原型为北宋著名抗金将军杨从仪。其两大业绩：一为率部抗金，与金对峙40余年，保住了南宋的半壁江山；二为兴修水利，扩大流量，灌溉农田约13.33平方千米，百姓得惠。因其排行在四，人称杨四。将军病逝后，因为他治水泽民，人们便在“四”字左旁加了三点水，敬称杨泗，其祭庙便作杨泗庙。

杨泗岩摩崖碑记之一，长0.42米，宽0.8米，由两部分组成：碑文和捐资出物者名录。杨泗岩山势巍峨，很早就凿刻有杨泗将军像，求验者很多，可上山必经的“崎岖旧径毁颓”。于是，邹荣魁倡议募化锱铢，整治山径。工程竣工，勒石以志不朽。崖刻上清晰记载了捐资出物人的姓名，多则500文，少也有40文。还有出“梯木栏杆”、罄器的。刻碑时间为嘉庆十六年（1811年）。

杨泗岩摩崖碑记（二）

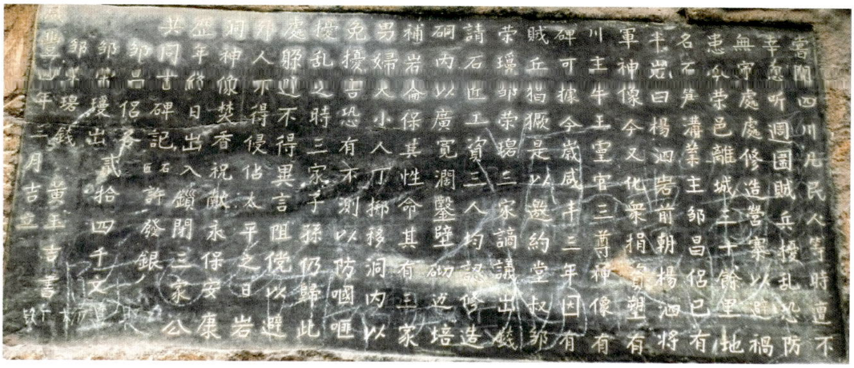

杨泗岩摩崖碑记——咸丰四年（1854年）

【原　文】

尝闻四川凡民人等时遭不幸，忽听周围贼兵扰乱，恐防无宁，处处修造营寨，以避祸患。今荣邑离城三十余里，地名石笋沟，业主邹昌侣，已有半岩，曰杨泗岩，前朝杨泗将军神像。今又化众捐资，塑有川主、牛王、灵官三尊神像，有碑可据。今岁咸丰三年（1853年），因有贼兵猖獗，是以邀约堂叔邹荣琼、邹荣碧三家商议，出钱请石匠，工资三人均认。修造硐内以广宽阔，凿壁砌边，培补岩仑，保其性命。其有三家男妇大小人丁，挪移硐内，以免扰害，恐有不测。以防唓嘓扰乱之时，三家子孙仍归此处躲避，不得异言阻侥。以避外人，不得侵占。太平之日，岩洞神像焚香祝献，永保安康。历年终日，出入锁闭，三家公共同书碑记。

石匠：许发银。

邹昌侣、邹荣琼、邹荣碧各出钱贰拾四千文。

黄玉吉书

咸丰四年三月吉立

【按　语】

杨泗岩摩崖碑记之二，长0.6米，宽1.1米。碑文清晰，保存完好。当时的杨泗岩上不仅有过去所刻杨泗将军神像，还塑有川主、牛王、灵官三尊神像。咸丰三年（1853年），杨泗岩业主邹昌侣邀约堂叔邹荣琼、邹荣碧，三家共同商议出资请石匠拓修崖上硐室，“凿壁砌边，培补岩仓”，其目的就是防御贼兵侵扰，并把三家老少人丁统统迁入洞内。现存洞穴四室。所有费用三家均担，各出2.4万文钱。刻碑时间为咸丰四年（1854年），由黄玉吉书碑，石匠许发银镌刻。

杨泗岩摩崖碑记（三）

【原　文】

天灯会碑记

（正文全为捐赠人姓名和捐赠数量，从略）

石匠：许文广。

黄鹄山书

大清同治十二年（1873年）癸酉岁孟春月中浣　吉旦立

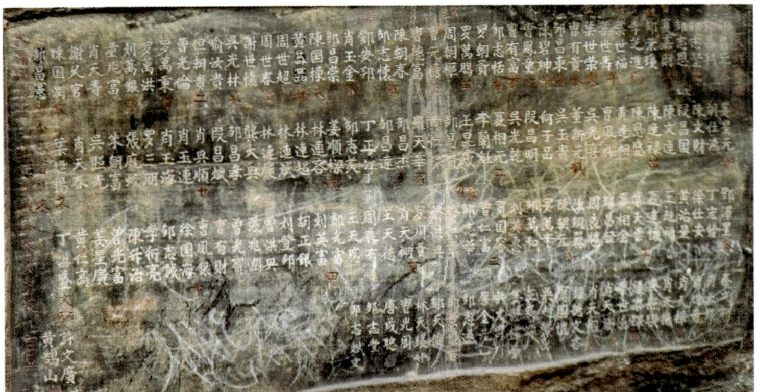

杨泗岩摩崖碑记——同治十二年（1873年）

【按　语】

杨泗岩摩崖碑记之三，为天灯会碑记，长0.7米，宽1.2米。据碑记载，当时天灯会就有151人捐资，可谓盛况空前，捐资最多1000文，最少也有120文。乡民立杆点天灯的残痕至今犹在。每年正月，杨泗岩上张灯结彩，36盏天灯昼夜不熄，燃灯一个月。可以想象，在长两百多米，宽仅三四米的狭长的绝壁上，天灯一亮，何其壮观。整座碑无碑文，全录捐资者姓名和金额，并加冠“天灯会碑记”为题，简明无缛文。说明当时太平盛世，人们生活富足。刻碑时间为同治十二年（1873年），由黄鹄山书碑，石匠许文广镌刻。

杨泗岩摩崖碑记（四）

杨泗岩摩崖碑记——光绪五年（1879年）

【原　文】

尝思会上之事甚多，难以经管，神本铜钱，放借收利，点灯更难，众会商议，置业收租，点灯可以悠久。天灯会神本亦少，买业不宽，邀约牛王会首士，同买邹姓倒马坎双河口田土房屋一股，随载清流乡条粮四分正，买价铜钱□百五十六串。每年收租点灯，用费不敷，一概有牛王会上利钱支消。故以勒石刊碑，永垂万古不朽云尔，以是为序。

立契割税清界费用钱贰十七千六百三十八文，谢中酒食费用共去钱叁千五百文。

天灯会总首：邹志莹、邹志恩。

牛王会首人：夏相洪、邹昌科。

值年首士：姜顺梁、邹志思、夏嘉财、吴照光。

石匠：许洪顺。

黄三品书

光绪五年（1879年）岁次己卯新正中浣　吉旦立

【**按　语**】

杨泗岩摩崖碑记之四，长1.1米，宽0.8米。为天灯会及牛王会首人关于“置业收租”事项的记载。仅隔6年，天灯庙衰落，无钱点天灯。天灯会总首邀约牛王会首人商议，共同购买邹姓田土房产，用去铜钱156串，用以出租收利。每年收租不够时，由牛王会负责支消。刻碑时间为光绪五年（1879年），由黄三品书碑，石匠许洪顺刊刻。

除碑记之一外，另三通摩崖石刻载有书碑及刊刻人姓名。书碑人均姓黄，分别是黄玉吉、黄鹄山、黄三品；刊刻人均姓许，分别是许发银、许文广、许洪顺。明显地呈现出家族亲缘关系，他们之间或是父子，或是弟兄，或是一种偶然，尚有待进一步发掘研究。

大佛寺名垂万古碑

【**原　文**】

名垂万古

今夫已然者，可必未然者，难期天下事。其大较也至功德之举，其弊尤甚，如余等。道光十年（1830年），因店房倒坏，重修一向四间，招佃收租，时有亏欠。起做钱会一局，每年收租上会，所以每年灯油及住持養廉拨灯等费，概难加增。今道光十九年（1839年）十月十二日，经会内人等算明钱会已经上满庙内应供。佛神益多，琉璃香灯因之亦广，余等以神在必供，功德乃云无量。爰为集众妥议，将上年余钱退还店客稳租钱三十千文，犹有稳租钱四十千文。每年收店上干租钱四十千文，以后庙内历年买灯油四百斤、住持養廉拨灯钱拾贰千文。永定规款至收租之日。住持协同值年首士买明灯油及住持養廉拨灯钱文一，

大佛寺名垂万古碑

并如数交与住持，彼此不得私行自收。每年二月十九、四月初八、八月二十二，三次庆祝斋茶纸烛会上出钱，住持办理等费。除应用外，有余钱仍交住持存庙，无有利息，以作日后培修店房之需，或作修补本庙功德。量入为出，座前灯光之长明不没而功德永垂万古。为此重刻永定规模，是记。

道光十九年（1839年）十月十二日

正直无私

起会首士及会中人等公议同立

【按　语】

大佛寺名垂万古碑，现嵌于大佛寺内白云深处摩崖石刻右侧壁上，碑高1.6米，宽0.72米。刻石于道光十九年（1839年）。

此碑为研究清代大佛寺内部管理（住持養廉、香灯纸烛）、寺产招佃收租等情况，提供了第一手资料。

老灯碑记

【原　文】

永垂万古

是地也，崇山峻岭，峭壁悬崖。前贤凿险成道，镌石为寺。建设天灯一树，创置地土二处，租作燃灯支用。顾因是灯梢短，复设新灯一株。□来燃点新灯，仅将老灯冷落。前首欧公经送观音岩，彼处亦接点数年，仍归是地，每遇上元独燃一盏。廿八年春，余司理庙事，则见老灯寥落，不若新灯璨美，兴感之情油然而生。于是，力劝众金五拾余千，除治席修置外，余剩钱三拾钏零，放借生息，永作此灯之费。是年，经造灯屋五间，虽未助金，但所用木料，尽系此灯。□化异日，毋得分别彼

老灯碑记（拓片）

此。兹叨众□功成，谨将各姓鸿名刊刻于石，永垂不朽云耳，是序。

（以下为捐资捐物人姓名及所捐情况，略）

杨华川撰书

道光二十九年（1849年）孟春月吉旦

朱□星镌

【按　语】

老灯碑记，原在荣县东兴镇，今已移入大佛寺内，为县文管所收藏。此碑乃燃灯功德碑，碑上端横镌“永垂万古”四字，刻碑时间为道光二十九年（1849年）。碑高1.1米，宽0.58米，厚0.09米。

重建梵刹碑

【原　文】

重建梵刹

旭阳东郊大佛岩，自唐时朝历五代，古刹之寸木片瓦查无一存。

至嘉庆年间，许主倡修，迨后宫、赵、吕、马、李各主先后培翌，诸佛各有殿宇。即缁徒所处，斋有堂、禅有室、卧有寮、库有房、香积有厨。而燃灯殿独历十有余年而始成者，何也？盖正殿之下，地既褊小，势复陡峻。当时修建因其地势增筑殿基，土木之工费金无算，再历寒暑，功始告竣。不意道光十八年（1838年），积旬淋雨，去佛数武，基址折裂，延邪数丈。幸佛力广大，阴为阿护，未即栋折榱崩而颠仆欹斜，前功尽弃，非得大力者襄之未为改造也。至二十一年（1841年），邑侯克发欢喜心，且勇猛力，首捐俸金四百以为倡。而邑之人士亦相继乐输，为数多

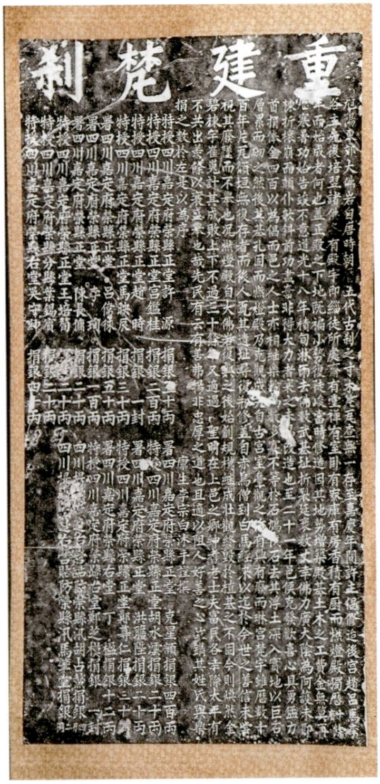

重建梵刹碑（拓片）

寡不等，于石鸠伐石，去其浮土，深入实地，以巨石层累而砌之，然后其基孔固。而燃灯殿乃克观成。实自古宫室台观之作，有兴有废，而琳宫梵宇虽历数十百年，片瓦颓垣无复存者，而后人觅其遗址寻复创修。盖自赤乌僧到白马经来，以迄于今世之善信，未尝视其废坠而不举也。况燃灯殿自大佛岩复兴之后，始创规模，继成壮观，终毁于植基之不固。今则焕然金碧，栋宇崔嵬，计其成败上下不过三十余年。又适遇圣明在上，邑之乡绅耆老士大富民各幸际太平，有不共出羡余，以襄盛举也哉。先民有云"有善弗扬，非忠厚之道也"，且适以阻人好善之心。故镌其姓氏与乐捐之数于左，是以为序。

廪生李宗白沐手谨撰

（以下捐银者姓名，略）

【按　语】

重建梵刹碑碑高1.85米，宽0.9米，厚0.1米，现为荣县文管所收藏于荣州碑园。

碑文略述荣县大佛所在的寺庙"自唐时朝历五代，古刹之寸木片瓦查无一存"的概况，详细记载了清嘉庆至咸丰初年约半个世纪大佛寺的建修情况。从碑文中不仅可以了解大佛寺过去的修建情况，而且对以后维修大佛庙宇具有较高的参考价值。

碑文后详录清嘉庆七年（1802年）至咸丰初年18位捐资人职衔、姓名及捐资数额，为了解当时荣县上层人士社会、经济状况提供了丰富信息。

锁江桥碑记碑

【原　文】

邑之南二里许，两山对拱，若门户然。山角有石，亘江而渡。凡东北两溪之水，至此一锁。今江石旧迹不可复睹，而岩势耸峭，俯瞰江流亦奇观也。吾师东岩书"锁江"二字，大气盘郁，出入类颜柳，直当与此山并寿。

咸丰丙辰冬日佑卿曾省三谨跋

锁江桥碑记碑（拓片）

【按　语】

锁江桥碑2座，刻碑于咸丰六年（1856年），原立于城南锁江桥左侧，后毁。据拓片重刻石碑，现陈列于荣州碑园。其重刻碑之一高1.69米，宽0.93米；之二高1.61米，宽0.83米。其拓片长1.6米，宽1.6米。字为行楷，字径0.15米左右，10行，满行10字，凡93字。字迹遒健有力，有较高的书法价值。

曾省三，字佑卿，荣县双石乡人。咸丰二年（1852年）进士，曾以翰林院庶吉士任兵部主事。41岁时卒于江西省城。

重修讲教洞记碑

【原　文】

重修讲教洞记

荣邑北门外二里许，双溪夹流上有石阁即讲教洞，为宋王庠、王序读书处。石壁残碑半□，笔意类坡公。庠为公侄壻，其文行数见称许，碑即公书屯可知也。乾隆中叶，乡人塑川主牛王大士像杂其中。岁时祭，赛寝不知所以。讲教名洞之□，而文人墨客亦罕有过而凭吊焉者，徒使名贤古迹埋没于荒湮蔓草、去马来牛中，甚可叹也。岁丙寅，京江国平达邑侯，适宰是邦，百废具举。暇日偕司铎鲁卿苏君徘徊斯洞，恻然久之。邑绅詹□□□请宜迁客像，别□补□竹□，以成雅观。吾师东岩先生亦主此议，县尉谈君蕙生捐钱百□，张玉轩司马、龚哲□孝廉董其事。既成，属省记之。

按邑志载，张商英为王潜夫表云："潜夫以非罪失官，卒于里。"夫人向□停柩在堂，执庠、序二子手，泣曰："汝曹不能有所成以白父冤、复父官，誓不葬此柩也。"于是贞静专居，择名师教授二子。庠就试八行全□为天下第一，谓弟序曰："吾弗隐，谁奉吾母；汝弗仕，谁光前志。"诏旌庠为廉逊处士。序以异材，官徽猷阁学士。赠潜夫奉直大夫。二子泣请于母曰："今复父官有加矣，可葬乎？"夫人诺之，未

重修讲教洞记碑（拓片）

几亦卒，遂附葬夫。向氏真能教子，庠、序真能克家，洞之传也宜也。人谁无子，亦谁不望子之显荣？顾以慈爱之心，隐忍□继，如树木不然，听其自倾自折，自荣自枯，而扶持培养之力罕有闻焉。子弟虽美质，□由作其气，而□其往□□。向氏当日鉴，潜夫之得罪，谓书不必读，又或谓家□不能具，修脯□□，但期识字而已，何必择师再，不然朝暮□养不绝。王氏后，亦必无议其非者，顾乃专壹迫切。如越王勾践之卧薪尝胆，如楚人之破釜沉舟。期于事之必济，使千载下叹想母仪于颜仉陶欧外别深……

【按　语】

讲教洞，北宋名士王庠、王序兄弟读书处。位于今双溪水库景区内，其遗洞尚存，洞外依稀可辨有“宋王庠王序读书处”七个题字，洞内有多处摩崖碑刻痕迹，可惜文字已遭损毁。据民国《荣县志》记载，宋徽宗宣和五年（1123年），即有讲教洞碑，内容是记是年荣州刺史任从简等人到城北双溪拜谒王庠之事。此碑亦称地仙洞残碑。

清代重修讲教洞，勒石成碑，今碑亦毁无存，幸有其拓片为荣县文管所收藏。拓片长0.49米，宽1.27米。从拓片行文看，并非完整的碑记，极有可能是碑记结尾及落款部分已佚存了。所幸碑文中有“岁丙寅……既成，属省记之”语，故推定此碑记作者为曾省三，勒石时间为同治五年（1866年）。曾省三，生卒年不详，字佑卿，荣县双石人。咸丰二年（1852年）进士，翰林院庶吉士任兵部主事。后母丧，回荣县，县事必尽力维持，孝满3年，41岁时卒于江西省城。

川主胜会碑

【原　文】

川主胜会

尝思莫为之前，虽美不彰；莫为之后，虽盛弗□。我等早年同黄恒丰等数十家，在西郊外古佛宝刹新兴川主胜会。督捐□本放息。屡年六月二十四日圣诞庆祝，治席报答神恩。因恒丰□放神本藉吞，废驰数载，神会未办，我等目击心伤。经在会首邹祯詹大斡，李载填呈佺，谢主集讯断已故。恒丰之子黄诚斋凭五省客保，澈底清算。实该神本钱二百七十串，从宽未□押。令诚斋缴钱九十串，以三十串作为讼费，以六十串仍作神本钱。新兴更殷，实妥接办会事，□□香灯绵远，庆祝□存钱，□□□才□□□全缴，□□□载□□勒石刊。望后来之使□首上□□□，恒丰为戒。谨序。

(以下名录，略)

同治九年（1870年）七月望日吉旦立

□廷喜刻

【按　语】

此碑勒石于清同治九年（1870年）。川主庙及立石缘由、撰书者不详，待考。

川主胜会碑

学田章程碑

【原　文】

学田章程

请刊章程碑禀（十八年所禀）：

具禀：学田局士李森、尹光宗、蓝鑫、龙淮森，为学田章程禀请刊碑事情。邑中寒畯甚多，蒙恩叠禀各大宪先后劝捐，税底抽取闵厘，兴设学田。现在开办两考，已有成效，士林欢忭，感激难名。今春，生等面请□恩廉赐序，虽经刊印小本，当未泐石。佥云：“此碑不树，恐年湮日远，必等杞宋无征。”因拟刻监于考棚龙门两侧，庶垂诸久远，大众咸知，沾感无既。为此，禀恳作主，上叩。

县正堂唐批准如禀刊碑，俾垂久远。诸生于认派保谢仪一疑现据廪生熊焕龙等禀，分上中下三□等致谢，核定钱数批明并着查照刊办。

计　开

一.县学岁试取文武生共贰拾肆名，科试取文生拾贰名，合计叁年两考共取文武生三十六名。每名公议备送学师修贽院费，一切公费九八平色，银共肆拾贰两。除每名提院费公费银十两，俟学宪按临场取定名数备缴外，所有修赀银叁年共计银壹千壹百五拾贰两。每月摊派，由局备送学师九八平色银叁拾贰两，润月照给叁拾贰两。壬辰冬奉札经绅粮蓝瑾章等禀准□□札卷可查，钱按程酌给。

学田章程碑

一.县、府学出恩贡，由局缴上费银拾两。出岁贡由局缴上费银玖两。自备学师印红钱贰千文，学攒纸笔钱壹千文，学斗催传口食钱按程酌给。

一.岁科两试，县、府取进文武新生认号时赀见，每名上户送钱肆千文；中户送贰千文；下户自送钱壹千文；老生赀见送红封钱壹百文。

一.县、府上届文武新生，如遇岁、科试，纳卷或□□起文，自备转案钱肆千陆百文；寒士减半。嗣后祇照章给钱肆百文。

一.县、府帮增每名自备学师增费钱壹千文，给学攒纸笔钱壹千文，催传口食钱按程酌给。

一.县、府复廪每名自给学署钱壹千文，有复增者自给钱肆百文。

一.县、府学举优考上，每名自备学攒纸笔钱贰千文。

一.县、府报丁起复，每名每次自备学署钱肆百文。

一.县、府欠考、补考，每名每次自备学署钱肆百文。

一.县、府文武生援例出学，每名自备学署钱贰千文。

一.县、府学选拔取上，每名自备学攒纸笔钱贰千文。

一.县、府学拔场纳卷，乙酉科奉学宪牌示，叁场每名共给银贰两。以后如有增减照牌示办理。

一.县、府学新取拔贡、优贡出学，每名自备学师赀见印红银肆两。

一.府试学师奉调赴郡监场，帮给夫马钱拾贰千文；调办乡试遣才赴省，帮给夫马钱拾陆千文。必见调办札文，方准给发。

一.学师向当县城凤鸣、桂林两书院岁支薪水钱捌拾千文。

一.县、府院试廪生出押，向有定章，兹照旧。县试文武童每名自备送钱壹百文。府试认保，文童每名自备送钱壹百文；武童每名自备送钱贰百肆拾文；派保，社仓局给有路费，均免送。院试，文童认派保每名各备送钱壹百文；武童认保每名自备送钱叁百贰拾文、派保每名自备送钱贰百肆拾文。

一.廪生县、府试送考辛苦，所有科岁两试取进文武新生，上户谢保师钱捌串、中户五串、下户叁串；派保减半。

钟德铭　谨书

光绪拾玖年（1893年）拾贰月上浣　立

【按　语】

学田章程碑立于清光绪十九年（1893年），共三块，每块高1.65米，宽0.8米。各13行，满行39字，楷书。主要内容由碑序和章程组成，章程共17款。1982年在凤鸣山发现，碑现藏荣州碑园。

学田制是指我国封建教育史上，由国家拨给或者学校自行购置一定数量的土地，作为学校的固定资产，学校将这些土地租佃给附近的农民耕种，从而收获粮食和租金用作赡学的经费的一种制度。学田制为地方教育发展奠定了基础；在很大程度上保障了中下层社会成员接受教育的权利，加强了科举和教育平民化的倾向；确立了我国封建社会教育经费制度的基本形式。

学田章程碑记载了荣县学田的资金来源、教师薪俸、学生配额等，是研究清代科举制度不可多得的实物资料。

征粮章程碑

【原　文】

征粮章程

一.每粮一两，无闰之年，其火耗加平加色一切，纳市平粮一两四钱五分。闰加银五分，每两完纳市平粮一两五钱。

一.每粮一钱，无闰之年，完纳市平银一钱四分五厘，闰完纳市平银一钱五分。每正粮一分者，以此类推。

一.每粮一柱合算，共计完纳正粮几两几钱几厘者，准津贴章程，以数毫升作一分合算，倘一柱只有正粮一厘及数厘者，准以制钱完纳。每厘正粮完纳制钱三文。如至一分者，不得以此推算。

一.每票取票钱十二文，大小粮户同之，不得多少。

一.邑中适用九八市平，其库平大小，每多争论。今仿捐输津贴章程，用局内法码，较准平允，倘有异同，准其房书赴局较核。

一.粮户有以制钱完纳者，仿津贴局牌定时价以银价之涨落为增减，随时变更。

征粮章程碑

一.开征后，每日辰时，在大堂设柜征收，申初方撤。执事不得擅离，令粮户稽延守候。

【按　语】

征粮章程碑，清光绪二年（1876年）以铁铸造，故又称铁碑。铁碑原立城隍庙正殿西庑，今已佚。

1993年，荣县文管所据民国版《荣县志》辑出全文，重刊勒石成碑。碑文共7条，约300字。重刊石碑在原征粮章程之后，勒有县文管所跋文，叙铁碑始末，现录如下：“清嘉庆以来，荣县人纳赋，胥吏‘浮收滥算为天职，数分一钱算缗数千’，县人深受其害。从嘉庆至光绪初年，县人余占先、王开文、刘春棠等先后揭露弊端，或被拘禁下狱，或颠沛辗转进京上告。经户部交四川按察使司判决，颁布征粮章程。荣人将章程铸成铁碑，立于城隍庙，使天地鬼神共鉴。‘虽有不肖绅民勾结胥吏，多方谋匿是碑，终有畏惮焉。’铁碑不知佚于何时。清末翰林县人赵熙在《荣县志》中说：‘荣金石又以光绪朝铁碑为重。’今据县志辑出全文刊刻。荣县文管所谨跋，一九九三年五月立。”

武考条规碑

【原　文】

谨将武考条规是以为序

尝思朝廷设科取士，何等贵重。诚以工国干城，由此其选也！故于进取之初，例禁刑、丧、杂、冒、枪手、歧考。□严而欲杜其弊源，要在责成教习。教习得人，则弊无由起。吾荣自道光年间，每多外籍武生及武监、武举滥□习，致有枪冒等弊。兵房无从稽查，坚推不办。沐胡主讯断，每值岁试，分县、府、院三班办理。并议公柜，银钱收支务由本籍武生专司其责，此外不得插入送考，立有旧案。同治初年，弊端渐起，互控不休。适学宪张饬□：“武生及武监、武弁、武举、武进士已给衣顶者，概不准填作教习送考。”继经武生王士龙等呈请，学宪谭□□所呈甚属妥协，委饬提调□府宪唐札仰，荣县据呈立案，复具禀县主吴兴、荣师李均蒙批准如禀□□，勒石以垂久远。伏愿凡我同人□□成规，务期清源塞流，则积弊可除，而场规以肃。此举之有关于阖邑□□。

钦　命

（以下略去批札及勒饬）

兹将县、府、院三式条规开列于左：

一.值岁试之年，无论县、府、院，凡武童、武监、武举、武进士与给衣顶外籍武生，不准填作教习送考，以杜刑、丧、杂、冒，并访查枪手、歧考等弊。

一.岁试各棚教习务于前十日，将所教武童□逐一开名，送入兵房书阄。于前五日约众教习齐在武圣庙拈定。三班分办，县、府、院三试以专责成，始嘱诸童□造册。如有掉

武考条规碑

阄者，务须本童协同教习亲向兵房说明改册，以免前后错乱。至于银钱重件亦当照前议。管公柜人至场毕后，凭众算明，交办府试经管公柜人等，以免挪移等弊。

一.送府试业，经议：有办理之人至管公柜者，试毕后凭众算明，交与府试经管人等。

一.送院试已于县试时议明，教习办理。至管公柜者须试毕时凭众算明，照前归款，以免积久争吞。

一.无论县、府、院三试，均不准刑、丧、杂、冒、枪手、歧考。倘有此情，惟该教习是问。如若教习同隐匿，经查出或被告发以后，不准送考。

一.无论县、府、院三试，一童不得更改数名入场朦考，否则惟该教习与认保是问。

一.县、府、院三试一切用费均照前规支销，不得籍公滥费。如违查出指名禀究。至于纳卷算数仍教习经手，诸童不得沾染肆闹。

以上各条均照前禀明官长，倘有横霸不遵者，许教习指名禀究，以期久而肃场规。

（以下省去主持、经办、石匠和撰书人姓名）

光绪三年（1877年）孟冬月吉立

【按　语】

荣县自清道光以后，武考中弊端甚多，诸如刑、丧、杂、冒、枪手、歧考，经费不公、贪污严重、本地武生和外籍武生互控不休。官司从县到府到省，最后由四川学政大臣出面解决，拟定条规若干，准予立案，并“勒石以垂久远”。

此碑于1982年在凤鸣山（今荣县中学内）发现，现嵌于荣州碑园。碑刊于清光绪三年（1877年），高1.42米，宽0.85米。碑文内容分四个部分：一是碑序，二是批札及勒饬，三是七条条规规，四是主持、经办、石匠和撰书人姓名及刊碑时间。

武考条规碑可补《荣县志》之缺，是了解荣县科举考试，尤其是武考的重要实物资料。

胡公祠堂记碑

【原　文】

□□□□祠堂记

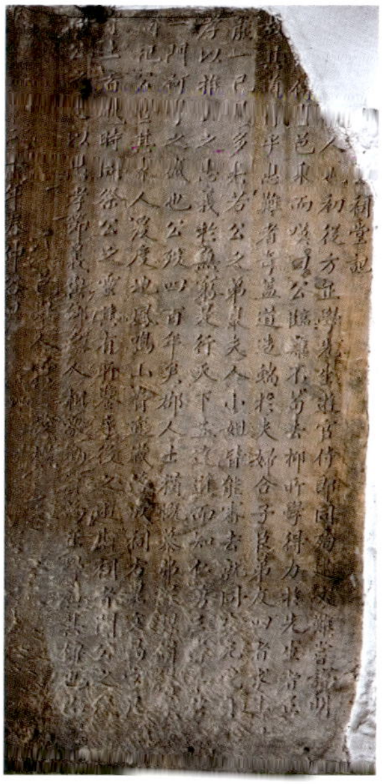

胡公祠堂记碑

□□□□人也。初从方正学先生游，官侍郎，同殉建文难。尝读明□列传置已而，而叹曰：“公临难不苟去，抑所学得力于先生者。正故其道，行乎患难者。奇盖道造端于夫妇，合子、臣、弟、友四者，求其能一已足多矣。若公之弟众、夫人、小姐皆能审去就，同□□，□□孝，以推公之忠义于无穷。是行天下五达道而知仁□？□□□□，一门何学之盛也？”公殁四百年矣，郡人士犹慨慕弗□。□□□□，祠祀公暨其家人。爰度地凤鸣山脊，逾岁落成。祠右昆文昌宫，凡守土者，岁时同祭公之灵，其有所鉴乎！后之游斯祠者闻公之□，□公之志，以忠孝节义兴□□人相激□。□为止学□其传也已。

邑举人黄茂撰

光绪二十年（1894年）春仲榖旦

【按　语】

胡公祠，原址在荣县曹家街，初名耿忠祠，后改名崇仁祠。清乾隆时，迁祠于文庙明伦堂。光绪时，迁建新祠于凤鸣山钟鼓楼侧，俗称胡公祠。今祠毁。胡公祠堂记碑，刻石于光绪二十年（1894年），碑现存于荣州碑园。碑高1.9米，宽0.85米，碑上端右角有缺失。

碑文撰者黄茂，名书年，晚清举人、孝廉。

胡子昭（1362—1402年），字仲常，初名志高。荣县东川沟（今东兴镇）人。靖难时追随老师方孝孺遇难。胡子昭平反昭雪后，许多达官显贵，墨客骚人前往东川沟凭吊，留下了许多诗词。今东兴镇埂子村山丘上尚可见胡子昭墓碑，上书："兵部左侍郎，敕封明忠臣。"

奎星会碑记

【原　文】

奎星会碑记

奎，西方星也。形若两髀，主文武，是故汉称赦将周，号文昌。宏儒大起桓臣两孛，繇斯致也。易曰："观乎天文，以察时变；观乎人文，以化成天下。"是奎之联于帝王兴起之事、成就之迹，岂鲜也哉。荣之奎阁，二荐绅先生遗嬎焉，而士林忽诸幽宗之祭，弗与夫君子备德求通闻于王臣也。故礼田贤者之祭，必受其福。福者，百顺之名也。方今四海之内，朝廷之哲士□处，武夫熊罴可谓福矣。受其福而弗知所报，毋乃非先主意与？故与同事君子，共贤合志，作成祭祀，尊有功，崇圣谟，繄亦乡饮之心焉，是祭祀之义也。

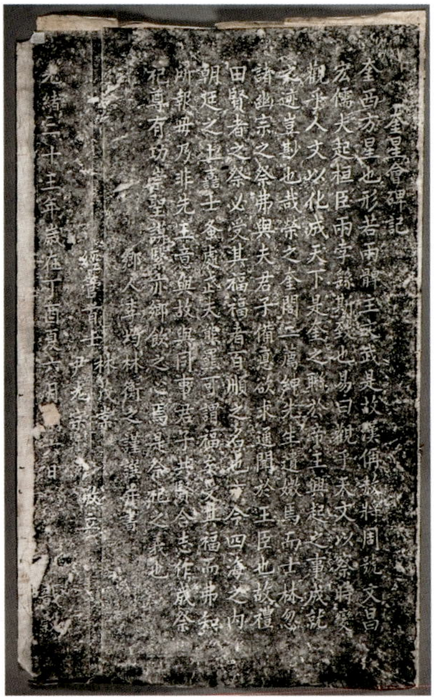

奎星会碑记（拓片）

乡人李均林衡之谨撰并书

经管首士林茂棠、尹光宗敬立

光绪二十三年（1897年）岁在丁酉六月□六日戬谷

【按　语】

奎星，亦作魁星。顾炎武《日知录》："今人所奉魁星，不知始于何年。以奎为文章之府，故立庙祀之。乃不能像奎，而改奎为魁；又不能像魁，而取之字形，为鬼举足而起其斗。"

荣县奎星阁始建于明代万历三十二年（1604年），清代时荣县有两座，一在文庙之东，一在东山之顶。科举时代人们认为祭祀奎星，就能"哲士□处，武夫熊罴"，故建奎星阁。为适时祭祀，地方人士特筹建奎星会，清光绪二十三年（1897年）立奎星会碑。碑高1.58米，宽0.75米。碑为李均林撰文并书丹，经管首士林茂棠、尹光宗敬立。碑现藏荣州碑园。

民国本《荣县志》有《李均林传》，兹录如下：“李均林，字衡之。优贡。官高县训导。均林性耆学，坦直无城府。治许氏书尤勤，肄业尊经书院。时湘潭王壬父都讲，诸士皆秉王氏说，或扬己而卑人，乡之人不乐闻也。均林顾自喜，务祈胜，人有传语必折人，由是大与世忤。久之教官亦落职郁郁弥甚，挟所著五州同文表，游京师，不合；如广东，又不合。愤曰：‘世竟无一通人耶？’宣统三年，客死上海。逾岁，富顺胡铁华部郎归其丧。”

义和团碑记

【原　文】

义和团碑记

将欲靖地方、弭贼盗、安良善，非保甲不为功，亦非富足不为力。我团自前首置业，始有起色。中遭滇匪军务，稳重息微。迤至光绪丁酉（1897年），经首万彩麟、李戌春以余赀贰百玖拾肆串，买邓姓基业载粮五分，取稳钱壹佰串，岁收租谷肆石贰斗，土租钱贰串。行见积愈厚而势愈振矣！更冀为首者，凡非该团事不准假公挪用，则我辈之幸，亦前人之幸也！复恐团册失遗，因将在团原名并勒贞珉，永垂万古。

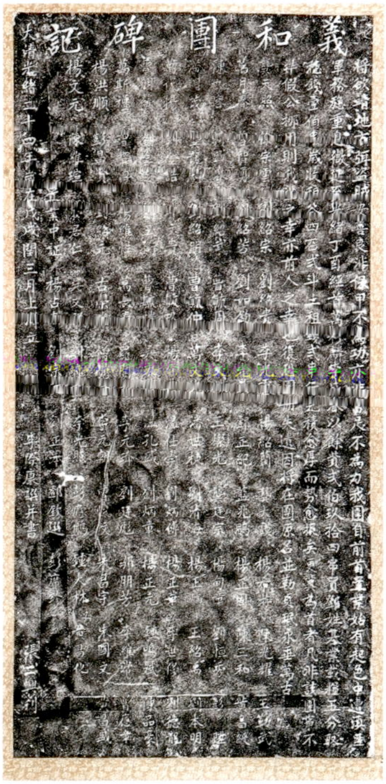

义和团碑记（拓片）

（龚天照等89人姓名略）

置业中证：杨占春、刘宗芝、刘正举、邓钦选、彭席珍。

大清光绪二十四年（1898年）岁在戊戌润三月上浣立

李际康撰并书

张二兴刊

【按　语】

义和团碑记原立于荣县白庙乡（今属贡井区）白庙小学内，1985年9月荣县文物普查时发现，现陈列在荣州碑园。碑高1.45米、宽0.72米、厚0.1米，碑额阴刻“义和团碑记”5字，碑记竖刻，正文从右至左，4行，凡153字。光绪二十四年（1898年）刻碑。碑文后附龚天照、僧觉慧等89人姓名；置业中证人杨占春等5人姓名；立碑时间；碑文撰书刊刻人姓名。

白庙小学，清末为二圣宫（又名关帝庙），光绪三十一年（1905年）改设小学。据该校老年教师说，原先庙内还立有义和团团规碑，“文化大革命”中佚失。

牛王永庆会碑记

【原　文】

牛王永庆会碑记

此会之设由有年矣。自同治九年（1870年），余等三次力劝众将功德一会名曰“永庆”。永庆者，庆祝绵远也。光绪十六年（1890年），置买仁义乡长河坞畔坡宋姓田土全股草房二向。□中□价钱壹佰捌拾伍串，□粮□分二厘。至光绪廿三年（1897年）冬，修□瓦房五间，□□猪圈俱全，并及庆祝治酌□□钱捌拾余串。于是功成告竣，刊碑于石，永垂不朽。伏愿后世追前人置创造修艰难，切不可滥费图肥。庶几神享克诚而庆祝绵远矣。是序。

众议总首二人经管钱簿，值年二人帮办，倘办会由恐年歉首等等，商酌办在□人毋得相争。如有私吞，查出凭众议罚。

牛王永庆会碑记（拓片）

众议捐资在会亡故者，每至会期照名具包，子孙仍然领席，无□者，并无顶替，倘有饮酒牛非，以及无故□□者，凭众议罚。

众议每逢会期前日，只有经理办事，□人在会者临期晨早至庙庆祝领□，不得到□事人齐，至混乱生□，如不遵者，议罚。

（以下同立碑人及刊刻人姓名略）

光绪廿四年（1898年）六月初六日榖旦

【按　语】

牛王，即牛神，乃农耕时代农家敬奉的保护耕牛神，二十八宿中的丑宿星君。祭祀牛王最早可追溯到春秋时代。各地建有牛王庙供奉牛王，我市大安和牛佛两处牛王庙较为有名。

牛王永庆会碑记碑，原在荣县东兴镇，今已移入大佛寺内，为县文管所收藏。此碑记录了东兴牛王永庆会于光绪年间的一次修建、治酌盛会，并拟“众议”三款。碑高1.17米，宽0.66米，厚0.1米。因碑落款风化漶没，但从碑文中有“至光绪廿三年（1897年）冬”语，可推测刊碑于光绪二十四年（1898年）。

培修碑记

【原　文】

县志云：“凤栖山下，临溪存古佛寺一所。”旧名接官厅，溯其原肇，始于前宋元祐年间，逮我朝康熙时新之，嘉庆时又新之。历有年所特重荣西，迄今风雨飘零，但见栋折榱崩，颓垣破瓦，此理之不可不培修也；况乎积仓之设在斯，保甲公局亦在斯，尤其势之不容不培修乎？然而为数颇巨，集议鲜成。适首士吴肇兴、赵隆盛、丁隆泰、吴成鉴等，寸积神余，加佃稳及捐天灯□王二会共获钱一百五十余。筮日培修，越四月□乃竣。共费用钱三百四十余緡，乃订薄乐捐不足，又筹十全会二局始毕。乃事酌商会毕，时本会十人抵作长

培修碑记（拓片）

庆会。噫，斯举也，颇费筹酾，非有好善之诚者，焉能竭力如斯。落成嘱余序其颠末，并将乐捐诸公泐石以垂不朽云。

住馆生丁成轩拙序

（以下乐捐名录，略）

光绪贰拾柒年（1901年）岁次辛丑仲冬月中浣五日吉

【按　语】

据文献记载：古佛寺始建于唐开元年间，寺内主殿佛像为释迦牟尼，距今已有1300余年。佛像乃旭水河畔一天然巨石完整雕刻而成，为县内唯一圆雕石刻佛像，其法相庄严乃荣州一绝。因其与大佛（东山）、二佛（金碧崖）在一条线上，故称三佛。

培修碑记，记载了光绪二十七年（1901年），古佛寺的一次培修活动，有一定的史料价值。但碑文在叙述古佛寺之“原肇”时，谓“始于前宋元祐年间”，与相关史料相悖，今依“始建唐代”说。赵熙有《下山饮古佛寺》云：“古佛幸从唐代溯，日头归路悟无还。”可佐证之。此碑已佚，今仅存拓片，为县文管所收藏。

赵熙将之京师摩崖石刻

赵熙将之京师摩崖石刻

【原　文】

赵熙将之京师，唐侯薪传，携其叔子、季子暨韩君子德、王君彦林，饯于此山。溪水萧然，群山之木未绿。苍芒极望，相与恢谈万里之外，以谓兹山常在，五百年后，不知世宙之云何者，乃属题名。侯名枝中，平乐人。其在官，能以力除敝政为急务。

光绪二十九年（1903年）正月赵熙记

【按　语】

清光绪二十九年（1903年），36岁的赵熙携长子德造第四次赴京，担仕国史馆协修、纂修等职，行前县令唐枝中为其在大佛寺饯行，赋文勒石。石刻长3.5米，高1.1米。行文从右至左，竖行，正文最少4字，最多6字，18行，92字，落款11字，共计103字。

唐侯薪传，即唐枝中，字薪传，广西平乐人。光绪九年（1883年）进士。工诗，善书。时任荣县知县。侯，古代用作士大夫之间的尊称。下文中的“侯名枝中”，指此人。

唐枝中行书诗碑

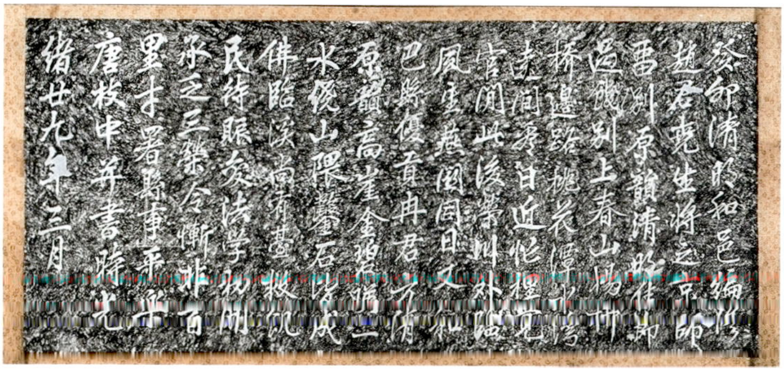

唐枝中行书诗碑（拓片）

【原　文】

癸卯清明，和邑编修赵君尧生《将之京师留别》原韵：

清明佳节过，

饯别上春山。

杨柳桥边路，

桃花潭水湾。

远间看日近，

忙里觉官闲。
此后荣州外，
临风望燕关。
同日，又和巴县优贡冉君方倩原韵：
高崖金碧映，
二水绕山限。
凿石皆成佛，
临溪尚有台。
救饥民待赈，
爱法学初开。
承乏三荣令，
惭非百里才。
署县事平乐唐枝中并书
时光绪廿九年（1903年）三月

【按　语】

《唐枝中行书诗碑》位于二佛寺正殿左侧，嵌于墙壁之上。碑长2.1米，宽0.97米，为横式。全文共17行，凡132字。碑刻于光绪二十九年（1903年）三月。

唐枝中梅兰菊竹碑

【原　文】

（梅）
早把春魁占，调□头坐深。
几枝欹水石，一片是冰心。
光绪癸卯九月，写于旭阳官署，唐枝中
（兰）
木是□者香，今乃伍众草。
不遇猗兰歌，名山几终老。
薪传氏写
（菊）

唐枝中梅兰菊竹碑（拓片）

超出春花外，秋风晚节香。

当年彭泽宰，三径未金荒。

平乐桃源居士

（竹）

直节凌霄汉，阴垂复亦寒。

试看留荫处，个个报平安。

清风雅雨主人

【说　明】

唐枝中梅兰菊竹碑，共4座，碑高1米，宽0.38米，分别镌刻唐枝中画的一堂梅、兰、菊、竹，碑刻于光绪二十九年（1903年）。石碑原立于大佛寺达摩殿内，现陈列于荣州碑园。

唐枝中篆书碑

【原　文】

臣平乐土箸，从事文史年卅有四，来川从大夫后于今□年。今临斯土，既及壹年，略无功德，建百垂诸久远。爰念：兴文事、奋武烈；安抚群庶、殄灭强暴；男乐其寿、女修其业；恩威所被、黔首相安；文明大箸、咸乐安平，庶于心始安。夫建功修德，劳心抚临，休自爰书之定，赏功论罪，称为明决，为臣遂可相称也。

署荣县事平乐唐枝中集《碣石颂》字□□，□□（章）

大清光绪二十九年（1903年）岁次癸卯九月吉日立

【按　语】

唐枝中篆书碑位于二佛寺正殿右侧，嵌于墙壁之上。碑高2.1米，宽0.97米，为竖式。全文共7行，满行17字，字径0.08米，凡132字。正文全系篆字，落款为行书体。碑刻于光绪二十九年（1903年）九月。

唐枝中篆书碑（拓片）

庙西赎地记碑

【原　文】

庙西赎地记

荣县钟星庆撰

文庙墙西空地，向由教谕署主赁。年远转替，照例租入而已。去年秋，英美会禀洋务局择地，县中准购所□，遂得赵王氏业。学地四周，尽插签刻石，自划入堂，告附近居民各速交契割地，不则经官拆屋。邑人汹汹，大恐。是时钦加同知衔、赏戴花翎、珙县正堂加五级，纪录十次，记大功四次，江苏陈侯熙辅为荣县，闻其事立商。其牧司数四坚执不允。侯理折而情开之者甚晰，始认改建。指定武侯祠近地，照契付值无阻。不尔，仍据学地。侯命星庆办理，期保全学址，勿撄士民之愤。乃集同事斡旋，所指地久而后定饬还学地。汔事，侯复札星庆，查学地广几亩，赁几户、租如干钱，筹赎订规垂永。遂勘自教谕署起，直抵城垣，右转大街为界。方约二百丈，而宿赁者五家，聚人士斋宿所筹赎。除赵王氏业外，余郝永昭、廖德卿、杨长泰均喜听赎。而蔬圃会龚万春称，该会顶买文庙右田庐愿捐入庙。唯此业向充城隍庙演剧之费，应禀裁免，佥敬其然。于是赎价共钱六百贯，社仓局借垫。除赵王氏业无租外，年入钱二千六百枚，由文庙两会平均拨给教谕署。侯命以完，星庆复查学署侧近赁幸坤元、龙曲江等六家，九摺屏黄凤兴等四家，泮水街朱朝钦宗祠一家，都十　家尽属学地。理维档户收赋，而款不细，　仁照常纳租。则顶替之弊相，仍禀侯移知教谕。饬幸坤元等十一家来案取具，永远不准顶替出售切结如辑本天，如违一经查确，指名具禀，立将房屋充入文庙立案。星庆非材丁县务，事关圣庙址，而贤侯保持大局之盛心，曷敢或慢用，揽大概实之斋宿所□，竣宏达沕，君子发义焉。

庙西赎地记碑

光绪三十二年（1906年）五月勒石

【按　语】

《庙西赎地记》碑，高1.53米，宽0.82米，厚0.2米。原立于荣县文庙内，1982年为县文管所收藏，现陈列于荣州碑园。

清光绪三十一年（1905年），加拿大王雨春牧师在紧靠文庙之西的空地上（属于文庙庙产）企图强行修建福音堂。廪生钟星庆等联名控告，知县陈熙辅出面据理驳斥。在县人强烈反对下，王雨春只得改在清富山一带以坐坡地（今县城北街小学东侧）修建。为防止类似事件发生，陈知县命钟星庆等查清文庙地产，“筹赎订规垂久”。以地方法令形式将文庙地产固定下来。次年，钟星庆将赎地经过及结果写成《庙西赎地记》，并勒石刻碑，立在荣县文庙内。此碑是近代荣县人民反对外国教会势力，捍卫中华文化并取得胜利的历史见证。

钟星庆（1871—1926年），号云章，荣县人。其父钟仕魁诰授奉直大夫加五品衔布政司理问，先祖原籍广东，清初入川居荣县。钟星庆与赵熙、虞伯史甚契，以诗文相交，任教于县书院，管理地方教育及孔庙事务。钟星庆擅书法，原大佛桥头的“大佛桥”三字及清富山碑文等即出自他之手。民国本《荣县志》称他："趾美庠序，能大君子之所议。"赵熙为他撰墓志铭。

钟府君墓表

【原 文】

钟府君墓表

钟府君墓表（拓片）

君讳仕魁，笏山其字也。微子宾周宋恒公曾孙，伯宗生州犁食楚采邑因氏钟离子孙或姓钟氏。汉唐间，颍川南康之族，代有闻人。年永世蕃，爰家岭峤。国朝乾嘉间，西来适居，故今为荣县人焉。君父相成，生君兄四人，而君维季，少则仪貌伟然，能指物赋诗，如古人言，县令陈君松龄尤异之。久之，凡试辄最其列，而父母春秋高。仲兄应魁，兄子有庆，先后补学官弟子，君家故高资，日用百物良具，君乃益类于学，挟所有以战艺能者末之或先也。然竟不遇，久之遂疾，人咸谓怀材而厄于有司，在古往往然矣，及遭丧，晓夜悲思，终其身不复言进取。手肖亲像而祀之，洞洞然，属属然。日则发箧读书，昆季间自为师友，于子姓无不致其志。人乃曰："如君者，可谓诚于亲矣。其疾也，非愤也，孝也。君既耆学不仕，居东郭之廛廛，负大平山，山趾田水如鉴，东南诸山在望，而佛厓尤俨然。"佛厓者，宋陆游所称东山也。君晚而尤净，与山水冥合，时哥李白杜甫诗，临钟繇书或兼适于缋事，而君子星庆已有声黉序，啧啧士夫间。君则携诸孙巡吟陇畔，撷田禾之露，萧然以归。人又曰，如君者，殆庄周列御寇所偁天怀邪，而不幸年五十九以卒，实光绪三十三年（1907年）十一月也。君得官布政司理问加五品衔，诰授奉直大夫。子七人，星庆，县学生；云庆，太学生；灵庆，五品衔，蓝翎尽先副府。国家停科举，诏天下广开学堂。其四子亦后先毕业。女三人。卒之明年，星庆维君治学之勤，行修于家，隐德乡居，不克光于史氏，乃手君行义。方封树之成，哀哀劬劳，谋奠千秋，蕲表太平山先茔之址。

荣县赵熙表

【按　语】

钟府君墓表今存其拓片于荣县文管所，正文17行593字，标题一行5字，落款未单列，附在正文最后一行，5字，总计603字。

钟府君，指钟仕魁，字笏山，荣县人。光绪三十三年（1907年）卒，享年59岁，与赵熙交谊甚笃，卒后赵熙为之撰墓表，述其生平，褒其品性，赞其学识。

赵氏迁自麻城

【原　文】

赵氏迁自麻城，传如干世曰，应法祖当明季之寇以□年跳免山谷，宗牒庐墓尽失，寇平，占地县北之山□，从凡数十里皆曰赵家山。群山如海岛，是山尤峰□涧壑之秀，遂卒，葬焉，实名仰天涡。妣纪氏祔无子嗣，李公有润子曰荣第，李公妣亦纪后李氏微荣第祖乃夜发李公，旧合兹茔。而荣第祖卒别葬城中凤鸣山，生子七，次四者曰嶒起，妣夏氏凡今赵氏子孙皆嶒起祖后也。乾隆中亦合是城盖赵氏自周已祖始，故别具生卒里居，岁月如谱册而石山中。

光绪三十四年翰林院编修记名御史嗣孙熙志

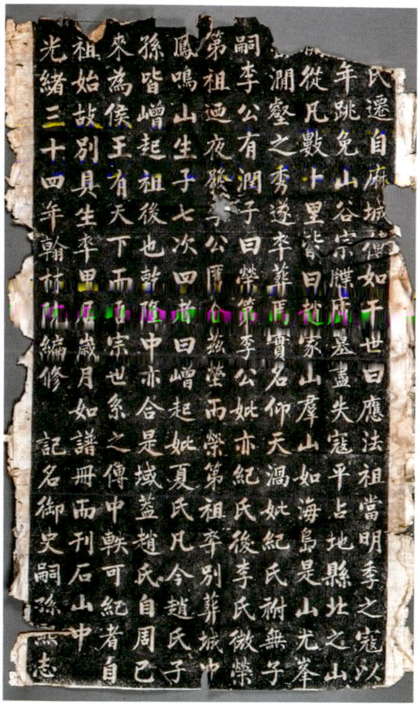

赵氏迁自麻城（拓片）

【按 语】

赵氏迁自麻城碑，今仅存拓片于荣县文管所，文管所题作“赵熙祖坟碑”。正文10行，每行20字，最后一行19字，计199字，落款19字，总计218字，内容叙述了赵氏家族的来历及在荣县的繁衍情况。此碑刻于光绪三十四年（1908年）。

白云深处摩崖题刻

【原 文】

白云深处。

镐京□□张腾蛟书

白云深处摩崖题刻

【按 语】

白云深处摩崖题刻在大佛崖东侧。古时此处烟岚弥漫，层岩丛树，飞泉浸透。题刻为清光绪年间陕西镐京人张腾蛟所书，题款为“镐京□□张腾蛟书”，其中“镐”字依相关资料录入；“□□”二字疑为“云波”；“腾蛟”二字左侧被凿掉，依相关资料录入。整座题刻书法浑厚苍劲，自然超脱，有飘逸飞动之势，格调甚高。“白云深处”语出唐朝诗人杜牧《山行》：“远上寒山石径斜，白云深处有人家。停车坐爱枫林晚，霜叶红于二月花。”

六、民国碑

古四柏堂记

【原　文】

古四柏堂记

荣县赵熙撰

有明吴君，实居凤鸣山麓，维堂有柏，□然中庭，吴君读书其中，乡人四方□而□计柏之数扁□斯堂。县人杨桂丹添吴君初梦所居实然已□果□是以可也。圣清有天下三百年，县□景行□学□改今所均堂之址。所谓四柏若无□盖吴君尘然山泽之儒也。其通于□□□否？难言矣。而谭乡故者必张焉。诗□□桑与亲必恭敬止。当代亶有闻人□陬遐僻中浚民知而树民德，裂以箴人下无穷之蔽，诒芳于来揕尢远矣，而□寂穸何如也。吴君，名天禄，荣县人。

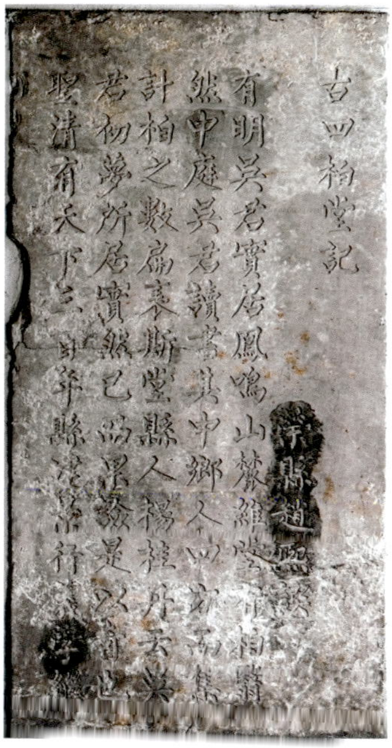

古四柏堂记

【按　语】

古四柏堂记碑刻于民国初年，高1.07米，宽0.9米，共两块，字径0.09米，共14行，现藏荣州碑园。

古四柏堂，据明代进士杨桂丹《四柏堂记》载，明代成化、弘治年间，县人吴天禄在此授教，因其成绩显著，桃李众多，被称之为“荣之山斗”。因吴君堂前有四柏，故称此处为四柏堂。

五桂团团务局记

【原　文】

五桂团团务局记

美风东渐，民权开幕，辛亥之秋，蜀人揭竿。为海内率荣众继起，吾乡实先武汉响应，苏宁竟功。迄今淑气蒸蒸如日，南来春秋佳日，田畔聚谭，欢笑罔极。然无以记其事，虑无以持其礼。父□昆弟，谋之刘琪。琪曰：“民权基于团，民团基于志。志固矣，权张矣。然必有其室，以为团之点而归。其事后之事，于团者，居其室，而触之事其记也。”宁有涯父老昆弟皆悦乐，遂经始壬子（1912年）冬延癸秋落成，名之团务局。中厅为办事处，农商学事务所坿焉。后有楼临流，面场宜酒食宜话桑麻，宜读月坐花，写丝竹而发清咏。登斯楼者，咸晏然生庆幸心。刘琪名之晏如楼，所以待后之记者也。

五桂团团务局记

援省练团既监修人列□

里人刘琪谨记

【按　语】

五桂团团务局记碑，原立荣县杨家场，刻石于民国2年（1913年）。碑高1.65米，宽0.8米，现嵌列于荣州碑园。

此碑记述了团务局的宗旨和建团经过，从这块碑还可推知当年荣县保路同志军北上成都攻打赵尔丰，杨家乡民众做出的重要贡献。

此君轩记诗

【原　文】

宋代地传嘉祐寺，

元师手辟此君轩。

题诗有幸逢山谷，

好古何人到许源。

试院全规改学堂，
人间随事有沧桑。
十年掌固三朝记，
尊酒花前说故乡。

此君轩记诗拓片

老树非松强号松，
功成罗汉有真容。
此生合作遗民看，
曾听霜钟堂外钟。

城北城西一带山，
树梢曾叠入晴阑。
清风不满王猷舍，
绿玉从栽竹万竿。

菊花香里醉荣州，
老我京华误白头。
喜为诸君传韵事，
此君轩记甲寅秋。
赵熙

【按　语】

《此君轩记诗》拓片共4块，每块3行，共12行，正文140字，落款2字，总计142字，并有篆字印章1枚。诗碑刻石于民国3年（1914年）。诗中首句提到的嘉祐寺，为凤鸣山宋寺，后改为文昌宫，设凤鸣书院，现为荣县中学校址。

此君轩记碑

【原　文】

此君轩记

荣之城五山焉，而凤鸣为镇。旧云山多竹，有凤来集，故名。据欧史所识，盖当王蜀时矣。宋建嘉祐寺，寺僧祖元，高人王周彦兄也。善琴，能抚东坡《醉翁操》，居寺之霜钟堂，辟轩曰此君。黄山谷三题诗，先后载集。清祀文昌，为试士之所，嘉庆中县令许源稍葺之，晚清改学堂。而山无一竹，有罗汉松轮囷合抱，殆数百年物，国变后幸不灭。甲寅秋，知事萧君云浦、县士马君义宣、蓝君策勋、严君章森、廖君肇修、张君养源醵金以规其旧。传曰："世之治也，言刑善也。"诸君于八百年后，发思古之幽情，保兹嘉树，有宋文采风流永矣。以爱古者爱今，而相和相睦，仁者有事焉，故记之谂观者。赵熙记。

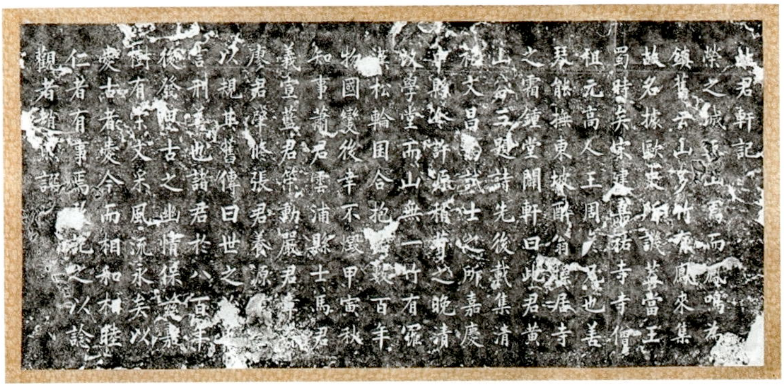

此君轩记碑（拓片）

【按　语】

此君轩记碑刻于民国3年（1914年）。碑高0.86米，宽1.85米，字径0.04米。行文从右至左，为横式。碑文24行，首尾各1行，共8字，其余每行10字，共220字，全文共228字。碑文收入《赵熙集》。碑现藏荣州碑园。

清中宪大夫乐安知县刘君墓识

【原　文】

清中宪大夫乐安知县刘君墓识

荣县赵熙撰文并书丹

君讳炳勋，字灿如，荣县刘氏。仍世劭闻，至君而显。君颖资耆学，弱冠补学官弟子。清同治甲子科中式四川乡试举人，官于荣者，咸以师道尊君。延主桂林、凤鸣讲席十九年。县北牛峰山，险塞也。环荣而集者，十三县人推君总其事。君建仓储，修壁坞，众以大和，至今为则。光绪十年（1884年），旱，大饥，县人治赈，设粜官，施冬衣。君唱先而赞于后，未尝一伐其功。十七年（1891年），选庆符训导，名播滇境。明年，主昭通凤池精舍，学者侁侁焉。二十四年（1898年），补山东乐安知县。适黄河口决，君乘夜冒雨，赴石村諭水，飞谕沿河居民堵御。不数日，水入境，小清河溢。自博兴高苑以上，横溃四出。虑殚为河，君急备多舟，鬻饼济民，后先筹赈万二千余金，救百五十一村，活灾民九千余口，于劳勚为最大。

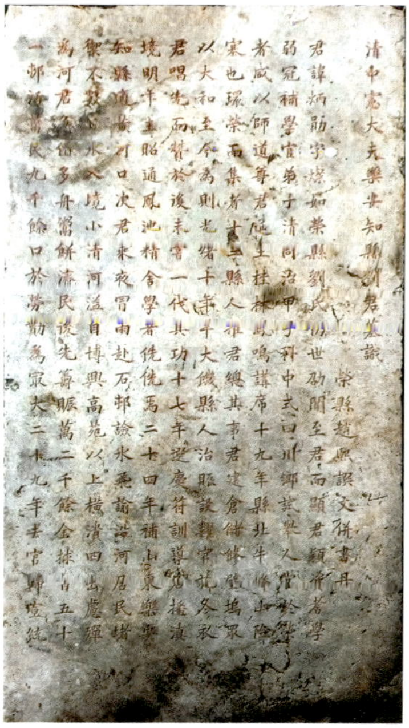

清中宪大夫乐安知县刘君墓识

二十九年（1903年），去官归。宣统二年（1910年），犹游京师，风雪中行五千里，抵里门，无恙也。又三年甲寅（1914年）二月二十八日，竟卒，年七十又五，葬县南棠市之阡。君文行□饬。小畔从以取晋，门多绩学之材，几秉君教，无四维之不张者，尤工书，论者谓清二百余年，吾荣老师祭酒，惟君与曾太守佑卿勍敌也。君自官乐安，赏花翎四品衔，诰授奉政大夫，晋封中宪大夫，父以上以君贵，□陈恭人先君卒，侧室明氏、何氏。子十二：光述清圳生，光绶增□生，同知衔；光诰、光训太学生，内阁中书衔；光厚、光理高小校□业生；光杰、光耀、光书、光绅、光炽、光忠，状君行请铭者，弟六子光澡也。女六，一适龙秉钧，在官有□□。孙五，曾孙一。铭曰：

惟官先事，惟士先志；浇风□民，惟利之视。有斐君子，洲慎□□；□是公非，船士育民。秉铎□邦，弹琴海岱；平不矜名，去能□□。□市新居，左诗右书；嗟其□矣，考德幽墟。

【按　语】

1996年4月，鼎新镇大龙村10组，小地名棠市口，发现赵熙撰写的清中宪大夫乐安知县刘君墓识碑共两座，据说最早在刘氏堂屋里，而今分别存放在两农户家里。皆高1.9米，宽0.95米，厚0.12米，字径0.04米。

第一座碑文计13行，每行24字，首行13字，第二行9字，凡286字。字为红色，全文可读，少数字口开始剥蚀。石材为胆巴石，质地坚硬，不易风化，故保存完好。

第二通碑文计13行，行24字，其中第10行7字，13行17字，计288字。被放在一农户院坝里当搓衣板，损毁极为严重，而今在上面安放地面卫星接收器，令人唏嘘不已。我们竭尽全力，对文字进行辨识，基本能通读全文。

民国本《荣县志·人士》对刘炳勋有详细介绍，前面内容与碑刻所叙基本相同，不再赘述，后面内容可补碑刻之缺，现录于后："国变后，甲寅年（1914年）卒，年七十又五。性工书，群推曾佑卿后一人。其葬也，赵熙志其墓。弟建勋，甲午（1893年）副贡。于学使试铮铮有声。国变后，服官以干济称。"刘炳勋死于1914年，由此推断，此碑刻于民国3年（1914年）。这一年，赵熙自重庆回荣县定居，从此以逸民自处，闭门讲学，读书作诗，写字以自娱。

宋家祠堂记碑

【原　文】

宋汤孙也，徽子受封地，当禹贡徐州，泗滨西及豫州、盟猪之野，自后二千年代有显闻。明初，由湖广迁蜀，灵宗初牒，遭乱而湮，今断。自国瑞、国祥始，世居荣县城南宋家冲，明末，张献忠之难，辟地溅□梅家村白土堰。清初，□归县北家坝居焉。咸丰初，孙兆兴等，合赀集会。同治十二年（1873年），迁即城莲宇山，孔子庙前建祠，坿祭田如于畮。光绪二十七年（1901年），葺新。之又十一年（1912年），孙正邦大典，光蕃复改修下厅如式，以二月鸠工，七月告成。筮吉，徽辞系之丽牲……（第二座碑缺，碑文亦缺。）之石，余维宗法亡而宗祠兴，追远亏是乎？在□孝也。世盖远则情益疏者，秋会祭祠中，即以眭宗敦族□弟也。不维孝弟之谊，甚或蚀财以自肥，是以祠为祸。本即勉供亏几筵，而神恫以怨，其将吐之然。□繇派衍，不然　亲，举族之无其人矣。是在贤子孙，正身帅众，竭力将之，期以孝弟之化，被之人人夫，宋神明也，胃也。诗曰："温恭朝夕，执事有恪。"诸君既克光前典，煌煌乎？猗那之，颂礼产庙，阶测者之。

乙卯孟冬赵熙记

【按　语】

宋家祠堂记碑刻于民国4年（1915年），共3块，现存2块，疑缺第二块。两块碑高均为1.85米，宽均为1.1米，立式，阴刻。

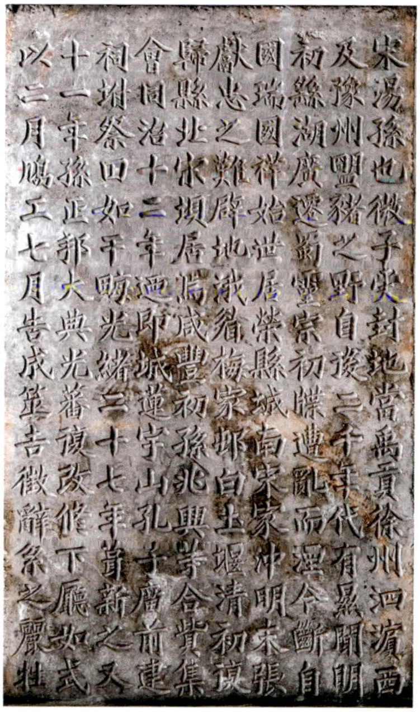

宋家祠堂记碑

碑原立于县城西街宋家祠内，碑文首叙宋姓来历非凡，是商代汤王之后裔，次述宋姓在荣县的分布及修祠宗旨，在传世的赵熙书法中，该碑独具特色，具有较高的研究价值。碑现藏荣州碑园。

郭家祠堂碑

【原　文】

郭氏，威远甲族，高赀，多材贤。□□九长望尤尊者曰近思，名宏典。治商嘉定、威远、资中，皆有肆。而身主□荣县三十年，调剂有无，捐所得利三之一，四乡翕然称便。近思一日进弟姪曰：吾老矣，吾先人创业垂□，吾子孙世世无寒饥之累。维威远、资中有祠以妥□灵，春秋得虔其祭。荣威古同境而治堂□洁修□□祀考彦珊公，如礼所称祢庙者，义□可□□□□□举其事甚善。于是定规诒则，视熙为之辞□□□□祀其亲，非节蘋蘩蕴藻之是供已也。孝以养志□□□先人之泽，暖衣饱食，终日劮居，募然弗耻为□□□繇而产不增，虽江海亦涸。昧者甚即慆淫，祖祢□□，当恫心亏地下矣。郭氏，世以厚德闻，近思又□□□克光前典，后之人各勤所事，兢兢焉去奢而崇俭，□败之惧，诗不云乎？无忝尔所生。记曰：一家仁一国□仁，其业既永昌而勿替矣。以事神，神其飨之。近思□，吾意也。请书为□□□□。

乙卯秋荣县赵熙记

【按 语】

郭家祠堂碑刻于乙卯年（1915年）秋，共2块，大小相近，字径0.09米，共16行，行文从右至左，碑刻为立式。荣州碑园碑介题为“郭家当铺碑”。

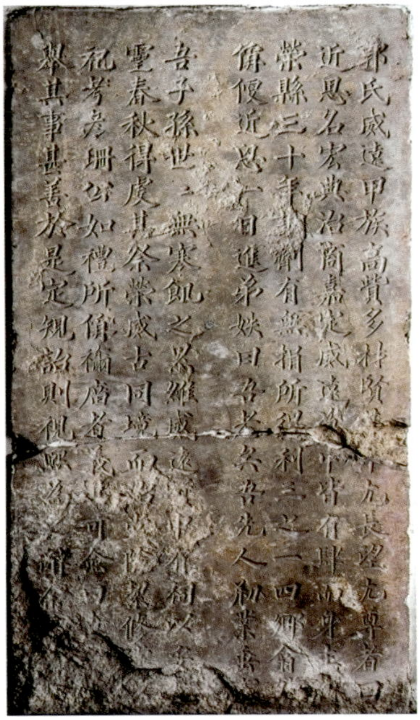

郭家祠堂碑

据《荣县文史资料记载》，清光绪初年，威远郭氏兄弟来荣，用三千两白银买下韩老陕在荣经营的当铺，在各乡设“代当”，后又在资中、乐山设致祥号和福新号，“利取扬州月二分”，成为荣县首屈一指的巨富，后衰落。赵熙撰题的“郭家祠堂碑”成为这一时期荣县典当业的实物见证，也是赵熙书法的精品。碑现藏荣州碑园。

题李氏居摩崖石刻

【原 文】

世外一天地，

既耕还读书。

自持勤俭力，

苍翠华阳居。

赵熙题李氏居

【按 语】

题李氏居摩崖石刻

此座石刻位于华阳山南面山脚小地名威家山下竹林湾一崖壁处。该题刻长1.54米，宽

0.52米，字径0.15米，共9行，每列3个字（正文最后1列2个字），共26个字，其中正文7列，20个字。该题刻笔力遒劲，字迹清晰可辨。

李氏居位于华阳山北面。今遗址尚存，为李氏后人居所并开设有一养殖场。

李家信自仙根出摩崖石刻

【原 文】

李家信自仙根出，
识字耕田课子孙。
占得华阳山作主，
百花香里闭柴门。
赵熙题
山石上

李家信自仙根出摩崖石刻

【按 语】

此诗是赵熙到华阳山在当地李香亭家做客所写。石刻位于双古镇庙埂村9组，即华阳山北面之李宅门前山脚崖壁竹林处。该题刻长1.53米，宽0.76米。正文7行，每行4个字，共28个字，字径0.14米。落款2行，每行3个字，共6个字。题刻总共34个字。因风雨侵蚀，有几个字已模糊不清，勉强能辨认。

大刀寨记摩崖石刻

【原　文】

宋寨堡胥隶军籍

大刀寨记摩崖石刻

宝祐中，元兵乱蜀，各地据险筑隘。四年（1256年）秋，战叙州，势偪荣。是寨，五年（1257年）冬立，天下骚然。理宗顾倚贾似道后二十二年，宋遂亾。明张献忠之难，燧羊山麓，寨中镭弩得发，既尽，贼大至，遂破。耕人往往得遗骨，惨哉！古今递嬗，念未来之世，苍苍者，浩劫何穷。寨名虎头，后标其险，曰大刀云。乙卯夏，赵熙题。

【按　语】

民国本《荣县志》："大刀寨，宋宝祐五年（1257年）建，时元兵破全蜀，绍熙府垂废，人民自相保。"大刀寨位于双古镇，南宋宝祐五年（1257年）始建，今存南寨门及部分寨墙。据史书记载，南宋端平二年（1235年）以后，蒙古军队猛攻四川。"蜀若不守，江浙自摇"，荣州也遭兵灾，荣州择地侨治，各地纷纷建寨自保。20年后，南宋濒临灭亡，大刀寨成为四川人民抗击蒙元武装进攻的历史实物见证之一。

1915年，48岁的赵熙，隐居大刀寨，题写《宋寨堡胥吏军籍》，介绍大刀寨来历。《宋寨堡胥吏军籍》题刻，位于双古镇苗埂村1组，该题刻长3.3米，宽1.58米，行文从右至左，15行，每行8个字，共120个字。题刻于巨石之上，字体遒劲有力，线条清晰，保存十分完好。1993年9月，大刀寨被荣县人民政府列为县级文物保护单位。

戈铲山寺题壁摩崖石刻

【原　文】

一朵仙山绿到门，
残书在架室无尘。
苍龙叫夜千松树，
白虎传经两汉人。
它日高风寻废寺，
疑君明月本前身。
棠梨芳草清明节，
记醉中华弟四春。

邹古云招宿，戈铲山寺题壁，赵熙记

戈铲山寺题壁摩崖石刻

【按　语】

民国本《荣县志·山脉》："为戈铲山，旧曰锅椿石，云仙人支锅于此。""吕家寺，在戈铲山，光绪三十二年（1906年）设学堂。"吕家寺摩崖石刻位于于佳乡瓦窑村5组戈铲山吕家寺，坐南向北，面积4.34平方米，该摩崖石刻凿雕在距地面15米的黄砂石崖壁上，长3.07米，宽1.4米，崖壁石质坚硬，表层细腻光滑。崖刻为楷书阴刻赵熙所书《戈铲山寺题壁》七律诗一首，行文从右至左，自上而下，呈竖形排列，字径0.17米，共70字。吕家寺摩崖石刻是一则民国早期的摩崖题刻，刻于民国4年（1915年）。赵熙应同盟会员邹古云之邀，携友畅游吕家寺戈铲山，留宿于邹古云家中，寄情于景的即兴之作。吕家寺摩崖石刻字体刚劲有力，古朴自然，线条厚重，保存完整，字迹清晰，是赵熙中期重要代表作之一，对研究赵熙的书法艺术及当地的历史文化背景具有重要的价值。2012年3月被荣县人民政府公布为县级文物保护单位。

邹古云："《香宋诗钞》载：'邹古云，县人，曾执贽门下，住家吕家寺乡中。'"

独立荣州第一山摩崖石刻

独立荣州第一山摩崖石刻

【原文】

一念前生堕世间，

飘然人外御风还。

秋来化鹤三千岁，

独立荣州第一山。

乙卯秋，郭洄招游，赵熙记

【按　语】

民国4年（1915年），赵熙拒绝了袁世凯高官厚禄的相邀，回到阔别多年的故乡荣县。中秋后，赵熙受诗人郭洄邀请，同游老君山，同行的还有郭次纯和赵熙的学生威远人郭曼军等，宾主四人登临老君山，仰望苍穹，天高云淡，雁阵掠过长空；俯瞰大地，竹篱茅舍，炊烟萦绕四野。问仙品道，触景生情，乘兴各赋诗一首，刻于石壁之上。

此题刻长1.6米，宽1.1米。正文6行，第1至5行每行5个字，最后一行3个字，共28个字，字径0.15米。落款2行，每行5个字，共10个字。题刻总共38个字。该题刻因石质为红砂石，加之日晒雨淋，风化严重，好些字已不能辨识。

■ 附　录

郭次纯题诗："万山高处蹋秋晴，沆瀣何年饮太清。笑劝希夷一杯酒，天风吹下步虚声。”

郭曼军题诗：“身在仙山缥缈间，眼前山脚即尘寰。山山山色围山外，山外千山复万山。”

郭泗题诗：“一角苍龙秀入云，画中金壁李将军。开元薛石几残字，公井唐书有旧文。大地秋光宜远眺，名山仙迹易传闻。人间是处虫沙劫，谁叩希夷傍老君。”

祠规碑

【原　文】

荣县知事廖批准立案，祠规十一条列后：

一.族间有忤逆祖父母者，重责贰百板；伯叔祖减半。至殴者加倍重责，否即送官究办。

一.族间有忤逆父母者，重责贰百板，至殴者加倍重责，否即送官究办。

一.族间有忤逆胞伯叔者，重责壹百五拾板；堂伯叔减五拾板；伯母叔婶亦照比例。至殴者加倍重责，否即送官究办。

祠规碑（拓片）

一.族间有忤逆胞兄及嫂者，重责壹百五拾板；堂兄及嫂壹百板，至殴成伤有痕可验者，加倍重责，否即送官究办。

一.族间有仗恃尊长无理横恶，欺凌估霸，有乖伦常者，重责壹百板；至殴成伤加责五拾板，否即禀官究治。

一.族间有承抱外姓及随母带来者，不准入祠，以免异姓乱宗。

一.族间有出抱外姓及随母下堂者，准其还宗入祠，以重敬宗收族之义。

一.族间子女嫁出外姓被人酷虐凌磨，一经投祠查明，实系无辜沉冤莫白，祠应代为理落昭雪。

一.族间子弟有才出仕者，无论文武

大小官员，祠应嘉奖花红以示鼓励。

一.族间子弟有读书成才品学兼优者，祠应嘉奖花红以示鼓励。

一.族间子弟有飞扬浮躁，妄逞才口及酗酒肆闹致生祸端者，重则逐出。

中华民国六年（1917年）仲夏月既望榖旦

祠首族长协同合族　公立

【按　语】

祠堂是儒家祭祀祖先或先贤的特有建筑，后来其功能和用途逐渐扩充，除祭祀外，还成为各房子孙办理婚、丧、寿、喜等事的场所。值得注意的是族亲们有时为了商议族内的重要事务，也常在祠堂进行。有祠必有规，祠堂也是族长行使族权的地方，凡族人违反族规，则在这里被教育和受到处理，直至驱逐出宗祠。在法律不健全的旧时代，祠规起到了维护封建统治的作用，另一方面也客观的弥补了法律的缺失。

荣县祠堂甚多，规矩亦不尽相同。民国6年（1917年），荣县祠首族长公议祠规十一条，报县知事批准立案，颁行全县，并勒石为碑。其中许多条规在今天仍有现实意义，是研究荣县地区民俗乡规的重要资料。

祠规碑高1.6米，宽0.88米，厚0.15米。此碑原立于文庙，1982年在荣县中学校内发现，今为荣县文管所收藏，嵌列于荣州碑园。

售粥代赈记碑

【原　文】

戊午，荣县饥。蔬尽，食糠，糠尽，食白土。群士闵焉，售粥以代赈。分区治厂，各襄一职，而宋君灵儒始终之。暑雨蒸炊，晨午督察，人印其勤，集赀弥勇，驻县这军亦解囊助焉。事竣，余钱二千一百二十贯。惩保存之难，置如干地。岁入谷一石，钱三贯，腰棚地租八贯，储为善举。盖清时丁文诚公督川，每县设义仓。是年军无饷，括卖之，故荒无食，食品白土。白土者，脂质也。唐武德、宋元丰间，食者多肿死。然无法，争掘，恐后倘无。宋君黠者，盗壼者毙矣。一呼而事济。乃知人无不仁在感不感耳！一人仁，人人仁，斯治矣。一时仁，时时仁，斯长治矣。天下之大，可即一县諭之，非表宋君也。国变后，无日不乱，乱之道，不仁而已矣！思转乱以为治，治之道，人人仁，时时仁而已！如不信，请观是石。赵熙记。

【按　语】

据《荣县志》载：荣县自乾隆以来，设有常平仓、济仓、社仓和积仓。清末民初，储粮为全川之最。1917年，川军刘湘部驻荣，口称军饷匮乏，将绝大部分储粮拍卖，致使第二年青黄不接时，荣县大面积出现“食蔬、食糠、食白土”的悲惨情景。因当年未出现大的自然灾害，政府无救济之责，而“群士闵焉，售粥以代赈”，此碑不仅可补史之缺，还是赵熙书法碑刻的精品。

售粥代赈记碑（拓片）

售粥代赈碑刻于民国7年（1918年）。碑长1.68米，宽0.86米，厚0.12米。碑文楷书，字径0.05米，竖行，行文从右至左，碑为竖式，满行22字，11行，尾行18字，共260字。1991年4月，县文管所在富北乡宋家坝黄姓村民家征得。碑文收入1993年本《荣县志》。碑现藏荣州碑园。

莲宇山西址碑

【原　文】

莲宇山西址碑

前翰林院编修、记名御史赵熙撰

古者国有学而已，释菜则为位以祀，嗣则先圣先师有庙矣，嗣则有庙而无学。于是君子有世变之恫，而人人心中有庙之存，永瞻而克敬，是心乎圣也。庶几犹有人事修举之一日，并此而忘之，诚无以测方来之人心矣。莲宇山地，孔子庙西址也，庙几不能有。天惠陈侯帅邑士之贤，保而有之，钟星庆实勦其绩大义动于农圃，奋捐田庐。维孔子在天之灵，凡有血气皆尊亲，宁以广地为畔岸。然，斯民也，三代之所以直道而行也。大同之世，船端自修，人扩此心，以励学官之路，恢所已明，而勤所未有，被圣道于无方，则所以固基扃而光世宙者尤大。维陈侯调维庶政，星庆既书之石，敢标是义诏荣人，垂之千万年，原其功自兹山始。

莲宇山西址碑

【按　语】

据1996年巴蜀书社《赵熙集》载：此碑当刻石于民国14年（1925年）。是书收入碑文时有如下按语：“陈洪基字子光，南充人。1924年任荣县知事，与县人修葺孔庙。此碑立于莲宇山西麓，后迁文庙戟门。”碑已佚，有拓片为荣县文管所收藏。

崇仁桥碑记

【原　文】

崇仁桥记

口二水汇城南，东水弱，而于县为经流，其源涓涓，北发大皇山，盖东川沟主山也。寔明胡节愍公故里，万山之所丛蔽。繇城北溯之，五里，雒阳溪入峡，双崖造天，中通一线，古称：“三峡七百里中，自非亭午夜分，不见曦月。”口山之口如郦道元言。未至东川沟，十里山寖开，人家历口在。口遂抵廛肆，时稼口焉。然群峭所削，仍如瓮天中坐。水至城四十口，其去也瀰瀰，冬或口口，其名曰湶。夏潦至则洪流咆勃，雷轰箭激，汩若阳谷之扬涛，执卷千山而排之大海，口口多劳民，老担凵凵，道穷厉揭，

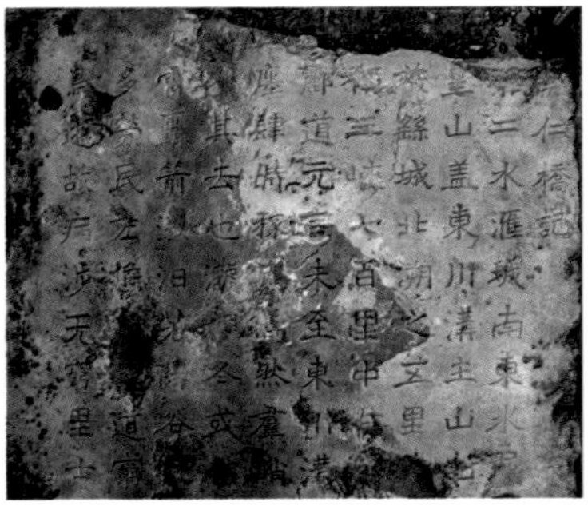

崇仁桥碑记局部

口不口则余者冠度，囧然口鸟逝，故病涉无穷。里士伤之，议桥焉。推黄长者九文总其事，人幸是为，醵资恐后。于澳于鞠，相涂所经。自丙寅（1926年）中冬肇功，丁卯（1927年）季春奏绩，凡用钱以枚计，都四百万五千数以盈。除道，盖口者济人口具也。法当具必具，不具大险立至。人殚其力禄，一旦成之，保千万人安，数百年无患。厚自奉而薄于仁，人口所不赦也。巧为名而阴行吝，天道所不容也。仁者安仁，智者利仁，自求多福。黄长者独乐善不倦，宜其家六畜遮育，五谷遮熟矣。履端之始，士女和会，合请名桥。窃以为桥当胡公归骨之山，公一门忠节，口载明史，城有祠祀公，曰崇仁祠，今以胡公故，口斯桥如祠名宜善。佥曰请并勒石崇仁桥。

赵熙记，刘翌道书

【按　语】

崇仁桥地处荣县东兴镇枣子村7组，小地名观音凼。碑石两块，分别高1.78米，宽0.8米，厚0.1米，计21行，满行22字，首行书“崇仁桥记”四字，末行少字，全文432个字。

据民国本《荣县志·津梁表》记载：“崇仁桥，地址东川沟胡子昭故里，高一丈八，长一丈，宽六丈，修费一万二百。建筑时，民国癸亥（1923年），建筑人，黄九文倡捐募修，赵侍御尧生为之碑记。”但是根据碑石内容可知，崇仁桥修建“自丙寅（1926）中冬肇功，丁卯（1927年）季春奏绩”，并不是民国癸亥（1923年）。

碑文不仅记叙了东川沟地理及修桥一事，还提及明朝兵部侍郎胡子昭。胡子昭，初名胡志高，字仲常，明代兵部左侍郎，元朝至正十七年（1357年）出生在这里，明初“靖难之变”被杀于南京，五十余年后的天顺年间，其女金奴始得乞骸骨回乡，葬在胡家坝后面山坡上，俗称“阁老坟”。

桥修好后举行踩桥仪式庆祝，众人请赵熙给桥命名。赵熙认为，桥在胡子昭故里，且胡子昭的忠节载入了明史，荣县城内有纪念胡子昭的崇仁祠，桥就命名为崇仁桥。于是，赵熙撰写《崇仁桥记》，由刘翌道书丹（四川法政专校毕业，擅长书法）。

据传，崇仁桥修成后，匠人只拿到一半的工钱，老板许诺，如果经过三个六月，桥不被冲毁，则付清全部余款。崇仁桥经受住了三个次水的考验，匠人拿走了尾款。然而这年的农历十月二十四，暴雨如注，突发山洪，咆哮而来的洪水，将拱桥、崇仁桥等三座石拱桥全部冲毁。1993本《荣县志》记载：民国20年（1931年），暴雨，河水猛涨，淹没田房财物，人畜死亡不可数计。

中华人民共和国成立后互助组时期，两块石碑被村民抬来垫粉桶，从而造成部分文字损毁。后被东兴镇枣子村1组村民童克成收藏。现为荣县文管所收藏。

天福寨寨规碑

【原　文】

天福寨公议条规

一、□□□中有正柱、朋柱，于注册时，须向局报名正、朋姓名，始许修造，毋得过后私建。□□姓名，如遇此等事件，查出将伊房屋基地并行充公，不得入寨。

二、寨内地基系三间一股，间数、股数于入寨时经首等指明界限，不得越分。□□以及阻塞公路，其每年地租杂派，照册所注之间数股数完纳，不得疲顽抵塞。

三、入寨之家，有寨费已清而逗派、杂派、地租公谷等项未清者，勿论房屋已修未修，务须一一扣利照算补足，方准领簿入寨，其以前各户所领寨票，永不为据。

四、寨内不许夜间演唱，见人妇女，不许淫歌亵语、假装疯魔、呢戏不经，违者议罚。

五、通寨户口，太平时际，凡有房廊地业，只许人看守，务选老成，毋许招佃坐家，恐愚贤不等，贻害阖寨以及团邻，关系匪浅。如有此弊，查明逐出。

六、塘水系众所食之需，不得浣衣洗菜，不遵者罚，拿获者赏。

七、各户所领寨簿，务添盖图书，如无图书者，不得为凭。

（以上第一座碑）

八、□□□□□□□聚赌、邪淫、窃盗以及不孝不弟等恶习，轻则议罚，重则禀究。

九、□□□□□三盛三人地基共三股，因有岩边之业，剐砌岩边齐脚，故寨费、仓谷、逗派，分文未取，每年又免地租、杂派两项，除三股外，多做者，杂派、地租，照众派出。房屋不准隐匿招佃。

十、□□福地基二股，因黄桷塘水已归寨上挑用，故寨费、逗派，分文未取，只来一间仓谷七斗，每年地租、杂派，照众派出。房屋不准隐匿招佃。

天福寨寨规碑

公议新增寨规

一、昔年入寨者，房屋多有毁坏，不急修整，入寨何依？公议：房屋坏者，赶紧修造，以备不虞。如无力量修造，准其自寻妥人顶者，将老寨簿交与承顶人来局换新寨簿，照规寨费，方许修造。惟未入寨者，不许承顶。

二、寨户基址有愿出顶难寻妥人承顶者，将老寨簿交局，俟有人承顶，寄信来局上，面议交妥。

（以上第二座碑，疑尚缺一块）

荣县知事公署

为据情示喻事，案据大福寨首谢池生、王应闻、范国员、赖爱湘、□□□、胡宗虞、李春霈、蓝勉吾、范国宗、赖奎章禀称：前清咸丰时，李逆扰川，阑入县境，经同首黄体位协同寨首范光宇、赖天祥、赖永义等约集绅粮，仿坚壁清野之举，禀准于邑东卅里观音岩，修□寨保，颜曰“天福寨”，内建保安公局，正厅祀关帝。公议寨规十条，以资遵守。时入寨避难者数百户，所捐寨费，除建公局寨墙殿台、置备火药器械外，稍有余资，归公局置业生息，以作每年焚献及补葺寨墙、并看门守局一切费用，年终邀集寨户清算一次，故此寨得不废弛。嗣因余栋臣滋事，入寨者亦众。复集众公议，增定寨规六条，以期公私两利。

今民国大定，边境渐次肃清而寨房整顿。本寨虽小，亦为数百户共保身家之地，即长此升平。而寨防既成，亦当谨守勿替。所有新旧寨规，若不禀存刊碑，恐年久荒废，难以经久远而完善举，为此，正将新旧寨规，粘恳批示，准存镌碑寨局，以垂永远而杜弊端，是为德便閤寨沾感等情。据此，除批准立案外，合行出示晓谕，为此示仰该寨居民人等，一体知悉，此后务须谨守寨规，同心共济，如有故意违抗者，准该寨首等指名禀送，定予严究不贷。切切此示。

附录存查批示：如呈立案，并准给示刊碑，以垂久远。

（以上第三座碑）

【按　语】

天福寨位于高山镇半边坡村1组，距高山镇约4000米。天福寨面积约3.3万平方米，不知建于何时。据当地老乡回忆，寨墙上有炮台，晚上有更夫，有两道寨门，正门有一块匾额，上书“天福寨”。寨内住户最多时有200多户，以赖氏为主。中华人民共和国成立后属青坪乡管辖，有粮站、制布厂、学校，1955年并入高山镇。天福寨毁于“文化大革命”时期，而今是断垣残壁，满目疮痍。

民国本《荣县志·山脉》：“大坡山又为板凳山，猴子岩，岩有洞曰湘阳洞。又为天福寨，俗曰观音岩，广五十余丈，长六十余丈。”

天福寨寨规石碑现存三块，保存较为完好，前两块记述了新旧寨规共十六条，后一块为“荣县知事公署”的批复。可以说，天福寨寨规是一部较为成熟的乡规民约，好些内容至今仍有借鉴意义。

第一块：“天福寨公议条规”碑，长68厘米，宽142厘米、厚12厘米，共7条条规，12行，316个字，左上角缺口。（长30厘米，宽28厘米。）

第二块：此碑长80厘米，宽146厘米，厚7厘米，共12行，274个字，左上角缺口。

天福寨条规及新增寨规，由寨首组织寨内人员反复讨论，征求意见而定，故称为“公议”，具有广泛的代表性，并上报荣县知事公署。

第三块：“荣县知事公署”碑，长80厘米，宽142厘米，厚12厘米，共14行，434个字，此碑保存十分完好，除个别字无法辨识外，其余文字均清晰可见。

寨规碑虽无落款，但从碑文中“民国大定”等语推断，寨规镌刻时间为民国时期，国家基本稳定，另从“知事”称谓也可知悉时间，北洋军阀统治时期（1912—1927年）称县知事。由此得知，寨规刻于民国元年至民国16年间。

荣县寨堡之多，位居川南之冠。对于寨堡的管理条规，《荣县志》未见记载。天福寨寨规的发现，弥补了寨堡管理文献之缺，实在难能可贵。对于研究荣县地区的寨堡文化，具有重要的现实意义和历史意义。

弥陀院碑

【原　文】

是盖八辈、十方、三世总道场也。南无阿弥陀佛誓度大千无量劫众生往生净土，实本师释迦牟尼佛金口宣说，广载群经。而荣县虑数十兰若，莲宗专祀缺然。黄居士觉，发心供奉弥陀，军政闻风，特宏檀蜜。

居士本名芝，在清文誉大成，洞究召陵之学，嘉州校艺，七属归高，继以优行，贡于天子，游学海东。国变后一官绵竹，遂归隐东溪不出。抟开佛崖龙藏，临筑漾济众生，佛号寻丈之书，光显崖壁，及今圣院克成。

是院当宋东山龙洞之趾，唐开元寺前，地望娅清，堂除纳翠；庄严宝龛，观世音菩萨、大世执菩萨、释迦文佛殿，诸菩萨一一光相如法。

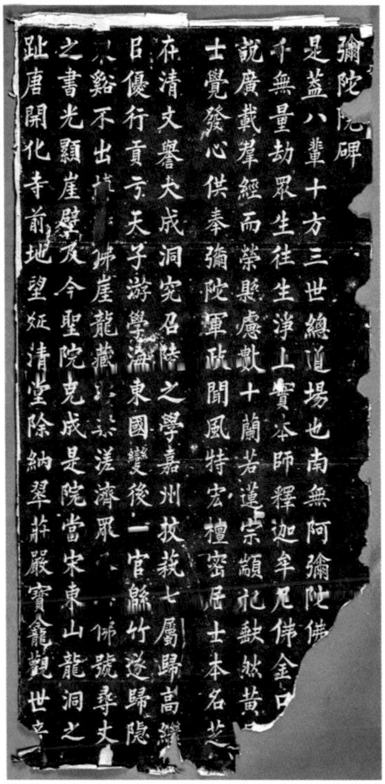

弥陀院碑局部（拓片）

昔梁武皇时，有刘潜雍州金像寺无量寿佛像碑，若夫摄山之阜，栖霞之寺，江总制颂灵迹尤详，敢昭前庥，彫文宝璐。词曰：苍苍太虚，浩劫无圾。乱匪自天，哀今𤜯蝪。皈命阿，信心西有。无量之光，无量之寿。东山大佛，殿自唐年。溪山环抱，宝洞龙缠。众善奉行，诸恶莫作。池莲乍开，天花自落。有优婆塞，觉园一老。齐心廿年，法幢前导。香台在望，流梵东阿。风林水鸟，都唱弥陀。

屠维大荒落玄月赵熙撰

【按　语】

《弥陀院碑》有二块，第一块已佚，仅存拓片；第二块现嵌列于荣州碑园。碑刻于民国18年（1929年）。拓片共两块，每块10行，正文18行，每行21字，其中第十三行5字，第十八行12字，标题一行，4字，落款一行，10字，共357字。拓片第一行缺3字，第二、第三行缺1字，第十行缺2字。碑文收入1996年巴蜀书社出版的《赵熙集》，拓片及原碑所缺文字，据《赵熙集》补录。弥陀院，民国初年建，已毁。遗址在荣县东郊龙洞（罗汉洞）白雀寺下的田畴间，有小池一区，殿宇两重。民国本《荣县志》称弥陀阁。

彰德记碑

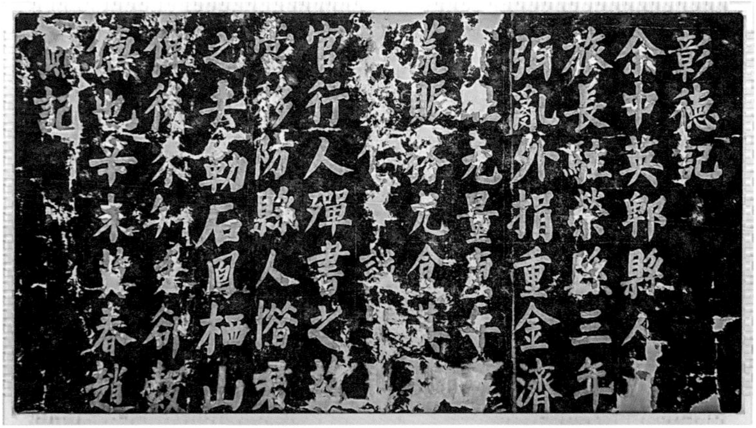

彰德记碑（拓片）

【原　文】

彰德记

余中英，郫县人。□旅长驻荣县三年，弭乱外，捐重金济贫□无量。庚午□荒，赈务尤食其□。□□□□□□□（凡慈仁事，诚宜周），官行人殚书之。兹当移防，县人惜君之去，勒石凤栖山。俾后来知君却谷俦也。辛未莫春，赵熙记。

【按　语】

余中英（1899—1983年），成都第九任市长，原名余烈，号兴公，四川郫县人。早年曾任军政职务，20世纪50年代始任四川省文史研究馆研究员，中国书法家协会会员，书协四川分会副主席。工书法，善丹青。早年书法曾受教于赵熙，绘画及篆刻曾得齐白石亲授。书法作品曾参加全国第一届书法篆刻展。时任川军旅长，驻荣县期间，极力维持地方秩序，扶持地方建设，在荣、威大旱中“赈务尤食其德”。民国20年（1931年），余中英调防资中，赵熙亲自为之撰书《彰德记》，并勒石树碑于凤栖山。今碑已不存，幸有拓片藏于我市藏家手中。阙文参考《郫县志》（1989年）补入。

王天杰烈士祠碑

【原文一】

王烈士传

荣县杨亶撰　刘翌道书

烈士名天杰，字子骧。荣县王氏，城南二三里有阅其门者，其世居也。有清初叶，王氏由楚迁蜀，遂代为荣人。孝弟力田之仕，垂二百年，益繁其族。烈士笄丱之始，即腾踔有声于时。清季多故，民党初基，大义虽揭，人怀恐惧。冠带之伦，凛然以钩党诫其家人子弟，烈士独潜结盟，日即驰驱。蜀故僻左，四方之士罕至，川南数县，荣尤山陬，为党士所宣。烈士实为之绾毂。常所捐犯难之事，尤不计谟自出，而名遂彰彰矣。辛亥七月保路事起，烈士以荣县发难，传檄近县，旬日之间闻风而景从者，如扶摇之抟平沙也。因暨同党领义士二万趣成都，与清军战于华阳之野，推锋而前，兵及隍池。会联军挫扭，乃全师驰归。至八月辛丑，逐清吏，别署同志。一新政令，首义实先天下，逾月武昌义旗，建民国，事大定。客有说烈士屯兵成渝以观天下者，烈士义不当涂，寝其议，故事建而功不焰于遐方。其明年，秉命释兵，方斥家资数千金，散其部曲。而袁氏偭德，于癸丑秋潜谋帝制。西南各省檄州县申讨，烈士仓卒之间再以兵应，及袁军劲旅会战荣西白石之阿，死丧过当，弹尽援绝，乃哀亡散。得二千人，走巴渝，次永川，诡为袁军所获，见戕时，年才二十有三。其死也，无一语及它事，唯谆嘱善视其众而已。袁军在荣者并籍其家，搜牢不遗一物。烈士丰肉且痹，性冲穆无崖检，无论同党胥爱善之。家故高资，而不靳与人。妻赵淑仪能弼替其行，先烈士卒。子成家、汉家均蚤世；女悊明适大邑且；孙辉槐依继室赵懋渠扶字以存。今距烈士之死已二十有八年矣，因专祠成，椎轮之勋，俱久而湮乃传是生平侍国史之稽。赞曰：大魔炀灶，修夜不旸。朗朗莹兮新魔铁枪。羌，蜀雌而无雄。若微君之倡，不知几人称帝，几人称王。仁不苟生，义不乖方。碧血开元，空谷芬兮都梁。

王天杰烈士祠碑

民国三十年（1941年）春三月建

石工段志和、阳玉华刊

民国三十年（1941年）二月　三原于佑任撰并书

【按　语】

王天杰烈士祠碑原在富南乡波罗村王家坝烈士故居，为便利保护已由县文管所于1982年12月搬迁至大佛寺，筑亭保护。

王天杰，字子骧，是荣县“首义实先天下”的主要领导人之一。1911年9月与吴玉章、龙鸣剑等人领导了反清革命运动，宣布荣县独立，成立军政府。1913年在荣县举兵讨伐袁世凯，不久重庆告急，兼程赴援，在永川被俘牺牲，时年23岁。

1941年荣县修建王天杰烈士祠堂，并树碑立传。碑宽2.7米，长1.52米，厚0.32米。碑阳即为由县人杨亶撰、刘翌道书刊刻的《王烈士传》，半圆形碑帽篆勒“铭德扬休”四个钟鼎金文。碑阴是国民党元老、监察院长、著名书法家于右任先生的七绝二首《题荣县王烈士祠》（见第一编诗词篇）。

“还我河山”题刻

【原　文】

还我河山。

还我河山

【按　语】

1943年初冬，祖国面临生死存亡之际，冯玉祥将军奔走在四川西南各县市，发动献金救国运动。11月16日到达荣县，在募捐的同时题写“还我河山”四个隶书大字，后分别刻在城南擦耳岩和城东罗汉洞（龙洞）高崖上，每字约一米见方，落款注明“留给荣县人民”。可惜擦耳岩上的刻字后来毁于“文化大革命”。罗汉洞高崖上的题字，现今完好无损，清晰可见。

荣县地方法院募捐碑

【原　文】

本院成立之初，抗战方始结束。因陋就简，法庭列于两旁楼下，殊不足以壮观瞻。年来国步方□，国库无力及此，因发起募捐，得地方人士热心扶持。首由荣县参议会通过拨款，更由各地方私人乐捐，□得鸠工庀材。越两月落成，为法庭二、过道一，而办公室四，亦同时修建。壮丽崇宏，焕然改观，因记捐款鸿名，所以示地方人士尊崇法治之意也。此记。

中华民国三十七年（1948年）元月　榖旦　宋维镇记

计□捐款人姓名：

荣县县参议会拨陆佰万圆

余述怀、朱□昭、程良各捐国币贰佰万圆

□□□、侯策名、熊佐周、张筱坡、颜心畬、刘瀛洲、黄俊、□寅丞、宋席九

荣县地方法院募捐碑（拓片）

【按　语】

据1993年本《荣县志》载：“民国三十四年（1945年）十月，建立地方法院，内置法、检两方，分别行使检察权和审判权。”这一记载与碑文首句相符。

该碑勒石于民国37年（1948年）。捐款人中余述怀、侯策名、熊佐周、张筱坡、颜心畬、刘瀛洲等，均是自贡盐场风云人物，他们“尊崇法治”，慨然乐捐，这应引起人们的重视与研究。从拓片上却看不出他们的捐款数，只好存疑了。

附 录

荣县各级文物保护单位名录

全国重点文物保护单位（3处）					
1	荣县大佛石窟	唐	石窟寺及石刻	荣县旭阳镇杜林街社区大佛路1号	国务院 国发[2006]19号
2	吴玉章故居	清光绪四年（1878年）	近现代重要史迹及代表性建筑	荣县双石镇蔡家堰村6组蔡家堰	国务院 国发[2006]19号
3	荣县镇南塔	宋	古建筑	荣县旭阳镇城城南0.5公里的龙头山	国务院 国发[2013]13号
省级文物保护单位（7处）					
1	荣县军政府旧址	清光绪四年（1911年）	近现代重要史迹及代表性建筑	荣县旭阳镇南街社区	四川省人民政府 川府发[1991]50号
2	吕仙崖摩崖造像	唐	石窟寺及石刻	荣县墨林乡吕仙村2组吕仙崖	四川省人民政府 川府函[2007]114号
3	荣县二佛	唐	石窟寺及石刻	荣县旭阳镇桂二佛路社区二佛路	四川省人民政府 川府函[2012]149号
4	后龙山摩崖造像	唐	石窟寺及石刻	荣县旭阳镇天车村19组	四川省人民政府 川府函[2012]149号
5	来牟黎氏墓	清道光元年（1821年）	古墓葬	荣县来牟镇来牟村13组四合水	四川省人民政府 川府函[2012]149号
6	蟠龙刘氏家族墓	清嘉庆十六年（1811年）	古墓葬	荣县长山镇蟠龙村6组斜石板	四川省人民政府 川府函[2012]149号
7	旭水酒作坊遗址	清同治九年（1870）	古遗址	荣县旭阳镇附东街社区	四川省人民政府 川府函[2012]149号

市级文物保护单位（17处）					
1	奉先桥	清同治八年（1869年）	古建筑	荣县乐德镇高滩村10组	自贡市人民政府 自府发[2006]31号
2	大佛沱摩崖造像	唐	石窟寺及石刻	荣县古佳乡小井冲村4组黄坭滩	自贡市人民政府 自府发[2006]31号
3	大观桥牌坊	清同治十二年（1873年）	古建筑	荣县东佳镇赵家桥村16组老筒车	自贡市人民政府 自府发[2009]2号
4	荣县钟楼	民国8年（1922年）	近现代重要史迹及代表性建筑	荣县旭阳镇南街社区	自贡市人民政府 自府发[2009]2号
5	龙洞摩崖造像	唐至宋	石窟寺及石刻	荣县旭阳镇桂林街社区电瓷厂内	自贡市人民政府 自府发[2009]2号
6	武官大佛	宋	石窟寺及石刻	荣县望佳镇武官村3组小湾子古佛寺内	自贡市人民政府 自府发[2009]2号
7	铁炉嘴冶铁遗址	汉	古遗址	荣县铁厂镇曹家坪村5组铁炉坝	自贡市人民政府 自府发[2009]2号
8	玉泉寺	清	古建筑	荣县来牟镇新寺村7组新寺山	自贡市人民政府 自府发[2009]2号
9	青阳洞石刻	清	石窟寺及石刻	荣县旭阳镇二佛村7组	自贡市人民政府 自府发[2009]2号
10	但懋辛宅（但家大院）	清	古建筑	荣县观山镇方冲村4组方冲	自贡市人民政府 自府发[2018]3号
11	柑子园字库塔	清咸丰八年（1858年）	古建筑	荣县高山镇萝卜沟村12组柑子园	自贡市人民政府 自府发[2018]3号
12	古佛寺造像	唐	石窟寺及石刻	荣县旭阳镇二佛路社区西干道	自贡市人民政府 自府发[2018]3号

13	集生寨军事防御工事	不详	古文化遗址	荣县墨林乡吕仙村4组、10组	自贡市人民政府自府发[2018]3号
14	吕家寺摩崖石刻	民国5年（1916年）	其他	荣县于佳乡瓦窑村5组戈铲山	自贡市人民政府自府发[2018]3号
15	窝棚湾摩崖造像	唐	石窟寺及石刻	荣县正紫镇窝棚湾村5组大佛崖	自贡市人民政府自府发[2018]3号
16	赵熙墓	民国37年（1948年）	近现代重要史迹及代表性建筑	荣县旭阳镇黑林沟村3组牛角山	自贡市人民政府自府发[2018]3号
17	富有灏当铺（郭家大院）	清	石窟寺及石刻	荣县旭阳镇二佛村7组	自贡市人民政府自府发[2018]3号
县级文物保护单位（22处）					
1	虎洞石刻	民国6年（1917年）	其他	荣县旭阳镇子同桥村6组	荣县人民政府荣县府发[1996]138号
2	柳倩诗书收藏馆	1990年	近现代重要史迹及代表性建筑	荣县旭阳镇桂林街荣州广场东北50米	荣县人民政府荣县府发[2006]20号
3	曾天瑞墓	清	古墓葬	荣县双古镇朱家河村7组	荣县人民政府荣县府发[1996]138号
4	仙人山石刻	唐至民国	石窟寺及石刻	荣县双古镇大车村2组大冲沟	荣县人民政府荣县府发[1993]85号
5	大刀寨遗址	南宋宝祐五年（1257年）	古建筑	荣县双古镇白果村1组	荣县人民政府荣县府发[1993]85号
6	高嘴山墓群	清	古墓葬	荣县长山镇得胜村1组高嘴山	荣县人民政府荣县府发[1996]138号
7	名威镇世牌坊	明万历三十五年（1607年）	古建筑	荣县观山镇楠树村1组王家庙	荣县人民政府荣县府发[1993]85号

8	天应寺造像	宋	石窟寺及石刻	荣县东兴镇白杨寺村2组天应寺	荣县人民政府 荣县府发[2006]20号
9	青龙山恐龙化石群	旧石器时代	其他	荣县复兴乡朱家庙村	荣县人民政府 荣县府发[1996]138号
10	狮子寨崖墓	汉	古墓葬	荣县墨林乡吕仙村5组狮子寨	荣县人民政府 荣县府发[1993]85号
11	王序墓	宋	古墓葬	荣县旭阳镇子同桥村6组先农潭	荣县人民政府 荣县府发[2012]7号
12	朱昌沟墓群	清	古墓葬	荣县于佳乡楠木村7组朱昌沟	荣县人民政府 荣县府发[2012]7号
13	普陀岩摩崖造像	清	石窟寺及石刻	荣县双古镇四合厂村5组甘龙洞	荣县人民政府 荣县府发[2012]7号
14	虎榜山摩崖造像	清	石窟寺及石刻	荣县双石镇虎板村11组温家岩洞	荣县人民政府 荣县府发[2012]7号
15	药王寺摩崖造像	明万历三年（1575年）	石窟寺及石刻	荣县鼎新镇鲤鱼村2组	荣县人民政府 荣县府发[2012]7号
16	留佳文昌宫	清	古建筑	荣县留佳镇瓦滓村8组	荣县人民政府 荣县府发[2012]7号
17	来牟千佛崖摩崖造像	唐至宋	石窟寺及石刻	荣县来牟镇一洞桥村13组千佛崖	荣县人民政府 荣县府发[2012]7号
18	白鹿洞摩崖造像	唐	石窟寺及石刻	荣县新桥镇螺蛳坝村10组	荣县人民政府 荣县府发[2012]7号
19	高坎山崖墓群	汉	古墓葬	荣县保华镇高石坎村8组蛮洞岭	荣县人民政府 荣县府发[2012]7号

20	郭家冲碉楼	民国36年（1947年）	近现代重要史迹及代表性建筑	荣县留佳镇花红村14组	荣县人民政府 荣县府发[2012]7号
21	但昂先夫妇墓	清光绪二十八年（1902年）	古墓葬	荣县复兴乡李家湾村4组	荣县人民政府 荣县府发[2012]7号
22	但龙先夫妇墓	清咸丰五年（18[illegible]年）	古墓葬	荣县观山镇栗林村2组茅镰塘	荣县人民政府 荣县府发[2012]7号
已普查尚未纳入保护单位部分不可移文物					
1	皇龙仙桥摩崖石刻	清咸丰三年（1853年）	摩崖石刻	荣县于佳乡上坝村13组	
2	金碧崖摩崖造像	唐	摩崖造像	荣县城西南500米	
3	杨泗岩摩崖石刻	清代嘉庆至光绪年间	摩崖石刻	荣县铁厂镇山王村9组	
4	观音岩摩崖造像	清乾隆五十年（1761年）	摩崖造像	荣县长山镇人民村8组	
5	大石包摩崖造像	宋代	摩崖造像	荣县高山镇太平寺村4组	
6	盐井坝摩崖造像	清代嘉庆至光绪年间	摩崖造像	荣县保华镇冯家[illegible]村[illegible]组	
7	仙人溪摩崖石刻	清代	摩崖石刻	荣县于佳乡上坝村13组	
8	棚石岩摩崖造像	唐代	摩崖造像	荣县度佳镇芭蕉湾村15组	
9	华阳山摩崖石刻	民国7年（1918年）	摩崖石刻	荣县双古镇五桐村10组	

10	佛耳湾摩崖造像	唐代	摩崖造像	荣县度佳镇芭蕉湾村19组	
11	佛耳坝摩崖造像	唐代	摩崖造像	荣县度佳镇芭蕉湾村16组	
12	赵家洞摩崖石刻	清代	摩崖石刻	荣县旭阳镇板板桥村4组	
13	观音坝摩崖造像	宋代	摩崖造像	荣县雷音乡塘嘴村11组	
14	层层岩摩崖造像	清代	摩崖造像	荣县双古镇白云村8组	
15	荣家湾摩崖造像	清代	摩崖造像	荣县观山镇水池村6组	
16	盐井坝遗址	清代	古遗址	荣县保华镇冯家塘村3组河跳湾	
17	小井沟告示碑	光绪二十二年（1896年）	碑刻	荣县保华镇红豆树村11组	
18	永顺桥四方碑	光绪十年（1884年）	功德碑	荣县保华镇五皇村14组	
19	洞子湾石室	明末	其他	荣县乐德镇太平村6组洞子湾	
20	范氏祠堂	光绪十八年（1892年）	祠堂	荣县复兴乡新祠村8组大屋沟	
21	双古邹氏祠	清道光初年	祠堂	荣县双古镇石河村6组	
22	五根树荣家祠堂	清末	祠堂	荣县复兴乡五根树村6组	
23	程家沟程家祠	清末	祠堂	荣县双古镇白果村9组	
24	古文镇曹家苑	清代	民居	古文曹家园村7组	

25	但家寺遗址	宋建，清嘉庆二十三年（1818年）重修	寺庙	荣县观山镇栗林村3组	
26	古井坝井	不详	其他	荣县复兴乡古井村7组	
27	张家湾谷氏碉楼	清末	建筑	荣县古文镇柏林坳村2组	
28	埂子村刘氏祠堂	清代	祠堂	荣县东兴埂子村2组	
29	中和山瘗墓	唐代	古墓葬	荣县旭阳镇菠萝村1组中和山	
30	白塔山瘗墓	唐代	古墓葬	荣县旭阳镇菠萝村1组白塔山	
31	胡子昭墓	明代	古墓葬	荣县东兴埂子村2组胡家坝	
32	范觉人墓	明代	古墓葬	荣县来牟镇一洞桥村14组大坟坝	
33	四方碑村蔡氏墓地	清乾隆五十九年（1795年）	古墓葬	荣县双古镇四方碑村2组蔡家坟	
34	郭家碥[illegible]	[illegible]	[illegible]	[illegible]湾村7组郭家碥	
35	蔡朝凤墓	嘉庆三年（1798年）	古墓葬	荣县长山镇双河村13组	
36	大山但刘氏墓	咸丰五年（1855年）	古墓葬	荣县长山镇青龙村12组大山	

后　记

荥县历史悠久，曾先后属犍为郡南安县，名大牢、旭川、荣德、荣怀、和义等郡县、置荣州、绍熙府等等，地域范围相差甚大，千百年来为我们留下了灿若繁星的文化遗迹。然朝代更替，历史的变迁对故迹的破坏以及造成的文献遗失，难把荣山旭水的故迹珠串呈现出来。

在编辑过程中，以荣县不同版本的县志为主要线索，通过走访调查，实地踏勘，征集稿件，查找文献，以有型之迹、湮灭之痕触摸历史，再现辉煌！我们按不同类别将故迹旧痕分为八个篇章，即古城遗迹、佛寺摩崖、名山寨堡、桥梁洞窟、宫庙祠堂、牌坊墓葬、故居旧迹、历代碑刻。这些古迹展示了荣县深厚而独特的政治、经济、军事、宗教等文化，见证了古荣州辉煌的历史。鉴于本书容量限制，只能呈现主要故迹，实为憾事。

幸承蒙戴泽祥、蒋永红、陈述琪、胡林、王星、钟学惠等专家学者的鼎力支持和教正，此书方得以和大家见面。在此，对所有关心、指导和支持本书编辑的领导、老师和专家学者以及图片提供者致以诚挚的谢意！

一城三佛佑，合郡万佛生。佛寺散山野，道场称愚贤。孝义王门榜，忠勇东川痕。放翁枕石留诗吟，香宋书碑赈泽恩。道不尽荣州胜景，说不完首义精神。

抛砖引玉去，片言只语存；诚望证疏漏，区区感恩怀！

《故迹留痕》编写组

2019年12月

千年古县 荣县记忆

④

百业兴替

中国人民政治协商会议四川省荣县委员会 编

吴岷钟 主编

邓友琼 副主编

西南交通大学出版社

·成 都·

图书在版编目（CIP）数据

百业兴替 / 中国人民政治协商会议四川省荣县委员会编. —成都：西南交通大学出版社，2020.1
（千年古县　荣县记忆：全 6 册；4）
ISBN 978-7-5643-7352-8

Ⅰ. ①百… Ⅱ. ①中… Ⅲ. ①区域经济发展 – 概况 – 荣县 Ⅳ. ①F127.714

中国版本图书馆 CIP 数据核字（2020）第 011728 号

目录 CONTENTS

第一篇　农业

第二篇　工商业

第三篇　文化卫生

后记

第一篇　农业

古代农业

“荣偏处山陬，远城田土硗瘠。山田有大小土之分，小土仅产稻谷，一切种植非宜；大土绵延犍宜二邑，凡木棉、豆、麦、芝麻、苎麻、黍稷、薏米等项易于生废，其利颇饶，东路冲田，农民素蓄冬水；南路高岩，界连宜境，谚云‘山高水高，田号肥美’。西路肥饶参半；北路崇山峻岭，冲田冷浸居多，所有地势平衍，烟火相望，名曰‘坝田’。”这段文字来自光绪版《荣县志》，它比较全面地概括了荣县地理地貌和古代农业的基本状况。

《华阳国志·蜀志》记：“犍为郡，孝武建元六年（公元前 135 年）置，时治鳖（今贵州遵义），其后县十二，户十万。”早在 2 100 多年前，犍为郡辖 12 个县，但只有 10 万户人家，按平均每户 5 人计算，每县仅约 4 万人，而荣县仅是当时南安的一小部分，人口估计只有数千人。这样看来，古代荣县确实地广人稀，当时荣县的住民仅依靠刀耕火种或许就能生存。

汉代以后，荣县地区经历过多次战乱，造成荣县人口锐减，土地荒芜，产业凋敝。后经数次湖广填四川才使荣县的产业和人口逐渐恢复。根据《元和郡县志》，荣县在唐代也有过人口骤减的情况。唐玄宗开元年间（713—741 年），荣州居民有 4 770 户，辖 15 个乡；唐宪宗元和年间（806—820 年），辖 20 个乡，居民却剧减到 880 户，平均每乡只有 40 多户人家。

由于地广人稀，荣县土地价值极低，民国《荣县志》载：“康乾时县中地广人稀，田家最贱，银一两值钱八百，可够十亩之地。”尽管如此，由于封建时代土地私有制，土地仍然主要被地主阶级占有，农民通常靠租佃土地生存，且租佃土地之前必须先交年交租价值 20%~30% 的押金（又叫稳金）。

荣县的人口变迁也跟整个四川人口的变迁是基本一致的。

宋末元初，从绍定四年（1231 年）元军攻入四川起，到 1279 年四川为元军全部占领止，四川内部经历了近半个世纪的战争蹂躏。战争的长期性、残酷性、破坏性，在四川历史上是前所未有的。当时在荣县任绍熙府通判的曹必才先后归明玉珍和明朝。虽然曹公的行为未必被史家看好，但荣州百姓因此在一定程度减轻了灾难，故有《绍熙判府曹公老君山保守记》刻于老君山，龙洞（罗汉洞）刻有曹公像加以纪念。而在明清时期荣县就未能幸免了。

明末清初，四川近四五十年的战乱让城市变为废墟，沃野变为荒土，尸横遍野，惨不忍睹，社会经济遭到严重破坏。顺治十八年（1661 年），四川全省人口仅 16 090 户。康熙二十四年（1685 年）仍只有 18 090 户，全省在籍人口不足 10 万人。土地大量荒芜。

顺治十年（1653 年），准四川荒地听民开垦，官给牛种，酌量补还价值。康、雍时期，进一步采取一系列具体措施，规定抛荒土地，任凭耕种，永占为业，五年起科。川民逃亡外省者，给付引照和路费，准其返回原地，愿垦荒地亩者，给为永业。外省人户入川垦种者，准其入籍，并准其子弟参加入籍地区的科举考试。愿垦荒居住者，其开垦土地给为永业，亦准五年起科。同时又令招民事例，以 300 户为率，能如数安插者，各现任官不论，俸满即升。一时间掀起了山西、陕西、甘肃、贵州、江西、安徽、广东、广西、福建、湖广等地民众移蜀浪潮，其中以湖广人最多，史称“湖广填四川”。这种大规模的移民运动，使四川人口急速增长，随之荣县人口也进入了稳定的增长期。据不完全统计，至康熙六十一年（1722 年），荣县居民有 3 435 户，27 713 人；雍正末年（1735 年），有 4 167 户，30 072 人；乾隆末年（1795 年），有 20 836 户，112 616 人；嘉庆元年至二十五年（1796—1820 年），有 24 648 户，114 586 人；道光元年至二十五年（1821—1845 年），有 30 212 户，134 175 人；光绪四年（1878 年），有 88 577 户，325 576 人；民国 24 年（1935 年），有农户 110 925 户，50 万人。

农业是人口繁衍生息的基本前提，人口的变化史也反映了农业生产的发展变化情况。

荣县地处川南，地属丘陵，东北低山向西南逐步延伸，分别向西北和东南倾斜，地势起伏不平，整体呈现西北高而东南低、由低山到丘陵的格局，通常分为西北路和东南路两个区域。地形地貌分为平坝、丘陵、低山，丘陵区约占 75%，低山区约占 22%，平坝区约占 3%。丘陵和平坝以农作物为主，低山区以林茶为主，多种经营，畜牧农结合。

嘉庆版《荣县志》载："蜀地江水之利，灌溉无穷，号称天府，荣邑独不近江川，田居其大半，因溪河砌堰，山阿掘塘潴蓄之利。"四川水利资源十分丰富，但是荣县没有大江大河，而以水田为主，只能利用溪河砌堰和挖掘山塘的方法保障农田生产用水。乾嘉时期，荣县编户七里，分为荣川、乐阳、兴贤、仁义、清流、来苏、荣德七乡，二十四堡，"民之资给以生者，惟田亩尔，沟壑之湮塞，溪流之圮败，不有以预为之所，旱潦为沴，其何以堪，爰有定规，因时而慎之，存乎其人焉"。县令黄大本号召农民筑塘砌堰，并利用冬水田储水，根据塘堰的权属性质划分水的使用权。根据当时的统计，荣县境内有新旧塘堰 1 600 余口（座），但是仍然不能满足农业生产用水，解决生产用水的另一种方法就是冬水田储水。据 1993 年版《荣县志》载，民国时期，冬水田储水面积达 57.82 万亩（1 亩≈666.67 平方米），占稻田面积的 93.5%。也就是说，绝大部分稻田都是冬储水田。

古代农业是一种粗放型产业，是一种原始的生态生产方式。农民听说什么种子好，就用自家的同种粮食跟别人换或者以略高于市场同种粮食的价格购买。抗病力强、产量相对高的品种逐渐沉淀并自然选育出来。

古代荣县农业的主要谷物类粮食作物有：粘谷（早晚二种）、糯谷（水旱二种）、百日早、大小桂阳粘、香谷、红谷、麻谷、雷粘、酒黍、饭黍、稷（可成酒成曲）、粟（红白二种）、大麦、小麦、油麦、燕麦、胡豆、黄豆、黑豆、绿豆等。前面的粘谷、糯谷、百日早、大小桂阳粘等属于古代农作物品种，黍、稷、粟等谷物属于北方引进品种，豆类属于杂粮。

民国时期，水稻主要有沙吊子、大白叶、二白叶、叶下藏、竹椏谷等品种，均为高秆，易倒伏，亩产约 250 千克；玉米主要有高九皮、高七皮、中七皮、矮七皮等品种，亩产 60 ~ 70 千克；小麦主要有胡豆黄、白麦子、油条子等品种，但产量低，民国 30 年（1941 年）引进金大 290、中农 28 等品种，但产量仍然不高。还有爬地花生以及白皮、红心、二红皮、洋红苕等红苕品种。

由于古代没有化工，也就没有化肥、农药。

肥料主要靠农家肥，如人畜粪、堆肥、厩肥、草木灰、山灰、油枯等有机肥料，水田主要靠高留稻桩沤制肥料，旱地一般施水肥和堆肥。所以，城区附近的农民经常到城里淘粪回去作肥料。过去，用人力或黄牛的架子车拉粪是马路一景。所谓堆肥，就是到秋冬草枯季节，将各种作物秸秆、落叶、藤蔓、泥炭、垃圾集中起来成堆沤制的肥料，或者用满山田边地角的杂草铲起来的混合堆子，草多一些就先渥烟，草少就直接泼上人畜粪便，待发酵后作为农家肥。

还有一种绿肥，就是农民夏天割黄荆、马桑、苦蒿下田，冬天铲草皮、砍黄荆、马桑下田沤制成肥料。

有些山区草和灌木长势太旺，山势陡峭，没办法铲除，就在草枯季节直接烧荒，也叫烧山或烧畲。那时候根本不知道细颗粒物（PM2.5）是什么，大冬天的时候，漫山遍野变得光秃秃的，到处是一堆堆的农家肥。诗人刘禹锡的竹枝词“山上层层桃李花，云间烟火是人家。银钏金钗来负水，长刀短笠去烧畲”，描写的就是四川农民原始的生产生活场景。

农药则依靠土办法炮制，比如，用烟叶骨头泡人尿用作杀虫剂，用洒熟石灰的办法改良土壤。

早在南宋时期，陆游摄政荣州时写了《登城望西崦》：“登城望西崦，数家斜照中。柴荆昼亦闭，乃有太古风。惨淡起炊烟，寂历下钓筒。土瘦麦苗短，霜重桑枝空。恐是种桃人，或有采芝翁。何当宿楼上，月明照夜舂。”这首诗告诉我们，古代荣州山民生活古朴而清苦，荣州先民早就种麦和养蚕，还种植桃李等水果，但是土质和气候条件较差，产量低。而他的另外一首诗《晚登横溪阁》中“卖蔬市近还家早，煮井人忙下麦迟”，反映了城边的人多以种菜卖菜为生，百姓因为忙于盐业生产而把种麦子的时间耽误了。这首诗从另一侧面说明，在南宋时期，荣州盐业已经比较发达，在经济生活中处于优先的地位，农业反而在其次。

农历每年二三月间，正值青黄不接的时候，人们俗称这两三个月为“荒月”。在清代，为防备荒年，县里按照《周礼》建设粮仓，分平仓和社仓两种，平仓由县衙掌管，社仓分置于县城和各乡镇，在需要接济的时候由粮仓借出，受借人在夏收或秋收后加上利息归还。这一制度一直持续到清末。乾隆十八年至二十六年（1753—1761 年），社谷 13 885 余石，至嘉庆十七年（1812 年）年 31 941 余石，道光十五年（1835 年），32 979 余石，到光绪年间还有平仓 19 间，社仓 92 间。其后因云南流寇扰境，有的仓库被逆贼焚掠，政府担心接济百姓剩余的仓谷成为逆贼的物资，决定把储谷变现，后来又担心现金贬值，于是用变现的资金购置田产收租还仓保值。

土地是人类生存之本，先民对土地非常敬重，所以很多地方都供有土地菩萨甚至建有土地庙。目前双古石缸寨上还留有土地神龛，“有龛风扫殿，无油月作灯”的对联就诉说了土地菩萨甘于寂寞与忠实的守望。除对土地的敬奉外，荣县先民对农业耕种最重要的生产力——牛也非常敬重，很多地方都建有牛王庙，还要举办牛王会。牛王，即牛神，是农耕时代农家敬奉的保护耕牛神，二十八宿中的丑宿星君，所以牛王庙又称丑宿宫。

祭祀牛王最早可追溯到春秋时代，牛王会以及后来春节耍牛儿灯，都与耕牛崇拜有关。原在荣县东兴镇，今已移入大佛寺内的《牛王永庆会碑记》，就记录了东兴牛王永庆会于光绪年间的一次修建、治酌盛会。

相传，荣县牛角山原本叫牛窖山，因一家人养的一头耕牛死去以后，念及这头牛生前辛勤耕耘，对主人家的贡献大，不忍剥皮吃肉，于是把它埋在了山上而得名。就连荣县的地名也跟牛密切相关：墨林有牛头，双古有牛峰，五宝有牛尾。牛头至牛尾长达上百千米，这可能是中国地图上最大的一头“牛”。

荣县历来是一个农业大县，但一直不是农业强县。荣县历史上的政治、经济、文化等许多方面都与农业有着千丝万缕的联系。

（钟学惠）

农作物简介

据民国《荣县志》“物产”篇载：“县境无特异之产，亦无大宗之物。常事不书，则无一可书矣。尽所有书之，又书不胜书。特录其于古有征，于今有用者。有用望以后之发展改良，有征则于读书者训诂之一助。区其类。”农作物共分为谷、蔬、果、花等数十种。现将其所载与农业有关的物产做一概要说明。

一、粮食（谷）类

（一）稷

稷是古代的一种粮食作物，又称粟（谷子），被作为百谷之长，奉祀为谷神。

（二）粳

粳俗称饭谷。三叶栽，五叶实，七叶熟。早熟的有“黄瓜早”“六十早”“盖草黄”等；晚熟的有“稀粒谷”和“枸香谷”两种；中熟的有“铁荚谷”“团荚谷”“齐头黄”“马尾粘”“大叶粘”“辟瘟粘”“冷水粘”“大桂阳粘”“小桂阳粘”等。“粘”作“占”，上述带“粘”的统称“占稻”，因这种水稻来源于古“占城国”而得名。占城国（137—1697 年），也叫占婆国，在今越南南部。原为中国汉代所置日南郡的象林县。公元 137 年，该县县令被象林县功曹（西汉置的一种官名，是郡守县令的主要佐吏）之子区逵所杀，之后区逵自号为王，始建占城国，占城国曾多次与统治越南北部的中国封建王朝发生频繁的战争，同时也不时向中国朝贡，进行贸易。1697 年，被越南灭。“粘稻”，也称“黏稻”，米粒细而长。

（三）糯稻

糯稻俗称“酒谷”，占饭谷的十分之一，是做酒米饭、米酒、二米粑等的主要原料。

（四）陆稻

陆稻俗称干谷，天干之年（旱年）种植。

（五）黍

黍在《新华字典》释：一年生草本植物，籽实叫黍子，可酿酒。“蜀黍”为高粱；“玉蜀黍”为“玉米”，俗称“包谷”。

（六）粟

粟是谷类的一种，花小而密集，籽实是小粒，亦称小米。民国《荣县志》载：粟又叫禾。说文解字称“禾”为嘉谷。据说，古荣州有一禾茎长出 9 穗，最多的一茎长出了 18 穗。

（七）豆

豆也叫大豆，俗称“豆子”。志书对豆子的用途做了简述：“配盐幽之曰豆豉”“磨而凝之曰豆腐”“豆腐郁而朽之曰香豆腐”。

（八）胡豆

胡豆又叫蚕豆，在江浙一带称“茴香豆”。《尔雅》曰：“荏、戎，皆大也。”因此，胡豆也叫大豆。据说，最先种胡豆的是上古帝王喾的长子后稷。后稷继承王位，没把王位传给自己的儿子，而是传给他的五弟台玺。相传，他主要是看中了台玺的儿子叔均十分重视农业生产。《荣县志》曰："县沃土及田塍皆种，井肆饲牛之需"，并且"以酱油为大宗"。

（九）豌豆

《尔雅》曰："盖西域种"，故也叫胡豆，但"非戎菽之胡豆"。大的开白花，叫白豌豆，小的开紫花，叫麻豌豆。嫩苗叫豌豆颠，是汤菜佳肴，也是下面的最佳佐料。豌豆磨细过滤澄清后得到的粉叫豌豆粉，做成粉条也是佳肴之一。豌豆一般是秋天种，春天可以吃嫩豌豆。菜豌豆可以连同豆角一起吃，其他季节的豌豆角有"骨"，只能吃豌豆米。成熟的豌豆一般在公历四月底五月初收获。

（十）豇豆

据说，豇豆是汉代杰出的外交家张骞出使西域时引进的物种，因此，也叫胡豆。豇豆一般是春天种，因是藤蔓植物，所以一般与玉米、高粱等套种，若单独种则要给其旁边插杖子作依附。豇豆一般一蒂双条，颜色有白、青、红、紫多种。嫩豇豆连同壳一起吃，老豇豆只能吃米子。豇豆可做菜，也可以和其他粮食一起煮来吃。同大米煮可做成豇豆干饭或豇豆稀饭；同玉米、小麦等粮食可做成豇豆糊糊（荣县人俗称豇豆 kao kao）。

（十一）绿豆

绿豆粒小，皮绿色，粉多，可与肉类、瓜类合煮"绿豆汤"，是"清热降火"的佳肴。酷暑时节，荣县人常会单独熬绿豆汤来喝，可"防暑降温"。《荣县志》还说："浸之水，生豆芽。"绿豆芽，也是荣县人爱吃的一种菜肴。绿豆熬汤或煮稀饭前，须先用盐水浸泡，否则会煮不熟而成"石豆"。

（十二）大麦

大麦又叫谷麦。《荣县志》曰："贫民或食之，余则饲豕酿酒。"荣县种大麦的不多。

（十三）小麦

小麦也叫麦子。一般是“霜降”（公历十月二十三或二十四）节气种，第二年“立夏”（公历五月六日左右）节气收割。一般人家是将小麦磨成粉（叫面粉）连同麸皮一起吃，稀的叫糊糊（荣县人俗称 kao kao），干的叫麦粑，半干半稀叫“面疙瘩”或“麦疙瘩”。较讲究的人家则要用箩筛将麸皮筛去，只吃“灰面”，最好的吃法是将“灰面”做成面条（荣县人俗称“挂面”）来吃，既是佳肴，也可当“饭”吃。古时候，一般走人户（到亲戚朋友家串门），必备的礼品就是“挂面”：去时送两把（一般一把 0.5 千克）挂面，回来时，主人返还一把挂面，叫着“命来命去”（荣县人“面”和“命”都一个读法）。

（十四）油麦

油麦在《荣县志》中有记载：“山地多种，饲豕，饵食亦美。”它在荣县种植面积不大，吃的人也少。

（十五）荞麦

荞麦分甜荞麦和苦荞麦两种，甜的人吃，苦的喂猪。荣县很少有人种。

（十六）燕麦

燕麦主要用来喂猪、酿酒，种植的不多。

（十七）稗

稗又叫稗子，与水稻杂生。因为它要影响稻谷生长，所以一般要除掉。若单独种植，其籽实可喂猪，可酿酒名稗子酒。稗子籽实生命力旺盛，牛吃了稗子后拉出来的粪便若在田中，第二年还能长出稗子苗来。

（十八）苞谷

苞谷也叫玉米，古称玉蜀黍、玉麦。春天下种，秋天收获。嫩苞谷可烧来吃，名“烧苞谷”，吃起来很香；也可煮来吃，名“煮苞谷”；炒来吃也属佳肴之一；做嫩包谷粑也很好吃。老苞谷可磨成面做糊糊，也可以做成粑（用稻草灰使之发泡，曰“灰水粑”），还可酿成酒，名叫“苞谷酒”，酒劲大，度数高，容易喝醉。苞谷是喂猪的精饲料，喂出来的肥猪名“苞谷猪”（荥县人称办事不靠谱的人也叫“苞谷猪”），肉很香。干苞谷用河沙煎熟使之爆成花，曰“苞谷花”或“爆米花”，是小孩零食佳品。

（十九）高粱

高粱在《博物志》中称“蜀黍”因此物出自四川，故而得名。《荥县志》曰：高粱“专用造酒，非常食”。意思是说高粱主要是用来酿酒，只有灾荒之年，人们才会用高粱“救饥而已”。荥县高粱是酿酒的上乘原料，其次才是稻谷、玉米、小麦等。高粱酿酒后的“糟子”是喂猪的好饲料。高粱秆有 2 米高，一般一株一穗，籽实小而呈红色，故又称为“红粱”。有一种高粱叫“甜高粱”，高粱秆很甜，且可化渣（嚼碎可直接吞食），含糖量与甘蔗接近。

（二十）芝麻

芝麻或称“脂麻”，又叫油麻，有白芝麻、黑芝麻之分。芝麻的籽很小，因而有“丢了西瓜捡了芝麻”形容“因小失大”之说，也将很小的事称为“芝麻大点事”。芝麻可榨油名“芝麻油”，饵菜很香，也可饵糖名“芝麻糖”，饵糍粑名“芝麻糍粑”，饵黄糕名“芝麻糕”等均取其“香”。《荥县志》云：“种芝麻必夫妇同下其种，收时倍多；僧无妇，种芝麻不得者。”但实际并非如此。

二、蔬菜类

（一）油菜

油菜有红、白、青等种类。油菜抽薹，名“油菜苔”，用油煎后很爽口，但一些小孩对其少许“苦”味不适应，不待见。油菜薹可“屡摘屡发”。子可榨油，名“菜油”，是煎炒蔬菜的佳品。

（二）白蒿

白蒿又称软蒿，荣县人称“打粑蒿”。一般不人工种植，为野生蔬菜。清明时节“茸茸而白，采为饵，荐（敬）祖坟”。可摘其嫩芽煮熟与面粉、米粉等做粑，称“蒿蒿粑”，有清香味，荣县人在清明节时常食之。

（三）莲花白

莲花白的菜叶“裹而紧，圆如大球”。同其他蔬菜套种“则变不裹矣”。莲花白不赖肥，肥多也不裹，不裹的菜色青绿，也可吃，但不如裹的菜嫩。可用油煎炒佐饭。

（四）苋菜

苋菜是红色，用油煎炒下饭。家中小孩喜欢用苋菜汁泡饭，曰“红油饭”，因“色、香、味”具备而喜食之。

（五）染绛

染绛的叶厚实，苗茹滑，是煮汤饵面的佳品。

（六）蕨

蕨又名蒴綦，荣县人俗称“脚鸡”（因像鸡脚）。野生植物，人不常食，灾荒年辰可食之救灾。根磨粉后称“蕨粉”，可食。据说，乾道辛卯（1171 年）和绍熙癸丑（1193 年），荣县旱灾，饥民挖蕨根磨粉充饥，数千人凭此坚持了半年之久，因此才活下命来。民国《荣县志》云：“荣北山尤多，数百年前，老林口一带，蕨与崖齐。”

（七）海椒

海椒亦称番椒，荣县人又称辣椒。“海”和“番”意指外来之物，“辣”则指其性味。荣县人喜欢吃海椒，因此每家每户普种海椒。春天播撒育苗，然后移栽，夏天便可摘取而食。海椒味辛辣，有开胃、御寒等功效。荣县海椒，有圆的，有长的。圆海椒一般不辣，长海椒较辣。还有一种叫“七子攒心”的海椒，俗称“七星椒”，是最辣的。

（八）茄子

茄子是荣县较为普遍的一种蔬菜，苗、茎、叶、实皆为紫色，隋炀帝称之为“昆仑紫瓜”。茄子佴饭“实甘腴，非穷况也”。《荣县志》说，茄子是佐饭的佳肴，有钱人家才能吃。茄子的吃法很多，可蒸来吃，叫“尜茄子”，外蘸海椒水，很好吃；也可以炒茄花，加少许青海椒，也好吃；还可以佐以面粉再油炸，名“茄饼”。尜茄子渗出来的水，叫“茄子油”，也是佐饭的佳肴。

（九）韭

韭也叫韭菜。《荣县志》专门介绍了韭菜的栽种方法：“培沙作畦，旋长旋壅（yong，把土或肥料培在植物根上），令避风日之侵，茎白如玉，如淡黄春柳，曰韭菜。”韭黄炒肉丝是荣县佳肴之一。另外，韭菜炒鸡蛋也很受欢迎。

（十）黄瓜

黄瓜古曰胡瓜，大业四年（608 年）改称黄瓜。有黄、白两种，白色的叫蛮黄瓜，比黄色瓜较晚。黄瓜可凉拌，可做汤，也可生吃。

（十一）瓠

瓠是一年生草本植物，爬蔓，夏天开白花，果实呈长圆形。古称匏（páo，匏瓜，俗称“瓢葫芦”），俗称瓠子。嫩时可吃，老时从中剖开可作瓢用。

（十二）苦瓜

苦瓜是一年生草本植物，爬蔓。因味苦而得名，能清暑热。

（十三）丝瓜

丝瓜俗称烧瓜。《荣县志》云：“瓤丝如网，涤器。”时任荣州刺史陆游曰：“丝瓜涤墨渍，不损砚。”丝瓜可炒可入汤，味鲜。

（十四）西瓜

西瓜在《广雅》中被称作“水芒瓜”。《荣县志》云：“回纥国瓜有重六十斤者，……大氐山西产者佳，县差小。”西瓜皮呈条纹花状，瓤红、子黑为成熟的标识，脆而甜者为佳品。

（十五）香瓜

香瓜俗称菜瓜，又叫甜瓜，可止咳化痰。

（十六）南瓜

南瓜古称阿瓜，可作蔬菜，可作糖片，可喂猪。南瓜颠炒来佐饭最佳。南瓜子可以佴茶，也可佴酒。南瓜有圆的、扁的和长的，长的叫枕头瓜。可种植于荒坡土坎，不占地。花金黄色，亦可食。嫩南瓜切丝加少许嫩姜炒，香脆可口；成熟者称“黄南瓜”，煮汤加绿豆曰“南瓜绿豆汤”，是荣县名食之一；黄南瓜烘干饭曰“南瓜饭”，又香又甜。

（十七）冬瓜

冬瓜皮青，灰白，瓤白。冬瓜作汤，有利尿功能。冬瓜制糖，称“冬条”，是馈赠老人的佳品。

（十八）姜

姜，荣县人俗称生姜。《荣县志》载“姜以蜀为美”，古南安（荣地隶之）为蜀郡一县，生产的姜很出名。嫩姜可凉拌，可腌泡，均是佐饭佳品，嫩姜佐其他菜可增色提味。老姜可佐汤调味。干姜入药可驱寒，老姜辛辣。荣县人常用“姜还是老的辣”形容老者经验丰富。

（十九）原荽

原荽，荣县人俗称元荽。据说是汉代张骞出使西域时引进的物种，因此又叫胡荽。味香，可御膻气。常作汤菜蘸水的佐料，也是荣县“羊肉蒸笼”（粉蒸羊肉）的佐料。

（二十）羊荷

羊荷加盐做成酸菜，颜色好看，冬天储存效果好，做汤味鲜。荥县人种植面小。

（二十一）蛾眉豆

蛾眉豆也叫扁豆，形状如眉，故而得名。在荥县遍地都有种，豆米豆角均能食，豆米淀粉多，爬蔓，一般依附于小树或灌木丛，每蒂可长数枚如串，有紫色、白色两种。

（二十二）刀豆

刀豆也叫挟剑豆，荥县人俗称“刀把豆”。嫩角可食，老角只能吃豆米。形状似刀把，也似剑，故而得名。

（二十三）狗爪豆

狗爪豆形状像狗爪子，故而得名。皮外有绒毛，需剥离，内壁有硬骨，也需要剥去，豆米有点像胡豆。爬蔓植物，也要依附小树或灌木。多数荥县人都有种植。

（二十四）芋

芋也叫芋头。《说文解字》释“芋”曰“大叶实根”。叶，荥县人俗称“芋荷叶”，形似蒲扇，可喂猪，人一般不食。根，荥县人称“芋头”，外长紫色毛衣，内部白色，将其“外衣”刮去，只吃内部白色淀粉。可做汤也可连同其他肉类“红烧”，如与鸡肉红烧名曰“芋儿烧鸡”，是荥县名食之一。

（二十五）魔芋

荥县人一般将蘑芋种在房前屋后土地肥沃温润的地方。蘑芋有斑纹，叶大，取根切块晒干备用。用时将根块泡胀用石磨磨成浆，加稻草灰水，使之凝成块，再加佐料烹煮。可单独吃，也可和其他肉类“红烧”，如“蘑芋烧鸡”“蘑芋烧排骨”等。

（二十六）薯

薯，荣县人称“红苕”或“黄苕”。薯是一年生草本植物，茎细长。叶尖可入菜，块根可作主粮食。皮有红、黄、白等色，肉有白、红、黄诸种，淀粉充足，可作苕粉与豆粉似，荣县人称“菏泽粉”。春天育苗，夏天移栽，秋冬收获，农谚云：“立夏小满正栽秧；芒种夏至正栽苕。”“白露秋分，红苕戋戋（jiān）；寒露霜降，红苕棒棒。”红苕少吃是佳肴，吃多了要“伤”（荣县人说“吃够了”）。山区地方土多田少，大米少，“大米”又被称为“细粮”，因此，要逢年过节才吃“细粮”，平时只吃“粗粮”（大米以外的粮食均称粗粮，其中红苕又是“粗粮”中的“粗粮”）。《荣县志》载：红苕“始出交趾、武平、九真、兴古，故名番薯”。

（二十七）薯蓣

薯蓣，荣县人称“山药”。多年生草本植物，开白花，块根外皮呈黑紫色，内部肌肉白色，做汤味鲜。有一名叫“牛尾苕”的，要几年才取摘（挖掘）一次。

（二十八）萝卜

萝卜，有红萝卜和白萝卜。夏秋种，冬春食。初生苗叶可食。萝卜可生吃，可熟吃，也可泡酸菜吃，还可以切成带状晒干来吃。据传，古时有一人生病，梦中见一穿红衣服的小姑娘在唱歌：“五云叶盖晚玲珑，天府由来汝府中，惆怅此情言不尽，一丸萝卜火吾宫。”第二天他将梦告诉家人，有人建议其吃萝卜，果然食后病愈。因此，荣县有“萝卜进城，药铺关门”的说法。

（二十九）白菜

白菜又叫菘菜，耐寒，有“凌冬不凋”之性。与松相似，故名菘菜。开黄花，叶色白，故名白菜。煎、炒、做汤均可。

（三十）青菜

青菜是两年生草本植物，开黄花，茎叶块根可食。叶面有毛，长的苔叫青菜苔，块根叫“菜老壳”，皮去骨泡酸菜香脆；叶长“磊砢”者叫“包包菜”。可作冬菜或盐菜备储日后吃。荣县人有“青菜刮油”的说法。块根和茎可做汤菜，也可煎炒来吃。叶子先在开水中淬一下捞起来切细叫“淬菜”，是佐稀饭的佳品，因此，有“淬菜下稀饭”的说法。

（三十一）大头菜

大头菜是芜菁属，是能形成肉质根的二年生草本植物。荣县金花和古坟场的大头菜特别香脆。可晒至半干，凉拌吃。更多的是用盐腌制后拌辣椒粉和花椒面，能储存很久不变味。荣县产土陶罐，大肚，小口，将腌制好的大头菜放到罐中至七八成满，再填干净的谷草至小颈处，最后用篾片别牢，将土陶罐倒过来放在装有水的盆里，使其既沥水又密封不变质。荣县人称这种坛罐为“倒罐”，这种制作方法称“匍”（pú）。《荣县志》云：“盐其苗，腊（晾干的意思）其根，以嫁女者，储至百年不朽。”

（三十二）瓢儿菜

瓢儿菜又叫牛皮菜。冬天，经霜雪后味腴。红色的只能喂猪。

（三十三）菠菜

唐书载，贞观二十一年（647 年），菠菜由泥婆罗国引入（向唐太宗“敬献”后引入），是汤菜和佐面条的上乘原料。

（三十四）葱

葱一年四季都有，又叫四季葱，荣县人称火葱。叶是汤菜的佐料，尤其是灰馍儿里加上葱，叫“一青二白”。葱也是做鱼的最佳佐料。葱头还可以泡酸菜。葱一般种在田坎上，也可以种在田土里。

（三十五）蒜

冬天吃叶子，叫蒜苗，做回锅肉的时最香；春天抽茎叫薹苔，“蒜薹肉丝”也是荣县名食之一；头，叫蒜子，跟腌制大头菜的方法差不多。蒜子晒干，古称燥蒜，可作蘸水和其他荤菜、素菜的佐料起调味作用。古为“珍膳”，亦可去毒，如遇“拉肚子”，只要嚼食一瓣，可立即见效。

（三十六）荞（藠）

荞，荣县人称藠头，是多年生草本植物，叶细长，开紫色小花，鳞茎和嫩叶可以吃。头可做酸菜或腌菜。

三、水果类

（一）樱桃

樱桃是乔木，树皮灰白色，小枝灰褐色，嫩枝绿色，子紫红色。冬天开花，春天成熟。荣县农谚云：“樱桃枇杷，隔年开花；先吃樱桃后吃枇杷。”樱桃味甘甜，是水果类中名列前茅的佳果。难种植，有歌谣：“樱桃好吃树难栽。”可加糖腌制且不变质，还可泡酒。

（二）桃

桃，荣县人俗称桃子、毛桃。桃、梅、李是古荣州的主要水果，而“桃”则在首位。桃皮有细毛，桃有核，去毛（或皮），去核，剩下肉可食用，桃肉呈白色，甜而脆。清明前后开花，芒种前后成熟。有肉红者称“红心桃”。

（三）梅

梅，荣县人称梅子，又叫杏。皮有细毛，黄色，内有核，叫杏仁，可煎炒而食。杏肉生吃。

（四）李

李，荣县人称李子。初为青色，熟时为黄色。甜而脆，有核，不能吃。红色的李称血李，酸味重。荣县人喜吃黄色的“糖李”，不爱吃血李。农谚云“桃饱李饿，吃了果子不烧锅”，说明李子能帮助消化。

（五）梨

梨，荣县称果子，俗称果儿。有青皮、黄皮两种。《荣县志》云：“以糖煮之曰梨元，为果中尊品。”荣县人常用冰糖煮梨，治咳。

（六）核桃

《荣县志》曰：“博物志，胡桃种。张骞得自西域。”可见，核桃是从西域引进的。核桃皮呈绿色，不能食。壳有厚有薄，薄者为纸核桃，容易剥；厚者为米核桃，需借助工具方能剥开；还有一种借助工具也很难取其肉的叫臧核（荣县人在其后加儿化音叫“臧儿核”）。核桃又叫“长寿果”，即它的营养价值很高，经常吃能延年益寿；又叫“聪明果”，即对补脑非常有用；还有说它具有补血、养气、补肾填精、止咳平喘、润燥通便等功效，因此又叫“万岁子”。在水果中，核桃是最晚熟的，有“桃三、李四、果八年，梅十一、核十二”的说法，意指桃子三年、李子四年、果子八年能挂果，而梅子和核桃则要十一、十二年才能挂果。

（七）桔

桔又叫桔子、苏柑儿。《荣县志》载：桔子产于江南，“姑苏特著”，故称苏柑（儿）。蜀地栽种较早，但主要在川东南沿江河的富顺、江津等地，而荣县属于山地，且运输艰难，销售不便，所以种植桔子始终“不能极盛”。最早在县内栽种桔子且成“园”的只有乐德镇的张氏桔子园。到民国时，县内的过水凼、李子桥等东南地区才开始种植桔子。至民国末期，全县各地均遍种桔子，基本上是各村各组均有桔子树。桔子树四季常青，不仅可以供给人佳果，还能给人提供乘凉之地。有诗为证：“江南有丹桔，经冬仍绿林……徒言树桃李，此木岂无阴？”

（唐·张九龄）。桔子肉呈黄色，初时酸，熟后甜；桔核可入药治疝气；桔皮可作调味佐料，佐狗肉尤佳。

（八）柑

柑，荣县人称柑子，俗称气鼓。史料记载，古作甘。杨雄《蜀都赋》中的“黄甘诸柘”中的“甘”即后来的“柑”。据说隋朝开国皇帝杨坚（文帝）特别喜欢吃柑子，而且特别喜欢吃蜀中的柑子。蜀中的柑子数犍为南安县的最佳，尤其是叫作“广志”和“平蒂”的柑子，“大如升，色苍黄”，香气扑鼻。为了满足隋文帝的爱好，蜀中便将犍为郡南安县的柑子以蜡封其蒂，使“香气不散”，径送朝廷。可见，古荣之地（隶南安）在隋朝已生产深受皇帝喜爱的柑子。民国时期，荣县的柑子已遍地都种，只是已非“贡品”。柑子肉白如脂，米子如豆，甜中略带酸味。

与柑、桔类似的还有柚子、寿星桔、佛手柑等。

此外，民国《荣县志》载入“果类”的还有泡（抛音，俗称薅秧泡）、枇杷、银杏、花红、荔枝、龙眼（桂圆）、石榴、栗（板栗）、柿（柿子）等，在此不再细述。

四、花类

（一）牡丹

牡丹古称芍药，《广雅》名白术，唐朝名木芍药。牡丹是芍药科、芍药属植物，为多年生落叶灌木。茎高 2 米左右，枝短而粗。花单生枝顶，有玫瑰色、红紫色、粉红色、白色等。色泽艳丽，玉洁殊香，风流潇洒，富丽堂皇，素有“花中之王”的美誉；花大而香，故又有“国色天香”之称。有诗为证：“庭前芍药妖无格，池上芙蕖净少情。唯有牡丹真国色，花开时节动京城。”（唐·刘禹锡）刘兼官荣州时，再看光福寺时对“牡丹”所作之诗曰：“去年曾看牡丹花，蛱蝶（蝴蝶的一种，翅膀赤黄色，有黑纹）迎人傍彩霞。今日再游光福寺，春风吹我入仙家。当筵芬馥歌唇动，倚槛娇羞醉眼斜。来岁未朝金阙去，依前和露载归衙。”说明在唐末，古荣州已有牡丹，且有不少文人为其咏诗作赋。清代末，牡丹曾被作为中国的国花。

（二）紫荆

紫荆又叫满条红。丛生，春天开紫色花，花十分细碎，许多朵一簇。民国时，荣县诗人王壬秋诗云：“珠诽闹春欺锦缬（xié），宝鞭敲日碎珊瑚。”由此可知紫荆花是非常美丽的。

（三）芙蓉

芙蓉又叫木芙蓉。属落叶灌木或小乔木，花梗和花萼均有星状毛与直毛相混的细棉毛。叶宽卵形至圆卵形或心形；花初开时呈白色或淡红色，后变深红色，花瓣近圆形，花期为 8—10 月。花大色丽，花叶供药用，有润肺、凉血、散热和解毒之功效。荣县人又将其称为“阿（鸦）芙蓉”。唐朝时名叫米囊花。晚唐诗人雍陶有诗为证：“行过险栈出褒斜，出尽平川似到家。万里客愁今日散，马前初见米囊花。”可见唐时，四川西南地区已有不少芙蓉花。白色的叫白芙蓉，红色的叫红芙蓉。籽可榨油，又可制糖。荣县铁厂铺被称为“佳产”之地。

（四）海棠

海棠属乔木，小枝粗壮，圆柱形，幼时具短柔毛，长成逐渐脱落，老时呈红褐色或紫褐色，无毛。叶片椭圆形至长椭圆形。花序近伞形，花瓣卵形，基部有短爪，白色，在芽中呈粉红色。果实近球形，果期为 8—9 月。素有“国艳”之誉。早在先秦时期的文献中已有栽培海棠花的记载；到汉代，栽种海棠花已成“园林艺术”；到唐代，栽种海棠花的技术和规模均得到发展；宋代时期，海棠花的栽培得到更多的发展，到达鼎盛时期，在当时已被称作“百花之尊”；元代，多种花卉都受到战火硝烟的摧残，唯独海棠花仍保持长盛不衰的势头，之后亦独享“花之贵妃”“花中神仙”美誉。海棠花在古时常常被作为贵重礼品送给亲朋好友。唐代宰相贾耽编著的《百花谱》云：“海棠无香，惟蜀中嘉州有香。”可见，曾隶之于嘉州的古荣州的海棠是有名的“香”花。时官荣州的刘兼亦作诗赞之：“淡淡微红色不深，依依偏得似春心。烟轻虢国颦歌黛，露重长门敛泪衿。低傍绣帘人易折，密藏香芯蝶难寻。良宵更有多情处，月下芬芳伴醉吟。”海棠又叫贴梗海棠，亦称木瓜。

（五）紫薇

紫薇又叫红薇。树无皮，搔之全身皆动，被荣县人称为“抠痒树”，也叫“痒痒树”“痒痒花”“紫金花”。落叶灌木或小乔木。树皮平滑（无皮），灰色或灰褐色；枝干多扭曲，小枝纤细；叶互生或对生，呈椭圆形或倒卵形，幼时呈绿色或黄色，成熟时呈紫黑色；种子有翅，长约8毫米；花期为6—9月；果期为9—12月。树姿优美，树干光滑洁净，花色艳丽。夏秋开花，花期长，故有“百日红”之称。南宋大臣，著名文学家、爱国诗人杨万里（字廷秀，号诚斋），与陆游、尤袤、范成大并称“南宋四大家”或“中兴四大诗人”。因宋光宗曾为其亲书“诚斋”二字，故学者称其为“诚斋先生”。杨诚斋咏紫薇诗云：“谁道花无红百日，紫薇长放半年花。”荣县王培荀诗赞紫薇云：“开轩北面小桥东，曲折回廊地数弓。一阵清香醒客醉，紫薇花里过来风。”可见，县人或与县中名人如陆游、尤袤、宋光宗等有关的大诗人均对荣县的紫薇情有独钟。

此外，志书上还记载了泽兰、辛夷（玉兰）、映山红（杜鹃）、玉烛、茄花、凤仙、忘忧草、胭脂花、栀子花、荷包花、荷花、葵花（向日葵）、荚篱花、虞美人、桂花、菊花、雁来红、水仙、红蕉、梅花等。由此可见荣县的花非常多，在此不再一一细述。

荣县物产之丰富，仅农作物亦“书不胜书”也。

（吴岷钟）

荣县古代水利工程

千年荣县，历史文化悠久，聪明智慧的先民们充分利用优越的地理、自然条件，不断创造、继承和发扬农耕文化，因势利导，充分开发和利用水利资源，兴建各种水利设施，创造发明和使用各种提水灌田工具，做到人与山水和谐共生，将荣山建成了富庶的鱼米之乡。下面就荣县古代水利建设做一简述。

一、荣县的自然水利条件

自然条件为荣县经济社会发展提供了水资源基础，因此，要了解荣县古代水利，就必须了解荣县的自然水利条件。

荣县河流可分为两大水系、六个流域，即岷江水系和沱江水系。岷江水系有三个流域：越溪河流域、沙溪河流域、茫溪河流域；沱江水系有三个流域：旭水河流域、中溪河流域、威远河流域。两条河流，即越溪河（流入岷江）和旭水河（流入沱江）。

1. 越溪河（古称拥斯茫河）

越溪河是过境河流，全长 245 千米，县境内长 115 千米。流域面积 2 667 平方千米，出县境处控制流域面积 1 085 平方千米，扣除入境以上 269 平方千米以及支流县外部分 89 平方千米，境内流域面积 727 平方千米。越溪河多年平均来水量为 2.8 亿立方米，水量充足。

越溪河流域呈狭长形，中上游左翼基本上为低山，故支流偏于左侧。

沙溪河为越溪河一级支流，但汇合处属于荣县与宜宾接壤地带，在县内为一单独河流，故列为一流域。沙溪河发源于荣县铁厂镇的原青白乡苦桥沟，于宜宾的双河口汇入越溪河，流经度佳镇、河口镇、古佳乡，全长 41.6 千米，流域面积 262 平方千米。

茫溪河在荣县境内均系源头段，共长 78.3 千米（主要是指各支流合计数），境内占有流域面积 163 平方千米。

2．旭水河

旭水河属沱江的二级支流，发源于九宫山余脉荣县东兴镇境内，经东兴、墨林、旭阳、望佳、乐德、鼎新出境，于自贡双河口处汇入釜溪河，全长 118 千米，流域面积 1 022 平方千米。旭水河在县境内的河道长 73.3 千米，流域面积 493.8 平方千米，主要支流有洛阳水、臭水河、梧桐水、双源河、双石河等。其较大支流有中溪河、金鱼河。

中溪河为旭水河的支流，发源地在县内墨林乡观音岩。荣县境内长 17.7 千米，流域面积 22.2 平方千米。

二、荣县古代水利简述

由于荣县属于丘陵地区，没有自然沟渠发挥灌溉的作用，当时的生产生活用水问题主要采取选择合适的小溪扎堰、在合适的山沟（湾）筑塘以及挖井三种方式来解决。主要采取修建山坪塘、石河堰、土堰、囤水田、挖井、简易渠道以及为筒车运转导流的水槽的方式，达到蓄水提水的目的。明代以前的修塘扎堰挖井蓄水主要有三大作用：一是农业生产灌溉用水；二是生活用水和人畜饮水；三是利用水的落差充分发挥水的势能，在堰下修建作坊进行农副产品加工，如粉坊、磨坊、造纸等。明代开始，在越溪河董家场（现东佳镇）下游高洞、旭水河望家滩以下扎堰，以发挥航运之利。

明代以前，荣县人口密度很低，人们主要居住在平坝河谷地区，水源条件相对较好。明洪武年之后，人口不断增加，朝廷命国子监学生和专业人才指导兴建塘堰，声势相当于当今的农田水利基本建设。官府也开始招募水利方面的能工巧匠，督促兴修水利。由于受当时生产力水平和财力的限制，所建塘堰以小型的土坝塘堰为主。塘堰必定要选在山湾、周围较宽有来水、基础稳固不漏水、山下田土需要水、取土筑埂很方便之地。到了清朝乾隆年间，荣县的四个乡建成了以土坝为主的小型塘堰 1 917 处（其中，清流乡 350 处、仁义乡 377 处、荣川乡 727 处、来苏乡 463 处）。当时修建的塘堰分为官塘堰和私塘堰两种。官塘堰是由官府出钱修建的，塘堰一般比较大，蓄水也比较多，为周围农户共同所有，共同受益，管理也是由大家共同进行的。放水或清淤是有规定的，这个规定一般由官府来定，也有由农户大家商量一个办法形成乡规民约。虽然是大家共同所有，但都能遵守放水或清淤的规定，很少发生用水纠纷。私塘堰由一户或数户兴建，一般规模较小，蓄水较少，建好后或按投资（投劳）或按股份受益和管理维护。

囤水田建设和大田蓄水工程既是农田水利基本建设范畴，又是简易水利工程建设内容。从古代到 20 世纪末，农户家家重视、户户参与。为确保第二年春耕生产用水，人们十分重视囤水田工程建设和大田蓄水。每年秋收之后，农民立即抓紧犁板田、敷田埂、扎缺口。利用秋汛把所有水田灌满，即关冬水田。田要三犁三耙以使泥土熟、杂草尽、不漏水。敷田塍也有四部曲：一要铲杂草；二要锤田塍；三要用稀泥敷；四要将待敷的稀泥晒干后再次锤，以防干裂漏水。冬春之际，阳光之下，波光粼粼，山区层层叠叠，平坝延绵不断，蔚为壮观。这一现象从古代一直延续到 20 世纪 90 年代才逐渐消失。

古代先民善于创造发明，先后发明了多种提水工具。河势较陡、水源丰富的河流用筒车提水，除夏季洪水期筒车不能转动外，其余时间可利用水的势能常转不停，无须消耗其他任何能源，一架筒车可灌溉数百亩农田。一般小河上的土堰、山坪塘、囤水田则用水车或唧筒提水。水车分为脚踏龙骨水车和手摇龙骨水车，一般用桢楠树作槽，青杠树作架，每年春耕提水，一车需两人，一架水车提水高度可达 1 米到 1.5 米。若要提高数米或数十米，需要多车多人同时车水，相互帮工。有时十数架车同时转起，场面十分壮观。唧筒用楠竹筒制成（就是如今小孩玩的水枪的加大、加长版），有单筒和双筒，单筒由 1 人操作，双筒由 1～2 人操作，采取压抽方式来提水。

在河沟上扎堰，古代先民已经积累了很多经验：一是避开涨水期扎堰，以减少洪水对扎堰施工的影响；二是就地取材，扎堰成本低廉；三是较为充分地考虑蓄水、耕作、防洪、航运因素，做到四不误。

荣县古代先民扎堰的时间多选择在农历十月汛期之后到来年春灌前。扎堰的材料主要有稻草、河沙、石块，采取用稻草打底、用河沙防漏、用石块压实的方法扎堰。在一些小溪、小河水面较窄不能行船的地方，人们在溪流两侧立起石柱，在石柱上打出榫卯，用树干卡起来（相当于现在的闸板）蓄水，效果也非常好。而有行船的河流，所扎的堰一般要在第二年四月拆除，用于行船航运，也便于防洪。

荣县境内无大江大河过境，流量较大的河流有拥斯茫河、旭水河、沙溪河。当时具有通航能力的河流只有拥斯茫河与旭水河。

旭水河全长约 110 千米，水量不是很大。尽管如此，先民还充分利用有限的水利资源发展航运。清朝康乾盛世后，荣县人口与经济社会迅速发展，县内贡井井盐业也不断发展，因此，燃料需要量陡增。荣县西北山区盛产煤炭，过去的人挑马驮的运输方式已完全不能满足制盐的需要，而是需要载重量大、省时省力的运输工具，旭水河航运便应运而生。为解决航道浅、水量小的问题，人们采取了分段扎堰、分段蓄水、分段设船闸的运输方式（目前旭水河上的复兴堰、尖角堰、高滩堰、大龙滩堰和黑木岩堰等极大可能就是古代旭水河上的堰坝地址）。由于汪家滩（望佳）以上实在不能通航，人们将煤炭运至汪家滩码头装船转运，通过 4 至 5 道船闸后运到贡井。因旭水河水流量较小，船运必须下闸蓄水才能行船,农业灌溉又必须通过陡滩冲转筒车提水，蓄水后筒车被淹不能转动，所以在当时，船商与农民发生了激烈的用水冲突。清嘉庆二年（1797 年），双方告到省府，省上派犍为徐知县来调查处理。徐知县的判决结果是：船行驶到汪家滩下的车凤堰（现在的复兴堰处）就不准再上来，以保证上游 90 多处筒车正常运转。此后，老百姓自发设立“水官会”来管理和协调用水事宜。光绪三十年（1904 年），由于运盐、运煤需要，又在河上兴建或改建数道石堰，每道堰有一丈多高。加高后的石堰因蓄水过高，造成筒车冲不转不能运转，而且过船时船闸大量放水，又冲毁了下游农田和房屋。荣县“水官会”首领钟星庆提起上告，省上派泸州官运总局委员林知县前来调查处理。处理结果仍然遵守“水官会”办法：一是每年 10 月 1 日起船只能行到龙潭，第二年 4 月 1 日后才能行到汪家滩。二是“水官会”界内改修尖角堰，高度以两岸旧址为限，每只船一次装载最多不能超过 12 000 斤（6 000 千克），以煤厂出厂秤为标准，多载就罚。三是“水官会”界外修一道石堰，如淹没了筒车，使筒车不能转动，堰工局应及时解决，不然就告到县府查办。四是“水官会”界内田土被淹或垮塌，由堰工局按实计价赔偿。从此以后，荣县境内其他河段以及其他河流也照此办理，约定俗成。

拥斯茫河（越溪河）是县内流域最广、水量最大、流经最长的河流，古代亦有运输船从宜宾逆流而上，最远可达董家场（现东佳）的高洞，枯水季节达到新桥。清嘉庆十一年（1806 年）始每月往返一次。后来知县许源组织疏通河道后，每月往返两次。当时约定，如果是洪期，水量丰富，船可任意往返。如遇天干，则先保农田用水或半月行船，半月用来灌溉。如有违者，参照旭水河管理办法处理。

荣县现存的古代水利设施极少，有记载的当数“狗钻洞”渠灌水利设施。这个水利设施有三大特色：一是堰渠配套，建有一道蓄水的堰，并有 2 500 米的引水渠；二是自流灌溉；三是有一套维护常年运行管理的制度。这三大特色在当代水利建设运行管理上也具有很好的借鉴作用。在双溪水库建设前，“狗钻洞”渠灌水利设施的堰坝早已淤塞，但还遗留下部分残缺的引水渠，双溪水库建成蓄水后已全部淹没。

“狗钻洞”渠灌水利设施的基本情况：狗钻洞位于现在的旭阳镇黑林沟村 8 组，处在旭水河东川沟上，小地名就叫狗钻洞。明代时，当时的宋家坝（现在双溪水库大坝淹没区）有农田 650 亩（0.433 平方千米）左右，属于 14 户农民所有。14 户农民为解决 650 亩农田的用水问题，共同商量出资、出力，利用旭水河上游东川沟的水，通过新建一道堰和新开一条引水渠的办法来灌溉农田。14 户农民充分利用东川沟的地形，选择在小地名“狗钻洞”处先扎了一道拦河堰来蓄水，把水位抬高。当时建的这个拦河堰长 40 米、高 3 米、宽 0.4 米，将水位抬高近 3 米。与此同时，在堰坝处，选择比堰坝顶低的地方开引水渠。引水渠沿东川沟左岸山脚一直到宋家坝，长度有 2 500 米左右，渠宽 0.4～0.8 米、深 0.6～1 米。用水时，在堰顶筑埂，拦水入渠，自流灌溉。堰渠建好后，14 家农户规定了水权划分和用水办法：一是划分水权。他们把水权分为 14 股，每家 1 股，又在每家的 1 股中按照时辰分成 12 小股（即每 1 时辰为 1 小股，1 个时辰为现在的 2 个小时），买卖田土时，将水权一并带上。灌溉用水时按每股（每户）用水一日，14 股（户）以年计算，轮流起始用水。如果某股（户）中有买卖田土的，则将所占股份折算成小股（每 1 时辰为 1 小股），有多少时辰用多少时辰的水。二是共同管理维护。堰和渠的维修或清淤，都是大家的事，要大家共同出资出力。

无功而返的“倒流水”工程。荣县东兴镇有一小地名被称作“倒流水”，系旭水河支流，在东川水的渗漏河段，长约 1 千米。由于倒流水的河床“凹凸极甚，岩石塞流，峥嵘骇瞻，为一漏段”，东川水流经该处，即渗入岩石下面，散流各方，故上下游水量悬殊。经实测，枯水期下游的流量仅为上游的 2/5，故当地群众便把这里称作“倒流水”。1939 年大旱，县水官会发起兴建此堰，由沿河筒车户集资 600 元，县府资助银币 1000 元，历时半年建成。因质量差，后被洪水冲毁，河水仍然“倒流”。1958 年和 1964 年，政府先后两次组织群众在其下游左岸新修引水渠和电力提灌站，让农田灌溉成为自流，才真正成为别样的“倒流水”。

回顾千年荣县水利史，深切感悟先民顺应自然、应用自然、改造自然的聪明才智。虽然没有大江大河可建大的水利工程，可“大车堰”“李家堰”“老筒车”“纸厂沟”“杨大塘”“狗钻洞”“倒流水”等这些以水利工程名称流传下来的名字，足以给我们留下回想空间。同时也启发我们兴利除弊，与自然和谐共生。

（黄学刚）

牛耕文化

据民国《荥县志》载：“牛，牡曰羖牛；牝曰沙牛；阉者曰犍；牛子曰犊。自古皆以任耕。”荥县用来任耕的牛又叫水牛。荥县金花殿的山区是产牛之地，荥县的农耕基本上以牛耕为主。

据《山海经》云：“稷之弟曰台玺，生叔均，叔均始作牛耕。”说的是上古帝王喾的长子后稷，后稷继承王位后没把王位传给自己的儿子，而是传给了他十分疼爱的五弟台玺，台玺后来又把王位传给他自己的儿子叔均，但叔均后来并没把王位传给自己的儿子，而是传给了后稷的儿子不窋。叔均十分重视农业生产，而且开始用牛来耕种，不仅减轻了农夫的负担，而且提高了农耕效率。根据考古学的研究，我国的牛耕虽然起源于商代，距今已有 3 000 多年的历史，但战国以前一直没有得到很好的发展。至汉初，牛耕也仅限于富豪之家，一般农民仍然主要使用木制耒耜等农具来耕种。到汉代，王莽篡位以后，包括古荥州在内的蜀地便不断被蛮夷部族侵扰。古荥州原来的居民或因此而被杀，或因此而迁徙，留下的原来的居民已所剩无几，是“十室九空，或涉深山穷谷人迹罕至之地”。当时到古荥州居住的外来人中，有一名叫“僚人”的部族。《尔雅》将“僚”解释为“宵猎”，即为“晚上狩猎”，他们多散居山谷积木为楼，除以狩猎为主外还能种蚕桑、苎麻，用细布做衣服，还能种水稻。被称作“僚人”的部落也很重义气。相传当时古荥州东门桥附近的河水清澈见底，常为居民浣纱之地。一天一年轻女子在此浣纱，恰遇一大竹漂来，且闻婴儿哭声，该女子将大竹捞起剖开发现一男孩，便抱回家把其养大。男婴长大后力大无比，且创建了夜郎国，自立为王，名夜郎王，因其以竹为姓，又称竹王。《后汉书·西南夷列传》载：汉武帝元鼎六年，夜郎国的竹王被汉朝唐蒙所杀。古荣州僚人认为，竹王“非血气所生”，非常人，是受人尊敬的，应该为其“立后”。时任贵州太守吴霸将此情况转奏朝廷，朝廷准奏，遂“封其三子为侯”。古荣州人（含原居民和僚人）为纪念竹王，便在东门桥边为其修建竹王庙，“岁必祀之，不尔，为人患”。据说，去祭祀的人很多，甚至达到“人满为患”的程度。如今该庙已废。到清代，随着朝廷“湖广填四川”的推进，大量湖南、湖北、广东、广西的移民涌入，古荣州的“僚人”逐步移出荣地，多数到西南地域去了，但他们种植桑麻、纺织和栽种水稻等技术却被留了下来。而“湖广”等南方人善于用牛耕地的技术亦让荣地的牛耕文化得到迅速的发展，使牛耕技术在一般农民家庭得到一定程度的普及。从此以后，耕牛便成为广大农户的劳动伙伴而被大家精心呵护。

据说到了清代，荣县城北东川水畔，有一农民姓赵，养了一头牛和一匹马。赵家主人很爱惜马，啥脏活累活都不让它干，只让它陪自己到县城里玩，而且每天都要给它吃胡豆等饲料。而家中的牛每天却只能吃草，且每天都要耕地，有时还要挨鞭打，即使这样，牛依然勤勤恳恳地干活，没有半句怨言。有一天，牛生病了，地里的活总得要做，没办法，赵家主人只好让马去干。哪知道马对农活一窍不通，啥也干不了。主人只好将这匹好吃懒做的马卖了，然后精心呵护那头任劳任怨的牛。若干年后，牛老了，连走路也困难，就别说干活了。屠宰场的人知道后就来对赵家主人说，它不能干活了，就把它卖给我吧。主人说，它辛辛苦苦为我家干了一辈子农活，我不能这样做，我要给它养老送终。后来老牛死了，赵家人中有人主张把它的角取下来、把它的皮剥下来出售，把它的肉用来打牙祭。主人坚决不同意，遂在山上选了一块风水宝地把它安葬了。当地将“安葬”称之为“窖”。因此，后人将埋葬老牛的地方称为“牛窖山”。不知过了多久，人们又把它讹传为“牛角山”。古时，年老之人一般都不吃牛肉。民国《荣县志》引淮南高诱注云：“牛者，所以植谷，民之命也。民以王法禁杀牛，犯者诛。”又引魏志云：“耕牛少，杀者罪至死。”再引宋淳治曰：“屠牛者处斩。”明太祖则令屠牛者“定充军例”。可见，历代都对屠杀耕牛给予重处。《荣县志》最后说，幸好荣县人很淳朴，不具奴性，不盲从世俗，不开嗜杀（耕牛）之风。如果“屠割之不恤”则天道难容。

牛，作为人类的劳动伙伴，理应受到尊重。在荣县民间，很早以前（具体时间不详），已有为牛“祝生”的习俗。就是把每年的农历十月初一这天作为牛的生日。这一天，牛可以不干活（即放假一天），要吃最好的饲料，有的牛主人还要采集以黄菊花为主的野花戴在牛的头上，并将其牵到人和牛多的地方去走一走，有“招摇过市”之意。此时，有的牛往往会昂着头，上唇上翘，露出牙齿，笑容满面。

（吴岷钟）

胡豆的种植和食用

据《尔雅》载："菽谓之荏菽。即胡豆也。"胡豆又名蚕豆，江浙一带亦称茴香豆。赵熙主修民国《荣县志》载："齐桓公北伐山戎，出……戎菽，布之天下。今胡豆乃后稷所种，种自深秋，季春乃熟。"

据史料记载：齐桓公吕小白所在的时期，正是周朝衰落，诸侯林立，力量分散，北方游牧民族不时侵扰中原的时期。中国第一个朝代夏朝灭亡之后，夏朝在北方的诸侯不服从商朝的统治，游离于中原之外，逐渐发展成了匈奴民族。

周朝建立之后，在周的东北方向，山戎大兵压境，把北方的诸侯国打得狼狈不堪，这其中首当其冲的就是燕国。公元前 664 年，燕国庄公派使臣到齐国求救，齐桓公吕小白答应由自己亲自领兵，相国管仲随军帮助燕国北伐山戎。经过艰苦的决战，终于打败了山戎，不仅救了燕国，稳固了燕国的江山，而且还发现北方称之为"荏菽"的植物长得很好，其果实很好吃，便命部下将其带回南方种植，因其来自胡人居住区，故取名"胡豆"。不知过了好多年，胡豆又传到了蜀地，于是荣县也开始种上了胡豆。

胡豆种植于深秋，即公历十月上旬开始下种，农谚云"寒露胡豆霜降麦"，说寒露（十月八日左右）开始种胡豆，霜降（十月二十三日左右）开始种小麦。到第二年季春（春季为二、三、四月份，分别为孟春、仲春、季春）开始收割。《管子地员》篇云：胡豆"五土之宜……恚目"。胡豆对土质的要求不高，在哪里都可以种，荣县人多在干田或水田坎或沃土中种植。“恚目”，恚（huì），怒的意思，恚目，瞪眼的意思，是说胡豆花边上是白的，中间是黑的，犹如瞪着的眼睛。种胡豆的工序较为简便，只需要在土里打（也可以挖）一个坑，在坑中放 2~3 粒种子，再施一把（用手抓一下为一把）干粪（多为草木灰加入畜粪和匀），盖不盖土均可。中途也不需除草追肥，到第二年四月去收割就行了。

刚成熟的胡豆，称嫩胡豆，用水煮熟加些佐料就可以吃，如有椿芽（或鱼香）味道更好。常为下酒之菜，也是下稀饭的最佳配菜，俗语有“胡豆米下稀饭”的说法。晒干的胡豆可以煎来直接吃，常为家中小孩零食，也可煎好放到事先准备好的酸菜（泡菜）水里淬一下（俗称“打屁胡豆”）使干胡豆皮皱起，因此也叫“皱皮胡豆”，味道也不错。把胡豆用刀从中剖开，叫胡豆瓣，将其泡涨煮汤，称为胡豆瓣汤，也是不少酒店的常备汤菜之一。《荣县志》还说“乡居人用最广，常肴外，以酱油为大宗”，即是说荣县人使用胡豆最多的是将它用来做酱油。其方法是：先将胡豆剖成两半，然后放在冷水中泡涨，把胡豆壳去掉，放到簸盖里，再用农村环保的黄荆盖住，上面压棉被等物，“令生衣”（长出黄霉），淘洗干净，放到瓦缸中，加水加盐，用玻璃盖住放在烈日下曝晒若干时日（志书说“五月作，七月满缸香矣”），胡豆油（亦称豆油或胡豆瓣吽）就做成了。这是传统做法。后来又有加辣椒、加清油、加花椒的，味道更鲜。胡豆油是家中炒菜的重要佐料。胡豆瓣可直接当菜吃（生活困难时期，胡豆瓣用猪油蒸熟吃就成了“月母子”的主要菜肴）。

在交通不便、主要靠骡马运输的年代，胡豆曾是喂养骡马的主要饲料。如今交通日益发达，除少数边远地区仍用骡马作运输工具外，发达地区的骡马已基本退出了交通运输的历史舞台。因此，胡豆也不再是喂养骡马的主食，而仅成为人类的食材之一。

（吴岷钟）

海椒小传

荣县海椒，亦称辣椒、番椒、秦椒、申椒等。

据传，世界上最早的辣椒生长在智利的丛林之中，后来被当地人发现并采集来进行驯化栽培使之逐渐成为蔬菜，最后再传入世界各国。这是 20 世纪 70 年代以前的普遍说法。然而就在 70 年代，在我国云南的西双版纳发生的一件事引起了植物界的广泛关注，并由此引发了一场关于辣椒是外来的还是本土的争论。当时，有植物学家在西双版纳的原始森林中发现了野生的小米椒。但是尽管如此，对中国云南的小米椒的驯化栽培却无半点文字记载，所以，我们还是只能按有关记载来给荣县海椒立传[注]。

据有关史料记载，辣椒原生长在中南美洲热带地区，1493 年传入欧洲，1583 年始传入日本，后来（具体时间不详）才传入中国。在中国最早有辣椒记载的是明代高濂撰写的《遵生八笺》(1591)：“番椒丛生，白花，果俨似秃笔头，味辣色红，甚可观。”据说高濂幼时患眼疾等疾病，故多方搜寻奇药秘方并记录在案，汇成《遵生八笺》养生巨著。清代陈昊子的《花镜》云：“种以为蔬，……无椒芥不下箸也，汤则多有之。”由此可见，辣椒于明代刚传入时，仅作为“甚可观”的观赏作物，到了清代才“种以为蔬”且每顿吃饭都少不了这道菜。故辣椒有记载的历史至今也只有 400 年左右。

据明代著名画家陈淳的《草花谱》载，在中国最早吃辣椒的是长江下游的“下江人”。当时四川人还不知道辣椒为何物。有趣的是，最先吃辣椒的“下江人”却没有坚持下来，而让后来才开始吃辣椒的四川人占了上风，成为全国嗜辣之最。而四川人嗜辣又以川西南地区为甚。地处川西南的荣县也不例外。荣县所在的川西南食辣椒的记载最早源自清嘉庆末期（1820 年左右），距今仅 200 年左右。到清同治（1862 年）以后才普遍开始种植和食用辣椒，才“山野遍种之”。清代末年徐心余的《蜀游闻见录》记载有：“惟川人食辣，须择其极辣者，且每饭每菜非辣不可。”有诗可证：“青枝绿叶果儿长，辛辣甘甜任人尝。红装虽艳性刚直，亭亭玉立斗艳阳。”

据传，清嘉庆六年（1801 年），荣县一吴姓商人顺长江到江浙一带做盐生意，发现当地有一种名叫海椒的食品非常好吃，便将其种子带回荣县试种，获得成功，便在荣县逐渐推广开来，每家每年必种。首先将土欠细整平，将海椒籽撒在土中，使发芽成苗（俗称“变秧秧”）；然后把秧苗移栽到另外的土中，经施肥除草治虫等管理，便可让其长出海椒。初时为绿色，称嫩海椒，家中做菜时一般用嫩海椒；而要做海椒面调红油或佐其他菜则要用长成熟后的红色海椒，而且是晒干的“干海椒”。

嫩海椒的吃法很多。纯吃海椒可以煎“虎皮海椒”（将整个海椒放到烧热的铁锅里煎至半成熟才加油和盐，等海椒皮起锅巴时即可捞上来直接食用）；也可以吃“烧海椒”（将海椒用竹签子串起来放到烧柴的灶孔里烧熟后取出拍去柴灰，然后用手将其撕成块状加盐和豆油就吃）；还可以将嫩海椒切成小段加上猪油、豆瓣和盐等一起用甑子或蒸笼蒸熟吃，也非常可口。除纯吃外，还多用于其他菜或肉类的佐料，如小煎兔、小煎鸡、小煎排骨等。小煎鸡，又叫“辣子鸡”，取嫩椒切成小段，将荣县本地土鸡斩成“鸡丁”，混合煎炒。不仅鸡肉肉质细嫩，滋味鲜美，而且极易消化和被人体吸收，有增强体力和强壮身体的作用。

成熟的海椒，称红辣椒，较嫩海椒更辛辣。一般用作其他菜的佐料，有色红、香辣、味鲜的优点。还可以吃新鲜的湿海椒（切成小颗粒状和其他菜合炒；如前所说“烧海椒”的方法，将其烧熟后放到碓窝里舂成“糍粑海椒”作灰馍咡和其他汤菜的“醮水”）。还有就是把红海椒晒干，储存备用。烧菜时，加少许干海椒小段，主要起调味、配色等作用。干海椒的主要用途是将其焙“焦”后放在碓窝里舂成“海椒面”备用，是制作“红油”和“熟油海椒”的必备品。总之，海椒的吃法很多，在此仅举几例供参考。有诗为证：“丽质生身菜圃中，少时葱绿老来红。倾情不怕千刀碎，佐料尤调百味丰。”

荣县食海椒的历史不长，但荣县人却在较短的时间里将海椒的吃法和优势发挥得淋漓尽致，既可单独吃，又可混合吃，吃法之精细，堪称天下一流。用海椒做出的菜肴可以使之辣而不燥，辣得有层次，辣得舒服，辣得有滋味。荣县人不仅不怕辣，而且是怕不辣。

注：民国《荣县志》云：海椒，俗称番椒，京师通称秦椒；因秦与申古相近，屈原的《离骚》又将其称为申椒；而清翰林庶吉士宋育仁又推测：“谓古之蓼，即今之椒也。”综上，蓼、申椒、秦椒均为海椒。照此说法，荣县的海椒则自古有之，并非外来品种。但关于海椒的栽种食用却无详细记载，清光绪以前（含）的《荣县志》的“物产”“食货”“蔬菜”等项目中均无“海椒”“辣椒”“秦椒”“申椒”等记载，只有民国《荣县志》才有“海椒”的专门记载。

（吴岷钟）

荣县石匠创奇迹

艾叶滩西岸曾经是荣县的一个边远小村庄。但是，随着旭水河沿岸盐业的蓬勃发展，盐场的井灶从下游的河街、老街一直向艾叶滩不断蔓延。一时间，艾叶滩岸边已是天车林立、灶房遍地。艾叶滩的上游还出现了东源井那样有三百多口火井的大型盐业工场。随着盐业生产的扩大，生产原材料的运输就成了最大的难题。然而当时的运输主要靠旭水河中的木船进行水运。荣州煤炭下运到贡井是水运，东源井生产的盐巴出川是水运，木筏、竹筏运达工场也是水运。但是艾叶滩梗塞其间，成了水运的极大障碍。因此，人们一直考虑对艾叶滩进行综合整治。在整个整治过程中，古代的石匠发挥了极其特殊的作用，凭着双手和简单的石匠工具，建造起船槽、堰闸和石桥，完成了一整套完整的水利交通枢纽工程，创造了一个又一个奇迹。

早在清康熙三十五年（1696 年），有人就提出：在艾叶滩西岸打开一条船槽，让船和木筏顺利通过。这么一个好的建议却遭到附近村民的坚决反对，村民们说：“艾叶滩是老天爷赐给我们的风水宝地，怎么能‘开膛破肚’呢？这不是破坏风水吗？”村民们的议论使橹船帮的老板们十分着急，盐业要发展，整治河道迫在眉睫。他们急中生智跑到古佛寺，找到鲁班会的石匠们，经过一番鼓动，终于组织起了几百个石匠。在橹船帮的出资和组织下，几百个石匠竟然在一夜之间开成了船槽，而且是梯级船槽。船槽修好以后，荣州运煤炭的船可以从上游进入船槽上一级，在关闭上游水闸后放水降低船槽的水位，这样一级一级，让木船平稳过渡到下游。如果下游的木船要到上游来怎么办呢？后来匠人们又在船槽上方安装了绞车牵引，这样木船也能从下游平稳过渡到上游。木筏、竹筏的上下也与木船雷同。看到船槽带来的便利，村民们的议论也就停止。据说，艾叶滩这个梯级船槽比巴拿马运河开凿的时间还要早。这不能不说是艾叶滩古代石匠创造的一个奇迹。

值得一提的还有堰闸。堰闸的位置在船槽上方百米处。最先的堰闸十分简陋，是用篾包子装上沙石堆积起来的。其作用是为了提高上游土地河的水位，以便行船。土地河上，既有盐船，也有煤船，还有木筏、竹筏穿行。但是，年深日久，篾包子堆积的堰闸被毁坏，不得不改做石砌堰闸。又是鲁班会的石匠们到山上取石材，重新修造成石堰闸。这才保证了土地河上游船筏的畅通。可见，石匠功不可没。

清光绪二十八年（1902 年），在堰闸和船闸之间修建了平康桥，成为连接东西两岸陆路交通的纽带。这又是艾叶滩鲁班会石匠们的杰作。这座桥在当时十分壮观。平康桥为石拱桥，全长 56.4 米，宽 6.4 米，高 8.92 米，桥上有 89 个石栏，右边 51 个，左边 38 个，桥拱 5 个。为最先发家的大盐商张三和出资修建。石匠们顶着烈日，冒着风雨，肩挑背磨，手打血泡是家常便饭。平康桥在石匠们的辛勤努力下完成了。纵观艾叶滩整个水利枢纽工程，可以说是鲁班会石匠们创造的奇迹。

在艾叶乡北端有一座山叫天池山，山上修了一座庙，名为天池寺。原系峨眉山大乘寺的分寺，重建于明洪武年间。荣县知县黄大本曾经为天池寺题名。天池寺建筑面积 7 193.85 平方米，由大雄宝殿、三宝殿、藏经楼、观音殿、药师殿、二十四珠天壁、万佛塔等组成。大雄宝殿为木结构，面阔三间 25.4 米，进深一间 10.8 米，通高 12.9 米，抬梁式兼穿斗式梁架，重檐悬山式屋顶。殿内，除释迦牟尼佛塑像外，两边还有十八罗汉。这十八罗汉是在老和尚释惠生的主持下完成的。老和尚手下只有两个老师傅，其余都是年轻石匠。他们从山上取回石材后，先是运到旭水河边的千佛寺。在老师傅的指导下，石匠们精雕细琢，花了好长时间才完成了十八罗汉的雕刻。最后才抬到天池寺大雄宝殿内安放。现在人们再去观赏，就会发现那十八罗汉神态各异，栩栩如生，不得不为石匠们的雕刻技艺所折服。此外，寺内的万佛塔更是重叠矗立的石雕，也体现出石匠们的技艺精湛。

再说山上取石材。附近山上不乏黄沙石岩层，石匠们往往在破土后的石层平面上，画出一个长 4.8 米、宽 1.2 米的长方形。然后用小锤击打凿子，在长方形的三边开槽，槽深 0.6 米，以形成长方体。再在长方体外端下面 0.6 米处凿出楔位。楔子加入楔位以后，抡起大锤击打楔子，整个长方体便逐步脱离石岩。石质长方体还可以用楔子改小，以便使用。一般是改为长 0.8 米、横切面积为 0.6 平方米的长方体石材。这种石材可以由六个人抬，转运方便，俗称“六牛石”。这种六牛石多用来砌石坎、桥墩、石基等。

当然，4.8 米的长条石也有它的大用途。在旭水河下游，石匠们还修建了一座桥，叫中桥。中桥的桥面就是用长条石铺设的。中桥的独到之处在于，石与石之间，除了用灰浆填缝以外，还用马鞍型铁楔加固。中桥全长 52 米，有 5 墩 4 孔，是清嘉庆年间建成的。中桥上面 100 米处，还有一座堰闸。这个堰闸十分雄壮，全长 61.5 米，堰闸前有二十级垂带型踏道。中桥和堰闸之间有一个大水沱，堰闸中间开出一个大船闸与水沱相连。水沱西侧是古盐码头。中桥、堰闸、码头都是石匠们的杰作，具有较高的历史价值和科研价值。

如果我们把长条石竖起来，还可以做山门和牌坊。曾经，属荣县管辖的贡井分县就有 43 个庙，这 43 个庙的山门绝大多数都是用长条石竖立砌成的。说到牌坊，要数席草田的“左将军府”牌坊最壮观。左将军就是辛亥革命的英豪谢奉琦。早年，谢奉琦与吴玉章同在旭川书院读书。维新变法失败后，荣县有几十个学子前往东洋留学，谢奉琦、吴玉章、但懋辛、龙鸣剑均在其中。谢奉琦曾经在日本学习化学，并参加同盟会。后来和熊克武、黄复生研制炸药。回国后，受孙中山先生委派在四川发展盟员，同时到川南叙府一带发动起义，后因奸人告密而被捕，最后在叙府英勇就义。民国时期，孙中山以总统名义令陆军部抚恤谢奉琦烈士为“陆军中将左将军阵亡例赐恤”。烈士故居命名为左将军府。牌坊上面“左将军府”几个赫然大字令人十分难忘。同时，那牌坊的气派和精美石雕也保留在我的记忆中。

石匠啊石匠！泥、木、石三帮都是鲁班的传人。三帮在古代建筑中往往是三足鼎立的，但是石匠是三帮中的重要一角，所以石匠“单打独斗”也是那样出彩。艾叶滩的石匠创造了一个个精彩的奇迹。直到今天，石匠们留下的一个个遗迹都是珍贵的历史文物，值得世人追忆，值得万代留芳。

（邱昌新）

石匠了得

1985年3月，荣县正紫镇茨芭塘村八组村民万志权将几年前在自己承包地里发现的一把石斧捐给了荣具文物管理所。后经四川省博物院专家鉴定为新石器时期的石斧。之后，荣县又先后于1987年6月和1990年3月在荣县双石镇大竹林村和荣县旭阳镇倒石桥等地出土了新石器时期的石斧。据荣县县志记载，县内石碑碑刻较多，有记载的自南朝萧齐（479—502）至清光绪三年（1877），就有93块。荣县不仅有新石器时代的石斧，有南朝时期的石刻；还有各朝各代的石屋、石墙、石墙脚、石磨、石碓窝、石桌、石凳、石缸、石猪圈、石茅厕等石器物品；石器雕梁画栋、碑亭影壁、花鸟虫鱼、龙凤狮子、菩萨造像以及人物风景等浮雕、镂雕作品也随处可见。所有这些，无不凝聚着荣县巧夺天工的手艺人——石匠所付出的汗水和艰辛。

什么是石匠呢？据史料记载，石匠，是专门从事石材工艺或石制品的制作工匠，是各种匠人中最早的匠人。因为从猿到人，我们的祖先最早使用的工具是石器，最早的工艺是石刻，最早的城市是石城，最早铺的大路是石路，最早搭的桥是石桥，所有这些都离不开石匠。所以，石匠被称为“远古时代的顶级工程师”。

石匠的祖师爷，有人说是鲁班，也有人说是彭石先祖，据说补天的女娲娘娘就是他的得意弟子。不过这些都是传说而已。但是在远古的荣之地已有石匠则是真实的，从前面出土的不止一件石斧便可验证。史料对石匠的起源及工艺流程记载很少，好在笔者年轻时曾做过短暂的石匠学徒，现将在“学徒”生涯中了解到的关于石匠的有关记忆记录于后。

石匠的工具。每个石匠都有一个结实的木头箱子，主要用来装石匠工具。石匠的工具主要包括大锤、二锤、钢钎、楔子、手锤、錾子、米尺、墨斗、风箱等。其中，大锤、二锤、钢钎等较大型的工具不是每个人都有，一般是一班人（一个师傅组成的队伍）才拥有一套；而其他小型的工具则是每一个石匠都必须具备的（徒弟学徒期满，师傅原则上都要给徒弟置办一套新的工具。当然，徒弟也要给师傅奉送一整套包括鞋袜衣帽在内的新衣服，外加烟酒肉面糖果等礼品以示谢师）。大锤和楔子是用来开山的，一个大锤大约有 50 斤（25 千克）左右，石匠开山时，捍大锤是重力气活，要一边唱山歌一边捍大锤。这样既可以减轻劳动压力，又可将全身的所有力量通过山歌的节奏全部用到大锤在楔子的落点上。二锤是用来开石的，一个二锤大约 20 斤（10 千克），用大锤和楔子开山后，就用二锤将大石头按需要开成小块的石头，同中也要用到小的楔子。钢钎有一米多长，一般是由六棱钢制成，主要是用来撬石头的（起杠杆作用）。錾子和手锤是石匠的主要工具，开大山要用，开大石头要用，对小石头的剖、削、镂、铲、磨等工序都少不了它们。手锤一般 2.5 斤（1.25 千克）左右，主要用来敲打錾子。錾子有长錾子（1 米左右）和短錾子（0.33 米），有平錾子和尖錾子。长錾子主要用来开槽，短錾子主要用来做开槽以外的活，平錾子主要用来“铲”“磨”石材，尖錾子主要用来开槽、打眼、剖片等。錾子一般是由牛皮箍、錾把、铁箍、铁钎等组成，后来也有直接用铁钎的。风箱一般是用纯木打造的一个圆桶形状的物件，主要用于铉錾子时给火炉吹风。

石匠的工序或工艺流程。先说大的工序。首先是根据雇主的要求去选石料，就是在山上选中几十上百吨重的大石头（修房造屋通常选硬度较高的石头，打猪槽则要选比较“泡”的石头，这样喂的猪才长得快）；然后根据需要开山（主要有“打槽子”“打楔窝”“抬帮”“切块”等工序）；再做简单的粗加工后移到合适的地方进行精加工，直到加工成成品为止。而小的工序则是把小的石头直接打制成雇主所需要的成品就可以了。打石头是石匠工序中主要的流程。石匠师傅右手握手锤，左手握錾子，对着选好的石头经过敲打，一会儿工夫，一条条精致的纹理便显现在石头上了。在工业比较落后的年代，全凭石匠师傅的眼力、手力和智慧，就可以使那些粗糙的、僵硬的、呆板的石头脱胎换骨般，变成一件件鲜活的、灵动的、富有生气的工艺品或雇主需要的石制品。

石匠不仅要打石头，还要修理工具，就是铉錾子。錾子用的时间长了，就变钝了，钝了的錾子就不锋利了，不锋利的錾子就不好用了。古语云："工欲善其事，必先利其器。"所以石匠师傅为了"善其事"，就必须将用钝了的錾子铉得锋利了以备再用。铉錾子之前，要把事先准备好的小炉灶架好，在其中放上炭火，再把风箱挨着小炉灶放好，中间用一根管子（通常是竹筒）连接起来，小炉灶里的炭火被点燃后就用风箱给其不停地送风，使之火力旺盛，同时把钝了的錾子放到小炉灶里加热变红，然后拿出来（錾把是木质的不传热），放在大锤（也可是二锤）上用手锤敲打，使其尖部变得锐利为止，最后将打成锐利的錾子放到冷水里淬火。淬完火，铉錾子的工序就完成了。不过，铉錾子可是一项技术活，只有老师傅才能做。因为铉錾子要看"火候"，同时淬火也很关键，只是一瞬间的工夫，搞得不好就会使铉的錾子要么一打就折断，要么就"夹灰卷口"不能使用。

石匠除了修房造屋打制新器具外还要修理旧石器。比如石磨的齿钝了，就请石匠师傅来修石磨，修石磨就要用平錾子（也称扁錾子），修理时就是在钝了的磨齿里用平錾子"一伸一缩"地敲打，使之变得锐利。由于石磨的石材较硬，修理起来较难，所以有俗语云："木匠难打望天凿（俗语读'cuō'音），石匠难打伸一缩。"烧柴和煤的灶膛坏了也要请石匠来修理。修灶也是一项技术活，石匠师傅要根据地形和烟囱的位置，选准角度来安放火门石和做堂糊，否则修的灶就不好烧（俗"不催"）。石匠除了修理旧石器外，还会做一些比较"玄"的活路，比如谁家喂的猪不"习圈"（没有养成好的卫生习惯，在猪圈乱拉屎撒尿）时，就会请石匠师傅去"扫圈"。

荥县石匠的遗存。据荥县志记载，自古荥县佛文化盛行，不仅有举世闻名的全国第一大石刻释迦牟尼佛，而且同城有著名的二佛、三佛，全县还有数以千计的石刻佛像。荥县因此而享有"一城三古佛，举县万菩萨”的美誉。此外，在中国，传世的行政区名称也较多，有山水湖泊、有国史简记等内容的宋代地图中居首位的《九域守令图》石碑；有于1073年立的关于荣县大佛殿地面修造记录的《大佛殿地面记》石碑；有1106年立的记载关于荣州崇宁万寿寺各殿堂名称、方位、具体尺寸以及建寺原因等内容的《荣州崇宁万寿禅寺图》残碑；还有后来发现的荣县《学田章程》《义和团碑记》《七七抗战阵亡将士暨死难同胞》等石碑。此外，还有几十个“进士”“贞节”“功名”等石制牌坊。这些在“文化大革命”时被毁了。所有这些遗存，都是靠荣县石匠的手工技巧操作而成的。

石匠，尤其是荣县石匠，它不仅是一门古老的职业，更是古荣地辉煌历史的见证；作为一种传统的技艺，它又历经代代相传，已成为不断积累的手工绝活，永远保留在人们的记忆里！

（吴岷钟）

木匠的贡献

据《礼记·曲工下》载：“天子之六工，曰：土工、金工、石工、木工、兽工、草工。”可见，在古时候，木工乃一个官名，专司建筑的职能。《淮南子·本经训》曰：“木工不斫，金器不镂。”这里把木工作为专门从事木材工艺或木制品的制作工匠。后来才逐渐把木工当作一门传统的行业。木工又被称作木匠。

木匠这个行业可追溯到春秋战国时期。相传，春秋时的鲁国，有一个著名的建筑工匠，姓公输，名般，史称鲁班。他不仅能建造豪华的“宫室台榭”，还能建造“云梯”“战车”等攻城打仗的战争“武器”，尤其是“削木以为鹊，成而飞之，三日不下”（《墨子·鲁问篇》），从而成为人类历史上最早模拟飞行器的人。据说北京的角楼和长廊等很多古老著名建筑都是他率领木匠工人修造的。鲁班也因此而被称作木匠行业的祖师爷。现在北京城内仍有不少纪念鲁班的古建筑如鲁班庵、鲁班殿、公输子祠（鲁班馆）等。这些专门供奉鲁班的古建筑又被称作建筑行业的祖师庙。

木匠这个行业，在荣县至少也有 1 000 多年的历史。据《荣县志》载：“荣在禹贡梁州之域，考周职方氏云：梁当夏殷之间为夷国，后周荣公佐武王有天下，名在十臣列。相传公盛德留周，此其封国。”“荣国”建立后，荣公便在“荣国”组织当地工匠（以木匠为主）大兴土木，新建城池，且规模之大、做工之美，远近闻名。据《蜀中名胜记》载：“荣虽山谷间，实乃郡国一都会。”唐宋以来一直以“小锦城”著称（锦城乃成都别称）。民国《荣县志》载：荣城有“唐宋刺史署”，有先后为多位被封为“荣王”的皇子修造的“荣王府”，且这些建筑都是“极繁丽”的，有“莲塘江楼河亭之胜”。在清富山上还有清富楼、袭香亭、迎曦亭、未薰亭、望熙亭等富丽堂皇的古建筑。荣州刺史刘兼诗赞荣县“郡城楼阁绕江滨”，“两岸烟花春富贵”。南宋名士张商英则认为“清而不富，富而不清，二者兼之，其实难副”。由此可见，古代荣州的木匠师傅不仅有庞大的队伍（修建工程之大所致），而且有无数能工巧匠（修造富丽建筑所必需）。

公元 1174 年，著名爱国诗人陆游任摄知荣州，尽管在荣仅 70 天时间，但他却写下了大量称颂荣州名胜古迹的诗作，将荣州“小锦城”的美誉传至更远。

宋时，孝宗皇帝之子赵惇曾任荣州刺史。孝宗继位（1163 年）后，赵惇被封为恭王。1190 年赵惇继皇帝位（为光宗）之前，在荣县住了三年，在离开荣县时，为显其至高无上之尊，命荣县数百名木匠在绍熙门（今小南门）上架起了天桥，“专供其出”。在近千年以前，能架天桥的木匠，恐非荣州莫属。

至民国 30 年（1941 年），荣县著名历史人物黄希濂任荣县县长后，为了推行“新县制”，他于民国 31 年（1942 年），调集全县的以木匠为主的工匠数百人，对荣县县城的主要街道东街和西街进行了“去弯拉直”的改造，使荣县古城与“小锦城”越来越接近。

木匠的工具主要包括：

斧头：用以砍伐树木、劈开木材、砍削平直木材。

刨子：更细致的刨平修饰木料表面。

锯子：用来开料或切断木料。

凿子：用来凿孔与开槽。

墨斗：用来弹线或校正屋柱等。

弯尺（亦称曲尺或鲁班尺）：用来校正角度，亦可当直尺用。

五尺：用来丈量较长的物件。

木匠工具的使用：斧子砍伐树木时，先选好被砍伐树木四周较空旷的方向作为该树的倒向，然后在这个方向下斧砍伐至略大于 1/2 横断面时，将树倒向范围内的人和物清空，以免受损，再在相反的方向进行砍伐，至树断裂倒地为止。刨子在刨平修饰木料时，要先视需刨去多余材料的多少调整刀片的角度，然后顺着木料的纹路去刨；荣县把刨子叫“推推儿”，因此刨又叫推，推（刨）短木料用“短推推儿”，反之用长“推推儿”。锯子开大料或切断大木料时要两个人合力进行，一推一拉如此反复。两人必须合拍，否则会非常吃力，俗称是“扯”的。开小料或切断小木头时，一般由一个人又推又拉，使锯齿向下，推时用大力，拉时用小力；开料时，一定要沿着事先弹好或划好的线条锯，使锯的木料伸直，从而减少刨子修饰的工作量。用凿子凿孔或开槽时，要选横着木料的纹路下凿，把该去部分的木料凿断，再用较宽的凿子在被切断的木屑两边顺着纹路下凿，然后取出木屑就成了；最难打的凿子是在朝天方向凿孔或开槽，有“木匠难打望天凿”的说法。用墨斗弹线，是先将墨线一头系上特制的铁钉，并将其固定在木头的一端，然后按需要（先测量好宽度并在两头做两点为记号）将铁钉那头的线压在那一端的记号上，木匠师傅左手握着墨斗，将蘸满墨汁的线拉出来用左手食指将这一头的线压在这一端的记号点上使墨线绷直，再用右手将绷直墨线提起来又迅速地放下去（叫弹线）。“两点成一线”就完成了。用墨斗线“吊墨”是最难的技术活，有的木匠做了几十年也吊不准，因此做出来的木料“半成品”往往很不规则（俗称是“翘”的）。正确的做法是，先把木头固定在码凳上，按要求在木头的上方找准一点并做上记号，然后左手执墨斗，将墨线拉出来利用铁钉的重量使之垂直于地面。当墨线与木头上方的记号重合时，木匠师傅要屏住呼吸，立即在墨线对准的木头下方找一个点做上记号，然后把上下两点连接起来，再用同样的方法在木料的另一端，连接一条直线，最后把木料两头的四个点连起来，一个方正的“长方形”就形成了。弯尺（短边一尺长，以寸为刻度，长边稍长无刻度，长短两边连接成 90° 直角）主要是取直角或划平行线用，这个方法很简单，学徒有无文化均可在师傅指导下学会。五尺（1.66 米长，以尺为刻度）除用来丈量较长的木料外，它还有神秘的用途。据说，用的时间久远的五尺可以“避邪”，老木匠走夜路，只要有五尺，再危险的夜路也敢走。相传，修造房屋上梁时，只要木匠师傅拿着五尺站在梁下“念念有词”，主人就会平安大吉，修造房屋也会顺顺利利。

（吴岷钟）

抬匠之歌

抬匠是荣县一种普遍的职业，是两人以上集体搬运物资的一种职业。古语云：蜀道难，难于上青天。地处川南的荣县，尤其是古荣县，亦称古荣州，山高路陡，弯多路窄，交通十分不便，搬运货物全靠肩抬（挑）背磨，而比较重的货物一个人是无法搬动的，就必须由两人以上合力完成。根据不能拆开的货物的大小轻重，可以由 2 人、3 人、4 人、6 人、8 人、16 人、32 人、64 人等组成一个搬运集体。2 人抬被称为“对拱”；3 人、4 人、6 人、8 人抬的分别称为“三组”“四组”“六组”“八组”等。16 人抬的由两条八组组成，32 人抬的由 4 条八组组成，以此类推。这是运用力学原理，通过一定的工具将所搬运的物体的重量均匀地分担到每一个抬匠的肩上。

抬匠的工具主要由“杠子”“纽子”“抬索”“幺柱儿”“垫肩”（又叫“肩巴儿”）等组成。“杠子”是人和物连接的第一工具，“纽子”是第二工具，“抬索”直接“捆”货物。“幺柱儿”用来“歇气”或“换肩”时用。“肩巴儿”是为减轻“杠子”与肩肉的摩擦的垫子。

现以“八组”抬为例简述每个抬匠的称谓：从右边方说，走在最前面的叫“头杠”，是整个抬匠团队的当家人，由身体最壮、力气最强、技术最精的人担任；第二位叫“二头杠”；第三位叫“三头杠”；第四位叫“边杠”，“边杠”的难度较大，要有“桩子”（稳得住阵脚）的人才能胜任此角色。从左边方说，第一位叫“边尾”，技术难度与“边杠”相似；第二位叫“三火尾”；第三位叫“二火尾”；最后一位叫“火尾”。

相对而言，“二火尾”最好抬，一般由体力和技术都弱的人担任；“火尾”仅次于“头杠”，由体力、技术较强的人担任。如果是16人以上的人抬运货物，货物上还要安排一个“总指挥”，“总指挥”由德高望重之人担任。抬物的快、慢、起、歇，全由“总指挥”说了算。

抬匠业不是单打独斗，要讲究配合。为让大家的步调一致（同时也能起到抒发感情、转移注意力、苦中作乐等作用），通常要喊“号子”。“号子”有简有繁。简单的仅由两个字组成，如“嗨哟！嗨哟！嗨哟！嗨哟！”；复杂的则由六七个字组成一句，每段若干句。如：

“正月那里哟，正月那正哟；
正月哟里来哟，放风那筝哟！
情郎哥哟要放哟，红花那女哟；
幺妹子哟要放哟，小书那生哟！
红花那女哟，小书那生哟；
放到哟云中哟，来成那亲哟！
一呀杆狂那风，来吹那散哟；
你朝哟东来哟，我朝那西哟！
要呀想，二那人，再相那会哟，
只待哟明年哟，放风那筝哟！”

又如：

“花花哟世界哟，小阳那春哟；
对门山哟幺妹哟，长成那人哟！
幺妹子哟长得哟，花儿那样哟，
求婚的人儿哟，成串那串哟！
幺妹子哟听到哟，我给你来说哟；
嫁人哟要嫁哟，小那抬哥哟！
只要哟嫁到哟，哥呀哥的家哟；
穿的哟吃的哟，随呀你来花哟！
……

抬匠的号子虽然有点俗，但它却是古代劳动人民对爱情、对人性渴求的古朴反映。它将抬匠的喜怒哀乐之情都表达得淋漓尽致。荣县的抬匠号子是在抬匠劳动中“吼”出来的，极具川南地方特色，距今已有上千年的历史。抬匠的号子具有独特的唱腔，语音高亢嘹亮，唱词幽默诙谐，音韵协调，粗犷豪放，节奏强烈，旋律变化不大，但穿透力很强，可传扬于数里之外。

抬的“物”中，主要是“货”，包括“大石头”“大木头”等。如古时修大桥的桥板都是用大石头直接铺上去，有数吨重的大石板就要几十个人抬。此外，还有“人”，包括死人和活人，死人是装在棺材中抬的；活人坐的有“滑杆”“轿子”等。“轿子”又分“官轿”（官人乘坐）和“花轿”（一般为新娘乘坐）。一般抬“货”没啥讲究，只要把“货”抬到目的地就行了。但抬人则有许多讲究。抬官轿要求抬匠走碎步，且脚要轻抬轻放，确保坐轿子的官人“四平八稳”的安全到达目的地；抬花轿则相反，花轿颠得越凶越好，只要不把新娘颠出来就行。

从古到今，抬匠的技艺、抬匠的号子以及抬匠的规则，都是通过抬匠师傅们口耳相传一代一代延续和传承下来的。但由于社会的发展、科技的进步、交通运输工具的不断更新，加之“修建大桥”的主材多由钢筋水泥等现代材料取代，再也用不着用数吨重的大石块做“桥板”，再加上装卸也由起重机代替，各种货物的运送也多由先进的运输机具代替，人也多乘坐小汽车出行（花轿和滑竿仅作为民间风俗而存在），因此，延续了数千年的抬匠古业或将逐渐消失在我们的生活中！

（吴岷钟）

夯筑土墙业

《孟子·生于忧患》中说“傅说举于版筑之间”，是说傅说是从版筑行业推举出来做商王武丁的丞相的。这也说明夯筑土墙这一工作早在商周时期就已经是一种职业了。那时候傅说筑的是城墙，后来，人们用这种方式建造房屋，于是夯筑土墙就成为先民的一种传统建筑方式。川南包括荣县农村的旧式民居，自古以来，大多是这种建筑。

由于土墙是泥土夯筑，且有30多厘米的厚度，加上泥墙的导热性差，土墙房子的最大优点是冬暖夏凉。在农村最丰富的资源就是泥土。夯筑土墙，就地取材，非常方便，其造价非常低廉，而且环保。哪怕是坍塌了的土墙也可以回到田地里，不会产生建筑垃圾，更不存在环境污染，相反，年代久远的土墙上硝以后还可以当作肥料使用。

当然，制作土墙的主要材料为熟土泥。一般把靠近建房地点的庄稼地作为材料的来源，取用的泥土是地里松土层，一方面是为了筑墙结实、均匀；另一方面也是为了取土方便，节约工期。而松土层下面的生土则留给房东建好房以后再疏松复耕，这会在一定程度上影响取土以后土地的农作物产量，但这对于居者有其屋来说不是大事儿。

夯筑土墙需要相应的专业工具，主要有墙版、墙版卡、墙棰（夯杵）、打板儿、锄头、爪钩扁担、篼箕等。墙版、扣框、墙锤用来筑墙；打板儿用来打平墙面；锄头、爪钩扁担、篼箕等则是钎细和运送泥土。墙版是用非常硬的杉木或松木制作的，可以使墙版轻便且强度高。墙版外部略微粗糙也没关系，但内侧必须平整光滑。墙版的规格一般是长 1.5～2 米，高 40 厘米，厚 5～7 厘米的两块木板，一端由一块约 30 厘米宽的方木板用榫头连接，榫头处能灵活拆卸，便于搬运。整个墙版一端呈封闭的 H 型，开放的一端也用呈 H 型“墙版卡”来固定在筑好的墙上。墙版内空即土墙的厚度。墙棰两端用大小一样且杵头光滑的两块矩形硬木做成，握棰把的大小跟锄把相当，以手握适度为准，总长略高于人。打板儿是用 20 厘米左右杂木做成的，圆把手，拍面光滑，形似鸭子。

建房时，一般先由石匠入场安好地脚石，只有在土壤干燥或者极贫困的情况下主人才会不安地脚石直接筑墙，这种房屋的寿命会短很多。土匠和木匠多是同时入场，木匠随着土匠的工期进度准备好过门桥、门框、檩子、角子板备用。

旧时，修房子大多时候都要看期会，适宜石匠动工那天才动工，叫下石，适宜土匠开工那天叫架版。

夯筑土墙用的是沙泥适度的泥土。沙性太强，黏性不够，不易筑牢；泥性太强，容易裂缝。泥土湿度以将泥抓在手心用力握紧、松手略散不粘团为宜。

架版是从堂屋正对大门的后大壁正中开始，第一版墙是将墙版一头斜架在地脚石上，筑一版呈三角形的墙，接下来就以这版墙为依托顺时针一版一版地夯筑。夯筑时由两个师傅相向站在墙版上用墙棰夯杵，先慢后快，先重后轻，两人密切配合，交替夯杵。在阳光的照耀下，两个黝黑的汉子脊背上的汗水闪闪发亮，他们有节奏的夯杵俨然一曲力与美的舞蹈。

一般情况下，往墙版里填三四次土就可以筑一版墙了。当墙筑到一定高度后，拍墙师傅就用打板儿将墙打实、打平，用细泥抹在没有夯实的地方，再将墙面打平、打光亮。在土墙筑到一定的高度时，拍墙师傅有节奏地拍打墙面，会在屋内形成回声，悠扬响亮。

筑墙时，为了改变墙土的性状，使土墙的强度更高，古代有人加入沙子以防止墙体开裂；有人在泥土里掺稻草末、红糖水、石灰和糯米浆等。和着红糖、糯米和石灰夯的墙称三合墙，其强度非常大，大多是祠堂、城墙、会馆和有钱人家才使用。一般人家主要是在每层夯土间加竹片来增加墙体的强度。

从技术层面看，筑墙过程中，对夯土工的技术要求最高，拍墙工次之，钎土和挑土工的最低。夯土工和拍墙工的劳动强度不同，多是两个工种互换进行。干这两个工种的是大师傅，如果钎土的人没有钎匀净或者挑泥的人跟不上节奏则会挨骂甚至被赶走。

夯筑土墙也是有工期的，但是工期不能太快。因为新筑的土墙是湿的，会往下坠水，一般筑到两米左右就要歇工一次，等土墙稍微收水以后再继续，但也不能过于干燥，否则上下层之间的黏合不好。

筑完平墙以后剩下的就是山墙，但是越往上筑土就越困难，而且封尖必须一次完成。一栋房屋的所有山墙的山尖都是先筑一半，最后封顶的时候以较快的速度完成，主要是怕湿土墙不稳固而倒塌。

封尖过程就像打仗的时候吹响集结号一样，各司其职，紧张而有序。在封尖之前，木匠得把屋脊的檩子准备好，备土的备好泥土，挑土的整理好篼箕扁担，随时准备冲锋。都准备好以后，大家歇足了气、铆足了劲才能动工。

完成封尖以后木匠把脊檩放上去，而且各个山墙的脊檩都用公母榫头紧扣在一起。这样各山墙就连成一体，与墙体形成稳定结构了。

土墙建房一般在冬季进行。因为一方面这是农闲时节；另一方面这个时节雨水少，利于筑墙。

改革开放之后，农村住房从 20 世纪 80 年代开始升级换代，土墙房子逐渐换成由小瓦窑出产的青砖青瓦建造的小青瓦房或者后来的机制红砖建造的砖混结构楼房。

随着社会经济的发展，农村建房也开始和城里人一样采用砖混现浇甚至框架结构。20 世纪八九十年代的砖木结构、砖混结构民居随之变得陈旧，有的甚至由于长期无人居住而破败，至于那些老土墙的房子则更是日渐难觅踪迹。我们能够见到的最多的是遗弃在村民新居旁的那些坍圮毁坏了的墙垛……

随着历史的变迁，千百年来先民们靠着夯筑土墙遮风避雨繁衍生息的生存方式正在逐渐改变，这种建筑方式已被越来越追求时尚的百姓抛弃，这种工匠最终也只能留给尘封的历史记忆！

（钟学惠）

荣县竹编

“竹”，是一种雅俗共赏的植物，尤其是在古代，竹在人们的精神和物质世界中都占据着重要的地位。

“唐宋八大家”之一、诗人苏轼就在《于潜僧绿筠轩》一诗中写道：“宁可食无肉，不可居无竹。无肉令人瘦，无竹令人俗。人瘦尚可肥，士俗不可医。”诗人把竹作为超脱世俗、精神高洁的象征。

褪去古代士族给予的神圣光环，“竹”，在普通群众眼中是大自然的馈赠和生活中不可或缺的帮手。竹笋可食，竹还可制成竹床、竹杖、竹筐、竹篮……“竹”涵盖了古人生活的方方面面，由此衍生的竹编工艺令人叹为观止。荣县历史悠久，古为周“荣公”的封国，晋末置县，唐置荣州，宋代称荣德县，明代称荣县至今。悠久的历史文化，造就了勤劳简朴的荣县人，也成就了一大批聪明勤劳的荣县人。

荣县属亚热带季风性湿润气候。雨量充沛，常年降雨量为 1 500 毫米左右，年平均降水日数 142 天。夏季时间偏长，达到 180 天左右。这些气候非常适宜慈竹的生长。极其丰富的慈竹资源，是进行手工工艺最为优良的材料。这些优越的条件为荣县悠久的竹编手工艺创造了良好的环境。

荣县的竹编手工艺，可追溯到 2 000 多年前，自西汉在荣县设置郡县以来，竹编手工艺即在荣县落地、生根、发芽、开花。经过不断的发展、总结、创新，荣县地区的竹编制品分为居室、器物、工具等几大类。最具特色就是荣县的民居，以竹篾代替钢筋，糊上黄泥，晾干后，再涂之以白石灰做装饰。这样的墙壁被称为“竹夹壁”，至今在荣县附东街、附南街仍有保存较为完好的竹夹壁民居。

而古文镇又是荣县有名的竹器之乡，该镇盛产慈竹。慈竹具有材质坚硬、韧性强、竹节长（可达60厘米）、易塑性强等特性，是竹编手工制作的优良原材料。

古文镇因为自然条件优越，竹资源丰富，其竹编手工艺更为精湛。长期以来，古文镇出品的竹制品，如竹席、竹筐、竹篮、背篼、筲箕等因为结实、耐用、美观，受到荣县及周边地区的追捧，不少讲究的人家都指定购买古文镇出品的竹制品。夏日时节尤以能拥有古文镇的竹枕、竹席为荣。

在2000年漫长的发展过程中，竹编慢慢由一种单一的生产生活工具演变成为形态不一、形状各异、种类繁多的各种艺术品，给人以美的享受。而2011年被纳入自贡市非物质文化遗产项目之一的荣县古文竹编龙，就是在此基础上衍生而来的，其融民间手工艺与现代光电技术于一体，内透明显、生动活泼、形象逼真、栩栩如生，令人赞不绝口。

它是不可能被现代机械化技术所替代的手工工艺，且蕴含着丰富的技术及精巧基因，是一份极其宝贵的历史文化遗产。它一直是当地人民重要的文化载体之一，深受当地人民的喜爱。

它与民俗文化中耍龙灯、狮灯相结合，碰撞出别样的精彩。1987年，荣县竹编龙首次亮相自贡国际恐龙灯展，参展的两条龙全部由竹子制作，盘梁抱柱，为“二龙戏珠”造型，灯光透过竹制的鳞片，朦胧的光晕给两条竹龙以灵动之美。竹编龙甫一亮相，立刻赢得了广大游客的喜爱，不仅拓展了自贡彩灯的品类，更开创了自贡地区竹编技艺的新河。

竹编龙曾在北京、大连、广州、无锡、深圳、长沙、沈阳、珠海、安庆等城市参展，受到高度赞誉，堪称一绝。同时，也多次赴泰国、新加坡、韩国、澳大利亚、俄罗斯等国展出。每展一处，都受到外国友人的高度赞赏，外国友人在享受精神生活的同时，能更进一步了解中国民族民间文化的博大精深。竹编龙是世界对中国加深了解的载体之一，具有较高的历史文化价值。

（林媛　肖玲）

传统农具简介

农具，是指农业生产使用的工具，是农民在从事农业生产过程中用来改变劳动对象的器具。荣县自古以来就是农业大县，农业历史悠久，农产品众多，农业工具丰富多彩。就荣县各地域而言，其使用的农具的名称、适用范围、农具的构造等都有个性差异。本文就荣县古代农业及农民普遍使用的传统农具做一简单的介绍。

一、耕作类农具

（一）犁头

犁头是耕地的主要农具，主要起到翻土或松土的作用。犁头由“犁脖子”“犁尾巴”“犁弯”和“犁铧”等部件组成，与犁头配套的还有“枷档”“两绊”“纤索”“牛打脚”“犁扣”等工具。使用这套工具的农民叫“使牛匠”。劳作时，使牛匠一手扶着“犁尾巴”，一手捏着牵牛绳同时握着牛鞭子，吆喝着拉犁的耕牛往前走。这样“走”一次可翻地 60 至 70 厘米宽。这样“走”到地头，使牛匠大声喊“转”，牛便转身又往回走。牛不能听懂人话，这只是一种“条件反射”。初学拉犁的小牛要这样吆喝三次以上才能形成“条件反射”，因此有句俗话叫“牛教了三遍”就晓得转角（身）。这实际上是用来讽刺一直教不会的“笨人”的。

（二）耙

耙又叫耙子，是一种把土块弄碎弄平的农具。使牛匠把土地翻转

（犁田、犁土）后，使田或土形成一条一条的埂子，这时就需要用耙把它们弄碎或弄平。耙由长方形的耙框、耙手和耙齿等部件组成，与它配套的农具与犁头和配套农具相似（只是没有“牛打脚”和“犁扣”，纤索直接拴在耙框上）。操作也和犁田（土）相似。

（三）锄头

锄头是用来挖土或除草的工具，由“头”“楔”“码”“把”等部件组成。“头”和“码”通常是铁制的（“码”也可是硬木制品）；“把”和“楔”是木制品。锄头有宽锄和窄锄之分。宽锄用于除草、松土、铲田边田壁等农活，窄锄、挖锄主要用于深挖、打坑（窝）等农活。锄头是农业生产主要的农具之一，有时可以代替耙和犁头的作用。

（四）蓑衣和斗笠

蓑衣是农民用棕树的皮（名叫“棕”）编织成的厚厚的像披风一样能穿在身上用于遮雨的农具。古代，人们干活和行路遇到下雨都离不开它。与它配套的是斗笠（一般叫斗篷）。斗篷是用篾条编成篷架（分里层和外层），然后用一种叫“蓼叶”的植物叶子不留缝隙地夹在中间，最后用细篾条或麻绳扎紧而成。斗笠戴在头上既可遮雨又可遮太阳。

（五）扁担

扁担是挑物品的农具，有木制的和竹制的两种。有的呈“一”字形，叫平扁担；有的两头上翘，形似月牙，叫翘扁担。翘扁担挑东西比较省力，但使用者需要一定的技巧，否则会翻转。

（六）水车

水车是最古老的农业灌溉工具。相传，水车是在汉灵帝时由毕岚造出雏形，经三国时孔明改造完善后在蜀国推广使用的，因此又叫孔明车。水车在隋唐时被广泛应用于农业灌溉。水车由水槽、羊爪、水叶子、水龙头、龙辊、车架等部件组成，一般由二人坐在车架上用脚蹬踩龙辊使之带动羊爪上的水叶子把低处的水运送到高处。此外还有手摇式水车。

耕作类农具还有粪桶、冤兜、粪担、担儿钩等。

二、收获类农具

（一）镰刀

镰刀由刀和木柄两部分组成。分有齿的和无齿的两种，有齿的叫沙镰，主要用于收割稻、麦等农作物；没齿的叫镰刀，主要用于割草（喂牛的叫牛草，喂猪的叫猪草，喂兔子的叫兔儿草）、藤等植物。

（二）连枷

连枷主要由用小木条编制的连排、木轴、竹柄等部件组成，主要用于小麦、胡豆、豌豆、大豆、菜籽等脱粒。荣县连枷的连排是用拇指大小的油茶枝条用火育成的，一般由四到五根枝条编成八到十排，这样脱粒效果非常好。

（三）风车

风车又叫风宝，主要由木斗、木鼓、风叶子、摇柄、前后出口、车架、出风口等部件组成，主要用于风净粮食中的空壳、瘪籽、草屑等杂物。使用时，将需要除去杂物的粮食倒入木斗，然后打开活动门，摇动风叶，使无杂物的粮食通过前面的出口流入萝框内，瘪籽通过后面的出口流入另一萝框内，空壳、草屑等杂物则随风从出风口“风”出去。如果杂物较多，体积较大，则要用小木棍或直接用手去帮助其从活动门流下去。

（四）圆桶

圆桶又叫拌桶或打谷桐，主要在收割水稻、小麦时使用，由圆桶、谷围子、打架等部件组成。使用时，两人手握谷把子轮番在打架上敲打，使谷粒脱落在桶内。

（五）簸箕

簸箕又叫撮箕，是用竹篾编成的收获晒场上粮食的农具。还可以把有杂物的粮食放在里面上下簸动，使其扬去糠壳等杂物。

收获类工具还有碾子、哈谷耙（通常用竹子烤育，又称竹耙子）、筛子、簸盖等。

总之，悠久的华夏文明是从农耕开始的，然而农耕时代的生产工具却因社会的进步而逐渐被机械化新器具所取代。尽管传统农具的消失是社会进步的必然趋势，但是，这些传统农具在几千年的农业发展中立下的不朽功勋，永远留在我们的记忆之中。

（李晓明）

第二篇 工商业

荣县古盐业概述

荣县，今县名，属四川省。在犍为县东北，位中溪河支流上游。本唐旭川县，为荣州治。宋州县俱废，元复置荣州，明降州为县。清属嘉定府，东南有贡井，产盐颇富，与富顺县之自流井，犍为县之五通桥，盐井相接，同为本省产盐最盛之区。

（录自中华书局《辞海》）

一、荣县古盐井的情况

《汉书·地理志》：“南安县有盐官，铁官。”汉代最重盐铁，国家专营。汉时凡郡县产盐之处，多置盐官，主盐税。汉京北尹、左冯翊、右扶风之属，皆有铁官长及铁官丞。又诸郡县出铁多者，亦置铁官，主鼓铸。（见《汉书·百官公卿表》及《后汉书·百官志》）既如此，则知南安不仅产盐铁，而且产量丰富，国家置盐官、铁官主税。晋常璩《华阳国志·蜀志·犍为郡》：“汉南安有盐官。”南安县秦置。西汉仍其旧，治所在今乐山，荣县居南安腹地，来牟自古及今乃产盐重地。据二史书所记，早在汉代荣县即产盐，且置官专管。荣县产盐历史悠久，毋庸置疑。有材料推测，荣县采卤制盐历史可追溯到东汉章帝时期（75—88 年），已有 2 000 年了。

历史上，荣县的建置也与产盐相关。唐李吉甫《元和郡县图志》

说："武德元年（618 年）于镇置荣州，周改镇为公井县。野客山，在县南六十里。县有盐井十所。又有大公井，故县镇因取为名。"又说："旭川县，……本汉南安县地，贞观元年（627 年）于此置旭川县，因县有盐井号旭井，取以名县。"

荣县古代很早就出现了卓筒井。陆游《陆放翁全集·老学庵笔记·卷五》："蜀食井盐，如仙井大宁，犹是大穴，若荣州，则井绝小，仅容一竹筒，真海眼也。"仙井，今仁寿县，大宁，今巫溪县。陆游《入荣州境》云："长筒汲井熬雪霜，辘轳咿哑官道傍。"陆游诗文所记均为卓筒井。卓筒井乃井盐生产中的一大重要发明和创造。荣州卓筒井发明于何时，现无史料，不能明确，据盐史家研究大约在北宋仁宗庆历时期（1041—1048 年），快 1 000 年了。盐史家们公认，荣县是卓筒井的发祥地之一。

荣县盐井的分布大致由县西长山镇至旭阳镇再沿旭水河南流至自流井一线。历史上著名的盐井如小井沟，来牟一带诸井、杜家井、再到大公井及其周边若干井，都在此范围内。在长山方向还北延至双古镇之复兴场一带。

荣县历史上有许多盐井，名称及地域难于一一确指。今略述史志所记，以观其梗概。清乾隆时黄大本撰《荣县志》(后文简称黄本《荣县志》) 记："荣邑产盐，古八盐井：白沙、桐麻、翁沱，沙滩、洞门、杜家、鹿角、国富。"又记贡井康熙时盐井云"塘角、永福、中福、三元，邹家共五眼"，又记贡井雍正时盐井云"富石、中元、岩头、武家、顺岩、中盛、郑家共七眼"。并顺记"小井沟井一眼，杜家小井三眼"。赵熙撰《荣县志》云："瓦滓滩有盐井，旧隶荣厂。"瓦滓滩即今留佳镇瓦滓场。更有闻名于世之大公井、旭井等，在此不一一罗列。恐有举一漏十之嫌，仅此，已足见荣县历史上盐井之富。

煎盐之燃烧在盐井史上也不尽相同，或因盐井卤水产量而有变化，或因新燃料之发现应用，不能一概而论，最原始而又取用方便的是柴草。陆游荣州诗《晚登横溪阁》二首之二："卖蔬市近还家早，煮井人忙下麦迟。"煮井句后，诗人自注："荣多盐井，秋冬收薪茅最急。"赵熙《荣县志》引陆游此诗后记道："知小井仅以茅火煎之。今城乡属地，时进得古井眼，父老亡，清雍正犹然。百年来小井绝迹。二十年间，火王转胜于富厂，其高焰飞煽天垂矣。”当然，用得最多的是煤炭。荣县富产盐、铁、煤，保证了荣县古代经济的高速发展，使其成为西南地区的经济大县，也促进了荣县以盐、铁、茶、大佛为代表的文明的发展提升。在历史上，荣县城规模宏大，经济繁荣，烟柳繁华。唐宋时已称“小成都”或“小锦城”，曹学全《蜀中名胜记》曰：“荣虽山谷间，实乃郡国一都会。”荣县煎盐还用天然气。天然气发现之后即普遍使用。天然气共卤水同生之盐井称火井，单产卤水之盐井称水井。黄本《荣县志》卷一多次提到火井，如“又于雍正十二年新开报增顺江、教官下火井二眼”“乾隆十一年新增……复兴、福阳、回龙下火井三眼”“乾隆十三年新增永旺，岩脚下火井三眼”“乾隆十六年新增河坎下火井一眼”“乾隆二十一年永旺火井分筒引为添锅一口”“乾隆二十三四年新开长福、兴旺下火井二眼”，并总结说“新旧……火井十眼”。此数指自“雍正八年奉文分立贡井自为一厂”后的情况。赵本《荣县志》记，同治间“贡井火井四十八，锅九百二十”，可见，使用天然气煎盐的情形在清代已很普遍。黄本《荣县志》还注意到一个特殊情况，“火井不资柴草，昼夜自燃，得火气之精，其锅面盐胆擦牙，浴面。能固齿明目，或曰食之补益”。

川盐入黔，为了限制口岸之间倾销，官运局规定把盐熬成四种颜色，以示区别。仁岸为草白盐，綦岸为花腰干盐，涪岸一部分为草白盐，一部分为炭巴盐，永岸为五通桥产之炭巴盐（即高粱红色）。荣县盐运销仁岸，自然是草白色。但除草白色盐之外，荣县还产花盐，且产量不低，黄本《荣县志》记道：本县井产花盐，荣威二县额配计口食盐陆引六百五十七张，雍正年间陆续议增陆引六百七十九张，共一千三百三十六张，每张正耗盐四百六十斤。”以下还有记载，仅以此计就达 614 560 斤（1 斤 = 0.5 千克）。

关于荣县古代井盐产量，我们无法知其概况，但可从记载中知道一些零星的情况。赵熙《荣县志》记“贡井盐课司日新罗，洪武间新罗二井盐课司岁办盐 725 500 斤，弘治间岁办盐 995 878 斤”，又记同治荣厂“盐岁出 40 000 000 斤，瓦滓滩月可出盐三百担”。黄本《荣县志》记，“贡井岁产盐约计一千三百余万斤，配引之外，颇有盈余”。

二、荣县古盐税的情况

我国自古就是农耕国家，盐铁税收在国家总收入中占很大比例。很早，国家就立盐法、设盐官、课盐税，对盐业实行严格的管理。

设置盐官，要由盐业生产情况而定，不能一概而论。赵本《荣县志》:“宋制。大为监，小为井。监则官掌，井则士民幹鬻，如数输课。荣有监有井。”所谓“士民幹鬻”，即在士民中选拔能够胜任的人来主持专卖。宋仁宗嘉祐年间（1056—1063年），陈希亮上书请求“蠲”，除也，免除之意。常有开于南宋宁宗庆元时期（1196—1200年），调任荣县令，“公井盐为吏裹减，行旅不通，则抑配齐民。有开检吏奸而除其害”。此临也。

盐税征收中，由于官吏腐败或失察，往往给盐民造成灾难。遇到官员公正廉明，体察民情又能救民于水火。眉州青神县人陈希亮字公弼，嘉祐二年（1057年）在吏部任职时，了解到“荣鬻盐凡十八井，岁久澹竭，有司责课如初，民破产籍没者三百余家”，就向仁宗皇帝申诉，结果“还民所籍，岁蠲三十余万斤”。百姓感德，名其乡曰“来苏乡”，意谓因陈希亮之举而使乡民复苏也。“来苏乡”在荣县城南 50 里处（1里 = 0.5千米）。

盐税征收中，也有官吏欲行盐改损害人民利益。清宣统二年（1910年）赵尔巽“奏改盐务。向例，有官盐、有票盐。官盐者，官运之盐也，票盐者，民贩之盐也。尔巽请一律改票归官。绝小商力贩之食之，又以盐务不振，由井多使然，于是奏请查限井灶，必废一井乃开一井。其势凶狠。时赵熙官御史，奏止之。尔巽愤不得逞。然四川遭其毒已甚”。

我国盐法，滥觞于管子，推衍于桑弘羊，孳行于刘晏。西汉为专卖时代，东汉、六朝为租税时代，隋取无税主义，自唐以后复行专卖。民国20年，国民政府公布新盐法，重行恢复租税制，规定盐就场征税，任人民自由买卖。

盐税，古称盐课。清代盐法分盐税为三项：一是灶课，为盐灶，盐田之地税，由灶丁缴纳；二是引课，为运盐之税，由引商缴纳；三是杂课，为一切杂税之总称，如盐厂房租，养廉公费、解费等。同时，国民政府《盐法》规定的盐税相对简便一些。《盐法》规定，盐就场征税。食盐每一百公斤征国币五元，不得重征或附加；渔（海）盐每一百公斤征国币三角；工业，农业用盐一律免税。我们谈荣县古代盐税时不涉及民国盐税，此处提到，只顺便介绍一下，以增了解。

关于灶课，黄本《荣县志》有明确记载。“锅课定例，上井煎锅一口，承课五两；中井煎锅一口，承课四两；下井煎锅一口，承课二两。贡井素无上井，其塘角等中水井五眼，火井一眼，共煎锅一百二十口，共榷课银四百八十两。富石等下水井十眼，火井十眼，共煎锅一百七十六口，共榷课银三百五十二两。再井课，每两例加耗银一钱二分，共徵耗银九十九两八钱四分。”“榷”，专利也，专卖也，“课”，税也，“榷课银”，即专卖税银。记载很清楚，“榷课银”按井灶上中下三等分等征收，正税之外还须附加耗银，每两银按一钱二分计。

说到引课，则须先说到“盐引”。盐引，盐商行盐之执照也。其制始于宋之盐钞，崇宁以后钞法大坏，乃改引引法，凡商人运盐限以时日，视地远近各给以引。历代皆沿用之，盐引分水引、陆引。水路运输用水引，陆路运输用陆引。水、陆运输其运输量多少有别，故水引、陆引之限量也有区别。

川盐入黔分四个口岸，荣县盐入黔是由仁岸。黄本《荣县志》记载着两条水引征税的材料。一条材料说，“总计行黔水引一千九百五十三张，每张额征正税羡截银一万九千五百三十两”，平均每张水引征收了各种税共十两银。因为征收总数中包含了正税银、羡余银、截角银，无法知道正税银为多少。另一条材料则分解得很清楚：“雍正九年奉文分界后于富顺县拔回水引一千四百五十张，每张配盐五千七百五十斤，由合江转贵州仁怀口岸行销。每张征正税银三两四钱五厘，羡余银五两五钱九分五厘，截角钱一两，共征正羡截银一万四千五百两。”

黄本《荣县志》还记载了陆引征收各税的情况：“请增陆引三百张，每张征正税银二钱七分二厘四毫，羡余银四钱四分七厘六毫，截角银四分八厘，共征正税羡截银五百三十六两六分四厘。”我们知道陆引每张限量 460 斤。

三、荣县古盐的运销

食盐乃人民群众日常生活的基本用品，一日不可无之，所以其运销由官府严格管理，历代多是官运官销，后清代丁宝桢改为官运商销。

过去，川盐长期以来主要运销贵州。川盐入黔主要通过水运，分四个口岸。永岸：从纳溪到永宁河 100 多千米水道，盐行销区域为贵州省的大定、安顺、兴义各府和普安厅；仁岸：从合江到贵州茅台村 250 多千米的水道，盐行销区域为贵州省的仁怀厅和遵义、大定、贵阳各府；綦岸：从江津口至贵州松坎河 300 多千米水道，盐行销区域为贵州省的遵义、贵阳、都匀各府和平越府；涪岸：从乌江至龚滩 400 多千米水道，盐行销区域为贵州省的思南、思州、镇远、石阡、铜仁各府和松桃厅。船载亦有规定，每载重量在井灶起运时为 108 000 斤，每载又分为 12 行，每行为 50 包，每包为 180 斤（1 斤 = 0.5 千克）。

黄本《荣县志》记："本县行销水引向无定额，统归宣义厂于泸州、纳溪、永宁、合江、江津、仁怀、綦江七州县行销。"由此知道，荣县盐不仅经由水道运往仁岸，销售上到贵州有关州厅外，还指定专销贵州省仁怀及本省泸州、纳溪、永宁、合江、江津和纂江。

历史上，荣县食盐还由水道行销楚地。赵本《荣县志》记，"咸丰四年（1854 年），黔匪猖乱，运道中梗，而兰李又入邻境，商号歇业，盐舶不行，于是荣厂积引至五千有余，欠税羡银五万余两"，后经川督骆秉章改革，"赓续采配，运楚销售"。这是川盐济楚的开端，比抗日战争期间川盐济楚早了八九十年。

水运行销过程中，运费是如何计算的呢？魏登云先生《论四川总督丁宝桢川盐入黔盐政改之举》一文做了详细说明：为避免当时币制不够统一带来的不便，缩小岸与岸之间运费的差距，便于计算盐价、运费，规定各岸运输均以盐作为运费。以仁岸川盐入黔为例，在合江起运时，每包盐为 180 斤，运到赤水县城则以 160 斤计算，其差额 20 斤，即为此段运费，归运输者自由支配。从赤水运至土城，又递减为 140 斤，其差额 20 斤，即为该段的运费，同样归运输者自由支配；从土城抵鸭溪，金沙为 132 斤，其差额为 8 斤，即为此段的运费；再抵滥泥沟、刀靶水为 124 斤，其差额为 8 斤，即为此段的运费，最后抵贵阳，安顺为 96 斤，其差额为 28 斤，即为此段的运费。从起点站到终点站，每包盐巴重量计算差额为 84 斤，全部作为各站仓耗、途耗、运费之用。

荣县古代食盐行销还经由陆道，这就造就了著名的盐马古道。据自贡市盐业历史博物馆主编的《川盐文化圈研究：川盐古道与区域发展学术研讨会论文集》成果，荣县古代食盐行销与川滇古盐道三大路线中的两条相关。一条即宜宾—珙县—威宁—宣威—沾道—富源；另一条即宜宾—珙县—高县—筠连—盐津—豆沙关—大关—昭通—鲁甸—曲靖，大致沿着秦五尺道运行。除此，还经由若干不一定属于盐马古道的陆路。

陆运的主要工具是骡马，还要加上人力，比起水运要艰苦危险得多。

陆运的行销地域，史志也有诸多记载。黄本《荣县志》记："本县井产花盐，荣威二县额配计口食盐陆引六百五十七张。雍正间陆续议增陆引六百七十九张，共一千三百三十六张，每张正耗盐四百六十斤。雍正七年，分设威远县，本县额销陆引三百九十三张，分行威远县陆引一百九十五张，分行富顺县陆引二百九十八张，分引内江县陆引四百五十张。"由此可知，荣县井盐不仅由水运销往贵州及本省若干州县，而且由陆运就近行销本县、威远、富顺和内江等县。黄本《荣县志》还记载着："元和之世。旭川外凡二十六所，五代盐旅多贩西川。"意思是说，唐元和年间，除旭井外荣县产盐的地方共有二十六处，五代时盐商把荣县井盐陆运到川西一带贩卖。还有研究说，荣县井盐由川西还远销康藏。陆引如何征税？正税外是否还征羡余、截角银？征多少？由于材料缺失，就不是很清楚了。

关于杂课，相关史料极为缺失，只好暂付阙如，深感遗憾。

（胡林）

荣县盐业考

井盐采掘历史悠久，有其自身的特殊性：“蜀省之盐，皆产于井，必相山寻穴，凿石求泉，而井始成。”又言“凿井取卤，煎炼成盐，名曰井盐”(《中国史·四川巡按张所志条奏盐政五事》)。考古资料表明，四川井盐历史可追溯到古人类活动之初。古时，荣县属古蜀国区域，乐山曾为古蜀王“开明故治”，因周边自古资源丰厚，人所乐居。秦王朝设计灭蜀国后，有了蜀地丰富的物产支撑，而后才灭六国，统一了天下。李冰成为蜀守后，“识察水脉，穿广都盐井、诸陂池，蜀于是盛有养生之饶焉”。荣县境内荣溪原有咸泉涌出，后被掉落的岩石掩盖，于是，当地人挖凿开掩埋的咸泉，再沿周边圈砌成盐井。秦惠文王二十七年（公元前 311 年）时，成都市设有盐官(《华阳国志》)。汉朝时荣县隶属的南安县亦设立盐官(《汉书·地理志》)。晋安帝义熙十年（414）年，荣县地区因“有盐有铁”而划属冶官县，县治在金石井。金石井与荣县留佳、保华、东佳几镇边缘交错，后来互有划属。1954 年，荣县十区环佳乡四村的铁山冶铁厂厂址，划到犍为县金石乡三村（1993 年版《荣县志》)。20 世纪 70 年代，在金石井发现多座战国古墓及相关文物。南宋著名诗人陆游摄政荣州时，从来牟一路行来，留下诗句“长筒吸井熬雪霜，辘轳咿哑官道傍”(《入荣州境》)，反映了当时来牟、长山一带天车林立的繁荣景象。“卖蔬市近还家早，煮井人忙下麦迟”(《晚登横溪阁》)，意为卓筒井汲取上来的卤水要用柴火煎煮成盐，所以家家户户忙于在秋冬时节砍柴，以至于将种麦子的季节都延迟了。横溪阁位于荣县双溪水库下，可见当时荣县城周边的盐井也不少。荣县历来以盐、铁著称，境内古驿道中往来穿梭的车马，将荣县的井盐带出去，换回其他生活物资。荣县文管所内有西汉初期的半两钱、西汉五铢、王莽钱、东汉五铢、蜀汉直百五铢等众多古钱币。其中一尊蒙面陶俑像表明，荣州贸易的对象从国内延伸到了国外。

荣县观山有"'濑下六池'盖指盐井，因数赖郎等井当之"（民国版《荣县志》），盐井似池广阔，当为较早期古井。荣县"第一古盐卤井"的大公井开凿于汉朝，北周武帝以大公盐井设公井镇，为出产井盐的重要区域，所以唐朝最初荣州州治就设在这里。明朝改公井名为贡井。清代任民开凿，贡井周边又涌现出盐井遍地、天车林耸的局面。此外，唐贞观元年（627 年），以县城内有盐井——旭井为旭川县名。宋人疑旭井为荣王府前八方琉璃井，又疑为凤鸣山上龙井，亦为古井矣。荣县各乡镇盐井开凿亦普遍，如：因懂政乡古盐井多，明朝时在此设盐官，设桐麻盐司，还在关湾咀设了关卡征收盐税；成佳的盐井坝，清朝因盐井而得名；农王乡的盐井沟开办过盐井（此处的天车在 20 世纪 60 年代尚存），另有方形盐井名四方井（也在农王乡公路边上）；龙潭镇盐井沟，中华人民共和国成立前沟里有口盐井；莲花镇旧有八卦井，相传有八口盐井，排列形似八卦；河东乡有桐麻盐，因盐井旁有一片桐麻；过水乡曾有盐井团坝井；李晏乡的盐井大队，境内有个盐井沱，开办过盐井；乐南乡盐井沟，中华人民共和国成立前开过盐井；新桥镇的开井坝，清朝时开过盐井；永兴场盐井沟，此沟原有盐井；保华镇原有小盐井，其域内小井沟有古盐井；杜家井，度佳镇古时有杜姓人家开办的盐井，民国 31 年改"杜家"为度佳（《荣县地名录》）。"荣邑产盐，古八盐井：白沙、桐麻、滃沱、沙滩、洞门、杜家、鹿角、国富，今惟杜家井存，余俱废"（清乾隆版《荣县志》），杜家井清乾隆时期仍在采卤，其他古盐井则因卤尽废置。

食用盐有海盐、池盐（湖盐）、井盐、岩盐（矿盐）等几种。荣县出产井盐和岩盐。

井盐生产过程复杂，包括找井、掘井、汲卤、输卤、熬制等各大步骤，每个大步骤又分若干小步骤，从事这些小步骤的匠人专业技能很强。比如，探寻盐井地的人被称为"山匠"。找盐井时，山匠趴在地上闻一闻，说这地方有盐，照直挖下去，一般就会出卤水。杂工要将挑卤、修笕、灶房、煎盐、碓工、账房等工种都干完，并且运用熟练，才具备当山匠的资格。山匠的本领源于井盐开采历经千年，人们从盐矿的地形、山川脉络走向总结出了盐矿的地貌特征：“三牛对马岭，不出贵人出盐井。”“三牛”与“马岭”相对，山势奇峻，断裂特征明显。“两溪夹一梢，昼夜十八包。”山水相同，地势起伏，反映了褶皱构造。这两种地势都是天然卤水富集的地方。明代时，这些经验经过反复提炼，概括为：“凡匠氏相井地，多于两河夹岸，山形险急，得沙势处，鸠工立石圈。”“凡蜀中石山，去河不远者，多可造井取盐。”

找到盐井后，凿井更艰辛。凿井有开井口、下石圈、凿大口、下木竹、凿小口等步骤。此时离井底还很远，卓筒井的井孔不过碗口大小，工匠要从小井孔一直扎下去，穿过白垩纪、侏罗纪、三叠纪等坚硬的岩层，才能找到盐卤。

苏东坡写的《蜀盐说》道：“自庆历皇祐以来，蜀始创‘卓筒’。用圜刃凿，如碗大，深者数十丈；以巨竹去节，牝牡相衔为井，以隔横入淡水，则咸泉自上；又以竹之差小者，出入井中为桶，无底而窍其上，悬熟皮数寸，出入水中，气自呼吸，而启闭之。一筒致水数斗。凡筒井皆用机械，利之所在，人无不知。”而苏轼表兄文同所著《丹渊集》则有对荣州卓筒井的描述。卓筒井开凿过程为：以竹篾吊着铁锉，十多人轮番使力踩踏，如舂米一般。大的铁锉叫鱼尾锉，长有一丈（1丈≈333 米）二尺（1尺≈33.3 厘米），重二百斤。凿井至一百来丈就不敢用鱼尾锉了，需换成长九尺、重一百斤的解锭锉，以免竹篾断掉。凿井因地质的软硬程度，有时一天能凿一尺多深，有时七八寸（1寸≈3.33 厘米），四五寸，甚至很多天凿不到一寸的深度。凿出卤水称之为“见功”，这个过程可能得持续四五年或十来年，甚至于几十年换了几个老板才能开凿成功。如果挖到三百丈深，卤水不多，这口井就只能放弃了。

凿井时掏出的岩石依次为红岩、瓦灰岩、黄姜岩、草白岩、青沙岩、白沙岩、煤炭岩、麻箍岩、黑烟岩、绿豆岩等。有些岩层不一定都有，唯黄姜岩和绿豆岩是必然有的。中间遇到绵岩最难凿，绵岩一丈深就得凿一年。

井挖到七八十丈时出的咸水称草皮水，一碗可以煎出四五钱盐。二百八十碗左右就能积一担盐，值银子五六分。井深一百二三十丈时的咸水称黄水，含盐分约13%。井深二百六七十丈的咸水称黑水，黑水咸度最高，含盐分约18%，煎制出的盐较多。产量最高的是岩盐，它常与石膏共生，呈灰白色，分布于三叠系嘉陵江石灰岩，呈固态，含盐分约25%。

开凿盐井时，有时会冒出天然气，此井则称为火井。草皮火比较微弱，掘至二百六七十丈时火极旺。火井见功时，天然气隆隆有声，从井底冒出来，看起来像蒸气，闻起来像臭鸡蛋。用明火点它，气大时风雨都无法令它熄灭，气小时用水或土掩就灭了，但仍然会不断地往外冒气体。用竹木笕导引天然气，则不会损害器具。

盐井掘成后还要盖柜房、碓房、车房、牛房、桶房、窖房，便于生产。盐井又有井的管事、窖的管事、笕的管事、号的管事，俱各司其职。从事盐业生计的除各匠人外，还有档首、经纪、外场、窖头等人。

自汉武帝起，各朝都对食盐实行不同程度的专卖。盐业关乎国计民生，是一项重要战略物资，其税赋更是国家重要收入来源。汉武帝初期，盐业由私人开采经营。到了元狩中期，因征战频繁，国库窘迫。富商们不愿“佐国家之急”，汉武帝因此下令将盐、铁经营完全收归官府，实行专卖。由官府设盐官，直接组织食盐的生产、运输和销售，禁止私人经营。

唐朝设盐铁使、度支盐铁转运使、常平铸钱盐铁使、水陆运盐铁租庸使，名目繁多，皆为便于税赋征收。荣州盐井归剑南东川院管理，随月督课。唐开元初（713年），荣州井有十三所，都当钱四百贯。唐元和年间（806—820年），除旭川县有著名的旭井之外，还有二十六所盐井。公井县有大公井及盐井十所，应灵县有盐井四所，威远县有盐井七所，和义县有盐井五所（《元和郡县志》）。唐中期，食盐管理比较松弛，“亭户冒法，私鬻不绝”。贩私者往往“多结群党，并持兵杖劫盗及贩卖私盐”。到了乾元元年（758年）年，盐务改为全部官营。宝应元年（761年），盐业改为民间制造，官府统购，批发专卖，增加了政府税收。唐乾元初（758年）盐税收入为四十万缗，大历末（779年）竟达六百万缗，21年间盐税翻了15倍。大历末的盐业收入，占政府总收入的一半之多，史称："天下之赋，盐利居半。"元和十年（815年），北方盐井产量不足，蜀盐供应军队，给井盐带来一轮发展契机。唐朝后期，为保证官卖收入，食盐流通被政府严格控制，严格划分销盐区域，实行销界政策，不同产区的盐限制在某一区域销售，不得逾越。因这种规定，交通不便的偏远落后地区民众则很难得到食盐。

五代时，盐商多把荣州盐贩卖到西川，盐业生产时盛时衰。

宋朝仍沿袭唐朝的专卖制度，曾在荣州任职的李焘所著的《续资治通鉴长编·卷三百四十七·神宗》提道：宋元丰八年（1085年），夔州路转运使王宗望上奏请在蜀地设置榷盐司。在蜀地产盐的成都府、梓州路置场，产出的盐由国家专卖给人民。井研和荣州应灵设有专置场，各差有监官，其余州县盐井少处，就差税务官兼收盐税。略计两路共六百井，大井日煎盐千斤，小井二百，计日收十八万斤，岁得盐六千三百七十二万。约百斤之价为四千钱，为二百五十万八千八百缗，每缗收息一分五厘，岁收息三十八万二千三百二十缗。成都府路禁止较近的东川盐进本地，组织人力去很远的解州搬运解盐，因山路险阻而不得，民众无盐可吃。官盐短缺，边远地区的私盐运贩就更泛滥了。北宋时期，盐井分大井、小井。大井属于官井，其中又有规模大小之分。"大为监，小为井。监则官掌；井则土民干鬻，如其数输课。"（《宋史》卷一八三 食货志·盐篇）。荣州有监有井，贡井为大井，设有贡井监。盐监所设之处，集中了较多的盐井，产量大，由政府直接经营。零散分布的小盐井，政府不方便直接管理，就让当地商人承担定额税课，取得经营权后自行生产销售。官府掌管的盐监，最初由政府招募盐工汲卤煮盐，由政府贩售，后来又让商人参与销盐。小井（即卓筒井）一般由民间开凿经营，称为私井。因所产食盐影响官盐销路，所以政府想关闭私井。宋哲宗元祐四年（1089年）以后，私井由政府差官榷定产额，缴纳课利后，才能合法存在。私井井口小，易于掩藏，故不断涌现，政府没法完全控制。淳熙四年（1177年），四川制置使胡元质上疏，对大、小井做了简单比较："蜀盐取之于井，山谷之民，相地凿井，深至六七十丈。幸而果得咸泉，然后募工以石甃砌，以牛革为囊，数十人牵大绳以汲取之。自子至午，则泉脉渐竭，乃缒人于绳，令下，以手汲取，投之于囊，然后引绳而上，得水入灶，以柴茅煎煮，乃得成

盐。又有小井，谓之卓筒，大不过数寸，深亦数十丈，以竹筒设机抽泉，尽日之力，所得无几。”(《皇宋两朝中兴圣政》卷五十五)

公井盐税被官吏贪污，商旅又不通，税费摊派到百姓身上，百姓生活艰难。也有不少好官为民着想。荣州荣德知县常有开到任后，将贪污官吏悉数开除，为百姓减去了这一负担(《鹤山文钞·二十八·常君墓志铭》)。嘉定年间(1208—1224年)，食盐产出分为七色，生产不便，百姓不堪其苦，集众闹事。朝廷知道了，于是派荣州、资中令孔嗣宗处理这件事。他将不便于民众生产的条例都去除，只存拢户租盐三色，除去四色。井民生产方便了，遂感念孔嗣宗的恩德，为他立了座“孔长官祠”(《舆地纪胜·大宁盐官吏》注)。虽自宋时荣县盐井为卓筒井，但最大的风险还是盐井的坍塌。有官员体恤百姓之苦，嘉祐年间(1056—1063)，“荣州盐井籍民煎输，惟有禄家得免。州人王伯琪请于朝均之，为官户所诬，赍恨以没。子梦易登皇祐进士，为朝奉郎，欲成父志，言于三司。得上闻，还籍没者三百余家，蠲岁额三十万。部刺史以他事中之，罢归(《明一统志·七十一》)。”王梦易父子两代人，为盐税不公多次奏请让官户亦均摊，被官户们痛恨，并遭诬陷，后王梦易的诉状递到清官陈希亮那里，终于奏请朝廷免去荣州岁额三十多万斤。荣州应灵主簿宋蕴因有盐井井民没及时上交税款，派人将井民捉来审问。井民回答，因自家盐井久塌，没有收益，白将他们拴在此地，以致欠款越来越多。宋主簿让他们立了约，就释放了他们，这些人随后都如期上缴了税款(《鹤山文钞·二十六·宋君墓志铭》)。荣州军事推官、郡盐官何息，因百姓反应卤水渐少，而每年的税仍然要上缴那么多。何息向上禀报，遂实行“计利源赢缩，立增亏之法”。有诗赞颂此事：海脉终冥漠，司存费辩论。若非蠲积欠，何以示宽恩(《舆地纪胜·荣州官吏》注)。

元代时，因荣州人口稀少，盐业也就荒废了。到至元年间(1264—1294年)，襄汉地带的流民辗转移民到荣州一带私自凿井。这时荣州盐井达到巅峰，几乎遍地开花似的全是小盐井。

明洪武年间，新罗二井盐课司，计荣州年产盐七十二万五千五百斤，到了弘治年间，荣州年产盐达九十九万五千八百七十八斤。

《清乾隆·荣县志》盐业志记载，常因报坍而开会讨论开除水引陆引之事。可见，清朝比宋时笼统征税好多了。但是，清雍正时期，每口煎锅的税额也不算低：上井煎锅，每口交五两税银；中井煎锅每口交四两税银；下井煎锅每口交二两税银。贡井有中水井一百二十口煎锅煎盐，交税银四百八十两，富世有下水井一百七十六口煎锅交税银三百五十二两，井税共收税约一百两。荣县井盐通常通过船运，行销于泸州、纳溪、永宁、合江、江津、仁怀、綦江等七个州县。清朝雍正八年（1730 年），荣县贡井设县丞，裁去设在懂政的白沙、桐麻二巡检司，贡井称荣厂。雍正九年，贡井自为一厂后，每年水引一千四百五十张，每张配盐五千七百五十斤，由合江转到贵州省仁怀口岸行销，水引共徵正、羡、截税银一万四千五百两。乾隆二十五年（1760 年），水引徵正税羡截银一万九千五百三十两。清光绪《荣县志》记载：其时，共征水引银二万零八百六十两、共征陆引正税羡截银五百三十六两。随着时间推移，盐井有增有减，盐业收入时有起伏。咸丰四年（1854 年），因土匪猖獗，运盐的道路中断。蓝、李起义又在周边骚乱地方，使商铺关门歇业，盐船不能运盐，荣厂积引五千多，欠税羡银五万多两。后数位官员上奏章以新旧盐引搭配分销，费诸多手续，此事才得以勉强解决。

以前，贡井盐卤多，常输送到井火旺的自流井煎。清末，地气转移，贡井火井旺，自流井盐卤产量高，因地势西高东低，所以盐卤往西输送不便，他们就私自以煤炭煎盐，而不用贡井的火井。那时贡井火井有四十八口，锅九百二十口，水井十余口，锅五十九口，火井过旺，却无“用武之地”。民国 5 年（1916 年），此事在东岳庙被揭发出来，在荣县商户间引起轩然大波：“贡井与自流井本当荣辱与同嘛，当初我有盐卤给你煎，现在你有盐卤为什么就不用我这边的火煎呢？”都说自流井不厚道，大家请盐运使严格要求自流井依照以前的约定同舟共济，才将这件事情平息下去。

民国时期，荣县还常常可以看到古盐井，老辈们说清朝时更多。后来，卓筒小盐井盐卤日益稀少，天然气火井反而越来越旺盛，用此旺火煎出的食盐雪白纯净，是四川井盐中品质最好的。

井盐因采卤于地层深处，纯净天然。用这种盐刷牙洗脸，能起到固齿明目的效果。食用亦令菜品更为鲜美。生活中它亦能发挥出一些令人意想不到的功效：洗澡时加点盐，可治疗皮肤病；误食了有毒的食物，喝点盐开水，能起解毒的效果；经常用盐水洗头，可以防止或减少头发脱落；用热盐水洗冻疮，可以止痒；腹部受寒，将粗盐炒热，放在布袋里，热敷腹部，能驱寒止痛；把茄根和盐捣成粉末，抹在牙疼处，可止牙疼；饮茶时加点盐，可解烦渴，减轻喉部发炎和预防中暑。

井盐给荣县带来安定繁荣，所以《荣县志》记载，古荣州实为西南一大都会。现代，荣县新发现岩盐产地，西部的长山盐矿地处大型井盐矿床，是四川最大的制盐原料——卤水生产基地，其矿藏量达 189 亿吨以上，足够开采上千年。

（李锦梅）

荥县盐业史话

一、盐之源

赵熙撰的民国《荥县志》物产中载："古夙沙作盐，今供井神者不知也。"说今天把井盐当作神来供奉的人，并不知道最早发现并制作盐的鼻祖是夙沙的史实。那么，夙沙又是谁呢？他是怎样发现并制作盐的呢？古籍《世本》中有"夙沙氏煮海为盐"和"宿沙氏始煮海为盐"等记载。夙沙即宿沙。据说在远古的炎黄时期，山东胶东半岛的胶州湾一带，住着一个原始的部落，部落里有一个叫夙沙的人，既聪明能干又力大过人，善于用绳子结成的网来狩猎，而且每天都会收获不少的猎物。一天，他正在海边用鬲（liě，相当于鼎锅）装海水煮鱼吃，这时，一只野猪出现了，他便去追野猪，当他追上野猪并将其捕杀回来时，发现鬲里的水已烧干了，而且鬲的底部有一层白色的粉末，他便用手去蘸来偿，觉得又咸又鲜，继而把烧好的野猪肉去蘸来吃，觉得味道美极了！于是，他就把这一好消息告诉部落里的人，从此，夙沙部落的人都知道怎样煮海作盐了。据考证，夙沙氏是炎黄时期居住在山东半岛上的古老部落，和洪荒时期的炎黄部落有密切的交往。《中国盐政史》载："世界盐业莫先于中国，中国盐业发源最古在昔神农（即炎帝）时代夙沙初作煮海为盐，号称'盐宗'。"20 世纪 50 年代在福建出土的（仰韶时期的）文物中也发现有煎盐的器具，说明公元前 500—3000 年，中国已有人在制作（煎）盐了。这一发现与上述相传资料相应证。于此，可推论中国的盐业始于几千年前的炎黄时期，夙沙是发明盐的鼻祖。

二、盐之兴

又据《华阳国志》载：四川的盐井（盐主要分井盐和海盐两种，夙沙制的盐为海盐）掘凿是战国时期（前 403 年—前 221 年）李冰首创的。史学家根据各种典籍推算，约在公元前 276 年至前 251 年前后，李冰在担任蜀郡［秦国吞并蜀国（前 316 年）后在此置蜀郡］太守期间，不仅为蜀地治水做出了巨大的贡献，而且还发明创造了凿井汲卤煮盐法。在此之前，川盐开采仍处于非常原始的状态，且多依赖天然咸泉、咸石。李冰的先进采卤煮盐方法结束了巴蜀盐业生产的原始状况，这便是中国史籍所载的关于凿井煮盐的最早记录。

荣县属于川南地区，主要盐资源是井盐（含岩盐）。据《舆地纪胜》载：今川南一带，在汉朝杂居着一群僚人，他们主要从事栽种水稻、纺织和狩猎等活动。有一天，他们在狩猎的时候，发现一只梅花鹿在石头缝中舔食泉水，他们捕杀了梅花鹿，也去尝那泉水，感觉有一种很鲜的味道（后人将其称之为“咸味”），于是就找来工匠凿石至 300 尺，便有泉水涌出来。再将这有咸味的泉水放在锅中煎熬，待水干时，便出现了白花花的粉末状物体，后来人们便把它叫作盐。僚人用它佐以食物，味道非常美。后来人们就在其他地方寻找这种泉水并凿井采集，再煎煮成盐，这就是荣县等川南地区最早对盐的发现和开采的记载。

据民国《荣县志》特产中载：其他地方如人寿的仙井和巫溪宝源山大宁的盐井都是“大穴”。只有荣州盐井“绝小”“仅容一筒”，后人称为卓筒井，而且从这小井里取出来的卤水是放在锅里用茅薪来煎煮的。当时摄政荣州的陆游为此作诗以证：“煮井人忙下麦迟（自注：荣多盐井），秋冬收薪茅甚急。”意为当时荣州有许多盐井，当地人为取卤煎盐就推迟了种麦子的时间（一般在公历 10 月 23 日左右的“霜降”期间种小麦），秋冬季节便急着收集“茅薪”等柴草来作煮盐的燃料。

至“清雍乾犹然”[到清雍正、乾隆时（1723—1796年）还是这样子]，百多年后才“小井绝迹”。

盐业从无到有，从小到大，其发展都需要有人来管理。据《汉书·地理志》载：早在公元前140多年前的武帝时，南安县（时荣地隶之）就设置了“盐官和铁官”。后在荣地境内发现了一口大井叫大公井，因此，在北周时就以井名，在荣地设置“公井镇”，后于唐武德元年（618年）将“公井镇”改为“公井县”，且将荣州设在此地（今贡井）时，公井县也隶属于荣州。这是因盐设镇、因盐置县、因盐置州的开端。之后，于唐贞观元年（627年），因在荣地境内有盐井“旭井”，又在大牢县内增设旭川县。这种因盐得名的还有许多，如成佳的四方井、望佳的铁封井、李晏的盐井沱、保华的小井沟、龙潭的盐井沟、新桥的开井坝、度佳的杜家井等。据不完全统计，仅荣境内因盐得名的地方就有几十个，且叫“盐井沟”的就有龙潭、农王和永兴三个。由于荣县慬政境内及周边盐井较多,因而还在此专门设立了桐麻盐司。清雍正八年（1730年），荣县又在贡井专设县丞署，主要承办盐务事宜。所有这些都与荣县境内盐业的兴旺发达有关。繁荣的盐业生产使荣县逐渐成为山谷间的一个“大都会”(《蜀中名胜记》语:“荣虽山谷间，实乃郡国一都会”)，在唐宋时便享有“小锦城”的美誉。

据史料记载，荣地因种种原因，一度曾不足一千人，就是“公井”也只有10来户人家过着日出而作日落而息的自足生活。自从发现有盐以后，便不断有外地人来这里凿井煮盐、销盐贩盐，为盐工盐商提供衣食住行。一时间，公井地区盐井密布，街上做盐生意的、做粮食生意的、做布匹生意的、做炭生意的等商铺，鳞次栉比，人也源源不断地向这里聚集，很快就增至数万人。

三、盐之争

荣县盐业繁荣以来，盐税便成为历代统治者赖以生存和发展的主要收入来源。而围绕盐税的征收，又产生了不少纷争。有的还为此被罢官免职含恨去世，有的甚至动摇瓦解了江山社稷。

据《宋史·王庠传》载："王庠，字周彦，荣州人，累世同居，号'义门王氏'。祖籍陕西惠安（今西安），因其七世祖王知钰于唐僖宗广明年间（880—881年），任荣州和义县令而来荣定居。祖伯琪，以义声著于乡州。"当时（宋代）"州内多盐井，州民煎盐纳税，多至破产"，"惟有禄之家得免"。伯琪深感不平，竭力向地方当局伸张正义，主张盐税应由盐户与官户均担，官家与地方当局不但不允，反而还诬陷于他，伯琪因此抱恨而逝。伯琪的儿子名叫王梦易，是宋皇祐年间（1049—1053年）的进士，任绵州（今绵阳）法曹，后升任青石令，授予右军巡判官。梦易力承父志屡次为民昭雪冤狱。他深知当时盐税害民日盛。遂先向州县陈述，不听；又向省部申诉，仍不听；再向户部勾院三司力呈盐税害民之弊端，终于得到认可并予准请，及时清退了355户被抄没的财产，免除了当年3 000担（15万千克）的税额。与此同时，他还奏请皇上，建议将过去川茶由招募劳工运送陕西的苦差做法，改为驿站传递法"置茶铺，免民役"，这样既能按章收取茶税，又能减轻民夫负担，使"公私获益"，当即得到皇帝准奏。但苦于当朝奸臣因这个建议而"失宠"，故此因妒而陷害梦易，致其官降三级，后又罢职回乡，并因此抱恨而逝。王氏为民伸张正义的美德，得到了荣州百姓的高度称赞，并为他树碑立传。王梦易《大宋故赠通议大夫王公墓表》墓碑，原立于荣县富东乡王序塘村，是荣县尚存最早的墓碑，1983年12月迁至荣县大佛寺安放至今。

光绪三十四年（1909），赵尔丰任四川总督，为了讨好朝廷，他专门"奏改盐务"，企图将官运、民贩的惯例，一律改为官运，杜绝小商小贩的谋生之路。同时以"盐务不振是因盐井过多所致"为由，"奏请查限井灶，必废一井，乃开一井"。因此激起民愤。好在县人赵熙顾及乡亲民义，不顾同宗淫威"奏而止之"，才使赵尔丰的阴谋未能得逞。两年后，赵尔丰又因路权问题激起川人反对，尤其是荣县人吴玉章、王天杰、龙鸣剑等人趁"保路运动"的东风，毅然宣布"荣县独立"，为彻底推翻清政府做出了特殊的贡献。

（秦天）

赵熙的盐业渊源

天生曰卤，人生曰盐。自古以来，盐早已成为人类生存不可或缺的必需品。自贡也于20世纪30年代末因盐设市。赵熙，荣县人，晚清进士，工于书法，长于诗词古文，是清末民初大文人，一代宗师；“道德文章名于海内”，被时人赞之为“士林之鹤”，是民国初年著名的川渝“五老七贤”之一。不仅如此，他还与自贡盐业结下了不解之缘。

一、盐源之考

1922年始，赵熙被聘主修《荣县志》。他亲率人“勘查县内山川名迹”，并逐一考证，历时七年，于1928年修成。该县志被后世称为“赵志”，并被誉为“巴蜀名志”。民国版《荣县志》载：“古夙沙作盐，今供井神者不知也。”他认为，今天的人把盐井当作神来供奉，是错误的，因为他们不知道，最早发现并制造盐的鼻祖是夙沙氏。

古籍《世本》中有“夙沙氏煮海为盐”的记载。《中国盐政史》也说：“世界盐业莫先于中国，中国盐业发源最古在昔神农时代，夙沙初作煮海为盐，号称‘盐宗’。”20世纪50年代，在福建出土的仰韶时期的文物中也发现了煎盐器具，说明至迟在仰韶时期（公元前5000至3000年）的中国已有人在制作（煎）盐了。所有这些都验证了“夙沙氏煮海为盐”才是制盐业的起源。

赵熙作为荣县人，不违心地把本地的井盐作为盐的鼻祖，而将“夙沙氏煮海为盐”作为盐的起源的精神是值得我们学习的。

二、结交盐贾

1936年（丙子年），荣县出现旱灾，至第二年（丁丑年），旱情更盛，俗称“丙子干丁丑”。1937年4月14日，荣县至贡井的公路破土动工，时任川康盐运使的缪剑霜为使建设工程顺利完工，经与地方官员商议，动员荣县灾民投工投劳，凡参加修路者均可到县政府去领粮，极大地调动了民工的积极性，进而加快了修路的进度。1938年3月该段公路顺利完工。不仅如此，荣县4 000余名灾民及家庭还因此得到了拯救。赵熙“心善其行”，县政府也特请赵熙为缪剑霜题写横幅相赠，以感谢缪剑霜为荣县做的好事。缪剑霜十分感动，亲自登门答谢，自此，大文人赵熙遂与盐界大腕（缪为全国盐界“四大金刚”之一）缪剑霜相识交友，赵熙“尤许其尊敬文士，而不乞代文笔附庸风雅也”。

1941年春，由江庸、曹纕蘅倡议，缪剑霜做东，专门邀请赵熙等文人到重庆北碚修禊雅集（文雅人士修咏诗文、谈论学问的集会）。集会以《兰亭集序》为序，按人分韵赋诗。

封建社会，人逝世后，要为死者立一牌，上面写上逝者的名讳，再用墨笔先写着“×××之神王”，然后在出殡之前，请有名望的人用朱笔在“王”字上加“点”，使之成为“主”字，这就叫“题主”。赵熙作为当时的大文人，就先后曾为自贡大盐商胡勉斋和黄敦三辞世“题主”。犍为大盐商张慧儒逝世后，赵熙还为他撰书《张太公墓铭》。不仅对张慧儒对盐运行业做出的贡献予以表扬，而且对他通过盐运千方百计扶助盐煤失业之民的义举给予了充分肯定。

三、联姻盐商

说自贡盐商，少不了胡慎怡堂。江西人胡礼纬之子来自贡开“元和布店”，道光年间（1821—1850年）开始经营盐业，获大利，成为当时王、李、胡、颜四大盐商家族之一，俗称“老四家”，还于同治时扩建宅第，取名“慎怡堂”。胡汝修任堂主时，按《红楼梦》大观园风格扩建，并修祖祠，榜“胡慎怡堂”，世人称“胡元和”。

到光绪年间（1874—1908 年），赵熙与胡慎怡堂堂主胡汝修交往甚密，胡慎怡堂的不少门额、联语出自赵熙手笔，还题咏了不少景物；赵熙戏剧代表作《情探》也诞生于胡慎怡堂：1902 年，赵熙“回家度岁，路过贡井胡府，留宴时观看木偶戏《活捉王魁》，以为焦桂英形象凶悍，情节简单，未能刻画人物，一夜改写为《情探》”。后来，二人结成姻谊，赵熙将长女赵徽音许配与胡汝修次子胡庸章（字师重）为妻。胡汝修因受赵熙引荐，得清廷“中宪大夫”敕封，其长子胡铁华、次子胡师重也纳赀入朝为官。

胡汝修继室张氏逝世后，赵熙为其撰书墓志《胡大夫妃墓志》。胡汝修因得清廷“中宪大夫”敕封，故称胡大夫，古时候称妻子为“妃”，故称其张氏为胡大夫妃。1928 年秋，胡慎怡堂堂主胡汝修病故，赵熙作诗《悼胡汝修兄》以悼：“老不多时别，天秋鸿雁哀。雨如清泪下，山转素车来。世德知无极，人生各一回。百年此重九，断肠菊花开。”诗题以兄相称，足见其交谊远甚于一般姻亲。

四、为盐商鼓呼

赵熙在《荣县志》中写道：“汪家滩……初只编木而泭，乾隆中盐业滋炽，始行舟，道（道光）咸（咸丰）间，运石炭至八百余舟。”说荣县汪家滩（现为望佳镇街道）在旭水河畔，由于河道险峻，开始只能用木头筏子运货，后来，盐业得到发展，仅依靠木头筏子来运载石炭（煤炭）等货物到贡井，已经不能满足生产需要。于是，就在与盐业产、销密切相关的旭水河和釜溪河沿线修筑堰闸蓄水，便于行舟运碳、运盐，到道咸年间仅出入汪家滩的船只就达 800 余只。特别是全面抗战爆发后，川盐济楚，为适应大量的水运需要，在旭水河、釜溪河上整修、扩建了不少堤坝堰闸。1943 年，在沿滩修筑完工的堰闸就是非常重要的一座。缪剑霜迎往参观沿滩水闸时，赵熙为其题书“庸公闸”。1929 年，赵熙为自贡大盐商黄敦三牵头成立的慈善机构会济善堂撰书《会济善堂碑》，以彰会济善堂的善举与功德。该碑全用楷法，遒劲俊整、一丝不苟，现藏于自贡盐业历史博物馆。1919 年 3 月，川南盐业稽查所林蔚文著《川盐纪要》，详细叙述了民国初年盐政的概况，记录了民国初年川盐盐井和盐业生产、运输、销售以及盐税、盐法等各方面的有关情况，保存了大量珍贵的盐业资料。赵熙不仅为该书题写书名，还为之作序，“仁智人也，纪川盐之大要示余，博矣，详矣。余尤敬之者，知成之以费，则思以丰其产；知售之也劳，则思以畅其销。心福乎民者也”。林蔚文关心民生的拳拳之心，得到了赵熙的推崇与赞赏。

赵熙一生，诗词颇丰，为人刚直，深受世人景仰，他的不少诗词题刻都与盐业有关。他不仅同盐商来往密切，与盐商胡汝修联姻，还让第十六子赵元凯参与盐政工作，敬重有德望的盐业大腕十分。所有这些成就了赵熙与盐业的一世渊源。

（吴岷钟）

冶官县的冶铁业

中华民族有五千年的悠久文明，汉唐帝国曾经如日中天，屹立世界之巅。清代以来，我国却有近百年的屈辱史。五千年的兴衰与钢铁业的兴衰息息相关，钢铁是工农业生产的最基础的生产资料，它的兴衰反映了国家的国运盛衰，即使在钢铁业被称为“夕阳产业”的今天，又有哪个大国能够忽视钢铁生产的基础地位呢？

我国钢铁生产历史悠久，公元前 2000 年左右的夏朝，已有关于冶铁的记载。《尚书·禹贡》记载：“华阳、黑水惟梁州。……厥贡璆、铁、银、镂、砮、磬。”东汉郑玄注：“镂，刚铁，可以刻镂也。”宋朝蔡沈注：“铁，柔铁也；镂，刚铁。”古梁州位于秦岭以南，包括今陕西、甘肃南部和四川、重庆、云南、贵州大部地区。从《尚书·禹贡》的记载来看，我国的冶铁术起源于夏朝以四川为中心的梁州。

秦惠文王后元九年（前 316 年），秦相张仪和将军司马错领军从陕西入川，灭蜀国和巴国。实施商鞅变法后的政治制度，废除奴隶制土地国有制，实行封建土地私有制，加强封建中央集权。废除分封制，推行郡县制。重农抑商、奖励耕织。改蜀国为蜀郡（前 285 年），荣地属蜀郡南安县（治所在今乐山市）。蜀郡在成都设立“盐铁市官”，对发展工业、农业生产，壮大地主经济予以高度重视，蜀郡的冶铁、井盐等经济生产快速发展，进而形成了较大规模。秦汉时期蜀郡的卓氏、陈氏，以冶铁而富甲天下。

《汉书·地理志》记载：“蜀郡。……临邛，有铁官、盐官。……

江阳，武阳，有铁官。……南安，有盐官、铁官。”临邛为今邛崃市、江阳为今泸州市、武阳为今彭山区、南安为今乐山市（辖今乐山、自贡大部地区）。汉代南安县为蜀郡的4个冶铁主产地之一。南安县的冶铁主要在荣县、威远、井研、犍为的铁山山脉。自秦汉以来，盐、铁税收便成为国家税收的重要组成部分。荣地自秦汉以来，便以盐铁著称，为国家和地区的发展做出了不可磨灭的贡献。

三国时期，南安属蜀国（221—263年），诸葛亮在铁山山脉冶炼兵器。《嘉定府志》载：“铁山，从仁寿来，桓亘井、犍、荣、威间数百里，产铁。诸葛武侯取铸兵器。”《周地图记》亦有记载：“铁山，诸葛武侯取为刀剑。”1958年，金井墓群附近的罗成铁工厂挖出两块石碑，分别有“昔诸葛武侯炼铁于兹”和“诸葛武侯岩前取铁”的碑文。到了两晋时期，蜀地长期战乱，成了蜀人的梦魇。西晋末年，秦、雍二州连年荒旱，略阳、天水等六郡的百姓不得不流徙至梁、益地区。元康六年（296年），氐首领李特率民入蜀。他们入蜀后，由于地方官吏的贪暴和政府限期迫令流民还乡，流民领袖、略阳氐族李特等利用流民的怨怒，于301年在绵竹聚众起义。李特及其弟李流死后，特子李雄继领部众，攻下成都，据有益州，建立成汉。成汉（也称成、后蜀，304—347年）是中国历史上五胡十六国时期之“十六国”之一。306年始建国号“成”，也称“大成”。338年，李寿发动政变，改国号为“汉”。李氏据蜀，兵连战结，蜀地荒芜。

晋安帝义熙十年（414年），在川南中部的铁山山脉这片具有悠久冶铁历史的大地上，为加强冶铁管理，分南安县设冶官县，其县名以有冶铁官而名。金石井（今犍为金石井镇）位于铁山山脉末端产铁，位置距南安县治乐山距离较近，附近有越溪河而水运便捷，设县治于此。冶官县辖今荣县大部分及犍为、五通桥部分地区。时赖牟铺为南安县与冶官县界，又为南安到资中之要道，再为商贸之要地，故发展为赖牟镇，有南安县碑。

到了隋代初年（581—618年），朝廷为巩固政权，对僚人大力招抚。583年，置威远戍，591年，升为威远县。590年，在今县城设大牢镇，593年升大牢镇为大牢县。二县属资州，均为了招抚铁山僚人而设。601年，僚人围攻大牢，资州刺史卫玄以镇抚之，前后归附10

余万人。615年复置咨官县（晋治官县，误治为咨），属戎州，治所仍在金石井。今金石井仍有零星遗迹，镇有古建筑咨官庙。

唐初，咨官县属嘉州。618年，划资州大牢、威远二县于公井镇置荣州，升公井镇为县。627年，析大牢县置旭川县，旭川县治所今县城，大牢县治所迁到五通桥区金山寺。632年，金山寺盐业日盛、交通便捷，故移州治于大牢县。同年割嘉州咨官县属荣州，以其有盐有铁，更名为资官县。651年，荣州治所由大牢迁旭川。为强化对铁山地区的管理，加之金石井铁矿开采殆尽，同年资官治地迁移到今双古镇，辖地改为今县西和西北一带，金石井仍然为资官辖地。县西南一带到五通桥区金山寺为大牢县辖地。唐代（618—907年）是我国最强盛的时代之一，也是荣地最为典盛的时期。革地先后设为州、郡，成为川南的政治与经济的中心，经济上最主要有冶铁工业和井盐生产的支撑，冶铁工业主要在资官县、旭川县、威远县管辖的铁山山脉。井盐生产主要在和义、威远、公井、应灵四县。《通典·食货》："和义郡。贡班布六疋，今荣州。荣州，井十二所，都当钱四百贯。"《元和郡县志》："荣州。贡、赋。开元贡：班布六匹，利铁。元和贡：班布。……旭川县，因县有盐井号旭井，取以名县。铁山，在县北四十里。……和义县，有盐井五所。……威远县，铁山在县西北四十里，有盐井七所。……公井县，有盐井十所，有大公井，故县镇因取为名。……应灵县，有盐井四所。"据《元和郡县志》关于剑南道开元贡赋的记载，在冶炼方面，有嘉州、雅州、眉州、泸州贡麸金，唯有荣州贡利铁。说明到了唐代开元年间（713—741年），荣州的资官、旭川、威远县辖铁山山脉成为四川冶铁的主产要地，荣州的冶铁工业得到了空前发展，因冶铁而设立的冶官县，对推进荣州冶铁工业的发展和荣州经济的繁荣发展，起到了举足轻重的重要作用。

到了前后蜀时期，政治上沿袭唐制，荣州的经济保持着相对平稳的发展。公元965年，北宋平蜀。宋代川峡四路（四川）与两浙路（江南）成为最主要的两大经济区。四川茶叶、布帛尤为著名，"天下商税，四蜀独重"。到了南宋，四川的经济地位越发重要。1160年，四川供应军粮占南宋全国总额的1/3以上，孝宗时年税收总额一度达到全国的40%。随着经济的发展，四川总人口也在不断增加，由太平兴国（约

980 年）的 108.75 万户发展到南宋的 259 万户 1 300 余万人。

宋代，四川经济与社会发展迅速，但地处川南的荣州却不尽然。北宋年间，荣州发生多次动乱，对经济和社会的发展造成了极大的影响。《宋史》王全斌传记载：965 年，蜀兵乱，州从之，合、资、普、嘉、荣、戎等 17 州随之。《王兴孙墓志》记载：干德中（963—968 年）和义县废，入威远，所在寇盗峰起，县城危急，有义侠之士王蕴舒在夜晚潜出城向邻近求救，解县城之危。此次兵乱历时 3 年，对荣州经济破坏较大，特别是和义县时主要盐产区，因之而废。《卢斌传》记载：992 年，富顺监蛮人掳掠荣州，十二州都巡检卢斌领兵平息。993 年，贼王尽复起，卢斌击灭之。《宋史》记载：994 年，李顺攻陷成都，荣州知州张枢降贼弃市。1000 年，王均掳掠荣州。1002 年，荣州知州褚德臻盗取官银弃市。

北宋年间，荣州多次动乱，造成了荣州人口的急剧减少。荣州在太平兴国（约 980 年）为 6.78 万户，到崇宁（1102—1106 年）减少到 1.67 万户。动乱对荣州经济造成了极大影响，对资官县的经济和社会也同样造成了极大影响，加之宋代全国的冶铁业向北方转移，利铁已经较为普及，不再是稀有物资。资官县的冶铁逐步走向衰落，利铁也不再成为贡品。南宋后荣州及资官县保持平稳较快的发展，特别是卓筒井在井盐开采上的使用，资官县的盐业有了长足的发展。陆游到荣州上任，途经资官县赖牟镇时，感慨曰："若荣州则井绝小，仅容一竹筒，真海眼也。"

南宋末年，荣地陷入了长期战乱和衰败之中。1258 年，废绍熙府（原荣州），资官县亦废。元初，蜀地人烟稀少，四处田地荒芜，州县俱废。到 1341 年，才复设资官县。仅仅 10 余年时间，1357 年，明玉珍攻重庆破成都，占据全蜀，荣城陷。1362 年，明玉珍在重庆称帝，国号夏，仍置荣州。1371 年，明朝派兵攻夏国，明升投降，夏亡。荣州和资官、应灵两县被废。资官县至此逐渐消失在历史发展的长河之中。

从晋安帝义熙十年（414 年），因冶铁设冶官县，后更名、变迁，到 1371 年被废。风雨近千载，因冶铁而兴盛，亦因冶铁而衰亡。时光易逝、岁月如梭，它见证了川南荣地几千年的风雨兼程，留下的却仅有千年冶铁的依稀身影。荣县今铁山山脉仍有与冶铁有关的地名近 20

处，有铁厂镇、铁厂沟、铁炉嘴、铁炉坝、铁炉坪、铁炉湾、铧铁嘴、铁矿坝、银矿坝、烧窑坪、伍铜岩等。

（参考资料：《尚书·禹贡》，《汉书·地理志》，《通典》，《元和郡县志》，《太平寰宇记》，《宋史》，《元史》，民国版《荣县志》，薛亚玲著《中国历代冶铁生产的分布及其变迁述论》，金家广著《中国古代开始冶铁问题刍议》，任乃宏著《中国冶铁起源批判》，等等）。

（李国权）

荣县冶铁业的兴衰

我国冶铁历史悠久，东汉以前便有少量的铁器，但很难弄清楚是自己炼造，还是舶来品。不过，从东汉开始，我国已经娴熟地掌握了炼铁法，进入了铁器时代，青铜正式退出历史舞台。

一、铁厂炼铁铸兵器

荣县铁厂镇境内，群山逶迤，绵延不绝，此乃铁山支脉。铁厂铺坐落在铁山支脉荣隐山下。铁厂铺一带，煤、铁、陶土矿丰富，是荣县最早开发的矿冶之区。民国《荣县志》记载：“荣倚铁山之利，诸葛武侯铸兵器，唐贡利铁，兹一古冶也。”三国时，诸葛武侯曾经令属下在此取铁炼兵器，并烧成碗、盆、钵供士卒使用。唐朝时进贡的上等好铁，也多出自此地。

铁厂镇曹家坪村 5 组的地名都和铁有关：铁炉坝、铁炉沟、铁炉嘴、铧铁嘴……崇山峻岭之中，隐藏着一处遗址——西汉冶铁遗址。冶铁遗址坐西北向东南，地势由西北向东南倾斜，分布形状呈不规则状，东西长 150 米，南北宽 100 米，面积 15 000 平方米。整个遗址分布在铁炉坝、铁炉沟、铁炉嘴附近范围内，有炼铁炉渣和炼铁炉一座。铁炉直径 3.35 米，通高 4.4 米，基座为长条形耐火石。铁炉为泥胎，内壁光滑，坚如铁壳。铁炉呈鼓腹形，腰部直径 1.95 米，底部直径 0.8 米，残高 4.6 米，有炉门和风门。东南部分已经垮塌，形成一个较大的缺口，可以直接进入炉内。炉内壁被烧硬的泥土成烟火色，炉外壁历经沧桑岁月，已烙下深深的印痕，密布的“蜂眼”诉说着风雨残酷侵蚀的历史。冶铁遗址是自贡迄今为止发现的年代最久、规模最大、保存完好的古代遗址。2009 年 2 月，冶铁遗址被自贡市人民政府批准为市级文物保护单位。

铁厂镇曹家坪村 4 组（小地名筲箕凼），为 1958 年大办钢铁的历史见证。原有几根大烟囱，20 世纪 70 年代初，当地村民砌石坝、围墙拆除了一根，后来倒塌了两根，仅剩一根也在 1985 年被拆，而今只剩厚厚的矿渣，不难想象当年热火朝天的炼铁场面。

二、铁山山脉与冶铁

铁山不是一座山的名称，而是威远、荣县、资中、仁寿、井研、犍为六县之间穹窿山区的总称。民国《荣县志·山脉》：“其北曰铁山，自资州威远，交荣县东北角，西行经仁寿、井研南界，如大龙，万山皆爪，入犍为去，其势善发。”

俩母山，又名娘母山，海拔 834 米，是荣威群山的主峰，傲立于群山正中，号称川南丘陵第一山。俩母山是一座神奇的山，常年可见云雾缭绕，群山在云山雾海中漂荡成奇观，被誉为“浑然天成的人间仙境，极具诗情画意的洞天”。俩母山由娘母山、女儿山组成，两峰并立，南大北小，形似母女，相依相偎，殷殷相望，秀丽婀娜。古往今来，留下了许多动人的传说。传说人类繁衍之初，湖盆地中所显露的俩母山周边，妖魔盛行，祸及人间。玉皇大帝、王母娘娘令弟子母女二人下凡蜀地，定居此山，修仙炼道，除妖冶魔，安抚百姓。久之，母女相继去世，自冢成仙，化作两山相依而立，显灵显圣。尔后，人们为敬重山神，建庙宇殿堂，塑俩母神像。此后俩母山名满蜀州。

铁山山脉入荣县境，山体总轮廓呈葫芦瓢状，形态为典型的单面山、山间河谷深切，多 V 形谷，切割深度 200 ~ 300 米，最深达 400 米。谷深而窄，山坡一般坡度 20 ~ 30 度，海拔 500 ~ 900 米，形成了荣德山系、大坡山—荣梨山系、大石门—金鱼寺山系、亮窗山系、高谷山系、高峰山—丁家山系、尖子山—太平山系、烟坡山—天车坡系、龙王山—大水井系、狮子山—高石梯系、荣隐山—游甲山系、黄茅山—双马凼系等十二大山系。最高峰是双古镇境内的尖子山，海拔 959 米，尤以墨林乡吕仙村的荣德山、高山镇清水寺村的荣梨山、铁厂镇老君台村的荣隐山最为有名。

铁山的余脉在犍为县境内，位于罗城镇和新店水库的东南侧，其名便叫铁山，海拔 724 米。山形如弯月，山周小丘如众星拱月，山顶曾有一座建于宋代的“铁山观”。当地流传着两姐妹垒山的故事，给铁山蒙上了一层神秘的色彩。传说两姐妹在深山修炼成仙，一个月黑风高的夜晚，两姐妹相邀出山来到四川境内，约定在天亮之前，看谁垒的山高，便证明其法力强。妹妹将成都平原大大小小的山，施法术垒成了今天的峨眉山；姐姐则选择了现在的铁山，她先将周围的山调头，正准备堆砌之时，忽然听到鸡鸣之声，便立即停了下来，山也不再长高。殊不知是妹妹在捣鬼。原来妹妹将山垒了几千米高后，偷偷地跑来看姐姐的法术，当看到姐姐正准备垒山时，便学鸡叫。现而今，站到铁山之巅便可看见，周围的山头全部朝向铁山。

铁山山脉逶迤绵延数百里，自古就以产铁著称。史书上对威远、荣县、井研、犍为等铁山山脉一线的冶铁历史均有记载。据传，三国时，蜀汉著名政治家、军事家诸葛亮，进战四川统一蜀地后，在考察地质矿山时，见俩母山两峰相依，气势非凡，周边低下，山脉延展，水源始发，统领诸山，雄霸一方，而感叹“此乃祖山也！”尔后，便采铁山之矿，铸蜀汉之剑，平南中之乱，被载入史册千古传颂。

《汉书·地理志》载：“南安有盐官、铁官。”荣县在汉代为南安县腹地。

唐人李吉甫《元和郡县志》，陵州始建县（今井研县东北）条目下记载：“铁山，在县东南七十里，出铁。诸葛亮取为兵器。其铁刚利，堪充贡焉。”……

宋《太平寰宇记》陵州始建县条目下记载：“铁山在县东七十里，《周地图》云，蒲亭县有铁山，诸葛亮取为刀器，因封宇文度为铁山侯。”

宋《元丰九域志》在《新定九域志》的荣州古迹条目中记载：“古和义县城，山地产矿石，烹炼成铁。”

《犍为县志》记载：1958 年，罗城铁山铁厂工人挖出两块清代石碑，其碑文为“昔诸葛武侯炼铁于兹”“昔诸葛武侯岩前冶铁”。

由此可见，铁山产铁，历史悠久，可圈可点。

三、荣县与冶铁

荣县冶铁历史悠久，《汉书·地理志》：“诸葛铁山铸兵器，时其业必盛。”《唐书》：“土贡绸斑布葛柑利铁。”利铁，《元和志》所云：“和铁也。”由此可见，荣县冶铁，在西汉时十分兴盛，唐朝时，铁还是贡品。

清光绪五年（1879 年），彭广发在县西青杠铺开办广发铁厂，至民国 34 年（1945 年），先后开办天生、德源、多福、德和、天宝、永康、永丰、蜀通公司等 18 家私营铁厂，永丰和铁厂附设锅铧车间，与五通桥新业制锅联营社合办，为五通桥一带生产盐锅。1949 年，尚存留佳镇永丰、双古乡永丰和长山永康铁厂。永丰和铁厂，于 1952 年歇业。同年 1 月，利用蟠龙乡停办的德和铁厂，修复为县办荣裕冶铁厂，1953 年年初因不准伐木烧炭停办。

荣县的冶铁，多次出现过热火朝天的场面，为当时的社会发展做出了不可磨灭的贡献。

四、冶铁技术简述

中国从汉代开始便掌握了炼铁法，具体是：用 1 100 °C ~ 1 200° C 炉温，把铁矿石熔化，流出后成为铸铁。铸铁质地坚硬，但很脆，实际使用很困难，不论是做兵器还是铁器，都不好使。如果想得到一块钢，只有一个办法——锻打。把生铁加热到接近熔化，然后反复锻打，除去碳硫磷等杂质，如果时间够长，会得到一块钢，再反复锻打，会得到一块低碳钢，这种含杂质很少的钢，被古人称为百炼钢。百炼钢算是铁中的极品。如果再锻打，就会得到熟铁，被古人称为柔铁。

从春秋晚期开始，中国在炼铁技术上就开始独领风骚。竖式炼铁炉成了生铁冶炼的主要设备，特别是到了汉代，国家专营的冶铁作坊技艺精进，使生铁得以大量生产。

高炉的鼓风设备叫“橐”，是一只皮制的鼓风机。这种橐，在汉代又做了进一步的改进，由皮革制作的风囊和木架构成，有入风口和排风口，把几个橐连在一起的称为排橐或排，它可以增大进风量，增强燃烧的火力，把炉温迅速提高到炼铁所需要的 1 200 °C。据史书记载，当时炼铁，需要上百匹马拉动大型排橐鼓风，还需要成百上千的工人装运矿石。

到了宋代，功率更强大的水力鼓风机——水排应运而生。王祯在《农书》中详细记载了水排的结构和工作原理。水排是在湍急的水流之滨竖立起的巨大的木轮，靠水流的冲击力带动木轮转动，再由传动机构带动橐排的转动，从而将强大的风吹入高炉。

两晋南北朝时，新的灌钢技术兴起。这种方法是先将生铁炒成熟铁，然后同生铁一起加热，生铁的熔点低，易于熔化，待生铁熔化后，它便“灌”入熟铁中，使熟铁增碳而得到钢。这样只要配好生熟铁用量的比例，就能比较准确地控制钢中的含碳量，再经过反复锻打，就可以得到质地均匀的钢材。这种方法在南北朝以后成为主要的炼钢方法，相当流行。

（王林）

土陶春秋

荣县土陶业，可追溯至秦汉时期。据《荣县志》载，在秦汉时，制陶工艺就从当时比较发达的邛崃、彭县等地传入古荣地。时属蜀郡南安县（秦）和犍为郡南安县（汉）的古荣地的来牟、观山一带，相对于邛崃、彭县较近，所以土陶业便先在这些地方发展起来。当地的土陶业以零星的土作坊为主，生产量也不大，产品也比较单一，主要生产一些居家生活必需品。三国时，古荣地的土陶业已得到一定程度的发展，相传诸葛亮引兵南征时，就曾在荣境内的铁厂铺一带一边冶铁铸兵器，一边设窑烧制碗、罐、盆、钵等生活用具供士兵使用。至隋、唐、宋代，古荣地先后为大牢县（隋）和荣州（唐后），大牢县和荣州的土陶业也和其他生产业一样得到一定程度的发展，生产产品也不断丰富。从后来出土的古文物可发现，当时不仅生产百姓所需的日常生活用品，而且还生产陶枕、陶俑等奢侈品和陪葬品。工艺水平也由原来生产“土”产品到生产上釉和绘图案的“豪华”产品。明代以后，荣州改为荣县。明清以后，土陶产品更加丰富，产业规模不断扩大，县内除观山、来牟等乡镇外，长山、保华、双古、铁厂等地都先后开办了土陶工厂，制作产品扩大至缸、罐、饰品等几十个品种。至民国 27 年（1938 年），县内共有土陶厂 13 家，年产土陶产品 100 多万件。

荣县的土陶业，经千百年的世代相传，行业从无到有，规模从小到大，产品从少到多，工艺由“土”到“洋”，达到长盛不衰的景况。这主要是因为具有以下两大优势。

一是有极其丰富的陶泥资源。据专家分析，荣县陶土矿，均产于侏罗系，自流井组（T—2）珍珠冲段，为中生代内陆河湖相沉积。自流井组在荣县境内出露面积达 254 平方千米，总厚度 250 ~ 400 米，沿资威穹隆背斜南段两侧延伸，长达数十千米，是构成平斜丘陵的主要地层。珍珠冲段所属自流井组底部，其最大厚度在度新、铁厂、清白乡一带为 96.48 米，最薄 48.13 米，平均厚度 60.69 米。据地质钻探证实，此段地层一般含有三层高岑石粘土矿（即陶泥），清白、铁厂、白石沟一带的珍珠冲段总厚度 75.6 米，其中最上部一层陶泥厚 24 米，夹于该段顶部岩泥之间，中间一层为此段之第三层，属岩泥与细砂岩不等厚五层。其中，陶泥厚达 11.85 米，是荣县陶厂的主采层，品质较好。下层乃珍珠冲段近底部层，陶泥厚 36.76 米，因埋藏较深（深 72.7 ~ 109.46 米），质量不如中间层，至今陶厂尚未采用。

综合地质勘探资料和有关文献记述，县境内的附城、长山、双古、新桥四个区，均有陶泥储藏，尤以属侏罗纪自流井土组的铁厂、清白、同心、富北北部、度新、长山、保华、人和、五通、观山、双古、于佳等乡的储量最为丰富。全县 1/3 的乡镇有陶土资源，总储量达到 1 800 万立方米，可采储量 950 万立方米，按年消耗陶泥 7 000 多吨计算，可供开采 6 000 余年。

二是陶土资源质地十分优良，其制品有质地坚硬、抗腐蚀、耐高温和不吸水等特点，它的化学成分、耐火度、烧成温度、耐酸系数和收缩系数等主要理化指标，与湖南萍乡高岑土及涟源瓷土的 SiO_2，fe_2O_3，$A1_2O_3$，CaO，MgO 等主要成分含量很相似。据测试，县境内陶泥的耐火度为 1 674 °C，烧成温度为 1 060 °C ~ 1 130 °C，耐酸系数为 1.04，收缩系数为 6.5 ~ 10.6，是制作日用陶、工业陶、工艺美术陶、建筑卫生陶的优质原料。

荣县人勤劳智慧，他们充分利用上述优势，不断发展土陶业，使荣县土陶业不断发展壮大。民国末期，仅荣县县城的土陶商业就有十几家。从这点可以看出荣县土陶业的繁荣景况。下面分别做简单介绍：

说到荣县土陶商业，首先就数南门坝的邱坛罐了。他既有门店，又自办有陶厂，生意做得活，业务越做越兴旺，名气较大。

据邱氏后代邱常恕回忆：大约是在清光绪年间，祖辈们都靠挑坛罐摆地摊为生，辛勤经营，赚了一点钱。为把生意做得更大些，更多地积累一些资金，才在铁厂乡顺山窑办起土陶厂。在南门坝开店营业，取名仁智堂，销售本厂土陶产品，供销一体，业务迅速发展。民国初年，买了四间铺面，修了“走马转阁楼”式的庭院。

邱氏下传三子继承祖业。长房邱庭润、号华溪，店名华溪商号，曾任土陶（公）会会长；二房邱俊明，庸庸碌碌，无所建树，终而停业；三房邱朝东，善经营，会管理，自取店名为“时中柜”，业务搞得好。值得一提的是，在当时制陶技术十分落后的情况下，土陶业特别是彩陶工艺方面，为修建荥县驰名遐迩的“文庙”提供了高质量古铜色琉璃陶瓦，显示了古朴气派，增添了光彩，扩大了文庙的知名度。

荥县土陶商业的分布情况。

南门坝地区：

邹俊尧店：厂店合一，陶厂在铁厂乡和尚滩（今五四陶厂附近）。

邱俊明店：厂店合一。

谢述尧店：厂店合一。

陈荣福店：弟兄合伙，厂店合一。

陈荣海店：厂店合一，厂址在铁厂顺山窑。

西街地区：

向廷树店：会做生意，一贯省吃俭用，出名的节省人。卖坛罐发了家，在清白乡白泥厦自办陶厂，置田产百余亩。

王君民店：与谢述尧在铁厂乡和尚滩合资开办土陶厂。

包二娘店：专营土陶自营土碗日杂。

吕天文店：经营有方，专门到各陶厂进马货（残损产品），他有一套修补土陶的技术，深受顾主欢迎，特别是农民群众，因此销路很好，挣到了钱，买了店铺。

附东街地区：

许洪洲店：厂店合一，陶厂办在清白乡白泥厦，是经营行家，在附东街骑龙坳购铺子七间，成为东路经营土陶大户。

陆鸣高店：厂店合一，在清白乡三星店设有陶厂。

赵玉廷店：专营土陶。

邱二娘店：专营土陶。

荣县土陶业的发展，除上述两大自然优势外，还与当地产酒有关。荣县的酒好，但储存过后的酒更好更香更醇。要储存，就必须要有器皿，因此储存酒的器皿——酒坛应运而生。而且使用这种器皿储酒，不仅环保，而且能改善酒质，保证原酒风味。有人甚至用大容量的酒坛，装上几百斤白酒，再加上 10 多斤生猪油（要板油，不要角油）和几斤冰糖。然后密封起来窖在房前屋后非常肥沃的水田中，搁上 10 来年，取出来，里面的猪油和冰糖全部溶在酒中，这样的酒喝起来才更带劲。据传，其口味比现在的一些名酒还要好。有的人家生了女儿，就用这种酒坛装上白酒，再加冰糖和大红枣，一直窖到女儿出嫁时才取出来喝，这就是正宗的“女儿红”，其口味和意义可想而知。一般人家都是用小容量的土陶酒罐（一般装几斤）来装酒，这样既能保持酒的原味，取出来喝也非常方便。

荣县人除了爱喝酒外，还爱吃泡菜，无论是青菜、萝卜，还是蒜子、生姜，抑或是大头菜、红海椒等，只要是蔬菜都可以泡（或腌）来吃，而且非常爽口。但做这些泡菜或腌菜就离不开坛罐，而荣县土陶厂生产的坛罐具有透气不漏水的特点，用它来腌制或泡制蔬菜是不二之选。上述这些土陶产品是每家每户都需要的，因此市场非常大。

总之，土陶制品，这种人类最早的生活器具，曾经陪伴人类经历了千百年的风雨，凝聚着人类数千年的智慧，不仅承载着人类文明，也承载着荣县先民的兴衰。荣县土陶创于伏羲，兴于秦汉，起于三国南征，盛于唐宋明清。荣地古为荣国，唐为荣州，明为荣县，作为传承千年的制陶古地，坐拥得天独厚的陶泥资源，享有日益精湛的制陶技艺，加上荣县人聪明勤劳的秉性，荣县土陶定会闻名中外。

（蔡邕　毕克强）

诗话荣县琥珀红

唐元和十三年（818 年），诗人白居易迁忠州刺史。忠州在重庆之下云阳上长江北岸，乃著名山城。白居易《初到忠州赠李六》诗说：“一只兰船当驿路，百层石磴上州门。更无平地堪行处，虚受朱轮五马恩。”这首诗真实地记载了从江边拾级而上州衙的情形，跟今天没有太大的区别。忠州产荔枝，他也在官衙中种了一株，并赋诗道：“红颗珍珠诚可爱，白鬓太守亦何痴。十年结子知谁在，自向庭中种荔枝。”第二年夏，荔枝新熟，烧酒初开，诗人来了兴致，特地在荔枝楼饮酒，并留下了一首名作：“荔枝新熟鸡冠色，烧酒初开琥珀香。欲摘一枝倾一盏，西楼无客共谁尝。”诗告诉了后世一个重要信息，唐代烧酒色如琥珀，开封时香气四溢。佳果美酒放置一处，色彩艳丽，芳香袭人，一边剥荔枝，一边品美酒，何其雅致。

无独有偶，诗人李贺也在诗里记载了琥珀酒。《将进酒》曰：琉璃钟，琥珀浓，小槽酒滴真珠红。香浓的琥珀酒，真珠红般的颜色，配止闪耀玉光的琉璃钟，是多么诱人啊！

琥珀酒在唐代已经命名，为诗人们所喜所歌了。

宋孝宗淳熙元年（1174 年），大诗人陆游摄荣州守。到任不几天，诗人饮酒于荣州城楼，赋《城上》诗二首，其二曰：“濯锦豪华梦不通，峭然孤叠乱山中。行歌满道知人乐，露积连村见岁丰。万瓦新霜扫残瘴，一林丹叶换青枫。鹅黄名酿何由得，且醉杯中琥珀红。”陆游首次确定了“琥珀红”烧酒名字，而且确定了荣州出产琥珀红。本诗末名后诗人自注“荣州酒赤而劲甚”。再次明确琥珀红“酒赤”并且劲力很大。不久，陆游离别荣州，六年后（1179年）诗人于福建建安任上，回忆蜀中时写到“杯觞滟滟红烧酒”(《客车》二首之一)，对荣州琥珀红念念不忘。

荣州琥珀红屡为唐宋诗人采入诗中，可谓历史悠久，声名远播。

唐宋时期琥珀红产于荣州何处，缺乏史料，无可稽考，现在荣县桥头镇却仍在生产。30多年前笔者就曾托人购买过桥头琥珀红，品尝之后，印象良深。去岁冬因事去桥头，趁便造访酒厂。酒厂在桥头镇上，厂房老旧，许是百余年前旧屋，厂家姓余。一询之下方知30余年前新购之酒即余家酿造，余老板带我参观生产现场，特别参观了窖藏之处，数百大酒瓮用红布封口，摆放教室。当场让我及同行朋友品尝了20年窖龄之琥珀红，主人名之曰红茅烧。我建议恢复琥珀旧名，以彰其历史与内蕴，并赋诗以赠：“荣州地楼陆放翁，一杯劲赤吹霜风。佳酿埋名千年后，重现余家琥珀红。”主人喜之。

据传，酿造琥珀红有诸多讲究。首先，原料讲究，一定要荣州本土出产的小粒高粱，依古法蒸熟酿造，程序井然。其次，酿造过程中要用野生地瓜（蔓藤植物，缘地而生，结果暗红，大如葡萄，味甜，可食）捣碎取汁，用以调色。此属传说，未经酿造者证实。再次，原度酒入巨瓮后，用生猪边油削成薄片，其薄如纸，贴于酒瓮内壁。一段时间后，原度酒中之杂味尽吸附于生猪边油上，保证酒色清亮，酒味醇正。最后，密封窖藏。笔者品尝过窖龄35年者，本人不善酒，感觉芳香沁脾，劲足而微和，微醺而不上头。

我曾备酒款待重庆友人，友人五人，皆好饮而豪饮者，刘伶之徒也。酒有剑南春、五粮液、泸州老窖、郎酒及琥珀红诸种。诸人见大玻璃瓶中之琥珀红艳艳红亮而艳之。提议倒一杯尝试之，各饮一口之后大声曰：“就喝它!”弃诸名酒于不顾，结果一瓶五斤装琥珀红，滴酒不剩，众酒徒醺醺然玉山倾倒。翌晨起床后纷纷发问：“哪里产的，好安逸!”

荣县土陶业历史绵远，俗称陶乡。土陶创于伏羲，兴于秦汉，历久不衰。《荣县志》有专门记载。荣县土陶品类齐全，老百姓日常所需应有尽有。其中酒具尤具特色，酒坛、酒罐、酒壶、酒杯、酒盏、酒碗，一应俱全，施釉烧制后，呈酱色，黄黑中透青，光亮而沉着，朴厚中显典雅。琥珀红盛于杯中艳而不露，热情中见朴实，别具美感，与荣州人“其民简朴士甚良”的品性十分吻合。在荣州人的日常生活中，酒具除了个别用玉石、玛瑙、白银、玻璃、彩瓷等材质外，最大众化而又不失身份品位者，便是土陶酒杯。

荣州既出产美酒，又生产优质酒具，荣州人自然好饮，长此以往，荣州形成了饮酒的传统。荣州被陆游誉为“千里郁为诗书乡”，孔夫子门徒，当然知礼、依礼、守礼而不逾矩，故荣州人饮酒真诚而不虚假，热情而不放纵，尽兴而不过度，极少有那种“宁伤身体不伤感情”、死劝死灌、烂醉如泥、一塌糊涂的情形。这是荣州人的酒礼与酒德。如果开宴席，则一定要备酒，所谓“无酒不成席”。席间，主人一手执酒壶，一手执酒杯。依席轮流敬酒，以示热忱。若两人相遇，且相见欢愉，则在鸡毛小店，或在打谷场上，或在老柳树下，两人对坐，中置菜品，推杯换盏，曰喝“转转酒”。若独自一人瘾发，则或在窗前，或在檐下，或在酒店，或在书房，就一碟花生或一枚盐蛋或几块泡菜，自斟自饮，曰“喝寡酒”。当然，若是有点文墨又有点诗兴者，效酒仙李太白：“花间一壶酒，独酌无相亲。举杯邀明月，对影成三人。”那就不是喝寡酒闷闷不乐，而是良朋对酌，饮酒乐甚了。

酒能发人诗情，助人豪兴，动人乡愁，增人离恨。琥珀红色艳香浓质淳，更为酒徒所喜。故陆游荣州盘亘时赋诗曰“我虽流落夜郎天，遇酒能狂似少年”，又曰“行当系缆柳阴下，倾听莺语倾香醇”，又曰“荔子柳中时纵酒，竹枝声里强追欢”，又曰“啸台载酒云生屐，仙穴寻梅雨垫巾”。诗情、画意、秋思、豪兴，诸如此类，皆流转于笔端。白居易《东楼招客夜饮》曰：“莫辞数数醉东楼，除醉无因破得愁。唯有绿樽红烛下，暂时不似在忠州。”荣州诗人赵熙登上荣德山顶，不禁逸兴遄飞：“僻地无人解好文，一杯邀取小茆君。将松缚作苍龙帚，看我开门扫白云。”很多时候在市井之中，一桌人推杯把盏，兴酣耳热，伸手拇战，张口喧呼，声震四邻，又是一番热闹景象。

“竹林七贤”之刘伶，平生嗜酒，放情肆志，常乘鹿车，携酒一壶，使童子荷锸相随，谓曰：“死别埋我。”其妇以饮酒太过，非养生之道，劝其在神前设誓戒酒。伶命具酒肉，祝曰“天生刘伶，以酒为名。一饮一斗，五斗解。妇儿之言，慎不可听。”引酒进肉，陶然复醉。遥想当年，若琥珀红呈于前，则刘伶当如何况？如何饮？如何醉也？

1916年春夏之际某日，赵熙先生居家夜读，思饮酒助兴，命家人备酒菜。或许读书入神，误将石碳酸倾于杯中，一饮而尽。下咽后方知有异，取瓶验之，乃石碳酸也。诗人不以为意，继续饮酒，佐以豆花。家人急请医生检视，酒瓶所储真石碳酸也，毒性甚大，然诗人谈笑自若，读书，饮酒，吃豆花，一切如常。后来医生解释，或许豆花能解毒，方未中毒。诗人于1948年秋辞世。惜无能起诗人于地下而问之，所饮酒“为琥珀红否”？若属琥珀红，则琥珀红史上又添一趣闻也。

今天，荣县桥头镇已划入贡井区。历史上贡井长期归属荣县，后来贡井又从荣县划出成为县级行政区划，将来行政区划不知道还会怎样变化。这就会产生一个问题，历史上的东西怎样归属？比如，琥珀红归属何处？是称荣州琥珀红呢？还是称贡井琥珀红？抑或××琥珀红呢？现在文史论者们论及琥珀红时已触及这个难题。类似的问题在国内早已出现。笔者认为，荣州琥珀红是一个历史产物，是一个历史名词，习用已久，早成定论，我们应当尊重历史，不要囿于狭隘的地域观念，妄起争端。历史产物及历史名词是不能变的，区域划分会因时因势而变，更何况荣州琥珀红是荣州劳动人民在历史上的一项创新发明，是一项珍贵的文明成果，它有一个万世不变的总归属：中华文明。

（胡林）

千年酿酒旭水续

荥县酿酒，可追溯到夏商时期。相传夏朝有一人，名叫杜康。有一天，他家煮了许多饭，一家人吃饱后还剩下很多，他就把剩下的饭放到桑园的一个树洞里。过了一段时间，桑园里便传出了很好闻的芳香。杜康到桑园去看，原来是他放在树洞里的饭经发酵后发出来的香味。于是杜康便根据他的观察反复琢磨，终于探索出一种酿酒方法，并在民间传播开来。由此，东汉许慎的《说文解字》在释“酒”条目中明确标明：“杜康作秫酒。”魏武帝《乐府》也说：“何以解忧，惟有杜康。”清乾隆十九年（1754 年）重修的《白水县志》说：杜康就是位于陕北高原南缘与关中平原接壤的白水县人，当地有一条河就是“杜康河”，有一股泉水称“杜康泉”，有一古墓为“杜康墓”。经考证，中国古代的酒主要有黄酒、白酒和葡萄酒等三类。据推测，杜康最初酿造的酒应为黄酒。

到了商代，酿酒业已得到较快的发展，已经开始用酵母曲来酿酒了，而且达到酗酒成风的景况，一定程度上导致了商朝的灭亡。因此，周武王吸取商酗酒的教训，曾用“杀头问罪”的方法试图禁酒。然而，当时周朝实行的是分封制，这种方法不仅“禁而不止”，而且不少诸侯国还大量酿酒以供祭祀和燕飨之需，甚至《周礼》中还有“酒正”“酒人”等管酒、酿酒的官制。

周文王时，周、邵、毕、荥为周之重臣，称作“周室四辅”。周武王伐纣时，上述“荥公”因帮助武王伐纣有功，“名在十臣列”，因此便将“盛德留周”的荣公“封国在今县地”（清嘉庆《荣县志》）。荣公被分封到富饶的该地后，便在此建立了“荣国”。荣公不仅在“荣国”开疆拓土，还把周朝的农耕、酿酒等生产技术传播到了“荣国”（今荣县）。

荣县古代的酿酒，经无数代人的不断积累和总结，其工艺流程主要有以下几个环节：第一，蒸煮粮食，包括高粱（古称蜀秫）、小麦、玉米、谷物等，即将这些粮食泡胀，然后进行蒸煮。第二，拌入酒曲，先将煮得半熟的粮食铺撒在叫着“晾堂”的地面上，然后将酒曲与这些半熟的粮食进行搅拌、配料，最后将其堆积进行发酵。第三，后期发酵，就是把经过初步发酵的粮食装到酒窖里进行发酵。酒窖是一个陷在地里的大酒缸，内壁和底部都涂抹了 8 ~ 25 厘米的纯净的黄泥土，经过窖池发酵便产生酒母，但这种酒母浓度不高。第四，产生蒸馏酒，就是把酒母通过“天锅”（分上下两层，下层装酒母，上层装冷水），下面用旺盛柴火蒸煮酒母，使之产生有酒精的气体。这种气体经上面的冷水冷却后便成为液体，也就成了蒸馏酒，最后将蒸馏酒通过一定的工艺进行勾兑，才成为人们饮用的白酒。

自从荣县酿酒技术得到推广之后，全县各乡镇，甚至不少村庄都开起了酿酒作坊，当时不叫酒厂，叫“糟坊”或“烧房”。如：正紫镇张家庙山下唐姓人家就在小地名叫黄楝嘴的地方办了年产数千斤的酿酒糟坊。与黄楝嘴相距约 3 千米的地方也办了一个“烧坊”，是杨姓人家办的。据说，年产上万斤白酒，这个地方最初叫什么名字，已无从考证，只知道自从办“烧坊”开始，大家都叫它“杨烧坊（房）”，该地名一直沿用至今。隔“杨烧坊（房）”六七千米的地方，很早就发现了盐井，最初在这里采盐制盐的老板姓杜，这里的盐井便叫杜家井。随着厂房日益增多，贩盐的商人和为盐井工人提供“后勤服务”的小商小贩也接踵而至，一个小村庄很快就成了一个较大的集市。杜家是大户人家，既是盐井老板，为了满足广大市民和盐井工人的生活需要，又在这里开起了规模较大的酿酒作坊，若干年后这里的盐井不知何故停办了，但酿酒作坊却一直未断，不仅如此，这里的酒也因“杜家井”而闻名遐迩。当地老百姓说这里的酒好，主要是因为这里的水好。“杜家井”旁有一小溪，据说这溪里的水“肥”，而酿制好酒则离不开这种

“肥水”。离杜家井九千米的正紫场边有一块田叫蓆草田，这田里的水也“肥”，有人用这里的“肥水”来酿酒，酿出的酒也一样香醇可口。

一直以来，荣县的酿酒业都十分兴旺，主要是荣县人喜欢喝酒，市场较大。而且荣县酿酒的技术普及率很高，不少人自己挖一个土灶就能“烤酒”（酿酒被荣县老百姓称作烤酒）。另外，荣县的气候水土也适宜酿酒。荣县曾一度到处都是“烧坊”，到处都能闻到酒香。大诗人陆游于1174年间摄政荣州时，做了一首《城上》的诗，其中说：“鹅黄名酿何由得，且醉杯中琥珀红。”他曾因被“发配”荣州心怀不满，但荣县的酒给了他不少安慰，他在诗中说“我虽流落夜郎天，遇酒能狂似少年”。他还说：“行当系缆柳阴下，仰听莺语倾香醪。”荣县土生土长的大诗人赵熙喝荣县酒后更是口吐“狂”言：“僻地无人解好文，一杯邀取小茆君。将松缚作苍龙帚，看我开门扫白云。”

白酒有浓香型、清香型和酱香型几种。而浓香型酒必须经过泥窖才能酿出来。荣县酿造的白酒主要是通过泥窖生产的，荣县保存最完好的泥窖现存于荣县曹家街，是清代同治九年（1870年）的窖池，距今已有200多年了，已被四川省政府列为省级文物保护单位。荣县酒厂生产的“旭水大曲”，曾于1985和1991年蝉联中商部“金爵奖”，这酒就是在这个“泥窖”酿出的“酒母”基础上生产出来的。巴蜀鬼才、著名剧作家魏明伦以其文坛巨匠的大手笔，为荣县旭水酒撰写了《旭水缘记》。通过他的传播，荣县的酒文化不仅已成为巴蜀文化的重要组成部分，而且为中国的酒文化增光添彩。荣县的酒业也将随着这种“文化”的传播而蒸蒸日上！

（金钟）

荣县早期的煤炭业

煤炭古称石涅、石墨、石炭、山炭、炭等，最早见于我国《山海经》一书，书中称“岷山之首……其上多石涅”。2 000 多年前，我国先民已经使用煤炭制作煤雕工艺品，后又用于书写。《后汉书·地理志》曰：“豫章（今山西省内）出石，可燃为薪。”可见，到汉代时，已开始大规模地开采煤炭并用作燃料。北宋时代，就开始大规模开采和使用煤炭，而荣县最早有关于煤炭使用的记录则始于南宋。

爱国诗人陆游曾于荣州（今荣县）短暂任职，期间写下了大量褒扬荣州山水的诗句，也留下了荣县人使用煤炭的记录。陆游《剑南诗稿》卷 6《初到荣州》诗说：“地炉堆兽炽石炭。”可见彼时，荣县地区已开始将煤炭用作燃料了。

而说到荣县煤炭的历史，就不能不提起荣县地区另一丰富的矿藏——盐。荣县人使用煤炭的历史与地区盐业的发展紧密相连。自贡贡井地区（古属荣州辖地）在东汉章帝时期（公元 75—88 年），就有人在这里勘凿井矿盐藏，采卤制盐。当时，煎制盐巴主要使用木柴，随着树木逐渐稀少，煤炭开始替代木柴作为煎制盐巴的燃料。到了清朝后期及民国时代，森林资源基本枯竭后，煎盐多用煤炭。民国《荣县志》就曾提道：“知薪茅之外，固（本来）与松炭、㭎炭、竹炭，相杂为用也。今则四山（荣县的山）童然（山无草木）树尽，而西北诸山，穴地（打洞）取炭如蜂房。”即荣县地区煎盐，最早是木炭和煤炭杂用，到清末民初四周的山林都砍伐殆尽，荣县西北山区开始大规模打洞开采煤炭，煤矿的洞口密密麻麻犹如蜂窝一样。加之贡井地区“火少卤多”（火即天然气，卤即盐卤），需要大量煤炭用于煎盐。从乾隆年间起，贡井地区长土镇和艾叶镇煎盐所需的煤炭主要由荣煤供应。荣煤供应贡井地区煎盐，开始时主要由人力担运，一年运煤 3 700～5 000 吨。后来随着供应量越来越大，荣县的煤炭改由人力和畜力结合运至汪家滩（今荣县望佳镇境内），然后水运至贡井地区。民国《荣县志·水道第五》就曾提道：所产煤炭“恒由人马之力运汪家滩，然后取舟贡井。初止编木而泭（木筏借由水道航行），乾隆中，盐业滋炽，始行舟，道（光）、咸（丰）间运石炭至八百余舟”。

日渐兴盛的运煤行业既带动了沿线的道路建设，也曾引起农、商纠纷。据民国《荣县志·食货第七》记载，嘉庆二年（1797 年），运煤商船“抉溃汪家滩车凤堰”，影响农民“转车运水”，为此引起农商争讼，后经官府勘讯做了裁决，并刊词立碑，限定“每舟装炭一万二千斤”，这场官司才算告一段落。由此可知，当年荣县煤炭业的繁荣可见一斑。

明代成书的《天工开物》就提到了当时一整套的采煤技术：“初见煤炭时，毒气（瓦斯）灼人，有将巨竹凿去中节，尖锐其末，插入炭中，井而下，炭纵横广有，则随其左右阔取，其上支板，以防压崩耳。”（《天工开物》卷中，燔石）可见，当时从事采煤行业的人已经知道用中空的竹管插入煤炭层，抽取瓦斯，并懂得在煤洞中使用木头支架，防止发生冒顶事故（洞穴崩塌）。

荣县旧时的采煤技术设施非常有限，开矿凭感觉，无仪器设备。当年有一老板请工人在保华场附近开厂，挖了好长时间也没挖出煤炭。有一天，老板说，我的钱已花光了，仅剩下一点麦子，今天磨面做粑给大家吃，吃饱了再去挖，若还挖不出煤，我们就只好“散伙”。工人们吃完麦粑就去挖，挖着挖着，终于挖出了亮晶晶的优质煤，于是老板就把这个煤厂取名“麦粑洞”。荣县旧时的煤矿（窑）除“麦粑洞”外，还有“牌坊石”“顺墙沟”“鸭子凼”“五福厂”等，均是出产优质煤的煤窑。从前的煤厂由东家当老板，下面分设相当于主管业务的副厂长，称作“马门关司”。马门关司下面再设“锤头”和“厢头”。锤头也称技师，管理井下生产，监督工人劳动。厢头则主要管掘进和挖煤的具体事项。此外，还设有专管销售煤的“煤贩子”和管理工人伙食的“饭馆子”。所有这些人员一般都和东家有亲戚或裙带关系，基本上属家族企业。

当时挖煤炭的工人，主要是贫苦农民。有的是家里揭不开锅、吃了上顿没下顿；有的是身惹官司、隐姓埋名；有的是为了躲避抓壮丁；还有个别生活无着落的流浪汉。从地区上来看，来自本乡本土的多，也有部分是外乡外县的。从年龄上来看，分成年工、童工。成年工一般在 20 岁以上，他们多在井下采煤。童工是 12～17 岁的青少年，他们多在井下背煤或拖煤。

煤矿工人的工作十分艰苦，当时工人中间流传着这样的话“家有半碗汤，不去竹林湾（现新胜煤矿）”。为了糊口，工人们不得不从事高强度的劳动，每天 3 班倒，每班 8 小时，而且要上 2 个班才能吃一顿饱饭。当时打煤的工具很简单：地下开采时，主要靠镢头、铁锹和背斗；井下照明用的是油灯，又叫亮壶。

煤窑工人的劳动环境十分恶劣，说“挖煤人是（已经）埋了还没死的人”一点也不过分。挖煤工人要在不到一米高的撑子面上侧着身子一镢头一镢头地挖，挖下一堆煤后再用手把它刨出来，放到“船子”里，由支巷运到“大巷”里去，再由童工用专门运煤的“船子”或拖（陡坡）或背（下坡）到井口（一般都是陡坡），再把“船子”上套牢的绳子挂在童工的屁股髋骨上，顺着木制梯子，双手把着梯步，双脚蹬着梯步，一步一步地把煤拖到井上来。煤炭工人在井下作业都是赤身裸体，由于井下到处是污水、烟气和粉尘，工人出井时，除两个眼珠和牙齿是白的外，全身都是黑的。工人吃的饭是从井口吊下去的，时常碰上井壁掉渣到碗里。工人饿急了，也顾不得脏照样吃。这样的环境、这样的饮食，不少人都生了疮，患了肠胃病、硅肺病以及关节炎等疾病。长期高强度恶劣畸形的劳动，使身体变了形，不能当兵。因此有些人便通过这种摧残身体的方式来躲避抓壮丁。工人得了重病，煤矿老板一般不给医治，轻微的病不给假，要继续上班，直到动不了为止，病得不能上班了，就通知家属来抬回去自己想办法。工人在井下或病死了，或因事故被砸死了，基本上是就地掩埋，也不会告诉其家属，待家属找到矿上要人时，老板常常又以“他早就不在这里了”搪塞了事。俗语说：“七十二行，莫当煤炭王，腰杆拖细，颈项拖长。”

随着工业革命的到来，尽管有“西学东渐”的影响，限于当时的社会环境，荣县的煤炭开采技术并没有跟上时代的进步。荣县地区应用现代采煤技术，改善采煤工人恶劣的工作环境，已是中华人民共和国成立后的事了。

荣县的煤炭业因盐而兴，带动了荣县地区的道路建设，活跃了地方经济，凝聚了荣县人的智慧与汗水，在荣县的发展历史上留下了浓墨重彩的一笔。

（骆晓光　曾贵平　杨平）

荣县土陶产业历史溯源

荣县地处川南丘陵地带，矿产资源得天独厚，集天地之大观，聚自然之神奇，陶泥储存量丰富，陶品质量优良，土陶文化源远流长，素有“陶乡”之誉。土陶以独特的造型和别具一格的凸线花纹饰缀形成了特有的艺术风格，可谓泥与火之艺术、力与美之结晶，质朴地展现中华民族数千年丰厚的历史文化底蕴。

据传，荣县地域在上古时代属青阳封国之域。据《史记·黄帝本纪》载：黄帝娶西陵之女嫘祖生二子，其一玄嚣是为青阳，降居江水。荣县境地又恰在江水、汦水东西之中，属古时青阳封国。少昊即黄帝长子玄嚣，又称青阳氏。少昊氏存在于大汶口文化时期延续到龙山文化时期，其间经历了不断迁移和发展。少昊曾以鸟作官名，专设陶工官员。在位期间，陶文成为传承历史文化的重要载体。荣陶文化自青阳氏迁衍至今。

据考证，荣县制造土陶器皿已有 2 000 多年的历史，主要以素陶为主，生产陶罐、陶碗、陶壶等实用器具，其外观朴实无华，但有着深厚的历史与人文积淀。荣县地处川南丘陵地带，矿产资源得天独厚，高岭土储存量达 4 亿吨，在秦汉时期荣县就有“陶乡”之美誉。

秦汉时期，荣县境内开始有土陶生产。据《荣县志》民国本记载，当时荣县处南安腹地，土陶工艺自邛崃、彭县传入来牟、观山一带筑窑生产。相传三国时，诸葛亮引兵南征，就曾在荣隐山（今荣县铁厂镇境内）一带冶铁铸造兵器，设窑烧制碗、罐、盆、钵之类的陶瓷器皿，以供使用。唐宋时期，荣州土陶逐步转向精致，茶叶、蒟酱贸易促进了土陶制品茶具和蒟酱瓶的大量生产。在县内出土的唐代土碗和宋代武士陶俑、陶马、陶骆驼、陶房等，有力佐证了唐宋时期荣县土陶产业非常发达。明清时期，湖广填四川更让古荣州土陶技艺融合创新，制陶业持续发展。县内明代釉陶罐，清代陶枕、青瓷坛等文物出土较多。清顺治时期（1644—1661 年），和尚滩一带窑罐作坊生产土陶兴盛；清乾隆时期（1736—1795 年），东兴金子沟土碗作坊产碗量较大。清代后期，土陶生产规模不断扩大，工艺水平不断提高，开始名扬于世。民国时期，观山、来牟、长山、保华、双古、于佳、东兴、铁厂等乡镇先后开办过土陶厂，制作坛、罐、土碗等 30 多种土陶用品。1938 年，县内有 13 家土陶厂，另有 4 家碗厂，年产土陶 150 万筒、土碗 50 万副。1949 年，全县有陶厂 7 家,年产土陶产品 120 余万件。这一时期，县内土陶主要以“手拉坯、脚踩泥、自然干燥、木材烧窑”的传统方式生产，土陶制品主要销售至附近的成都、乐山、自贡、内江、宜宾等地。

中华人民共和国成立以后，随着社会主义改造不断深入，国民经济逐步恢复和发展，人民对生活日用品的需求增加，全县土陶产业迅速发展起来。从土陶企业组织结构来看，原有个体和私营土陶企业先后改组为生产合作社、国营企业，企业的产供销纳入国家计划管理。从生产工艺来看，改柴窑为煤窑，改变原料加工方式，个别有条件的企业使用机械压坯，推广模具生产，提升了企业经济效益。从土陶产品来看，在生产泡菜坛、酒坛、水缸等民用土陶产品的基础上，开始生产工业、建筑、装饰用陶，改变了单一产品结构，拓宽了销售市场。到 20 世纪 70 年代末，县内土陶厂主要有五四陶厂、工协陶厂，其余乡村土陶厂有 36 户，职工 1 500 人左右，年产陶瓷器 300 余万件。

改革开放以后，党中央在各领域推行全面改革，鼓励乡镇企业发展，县内土陶企业在管理体制、资金、销售等方面得到政策上的支持，不断从外引入先进技术，全县土陶行业随之繁荣，并历经转型、改制等，在曲折中不断发展。1979 年，荣县卫东碗厂开始生产低压电瓷器，年产 1 200 万件，结束了荣县土碗生产的历史。1990 年，荣县建筑陶年产 555.69 万件，釉面砖 5.87 万平方米。1995 年，县城关陶瓷厂的

“陶瓷耐酸胶泥”，获市政府“科学技术进步三等奖”。但在由计划经济向社会主义市场经济转型的过程中，部分土陶企业，特别是国营陶瓷企业没有及时跟上改革步伐，逐渐退出历史舞台。到20世纪90年代末，国营土陶厂开始停厂整顿、裁员改制。到2003年年初，全县国营和集体所有制性质的土陶企业逐步改制为私人企业或股份制企业。

进入21世纪后，随着人民群众食品安全意识提高，对食品容器绿色环保、返璞归真的需求也日益增加。在此背景下，荣县大大小小的土陶企业和家庭土陶手工作坊如雨后春笋般涌现。到2012年，全县土陶行业大大小小有近80家。进入新时期，我国的经济由高速增长阶段转向高质量发展阶段，但县域土陶企业规模小而分散，生产工艺落后，污染严重，产品开发宣传、销售定价均较散乱，不能适应发展需要。2012年以后，全县土陶行业统一进行关停整合、技术改造，使用天然气作为燃料，基本解决了小、散、乱和污染等问题。改造升级后，全县拥有明峰陶业、双龙陶业、五通陶业、青白陶业、多营陶业、荣山陶业、华邦陶业、跃华陶业等陶瓷企业，共有隧道窑7条，推板窑近30条。

目前，在县委、县政府的重视下，荣县土陶产业逐步复兴，全县生产规模较大的土陶企业有30余家，陶瓷技术人员600余人，涉陶经营企业64家，个体销售者16家，网上经营者上百人。2017年，实现工业总产值6.5亿元。2017年12月，荣县被授予“中国（西部）陶都”称号，2018年“荣县土陶制作技艺”成功申报四川省非物质文化遗产。随之，慕名而来的客户越来越多，荣县土陶企业迎来发展的春天。土陶产品不仅销往国内各地，还远销美国、法国、韩国、奥地利等国。荣县土陶将继续书写更加光辉灿烂的历史。

（古杰文　罗秀能）

茶烟飘香古荣州

荣县是四川有名的花茶之乡，茶园面积达到16万亩（1亩≈666.67平方米），茶叶加工企业达到35个。早在2009年，荣县就被农业部列入全国118个茶叶重点区域基地县之一，同年被四川省农业厅列为29个四川省优质茶叶产业发展县之一而划入川南优质早茶区。只要拉开历史的序幕，就可以看到那一缕袅袅的茶香从远古深情款款地飘来。

一、茶与历史

荣县是茶的原始发源地之一。

陆羽《茶经》开篇有言："茶者，南方之嘉木也。"清初学者顾炎武在其《日知录》中说："自秦人取蜀而后，始有茗饮之事。"因此，巴蜀常被称为"中国茶业或茶叶文化的摇篮"。东晋常璩的《华阳国志》关于各地出产茶叶的资料，有这样几条：涪陵郡，"惟出茶、漆"；什邡县，"山出好茶"；南安、武阳，"皆出名茶"。

根据荣县古代沿革考查，今荣县地域在上古时代属青阳封国之域。秦代以来，荣地属秦蜀郡南安县，县境为南安腹地。《四川通志》卷二十七——古迹："今有赖牟镇，旧传即古南安县址也。"《大清一统志》："南安废郡在荣县西。"而且这里列举的都是古巴蜀之茶，可见，在1 000多年前，荣县不仅产茶，而且出名茶。

《茶经》载"荣州铁山产茶"，先是寺庙僧人所种，后是农民屋旁所栽。所以《荣县志》（赵熙·民国本）说："是茶自古有之。是晋以前茶不通行。惟蜀惟盛。唐则天下风尚矣。""荣山谷间，茶种不一。以天堂、定理、莲花诸寺为多。明末赭矣。近年双古坟，始制绿茶，色香味都绝。西北多山，倘遍广植而精焙之。自然之大利也。"

从地理条件来说，荣县属中亚热带湿润气候区，海拔多在 300 ~ 900 米，低山区占总面积的 1/3 左右，多年平均降雨量 1 000 毫米左右，年均气温 17.8 °C。全县森林覆盖率 41%，自然条件优越，资源丰富，土壤肥沃，光、热、水、土等自然资源组合协调，是适合茶叶生长的地方。所以近年全县的茶叶品牌众多，知名度高，其中"龙都"是中国驰名商标；"博宝""绿茗春"是四川省著名商标；"春兰""牛峰""黄金叶"是自贡市知名品牌。此外，还有"荣竹""荣春""万宝""雨源""春兰芗""仙雾""川宝""绿龙"等品牌。

荣县主要生产花茶、绿茶及红茶产品。在茶叶出口方面，全县有 14 家企业生产出口茶，其中，仅来牟镇就有 7 家企业，全年产量达 1.2 万吨，全年出口茶产值 2.7 亿元左右。茶确属自然给予荣州的丰厚馈赠。

二、茶与寺庙

荣县的茶业与寺庙颇有渊源。

在我国，僧人饮茶历史悠久，因茶有"三德"（提神、消食、抑欲），利于丛林修持，由"茶之德"生发出禅宗茶道。僧人种茶、制茶、饮茶并研制名茶，为中国茶叶生产的发展、茶学的发展、茶道的形成，立下了不朽的功劳。

茶作为国饮，发于神农，闻于鲁周公，兴于唐，盛于宋。唐代茶业发展的主要原因除了盛唐经济、文化的影响和陆羽的倡导，还表现在与唐代佛教、道教兴盛的关联上。史载我国佛道二教，自汉朝起，经南北朝的发展，到唐朝达到了极其兴盛的阶段。而荣县寺庙之多也是罕见的，从大佛寺建于唐代的记载来看，荣县寺庙的兴盛也应是在唐代。

据《荣县志》（清·乾隆本）的记载，当时荣县有名有姓的庵观寺院就达120余座，旧志记载毁于兵火，未及复振者，记其名的还有14座。这些寺院中少量延续至今。比如驰名中外的荣县大佛，为唐代所刻，是世界第一大石刻释迦牟尼佛（现世佛）。另外，还有白云寺、醒悟寺、二佛寺、雷音寺、古佛寺等，至今香火仍旺。

由此可见，此前荣县僧道生活的兴盛。记载表明，荣县茶业的发展，与佛教文化的传播发展密不可分。随着佛教寺庙的兴起，僧人种茶带动了茶叶的种植发展。但是由于明末张献忠之乱，荣县的寺庙遭到了毁灭性破坏，茶叶险些绝迹。

《荣县志》（清·乾隆本）有如下记载：

“莲花寺：城南九十里，僧习武。甲申岁贼兵大营从此杀戮，株连各寺。”

“旧产茶：在莲花、天堂、定理等寺，先是僧有演少林艺者，载僧兵册，有边警调遣之，甲申岁，贼屠荣城，焚堞署，知县秦民汤依寺为营，贼委伪官到寺索印，秦帅僧兵斩之，贼党星赴成都，发兵万余骑，僧兵不支尽遭屠，山尽赭。童茶种遂绝。近惟天堂寺栽百余本，亦不佳。”

可见在甲申年，张献忠之乱后，荣县的寺庙几乎被毁，山都被烧成赭色，茶树尽被烧死。名茶几乎绝迹。

到了乾隆年间寺庙又渐次重建，但是名茶却难得了。老百姓虽然房前屋后也有茶树，但大多是为了自家方便，并未进行培育。

至今在荣县的金花乡、铁厂镇、旭阳镇等地的山上，还能找到零星的野生大茶树，但由于太过分散，数量又少，考证难度大，所以记载罕见。其中有一棵，被誉为“茶树王”，是在高石梯森林公园里发现的，移栽到绿茗春茶业有限公司园区内，大约有4到5米高，属于半乔木。据省农科所专家考证，该茶树树龄在260年以上。

三、茶与茶道

茶道其实就是人们在茶事活动中对自然、人生的感悟。

僧人种茶不仅形成了富足的寺院经济，而且形成了一支人数众多的僧道队伍。他们不仅种茶、制茶、研制名茶，也是茶的主要消费者，更是茶道、茶艺的重要倡导者和传承者。

佛门僧众在茗饮中发现了解除苦难、得悟正道的途径。也许他们认为茶如良医，可助各自观心，归其本性。茶使他们于枯寂之苦中，体味生机之甘。茶之啜苦回甘的本质，与寺院孤寂的清修生活极为相宜，因此佛门把茶作为普度众生、明心见性的甘露。

荣县历史上寺院庵观众多，老百姓既是香客，也是茶客。在时间的长河里也自觉不自觉地将茶和儒释道联系起来，崇尚“清、和、静、怡”，观杯中沉浮，悟人生起落，在禅茶一味中品饮人生，在天人合一中寻求平和。

悟道是只可意会而不可言传的，首先体现在荣县人使用最普遍的茶具——盖碗上。

人们习惯于把有托的盖杯称为盖碗，又叫三才杯。所谓三才，古人把天、地、人称为三才。杯托为“地”，杯盖为“天”，杯子为“人”。意思是天大、地大、人更大。如果连杯子、托盘、杯盖一同端起来品茗，这种拿杯手法叫“三才合一”。只有“三才合一”，天地相参，天道和人力结合在一起，才能事事如意。

以前看到茶馆里的盖碗觉得非常稀奇，尤其是茶盖，正中一个显目的“茶”，周围五个字“可以清心也”。拿着茶盖转一圈，发现从任何一个字开始，都是可以读通的，或许这正是茶道文化的一种体现。

另《荣县志》（清·乾隆本）卷四，碑记中“宋真宗御制文”中对各级官员提出七条要求：“一曰清心；二曰奉公；三曰修德；四曰责实；五曰明察；六曰劝课；七曰革弊。”把“清心”放在首位，体现了儒家、佛家、道家思想的统一。

那么如何品味“禅茶一味”的意境呢？记得当地一副对联颇为有趣：

为名忙，为利忙，忙里偷闲，且喝一杯茶去；

劳心苦，劳力苦，苦中作乐，再倒一杯酒来。

看来，人们在喝茶中感慨人生的种种艰辛，又在喝茶中对名利苦乐释然。人在俗世的种种欲望在面对一杯清茶时飘然而去，人的精神回归到自然中。这杯茶岂非充满了禅意？

僧人对茶的需要，从客观上推动了茶叶生产的发展，为茶道的发展提供了可靠的物质基础。唐代诗人刘禹锡《西山兰若试茶歌》云："山僧后檐茶数丛，春来映竹抽新茸。宛然为客振衣起，自傍芳丛摘鹰觜。斯须炒成满室香，便酌砌下金沙水。"这说明唐时寺庙的寺僧在种茶、采茶、焙茶、冲茶等方面已有了一套完整的工序，并且让人看到中国茶道吸收了儒、佛、道三家的精华，在品茶的同时充分体现了茶道精神。难怪赵朴初先生有诗云："七碗受之味，一壶得真趣。空持百千偈，不如吃茶去。"

老百姓说"要好吃，茶泡饭；要好看，素打扮"，是把朴素的审美观融入茶中，而"白天满街吃茶，晚上点灯绩麻"又通过对比，用充满调侃的口吻教育人们要先干正事，吃茶终是"闲事"。吃茶吃出的是人生百味，吃出的是人生智慧。

四、茶与百姓

荣县的茶叶多，茶客多，茶馆多。在荣县的大街小巷，城镇乡村，茶客众多，茶馆棋布。这其中不乏装修精致的雅舍，亭台轩榭，茂林修竹，悬书挂画，品茶得惠；但更多的是街边路口，方寸之地，摆上几桌，街坊四邻，往这一坐，泡个盖碗，谈天说地；或是沿河两岸，榕树根，柳树旁，支个凉棚，竹椅藤桌，川牌麻将一上，花茶绿茶一喝，一切都丢给了轻风流水。

老百姓开门七件事，柴米油盐酱醋茶，茶就是百姓生活中最普通最寻常的必需品。长期形成的饮茶习俗流传至今，比如：客来敬茶、施茶乐善、端茶逐客、摆器示意、扣桌行礼、茶分三等、以茶代酒、扼腕谢茶。

明清时，拜谒上司或长者，仆人献上的盖碗茶照例不能取饮，主客同然，若贸然取饮，便视为无礼。主人若端茶，意即下了逐客令，客人得马上告辞，这叫端茶送客。主人令仆人换茶，表示留客，这叫留茶。

荣县的青帮、袍哥等帮会不少。自古以来，江湖各帮各派如有了是是非非，一般不诉诸公堂，也不急着摆场子打个高低，而是多少讲点江湖义气，请双方信得过的人出面调停仲裁，而地点也多选在茶馆。普通百姓人家，邻里之间有了矛盾，也会通过这种方式，约在茶馆谈判，请德高望重之人出面调解。

茶入商场，又是别样面目。古荣州盐业发达，盐商云集，各地在荣县都有商会。《荣县志》（清·乾隆本）记载的各地商会会馆有：江西会馆、福建会馆、湖广会馆、广东会馆。那么商人请吃茶，实际就是谈判说生意。双方边饮边谈，隔着两缕袅袅升腾的茶烟打开了商战。看货叫板，讨价还价，暗中算计，价格厮杀，终于拍板成交，将茶一饮而尽，双方大快朵颐。没有茶，这场商战便无色彩，无诗意。只要有茶，即使生意不成，茶香亦让人难以忘怀。

茶叶进入家庭，便有家居茶事。清代查为仁《莲坡诗话》中有一首诗："书画琴棋诗酒花，当年件件不离它；而今七事都变更，柴米油盐酱醋茶。"茶已是俗物，日行之必需。客来煎茶，联络感情，家人共饮，同享天伦之乐，茶中有温馨。茶道进入家庭贵在随意随心，茶不必精，量家之有；水不必贵，以法为上；器不必妙，宜茶为佳。有钱人家，茶事务求精妙，可以夸示富贵，夸示高雅，不足为怪；小康之家，不敢攀比，法乎其中；贫民家庭纵然只有粗茶陶缶，只要烹饮得法，亦可得茶趣。因此，茶既是雅物，也是俗物，上得厅堂入得厨房，一点也不孤傲怪僻，是能屈能伸的木中大夫。

茶入民间，趋向大众化、平民化。在荣县，无论是城镇乡村，茶馆都遍地开花。本地百姓把喝茶叫"吃茶"，用一个吃字，既说明茶从药用、食用到饮用的发展过程，更说明在荣县百姓生活中"茶"的重要性。人们见面问"干啥去"，回答"吃茶去"。可见，吃茶俨然是一件重要的事情。而茶馆也有两个显著的特点。

1．雅俗共赏

荣县的茶馆自与别处不同。说它是阳春白雪吧，它大多就在市井茅檐；说它是属于"下里巴人"吧，它也都设有雅间，可供各类人消费。所以，这里的茶馆用一个字来形容就是"俗"。不是庸俗，而是通俗、民俗。你看，那桌子椅子，竹制的扶手椅完全符合人的关节屈伸，但是又不像沙发或躺椅那样使人昏昏欲睡，而是让你舒适地待上一整天也不疲倦。就是那竹椅本身，也是地方茶文化的重要组成部分。现在要想领略老茶馆的味道，可以到老南门桥河边边上的茶馆去。比如三江亭、擦耳崖、二佛寺外，那里人多，风景好，河水、大树、茶座、小吃一应俱全，自然而俭约，随时随地都很热闹。

人们也把坐茶馆叫作泡茶馆，“泡”就需要时间，需要工夫。正所谓“茶中乾坤大，壶中日月长”，小茶馆大社会，这里汇聚了三教九流之客，容留南来北往之风。茶馆的社会属性十分复杂，到此的人群没有高低贵贱之分，自有雅俗共赏之意。谈生意，叙旧情，打发时光，其乐融融。

2．盖碗茶

“盖碗茶”，在川茶中独具特色，相传是唐代德宗建中年间（780—783年）由西川节度使崔宁之女在成都发明的。因为原来的茶杯没有衬底，常常烫着手指，于是崔宁之女就巧思发明了木盘子来承托茶杯。为了防止喝茶时杯易倾倒，她又设法用蜡将木盘中央环上一圈，使杯子固定。这便是最早的茶船。后来茶船改用漆环来代替蜡环，人人称便。到后世环底做得越来越新颖，形状百态，有如环底杯，就形成了一种独特的茶船文化，也叫盖碗茶文化。这种特有的饮茶方式逐步由巴蜀向四周地区浸润发展，后来遍及整个南方。

茶盖的使用还有其特殊的讲究：品茶之时，茶盖置于桌面，表示茶杯已空，茶博士会很快过来将水续满；茶客临时离去，将茶盖扣置于竹椅之上，表示人未走远，少时即归，自然不会有人侵占座位，跑堂的也会代为看管茶具、小吃。在中华人民共和国成立前，茶博士的斟茶技巧，又是各地茶楼一道独特的风景线。水柱临空而降，泻入茶碗，翻腾有声；须臾之间，戛然而止，茶水恰与碗口平齐，碗外无一滴水珠，既是一门绝技，又是艺术的享受。现在有这种技艺的茶博士都到外面去发展了。

荥县茶馆热闹，古时不仅有说书的，拉二胡的，唱莲花落的；还有卖瓜子、卖花生、掏耳朵、擦皮鞋的小贩穿梭；茶客们在这里舒筋骨，搓麻将，打长牌，谈生意，闷瞌睡，百业千行对茶铺都情有独钟。

家家都有茶喝，荣县人偏要挤到一起到茶馆里找感觉，真可谓“闹中取静喝杯茶去，忙里偷闲拿杆烟来”，日子非常逍遥。

五、茶与文人

自古以来，文人和茶就结下了不解之缘。在全唐诗中，提及茶事、僧道写作或在寺院和僧道一起饮茶的诗词，竟占到1/5。有许多像卢仝的《七碗茶诗》一样千古流传。比如元稹《一字至七字诗》：

茶，
香叶，嫩芽。
慕诗客，爱僧家。
碾雕白玉，罗织红纱。
铫煎黄蕊色，碗转曲尘花。
夜后邀陪明月，晨前独对朝霞。
洗尽古今人不倦，将知醉后岂堪夸。

这首一字至七字诗，俗称宝塔诗，在中国古代诗中较为少见。此诗一开头，就点出了主题是茶。接着写了茶的本性，即味香和形美，即翠绿，香清高，味甘鲜，耐冲泡，所以受到人们的喜爱。第三句是倒装句，说茶深受“诗客”和“僧家”的爱慕，茶与诗，总是相得益彰。第四、五句从煎煮说到人们的饮茶习俗。因为古代饮的是饼茶，所以先要用白玉雕成的碾把茶叶碾碎，再用红纱制成的茶罗把茶筛分。烹茶先要在铫中煎成“黄蕊色”，尔后盛载碗中浮饽沫。第六句谈到饮茶环境优美，明月为伴，朝霞结友。到结尾时，指出茶的妙处，提神醒酒。

《荣县志》(赵熙·民国本)，就记载了唐代状元施肩吾的《蜀茗词》，至于这诗歌中的“蜀茗”是否是荣州茶，暂无从考证。但既然赵熙先生把它记录下来，肯定是有些渊源的。

越碗初盛蜀茗新，薄烟轻处搅来匀。
山僧问我将何比，欲道琼浆却畏嗔。

施肩吾，唐代著名诗人、道学家。字希圣，号东斋，入道后称栖真子；施肩吾兼通佛、道两家，交了不少僧侣、道士的朋友，中年隐居在洪州西山，世称华阳真人。这首诗是诗人与僧人饮茶品茗的打趣之诗，轻松自然、脍炙人口。前面我们说到唐时荣州寺庙兴盛，这山僧是否来自荣州呢？“越碗初盛蜀茗新，薄烟轻处搅来匀”开头两句说茶叶品质之好，饮茶器具之精，相得益彰，色、香、味俱全。唐代越州盛产白瓷，质地细腻光洁，如冰如雪。越碗作底衬，越发显示蜀茶汤色泽青绿、鲜嫩，上面浮起一层薄水汽，用碗盖轻轻去刮匀上浮的嫩叶，缕缕茶香，微微弥漫，这样的好茶让每一位茶客见了都眼馋。“山僧问我将何比，欲道琼浆却畏嗔”进一步夸赞茶叶。山僧是出家之人，出家人忌贪、嗔、痴，但山僧眼见自己焙制的茶叶如此出色，也不禁暗自得意。山僧问茶叶怎么样？这显然是明知故问，想让诗人夸奖几句。诗人说想要把这样好的茶水比作琼浆玉液，这样的比喻当然让山僧很高兴，但他却要谦让道：怎么能比得那样好呢？太过分了！这里“嗔”字绝妙，山僧的那一副心里高兴但假装生气的模样呼之欲出。

至于陆游《初到荣州》就毫无疑问了。陆游曾在淳熙年间做福建路平茶事，并三主武夷山冲佑观，在《陆游全集》中，涉及茶事的诗词达 320 首之多，是历代写茶事诗词最多的诗人，是个真正的“茶官”。陆游于淳熙元年（1174 年）摄知荣州事，在荣州期间留下了不少名作，其中《初到荣州》写到当时茶事 “铃斋下榻约僧话”，说明当时约诗人喝茶的是僧人，诗人摄知荣州，虽非显宦，但亦是地方长官，可见这僧也非一般僧人，必是谈诗论道之僧。也可知，在当时僧道是颇有地位的，这也印证了前面所说唐宋时代寺庙在荣州的兴旺。“地炉堆兽炽石炭，瓦鼎号蚓煎秋茶”则点明了烧水煎茶的器具：一个兽形的火炉，燃烧炽热的石炭，一个瓦鼎。

关于泡茶，大家都知道水很重要。陆羽《茶经》说“山水上，江水中，井水下”，其实火也很重要，“其火，用炭，次用劲薪”。选用“石炭”，即无烟木炭，达到“急火猛烧”。选用的烧水煎茶器具是瓦鼎。因为自古荣县的制陶业都很发达，泥瓦的材质用来烧水，于水质相宜，既不奢丽，又很雅洁，可见陆游和僧人都是深谙茶道之人。

另《荣县志·乾隆本》还收录了一些诗歌，与茶事有关的如副使范涧的《松林禅馆》：晚凉驱马来山寺，山寺晚钟还未鸣。云翠半连天脚近，松阴一路石头平。老生茶灶初浮白，迓客襟怀笑碧青。奔走不知尘里过，百年人世总相轻。

六、茶与健康

中国人饮茶至少有 2 000 多年的历史，据史料记载，是巴蜀人发明了饮茶。与茶有关的早期文人中，王褒是四川资中人，司马相如、杨雄都是四川人。从西汉到三国时期，茶属于珍稀之物，除巴蜀外，只有上流社会的人才可能饮茶，晋以后逐步向中下层普及，到两晋南北朝时期，上至帝王将相，下至平民百姓，中及文人士大夫、宗教徒，各阶层普遍饮茶。饮茶成为一种时尚。人们对茶的开发大致经过了四个阶段：

（1）生吃药用；

（2）熟吃当菜；

（3）熟煮饮用；

（4）冲泡品饮。

茶不仅是国饮，而且早已经通过古丝绸之路走向世界。现在全球每天有 30 多亿人饮茶，每天要饮 30 亿杯，遍及五大洲，几千年经久不衰。究其原因，茶叶含有各种有益人体健康的元素，如氨基酸、儿茶素、茶多酚、叶绿素等。古人虽不知这些，却知道在生活中如何运用。

荣县人爱茶，或许因为茶与人们的健康密切相关。

据家父家母回忆，民国时期除了有些地方官宦人家，普通百姓饮茶都是自产自用。母亲出身贫寒人家，老家在莲花。外婆每年夏秋季上山把那棵野茶树上的叶子不管老嫩统统撸下来，用开水稍微焯一下，晾晒起来，然后用一个袋子装起来，挂在墙上，随时候用。这个做法近似蒸青绿茶，但是为了方便，连蒸也简化了。吃的时候，就会放到瓦罐里煎一会。当时，即便是一般的贫雇农，也有专门烧茶的瓦罐、鼎锅，情况好些的人家自然是青花白瓷的茶具为普遍，都不会用做饭炒菜的锅来烧水泡茶。

父亲介绍说当时的大户人家，几乎每家人房前屋后都种有茶树，多为人工栽培的灌木型的小茶树。采摘时只要嫩尖，三四片叶。怎么制作的不知道，但一定要用大箩筐密封，放置炕楼上，保持干燥。每年吃到最后就变成“虫茶”了。虫子不知是什么时候不见的，就是茶叶被虫子吃过全部变成了“虫末儿”。父亲说，老人们对这“虫末儿”极为珍视，冲出来一样是茶的味道，而且芳香浓郁，对脾胃极好。

荣县还有“老人茶”，或许因为茶叶本身是老叶，大片大片的。此茶适合煎饮，不伤脾胃，老少咸宜，所以名之“老人茶”。此茶叶耐泡，过去的幺店子、酒店饭馆，每天煎一大锅，放在大茶壶里暖着，由客人随意取饮。

当然，现在我国的茶分为六大类，各有千秋，人们可以根据各自的健康状况选用。不仅能发挥它在利于身体健康方面的作用，更能将博大的中国茶文化弘扬下去。荣县主产绿茶，雀舌、雪芽品质好，茉莉花茶全国闻名。荣县茶业在历史的长河中浮浮沉沉，但无论何时，终有一缕茶烟飘香在荣山旭水间，滋润着这个淳朴的诗书之乡。

（卢敬超）

茶旅孪生话古今

民国时期，旅馆被称为栈房。那时荣州中城镇有很多家栈房。

所有的栈房都有个共同的特点，就是在门前挂上长方形灯笼。有精巧的玻璃灯笼，也有简单的纸糊灯笼。在灯笼上直书客栈，也写：“未晚投宿；鸡鸣看天”的字样。

茶馆与旅店是孪生，有好些茶旅一个店，既是茶坊也是旅馆。

南门坝伍家的“城南旅馆”，骑龙拗张家的“西湖栈”，西街周家的“雪鸿旅馆”，都是荣州城内的大旅馆，设备卫生都好。住宿时要先到号房挂号，哪来哪去，姓甚名谁，都要登记。

大栈房有单间、双间、大间。设置不同，价格也各异。早晚有热水供应，只管洗脸烫脚。若要冲澡，还需另外加价。

除大旅店外，在背街小巷，不打眼的地方，有一些收费低廉的鸡毛栈房。这些店设置简陋，只有大间、通铺，甚至可以拼铺。所谓拼铺就是两个陌生人相约共用一床被褥，费用分摊。

鸡毛店面对的是下层民众，是流浪者，是跑滩匠。

住宿这些鸡毛栈房要特别小心，若有双像样的鞋，睡前也得捡好，不然好鞋会被穿走，留下一双破鞋。

民国晚期，荣州的茶馆，在人们生活中起着很重要的作用。荣州人对茶馆的感情深厚，不得缺少。

在茶馆里可以休闲聊天，人际交往；可以寻找中介，洽谈生意；可以“吃讲茶”，化解民间矛盾。

“吃讲茶”是当时解决民事纠纷的一种很有效的办法。

人与人之间有了纠纷，互不相让，无法统一，怎么办？

现在的人可以向法院起诉，用法律来解决问题。在当时，法律不健全，法院没权威。人们只好通过社会力量用“吃讲茶”的方式来解决纠纷，处理矛盾。

“吃讲茶”是在茶馆里备几桌茶水，涉事两方以相等的人数参加，通过此项活动来澄清事实，消除误解，判明是非。

主事人出面，找一个相互信任的人来主持活动。恭请本地社会名流、德高望重者来断公道，做裁决。

“吃讲茶”开始由涉事两方各做陈述，主持人组织提问，组织申辩。

最后，由德高望重者总结：阐明利害攸关，给予点评，做出裁决。

输了道理的一方付茶钱，若双方都有责任，茶钱由两家分摊。

请出的社会名流、德高望重者们，是能说会道、精于世故、通达之人。他们不会伤害任何一方，多是化解矛盾，寻求双方都能接受的办法。

若涉事者是袍哥，“讲茶”就由袍哥介入，码头上的“五爷”主持，“舵把子”来断道理。

要是这台讲茶的影响面大，社会上的关注率高，那就更热闹了。

茶馆堂口会挤满旁听者，有时甚至会站到街面，场面非常严肃。

一般说来，事件一经裁定，双方都会认可，就是有点委屈也会忍了，不会再生是非。仲裁之人面子大，哪能驳回，这事儿也就解决了。

当时中城镇的茶馆很多，小茶馆不计其数，大茶馆就有“陆泉”“四达”“雪鸿”“鸿通”“四知铭”……其中，“四达”与“雪鸿”是茶旅店。

茶馆的桌椅配套各有讲究，有竹靠椅配条桌，有长条凳配大方桌。竹靠椅好休闲，大方桌好办事。

“鸿通茶馆”是个大茶馆，地处南街街口，堂口宽敞。桌凳的格式古雅，用上好楠木制作，看着美观，坐着平稳舒适。墙壁是窑砖勾缝，四周凹进几个灯龛，用来放油灯。

地面很牢实，是荣州人称呼的“三合土”。“三合土”是用石灰、碎瓦片、煤炭渣按比例混合后均匀铺开，一边浇水一边锤压打造的。

这种方法打造出的地面，干透后坚实平整。

在“鸿通茶馆”喝茶的客人多是有身份的人。穿长衫布鞋，戴瓜皮帽的居多。也有穿着更加考究的人物，夏天是浅色绸褂子，冬季是各色皮袍。穿短衣的也有，但相对说来要少些。

烧茶不用井水，要用从南门桥下挑来的梧桐河河水。那时梧桐河水可以直接饮用。讲究的茶铺还要把水过滤过才使用。

过滤用沙缸。所谓沙缸，是指大缸里面另外设置一个透水的小缸子，透水缸子里面放上小鹅卵石和细沙，河水加进透水小缸子，小石子和细沙可以滤过水。

“鸿通茶馆”的过滤更甚，它的沙缸不只一口，而是两口。沙缸是特制的，底部有孔，可插竹管通水。将这两口沙缸及一口水缸垂直安放，旁边置一架木梯，向顶上的沙缸加水，河水经两层过滤后流入底部水缸备用。

“鸿通茶馆”的水，清澈明净、甘甜可口，茶客非常喜欢。

大茶馆烧水用的灶都是老虎灶，五六个灶孔，可以同时烧几壶水。

各个茶铺使用的茶具不一，有茶杯、茶碗，以及讲究的“盖碗”。

在这里要说说另一处喝茶的地方。那就是“幺花店”。

顾名思义，这是荒郊野外的路边小店，孤零零的，只有那么一点。

民国时期，荣州人出行很不方便，乡间没有通车的公路，那时荣州人出行全靠两条腿，就是去自流井也是靠走着去，要走一整天。出行总要携带，携带的东西还得自己负重，因此，出行是件很艰苦的事。

在出门艰难的情况下，幺花店应运而生，起到了很大的作用，为旅途行人提供调整疲劳加餐喝水的地方，可谓驿站。

幺花店设在各路要津：中城镇出四门都有，出南门观斗山有，出西门德兴村有，过锁江桥去乐德，三河碥有。

在岔路口、在山坳上、在小桥边，常常能见到“幺花店”。

一两间茅屋，点缀着风景，有着浓浓的诗情画意。

“幺花店”是最简陋的茶馆，它卖茶水沽零酒，卖叶子烟、火柴，及下酒的豆腐干，豌豆粑，供行人小憩。

“幺花店”在夏天卖大碗装的一次性老荫茶。

荣州的“大碗老荫茶”是茶文化中的一株奇葩。老荫茶是野生的，观山、墨林一带深山老林里都能找到。

老荫茶名为茶实则非茶，是樟树的幼嫩枝条。有一股木头的香味，芬香油的味道，这香味与一般茶的花香果香截然不同，很别致好闻。

劳动者及旅途中的行人，夏天里爱大碗大碗地喝泡好的老荫茶。这茶能清凉解渴，去暑热，而且价廉。

喝老荫茶，在那些捧着紫砂壶小口品茗的文人雅士看来，未免有些粗俗，但却别有一番豪爽的风情。

“鸿通茶馆”当然不卖“大碗老荫茶”，它使用的茶具是“盖碗”。

“盖碗”分茶盖、茶碗、茶船，造型独特，制作精巧。茶碗上大下小，茶盖可入碗内，茶船做底承托。“鸿通茶馆”的茶托是铜质的，锃亮。

有了茶船，喝茶时盖不易滑落，好端不烫手。此茶具名曰“盖碗茶”。

品茶时端着茶船重心就稳定了，喝茶时不用揭盖，半张半合，茶叶既不入口，茶汤又徐徐沁出，甚是惬意。

老茶客喝茶也有技巧，茶盖放在碗内，若要茶汤浓些，可以用茶盖在水面轻刮，使整碗水上下翻转，轻刮则淡，重刮则浓。

喝盖碗茶有一套独特的茶阵暗语，民国时期流行在川南地区，当然涵盖荣州。茶阵暗语能够流行与当时社会上的袍哥组织有关。这套暗语如下：

茶盖朝下靠茶船，含义是堂倌续水；茶盖上放件小东西，如树叶、火柴，含义是暂时离开莫收盖碗；茶盖口向上斜靠茶船，含义是外地人有困难，寻求帮助；茶盖立起放茶碗旁，钱没带要赊账；茶盖向上放进茶碗，可以收碗了。

那时茶旅店的服务员称幺师，也叫堂倌。一个好幺师能给店面带来生气，他们是热情洋溢、动作麻利之人，冲茶的姿态优美，很具观赏性。

整个堂口上飘浮着幺师富有韵味的声音：

“开——水”他来续水了。

“开水未曾开，开了——就端来。”他在向茶客回应。

傍晚，中下层旅店里的幺师向旅客交代注意事项，他们会有一番戏谑的说唱，虽很俗但也很风趣。

衙门口是当时的城镇中心，那里的茶馆很热闹，一早一晚更甚。三教九流，形形色色。

谈生意的、休闲冲壳子的，更有一些人常年待在那里，不务正业的。

若从茶馆之外踱进一位有身份的茶客，堂口上就会热闹起来。众人都在打招呼，有人会站起身来，扯开嗓门叫喊此人的尊称，一迭声招呼茶钱。抱拳作揖，笑语喧哗。

但凡头面人物都在茶馆柜台上设有账户，茶钱不用每次现付，实行定期结算。

茶堂里彼此之间喊茶钱是应酬，是打招呼，是在表达尊重。并非真要为彼代付茶钱，幺师司空见惯，无动于衷。

获得了如此礼遇的茶客会抱拳作揖，喜形于色，频频地环顾四周，口称谢了谢了，作为回敬。

当时在茶馆里还能见到几种特别营生：有人手持一把特制的水烟袋，拿着纸捻，背负褡裢，游走在各个茶馆之间，招揽生意。

这烟袋比一般的烟袋大，吸烟的铜管特别长，而且弯曲，用的是能抽出插入的活动装烟筒。

有了顾客，侍者会将吸管送入他的嘴里，在烟筒里按进烟丝，吹燃纸捻点烟。

此间顾客靠着桌椅，侍者站在身边侍候，直到顾客叫停为止。付费多少执业者从不叫价，全凭顾主高兴。

此营生早已经绝迹。这行业应当绝迹，是文化中的糟粕，吸烟有害，而且是烟嘴大家吸，极不卫生。执业者非常卑贱。

不过纸捻却是国粹，几十年前的东西，虽然绝世了，但仍旧值得说一说。

现在用的是打火机，取火方便。民国时可不是这样，作者本人还见过用火镰刀与火石撞击取火，也见到有人在集市卖火石、火镰刀之类的东西。虽然很原始，让现在的人难以置信，但不要嫌弃，这是人类共同走过的路。

那时的纸捻很科学，是用一条条裁得不宽的草纸，衬着一定直径的竹签搓制，搓好后黏合纸口，抽出竹签，一根细长内空的纸捻就做成了。

将纸捻点燃后阴着，若需明火，得用嘴吹燃，吹法不对是吹不燃的。

要将纸捻对着嘴，把嘴唇撮成小圈，迅速将舌头向外抻出，一小截舌头抻出唇圈外，此时唇圈被迅速堵塞，只有一小股气流冲出，纸捻便燃了。用后，再把明火吹熄，阴着，往而复始。

茶馆里有人在掏耳朵，有人在捶背捶腿搞按摩，也有人在擦皮鞋。这些营生也会挑地方，多去有竹椅的茶馆，那里的茶客偏重休闲。提篮叫卖的小贩什么茶馆都会去，卖的是香烟、瓜子、棉花糖等。

说唱艺人这个群体与茶馆关系密切，他们的表演多是在茶馆里、街道边、广场上进行。这些人大都是流动的，当时叫跑滩匠。艺人们带上一把琴，或一副竹板，一方惊堂木就能在社会上游走，从这个码头到另一个码头。

荣州也有这样的人，而且说唱齐全，说“圣谕”讲评书，唱清音，打金钱板……全是个体艺人，说唱传统节目。

荣州的曲艺“说”胜过“唱”。说方面出了两位佼佼者，一位是讲“圣谕”的徐治平，另一位是说评书的丁希仲。

讲圣谕始于明朝皇帝朱元璋，他亲自撰写圣谕六条，向百姓宣讲，对老百姓实施教化。

清承明制，清王朝灭亡后此活动废除。但是这种艺术形式仍然在民间流传，改名为说善书。

徐治平是荣州说善书的最后一个人，在他之后就绝迹了。

作者小时候听过徐治平说善书，那是南街一家石印店老板做寿，出资请他设坛说书。

现在没有石印店了，说到它，年轻人肯定不知道，还得说明一下。

那是当时的一种印刷术，比用字钉的活字印刷还古老，是在很光滑的石板上制板，需要有特殊技术的人，用毛笔蘸着油墨在石板上写字，而且要反着写，印刷出来才正确。

徐治平五十多岁，是一个清瘦的老头，穿长衫，蓄须。

谁请徐治平说书，就在谁家门前设坛，这也是一种荣耀，说明他家在做善事。

设坛，是用木板搭一尺多高的讲台，上放条桌木椅，徐志平在摇曳的桐油灯下讲二十四孝。他语言生动，很会煽情，常让听众感动得哭泣。

讲圣谕是绝对不能进茶馆的，有人请，就在善家门前设坛。徐治平常年说书的地方固定在西门外德兴村。

再说说，讲评书的丁希仲。

丁希仲，身材偏矮，体型微胖，穿长衫布鞋。虽是长衣，尽是粗布制裁，衣裳很脏，衣袖衣襟油污得发亮。

丁希仲原本是个文化人，多才多艺，聪明睿智，琴棋书画样样在行，能治印，擅长微雕，一支象牙烟嘴上能雕出长段的名家辞赋。

他成为说书人，似乎是落魄了，被埋没了，其实不然。

民国时期的荣州，没电影院、没剧团、没夜总会…精神生活相当贫乏。评书是当时的社会需求，何况丁希仲是个非常好的说书艺人。

说好评书不简单，说书人在原著的基础上要有自己的创作，用他们的行话来说，就是要在一些段落中夹条子。要加添各类人物的服饰，对环境要有更多的描述，对人物动作要有细节交代，要合乎逻辑。还要加以评述，阐明自己的恶与好，对听众给予引导。

说评书要拜师，讲流派，讲师承关系。

丁希仲是个厉害的说书人，他没有拜师，入这行全是自己摸索。由于他知识面广，又有文化，知道听书人的兴趣。听众喜欢什么，他就给予什么，不涉黄，但不乏戏谑。

每夜说书扎板两次，扎板就是要收书钱，丁希仲不用自己下坛来收钱，自有热情的帮闲代收，而且帮忙的人会率先将自己那份书钱放进收钱的盘内，然后端着盘子挨桌行走。在关键时刻，丁希仲会站在书坛上拱手示意连说谢了。

此时小贩活跃，叫卖香烟瓜子烧饼麻花之声不绝，笑语喧哗，热闹非凡。

大多听众自觉付费，也有吝啬或拮据之人借故离开，对白听书常逃票的，丁希仲会给予辛辣讽刺，这里作者列举两则；

“话说姜子牙是生是死，需听下回分解。”

惊坛木一拍“听官注意！——此刻有人在驾尿遁逃窜。”

台下一片哄笑。

“快跑，快跑。你妈给你添弟娃了，回家煮红蛋去。”

台下一片哄笑。

丁希仲说书逻辑性强，明快幽默，时有玩笑调侃。举例如下：

……数日之内，大摆筵席，孙夫人与玄德结亲。至晚客散，两行红炬，接引玄德入房。灯光之下，但见枪刀簇满；侍婢皆佩剑悬刀，立于两旁。唬得玄德魂不附体。管家婆进言：“贵人休得惊惧；夫人自幼好观武事，居常令侍婢击剑为乐，故而如此。”管家婆禀覆孙夫人：“房中摆列兵器，娇客不安。”孙夫人笑道：“厮杀半生，尚惧兵器乎！”命尽撤去，此时管家婆与侍婢退去，玄德与夫人两情欢洽……

此时丁希仲把惊堂木一拍，他说：“我这人说书，向来是现炒现卖，昨晚回家在灯下观读两章原著，以备今夜之用，正读至此时，灯花爆了，一朵火花恰巧落在这页书上，燃起来了，扑救不及，烧残一页，翻篇过来已经是第二天日上三竿，侍婢及管家婆，相续入室侍候。烧残那页内容，鄙人不得而知。敬请听官鉴谅。”

台下一片嬉笑，气氛活跃。

那年头的茶馆，是给荣州人带来快乐的地方。

（毕治阳）

赵熙“茶”文化用典解读

赵熙主编的民国《荣县志》“物产”篇对“茶”的起源、产地、制作等文化进行了比较系统的论述，其中使用了不少典籍，如“王褒僮约，武阳买茶”“施肩吾蜀茗词”“桐君药录”“晏子春秋有茗茶之文”等。现将这些典籍一一做简要解读。

一、王褒的《僮约》

据史料记载，古代有一位书法家和政治家，名叫王褒。一次他游历成都时，曾住在亡友遗孀家里，主人家中有一奴仆叫便了。王褒喜欢喝酒，难免随时使唤便了外出为其买酒，因此便了对其心生恨意，便在先主坟前痛斥王褒，甚至说王褒与先主遗孀有不清不楚的关系。王褒知道后十分愤怒，就出大价钱把便了买回家作奴仆。便了虽不情愿，却也无可奈何，便要王褒为其订一个契约，把要求自己做的事全部写下来，凡没列入的事，他都有权不做。于是王褒为他订了一个契约取名《僮约》。《僮约》中共列了几十项，其中包含了“武阳买茶”条款。武阳，即现在的彭山。据《华阳国志》记载：“南安县，武阳出名茶。”赵熙用这个典籍意在指明，在 2 000 多年前的南安（荣县为其腹地）和武阳已有种茶、售茶的历史了。

二、晏子春秋茗茶

据《四川茶文化史》载先秦茗茶主要有三种说法：

一是神农说，即《本草》云“神农尝百草，一日遇七十毒，得茶以解之”，说神农氏不仅有茶，而且可以用茶来解毒。

二是贡茶说，即是说周武王时的《巴志》《汉中志》和《蜀志》等均有茗茶的记载。

三是晏子饮茶说，即是说《晏子春秋》中已有茗茶的记载。

从茶文化的时段上来分析，神农属上古时期，周武王属公元前1000多年前。《晏子春秋》是记载齐国政治家晏婴言行的历史典籍。赵熙用这一典籍意在说明，我国茗茶有2 000多年的历史，与上述典籍一致。

三、桐君药录

据有关史料记载：上古时期的神农氏对草、木、石、骨、肉、虫、皮、毛等世间万物均进行“鞭问之”，且将其答案记录成书，被称作《桐君药录》，其中，将“茗”归入“木”类：“巴东有真茗，煎饮，令人不眠。”此典籍不仅说明茶在我国的悠久历史，而且说明饮茶可使人兴奋。

四、施肩吾蜀茗词

赵熙的民国《荥县志》“物产”篇之“茶”中记载：“施肩吾蜀茗词：越碗初盛蜀茗新，薄云轻处搅来匀，山僧问我将何比，欲道琼浆却畏嗔。”施肩吾说，用越窑的瓷碗沏四川的新茶，轻轻搅动茶水，就像薄薄的浮云均匀可爱。山僧问我可用什么来比喻，我想说像琼浆，又怕您因我太狂妄而生气。施肩吾把四川的新茶所泡的茶水比作琼浆玉液，而华阳国志则说，“南安……出茗茶”，可见时为南安腹地的荥县所产之茶确实是名茶，被誉为“琼浆”，果然名不虚传。

那么施肩吾又是谁呢？据现存的《施氏宗谱》及各种史料记载，施氏本姓姬，系周公后裔，其第四子伯禽被分封到鲁（今山东一带），被称作鲁惠公，其子又封爵于浙江吴兴，称施伯（此乃施姓之起源）。施肩吾是施氏第四十四代人。

施肩吾幼年家贫，但他勤奋好学不畏劳苦，每天都到五云山上去识字习文，成绩十分优异，35岁便考中状元。由于此，分水县便将施肩吾居住过的地名改为招贤乡，新城县则将施肩吾居住过的地改为昭德乡。后来又将这两个乡各取一字，故名贤德乡。

施肩吾中状元后，因看不惯朝廷腐败、官员拉帮结派、钩心斗角、互相残害，不愿混迹其中，故在等待朝廷授官之前就回到江西潜心修行，吟诗作词。后来施肩吾学其祖父，为避唐永王之乱，率领施氏族人乘木船，经过多日漂泊，到达澎湖诸岛。施氏一族与当地人一起参加劳动，一起生产生活，慢慢在澎湖诸岛扎根、安居。其后，施肩吾将先进的生产技术和生活方式毫无保留地传授给当地群众，并带领族人和当地群众积极开发周围岛屿，逐渐赢得民众拥戴，最终实现了澎湖一带的大融合与大发展。由此，施肩吾被后世誉为“开发澎湖的先驱者”。

施肩吾为什么要写诗赞誉“蜀茗”呢？据荣县《吴氏族谱》记载：轩辕后裔第十八世名古公，古公生三子，长子泰伯，二子仲雍，三子季历。季历之子姬昌，从小聪明过人，深受古公喜爱。季历欲将王位传与姬昌，因此有废长立幼之意。长子泰伯知道后为了不让父王为难，遂与二弟仲雍星夜逃到了荆蛮之地“吴”，因此成为吴之起源。吴国被越国消灭后其族人又逃到湖广省黄州府麻城县孝感乡，其后裔吴必秀后因游宦至四川泸州。其后人遂在泸州、宜宾、荣县等地繁衍生息至今。由此可见，荣县吴氏与江西施氏均为古公后裔。他们，或对荣县这块“宝地”情有独钟，或为荣县物产情有独钟！

综上，赵熙引用这些典籍，一是说明荣县茶产历史悠久；二是说明荣县的茶是名茶，受到了不少文人史官的青睐。

（吴岷钟）

荣县运输业

自古士农工商，泥木石工七十二行，行行有行规，行行出状元，行行有春秋。

荣县运业，自古有之。古有古道，近有水路、公路。始由人畜搬运，后有舟车代劳。荣县运业的发展，实为荣县发展的缩影。

一、荣县运业始于古道

明清以前，荣县运输道路仅靠古道。乡镇之间互通古道，多系泥石路面，主要由一尺余见方的石板铺筑。由于人畜长期行走其上，多数石板中间往往出现凹槽，滴水能穿石，何况人畜。荣县县城至双古的 30 余千米古道，至今仍可见其痕迹。荣县古驿道通往毗邻县、市的有：荣县至自流井的古道 55 千米；荣县至威远的古道 35 千米；荣县至嘉定（今乐山）的古道 105 千米；荣县至仁寿的古道 110 千米；还有荣县至叙府（今宜宾）和犍为的古道；等等。当时的运输主要是靠“挑夫”“背客”“马帮”等人畜在古道上搬运货物。当时的古道，蜿蜒崎岖，跋山涉水，尤其是遇到深山密林更是凶险相伴。

话说正紫场至长山桥的古道就要经过“杀人滩”。“杀人滩”位于今正紫镇窝棚湾村八组与张家庙村二组交界处。据说很早以前，这里还是一片大森林，而且人烟稀少。古道在这里要翻越一座高山，山下有一条小河，脚夫马帮从这里经过，密林深处常有“棒客”（强盗）出没，“杀人越货”的事时有发生。一个令人毛骨悚然的名称——“杀人滩”就产生了。后来，随着时间的推移、时代的发展，山上的树木少了，人口也多了，“杀人”的事再也没发生。人们出于对“杀人”之讳，便将其改名为“杀牛滩”，该地名一直沿用至今。

据史料记载，宋皇祐年间（1049—1053），有一个荣县人叫王梦易，是个进士，因包拯举荐，被授予右军巡判官。其父王伯琪因为民请愿伸张正义，被乡人敬仰，同时也得罪了官方，因而受到诬陷，至其抱恨而死。王梦易子承父志，被称之为“义门王氏”。当时，他发现川茶由招募的民工（脚夫）通过古道运送到陕西，非常艰苦，他便奏请皇上，将这种做法改成驿站传递法，即“置茶铺，免民役”。这样既收到茶税，又减轻了民工的负担，使“公私获利”，因而得到皇上认可。然而这个建议却因当朝奸臣觉得“非己提出”进而以“莫须有”的罪名致使王梦易被降官三级，后又罢职回乡，于宋元祐年（1086 年）含恨而逝。其子王庠、王序或为官或为士均颇有建树，现县城东“王序塘”或可作证。

二、荣县航运由盛而衰

荣县境内有两条主要的河流，一条名曰旭水河，一条名曰越溪河。

据民国《荣县志》载：“汪家滩集市矣，初止编木而泭（筏子），乾隆中盐业滋炽，始行舟；道（光）咸（丰）间，运石炭至八百余舟；光绪三十二年（1906 年）筑石堰，期积水闭泄，用畅舟行，以防农灌，县人讼止之。”说的是，现在的荣县望佳镇是一个繁华的集市，人们开始用木头编成筏子来运送商品；清乾隆年间，盐业十分兴旺，便用船来运送。到了道光和咸丰年间，用来运送煤炭等商品的船只达到 800 余只。到光绪三十二年（1906 年），官方希望通过修筑石堰蓄水的方式来使船只行驶更通畅，但由于与农田灌溉产生矛盾遭到县人诉讼而终止。

到民国 25 年（1936 年）后，旭水河每年利用洪水期行船，最多时可达到 100 余只船在河中航行。抗日战争时期，共有 49 只（经登记的）船为25家煤炭商运送煤至艾叶滩，年运量达2万吨。后因公路运量增加，石堰失修等原因，旭水河航运逐步歇业。

越溪河，从荣县新桥至宜宾观音滩，全长245千米，其中荣县境内115千米，航运历史悠久。据史料记载："宜宾贩米而至，运木耳归，时仅十余舟；咸丰间，为金石井盐运道，商贾逐盛；光绪初，金石井盐改犍路，今载炭、陶器而已，舟仅百余。"到民国20年（1931年）有大小船110只，主要运载煤炭、土陶及粮食等。中华人民共和国成立后，越溪河的航运一直未中断。只是公路运输的发展使运业更方便，加之荣县水源枯竭等原因，荣县的航运业走上了由盛至衰的轨迹。

三、荣县公路成运业之主流

荣县历来信奉"修桥铺路，儿孙满屋"的古谚。据史料记载：从前，荣县有一善人，名叫黄九文，他和当时的贡井善人黄敦三并称荣县"善名二黄"（时贡井隶属荣县）。说黄敦三平生用于行善的款项"巨万"使之声动朝野。而黄九文却是通过劳动下苦力慢慢富起来的，他勇于行善，从数量上来说，就是他倾其所有也不及黄敦三的1/10。但他一直醉心于修桥，达到"岁修一桥"的程度。

据现存荣县东兴镇赵熙撰文，刘翌道书丹的《崇仁桥记》碑记载：东川沟因河水"洪流咆勃，雷轰箭激。汩若阳谷之扬涛，执卷千山而排之大海"而给渡河的当地民众造成极大的困难，甚至"奀者冠度，……，故病涉无穷"。为了改变这种状况，大家建议在此河上修一道桥，且"推黄长者九文总其事"。于是，黄九文不负众望，带头捐款，使当地善者争先恐后地捐钱捐物，共计四万五千余枚（钱）。"自丙寅（1926）中冬肇功，丁卯（1927）季春奏勳"，此善举遂"保千万人安，数百年无患"。因该桥正好在胡子昭的故里，因此就以胡公祠——崇仁祠为名，并请大名人赵熙撰文勒石崇仁桥。据1928年版《荣县志》载：崇仁桥在东川沟胡子昭故里，高一丈，长六丈，宽一丈"黄九文倡捐，赵熙为之碑记"。

到黄九文年老的时候，他把儿子黄芝三叫到跟前说：现在我已老了，从今以后，凡是家里的治理和对外行善的事全都由你来负责。黄芝三谨遵父命，一如既往积德行善。到丁卯年（1927 年），他为杜家井修桥，并让儿子亲自去督工。第二年（戊辰）正月初四，黄芝三亲自到施工现场参加修桥劳役，忽然一块大石头滚下来，黄芝三躲闪不及，被大石头压在下面不治身亡。乡里人都称黄氏父子为大善人。当时所修之桥，现在叫向阳桥，至今仍在度佳镇街道供人们行走。

中华人民共和国成立前，荣县的桥梁大部分都是靠行善捐款、筹款、献款修筑的。史料记载："县中多系小溪，以简易石平桥为主，只有旭水、越溪两条河的干流和要道处有较大的石拱桥，现基本都随公路建设而被改造成钢筋水泥桥。"

据《荣县志》载：民国 25 年（1936 年）12 月，四川省公路局第二工程处遂派员来县勘测荣威（荣县—威远）、荣井（荣县—贡井）两条县道的修筑路线；民国 26 年（1937 年）3 月，富荣东场（盐场）奉川康盐务局令，来荣县商定县属竹园至贡井公路的修筑事宜（属川滇西路内乐段，属省道干线），经费由川康盐务管理局拨给法币 30 万元。荣威公路全长 33.9 千米，由荣、威二县各自分段包干修筑，荣县境内路段经费由保甲向各住户筹集，共投工 4 万余个，1937 年 5 月 5 日竣工。荣井公路于 1937 年 4 月 14 号破土动工，共组织 4 000 余名以饥民为主的民工参与修筑，第二年（1938 年）3 月竣工。时逢天大旱，无数民众断炊，县政府开仓放粮，凡参与修公路的饥民均可前去领粮。这样一来，不仅修好了公路，又拯救了灾民，一举两得。1939 年春，荣县锁江桥至竹园段公路竣工。

2016 年，自贡市碑帖考古专家陈述琪等人在对荣县碑刻进行调查时意外发现了荣县"同心桥"摩崖石刻。该石刻位于旭阳镇大井村二组与马石村三组交界处双溪湖库区的崖壁上。洪水期，其没在水中，枯水期能一睹其芳容。碑中记载："荣城通同心乡，鸟道崎岖，运煤为生者，每日六七千人之众。"为了改变这种状况，时官府"乃筹聚民工修筑公路……化悬岩峦石为坦道，称为同北公路。尤以关门石观音庙一带，削括建桥工程艰巨，固名同心桥……当此抗战建国大时代中，倡导建筑乡村公路，荣县实属全川之首……"文中所提"同北公路"则是一条传统的运煤道路。这与自贡市西场（盐场）煤源主要来自荣县有关。因此，拓宽改建此公路为川盐“增产赶运”做出了积极贡献。

民国30—32年（1941—1943年），荣县政府共组织修筑乡村公路41条，除边远山区场镇外，县内公路共连通了42个乡镇，全长412千米，涉及桥梁、涵洞180余座。抗日战争期间，荣县运业的主流基础设施——公路的框架已基本形成，不仅为“板板车”“架架车”“黄牛车”“马车”等交通工具的通行提供了极大的方便，也为向抗日战争前方输送川盐等战需品做出了积极的贡献。

（金钟）

公路运输创业纪实

从古代至民国时期，运输的大宗物资主要是煤炭，其次是粮食、食盐、农副产品、日用百货、土陶、石灰、砖瓦等。民国时期，荣县交通运输不发达，贫苦百姓行路走古道，富豪绅士可骑马乘轿，运输靠人挑马驮。抗日战争爆发后，自贡市奉命增产原盐，原盐产量增大，煤炭尚不能满足。为了解决煤炭的运输问题，川康盐务管理局趁省大旱成灾之际，用以工代赈的方式开始修筑井荣公路。

民国25年（1936年）12月21日，四川省公路局第二工程处公函称："为派张文成前来贵府勘测荣威、荣井两县道事宜。"次年3月5日富荣东场场长郑福楠，奉四川省盐运使公署之令来荣，商讨修筑贡井至荣县公路。会议定路线取道城区至汪家滩、双石桥、程家场直达贡井为宜；会议决定成立"井荣路地方工账办事处"。办事处设中途程家场。井荣公路从贡井至荣县，上至井研县竹园乡，下至艾叶连界，县境内全长88.722千米，属川滇西路内乐干线，省道。民国25年（1936年）开始勘测。郑福楠来荣，会同张镜容县长，召集城区机关，法团讨论决议案：

（1）经费案：已请盐运公署标准全数拨款，预计30万法币。（2）设立办事机构案：运署派员同政府及地方人士组织之，地点以程家场为适中。（3）工人招集案：以荣县境内代表派饥民，不分性别，年龄16~50岁，但须由保甲长先行造册送乡、镇账务办事处核实报公路办。（4）占用田土拆毁房屋救济案：按中央颁发公路局章程，占用土石测量后由业主向管辖区署登记调查确实呈请豁免粮税；拆毁房屋如查房主系贫民地方机关报请办事处转函县府业呈运署酌给损失，以资救济。同时还决定民工如何管理。（5）补贴发放事宜：荣县政府账务分会造民工人数计划，四个行政区领工 81 人，民工 4 138 人。

工程动工期正遇天旱灾年。省盐务管理局电令荣县政府："据本局总工程师靳范隅于四月三十日视察荣路情况报告称：自贡井至程家场段，加入工作之灾民数目过多，总计一万四千四百余人，平均每千米一千二百余人，较原定每千米二百五十人超出五倍，指挥工作维持秩序均感困难，而五六岁幼童均不许工作，无意与饥民争食，如若济灾黎民众多，可令分批轮流工作，在未呈报本局以前，不得擅自更动，以免兹生事端。"

民国 26 年（1937 年）4 月 14 日破土动工修筑。分两期工程，第一期民国 27 年（1938 年）三月贡井至荣县南门锁江桥竣工，第二期民国 28 年（1939 年）春锁江桥至竹园乡交界处（147 千米桩）竣工，荣井公路通车后，陆续增加木轮板车（据《威远、自贡板车商业同业公会》记载"井荣段公路有木轮车为数达一万数千部"可见运输队伍庞大）。当时有黄包车 140 多辆，出租自行车 90 多辆，自贡每日有几辆老牌进口汽车来县南门坝煤栈运煤。民国 29 年（1940 年）11 月 3 日内乐线（内江至乐山）全线通车。县内旅客可搭乘过路汽车去乐山。与此同时，荣县至威远公路荣县境内段共投工 4 万余人，于 1937 年 5 月竣工。

民国时期，荣井公路由省公路局专业道班养护，民国 36 年（1947 年）川康盐务管理局在县设荣井工务段，下设 4 个道班养护。中华人民共和国成立后，省养路段，下设 9 个道班，养护内乐干线县境内 75 千米。1984 年 3 月，为解决公路路基窄、坡度陡、纵坡超限、急弯多，平曲线半径小于标准，不符合国家标准最低等级的问题，对荣井路进行了加宽改造。

（张丽萍　范俊辉　朱顺东）

航运业沉浮

荣县属丘陵山区，以农业为主。而农业的发展离不开水，因此“民所资以灌溉者，于溪为堰，于山为塘”（赵熙主编民国《荣县志》）。由于“塘”的储水有限，而“溪流则众，共其利也”（赵熙主编民国《荣县志》）。所以，荣县农业的灌溉还是以“堰”为主。

然而，荣县的主要河流仅旭水河和越溪河两条，在陆路交通非常有限的情况下，这两条河便成了交通运输的主要通道。于是“运输与灌溉，事或相妨”（赵熙主编民国《荣县志》）便成为当时荣县经常发生的诉讼之事。

荣县的越溪河是县境内最大的河，有 100 多千米，其流域中除小井沟段为崇山峻岭外，其余多为平坝浅丘良田熟土。为了这些平坝浅丘地区的灌溉，当地人就在滩口修筑河堰。但必须遵照大家公议的规定执行：一是时间为每年的 10 月修，11 月 1 日至次年 4 月 1 日为灌溉之期，其余为通航之期。二是下滩堰的高度不得过高，以免淹没上滩。“违者共斥之”（赵熙主编民国《荣县志》）。三是至于宜宾县境的船只，原来在高洞（原礼佳乡境内）泊载，由于上游的水少了，就在新桥泊载，而且每月只能行驶一次以满足农田的灌溉之需。嘉庆十一年（1806 年），米谷昂贵，荣县需要水上船只转运接济，以使县人获益，知县许源出面疏通，遂改为每月二驶，但如果逢天灾民田急需用水则“酌量时势而行”，不得拘一月再驶之议。但夏秋水涨之期，则船只可以任意行驶，不受此限。只有冬春枯水季节才按上述规定执行。

到民国20年（1931年），经统计的大小船只共110只，主要运载煤炭、土陶、粮食等。中华人民共和国成立后，越溪河的航运也一直未中断。

荣县旭水河航运的历史可追溯至清乾隆年间（1736—1796年），据史料记载，当时，在荣县汪家滩（今望佳镇）一带，主要是用木条或竹子编成“木排”或“竹排”（简称泭）作运输工具。“初止编木而泭，乾隆中盐业滋炽，始行舟”（赵熙主编民国《荣县志》）；道（光）咸（丰）间（1821—1862年），运输船只达800余艘。然而，该河段因农田灌溉的需要，致使河短堰多，源流短浅，不便行舟，西北石炭的运输只能由人马之力运到汪家滩，然后用船只运到贡井。但是，到冬春枯水季节，“舟行则堰不能筑，堰筑则舟不能行”（赵熙主编民国《荣县志》）。这一矛盾长期得不到解决。至清嘉庆二年（1797），船主为了行船便私自将汪家滩一带的河堰毁了，农民将之控告至府、省，上级接到控告后，便委派犍为徐知县到实地勘验，并做出如下裁决：以汪家滩下游车凤堰为断，其上为沙田旱坝，由各粮户筑堰车水灌田，船只不得到上游行驶，也不准私自掘毁河堰以防碍水利。于是农民在此设立水官会，并将这个裁决刊在碑上立于该地，以便大家遵守。从此，这一长期存在的矛盾才得到基本解决。然而，到了光绪三十年（1904年），贡井的堰工局，为了运盐，便在河道上修了数座石堰，对当地农业造成很大影响。当地水官会会长钟星庆等人又向泸州官运总局提出如下诉讼：一是堰工局所修石堰均一丈（约3.3米）多高，蓄水过多，致使上游的筒车（一种靠流水给力，使其自然运转的输水灌溉工具）全部被淹，造成筒车不能运转，严重影响农田灌溉；二是遇到洪涝灾害，当地的田地房屋全部成为水乡，希望上级为农民做主。

泸州官运总局遂派知县苗会等人前往勘查处理，并做出以下规定：一是堰工局要遵守水官会原来刊在石碑上的有关规定，不得违反；二是每年自10月1日始，运炭的船只只能泊在汪家滩下游的骑龙场，到次年的4月1日后，才可以返回汪家滩；三是水官会改修一座尖角石堰，其高以原尖角石堰两岸的旧址为度，每船装炭只能在12 000斤以内，多载议罚；四是在水官会外新修第一石堰，如果其水位高至上游筒车不能运转，则由堰工局负责设法处理，否则禀报县府查办；五是水官会界内的良田熟土如果被淹，则由堰工局按亩计价赔偿。

此决定由县立案，以便长期遵守。到民国时期仍然照此执行，并改由水官会立案。后来，县上通过议事会讨论，决定在原有基础上“议减上游一月”（赵熙主编民国《荣县志》），即自4月1日至11月1日为舟行之期，11月1日至次年4月1日为筑堰之期。由堰工局呈自贡商务分会“请议”同意此决定。农民和运输商人均按此执行。在执行过程中，由于上游的河堰时有决溃，从而造成船只运行受到影响，为此又议定“堰溃不得行舟”（赵熙主编民国《荣县志》），从此就再也未发生过水患和农商争议了。

古时候，航运工人的工作和生活环境非常艰苦，一年四季都在船上，一年四季都赤脚上班，一年四季都被风吹雨打日晒雨淋；遇到偶发事件，哪怕寒风刺骨也要跳到河里处理事故，遇到急流险滩，船翻人亡的事也时有发生，因此，有“煤炭工人是埋了没有死，船工是死了没有埋”的说法。

后来，由于公路运输的发展使交通运输更加方便，加之荣县水源枯竭等原因，荣县的航运事业逐步走上了由盛至衰的轨迹，航运与农业灌溉的矛盾也不复存在了。

（金钟）

铺递传古今

驿站，是我国古代专门供传递官府文书和军事情报的人或来往官员途中食宿、更换车马的场所。

中国是世界上最早建立专门组织传递信息情报和文书的国家之一，邮驿已有 3 000 多年的历史，但由于种种原因，留存下来的遗址、文物却很少。据清光绪续《荣县志》卷十一铺递记载：荣县的铺递是仿照邮政传递的方式来设置的。荣县虽然不是要冲之地，但文书的往来仍然采取铺递的方式来进行。另据旧志记载：清康熙五十八年（1719 年），荣县一共设置了 24 个铺递。至雍正五年（1727 年），奉文裁留自县城西门内的底塘铺起，东至富顺的沿途设观音铺、石坑铺、龙潭铺、桥头铺、赖远铺等 5 个；西至犍为的沿途设白石铺、铁厂铺、筠山铺、啸天龙铺、踏紫山铺、来牟铺、竹园铺等 7 个。雍正六年（1728 年），奉文裁革，一应文书的传递均由“差役递送”。清乾隆元年（1736 年），额定只保留底塘铺、高山铺、界牌铺、白石铺、筠山铺、青岗铺、踏紫铺、竹园铺等 8 个，每铺各设司兵 1 名。清道光六年（1826 年）开始，除高山铺、底塘铺递送贡井（时荣县已在此设县丞署）的文书仍照常给发工食（设施食品）外，其余 6 个铺递均“遵照裁撤”，改为专差递送。至清末，县内所有铺递均被废，改为邮政传递。另据清乾隆《荣县志》所附旧铺名有：飞仙铺、高山铺、渔子铺、观音铺、沙滩铺、罗村铺、西冲铺、来苏铺、桥头铺、来远铺、白石铺、筠山铺、青冈铺、长山铺、来牟铺、竹园铺、石笋铺、广教铺等 18 个。至清光绪时已增至 24 个，且铺名有增有减。

据史料记载，“驿站”这一场所虽然古已有之，但作为一个词语出现在元朝之后，之前只称作“驿”，如龙泉驿。驿站（或铺）一般建在有驻军的主要交通线附近，形状如一方形的小堡，四角插着黑旗，两铺之间的距离一般在 10 里（5 千米）左右，每个铺设 4 个人的编制，管理非常严密，具有军事管理性质。当时的铺递或驿站归朝廷兵部统管，按朝廷所规定的标准统一供应过往官员的食宿和车马。杜牧的《过华清宫》载“一骑红尘妃子笑，无人知是荔枝来”，是对唐玄宗为了让杨贵妃吃上鲜荔枝，不惜动用驿站的真实写照。到了元朝，由于疆域更加辽阔，朝廷便加强了驿站的管理，并建立了严密的制度，这也是元朝巩固其政权的重要手段之一。到了明代，驿站得到进一步发展，朝廷在原有驿站的基础上又设立了递运所，作为专门从事货运的组织。其主要任务是预付国家的军需、贡赋和赏赐之物。递运所始于明洪武元年（1367 年），这是明代运输的一大进步，使货物运输有了专门的组织。

清顺治皇帝入关以后，朝廷将驿站分为驿、站、铺三类。驿是官府接待宾客和安排官府物资的运输组织；站是传递重要文书和军事情报的专门组织；铺是由地方厅、州、县政府管辖的负责公文、信函的传递的组织；凡州县往来的公文，均由铺递传送。

驿站使用的凭证是“勘合”和“火牌”。凡需要向驿站要车、马、人夫运送的公文和物品都要有“邮符”，官府使用时要凭“勘合”，兵部使用时要凭“火牌”。使用“邮符”有极严格的规定，对过境的特定物品，则要派兵护送。凡公文限“马上飞递”的需“日行 300 里”；紧急公文则标明“400 里”“500 里”“600 里”等字样，且必须按时送达。但这些字样不能滥填，必须“按需填写”。驿站管理至清代已日臻完善，且管理特严，违者须治罪。

至清末，因文报局的设立而逐渐废除了驿站。清光绪四年（1878 年），经清政府批准，又在天津海关设立了“天津海关书信馆”，专门收寄中外公众邮件，这是中国最早出现的邮政机构；光绪三十一年（1906 年），清政府设立“邮传部”；宣统三年（1911 年），“邮传部”接管邮政，邮政从此脱离海关，成为独立的文书传递系统。此后，替代驿站、铺递的文报局也逐渐被邮政局所取代。

在通信和交通运输十分原始的古代，驿站和铺递对当时政治、经济、文化和军事等方面的信息传递、货物流通所起的作用是巨大的，是当今邮政、客、货、运输等现代组织机构的基础和起源。

（金钟）

邮政概况

我国的邮政与电信两种通信业务，其组织机构在中华人民共和国成立前是分别设置的。自 1927 年南京国民政府成立时起，到 1949 年中华人民共和国成立时止，在这 22 年内，邮电业务在中央一级统隶于行政院交通部，设邮政总局和电信总局；省一级（包括特别市和特别地区）则分别设置邮政管理局和电信管理局执掌其事。四川省虽地处我国西陲，物产丰富，自古即有“天府之国”的美誉，但属山区丘陵地带的穷乡僻壤，在城市建设和交通运输等事业上，远不如沿海各省。全省除成都、重庆两大城市外，所有其他中小城镇，均极为落后。就荣县的邮政而言，它的创建和演变过程，可以分为三个阶段：1937 年以前，属于萌芽时期；1938—1945 年，属于发展时期；1946—1949 年，属于兴盛时期。兹就这三个不同时期的荣县邮政情况，概述如下：

一、萌芽时期

这一时期可溯自清末，直到抗战时止，前后约 30 余年。清朝末年，随着鸦片战争打开我国门户，欧风东渐，清政府仿效欧美国家，开办民间使用的邮政业务。创始之际，荣县邮局的屋房，仅在南街租赁一间民房充用。门面与普通店房无异，只在门额上塑有乌黑的“邮局”二字作招牌。局内员工共有两人，即局长和属员。整个邮政业务，除主办的收寄邮件外，也兼办小额汇兑。邮件类通常只有信函、印刷品、新闻纸，间或才有一两个私人包裹。而且信函和印刷品多系机关单位的案牍公文之类，极少有民间的信函书报。大概当时一般老百姓尚有自古官府才是“置邮而传命”的传统观念，对于初办公用事业的邮政，他们还不敢信任和利用。至于汇兑业务，每个星期办两天。而开发汇票的人尚往往以汇票印纸未到（一种按汇票款额粘贴于汇票骑缝处的印花纸），拒绝汇款。因其各项业务都极其清淡，几乎是门可罗雀，故对老百姓而言，当时的邮政虽有若无。

在县城与各乡镇起纽带作用的是通信网——邮路。抗战以前，荣县全境没有一条公路，都是一些乡村小道或石板路。所有的往来邮件，均以人力负运。又因邮件数量太少，重量不大，故每条邮路每人每天的行程大约百里。经荣县邮局管辖的邮路，起初只有上通成都、下达重庆的一条路线，尚无乡村邮路的设置。这条路线就是：上走成都的西大路，出县城向西经过铁厂铺、长山桥、踏子山、来牟铺、竹园铺、三江镇、马踏井。全长 130 里（1 里 = 0.5 千米），以三人轮流逐日行走。所有寄成都及以上各地的邮件，概由嘉定府（即乐山）转运；下走重庆的东大路，由县城向东经高山铺、张家场（今章佳）、程家场（今成佳）、艾叶滩、贡井、到达自流井（即今自贡市区），全长 110 里，以两人逐日行走。所有寄重庆及以下各地的邮件，一般由内江转运。在荣县境内其他各乡镇、均无邮件的收寄业务。偶有外地寄回这些地方的邮件，即托由邮路上挨近的乡镇设法转给收件人，或由收件人自行询问提取。延至北伐战争以后，人们对邮政的利用才开始逐渐习惯，邮寄业务才稍有普及。这时直属荣县邮局管辖的邮路已有五条。

（1）荣马段（荣县至马踏井），逐日快班，上通嘉定府。经由铁厂、五通、长山、踏子、来牟、竹园、三江、马踏。全程 130 里，三人每日轮流行走。

（2）荣宝（荣县至五宝镇）乡村邮路，间日慢班。经由望佳、双石、李子、鼎新、青云、到五宝镇后，绕道经蔡家、牛尾、莲花、龙潭、到李子顺来路而返。全程 240 里，一人两天行走一次。

（3）荣松（荣县到仁寿县松峰场）乡村邮路，三日慢班。经由青白、双古、于佳，到达松峰场回到于佳，绕道复兴、台观、观山到双古从来路返回。全程 282 里，二人三天行走一次。

（4）荣留、荣威乡村邮路（荣县到留佳、荣县到威远）。其中，荣留段 207 里，经由度佳、度新、保华、正江到留佳，由留佳经度佳返回；荣威段 210 里经由高山、荣东、正西镇到威远。返回时经正西、荣东，绕道正安、墨林、正安、高山返回荣县。此路全程计 417 里，一人分四天行走一次。

（5）荣东（荣县到东佳）乡村邮路，四日慢班。经由文昌、杨佳、正紫、到东佳。绕道经永兴、礼佳、老龙、金花、雷音、新马、新桥、古家、河口、平安、古文、李晏、乐德、过水返回。全程 382 里，一人四天行走一次。

其余各邻近乡镇的邮路，按东南西北顺序排列，则分别划归贡井、宜宾、犍为、井研、仁寿及威远等邻县管辖。

中华人民共和国成立前，邮运人员被称为邮差，基本上每人每月休班 2～4 天。为了不中断邮运工作，休班时间由局方计付规定的替差费，由休班人员自己雇佣人代替跑班。

二、发展时期

这一时期从 1938 年起，到 1945 年止。前期，由于东北、沿海及黄河、长江下游各省陆续沦陷，这些省份的机关、社团、厂矿、学校等单位，甚至一些富裕民众、商贾，都争先恐后地纷纷向西北和西南各省迁徙。四川省处于西南大后方的要塞，一跃成为全国政治中心。作为通信交通代办物资、包裹运输，兼办储蓄汇兑的四川邮政，各项业务无不突飞猛进，迅速发展。其业务内容，主办的有：信函、明信片、新闻纸、书刊、印刷品、小包、包裹、货样包裹及代收货价等；兼办的有：储金、汇兑、信汇及简易人寿保险等。这时，荣县邮局局房早已由南街迁到河街（即现时邮电局所在地）。门面亦经两次修缮，足有原来店房的三倍。人员的配备，经管理局核准的正规人员计有：局长一人、会计员一人、邮务襄办一人、储汇襄办一人、信差三人、听差一人、邮差三人。此外，尚有临时的雇员二人，全局共计十六人（含其他杂工三人）。这时期内，对乡村邮政也有了进一步调整和改善。

例如，沿内乐（内江至乐山）公路改设了逐日昼夜班，其余的各乡村邮路，一律改为间日慢班，取消了过去的三日班和四日班，邮程无不加快。这时荣县邮局管辖的邮路，除荣长（长山乡）快班外，尚有荣松路、荣留路、荣东路及荣河（河口乡）路四条间日班乡村邮路。其他邻局管辖邮路，都一律调整加快，至少也是间日班。

自 1940 年开始，物价逐年上涨，到抗日战争的后半期，即 1942 年以后，逐渐演成恶性通货膨胀。邮政员工的固定工资，在平时虽显得特别优厚，但在货币急剧贬值、物价逐日飞涨的情势下，一般中下级员工均无法维持正常生活。为改变这种状况，自 1942 年起，全国邮政员工薪金，乃改为按不同地区发放七种主要生活物品，即大米、小麦、猪肉、食油、食盐、柴火、煤价格的上涨指数（以抗日战争前一年的价格为 100 作基数计算）逐月调整增发工资。而邮政当局为了开辟财源，以应付这种逐月增发薪金的巨额开支，如仅靠调整邮资，不仅公文的往返已嫌旷日持久，且调整的款额究属有限，更有杯水难救车薪之患，根本无济于事，于是着眼于扩大巨额汇款的汇费收入。仿效银行办法，增办高额汇票。无论普通汇款、航空汇款及电报汇款，对款额均不限制。因邮政机构遍及全国各市县乡镇，这样一来，即无论款额巨细，穷乡僻壤均可通汇。邮局与银行、钱庄相比较，自有特别的优越条件。因此邮政的汇兑业务遂蒸蒸日上，解决了战时邮政的经济危机。

三、兴盛时期

这一时期自 1946 年起到 1949 年止。这里所谓的“兴盛”并非泛指所有的邮政业务，而是说一般已趋稳定，偏重于汇兑款的突出而言。尤其是汇入款的剧增，荣县局盛极一时，为邻近各县所不及。抗战胜利后，各内迁的单位均纷纷迁出四川，因而各类邮件的收寄业务，反而略显清淡。唯因此时西南各省与收复地区，尤其与东南沿海各省的水陆交通均已通行无阻，荣县系农业大县，无工业品向外地运销，所有人民生活需要的物资，举凡布匹、日杂百货、丝线、五金、糖类、纸烟、咽叶等，均由外县及外省购进。因而，各帮商家经常有大批购货款向本省的成都、重庆、什邡、简阳、乐山、自流井、内江、以及外省的上海、广州、金华、郑州等工业城市或转运城市汇寄。当时在荣县经营汇兑业务的金融机构，虽已有农民银行、省银行、县银行、私营福华钱庄和邮局五处，但其中县银行与福华钱庄只能与邻近少数的县和成、渝两地通汇，固然无法与遍及全国的邮局竞争；而农民银行及省银行又以汇费率规定呆板，缺乏灵活机动，仍不能与邮局竞胜。又因在物价持续上涨之际，商家的购货款倘能抢先汇达购货地点，则购价愈益低廉；同时，汇款商家若得延期交付汇款，则可在买卖上两头获利。邮局则迎合这一需要，立即新办一种“对期汇票”。此种汇票在开票时不先交款，预计收款人能取款之日，乃由汇款人向开票局交付汇款。如届交之日商家无款可交时，尚可照较低利率按日计付利息，即“逾期息”。此种“逾期息”可以延缓到 10 日为限。因此，“对期汇票”极受商家欢迎。从此荣县商帮汇款，有 80% 以上均为邮局所独揽。于是在中华人民共和国成立前的两三年内，荣县邮局经常有大量余款。而邻近的自流井、内江、犍为、威远、乐山等局，则因兑付款多，收汇款少，成了缺款局。为了调剂各局间款项的余缺关系、荣县邮局经常应各缺款局的请求，协济各局款项。其协济办法，大都利用邮袋封寄现钞运走。除协济邻局外尚有余款则汇缴成都管理局，以备另行统筹调用。

临近中华人民共和国成立的前两年内，四川邮区各局还担任过两项临时性任务。第一项是承担发放抗战结束以后大批复员、退伍及编余军官佐的退役俸（即退役金）。第二项是回收已形同废纸的钞票。

（黄永富）

甜蜜的古业

荣县是产糖县之一，远在明代中期，甘蔗就已传入县境内种植，开始只供人嚼食，以其价廉，人们多喜爱。以后种植者日众，开始加工制糖。甘蔗的生命力较强，耐旱涝性强，经济价值高，兼之种植、收获、管理正好错过稻谷玉米等大忙时间，因而农民乐于种植，故能迅速发展开来。但由于地理环境的限制，荣县甘蔗种植业终未能与邻近县齐步，只在县中起过一定作用。

荣县种植甘蔗的品类，概略地讲，可分为两类，即食用蔗和制糖蔗；食用蔗主要也有两种，即红色与青白色。其特点是质泡脆甜汁多。由于种植上较费工，在制糖上有一定缺陷，故只作甘蔗出售。用作制糖蔗多是洋箭杆和铁甘蔗等。抗日战争胜利后，又新从爪哇运回新品种，俗名爪哇蔗。爪哇蔗粗壮、长大，蔗农多喜爱。其种植技术与本地种基本相同。但栽种后的延续期较短，经 3～5 年，又须重新栽种。本地种一次可保 8～10 年不换种，在每年初春用利锄，去浮土露出蔗头，即可萌发新芽。

生产蔗主要以西路度佳、富西、礼佳为主要产区，礼佳一带以种植洋箭杆为主，其余区域则多种铁甘蔗。在压榨蔗汁工具方面，礼佳是用木滚压榨，其他则以石滚压榨，其效果无显著差异。在取材方面，木滚取材较易，就地采青杠树或其他硬质木材即可，唯石滚来源难度较大，因体积大，重量大加上坚硬度而不是随处可采。荣县东兴，可提供材料，但并非上色，只可勉强使用。合格的只有云南楼东，可供大量采选。俗称南广石，质量甚佳，较之其他石滚，每日可多压出糖汁二三十斤(同等量甘蔗汁)，主要是蔗渣不留余汁。故蔗农不惜代价，千方百计采购南广石。一个糖滚需要16人抬运，过去水陆运输都不发达，不远千里去购回，其难度可想而知。

甘蔗栽培繁殖是以蔗杆埋入土内，从蔗节上每节发一芽长成。最初是以全根甘蔗切成数节栽，待繁殖多了，将其成熟部分榨糖，其蔗尖（全根蔗的1/5）削下作种。蔗尖汁少味淡。用以作种，则有节密、发芽率高、保护种子、容易发芽等优点。蔗壳包住嫩芽，不受损伤，又用土掩上防止霜冻伤芽节。待来年春后挖沟深约30厘米宽约12厘米，将蔗种三根排列于沟内，然后薄掩土层。收割时以技术熟练工人砍取蔗杆。为了不影响来年的发芽率，蔗头不能露出土外，又不得砍破蔗头。完好的蔗头每根可发2~3根芽。每年春初锄去掩土露出蔗头便可发芽生长，每栽种一次可延续8年在原根头发芽。超过年限，发芽率低且影响产量，得将根部彻底挖去另辟地栽种为宜。甘蔗在盛夏时发育完成,蔗农利用其发育初期即开春后提前在蔗行间播种玉米，正好在甘蔗未长成林时收获玉米以增加土地利用率，从而增加收益。这时，甘蔗长势形成才加以管理，第一次松土后薄掩泥土，过一段时间再施肥，肥施最佳是油菜饼碾细撒于土面然后掩土如红苕埂，这是要费大力气的，体力差的一般难当其任。故民间常说，有些人在蔗农收获时爱去吃“欺头”，“好吃懒做进糖房，丢下甘蔗吃红糖，你不看见老子上大行”。“上大行”正是炎热时期，甘蔗长势茂盛，穿上衣服热气难当，赤膊操作则皮肤易被蔗叶刮割伤痕如鳞。搞这项劳动时每天要加餐。

糖业在荣县的旺盛时期是清末民初。以度佳（包括度新）为例，制糖作坊就有近40家，各家制糖数量不等，以日计算每日生产红糖500斤，每家至少为10天，多则30天。因作坊是季节性的非常年设置，届时须搭棚安榨糖滚。开工日，集中工人租赁牛工等还要备办席桌因而开销不少，故种蔗不多的自立作坊不合算就与毗邻作坊搭伙。

作坊的主要设备：一是转房，二是灶房。转房最重要的榨滚，由专业的滚子匠负责安装、修理，在整个进程中包干运转多少天就付多少天的工资，不做其他工作，也不用每天守在那里。他可以承担多家作坊工作，只在发生故障时立即通知他。只要得到通知，不分白天黑夜和刮风下雨，都必须尽速赶到。这和完税有关，因向收税机关填报开工日期而中途停顿时，仍然要照章纳税。转房组成为过搞匠二人、拣搞一人、牵牛赶牛一人。昼夜操作，由过搞匠轮番负责。检搞赶牛虽只有一人，但管白天，在夜间则由收割甘蔗工人轮流值班，夜间加餐一次。榨滚由牛拉动，有单牛与双牛之分。单牛拉的需要 8 ~ 9 头牛，双牛拉的需要 12 ~ 13 头不等。牛是租强健的使用，租金与人工相等。其工资以实物计算，每工约 3 升米，每升约 4.5 斤，过搞匠与熬糖匠比普通工多一倍。灶房一般为五口锅，有的是一字型，有的是梅花型，转房榨一昼夜的蔗汁，灶房只需在早上开工到午后约三至四时便可结束。作坊都是制作红糖。在抗战时期，度佳糖业发起制作白糖，以增加效益。并组织合作社推动工作，从威远等地聘请技术工人来提炼。可是一连几年提炼出的白糖都带乌色，质量极差，蔗农受到了极大的经济损失。事后，据笔者深入了解，这是使用熬红糖的技术赶制所致。作为提炼白糖的原料，红糖在熬炼时必须要熬准时间，加热得太久就不能使用。而所有作坊都无此经验，工人只管拿到工资。作坊受此打击，此后再没有人提出要炼白糖了。

荣县糖业是自种自制，属于小农经济，经济基础都非常薄弱，其价格随农村丰收和歉收而定。粮食丰收时，虽“谷贱伤农”，但糖却能有好的价格。因农村有了吃的粮食，辛苦了一年，在岁尾年关时，应当稍有享受，就买些糖来做各种糖食品。糖的消耗量大，蔗农就笑逐颜开了。因荣县糖基本是在县境内销售，如度佳的糖在糖房开榨时，长山竹园一带的农民趁急农闲时成群结队来购买回去转卖，赚一点微薄的运费。直接到糖房购买由主人招待食宿。民国以后，军阀割据，战争频繁，民不聊生。糖业由盛而衰，糖业无利可图，农民便纷纷改种粮食走老路。作坊只剩零星几家，多数停产。其榨蔗石滚已无用武之地，不少作坊下决心不再干，将石滚变卖，多少收点本钱回来，有些将石滚改成石磨来磨面粉。因南广石是上色石头，用来加工面粉每斗小麦可增加面粉二至三斤。

荣县每年究竟产多少蔗，从 1936 年的税收可窥测，一般收税是以每天 500 斤计税，征收局以全县 600 元出包给包商，显然是可以获利的。糖业公会得悉后，全体反对，一致要求应由蔗业公会上缴 600 元，其盈亏由糖业会员负责。其主要意义认定是有利可图，等于糖业公会集体承包获利后对糖业公会增强力量,但当时县长张镜蓉坚决不允准。而糖业公会也不示弱，包商要政府执行法令，糖业公会则要抗拒，政府不惜将糖业公会负责人逮捕下狱，但事情仍得不到解决。后又将他们放出，软硬兼施。1937 年，雷丰任征收局长，与糖业公会议定核实，每日产量以度佳占春坝糖房做实验，雷丰派其亲信认真核实，整日守候，寸步不离，原每日实不止产 500 斤，如当日验证多产，则蔗农“受害无穷”，虽然监视严密，又搞些能多产糖的措施，但结果依然是 500 斤左右，即依此为据，直到中华人民共和国成立。

（晏光侯）

五彩纷呈糖果业

民国 35 年（1946 年），荣县城区的糖果行业共有 44 户，从业人员 81 人，资本额（按当时价格物资折款下同）约 33 100 元。其中分为大案和小案两部分。

大案部分（民国俗称京果铺），主要以生产糖果糕点销售为主，其中兼做茶馆、纸箱业的有 20 户，从业人员 39 人，资本额为 30 600 元。所生产的产品，包括杂糖、杂糕、煮货（蜜饯）、烧货、油炸货五大类。

杂糖类：产品花色有寸京糖（亦称白寸京）、花生糖、酥生糖（又名花生占），白、黑芝麻糖，芝麻片、米花糖，硬糖等品种。之前还没有硬糖（现水果糖）这个产品。民国 35—36 年（1946—1947 年）时，李维棋技师从外地回荣县后才开始生产硬糖供应市场。当时很受顾主欢迎，销售很好。

杂糕类：产品花色有单双封封糕、芝麻糕、慈姑糕、砂仁糕、桃片糕、枣泥糕、绿豆糕、米酥糕、潮糕等品种。

煮货类：产品花色有橘红、冬条、梨元、柑砖、瓜砖、慈姑、茄子、花红、枣子、樱桃、糖梨、金钱橘、寿星橘等品种。

烧货类：有各种花色形状的鸡蛋糕、饼干、牛奶酥、酥饼、月饼、椒盐桃片、回饼、面包等品种。

油炸货类：有各种形状的蛋条、蛋饺、红元、枣果、雪花芙蓉、苕丝糖、珍珠酥、开花酥蛋饺、煮饼酥、燕窝酥，酥饼、沙琪玛等品种。

生产上述糖果糕点，主要以白糖、酒米、面粉、花生油、花生米、饴糖（民间俗称糖浠）、鸡蛋等为主料，以芝麻，各种香料（香精油），红、黄、蓝、绿食用色素，核桃仁、玫瑰糖、猪油、发粉（现小苏打）等为辅料。

逢年过节期间（端午、中秋、春节）部分京果铺生产各种甜、咸、复油点心，特制酥饼、莲花肘子（生猪前胛板连蹄）、鸡、鸭、调制花绿果酒（现果汁、汽酒、香槟），以便供应节日市场。

小案部分，共有 24 户，从业人员 42 人，资本额为 2 500 元。在糖果行业中俗称“做小货”的，产品主要有麻花（俗称油饺）、炒米糖、尖角粑、红马儿、金糖子、红粑儿、小茴饼等。经营方法主要是以送货到乡、镇的粑饼摊点趸买（批发）为主，隔场期去收钱，同时也做零售。主要原材料是白糖、红糖、酒米、面粉、饴糖等。特点是资金少，购买原材料不多，经营灵活，生产销售快，利润较高。一般是以销定产。绝大部分是自己生产，自己经营销售，不雇请技师，也不带徒弟。

该行业中较大的商号，有“义发生”“味宜轩”“四知铭”“玉露生”等。“义发生”和“味宜轩”两家，只做糖果糕点生产、销售。经营方法以批发为主，供应附近场镇和县城的零销商店。出售的批发产品，采取 7～10 天收款，以拉买主长期进货。1948—1949 年，竞争也相当激烈，比如购货延期付款一例，“义发生”10 天收款；“味宜轩”就采取 12 天收款，“义发生”又延长到 15 天，互相竞争。“四知铭”和“玉露生”两家，主营糖果糕点的生产和销售，不经营批发业务，但兼茶馆生意，茶的销量也比较大。例如“四知铭”商号，地处衙门口（当时为县人民政府右侧），城中心闹市区，有茶桌 20 多张，闲天另销碗茶（毛尖、毫茶、沱茶、杭菊）250～300 碗，逢场天为 500～600 碗。南门口也是来往要道，零碗茶的销售，平均每天为 200～300 碗。两处糖果糕点的销量也很好。

（伍学能）

色彩斑斓话蓝靛

蓝靛是一种植物性染料，属荥县土产品之一，产量多，历史悠久。据《荥县志》（民国本卷六物产类）记载：“蓝有三，廖兰染绿，大兰染碧，槐兰染青。荥产皆槐蓝也，西北山中，农业大宗。”由此可见其重要作用。此外，板蓝这种植物在医药上用途广泛，疗效高，经济价值大。中华人民共和国成立前，荥县蓝靛远销成都、简阳、仁寿、乐山、宜宾等地。20 世纪 40 年代，由于化学染料替代了植物染料，板蓝的主要用途则转移到医药上来。因此，笔者认为种植蓝靛还是有必要的。现在笔者将蓝靛的栽、采、制、出等过程和对人类所做的贡献分述于后。

一、板蓝翻栽储与采摘

冬腊月间挖坑土，深约 2 尺（1 尺≈33.33 厘米），土质要肥沃、向阳，半沙地，开春前后，将炕土欠细，2 尺左右开厢，挖立沟高约 1 尺，栽种 1 寸（1 寸≈3.33 厘米）左右一根，种脚覆盖少许泥土，用木棒捶紧，然后施肥，渣肥、农家肥均可，再盖上一层泥土，尖子也要盖上薄土，防止霜冻。一两月之后再施加追肥，农历 5 月底即开始采摘，采至 10 月底冬月初，可施 4～5 次肥，每采一次施一次肥。第一道叶子叫沙叶子，它和最后一道叶子质量较差，10 月底采尾子叶后，就收储种子，收储时把到杆子脚割光，叶片枝秆去尽，把尖子剪下，有丫丫的保留，嫩壮的保留，种的长度约一尺一根，能做两截、三截的均等，不要过长过短，以免造成浪费。然后特种清理整齐捆好，放在干燥屋内，用河沙覆盖。储存期办妥经常检查，是否潮湿，是否有老鼠打洞，要随时采取措施，以保护种的完好。

二、制靛

农历五月间，第一次采摘的叶子，500 斤配鲜石灰水 100 斤，可制靛 100 斤。制靛的具体方法是，先将叶子放入泡池，竹篼子放在上面，用石料压上，加水适量。待 9 天后，把泡蓝叶的水放入打池，同时加石灰浆水，混合搅匀，使搅匀的水显淡红色或马尾绿时，即停止加入石灰水。随即用木制靛粑用力上下搅动，直到呈现蓝色水靛分质为止。沉淀一天左右，将上面的清水放去，即半成品，用力搅动，启开打池洞口，搅匀的浆通过箩筛过滤流入脚池，在脚池沉淀后，再放去上面清水，即成蓝靛。将脚池的蓝靛，舀入篾篼内滤水，无水流出时，即可出售染布。一般 2 ~ 3 道叶子的质量较好，200 ~ 300 斤的叶子即可制靛 100 斤。

石灰浆越细越好，放入打池呈淡红色即合宜，冷天不易辨别颜色，可以用口偿，不涩口为宜。石灰缸下面 2 ~ 3 尺不开孔，以上分层开小孔 2 ~ 3 个，洞距 2 ~ 3 尺，这样既可放石灰浆水，又可过滤渣滓。

泡池洞口用竹编网子挡住，以免渣滓堵洞和细渣混流入池影响质量。打池侧面应开三个洞，上面放水，下面放靛。

堆放未泡的蓝叶要经常翻动，防止沤坏。

三、原料和成品的销售

蓝叶上市时，运往场上蓝叶市场销售，由主管市场的单位派人设称制单（即行单），每张行单写二三十户，买叶人过秤后，将蓝叶运至买叶人制靛地点。约晌午时分，制单人向购叶人分送行单，午后三四点，买方算出金额后，唱名逐户付款，有蓝叶几百挑，发款每至晚上10点钟左右。每到逢场天，下午到晚上非常热闹。当时每担蓝靛值生大洋20～30元。全县年产量3 000担左右。

四、对人类的贡献

1．染布

染月兰窄布（1.3尺宽、8丈长）（1丈≈333.33厘米）每100斤可染40多件。

染毛兰窄布（1.3尺宽、8丈长）每100斤可染20多件。

染双兰青布（1.3尺宽、8丈长）每100斤可染10多件。

特点：越洗越漂色，不翻红，不呈乌色，蓝靛所染印花布，很受欢迎。

2．医药上的应用

青鸢、板蓝根、大青叶针剂、靛脚子是最好的原料和副产品，清热解毒，对治疗病毒感染等有很好的疗效，中西医用途都很广。

3．经济上的作用

增加了农民收入，繁荣了市场。

（朱升岩）

人影留世永芬芳

在20世纪20年代以前，荣县就已经有人经营照相馆了。那时，有一位什邡人名叫刘海泉，在花巷子王氏祠侧开设“留容相馆”。当时的器材老式，设备简陋，技术粗糙，出品质量较差。一部三脚相机，老八字镜头，手揭镜盖，玻璃底片，涂红，不修底，印相纸是白金纸；显影是黄金溶水和太阳光晒。只能照8寸、6寸，不能再小。拍照时，配以茶几、花瓶、座钟之类相衬，而人像仅1寸大小，且不清晰、不柔和。最快也需一周才能取件。加上价格较高，只有少数绅商界人士光顾，生意十分冷淡。若干年内，荣县的照相业没有什么发展。

到了20世纪30年代，辜健康在柴巷子开设福康馆，主要经营照相和镶牙的业务。这时，除照相仍用那种老式相机、镜头和玻璃底片外，印相纸则采用了美国爱素纸；显影也采用依伦、硫养、碳养等药水了。这是一次较大的进步。但由于他对技术缺乏进一步的钻研，出品质量提高不大，经营得也不是很好，没做多久就停业了。

这段时间，张善君也在柴巷子开了照相馆，他请的一位外号“兔脑壳”的老师，是一个跑滩的。张跟他学了两年多，连兑药水的方法也未学到手，生意也就没有起色。

不久，张荣生与周成之（又名周干城）合伙在北街佛耳池开设“荣成相馆”。由于两人缺乏技术，遂请了一位云南籍的老师李定明为技师，主持工作。李定明擅长修底，一般印四号纸的底片。他修过后，印三号纸也很柔和。在当时印相纸型号不全而底片柔硬不一时，要提高出品质量，修底就显得十分重要。李定明的这一技术对当时的照相业是极其珍贵的。周成之非常重视这一点，通过苦心钻研，终于学会了，并传承了下来。从此，荣县照相业的修底、出品有了崭新的面貌。“荣成相馆”除修底超群外，用的镜头也要好些，是一个六点八的；经营上也多方改进，声誉逐步有了提高。后来，荣成相馆因内部原因而拆伙停业。

周成之对此很不甘心。他通过自身努力筹划，雄心勃勃地又在后山体育场独自开设了“壶天相馆”。他把“荣成”的技术骨干引进“壶天”；同时购进当时较为先进的德国蔡司厂出产的四点五镜头，并改镜盖为拉线快门，在照、成、修、印各项操作上细心探索钻研，使出品质量有了更大的提高。加上他对顾主态度和蔼，又善于业务宣传，很受顾主喜爱。当时，一些有地位的人，如荣县先后几任县长也专请他去照相。重庆著名的“留容相馆”的同行也称赞荣县“壶天”的出品不错。此后，荣县的黑白照相一直无人超过他。

周成之经营照相馆是成功的，技术也是全面的，他对荣县照相业的发展是有一定的贡献。荣县照相业的后起之秀，大多数是经过他的培养成长起来的。

曾在“荣成相馆”和“壶天相馆”工作过的吴绩成，后来于1937年在西街小有天开设了“真我相馆”。他受业于周成之。虽然技术水平不及周成之，但他经营的态度和方法，大都是学周成之的。出品虽不及“壶天”精良，但在当时抗战期中，百业萧条的历史背景下，他的生意也相当不错。

戴正熙也是从“荣成”和“壶天”出来的，之后他在各乡镇流动经营照相一年多，最后回城在柴巷子与丁海南合伙经营“青年服务社”。但几个月后戴正熙便因病去世了。

接着，戴正熙的二哥戴仲华利用“青年服务社”原址开设“真容相馆”。这时正值抗日战争期间，荣县农村在遭受1938年特大旱灾以后还未复原，加上日机空袭频繁，商业特别萧条。为了打开局面，戴仲华便奋力钻研技术，虚心向周成之请教，与同行切磋，广交朋友，在工作上一丝不苟、精益求精，尽力提高出品质量，稍有昏花，一律补照，无法补照的即一律退款，因此信誉逐步提高。由于他对待顾主礼貌热情，真诚为顾主提供方便，经常应邀外照，随约随到，主动深入乡、校，跋涉数十里甚至百多里上门服务，价格也较便宜合理。经过以上努力，深受各界好评，生意蒸蒸日上。

1941 年，周调元从“壶天”学艺出来，先在城隍庙后面钟家院子和北街同济医院开设“壶天照相分馆”。1946 年迁柴巷子，更名为“金台相馆”。周调元经其兄周成之严格培养，照、洗，修、印的技术比较过硬，出品相当精良，受到行家们的认可，相馆的生意也很兴旺。

谢文楷先来城里时主要画人像。由于常和照相业的朋友交往，学到了照相技术，后来也在河街做起了“洞天相馆”。他善于动脑筋，肯钻肯问，不怕失败；照相业朋友也不保守，给予他不少帮助，他技术进步很快，业务逐渐有了起色。

杨文先从“壶天”出来后，先在河街开“文先相馆”，后在健康路开“青年相馆”。他也是周成之培养出来的，并随周成之在成都“达尔美”工作过一段时间。由于他在周成之身边时间较长，技术上也有较好的功底。加上他比较能干，其作品也颇受顾主欢迎。

20 世纪 40 年代中后期，荣县陆续增加了几家，如“真我”出来的吴光庭，“真容”出来的杨永昌，“金台”出来的李伯伦等。他们都各辟蹊径，各具特色，使当时荣县的照相业如雨后春笋，呈现出一派欣欣向荣的景象。

（戴仲华）

银楼杂呈

中华人民共和国成立前，我家经营银楼业，父亲王紫高，在现在的河街 115 号开设银楼，招牌为“利昌祥”。我本人未参加过银匠工作，有关荣县银楼帮的创始和发展、经营业务的兴衰情况，来源于家父的传述和同行人的介绍，以及自己的目睹。兹记述如下：

一、创始人和银楼的发展

民国初期，老一辈银匠吴全盛，在荣县开设第一家银匠铺。当时社会风行金银装饰品，陪嫁首饰较多，仅此一家银匠铺的制作，满足不了社会的需求。为了增加市场生产，获得更多的工艺费，老一辈的师傅逐渐多了起来，并且培养了一批新秀。

二、历代“银炉帮”概况（见表 1）

表 1 “银炉帮”概况

姓　名	银炉名称	地　址	备　注
吴全盛			荣县第一家开设银炉之人
张紫金	紫金楼	西街 187 号	以下为老一辈师父
朱荣盛	荣盛楼	西街天后宫侧	

续表

姓　名	银炉名称	地　址	备　注
朱荣泰	荣泰森	西街仕盛园侧	
胡荣华	荣华楼	西街五交化公司门市部	
丁天宝	天宝楼	南街91号	
夏金盛	金盛楼	西街花巷子	
赵凤翔	凤翔楼	西街锄把巷口	
杨金盛		曹家街骑龙凹	
刘福华	天福楼	西街296号	
杨镇华		西街相隔天福楼四间铺面	
王柏华	柏和	西街现税务局	
王紫高	利昌祥	河街115号	
张茂山		河街南华官口	专业铸造银锭
曹子和			以上四人停业后做临时工
刘灼光			
代福星			
林炳星			
陈剑池	元通楼	南街	以下人员多在抗日战争前学艺
刘雪樵	天福楼	西街296号	继承父业
刘利荣	利荣楼	南街关岳庙口	
刘平远			与刘利荣系兄弟关系合并利荣楼
曹荣义	荣义楼	南街	
曹镜台			
黄耀成		南街	
戴荣兴	荣兴楼	南街	
吴玉金			
刘万祥			
龚铭安		南街	
夏银州		南街	
赵笃盛		西街湖广庙对面	
曹义成		南街原牌坊侧面	
张镃森		北街	

三、“老君会”的由来

相传太上老君神通广大，拥有八卦炉，不但能炼仙丹，而且能将妖魔鬼怪化为灰烬，威力无穷。而金银铜铁等金属，必须通过高温熔化炉化后，方能制作各种工艺品，因此人们把熔化炉比作老君的八卦炉，以示崇拜老君。为标榜自己的银楼帮的行会，故取名为“老君会”。

1．老君会的组织

“银炉帮”的老君会组织，有首人一人，抗日战争前，由王紫高担任，抗日战争后至1949由陈剑波接任，财务一人，襄办两三人，会员必须缴纳会金二三元。每年农历二月十五日为老君会，聚会一次，在大会上解决本帮一切事务，并聚餐一次。

2．老君会的职责和权利

老君会虽然是一个单纯的民间组织。但是在当时县商会的领导下成立，执行应兴应革事项，并仲裁本帮纠纷，同时在帮内自己拟订公约：严禁制作伪劣工艺品，必须在工艺品上钻上本店号章，以防假冒，便于鉴别，要做到货真价实，包调包换，童叟无欺；如有违犯者，在会上做检讨，认识错误，给予批评教育；重者报商会处理。

四、荣县“银炉帮”的兴与衰

清朝后期，社会上尚存在贵族、官僚、绅士阶层，他们一贯讲究浮华，喜爱金银装饰品，如金项链、表链、表带、戒指、膀圈等，而这些工艺品，又必须向“银炉店”购置，或来料加工，因此，各银炉店生意颇为兴旺。

民国初期，连年风调雨顺，年年丰收，人民生活安定，群众对物质生活的享受一沿旧习，喜爱银质装饰品，尤其是对嫁女的陪奁，特别重视。因为女儿一生只这一次最受尊贵，所以不管贫与富，或多或少，总要陪嫁一点银质首饰（如簪子、纂心花、纂花、插花、戒指、膀圈、麻花圈等）以尽父母亲戚爱怜之心。当时荣县银炉只有十来家，一般嫁女多在每年下半年，故在每年上半年向各银匠铺预订陪嫁首饰的特别多。各家生意都十分兴旺。

抗日战争前，军阀蜂起，争夺地盘，连年内战，物价上涨，民不聊生，又因时代的推进，大多数妇女剪头，不留辫子，不留发髻，因而陪嫁首饰大量减少，银楼生意逐渐萧条，老一辈银炉逐渐停业或转业。如利昌祥赵笃盛转为证章业。银炉业由兴旺走向衰落。

在抗日战争胜利后，经济崩溃，物价暴涨，每以金银代替货币交易，或者以物易物，边远地区购买花椒、药材等物资，必须用金银成交，物价较为便宜。因此，内地商贩为了获得较多的利益，大量收购黄金、银圆、银锭等。而新一辈银匠店，在此机会中，也大量收购黄金、银圆、银锭、银珠及废旧首饰、镕铸银锭，销售给成都、自贡、宜宾、键为等地商贩。这时各家银炉店东山再起，获得较多的收益。这是银炉店第二次回潮，生意兴隆。

1949年后，禁止私人买卖金银，全县炉业，就此停业。

五、真假伪劣金银的识别

从前，银炉业对金银真假伪劣的识别，在当时科学知识水平低和仪器设备不足的情况下，仅依靠目测、火测，凭经验来判断其真假及含金含银量。

（一）目测

黄金制品目测：将黄金在烤金石上摩擦几根线条（考金石系黑色而分子极其微细且硬的卵石），如线条颜色仍然是宝素色，即是纯金；带白色，则含银质；带乌色，则含铜质。这是仅凭经验观察其颜色的浓淡来判断其含金量。

银制品目测："银炉帮"有句谚语"红七黑八乌九层"。即是将银制品，锉一小口，识其色泽，白而细嫩，即是纯银，红色含紫铜，黑色含青铜，乌色含少许青铜。同样识其红、黑、乌色的浓淡，仅凭经验来判断其含银量。

（二）火测

目测只能从表面识别其含银量、含金量。如果用较正确的方法来识别金银的真假与伪劣必须用火测。过去有句俗话“真金不怕火烧”，也就是将金条、银锭、银珠等金银制品经火烧红，冷却，如金子仍然是宝赤色，即是纯金；如银子仍然白而带细嫩色，即是纯银；如颜色带白、红、黑、乌色，则证明金银内含有银、铜等质。还有一种识别方法是将金银条、金砖、银锭、银珠宰断，检查内部无铜、铅、锡等金属，就是纯金，否则就不纯。

（王仕升）

郭氏当铺与商贸

说起郭氏典当行业，还得从清同治年间说起，有个陕西人（荣县人称“韩老陕”）来到了荣县，打算做点小生意。在县城调查后，他发现荣县城还没有像样的典当业。他从东找到西，又从北找到南，终于发现西门到小南门一带（现叫上河街）是做典当行的好地方。1875 年，他在离古城街不远的地方（上河街）找了铺面，租了下来，做起了典当业。

那时的荣县，市场极为繁荣。典当行开业时，还一般，因为荣县人对外来的他还不信任。从开业那天起，韩老陕就善待员工。在生意上，不求赚大钱，只求有生意做，讲诚信。到这里上班的员工也处处为老板着想，服务又好，凡来店上的客人就茶水相待。还不到一年，就赚了不少钱。赚了钱，他就扩大了店铺。韩老陕的行当有赚头，很快就传到了荣县周边。

1877 年，清光绪三年（1877 年），威远县严家坝郭宏佐、郭宏典听说韩老陕在荣县开典当行赚了不少钱，就带上从威远县城做生意赚的钱来到了荣县。郭氏兄弟在威远是个旺族，嘉定、资中皆有产业，不仅经营当铺，还有其他产业。

郭氏两弟兄来到荣县不久，听说开当铺的韩老陕赚了钱准备回老家发展。郭氏弟兄发现商机，立即与其协商，最终以现银 3 000 两盘下韩老陕的当铺。

郭宏典、郭宏佐兄弟买下店铺后，将店名更名为“富中号”，这就成了荣县人记得店号的第一家典当行。郭宏典、郭宏佐秉承韩老陕的经营理念，诚实、宽厚。有了收益，兄弟俩常出资支持县人出国求学，支持地方建桥修路，兴办学堂。这样一来“富中号”便善名远播，生意更加兴隆，引起了周边城市的广泛关注。

光绪十三年（1887 年），隆昌商人郭慎之听说荣县典当业“钱”景可观，很赚钱，就携巨款来到了荣县。他在荣县调查了近一个月，终下决心要开一家最大的典当行。他独立出资在荣县南门桥一带进城偏右方向沿河岸建设新当铺——“富有号”建筑群，其规模宏大——占地约 100 亩，房子 7 栋，全部为砖木石结构的一楼一底；建筑精美，不仅雕梁画栋，装饰得金碧辉煌，用砖石砌成的围墙有 3 米多高，地下全用炭渣铺了 3 尺多厚，以免潮湿。高大的前门用了厚厚的铁皮绷面，上有斗大的“富有号”3 个字，是南溪籍晚清著名书法家包弼臣的真迹。进大门两侧是一人多高的柜台，柜台上的木栅只开了一个大洞，用于取物。来当、取物件的人须垫脚……清光绪十七年（1891 年），“富有号”正式开张。不久，在各乡镇开设代理当铺，并在乐山、资中分别开设“富新号”“致祥号”当铺……日进斗金的郭慎之对伙计却非常苛刻，稍不如意就大骂、暴打，甚至开除，自己却过着挥金如土的生活。1909 年，他为母亲庆贺 80 大寿，请荣县知名人士做寿屏字画就花了 400 多两银子，整个生日庆典就花费了 1 万多两银子。

“富有号”典当开业，自然影响到了同为典当业的郭宏佐、郭宏典的生意。郭慎之与郭宏典、郭宏佐兄弟经营理念不一，难免有些摩擦。郭宏佐、郭宏典兄弟考虑到毕竟同是郭姓本家，并未与郭慎之多加计较，仍旧按老规矩诚信经营，深受县人好评。清宣统元年（1909 年）5 月 21 日，成都商务总会荣县分会成立，郭宏佐当选为总理（民国后改称会长）。

郭慎之虽然势力雄厚，但他巧取豪夺，为富不仁，县人对他极为不满。吴玉章等革命党人对其进行了斗争，加之郭慎之对店员进行盘剥，引起店员纷纷抗争。郭慎之的“富有号”渐渐衰退，生意日见平淡。

1903 年，郭宏佐、郭宏典的侄子，威远严家坝人郭乾昭携族人郭春乾来到荣县。在郭宏佐、郭宏典两位本家叔伯的指点下，经过对市场的调查了解，郭乾昭下决心在荣县做点大生意。经与夫人廖氏商量，廖家全力支持。廖氏，资阳人，在当地是大富人家，书香门第，其门子弟不乏出洋留学者（留学英国、日本等），带回西方文化和新兴资本主义市场经营理念，对年轻的郭乾昭产生了重大影响。这些影响在以后数十年的商业经营中，甚至在郭家大院（今荣县档案馆办公楼）的西洋建筑风格中，都有明显的体现。

经过考察，郭乾昭在荣县小南门至风雨桥（今县城河街中段）沿河滨选了块地，先建荣县唯一的西式洋房（现荣县档案馆办公房一带），作为居宅。又在居宅对面修起了店铺（原中共荣县县委办公楼一带）。

1905年，郭乾昭先在自己的店铺开起了典当行，取名“富申号”。他的“亮友堂”与郭英楚的“星聚堂”、郭体仁的“鼎聚堂”合伙开办了经营调料、海产品、文具纸质等商品的大型商铺“福荣号”。郭乾昭从1920年起直到1951年去世，一直担任“福荣号”的总经理。福荣商贸公司，在宅院周边开店铺，做生意，卖副食品，日用杂货。还开设钱庄，取名“福华钱庄”。1912年，郭乾昭与荣县县政府合办荣县银行。荣县银行兼有如今银监局的职能，负责对典当行进行管理。

郭乾昭先后娶有3个夫人，共生有18个子女。他的生意，兴旺发达，从乐山辐射，沿长江而下，直至上海。他一直坚守荣县，凭着新兴经营思想，诚信厚道，苦心经营40余年，富甲一方，成为荣县商界翘楚。

郭乾昭尊师重教，在他担任荣县华英女子中学（以后的荣县第一中学校）董事长期间，常常捐资改善教学条件，扶助困难学生，还对有能力出国留学的学生给予特别奖励。

郭乾昭，人称“郭三公”，除经营工商业外，还在荣县、威远广置田土。为其耕作的老佃户，每年年底都会带上土产品来拜望他，他也备礼品厚赠乡亲。郭乾昭还在家族中立下规矩：若遇天灾，郭家田土当年便减租或不收租金。特别是，他在荣县城外买了一处连山丘陵，名叫宋家坝，位于现在荣县双溪水库对岸。他吩咐家人：宋家坝农户所耕田地，永不收取分文租金。意为他的落叶之处。他母亲先葬于此，郭乾昭1951年因癌症去世，葬于其母之侧。至今，宋家坝当地百姓仍对其墓地善加保护。其墓侧有后人所立大理石碑，碑上铭刻了当年这位荣县商界精英的传奇人生。

郭乾昭的“富申号”典当、福华钱庄、荣县银行、福荣号商贸公司等组合的民族金融资本，开启了荣县商界的郭乾昭时代。

（余仕清）

“文光射斗”话夜市

民国晚期的荣州夜市只有一个，处于中城镇最热闹的地方，就在县衙门口。那儿是东街、南街、西街的交汇处，城镇的中心。

西街口有块大照壁，上面有楷书“文光射斗”四个大字，笔力刚劲，字体雄厚。这块照壁是明显的地标。

为啥只有孤独的一道照壁？这“文光射斗”，是在赞扬谁？赞美谁的文章华丽，光照北斗。

仅此一道照壁说明什么呢？让人费解。

原来这里有个魁星阁，民国 31 年（1942 年）春天，城区做了一次整修，拆小巷，加宽街面，魁星阁挡路被拆除了。但是，当时的人很珍惜这道照壁，不愿毁坏。照壁便有幸被保存下来，成了后来的样子。

照壁右侧，也就是西街口有家茶馆叫“四知铭”；东街口有茶馆名曰“四达”；茶馆何其多，南街口也有叫“鸿通”。

衙门口总共有三家茶馆，位置都是在交汇处的各街街口，分布均衡合理。可见，各茶馆老板在择业设店时是经过一番深思熟虑的。

那时的人崇尚风水，很讲财源，而且当时有专业的风水师布置，有一定的规律可循。

与鸿通茶馆隔街相望的是家零酒店，这店很别致。卖酒的柜台是曲尺形，而且非木质，是用很硬的青石砌成。堂口内有三张柏木方桌，配长条凳，彰显出松散舒适，格局古朴。

这店没有招牌名称，门楣上插有一面布幌，青色布幌绣着白色酒字，很显眼。

进出零酒店的人，多是中下层民众。下酒菜不甚讲究，很简单。有豆腐干及油炸豌豆粑。

喝酒的顾客不会久坐，二两酒，一碟子干菜，喝完就走。

衙门口的几家服务性店铺夜里都营业。茶馆很热闹，丁希仲固定在“四达”茶馆说评书。唱清音，打金钱板的在其他茶馆，这些艺人甚至在街上拉圈子、摆场子。

其他店铺打烊之后，街沿上开始摆出各式各样的小吃摊，琳琅满目，应接不暇。

衙门口的夜市，是休闲逛街、品味宵夜的好地方。

中城镇没有街灯，夜间照明全靠油灯及蜡烛，油灯用油多是桐油。

各小食摊有自己的“亮油壶”。

“亮油壶”可算是一种发明，它是一种特别烧制的小陶壶，壶嘴很短，穿引灯芯至壶内，壶顶有盖，揭盖加油。壶身用弯曲的铁环卡起来支撑着，整体能沿着铁环摇晃，靠自身的重量保持平衡。任凭油壶晃来荡去，只要不晃，“亮油壶”总是处在水平位置上，不会洒油。

夜市灯光犹如颗颗繁星，掩映着石板铺就的街面，半明半暗，影影绰绰，斑斑点点。

唯有那家零酒店的灯光特别，他点的是乙炔灯，白花花的光照一大片。乙炔灯是用电石加水产生气体燃烧。这灯虽然火焰明亮耀眼，却有一个很大的缺陷，即乙炔含碳量大伴有浓烈的黑烟。

夜市摊点很多，吃食不少，任凭食客挑选。最价廉的小食是拌大头菜片。这东西脆生生的，很好吃。

拌兔肠子也便宜，但有些人有忌讳，不吃。可是兔肠肠，若经认真洗涤，细心烹饪，则很好吃。其特色是又麻又辣，鲜香可口，薄脆耐嚼。

夜市上有驰名的朱氏夫妻汤圆。朱汤圆小两口是年轻人，男人帅气英俊，女人娟秀窈窕。他俩操持汤圆担，顾客就比别人家多。卖汤圆的担子是特制的，主体是两口木箱子，箱子固定在一个门柱内，门柱顶部置有铁环，用来插扁担，一口箱子上部开口，放进一个煤炉，正面敞开，好扇风掏煤渣。煤炉架上鼎锅，炉火熊熊。另一头的木箱上部是一个制作汤圆的操作案头，正面有两个抽屉，放原料佐料以及碗筷杂物。这口箱子的门柱上有个铁钩挂着“亮油壶”，挑着行走时这头在前，便于灯光引路。这副担子很沉，没劳力则挑不动。汤圆有甜咸两种，煮在一口锅里，甜的搓成圆形，咸的搓成带蒂的椭圆形，极好分辨。汤圆制粉制馅的工序繁多，在选料上也不能含糊。制粉用糯米饭米，按比例混合，要浸泡七天，天天换清水，泡至晶莹饱满，然后磨浆吊粉，这汤圆粉细腻滋润，做出的汤圆很好吃。舀到碗里不浑汤，吃到嘴里不粘牙。

夜市有刘抄手的抄手担，担子的格式与朱汤圆的担子一个样，都是老一辈传下来的小吃专用担。刘抄手是位个头不高的小老头，很精神，还能挑起沉重的担子。刘抄手的手艺是从祖上传承下来的，他家的抄手远近闻名。皮薄馅嫩，爽滑鲜香，汤浓色白，很受顾客喜爱。刘抄手不但卖抄手也卖小面，就是特色小吃“担担面”。

荣县“担担面”很正宗，因为四川担担面的创始人就是自贡人。有史料记载，在清朝道光年间（1841 年），自贡有个绰号叫陈包包的小贩，“担担面”就是由他始创的。“担担面”最初是因挑着担子沿街叫卖而得名的。陈包包所用面条要由他自己亲手擀制，制作出来的面条又细又薄，光亮柔韧。

陈包包的小面佐料齐全，多达十几种。汤面色泽红亮，冬菜，麻酱浓香，麻辣酸味突出，鲜而不腻，辣而不燥。名声大振，由此成为四川小面的领军人。

因地域渊源，荣县小面秉承了自贡特色，刘抄手体会最深。

夜市上少不了有“何麻辣”的麻辣鸡片。何家的麻辣鸡片名气大，他家的麻辣鸡片配料考究，做工精细，用的是不大不小的子公鸡，要蒸得不软不硬恰到好处，蒸好后剔去硬骨，展在案板上重压，压平后用锋利的菜刀把带软骨的整鸡片成薄片。一整只鸡要片得一点不剩，大小一致，厚薄匀称。把片好的鸡片放进陶钵，淋上调制的油辣椒，再放入其他佐料，搅拌均匀，这道麻辣鸡片就做成了，味道真是好极了。

“何麻辣”是个 30 多岁的壮年男子，修长身条，细眉细眼，牙齿不齐，嘴巴有些扁。穿短衫，着线耳子草鞋。白天他游走游卖，晚上在夜市摆摊。他的行头简单，一个陶钵，一副草圈，一支木质三脚架。行走时，用草圈垫在头上，顶着陶钵，一手扶钵一手提三脚架。摆摊时支撑起脚架放上陶钵，在钵里插几双竹筷，大伙儿共用，食客围着陶钵挑挑拣拣，挑好哪片吃哪片、以片数计价。鸡肉的价钱昂贵，何况味道刺激，一般人也吃不了几片。吃过几片之后，常常被辣得面红耳赤，脸额沁出汗珠，满嘴酽糊糊的尽是涎水，一片赞叹，安逸巴适。

这是民国时的事了，那时的老百姓没现在讲究。若是现在，这麻辣鸡再好吃，也没人敢用这种吃法。至少也得使用公筷传递，就是品尝一两片也是用一次性牙签戳起来吃。现时大佛庙会上，有食品厂宣传他们的麻辣兔，就用牙签戳着请游客品尝。

夜市上有个制作糖画摊子，制作出各种好看糖画，很受小孩子们的喜爱。

糖画艺人姓张，是一个清瘦文静的中年人，他是外乡人，已来荣州多年。作者儿时的小伙伴们都叫他“张糖人”。糖画是民间手工艺，以糖为材料，所用工具仅一勺一铲。制作以勺为“笔”，糖稀为“墨”。各种生动图案造型跃然“纸”上。惟妙惟肖的橘红色糖画，又美味又耐看。

“张糖人”的摊子简单，只要一个挑子就能轻松带走所有的工具：一个烧木炭的小火炉，一口带把的铜锅，一副活动的四脚支架，一块光滑的石板。“张糖人”把红糖白糖放进铜锅，再加少许饴糖，在炉子上温火熬制，这时要掌握好火候，熬到可以牵丝时即可以浇铸造型。

作者儿时最爱看“张糖人”作画，他用小汤勺舀起融化了的糖汁，在石板上飞快地游走，画出造型来。这门艺术了不得，脑子里要有构图，手头上要有工夫，如书法家写字、演奏家弹琴。当造型完成后，将糖画用小铲刀铲起，粘上竹签，作品就完成了。

“张糖人”的小摊是夜市最热闹的地方，不乏围观者。买的人也多，多是买给小孩子玩。

夜市夏天比冬天更热闹。夏天增卖冰粉、凉茶、冬季有烤红苕、炒板栗的。

夜市上的食品虽多，也只是荣州美食的一部分，有好些东西由于环境设备的限制，要在餐馆里才能品尝到。

荣州著名的餐馆有“十成公”“世盛园”…

那时曹其厚制作的“富油包子”，远近闻名。包子色白松泡，香甜油润。

孙田玉的“烫面蒸饺”也是一绝。蒸饺鲜美可口，芬芳回甜，皮薄绵软，入口耐嚼，多油而不腻，无辛无辣不燥。

这些美味只要吃上一次，就难以忘却。

现在80岁左右的老人谈起民国晚期的荣州美食、荣州夜市仍然津津乐道。

（毕治阳）

灰馍儿传奇

荣县灰馍儿，又叫豆花，亦称豆腐，可追溯至秦汉时期。当时发现荣县境内盐卤资源丰富，盐业发端从此开始。由于当时工业落后，主要靠人工畜力开采盐卤。工人相当辛苦，常以豆浆解渴充饥。某日，一盐工不小心把卤水弄到豆浆里去了，他正在为此懊恼，奇迹却出现了——一锅白花花的好东西，豆花诞生了。

后来，人们经反复试验，不断总结，便摸索出了一套制作豆花的方法：先将黄豆用水浸泡发胀，再加水一起用石磨磨成浆；然后将其煮沸，再用粉帕布过滤，使豆渣和豆浆分离；最后将卤水慢慢地加入豆浆之中至豆花形成为止。因为做豆花的主要过程是用石磨磨豆浆，用石磨磨东西又叫推磨子，因此制作豆花又叫推豆花。古时便叫“推灰馍儿”。由于推灰馍儿的过程较繁杂，因此，民间有“宁愿杀牛吃也不愿推灰馍儿”的说法。

南宋朱熹在《豆腐》诗中写道：“种豆豆苗稀，力竭心已腐。”因此，豆花又称豆腐。豆腐刚成形，叫豆腐脑；将豆腐脑压榨使之成为整体，才叫豆腐。古时候，老百姓平时都吃不到豆腐，认为豆腐是好东西，且豆腐与“头富”音相似，每每逢年过节才吃豆腐，象征富贵之意。

荣县人吃的豆腐，就是一碗花生浆和豆浆合成的浑浆，将豆腐用筷子夹出来，到用辣椒、花椒、葱姜、蒜末、花生、芝麻、香菜等调出的豆花蘸水里去坌（bèn，荣县方言，蘸的意思），然后和着白米干饭，吃起来非常爽口！

荣县人最早将豆腐称“灰馍儿”。因为在卤水还不常有的年代，人们将谷草烧成灰放在水中，经搅拌再沉淀后取清水在豆浆中慢慢“点”，直到成馍状为止，所以便将其称为“灰馍儿”。因此还发生了一段笑话。说一个荣县人到北京去吃饭，点名要吃“灰馍儿”。酒店老板误为“灰猫儿”，故做了一道红烧猫肉上来，荣县人一看连声说“这不是灰馍儿”。酒店老板心里嘀咕道：“荣县人真厉害，连猫肉的皮色都吃出来了，知道我杀的是黄猫，不是灰猫！”

荣县人将豆花看作好东西，尤其是人们生活还不富裕的时候，每每做豆花吃，都要送些给邻居。有一次，吴大叔的邻居在做豆花，吴大叔心想，到时邻居一定会送些过来，于是就提前做好了豆花蘸水。谁知中午了，邻居家都没有送来，只听邻居小孩问：“妈妈，我们咋不给吴大伯家送豆花呢？”邻居答：“吴叔叔家今天也吃豆花，我看见他在做豆花蘸水。”吴大叔哭笑不得！

随着时间的推移，原始的磨豆浆的石磨已成古董，人们多用现代的机具来打豆浆，但用卤水“点”豆花的工艺却没改变。只是豆花的副产品却多了：将豆腐压干烘干再吃叫豆腐干；将豆腐腌制使之生霉后再加佐料吃叫臭豆腐（俗称“香灰馍儿”）；将加热的豆浆冷却后取浆面蒙皮晾干后吃叫豆腐皮……

历经光阴沉淀，传统豆花已演绎出神奇的技艺。食客们讲究豆花的口味，讲究豆花独特的鲜嫩细滑，于是在古老的县城里诞生了豆花名店。

荣县老城，自下河街往上河街行走，前行20余步，一条能容单车通行的巷子，横贯西街。这条毫不起眼的巷子叫“柴巷子”。柴巷子是过去买卖柴火的集市。

巷子右面，有一排低矮的瓦房，开着几家豆花饭铺子。每天清早，各路食客纷至沓来，人头攒动。食客刚一落座便会呼叫：豆花一碗、白酒二两、猪耳朵三两、蘸水加麻。店伙计随即唱和，厨房里应和着，呼叫声此起彼伏。随即，雪白的浑浆豆花上了桌，腾腾热气，灰馍儿的清香扑鼻而来。

在荣县城里开豆花店子的不下百家，“可口银砖”“后山豆花”“将军豆花”“清香豆花”等豆花店铺鳞次栉比。唯有“可口银砖”豆花独步多年，成为荣州名小吃。

“可口银砖”的豆花及蘸水的烹调技艺，历经张氏家族三代人的传承和创新，风味日臻完美，享誉巴蜀。

北京大学教授周本相撰联颂之：白嫩软细口感绝，麻辣鲜香味道长。已故著名诗人汪国真走进荣州独品“可口银砖”，赞不绝口，与老板夫妇合影存念。

近年来，“可口银砖”豆花店走进四川电视台《吃八方》《天府食舫》栏目，被授予“四川好味道——地方特色小食名店、最受消费者喜爱名店”。

一块招牌挑在门额上，“可口银砖”四个大字十分抢眼。卖豆花的店子，为何称为“可口银砖”呢？

“可口银砖”的老板张荣发说，这事得从头说起。

1934年，张的祖母陈淑芬从章佳乡嫁给了做手工业的祖父张德奇。祖母的父亲曾是川内一军阀的小灶家厨，川菜厨艺十分了得，祖母得其真传。一年以后，祖父不幸去世，留下遗腹子，家庭一下子失去了收入。不久，父亲张洪春出生。

1936年祖母搬出张家，独自来到西门桥开起了豆花店。直到公私合营，祖母在餐饮服务公司担任经理。

那时荣县赶隔日场，挨近有个300多平方米的大茶馆卖盖碗茶，逢场天上百的茶客光顾于此，茶馆里有一口十几米深的水井，井水丰沛，清冽爽口。西门豆花店磨制豆浆，均采用井水。西门豆花店开张不到半月，生意就异常火爆，六张餐桌轮番接待着一拨又一拨候着位子的客人。西门豆花为何一下子就抓住了食客的胃口？

豆花出自黄豆。开始几年，豆花店采购长山一带的秋季小黄豆。后来张荣发采用东北优质大豆，东北大豆出的豆花量更多，且更为雪白、细滑柔嫩。黄豆提前4个小时（冬天7个小时）井水浸泡。早上3点多钟起床，第一件事便是磨浆，泡涨的黄豆经过青石磨磨制。初浆磨出后立即上锅，大火烧开，待泡沫散尽，沥其豆渣便是豆浆。豆浆的一部分点制豆花，一部分待用。

点制豆花的主料便是胆水，胆水是胆巴稀释溶解而成的。胆巴来自长山盐矿。在豆浆保持80 °C ~ 90 °C的时候，开始用胆水点化豆花，一看二观三匀化，真有禅意点化之功夫。经过约 2 小时的漫长过程，锅里便出现云朵冉冉，新雪凝聚。

点好的稀豆花，舀进 30 厘米见方的豆腐箱，箱底有孔沥水，用纱布盖上，再加一块木板，木板上加重挤压出水分。10 多分钟后，就成了豆腐。用刀划成 7～8 厘米见方的豆腐块。

将预备的原汁豆浆倒入锅中烧开，将豆腐块取出，划成一指厚，二指宽的小块豆腐，放进豆浆中，煮至沸腾，豆腐块浮起，浑浆豆花即可上桌。

豆花的蘸水至关重要，它决定了豆花的口味。西门豆花蘸水便技高一筹，制作十分讲究。

蘸水的主要食材便是辣椒和食用油。辣椒采用贵州的小米辣（红椒），干海椒剪成段，把米籽和椒皮分开炒，椒皮炒至微糊，米籽炒至金黄。把米籽舂成粉，再倒入椒皮舂成辣椒面。然后就是红油的炼制，食用油采用纯正的本地小榨菜籽油。菜籽油在铁锅中煎至 180 °C 左右，舀出菜油冷却至 80 °C～90 °C 第一次加入辣椒面；当油温降至 60 °C 左右第二次加入辣椒面；当油温降至 50 °C 左右，第三次加入辣椒面。最后拌入郫县豆瓣，适量食盐。四道工序，确保红油色泽红润，香气厚重，稠度有致。而糍粑辣椒则是选用新鲜红椒，炒熟舂泥，加入熟油，那又是另一番风味。

红油炼制完毕，则是最后一道工序，调制蘸水。红油拌入辅料如味精、花椒、芝麻、花生粉、香菜、香葱、蒜以及自制香料等。少顷，一碟麻辣鲜香的豆花蘸水就调制而成。

浑浆豆花，价廉味美，消费者大多是普通工人、农民以及低收入群体，20 世纪 90 年代一碗豆花才卖六毛，米饭管饱。所以，豆花饭一时在荣县兴起数以百家,但张荣发的豆花饭生意依然是全城最好的。然而却没有一个像样的店名。

张荣发的父亲有个姓戴的朋友，是全国书法家协会的会员、知名书法家。他常来店里吃豆花，每每看见豆腐块在乳白色的豆浆中托出，就沉思一会。一次，他搛起一块豆腐，突然对张荣发喊道，这可是银砖呀！对呀，就叫银砖了，还缺点什么，让我再想想。三天后，他再次来到豆花店，几口酒下肚，顿觉才思奔涌，就冲着张荣发喊，“妥了，妥了，加上两个字——可口，可口银砖呀！”

戴先生还专门为他题写了店名“可口银砖”。

历经三代人的传承和创新，加上近百年的光阴沉淀，“可口银砖”已从一个不知名的小店，逐渐成为蜀中名小吃，如今已有数家连锁店加盟。公司化的运作已经启航，“可口银砖”正带领荣县灰馍儿整装待发，即将在川渝等地的大都市闪亮登场！

（秦天　邹光耀）

糍粑史话

《说文解字》云：“糍，稻饼也。蒸糯米揉之。”

《礼记》云：“五谷所揉为糍，俗通名粑。”

后来，人们便称用糯米做成的食物为糍粑。

关于糍粑的起源，应追溯到春秋战国时期。据吴氏族谱记载，在公元前585年，吴泰伯后裔在姑苏（今苏州）建立了吴国。当吴国王位传至姬光（号阖闾）时，吴王阖闾起用了楚国大臣伍子胥（伍之父被楚国王杀，因此到吴国意欲借吴国之兵伐楚，以报杀父之仇）。伍子胥到吴国后，兢兢业业为吴王阖闾出谋划策，不仅帮助吴王阖闾坐稳了江山，而且还借吴国之兵打败了楚国，报了杀父之仇。伍子胥也受到吴王阖闾的重用。为巩固吴国江山，吴王让其在姑苏山东北横山修筑了47千米长共八道门的城墙，墙内之城称阖闾大城。吴王大喜，惟伍子胥闷闷不乐。回家后，便对自己的亲信说：大王喜而忘忧，不会有好结果。我死后，如果吴国有难，百姓受饥，在相门（上述八门之一）之下掘地三尺，便可找到充饥的食物。阖闾死后，将王位传给孙子夫差。夫差继位后不久就多次拒绝伍子胥的忠告，而且听信谗言，极不信任老臣伍子胥。伍子胥毫无尊严，便自杀了。不出伍子胥所料，他去世后，越王勾践卧薪尝胆，使用美人计（送越国美女西施）让吴王夫差整天不理朝政，吴兵亦不操练，国力大大削弱，越国乘机伐吴，将吴国都城阖闾大城团团围住，城内百姓无粮可充饥，才想起伍子胥生前之言，便到相门处拆墙挖地，发现城墙的基石全是用熟了的糯米饭扎成的“砖块”。人们便将这些“糯米砖块”，取出敲碎，再重新蒸煮后分而食之，从而延缓了吴国的灭亡。到公元前476年，吴国终被越国所灭。吴国百姓多数逃到湖广黄州府麻城县孝感乡吴坡塆居住。一千多年后的元顺帝年间（1333—1367年），吴王后裔吴必秀奉旨入川出仕四川泸州州官，因元末明初战乱而未回原籍，其子孙后代遂在川南、泸州、荣州、宜宾、乐山等地繁衍生息。吴氏家族从江苏到湖广（今湖北一带）再到四川，便将伍子胥创造的“糯米砖块”的制作手艺传到了荣县等地。

历经1 000多年的传承，人们不仅给这种“砖块”取了个食品名称——糍粑，而且摸索总结出了一套系统精密的制作工艺：先将上好的糯米淘洗干净。把水烧开，把洗好的糯米下锅煮胀即可（煮久了容易变稀，不便成团）。把煮胀的糯米沥干，放到木制甑子里用大火蒸熟，把蒸熟的糯米饭放到用石头做成的碓窝里用特制硬质木棒舂，由于糯米太黏，舂起来非常费劲。这种力气活一般均由家中男人来做。也有女人用芦竹条打的，就是将蒸熟的糯米饭放到簸盖里，用几支芦竹不停地鞭打，因此又叫“打糍粑”。将糯米饭舂打成团（无饭粒为止）后，捞出来用手揉成小团，也可以用刀切成块。刚做出来的糍粑，冒着热气，闻着清香，摸着柔软，看着洁白，吃着滑嫩，确是一道美食。一般是趁热（冷了会变硬，咬不动）坌着漏子糖或蘸着黄豆红糖粉吃。味道美极了。也可以多做一些，先切成小块，让其冷却后放在阴凉的地方储存起来，需要时随时加热便吃，十分方便。

因为人们要逢年过节才会打糍粑，所以，又将其称为“年糕”，寓意“年糕、年糕、年丰寿高”。此食品也是人们赠送亲友的佳品。

（秦天）

黄糕粑传奇

黄糕，也叫黄糕粑，是荣县等川南地区知名的传统糕类特产。

据史料记载：黄糕粑已有 1 000 多年的历史。相传在三国时期，诸葛亮带兵到蜀南平定孟获之乱。一日，诸葛亮正在荣州境内的铁场铺一带铸铁炼兵器，忽闻有敌兵临阵，便马上点齐人马上阵杀敌。敌兵不敌便向南逃，诸葛亮的兵穷追至马湖，大获全胜而归。诸葛亮带兵打仗穷追败兵 100 余里，共花去 2 天多时间。却苦了火头军，因军营中刚煮好的米饭和豆浆还未来得及吃，士兵就出战了，而且时间长久，火头军为不让这些食物馊，便将其合起来用木甑以文火蒸着，待两日后，又累又饿的士兵回来打开木甑时，奇迹发生了：色泽黄润、味道甘甜香软的“饭”让士兵们赞不绝口。恰在这时，前来犒劳士兵的当地百姓发现了这一奇迹，便仿照其方法略作改动制作食品，亦美味无穷。从此，这种美味食品便在荣县产生了。由于其形状像糕，色泽金黄，故取名黄糕，亦称黄糕粑。

经过 1 000 多年的不断总结，荣县人总结出了制作黄糕粑的系统技巧：先选择上等糯米用清水泡半天左右使其膨胀，然后放在木甑子里蒸成饭，取出来放在簸箕里摊开，使其水分蒸发并冷却，加适量的红糖，拌匀。同时，取上等黄豆磨成豆浆，加入冷却的糯米饭中拌匀，揉搓使之细嫩成团，再用当地环保的粽叶裹捆扎实，再放到木甑里用文火蒸 12 小时左右，使糯米饭由白色变成黄色。取出趁热吃，也可等冷却后，剥去粽叶用快刀切成薄片加热（可蒸、煮、炸）后吃。其金黄的颜色、浓烈的清香、可口的味道，让人胃口大开。黄糕粑，过去只是一种果腹的食品，如今已逐渐成为荣县人逢年过节的美食和赠送宾客的佳品。

民国时期，荣县县城有一个叫晏福双的，原是度佳井人，从小失去父亲，6 岁时随母到县城做小生意，12 岁开始跟师傅学做黄糕粑，25 岁出师自己在县城东门口的附东街自行开业。因其能根据时令温度的变化而选择不同的配料，加上他待人诚实，童叟无欺，经营灵活，他的生意一直很红火。同样的工具、同样的原料、同样的时间，但他做出的黄糕粑总是独树一帜。他的黄糕总是香气清鲜，色泽丰润柔嫩，块头饱满，吃在口中回味无穷。他热情招呼客人，对年长的称大公、大婆，对年轻的称大爷、大娘、叔叔、孃孃、大哥、大姐、幺弟、幺妹。对客人一视同仁，不分贵贱，一律热情迎送。他上乘的食品和上乘的服务使所有的客人都十分满意，有人还为他送上了一副对联："制成柳叶丝丝秀，蒸出黄糕个个甜。""晏黄糕"由此远近闻名。

当年，在荣县做糕点生意的有好几家，但生意最好的还是"晏黄糕"。"晏黄糕"出名了，十里八乡慕名而来买"晏黄糕"的人络绎不绝。因此也遭到了同行的嫉妒。相传，有一个叫尤二娃的也做糕点生意，看到"晏黄糕"经常门庭若市，而自己的店却门可罗雀，心里十分不舒服，但又没有办法。有一天深夜，尤二娃经过"晏黄糕"的门前发现门未关（"路不拾遗，门不闭户"在当年民风淳朴的荣县是一种常态），便心生恶念，偷偷往晏福双店内的瓢里屙了一泡尿，然后拿去倒在了晏福双正用文火蒸着黄糕的甑子里，然后神不知鬼不觉地溜走了。

第二天清晨，晏福双起来开店，未发现异样。正在这时，有一挑夫来赶早市，打算在"晏黄糕"店里吃点黄糕粑就赶路去镇西。然而晏福双刚把客人安排好去揭甑盖时，一股怪怪的味道扑面而来，他发现不对头，于是就难为情地对客人说："对不起，大哥，我今天的黄糕不卖了，你到别家去吃吧！"挑夫客人却说："咋啦，我是专门来吃你的黄糕的，这好端端的咋就不卖了？"晏福双不好明说，还是叫客人到别家去吃。而这个挑夫也倔，非要在这吃，而且说了一句狠话："今天，你这就是一泡屎，我也要在这里吃！"无奈，晏福双只好贱价卖给客人吃，挑夫吃后也没觉得哪儿不对劲，临走还贱价将晏福双的黄糕买走了一大半。第二天，又来了一群挑夫专门来吃“晏黄糕”，都说是他们的同伴介绍的，说他这里的老板厚道，这里的黄糕好吃。从这以后，晏福双的生意比原来更红火了。

尤二娃看到“晏黄糕”火爆的生意，再看看自己冷清的店面，再想到自己所做的亏心事，便无地自容，只好悄悄地搬走了。

（秦天）

古法制作手工面

荣县鼎新镇的罗家滩，横卧一座古朴的石拱桥。桥头，黄桷树枝临风起舞，河水静静流淌，白鹭绕飞，风光旖旎。

桥头的几丈开外，有一片琉璃瓦的房子，这便是自贡市宝新隆农业专业合作社的手工面生产基地。一种传统而有历史感的手工面，在五宝、鼎新等地延续百年之久。古法制作，采用全手工作业的方式，一直被这里的面师们所传承。

当年，面条是家里招待客人或逢年过节的美食。小孩子守在灶头周围，等待这一道美食。只见母亲将雪白的面条撒入滚水中，少顷，半瓢凉水倒入滚水，热气腾腾的面条就捞入盆中，倒进酱油，拌入辣椒，撒上葱花，清香扑鼻的面条就端上了桌……

物资匮乏的年代，农村的主食是粗杂粮，手工面被视为一种“珍贵”的食品。逢年过节，若给亲友送去两把面条一包糖，主人定会喜欢不已。餐桌上若有盆煎蛋面条，那算是打牙祭。

史料记载，早在东汉时期，中国人就完成了面条的创意。古人曾将面条称为饭，从此，我们的一日三餐便有了更加实在的定义。据悉，古法制作手工面的技艺已在川南地区延续了三百余年。

那么，古法制作手工面有哪些神奇的技艺呢？

那时，村里新建一个面坊，主要是取小麦麸皮供给家里喂猪。面坊象征性地收取加工费，一级面条，1.2 斤小麦换一斤补差价 8 分；二级面条，1.1 斤小麦换一斤补差价 7 分；三级面条，一斤小麦换一斤补差价 6 分。一斤小麦能磨出 0.84 斤面粉。

年轻的徒弟给师傅打下手，养牛、磨面、打箩柜、和面、揉面、发面、拉条一项一项地学，丝毫不敢懈怠。

面坊由一个师傅、一个箩柜匠、一个下手分工合作。有碾房、箩柜房、揉面发面房、拉面晒场等场地设施。面坊养一至两头黄牛，黄牛主要完成磨面，牛是从外地买回的。上等的黄牛脚杆细，蹄子丫口紧实，膀子厚实，臀部浑圆。

碾房里有扇成色不差的青石幺磨，磨有 3 尺左右的直径，千斤之重。幺磨固定在磨盘的中央，磨盘用两寸多厚的木板合成，约 3 米左右的直径。幺磨分底磨和面磨，底磨、面磨都有齿，磨沟有两指宽，磨齿有筷子头宽，四棱四线。磨心用大姆指粗的铁柱为轴，轴牢实地固定在地面。面磨的两端有两个小孔，穿过绳子绑定一根木棒，黄牛的加档就拴在木棒的一头，磨面上空还有一根撑杆，用于黄牛按固定的圆周运动推磨。面磨上还有两个孔眼，用于流放小麦和粗面粉。

黄牛走的圆盘，用谷草垫铺就，以保护牛蹄不被损伤。

黄牛拉磨要蒙上眼睛，即防止牛转晕又防止牛吃小麦。磨面开始，打箩随即就开始了，这叫牛推磨子，人打箩柜。

箩柜是高 2 米、长约 3 米的木头柜子。柜子里装有长方形的箩筛，箩筛 2.5 尺宽，1 米长，有 100 目、110 目、120 目的筛网选用。箩柜匠扑在一根吊在空中的木棒上，双脚踩在踏板上，踏板下用一根杠杆连接着箩筛，箩柜匠匀速地踩着踏板，箩筛在杠杆的推拉下前后摆动，就一次又一次地筛出了面粉和麦麸。

磨面得 11 ~ 12 遍，磨面逐次减少。100 斤小麦磨面耗时 10 个小时，打柜匠也同样要工作 10 小时。耗时耗力可想而知。

100 斤小麦磨出 80 斤如灰末般细化的面粉（灰面），这是上箩灰面，其余 4 ~ 5 斤就是下箩灰面，俗称扑灰。

面粉磨好后便进入和面、揉面、开条程序。

准备井水、食盐，面盆。和面一般在下午 5—6 点钟，100 斤灰面放 50 斤井水；食盐根据气温、湿度而定，晚上气温（14 °C ~ 16 °C）按 9% 的比例放盐；冬天气温（7 °C ~ 8 °C）按 7% 的比例放盐；气温在（20 °C ~ 30 °C）后就不能做面。将灰面、水、盐倒入口径 3 尺、高约 7 寸的木盆，充分搅和拌匀。放置 2 ~ 3 小时后，开始揉面，揉面要用面刀一层层地划开面团，两人合作揉面，检查有无灰巴。待面团融熟，就把面团分成枕头样式大小的面团，放置于 1 米宽、4 米长的面板上。100 斤面团可分为 3 堆。紧接就是开大条，用面刀划开，一堆开 6 条，搓成直径 1.5 寸的大条，将豌豆粉扑裹大条，以防粘连。放入面盆中，放置半小时，开始扯成直径 0.5 寸的中条，扑粉放置在竹编簸箕里，又放置半小时，扯成食指大小的小条。这段工序要 4 个小时才能完成。

凌晨两三点的时候，就要将小条挽在拇指头粗细、两尺多长的两根竹竿上，挽上竹竿的小条这时只有纸烟粗了。100 斤面条需要 120 根长短粗细一致的竹竿，每一组小条挽毕都要扑粉，然后放入挂杆的槽中，等待再一次熟化，上架拉面。

面粉的主要成分是淀粉，并含有人体所需的蛋白质与维生素，加少量盐揉面，便能将这些蛋白质和淀粉分子进行分解，造成面团膨胀与糖化，并散发清新的芳香，这被称为发酵。将发酵的面团分割成称条状再进一步深度熟化，被称为开条。从大条到小条，历经无数次的揉捏并塑形，从深夜到清晨 12 小时反复熟化发酵，才能完成极致的美味转化。这样的美味作业辛苦而劳神，也是需要匠心精神才能完成的美味技艺。

当气温上升时才给面条扑粉，有面粉的滋润才能进入拉面的环节，巧妙利用天地自然的力量，让酥香的面条在光合作用下蒸发水分，也同时完成最终的塑形。这种靠天吃饭的技艺，中国的制面师们已使用了上千年。

在晾晒架上能让面条细如发丝，这才是展示师傅们高超技艺的时刻，甩面的力道与技巧，需要有经验的老师傅才能完成，这是面条最终成型与失败的关键。

24 道工序，近 24 小时的熟化，用足够的时间发酵、转化。人类对吃的智慧，最终可以让我们享受到这些不可思议的美妙食物。

手工制面，细滑有韧性，宽汤煮面才能让面条更加细滑不糊汤，舍去纷繁复杂的高调烹饪，简单且朴实的烹煮，才是享受到他们唯美绝伦的最佳方式。一份简单到极致的美味，才算得拥有那份不忘初心的美味情怀。

晾干的手工面用面刀裁切，分为坛子面（最细的面）、二刀面、头子面。切断的面丝是空心的，拿根面丝对着有水的茶杯吹气，能吹出气泡。手工面柔软细滑，食用不上火。倘若用一碗鸡汤冒面，加上一把嫩豌豆尖，那是何等的美味！

（邹光耀）

城隍庙的麻辣鸡

荣县城隍庙，坐落在荣县东街，建筑雄伟，规模为“九宫十八庙”之冠。

民国至 20 世纪 90 年代初在这古老建筑的街沿边，曾有一个食品摊，专售麻辣鸡片。摊主从青年到老年，一直制作、自售麻辣鸡片这一品种，持之以恒，未曾转行。因其食品口味既麻又辣，县人将主人称为“何麻辣”。

“何麻辣”名何能，生于 1915 年，荣县人氏，原住桂林街“陕西庙”，后迁入“泮水街”。在清末民初其父在荣县城也是烹饪高手，何能从小耳濡目染，也对烹饪艺术情有独钟，遂随父学技，并以此为业娶妻生子。

何能经营麻辣鸡本小利微，几十年从未设店，只以“摆摊”“游卖”两种方式销售。

“游卖”，则是挎一竹篮，内盛食品、用具，以白布罩之，沿街兜售。茶馆、酒店、戏园，是他常去之处。晚上，则加一“亮油壶”（一种照明用具），游转于公共场所，等待打牌、看戏、教书等熬夜的人“宵夜”。1949 前，“衙门口”（老县政府）附近的夜市，是他常光顾的地方。

“摆摊”则主要在城隍庙街沿，那是他相对固定的销售点。如县人需要，一般直奔城隍庙。

所谓“摊”，不过两张凳子而已。一张高凳，上置面盆，内装食品，以白纱布罩之，另备竹筷若干，清水一盆；矮凳则为座具。每天临近中午，他才出摊，端坐于城隍庙檐下，既不吆喝，也无招贴，微闭双眼，静候食客。待到傍晚，最迟掌灯时分，食品售罄则打道回府；若还剩下则赶夜市或游卖于酒店，售完为止，绝不留在明天。

何能近60年潜心于一种食品的研究、制作，其成品“色香味形”俱佳，达到了很高的水准。人们称赞何能鸡“选料讲究、制作精致、佐料齐全、刀法奇妙、风味独特、卫生新鲜”绝不是妄誉之词。“何能的麻辣鸡硬是好吃”的口碑不胫而走。

“何能鸡”的食客十分广泛。拉架车、挑担下力者，虽口袋空瘪，慕其“味道好”，也舍得花钱挨近摊前，持箸挑几块鸡肉尝口味，吃了连声称赞“辣得安逸，麻得舒服，比乡坝头的好吃”。也常有小学生嘴馋花钱买零食，吃进嘴里伸着舌头直呼“嘘、嘘，好麻、好辣”。也有一些穿着齐整有身份的人物，他们是不屑于吃“街边食”的人，但又挡不住“传言”的诱惑，也想亲自“口验”一下，于是佯装“路人”“看客”，踱至摊前，左右前后一望，确认无熟人，就快速捡两块鸡片塞进嘴里，将早已准备好的零钱一扔，转身若无其事而去。有人称此等食客为“两头望”。居家过日子的人家，偶有来客，仓促中不及备菜，大人则吩咐孩子到城隍庙拣若干麻辣鸡片，而且一再叮嘱“要多点汁水”。拿回家中，除了待宾，家人亦可饱口福。剩下的汁水，煮一大碗面条不另放佐料也很好吃。笔者家里就多次有这样的事。有的家庭做生日、办喜事，其他菜品都自己张罗，唯独麻辣鸡这道菜，要请何能加工。有的家庭做生日、办喜事到大餐馆包席，动辄七八桌乃至十几桌，均指明“麻辣鸡”一菜由何能制作。大餐馆也只能放下架子，恭请何能到餐馆主持或就在家中制作，账各算各的。何能也有求必应。每次委托加工，无论数量多寡，他都一丝不苟按程序做好，绝不马虎。“何能鸡”名声响亮，在全县有口皆碑。

在外地工作的荣县人，吃遍了南北各种风味好菜肴，却忘不了家乡的何能鸡。几个老乡见面摆龙门阵，说到何能麻辣鸡无不津津乐道，垂涎欲滴。一回荣县，首选食品无不是何能鸡。有的离开荣县时，也带上若干，以罐密封，带回上海、北京，让家人尝尝荣县这一独特风味。1993年，何彬先生回到荣县，特地请何能的女儿加工了几只麻辣鸡，塑封后乘飞机带回香港。他说，香港酒店饭馆虽多，却做不出这样的菜，带点回去让香港的好朋友尝一尝，让他们也见识见识小地方的好东西。

何能制作麻辣鸡究竟有何绝招，令美食家和大众如此倾倒？许多想“套”手艺的人曾千方百计地与他拉关系，请他喝酒（何能一生嗜酒）。在酒酣耳热之时，何能也曾吐露一些，但多系皮毛，未得真谛。据接近何能的高龄人士透露，以及笔者听何能的三女儿介绍（笔者曾采访过何三妹），何能制作麻辣鸡，有以下一些特点：

一是主料要选好。务必选用仔公鸡，以 3 斤重左右为宜，鸡冠刚刚显红。仔公鸡肉嫩骨脆，除大骨外，全身可食，易于加工。鸡老了肉质纤维粗糙影响嚼劲。主料是基础，一定要农户敞放的嫩鸡。圈养鸡、饲料鸡、速成鸡，一定做不好麻辣鸡。

二是辅料要精制。花椒要用上等的汉源小耳朵花椒。磨成椒粉颜色红亮，麻味醇正，忌带苦味，忌有椒皮；辣椒要精选鲜红亮色的“朝天椒”，颜色暗淡、霉变、虫蛀的，一律弃之。辣椒选好后，酌加菜油，以微火慢慢烘干，但绝不能烘糊。然后放在石臼内慢捣细捶，持之以恒，捣成细末，方合标准。辣椒面不能有块状，不能有椒籽。烫熟油辣椒时，油温不宜太高，否则会烫糊，既伤辣味，又影响颜色。务使辣椒油红色中带着光泽，清澈滑爽，闻之刺激味蕾，引发食欲。食品用尽，汁中无渣。此外，在酱油、原汤、白糖的选择上，何能均极其讲究，绝不凑合。辅料精，是他制作菜肴的关键。

三是火候有绝招。何能制作鸡，不管煮和蒸，都尽可能保持鸡的原味。蒸、煮多久，全凭他几十年的经验而定。鸡大多蒸一会儿，鸡小少蒸一会儿。原则是刚蒸熟即可。蒸粂了影响刀工，没卖相，且无嚼劲；火候不到，夹生当然也不行。检验方法很简单，将竹签插入鸡大腿，无血则为熟。何能经验丰富，当然无需检验，只凭感觉便可判断火候。你要问这绝招几何？何能无可奉告。

四是刀工奇妙。何能鸡历来以片计售，不论斤两卖。这全凭他有一手好刀工。他用的刀有好几种：砍刀、切刀、飘刀。每天晚上，他的老伴、女儿都帮他把刀磨得锋利无比。他分解鸡时，先把各部位分割，除去大骨，留下小骨，然后“砍、切、飘、斩、片”轮番上阵，将整鸡化解成片状。无论头、颈、爪都可切成片状。一只鸡多少斤，应当切成多少片（每片价格一样），能卖多少钱，除去成本，能赚多少，他心中有数，卖完后总获盈余。何能的刀工，堪称“绝活”，也颇需耐心。据说，他切一只鸡，要花两个钟头，常人是不易做到的。

何能鸡，肉片均匀、厚薄相近，极具卖相，入味深透。顾客也无法挑选。有的人（笔者也是其中一个）试图挑选大块的，左挑右选，也不能如愿。虽然这块大一点点，仔细一瞧，中间有段筒筒骨；另选一片稍厚的，搛起一看，边上吊有一点筋筋肉。左挑右选，还是选不出来，干脆不选，拣满就行。业内人士说，何能的加工技术可学，唯有刀工，难以学到手。谁有那么好的耐心和毅力？

五是清洁卫生。销售快捷是何能鸡长盛不衰的秘诀。食品卫生大可放心。何能有“洁癖”，穿着整洁，就是冬天，雪白的内衣袖口都翻两圈在外，让人产生好感。他“打整”鸡，道道工序走完，里里外外整得干干净净，连鸡翅下面的部位的绒毛也要弄干净。年迈以后，老伴和女儿当下手帮忙杀鸡，弄好后他也要仔细检查，稍有不净，便被训斥。有一次他发现鸡头上有两根绒毛，便把女儿大骂一通：“你们这样会坏我的‘场合’，毁我的声誉哟。”在他的严厉管教下，女儿们从此再不敢大意。

何能鸡，总是当天制作当天售完，绝不卖“隔夜货”。他从不以某个期间生意好而扩大产量，宁可供不应求，绝不粗制滥造，千方百计保证食品新鲜。至于一些预订者，当然他要满足需求。按照今日说法，叫“以销定产”。

何能一生，未曾开过店铺。倒是他的弟子龚三，学到师傅手艺后，在东街与桂林街交汇处开店经营，许多人因仰慕何能名气而光临此店。何能逝世后，龚三在正西街最繁华处购得一个大开间的门脸，取名“三元酒家”，其招牌菜就是何能麻辣鸡。

何能麻辣鸡的传人有二。一是何能的三女儿。何能有三女，长、次女均工作、出嫁外地，唯有三女承其父业。何能在世，她当帮手，耳濡目染，得其父真传，终于学有所成。20 世纪 90 年代在原城隍庙址（已改成现代建筑）以其父雅名开了一“何麻辣餐厅”。堂堂三间门脸，雕花落地窗棂，内罩雪白纱帘，灯光闪烁，一派辉煌场景。据食客介绍，何三妹加工的麻辣鸡保持了其父的风味，色香味均上乘。尤其刀工，得何能真传。有邛崃客人到荣县小住，走到东街何麻辣餐厅，点名麻辣鸡，先要半斤小试，尝后赞不绝口，续添半斤，仍不满足，又要半斤，三人专吃此菜下酒佐饭。看见何幺妹操刀的技巧，均“啧啧”称奇，连夸“少见，少见”。

二是龚三的后人，也算是何能的徒孙了，在西街与河街相接的大巷内，开设了一家名为“井边馆”的餐厅，主打招牌就是何能麻辣鸡。经过十几年的经营，其名声已远播县内外。许多家庭为了品尝正宗的荣州何氏鸡，或自己买鸡去加工，或预订需要数量，届时去取。“井边馆麻辣鸡”已成何能鸡的传承品牌。

如今何能作古，县人已难领略他的“片片鸡”。

（戴泽祥）

荣县羊肉汤

金花乡地处荣县西南边缘，南邻宜宾，西靠犍为，距县城 50 千米。乡政府驻地金花殿。金花殿一条街，一边为荣县管辖，一边为犍为县管辖，一地两属。

金花乡有丰富的自然景观，到处峰峦叠嶂，山清水秀，生态环境优良。部分川、沟、峪至今保持了原始状态，人迹罕见。自 20 世纪 60 年代在太平村四方井沟发现与恐龙同期并为恐龙的主要食物桫椤后，金花乡引起了世人的关注。1986 年，四川省政府批准建立“荣县金花树厥（桫椤）保护区”。30 余年来，无数考古、地质、林业、生物学家纷至沓来，把沉寂的山区撩得热气腾腾，金花的名声也大起来。

凡观赏过桫椤树群领略过恐龙生态环境的客人无不为原始风光而大饱眼福，凡品尝过金花羊肉汤的客人无不为这小小地方的风味而大饱口福。

金花羊肉汤真好吃？

金花山区民风淳朴，山民和善喜客。羊为家养之物，客至则常烹羊待之。久而沿袭，烹羊治席自成绝活。短短一条街，竟有两家“羊肉汤锅”。食客盈门，生意奇好。

金花不乏烹羊高手。但从民国时期至 20 世纪 80 年代，首推刘德明最有手艺。此君排行三，故人称刘三爷，络腮胡、红脸膛，高大健壮。幼年就从事“羊肉汤锅”生意，历经几十年实践，他掌握了一套精湛的烹羊技术。估羊（用眼估计羊的毛重、肉量）、宰杀、剔肉、煮肉、捞肉、切肉的全程无一不通。他烹制的羊肉无膻味，香而不腻，酥烂适口；汤浓而不稠，油而不腻，得到四邻八乡食客好评。他整治的“羊肉席”，菜品丰富、琳琅满目：红烧羊肉、干煸羊肉、羊肉回锅、羊肉葱爆令人胃口大开，熘炒儿肠、熘炒羊肾、爆炒羊肝、麻辣羊血又鲜又嫩深得老年食客喜爱；至于羊肉蒸笼，更是一层层码在蒸盖上热气腾腾，大料、花椒、料酒、米粉、生姜等调味品挥发出的香味，直接刺激人的味蕾，使人垂涎欲滴。

刘三爷于 20 世纪 80 年代过世，至今金花山民对他的手艺仍津津乐道。

羊肉汤算不上高档菜肴，在城市、乡镇到处可见开“羊肉汤锅”的餐馆、排档，但人们对金花羊肉汤却情有独钟，那它又“独”在何处呢？特色何在呢？笔者有幸与万继明师傅共餐并长谈，且听他的高招：

一要选好羊。羊不可太壮太大。太大之羊肉纤维粗糙，太小又没吃头。最好选 35 斤左右为宜，肉嫩骨小。阉羊或仔母羊（未产仔之羊）尤佳。有经验的厨师能估羊，眼一瞟就能估计这只羊毛重多少、出肉多少、羊杂品多少，基本不差。

二是宰羊。有经验的师傅宰羊，羊胴体不会沾毛、全身干干净净。胴体沾上异物极难清洗。血要放尽，血放尽肉才干净。羊血是一种好食材，不可弃之。羊肉食品最忌什么？忌膻味。民间曾有“吃不着羊肉惹一身骚”之说，可见羊肉总带膻味。怎么去膻呢？这可是个秘密，也是烹饪的关键。膻味不除，任何人也做不出好味道。要去膻其实也简单，羊肉内有几颗“臭子”，是膻味之源，宰杀之时就把这些“臭子”去掉，就不会污染羊体，羊肉、羊内脏就没有膻味而只有鲜味了。“臭子”在哪里？就在肝门及膀胱之间的肉体内。我们凭经验，能准确、完整地把“臭子”取出来，这也是刘三爷教的。要说“绝招”，这算一个。外行人宰羊，手艺不到家，“臭子”未取或未取干净或不小心戳烂了，这只羊的骚味（膻味）就难除了。

三是清洗。羊杂就是羊内脏，县人称“下水”，是羊之精华。俗语“牛肝马肺羊肠子”，羊肠是精华之中精华。10 斤毛羊只有 1 斤熟羊杂，一根羊肠只有几尺长尤显珍贵。羊肠要翻过来，羊肚要将表面膜去掉。

冬天用温水洗，夏天用冷水洗，洗净后再用清水漂，不能呛入异味，一呛味就会影响一锅汤。

四是火候。金花羊肉汤传统为“清炖”，不加任何香料、佐料，加了就“拐”了（坏事），会清汤寡水。大凡一锅汤，煮一副羊骨、羊头、羊内脏和部分剔骨肉。水质要好，用旺火烧。待汤呈白色再改用中火。炖时要取泡子（浮沫），有一点取一点，直至取尽。待炖羊杂时，用筷试穿刺羊肚，倘不甚用力就穿透了则可取出，羊骨羊头任其再炖。

五是刀工。大约炖一个半小时，将羊杂、羊肉捞出，晾于案上。冷却后将羊肉切成片，极薄且不断片，将羊肠切成 6 分长，肚子切成方块，心肺也切成薄片待用。需要上桌时，只消用沸汤一“冒”就可招待客人。

六是佐料。食羊肉汤，各地佐料（蘸水）不尽相同。金花羊肉汤是用是上等新鲜红辣椒、生姜、优质酱油混合以刀切剁而成，滋润如糍粑。加味精、芫荽（香菜）、精盐、花椒面。另置精盐一碟于桌上由客人依自己口味轻重自取。

金花羊肉汤呈乳白色，似米汤。羊血羊杂羊肉细嫩滑腻，味道鲜美。冬天食之，顿觉全身暖和，舒筋活血；夏天食之，汗腺通泰，神清气爽，异香满口，回味悠长。羊肉汤滋阴补阳，好起夜者常喝之，能减少晚上起夜次数。

金花羊肉汤，山里人喜食。由于人们喜爱，山里人已携此味走出大山，进入城区，进入市区。十几年前，在县城最繁华的桂林街，金花人在此开设了正宗的“金花羊肉汤”餐馆。每天整条街都弥漫着羊肉汤的鲜香味，让人垂涎三尺。笔者观察，生意不错。在寸土寸金、租金昂贵的桂林街闹市，能坚持下来，这就是证明。

（戴泽祥）

第三篇　文化卫生

荣县教育探源

据周职方氏云：古“荣”在禹贡梁州之域，“梁当夏殷之间为夷国，后周荣公佐武王有天下，名在十臣列”。相传荣公盛德留周，便将“荣”作为其封国。可见，荣县有悠久的历史，在很早以前已有人类居住。而荣县的教师古业亦从有人类开始就已存在。

据《礼记》载：“米廪，有虞氏之庠也。”又据《礼记·明堂位》载：“有虞氏养国老于上庠，养庶老于下庠。”《说文》：“从广羊声”，“广”指房舍，“羊”即家畜之一种。“米禀”是储存粮食之所。一般由老年人看管，也因此成为老年人聚集的地方。由于男女青壮年都外出种地、打猎、捕鱼去了，家中老人就集中在米禀负责储存粮食、饲养家畜、看管和教育少年儿童。由此，米禀，也叫庠或庠序，就成了荣县最古老的学校，德高望重的老年人就成了荣县最古老的老师。

据考证，在原始社会后期，家中的老年人常常聚在米禀（庠序），专门让少年儿童接受一些“生活自理”“社会劳动”“看管牲畜”“歌舞”“礼仪”和“行为规则”等训练。到了春秋战国时期，便有了以礼乐为中心、文武兼备的六艺教育场所——学校。六艺包括：礼——礼仪；乐——音乐舞蹈；射——射箭；御——驾车；书——阅读、习字；数——算术。西汉时，学校分为中央和地方两类。唐代，办学达到极盛时期，学校分类更细。明清的学校基本沿袭隋唐的建制。自从科举取士制度建立以来，一方面，读书人获得了参加管理国家事务的机会，提高了官吏的文化素养；另一方面，学校教育则几乎专门服务于科举考试，教学内容则局限于儒家经典，严重束缚了人的思想。清末，开始兴办近代教育，光绪二十八年（1902 年）的《钦定学堂章程》中称学校为学堂，到 1907 年，新式学堂已遍设各地。

荣县较早的学校主要有书院、义学、私塾和中小学等。

中国的书院从诞生那天起，便向社会下层和民间士子开放。书院招生不设门槛，入学无户籍限制，只要有志于学业的，不分贫富，不论地域，均可入学，即孔子所提倡的“有教无类”。如有的书院的“招生简章”便有这样的规定：“凡越隽生童，不需一束，均得入院肄业，按月观课。捐廉奖赏，作育人材，大公无类。”荣县的书院也如此。

荣县的书院主要有凤鸣书院、桂林书院、旭川书院和龙门书院等。清康熙四十九年（1710 年），荣县知县李（锖）改明察院行台为凤鸣书院，地址在凤鸣山；清乾隆十七年（1752 年），知县黄大本，捐俸修理，建有讲堂、书舍、厅、厨房等设施，有山长 1 人，正课生员、副课生员、童生等若干；光绪三十年（1904 年）废。清嘉庆十九年（1814 年），荣县知县宫鉴桂与士民捐款和扩充公项，买桂林山房屋一所，修作桂林书院；有讲堂、厨房、寝室、小花园等设施，有山长 1 人，正课生员、副课生员、童生等若干；光绪三十年（1904 年）废。旭川书院在贡井（时隶荣县）文昌庙，嘉庆二十二年（1817 年）立，光绪三十年（1904 年）废。清同治九年（1870 年）立龙门书院在凤鸣山麓龙王庙内，不久即废。城外还有东兴的东川书院。明代刑部侍郎胡子昭就学求学于东川书院，后师从明代建文帝的老师方孝孺。

义学是由当地士绅自筹经费，或祠堂庙宇的田租收入或私人捐款，设馆聘师，不收学生的束修金，故名义学。古代学生与教师初见面时，必先奉赠礼物，以示敬意。束修，就是一束肉干（类似现在的腊肉）。学费就是“束修数条”，后来就把束修理解为学费。送束修投师的礼俗早在孔子的时候就有了。《论语·述而》说：“子曰‘自行束修以上，吾未尝无诲焉’。”该句中的“行束修”是指读书的年龄（古代男子 15 岁入学）。孔子的意思是说，“从十五岁以上的人，我是没有不教的”，这表明了他的“有教无类”思想，也同他要求弟子“谋道不谋食”“忧道不忧贫”是一脉相承的。如像颜渊这样的学生，家里一贫如洗，尽管他交不上“束修”，孔子不仅不忽略他，反而还对其赞誉备至，甚至把他视为子、视为友、视为师，把自己一生的希望、自己身后道与志的传承都寄望于他身上。怎奈天意不随人意，颜渊却死在了孔子之前。荣县的义学也不收学费，贫寒子弟均可入学。道光二十年（1840 年），在荣县县城内设有景行义学、养正义学等。城外还有刘家、长山、程家、五宝、龙潭、鼎新巷子冲、古坟、新桥、镇紫等义学，至光绪三十年（1904 年）均废。

私塾，是由教育者自己私自设馆招收学生或由当地士绅、富户私人聘请老师设馆于家专门教自己的子女的一种办学形式。教师自己私自设馆招生的视学生家庭贫富程度，于开学时请家长来议定学生之束修金（钱或米），每年分端午和中秋两季送给老师。绅士、富户私人聘请老师教子女的，其薪酬则由学生家长自行决定。如前蜀开国皇帝王建（847—918 年）的养子蜀嘉王。他招纳了一位名叫仲庭预的孝廉，作“教授诸子”的老师。虽然仲庭预学识渊博，但嘉王给他的薪酬非常有限，使之非常困苦，饱受饥寒。至于他的学生（嘉王的子女们），也并未给他应有的尊重。有一天，正是十分寒冷的时节，他一个人在嘉王派人送来的一个旧火炉旁一边烤火，一边用铁筷子拨灰，一会儿就从灰中拨出了一双金子做的筷子。他便去求见嘉王。嘉王对属下说“贫穷之士见吾，必有所求”，便让属下告诉他正在为他制作新衣服（即薪酬）。仲庭预说“非吾意”（我不是来求王恩赐的）。蜀嘉王平时也喜欢研究方术，既然他不求于我，可能他是“别有所长”。故而“勉强而见”。庭预便拿出金筷子呈递给蜀嘉王，“陈其本末”。蜀嘉王见了金筷子，说：“吾家失此物已十年”，现在你得到了，拿来还给我，这是拾金不昧“真有古人之风”。马上“赠钱十万，衣一袭，米麦 30 石”，而且以宾客相待。不仅如此，蜀嘉王还推荐任命仲庭预为荣州录事参军（录事参军，是古代的官职名称。晋朝开始设置，也称录事参军事，是“王”“公”和“大将军”的属员，主要掌管监察举弹善恶之事。北魏至唐，各州均置录事参军，宋各州亦置此官，元废此官名）。

仲庭预后来的礼遇与他的“拾金不昧”有关，只有给他“制作新衣服”才与他的“私塾”职业工资有关。由此可见，旧社会私塾老师的工资是非常有限的。但是，那时的私塾老师却是清贫而高尚，如清代县人名詹崇，字季高，号长坡。少贫力学，学成以教书为生，且凭私塾所收的学费来养家糊口，侍奉双亲。尽管如此，他对贫穷的“寒士”则“免修脯（学费）”且给予其他的生活费用。他对学生实行因材施教：不论其聪明与否一律“引于善”；对于聪明的学生就教其“研性理”；对中下的学生就“讲因果”。他教了40多年书，授徒无数，“成其业者甚众”。享年69岁，无疾而终。他死后，公请入祀文庙乡贤祠，于县城北，县人赵熙为他写了碑辞（今废）。

荣县最著名的私塾当数宋代进士王梦易的私塾。王梦易因得罪了朝廷高官而降官三级后被罢职回乡。他便在荣县城北三里的石龟山上凿一石洞用于亲自教导自己的两个儿子。他抱恨去世后，他的夫人又请王梦易的生前好友苏轼来教导其子王庠和王序。王庠、王序长大成人后，颇有成就，王庠不仅成为苏轼的侄女婿，而且被黄庭坚称赞为“公家周颜（王庠字）笔如椽”。黄庭坚还为该洞穴题名“地仙洞”。后人因苏轼在此教过私塾而称之为“讲教洞”。

到民国24年（1935年），全县共有私塾540所，学生17 000多人，老师540人。民国25—26年（1936—1937年），政府规定，私塾老师要经过国家检验合格方可继续任教，教材要按国家规定使用“国定教科书”，废除原来的以“四书”“五经”为主要内容的教材。由此，私塾减至198所，学生减至3 981人，经教育部门认可，加以改良的有135所。1949年后，私塾逐步被国家公、民办学校取代。

古时候，无论是私塾、书院还是义学，老师基本上是围绕科举考试的“指挥棒”教学，教学内容以“四书”（《大学》《中庸》《论语》《孟子》）、“五经”（《诗经》《尚书》《礼记》《周易》《春秋》）为主。教学方法以让学生诵读为主，多数学生是“囫囵吞枣”。如有一学生对老师说：“我像您一样读书，但不能理解，一合上书，就忘记内容了，这样读书有什么用呢？”于是，老师就拿出一黑乎乎的篮子，让他到河边去打水。学生来来回回打了许多次，总是竹篮打水一场空。于是问老师，篮子里什么都没有，这有何用啊？老师提醒学生说：“你再看看篮子和原来有什么区别，你就知道了。”学生仔细一看，原来黑乎乎的篮子，现在已经变得干干净净了。于是老师说：“孩子，这就跟你读书一样，看起来没收获，实际上收获是很大的。你读书当时可能没有理解，或者读完就忘了，但是在这个过程中，阅读就在你的身上发生了作用，从里到外，日积月累，终有收获。”

这个故事说明了两个道理：一是“读书破万卷”终会达到“下笔如有神”的效果；二是古代老师的教学方法很简单，教学效益很低。正因为如此，古人要想通过读书成名成家，就不得不“挑灯夜读”“焚膏继晷”。古时候点灯时，灯芯燃烧，余烬常结为花形，称为“灯花”。古人认为灯花的出现，是吉祥的象征，有“灯火花，得钱财”的说法。但灯芯燃久了，结成了灯花，照度就降低了，于是就要加以拨挑，因此叫“挑灯”。“挑灯”就是拨亮灯火的意思。古人没钟表，是通过看晷（guǐ，日影）来计算时间，夜间用膏油点灯来照明。所以，唐代文学家韩愈在《进学解》一文中就以“焚膏继晷”一语来形容珍惜时间和勤学不倦的精神。

另据《荣县志》载，民国 9 年（1920 年），美道学会在荣县创立华英幼稚园，至民国 26 年（1937 年），有 4 个班，在园幼儿 89 名，教员 3 人；民国 28 年（1939 年）起，荣县先后在中城镇（今旭阳镇）、留佳镇等地先后建立县立幼稚园，至民国 33 年（1944 年），全县共有各类幼稚园 27 个，在园幼儿 138 名，教员 30 人；民国 34 年（1945 年）后，由于经费不足，县内幼儿园（班）此创彼停，时多时少。至 1949 年，全县公私幼稚园（班）仅存 5 所，6 班，幼儿 126 名，教员 12 人。

清光绪二十九年（1903 年），荣县在县城东街创立高等小学堂（今东街小学），至清宣统三年（1911 年），全县共有初等小学堂 145 堂。民国元年（1912 年），改称学堂为学校，至民国 38 年（1949 年），全县共有中心小学校 376 所，学生 2.22 万名，教职工 1 051 人。除此之外，清末，民初，县人詹鸿章、谷醒华、赖君奇、张植如、邹固元等先后办起了“詹言小学”“旭光小学”等民办小学，至民国 30 年（1941 年），全县共批准立案的民办小学 26 所；民国 36 年（1937 年）后，由于经费不足等原因，民办小学逐年减少，至 1949，全县民办小学仅剩 5 所。

民国 2 年（1913 年）春，荣县在县城万寿寺（今荣县中学校址）创建县立中学，校名为“县立初级中学”，民国 29 年（1940 年）秋增设高中班；民国 16 年（1927 年），荣县创建县立女子中学，定名为“荣县女子中学校”。民国时期，县内中学多为私人办学，先后有：民国 9 年（1920 年）基督教会创办的华英中学（今玉章高中）；民国 12 年（1923 年）基督教会在县城创建的华英初级中学（今一中老校址）；民国 13 年（1924 年），谷醒华等人在县城创办的旭阳初级中学；民国 28 年（1939 年），但懋辛、赖君奇等人在双古坟创办“荣县私立存仁初级中学”；之后还分别于民国 29 年（1940 年）、32 年（1943 年）在程家场和五宝镇创办了“荣县私立荣东初级中学校”和“私立荣南初级中学”等。与此同时，荣县在清末民初先后创办了师范、蚕桑学堂、护士学校、华英女子职业学校、民众夜课学校、家庭访问学校等中等职业学校和成人学校。

中华人民共和国成立前，荣县的各级各类学校的教师均实行聘任制。公立学校由校长聘任，呈报县教育主管部门备案，聘期为半年或一年，可连聘连任；私立学校由校长提名，校董会同意后聘任，报县教育主管部门备案。教师常常为得到一纸聘书四处奔波，往往沉浮于“六腊战争”的漩涡之中。有的虽然有真才实学，但苦于没有“门路”而被解聘；有的虽无德无才，却可以通过贿赂或其他手段而轻易得聘，从而导致教师素质不高。至民国 35 年（1946 年），全县共有教师 1 946 名；至 1949 年，由于受物价上涨等因素的影响，学校教师数仅剩 1 252 名。

教师，自古均被社会尊重。古代有“人有三尊，君、父、师”的说法。《吕氏春秋·尊师》云：对老师要“生则谨养，死则敬祭”，并把它作为“尊师之道”。如清代荣县有个叫吴天香的学生，自幼聪颖过人，为私塾老师杨联拔的学生。吴天香学习非常用功，考试常常名列前茅。是年，他的老师杨联拔亲自送他进京参加“院试”。谁知，就在他正要进入考场时，他的杨老师却客死在旅店里。这可如何是好，在这关键时刻，在这举目无亲的京城，吴天香毅然做出了一个惊人的决定，放弃“院试”，倾其所有为老师置办了棺柩，并亲自“扶其柩归”。吴天香尊师弃考的高贵品质，立即传遍乡邻，且受到“士林”看重。当地政府为他争取了一个“纳粟入监”的名额，给他圆了“大学梦”（相当于今天的自费生）。古代，人们普遍把老师同“天、地、君、亲”

相齐供上家中的“香火”。这种风气一直延续下来。到民国时期，由于战争频繁，老师的待遇下降，生活清贫，社会地位也得不到保障。中华人民共和国成立后，老师被称为人民教师，被誉为“人类灵魂的工程师”，老师得到了社会的普遍尊重。

（吴岷钟）

荣县早期的律师——“刀笔先生”

旧时的“刀笔先生”，又叫“讼师”，是专门为他人写状子的人，是现代律师的前身。

在中国古代，人与人、团体与团体之间发生纠纷又不能自行解决时，就“告官求决”，被称为“打官司”。而打官司事先要向官吏递状子陈述案情。但那时大部分人均属于不识字的文盲，于是就需要请识字的人代为写状子。因此，这种专门为他人写状子并为其在大堂上陈述案情或为之辩护的营生便成为一些人的专门职业——“刀笔先生”或“讼师”。中国最早的“讼师”，当数春秋时期郑国的邓析。据史料记载：他不仅诉讼知识渊博，而且能言善辩，可以“操两可之辩，设无穷之词”，所言是“持之有故，言之成理”。他不仅代人诉讼，还聚众讲学，传授诉讼知识和方法，很受学生爱戴和社会认可。

清嘉庆年间，荣县官府纳征农税是按亩计征，而且缴纳计算方法十分复杂，赋税种类有“粮”“丁”“条”之分，土地有“上田”“中田”“下田”“上地”“中地”“下地”之类，这是“条赋”。此外，还有“载粮”“载丁”等名目，名目之繁，令人眼花缭乱。对于不识字的农民，本来就懂不起这些烦琐的条目，加之终年足不出户，很少到城里去。所以，每到交粮（赋税）的时候，很难在小官吏核算之前就清楚自己该交多少粮。因此，就有一些人专门为他们核算，他们基本上都是为着官吏来核算的。而且当初的差役来征粮，就是在县城设立粮仓，并在城里设旅店，供交粮的人投宿。当纳粮者认为小官吏核算不准确时，多数人采取忍气吞声的态度，因为若不服气，就要请人帮打官司，还要送东西给别人，况且打官司，还不一定能打赢。

当年有一个河口镇的人，叫余占先，是一个未婚男子（童子师），认为他的亲戚的纳粮数不对，就向纳粮的官吏申诉，而纳粮的官不仅不听，反而扑上去打他，他一怒之下就写成状子告到嘉定府。谁知，他刚进府城，荣县的小官就跟上来，将他拷回荣县。后来，他亲戚花了许多钱才把他保释出狱。余占先保释出来后，又通过走崎岖的山路到京城去告状，辗转数月，终于把状子交上去了。京城接案后又转交四川总督"讯理"，四川总督的裁定未公开宣布，只是将粮仓移到县公堂侧边，由管户口的官吏负责征粮，本以为这样就好了。谁知，那个管理人员每天迟来早走，使交粮的人多得人山人海，有的十多天甚至更久都交不上，贫弱之户就更难了，造成"怨声载道"。其中有一个叫王开文的，非常气愤，便将其告到县上，县上不理，他又上诉，县上又派人跟踪，将其拘之并示众。王开文却不示弱，并大呼围观群众支持他。围观者声援之声如潮涌，县令害怕出大乱，才把他放了并进行了安慰。此后官员乱征税赋的行为才稍微好转，由纳粮引起的风波才得以平定。

到清光绪初年（1875 年），凤鸣书院有个叫刘春棠的学生，为人率直。是年，他的两个朋友，一个叫梁书安，一个叫吕瑞堂。两人都因为纳粮的事不仅其权利受到侵害，而且还被呵斥。两人不服，找县上评理，县令遂以梁、吕"喧嚣公堂"罪予以惩罚。知晓的群众均不服，便捐钱请刘春棠为其"主讼"。正好这时有个叫戴龙恩的也因县上重收了他的税赋要求县上还钱，县上不答应。于是便同刘春棠一起到省上告状，将荣县纳粮捐津税赋等所有的弊端均揭发出来。他们一人在省告状，一人进京告状。第二年，由按察使司（通称臬台，隶属于各省总督、巡抚，主要是巡察，相当于现在的中央巡视组，时为二品官）判决，对荣县的赋税纳粮做了统一规定，并将其章程铸为铁碑，立于县内让大家共同遵守。从此，县上官员再也不敢乱征税赋了。

从上述余占先、刘春棠等案件可以看出，荣县早先的律师制度很不健全，甚至没有建立起来，从而使县里的许多事无法可依，进而使有些小吏有恃无恐，胡作非为。一直到清朝末年，才开始修律。清朝法律大臣沈家本于1906年开始主持起草《大清刑事民事诉讼法草案》，于1910年颁布。其中规定了律师的地位和作用，这是我国最早对律师的认可。同时规定律师有“写状呈堂；上堂辩护；堂询原告和证人；代被告辩护，引申案例辩论”等权利。但由于当时政治、经济等原因，该制度未得到实施。到1912年，北洋军阀政府又制定了《律师登记暂行章程》,这是中国历史上第一部关于律师制度的成文立法法典。章程公布后，中国律师职业才慢慢兴起。至北洋军阀政府末期，全国统计登记的律师达3 000余人。荣县史料对民国前的律师（含“刀笔先生”和“讼师”）的记载很少，而当时的“刀笔先生”或“讼师”，多数人不一定熟悉当时的“法律”知识，只是凭自己读书识字的优势和“见多识广”的经验来进行，再加上当时以“人治”为主，所以“刀笔先生”的“生意”往往不是很好。民间纠纷多以“坐茶馆”（由当地有声望的人主持，当事双方代表到场各陈理由，最后由声望高的主持予以裁决，谁输了就谁开茶钱）的形式来解决；较大的案件由县令当堂裁决，这也是“人治”社会的基本特征。到20世纪80年代，“律师”这个神秘而神圣的职业才正式在荣县兴起并逐步被人们所接受。

（金钟）

荣县的中草药和名医

荣县地处四川盆地南部，属浅丘中亚热带季风气候区，西北高，东南低，浅丘和山地相连，旭水河和越溪河、沙溪河萦绕滋润，土壤肥沃，雨量充沛，日照充足，适合各种植物生长。在种类众多的植物中，蕴藏着大量的天然中草药材资源。仅民国《荣县志》就记载了100多种植物类药物。第三次中草药普查，更是记载了近500种。这些品类繁多的中草药，不仅造福一方民众，还留下了不少神奇的故事。

民国14年（1925年）冬，四川军阀刘文辉的24军的混成旅因战事驻荣县。有一天，一个轿夫突然倒地不省人事，情况十分危急。恰好荣县中医李自昭路过这里，他看了一下轿夫的病情，便在路边扯了几种草药，让当地农家生火煎熬后，从轿夫的口中灌下去。咕噜噜，汤药下喉，不一会儿，只见轿夫哆嗦几下，便悠悠醒了过来。

民国32年（1943年），荣县一名叫王元九的绅士之妻得了一种怪病，经常头痛难忍，尤其是解小便时，十分痛苦难堪。王元九请了许多名医用了无数好药，均不见效。眼看王夫人的病情日益加重，已病入膏肓。有人遂向他推荐荣县古坟场的中医谷政敷给他的夫人治病。王绅士心想，县城和省城的名医都没办法，一个乡下郎中会有啥好招？不过还是“死马当作活马医”。于是派人把谷大夫请来给夫人治病。谷大夫见到眼前骨瘦如柴生、气全无的王夫人时，心中也确实没有多少把握。不过，他还是认真诊断起来，望闻问切之后便给抓了些草药，让王家人迅速煎汤，且配一块焦饴糖调服。说来也怪，一顿饭工夫，王夫人要小便，虽也不顺畅，但却好多了。王家按谷老师的嘱咐，连抓了几付草药，按时给王夫人吃，神奇的是王夫人就一天一天地好起来了。这让谷老师名声大噪。有好事者问：“据诊何症，用的何方？”谷老一句：“医者细辨，草药通神。”后医者细究，多凡医者见不通，以通为用，多忽略了本虚之体。据说，谷老的诊断室墙壁上还悬挂自书的《大医精诚》中的佳句，与人共勉：

夫为医之法，不得多语调笑，谈谑喧哗，道说是非，议论人物，炫耀声名，訾毁诸医。自矜己德。偶然治瘥一病，则昂头戴面，而有自许之貌，谓天下无双，此医人之膏肓也。老君曰：人行阳德，人自报之；人行阴德，鬼神报之。人行阳恶，人自报之；人行阴恶，鬼神害之。寻此二途，阴阳报施，岂诬也哉？所以医人不得恃己所长，专心经略财物，但作救苦之心，于冥运道中，自感多福者耳。又不得以彼富贵，处以珍贵之药，令彼难求，自炫功能，谅非忠恕之道。志存救济，故亦曲碎论之，学者不可耻言之鄙俚也。

李自昭和谷政敷究竟是何许人士？为什么仅凭一些草药就能治大病？其实这两人从小就聪慧过人，读书刻苦，成绩优异，本可“学而优”入仕，但当时官场昏暗，社会动荡，尤其是荥县地处要地，通成渝，接云贵，时有战乱，百姓流离失所，贫病交加，无钱治病任其身亡的现象时有发生。他们宅心仁厚，见此情此景则痛心疾首，于是或弃官或弃学从医。他们和大多数医生一样遍览医家经典著作，亦照医书效仿古人“遍尝百草”，逐渐有了一身本事。李、谷等人遍读医书，对药王孙思邈的身手品性更是无比崇拜，特别是孙思邈小时候的遭遇和他们十分相似，遂以孙思邈为楷模自勉自励，见贤思齐。

而孙思邈又为何对李谷二位老师产生如此大的影响呢？传说药王孙思邈遍访药源道宗，据传来到蜀地古荥州访荥德山，不时为乡人看病。有一次出诊，遇到老虎，不管是走大路还是小路，老虎总是挡住他的去路，孙思邈说：“猫猫，你想吃我就点头三下，不想吃我就摆头三下。”老虎摆了三下头。“你有病吗？让我看看。”孙思邈问道。老虎点了一下头，四爪慢慢伸开趴下来，昂起头，张大嘴。孙思邈上前仔细检查，发现老虎喉咙里卡着一只簪子，他顾不得害怕，赶紧拿药钳从虎口中取出簪子，并敷上药。虎愈，为报恩，便充当他的坐骑。孙思邈骑虎出诊，一条龙挡道，流露出乞求的眼神，孙思邈看了龙的舌苔，发现龙有病，便给龙扎针。龙愈，为谢孙思邈，便随他出诊，每到一个地方，若遇天干，便发水滋万物。乡人感其医术之高超，医德之淳厚，建庙以纪念。

荣县于明代便在鼎新修建了药王庙，专门供奉孙思邈的神像，此外还在县城玉皇观、正紫回龙观（张家庙）、丁家庙等几十所寺庙内均供奉药王菩萨。尤其是在清代和民国时期，县城的中医老师每年的四月二十八日药王寿诞之期都要集中前往药王菩萨像前焚香顶礼参拜，挂红放炮，以示纪念。

荣县还以孙思邈为榜样，每年夏秋疾病多发之时，由县城知名中医在县政府的大厅免费为老百姓义诊，药费由县政府拨付或由部分包括医生在内的义士善人捐款解决。义诊一般要坚持到农历十月疾病流行时间结束为止，深受老百姓称颂。李自昭凭借自己的高超医术，往往会收到富豪绅士的“浮财”，他对这些“浮财”，是照收不误，他要“取之于富家，送诊于贫民”，他为此专门编印了普及医学的小册子免费给老百姓和医学界初学者。不仅如此，他每年都要炮制“万应丸”和“午时茶”等“大锅汤”免费供老百姓饮用。20 世纪 50 年代末，荣县脑膜炎流行，县上组织由谷政敷任组长的中医治疗小组，按“温病施治，立方遣药，投之辄效”，救治了不少人，深受病者赞扬；60 年代，县内又流行钩端螺旋体病，谷老师亦按温病治理处方，治疗百余例，仅一例因延误时机身亡，其余全部治愈。

荣县中草药名医，除上述李自昭、谷政敷外，还有远近闻名的“伍、温、夏、樊”四大名医。下面分别做简介：

“伍”，即伍怀钦（1873—1947），荣县人，清代贡生。出生中医世家，通读《黄帝内经》《本草》《伤寒》《难经》等中医药经典著作，擅长中医内、妇、儿科，善治伤寒杂病，善用干姜、附片，被称为“伍干姜”。他不仅医术好，医德高，而且为人正直，人称“正义老人”。清翰林赵熙称其“一念慈心无量福，百年公道众人知”。他教授的徒弟夏固宁、刘慧根、伍文昌、伍文龙等均成为当地名医。

“温”，即温爵如，晚清秀才，善诗词，尤擅长书法，自书“神化膏”吊牌一块立于县城，他专门研制售卖“神化膏”药。因他的膏药也有“药到病除”之神奇，故称为“神化膏”。

“夏”，即夏固宁，伍怀钦的徒弟。他深得伍老师真传，在有些地方还有独到之处，正如孔子所说“弟子不必不如师”。另外，也有人说“夏”是指“夏立三”，但对“夏立三”的记载却难以寻觅。

“樊”，即樊品高，擅长内科，自设药铺。不仅医术高超，医理精练，处方药品佳，而且文学好，字写得漂亮，深受业内称道。

清朝和民国时期，荣县的名中医还有赵叔尧、张紫微、刘善之、徐廷翼、郭绍卿、郭懋威、周恒光、龚秉一、宋笠云、赵东升、谢仲常、张吉廷等，都是各有专长，在县内外享有盛誉。

每当诊疗于病人，无时不谨记先贤之医德，无时不虑神奇的荣县中草药惠民便民的道地！

“锦束一滴如甘露，灵草三春出圣丹！”，赵翰林赠赵东升的对联，高度地概括了中草药的神奇！

（钟永平）

荣县的中医、中药业

我家是中医世家。祖父伍光灼是荣县著名的中医师，父亲伍怀钦从小受家传，后来成为县里男女老幼皆闻其名的“伍、温、夏、樊”四大名医之一。

我幼时也从父学医，15 岁开始学诊脉处方，至今已有半个多世纪。1949 年以前曾担任过“国医支馆”副馆长、“中医公会”理事、“中药公会”常务理事等群团组织职务，故对当时荣县中医、药业情况略有所知。现将当时荣县中医、药业方面的情况做一简要记述。

一、行医的类别与方式

中医执业者都是自由开业。虽从事一业，治病救人，但因其医术有高低之分故在社会上的声望亦有差别。按其行医方式，有各种各样；以其资历，有等级之分，如家传、投师学医、走方郎中、受聘坐堂等。

声望高的家传中医师有：李志昭，秀才出身，长于医温病，传子孙三代；赵叔尧，曾任什邡县知事，治病主温和，传门徒三代；伍怀钦，祖传世医，善治伤寒病，传子孙门徒四代；樊品高、刘善之、徐廷冀等都是三代相传；郭绍钦、郭懋威传三代；王平安善儿科，传三代；尹成之、尹宏仁善治传染病，人称“尹瘟匠”，也是祖传授之。

投师学医的中医师有：宋笠云，长于医外伤，传两代。时医有：

王积光、刘政文、龚秉一等。他们原为教育工作者，经自学后弃教行医，称为时医，各有传授。

其他中医师：谢仲常、丁咸钦主接骨；饶秉仙、李鹏九主针灸；炸筒医有郝源生等。草药中医师：东门有赵东升，西门有赵明生、詹郁文，南门有钟积善，北门有严大有。

祖传名医一般都既行医又卖药。其他医生一般是医、药各行其是，互不相干。旧社会有句俗话“黄金有价药无价”，又道是“药无三倍利，九折不行医，趁我十年时，有病早来医”历来如此。有的还采取手段牟取高利。如老中医×××的处方，有意将药各用别名，“甘草”写成“国老”，“当归”写成“陵游”，“麦芽”写成“末也”，“薄荷”写成“伏尖”，“佩兰”写成“香草”，“柴胡”写成“财富”，“蔓京”写成“万金”，“巴豆子”写“江子”……，不胜枚举。他开出的药方，其他药店一筹莫展，只有他一家独卖，有利于包医包卖药，掺杂使假、提价出售，获利甚厚。更有甚者，给药不给方，诊断后，定人、定药、定价格，说一不二，病人出了钱还不知是什么药。再有一种搞“包病医治”，医好后定额付钱，但病家要负责传名，名利双收。

受聘坐堂。药商聘请医生到店铺坐堂行医处方，首先议定月薪或计进费。曾受聘坐堂行医的医师有段孚五、刘善之、龚秉一、唐本初、王积光、唐述尧、周恒光、濮光泽、钟伯华、郭绍饮、廖良才、王德尊、宋礼门等。伍文昌也曾在“济生”“延昌”“成林”等药号当坐堂医师六年，除每月由药号发给薪金外，烟、饭两开由药号供给，如病家愿付出给其也由医师受之。

设摊行医的有梅春发（外号“霉不霉”）传三代，杨遐岭、徐固伦各传授两代。

走乡串户的称为“走方郎中”，一般以膏、丹、丸、散等成药治疗内外科各症。这种行医方式，是送医、送药上门，方便了群众，颇受欢迎。

监狱医师（又称“医官”）有刘慧根。伍文昌也于1945年被四川高等法院委任为荣县地方法院看守所医官。监狱医师系国家编制，吃国家公粮。每天由看守所主任指定染病犯人就医（轻病经批准后才能看病），药费由犯人自理。看病时医师不得与囚者交谈。那时监狱极不卫生，臭虫、虱子横行，牢房无干净之地，囚犯因此染病而死亡者不少。

另外还有一种毫不科学的、纯粹迷信的“对号入座”的“印板药单”——病人到胡公祠祈求药签，照所求签号去对印好的药单拣药。单上都是无关紧要的、能治一般伤风感冒的药，人吃了危害不大。偶尔也有“瞎猫逮到死耗子”碰巧治好了的。还有部分术士以符水治病骗取钱财的，如以“催生符”治疗难产，以“化骨水”“接骨水”“止血水”治疗外伤的。

二、中医、药业的机构和群团组织

1. 关于“医学讲习所”

1938年，县政府决定成立“医学讲习所”，由县长曾德威兼任所长，地址选在“桂林书院”（即今县文化馆）。该所以培训中、西医人才分配给各乡镇建立卫生所为名，实则为控制中医、逐步发展西医做准备。学习时间为两年，招收有一定文化基础的男女数十名，有何杏园、王泽容（女）、伍文昌、钟懋懿（女）、赵文会、邹习孔、张宗藩……主要课程是：中医，包括伤寒、温病、药性、外科、儿科；西医，包括生理解剖学、传染病学、公共卫生、护理学。另外，还有音乐、体育科。管理人员由“民众教育馆”馆员杨雪池兼任。聘请有声望、有社会地位的中、西医师讲课。中医有李志昭、赵叔尧、吴敬舆、丁咸钦、李敬偁；西医有“仁济医院”罗仁杰、刘月亭、郭诚信（女）、孙尔媃（女）等。此外，还编唱了“医学讲习所所歌”：

邃彼医学，日即沉论，开所讲习，志在求精，我疗我疾，我养我生，有诸内必形诸外，惟治己始能治人；伟哉医学，日益发煌，沟连西术育为奇光。吾民苟弱，吾国何强？移易之责，是赖吾济担当。

但“医学讲习所”只办了一班，学员毕业即失业，当初进所时的雄心壮志被悲观失望所取代了。

2.“国医支馆”的成立和改选

全国设立有国医馆，四川有国医分馆，荣县设支馆。1938年，中央国医馆四川分馆委派李志昭为荣县国医支馆馆长、赵叔尧为副馆长，地址仍设在桂林书院，与“医学讲习所”在一起，挂上“中央国医馆四川分馆荣县支馆”吊牌。由于县政府不给予支持，支馆毫无活动经费，无法开展工作，只挂牌不做事徒有虚名。

1942 年，省分馆以荣县支馆成立后毫无生气，令即改选报核。由副馆长赵叔尧通知会员，并请县府社会科派员临场监选，改选地点在西街“两湖图书馆”。会议选举赵叔尧为馆长，周克和、伍文昌为副馆长，郭懋威为董事长，报请省分馆审核。由省分馆馆长曹叔实署名加以委任。支馆地址改设在“中医公会”楼上。支馆机构改选充实后，但经费仍无着落，“巧妇难为无米之炊”，大家一筹莫展。“荣县国医支馆”仍然是名存实亡。自 1938 年成立以来几乎没有什么活动。

四川省国医分馆办有三年制的国医学院。1940 年，荣县最先保送伍文昌、杨灿君到国医学院，插入本科五班。读了四学期肄业；继后去该学院求学的分别有刘鹤岭、曾文彬、周克和、赵竹修、张宗藩、何元章等 10 余人。他们的学习期都很短，因日本飞机常来成都轰炸，中途休学者甚多。后来伍文龙（伍文昌之弟）、易重明等投考入校，读至 1948 年毕业。“国医学院”是自费读书，当时的青年人大多不愿学中医，既感难学又属冷门，还要自己出钱，所以伍文龙他们那一个班毕业时才 5 个人，其余皆中途辍学了。而伍文龙他们毕业后工作也无保障，大学毕业即失业。

3．荣县第一个私营联合诊所

1942 年，由王丕显（第一次甄别考试的甲等第一名）、伍文昌（甲等）、周克和（甲等）三人，在县城东街联合组成荣县第一个私营“康民诊所”，集资买药行医。聘请伍怀钦做诊断技术指导。诊所设方桌四张，座位四个，生活全由诊所供给。工资以看病的多寡计算，诊费归个人所得。“康民诊所”建成的目的，是想用硬招牌（组成人员皆是考试甲等，又有伍怀钦坐堂）与其他诊所竞争。但它对于打破门户之见的行医惯例，促进互相学习，交流经验有益处。

4．国药供销合作社

1942 年，为了维护中医、中药双方利益，“中医公会”“中药公会”“国医支馆”共同商议，决定组织“国药供销合作社”。当时“国医支馆”董事长郭懋威的侄子郭槐堂（县政府合作指导室主任）在动员中说：成立国药供销社好处很多，在外地进药和社员买药都不出税。这样经营，积累资金很可观，国医支馆的经费也有了保障。于是各出股金，成为社员。召开社员大会，选举赵叔尧为理事会主席；伍文昌理事兼经理（负实际责任的是原"景成林"药店经理谢振文）；郭懋威理事兼司库。地址在柴巷子（现西南街）"博济生"药铺内（郭懋威家）。"国药供销社"成立后到重庆、宜宾、赵家渡等地购进药材，供应本社社员，头三年已有盈余积累，后来由于货币急剧贬值，亏损极大，账上数字增大而库存实物大大减少，债台高筑，终于关门倒闭。社员无不抱怨。

5．"中医公会"及其活动

1937年，李志昭、赵叔尧、伍怀饮、樊品高、刘善之、郭懋威、郭绍卿、刘蕴之、周恒光等，为了增进感情，交流经验，团结中医人员，互相串联在城的几十名中医组织了"荣县中医公会"，地址设在"小有天"茶馆内，悬挂公会吊牌，推举李志昭、赵叔尧为正、副会长。

公会的活动有：

成立中医研究会。该会定期于每月初二、十六下午聚会，研究学术及会务事宜，后来每年四月二十八日的"药王会"开常年大会一次，会后大家聚餐，社员都满意。以后各乡镇陆续有中医人员来入会。

设立"施诊所"。1937年夏、秋两季，疾病流行，贫困人家无钱就医。县政府以"慈悲"为名目，令"中医公会"在"小有天"设立"施诊所"。成立时县政府还特意设宴招待了参加施诊的全体医师。参加施诊的中医，每天下午轮流值班，义务看病，免费治疗。每日前来就诊的贫苦病人就有几十号。会长李志昭常来监督检查值班医师的处方用药是否对症。

有一次，我亲眼见到老中医樊品高诊治一个黄疸病人，开麻黄一两（千金麻黄醇酒汤）。正值李志昭前来检查，他看了处方，大为吃惊，伸了一下舌头，摆了摆头。樊觉察到了，说："李二老师，怎么样？我读医书上'麻黄不可轻用'，我就重用了。"李说："好嘛。"樊接着说："医书说'麻黄不可轻用'是说不可轻易用的意思，我懂得。可是我认为有病则病受。"各人有各人的见解，在场诸人置之一笑。说明施诊所治病认真负责，不是草率应付，同行互相尊重，各抒己见。民众反映说，施诊所办得好，救了许多穷苦病人。

后来，每年夏、秋季疾病流行期，公会都动员士绅自动捐款，制备些防疫宝丹、雷击散、救济药、清凉剂等药物，交由捐款者自行设点免费散发。此举治救了不少穷苦大众。有人说，“赵会长大发慈悲”。因为赵叔尧是“佛教居士林”会长。

1942年，县政府社会科长、国民党县党部委员虞伯友，改组调整民众团体。中医公会成员做调整改选：赵叔尧为常务理事，郭懋威、周克和、伍文昌为理事，修改了公会章程。调整后的公会规定：会员须缴纳会费；制发会员证书；统一处方签，由公会印发；规定门诊、出诊收费标准；会址迁移到“康民诊所”楼上办公；每月初二、十六中医研究会仍在“小有天”茶馆按期召开；常年大会改于“三·一七”国医节举行；大会上作会务工作报告，会后缴费聚餐。

1946年，县政府社会科指令中医公会更名为“中医师公会”。机构、人员和章程变动不大：改选赵叔尧为理事长；刘善之为常务理事；郭懋威、周克和、伍文昌为理事；伍怀钦为监事。经过这次更名和调整，国民政府又进一步加强了对中医业的限制。将会员中原有省政府发给的“中医证书”，连同二寸半身照片两张和县党部的保证书呈报中央卫生部审核，颁发“中医师证书”，由卫生部部长署名。有了“中医师证书”后，再缴二寸半身照片两张、呈报考试院考选委员会审核，该委员会按专业进行检覆、审查，合格后才又由考选委员会委员长陈大齐署名签发合格证，并加盖甲种公职候选人小方章。如此烦琐、严格审核的证书，在中医师公会中仅有少数人领得，极不合理，引起多数人的不满。这是政府限制、消灭中医的手段。其实，领有合格证书者，不见得医术都高明；没有领得者，确也有他独到的医疗经验。

1947年，国民政府在各县成立参议会，在职业团体中，“中医师公会”分到一名县参议员名额。全国性的职业团体“中医师公会”选举了施今墨为立法院委员。

6．关于“国药公会”

荣县的中药业原来称“药帮”。大药号（行）都是重庆药商来经营的。荣县土产药材不多，大多从重庆、宜宾、富顺、赵家渡等地购进。在上述地区购药，分端午、中秋、春节，前后“三关”付款：先买货，后付钱，药材抵荣，只付脚价（运费）。由于购药均由“麻乡约”（民间运输行）包运，如有损失，照价赔偿。

“药帮”每年有一次聚会，在后山玉皇观（今首义广场背面）内泥塑一座孙思邈骑虎的神像，尊称为“药王真人”，每年4月28日，是药王诞辰、叫“药王会”，药帮同仁和行医卖药的都要在这一天去敬神聚餐。还有一些病家携带礼物到医家去吃药王会，相传已久。辛亥革命后，才逐渐改变。

1942年，县政府社会科组织民众团体，成立“国药商业同业公会”，将县城几家大药号（行）“景成林”“高正丰”“景庆云”“济生号”（渝帮），以及又行医又卖药的“博济生”“太和堂”“渝春”“愈方”“康民”等医药铺组织成立“国药公会”。推选伍文昌为常务理事，高怀仁（渝帮）为理事。会址就设在东街“康民诊所”楼上。

三、国民政府对中医事业的限制

祖国医、药学，是我国劳动人民和医药学家在长期与疾病做斗争的实践中积累起来的宝贵经验，是中华民族聪明、智慧的文化结晶，千百年来为民族的繁荣和国家的昌盛做出了巨大的贡献。

可是在民国时期，祖国医药学却遭到政府的限制。

1. 颁布法令，限制中医药业

1929年，中央卫生委员会通过一项“废止中医、以扫除医药卫生之障碍案”，说旧医一日不除，民众思想一日不变，新医事业一日不能向上，卫生行政事业就一日不能进展……（大意）。国医言阴阳五行，不重解剖，在科学上毫无根据，不但国医应一律废止，国药也应限令歇业……。政府还规定：“一、禁止报纸、杂志登载有关中医中药的广告；二、限期登记旧医；二、禁止成立中医（药）学校。”

民国政府企图消灭祖国医学的政策，激起了全国医药团体、医药业人员的极大愤怒和一致反对，连国民党中央也有人反对。1929年3月17日，全国中医药业团体代表齐聚上海，召开大会，组织请愿团，要求取消“废止中医、以扫除医药卫生之障碍案”决议。在全国中医药业同仁的呼声中，政府采取了两面手法：一方面用高压手段解散了

“全国医药团体联合会”，于翌年成立“中央国医馆”；另一方面于1933年由立法院制定“中医条例”来暂时抑制民意。但这个“条例”制定后一拖再拖，在广大中医人员的强烈要求下迟至1936年才公布。

中央国医馆馆长由焦易堂担任。四川省国医分馆馆长是曹叔实。省分馆又成立了四川国医学院，林梅坡、李斯炽为正副院长。上海创办中医大学，谢利恒任校长。又成立国医研究所，陈存仁任所长。其他省、市创办了《中华医药》《中国发明之科学药方》等刊物，还成立了“中国医药文化服务社”等。全国名医张简斋发起组织“中国国医学会”，伍文昌也是会员之一……这些中医（药）机构、团体、刊物的建立，是全国中医药团体、人员反对消灭中医政策的主要措施。

2.“中医甄别考试”使中医歇业不少

民国荣县政府在执行限制中医事业的政策中，颇为卖力，致使许多中医执业者被迫停业，“甄别考试”便是其中之一。

1938年，县长曾德威亲自出面，以执行国民政府限制中医条例为借口，进行中医甄别考试，先后举行两次。参加考试的中医职业者有200余人，应考者须缴二寸半身相片两张。考试科目有：“内难概要”“古方概要”“伤寒”“温病”“外伤”等。考试及格者中，王丕显、王积光、郭懋威、曹伯龄、周克和、邱仲文、伍文昌等19名为甲等；龚秉一、何统纲、兰志唐、杨藻青、钟伯华、唐伯虞、周恒光、廖良才、王惠之、柯信诚、陈从新等约70名为乙、丙等。县政府按其考试等级发给不同的开业执照，准予执行医业。那些在地方上有声望的著名中医，如李志昭、赵叔尧、伍怀钦等，免试发给甲等开业执照。对文化低而有一技之长者，经口试及格仍发给行医执照。

所发执照，按其甄别考试的等级，签发的政府机关不同：甲等执照由四川省政府审查后发给“中医合格证明书”，上面由省政府主席王赞绪、民政厅长胡次咸署名，乙、丙等执照由县长署名。考试不及格者一律不准行医。年已七八十岁且医术好的老中医樊品高、刘蕴之、柯中和等不愿应考，群众仍然请他们看病，县府官员也无可奈何。

以全县中医来看，医术高超而未应考者有之；在应考中医中，医术好而考试等级差者亦有之，如王积光，好些人认为他文学好、学生多，一定会名列前茅，谁知第一次考试落得丙等尾名。之后，他无颜开业，乃参加第二次考试，一跃为甲等头名，待领到执照后又才行医。还有一些行医多年、医术有独到之处的中医师，因考试名落孙山领不到执照而被迫关门。

3．军阀横行下中医业者的境况

旧社会的中医执业者，客观上为民解除疾苦，救死扶伤，但大多也赖以为衣食之道。因此，刻苦钻研医术、凭硬本领挣钱，不至于门可罗雀，业务萧条。尽管如此，也不免遭受军阀的横行欺辱。

有一次，驻荣川军某部杨营长请李志昭看病，李志昭因门诊人多，未能及时赶去，杨营长见勤务兵跑了两趟空路，勃然大怒，认为李志昭摆了他们的架子，便派多名士兵到昭仁馆，不分青红皂白，先将招牌砸得稀烂，然后将李志昭插上草标，抓出来站在长板凳上。兵士们吐口水、打耳光，大肆辱骂一顿恨恨而去。可怜李志昭秀才出身，平生何曾受过如此侮辱？可是对这些如狼似虎的军阀，只有忍辱吞气。

军阀们还随时随意敲诈、勒索中医药业的号（行），地方官历来怕这些兵，怎敢惹火烧身。有一次，川军士兵大闹“济生号”，说主方中医濮光泽开错了方，毒倒了他们的弟兄，硬要讨“价钱”，便将濮抓出来痛打辱骂，打药拒，掀桌子，闹得不可开交。最后号家去请袍哥出面调和，置席赔礼道歉，赠送“包袱”（钱）才算了事。“景成林”药号也同样遭到过讹诈。

在旧社会，中医药业的同仁们受压迫、遭欺凌的事可谓多矣。但凡稍有名气的药号、医馆，无不受过兵痞的蹂躏。无怪乎人们都说，旧社会“兵即是匪，匪即是兵”，一点不错。

一般中医（药）业者（少数除外），都不愿医绅粮豪富。皆因为当时给有钱有权人治病，脉礼都是欠账，待逢年过节外送点烟、糖、肉，只值几吊钱。拣药不但赊账，而且要专拣好咀片，每张药单子上有多少味药，就要包多少包，称为“零包”，药费要待端午、中秋、除夕才付，只付整数，不给零星。

（伍文昌）

后　记

自古士农工商，泥木石工，七十二行，行行有规矩，行行有春秋。荣县与其他县相比，亦无特异之业。常业不书，则无业可书。尽所有而书，则书不胜书。《百业兴替》则录其于古有征、于今有用之业，意在总结经验，探索规律，激励后人，继承传统，进而推进县内各行业全面、协调、可持续发展。

鉴于此，《百业兴替》就农业、工商、文化教育、医药等主要行业的古往今来和兴衰更替进行简要介绍。为了遵循“存史咨政、古为今用”的原则，本着“尊重历史，实事求是”的精神，编写组历时两年多时间，查阅了《荣县志》《荣县文史资料》等大量史料，拜访了县内外文史专家学者，走遍了荣县的山山水水，搜集了数十万字的第一手资料。再通过去粗取精，去伪存真，比较客观地再现了荣县 1949 年以前几千年遗留下来的百业之态。

荣县政协委员会及其学习文史专业委员会对本书的编写十分重视，为了不忘初心，雪泥鸿爪，多次召开县内外专家学者座谈会，对本书的编写提出了许多宝贵意见。荣县有关业务主管部门对该书的编写给予了大力支持，提供了不少宝贵的文献资料。在此，编写组对给予本书编写、出版提供支持、帮助的所有人员和部门致以衷心的感谢！

由于荣县历史悠久，史料的搜集、考证工作难度大，加之时间仓促，任务繁重，更因为编者水平有限，疏漏之处在所难免，恳请读者批评指正！

《百业兴替》编写组

2019年12月

千年古县 荣县记忆

5

诗乡翰墨

中国人民政治协商会议四川省荣县委员会 编

钟学惠 主编

唐圣勇 副主编

西南交通大学出版社
·成 都·

图书在版编目（CIP）数据

诗乡翰墨 / 中国人民政治协商会议四川省荣县委员会编. —成都：西南交通大学出版社，2020.1
（千年古县　荣县记忆：全 6 册；5）
ISBN 978-7-5643-7352-8

Ⅰ. ①诗… Ⅱ. ①中… Ⅲ. ①诗集—中国 Ⅳ. ①I22

中国版本图书馆 CIP 数据核字（2020）第 004749 号

目录 CONTENTS

第一编　诗　歌

第二编 散 文

第三编　赵熙作品选

第一编 诗歌

一、古荣州歌谣

蜀中为费贻歌

节义至仁费奉君，不仕乱世，不避恶名，修身于蜀，纪名亦足，后世为大族。

（民国《荣县志·人士第八》）

【注】

费贻，字奉君，生卒年不详，东汉犍为南安县人，在乡中以操守著名，与李业、谯玄、王皓、王加等有南安“清廉节义五杰”之誉，俱为刘秀（汉光武帝）所敬重的名士。王莽时期公孙述（？—36 年）据蜀时漆身为厉，佯狂避世。述破，光武帝征为合浦太守。费贻政清刑简，勤政有为，爱民廉洁。任满离职之日，合浦郡民攀辕百里相送，至县界一座大山下方洒泪惜别。费贻离开，合浦百姓感念他的功德，便将洒泪惜别之处的大山称为廉山。唐代，合浦又因廉山吏风之德而名廉州。合浦孔庙的三贤祠为他塑像祭祀。荣州文庙乡贤祠中立有费贻神位（今佚）。事迹见《后汉书·谯玄传》《华阳国志》等。

�山虎

筇山高极入穹苍，人道虎为殃。人行过此不曾伤。咸阳宫阙在平地，高鹿食人无所计。吁嗟！苛政猛于虎，斯言垂万古。

（同治三年《嘉定府志》卷四〇）

【注】

筇山虎，又称君山谣。

筇山：又称老君台，在今荣县铁厂镇境内。

二、薛涛

薛涛（约 767—约 832），字洪度，唐代女诗人。原籍长安，幼随父居成都，八九岁能诗。十六岁入乐籍，脱籍后终身未嫁。成都望江楼公园有薛涛墓。薛涛与卓文君、花蕊夫人、黄娥并称“蜀中四大才女”。薛涛有诗集《锦江集》五卷，诗五百余首，可惜未流传。后世有明本《薛涛诗》一卷。均佚。今有清末《洪度集》一卷及今人《薛涛诗笺》（章篷舟校注）存世。

题竹郎庙

竹郎庙前多古木，夕阳沉沉山更绿。
何处江村有笛声，声声尽是迎郎曲。

【注】

竹郎庙：祭祀古代夜郎王（竹王）的神庙，又叫竹王祠，有多处。《太平御览》：“荣州有竹王庙。”

迎郎曲：迎竹郎神（竹王）之曲。又作迎仙曲。

三、无名氏

后庭宴

千里故乡，十年华屋。乱魂飞过屏山簇。眼重眉褪不胜春，菱花知我销香玉。

双双燕子归来，应解笑人幽独。断歌零舞，遗恨清江曲。万树绿低迷，一庭红扑簌。

（杨慎《全蜀艺文志》卷二五）

【注】

《全蜀艺文志》题下有注："建隆中，旭川筑城，掘得石刻，盖唐人语也。"

四、魏野

魏野（960—1019），字仲先，号草堂居士。北宋蜀人，后迁居陕州（今河南陕县）。嗜吟咏，不求闻达，著《草堂集》十卷，后其子魏闲重编为《钜鹿东观集》七卷。代表诗作有《寻隐者不遇》等。

送太博知荣州

莫叹迢迢远帝京，且怜叱驭继家声。
歌钟竞出棠郊送，鼓角应过剑阁迎。
棕叶带风惊玉勒，梅花和雪照红旌。
下车遥想无余事，政誉遥同在陕城。

（《钜鹿东观集》卷五）

【注】

太博：太学博士或太常博士的简称。这里指王辟，曾以太常博士知荣州。

五、刘兼

刘兼，唐末宋初长安（今陕西西安）人。约公元960年前后在世。宋初为荣州刺史。太祖开宝七年（974）为盐铁判官。曾受诏修《五代史》。《全唐诗》收其诗73题81首，多为荣州任上所作，本书选注部分诗作。

初至郡界

嘉陵江畔接荣川，两畔旌旗下濑船。
郡印已分炎瘴地，朝衣犹惹御炉烟。
莲塘小饮香随艇，月榭高吟水压天。
锦字莫嫌归路远，华夷一统太平年。

【注】

嘉陵江：疑指岷江从乐山至犍为一段。古代荣州至成都的官路有二：一是从荣州出发，经仁寿至成都；一是从荣州出发，走应灵（治所在今犍为金山寺），乘船由岷江经乐山、眉山至成都，官员赴任、卸任多走此路。

荣川：荣川水，即今四川荣县、自贡、富顺境之旭水河（荣县河）。

锦字：指锦字书。典出于前秦窦滔之妻苏蕙，织锦为回文《璇玑图》诗，赠其夫。后世因称“锦字”为夫妻之间的信件。

到郡后有寄

蜀路新修尽坦平，交亲深幸再逢迎。
正当返袂思乡国，却似归家见弟兄。
沾泽只惭尧綍重，溯流还喜范舟轻。
欲将感恋裁书旨，多少鱼笺写得成。

【注】

《全唐诗》题下有注：“一作到郡后寄西川从弟舍人右司阎郎中齐殿院。”

尧綍（fú）：明君的诏令，指荣州刺史的任命。

范舟：范蠡扁舟，指范蠡助越复国，功成身退，乘小船而去。

鱼笺：鱼子笺，古代一种布目纸。产于蜀地。唐刘恂《岭表录异》卷中：“广管罗州，多栈香树……皮堪作纸，名为香皮。纸灰白色，有纹如鱼子笺。”这里代指书信。

登郡楼书事

偶奉纶书莅旭川，郡楼嘉致尽依然。
松歙鸟道云藏寺，月满渔舟水浸天。
望帝古祠花簇簇，锦城归路草芊芊。
有时倚槛垂双袂，故国风光似眼前。

【注】

纶书：即诏书。

望帝：即杜宇，神话传说人物，为古蜀国王，号望帝。为蜀除水患有功，后禅位，退隐西山，蜀人思之；时适二月，子规（杜鹃）啼鸣，以为魂化子规，故名之为杜宇。事见晋常璩《华阳国志·蜀志》。

锦城：即锦官城。在今四川成都市西南南河（锦江）南岸。唐徐坚《初学记》卷二七引任豫《益州记》："锦城在益州南笮桥东流江南岸，蜀时故锦官也。"后人用作成都的别称。

登郡楼书怀（三首）

其一

烟雨楼台渐晦冥，锦江澄碧浪花平。
卞和未雪荆山耻，庄舄空伤越国情。
天际寂寥无雁下，云端依约有僧行。
登高欲继离骚咏，魂断愁深写不成。

【注】

卞和：一作和氏。春秋时楚国人。相传于荆山觅得玉璞，先后献给楚厉王、武王，均被认为欺诈，先后断其双足。及楚文王即位，又抱璞哭于荆山下，王使玉人理其璞，果得宝玉，称为"和氏之璧"。

庄舄越吟：越人庄舄在楚国（都郢，今湖北江陵西北）做大官，病中哼出的还是越国的声音。后以此典比喻人们客居异乡，但怀念家乡，眷念故土。

依约：仿佛；隐约。

离骚：遭遇忧患。屈原作《离骚》。《史记·屈原贾生列传》："离骚者，犹离忧也……屈平之作《离骚》，盖自怨生也。"

其二

边郡荒凉悲且歌，故园迢递隔烟波。
琴声背俗终如是，剑气冲星又若何。
朝客渐通书信少，钓舟频引梦魂多。
北山更有移文者，白首无尘归去么。

【注】

"北山"句：南朝孔稚圭作《北山移文》讽刺隐士贪图官禄的虚伪情态，见《文选·孔稚圭〈北山移文〉》。北山，山名，即钟山，又名紫金山。在今江苏南京市东。

其三

莫嗔阮氏哭途穷，万代深沉恨亦同。
瑞玉岂知将抵鹊，铅刀何事却屠龙。
九夷欲适嗟吾道，五柳终归效古风。
独倚郡楼无限意，满江烟雨正冥濛。

【注】

嗔：责怪，埋怨。

阮氏哭途穷：阮籍，字嗣宗，陈留尉氏（今属河南）人。"竹林七贤"之一。《晋书·阮籍传》：阮籍"时率意独驾，不由径路，车迹所穷，辄恸哭而反"。阮籍因不满意司马氏政权，常独自驾车到外面游玩，每逢车到不辙之处，便恸哭而回。后以"哭穷途"用为伤感人生世道艰难的典故。

瑞玉抵鹊：抵，抛掷。比喻大材小用。源出"荆玉抵鹊"。汉桓宽

《盐铁论·崇礼》："中国所鲜，外国贱之。故南越以孔雀珥门户，昆山之旁以玉璞抵乌鹊。"后以"荆玉抵鹊"喻有珍贵之物不知爱重，而轻易使用。北周庾信《谢滕王集序启》："荆玉抵鹊，正恐轻用重宝；龙渊削玉，岂不徒劳神虑？"

铅刀：铅制的刀。铅质软，作刀不锐，故比喻无用的人和物。

屠龙：《庄子·列御寇》："朱泙漫学屠龙于支离益，单千金之家，三年技成，而无所用其巧。"后因以指高超的技艺或高超而无用的技艺。

九夷：古代称东方的九种民族。亦指其所居之地。《后汉书·东夷传》："夷有九种。曰：'畎夷、于夷、方夷、黄夷、白夷、赤夷、玄夷、风夷、阳夷。'"

适：往，到。此句是说无路可走。

五柳：即五柳先生，晋陶潜的别号。潜曾作《五柳先生传》以自况，文中云："宅边有五柳树，因以为号焉。"

偶闻官吏举请，辄有一篇寄从弟舍人

官吏潜陈借寇词，宦情乡梦两相违。
青城锦水无心住，紫阁莲峰有意归。
张翰鲈鱼因醉忆，孟光书信近春稀。
黄茅瘴色看看起，贪者犹疑别是机。

【注】

举请：举荐请留。

潜陈：潜，秘密地，暗中；陈，述说。

青城锦水：指青城山和锦江。此处指作者为官之地荣州。

紫阁莲峰：紫阁，即紫阁峰，在今陕西户县东南三十里；莲峰，即莲花峰，陕西华山西峰。此处代指作者家乡。

张翰鲈鱼：南朝宋刘义庆《世说新语·识鉴》："张季鹰辟齐王东曹掾，在洛，见秋风起，因思吴中菰菜羹、鲈鱼脍，曰：'人生贵得适意尔，何能羁宦数千里以要名爵？’遂命驾便归。俄而齐王败，时人皆谓为见机。”后因以“鲈鱼脍”为思乡赋归之典。

孟光：东汉隐士梁鸿之妻，字德曜。夫妻隐居于霸陵山中，以耕织为生。后至吴。有“举案齐眉”典故。此代指作者的妻子。

瘴色：指南方瘴疠地的雾气。

潜陈：潜，秘密地，暗中；陈，述说。

青城锦水：指青城山和锦江。此处指作者为官之地荣州。

紫阁莲峰：紫阁，即紫阁峰，在今陕西户县东南三十里；莲峰，即莲花峰，陕西华山西峰。此处代指作者家乡。

张翰鲈鱼：南朝宋刘义庆《世说新语·识鉴》：“张季鹰辟齐王东曹掾，在洛，见秋风起，因思吴中菰菜羹、鲈鱼脍，曰：‘人生贵得适意尔，何能羁宦数千里以要名爵？’遂命驾便归。俄而齐王败，时人皆谓为见机。”后因以“鲈鱼脍”为思乡赋归之典。

孟光：东汉隐士梁鸿之妻，字德曜。夫妻隐居于霸陵山中，以耕织为生。后至吴。有“举案齐眉”典故。此代指作者的妻子。

瘴色：指南方瘴疠地的雾气。

秋夕书怀（二首）

其一

荒僻淹留岁已深，解龟无计恨难任。
守方半会蛮夷语，贺厦全忘燕雀心。
夜静倚楼悲月笛，秋寒欹枕泣霜砧。
宦情总逐愁肠断，一箸鲈鱼直万金。

【注】

解龟：解下龟印，指辞官。龟，印上的龟纽。

守方：坚持正道。

蛮夷语：此指荣州方言，即荣县话。

“贺厦”句：《淮南子·说林训》：“汤沐具而虮虱相吊，大厦成而燕雀相贺，忧乐别也。”原谓燕雀因大厦落成有栖身之所而竞相祝贺。

霜砧：寒秋时捣衣的砧声。

其二

直气从来不入时，掩关慵更钓磻溪。
斯文未丧宣尼叹，吾道将穷阮籍悲。
轻粉覆霜凝夜砌，乱金铺菊织秋篱。
南阳卧久无人问，薄命非才有可疑。

【注】

磻（pán）溪：水名。一名璜河。在今陕西宝鸡市东南。源出南山兹谷，北流入渭水。相传吕尚（姜太公）垂钓于此而遇周文王。

宣尼：汉平帝元始元年追谥孔子为褒成宣尼公，后因称孔子为宣尼。见《汉书·平帝纪》。

南阳卧：也说南阳高卧，指诸葛亮隐居待时。南阳，郡名，今湖北省襄阳县一带。语出《三国志·蜀志·诸葛亮传》。

非才：无能，不才。指才不堪任。

冯唐：汉朝冯唐身历三朝，到武帝时，举为贤良，但年事已高，不能为官。

朝簪：朝廷官员的冠饰。常用以借指京官。

对 镜

青镜重磨照白须，白须撚闲意何如。
故园迢递千山外，荒郡淹留四载余。
风送竹声侵枕簟，月移花影过庭除。
秋霜满领难消释，莫读离骚失意书。

【注】

庭除：庭前阶下、庭院。

离骚：即《离骚》，诗人屈原代表作。

春晚寓怀

一承兑泽莅方州，八度春光照郡楼。
好景几将官吏醉，名山时领管弦游。
空花任尔频侵眼，老雪从他渐满头。
归去杜陵池阁在，只能欢笑不能愁。

【注】

兑泽：特指帝王恩泽。

侵眼：映入眼帘。

杜陵：地名，在今陕西省西安市东南。古为杜伯国。这里代指作者家乡长安。

莲塘霁望

新秋菡萏发红英，向晚风飘满郡馨。
万叠水纹罗乍展，一双鸂鶒绣初成。
采莲女散吴歌阕，拾翠人归楚雨晴。
远岸牧童吹短笛，蓼花深处信牛行。

【注】

鸂鶒（xīchì）：水鸟名。形大于鸳鸯，而多紫色，好并游。俗称紫鸳鸯。唐温庭筠《病中书怀呈支人》："暝渚藏鸂鶒，幽屏卧鹧鸪。"

吴歌：吴地之歌。比喻当地民歌。

拾翠：拾取翠鸟羽毛以为首饰。语出三国魏曹植《洛神赋》："或采明珠，或拾翠羽。"

楚雨：楚地之雨。

蓼花：一年生或多年生草本植物，生长在水边或水中。俗称狗尾巴花。

寄长安郑员外

屈指良交十四人，隙驹风烛渐为尘。
当初花下三秦客，只有天涯二老身。
乘醉几同游北内，寻芳多共谒东邻。
此时阻隔关山远，月满江楼泪满巾。

【注】

员外：古指正员以外官员（全称为“员外郎”）。

隙驹：白驹过隙，比喻光阴迅速。《庄子·知北游》：“人生天地之间，若白驹之过隙，忽然而已。”

秦客：指从秦地来的人；又指秦时避乱移居桃源洞之人，借指避世隐居之士。

北内：唐朝国都长安内的皇城。宫城在北，故名。

东邻：战国楚宋玉《登徒子好色赋》：“楚国之丽者，莫若臣里；臣里之美者，莫若臣东家之子。”后因以“东邻”指美女。

春 怨

绣林红岸落花钿，故去新来感自然。
绝塞杪春悲汉月，长林深夜泣缃弦。
锦书雁断应难寄，菱镜鸾孤貌可怜。
独倚画屏人不会，梦魂才别戍楼边。

【注】

花钿：用金翠珠宝制成的花形首饰。

杪（miǎo）春：暮春。唐人李端《送友人游江东》诗：“江上花开尽，南行见杪春。”

缃弦：缃，疑为“湘”之讹。湘弦，即湘瑟、湘妃。

鸾孤：即孤鸾，谓情人离去，孤单独处。

江岸独步

醉卓寒筇傍水行，渔翁不会独吟情。
龟能顾印谁相重，鹤偶乘轩自可轻。
簪组百年终长物，文章千古亦虚名。
是非得丧皆闲事，休向南柯与梦争。

【注】

醉卓：即毕卓。卓为晋吏部郎，常因饮酒废职。邻舍酿熟，卓夜至其瓮间盗饮，为人所缚，明旦视之，乃毕吏部。旋解缚，遂与主人饮瓮侧，致醉而去。事见《晋书·毕卓传》。后常以指嗜酒成癖的人。

龟能顾印：龟印，雕成龟形印纽的印章。后遂用作官印的通称。

鹤偶乘轩：《左传·闵公二年》：“卫懿公好鹤，鹤有乘轩者。”杜预注：“轩，大夫车。”此联大意是说我这个官员得不到别人的尊重。

簪组：冠簪和冠带。借指官宦。

江楼望乡寄内

独上江楼望故乡，泪襟霜笛共凄凉。
云生陇首秋虽早，月在天心夜已长。
魂梦只能随蛱蝶，烟波无计学鸳鸯。
蜀笺都有三千幅，总写离情寄孟光。

【注】

寄内：寄给妻子。

孟光：东汉隐士梁鸿之妻，有“举案齐眉”典故。此代作者之妻。

宣赐锦袍设上赠诸郡客

十月芙蓉花满枝，天庭驿骑赐寒衣。

将同玉蝶侵肌冷，也遣金鹏遍体飞。
夜卧始知多忝窃，昼行方觉转光辉。
深冬若得朝丹阙，太华峰前衣锦归。

【注】

宣赐：谓帝王赏赐。
天庭：帝王的宫廷；朝廷。
驿骑：乘马送信、传递公文的人。
玉蝶：喻雪花。
忝窃：谦言辱居其位或愧得其名。
丹阙：赤色的宫阙。借指皇帝所居的宫廷。
太华峰：即西岳华山，在陕西省华阴县南，因其西有少华山，故称太华。这里代指作者家乡。

宴游池馆

绮筵金碧照芳菲，酒满瑶卮水满池。
去岁南岐离郡日，今春东蜀看花时。
俭莲发脸当筹著，绪柳生腰按柘枝。
座客半酣言笑狎，孔融怀抱正怡怡。

【注】

瑶卮：玉制的酒器，亦用作酒器的美称。
南岐：地名。明刘元卿《南岐人之瘿》："南岐在秦蜀山谷中。"
俭莲：犹俭府。《乐府诗集·近代曲辞二·相府莲》："《古解题》曰：'王俭为南齐相，一时所辟皆才名之士，时人以入俭府为莲花池，谓如红莲映绿水，今号莲幕者自俭始。'"后世遂以"俭府、俭莲"为幕府的美称，谓其主客皆才俊。这里形容女子貌美。
筹著：筹箸，亦作"筹筭"。竹筹和筷子。
绪柳生腰：柳腰，指女子纤柔的腰肢。

按：打。此指按曲，击节唱曲。

柘枝：柘枝舞的省称。

孔融：字文举，鲁国（今山东曲阜）人，东汉末年文学家，“建安七子”之一。这里代指作者。

春宴河亭

柳摆轻丝拂嫩黄，槛前流水满池塘。
一筵金翠临芳岸，四面烟花出粉墙。
舞袖逐风翻绣浪，歌尘随燕下雕梁。
蛮笺象管休凝思，且放春心入醉乡。

【注】

金翠：金黄、翠绿之色。这里代指美食（穿金戴银的宾客）。

烟花：指宴会的灯火。

蛮笺象管：蛮笺，高丽或蜀地所产的纸；象管，象牙管的笔。泛指名贵的纸笔。

万葛树

叶如羽盖岂堪论，百步清阴锁绿云。
善政已闻思召伯，英风偏称号将军。
静铺讲席麟经润，高拂丹枝兔影分。
更有岁寒霜雪操，莫将樗栎拟相群。

【注】

万葛树：民国《荣县志》作“咏荣州黄葛”。

羽盖：古时以鸟羽为饰的车盖。

召（shào）伯：即召公，周朝的贤臣。一说木名，即甘棠、召棠。《诗·召南·甘棠序》："《甘棠》，美召伯也。召伯之教，明于南国。"孔颖达疏、朱熹集传并谓召伯巡行南土，布文王之政，曾舍于甘棠之下，因爱结于民心，故人爱其树，而不忍伤。后世因以"召棠"为颂扬官吏政绩的典实。

麟经：即麟史，指《春秋》。孔子修《春秋》，绝笔于获麟，后遂把《春秋》称为"麟经"。

丹枝：各版本县志均缺"丹"字，据《诗渊》补。

樗栎（chūlì）：不成材的树木，喻才能低下。成语有"樗栎庸材"，语出《庄子·逍遥游》。

新 蝉

齐女屏帏失旧容，侍中冠冕有芳踪。
翅翻晚鬓寻香露，声引秋丝逐远风。
旅馆听时髭欲白，戍楼闻处叶多红。
只知送恨添愁事，谁见凌霄羽蜕功。

【注】

齐女：指蝉。晋崔豹《古今注·问答释义》："牛亨问曰：'蝉名齐女者何也？'答曰：'齐王后忿而死，尸变为蝉，登庭树嘒唳而鸣。王悔恨。故世名蝉曰齐女也。'"

倦 学

乐广亡来冰镜稀，宓妃嫫母混妍媸。
且于雾里藏玄豹，休向窗中问碧鸡。
百氏典坟空自苦，一堆萤雪竟谁知。
门前春色芳如画，好掩书斋任所之。

【注】

乐广：字彦辅，三国魏末西晋初南阳清阳人，官至尚书令，喜清谈玄言，名重于时，与王衍成为当时天下最风流的人物。“八王之乱”时，忧虑而死。

冰镜：河水结冰，光亮如镜。一指月亮。

宓妃：传说中的洛水女神。《文选·司马相如〈上林赋〉》：“若夫青琴、宓妃之徒，绝殊离俗。”李善注引如淳曰：“宓妃，伏羲氏女，溺死洛，遂为洛水之神。”

嫫母：传说中黄帝之妻，貌极丑。后为丑女代称。

玄豹：汉刘向《列女传·陶答子妻》：“南山有玄豹，雾雨七日而不下食者，何也？欲以泽其毛而成文章也，故藏而远害。”后喻怀才畏忌而隐居的人。南朝齐谢朓《之宣城出新林浦向板桥》诗：“虽无玄豹姿，终隐南山雾。”

碧鸡：传说中的神物。《汉书·郊祀志下》：“或言益州有金马、碧鸡之神，可醮祭而致，于是遣谏大夫王褒使持节而求之。”

百氏：犹言诸子百家。

典坟：三坟五典的略语。泛指各种书籍。

萤雪：《晋书·车胤传》：“胤恭勤不倦，博学多通。家贫不常得油，夏月则练囊盛数十萤火以照书，以夜继日焉。”《初学记》卷二引《宋齐语》：“孙康家贫，常映雪读书。”

郡楼闲望书怀

郡城楼阁绕江滨，风物清秋入望频。
铜鼓祭龙云塞庙，芦花飘市雪粘人。
莲披净沼群香散，鹭点寒烟玉片新。
归去杜陵池馆在，且将朝服拂埃尘。

【注】

清秋：明净爽朗的秋天。晋殷仲文《南州桓公九井作》诗：“独有清秋日，能使高兴尽。”

铜鼓祭龙：铜鼓，古代的一种礼器、乐器，铜制，鼓面有浮雕图案，用作祭祀、赏赐。传说是诸葛亮创制，故又名诸葛鼓。祭龙，祭祀龙神，求雨。

莲披净沼：莲叶覆盖了明净的莲池。

朝服：君臣朝会或举行隆重典礼时穿的礼服。

再看光福寺牡丹

去年曾看牡丹花，蛱蝶迎人傍彩霞。
今日再游光福寺，春风吹我入仙家。
当筵芬馥歌唇动，倚槛娇羞醉眼斜。
来岁未朝金阙去，依前和露载归衙。

【注】

光福寺：民国《荣县志》："光福寺，唐寺也。刘兼有《光福寺牡丹》诗。今废。"

金阙：指天子所居的宫阙。

送二郎君归长安

我儿辞去泪双流，蜀郡秦川两处愁。
红叶满山归故国，黄茅遍地住他州。
荷衣晓挂惭官吏，菱镜秋窥讶鬓髹。
好向云泉营旧隐，莫教庄叟畏牺牛。

【注】

荷衣：传说中用荷叶制成的衣裳，也指旧时中进士后所穿的绿袍。此指官服。

髹（xiū）：髹发，犹黑发。

云泉：白云清泉。借指胜景。

庄叟畏牺牛：庄叟，庄子。牺牛，古代祭祀用的纯色牛。《庄子·列御寇》："子见夫牺牛乎？衣以文绣，食以刍菽，及其牵而入于大庙，虽欲为孤犊，其可得乎？"

诫是非

巧舌如簧总莫听，是非多自爱憎生。
三人告母虽投杼，百犬闻风只吠声。
辨玉且宽和氏罪，诬金须认不疑情。
因思畴昔游谈者，六国交驰亦受烹。

【注】

"三人"句：《战国策·秦策二》："昔者曾子处费，费人有与曾子同名族者而杀人。人告曾子母曰：'曾参杀人。'曾子之母曰：'吾子不杀人。'织自若。有顷焉，人又曰：'曾参杀人。'其母尚织自若也。顷之，一人又告之曰：'曾参杀人。'其母惧，投杼逾墙而走。"

"百犬"句：汉王符《潜夫论·贤难》："谚云：'一犬吠形，百犬吠声。'世之疾此固久矣哉！"一只狗看见了人叫，很多狗听到了叫声也跟着叫。比喻随声附和，没有主见。

诬金：《史记·万石张叔列传》："直不疑者，南阳人也。为郎，事文帝。其同舍有告归，误持同舍郎金去。已而金主觉，妄意不疑，不疑谢有之，买金偿。而告归者来而归金，而前郎亡金者大惭，以此称为长者。"

畴昔：往日，从前。

游谈：言谈浮夸不实。

交驰：交相奔走，往来不断。

受烹：蒙受烹刑。烹是古时的一种酷刑，将人煮死。

简竖儒

蹄涔岂信有沧浪，萤火何堪并太阳。

渊奥未曾探禹穴，矜夸便拟越丘墙。
小巫神气终须怯，下里音声必不长。
近日冰壶多晦昧，虎皮羊质也观光。

【注】

简竖儒：简，书信；竖儒，对儒生的鄙称。这是讽刺不学无术的读书人的一首诗。

蹄涔：《淮南子·泛论训》："夫牛蹄之涔，不能生鳣鲔。"高诱注："涔，雨水也，满牛蹄迹中，言其小也。"后以"蹄涔"指容量、体积等微小。

禹穴：相传为夏禹的葬地，在今浙江省绍兴之会稽山。《史记·太史公自序》："二十而南游江、淮，上会稽，探禹穴。"裴骃《集解》引张晏曰："禹巡狩至会稽而崩，因葬焉。上有孔穴，民间云禹入此穴。"

丘墙：即"夫子墙"。比喻道德学问造诣极高。《论语·子张》："叔孙武叔语大夫于朝曰：'子贡贤于仲尼。'子服景伯以告子贡。子贡曰：'譬之宫墙，赐之墙也及肩，窥见室家之好。夫子之墙数仞，不得其门而入，不见宗庙之美，百官之富。得其门者或寡矣。夫子之云，不亦宜乎！'"

"小巫"句：小巫，谓巫师中法术低下者，喻学业技艺低下者。小巫气尽，借指高下悬殊突出，相形见绌。

冰壶：即"玉壶冰"，盛水的玉壶，借指清白廉洁的品德。唐姚崇《冰壶诫序》："内怀冰清，外涵玉润，此君子冰壶之德也。"

虎皮羊质：汉扬雄《法言·吾子》："羊质而虎皮，见草而悦，见豹而战，忘其皮之虎矣。"比喻外强中干，虚有其表。

观光：观览国之盛德光辉。语出《易·观》："观国之光，利用宾于王。"

贻诸学童

横经叉手步还趋，积善方知庆有余。
五个小雏离学院，一行新雁入贫居。

攘羊告罪言何直，舐犊牵情理岂虚。
劝汝立身须苦志，月中丹桂自扶疏。

【注】

横经叉手：横经，横陈经籍，指受业或读书；叉手，两手在胸前相交，表示恭敬。

步趋：追随，效法。语出《庄子·田子方》："夫子步亦步，夫子趋亦趋，夫子驰亦驰，夫子奔逸绝尘，而回瞠若乎后矣！"

"积善"句：积，积累；善，善事；余庆，指先代的遗泽。积德行善之家，恩泽及于子孙。

小雏：小鸟。这里和下句的"新雁"都比喻学童。

攘羊告罪：《论语·子路》："吾党有直躬者，其父攘羊，而子证之。"邢昺疏："言因羊来入己家，父即取之。"后以"攘羊"谓扬亲之过。

扶疏：枝叶繁茂分披貌。

六、黄庭坚

黄庭坚（1045—1105），字鲁直，号山谷道人，又号涪翁。分宁（今江西修水）人。北宋著名文学家、书法家，与杜甫、陈师道和陈与义素有"一祖三宗"（各体兼备，卓然大家，后世宗之。黄庭坚为其中一宗）之称，为盛极一时的江西诗派开山之祖。与张耒、晁补之、秦观都游学于苏轼门下，合称为"苏门四学士"。宋英宗治平四年（1067）进士，任叶县尉、国子监教授、知太和县。元祐初，任校书郎、《神宗实录》检讨官、著作佐郎。绍圣二年（1095），贬涪州别驾、黔州安置。徽宗以后，复谪宜州，卒于贬所。著有《山谷集》等。诗选自《黄庭坚诗集注》。

戏用《题元上人此君轩》诗韵，奉答周彦起予之作，病眼皆花，句不及律，书不成字

此道沉霾多历年，喜君占斗劚龙泉。

我学渊明贫至骨，君岂有意师无弦。
潇洒侯非贪爵命，道人胸中有水镜。
霜钟堂下月明前，枝枝雪压如悬磬。
敝帚不扫舍人门，如愿不谒青洪君。
来听道人写风竹，手弄霜钟看白云。
平生窃闻公子旧，今日谁举贾生秀。
未知束帛何当来，但有一筇相倚瘦。
欲截老龙吟夜月，无人处为江山说。
中郎解赏柯亭椽，玉局归时君为传。

【注】

黄庭坚在元符年间贬居戎州（四川宜宾）时，作为苏轼侄婿的王王庠（周彦）跟随他学习诗文，山谷文集中有与王庠书信数则，多为辅导其诗文书法的内容。大约在元符二年（1099）闰九月间，王庠写了一首咏祖元（王庠堂兄）“此君轩”的七言古诗，寄给黄庭坚，请求点评。黄以王《此君轩》诗的韵脚作了这首关于此君轩的诗。“此君轩”是荣州霜钟寺祖元禅师的斋室名号。

此诗被祖元禅师照黄庭坚书法制成碑刻，曾藏于荣县文庙，后佚。清代江西鄱阳的王周彦的名与王庠的字（周彦）相同，王周彦便把此诗制成汉白玉碑刻，以附庸风雅，现存江西鄱阳县博物馆。

此君：《晋书·王徽之传》：“（徽之）尝寄居空宅中，便令种竹。或问其故，徽之但啸咏指竹曰：‘何可一日无此君邪！’”后因以“此君”作竹的代称。

劚（zhú）：同“斸”，斫，用刀砍。

霜钟：指钟或钟声。这里指荣州霜钟寺。

“敝帚”句：曹丕《典论·论文》曰：“里语曰：‘家有敝帚，亨之千金。’”《汉史·高五王传》：“（魏勃）乃常独早扫齐相舍人门外。舍人怪之……勃曰：‘愿见相君无因，故为子扫，欲以求见。’”

“如愿”句：干宝《搜神记》卷四：“庐陵欧明，从贾客道经彭泽湖，每以舟中所有多少投湖中，云：‘以为礼。’积数年。后复过，忽见湖中有大道，上多风尘。有数吏，乘车马来候明，云：‘是青洪君使要。’须臾达，见有府舍，门下吏卒，明甚怖。吏曰：‘无可怖。青洪君感君前后有礼，故要君。必有重遗君者。君勿取，独求“如愿”耳。’明既见青洪君，乃求‘如愿’。使逐明去。如愿者，青洪君婢也。明将归，所愿辄得，数年，大富。”

贾生：贾谊（前 200—前 168），洛阳（今河南洛阳东）人，西汉初年著名政论家、文学家，世称贾生。贾谊少有才名，十八岁时，以善文为郡人所称。这里代指王家公子应举高中。

中郎：官名，郎官的一种，即省中之郎，为帝王近侍官。这里指王庠。

柯亭：又名高迁亭，在今浙江省绍兴市西南。以产良竹著名。

玉局：苏轼曾任玉局观提举，后人以“玉局”称苏轼。这里是请王庠转达黄庭坚对苏轼的问候。

寄题荣州祖元大师此君轩

王师学琴二十年，响如清夜落涧泉。
满堂洗尽筝琶耳，请师停手恐断弦。
神人传书道人命，死生贵贱如看镜。
晚知直语触憎嫌，深藏幽寺听钟磬。
有酒如渑客满门，不可一日无此君。
当时手栽数寸碧，声挟风雨今连云。
此君倾盖如故旧，骨相奇怪清且秀。
程婴杵臼立孤难，伯夷叔齐采薇瘦。
霜钟堂上弄秋月，微风入弦此君说。
公家周彦笔如椽，此君语意当能传。

【注】

元符三年（1100）春，祖元到戎州（今宜宾）探访黄庭坚，黄应祖元之请再作“此君轩”诗一首（仍然用王庠原韵），大字行楷书相赠。

有酒如渑：语出《左传·昭公十二年》，渑水源出临淄，这里形容酒多。

倾盖：盖是车盖，意思是行道相遇，停车而语，车盖接近，表示一见如故，非常亲切。语出《史记·邹阳传》："有白头如新，倾盖如故。"

"程婴"句：指程婴和公孙杵臼保护赵氏孤儿之事。屠岸贾发难，赵朔妻避难中生一男孩，公孙以死骗过屠岸贾，使程婴得以将此子抚养大，复仇成功。

"伯夷"句：指伯夷和叔齐不食周粟之事。伯夷、叔齐二人原是商朝孤竹国国君之子，武王灭商后，他们耻食周粟，采薇而食，饿死于首阳山。

元师自荣州来，追送余于泸之江安绵水驿，因复用旧所赋此君轩诗韵赠之，并简元师法弟周彦公

岁行辛巳建中年，诸公起废自林泉。
王师侧闻陛下圣，抱琴欲奏南风弦。
孤臣蒙恩已三命，望尧如日开金镜。
但忧衰疾不敢前，眼见墨花耳闻磬。
岂如道人山绕门，开轩友此岁寒君。
能来作诗赏劲节，家有晓事扬子云。
箨龙森森新间旧，父翁老苍孙子秀。
但知战胜得道肥，莫问无肉令人瘦。
是师胸中抱明月，醉翁不死起自说。
竹影生凉到屋椽，此声可听不可传。

【注】

辛巳建中年：即建中靖国年（辛巳），公元 1101 年，宋徽宗年号。

南风弦：传说舜作五弦琴，弹唱《南风》之歌，表达他治理国家的心愿。后以此典形容君主为民思虑，治国辛劳；也泛指弹琴作歌。

扬子云：扬雄（前 53 年—18 年），字子云，蜀郡成都人，西汉官吏、学者，长于辞赋。

箨龙：竹笋。

七、王庠

王庠，生卒年不详。六世祖王知珏于唐末自长安官和义郡（荣县）守，轶满举家定居荣县。父王梦易，宋皇祐元年（1049）进士；母向氏为神宗钦圣宪肃皇后叔祖姑。与其弟王序（官徽酉阁直学士）皆有名，曾六辞聘诏，归隐城北双溪。谥号贤节。有集五十卷，今佚。

庠窃观学士九丈题此君轩诗，谨次原韵，因以求教，下情愧悚之至

竹君久要已忘年，临风相语叶响泉。
休学我圆中似璧，莫师我直劲如弦。
劝人达节通天命，舒卷若绳明若镜。
尺无枉己空宿书，圣岂有心犹击磬。
岁寒来伴老柴门，我岂好静为躁君。
唯有青青四时性，笑发千载空浮云。
平安为报春依旧，珍重道人怜特秀。
忍饥宁可食无肉，相对忘形笋黑瘦。
更有涪翁心似月，平生相照何劳说。
不为煎茶不作椽，清风万壑到处传。

【注】

此诗应是王庠收到黄庭坚《戏用〈题元上人此君轩〉诗韵，奉答周彦公起予之所，病眼皆花，句不及律，书不成字》后的和诗。

涪翁：黄庭坚晚号涪翁。

庠拜手顿首启：伏蒙学士九丈再赐诗章，庠僭率继和，尚觊采览

鸣凤览德来纪年，要知圣泽如流泉。
霜钟堂前饱竹实，道人娱凤抚舜弦。
敲门剥啄谁传命，淡云磨丹开天镜。
明朝相约送涪翁，夜静林深绕清磬。
涪翁万里离鬼门，竹枝莫恼白使君。
欲试刚肠置冰炭，抱琴远别冲行云。
邂逅东坡应话旧，但说海山千万秀。
道庠问讯今何如，自笑依还空鹤瘦。
我不愧天欺日月，何须更扣杯珓说。
玉局洞天云绕椽，渔竿远信烦公传。

八、王靡

王靡，北宋荣州人，王梦易子，王庠王序同父异母兄。本诗为梓州路学政任上作。

题三学山

五色琉璃白昼寒，当年佛脚印栴檀。
藕丝织出三衣妙，贝叶经传一偈难。
夜睹圣灯红菡萏，晓惊飞石碧琅玕。
更闻鹦鹉因缘塔，八十山僧试说看。

【注】

三学山：旧址在绵阳三台县。
栴檀：梵文“栴檀那”省称，即檀香。

三衣：比丘随身所用的三种衣物，即安陀会、郁多罗僧、僧伽梨。

圣灯：山谷间因光线通过云雾经衍射作用而产生的光环。古人以为神异，谓之圣灯。峨眉山圣灯又名“佛灯”。

琅玕：像珠子的美石。

鹦鹉因缘：在印度的佛经故事中，鹦鹉是种神鸟。印度民间故事或佛经中多有与鹦鹉有关的故事。

九、文同

文同（1018—1079），字与可，号笑笑居士、笑笑先生。人称石室先生。北宋梓州梓潼郡永泰县（今属四川绵阳市盐亭县）人，苏轼表兄。著名画家、诗人。宋仁宗皇祐元年（1049 年，与王梦易同年）进士，迁太常博士、集贤校理，历任邛州、大邑、陵州、洋州（今陕西洋县）等知州或知县。元丰初年，文同赴湖州（今浙江吴兴）就任，元丰二年（1079）正月二十日，文同在陈州（今河南省淮阳县）病逝，未到任而卒，享年 61 岁，世人称文湖州。诗选自《全宋诗》。

王氏北溪

石龟州北群峰起，一去距城无十里。
烟岚秀气护岩扃，松菊清香泛溪水。
轻裘肥马正荣耀，春韭秋菘任凋毁。
待将底物勒移文，谷口浓云白如纸。

【注】

石龟：石龟山，即今双溪水库大坝对面耸云山。王梦易曾在山麓双溪汇合处筑归来亭和横溪阁，今已不存，又在半山凿石洞供其子王庠、王序读书，黄庭坚题名地仙洞，今洞上仍依稀可辨“王庠王序读书处”几字石刻。

菘：白菜。

此君庵

斑斑堕箨开新�，粉光璀璨香氛氲。
我常爱君此默坐，胜见无限寻常人。

【注】

箨：此君庵：即宋邑人僧祖元此君轩。

一〇、李新

李新（1062—？），字元应，号跨鳌先生，仙井（今四川仁寿）人。宋哲宗元祐五年（1090）进士，刘泾尝荐于苏轼。累官承议郎、南郑丞。元符末上书夺官，谪遂州。大观元年（1107）遇赦，摄梓州司法参军。宣和五年（1123），为茂州（今茂县）通判。有《跨鳌集》。诗选自《跨鳌集》卷八。

喜孙伯远王周彦远访

晚闻佳客过烟城，抛檄归来扫榻尘。
连骑莫忧原叔病，食鲑谁谓庾郎贫。
定因残雪寻穿履，聊觅江梅遗故人。
重与论文在何日，自应乘兴一相亲。

【注】

孙伯远：生平不详。《跨鳌集》卷十八《送蒲彦和序》："荣有王庠，于予为德友。"卷二《有酒作（并引）》："予羁居，遇春不复出，虓伯远送酒，时以自遣，率然成韵，语野无伦，特书所目耳。"另据黄庭坚《与王庠书》"孙伯远善论文章之美，师严君可畏在笔下"，可知孙伯远与王周彦同时，有文名。

烟城：即河南许昌，时李新任职之所。但文献仅记载李新曾任职南郑、遂州、梓州（三台）、茂州（茂县）等地。

连骑：多形容骑从之盛。

原叔病：《战国策·魏策一》：“魏公叔痤病，惠王往问之。曰：‘公叔病，即不可讳，将奈社稷何？’公叔痤对曰：‘痤有御庶子公孙鞅，愿王以国事听之也。为弗能听，勿使出竟。’王弗应，出而谓左右曰：‘岂不悲哉！以公叔之贤，而谓寡人必以国事听鞅，不亦悖乎！’”公叔痤死后，公孙鞅惧魏王加害，逃到秦国，受到重用。

庾郎贫：庾杲之（441—491），字景行，新野人。清贫自业，食唯有韭薤、抃韭、生韭杂菜，或戏之曰：“谁谓庾郎贫，食鲑（鱼类的菜肴）常有二十七种。”二十七，言三九也。指生活清贫。宋人朱翌《送山芥与徐稚山》：“可以送庾郎，三九代食鲑。”

一一、程垓

程垓（1133—1141），字正伯，号书舟，四川眉山人，苏轼中表（父亲的姐妹之子与母亲的兄弟姐妹之子的统称）程正辅之孙。工诗文，词名更盛。有《书舟词》157 首存世。

愁倚阑·三荣道上赋

山无数，雨萧萧，路迢迢。不似芙蓉城下去，柳如腰。
梦随春絮飘飘。知他在，第几朱桥。说与杜鹃休唤，怕魂销。

一二、魏了翁

魏了翁（1178—1237），字华父，号鹤山，邛州蒲江（今成都蒲江县）人。南宋著名理学家、思想家。著有《鹤山全集》《九经要义》等。

贺新郎·荣州表兄生日

幸有天遮蔽。为西南、空虚一面，挺生男子。塞下将军支颐卧，夜半揽衣推起。扫十万、胡人如洗。见说巴山稍马退，也都因、粮运如流水。剑以北，一人耳。

十年梦断斜阳外。恰归来、菖蒲醮酒，祝兄千岁。入从出藩谁不是。谁是难兄难弟。正乐意、融融未已。莫趣东方千骑去，愿时平、华皓长相对。闲富贵，只如此。

（《鹤山先生大全文集》卷九六）

【注】

荣州表兄：即高稼（1171—1235），字南叔，魏了翁二兄，南宋嘉定七年（1214）进士，曾英勇抗击入侵蒙军，后调任荣州知州，值作者谪居湖南归来，分别十年重新见面，作者乃赋此词。

一三、张商英

张商英（1043—1121），字天觉，号无尽居士，宋蜀州新津（今属四川）人。《宋史·艺文志》有文集100卷（已佚），《友松阁遗稿》一卷。

来熏亭

向明轩槛满烟云，延得薰风似故人。
愠解为宜虞帝化，南来不是庾公尘。
深林兰芷香先到，胜地溪山影亦新。
不别常挥谢安扇，自扬仁德在斯民。

【注】

来熏亭：在清富山刺史署内。

“愠解”句:《南风歌》:“南风之薰，可以解吾民之愠兮。南风之时兮，可以阜吾民之财兮。”此歌相传为上古时虞舜时歌唱运城盐池和人民生活关系的民歌。

庾公尘：南朝宋刘义庆《世说新语·轻诋》:“庾公权重，足倾王公。庾在石头，王在冶城。坐，大风扬尘。王以扇拂尘，曰:‘元规尘污人。’”元规，庾亮字。王，王导。这是厌恶庾亮权势逼人，借题发挥。后以“庾公尘”喻权贵的气焰。

谢安扇:《晋书·谢安传》:“安少有盛名，时多爱慕。乡人有罢中宿县者，还诣安。安问其归资，答曰:‘有蒲葵扇五万。’安乃取其中者捉之，京师士庶竞市，价增数倍。”又称谢安蒲扇，谢安扇贵。

一四、高予文

高予文，生平爵里不详，仅《全宋诗》收其《讲教洞》一首诗。

讲教洞

一官羁绊混黄埃，壮抱雄襟久未开。
我若有山如此好，挂冠即日赋归来。

一五、晁公武

晁公武（约 1105—1180），字子止，钜野人，宋代江西派诗人晁冲之之子，南宋著名的藏书家和目录学家。著有《昭德文集》《郡斋读书志》。曾任四川转运使井度（字宪孟）的从官。井度以藏书富而知名。晚年井度把家中的藏书全都赠给了公武，共 50 箱。绍兴二十一年(1151)，晁公武为荣州知州，亲自校勘整理写成《郡斋读书志》。因当时公武为荣州太守，州治所内清富山上有一高斋，故名《郡斋读书志》。晚年定居四川嘉定府符文乡，建有“郡斋”藏书处。《郡斋读书志》是我国古代第一部附有提要的私家图书目录，被誉为“私家目录之璧”。

诗　扇

短蓬烟里冷萧萧，两岸梅花各见招。
吹散前村一杯酒，满江风雨不相饶。

【注】

短蓬：同“短篷”，装有篷的小船。
饶：让。

春　日

蜗牛庐畔舫斋前，春晚风光绝可怜。
云补断山尤秀拔，竹藏残蕊尚婵娟。

【注】

可怜：可爱。

荷　池

平池积潦涨轻痕，宛若扁舟系水滨。
断岸才盈六七尺，低蓬恰受两三人。
巡檐悦目蒲莲秀，隐几忘机雁鹜驯。
坐阅江湖好风景，不愁涛濑阔无津。

【注】

低蓬：小船。
忘机：指淡泊清净，忘却世俗烦庸，与世无争。

鹧鸪天

笑擘黄柑酒半醒，玉壶金斗夜生冰。开窗尽见千山雪，雪未消时月正明。兰烬短，麝煤轻，画楼钟鼓已三更。倚栏谁唱清真曲，人与梅花一样清。

【注】

兰烬：烛之余烬，因状似兰心，故称。

麝煤：麝墨，含有麝香的墨。

清真曲：即清真词。周邦彦，字美成，自号清真居士，钱塘（今杭州）人，北宋著名词人，有《清真集》传世。

一六、李焘

李焘（1115—1184），字仁甫，号巽岩，眉州丹棱人。南宋绍兴八年（1138）进士。唐太宗第十四子曹王李明之后，官至实录院检讨官、修撰。勤于政事，颇有政绩。仿司马光《资治通鉴》，历40年撰成《续资治通鉴长编》九百八十卷（今存五百二十卷），记录北宋自宋太祖赵匡胤建隆元年（960）至宋钦宗赵桓靖康二年（1127）九朝168年史事。宋孝宗隆兴元年（1163）知荣州，加固城周堤岸，治水有成效，在大佛山啸台处摩崖记胜，建寒岁阁。

开元寺（二首）

其一

看尽庵前手种松，草堂聊复少从容。
令人却忆骑驴老，悔不终身作卧龙。

其二

开元古寺宝灵珠，照影东西与众殊。
本为仁皇贲潜府，岂知今日镇留都。

【注】

开元寺：荣县一佛寺。唐代、北宋时名开元寺，南宋改名净土院，明代为广志寺，清乾隆十八年（1753）重建，因沿崖有佛像上千尊，又名为千佛寺。

骑驴老：指陆游。《剑门道中遇微雨》："衣上征尘杂酒痕，远游无处不销魂。此身合是诗人未？细雨骑驴入剑门。"

卧龙：诸葛亮，字孔明，号卧龙（也作伏龙）。

仁皇：对当朝皇帝的尊称。

贲：奔走。

留都：古代王朝迁都以后，旧都仍置官留守，故称留都。这里指古荣州城。

观施氏芍药呈同游者

怪底吹残万点红，余妍都在此花中。
攀枝未许风流尽，振袂还知结习空。
杳杳人谁赠南园，菲菲身恐堕仙宫。
乞将新雨酬佳丽，始信青春不负公。

【注】

怪底：指惊怪、惊疑或难怪。

结习：积久而难改的习惯，也称"积习"，多含贬义。

南园：即《南园十三首》，是唐代诗人李贺的组诗作品，刻画田园生活的安逸，抒发韶华易逝、抱负难酬的感叹。

客 怀

雨意忽如此，客愁将奈何。
出门谁可诣，掩卷独高歌。
尘世兔三穴，古人蓬一窠。
区区奚足道，默默幸无它。

一七、李流谦

李流谦（1123—1176），字无变，号澹斋，汉州德阳（今属四川）人。以荫补将仕郎，历官雅州教授、奉议郎、通判潼川府事。南宋文学家，遗著由其子廉矩编次为《澹斋集》八十九卷，今存十八卷。

送阴次公赴荣州学官

撑肠万卷不救饥，书生何苦攻书为。
如烹太牢饮醇酒，无此肝肺无由知。
阴侯把笔耕六籍，短檠荧荧照头白。
又携束书作官去，此生此债宁终极。
大州小州疲征输，文书急急如骂奴。
家无二顷归未可，泮宫水冷乐有余。
使君喜士比金玉，知子姓名吾所属。
定当屣履迎王符，勿忧广文饭不足。

（《澹斋集》卷三）

【注】

阴次公：李流谦的朋友，即诗中的阴侯，生平不详。公、侯均是对阴某的尊称。

六籍：即“六经”，指《诗》《书》《礼》《乐》《易》《春秋》。

短檠：矮灯架。借指小灯。

束书：犹负籍。

泮宫：古代的国家高等学校。此指学宫。

屣履：拖着鞋子走路。多形容急忙的样子。

王符：指朝廷任命文书或圣旨。

广文：唐天宝九年（750）设广文馆，设博士、助教等职，主持国学。明清时因称教官为“广文”。

一八、杨嘉谟

杨嘉谟，生卒年不详，宋代官员、文人，曾任廉访使。

来薰亭

亭枕古城隈，轩窗四面开。
颁条宣帝化，兴利阜民财。
吹见棘心盛，生从苹末来。
熙熙目前景，止此是春台。

一九、张寅

张寅，生卒年不详，宋代官员、文人，曾任夔路转运使。

武安祠

刘先主客荆州，遂以诸葛孔明、庞士元归。其入蜀，两人之策也。大会于涪，士元亟裁以正义，其旨盖甚远。《襄阳耆旧》论人物者，以孔明、士元、司马德操同为评，有以哉！余被命外省，过士元祠，赋此。

玄德志四海，如龙不可羁。
曹瞒鬼蜮态，稽首英雄姿。
荆州属暂寓，人物取不遗。
卧龙与凤雏，收罗同一时。
君看此识度，老季当愧之。
惜哉神州地，无路容驰驱。
晚暮计休迫，回戈因蜀资。
信义固惭德，举觞何乐为。

吾知士元意，本以王业期。
慷慨裁正论，雍容复微词。
英雄方壮岁，百志不一施。
空山闷孤冢，落日缠余悲。
呜呼鼎峙日，何乃多英奇。
凛然千载后，庙食方丛祠。
河洛倾氛祲，世路犹未夷。
人才定安往，皇明望畴咨。
奄奄叹曹季，人人起遐思。
谁能作九原，虎啸驱熊罴。
一挽河汉流，浩荡洗天维。
刚风九霄来，和我作怀诗。

【注】

武安祠：即士元祠。庞统（179—214），字士元，号凤雏，荆州襄阳（今湖北襄阳）人。东汉末年刘备帐下重要谋士，与诸葛亮同拜为军师中郎将。

二〇、陆游

陆游（1125—1210），字务观，号放翁，汉族，越州山阴（今浙江绍兴）人，尚书右丞陆佃之孙，南宋文学家、史学家、爱国诗人。陆游于宋淳熙元年（1174）冬月初至次年正月初十摄知荣州，历时七十天，作反映荣县风物和抒发家国情怀的诗词三十二首。诗词选自上海古籍出版社《剑角诗稿》和《陆游词集》。

入荣州境

一起一伏黄茅冈，崔嵬破丘狐兔藏。
炯炯寒日清无光，单单终日行羊肠。

村落聚看如惊獐，亦有银钗伏短墙。
黄旗翻翻鼓其镗，画角呜咽吹斜阳。
长筒汲井熬雪霜，辘轳咿哑官道傍。
渺然孤城天一方，传者或云古夜郎。
其民简朴士甚良，千里郁为诗书乡。
闭阁扫地焚清香，老人处处是道场。

【注】

南宋淳熙元年（1174）秋天。陆游奉诏由崇庆府（今四川崇州）到绍熙府（今四川荣县）摄理州政，经井研入荣州。

崔嵬：有石的土山。

惊獐：受惊的獐子。

银钗：妇女的首饰，借代女子。

鼓其镗：语出《诗经·邶风·击鼓》："击鼓其镗，踊跃用兵。"镗，拟声词。词句说黄旗在凛冽的北风中翻飞，发出镗镗的响声。

画角：古代乐器，相传出自羌族。形如竹筒，以竹木或皮革制成，外加彩绘，故称"画角"。古代军中号角。

长筒汲井：古代卓筒井采卤制盐技术。

夜郎：又称作夜郎国，是中国汉朝时所谓西南夷中的一个国家。夜郎的中心位置，一般认为在贵州。荣州疑为夜郎国边邑，今县城东飞仙桥旁有竹王庙。

阁：阁门，大门旁的小门。

道场：泛指修行学道的处所。也泛指佛教、道教中规模较大的诵经礼拜仪式。

赖牟镇早行

孤灯照影听初鸡，揽辔情怀倍惨凄。
雪作未成云意闹，茅荒无际客魂迷。
触寒手指藏犹裂，畏崄图书弃不携。
老去有文无卖处，等闲题遍蜀东西。

【注】

赖牟镇：即今荣县来牟镇。

初到荣州

乱山缺处城楼呀，双旗萧萧晚吹笳。
烟深绿桂临绝壑，霜落残濑鸣寒沙。
废台已无隐士啸，遗宅上有高人家。
铃斋下榻约僧话，松阴枕石放吏衙。
杯羹最珍慈竹笋，瓶水自养山姜花。
地炉堆兽炽石炭，瓦鼎号蚓煎秋茶。
少年远游无百里，一饥能使行天涯。
岂惟惯见蓬婆雪，直恐遂泛星河槎。
故巢肯作儿女恋，异境会向乡闾夸。
一杯径醉帻自堕，灯下发影看鬖花。

【注】

呀：大而空阔。

“废台”句：《舆地纪胜》：“啸台，在富义门外一里，号孙登啸台。双溪王氏有石穴，黄太史榜曰‘地仙洞’。”

“遗宅”句：《舆地纪胜》：“《图经》云：在荣德县正街，廉逊处士王庠所居，勒旌表门闾。”

地炉堆兽：即地堆兽炉。兽炉，制成兽形的火炉。

瓦鼎号蚓：瓦鼎，即瓦制鼎，可烧水煮茶。茶水烧开后水汽号叫着从水嘴中喷出，形如蚯蚓。

蓬婆：山名，在今四川省茂县西南，又称大雪山。

星河槎（chá）：泛指舟船。

帻（zé）：又称巾帻，古代汉族男子包裹鬓发、遮掩发髻的巾帕。

鬖（sān）：（头发）蓬松散乱。

城上（二首）

其一

双双黄犊卧斜阳，叶叶丹枫著早霜。
沙水自鸣如有恨，野花无主为谁芳？
郫筒味酽愁濡甲，巴曲声悲怯断肠。
赖有生平管城子，不妨驱使答风光。

【注】

郫筒：酒名。相传晋山涛为郫令，用竹筒酿酒，兼旬方开，香闻百步，俗称“郫筒酒”。

巴曲：巴地民间歌曲。又称巴渝词、巴歌、竹枝词。

管城子：指毛笔，典出《全唐文》。唐代韩愈曾写《毛颖传》，说毛笔被封在管城，叫“管城子”。后因以为毛笔的代称。亦称“管城君”等。

其二

濯锦豪华梦不通，岿然孤垒乱山中。
行歌满道知人乐，露积连村见岁丰。
万瓦新霜扫残瘴，一抹丹叶换新枫。
鹅黄名酿何由得，且醉杯中琥珀红。

【注】

濯锦：濯锦江，即锦江。此处代指成都。

“鹅黄”原注：“广汉名酒。”

西楼夕望

夜郎城里叹途穷，赖有西楼著此翁。
溪鸟孤飞寒霭外，野人参语夕阳中。

苍天可恃何曾老，白发缘愁却未公。
俗态十年看烂熟，不如留眼送归鸿。

【注】

夜郎城：这里指荣州城。

西楼：郡楼，或指荣州府内高斋。陆游在荣州有另一首《高斋小饮戏作》。

野人：山野村民。

醉中怀眉山旧游

劲酒少和气，哀歌无欢情。
故乡不敢思，登高望锦城。
锦城那得去，仿佛蟆颐路。
遥知尊前人，指我题诗处。
我虽流落夜郎天，遇酒能狂似少年。
想见东郊携手日，海棠如雪柳飞绵。

【注】

陆游莅荣前曾在眉山结识隐士师伯浑，见《渭南文集》卷十四。

蟆颐：四川省眉山市东坡区崇礼镇境内蟆颐山，海拔 1 246 米，是四川省较有名的大山之一。

登城望西崦

登城望西崦，数家斜照中。
柴荆昼亦闭，乃有太古风。
惨淡起炊烟，寂历下钓筒。
土瘦麦苗短，霜重桑枝空。
恐是种桃人，或有采芝翁。
何当宿楼上，月明照夜舂。

【注】

西崦：西边日落处。崦嵫山，在甘肃天水县西境。古时常用来指日没的地方。此处犹指西山。

柴荆：指用柴荆做的简陋门户；村舍。

太古风：上古时代的简朴风气。

惨淡：阴暗无色。

寂历：寂寞。

钓筒：插在水里捕鱼的竹器。

种桃人、采芝翁：指隐士。前者出自陶渊明《桃花源记》；后者见于陆游《对酒》诗："寄谢采芝翁，无为老青壁。"

甲午十一月十三夜，梦右臂踊出二小剑，长八九寸，有光，既觉，犹微痛也

少年学剑白猿翁，曾破浮生十日功。
玉具拄颐谁复许？蒯缑弹铗老犹穷。
床头忽觉蛟龙吼，天上方惊牛斗空。
此梦怪奇君记取，佩刀犹得世三公。

【注】

白猿翁：即白猿公，传说古代善剑术的人。典故出自《吴越春秋》卷九。

玉具拄颐：饰以玉的长剑。玉具，饰玉的剑称作玉具剑。拄颐，顶到面颊，形容剑长。

蒯缑弹铗：蒯缑，剑。弹铗：弹，击；铗，剑柄。用"冯谖客孟尝君"典故。后以弹铗指生活穷困，求助于人。

"佩刀"句：《晋书·王祥列传》："初，吕虔有佩刀，工相之，以为必登三公，可服此刀。虔谓祥曰：'苟非其人，刀或为害。卿有公辅之量，故以相与。'祥固辞，强之乃受。祥临薨，以刀授览，曰：'汝后必兴，足称此刀。'览后奕世多贤才，兴于江左矣。"

斋中夜坐有感

荒山为城溪作壕，风鼓巨木声翻涛。
鸱枭乘屋弹不去，狐狸欺人怒竖毛。
雨来红鹤更可恶，争巢一似婴儿号。
城孤屋老草木茂，正坐人少此辈豪。
急呼五百具畚锸，欲掀窟穴穷腥臊。
忽然语罢却自笑，残年何至与汝鏖。
浣花江色绿如黛，春波艳艳浮轻舠。
行当系缆柳阴下，仰听莺语倾香醪。

【注】

鸱枭：鸟名，古人对猫头鹰的叫法。鸱枭虽是益鸟，但在中国一直就是丧门星的代称，我国古代诗文里说到它都是贬义。

红鹤：亦称红鹳、朱鹭。羽毛白，带桃红色。候鸟，夏去冬来。

畚锸：指挖运泥土用的铲、畚箕等工具。

晚登横溪阁（二首）

其一

楼鼓声中日又斜，凭高愈觉在天涯。
空桑客土生秋草，野渡虚舟集晚鸦。
瘴雾不开连六诏，俚歌相答带三巴。
故乡可望应添泪，莫恨云山万叠遮。

【注】

楼鼓：军鼓，用来计时。

空桑：上古地区名，在鲁西。《山海经·北山经》：“空桑之山，无草木，冬夏有雪。”此借指荣县为蛮荒之地。

客土：谓旅居他乡异地。

瘴雾：瘴气，山林间湿热蒸郁而成的疠气。

六诏：唐初，分布在洱海地区的众多少数民族部落经过相互兼并，最后形成蒙嶲诏、越析诏、浪穹诏、邆赕诏、施浪诏、蒙舍诏六个大的部落，称为“六诏”。

俚歌：民间的通俗歌谣。

三巴：东汉末益州牧刘璋分巴郡为永宁、固陵、巴三郡，后又改为巴、巴东、巴西三郡，称为“三巴”。相当今四川嘉陵江和綦江流域以东的大部。

其二

荦确坡头筇竹枝，西临村路立多时。
卖蔬市近还家早，煮井人忙下麦迟。
病客情怀常怯酒，山城光景尽供诗。
晚来试问愁多少，只许高楼横笛吹。

【注】

横溪阁：旧址在城北双溪汇合处，北宋王序致仕后建。

荦（luò）确：怪石嶙峋的样子。

筇（qióng）竹：又叫罗汉竹。

“煮井”句：荣州盛产井盐，因忙于盐业生产，庄稼都来不及种。陆游自注：“荣州多盐井，秋冬收薪茅最急。”煮井，提取井中卤水熬盐。

昭德堂晚步

笑唤枯筇蹋夕阳，探春聊作静中忙。
高枝鹊语如相命，幽径梅开只自香。
苔蚀断碑惊世换，钟来废寺觉城荒。
谪仙未必无遗恨，老欠题诗到夜郎。

【注】

昭德堂：在荣州刺史署内，宋荣州晁公武建。

龙 洞

峭崖磨天如立壁，楠根横走松倒植。
呀然一岫惊倒人，空洞坡陁三百尺。
幽阴宜为异物托，角爪痕存犹可识。
想当蟠蛰未奋时，腥风逼人云触石。
一朝偶为旱岁起，卷海作雨飞霹雳。
向来伊吕正如此，莘渭千年有遗迹。
我欲酌酒招蜿蜒，安用辛苦常行天。
太平海内多丰年，归来故祠听管弦。

【注】

龙洞：在大佛寺旁，又称罗汉洞。古时洞前有莲池，皓月照临，景致优美，为荣州十二景之一的“龙湫夜月”。

蟠蛰：蛰居藏伏。

伊吕：指伊尹和吕尚，商伊尹辅商汤，西周吕尚佐周武王，皆有大功，后因并称“伊吕”。泛指辅弼重臣。

蜿蜒：这里指曲折爬行的龙。

客中夜寒戏作长谣

孤翁痴钝如寒蝇，霜夕不瞑愁严凝。
寝衣触体起芒粟，鼻息嘘润成冰凌。
冬冬默数严谯鼓，耿耿独看幽窗灯。
支床龟老共夜永，号月鸡冷同晨兴。
白狐紫貂了不暖，何况蜀锦并吴绫。
静思忽得安乐法，人生所欠絮与缯。
十年一衲尚可过，不信请视匡山僧。

【注】

严凝：严寒。

芒粟：指皮肤表面因受寒冷刺激而起的微粒。

严谯鼓：紧密的谯楼更鼓。谯楼，古时城门上的瞭望楼。

衲：和尚穿的衣服。

匡山：湖北匡山。匡山是沧浪之水中的一座名山，中国古代佛教中心之一。唐朝时期，匡山和庐山齐名，合称为“匡庐”。宋时，匡山的名字因为避赵匡胤之讳而改为大别山。

高斋小饮戏作

梅花又发鬼门关，坐觉春风万里宽。
荔子阴中时纵酒，竹枝声里强追欢。
丁年汉使殊方老，子夜吴歌昨梦残。
白帝夜郎俱不恶，两公补处得凭栏。

【注】

鬼门关：古关名。在今广西北流县西，介于北流、郁林两县间，双峰对峙，中成关门，其间宽度不过30步。由于地处热带亚热带潮湿环境，古时候这里瘴气滋生，蚊虫鼠蚁繁多。此借指荣州。

“丁年”句：丁年，壮年。苏武“丁年奉使，皓首而归”。汉使，汉朝使者。殊方，异域。用苏武出使匈奴的故事描写诗人流落荣州、老迈无归的境地。

子夜吴歌：吴歌，吴地歌曲，诗人借以表达对家乡亲人的怀念。

“白帝”二句：原注：“予五年间，自夔客荣。”白帝，白帝城。夜郎，夜郎国。两公，指李白、杜甫。李白流放夜郎，杜甫客居夔州，皆不幸。诗人借指自己的遭遇胜于李杜。

太液黄鹄歌有引

汉始元元年春二月，黄鹄下建章宫太池中。公卿上寿，赐诸王、列侯、宗室金钱。予夜读《汉书》，追作歌一首。

建章宫里春风寒，太液水生池面宽。
中人驰奏黄鹄下，龙旗豹尾临池看。
芹香藻暖鹄得意，左右从官呼万岁。
须臾传诏宴公卿，欢声如雷动天地。
时平宫省游乐多，黄鹄刷羽涵恩波。
小臣珥笔龙墀下，愿继前朝天马歌。

【注】

建章宫：汉武帝刘彻于太初元年（前104）建造的宫苑。

太液：太液池，也称蓬莱池。唐代皇家池苑，在长安城大明宫（今陕西省西安市），龙旗在前，豹饰押尾。

中人：宦官。

龙旗豹尾：皇帝出行的仪仗。

芹香藻暖：芹，水芹，有香气。藻，藻类植物，因天气暖和而蓬勃生长。

时平：社会太平。

珥笔龙墀：珥笔，古代史官、谏官上朝，常插笔冠侧，以便记录，谓之“珥笔”。龙墀，丹墀，指古时宫殿前的石阶，因其以红色涂饰，故名“丹墀”。

天马歌：汉元鼎四年（前113），汉武帝刘彻通西域，得乌孙马，称天马，作《天马歌》。后李广利出征大宛，得大宛马，复称大宛马为天马，改称乌孙马为西极马，又作《天马歌》。

自唐安徙家来和义，出城迎之，马上作

身如林下僧，处处常寄包。
家如梁上燕，岁岁旋作巢。
岂惟人所怜，顾影每自嘲，
眼看佳山水，不得结把茅。
造物困豪杰，如视饿虎哮。

要令出精神，感激使叫呶。
颇思投笔去，走马盘云旓。
三更冒急雪，大战梁楚郊。

【注】

和义：和义郡，唐宋时荣州辖郡，治所在今荣县城。

旋：临时。杜荀鹤《山中寡妇》："时挑野菜和根煮，旋斫生柴带叶烧。"

结把茅：结茅，建造简陋的屋舍。

呶（náo）：喧哗叫闹。

"颇思"四句：盘云，盘旋于云霄。旓（shāo），旗帜上飘带之类的装饰物。梁楚，即春秋战国时的梁国（魏国别称）和楚国，在今河南、湖南、湖北一带，借指被金人占领的中原。此句写诗人期望投笔从戎，征战沙场收复中原的壮志。

乙未元日除夕，得制司檄催赴官

五十人间老大身，更堪从此数新春。
冬冬漏鼓催窗色，急急文书动驿尘。
病后光阴常自惜，客中节物为谁新？
壮心只向邮亭尽，自揣头颅莫问人。

【注】

乙未元日：即1175年正月初一。除夕日，陆游收到文书，除朝奉郎成都府路安抚使司参议官，兼四川制置使司参议官。

漏鼓：报更漏的鼓。

驿尘：驿马扬起的飞尘。指驿骑。

节物：各个季节的风物景色。

邮亭：指古时传递文书的人沿途休息的处所。

别荣州正月十日

浮生岁岁俱如梦，一枕轻安亦可人。
偶落山城无事处，暂还老子自由身。
啸台载酒云生屐，仙穴寻梅雨垫巾。
便恐清游从此少，锦城车马涨红尘。

【注】

可人：合人意。

老子：老夫。

垫巾：郭太，字林宗，有盛名。曾出行遇雨，巾一角垫，时人乃故折巾一角，以为林宗巾。后用“垫巾”“垫角”指模仿高雅。

虎　洞

空山秋高木叶黄，茫茫百草凋秋霜。
逶迤深谷白昼静，群鸦竞噪众鸟翔。
洞中有虎何猛烈，牙如利刀爪如铁。
奋髯掉尾初出穴，昂头四顾吐其舌。
双睛忽动飞电回，层崖长啸阴风来。
山中藜藿谁敢采，野外狐兔皆悲哀。
嗟虎之猛有如此，自是贪残日无已。
岂无壮士裴将军，弯弓射之殄其类。
方今上有明圣君，广爱民物怀深仁。
推诚不但祝罗网，登用牧守需贤人。
四郊无事民安静，有若刘昆多善政。
嗟虎虽猛当如何，胡为饮泉卷久阿？
明当负子东渡河！

【注】

虎洞：在今荣县城东二里左右，山上一个天然洞穴，深广数丈，因所在山形似卧虎，故名。

藜藿：野菜。

裴将军：裴旻，唐开元间人。画家吴道子因见裴旻剑舞，“出没神怪，既毕，挥毫益进”。诗人李白曾从其学剑。裴旻的剑舞与李白的诗、张旭的草书合称为“三绝”，世人称“剑圣”。

祝罗网：祝网。《史记·殷本纪》：“汤出，见野张网四面，祝曰：‘自天下四方，皆入吾网。’汤曰：‘嘻，尽之矣！’乃去其三面，祝曰：‘欲左，左；欲右，右；不用命，乃入吾网。’”后因以“祝网”为帝王施行仁德之典。

登用牧守：登用，进用；牧守，州郡的长官，州官称牧，郡官称守。

刘昆：字桓公，东汉陈留东昏（今东明县）人，弘农太守。先是崤、黾驿道多虎暓，行旅不通。《后汉书·儒林传》：“昆为政弘农太守三年，仁化大行，虎皆负子度河。”

蓦山溪·游三荣龙洞

穷山孤垒，腊尽春初破。寂寞掩空斋，好一个，无聊底我。啸台龙岫，随分有云山，临浅濑，荫长松，闲据胡床坐。

三杯径醉，不觉纱巾堕。画角唤人归，落梅村，蓝舆夜过。城门渐近，几点妓衣红，官驿外，酒垆前，也有闲灯火。

【注】

三荣：即荣州。明曹学佺《蜀中名胜记》卷十一：“曰荣黎、曰荣隐、曰荣德，所谓三荣也。荣黎山，在州东十五里；荣隐山，在州西三十里；荣德山在州东北四十二里，州以此得名。”

孤垒：孤城。垒，堡垒，古代军中作防守用的墙壁。

龙岫（xiù）：即龙洞。岫，山洞。

胡床：亦称“交床”“交椅”“绳床”，是古时一种可以折叠的轻便坐具。马架椅。

蓝舆：竹轿。

齐天乐·三荣人日游龙洞作

客中随处闲消闷，来寻啸台龙岫。路敛春泥，山开翠雾，行乐年年依旧。天工妙手，放轻绿萱芽，淡黄杨柳。笑问东君，为人能染鬓丝否？

西州催去近也，帽檐风软，且看市楼沽酒。宛转巴歌，凄凉塞管，携客何妨频奏。征尘暗袖，漫禁得梅花，伴人疏瘦。几日东归，画船平放溜。

【注】

人日：农历正月初七日。正月初一到初七分别称为鸡、狗、猪、羊、牛、马、人。

萱芽：萱，也作谖，萱草或谖草。古人认为此草可以使人忘忧，故称忘忧草。

东君：太阳神名，亦指太阳；司春之神。这里指后者。

西州：指成都。

帽檐风软：脸上感到春风柔和。

征尘暗袖：旅途上的尘土遮盖了衣袖，使衣袖变暗。这里意在表达诗人从离开山阴后，数年时间，频繁调动，旅途疲劳。

好事近·寄张真甫

羁雁未成归，肠断宝筝零落。那更冻醪无力，似故人情薄。

瘴烟蛮雨暗孤城，身在楚山角。烦问剑南消息，怕还成疏索。

【注】

张真甫：名震。陆游《老学庵笔记》卷六："张真甫，舍人，广汉人，为成都帅，盖本朝得蜀以来所未有也。"

剑南：唐贞观元年（627）置剑南道。玄宗以后置益州，治所在成都。这里指成都。

水龙吟·荣南作

樽前花底寻春处，堪叹心情全减。一身萍寄，酒徒云散，佳人天远。那更今年，瘴烟蛮雨，夜郎江畔。漫倚楼横笛，临窗看镜，时挥涕、惊流转。

花落月明庭院，悄无言，魂消肠断。凭肩携手，当时曾效、画梁栖燕。见说新来，网萦尘暗，舞衫歌扇。料也羞憔悴，慵行芳径，怕啼莺见。

【注】

荣南：荣州南。

画梁栖燕：沈佺期《古意》："卢家少妇郁金堂，海燕双栖玳瑁梁。"此指诗人与佳人曾在一起。

见说：听说。见，听，闻。

"网萦"两句：此指佳人因诗人远离而停止歌舞，以致舞衫歌扇皆为蛛网尘埃所封。

沁园春

一别秦楼，转眼新春，又近放灯。忆盈盈倩笑，纤纤柔握；玉香花语，雪暖酥凝。念远愁肠，伤春病思，自怪平生殊未曾？渐香消蜀锦，泪渍吴绫。

难求系日长绳，况倦客飘零少旧朋。但江郊雁起，渔村笛怨，寒釭委烬，孤砚生冰。水绕山园，烟昏云惨，纵有高台常怯登。

消魂处，是鱼笺不到，兰梦无凭。

沁园春·三荣横溪阁小宴

粉破梅梢，绿动萱丛，春意已深。渐珠帘低卷，筇枝微步，冰开跃鲤，林暖鸣禽。荔子扶疏，竹枝哀怨，浊酒一尊和泪斟。凭栏久，叹山川冉冉，岁月骎骎。

当时岂料如今，漫一事无成霜鬓侵。看故人强半，沙堤黄阁，鱼悬带玉，貂映蝉金。许国虽坚，朝天无路，万里凄凉谁寄音？东风里，有灞桥烟柳，知我归心。

【注】

冉冉：缓行的样子。

骎骎：迅疾的样子。

沙堤黄阁：沙堤，古代专为宰相通行车马所铺筑的沙面大路；黄阁，汉代丞相、太尉和汉以后的三公（古代中央三种最高官衔的合称）官署避用朱门，厅门涂黄色，以区别于天子。

鱼悬带玉：古时官员腰间所佩的玉饰带子，佩玉鱼，作为进出宫廷的证件，称鱼符。

貂映蝉金：汉代侍中官冠上加黄金铛，状如蝉，外加貂尾作为装饰。

许国：报国的志愿。将一身奉献给国家，报效国家。

朝天：通达朝廷。

灞桥烟柳：灞桥，在今陕西省西安市城区东灞水上，始建于汉。汉唐时送客多到此桥折柳作别。

桃园忆故人并序

三荣郡治之西，因子城作楼观，曰“高斋”。下临山村，萧然如世外。予留七十日，被命参成都戎幕而去。临行徙倚竟日，作《桃园忆故人》一首。

斜阳寂历柴门闭，一点炊烟时起。鸡犬往来林外，俱有萧然意。衰翁老去疏荣利，绝爱山城无事。临去画楼频倚，何日重来此？

【注】

宋淳熙元年（1174）除夕，陆游得制司檄催赴成都幕府。淳熙二年（1175）正月十日，别荣州，临行作此词。

子城：内城。

桃园忆故人

栏干几曲高斋路。正在重云深处。丹碧未干人去，高栋空留句。离离芳草长亭暮。无奈征车不住。惟有断鸿烟渚，知我频回顾。

【注】

长亭：古时设在城外路旁的亭子，多作行人歇脚用，也是送行话别的地方。

征车：远行人乘的车。这里指作者漂浮不定的游宦生涯。

桃园忆故人

一弹指顷浮生过。堕甑元知当破。去去醉吟高卧，独唱何须和。残年还我从来我。万里江湖烟舸。脱尽利名缰锁，世界元来大。

【注】

堕甑：成语有“堕甑不顾”，意思是甑落地已破，不再看它。比喻既成事实，不再追悔。

渔家傲·寄仲高

东望山阴何处是？往来一万三千里。写得家书空满纸！流清泪，书回已是明年事。

寄语红桥桥下水，扁舟何日寻兄弟？行遍天涯真老亦！愁无寐，鬓丝几缕茶烟里。

【注】

本词为陆游来荣后春节前怀念堂兄仲高的一首词，表达了对家乡和亲人的思念之情。但由于当时不通音讯，陆游作本词时仲高已经去世，而他奉令回成都后才知晓此事，所以后有《闻仲高从兄讣》诗（见《剑南诗稿》)。

仲高：陆升之，字仲高，陆游同曾祖兄。

山阴：浙江绍兴古县名。代指家乡。

红桥：作者家乡的桥名。代指家乡。

二一、度正

度正（1166—1235），字周卿，号性善，合州巴川（今重庆铜梁）人。少从朱熹学。宋光宗绍熙元年（1190）举进士第，为益昌学官。先后知华阳县、通判嘉定军、权知怀安军，后迁知重庆府。历任国子监丞、太常少卿，官至礼部侍郎，兼同修国史、实录院同修撰。有《性善堂集》《性善堂后集》《周子年谱》《夷白斋诗话》，均已佚。《四库全书》馆臣据《永乐大典》辑出《性善堂稿》十五卷。

奉送三荣王子文游益昌（四首）

其一

廉逊先生袖手间，徽猷学士屡开藩。
行藏有道俱奇绝，谁似清名萃一门。

其二

自修盟好讳言兵，竞喜丰年贺太平。
养得狐狸解猖獗，健儿还胜老儒生。

其三

料得人人喜自新，尔民元是汉人民。
君王仁对于天下，元帅慈祥也似春。

其四

徽学诸孙亦俊游，舌端造化挽洪流。
慨然投笔从裘马，要学班超万里侯。

（《性善堂稿》卷四）

【注】

益昌：古县名，东晋孝武帝置，治今四川省绵阳市安州区东南。

王子文：根据诗歌内容，王子文应是王序孙辈。

廉逊先生：王庠，赐号廉逊处士。

徽猷学士：王序曾官徽猷阁直学士。

班超：字仲升，东汉时期著名军事家、外交家，史学家班彪的幼子。

二二、洪咨夔

洪咨夔（1176—1235），字舜俞，号平斋，临安（今浙江杭州）人。宋嘉定元年（1208）进士。历任成都通判、刑部尚书、翰林学士、知制诰。卒，谥忠文。有《春秋说》《平斋文集》《平斋词》。

大人和云："楼底雪千峰，楼头着寓翁。梅方开萼绿，桃已亚枝红。斟浅偏劳劝，眠迟不受烘。锦城春在眼，何暇问蚕丛。"时四川李制置以荣州见辟，辞之也。某因用前韵

寄榻高寒地，收心懒散翁。
鸡鸣虚室白，鸦起小窗红。
古操尘弦拂，新诗冻研烘。
桃梅芳意觉，不是去年丛。

（《平斋文集》卷八）

二三、汪元量

汪元量（1241—1317），字大有，号水云，亦自号水云子、楚狂、江南倦客，钱塘（今浙江杭州）人，汪琳第三子，南宋末诗人、词人、宫廷琴师。宋度宗时以善琴供奉宫掖。恭宗德祐二年（1276）临安陷，三宫都做了俘虏。后帝后、妃嫔及宫官三千多人被押北上燕京，汪元量其时为乐师，也裹挟其中。元世祖至元二十五年（1288）出家为道士，获南归，次年抵钱塘。后往来江西、湖北、四川等地，终老湖山。诗多纪国亡前后事，时人比之杜甫，有"诗史"之目。有《水云集》《湖山类稿》。此诗写诗人云游至荣州受到州府主人款待的情景。

荣　州

醉倚高楼上，裁诗得五言。
蚕丛云羃羃，鸟道月昏昏。
妓女吹金管，庖丁洗玉盆。
客痴浑不寐，府主更开樽。

（《水云集》）

【注】

裁诗：作诗。

蚕丛鸟道：蚕丛，又称蚕丛氏，古代神话传说中的蚕神，是蜀国首位称王的人；鸟道，比喻险峻的山路，只有飞鸟可以通行。

二四、胡子昭

胡子昭，字仲常，一字伯尚，嘉定荣县东州沟（今四川荣县东兴镇）人，旧名志高，后以避嫌改名。精通经术，性格忠诚耿介。得到朱元璋的十一子、蜀献王朱椿的赏识，约 17 岁任荣县训导。后经朱椿介绍，到汉中向史称“中国第一名士”的著名学者方孝孺学习。先后任翰林检讨、山东按察司佥事、刑部左侍郎、兵部右侍郎等职。建文帝朱允炆即位后，兵部尚书齐泰、太常寺卿黄子橙、侍讲学士方孝孺、兵部侍郎胡子昭等协助“削藩”。燕王朱棣（明成祖）发起“靖难之变”。1403 年，胡子昭等为朱棣所杀，其家族也受到株连。其父被充边军，其妻女俱没为奴，两个儿子胡继、胡缜同时被杀，受牵连者达五十八家。

山行（二首）

其一

锉秣寻芳径，携壶上翠微。
路危行客少，山阔见人稀。
古庙存台址，荒神著薜衣。
山鸡元不惯，惊起舍前飞。

其二

人道山行好，山行最寂寥。
缊袍钩棘刺，草履踏松茅。

古木参天秀，岩泉浸石桥。
道人惊破胆，虎啸白猿号。

（《全蜀艺文志》卷一六）

【注】

乾隆以来各版本《荥县志》均载胡子昭《东川即事》其一：“柞树寻荒径，携壶入翠微。路危行客少，山僻到人稀。古庙寒云篆，幽溪冷石矶。岸深驯野雉，频顾不惊飞。”其二：“人道山行好，山行好寂寥。布袍穿棘刺，草履滑松毛。古木留云暖，清泉漱石骄。独行偏会意，猿虎莫轻佻。”疑似即《山行》二首。编者认为，《全蜀艺文志》本最早，且更合古意。一并录入，以示区别。

锉秣：铡切剁饲马的草料，喂马。

翠微：泛指青山。

缊袍：以乱麻为絮的袍子。古为贫者所服。

松茅：松针。

临刑绝命（二首）

其一

金声催击鼓声忙，监斩官追上法场。
烙铁火烧红焰焰，钢刀磨利白芒芒。
一身刑宪标冥府，九族伶俜各异乡。
寄语朝中朱紫贵，铁人无泪也心伤。

其二

战鼓咚咚响，夕阳渐渐斜。
皇城无鬼店，今夜宿谁家？

二五、胡子义

胡子义，原名志远，胡子昭弟。以荐举为威远训导，升山东佥事，改蜀府宝典。子昭死节后弃官出走，不知所终。

怀乡（二首）

其一

吾家望在白云边，三五年来信不传。
花坞径深苔藓合，草堂门掩薜萝悬。
深惭游子俱千里，遥忆慈亲各一天。
几度欲归归未得，新诗写作断肠篇。

其二

和义城东有故踪，淡烟芳草恨无穷。
一区废宅荒山下，几度残蝉夕阳中。
乡国匪遥身自远，乾坤虽大足难容。
早知天道无端的，何不持竿学钓翁。

【注】

匪遥：不远。匪同“非”。

二六、朱椿

朱椿（1371—1423），明太祖朱元璋第十一子，母滁阳王郭子兴之女郭惠妃。洪武十一年（1378）受封为蜀王。洪武二十三年（1390）就藩成都，又称蜀献王。

送胡志高赴汉中兼柬方希直

胡子蜀中士，受公知更深。
不惮三巴路，欲成仁者心。
伊昔韩门士，籍湜蒙赏音。
勖哉今胡子，愿无愧郑林。

【注】

方希直：方孝孺（1357—1402），字希直，一字希古，号逊志，宁海（今宁波宁海县）人。曾以“逊志”名其书斋，因其故里旧属缑城里，故称“缑城先生”；又因在汉中府任教授时，蜀献王赐名其读书处为“正学”，亦称“正学先生”。明朝大臣、学者、文学家、思想家。后因拒绝为发动“靖难之役”的燕王朱棣草拟即位诏书，被朱棣杀害。南明福王时追谥“文正”。

籍湜：唐代文学家张籍和皇甫湜的合称。两人都是韩愈的学生。

送胡子昭

促装何所往，驱车入汉中。
欣然游大郡，况复依方公。
学问日益富，道德日益隆。
丈夫志远大，岂肯屈樊笼。
他年升馆阁，步武接夔龙。

【注】

馆阁：分掌图书经籍和编修国史等事务的官职，通称馆阁。明代将其职掌移归翰林院，故亦称翰林院为馆阁。

夔龙：相传为舜的两个大臣，夔负责礼乐，龙负责纳谏。

二七、李锐

李锐，明代大理人，曾任荣县知县。

东川谒胡公里（其一）

一代孤忠此地生，望中无处不伤情。
鸟啼林谷悲春静，云拥檐楹锁月明。
碧血有灵抽劲草，青山万古护佳城。
我来照影东川水，独倚阑干抱不平。

【注】

碧血：苌弘化碧。苌弘，周朝时期刘文公的大夫苌弘，一生忠于朝廷，后蒙冤为人所杀，传说其血化为碧玉。

佳城：《西京杂记》卷四："佳城郁郁，三千年见白日。吁嗟滕公居此室。"后以佳城喻指墓地。

书石门崖

先生古忠臣，我来访故里。
下马过高梯，清风只在此。

【注】

本诗民国《荣县志》作"石门"。

二八、王永

王永，明代昆山（今江苏昆山）举人，任荣县教谕，用《易经》教授诸生，讲解字学八法。

大石门

久慕东川景，今过大石门。
两崖高峭壁，一路曲通村。
好鸟和春昼，清泉漱树根。
若论忠义气，此路镇乾坤。

【注】

大石门：在今荥县墨林乡老君坝村，旧时前往东川沟的必经之地，也是曾经的铁山古道盐茶运输要塞之一。

二九、陈其力

陈其力，字克相，号芸心子，明代云南通海（云南通海县）人。官至南京户部司务，有《芸心识余》八卷。《云南通志·人物志》有传。

竹王祠

何处仙桥是渥洼，天生龙种亦奇哉。
浣纱人去溪流在，封竹祠非世事乖。
芳誉至今传姓字，遨游不用索形骸。
人间回首问云鹤，赋就东风入醉怀。

（乾隆《荥县志》卷四）

三〇、龚汇

龚汇，字文渊，邑人。明代景泰四年（1453）举人，官至徐州学正。

荣王府

清风坪上绍熙城，绕郭山光照凤鸣。
瓦砾已随朝市变，楼台无复帝王荣。
丹霞掩映龙蛇字，碧藓残消鱼豕铭。
夜静五陵山畔月，相看无语总多情。

【注】

荣王府：旧址在荣县城北清富山一带，祀历代荣王。

清风坪：嘉庆《荣县志》注：清富楼前地名。

大石门

石门门外白云飞，路入川东景物奇。
马上看山呼得应，溪边留月笑相随。
松房雨润飘丹桂，桃洞烟寒护紫芝。
金马玉堂人去远，清风未许此山移。

【注】

溪边：指洛阳溪。荣县城北偏西方向东川水支流，经翠笔山，与天车坡水合于蓝桥。

金马玉堂：金马，汉代的金马门，是学士待诏的地方；玉堂，玉堂殿，供待诏学士议事的地方。旧指翰林院或翰林学士。此指胡子昭。

三一、樊得仁

樊得仁，字恕夫，陕西朝邑县（今陕西大荔县朝邑镇）人，生于荣县。明嘉靖举人，曾任河津县令，分守参议。著有《龙门志》三卷。祖樊资，字文质，成化中任荣县典史。

书荣公署（二首）

其一

我祖当年此宦游，我生宦邸七经秋。
幕莲棠荫人犹诵，骢马薇垣自愧浮。
棨戟重来伤往昔，江山不改旧风流。
青青冢上松楸拱，回首关河泪未收。

其二

再过三荣感旧游，春光不改去时秋。
山城景色还如故，人物衣冠半已浮。
弭盗救荒成往事，筑城督捕尚传流。
明明我祖循良绩，他日应劳太史收。

（乾隆《荣县志》）

三二、王本初

王本初，生卒年不详，官至明代锦衣卫经历，邑人。

梧桐沟

云树阴森水石幽，溪源尽处是梧沟。
路从擦耳崖边过，人在惊心峡里游。
春暖迁乔莺恰恰，秋晴呼类鹿呦呦。
林深路暗行踪灭，只见桃花逐水流。

荣王府

唐宋藩封古帝城，春风碧草自生生。
帘低龙凤姿何在，井汲琉璃水故清。

罗绮漫随桃李烂，居诸还向黍禾明。
游人到此怀陈迹，共羡潜渊起玉京。

【注】

潜渊：指当年被封荣王的宋光宗赵惇未做皇帝前如潜龙在渊。
玉京：帝都。

三三、杨石

杨石，明代邑人，以其子杨易官湖广郴州桂阳县知县被赐封文林郎。

临境道彦

羊肠曲径难行马，螺髻团峰可跳猿。
云起千层迷谷口，鸟飞半日到山巅。
水流涧底声微溃，月上天边影正圆。
不识桃源在何许，此间人拟是神仙。

【注】

溃（pēn）：喷发，涌出。
桃源：世外桃源。原指与现实社会隔绝、生活安乐的理想境界。后也指环境幽静生活安逸的地方。

渔矶石

流水南来绕钓矶，黄芦秋霁故萋萋。
当年钓隐人何在，一片残霞锁石溪。

【注】

渔矶石：在今荣县钓鱼台，县南十五里，近龙蟠山、曲江崖。矶上刻荣隐公像，世称“渔矶垂钓”，“荣州十二景”之一。

三四、胡山

胡山，明代云南滇池人，曾为荣县教谕。

庞靖侯祠

枣崖壁立镇坤维，谁建穹碑纪胜思。
忠愤一朝扶汉室，英雄万古著名祠。
犬羊不许轻骚扰，神爽应知谨护持。
血食有人供祀事，灵光毫发不容私。

三五、李遇阳

李遇阳，明代贵州人，曾为荣县训导。

庞靖侯祠

连环曾运智，落度叹神州。
良策缘水鉴，香名并武侯。

崇仁祠

白塔冲霄玉削峰，新祠独对状孤忠。
金川漏促心先死，西市天昏道不同。
气节当年经厄塞，纲常百代荷光崇。
生儒隶止趋来数，瞻仰长怀烈士风。

三六、但一阳

但一阳，明代邑人，曾官荣县典仪。

崇仁祠

时事茫茫众所难，成仁不顾此生残。
魂依北极心纯赤，云锁东川水自寒。
气节稜稜高华岳，乾坤屹屹并逄干。
烝尝祠下钦风烈，王魏功成实可叹。

（乾隆《荣县志》卷四）

【注】

逄干：逄，关龙逄，夏朝贤臣；干，比干，商朝贤臣。
烝尝：烝，冬祭；尝，秋祭。

三七、余承恩

余承恩（1491—1543），字懋忠，号鹤池，蒙古族，四川青神（今乐山夹江县）人。明嘉靖进士，曾任四川指挥使。著《鹤池诗集》八卷。

宿松林方丈

浩荡荣州策马行，夜眠多雨昼多晴。
赋归已足闲居好，再出休夸宦况轻。
万里秋风横一剑，数松凉月梦三生。
荒鸡夜半催人起，经略西南拜孔明。

【注】

松林：即松林寺，民国《荣县志》记载：“松林寺，县南五十二里白鹤山古刹也。”遗址在今自贡市贡井区白庙乐岭村。

三生：即前生、今生、来生。

经略：官职名。明清两代有重要军事任务时特设经略，掌管一路或数路军、政事务，职位高于总督。

三八、余承业

余承业（1499—1574），字懋贤，号草池，余承恩弟。嘉靖二年（1523）进士，初授刑部主事，后升云南按察司佥事。

过松林寺读兄诗

将军雄笔留僧舍，一剑秋风客思深。
万里山河消马足，百年身世宿松林。
我来梅树家家雨，春尽鹃声夜夜心。
归骑嘶风应熟路，中宵月出照东岑。

再过松林方丈

六年两度饭松林，倦客栖迟万树阴。
不尽浮屠桑下意，西堂夜雨谢公吟。

【注】

浮屠桑下：浮屠，也作浮图，和尚。《汉书》："浮屠不三宿桑下，不欲久生恩爱，精之至也。""浮屠不三宿桑下"，意思是说僧人不得在同一棵桑树下连宿三个夜晚，否则会日久生情，成其牵挂。

谢公：即谢灵运，酷爱登山吟咏。

三九、范渊

范渊（1453—1512），字静之，号君山。明桂阳县热水（今湖南汝城）人，弘治九年（1496）进士。授刑部陕西司主事。本诗约作于正德六年（1511），时任云南按察司副使。

松林寺

晚凉驱马来山寺，山寺晚钟还未鸣。
云翠半连天脚近，松阴一路石头平。
老僧茶竈初浮白，过客襟怀笑碧青。
奔走不知尘里过，百年人世总相轻。

（乾隆《荣县志》）

四〇、高翀

高翀（chōng）（1490—1570），字允升，号玉华，生于江西峡江（今江西峡江县），后入湖广安陆（今湖北安陆市）籍。明嘉靖五年（1526）进士。嘉靖二十年（1541），出为浙江右参议，寻改四川按察副使。历任山西参政、云南按察副使、贵州左布政使等。著有《玉华诗文稿》《归与稿》等。

松林禅院用范渊《松林寺》韵

一登山寺道，天籁应时鸣。
首坐僧初定，清池水自平。
鹤穿松月白，鳌隐钵盂青。
愧我闲来往，浮云过日轻。

（乾隆《荣县志》）

四一、刘儒

刘儒，明徽州（今安徽黄山）人，曾任佥事。

松林寺

夜来匹马度禅林，一杵疏钟满地阴。
夜久山寒僧卧稳，万松风作老龙吟。

（乾隆《荣县志》）

四二、焦市程

焦市程，明南阳（今河南南阳）人，曾任佥事。

雨中晓发

山寺鸣钟杳霭间，夜阑灯火宿禅关。
梦回苦海难初唱，人老恒河僧未闲。
风雨哪堪三宿恋，关河能计几时还。
传家得举焦先例，愿托松风宿此山。

【注】

山寺：即松林寺。

四三、邓向荣

邓向荣，字元植，福建人。自幼天资聪敏，明嘉靖二十六年（1547）进士。清廉耿直，敢于进谏，为权贵所不容，被贬谪六安同知，后转知嘉定州。仅数月，父亲病危，即弃官回乡侍候父亲，从此不再出仕。著有《正学准则》《太极通书》《惜阴考》《箴铭》等。

崇仁祠

金陵王气付燕京，恸念先皇舍此生。
被发海滨嗟不遂，剖心建业恨难平。
金奴入侍谁挥泪，志远潜逃自忍声。
独喜圣衷能藻鉴，侍郎身后尚留名。

【注】

崇仁祠：祭祀明大忠臣胡子昭的祠庙，又称胡公祠。

四四、熊大辂

熊大辂，明麻城（今湖北麻城县）人，曾任荣县知县。

崇仁祠

西市当年不避锋，志符正学抱精忠。
连枝流落夷齐死，新庙森严陟降同。
环列诗书思表范，面临巀嶭显尊崇。
青青松柏参云汉，多少英雄拜下风。

四五、李会春

李会春，明云南人。生卒年不详，曾为荣县教谕。

崇仁祠

神栖寂寞锁郊东，白鹤青松伴烈风。
俎豆不忘临大节，雄豪犹想贯长虹。
魂随正气千年在，道为忠贞一死隆。
阶下抠趋瞻拜罢，深思颜汗几和同。

四六、张九思

张九思，韩城（今陕西韩城市）举人，明隆庆年间为荣县知县。

崇仁祠

胡公祠宇建来深，凛凛霜魂死尚生。
岭外愁云凝壮气，庭前劲草发精英。
君臣大义名常正，社稷丹心志在贞。
为爱一轮江月上，清光独照万年明。

四七、杨镕

杨镕，邑人，明嘉靖八年（1529）进士，历官户部主事、刑部给事中、礼部郎中。

题胡公祠

节义祠堂秋草深，如君真不负平生。
堂堂遗像清霜色，浩浩东川大海声。
头上有天无二日，人间大节重三荣。
孝陵松柏西风起，长表夷齐万古情。

【注】

孝陵：明太祖朱元璋陵墓。
夷齐：伯夷、叔齐。

四八、杨易

杨易，字道元，邑人，明正德十四年（1519）举人。历官武功县训导、湖南桂阳县令、平凉通判、两浙都运使等。

题胡公祠

万古纲常重如山，先生负荷出人寰。
心同日月悬双照，浩气星辰塞两间。
故国春风啼杜宇，新诗乐府注风鬟。
方公大节胡公继，取义成仁总一般。

四九、胡可孝

胡可孝，号六一真人，邑人，约生活在明嘉靖年间。有《小井沟摩崖诗》二首。

小井沟摩崖诗

头角峥嵘万丈山，岩岩气象井参间。
青云白石通元径，翠壁丹霞倒影滩。
智水有源砅巨海，天阶循序步高原。
何人艮外无筋力，默会龟蒙小鲁篇。

【注】

小井沟：今荣县小井沟水库一带，因井盐得名。

井参：井星和参星，位于西南方。古人把天空中可见的星分成二十八组，东南西北四方各七宿，叫二十八宿。

筋力：体力。

智水：《论语·雍也》："知者乐水。"谓智者达于物理，周流不滞，故乐水。"智水"为对水的一种美称。

天阶：天宫的殿阶。喻指高山上的道路。

艮（gèn）外：山顶。艮，八卦卦象之一，代表山。

龟蒙小鲁：龟蒙，在山东新汶县东南一带，由西北向东南，长约八十余里，其西北一段名龟山，东南一段名蒙山；小鲁，孟子曰："孔子登东山而小鲁，登泰山而小天下。"

五〇、范纯

范纯，字诚夫，号朴斋，苏州府嘉定县（今上海市嘉定区）人。明天顺元年（1457）进士。曾官四川按察司佥事。著有《朴庵诗集》《朴庵文集》《倦还录》等。

追赋牟女打虎救母诗有序

宋嘉泰四年七月二十九日，荣德县北箐口民女阿回，牧牛于龟子山，至晚，母来接与回。半路遇一虎衔母去，阿回手持竹梢，疾走逐虎。及之，号哭打虎背四五下，虎遂舍。其母坐于地，阿回直前扶母，母尚能言。既而其父与其邻来，虎方退，而母死矣。阿回时十余岁也。事上于郡，郡守朝奉某公嘉其孝，既旌赏之。权县莫伯祥复镂本以申劝戒。呜呼！贤守令用心若是切至，当时习俗欲不厚得乎？余按郡至荣，偶得石刻，读之，重有所感，因叹息累日。然未有为赋之者，自念于古人虽无能为役，而导民为善，亦分所宜然。遂撮其大要，歌诗以传播其事，使人读之知所感发兴起而于世教亦未必无小补云。母名乞女，父曰牟四老。诗曰：

猛莫猛于虎，弱莫弱于女。
孝心一激勇勃然，眼中之虎小如鼠。
荣德有女身姓牟，媞媞作苦长牧牛。
龟子山头日将夕，母王来叫归来休。
牵牛随母行半路，虎忽半途衔母去。
牧牛三尺短竹梢，持以逐虎打虎背。
大声号哭声彻天，虎为放母口收涎。
直前扶母母犹语，语罢身死山之边。
母虽不幸死于虎，犹得全躯入黄土。
人虎不敌世共知，烈烈孝勇女莫伍。
于时宋朝嘉泰年，贤哉守令旌门前。
今三百载刻在石，如见黄虎身斑斑。
吾乡水氏救夫苦，持梃斯须杀狂虎。
特比阿回心不殊，一孝一义人一途。
我惭久任观风职，兀坐霜台三叹息。
本与阿回共一乡，骨肉纷纷讼如织。
作诗特为劝吾氓，此心此性天生成。
尽心竭力做好事，原比打虎事容易。
第一好事敦孝弟，出则移忠于所事。
人人君子家诗书，三代淳风蔼斯世。

（乾隆《荣县志》）

【注】

牟阿回的故事见于明曹学佺《蜀中广记》卷四六。清乾隆十九年（1754）四月知县黄大本将石刻移至明伦堂并覆以碑亭。碑今佚。

朝奉：宋朝官阶有朝奉郎、朝奉大夫，明、清则常称盐店、典当店员为朝奉，亦有地方用以称乡坤。

权县：代理知县。
镂：雕刻。
劝：勉励。
媞媞：美好安乐貌。
水氏救夫：应指诗人家乡的烈女故事。
观风职：劝孝贤刺史，观风职所当。
霜台：御史台的别称。御史职司弹劾，为风霜之任，故称。

五一、赵远

赵远，江西人，生平不详，明嘉靖叙州通判。

广教寺

一剑横腰漫尔游，双旌凌晓野情幽。
灶烟漠漠晨生白，溪水亭亭咽不流。
观俗颇无苛似虎，谋身真许拙于鸠。
山云莫怪行踪急，别有人间一种愁。

荥中八景诗

明以来，古荥州就有“荥中八景”之誉。清乾隆本《荥县志》，录赵远《荥中八景诗》，且将“荥中八景”拓展为“荥州十二景”，有黄大本《荥州十二景诗》。但其后各版本《荥县志》均以“荥中八景”相传，并配以图画。

鸣凤朝阳

艮岳隆平有凤鸣，朝阳光照五陵城。
四荥形胜全嘉祐，一旦文章启圣明。

海岳效灵钟秀气，乾坤光霁沐恩荣。
何当附翼乘风起，再赋卷阿颂太平。

【注】

艮岳：山名，又称寿山，万岁山。宋徽宗时叠石为山，在河南开封城内东北角。

五陵：古荣州城内有五山，即清富山、莲宇山、凤鸣山、天庆山和桂林山，自西向东排成一列。

“四荣”句：四荣，荣境荣德、荣隐、荣黎、荣陵四山合称；嘉祐，凤鸣山有宋嘉祐寺。

“海岳”二句：嘉庆本《荣县志》为“地召嘉祥钟秀气，天开泰运洩精英”。海岳，大海和高山。效灵、显灵。乾坤，泛指天地。恩荣，受皇帝恩宠的荣耀。

卷阿：指《诗经·大雅·卷阿》，旧说该诗为召康公劝减成王求贤用贤所作。

望景岑楼

高冈楼阁已无存，今古犹传万景名。
山色北来烟树霭，水流东去大江清。
登临最喜康衢静，俯仰犹宜畎亩晴。
幸际太平全盛世，桥边车马迓恩荣。

【注】

迓恩荣：荣县城西门古名迎恩门。迓，迎。

双溪书阁

耸云山下绕双溪，王氏书堂有旧碑。
为爱濯缨仍濯足，尤堪闻礼又闻诗。
山光水色年年生，月白风清事事宜。
见说太平兴治化，文风振起属明时。

荣德晴岚

和气熹微弄晓晴，远山放出半空青。
连天碧拥芙蓉掌，映日光凝翡翠屏。
文豹隐时斑已变，苍龙吟处梦初醒。
遥知出岫成云雨，定泻天河济太平。

【注】

文豹：豹子。因其皮有斑文，故称。《庄子·山木》："夫丰狐文豹，栖于山林，伏于岩穴，静也。"

筠山夕照

金支闪闪耀青骢，返照回光映碧峰。
莫讶羲和停日晷，每多列子驾仙风。
云林出色成文绣，烟树增辉挂彩虹。
马上垂鞭回首望，此时清兴正无穷。

【注】

羲和：古代神话传说中驾驭日车的神。《楚辞·离骚》："吾令羲和弭节兮，望崦嵫而勿迫。"王逸注："羲和，日御也。"

列子：名寇，又名御寇，战国时期道家学说代表人物，后为道教四大真人之一。传说列子时常御风而行。《庄子·逍遥游》："夫列子御风而行，泠然善也，旬有五日而后反。"

龙湫夜月

山有灵兮月有光，龙湫独占广寒乡。
仙瓢曾洒人间雨，洞府常留海上方。
白兔临池和药剂，嫦娥出浴舞霓裳。
年年分我一杯水，洗却苍生渴热肠。

【注】

广寒乡：即广寒宫。古代中国神话传说中位于月亮上嫦娥居住的宫殿，也称蟾宫。

啸台游赏

晓起东山日色晴，啸台游赏快闲情。
路从金碧岩边过，人在丹青画里行。
大笑何妨天地阔，放怀浑讶洞龙惊。
香风满袖归来晚，得句推敲步月明。

清富登临（其一）

名楼境界绝喧哗，俯仰溪山意趣佳。
玉露冰壶清彻底，香风罗绮富无涯。
留连时景家家月，消遣光阴处处花。
政暇有人舒远眺，太平官府早休衙。

【注】

明楼：此指高斋，也称郡斋，在荣州府衙内清富山上。曾任荣州刺史的晁公武在此著《郡斋读书志》。陆游摄荣州政时，有《高斋小饮戏作》诗。

清富登临（其二）

偶从崖下睹云龙，前代名楼有旧踪。
天上玉堂青锁闼，人间金谷绣芙蓉。
山川一览丹青里，风月双清锦绣中。
春遇四方无事日，康衢击壤乐时雍。

【注】

玉堂：神仙的居处。
金谷：金谷园，西晋富豪石崇的别墅，又称梓泽。
康衢：宽阔平坦的大路。
击壤：古游戏名，一般认为是古代的一种投掷类游戏。
雍：和谐。

五二、龚巽

龚巽，字木夫，江宁（今江苏南京）举人，清乾隆五十五年（1790）任荣县知县。

冶官杂诗（五首）

竹王祠

阿衡诞降本空桑，元鸟天生起大商。
用夏变夷归汉籍，浣纱溪上夜郎王。

【注】

“阿衡”句：阿衡，即伊尹。《诗·商颂·长发》：“实维阿衡，实左右商王。”毛传：“阿衡，伊尹也。”空桑，空心桑树。《吕氏春秋》曰：“有侁氏女采桑，得婴儿于空桑，母居伊水，命曰伊尹。”本句用典写夜郎王（竹王）多同剖竹生于遁水的传说。

元鸟：即玄鸟，中国古代神话传说中的神鸟。《诗经·玄鸟》：“天命玄鸟，降而生商。”

“用夏”句：指夜郎国归汉事。西汉官吏唐蒙，上书武帝建议开通夜郎道，被任为中郎将，奉命出使夜郎，以厚礼说服夜郎侯多同归汉。

荣隐钓台

钓台千古首严陵，大泽羊裘尚得称。
何似筠山老荣隐，只留石印识圭稜。

【注】

严陵：严光，字子陵，省称严陵。东汉会稽余姚（今浙江余姚）人。少曾与汉光武帝刘秀同游学。秀即帝位后，光变姓名隐遁。秀遣

人觅访，征召到京，授谏议大夫，不受，退隐于富春山。后人称他所居游之地为严陵山、严陵濑、严陵钓台等。

荣隐：荣隐先生室在�山，有石如印，旁为荣隐庵，故名石印山，又名老筇山。（嘉庆版《荣县志》）

觚棱：宫阙上转角处成方角棱瓣之形的瓦脊。亦借指宫阙、京城或故国。

啸台

高台长啸说孙登，南渡嘉名已艳称。
载籍无稽仙迹幻，半空鸾鹤或飞腾。

荣王府

赵宋分藩有绍熙，崖屏九折故宫基。
杖藜访古孤松在，石马横眠又几时。

【注】

绍熙：因宋光宗赵惇曾任荣州刺史，理宗时升荣州为绍熙府。

讲教洞

洞门烟水石粼粼，绛幔传经此涧滨。
一孝一忠名盖代，向夫人并仉夫人。

【注】

向夫人：王梦易夫人向氏。
仉夫人：孟子母亲仉氏。

五三、邹学山

邹学山，字太和，邑人，清乾隆五十九年（1794）举人。

从郡守游凌云寺

荆州不时史嘉州，喜侍凌云载酒游。
风月至今真得主，江山自惜胜封侯。
漏天仿佛垂三岛，香国依稀现十洲。
莫羡高标丹嶂好，石湖乘兴上高楼。

（王培荀《听雨楼随笔》）

五四、邹学明

邹学明，字海山。邑人，邹学山弟，以教授为业，廖朝翼、曹后亮、蓝瑾章皆出其门。有《步月山房稿》。

寿兄学山六十

是我诸兄亦我师，少时立雪已多时。
老来物论君相化，身外荣观百不思。
圣证六经归注脚，仙源一水沁诗脾。
不知寿骨如公否，岁岁春风进酒卮。

五五、吴容

吴容，字山谷，邑人，清嘉庆二十一年（1816）举人。

寿邹学山师

天官拣选注名来，昨自长安策马回。
燕市秦关行卷好，桂林莲宇讲帷开。
说经一一探奇笈，载酒时时访啸台。
一亩邵庵闲处筑，近闻花药手亲栽。

五六、邹心鲁

邹心鲁，邑人，生平不详，清岁贡。

寿学兄邹学山

城南居士古城居，门掩蓬蒿意淡如。
论世不求周以后，游心时见物之初。
草生书带时摊卷，花放莲塘自养鱼。
扶杖一乡徐自笑，无名公传倩谁书。

五七、邹志魁

邹志魁，邑人，生平不详。

落第得子戏占

今年无分会嫦娥，归日生儿十日过。
我不举人卿举子，工夫还让细君多。

五八、张英

张英（1637—1708），字敦复，又字梦敦，号乐圃，又号倦圃翁，安徽桐城人（今安徽桐城市），先祖世居江西。清康熙六年（1667）进士，选庶吉士，累官至文华殿大学士兼礼部尚书。

寄族侄容

数载青城教泽宣，清河独尔继前贤。

征输闲里调琴鹤，断讼平时爱石泉。
雅化崇儒分薄禄，高风课子富鸿编。
更祈同谱情逾笃，两地惟凭尺素传。

五九、张容

张容，本名恕，字心如，邑人。清康熙二十三年（1684）乡试第九名，选青阳令。致仕后授学于青崖寺。宜宾进士赵暐、犍为进士余光祖皆出其门。

清崖寺

文章有价世争传，一卷摩挲在此间。
同是青岩名字好，思量甄济读书山。

【注】

青崖寺在荣县南二十五里，临近华金岩。

六〇、樊泽达

樊泽达，字昆来，宜宾人，清康熙二十四年（1685）进士，授庶吉士，编修，官至翰林侍读，提督广东学政，工诗。著有《敬业堂稿》《江山杂咏十三集》等。

送张容任青阳

九华卓立大江南，双舄新肩百里担。
竹马云屯迎父母，花城春晓种楩楠。

英豪盼尔三称异，懒慢惭予七不堪。
别后临风肯相忆，鲤鱼封寄素书函。

【注】

双舄：双脚。《广雅》：“舄，履也。”这里指脚。

三称异：三异，指汉中牟令鲁恭行德政而出现的三种奇迹。《后汉书·鲁恭传》：“今虫不犯境，此一异也；化及鸟兽，此二异也；竖子有仁心，此三异也。”

七不堪：三国魏人嵇康不满当时执政的司马师、司马昭等。山涛推荐他做选曹郎，他表示拒绝，在《与山巨源绝交书》中列陈自己不能出仕的原因，“有必不堪者七，甚不可者二”。后来诗文中把“七不堪”作为疏懒或才能不称的典故。

鲤鱼：双鲤，古时中国对书信的称谓。汉乐府诗《饮马长城窟行》：“客从远方来，遗我双鲤鱼。呼儿烹鲤鱼，中有尺素书。”

六一、涂逢豫

涂逢豫，字长卿，一字怿堂，号莼溪，江宁（今江苏南京市）人。清乾隆二十四年（1759）举人。随其子荣县知县涂长发于乾隆四十八年（1783）至乾隆五十一年（1786）寓居荣县。著有《山璺集》《凤城编》《皖江集》《晋游草》《通潞集》《淮海录》《瀔阳录》《蜀游草》等。

题此君亭（四首）

官廨之西，隙地数亩，有池焉，环池皆修竹，浮青晕碧，映水同色。池上故有亭，岁久漫漶攲侧，因其材而更新之。而于亭之东北，复诛茆为屋二间，欂栌栏楹，前后左右若盖者蔽者，悉以竹为之。庀材无多，工费甚约。秋七月既望，落成之日，与客瀹茗置酒而乐之，而颜之曰“此君亭”。抚景感怀，成诗四首：

其一

车驱齐晋复幽燕，屈指游踪忆昔缘。
白遂看花香旖旎，大陵种树影婵娟。
徘徊旧雨人何在，检点残编思黯然。
中酒高歌更长啸，可无余兴慰衰年。

【注】

“白遂”句原注：路河天桥湾与吴指香、林绣谷诸人观荷。
“大陵”句原注：文水令顾强叔为余种花树，书院几满。

其二

十载灊阳烟树浓，吴头楚尾意无穷。
岩奔雪瀑经山谷，路涌银云入皖公。
闻道扬风沐雨后，传来金简玉符中。
匆匆别去情何极，回首江花二月红。

【注】

十载灊阳：约隆四十年（1775）至乾隆四十七年（1782），涂逢豫任潜山训导，凡八年，后将其见闻编为《灊阳录》。

其三

去住行踪可自由，生平寄寓等浮沤。
瞥然明月三更梦，忽作长江万里游。
滟滪堆连巫峡水，峨眉山接锦城秋。
流光不住云何住，且住为佳任去留。

其四

倏尔新亭在水涯，偶然风味亦清嘉。
兰丛侵晓都含露，莲渚逢秋尚作花。
凤尾参差当护惜，龙材勃兀更横斜。
漫言信美非吾土，我自清溪上有家。

六二、宋鸣琦

宋鸣琦，字梅生，清代奉新（今江西宜春）人，曾任嘉定郡守，并于嘉庆十二年（1807）仲夏，巡视荣县。

巡荣县归寄许明府（二首）

其一

小队凌云唤渡来，石堂溪外略徘徊。
好山乍沐徐徐转，凉稻如油一一栽。
比屋聚烟村市集，老农含笑昼耕回。
累君作我山城主，绕座莲花馔竹胎。

【注】

民国《荣县志》注：君治荣五年。

其二

五山青入万人家，树影环城路几叉。
胜地分应宽礼数，贤官民亦爱清华。
香生茂叔池边水，客品卢仝午饷茶。
身在镜湖浑未觉，片云将雨日初斜。

【注】

茂叔：周敦颐，字茂叔。喜爱莲花，有《爱莲说》。

卢仝：号玉川子，唐济源（今河南济源市）人，博学工诗，善品茶，有《茶歌》一首。

镜湖：指县衙内的镜香亭所在水池。

六三、许源

许源，字汇泉，湘潭（今湖南湘潭市）举人，清嘉庆七年（1802）任荣县知县，与龚巽修县志。

和巡荣县归寄许明府（二首）

其一

朱盖青骢按部来，悬知问俗每迟徊。
程程骢唱千村绕，暧暧墟烟万顷栽。
茅屋书声荣隐近，戍楼人语铁山回。
诗心尽入丰年料，早稻花含一寸胎。

其二

山城斗大几人家，父老壶浆列路叉。
小县慈云交掩映，炎天佛日自高华。
承流愧少棠阴惠，略分同煎社后茶。
不负风流汉嘉守，镜香题字早鸿斜。

【注】

慈云：比喻佛之慈心广大，犹如大云覆盖世界众生。
佛日：比喻佛能破除众生的痴暗，如红日能破除一切的黑暗一样。
早鸿：早早南归的大雁。

六四、胡澐

胡澐，绍兴（今浙江绍兴市）人，清道光三年（1823）进士，十八年（1838）任荣县知县。

荣州留别

戏场何必认为真，圣主亲呼高雅人。
幼学曾为鸿鹄志，服官已落马牛身。
儿孙好向心田问，父老休嘲手板新。
几及三年惭抚字，临行何以对斯民。

六五、王培荀

王培荀，字雪峤，一字景淑，山东淄川（今山东淄博市）人。清道光元年（1821）举孝廉方正，二十一年（1841）任荣县知县，二十五年（1845）主持修纂《荣县志》。有《寓蜀草》《雪峤外集》《听雨楼随笔》《乡园忆旧录》等存世。

蜀中杂咏（八首）

一

炎蒸无地避骄阳，白羽频挥亦太忙。
没到徐亭尘世隔，荷花四面水中央。

【注】

白羽：旌旗。

二

尝从画里见豳诗，民事艰难自昔知。
最好城中似城外，新秧才绿雨丝丝。

【注】

豳诗：指《诗经·豳风》，为先秦时代豳地华夏族民歌。代指反映百姓劳作的诗歌。

三

夜雨潇潇湿绿苔，虚窗倚枕独徘徊。
芭蕉叶共千竿竹，并挟秋声入座来。

四

开轩北面小桥通，曲折回廊地数弓。
一阵清香醒客醉，紫薇花里过来风。

五

净绿池塘水涨初，朱栏曲曲护阶除。
停云阁里浑无事，读罢南华学钓鱼。

六

瓦屋三间白板扉，杂花萦树粉墙围。
三更院外空云水，玉笛一声旅雁飞。

七

但能积土亦成冈，莫笑愚公不自量。
十丈金身云外现，遥看飞阁压城墙。

【注】

原注：署中土冈望见大石佛。

八

海棠香国亦无花，且向庭前看木瓜。
略似玉人帘外立，茜红衫子飐轻纱。

六六、李南晖

李南晖（1709—1084），字仲晦，号青峰，又号西海云樵，甘肃通谓（今甘肃通渭县）人，清代举人。曾任荣县、威远知县。

过朝天峡

呼吸风云近，人从天路行。
山光低鸟道，水气湿猿声。
改步千峰异，达观万壑平。
可能通帝座，分寸向神京。

【注】

帝座：指朝廷。
神京：都城。

六七、黄大本

黄大本，嘉兴（今浙江嘉兴市）人，清进士，任荣县知县先后十二年。乾隆《荣县志》载："（黄大本）缮城隍，葺书院，清义冢，修县志，令民掘塘筑堰，多所建置。"黄大本诗文均本自乾隆《荣县志》。

荣州十二景

凤鸣朝阳

凤鸣盛地焕丝纶，旭日曈曈气象新。
城势似环山作镇，溪流如带草成茵。
祀同七曲开文藻，影泄千竿忆古人。
从此高岗辉羽翼，何妨载笔勒贞珉。

【注】

贞珉：石刻碑铭的美称。
七曲：祠庙祭祀音乐。

龙湫夜月

天光水色本分明，月印波心分外清。
碧落乍看飞玉镜，空潭更喜挹晶莹。
杈枒古木猿声寂，壁立巉岩夜气萦。
错认骊龙珠在抱，会教霖雨润苍生。

【注】

骊龙：黑龙。

万景岑楼

山郭登山杖履艰，岑楼遗迹费跻攀。
遥瞻云树迷三楚，近接岷峨控百蛮。
延伫移时舒啸咏，掉头归路俯尘关。
莫言景物成虚幻，沧海桑田总一般。

【注】

三楚：三楚指先秦时期楚国的疆域，秦汉时期分为西楚、东楚、南楚。

百蛮：古代北方少数民族的总称，代指匈奴，号称百蛮大国。后也泛称其他少数民族。

尘关：尘劳关锁。指本性被尘世的烦恼遮掩住，不得显现。

双溪书阁

潜夫削籍数偏奇，二子成名赖母仪。
欲避尘嚣先择地，思传诗礼更延师。
猿啼鹤唳真清绝，柏翠松苍好护持。
讲教洞临溪水碧，自来天道总无欺。

【注】

潜夫削籍：指王梦易（字潜夫）非罪失官。

母仪：母亲的威仪。指王庠、王序的母亲向氏教子有方。

清富登临

当年景物已推迁，清富名标却宛然。
一泒笙歌常寂寂，满城风雨自年年。
登楼远挹千山翠，临水低迷几树烟。
欣际太平无所事，振衣濯足正蹁跹。

【注】

泒：古河名，源出中国山西省，流至天津入海。这里借指东川水。

啸台游赏

金碧岩前认啸台，攀藤拾级兴悠哉。
幽寻是处皆参佛，游赏何人不捉杯。
水泛清溪光似练，声传空谷响如雷。
孙登去后谁与调，怅望天涯数劫灰。

荣德晴岚

闻说希夷灶有丹，出关老子亦停鸾。
晴光潋射连天碧，山气朦胧映日寒。
石室曾经文豹隐，莲池可有蛰龙蟠。
千寻拔地如能到，雨霁烟消纵大观。

【注】

“闻说”两句：大意是说传说希夷先生陈抟在此炼丹，老子曾在这里修炼。

“石室”两句原注：山中石室二十四所，龙池有千叶莲。

筠山夕照

筠山高与白云齐，返照余光促马蹄。
虚市蚤看朝似醉，桑榆晚爱景垂西。
晴霞倒影烘溪阔，倦鸟知还著树低。
闻道齐城名不夜，人间亦复慕丹梯。

【注】

虚市：墟市，集市。

桑榆：日落时光照桑榆树端，因以指日暮。

齐城：齐国都城临淄（今山东淄博市临淄区）。

丹梯：指寻仙访道之路。

龙山插笔

南山名虎又名龙，塔影群推文笔峰。
桥号进贤欣跃鲤，寺传兴国听鸣钟。
冗祠颓废今榱桷，遗迹荒凉旧辟雍。
试看真如崖土坼，人文蔚起羡儒宗。

【注】

“南山”句原注：山名虎头山，明邑令王梦魁改易为龙头山。

“冗祠”句原注：辛巳冬建龙王阁于塔下。

榱桷（cuījué）：屋椽，椽子。

“遗迹”句原注：有宋科名最盛，文庙碑碣可考。

辟雍，本为周天子所设大学，校址圆形，围以水池，前门外有便桥。东汉以后，历代皆有辟雍，作为尊儒学、行典礼的场所。本句说这里曾经是举行文化典礼的地方。

“试看”两句原注：俗传真如崖土崩裂，为荣邑文明之兆。

翠壁凌霄

乘兴探幽景物饶，诸峰峭拔势凌霄。
山形面面皆如削，翠影重重不易描。
鸟解高飞无挂碍，僧知入定自逍遥。
吟瓢酒盏寻常事，空谷凭谁举手招？

【注】

挂碍：羁绊，牵掣，障碍。

入定：佛教徒的一种修行方法，闭着眼睛静坐，控制身心各种活动。

吟瓢：饮酒吟诗。

鱼矶垂钓

荣隐先生乌角巾，矶头兀坐自全真。
无心渭北飞熊兆，不让桐江遁迹人。
月白风清余片石，天荒地老剩闲身。
剧怜富贵浮云是，逸韵难征问水滨。

【注】

乌角巾：角巾的一种。角巾又称“折角巾”“垫巾”“林宗巾”，见前注。

全真：道教门派之一。这里指道士。

渭北飞熊：飞熊入梦。原指周文王梦飞熊而得太公望，后比喻圣主得贤臣的征兆。

桐江遁迹：东汉建国后，严光（字子陵）不肯出仕，躲到富春江去钓鱼隐居，刘秀（光武帝）多次请他也不出来做官。

征：追究，追问。

石笋排空

路接西南径转幽，排空石笋几年抽。
云归岭畔形偏瘦，雨洗苔痕翠欲流。
驿使从教劳指点，萍踪偶憩辄勾雷。
当年苏氏名相亚，欲纪风徽拟筑楼。

【注】

“驿使”句原注：此地曾置邮传。

“萍踪”句原注：近年设有客栈。

“当年”句原注：元祐间，目子瞻兄弟为成都两石笋。

风徽：指风范、美德。

旭川纪事

戊寅六月二十一，夜半荣州山雨集。
咫尺城南水拍天，满郭蛙声杂人泣。
五更以后雨脚收，黎明出城勤抚辑。
水高于屋万家破，死者何辜绝呼吸。
或云两河蛟作孽，我朝往事年六十。
余愧父母乎斯民，眼中惨惨心汲汲。
欲为善后计长久，筑城凿池事孔急。
濠身展宽其势舒，蓄泄便于水出入。
作堤捍水尤要策，永永人功保兹邑。
恒情虑始颇觉难，官民利害贵相习。
作诗纪事贻后人，雨来半夜何嗟及。

【注】

戊寅：清乾隆二十三年（1758）。
“或云”两句：又作“老山地势如建瓴，水势一泻成壁立”。

开浚西河

金碧岩前地脉通，东川直达气如虹。
展开水力由山下，收得霞光入镜中。
欲护沙堤先插柳，已登秋稼不妨农。
后来作宰荣溪者，疏凿毋忘趁岁丰。

六八、刘应蕃

刘应蕃，清代元和（今江苏苏州）人，曾为候补州同。

冬日晓登荣梨山

百八晨钟霜欲晞，篾舆款款扣禅扉。
正逢迎面白云散，无数打头黄叶飞。
万里孤踪成久滞，十年薄宦计全非。
放翁已作流风逝，凭吊何人问翠微。

【注】

篾舆：竹轿。

六九、侯昌镇

侯昌镇，字桐初，清代澧州（今湖南澧县）拔贡，曾任荣县知县。

纪修王处士墓

维荣宋大州，西北山势奇。
笃生王周彦，墓在程东坡。
时维道光初，掘得处士碑。
及今又百年，墓平草离离。
余披王庠传，习习清风吹。
母兮后之姑，父受包公知。
作婿于苏门，山谷相友师。
八行冠天下，名臣交荐之。
赐号曰廉逊，终始史可推。
前令杨固云，晚节胡忍疵。
堂堂凤凰原，魂魄安于斯。
荒唐像岛屿，弟宅晚在兹。
隔山即双溪，有洞溪之湄。

当年读书处，兄弟何偲偲。
余生屈原乡，澧兰所葳蕤。
今来官兹土，百废思扶持。
拳拳一寸心，敢将父老欺？
式此哲人墓，樵采幸勿施。
人才为世出，疾甚难为医。
众排元祐党，国是随崄巇。
是碑字了然，体是宣和遗。
文集惜失传，宋志卷目垂。
吉光留片羽，附载双井诗。
独怪张商英，行诡文亦卑。
敬父宜苏铭，焉用臣相为。
种柏表君心，缭垣周墓基。
伏腊一樽酒，溪上谋专祠。
好古法其贤，在远非一时。
作诗励乡风，并告后有司。

【注】

“缭垣”句原注：周笃生捐四围地，戴福珊督工，风谊崭然，悉可嘉尚。

七〇、杨岳东

杨岳东，海宁（今浙江海宁市）人，清代进士，任荣县知县。

纪修王序墓

东坡先人也，海外文更奇。
华严与庄叟，天放才不羁。
中子王庠书，风谊尤可思。

今来王庠里，言访王庠碑。
萧萧荆棘丛，耕者侵墓基。
其后齿溪涧，下又浸池塘。
田父或怆然，缙绅难言之。
神哉获片石，廉逊字可窥。
遂令柳下垄，樵采惩荒陂。
於维周彦公，精灵俨在兹。
英名动一世，宋史书无遗。
胡云晚节丧，以弟兴微词。
弟也官徽酋，兄老辟茅茨。
是为於陵子，矫节将尤谁。
义门三代茔，翁仲立未欹。
聚处王序塘，魂兮如生时。
独怀苏长公，老未归蟆颐。
以视处士坟，兄弟何怡怡。
顾如章蔡辈，百世谁怜伊。
培护望后贤，或起元祐祠。
官行未了心，墓铭当此诗。

【注】

苏长公：对苏轼的敬称。

蟆颐：即蟆颐山，位于四川省眉山市东坡区崇礼镇境内，海拔1 246 米，是四川省较有名的大山之一。此句指苏轼死后未能回乡安葬。

七一、丁瑞臣

丁瑞臣，名光瓛，邑人，清代明经。

新霁过大石门

初霁路犹滑，行行过石门。

涛声松际吼，云影岫间屯。
地僻人烟渺，山空鸟语喧。
此中高卧好，不复问桃源。

七二、丁时显

丁时显，字名扬，号鹏搏，天津（今天津）人。清乾隆十年（1745）进士。有《青蜺居士集》一卷。

送长芦都转倪象恺先生归田

共沐恩波数载中，忍看此日去匆匆。
铜鱼洲静萍花合，金凤山高栗叶红。
应有素琴调夜月，时闻玄鹤下秋空。
南山依旧东篱外，重对秋阴菊数丛。

【注】

倪象恺，邑人，清举人。1725年任福建罗源县知县，1729年任台湾知府，1730年再升任分巡台厦道兵备道，1732年因大甲西社番乱而被解职。

七三、丁光陛

丁光陛，字紫垣，邑人，清道光五年（1825）、十五年（1835）两次考中副贡（副榜贡生）。曾任犍为县教谕，主持荣县凤鸣书院。

重游泮宫

曾探蟾窟会群仙，两遇罡风折九天。

一砚留人磨到老，不材如树历多年。
玉津司铎成陈迹，凤院谈经起群贤。
春梦层层如隔世，水芳重采夕阳天。

【注】

本诗为作者八十岁重游凤鸣书院时作。

泮宫：旧称学宫为“泮宫”，此指作者曾经主持过的凤鸣书院。

蟾窟：蟾宫，月宫，指科举考试。

罡风：强烈的风。

不材如树：即如不才树。龙血树材质疏松，树身中空，不能做栋梁；烧火时只冒烟不起火，又不能当柴禾，真是一无用处，所以又叫“不才树”。

玉津：银河。

司铎：谓掌管文教。相传古代宣布教化的人必摇木铎以聚众，故称。

题画兰

春风吹到读书堂，屈宋文章有瓣香。
手把离骚随意写，一花一叶一潇湘。

七四、廖朝翼

廖朝翼，字扶九，清代学者，正直诚谨，酷爱学习，是荣县唐宋以来第一个没有中举而选任翰林院馆职的读书人。曾以庶吉士赴地方任职。归田后教授终生，荣内外求学者如云，曾省三、蓝瑾章、吴克昌等均为其得意门生。家住县东荣黎山，世称东崖先生。

凝翠楼落成

镜香亭北起新楼，水色山光一帘收。

露滴荷池香在水，烟笼径竹翠含秋。
著书自启三窗面，招客时倾酒一瓯。
谁道史君非务观，别无风月胜荣州。

【注】

此诗所记为道光二十四年（1844）王培荀修凝翠楼之事。

丙戌重九登荣黎山小饮

荣黎之高出群鬟，荣黎之秀苍媥斓。
放翁去后无题咏，谁识三荣第一山。
我来此处当重九，径有黄花樽有酒。
醉后高歌欲问天，脱帽临风一搔首。
千里平明壮大观，洞口丰碑仔细看。
古来卓卓称名胜，胡为以后无衣冠。
衣冠今日凌苍翠，山遇奇兮山意逐。
我代山灵谢壮游，微言一一君须记。
诸公佳会为登高，呼云坐雾餐醇醪。
荣德荣隐旁相伺，当使他年称群豪。
君不见，兰亭唱和地人传。
又不见，洛社风流今古仰。
我居东道愧主人，珍重芳踪今一往。
乐矣乎！吾侪游玩岂等闲，
一声长啸，会令山鸣谷应，千秋闻逸响。

寿张廷良

阿爷被胁落群狼，有子寻亲似寿昌。
自古善人天必相，炉中百炼著金钢。

【注】

张廷良：业医成家，析产能让，多义举。八十七岁卒。清末李蓝之乱时，其子锡三以二三百里之外泣血救亲而闻名。

七五、廖朝汇

廖朝汇，邑人，清代恩贡。

丙戌重九登荣梨山小饮

菊酒香含落帽风，望山山势翠微中。
同怀客访嘘阴洞，食饵依思沛泽功。
石有仙人曾赑屭，池蒸霞气尚玲珑。
好题糕字慈云壁，未翦轻纱莫漫笼。

七六、曾省三

曾省三，字佑卿，邑人，清咸丰二年（1852）进士。曾官兵部主事、南康知府。

寿张廷良

轮周花甲六年春，历尽尘途百苦辛。
厚恤里邻和戚属，晨昏待爨许多人。

七七、曹俊亮

曹俊亮，字灼三，邑人，清咸丰三年（1853）进士，曾官刑部主事，知云南武定州。

寿张廷良

群狼误入归无恙，风诏遥颁世泽新。
年过八旬天与福，谁知虎口去寻亲。

七八、张翚飞

张翚飞，字寅卿，广东四会（今广东四县市）人，清道光六年（1826）丙戌科进士。道光九年（1829）任荣县知县。

镜香亭

波心端合置轻桡，花气撩人欲语娇。
得似竹垞吟处否，夜间凉雨滴芭蕉。

七九、林志高

林志高，邑人，清代诸生，从陈卯生游。

和张明府寅卿荷花（二首）

其一

曾向名园借好春，落花如雪草如茵。
等闲又到熏风候，出水芙渠最可人。

其二

亭亭红袖立银塘，坐爱伊人水一方。
待到凉生清露滴，暗香微度月昏黄。

八〇、杨焕章

杨焕章，清代邑人。

春 莺

柳丝袅袅晓烟迷，谁促流莺上树啼？
惊梦恐添征妇恨，随风飞过落花溪。

八一、刘德煜

刘德煜，邑人，清代荣县教谕。

镇南塔

龙头山势最玲珑，文笔巍然耸太空。
直插云霄疑画日，时挥烟雨逗飞虹。
堂开三教基尤在，寨锁重门气亦雄。
试问科名谁独占，崖边消息已潜通。

【注】

镇南塔：亦名文风塔，俗称白塔，屹立在城南龙头山巅。镇南塔和龙头山浑然一体，构成“荣州十二景”之“龙头插笔”。

八二、吴迈

吴迈，邑人，清代廪生。

苦孝歌

邑民李国璜配赵氏，贫无立锥，性特孝。夫运煤，妇刈草，鬻以糊口，而百计觅甘旨养亲。或宴他所，必怀肉归奉母，终身如一日。里中诸生吴一峰、李之桢具实白儒学，表其门曰：苦孝可风。爰作歌纪之，以备輶轩之采。

人事万变根本始，明天察地推孝子。
孝行有玷人道亏，勋业文章朽腐耳。
李傭夫妇家赤贫，朅来系念惟老亲。
谋生计拙负薪炭，苦寻甘旨娱饔飧。
菽水虽欢食无肉，伤哉高年难果腹。
邻家宴客旨且多，舍肉怀归供母箸。
母目盲矣身康强，只缘子妇调羹汤。
毕生孝养率天性，遂令里碑题上庠。
我闻孟宗哭竹祥卧冰，彼犹暂苦非常行。
又闻颖叔遗羹绩怀橘，彼犹薄宦非穷促。
吁嗟翁媪事万难，胼胝作苦承亲欢。
君不见，豪贵家家役厮仆，堂上无人劝加餐。

【注】

輶轩：轻车也。
朅：通“曷”，何。

八三、汪涵

汪涵，邑人，清代诸生，生平事迹不详。

筠山曲

县西筠山毕氏女幼字曹氏子，曹家中落，悔之。女不可。

毕怒，竟招媒氏议他族。女涕泣而无如何。一日，随母适外氏，故与曹邻，偶偕舅女摘花陌上。有少年牧豚者，舅女指曰："若识之乎？即若婿也。若甘嫁之耶？"女无言，归，托病卧。伺间潜往曹所，谓向少年："君识妾否？妾故郎室也。父母以郎贫，将改字妾，某月日当宴某家，郎急以舆来迎。"少年曰："奈祸何？"女曰："既归郎，则父母无如何矣！"遂归，潜检衣饰。至期，果归曹。毕方醉人家筵上，家人奔告，急归已无及，次日夫妇归宁。毕怒，将责之。女慨然曰："儿前为毕氏女，汝可责；今已为曹家妇，不可责。"毕不得已，资之十万钱；詈前日议婚者。涵贤之，歌纪其事，命曰�山曲。

荣县西去山如玉，女儿秀夺筠山绿。
一山全力开一花，香风谱出筠山曲。
吏部家声名亦香，明珠掌上字平阳。
前生喜读陈思赋，许字清门第几郎？
青春二八樱桃熟，人生万事对陵谷。
梦里温存白玉儿，人间拆卖黄金屋。
阿爷豪到石崇家，竞取支机付客槎。
柳丝无力春难挽，卷耳怀人心自嗟。
天恐连城不归赵，巧从别路将人导。
外家一水近蓝桥，手持玉杵凭谁捣？
陌上花开缓缓归，踏青风小上春衣。
意外小姑偏解事，笑指萧郎此处扉。
归来软向无人处，妆点维摩病中住。
檀郎贫作牧猪奴，洛妃暗换惊鸿步。
飞电流光划碧天，绿华一闪到羊权。
辟影匆匆叩茅屋，含情脉脉诉桑田。
田中却缺心无著，桑下罗敷有方略。
绿绮休弹此日凰，金笼早抉摩天鄂。
小别殷勤订吉期，此心如水照郎知。
木兰准备三更战，打点衣裳备嫁时。

心上光阴头上箭，耶娘尽赴乡邻宴。
绝代销魂梁玉青，仙风吹送衙城远。
依稀门巷是东阿，织女盈盈渡绛河。
红叶句从流水去，紫鸾音送好风多。
从来浊富家家重，留髡席上方如梦。
辞巢去燕报秋清，歧路亡羊惊鬼弄。
恼公明日复于归，玉立双双拜彩闱。
莫向池塘将鸭打，须知药店有龙飞。
临邛勉奉相如坐，除作王孙无计可。
吹将苦李叶成阴，养成夭桃花结果。
桃花潭水遇汪伦，入夜�山问采春。
似闻一对鸳鸯梦，早晚香雏有化身。

【注】

筠山：荣隐山古称，地处荣县铁厂乡老君台村。
字：旧时称女子出嫁。这里指许配。
归宁：指新婚夫妻在结婚的第二日或第三日回娘家看望父母。

八四、赵德修

赵德修，清代邑人。

题啸台

九秋山响凤凰哀，人说公和啸此台。
晋代已沈千劫去，天风吹送百泉来。
前人有字留岩石，万事传疑付酒杯。
老衲不知干宝论，尚怜嵇阮是诗才。

【注】

孙登，字公和，晋隐士。

八五、赵国璧

赵国璧，字瑞堂，邑人，博学，与赵德修为从兄弟。

登清富山

北城延望郁桑麻，青作云屏赤作沙。
画本溪山清富气，香风罗绮帝王家。
客来寒食连朝雨，春入乡村是处花。
独惜重华宫里月，禁林相望似天涯。

八六、赵有蔺

赵有蔺，本名时阳，字晓楼，邑人。赵国璧之子，生子赵熙。熟《戴记》《左氏传》。设馆“培根书屋”为业。

题壁诗

悔不当初再读书，上负亲恩下负吾。
今日培根书屋坐，训蒙还肯去当奴。

八七、王安宇

王安宇，字石亭。邑人，晚清生员，以团防保六品衔。倡修牛峰寨，办长山桥社仓，家近獭子山（今荣县来牟镇）。曾官秀山县训导。

秋试报罢归舟作

到已重阳过，归心急水程。
扁舟乘夜泊，远火入江明。
便作游山计，应愁听雨声。
往来经此路，款款话三更。

门 神

桃符岁岁旧翻新，古俗由来事百神。
神果有灵如画者，不应门户傍它人。

八八、王德淳

王橡山，名德淳，邑人，居刘家场之大屋山。王安宇族弟。清代道光五年（1825）拔贡，十二年（1832）举人。性敏好学，下笔落落数千言立就，好诗，兼豪于酒。道光十四年（1834）年未四十以孝廉终。赵熙评其“清三百年，县士能去山乡之气，惟德淳一人。”

山居纪事

松树响如涛，柳花团作絮。
满目绿参差，鸟啼不知处。
谁惊土龙飞，濛濛雨不止。
陡耳破窗来，添我砚池水。
松风四面吹，竹径一条引。
时携椒眼篮，入林采石菌。
械忘鸟不飞，地僻花逾好。
觅句系何人，推敲似贾岛。

八九、曹显宗

曹显宗，字渭清，后改名佺，邑人，清举人，曾主讲旭川、凤鸣书院。有《吾山阁诗》集，民国《荣县志》录其诗二十五首。

哭刘裴村先生

莫问蓬莱水若何，猪婆龙起动风波。
丹心一片黄唐上，碧血千年青简多。

东海难填精卫石，西山谁返鲁阳戈。
江源雪岭开鳞甲，烈烈文山正气歌。

【注】

刘裴村：刘光第（1859—1898），字裴村，四川省自贡市富顺县赵化镇人，维新变法时期重要人物，“戊戌六君子”之一，清末维新派的著名爱国诗人。

哭杨叔乔章京

西风黄叶望京师，一束生刍万古悲。
菜市人亡天醉日，金轮影侧日斜时。
中原道济长城坏，大厦林宗独木支。
愁绝师门张相国，宋宣仁变武昭仪。

【注】

杨叔乔：杨锐（1857—1898），字叔峤，四川绵竹（今绵竹市）人，“戊戌六君子”之一。乔，“峤”之误。

章京：清代军机处及总理衙门办理文书的官员。清光绪十一年（1885），杨锐在顺天乡试中，考取内阁中书，获章京记名，协编《大清会典》，书成后晋升内阁侍读。

张相国：张之洞（1837—1909），字孝达，号香涛，晚清名臣、清代洋务派代表人物，杨锐的老师。

宋宣仁：宋英宗皇后高氏。

武昭仪：武则天。

送尧生

送君南山南，君归北山北。
斜日树青青，两山不同色。

【注】

尧生：赵熙，字尧生，号香宋。

九〇、詹言

詹言，名桂村，原名鸿章，字劭逵，晚清至民国邑人，出身于书香门第，曾留学日本。不愿仕进，先后在乐山、犍为等教私塾谋生。后在荣县城南白塔岩半山设詹言学堂授课。诗文与赵熙齐名。著有《詹言诗钞》《詹言文钞》等。

凌云山绝顶歌

凌云九顶天下传，载酒时闲记坡仙。
就日峰头日影侧，雨花台畔花欲燃。
春江水涨泻飞泉，楼台飘过尽花烟。
独有凌云流不去，年年依旧峙江边。

【注】

此诗楷书大字刻于乐山凌云寺至麻浩河山道崖畔。

坡仙：苏轼，号东坡居士，文才盖世，仰慕者称之为“坡仙”。

就日峰：在乐山大佛景区。

雨花台：乐山凌云山上的一处明代遗址，今改建为载酒亭。

九一、吴玉章

吴玉章（1878—1966），原名永珊，号树人，邑人，我国杰出的无产阶级革命家、教育家、历史学家和语言文字学家。工作之暇，偶为吟咏。有《吴玉章诗选注》。

东游述志

一九〇三年于长江三峡

不辞艰险出夔门，救国图强一片心。
莫谓东方皆落后，亚洲崛起有黄人。

一九〇四年留学日本时自题像片诗

中原王气久消磨，四面军声逼楚歌。
仗剑纵横摧虏骑，不教荆棘没铜驼。

【注】

中原：代指中国。

王气：指王者之气，借指国势。刘禹锡《西塞山怀古》诗：“王浚楼船下益州，金陵王气黯然收。”

四面楚歌：《史记·项羽本纪》记项羽被汉军围困垓下，“夜闻汉军四面皆楚歌”。指中国处于帝国主义的包围中。

仗剑：凭借学习到的军事本领。仗，凭借。

纵横：扫荡。

不教：不使、不让。王昌龄《出塞》：“但使龙城飞将在，不教胡马度阴山。”

荆棘没铜驼：据《邺中记》，当时洛阳宫门外装饰有两座马形铜驼。《晋书·索靖传》：“靖有先识远量，知天下将乱，指洛阳宫门铜驼叹曰：‘会见汝在荆棘中耳！’”后人以铜驼没在荆棘丛中，比喻都城陷落，国家灭亡。

自励诗

春蚕到死丝方尽，人到期颐亦不休。
一息尚存须努力，留作青年好范畴。

【注】

此诗写于作者八十一岁时。

“蚕到”句：出自唐李商隐《无题》，原诗写相思之情像春蚕吐丝，到死方尽。此处形容革命者不懈追求革命理想。

期颐：《礼记·典礼上》：“百年曰期颐。”后世称百岁为“期颐”。

范畴：原是译自希腊文的一个哲学名词，取《尚书·洪范》九畴之意。此处借指典范、榜样。

纪念龙鸣剑烈士

锦江饯别发高音，举座沉吟感慨深。
智借急流传警报，愤归故里起民军。
出门拔剑誓除赵，病榻遗言速灭清。
毕竟英雄人敬仰，万千父老哭忠魂。

【注】

“锦江”两句：1907 年，四川籍的一些革命同志在日本东京锦江春饭店为作者饯行。席间畅谈国事，情绪激昂。龙鸣剑于兴奋之际，忽而引吭高歌，激越悲壮，举座为之感动。此二句当指此。

“愤归”句：1911 年，四川人民保路风潮骤起，清政府严加镇压，龙鸣剑立即赶回家乡荣县，组织武装斗争。

“出门”句：八月间，龙鸣剑与王天杰在家乡组织起义军一千余人出发攻打成都。在出荣县城门时，龙鸣剑异常激愤，拔剑起誓：“不杀赵尔丰，决不再入此门!”军士大为感动。

“病榻”句：龙鸣剑在行军途中病逝，临死前犹念念不忘革命，对战友王天杰提出许多重要意见，希望他迅速消灭清军。

九二、谢奉琦

谢奉琦（1882—1908），字能久，四川荣县人，中国近代民主革命家。1904 年，东渡日本留学。1905 年，由孙中山、黄兴等为主盟人，加入中国同盟会。1906 年，回到四川，积极进行发动武装起义的准备工作。1908 年，与熊克武等发动叙府起义，不幸失败，遭到通缉被捕，从容就义。1912 年 3 月 18 日，中华民国政府授予谢奉琦“四川死义烈士”称号，追授为陆军中将。

绝命诗

中原多故祸燃眉，草泽人怀复国思。
富贵勿忘耕垄上，诗成泣下数行时。

（《荣县文史资料选辑》第十辑）

九三、曾莱

曾莱（1899—1931），原名曾永忠，化名蓝瑞卿，四川省荣县双石乡人。曾参加北伐战争和广州起义，1928 年 4 月加入中国共产党，长期从事农运工作，荣县、内江等地群众称其为“农王”“曾圣人”。历任自贡特委农运委员、内江县委书记、梁山（今重庆梁平）中心县委书记等职，是虎城、南岳大赤区（今四川达州达川区南岳镇）领导人之一，1931 年秋被叛徒杀害于虎城，时年 32 岁。《春》《夏》《秋》《冬》农民四季苦的歌谣，便是他 1929 年在内江从事农民运动期间写的。组诗选自《荣县文史资料选辑》。

春

春来百花开满林，米口袋撇紧，无心去玩春。工农同志要谋生，军阀要打倒，土豪要肃清。同志们，下决心，努力前进，革命大功，即将全告成。

夏

夏日田中谷子黄，拌桶乒乓响，可望吃糯糯。背时军阀真堪伤，捐款多花样，催兵如虎狼。挑黄谷，折苛捐，五拖六抢，看着看着，抢得精光。

【注】

拌桶：打谷用的木桶。

糯糯（màng）：四川土话，即吃干饭之意。

秋

秋来桂花满园香，军阀又打仗，人民遭大殃。丘八爷，下四乡，挑抬拉汉子，陪睡拖女娘。倘若不依从，要扳要犟，钢枪一响，命见无常。

【注】

扳：挣扎。

犟：倔强，不听话。

无常：即无常鬼，传说能促人死。这里是形容人死，见到无常鬼。

冬

冬日天寒雪花飘，年关已将到，心里慌又焦。儿啼饥，女号寒，衣服当完了，红苕没一条，债主家中逼，如何是好？起来革命，才有下场！

九四、龙鸣剑

龙鸣剑（1877—1911），原名骨珊，字顾三（顾山），号雪眉，四川荣县五宝镇（现属贡井区）人，近代资产阶级革命者。保路运动领袖之一。1911 年以参加“保路运动”为掩护，秘密联络会党，9 月在荣县与王天杰等发动起义，实现荣县首义。其后率军攻打成都，行军途中，因积劳成疾，兼作战不利，忧愤发病，在宜宾乡下去世。有《雪眉诗集》等作品。以下诗歌选自《雪眉诗集》。

题《四川》杂志（四首）

其一

于今形势转苍黄，弱肉无如食者强。
西域版图供馁虎，东邻舆榇走降王。
只凭沃野雄天府，那识巴黎化战场！
为问故园诸父老，梦醒应已熟黄粱？

【注】

《四川》杂志是四川留学日本的革命学生于 1907 年在东京创办的革命刊物。由同盟会会员吴玉章主持，以雷铁崖、邓絜等为主要编辑和撰稿人。

苍黄：仓皇，匆忙。

“西域”句：1907 年，英俄达成包括我国西藏在内的势力范围瓜分条约《西藏协定》，此前沙俄通过《续勘喀什噶尔界约》等条约侵占了我新疆西部帕米尔地区。

“东邻”句：指朝鲜臣服于日本。舆榇（chèn），载棺以随，表示决死或有罪当死。《左传·僖公六年》：“许男面缚衔璧，大夫衰絰，士舆榇。”

其二

自哀犹待后人哀，愁对乡关话劫灰。
鹃血无声啼日落，梅花有信报春回。
潇潇风雨思君子，莽莽乾坤起霸才。
尚有汉家陵庙在，蜀山休被五丁开。

其三

桃园何处避红埃，卷地风云海上来。

司马倦游思难蜀，杜陵多病独登台。
岭南杀气吞边月，冀北空群惜楚才。
转打法轮须腕力，公真健者莫疑猜。

【注】

公：指孙中山。

其四

酒不成仙谁即魔，年年醉梦尽蹉跎。
大招有赋愁难续，亡国无魂唤奈何。
丞相祠前云气阖，子扬井底血痕多。
谁怜宋玉飘零惯，乱嚼梅花唱九歌。

寄内子（二首）

其一

寥落孤舟逐水流，书生无策觅封侯。
怜卿枕上刀环梦，化作天涯一段愁。

【注】

刀环：刀头上的环。《汉书·李陵传》："立政等见陵，未得私语，即目视陵，而数数自循其刀环，握其足，阴谕之，言可归还也。"环、还同音，后因以"刀环"为"还归"的隐语。

其二

苦恨年年耐远行，征衣收拾总劳卿。
记曾夜静庭阶下，别后相看说月明。

绝命诗

槛边极目望三荣，惨淡愁云四野生。

不识同群还在否，可怜我哭不成声。

【注】

龙鸣剑积劳忧愤，于 1911 年 11 月 26 日在宜宾徐场杨湾赵家大院含恨而逝，此诗作于去世当天上午，当时谣传辛亥首义的荣县失守。

九五、于右任

于右任（1879—1964），陕西三原（今陕西三原县）人，中国近现代政治家、教育家、书法家。

题荣县王烈士祠（二首）

其一

鼓鼙声里奏神弦，又值中兴战伐年。
创业艰难人共识，愿将心力续前贤。

其二

书生报国气如虹，雄剑举举旧蜀中。
今日良金重写像，成仁始信即成功。

九六、黄炎培

黄炎培（1878—1965），号楚南，字韧之，笔名抱一。江苏川沙县（今上海市）人。中国近现代著名的爱国主义者和民主主义教育家，中国近代职业教育的创始人和理论家。

过荣县寄呈香宋

午过荣县车站餐，成诗一首，托站长周介时带致桂林街赵尧生（熙）、县长黄希濂（资中，北大，以民力建设者三年），未晤。

严陵冷钓富春鱼，香宋辞官荣县居。
于富于荣宁足恋，其名其实竟何如。
野桃自散诸天锦，寄字能回过客车。
便怅剡溪人不见，催诗山绿已侵裾。

九七、黄英

黄英，字叔权，清末民初荣县人，光绪十四年（1888）举人。曾留学日本，历知简阳、大邑、江津诸县事，旭川书院山长。

移居成都通惠门花圃赠宋芸子

雪涕悲时事，谈心有故人。
买山频结约，卜宅且为邻。
并下鱼陂钓，平分菜圃春。
商量多种秫，同作葛天民。

【注】

宋芸子：宋育仁（1857—1931），字芸子，晚号道复，四川富顺人，清光绪十二年（1886）进士，授翰林院庶吉士，改任检讨。中国早期资产阶级改良主义思想家，重庆维新运动倡导者。1894年任出使英法意比四国公使参赞。积极策划维新大计，提倡民主共和。

秫：有黏性的谷物。蜀秫，即高粱。

葛天民：字无怀，明越州山阴（今浙江绍兴）人，徙台州黄岩（今浙江台州）。曾为僧，改字朴翁。其后返初服，居杭州西湖。与姜夔、赵师秀等多有唱和。其诗为叶绍翁所推许，有《无怀小集》。

第二编 散文

一、张商英

张商英（1043—1121），字天觉，号无尽居士，蜀州新津（今属成都）人。宋徽宗朝官至右相（尚书右仆射兼中书侍郎）。

大宋故赠通议大夫王公墓表

观文殿大学士、通奉大夫、提举西京嵩山崇福宫、清河郡开国公张商英撰。太中大夫，守尚书右丞兼神霄、玉清、万寿宫副使，陇西郡开国公李邦彦书。保和殿学士、银青光禄大夫、提举上清宝箓官、提举三山河桥、安定郡开国侯孟昌龄篆。

太常博士王潜夫，元丰末非辜失官。元祐丙寅八月十五日，以宣德郎终于南荣私第。终之日，其夫人向氏，年三十六。三男子，长曰雍，次曰庠，年十六；次曰序，年十四。夫人执二子手泣于柩前，曰："未亡人不能雪吾夫之横逆，复夫之官。庠、序未有成立，终不葬此柩也。"于是专室静居，命诸孤从贤师学。夫人于钦圣宪肃皇太后为从祖姑，钦至闻其守志立节，又怜二子白身，首思官庠，庠以逊序。兄弟力学能文，崇宁初偕贡礼部，不第，庠谓序曰："吾弗隐，谁侍吾母？子弗仕，孰大吾户？"已而庠以侍母，凡一十一次坚辞聘诏。序两献文，入等，稍迁都水监丞。治塘堤有劳，三岁五迁，至朝奉大夫，遂封赠潜夫朝奉郎。二子泣请于夫人曰："母之教子志已成，父之官已复而有加矣，庶可葬乎？"夫人许之。既而完窆，而夫人亦殁，遂合祔焉。夫人之懿行孤节，冯澥既志而铭之。又谓"潜夫为前辈，澥不及见而知之，盍求与潜夫同时伟人，纪其详以信天下后世？"

庠、序以书来曰："唐人铭志，子孙不得柳公权笔，以为不孝。昔者先子获交于吾乡先生无尽公。诗编简牍秘于私家者，具存也。先子之平生及其诬服抵罪，乡先生固知之矣。苟无一言之赐，则庠、序不孝之罪，终天何赎耶？"予难曰：尔父之为人，吾与范蜀公、何济川深知之；尔父之得罪，吾与诸人盖尝扼腕，当不幸时，尔未克有知，予与诸人窃叹而无及焉。今庠也太学定八行全备，为天下第一名，上于朝，又以从官之请，旌为廉逊处士；序也以仕宦褒显，累迁太中大夫，擢徽猷阁待制、知三城，又亲赐进士第。夫君子之泽，五世而斩。不质于人，必质于天。二子何必以吾文为孝之尽哉？勿已，则杨天惠所作《双溪先生传》尽之矣。

传曰：先生名梦易，字潜夫，其先京兆人，□□□德，曾祖蕴舒。方蜀盗引众围州，危甚，蕴舒夜缒出，乞邻救城以完，州人德之。蕴舒生长钧、长锐，当淳化初顺贼扰掠过荣，长锐又有完城之仁。长钧生伯琪，赠殿中丞。伯琪与其母。□□□□居四十年，雍穆无间语。有三子：长梦禾，仲梦得，先生季也，俱以孝友闻，能世其家法。御史陈谕美之，以“韡鄂”书其亭之颜，荣人号为“义门王氏”，州上其行，乞加旌表。

潜夫皇祐元年及进士第，调绵州法掾。始到，转运使出巴西滞讼数百牒，命理之，皆办。异其才，率同列交荐，迁石照令。邑民喜鬻狱，□卫氏子挟母以欺兄，其兄乃前母之子，狱久不决。潜夫察爱憎均□□使母子如初。有一家三人，夜渔于峡口，为盗并杀，溺其尸而舟在。潜夫悉□濒江民，听其辞色，疑二恶少，械系间所，使人□□伺察之。时纵鼠以出，示若无人，二囚私语曰：“姑忍之，行不死也矣。”按下人突出就证，囚遂服罪，一县称神明。

前此，苦徭役不平。县占籍户三千，而下户无门番□。潜夫钩得冗民隐避者数百家，劳逸始均。州因命潜夫正卫籍，甲乙有差，率十岁为一周。遇岁饥疫，出私钱十万，设糜淖，储药石，为吏民先，所活甚众，邑人述《惠政录》刻于石。再调□石，复有能名。开封尹傅求荐右军巡判官，数雪冤狱，有异状，增秩一等，除通判果州。潜夫久摄守，大兴泮宫，邻郡皆有来学之士，盛闻四川。州滨涪江，屡啮城郛，潜夫亲□其灾，筑西面堤二里，增府属之楼观，利及于后。

熙宁役书新下，有司不谕德意，潜夫以说定□□，十取三以为式，比一路最轻平。就求普州，得之。值在势者不悦，以事免。造朝，舒国王丞相知其才，将用之，会出□□授兴元南□县，移擢兴州。蜀司运茶入秦，艰于募民，滞留干没，岁以万数。潜夫备奏公私之弊，宜放邮船法置递兵便，仍预言曰：“臣今所陈，贻当职怒，或以他事中伤，臣不敢惮。”上可其请，自是岁办边计，郡邑数千里，免抑雇妨农，因以养游手，万家至今赖之。时当职果怒潜夫专达，诬以私役保正，被谪还家。潜夫治归来亭于徙居双溪上，坐客常满，因□客曰：“陶渊明从人得酒乃一醉，度一月醉几何？吾乃日有酒以延客，岂不优渊明耶？”

初，荣之盐井，籍民熬输，岁久淡竭，□□□□以偿虚课，祸逮子孙，悉捶挞无完肌，独免有禄之家。明□□郡守李畋患之。公之伯父及殿中公率众闻于州。按法，官户免色役，而不免科配，请以官户均煎，遂纾一方之困。畋既还朝，力言于孙文懿公，孙以序美之，曰：“抗意恤民，古君子也。”□□痛疏其弊，章上，不报。厥后有禄者兴讼，将诡法中王氏，殿中公衔冤先逝，亲脱兄于□，兄亦□卒于狱，众切哀痛。潜夫既成童，伯仲力教登科，虽蠲本户之输，泣曰：“吾父为众之公心，□不伸于泉下乎？”屡白州县，不听，则言于使者及省部，又不听，则移书宰执。最后陈公希亮判三司户部勾院，以其书闻，乃还籍没者三百一十五家。命下之日，乡闾感涕，又岁蠲三十余万斤。自是盐赋遂轻，民得苏息，皆潜夫父子始终之德。

潜夫虽不极于荣，今流庆后昆，天定胜人，岂诬也哉！又喜诱掖后进，闻人一善，若出之己。济贫赈困，尽其诚心，固宜有后也。杨天惠《传》大概如此。亦几以增损矣。

潜夫以庠特恩赠太中大夫，序累遇郊礼，今赠通议大夫。女三人：长适□□朱立，次适中大夫鲜于之武，季适承议郎吕元淳。孙十三人：凤宾、环宾、楚宾、贤宾、儒宾、道宾，早世；芹孙，迪功郎；公孙、桐孙、卿孙，承奉郎；槐孙、庆孙，通仕郎；兴孙，承务郎。曾孙四人：曾慧、曾光、曾□、曾封，尚幼。

无尽居士表其墓曰：予读《李邕传》，见其文章直气，为奸邪所恶，诬以重罪。使吏平治，事出吏口，迫令手书，未尝不掩卷流涕而叹曰：“安得宽平之人，使之治狱为吏哉？以李邕之狱例之，则刻木画地，自昔而然，岂矢人不仁，出乎其术，抑蝮蝎之性，异形而同毒哉？王潜夫，乐易急义人也，身死之后，交游散矣。后二十年，二子卓卓有立，能从冯长源、郑少微、杨天惠求文以显亲之名，又拳拳终不释予，予惟天之报施至微，而不可昧。曲于人者，天必直之；殃于人者，天必废之。潜夫之后，方大而昌，尚何辨哉！尚何辨哉！宣和三年六月二十日。

男廉逊处士、视朝散大夫庠，男正议大夫充徽猷阁待制、知河阳军州事、充陕西河东河北路宣抚使、随军转运使序立石。

（据《金石苑》《全宋文》卷二二三四等补）

【注】

王公：对王梦易的尊称。唐僖宗广明年间（880—881），陕西长安（今陕西西安）人王知珏任荣州和义县令，居县城北郊双溪，绝爱双溪山水，举家迁荣，聚族而居，人称“义门王氏”，其五世孙即王梦易，为宋仁宗皇祐进士。

横逆：横祸，厄运。

冯澥（？—1140），字长源，号雪崖，普州安岳人。宋元丰五年（1082）进士，官秘书丞、通判梓州，知潼川府、资政殿学士、祠部郎中等。

范蜀公：范镇（1007—1088），字景仁，成都华阳（今四川成都）人。宋翰林学士。有《范蜀公集》留世。与何济川（生平不详）皆当时名人。

二、王庠

雅州蒙顶茶记

自古茶本出巴蜀，晋孙参军楚作歌，尝言之矣。唐陆羽著《茶经》，言当时出茶之郡四十有三，剑南则称彭、绵、蜀、邛、雅、泸、眉、汉。及验于《唐志》，贡茶之郡止十有六，剑南道惟雅安一郡而已。以天下奉一人，固必献其尤者，雅茶之冠蜀，固可知矣。然鸿渐不推高雅品，何哉？切有所疑而质之他书。如范蜀公《东斋记》言雅安蒙顶绝异于他茶谱，李公内翰《图经》、雷史君太简《茶轩录》皆言蒙顶上清峰不特冠蜀中，自最天下。以寡敌众，则众者是，鸿渐之论非矣。

然又尝思之，鸿渐之鉴，非昧于茶也，其失盖亦有自。按鸿渐生于开元二十一年，幼育于竟陵积禅师，天宝中游沧浪邑，后负书火门山，至德初过江，上元初结庐于苕溪之湄。上元辛丑岁，时年二十有九，自作传云有《茶经》三卷，则知《茶经》之作在江、湖间矣。江湖之上，福建非远，尚言未详而往往得之，况蒙山僻在西蜀之隅，则上清绝品，想鸿渐未尝得之也。雅安自肃宗乾元罢贡，而《沔城纪异记》云，代宗大历初，鸿渐自吴兴召至宫中，与积禅师烹茶，是时宫中已无蒙顶矣。然当时岂独鸿渐不得之，如李谪仙、杜子美，困游流落为剑南羁客，无片章只句略誉蒙茶之美，岂非时人以天子委弃无用之物，不精其制造耶？

鸿渐之后四十余年，长庆、大和间，韦齐休佐使云南，过蒙山下，《行记》云“蜀茶尽出于此”。李丞相德裕入蜀，得蒙茶沃于汤研之上，移时尽化，以验其真。白乐天复有《琴茶诗》云：“琴里知闻惟绿水，茶中故旧是蒙山。穷通行止常相伴，谁道吾今无往还。”天下茶品多矣，乐天特言蒙山，是知后人叹幽振滞，稍稍升赏得为天下之最，决无疑也。鸿渐《茶经》云：“生烂石沃土者上，紫者上，笋者上，叶卷而若薇始抽者上。”第七篇复具言久服得仙之事。今上清所出，皆备有四上之美，又其始生在春冬之交。密云霏雪蔽覆，若有神物护持，故紫笋之英，岁得甚少，此亦秀气所钟，天自珍惜。既末之，不特味甘色白，又其性温暖，久服不令人患冷，非他茶之比。《茶谱》说蒙山遗事，昔有病僧遇一老人，教服上清茶，后得道青城山。此正与鸿渐载《神异记》，陶洪景《杂录》言丹丘子事相类，亦与李太白言荆州玉泉真公服仙人掌事同。但恨鸿渐非蜀人，既不得见其初生四上之美，又不详知病僧得仙之事耳。

自乾元罢贡之后，蒙山不得入禁中，于今三百余年。本朝蔡君谟叹鸿渐不第建安之品，遂以建茶作为龙凤团以进。欧公永叔称建团，宫嫔多缕金花于其上，虽宸恩殊锡亦所稀得。以建茶擅贵，而蜀茶益不振。君谟闽人，未尝游剑外，故亦不知蒙顶紫笋本天下第一。

嗟乎！蜀本西伯道化、文翁德教之国，惟其邈在西南数千里之外，故凡物不能自达而速显于时，韬光晦迹，岂止蒙山茶而已哉！是可叹也。

（《全宋文》卷三一二二）

三、苏轼

与王庠书（六则）

其一

轼启。远蒙差人致书问安否，辅以药物，眷意甚厚。自二月二十五日至七月十三日，凡一百三十余日乃至，水陆盖万余里矣。罪戾远黜，既为亲友忧，又使此两人者，跋涉万里，比其还家，几尽此岁，此君爱我之过而重其罪也。但喜比来侍奉多暇，起居佳胜。轼罪大责薄，居此固宜，无足言者。瘴疠之邦，僵仆者相属于前，然亦有以取之。非寒暖失宜，则饥饱过度，苟不犯此者，亦未遽病也。若大期至，固不可逃，又非南北之故矣。以此居之泰然。不烦深念。前后所示著述文字，皆有古作者风力，大略能道意所欲言者。孔子曰："辞达而已矣。"辞至于达，止矣，不可以有加矣。《经说》一篇，诚哉是言也。西汉以来，以文设科而文始衰，自贾谊、司马迁，其文已不逮先秦古书，况其下者。文章犹尔，况所谓道德者乎？若所论周勃，则恐不然。平、勃未尝一日忘汉，陆贾为之谋至矣。彼视禄、产犹几上肉，但将相和调，则大计自定。若如君言，先事经营，则吕后觉悟，诛两人，而汉亡矣。轼少时好议论古人，既老，涉世更变，往往悔其言之过，故乐以此告君也。儒者之病，多空文而少实用。贾谊、陆贽之学，殆不传于世。老病且死，独欲以此教子弟，岂意姻亲中，乃有王郎乎？三复来贶，喜忭不已。应举者志于得而已。今程试文字，千人一律，考官亦厌之，未必得也。如君自信不回，必不为时所弃也。又况得失有命，决不可移乎？勉守所学，以卒远业。相见无期，万万自重而已。人还，谨奉手启，少谢万一。

（《苏轼全集校注·文集》卷四九）

【注】

平、勃：即陈平、周勃，均是西汉开国的功臣，军事家，政治家。

陆贾：西汉思想家、政治家、外交家。

陆贽：唐代政治家、文学家。

贶（kuàng）：赠，赐。

抃（biàn）：拍手，鼓掌。

其二

轼启。二卒远来，承手书两幅，问劳教诲，忧爱备尽。仍审侍奉多暇，起居万福，感愧深矣。轼罪责至重，上不忍诛，止窜岭海，感恩念咎之外，不知其他。来书开说过当，非亲朋相爱保全之道，悚息！悚息！

寄示高文新诗，词气比旧益见奇伟，粲然如珠贝溢目。非独乡闾世不乏人为喜，又幸珍材异产，近出姻戚，数日读不释手。每执以告人曰："此吾家王郎之文也。"老朽废学久矣，近日尤不近笔砚，见少时所作文，如隔世事、他人文也。足下犹欲使议论其间，是顾千里于伏枥也。轼少时本欲逃窜山林，父兄不许，迫以婚宦，故汩没至今。南迁以来，便自处置生事，萧然无一物，大略似行脚僧也。近日又苦痔疾，呻吟几百日，缘此断荤血盐酪，日食淡面一斤而已。非独以愈，实务自枯槁，以求寂灭之乐耳。初欲独赴贬所，儿女辈涕泣求行，故与幼子过一人来，余分寓许下、浙中，散就衣食。既不在目前，便与之相忘，如本无有也。足下过相爱，乃遣万里相问，无状自取，既为亲友忧及，又使此两人者蒙犯瘴雾，崎岖往来，吾罪大矣。寄遗药物并方，皆此中无有，芎尤奇味，得日食以御瘴也。轼为旧患痔，今颇发作，外无他故，不烦深念。会晤无期，惟万万以时保练。

【注】

止窜岭海：宋绍圣四年（1097），年已六十二岁的苏轼从惠州再贬到了徼边荒凉之地海南儋州。

姻戚：王庠为苏轼侄女婿（堂兄苏不欺女婿）。

老朽：老人自谦之词。

婚宦：苏轼十九岁时与年方十六的王弗成婚。王弗二十七岁因病逝世。

汩没：埋没。

行脚僧：指无固定居所，或为寻访名师，或为自我修持，或为教化他人而广游四方的僧人。

其三

轼启。前后所寄高文，无不达者。每见增叹，但恨老拙无以少答来贶。又流落海隅，不能少助声名于当时。然格力自天，要自有公论，虽欲不显扬，不可得也。程夫子尚困场屋，王贤良屈于州县，皆造物有不可晓者。

海隅风土甚恶，亦有佳山水，而无佳寺院，无士人，无医药，杜门食淡，不饮酒，亦粗有味也。目昏，倦作书，又此信发书极多，不能尽。察之！察之！

其四

别纸累幅，过当。老病废忘，岂堪英俊如此责望也？少年应科目时，记录名数沿革及题目等，大略与近岁应举者同尔。亦有节目文字，才尘忝后，便被举主取去，今日皆无有，然亦无用也，实无捷径必得之术。但如君高材强力，积学数年，自有可得之道，而其实皆命也。但卑意欲少年为学者，每读书，皆作数过尽之。书富如入海，百货皆有之，人之精力，不能兼收尽取，但得其所欲求者耳。故愿学者，每次作一意求之。如欲求古人兴亡治乱圣贤作用，但作此意求之，勿生余念。又别作一次求事迹故实典章文物之类，亦如之。他皆仿此。此虽迂钝，而他日学成，八面受敌，与涉猎者不可同日而语也。甚非速化之术，可笑！可笑！

【注】

王庠应制举时，写信给苏轼求教读书之法，苏轼在这封复信中指出，学习“实无捷径必得之术”，只有“积学数年”，循序渐进。为此他提倡“八面受敌”的读书方法，即每次集中力量阅读、思考、研究一个方面的问题，各个击破，逐步扩大学习成果。这一方法就是在今天仍然有参考价值。毛泽东说过：“苏东坡用‘八面受敌’法研究历史，用‘八面受敌’法研究宋朝，也是对的。”

责望：期望。

节目：原指树木坚硬的结节，这里指应举时题目较难的文章。

才尘：才能低下。谦辞。

举主：考官。

数过尽之：分几次弄懂其中的内容。

其五

承示，欲往黔南见黄鲁直，此古人所难，若果尔，真一段奇事也。然足下久违亲庭，远适更请熟虑。今谩写一书，若果行，即携去也。

其六

念七娘远书，且喜侍奉外无恙。自十九郎迁逝，家门无空岁。三叔翁、大嫂继往，近日又闻柳家小姑凶讣，流落海隅，日有哀恸，此怀可知。兄与六郎却且安健，幸勿忧也。因侍立阿家，略与道恳，不敢拜状也。

（以上《苏轼全集校注·文集》卷六〇）

与王庠书

某启。忝姻戚之末，未尝修问左右，又方得罪屏居，敢望存记及之。专人远来，辱笺教累幅，称述过重，慰劳加等，幸甚。即日履兹秋暑，尊体何似。

某仕不知止，临老窜逐，罪垢增积，玷污亲友。足下昆仲，曲敦风义，万里遣人问安否，此意何可忘。书词雅健，陈义甚高，但非不肖所当也。蜀、越相望天末，何时会合，临书惘惘，未审授任何地，来岁科诏，伫闻峻擢，以慰愿望。未间，更乞若时自重。人还奉启，少谢万一。不宣。

（《苏轼全集校注·文集》卷六〇）

答鲁直书

某有侄婿王郎，名庠，荣州人。文行皆超然，笔力有余，出语不凡，可收为吾党也。自蜀遣人来惠，云：“鲁直在黔，决当往见，求书为先容。”嘉其有奇志，故为作书。然旧闻其太夫人多病，未易远去，谩为一言。眉人有程遵海者，亦奇士，文益老，王郎盖师之。此两人有致穷之具，而与不肖为亲，又欲往求黄鲁直，其穷殆未易量也。

（《苏轼全集校注·文集》卷五二）

四、黄庭坚

与荣州薛使君书（三则）

其一

某顿首再拜荣州使君承议阁下：某既发戎州，舟次得所惠教，恩意千万，感服无以为喻。即日寒涩，不审尊候何如。伏惟岂弟之政近民，民以悦服，庭无留事。斋中尝有尊俎之乐、寝食之味，神所相劳，无阶参敬，惟有怀仰。伏祈为国为民，自珍玉体。谨勒手状。

其二

承长者以才术之美，尝入叔父给事心镜，恨未相识也。叔父忠义孝友，在今士大夫间，千人之一也。方得立献纳之地，不幸蚤世，因垂谕，不胜赏涕。

其三

贵州士人，惟周彦衣冠之领袖也。其人深中笃厚，虽中州不易得也。其兄庄叔老于世事，亦不可得。紫衣僧祖元亦周彦之族兄，抱琴种竹，有潇洒之趣，以星历推休咎，常得十之七八，试问之，可知也。

（《山谷别集》卷十九）

与王周彦书（三则）

其一

某久为病苦，养成疏简，经岁静坐，性复神存，为日已深，自有见处。回观昔日，举动皆非，更视人间，诚为可笑。凡人性各有妙用也。一得其妙，则通深远到无所不明，前世君子所恃以为乐也。且天地万物之美，人之所恃，为尊荣富乐者皆可空也，不足有。而人之妄胜也，妄灭则真存，存而后知其不足有也。经所载，皆有圣人修行之说，而世所不察，专以富贵为乐，则人亦止此而已矣。非周彦亦不语此公案，幸心会而默识之，复见某之言为赘也。

其二

某顿首启，辱手书勤恳并寄诗文，意气骎骎翼翼，出门已无万里，古人所谓"断以不疑，鬼神避之"。如公笔力，他日孰能当之？往在元祐初，始与秦少游、张文潜论诗，二公初不谓然。久之，东坡先生以为一代之诗，当推鲁直，而二公遂舍其旧而图新。方"其初改辕易辙，如枯弦敝轸，虽成声而疏阔跌宕不满人耳；少焉遂能使师旷忘味，钟期改容也"。如足下之作，深之以经术之义味，弘之以史氏之品藻，合之以作者之规矩，不但使两川之豪士拱手也，未即得面，驰情无量。秋初觊能一来，快尽此事。谨勒手状。

【注】

骎骎翼翼：骎骎，形容马走得很快，语出《诗经·四牡》；翼翼，整齐的样子，谓马训练有素，语出《诗经·采薇》。这里指王庠的诗文轻快整齐，很有文采。

秦少游：秦观（1049—1100），字太虚，又字少游，别号邗沟居士、淮海居士，世称淮海先生。北宋高邮（今江苏高邮）人，被尊为婉约派一代词宗，官至太学博士、国史馆编修。

张文潜：张耒（1054—1114），字文潜，号柯山。宋代诗人。楚州淮阴人。祖籍亳州谯县（今安徽亳州）。

其初改辕易辙，如枯弦敝轸，虽成声而跌宕不满人耳；少焉遂使师旷忘味，钟期改容也：语出宋·魏庆之《诗人玉屑·张秦》。枯弦敝轸，这里指琴音不美。弦轸，弦乐器上的弦和调音的轴。师旷，字子野，山西洪洞人，春秋时著名乐师。钟期，钟子期，名徽，字子期。春秋战国时代楚国人。史载为春秋时著名的琴师伯牙知音。这几句话是说秦观与张耒在苏东坡的推荐下学习黄庭坚的诗歌，大有成就。以此勉励王庠。

其三

某前者承问读《易》，常苦匆匆不能尽所欲言者。若欲章分句解，作书生伎俩，不过熟读《系辞》，便可得作者旨趣矣。此极不难，但要成诵，令章句莹然在胸中耳。若欲知《易》之道，则但于“百姓日用而不知”一句能直下，冰销瓦解，斯尽之矣。此句诸佛祖师亦满口举不尽也。三十年来，心醉《易》中，自从解此一句，遂不疑。老聃、释氏许多文字，但就自己求之。

（《山谷别集》卷十九）

答王周彦（五则）

其一

奉别来无日不思念。四月到荆州，五月、七月两大病，皆几死，幸复济耳。而荆州亲旧多，无日不来，百事废阙，以是绝不能通书。太守所遣二卒来时，方大病，辱赐教勤恳，又赙恤之，荷不倦之意。承太夫人尊体康强，何慰如之。太守贤明，留意学校，公平时以所闻推之乡里后进者，今有所申，此亦可乐。

某大病之余，瘦茶几不堪事，乞得便郡，甚如所欲。一到乡里，以小儿未练事，寓家沙市，不能使人无耿耿，因循留滞至今。所欲《学记》，欲下笔者屡矣，辄为宾搅扰，又不成。病来精神未复，不能如昔时谈笑中可成文字也。二卒远客，久煎迫欲行，亦人情也，故且遣回。舟中行，无宾客事，度可成，成即求便奉寄矣。拨忙作书，不能万一，千万为亲自重。

【注】

太守：当指荣州薛太守。

太夫人：王庠母向氏。

其二

变故不常，承庄叔、教源相继捐馆，可胜叹惋。公手足之义至厚，仁及宗党，当此何可忍割，奈何奈何！庄叔之子既宦游，居丧亦可教以诗书，计可无憾。不审教源有子否？亦可教邪？斌老不幸，为痛惜之累月，其亲及兄弟之情可知矣。何宰知其为佳士，但相远，监司辈非深知，虽已言之，恐未能有所益耳。元师惠书及珠子黄，甚荷渠虽远不忘之意，但以病起，不能多书，且为道谢之。定国得洛倅，似少慰意，亦得渠秋末书。

【注】

庄叔、教源：庄叔，王廱，王周彦异母兄。教源，不详，当是周彦族兄。

捐馆：抛弃馆舍。死亡的婉辞。

何宰：荣州荣德县（或和义郡）令。

其三

东坡先生遂捐馆舍，岂独贤士大夫悲痛不能已，所谓"人之云亡，邦国殄瘁"者也。可惜可惜！立朝堂堂，危言谠论，切于事理，岂复有之？然有自常州来，云见东坡病亟时，索沐浴，改朝服，谈笑而化，其胸中固无憾矣。所惜子由不得一见，又未得一还乡社，使后生瞻望此堂堂尔。欲作诗文道其意，亦未能成。秦少游殁于藤州，传得自作祭文并诗，可为陨涕。如此奇才，今世不复有矣。

【注】

捐馆舍：同"捐馆"。死亡的婉辞。

其四

所寄诗文，反覆读之，如对谈笑也。意所主张甚近古人，但其波澜枝叶不若古人尔。意亦是读建安作者之诗与渊明、子美所作，未入神耳。见东坡《书黄子思诗卷后》论陶谢诗、钟王书极有理，尝见之否？孙伯远善论文章之美恶，严君可长在笔下，公能致此二士馆之，当有得耳。

【注】

陶谢：诗人陶渊明、谢灵运的合称。

钟王：书法家钟繇和王羲之的合称。

孙伯远、严君可：皆嘉州（或眉州）士人，王周彦从学。

其五

伏蒙垂意于学舍，振数十年因循堕事之敝。庙学崇成，一新士民之耳目，可谓知本之政，不素餐之效，甚感甚感。今日士大夫，能者救过而求全，不能者偷安以待满。如公礼邑中贤能，教士民以孝。或旷世所无也。如某之不肖，病弃废学，日就衰朽，恨未得承余论，求少益耳，怀仰怀仰。

（《山谷老人刀笔》卷一九）

答王周彦书

七月戊辰，某敬报周彦贤良足下：成都吕元钧，某之故人也。解梓州而遇诸途，能道荣川土地风气之常。尝问之曰：“亦有人焉？”元钧曰：“里人王周彦者，读书好学，而有高行。以其母属，当得荫补入仕，始以推其弟，今以推其甥及侄，斯其人也。”时仆方再往京师，见其摩肩而入，接踵而出，冠盖后先，车马争驰，求秋毫之利，较蜗角之名，大之相嫌嫉，小之忘廉耻，甚于群蚁之竞腥。兹穷荒绝塞，其地与蛮夷唇齿，其俗以奔薄相尚，尊爵禄而贵衣冠，乃有周彦者，其古人之流乎？岂不卓然独立于一世哉！既窃叹其人，又喜欲与之游也。

及某以罪戾抵戎僰，久之，观荣之士乐善而喜闻道，中州弗及也。无乃周彦居西河而格其心，而变其俗，以致然邪？凡儒衣冠，怀刺袖文，济济而及吾门者无不接。每探刺受文，则意在目前。其周彦者，亦我过也，经旬浃而寂然，一日惠然而来，乃以先生长者遇我，退而自谓何以得此于周彦者？岂以葭莩之好，齿发长而行尊者邪？既辱其来，乃枉以书执进之，敬出其文词，且有索于我矣。周彦迫之不已，安得不启不发而有以报也？

夫周彦之行犹古人也，及其文，则摹今之人也，何哉？见其一而未见其二也。惟推其所摹而致于文而已。颜子曰："舜何人也，予何人也？"孟子曰："伯夷、伊尹，皆古圣人也，吾未能有行焉，乃所愿，则学孔子也。"孔子曰："吾不复梦见周公。"孔子之学周公，孟子之学孔子，自尧舜而来，至于三代，贤杰之人，林聚云翔，岂特周公而已？至于孔、孟之学不及于周公者，盖登太山而小天下，观于海者难为水也。企而慕者高而远，虽其不逮，犹足以超世拔俗矣。况其集大成而为醇乎醇者邪！周彦之为文，欲温柔敦厚，孰先于《诗》乎？疏通知远，孰先于《书》乎？广博易良，孰先于《乐》乎？洁静精微，孰先于《易》乎？恭俭庄敬，孰先于《礼》乎？属辞比事，孰先于《春秋》乎？读其书，诵其文，味其辞，涵泳乎渊源精华，则将沛然决江河而注之海，畴能御之？

周彦之病，其在学古之行而事今之文也。若欧阳文忠公之炳乎前，苏子瞻之焕乎后，亦岂易及哉？然二子者，始未尝不师于古而后至于是也。夫举千钧者轻乎百钧之势，周彦之行扛千钧矣，而志于文，则力不及于百钧，是自画也未之思尔。周彦其稽孔孟之学而学其文，则文质彬彬，诚乎自得于天者矣，异日将以我为知言也。

纸穷，不能尽所欲言，惟高明裁。幸蒙遗匹物、芎、术、珠子黄，皆此无有，拜嘉惭怍。汤饼之具尤奇，羁旅良济，益佩忧爱，灾患尤所不忘耳。元师能令携琴一来为望，庄叔之子亦可教以诗书否？惠讯至寄声，不宣。某再拜。

（《山谷别集》卷五）

【注】

吕元钧：吕陶（1028—1104），字元钧，眉州彭山（今四川眉山市彭山区）人。宋仁宗皇祐年间进士。

题录清和尚书后与王周彦

太平具正法眼，儒术兼茂。年将五十乃得友，与之居二年，浑金璞玉人也。久之，待以师友之礼。士大夫知为己之学者，观此书思过半矣。周彦方欲自振于古人之列，故手抄遗之。它日蔚然在颜、冉之林，当推斯文有一字之益。某书。

（《山谷外集》卷九）

【注】

颜冉：颜回、冉耕的合称。二人均为孔子弟子，皆以德行著称。出自《论语·先进》。

答王周彦

承示《周易》，求签记古人致意处。此学不可用，今之治经进士规矩也；又小字，老眼所不能读，遂不能承来旨也。大概读书要识宗旨。《周易》者，以与民同忧患为宗，圣人以此洗心，空无一物，乃见忧患之源，故其言皆自根极中来，故曰："神而明之存乎人。"若非道器，但称其言，而道之全体不可举也，故曰："苟非其人，道不虚行。"夫道者，处至下，甚易知，甚易行，其枝叶在上，其根本在下。故求道于德业之上者，其去道远矣，故曰："穷神知化，德之盛也。"过此以往，未之或知也。试以此三语求《易》，则思过半矣。观足下于所闻所知，每反身而行之，如此去《易》不远，但求之过耳。

（《山谷老人刀笔》卷一三）

与王雍提学书

某顿首，数日苦食他家食作病，稍自将节，得小愈。又苦宾客寝讹不得自便。眼花头眩，而两癞兵煎迫如火，不欲久留之。今日偶意思小佳，且写得数篇遣回。

大概佛法与《论语》《周易》意旨不远。《论语》大旨不过迁善改过，不自覆藏。故“君子坦荡荡”“入太庙每事问”“知之为知之，不知为不知”。天地同根，万物同一气，故曰：“吾无行而不与二三子者，是丘也。”《易》曰：“神而明之，存乎其人”“苟非其人，道不虚行”。但谛审谛观，当如何是其人，莫认只令弄影戏汉。若识得人，万事成办，元不欠少。

北窗日欲落，来人请行。不能一一道所欲言，千万珍重。

（《山谷老人刀笔》卷一九）

五、文同

杨处士墓志

君讳某，字某，荣州荣德人。其上世官族，见紫微石公杨休、龙图李公绚为其考虞部郎中见素妣荣德县君袁氏之墓铭。

君少敏惠，尝受经于唐安罗勉先生，通博善讲义，辩者不能敌。晚工于诗，既久且精，意词高新，无所待其迹。于父母昆弟，一尽其孝友。崇德病累亟，君再剔髀肉以馔进，悉愈。郎中好接宾客，两蜀闻人无不至门下。君善治产，致资以赡给其用，多寡称之。杨氏所以义声满天下，实由君振之也。

间尝语群弟曰：“家事不可以累大人，予其主之。尔曹第力学，予将资尔，异时求有以昌大一户者。”是后，屡有由郡举试礼部，而若冲者遂中其第，今已入尚书为郎矣。

君性方廉，重许诺。视人有不类，辄耻遇之，如一善可喜，则奖励称述，亹亹不已。宗族邻里婚丧之用所不能足者，君咸为办之。赖远别业，为一郡之冠。其林峦之秀，涧谷之异，园拥列立，若设图画。君于其间筑室百楹，裒辑古今书史万卷，引内外良子弟数十人，如耆儒之有名业者教之。其子约，果登皇祐五年进士，授遂州小溪县主簿。先君卒、余皆摐摐，号称佳士者。

君以至和二年九月十五日以疾不起，享年若干。娶王氏，生男子五人：纲、约、姻、纪、纮。女子六人，婿普州进士汝某，资州资阳县尉袁某，进士勾某、袁某、张某，著作佐郎知绵州魏城县张某。孙男十人，某。曾孙某。

君以嘉祐五年二月二十五日葬于荣德县荣川乡。南坦庄锜以书并状，拜道士李有庆来诣同山居。始求铭君之墓。同亦与锜识，故为之铭。铭曰：

古语有之，天道难论。吾今于君，以为知言。种善殖德，所获未蕃。中寿亟亡，人闻而冤。何以慰君？有文诸孙。

（文同《丹渊集》）

六、马骐

王兴孙墓表

略云：前忠州使君奉直王公之不幸。其孤曾崇持公婿赵伯总承议所书爵里素行来言，曰：“久是请铭于运使王公志夫矣，愿为其表焉。”骐于奉直公有姻连，又尝联关决之政，于潼最久，敢陈其概示后世。窃谓公平生过人者有三：

一曰“守家法”。国朝党祸之作，于苏、黄尤酷，公之先正，家联戚里，宜杜党人之迹矣。乃与山谷为师友，以山谷诗刊石而宝传之。山谷《答商彦书》论东坡之不幸，并论作诗之法度，又称周彦“佳士”，婿于东坡之兄，学有渊源者。公悉善继之。

二曰“诚平生之言，无一字不可复”。有数之者，对之以一默，虽孩提之童，婢仆之贱，皆用此律。是以间遭横逆，而竟至大卿，领二千石。

三曰“廉”。凡周亲族，不问多少，惟视其急难之事俾相当。常集宾僚甚众，羊豕之类，皆自其乡来，取之市者，一听市司之公。所役多力田之客，不专用黔徒，虽其家之力可办此。夫售李而钻核者何人哉！

余详志夫所列。公讳兴孙，字陈仲，大观庚寅七年六月生，淳熙戊戌六月六日卒于忠州州治。越二年，庚子十月十五日，葬于荣州凤皇山高城原。

七、王序

宋故宣义郎王卿孙墓志铭

王姓，名卿孙，虞仲，其字也，荣州荣德县人。曾祖伯琪，殿中丞。祖梦易，屡赐光禄大夫。父序，现任徽猷阁直学士，光禄大夫，提举西京嵩山崇福宫。母勾氏，荣德县开国伯硕人。

卿孙享年二十四。以崇宁二年六月二十三日酉时，生于成都府新繁县外祖勾氏之第。靖康元年三月二十三日，卒于延安府治宇。靖康二年三月十二日，葬于荣州北郊孙村祖坟之侧。卿孙初用父荫补将仕郎。中以河赏，迁修职郎、从事郎。

边赏，改承奉郎、磨勘承事郎。终以该宣和七年十二月二十五日今上登极恩，迁宣义郎。

卿孙娶朱氏，无子女。俟弟庆孙、兴孙有子，当为继之。卿孙迁葬日迫，姑以此记其平生大概。继当父序为作墓表。伯，承仕郎、潼川府府学教授庠，纪置坟前。

靖康二年三月十二日，父徽猷阁直学士、光禄大夫、提举西京嵩山崇宁宫序书，并立石。

八、晁公武

郡斋读书志序

杜邺从张京兆之子学问，王粲为蔡中郎所奇，皆尽得其家书，故邺以多闻称，而粲以博物显。下逮国朝，宋宣献公亦得毕文简、杨文庄家书，故所藏之富，与秘阁等，而常山公以赡博闻于时。夫世之书多矣，顾非一人之力所能聚；设令笃好而能聚之，亦老将至而耄且及，岂暇读哉！然则，二三子所以能博闻者，盖自少时已得先达所藏故也。

公武家自文元公来，以翰墨为业者七世，故家多书，至于是正之功，世无与让焉。然自中原无事时，已有火厄，及兵戈之后，尺素不存也。公武仕宦连蹇，久益穷空，虽心志未衰，而无书可读，每恨之。

南阳公天资好书，自知兴元府至领四川转运使，常以俸之半传录。时巴、蜀独不被兵，人间多有异本，闻之未尝不力求，必得而后已。历二十余年，所有甚富。既罢，载以舟，即庐山之下居焉。宿与公武厚。一日，贻书曰："某老且死，有平生所藏书，甚秘惜之。顾子孙稚弱，不自树立。若其心爱名，则为贵者所夺；若其心好利，则为富者所售；恐不能保也。今举以付子，他日其间有好学者，归焉。不然，则子自取之。"公武惕然从其命。

书凡五十箧，合吾家旧藏，除其复重，得二万四千五百卷有奇。今三荣僻左少事，日夕躬以朱黄，雠校舛误。终篇，辄撮其大指论之。岂敢效二三子之博闻，所期者不坠家声而已。书则固自若也。傥遇其子孙之贤者，当如约。

绍兴二十一年元日，昭德晁公武序。

[《宋文选（下）》]

【注】

杜邺（？—前 2）：字子夏，右扶风茂陵（今陕西兴平东北）人，原籍魏郡繁阳（今河南内黄东北），张敞外孙，西汉大臣。幼年即丧父母，随其舅父张吉生活，遂继承张氏家学。

张敞（？—前 48）：字子高，西汉大臣，河东平阳（今山西临汾西南）人。官至京兆尹。

王粲（177—217）：字仲宣，山阳高平（今山东微山两城镇）人。东汉末年文学家，"建安七子"之一。少有才名，为著名学者蔡邕所赏识。

蔡邕（yōng）（133年—192年）：字伯喈，陈留郡圉（yǔ）（今河南省开封市圉镇）人。东汉时期著名文学家、书法家，著名才女蔡文姬之父。因官至左中郎将，后人称他为“蔡中郎”。

宋宣献：即宋绶（991—1040），宋代赵州平棘（今河北赵县）人，家中多藏书，精于校勘，死后谥宣献。

杨文庄：即杨徽之（921—1000），字仲猷，建州浦城（今属福建）人，谥文庄。宋初诗人、官员。

毕文简：即毕士安（938—1005），一名士元，字仁叟，一字舜举，代州云中（今山西大同）人。宋太祖时进士。历官吏部侍郎、参知政事、平章事，谥文简。宋宣献岳父。

文元：即晁迥（948—1031），字明远，澶州清丰（今山东巨野）人，晁公武先祖，北宋文学家、藏书家。居于汴京（今河南开封）昭德坊。博通文史，太平兴国间进士，为大理评事，累擢右正言、直史馆。真宗时累官工部尚书、礼部尚书、集贤院学士，修国家诏令，多由他裁定。由太子少保致仕，谥文元。

南阳公：即井度，字宪孟，河南南阳（今河南南阳市）人，南宋著名藏书家、刻书家。因籍南阳（今河南南阳一带），人称“南阳公”。宋绍兴十一年（1141），官四川转运史，兼川陕宣抚司参议官、秦风路马步军副总管等职。在蜀二十余年。

九、李焘

啸台摩崖记

真如崖穴峭深，佳处未易有也。半岭有石角立，或屋其上，凭临极空阔，而栋宇迫隘弗称，使荣德令广之。《图经》谓此“孙登啸台”。登隐河北，不闻至蜀，然古称啸独登善，凡啸者必稽焉，虽假讬亦宜。况登不污魏晋，于道最高，嵇、阮欲为弟子且不可得，其神游八极之表，复何所不至？区区限于方域，则陋矣。

宋隆兴元年端阳，荣守太史公陇西李焘仁父书。

（《全蜀艺文志》卷四〇）

一〇、冯俨

冯俨，宋代安岳（今四川安岳县）人。

啸台摩崖记

啸台总一郡之胜，而轩槛狭隘，今有意升大之，卒未暇。会戍期迫，恐遂负此，乃具粮用委荣德邑大夫赵汝乙，因故址改作。延袤视旧，增三之一。

夫孙登隐河朔，远矣。而真如崖壁倚天，实胜区，风清月白，乌知无苏门生者振风皇之音哉。不然，又岂无诸葛辈游其间抱膝者乎。

庆元六年庚申，冬至后三日。仁风冯俨书。

（民国《荣县志》卷十四）

【注】

民国《志》注：石漫灭。旧志作“崇庆元年”。按：宋无崇庆，乃庆元之讹。庆元六年庚申，1200年。

赵汝乙：遂宁人，淳熙二年（1175）乙未科詹骙榜进士，荣德（今荣县）令。太宗八世孙。

一一、李刘

李刘（1175—1245），字公甫，号梅亭，南宋崇仁白沙（今江西崇仁）人。尝从真德秀游，登嘉定元年（1208）进士第。理宗时曾知荣州。后累官至礼部侍郎、宝章阁待制。深于学术，蔚有文辞。今存《四六标准》四十卷。

知荣州谢表

佐黔巫之东鄙，将及代瓜；守巴僰之南安，滥叨符竹。出幕十年之未久，循墙三命之惟共。冒象马以牵江，跨犍牂而入境，皆知圣主清衷之一视。故令愚臣白首以重来。伏念臣殖学拙疏，赋才肤浅，耗精神于场屋；得弗赏劳，疲筋力于尘埃。衰不待老，顷缘政府，入总成均。韩愈补苴，奚益茫茫之坠；郑虔坎坷，难陪衮衮之登。久去国以奉祠，辱起家而贰郡。敢意三刀之梦蜀，复令五月而渡泸。

维今荣隐之邦，实昔夜郎之境。刀耕火种，矛淅剑炊。岁计经常之租，无六千斛；郡仰斥卤之羡，止五百缗。比因刻木之化销，致辱前茅之根拔。熏鼠不嫌于穹室，夺牛反甚于蹊田。凡昔留荣，悉今送使，无复升斗米之贷；存活介鳞，纵得二千石之良，终成狼狈。岂其庸谬，堪此奉承。

伏遇陛下政在养民，仁不遗远。虽蓬鬓雪皤之戍，万里轸忧，与长安日近之州；同时并命，重念和义濮庸之路，未正绍熙替置之名。三年弄印而印刓，四番代庖而庖竭。砍凶削例，不待张咏荐李畋之来；拔滞振淹，盖法艺祖用王明之意。

臣敢不谨身率物，节用爱人，且饮冰茹药以自将。勿为义疚，傥求牧与刍而不得。甘罪奚归。

（光绪《荣县志》卷三十四）

一二、洪迈

洪迈（1123—1202），字景卢，号容斋，又号野处，南宋饶州鄱阳（今江西鄱阳）人。官至翰林院学士、资政大夫、端明殿学士，位列宰执，封魏郡开国公，南宋著名文学家。主要作品有《容斋随笔》《夷坚志》等。

荣州梧桐

显谟阁待制董正封彦国知荣州。使宅一楼极高，可以远眺，而为大梧桐所蔽，举目殊有妨。命伐去。吏辈罗拜乞留，曰："此木为吾州镇，盖逾二百年，有神物居之，颇著灵效。寻常事以香火，不敢怠。若除之，定起大祸，兼亦未必可致力。"董赋性刚烈，叱众退，自率工匠运斤斧，自朝至暮，木已倒仆芟削。忽暴风驾云起根中，屋瓦飘扬，雷电晦冥，骤雨倾泻。董与家人共聚一室。其上如奔马腾踏，兽蹄鸟爪穿透椽箔，如欲攫人之势，老幼咸怖，泣叫相闻，董怡然不为动。未三刻许，风雷皆息，内外晏如，略无所挠。郡人始叹诵其明决。董寿过八十乃终。

（《夷坚志·支志癸集》卷二）

【注】

显谟阁：宋代殿阁名。

待制：殿阁所设官名，位在直学士之下。

使宅：官署。

罗拜：环绕着磕头。

镇：压、重，这里指镇风水的东西。

箔：指用苇子或秫秸编织而成以苫盖屋顶的帘子。

一三、李鼎汉

龙洞纪

荣德，绍熙之剧县也。地瘠民贫而赋不加少。惟士风淳厚，非他邑之所能侪。宝祐甲寅，风池李鼎汉承崇台奏辟，承乏兹邑。于时荐经俶扰，户口狼籍。凡事务从宽恕，不为苛刻，故不得罪于巨室，民安业，次于逃旷者责焉。丙辰之冬，瓜期时至，暇日来游龙洞，徙倚纵目，以览一时之胜，有感于怀，仰叹曰："江山有缘，他时若得经游此郡，与僚友故人乘间载酒，徘徊终日，款语畴昔，岂不伟哉！"因援笔以纪岁月云。

（嘉庆《四川通志》卷一七）

【注】

宝祐甲寅：宝祐，宋理宗第六个年号；宝祐甲寅，即宝祐二年，公元 1254 年。

承乏：指暂任某职的谦称。

俶扰：指骚扰，扰乱。

瓜期：官吏就任或者谓女子出嫁之期。此指前者。

一四、曾三省

曾省吾，字三省，号确庵，晚年自号恪庵。明代湖广承天府钟祥县（今湖北钟祥县）人。生于嘉靖十一年（1532），嘉靖三十五年（1556）丙辰科进士。为人豪爽，广交好友，博学多识，著作颇丰。曾任四川巡抚，万历元年（1573）剿灭僰人。

祭胡公子昭文

呜呼！臣子于君，弟子于师，义等在三，生死以之。文皇靖难，公致其命，希道殉君，公嗣其劲。二百年来，忠魂黯然，圣人历服，明诏痛焉。曰修俎豆，曰录苗裔。祖武孙谋，善述善继。蜀有专祠，向以祀方。公出其门，宜列其傍。赫赫坤维，视此正气。日月精光，同流罔既。公也伯夷，弟也叔齐，另有褒美，公其慰兮。

（乾隆《荣县志》卷四）

一五、彭汝实

彭汝实，字子充，号得山，又号鹤泉，明代嘉定州平羌乡（今四川乐山土主镇）人，曾任吏科给事中。

忠节公胡仲常先生传

岁革除，己卯，我文皇帝内靖，师驻金川门，漏下二鼓，曹国公李景龙、指挥王显开门迎降。报入东门，宫中悉自焚，兵部尚书齐恭溃奔，从官劝进索传国玺，促草诏。公与天台方孝孺、黄子澄、曾凤翔、何典宝十八人先后见执。不屈，斩于锦衣卫西市。殆百五十年，往迹几沉，弘治正德间，始有以诸公为言者，时禁渐弛，好事者刻备遗录簿，纪诸公姓氏节略，方公已得祀于其乡，公尚未有祠。

正德丁丑，御史台峰熊君相集里中，私谥题曰忠节祠，祀公城西垣宇，卑隘寻复湮废，及兵宪江阴薛君甲提刑川南，所在振扬，风纪乃闻，代巡金君灿择胜九峰山改葺，御史熊君爵所建书院为公专祠。山川明秀，廊宇轩豁，造化停注，若有待者，仍扁公堂额曰：得圣之清。盖以叩马之心不愧伯夷，而益光于我武之扬也。彼借口管仲狐偃者，视此何如耶？买田铸器，以公弟山东佥事志远，公女金奴附享祠下，如汤阴故事，忠魂沦没，风雨凄然。熟谓百年之下乃得聚享一堂，呜呼，悲哉！呜呼，光哉！祠定，兵宪君谓汝实曰："段秀实死事，匪故老吏卒之言，史氏昌黎子，谁其书之？矧为诸君里人，能无一言于祠下，备逸史乎？" 汝实再拜，执贽率众请文于兵宪君曰："兹举也，上振国纪，下扬风教，微君不张。若汝实者，尝欲捐宅第以复公祠而未能，徒以里闬好德之私，僭公传，可乎？"公，嘉州荣县兴贤乡人，世居县之东川，洪武中，举明经，任本县儒学训导，时孝孺在汉中，公往从焉，蜀献王赠之诗曰：

促装何所往，驱车入汉中。
欣然游大郡，况复依方公。
问学日益富，道德日益隆。
丈夫志远大，岂肯屈樊笼。
他年升馆阁，步武接夔龙。

后升翰林检讨，历官兵部侍郎，死节靖难。临刑绝命诗曰：

金声缓击鼓声忙，监斩官追上法场。

烙铁火烧红焰焰，钢刀磨砺白茫茫。
一身刑宪标冥府，九族伶俜各异乡。
寄语朝中朱紫贵，铁人无泪也心伤。

时县中以党锢戍遣抄没者四十八家，亲党朋友凡四族矣。公无子，一女金奴没为官婢。永乐六年大赦复其家。

天顺初，金奴历事宫闱，年八十余，尝念父祖无后，顿首陈情于内宫，乞骸骨归。寻以礼部勘合，钦赐放还，安老于东川祖居之地，及卒，族人胡大宽安葬焉。

公弟志远，亦以荐举为威远训导，升山东佥事，寻乞就禄养亲，改蜀府典宝。未几，闻仲常死节，怀商人照身引，弃官归匿于丹棱民家。蜀献王知而怜之，令削发隐于僧舍。志远曰："吾受吾兄之教，身体发肤，受之父母，不敢毁也。"时有二子，曰贞、鑑，方数岁，志远曰："嗟乎，吾兄无后矣。天果不绝胡氏祀，二子当免于难。"遂弃去，不知所终。有《怀乡》二诗曰：

吾家望在白云边，三五年来信不传。
花坞径深苔藓合，草堂门掩薜萝悬。
深惭游子俱千里，遥忆慈亲各一天。
几度欲归归未得，新诗写作断肠篇。

和义城东有故踪，淡烟芳草恨无穷。
一区废宅荒山下，几度残蝉夕照中。
乡国匪遥身自远，乾坤虽大足难容。
早知天道无端的，何不持竿学钓翁？

观二诗，声意悲壮，志远亦非凡士哉！先民有言，两朝臣子各终其事耳，故不可以去此而取彼也。今夫大化流行，四时迭运，花鸟感时，亦各不齐。是故，木有背春，花有忍冬，草有夏枯，鸟有反舌，蜩乃戢羽，孰非造化一气之公哉？

永乐中，有言建文故臣不顺天命者，时我文皇曰："彼食其禄，各尽其心耳。"一无所问，然则，文皇固未始不阴赏诸公之节，而何深仇之也。

有严俎豆谓，非国典，可乎？公初名志高，赐更子昭，字仲常。云逸史汝实赞曰：雪山鼎鼎，清江泯泯。公神归来，月明九顶。归来公神，荐我涧携。革命之师，实为帝心。自靖自献，得圣之清。有弟有弟，金昆玉季。爱及发肤，弃官存祀。有女有女，义姬淑美。老侍宫闱，乞骸故里。孤冢一抔，照我桑梓。

【注】

段秀实（719—783）：字成公，陇州汧阳（今陕西千阳）人。唐代中叶名将。

夔龙：喻指辅弼良臣。

一六、陈鎏

陈鎏，字子兼，别号雨泉，吴县（今江苏苏州）人。嘉靖十七年（1538）进士，除工部营缮主事，累官嘉州提学副使、四川右布政使等。

崇仁祠记

革除初，兵部侍郎胡子昭死，其精忠大节天下知之，而讳不敢言。后百二十年，事远禁弛，朝野间稍稍有言者。正德丙子，巡按四川御史熊君始以胡公奏。嘉靖丁酉，廉访使薛大夫谋于御史金，始以嘉州之九峰书院修公祀，事十余年。

公，嘉之荣人也。荣之人又谓邑无专祀，号于有司，亦尝树祠。议事未定，神栖又十余年，邑之尹王梦魁始具士民之情以请。时御史鄢君阅公遗事，曰："此百代纲常所系也。即两祠无害。"乃檄梦魁，阅旧址，植圮振颓，门堂寝室，百日咸具。制埒九峰。庚戌春，奉神安焉。祠旧扁，耿忠御史改曰崇仁，取成仁意也。夏五月，鎏以督学至嘉州，谒公于九峰山，谋谒新祠未果，乃命梦魁具祭遥拜而言曰：

昔伯夷叔齐饥死于首阳山，孔子曰："求仁而得仁。"百世之下闻风兴起者，胡公其一也。《伯夷传》曰："伯夷叔齐闻西伯善养老，盍往归焉。及至，西伯卒。武王伐纣，夷齐耻之，饿且死。”夫西伯，夷齐之所归也。西伯之子，奚耻焉？殷命不常，历数在姬，不可改也。二子之明，又岂不知之其心，以为人臣之分，知有君而已，何暇计其他哉！然则伯夷叔齐，非仇于武王也，仇于人臣之不仁而事二君也。恶其不仁，而不能生以仁，宁死之为安。不然，生，固所甚欲也。养之不善且避之，求其善养者归焉，肯自饿而死乎？

我朝太宗靖难之日，宫中闻变，及阖门自焚。子昭具缞绖哭入朝，比有诏诘问，子昭历陈君臣大义，反复辨论，辞色过激。上怒，命下狱。居五月，复诏诘之，无能改于其初，数请死，遂磔于西市。夫人黄氏死焉，女金奴没为官婢，姻属逮系戍边者五十八家，加荣之赋八百石。

先是，燕兵住金川门，公度势不克，支遣书于其弟山东佥事志远，使奉母避难。约曰：“忠孝务各努力。”志远负母而逃，不知所之，竟免于祸。尝从方逊志讲学，汉中遂相砥砺，以纲常之重自任。故当是时，方之祸独惨，而胡略如之。君子谓二公得首阳之仁。

初，子昭入汉中，蜀献王遗之诗曰：“不惮三巴路，欲成仁者心。”此言似无所指，乃今知之，其殆诗谶云。鎏闻之，侍君者不得顾其家。此忠臣烈士，当利害之际，不能两全，不得已而为是言尔。身虽死，必有不安。于其心，求为忠臣。而视其亲就鼎镬，岂人情也哉！公有母在，能先为之所，而从容以死，尤人所难。陆宣公谓上不负其君，下不负所学，而公又能不伤其亲者矣。不伤其亲，可以观孝，孝者，仁之本也；不负其君，可以观忠，忠者，仁之立也；不负所学，则不负其师，可以观义，义者，仁之纪也。能使天下崇仁，而况于身乎，而况于乡乎。

公初名志高，字仲常，其先江西庐陵人，徙居蜀之大足县。父复初教授荣之东川，遂占籍焉。仲常，荣生也，弱冠以经明行修，授其邑训导，蜀献王知其贤，荐于朝。太祖亲试延访，复称旨，特升翰林院检讨，更名子昭，寻升兵部右侍郎。革除初，转兵部左侍郎。死之日，年四十三，无嗣，女金奴侍宫中五十余年。天顺间，乞骸骨归老东川。

其详具九峰山碑记。

熊御史，名尚弼，金名灿，鄢名懋卿，薛大夫名甲。

（民国《荣县志》卷八）

【注】

太宗：即明成祖朱棣。

方逊志：方孝孺（1357—1402），字希直，一字希古，号逊志，宁海（今浙江宁海县）人。曾以“逊志”名其书斋，因其故里旧属缑城里，故称“缑城先生”；又因在汉中府任教授时，蜀献王赐名其读书处为“正学”，亦称“正学先生”，明朝大臣、学者、文学家、散文家、思想家。

陆宣公：陆贽（754—805），字敬舆，吴郡嘉兴（今浙江嘉兴）人，唐代著名政治家、文学家、政论家。历官兵部侍郎、迁中书侍郎、同平章事，追赠兵部尚书，谥号宣。

十七、陈文烛

重修崇仁祠记

岁革除。己卯，文皇帝内靖。师促草诏，天台方孝孺等死之。兵部侍郎胡子昭与焉。公，嘉定之荣县人，字仲常。师方先生而死同其时，盖异数云。自是天下讳言之二百余年，里人始祀公，匾曰“崇仁祠”。督学陈公鎏有记。余至嘉定，荣县令王建元新厥祠，同教官石磐陈时敏率诸生请余碑焉。嗟乎，孔子于令尹子文则忠之，于陈文子则清之，于夷齐比干则仁之，马迁氏以为得夫子而名益彰者。即公痛哭入朝，咄咄大义，斯亦叩马之谏矣。饿死剖心何怨耶？又，其弟佥事志远负母逃去，其女金奴没为宫婢而乞归，皆成公之志者。求仁而得仁？非耶！余为迎送神曲书丽牲之石，其辞曰：

报主果烈兮千秋一时，三江襟带兮公其归斯。

右迎神曲。

悠悠荣土兮注于孤城，公名并远兮愧比冯生。

万历二年甲戌冬日，赐进士第、中宪大夫、四川提刑按察司副使、奉勒提督学校、前大理寺评事，沔阳陈文烛撰。

（嘉庆《荣县志》卷八）

【注】

令尹子文：即斗子文，春秋时期楚国名相，对楚国的强大和北上争霸做出了杰出的贡献。

陈文子：即田文子，名须无，谥文。春秋时齐庄公时大夫，与晏婴、崔杼等同时。

夷齐比干：夷齐，伯夷、叔齐；比干，子姓，比氏，名干，沫邑（今河南淇县）人，辅佐商朝两代帝王，被称为“亘古忠臣”。

十八、粪汇

文庙碑记略

皇天上帝，既集大福大命畀帝王，作元后作民父母，成皇极经世之主。复敛大经大法畀吾夫子，为天地立心，为民物立命，成皇极经世之道。吾夫子仰帝王为君，帝王俯吾夫子为师。君任道统以立政，师任道学以立教。政立而天地之心正，教直而民物之命存，故帝王兴学明道，建庙报功。盖天理之至公至明，人心之至仁至义者。洪惟国家，至治馨香，规模宏远。

太祖高皇帝任君师道统之极，尊夫子、严丁祭、置卧碑、设科贡，大福大命由此而集，大经大法由此而全，荣县庙学由作焉。

荣即《周南》“从化之国”，五山钟秀，四水环清。洪武四年辛亥，归附为州，仍第一山旧府治，第五山建庙学。九年，改为县。天顺丁丑，裕陵复登大宝，国人议庙学弗称礼制，奉请仍县第二山旧学基。观其形式，当凤鸣、龙游之间，负阴朝阳，高明爽丽，盖天宝人文渊薮，待后人显扬于今日。

岁戊寅，玉音明降，士林胥庆。己卯春，钦遵改建，大兴工作。时都御史石首汪浩以佥宪巡治，给资经始。庚辰春，明伦堂、居仁由义斋成。岁甲申，钦惟皇上大德受命，纪元成化。粤丁亥，大成殿、殿檐五间成。戊子春，圣师、四配像成。辛卯秋，东、西庑十四间成。壬辰夏，都司马云作十哲像成。甲午夏，按察司佥宪、江陵戴宾诣学谒庙。见其兴作一十八载未备，遂惓惓笃志，给工费，命训导陈源、典史周至荥、耆士赵升同、医士袁景徽督厥工。躬临荥王城命作古先贤文昌祠，且委叙南经历龚华治邑计资费。至冬，邑人效义，黝垩殿廷，堂庑甃饬，阶墀成。

乙未春，棂星门九间，厨、库、戟门成。既庆成，山川生色，城市改观，徽号金辉，衮章玉映。义路礼门，晶晶乎文昌之府；仁宅天爵，晶晶乎文昌之府。国人贺曰："圣贤神宇得其安，师生讲习得其所。是皆仰荷夫子陟降在天之灵，乘国家文运气化之厚；伏遇皇上骏命中兴，得戴佥宪祗承制旨，惠我荥中之德。先是会汇具启，大方伯姚江杨文琳、宪长云中郭纪为记。至是诸大夫谓大功落成尔，汇实历其事，直书无隐。汇再拜曰："道贯三才为儒，理全万物为学。帝用之养贤以奉天，王用之成才以济世。学建而君道知所先，庙建而师道知所本。"

顾兹庙学维新，必有大魁。特奏出应奎璧、大福大命之期，自此兴始。凡同游门墙者，必感发兴起，相与正心术，钦依卧碑，讲求大经大法，学际天人，庶几夙夜能为第一等好人，能成第一等好事。追及先辈，荥公佐武王成周家八百年之治，竹王在汉征西南成安边之策，斯可以报我朝崇儒重道之懿，而学校人才赖有光焉。

於戏！天下无难为之事，特患不用心耳。使怀利器为民造福者，皆如戴佥宪心存忠厚，如华勤慎用心，则有何盘根错节之难？此皆民情公论可书者。汇敢僭言，为有司师儒者，当念前日作始者难固难，尤恐后日守成者难又难。要必思其难，图其难。惜此一木一石，皆斯民脂膏。慎其风雨，常加润色，底于永远不坏。复作宸奎阁，安庋钦赐制书，永为皇极经世之宝。此实诸大夫及汇致望有道君子于将来云。

成化十一年三月。

（嘉庆《荥县志》卷八）

【注】

作元后作民父母：语出《尚书·泰誓上》："亶聪明，作元后，元后作民父母。"《孔传》云："人诚聪明，则为大君，而为众民父母。"

至治馨香：语出《尚书·君陈》：“至治馨香，感于神明。黍稷非馨，明德惟馨。”

裕陵复登大宝：1457年，明英宗朱祁镇再次即位，改国号为天顺。

成化十一年：公元1475年。

十九、杨桂丹

杨桂丹，邑人，明代举人。

四柏堂记

物之荣悴，每肖乎人。若三槐之子孙，紫荆之兄弟。始终符契，无锱铢爽。是岂偶然也哉！盖必有造物者，默司之矣。三荣世家吴君天禄廷用，少读书林下，以捷科自许。尝梦坐一舍，左右图书几案甚具，舍前置四柏，有若学馆然者。已而廷用屡试有司，弗利，遂以县命领教社学。荣社凡七，咸官与讲地立学，选童俊隶教之廷用。学在泮宫之左，万寿之阳，宋民故居也。旧植四柏于外圃，荒秽蒙翳，与榛莽咸置于无用。至是有司以故宅深僻，徙而出之圃，正列四柏于阶下，廷用居之，俨然梦中境焉。

遂翦丛棘而封培之，敛径石而甃砌之，重重如四车盖张立庭前；挺挺如四虬龙腾飞屋表，足为兹社壮观。噫！人之出处，不囿于数耶？柏日益盛而公之徒日益众。冠童济济，云集门墙。柏止于四而公之子亦符其数。伯仲怡怡，玉立庭下。公既循循开启，各因其材，而诸子诸生争自奋励，以期底于成。视他生放逸怠惰，讫无寸进者，万万不侔。是亦柏之遇群芳而森森独秀也。公亦俭白自持，一饭一蔬，一裘一葛，环堵萧然，居之自若，亹亹与诸生相对终日，虽祁寒盛暑，未尝少易。历成化、弘治二十余年，师道独尊，为后学山斗视。他学荒堕不守，去治他术者，大相远甚，是亦柏之傲岁寒而苍苍后凋也。

公养高不出，顾征敕何如？其诸子学问日新，文章日丽。由兹社而升邑庠，由邑庠而捷高科，跻膴仕以柱石邦家，是亦柏之铜柯日长，雪干日高。由寻丈而十尺十围，可以栋大厦而柱明堂矣。其或绝意功名，放情邱壑，亦不失为贤人君子，而与是柏同老风霜，为三荣之乔木矣。

公之身之子之徒，始终与是柏偕荣而并盛。如此，亦奚异荆槐之于二氏乎？予故以是名其堂而纪其异，因请号曰四柏，亦如古之五柳先生、七松处士云。

正德丁卯三月丙午日。

（嘉庆《荥县志》卷八）

【注】

膴仕：高官厚禄之意，语出《诗·小雅·节南山》：“琐琐姻亚，则无膴仕。”

二〇、杨镕

杨镕，明代邑人，官给事中。

重修学宫记

夫子衍先圣之道脉，开后学之薪传，自汉唐而下，靡不建庙崇祀，昭然与日月争光。迨我明兴恢宏治理，尊重师儒，于是薄海内外，咸知圣道之广大。而庠序之设、俎豆之祀，遍寰区矣。

荥，昔周公封邑。沾濡成周作人之化已深，虽沿革不同，而余风尚在学宫，故东关内邑举人龚汇奉旨改建。今百五十余年，殿宇堂庑相继圮坏。邑中大木、军饷连岁递兴，不暇整饬，以故倾倒益甚。镕与黄纪贤目击而心动焉，谓责在我辈，乃商之，斋长赵可师、尧可近等，倡率义举，莫不愿与同事。于是，署县断事尹希孔、知县程梯咸谓此举攸当，各助有差，乃鸠工程材，计日兴作。殿之坏者，易以杉楠，瓦之倾者，灌以油灰；迁明伦堂于正殿侧以接正脉，启圣祠列之于左，名宦、乡贤二祠列之于右。木料工役俱系新备，称焕然焉。厥后请捐学租若干，修建堂下左右书楼，补砌两庑，并石工等项，则知县马应泰分理其事，教谕罗青、署学吴惟中、黄莪日督而责成之者也。时堪舆家云："泮池前，宜有屏以聚其气。"主簿杨进忠身任其事，遂捐赀督工，不日告成。厥池久坏水涸，典史赵文臣捐俸修，栏石坚致，可垂永久。尊经阁倾坏有年，知县朱万元捐金重建，厥成可期，而总理之责，则又学博冯其原也。功竟，佥谓始事在镕。今落成，不可无记。镕何敢以不文辞。於戏！盛世需材，而育材在学，赖诸公之力而学宫一新，规模宏丽，其育材之地，可谓盛矣！

诸君之养育于斯也，必人人奋发，人人慎修，使真材备出于吾庠。由是登诸廊庙，或为栋梁之器，或为砥柱之勋。忠义垂于不朽，声名重于乡邦，岂不有光于义举也哉。虽然忠义无俟他求也，吾邑先达胡公仲常者，重纲常之义，执不变之操，清风亮节，与霄壤俱存，殆无愧于圣贤之学者也。诸君俱荣产也，宜以此自勖。因勒诸贞珉，期与诸君共相勉焉。斯举也，费金三百有余。诸令及学博与乡士夫十之五，诸生十之三，邑人佽助十之一。赞襄者与督修者及司出纳者例得并书，助赀者系之碑阴。

万历二十二年甲午。

（嘉庆《荣县志》卷八）

【注】

贞珉：石刻碑铭的美称。

奎星楼记

学校之设，古矣。奎星楼，古所未有也。有，自今乐侯始。侯以己亥岁莅县事，谒庙讫，目击黉宫之倾颓，殚财修葺。庚子冬，复改建明伦堂、启圣宫及两庑等处。

庙制一新，除革奸弊，百废具举，然而振作后学之心未已也。癸卯冬，一日，谓学博赵君、吴君暨诸士子曰："学之有宫，所以妥圣灵也。顾前后左右，罔非风气所关。今东西二巷，四顾空旷，则地气不聚，意欲东竖一楼，以壮东关之盛，何如？”佥曰：“善。”于是给资广地，会财庀工，规画综治，不徐不亟。凡工料所需，分毫皆俸金所余，并不烦官民佽助。是以楼阁高耸，周阿岩峻，髹采焕然，蔚为伟观。其卓绝若王公大人轩冕黼黻，整齐严肃，而不可狎也；其靓洁若烈士高人秉节贞亮，尊严端正，而不可犯也。其翚飞则矫然龙骧，翩然凤翥，雄健俊快，而不可羁也；其变化则霞飞云敛，阳舒阴惨，倏忽更易，而不可测也。工成，因名曰奎星楼。

夫奎，西方之宿，十六星，与壁相联，谈天者类曰“奎壁”，主文章而图书秘府也。侯之名斯楼也，岂不以圣明在上，丕振人文。斯民生遂，四境晏然。诸士子躬际升平，宜殚精竭力以究圣贤之蕴奥，出为文词。掇大魁，跻华要，柱石岩廊，覆庇民物，庶几有光于斯楼矣。且侯以海内文星，光照荣庠，文章德行为一邑之表率，诸士得以依归，而谆谆惠化之意，何可少负乎！诗曰：“高山仰止，景行行止。”高山之可仰，以喻盛德之可怀也；景行之可行，喻大道之可由也。

乐侯尚道崇教，志在作人，虽瓜期已近，而乐善不倦，其盛德之可怀如此。吾徒登斯楼也，西望山峰，嶙峋崒嵂，俯瞰池波，荡漾澄澈，而山水之间，千姿万态，莫不呈技献巧于几席之间，是皆贤侯之明赐。触目兴思，怀人感德，殆与斯楼俱永矣。若夫圣人之道，如日中然，若大路然，人人可得而由之，希贤希圣希天，皆吾儒分内事。诸君尚其勉之！

是役也，经始于癸卯冬，落成于甲辰春二月。赵君嘉言、吴君康民命生员伍琼等属予为文，记其岁月。至楼以楹计者若干，广以尺计者若干，崇以丈计者若干，凡督工宣力者例得书名碑阴。侯名继国，江西新建人，于野，其别号也。万历三十二年甲辰夏五月。

（嘉庆《荣县志》卷八）

【注】

乐侯：即乐继国，字子野，江西新建（今江西南昌市）人。建文庙奎阁，增置学田。城南安聚桥有《遗爱碑》。

瓜期：指任职期满，与接任者交接的日期。

二一、简敕

简敕，明代邑人，曾官户部主事。

重修文庙记

荣在昔为青阳国南安郡，唐为大牢、旭川、和义郡，宋为荣州、绍熙府。王禹谓“封域千里，山川重阻”。原志谓“地旷人稀，民良俗朴”。郡乘谓“民勤稼穑，士尚诗书”。张仲谓“风淳事简，可以道化”，号为“东州道院”。李敦谓“五陵横亘，延袤三里”，题为“小锦城”。

盖吾荣背负五山，周沿四水，真有得夫形势之胜者。至于兴贤育才，化名成俗，则首崇学校。荣学，唐武德元年建于桂林山。宋乾德三年，移近兴贤门，绍兴十三年，孟侯迁于莲宇山，开禧二年，袁桂立题名雁塔，教授刘道成记略云：“荣虽藩邸重镇，学凡三迁，始得胜地。”国朝平定海宇，偃武修文。洪武六年，始降荣州儒学印。时别驾马公辅、学正张朝祖，仍创建于桂林山。天顺元年，徐州学正邑人龚汇奏复今处。旧志谓“金水资生之地。山川明秀，地势高平。”允矣。兴贤育才之奥区，地灵而人杰，当有云蒸霞蔚、从龙附凤者挺生矣。独是日月征迈，风雨飘摇，文庙正殿后半忽尔倾颓，墙垣亦圮，非所以妥先圣之灵而尽官师士子之心也。

邑侯杨崇忠、学博刘朝用目击心恻，即日捐赀，命匠选材修理，砌葺周围，筑墙八十六丈，百堵皆兴。两斋则刘起鸣、曹天相倡躬率，人人乐助，并殚力尽心，夙夜匪懈。由是废者以举，故者以新，危者以坚，崇厚砻密，焕然改观。山川之明秀者，若益其耸翠；地势之高平者，倍增其景色矣。人事之结构不与天地之形势并美而共久也哉！是役也，始事于甲戌年七月，成功于乙亥年三月。余快睹此举，不敢以庸暗辞，聊书颠末，托之贞珉，并记其岁月云。

崇祯八年六月。

（嘉庆《荣县志》卷八）

【注】

郡乘：郡志，郡史。

庤：储备，储藏。

民国《荣县志》注：武德元年，尚未有旭川县，而云：建学桂林山，不知简君何以言之。此误之显者。

二二、刘世璋

刘世璋，邑人，清代孝廉。

修复学宫记

明天顺初，孝廉龚文渊先生请移学宫于莲宇之麓，制崇四丈四尺，木巨而工称。至国朝康熙壬戌六月六日，靡焉就圮。盖阅年已二百一十有九矣。而先师遗像幸不毁于榱崩栋折间，或亦在天之灵，实式凭之欤！

今者复观厥成制，不逮古远甚。而成之之难，则有楮墨难罄者。方经始也，山无近伐之木，郊无近贸之瓦，乡先生已凋谢，弟子员亦落落也。计无所出，呈请通详。及奉批，不过曰“仰同绅衿，设法修复”而已。呜呼！“设法”岂易言哉？璋爰集同志，各出资以为倡，更谋之荆邑侯刘尉。君仿守宪张公轶事，制捐助一册，上请助于列上台，次请助于邻郡邑。由是西赴成、嘉，则程生调鼎、刘生世珩，杨生于基；南下永、富，则刘生世荣；鸠匠入山，则丁生文永、曹生郁；率相踵事，则程生慄、宋生国瑞；奉委督工，则义民何文选、李国猷、邹怀荣、刘文瑞趋事之：大较如此。维时捐助劝修，实荆侯倡之，刘君继之，若陶若梓，若攻石之用始。具无何，荆侯以解组去，刘君以读礼谢，功几中辍。会高阳韩侯以候内补改授吾邑，下车谒庙，见厥功未集，捐廉外，复谕诸士酌可充学者如议，而后得观厥成。璋三年来夙夜彷徨，据拮万状，恒惴惴焉有鲜终之虑。兹荷列上台并邻邦诸公，暨吾邑贤侯贤尉良士，庶不忍先师之庙没于蒿莱，而共襄盛举也，因得与同事诸人藉手报竣，或亦文渊先生所不及料乎？谨勒石以告来者，倘后之君子念今日成之之难，不时省视，嗣而葺之，更起两庑，以完体制，是所幸甚！

康熙二十三年岁次甲子冬至日立石。

（光绪《荣县志》卷三十四）

二三、涂大枚

徐大枚，清代邑人，官建昌（今四川西昌市）观察。

建凤鸣书院记

余承乏建南监司，岁癸酉蜀闱，余为内监试，荣令黄名大本，奉檄为同考官。大主考侍讲图公鞈布、副主考吏部员外部冯公成修，于衡文堂恭诵谕旨，饬各府州县兴举义学。余即以义学之兴废询之诸同考官。黄子以其县创建凤鸣书院，并述其绅士捐金买田以供斋厨，纤悉毕备。余窃慨夫州县之任甚重，地方兴举，惟贤有司是赖。今幸值右文盛世。百里之寄，遴选科目。以读书种子之蕴蓄，出而为经济之才。爱民必兼爱士，善养尤贵善教。黄子是举，洵足鼓吹休明，无愧乎父母斯民者也。时两主考亦雅为推许。黄子请记于予，因为之纪其巅末。

乾隆十有八年癸酉九月。

（光绪《荣县志》卷三十四）

二四、黄大本

重修学宫碑记

荣学旧在县治之东。前明天顺八年，邑孝廉龚汇奏请改建莲宇山之麓。国朝康熙二十一年六月，圮。邑孝廉刘世璋百端区画，越三年庙成，今又七十余年矣。辛未夏，余承乏荣篆。文庙渐就倾颓，于癸酉之二月，鸠工庀材，躬亲相度。计捐俸三百余金，七阅月而工竣。顷者，余阅龚孝廉请修学校疏，有异焉，其疏曰："师生欲为而难能，有司当为而不顾。"呜呼！何立言之戆也。夫身膺民社，凡地方之利弊、民生之休戚、人才之降替、学校之盛衰，有司分内事，若于分内所当为者而不顾，则其日孳孳而不敢告劳者，皆其所不当为也。龚孝廉殆有所激而云然欤？余愧谫劣，未能突过前人，而分所当为者不敢不勉力为之。费不侵官，役不扰民，凡以尽吾分云耳。落成，纪其事，并书龚孝廉语，既以自警，亦欲藉以告来者。

乾隆十有八年癸酉月。

重建飞仙桥记

荣治负山，三面临水，东西流合于城之南。各有桥，甚巨。岁甲戌六月，水骤发，桥皆圮。鸠工估计，费不赀。荣又窘，颇不忍劳吾民。黄上舍国梁，邑人也，来谒，言奉其大母命，愿以城东飞仙桥为己任。余以其幼孤，年又少，未之许。上舍曰："是桥也，生之祖，创之父，修之两代于兹矣，直吾家事耳。"余阅飞仙桥旧碑，诚然，窃叹其家世高谊，许之。

役始于是年十月，讫十二月而桥成。长十二寻有奇，广阔如旧制。工二百有奇，费一百二十金有奇，皆上舍一人之力也。余嘉上舍承先志为不可，及勒诸石，以为荣缙绅之克世其家者劝。

乾隆十有九年十二月。

二五、许源

许源，字汇泉，湘潭（今湖南湘潭市）举人，清嘉庆时荣县知县。

改葺文庙碑记

莲宇据荣五山中，为金水资生地，而文庙在焉。自有明邑孝廉龚汇奏请改建以来，当事者不时补葺。制云："备矣。"余壬戌下车，敬谒之。循殿而前，为戟门、棂星门。又前为泮池，池外为屏，相去甚远。屏外为圣门坊，坊外凸出为复墙，绵延数十丈。东西建礼门、义路二门，荆棘丛杂蔽锢不通。且两翼又为民房所扼，故于泮池内地另辟门出入。余既相其形势之隔越，前后广狭之不均，未尝不叹其制虽备而未善也。夫崇兴学校，有司所有事，前人为之未善，而后人复因之旷职多矣。善乎，龚孝廉之言曰："师生欲为而难能，有司当为而不顾。"其言良不为过耳。余欲有以更之。岁丙寅，捐资为倡，邑人士争来勷事，计得金三千有奇。恭绘圣像，暨四配、十哲诸像。新大成殿、戟门及棂星门。濬泮池，移圣门坊于泮池前旁，建德配天地二坊。购西偏李姓基址，移礼门、义路二门于圣门坊前，左右障以云龙石屏，作宫墙势。隔越者联属之，从杂者剔除之，广狭不均者整齐之。堂然皇然，如翼如跂，于是百余年未尽善之制，一旦焕然改观矣。

是役也，余敢自云尽职而亦窃有幸焉者三：荣为古名郡，硕儒英彦代有其人，如宋之王氏父子昆季文章行谊炳蔚一门；前明以节义著者，则有胡仲常侍郎、简季麟太守诸人，类皆循循名教，敦崇圣学。继自今邑人士入庙思敬，砺廉隅修，实行上追乡先达之遗风，毋斤斤于涉猎科名以萦青纡为荣幸也，其庶不负斯役之意也欤！役竣，因其余资，建试院。董事贡生张廷桂、邱思诠，生员龚廷肃、彭一元、吴兆元，监生吴汉祺、朱于瑄、张正瑗。例得备书。

嘉庆十三年二月。

（光绪《荣县志》卷三十四）

【注】

民国《荣县志》按："屏书'万仞宫墙'，字大六七尺，极飞劲，王培荀《听雨楼记》：'王汝骧书。'"

重建此君轩记

一日不可无，试问主人安在？此中何所有？惟余明月长来，浣薇赓鲁直之诗，曳屐溯元公之迹，摹旧题于古碣，鸿印虽存，仰芳躅于高人。凤鸣已杳，荒苔满径，瓦片飘零，斜照半墙，篁阴消瘦，每关心而问讯，益览古以低徊。余也，家本潇湘才惭，丁卯一行作吏，未能栽潘县之花。三弄临风，敢谓识柯亭之竹？惟是琅琅漱玉，窃比虚心，矗矗千霄，堪师直节，况乃名贤寄迹，胜境堪追，岂可令烟草荒凉，风泉凄冷，窜鼪鼯而长啸，秘鸾凤以无声也乎？爰集同人，共襄斯举，轩成十笏，预排玉笋之班，门对千竿，恍入筼筜之谷，为此君重开生面。平安之信依然向古人，频爇心香，风雅之林斯在。

嘉庆十三年四月。

新建考棚碑记

人生未历之境，处之安与不安者，恒不一而足。苟无所感触于当前，要未能一一曲筹之而先事经营也。余束发应童子试，邑故楚南巨区，诸营建较他邑特备。汇试处制虽减于学政试院，而宏敞有过之无不及也。应试者约二三千数，鱼鱼雅雅，群然无燥湿之虞。余亦滥竽其间，觉处之宽适如窗下，以为汇试处盖尽如是也。稍长，举于乡，率恣游燕赵秦豫间，则已有不尽如是者。岁乙卯，捧檄来川，历代庖汉州、仁寿、三台、内江等邑，偶值科岁试，或扃之于官衙，或集之于萧寺，类皆露处其中，炎蒸风雨，各听其时之适值而已。忆曩日所谓宽适如窗下而身受之者，斯境胡可一朝居？心怦怦焉而未能即有以处之也。壬戌，授兹邑，试士则于城北万寿寺，其露处与向所庖诸邑等，心益怦怦焉。虽未能即有以处之，而不得不急谋有以处之也。会补修文庙及文昌宫，工竣，计存余资若干，因仰圣人之余，资以为覆庇圣人之徒之用，俾士子身处之而欣然尽一日长焉。是则余试士来区区之心也。

夫棚在文昌宫侧，左右凡九间，官厅三间，龙门坊一座，坐号一千二百有奇。董其事例书名者，贡生张廷桂、邱思诠，生员龚廷肃、彭一元、吴兆元，监生吴汉祺、丁于瑄，张正瑗也。

嘉庆十三年八月。

【注】

民国《荣县志》注："此文与龚巽《两寨记》，当时甚有名。今考棚无可纪。取备故事存之。"

二六、王培荀

修城记

道光辛丑冬，余承乏来荣，到任之始，周视城垣，规模宏阔，惟北门颓敝。问故，云："前任马公修补时，方向不宜，因循未整。"西门较完，亦有损坏，不修，将与北门等。

退而考诸邑乘，虽屡有修葺，而从未有记。夫平时若不急之务，而因仍不举，后日必有为之悔者。况城为仓库、监狱所托，数万生灵所系，此绸缪未雨，所迫不遑待也。往者逆匪之变，所至蹂躏，庙堂为之旰食，闾里纷然，惟高城深池，得以保聚无恐。荣之所以无患，未必非前任诸公修葺之力，有以折其萌也。幸而皇威耆定，父老享太平之日久矣。河堤千里，蚁穴必防；太行万仞，跛羊可登。古人慎其微亦惧其渐。余欲终马公前功，非徒为观美之具也。

壬寅，延绅耆聚谋，佥谓俟秋后募金。钱所费，尚不甚奢。适海疆有事，劝谕捐输几及万金，势不可重烦吾民，决意捐廉自修。请于上宪，允如所议，及时修补。未几，霖雨连绵，桂林山畔崩塌二十四丈八尺，又崩塌十丈九尺。功未及举，膨裂者更十丈余矣。计费，视前更巨。值秋闱调帘，暂辍其役。旋任后，勉力从事。念城之坏，由堤不固，乃修东门外护城堤五十四丈，西门外护城石坎丈余。撤北门楼新之，西门亦加补葺以次，而垣墉屹屹矣。

考前任马募绅士农商银几五千两，自二月至六月而功竣。财饶，事易集也。余兹捐修，为功少而历时久，殊愧才短，惟思各上宪念切，民依恒以城之完固与否。殷殷是图，自惭无以报称。既得蒇事，如完夙负，与吾民永享无事之福，沐皇仁于无已，岂不休哉！

【注】

前任马公：当为清道光十年（1830）荣县知县马映辰。

邑乘：县志。

壬寅：清道光二十二年，公元1842年。

秋闱：科举制度中的乡试。由于考期在秋季八月，故称秋闱。

听雨楼随笔序

国初，费氏父子辑《明蜀诗》，及剑阁芳华李雨村因之，有《蜀雅》《续蜀雅》，则断自本朝，所采皆蜀人，而游宦于蜀者，咸缺焉。夫时易事殊，文人踵起，即风俗物产，亦日新月异。譬泛沧海明珠，文贝不胜采也；如入宝山琅玕，美玉求则得也。苟捧檄来川，需次多暇，每于市间得断简残编，或燕会晤谈，偶闻佳章及轶事，录而藏之，丛杂错乱，毫无统绪。漫置故纸堆中，不复省记。

甲申夏，学使蔡麟洲先生按试嘉定。公余谒见，下询风土，乃知观风时。试各府竹枝词，盖有为也。因思游蜀数年，茫无所知，倘有问焉，虑无词以对，爰就素所闻见，命钞胥誊清。又素性善忘，乃刻诸木，以备观览，非敢质诸大雅也。昔吾乡渔洋先生有《蜀道驿程记》，江督陶云汀先生有《蜀輶日记》，此皆皇华星使，膺采风问，俗之责其人，胸罗武库，笔涌文澜，均足沾溉艺林，岂孤陋下士所敢希其万一？虽然，富商豪贵，入五都之市，舟车捆载而归，而羁旅贫窭之子，偶得一二玩好，未尝不以夸示里人也。特是错杂无章，无以名之，因录于听雨楼中，即命之曰“听雨楼随笔”。

夫随所见而录，其所不见者多矣；随所闻而录，其所不闻者亦多矣。倘惠而好我，补其不足，订其纰缪。他日，朋好及乡里父老，可以此塞其问，则此游为不虚也。

道光乙巳夏，济南王培荀书。

【注】

费氏父子：费仲若，辑《明蜀诗》，其子不详。

需次：指旧时官吏授职后，按照资历依次补缺。

钞胥：专事誊写的胥吏、书手。

渔洋：王士祯（1634—1711），原名王士禛，字子真，一字贻上，号阮亭，又号渔洋山人，世称王渔洋，谥文简。山东新城（今山东桓台县）人，常自称济南人。清顺治十五年（1658）进士，康熙四十三年（1704）官至刑部尚书，颇有政声。清初杰出诗人、文学家，继钱谦益之后主盟诗坛，与朱彝尊并称“南朱北王”。诗论创“神韵”说，于后世影响深远。早年诗作清丽澄淡，中年转为苍劲。擅长各体，尤工七绝。好为笔记，有《池北偶谈》《古夫于亭杂录》《香祖笔记》《蜀道驿程记》等。

陶云汀：陶澍（shù）（1779—1839），字子霖，一字子云，号云汀、髯樵，湖南安化人。清代经世派主要代表人物、道光朝重臣。有《印心石屋诗抄》《蜀輶日记》《陶文毅公全集》等。

二七、蔡振武

蔡振武，字宜之，号麟洲，蔡廷衡（乾隆四十三年（1778）一甲二名進士，榜眼）之子，浙江杭州人。清道光十六年（1836），二甲六十名进士，散馆授编修。道光二十年（1840），任贵州主考官、会试同考官。二十三年（1843），任四川督学。

听雨轩随笔序

道光癸卯冬，余奉命视学蜀中。下车观风，以各郡竹枝词命题，将以访土俗、稽故实也。

越明年，按试嘉定。时荣县令山左王君雪娇代办提调事，拟嘉州竹枝词十二章，为诸生倡骚情古意，有当于古之作者，叩以地方公事文风士习，一一能举其要，心窃异之，知其为循吏也。既出其所著《听雨轩随笔》六卷，问序于余，大率仿锦里耆旧，传而以扬扢风雅为主。凡蜀人士及游宦于蜀者，嘉言懿行，志乘所缺，无不摭拾而存之。以至异物殊俗、轶事隽词悉识焉。富矣哉！蜀雅一书，不得专美于前矣。夫作吏一行，便废此事，中散笑之。君鸣琴卧理，民淳事简，以其馀间，从事著述，旁搜博采，成此一编。傥所称升高能赋，山川能说者欤？余征轺所莅，每思采辑各府厅州县志，参以闻见，订为《蜀輶随笔》，试事倥偬，未及成帙为憾。读此编，益叹君之以槃槃才敷，优优政者，为不可及也！君复辑乡固忆旧，录以容斋之洽闻，继新城之盛轨。山左先犬父，暨先君子所宦游也。父老所传，犹有旧政焉。是书也成，余犹先睹为快矣。

时道光二十有六年，岁次丙午秋八月，愚弟蔡振武拜撰。

【注】

道光癸卯：公元 1843 年。

道光丙午：公元 1846 年。

扢（jié）：颂扬。

征轺：远行的车。

鸣琴卧理：即鸣琴而治。鸣琴，指以礼乐教化人民，达到“政简刑清”的统治效果。旧时常用做称颂地方官的谀词。《吕氏春秋·察贤》：“宓子贱治单父，弹鸣琴，身不下堂，而单父治。”

二八、许乃钊

许乃钊（1799—1878），字恂甫，号信臣、贞恒、遂庵，晚号遂庵老人，浙江钱塘（今浙江杭州）人。生于清嘉庆四年（1799）二月初七日。道光十五年（1835）进士，翰林院庶吉士。室名敏果斋、读书养性斋，咸丰三年（1853）任江苏巡抚。

刘观察传

君讳存厚，字仲山，四川嘉定府荣县人。祖延选，父光宇。叔父光德早世，无嗣，叔母曹夫人励节抚为子，而鞠育之。君生时有异征，长，倜傥出类，不屑章句，学既屡摈有司，入赀为刑部主事。

咸丰癸丑二月，粤寇陷江宁，向忠武公衔命督师东讨，屯钟山。侍郎王公茂荫奇君才，疏荐，得旨赴江南。余时以巡抚帮办军务，见其沈鸷有将略，亟言于向公，始稍稍以事属之，立办。

八月，粤民刘丽川倡乱上海，于是，青浦、嘉定、宝山、南汇、川沙土匪蜂起。未二旬，陷名城者六，苏、松大震。余奉命督师，即以新募勇壮千隶君，先复青浦。君率之，倍道进薄其城。贼骇愕，一鼓克之，余悉瓦解。我师得以全力捣上海无旁掣，尤君之力也。

初，向公以同知直隶州荐君。至是，录青浦功奏上，以知府用，赏孔雀翎。瑚松，额勇号，茂恩异数，人以为荣。

上海古岩邑，东南滨黄埔，岛夷杂处，贼因缘为奸，猝难拔。君数献奇计，饬攻具，募死士，搴旗摩垒，城几破者再，前后斩获千万计，贼始衰。未几，余卸事去，代者为吉勇烈公，倚任如余时。

四年八月，授江宁知府。君益感奋激发，誓灭贼自效。五年正月朔，贼方高会醉卧，奉令率轻骑斩关入。门启，贼始觉，骈斩无算，贼渠刘丽川跳免，追殪之。松江沿海大定。论功以道员用。二月随吉公移师镇江。镇城号天堑，其西南诸山，据之可觇贼虚实。君率众乘夜雾，壁三垒其巅。贼气夺，屡争之不得。

六年正月，江宁贼首杨秀清遣其贼数万屯下蜀街，势骎骎内窜。君率偏师，会今湖南提督张公，一战覆之。焚其垒数十，渠水为赤。三月，瓜步兵溃，贼尽锐渡江，犯高资甚急。君奉旨驰援，总诸军，屡战屡却贼。无何贼来益众。吉公亲督马步军来会师，君亟止之，不及。贼见吉公旌，悉其众丑类，围数匝。寡不敌，越三日，粮尽，火器竭。吉公先中创，没于阵。君毅然束其尸，置马背突出。马陷泥淖。君知事不济，力战而死。时六年四月晦日也。事闻，天子悼焉，诏有司建祠，赠恤如令。

君长不逾中人，而矫捷善战。其破青浦也，仓促成军，半乌合。君从苏州一日夜驰至，下令人持藁一束，火其门，己乃扬旆跃登陴，攫贼魁数人，掷城下。我师毕登，欢噪动天地。贼大惊，遂溃。高资之变，君已大呼突围出，顾见吉公尸为所得，愤甚，跳而人，横突万众中，击杀凡数十百人，前后荡决，颇中刃者五，遂遇害。年仅三十六岁。呜呼，伤哉！

越二年，官兵克镇江，其部下卒求君遗骸于高资，不得。夜梦君示其处，且曰："颇骨有五刃伤者，即我也。"旦迹之，果然。遂以咸丰八年四月朔日，葬镇江南郊之竹林寺侧。

论曰：丙辰春，予在镇江军营，闻浙东警，将归。君忽私于予曰："贼诡且悍，而主兵者狃于胜，有易敌心。公今一去，恐无敢以慎重之说进者。一旦蹉跌，此军其殆哉！"语次，则呜咽流涕。呜呼，君之为是言也，我军气方盛，人咸谓贼可旦夕灭，而君已烛照未来，不爽若是，所谓知己知彼者非耶！然使吉公不死，君或不遽亡。溃痈决堤，沛乎莫御，而始捐躯以报知己，盖诚有所大，不得已于中，而自痛其言之竟中也。呜呼！岂独君之不幸也欤？

（民国《荥县志·人士第八》）

【注】

瑚松额：清满洲正黄旗人，清嘉庆朝曾任福州将军、察哈尔都统、盛京将军、甘陕总督等职。死后赠太子太傅，赐恤，谥果毅。兰州白云观为瑚松额在任甘陕总督时所建。

刘丽川（1820—1855）：原名阿源，小字阿混。香山县溪角乡人（今中山市沙溪镇溪角村），曾领导复明的上海小刀会起义。

杨秀清（1823—1856）：太平天国起义的领导者之一。

二九、曾省三

曾省三，字佑卿，邑人。清咸丰二年（1852）进士，授翰林院庶吉士，后任兵部主事、江西南康太守、吉安知府。

重修讲教洞记

荥邑北关外二里许，双溪夹流，上有石阁，即讲教洞，为宋王庠、王序读书处。石壁残碑半段，笔意类坡公。乾隆中叶，乡人塑川主、牛王、大士像杂其中。岁时祭赛，浸不知所以讲教名洞之义，而文人墨客亦罕有过而凭吊焉者。徒使名贤古迹，芜没于荒烟蔓草、去马来牛中，甚可叹也。

岁丙寅，京江国子达邑侯适宰是邦，百废具举，暇日偕司铎鲁卿、苏君，徘徊斯洞，恻然久之。邑绅詹君长坡，谓宜迁各像别所，补莳竹树，以成雅观。吾师东崖先生，亦主此议。县尉谈君蕙生捐钱百缗，张玉轩司马、龚哲臣孝廉董其事。既成，属省记之。

按：《邑志》张商英为《王潜夫表》云：“潜夫以非罪免官，卒于里。夫人向氏停柩在堂，执二子手，泣曰：‘汝曹不能有所成，以白父冤，复父官，誓不葬此柩也。’于是贞静专秘，择名师教授二子。庠就试八行全备，为天下第一。谓弟序曰：‘吾弗隐，谁奉吾母；汝弗仕，谁光前志？’诏旌庠为廉逊处士，序以异材，官徽猷阁学士，赠潜夫奉直大夫。二子泣请于母，曰：‘今复父官，有加矣！可葬乎？’夫人诺之。未几，亦卒！遂祔葬夫。

向氏，真能教子，庠、序真能克家。洞之传也宜也。人谁无子，亦谁不望子之显荣。顾以慈爱之心，隐忍骄纵如树木然，听其自倾自折，自荣自枯，而扶持培养之力，罕有闻焉。子弟虽美质，何由作其气而督其往也。使向氏当日鉴潜夫之得罪，谓书不必读，又或谓家贫不能具修脯，虽读，但期识字而已，何必择师？再不然，朝暮护养，不绝王氏后，亦必无议其非者。顾乃专一迫切如越王勾践之卧薪尝胆，如楚人之破釜沉舟，期于事之必济。使千载下，叹想母仪于颜仉陶欧外，别深响往，故观于向氏，而天下之为人母者，可以劝矣。

庠能为孝子，序能为忠臣。所以讲教，诚不外此。顾庠、序就学时，一年十六，一年十四耳。讲焉而不知，教焉而不从。此为之母，为之师者，所无可如何也。而乃循途践迹，日迈月征，成就卓卓如是观，于庠、序而天下之为人子者，可以劝矣。

今者升平如旧，胜迹更新，游斯洞者，听溪声之清绝，览山色之苍然，慨念前徽，咸思学步，其可忘贤士大夫表彰文献之功欤？

（光绪《荣县志》卷三十四）

三〇、曹俊亮

修寨始末记

承平日久，祸乱将兴。惟远见者知之明，亦防之预。

咸丰壬子，俊留京师阅邸报，不数月，发逆连陷数省，吾蜀毗连楚、豫，恐不免池鱼之殃。因函致家。甘泉学博，倡修附近大才寺寨，甫鸠工命匠，而邑中天乙、牛峰诸寨因之。次第以举，即邻封数百里，亦莫不闻风兴起，争先踊跃，为保障计。无何，庸庸者造作浮言，守土者又虑民皆迁寨，城谁与守？上下各怀疑忌，盖几几乎欲避祸，而祸反更速焉。加以董事者经理或未得人，甲寅，吾邑果首撄构讼之凶，以致全省哄传，皆为之停工观望。

先因春三月，俊消癸丑措赀假，仍将刑部供职，赴都由省，至是羁延九阅月未去。虽一误资俸，再误改选，弗暇计。时西沤李司成奉命督办川省团练，亦相与议，曰："是役也，关系生灵，休戚匪轻。如事不济，荣无论矣，蜀亦危乎殆哉。"幸制府裕、黄两公，卓识在胸，钧衡独断，先后竟饬令发还军械，仍前修筑完案。盖人心之惶惑无定，民力之拮据弗遑者，已阅二年于兹矣。由是再作补牢之计，倾者培之，缺者完之，屋宇蓬庐以庇身也。粮储井灶以赡生也。

己未冬，滇匪由叙倡乱，而吾阖邑之寨适成。庚申，正贼犯贡厂，远近贫富居民，先已移避入寨，贼无所掠，即窜井研。计自己未迄癸亥，肃清中间，贼虽络释往来，而统核吾荣，究未常有所损于大局。懿乎铄哉！非寨之功，何遽及此。向使举事弗先，先事弗果，将临时仓皇无措，草木皆兵，吾恐沧海桑田，当不可以意计，欲求如此日之闾井依然，室家无恙也。得乎今者，大讼平矣。大难定矣，吾侪已出水火而登衽席矣。然则三荣亿万家父子、兄弟、夫妇，所由熙熙然相聚一堂，而得享家人之乐事者，又乌可忘其所自耶！语云："兵可百年不用，不可一日不备。"若夫通斯意而为未雨绸缪，是所望于后起之君子。

（光绪《荣县志》卷三十四）

三一、吴玉章

哭吾妻游丙莲

我哭丙莲，我哭你是时代的牺牲品。我们结婚有五十年，我离开你就有四十四年。我为了要打倒帝国主义的压迫，专制政治的压迫，社会生活的压迫，在一九〇三年正月，离开家庭到日本，随即参加革命。家中小儿女啼饥号寒，专赖你苦撑苦挣，虽然无米无盐，还要煮水烹茶，使炊烟不断，以免玷辱家门。由于你的克勤克俭，使儿女得以长成，家庭免于贫困。满以为革命功成，将和你家园团聚，乐享太平。料不到四十年来，中国的革命前途虽然走上光明，而迂回曲折，还有一段艰苦的路程。你既未能享受旧时代的幸福，又未能享受新时代的光荣。今别我而长逝，成了时代的牺牲品，能不令人伤心。

我哭丙莲，我哭你为我养育了一个好女儿，受到人人尊敬。她中年丧了丈夫，受人欺凌，艰苦奋斗，不愧贤能，终能克服重重困难，使六个儿女得以长成。更可贵的是她帮助你操持家务，常在你左右，使你这孤苦伶仃之人得到安慰，使我这天涯海角之人得到安心。现在使你形影相依女儿，失掉了慈爱的母亲。

我哭丙莲，我哭你为我养育了一个好儿子，学会了水电工程。他十七岁离开你，二十年在外，使你时刻忧心，他秉承我们勤苦耿介的天性，和为人民服务的精神，他有磨而不磷、涅而不缁的操守，不贪污腐化而为社会的罪人。他是“五四”运动时代学生的代表，十八岁赴法国留学，毕业后就在法国水电工厂服务八年，苏联国家计划局服务四年，都得到了好评。他为祖国的神圣抗日战争归来，因日寇封锁，机器不能运进，就谋自力更生。他自己设计，以本国器材建成了长寿的水电工程。国营事业的获利，常常是这个工厂占第一名，他忙于为国家人民的事业，未能早侍奉你病弱之身，使你得享遐龄，这不能不使他抱终天之恨。

我本是一个革命的家庭。我二哥因为倒袁世凯的二次革命失败，悲愤自缢而牺牲。我大哥因为大革命失败，贫困残废而牺牲。我四侄鸣和因为土地革命而牺牲。这种种不幸，犹赖你安慰寡嫂，团结侄辈，使家庭和顺，生齿繁荣。你待人忠厚，作事谨慎，得到人人的欢心。

你不愧为贤妻良母的典型。今年六月我闻你重病，本想率儿媳及孙儿女辈回家一省，使一家人得以团圆，以安慰你多年渴望之心，却因我为公务羁身，环境所迫，不能如愿而行。只得命陵儿买药归来，寻医治病。后闻病势经过平稳，方以为安心调养，必能获得康宁。不幸噩耗传来，你竟舍我而长逝，能不痛心。

亲爱的丙莲，我们永别了！我不敢哭，我不能哭，我不愿哭，因为我中华民族的优秀的儿女牺牲得太多了!哭不能了事，哭无益于事。还因为我们虽然战胜了日寇、法西斯蒂，而今天我们受新的帝国主义和新的法西斯蒂的压迫更甚。国权丧失，外货充斥，工商倒闭，民不聊生。而内战烽火遍地，满目疮痍，我何敢以儿女私情，松懈我救国救民的神圣责任。我们只有以不屈不挠、再接再励之精神，团结我千百万优秀的革命儿女，打倒新的帝国主义，新的法西斯蒂，建成一个独立、自由、民主、统一和繁荣的新中国。丙莲，安息吧!最后的胜利，一定属于广大的人民，以慰你在天之灵。

中华民国三十五年十月二十四日（1946年11月17日）

【注】

磨而不磷、涅而不缁：磨了以后不变薄，染了以后不变黑。比喻意志坚定的人不会受环境影响。语出《论语·阳货》。

陵儿：指吴震寰，号宗陵，吴玉章之子。

三二、邹绍孟

邹绍孟（1895—1938），字慕陶，四川荣县人。四川陆军讲武堂步兵科毕业。1937年起任124师参谋长。1938年3月，奉命在山东滕县守城，与第41军前方总指挥、122师师长王铭章等一同殉国。当时滕县抗战守军仅剩300人，全部用手榴弹与敌人同归于尽。邹绍孟战死疆场后，国民政府追认其为“少将”。1984年，他被民政部授予“革命烈士”称号，并颁发证书。此文是邹将军殉难前六天给儿子邹汝宁的家书。

训子遗书

宁儿如晤：日前接得汝外祖父手谕，藉悉汝去岁下学期成绩甚坏，名列丙等。想汝天资不甚坏，只要稍为勤奋，最优等虽不可得，优等谅必可能，今竟名列丙等，真使我增加无限的忧思，回想汝前次来函云，准定受外祖父母教训不再贪耍，勤奋读书，于乎因功课甚多，正在准备试验，均是一派假话，益令我愈觉忧气，幼时均一味说诳，长成亦必无所成就，对国家社会无补，国家须有此国民，家庭何须有此子弟。望汝凡事立志向上，存极盛竞争心，不可一味玩，不温功课以至每事均落人后，不知羞奋。

因我身属军人，刻在前线抗战，万一不幸以身殉战，完我军人天职，则今后捍卫国家与复兴中华民族责任端在汝辈，而是否能肩此重任，则视汝辈幼时之修养造诣如何为然，望汝细味此旨，不晓处请汝外祖与汝解说。牢记勿忘，见函后汝之思想如何，及汝外祖家老幼情形如何，与汝今年入校经过，统盼函报，手此顺询。

近好！

父孟手示

民国二七年三月十一日山东滕县军次

三三、杨亶

杨亶，民国荣县人，其余不详。

王烈士传

烈士名天杰，字子骧。荣县王氏，城南二三里有闳其门者，其世居也。有清初叶，王氏繇由楚迁蜀，遂代为荣人。

孝弟力田之化，垂二百年，益繁其族。烈士笄丱之始，即腾踔有声于时。清季多故，民党初基，大义虽揭，人怀恐惧。冠带之伦，凛然以钩党诫其家人子弟，烈士独潜结同盟，日即驰驱。蜀故僻左，四方之士罕至，川南数县，荣尤山陬，为党士所宫。烈士实为之绾毂。举斩犯难之事，无不訏谟自出，而名遂彰彰矣。

辛亥七月，保路事起，烈士以荣县发难，传檄近县，旬日之间闻风而景从者，如扶摇之抟平沙也。因暨同党领义士二万趣成都，与清军战于华阳之野，推锋而前，兵及隍池。会联军挫衄，乃全师驰归。至八月辛丑逐清吏，别署同志，一新政令，首义实先天下，逾月武昌义旗，建民国事大定。客有说烈士屯兵成渝以观天下者，烈士义不当涂，寝其议，故事建而功不焰于遐方。

其明年，秉命释兵，方斥家资数千金，散其部曲。而袁氏偭德于癸丑秋，潜谋帝制。西南各省檄州县申讨，烈士仓卒之间再以兵应，及袁军劲旅会战荣西白石之阿，死丧过当，弹尽援绝。

乃裒亡散，得二千人，走巴渝，次永川，诡为袁军所获，见戕时，年才二十有三。其死也，无一语及它事，唯谆嘱善视其众而已！袁军在荣者并籍其家，搜牢不遗一物。

烈士丰肉且庳，性冲穆，无崖检，无论同党胥爱善之。家故高资，而不靳与人。妻赵淑仪能弼赞其行，先烈士卒；子成家、汉家均早世；女悊明适大邑；且孙辉槐依继室赵懋渠扶字以存。今距烈士之死已二十有八年矣，因专祠成，椎轮之勋，惧久而湮，乃传是生平，待国史之稽。

赞曰：大魔炀灶，修夜不旸。朗朗莹兮新魔铁枪。羌众雌而无雄。若微君之倡，不知几人称帝，几人称王。仁不苟生，义不乖方。碧血开元，空谷芬兮都梁。

民国三十年春三月

【注】

本文又名《王天杰墓志铭》(《荣县文史资料》第四辑)，杨亶撰，刘翌道书。其碑原在其家（今荣县旭阳镇）菠萝塘，现移至大佛寺内。据碑刻拓片录文。

附

费诗传

费诗字公举，犍为南安人也。刘璋时为绵竹令，先主攻绵竹时，诗先举城降。成都既定，先主领益州牧，以诗为督军从事，出为牂牁太守，还为州前部司马。先主为汉中王，遣诗拜关羽为前将军，羽闻黄忠为后将军，羽怒曰："大丈夫终不与老兵同列！"不肯受拜。诗谓羽曰："夫立王业者，所用非一。昔萧、曹与高祖少小亲旧，而陈、韩亡命后至，论其班列，韩最居上，未闻萧、曹以此为怨。今汉王以一时之功，隆崇于汉升，然意之轻重，宁当与君侯齐乎！且王与君侯，譬犹一体，同休等戚，祸福共之，愚为君侯，不宜计官号之高下、爵禄之多少为意也。仆一介之使，衔命之人，君侯不受拜，如是便还，但相为惜此举动，恐有后悔耳！"羽大感悟，遂即受拜。

后群臣议欲推汉中王称尊号，诗上疏曰："殿下以曹操父子逼主篡位，故乃羁旅万里，纠合士众，将以讨贼。今大敌未克，而先自立，恐人心疑惑。昔高祖与楚约，先破秦者王。及屠咸阳，获子婴，犹怀推让，况今殿下未出门庭，便欲自立邪！愚臣诚不为殿下取也。"由是忤指，左迁部永昌从事。

建兴三年，随诸葛亮南行。归至汉阳县，降人李鸿来诣亮。亮见鸿，时蒋琬与诗在坐。鸿曰："间过孟达许，适见王冲从南来，言往者达之去就，明公切齿，欲诛达妻子，赖先主不听耳。达曰：'诸葛亮见顾有本末，终不尔也。'尽不信冲言，委仰明公，无复已已。"亮谓琬、诗曰："还都当有书与子度相闻。"诗进曰："孟达小子，昔事振威不忠，后又背叛先主，反覆之人，何足与书邪！"亮默然不答。亮欲诱达以为外援，竟与达书曰："往年南征，岁（末乃）还，适与李鸿会于汉阳，承知消息，慨然永叹，以存足下平素之志，岂徒空托名荣，贵为乖离乎！呜呼孟子，斯实刘封侵陵足下，以伤先主待士之义。又鸿道王冲造作虚语，云足下量度吾心，不受冲说。寻表明之言，追平生之好，依依东望，故遣有书。”达得亮书，数相交通，辞欲叛魏。魏遣司马宣王征之，即斩灭达。亮亦以达无款诚之心，故不救助也。蒋琬秉政，以诗为谏议大夫，卒于家。

（《三国志·费诗传》）

【注】

南安：汉代荣县为犍为郡南安县。

牂牁（zāngkē）：今贵州省黄平县。

汉升：黄忠（？—220），字汉升（一作“汉叔”），南阳（今河南南阳）人，东汉末年名将。

王庠传

王庠，字周彦，荣州人。累世同居，号“义门王氏”。祖伯琪，以义声著于乡州。有盐井籍民煎输，多至破产，惟有禄之家得免。伯琪请于州，均之官户，而仕者诬诉之，赍恨以殁。父梦易，登皇祐第，力成父志，言于州县不听，言于刺史，言于三司，三司以闻，还籍没者三百五十五家，蠲岁额三十万斤。尝摄兴州，改川茶运，置茶铺免役民，岁课亦办。部刺史恨其议不出己，以他事中之，镌三秩，罢归而卒。母向氏，钦圣宪肃后之姑也。

庠幼颖悟，七岁能属文，俨如成人。年十三，居父丧，哀愤深切，谓弟序曰：“父以直道见挤，母抚柩誓言，期我兄弟成立赠复父官，乃许归葬，相与勉之。且制科先君之遗意也，吾有志焉。”遂闭户，穷经史百家书传注之学，寻师千里，究其旨归。蚤岁上范纯仁、苏辙、张商英书，皆持中立不倚之论，吕陶、苏辙皆器重之。尝以《经说》寄苏轼，谓：“二帝三王之臣皆志于道，惟其自得之难，故守之至坚。自孔、孟作《六经》，斯道有一定之论，士之所养，反不逮古，乃知后世见《六经》之易，忽之不行也。”轼复曰：“《经说》一篇，诚哉是言。”

元祐中，吕陶以贤良方正直言极谏科荐之，庠以宋邦杰学成未有荐者，推使先就，陶闻而益加敬。未几，当绍圣诸臣用事，遂罢制科，庠叹曰："命也，无愧先训，以之行己足矣。"

崇宁壬午岁，应能书，为首选。京师蝗，庠上书论时政得失，谓："中外壅蔽，将生寇戎之患。"张舜民见之，叹其危言。下第径归，奉亲养志，不应举者八年。

大观庚寅，行舍法于天下，州复以庠应诏。庠曰："昔以母年五十二求侍养，不复愿仕，今母年六十，乃奉诏，岂本心乎？"时严元祐党禁，庠自陈："苏轼、苏辙、范纯仁为知己，吕陶、王吉尝荐举，黄庭坚、张舜民、王巩、任伯雨为交游，不可入举求仕，愿屏居田里。"以弟序升朝，赠父官，始克葬，葬而母卒。

终丧复举八行，事下太学，大司成考定为天下第一，诏旌其门。朝廷知其不可屈，赐号"处士"。寻改潼川府教授，赐出身及章服，一日四命俱至，竟力辞不受。虽处山林，唱酬赋咏，皆爱君忧国之言。太后念其姑，尝欲官，庠以逊其弟、侄及甥，且以田均给庶兄及前母之姊。庠卒，孝宗谥曰贤节。

序，宣和间以恩幸至徽猷阁直学士。庠浮沉其间，各建大第，或者谓其晚节隐操少衰云。

（《宋史·列传第一百三十六》）

【注】

皇祐：宋仁宗赵祯的年号，公元 1049—1054 年。

蠲（juān）：除去，免除。

钦圣宽肃后：即神宗钦圣宗宪肃向皇后（1046—1101），祖籍河内（今河南沁阳）人，宰相向敏中曾孙女，宋神宗赵顼皇后，宋徽宗嫡母。1085 年，宋哲宗继位，尊为皇太后。1100 年，宋哲宗去世，一度临朝听政。力排宰相章惇之议，拥立端王赵佶为帝，是为宋徽宗。宋徽宗即位后，尊为太皇太后。

元祐：宋哲宗赵煦的第一个年号，公元 1086 年—1094 年。

绍圣：宋哲宗赵煦的第二个年号，公元 1094 年—1098 年。

崇宁壬午：崇宁，宋徽宗赵佶年号。崇宁壬午，公元 1102 年。

大观庚寅年：大观，宋徽宗赵佶第三个年号。大观庚寅，即公元1110年。

屏居：退隐，屏客独居。

大司成：宋代职官名，总管国子监和内外学校。

旌：表彰。

出身：按宋制设进士科。“秋取解，冬集礼部。春考试，合格及第者列名发榜”，上二等曰及第，三等曰出身，四等曰同出身。

章服：以纹饰为等级标志的礼服。这里指王庠可以着进士礼服。

吕陶（1028—1104）：字元钧，眉州彭山（今四川眉山市彭州区）人，宋仁宗皇祐年间进士。

简仁瑞传

简仁瑞，字季麟，荣县人。崇祯举人，历官西安同知，迁平凉知府。十六年冬，贼入关。诸王及监司以下谋遁走。仁瑞谒韩王曰：“长安有重兵，讹言不足信。殿下轻弃三百年宗社，欲何之？纵贼压境，延、宁、甘、凉诸军足相援，必不能支，死社稷，亦不辱二祖列宗。”王不从。是夕，其护卫卒噪，挟王及诸郡王、宗室斩关出奔。胁仁瑞行，仁瑞曰：“吾平凉守也，吾去，谁与守？”众遂去。仁瑞乃撤四关居民入城，以土石塞门，为死守计。

未几，贼檄至，乃召所活死囚数辈，谓之曰：“吾昔尝生汝，汝亦有以报我乎？”皆对曰：“唯命！”即托以幼子，令卫出。明日，贼抵城下，士民数人草降书，乞佥名署印，仁瑞怒叱责之。正衣冠，自经堂上。平凉既陷，属城悉降。华亭教谕邹姓者，援曾子居武城，义欲避去；训导何相钊止之曰：“吾辈委质为臣，安可以宾师自待？”乃率诸生共守。及城陷，与教谕皆殉难。

（《明史·简仁瑞传》）

第三编 赵熙作品选

赵熙（1867—1948），字尧生、号香宋，四川荣县人。清光绪十八年（1892）中进士，殿试列二等，选翰林院庶吉士。次年，应保和殿大考，名列一等，授翰林院国史馆编修，后转官江西道监察御史。四十七岁自重庆回荣县定居，从此以逸民自处，闭门讲学，读书作诗书画以自娱。赵熙博学多才，抱负远大，却无法在当世施展，于是寄情于山水之间。曾五至京师，八出夔巫巴峡，一登嵩山，一游西湖，五上峨眉，陈石遗评为“为诗载蜀山蜀水之青碧而出也”。一生作诗近4000首，有《香宋诗前集》（上、下册）、《香宋诗钞》、《香宋词》等诗词集，后人辑有《赵熙集》。其词不足400首，却遍赞家乡，感时伤世，寄赠情怀，词风典雅，世称“晚清第一词人”。其文有记叙杂文、碑传墓志、奏议书札，文题丰富，尤其是其奏议针砭时弊，直声震天。其书法字体秀逸挺拔，融诸家为一体，时称“荣县赵字”。除家乡荣县大佛寺、虎洞、老君山、大刀寨、仙人山等留有先生真迹外，成都、峨眉山、乐山乌尤诸寺等地也多有他的题字。1919年，赵熙主持修纂的《荣县志》，被誉为巴蜀名志。诗文除注明出处外，均选自《赵熙集》。

一、诗

（一）山川风物

双　溪

东溪西溪春雨晴，舍南舍北縠纹生。
桃花红影掠溪面，翠羽一双时对鸣。

【注】

縠纹：绉纱似的皱纹。常用以比喻水的波纹。

古佛寺

古寺围花雀满枝，少年浑不似多时。
如今学子无人在，壁上空留画鹭鸶。

【注】

古佛寺：又称三佛寺，始建于唐代。

金碧崖

一洞穿崖出，天光见白云。
莓苔满壁合，鹰隼逆风闻。
万绿高低树，全山要害军。
君看此城郭，掌上数螺文。

【注】

本诗刻于金碧崖至山上铙钹顶的人工穿山洞壁。

罗汉洞

龙湫传此岫，唐代有香林。
受溉农畴沃，流花石沏深。
众山如隔世，题壁一长吟。
静极闻钟动，人坚念佛心。

（《荣县文史资料选辑》第五辑）

【注】

罗汉洞：即龙洞，内有唐建开化寺（已毁），山崖有“南弥勒石”及冯玉祥“还我河山”题刻。

龙湫：荣州八景之一的“龙湫夜月”。

青阳洞

帝子青阳国，文明此穴居。

道将无确志，荣德守遗墟。
勒字苔花绿，开筵野卉锄。
全山抱靠照，疑出古皇书。

【注】

青阳洞：在锁江桥旁、二佛寺后。传说荣县为黄帝之子青阳玄嚣封地。

宋　坝

向野百情适，春田明夕阳。
犬行如导客，蛙语正秣秧。
稚子闻声聚，邻翁话旧长。
小花含白朵，明月耳中珰。

【注】

秣：同“薅”。

荣隐山

一松君众木，隐秀此山隈。
地似仙人聚，花沿石室开。
称公许由例，垂钓子陵台。
第一吾州士，天生渔者才。

【注】

许由：生卒年不详。相传，帝尧见到贤人许由，便想传位于许由。许由认为这是对他的一种羞辱，便到颍水河洗他的耳朵。

子陵台：东汉严子陵隐居钓鱼处，在浙江桐庐县南富春山腰间，高百余米。

虎　洞

虎洞依山近县城，将军一过少人耕。
老尼欲说兵荒事，含泪先闻念佛声。

【注】

这首诗借虎洞之虎患写 1925 年杨森发动的军阀战争给百姓带来的灾难。

虎洞：县城东北，俗呼猫猫洞。

将军：双关，既指老虎，又指当年军阀。

翠笔峰

雨余城北见兹峰，俏影凌霄画更浓。
照日半空金翡翠，含苞一朵玉芙蓉。
重阳记踏层层石，大乐曾吹处处松。
倘植百花围古寺，九天楼阁一声钟。

【注】

翠壁峰：在今荣县同心乡马石村境内，众山中一峰突起，酷似金字塔，远望翠壁直冲灵霄，故名“翠壁峰”，俗称“尖子山”。

龙　洞

洪荒一壁苍龙裂，下有阴河通此穴。
万古云开一杵钟，风吹石髓无王烈。

【注】

龙洞：在大佛寺旁，又称罗汉洞。

阴河：暗河，地下河。传说龙洞下有暗河与之相通。

石髓：即钟乳石。

啸　台

废台文献久无征，宋代题诗屋几层。
冷眼看穿司马氏，山中一啸即孙登。

【注】

民国《荣县志》版本载此诗，云："感洪宪事也。(《赵熙集》)"
征：证。
司马氏：指晋代统治者。这里借指对袁世凯篡权窃国的不满。
孙登：晋代隐士，擅长长啸，如凤鸣之音。传说曾游历过荣县大佛啸台。

横溪阁

石如星者七，门对隔溪深。
北宋此一士，高崖定百寻。
宦情消党论，山翠徇诗心。
不信当时宅，梅花亦陆沉。

【注】

星者七：北斗七星。
陆沉：比喻埋没，不为人知。

荣隐公钓台

末流所向即危机，休出山来惹是非。
羡尔石龛端坐好，不当失脚下渔矶。

【注】

荣隐公钓台：又叫钓鱼台，在今荣县望佳镇插旗村与旭阳镇新长龙村交界的旭水之滨。钓台旁有荣隐公像一龛。

（二）山水纪游

铁山杂咏（四首）

其一

一嶂横天草木粗，当关蛇路自萦纡。
惊看大壑云雷合，疑听阴崖鬼魅呼。

其二

山花著雨白如银，山果红开玛瑙新。
别有悬藤坚似铁，丰标横出汉唐人。

其三

雨过山云欲挂檐，森沉大壑石痕尖。
盘涡不是瞿唐峡，却有苍崖望白盐。

其四

断阪沿山白鸟飞，青树林转水田肥。
邻家午饭牛初歇，犹有蓑衣未带归。

【注】

瞿唐峡：即瞿塘峡，为长江三峡之首，也称夔峡。

乡宅四首（其三）

老屋无营四壁斜，苍苔青土夹篱花。
此心誓死先人宅，已是山僧未出家。

【注】

无营：未加维护。

“苍苔”句：老宅到处长满青苔，篱笆上开着野花。

“此心”二句：决心终老家乡，像未出家的和尚，不管世事。

此君轩五首（选二）

其一

宋代地传嘉祐寺，元师手辟此君轩。
题诗有幸逢山谷，好古何人到许源。

其四

试院全规改学堂，人间随事有沧桑。
十年掌故三朝记，尊酒花前说故乡。

【注】

此君轩：在荣县（城中）凤鸣山顶最高处，为宋王庠（周彦）从兄僧祖元所建，黄庭坚有《寄题荣州祖元大师此君轩》等诗。清嘉庆中，知县许源重建此轩，时县人方议修复，香宋为撰《此君轩记》。

乡情四首

其一

土墙穿漏百余年，蛙鼓蝉琴月满天。
雨没碾窝蛇出草，静看群动出灯前。

其二

一枰棋局两溪环，除却农家少叩关。
此即童年读书处，分明小雨郭熙山。

其三

邻翁乞字贴春扉，有酒还教尽醉归。
见说杏花时节雨，为君留下旧蓑衣。

其四

梯田高下水均匀，山半开渠力苦辛。
合取班书人表按，世间一等是农民。

（《荣县文史资料选辑》第五辑）

【注】

枰：棋盘。

合取：应当拿。

班书人表按：班固《汉书》中有《古今人物表》，品次诸人等第。按，考察。

北山诗三十八首（选五）

牛峰最高顶

万峰高处古灵台，大石蟠空壁坞开。
历尽兴亡伤乱世，造成形胜费雄才。
千家人向眠牛聚，四面山如怒马来。
独立倚天长剑在，便从左股割蓬莱。

【注】

牛峰寨在县北距城六十里双古镇附近。

倚天长剑：形容志气或才气豪迈纵横，凌绝世上。宋玉《大言赋》："长剑耿耿倚天外。"

左股割蓬莱：民国《荣县志》注："时感日本不平之约。"即 1915 年，日本向袁世凯提出二十一条，并派兵三万侵华，胁迫订立中日条约，割让胶州湾等事。

华阳山

万峰狂舞一峰尊，秀骨天生水玉痕。
生路乍行迷远近，仲春随地异寒温。

嘉名合作梁州镇，遗老应疑汉代存。
行过山头到山尾，苍林白鸟尽烟村。

大刀寨

此寨开从宝祐年，沿山遥望气葱然。
一坳松树西禅寺，半坝梨花下濮田。
终古伤心此南渡，当时多事正西川。
杜鹃声里游人老，海立云垂剑插天。

仙人山

何仙此山住，云去不相逢。
地乘传唐石，帝江思道宗。
农情四乡雨，花韵小楼风。
绿意当窗坐，分庭抗数峰。

拥斯茫水

草绿花红画一溪，金沙濑合碧琉璃。
春山对客真如笑，野菜成畦远亘堤。
误指犍为迷水道，偶寻唐志宿招提。
高秋准作摩崖会，待我咨官古县西。

【注】

《赵熙集》注：西北多山，仙人山尤居群山之上，距城约七十里，临近仁寿县境，时拟重修县志，故遍勘诸山。

拥斯茫水：即今越溪河。在荣县西北，其流域曾置咨官县。

招提：民间建造的寺院。

再游北山诗十九首（选二）

天堂寺

青山二百四房栊，第一荣州古梵宫。
粥鼓钟鱼消劫火，兔葵燕麦动春风。

坏廊经雨明碑尽，老衲焚香卧佛穷。
人世兴亡亦如此，起看天地乱云中。

华阳山绝顶

立身人所不争地，绝顶乾坤万象开。
古郡得名齐志载，中年奔命子山哀。
松声为我舒长啸，山力横空展大才。
县郭今宵是雷雨，老云南角作潮来。

【注】

原注：县北五十里。

荣德山纪游三十六首（选六）

大佛像

金像巍巍入太清，元丰元祐八年成。
荣州不让嘉州好，只少凌云风水声。

竹王祠

写碑时记插秧时，不觉秋光上树枝。
此去夜郎千里外，行人争拜竹王祠。

题　壁

一念前生堕世间，飘然人外御风还。
秋来化鹤三千岁，独立荣州第一山。

【注】

本诗题刻于荣县老君山半山石壁。“秋来化鹤”,《赵熙集》作“秋中化鹤”。

荣州第一山：即荣德山，在荣县墨林乡吕仙村。传说荣县为周武王封周荣公之地，故荣县之山多以“荣”为名，如荣德山、荣隐山、荣梨山、荣陵山。相传太上老君曾在此炼丹，故又名老君山。

化鹤：指成仙。

访唐刺史薛高丘摩岩碑

仙籍前生注上清，薛碑苔蚀不分明。
现身莫问开元事，恐有乘龙识姓名。

小老君

僻地何人解好文，一杯邀取小茅君。
将松缚作苍龙帚，看我开门扫白云。

【注】

小茅君：即小老君，在荣德山对面。

“看我”句：小老君山顶有人题句曰：“客到山头扫白云。”

荣德山

胸前一案列荣黎，荣隐苍苍落照低。
笑与此山论眷属，远山如弟近山妻。

北乡故事三十一首（选四）

其一

野人生性爱重阳，老去登高在故乡。
才出北门先一笑，一峰如笔插秋光。

其七

将至宋坝，望翠壁峰似藐姑仙子。

绿得秋光似玉人，紫霞衣披水田裙。
老怜法喜无诗趣，拟聘名山作细君。

【注】

藐姑仙子：源见“姑射”。《庄子·逍遥游》：“藐姑射之山有神人居焉，肌肤若冰雪，绰约若处子。”后因以“姑射”喻神仙或美女。

细君：古称诸侯之妻为细君，后为妻的通称。一说细君指妾，另一说细君为古代女子称谓。汉朝有细君公主远嫁北方事。

其二十

一点尖痕铸碧霞，老林口在两山岈。
天公掷下青莲朵，出水含苞未放花。

其二十五

重阳不雨入山遥，溪路平平涨尽消。
便想玉浆无乞处，云英嫁了剩蓝桥。

【注】

玉浆：比喻甜美的清泉。

云英：唐传奇《裴航》中的仙女，传奇说：书生裴航去长安，路过蓝桥驿，去路旁茅屋求水饮，云英盛水给他，一番曲折之后，云英嫁了裴航。诗人登翠笔峰，路经蓝桥坝，因渴思饮，又蓝桥坝与蓝桥驿同名，化用典故。

丁卯三月东川沟纪行十一首（选三）

其一

山如伊阙渡头低，入谷花深鸟自啼。
不分唐年无断句，峡门空唤洛阳溪。

【注】

伊阙：地名，在今河南洛阳市南。因两山相对如阙门，伊水流经其间，故名。

断句：诗词，绝句。

洛阳溪：荣县北东川水支流。

其八

万古悬崖一径存，惜无名字凿云根。
是寻胡子东川路，第一乾坤此石门。

【注】

大石门距大坪山三里，为东川沟要隘。

其九

故宫何处乡山在，炯炯东川一大星。
合与娲皇分片石，特题风烈比银瓶。

【注】

原注：胡金奴，节愍公子昭女也。节愍殉难，金奴没在掖廷。年八十乞骸骨葬亲，归老荣之东川故里。

娲皇：即女娲，中国上古神话中的创世女神。

银瓶：即银瓶姑娘，岳飞之女岳孝娥，在岳飞死后抱银瓶投井自尽。后世传说岳飞是佛陀转世，银瓶姑娘是观音化身。此处作者以银瓶比金奴。

（三）纪事抒怀

辞　家

亲朋饯四方，儿今北京去。老亲多吉语，兄弟终夜聚。
念儿十七岁，坐馆空自误。年今二十四，仰事百无具。
春官何得失，北上聊一度。两兄不读书，往往遭父怒。
维孝实胜儿，苦身衬家务。儿妇生也鲁，十事九不悟。
何一不劳亲，望母勤分付。乡俗重过年，儿偏驰岁暮。

如何放此心，欲住不得住。出门亲勿忧，万事随所遇。
家贫办装苦，素惯他乡路。多不过半年，还看门前树。
强笑识功名，长安在何处。

【注】

《赵熙集》注：是秋领乡荐，十二月二十四日启行，赴北京会试。
分付：同“吩咐”。

荣县道中

未行思上路，上路又思家。
步步去亲远，数山天一涯。
乡风忙岁事，盐井露天车。
劳我闺中子，飞蓬不是花。

【注】

天车：盐场井架，将若干杉木连结，以竹篾绳捆扎成巨大的支架，竖于井口，用于采卤、淘井、治井。

闺中子：妻子。

公　井

唐代荣州治，因山城郭非。
高岑双树古，破庙众菘肥。
兴废占盐业，阴晴算客衣。
天池望松影，云出几时归。

【注】

菘：白菜。

天池：天池寺，建于明洪武年间。在今自贡市贡井区艾叶乡竹林村，寺前有久负盛名的大公井遗址。

公井晓发

（1891）

昨朝此时发，隔世成隔宿。
公井犹吾乡，人多不相熟。
牛矢星团团，大饼贴乡塾。
富顺尚百里，苦劝舆夫速。
青青蚕豆陂，花开如努目。
但愿小春强，饱饭三农福。
前程各生计，沿道窨茅屋。
今宵霜气寒，余亲慎衣服。

【注】

牛矢星：像牛粪一样的旋涡状星系。牛矢，牛粪。

公井晓发

（1894）

万里辞公井，寒衣捡白羔。
小霜留晓市，微径入秋毫。
豆荚亭亭立，菘花渐渐高。
行程好风意，登涉未辞劳。

【注】

白羔：即白糕，由糯米粉、白糖、发酵粉等食材制成的食品。

自流井

人音百里异，唐宋属荣州。
大利淮商埒，连疆火井稠。
蛛丝蟠笕路，马磨转山楼。
万口仇官运，弘羊自古羞。

【注】

埒：矮墙，场地四周的土围墙。这里比喻在自流井贡井的盐商中构成的商业圈。

火井：天然气井。

笕：连接起来引卤水用的长竹管。

弘羊：桑弘羊（？—前 80），河南洛阳人，西汉时期政治家、理财专家、汉武帝的顾命大臣之一，官至御史大夫。

沙　坪

出井晨餐远，舆中风力寒。
家遥百里外，冬至四邻安。
让路喧盐贩，开园富橘官。
山坳谁瓦屋，一簇好林峦。

曹家园即事

野陌寻芳信步归，竹梢垂处露光微。
蚊声势欲抬山去，萤火宵来入屋飞。
旧日学堂成废地，老年谶语合天机。
夜凉枕上潇潇雨，晓起诗情上夹衣。

【注】

《赵熙集》注：园为张氏别墅，花竹清幽，时方避暑其地。

曹家园：又称张家园，在今荣县古文镇曹家园村。为乡绅张大鹏所置，诗人为其子张敦叙作《张封公传》曰："君曾孙，昭通太守国玺，邮传补主事国熙，与余姻契。"（民国《荣县志·人士》）

谶语：泛指预言。

培根书屋

朱丝小日约双鬟，竹影横头屋半间。
壁上老亲遗墨在，记曾辛未读关关。

【注】

《赵熙集》注：培根书屋，香宋父晓楼先生就宋坝居宅所设乡馆名，幼年受学于此。

朱丝：用熟丝做的琴弦，借指琴瑟。

双鬟：古代年轻女子的两个环形发髻，借指少女或婢女。

老亲遗墨：作者父亲遗留的墨宝。

辛未：1871年，作者生于1867年，四岁即开始在父亲的培根书屋读书。

关关：《诗经·关雎》"关关雎鸠，在河之洲"。诗句忆小时候父亲指导读书之事。

谁　知

谁知是贼是官军？草色红斑战士坟。
满耳人间可哀曲，山中如听武夷君。

【注】

武夷君：又称武夷王、武夷显道真君，是中国民间信奉的神仙之一，也是道教中阴间土地所有权的持有之神。古时凡建造阴宅或阳宅，都会向武夷君祈祷。

寒 食

健妇锄犁哭向天，惨闻乡保占民田。
东风不待催寒食，米贵人家早禁烟。

【注】

寒食节：在夏历冬至后一百零五日，清明节前一二日。这天禁烟火，只吃冷食。

荒 年

荒年无食不堪听，冷彻牛衣卧不成。
夜半忍闻淹女计，祝他来世富家生。

【注】

1925年，“杨森部将白驹，经荥县进攻陈洪范防区，激战于县境獭子山，双方伤亡甚众。白复纵兵大掠，重敛军费，平民深受其害。伤乱悯世之情，屡见于诗”（赵念君《香宋先生年谱》）。

牛衣：牛畜御寒遮雨之覆盖物。这里指民间用棕叶或谷草制成，用于御寒遮雨的蓑衣。

淹女：淹死女婴。

失题（其一）

日日吹唇沸建康，年年狗骨吠萧墙。
是谁卖却卢龙塞，山海关头望夕阳。

【注】

吹唇沸建康：吹唇，鼓动唇舌；翻嘴皮子。建康，南京古称建康，又称金陵。大意是说国民党内各派在首都南京为私利争吵。

萧墙：古代宫内当门的小墙。《论语·季氏》："吾恐季孙之忧，不在颛臾，而在萧墙之内也。"诗指国民政府内部斗争。

卖却：卖掉。却，去，掉。

卢龙塞：即卢龙山，在河北省境内，蜿蜒于长城内外。此借指东北。

山海关：又称榆关，位于秦皇岛市东北15千米处，有"天下第一关"之称。

送壮丁

山城吹角瘦男行，岌岌神州待用兵。
太白芒星宵正发，雕青恶少市仍横。
疲牛黍地忘耕苦，卧犬花阴吠月明。
世乱好纾人满患，非关东海斩长鲸。

【注】

壮丁：旧时指青壮年的男子（多指达到当兵年龄的人），这里指国民党征召甚至抓补来补充兵员的青壮年。

雕青：在人体上刺花纹，并涂上青色。古代风俗，表示武勇。

花阴：为花丛遮蔽而不见日光之处。

长鲸：喻巨寇。也用来喻凶残贪暴之人，恶人。

寒　夜

风窗一榻透宵阑，春入重裘得梦安。
天下正多无法事，街头贫媪夜号寒。

（《荣县文史资料选辑》第五辑）

重 庆

西望长歌入汉关，大江东去客西还。
樱桃红了芭蕉绿，且认渝州作蒋山。

【注】

本诗讽喻民国政府抗战期间苟安西南，无返南京的情形，表达了诗人对国民政府安于陪都，奉行不抵抗政策的愤慨之情。

“樱桃”句：出自南宋词人蒋捷《一剪梅·舟过吴江》：“流光容易把人抛，红了樱桃，绿了芭蕉。”喻时光易逝。此处借指时光流逝，年复一年，而蒋政府却依然安于陪都重庆。

“且认”句：林昇《题临安邸》“直把杭州作汴州。”批评南宋政权偏安杭州。此指蒋政权偏安重庆（渝州），不思抗日收复国土。蒋山，山名，即今江苏南京紫金山，又名钟山。

（四）《乌尤山诗》（选六）

1919 年到 1938 年间，赵熙与乌尤寺住持来往非常密切。在那二十年中，赵熙或作文史考据，或撰联吟诗、树碑立传、挥毫泼墨，为乌尤山文化建设尽心尽力。丁丑（1937）九秋本《乌尤山诗》三卷中，卷二为赵熙专辑。至今，乌尤山赵熙题写的碑刻匾联不可胜数，乌尤山于是有了个“赵家山”的别号。

传度上人赐茶用欧梅唱和韵寄谢

乌尤山是众绿海，山僧昨送乌尤茶。
无以报之青玉案，吟诗且作欧梅夸。
寻常本山小黄叶，一盏破睡云钩蛇。
或于洱海馈贡品，双龙作戏口对呀。
尝笑此物本凡草，如竹出笋椿生芽。
忽经好事入品目，秋水各各澄南华。

我生自谥酒梼兀，瓦樽略比元子窊。
偶然饮茶当饮酒，老农点缀谈桑麻。
而有一器雪瓷白，前清买自樱桃斜。
谁知妙合助禅味，自古蒙顶称汉嘉。
方今万事巧立税，榷茶使者多王涯。
不如淡泊浇舌本，鲁泉但煮南强花。
乌尤山水甲天下，寺门石碚逾虾蟆。
清池皓月梦久别，眠云跂石人堪嗟。
谢师此福赐诗料，玉川涎水流清哇。

【注】

欧梅唱和：指欧阳修、韩子华、江邻几等人在北宋嘉祐四年（1059）任殿试阅卷详定官的锁宿期间，借诗排解春愁，消磨时光的诗歌唱和活动。梅尧臣作为后来参与者，因与欧阳修一起诗名远播，故称“欧梅唱和”。

谢赠荔支

汉嘉江水青玻璃，珊瑚崖色秦离堆。
上人结翠此中住，天鹅含子生荔支。
今年五月雨新足，虬珠颗颗无虫丝。
阳乌挂树万星灿，鳞皴染指调胭脂。
竹篮晓摘趁风露，苞以柏叶香四维。
二百里程两日到，开缄带叶红千枝。
稚子如猿巧偷取，举家夜啖忘朝饥。
玉盘分甘到亲友，山城各各争受持。
天生因缘不可知，鸦声报客当晨曦。
午余果见传师至，可人佳客非素期。
夜谭似荷异书读，还山预约征我诗。
我诗窘甚借苏语，海南一派仙人姿。

贫子腹中化玉液，红纱腻褪白玉肌。
江摇柱是众生命，老禅未许供牟尼。
上人说法吾导师，梵夹千番蒙法施。
诗成幸勿诃绮语，秋海棠花开佛篱。
年年江国荔支熟，更借此花陪酒卮。

【注】

江摇柱：摇，同“珧”。《正字通·玉部》：“珧，江珧。似蚌，其柱最珍。”

喜传度至荣州

路经三日隔，人别八年来。
一笑语无次，多时今未衰。
风餐劳远驿，山翠话离堆。
喜信连宵报，灯花落复开。

【注】

离堆：此指乐山市乌尤寺岷江离堆。其与都江堰离堆、仪陇嘉陵江离堆、洪雅县岷江离堆，合称“四川内河四大离堆”。

送传度归乌尤

落日公归去，嘉荣数泽亭。
囊书一担古，杖锡万山青。
上路心愁雨，西天夜望星。
计程今日到，风竹响泠泠。

天予令君，种树扶碑，钦公风谊少。绿水照绣陌，计同穴、人偕老。定化鹤，归华表。凤凰原年年啼谢豹。指宋室青山，四下孤坟抱。古香生劲草。

【注】

《赵熙集》注：（王周彦）墓在城北凤凰原孙村。

棠梨作花：野梨开花。

殡宫：坟墓。

萧萧：寂静。

征君：指不接受朝廷征聘的隐士。

遗事：前代或前人留下来的事迹。

失载：记载漏缺。

“天予令君”三句原注：“廖芷才大令方修治茔境。”指当时县令廖芷才重修王庠墓一事。令君，对县令的尊称。风谊，风操，节操。

谢豹：鸟名，即子规。亦名杜宇、杜鹃。

婆罗门令

两月来，蜀中化为战场，又日夜雨声不绝。楚人云：“后土何时而得干也！”山中无歌哭之所，黯此言愁。

一番雨、滴心儿醉。番番雨、便滴心儿碎。雨滴声声，都装在、心儿里。心上雨，干甚些儿事。

今宵雨、声又起，自端阳、已变重阳味。重阳尚许花将息，将睡也、者天气怎睡。问天老矣，花也知未？雨自声声未已，流一汪儿水。是一汪儿泪。

【注】

《赵熙集》注：此词于集中别具一格。香宋尝云：“陆淞‘脸霞红印枕，睡起来冠儿还是不整’，语自妍丽，惟全篇色泽不一，不如李清照《声声慢》前后叠字相呼应为绝作。”此作者殆有意仿之。

“两月来”句：指 1915 年 12 月至 1916 年 3 月护国军与袁氏军队的战争。

“后土”句：《楚辞·九辩》：“后土何时而得干。”后土，对土地尊敬，犹皇天。

番：遍数，次，回。

干甚些儿事：关什么事。

将息：休息，歇息。

如此江山

传度大师新构一楼，榜曰“如此江山”。即赋此调为贺。

天开图画乌尤寺，江心一螺孤峭。方外疏钟，秦时片月，万绿孕兹瑶岛。峨眉翠扫。趁玉宇初揩，铜河先照。如此江山，海天秋色一长啸。

高僧提举一切，旷怡亭故址，阑栏新造。春水鱼天，洞庭龙穴，豁出雷塠杭道。香台飘緲。待日落将西，幽篁更妙。如此江山，一楼天下好。

【注】

如此江山：词牌名，又名齐天乐、台城路。

雷塠：即离堆。

杭道：即航道。

三、散文

川南学堂记

光绪二十九年癸卯（1903）

光绪二十七年，善化沈君秉堃权泸州，是时天子西巡未返，君急国之务，于是与州人中书高君楷商请永宁道，开建川南学堂，而推诸暨周君善培主其事。造士有程，简不肖有律，本中国先王之典，参以外国今行之法，屹然众志一新。乃举州人罗君忠浩督构大厦。用白金五千有奇，严冬大暑之中，殚力庶务，八越月而工完。

呜呼，群公百瘁而成此堂，所望川南人士，举礼家三达德之要，师范方来，诸生必有深鉴于此旨者。天下大事，造士本于一乡，敢质言以瞻千世。

【注】

三达德：指知、仁、勇。

钟楼记

民国十一年壬戌（1922）

荣县凤鸣山，宋嘉祐寺址，踞一城高处。壬戌岁造钟楼其上，按时敲声，用警昏听。刘念谟实督其役，请刊微迹，无取妍辞，特叙经由，期存乡故。于是赵熙进曰：

维挈壶氏，周有专官。寸阴寸金，罔或游般。汉唐有作，海量宫漏。纠箭宵传，鸡筹晚奏。圣明述作，每进益巧。虚堂自鸣，协光黄道。亦有惊鸿，玉环金表。寸晷丁丁，若华四照。凡大都会，起九成台。羲轮百刻，星粲云开。璇玑指处，仙乐风来。循环不歇，悬象天街。山乡守朴，阳景罕曜。茅屋鸡声，万家昏晓。辰维官署，轰然一炮。远或僧撞，寺楼斜照。十年天地，大启明智。受历轩辕，公开阛市。凤鸣一山，荣城特高。重屋其颠，万象秋毫。陶工硈栗，金茎嶕峣。两经凫氏，天风海涛。依依莲漏，点点蒲牢。猗我三荣，地大百里。赤帝骑龙，长绳难系。秦皇汉武，生涯何世。日新又新，各勤而事。刘为尧后，式邦之英。玄黓阉茂，七宝合成。铜蠡昼掩，玉烛年亨。日征月迈，铿尔华鲸。

【注】

璇玑：古代观测天象的仪器中能运转的部分。亦指整个测天仪器。这里指楼上钟的指针。

硈（qià）：石坚，奔突。

凫氏：职掌作钟之事。《周礼·考工记·凫氏》：“凫氏为钟。”

嶕峣：高耸的样子。

玄黓阉茂：玄黓，天干壬的别称，用以纪年，《尔雅·释天》：“〔太岁〕在壬曰玄黓。”阉茂，地支中戌的别称，用以纪年，《淮南子·天文训》：“太阴在戌，岁名曰阉茂。”

曾祖赵湾墓识

光绪二十六年庚子（1900）

府君讳钟麟，字玉书，其先湖广麻城县，居孝感乡，有明洪武二年，始迁四川荣县城北之画马石。历传至应法祖，当张献忠之乱，流转山谷，长而失其祖系，遂嗣李氏之子曰荣第，府君高祖焉。荣第子七人，曾祖府君者讳嶒起，祖府君者讳李侯。昆弟七人，李侯又子三人，讳朝琏者，府君之父也。赵氏世力以农，自李侯居今之赵湾，两世出粟以给，而府君昆弟凡五，伯兄芝麟克入庠序，府君于次为四。嘉庆十五年，周系英督四川学政，跐美伯兄焉。

府君性刚，寡言笑，门以内诸子、诸妇，事之如严大君之礼，时手一编，举酒坐一室。半日肃然，侍者立门外，惟闻揭卷声而已。乾、嘉之际，海内宗尚鸿博，荣县僻山区，士风犹质，自五经外罕循诵者，府君已多藏籍，故有司致宾礼焉，然终不与往来。

所居入城五里，每暮而返，邻妇有相谇者，辄屏息曰：无使四公闻也。交励以为常。生子五人，长为吾祖讳国璧，增广生。府君授之读，小不当则绳以礼，长跽而数以责之。晚年，从祖德元受吾祖读，府君手疾矣，从祖每陈所业，辄口授之，使自削焉；不当亦如责吾祖之礼，且责吾祖曰：以此识兄职也。然府君至笃弟谊，自析居今宅，距赵湾一里而强，日暇必携诸孙循宅左溪上，俟伯曾祖之适而来汇谈，自往籍及里中事，微言徐步，或观溪窦之水，决决如也。必至暝极欢而罢。道光二十一年，府君年六十五矣，正月忽言：吾畴昔之夜，梦神者召予，予殆将死矣。逾月果病，病亟起坐，诸子妇左右立。府君训之曰：以后事兄如事父也。惟妇言是用，为家之孽，凡阴盛者必败也。听有懈者，府君击几怒之曰：恶！遂卒，时三月十五日也。葬赵湾某阡、某趾、某向。越六十年，曾孙熙官翰林院编修京师，国家多难，乃识所闻如右，得归勒石，以告异世。铭曰：

阴之厉而吉者，刚也；家之吝而国然者，亡也。呜呼，小子闻祖德之良也！北风凉凉，雨雪雱雱。其能为日星之明耶？

【注】

《赵熙集》注：时值庚子之祸，述阴盛之戒，寅激于国事也。

增广生：明清两代称由公家给以膳食的生员。又称廪膳生。简称增生。

刘大夫传

民国二十七年戊寅（1938）

君讳光第，字裴村，富顺刘氏。光绪壬午举人，癸未进士，分刑部主事。到官贫无车，徒步趋署，雨中泥淖为常。退则振襟读书，群书环拥如城；大暑无亵容，客至，肃客坐，已惟据小几，蔼然和易而不苟訾笑，栗如也。洒扫饔飧之事，内外躬亲，无资傭保，自奉匪人所堪；而植礼扶义，倾所有如不给。六七年间，交游简而官事办治，文章志节，渐有声公卿间矣。

甲午中东之役，割地讲和，德宗皇帝大愤，思刮国耻，诏天下举贤才，湘抚陈论荐君及绵竹杨锐等，所谓"戊戌六君子"也。七月廿四日召见，加四品卿衔，参预新政。八月九日被逮，十三日遂及难。海内痛心，其诅辞殆不忍闻，内有怙权之私，中以媒蘖之言。及庚子八国联军入都，辛亥宣统方冲幼，遂禅国。一滴之祸水，胥溺及九州。《诗》曰"赫赫宗周"，然则君之不幸，实三百年宗社之不幸也。

君取张氏，子三：长鹏年，于文事绝精悍，次凤年，皆早世；次鹤年贫不自存，然韶者绍也，能守其先矩。

熙入官后君九年，尝获闻绪论。君于文喜司马迁书，于诗深造杜甫所为，其自著惟蜀峨眉、闽武平谒祖墓为最富。生前不一出其稿，盖深贱乎时名。平居蕲向朱子，以为此皆实践，非虚为精详，尝论杨忠愍却蚺蛇胆事曰：唯义之适，非苟矜无畏也。君临难问堂上官：无罪杀士，遵何法？官怍不应。毅力侃侃，死后面目如生。呜乎，哀已！君之遇祸，时为之也，于所学无稍损也；君之笃学，性使然也，于所志未竟量也；策君殚其天年，上质君神祇渊，骞俦也。

【注】

光绪壬午：公元 1882 年。

癸未：公元 1883 年。

栗如：恭敬谨慎的样子。

饔飧：做饭。

傭保：佣保，雇工。

自奉：自己日常生活享用。

怙权：专权。

媒蘖：酒母。比喻借端诬罔构陷，酿成其罪。

及难：遇祸。

禅国：禅让帝位。这里指受禅。

胥溺：相继沉没。明吾邱瑞《运甓记·帅阃宾贤》："只是将倾大厦，非一木能支；胥溺神州，岂只手可援？"

宗周：指周王朝。

韶：美好。

蕲向朱子：蕲向，理想，志向；朱子，朱熹，"程朱理学"集大成者。

杨忠愍：即杨继盛，字仲芳，号椒山，直隶容城（今河北容城）人，谥忠愍，明代著名谏臣。《明史·杨继盛传》："初，继盛之将杖也，或遗之蚺蛇胆，却之，曰：'椒山自有胆，何蚺蛇为！'椒山，继盛别号也。"

怍：惭愧。

神祇：天神与地神，泛指神灵。

骞俦：高于同辈。

奏请裁抑亲贵权势疏

宣统二年庚戌（1910）

为亲贵权势太盛，请加裁抑，以符宪政，恭折仰祈圣鉴事。

窃国家只用人、行政两大事，今有不得不为宪政前途计者，以亲贵大臣不宜操行政之权是也。恭考祖制：亲王、贝子、贝勒不干政柄。乾隆时，以成亲王之贤，入军机未久即出；同治时，穆宗冲龄践祚，恭亲王入军机，实名议政，天下不以为非者，知事属创举，后不得沿以为例也。方今立宪各国，亦无以贵族为行政长官者。推详其义，非谓贵族不能胜职，诚以操行政权利即负行政责任，贵族而操政权，政之不当，谁敢非者？即如庆亲王奕劻在军机，蒋式瑆言之而斥回原衙门；赵启霖言之而革职，是显然箝人之口，使知皇上犹可直谏，而亲王不可轻议也。即宪政实行，人人申爱国之论，纠绳得失，万一果有所失，法何所施？不施法乎，实伤国体，其据法以昭公理乎，甚非所以保全恩谊也。故立宪国公例，不以贵族为行政长官者，诚为尊崇皇族起见也。以近事证之：直隶总督端方到京，肃亲王善耆恭诣车站迎候，此自善耆谦德，然按之体例，正不知送迎圣驾当遵何礼？而善耆既然为民政部尚书，人不以亵尊为怪。愈可见贵族而操行政，非所以尊贵族也。

至海、陆军为国家创举，尤当慎重求实，用示环球。即欲兵权付之一家，亦当如外国之制，先由学堂练习，均甘同苦，士卒所为者无不为，临事而危，大将则生死以之。盖贵族夙享特别权利，所受于全国甚优，到此直视为应尽义务，非全不事事，但登坛一拜，熙熙然灞上之军也。

方今时局艰难，外交之事不能尽我主权矣，可自主者内政耳。一旦亲贵布满朝列，无问私情贿赂之有无也，徒令流言党派，摇惑百端；况巨费如山，一一皆穷民脂血所积，而海外鹰瞵虎视之众，在在注我得失也。伏望皇上深思国事之安危，民生之治乱，举一事必防一事之弊，用一人必求一人之效，凡所以保全贵近以示优崇者，不惮秉公切实详审其宜，实宪政前途万幸。伏乞皇上圣鉴。谨奏。

【注】

《赵熙集》注：蒋式瑆字惺甫，赵启霖字芷荪，香宋壬辰进士同年，光绪末，同在御史台。是时清廷高唱变法，宣布预备立宪，而实则重用皇族，以谋中央集权，举军机处，海、陆军，财政、外交诸重任，均以皇族亲贵掌之。国事日非，贿赂公行。蒋式瑆于光绪三十年以劾奕劻在英商汇丰银行存入巨额私款被斥，赵启霖则于光绪三十三年奏劾黑龙江巡抚段芝贵夤缘亲贵，以重金购买歌妓杨翠喜送奕劻子载振为妾，反坐以不实被革职，此疏直指裁抑亲贵权势，关系尤大。以宣统二年（一九一〇）上，留中不报。

奏请杀川督赵尔丰疏

宣统三年辛亥（1911）

奏为请明赏罚，究祸本，杀赵尔丰以收人心而维大局。

窃天下无问何时，总以收拾人心为重。但恐不行，不虞行之或晚。查鄂党踵川乱而起，天下应之，是川乱者祸本也。路事一查办可了，而赵尔丰冤诬残杀，动川中及天下之兵，是赵尔丰又川乱之本也。赵尔丰诱拿正绅，称为首动，朝廷岂知蒲殿俊等何如人，而赵尔丰无端奉旨，是要誉者一身，而集怨者政府，无穷之祸，系此一言，可杀一也。街正商民乡团，陆续要求释放，本非死罪，而田征葵倚赵尔丰之势，屡次专擅，枪毙多命，虽将田征葵治罪，皇上不妄杀无辜，而赵尔丰杀人如草，可杀二也。既乱之后，上谕以分别良莠。赵尔丰诬良为莠于未乱以前，捏造种种逆证，指蒲殿俊诸人为首动，指街正商民为放火，为攻署，今皆无一而验，是赵尔丰居心诬良为莠，可杀三也。上谕协从罔治，仰见我皇上视民如伤，匪尚有可抚之理，民断无可剿之理。而赵尔丰一味蛮杀，屠附郭州县之城，老弱逼填沟壑者，成千成万。现在上海公设救济会，往埋骨而粜饥民，诚恐血海尸山，动生疫疠，可杀四也。

总之川中路事，一查办可了，赵尔丰不冤拿首要，不枪毙平民，四川决无公愤。既聚众矣，苟能如岑春煊之至诚开谕，军事犹可不成。既用军矣，苟能恪遵谕旨分别良莠，胁从罔治，犹不至糜烂以动天下之兵。现在民与匪不能分，有赵尔丰则人人皆匪，无赵尔丰则人人皆民。以朝廷威德，现在犹能杀赵尔丰，迟则逆势渐成，欲杀不能矣。现在杀赵尔于大局犹有益，迟则人心愈散，杀亦无益矣。是非，赏罚之准也，勿使天下妄疑朝廷，臣不胜款款下愚，故屡请而不已。

【注】

《赵熙集》在文末注：（以下缺）。

赵尔丰：保路运动时任四川总督。

蒲殿俊：（1875—1934），四川广安人，保路同志会会长，辛亥保路运动的主要领导人。

四、戏剧

情　探

（节选）

【创作简介】

明代戏《红鸾配》：歌女焦桂英曾救助王魁读书，王上京应考前，焦、王于海神庙立誓为夫妻，后王高中后娶宰相女，并悔前约，焦死后报仇，活捉王魁。1902年，赵熙在盐商胡家（今自流井灯杆坝）观此剧后，不满意其主题、情节，于一夜之间把明朝王玉德的《焚香记》改写成《情探》，将焦桂英写成多情多义之女，经反复试探，劝说无效之后才捉拿王。《情探》一问世，便成川剧经典，长演不衰，且被多个剧种移植。剧本词句优美，格调高稚，曾被高校当做范文讲授。

（生扮王魁上唱）

更阑静，夜色哀，月明如水浸楼台，（旦扮焦桂英引鬼卒上，科下）透出了凄风一派。

（诗云）玉殿传金榜，君恩赐状头，洞房今夜坐，心事却如秋。下官王魁，自从招赘韩相府第，不觉一月有余，女貌郎才，欢同鱼水，但不知那海神庙送行的焦桂英是何下落。唉！这本账既已一笔勾销，焦桂英呀焦桂英，今生是我用的情，前生是你修的命！垣墙外为何阴风飒飒？

（旦引鬼卒上，唱）阴风飒飒，黑月无辉。相思血泪旧盈腮，到而今化为孽海。

（鬼卒云）前面黑色罩天，即是王魁寝室。

（旦唱）悲哀，你看他绿窗灯火照楼台，哪还记凄风苦雨，卧倒长街。

（生唱）人生莫作亏心事，处处风声是祸胎。

（鬼卒唱）孽火如雷，孽火如雷。立拉人阴阳界，索还命债。

（旦唱）缓思裁，权相待，却恐他从前恩爱依然在。好教奴千回万转，触目伤怀。

（鬼卒下生唱）观书眼不开，和梦赴阳台。

（旦唱）且向纱窗叩玉钗。

（科、生唱）睡定又还起，无风门自开。（科）今朝都到眼前来。

（生）呀！你是谁？（旦）是我。（生）是你，你来找谁？（旦）找状元公道喜。

（生唱）此事真奇怪，面庞儿却好似从前恩爱。你是何方何氏女裙钗，为然何万水千山得得来？

（旦唱）分明是意中人，却变作眼中怪。状元呵，你就忘却了焦家有女孩。

（生唱）你是人是鬼，是福是灾？朱门洞府未曾开，春色因何入得来？

（旦唱）请君猜，我潜踪秘迹上春台，都只为鱼水旧和谐。

（生唱）不该不该大不该，这个关儿怎下台。

（科）有了，（唱）

你更深夜静把门开，谁家风信吹裙带，有何面目假作痴呆。（旦唱）

为谁辛苦为谁来？不想你平白地将奴怪。

（生唱）可怜她一寸相思一寸灰。

（旦）喂呀！

（生唱）且免悲怀，且免悲怀。千山万水无音无信忽然来，同行婢媪知何在，则令人好生莫解。

（旦）呵，状元疑的这个，待奴先与状元道喜，再细细的诉。（生）不必了。（旦）状元公身体可好？（生）我在问你上路的事，身体有何不好。（旦）但得郎君玉体安好，便是奴家万幸了。（生）我在问你上路的事，不用唠叨。（旦）哎呀，状元公，如何又是唠叨。我想去年秋后，状元公深夜攻书，奴在一旁烹茶奉水，那时秋风瑟瑟，奴说郎君安寝了罢。及入罗帐，郎君脚冷如冰，是奴偎脚而眠，终夜不暖。次日郎君就得了一个寒疾，医药罔效。奴家许上一愿：皇天呵，菩萨，保佑郎君安好，愿减我十年之寿。后来奴在海神庙求得药签一方，郎君病体霍然而愈。状元公，你还记得记不得？（生）记得又怎么样？（旦）记得就好，奴怕郎君在京城玉体不安，无人侍奉，故特送此药方而来。（生）往事如尘，说得人柔肠寸断。（唱）

不该不该大不该，王魁做事不成材。感得她千山万水一人来，况且她花容玉貌依然在。徘徊！那韩丞相知道多妨碍。皇天鉴我怀，昧良心出于无奈。药方儿于我何用哉！

我不病了，纵然有病，也有人伺候。（旦）伺候有人，便是奴家万幸了。敢问状元公，伺候又是何人？（生）你听：本官蒙当今天子钦点一十七省头名状元，恩上加恩，宠上加宠，钦命入赘韩相府第。你要问伺候我的人，就是当朝一品韩丞相的堂堂小姐。（旦）贺喜了！敢问状元公，万岁爷是要管众人的婚姻，还是专管状元宰相两家的婚姻？（生）哎呀厉害！听他之言，莫非要告我停妻再娶？我且截他一截。专管状元宰相两家的婚姻。（旦）更可惜了。既是如此，奴就要请见有福有命的状元夫人，听听成婚后的教训？（生）不必了。雪花纹银二百两，书信一封，早送到济宁焦家庄，那就是我成婚后的教训。（旦）倒把状元公费心了，但不知这教训二字，从何说起？（生）你回去自然明白。（旦）我还回去则甚？（生）你不回去又则甚？（旦）自从别后：（唱）

梨花落，杏花开，梦绕长安十二街。夜深和露立苍苔，到晓来辗转书斋外。纸儿笔儿墨儿砚儿呵，件件般般都是郎君在。泪洒空阶，只落得望穿秋水不见一书来。

（生）事如春梦了无痕，令人忍俊不禁。（旦）四月初旬，算来是京师放榜之期，奴家又到海神庙祷告。奴说：海神呵，（唱）你生时忠义死时哀，到而今香烟万代。我郎君落拓青衫一秀才，要保他文章合派，莫使他春愁如海。神灵儿鉴怜奴四礼八拜，果然是马前呼道状元来。

（生）我那文章也是得意的，不尽关笔有神助。（旦）状元公，也难得菩萨知己呀，那夜海神又来示梦，说郎君不但功名显赫，并且呵！（唱）

红鸾星照玉台，连理枝头花正开，怕只怕绿珠红粉沉光彩。醒时欹枕费疑猜，莫不是魔梦生灾怪。岂有海涛神，管我风流债。

（生唱）一霎时碧纱窗外，芦花风起夜潮来。

真有神呵，可怕人也！

（旦）前事不说，到而今呵：（唱）

迢迢千里犯尘埃，会向瑶台，总算是明月入君怀。纵不是双凤齐飞，也愿化为红绶带，你又何忍抛下名花不肯栽。

（生唱）但听她呖呖莺声实可哀，婉转悲怀，婉转悲怀。犹恐怕事情有碍，日久成灾，转被旁人笑我呆。

你回去的好。

（旦）状元公三思，当初困卧街心，彼此相逢，你是何光景。继后南坡送别，海誓山盟，你又是何光景。（生）哦，你敢奚落下官！你本烟花弱质，我不念当初薄薄的恩情，今晚冒闯相府，早送你到枉死城中去了。（旦）状元公也知道当初恩情？奴正舍不得当初恩情，故尔婉转求你：（唱）

黄金屋不须开，可容奴偏房自在？

（生唱）悲哀！到死春蚕缚不开。不管他是祸是灾，且容他偏房自在。

哎呀，不好不好！这压妻为妾的风声，如何出去得。有道是：宁可我负人，不可人负我。（唱）

一任她千言万语巧乖乖，我横了心肠断了胎。谁见得人间天网尽恢恢，凡百事莫贻后悔。

你去吧！（旦）事到如今，情知作妾也是无命，总望状元公开一线之恩，格外修好，容我为奴为婢，得免饥寒。（唱）

可怜我娘儿母子无依赖，况且奴千山万水一人来，同行婢媪知何在。

（生）事已至此，我不清你的来路，只要你的去路。速速去！

（旦唱）再思裁，处处风声是祸胎，凡百事莫贻后悔。（鬼卒上）

（生唱）莫不是相府有人来，勘破机关怎下台。

你安心闹我，再不走我要你的命！（旦）状元公，我有几条命你要呵？（生）死不要脸！

（旦）负义王魁，请来看脸。（旦科、同下）

【注】

《赵熙集》注：此剧为 1902 年于自贡胡氏怡堂观木偶戏时，就旧本《焚香记》之第四折《活捉王魁》改写。偶为戏笔，未自存稿，即付向仙乔。其后周孝怀在成都提倡改良川剧，始交鼓师配以曲调。谱入高腔，屡经名伶演出，流传遂广。

后　记

荣县历史悠久，千年文脉，源远流长。廉臣费贻、义门王氏、胡子昭、曾省三、赵熙、吴玉章……千百年来，代代相传，形成了厚重的荣州文化；薛涛、刘兼、苏轼、黄庭坚、晁公武、李刘、李焘、汪元量等文化名人都在此地留下了不朽的诗文著述，丰富了荣州的历史文化底蕴。《诗乡翰墨》即是对荣县历史文化的发掘、整理和呈现。编辑本书，对于赓续和弘扬荣县乡土文化具有十分重要的意义。

荣县历史悠久，底蕴丰厚，宋时就被陆游赞誉为“诗书之乡”，但明代以前遗留下来的文献的确很少，唐以前的文献更是弥足珍贵。主要资料仅见于清嘉庆以来几个版本的县志。要尽可能搜集、挖掘、整理出一本相对完整而且能够代表荣县诗书文化最高水平的书，难度可想而知。好在还有这些志书为依托，有胡林老师曾经编辑的《历代荣县诗词选》为范本，有县内外戴泽祥、蒋永红、陈述琪、胡林、王星等专家学者的鼎力支持和教正，还有省社科院、川大文史专家的襄助，编辑本书才有了底气。在此，对所有关心、指导和支持本书编辑的领导、老师和专家学者致以诚挚的谢意！

本书在编辑过程中，大量涉猎县志及与荣县有关的历史文献，发掘了一些珍贵历史文化资料。如北宋王庠的若干策论，苏轼、黄庭坚的书札和一些从未见诸荣县文献的诗文。有些资料的文化历史价值还很高，在一定程度上填补了荣县历史文献的空白。在搜集整理中还发现，民国县志对前志收录的诗歌有诸多窜改。为还原历史文化的本来面目，本书多采用前志记载或更早的文献。

本书分为“诗歌”“散文”“赵熙作品选”三编。本书专门设立“赵熙作品选”一编，是因为赵熙是荣县历史文化的集大成者，是荣县文化历史上不可多得的重要人物。他的诗、词、散文、戏剧乃至书法碑刻享誉巴蜀，甚至声名远播海外。他以词的成就被誉为“晚清第一词人”，其书法号为“荣县赵字”。不设置专门章节不足以体现其历史文化地位。鉴于容量和编辑时间限制，本书对所选诗文仅作简要注释。

由于时间有限，本书疏漏错误之处在所难免，敬请读者批评指正！

《诗乡翰墨》编写组

2019 年 12 月

6

千年古县 荣县记忆

民风雅颂

中国人民政治协商会议四川省荣县委员会 编

邹光耀 主编

吴坤学 副主编

西南交通大学出版社

·成 都·

图书在版编目（CIP）数据

民风雅颂 / 中国人民政治协商会议四川省荣县委员会编．—成都：西南交通大学出版社，2020.1
（千年古县　荣县记忆：全 6 册；6）
ISBN 978-7-5643-7352-8

Ⅰ．①民… Ⅱ．①中… Ⅲ．①风俗习惯－介绍－荣县 Ⅳ．①K892.471.4

中国版本图书馆 CIP 数据核字（2020）第 011725 号

目录 CONTENTS

第一篇　民风民俗

第二篇　家风家训

第三篇　方言民谣

第四篇　非物质文化遗产

第五篇　民间故事

第一篇　民风民俗

民间习俗

一、生产生活习俗

1．送春牛

荣县是农业区，崇拜“先农”。有的场镇内设有农坛，清代规定每年“立春”，地方官要春祭，以求风调雨顺、五谷丰登。祭后要牵一头挂红彩的“春牛”游街。春节过后，由地方上推选文人即“春官”背上“春牛图”挨家挨户送“春牛”，祝福一年好运气、好收成。这样既可以表示农事紧迫，也可以讨些喜钱。此俗一直沿袭到民国时期。

2．男耕女织

农村男耕女织的分工相沿已久，妇女除负担家务劳动外，还要纺纱织布、养蚕、饲养禽畜。缺乏劳力的家庭妇女仅做旱地轻活，不下水田劳动。

3．农事忌日

春分、春社、雀王会（农历二月初二）、牛王会（农历十月初一），旧俗称不宜动土，不宜下地劳动，成为农事忌日。雀王会要吃米粑或汤圆，并将吃剩的粑分散粘在竹竿上插于田土边，称为“粘雀嘴”，祈求减少雀害。牛王会，即牛王生日，要杀鸭公，烧香烛、纸钱，敬牛王菩萨，还要煮稀饭喂耕牛，以保耕牛健壮。此俗在今农村仍时有所见。

4．开秧门

开秧门也叫“开秧盆”栽秧，是技术性、季节性很强的巧活。栽秧多雇请秧师。有时要互相竞赛，栽伸秧叫“栽蜡”。第一个秧师下水破田，称为“开秧门”。田越大，越不容易栽直。旧俗对第一个下田栽秧的秧师，只要栽得直，片数、窝距匀，主人就要敬酒、欢呼。围观的人很多，都会鼓掌，秧师会受到人们的赞许。午饭也很讲究，吃大块腊肉，叫“拖楼饭”，有的一人一块，吃不完还可以带走。

5．秧班子

清末和民国时期，各地栽秧时间不一。一些农民先栽完一片，又到外地包田栽秧，有的从川南到川西，有的从荣县栽到仁寿、成都。这些栽秧队伍被大家叫作“秧班子”。这也是有插秧技术的农民挣取外快的一种方式。

6．薅秧歌

农谚有“土过铁板，田过脚板”。“土过铁板”指旱土的庄稼苗到时节用铁锄松土、除草并施肥；“田过脚板”指水田的稻秧要松泥，以利秧苗走根，松泥时靠农人用脚踩。农人一般背着双手，有的拄竹竿，边踩边唱薅秧歌。录两首如下：

其一：只望青天起朵云
嘿！太阳真是晒死人，只望青天起朵云。
你要起起云一朵，哦呵！天上起起云一朵，上遮日头下遮人。
其二：你的情哥我认得
嘿！五月里来正薅秧，贤妹子田头送茶汤。
你的情哥是哪个？哦呵！你的情哥我认得，荷花荷包万字格。

7．换工掉活

以前在生产季节或修房造屋时，农户之间有换工掉活、互相支援帮助的习俗。换工多在亲戚、邻里中进行，相互为约，以工换工，不付钱；调活是按各自不同工种，互相交换，你帮我缝衣，我帮你栽秧。而对无力换工的老弱户，也有亲邻只帮工不换工的，叫“帮干忙”。

8．起会

旧俗，农民佃地买牛、学生入学，缺乏资金的，有相约集资的习俗。缺钱者接头会，分期还会。起头会最难，有“头会如化缘，二会如捡钱”之说。从第二会起，摇骰子，点子多者得会。一月还一次的叫月月会。会期有长有短，有的起会人不还利息，只办会酒，也有接会后为下次聚会办会酒的。20 世纪 40 年代末期，物价波动太大，改用实物起会，有谷会、棉花会等。

二、交易习俗

1．赶场

赶场又叫逢场。乡镇都有场期，多为三、六、九，二、五、八或一、四、七的三日场，相邻各地场期互相交错，附近百姓几乎天天都可以赶场，这为他们的物资交易提供了便利。

2．庙会

旧时寺庙定期举办各种庙会，招徕赶会群众，以旺寺庙香火；同时，庙会也是一种商业盛会。双古仙人山的大佛会在农历四月初八，观音会在农历二月十九（观音出生日）、六月十九日（出家日）、九月十九（成佛日）等。会期山乡居民和善男信女都来赶会，各商业行帮就地摆市，茶馆、酒店、小食摊座无虚席。每逢会期，各地商贩云集，市场极为热闹。

3．百货会

抗日战争时期，为宣传抗日，境内有识之士反对借神敛财，庙会活动减少，举办百货会，会期在每年冬季。商贩沿街设摊，展销外地各种手工业产品及各种日用布料等。百货会由外地商会与本地联办。同时也有各地民间艺人来赶会，表演武术、花鼓、川戏、评书等。

4．包水草

猪牛交易中有包水草的习俗。买方照价先付大部分现款，经喂养几天后，猪牛无病则补够欠款；否则互不成交。时间和付款比例由双方协商。

5．吃茶

旧时民间发生纠纷，多在茶馆内请地方上有名望的人士出面评理调解，谓之“招呼吃茶”。理亏的一方付茶钱。

6．耳子客

在场镇，猪牛马牲畜市场上有耳子客，又叫行户，充当经纪人。生意做成之后,买卖双方都要给耳子客一定报酬,大多按生意大小来决定。但耳子客中有的专为一方出力，其中不少搞欺诈行为，坑害一方。说价时有的在袖筒内摸价比手势，有的在长衫衣襟内摸价，不愿公开。

三、交通运输习俗

旧社会，汽车很少见，有钱人出门坐滑竿，也有少数人骑马，一般人都是步行。俗话说：“上等人骑马坐轿，中等人滑竿小轿，贫苦人两腿行道。”运输货物主要靠人力，男子挑担，妇女背篼。搬运笨重石木料以及举行丧葬，都要请抬匠。有八人抬、四人抬、三丁丁等抬法。抬匠以口喊号子来协调步伐。抬匠号子内容有的健康，有的低级庸俗。

外地食盐运回销售时，用粑儿纸包装；烧酒购进，运回之后立即开坛出售。长途挑脚（搬运工人）运土陶跌破，天晴不赔，落雨要赔，说天晴容易大意失误，落雨理应小心谨慎，实在亏下力人。

四、生活消费习俗

1．饮食方面

有钱人以食大米为主，一般农民以食红苕、苞谷、小麦、豌豆、胡豆为主。以前农民称红苕为“半年粮”。农民饮食极为俭省，农忙三顿，两稀一干，干饭多给男劳力吃。农闲多吃两顿，以粗粮汤粑（用麦粉、玉米等粗粮粉做成粑粑下到沸水中煮）充饥。灾年以棕巴子、野菜、芭蕉头甚至观音粉（白夹泥）、棉花子充饥。平时春夏荒月时多数人不得温饱。

荣县人民非常好客，经常尽其所有，以豆花饭、豌豆汤、粉条做菜，用渍（炒熟的豌胡豆掺上泡咸菜水让其吸收，又叫“汲”）豌豆、胡豆下酒。冬天如果年成好可用腊肉待客，家中妇女儿童不上桌，叫“忍嘴待客”。有的倾其家中所有好吃的东西，用来招待客人。

荣县人民爱吃川味，普遍爱吃麻、辣、酸、咸、甜，喜一菜多味，尤喜麻辣。筵席以蒸为主，叫“蒸笼席”“九大碗”。其中“坨子肉”“夹刀口”“相碗”“烧白”“品钵（酥肉）”最受人欢迎。

年成好，宰杀年猪，请客叫“吃旺儿汤”。以猪内脏煎炒称“小煎”，以吃肥肉为主，叫吃“弯刀肉”，因把肉切得很厚，形似砍柴的弯刀而得名。

平时肉食，以猪肉为主。初一、十五吃肉叫“打牙祭”。普遍喜欢炒“回锅肉”，但办丧事、办婚事均忌讳吃“回锅肉”，改为红烧肉、漂汤肉。忌一个“回”字，“回”有重复之意。结婚时还忌吃豆花。

过年时吃年饭，以雄鸡、刀头敬祖先，饭桌要有“鱼”象征“年年有余”。有钱人家要推“过年粑”，用来请客和送客。吃汤圆称为“进宝”，成为大年初一家家户户的传统习俗，如遇天灾年，就不一定有汤圆吃。富裕人家备过年“茶食”，作为拜年待客礼品，以炒米糖、油果、苕丝糖、苞谷坨、谷花为主，而且用大油果待送亲的贵客。

泡菜、咸菜的品种繁多，每家都有泡菜坛子、倒罐。酸生姜、酸海椒、大头菜等既能下饭，又是调味的佳品。自制豆瓣、豆豉尤为有名。

农村家庭喜泡的鸭蛋，是栽秧时桌上的佳肴。据说不吃咸鸭蛋，栽秧师就栽不直秧子，秧子要浮起来。咸鸭蛋泡得好，煮熟以后，蛋清白，蛋黄油红，食之有沙腻感。灰包蛋是端午节的食品。松花皮蛋、鱼刺皮蛋包得好，蛋清晶莹剔透，蛋黄油红，色泽鲜亮，是送客的珍品。荣县素来产酒，荣县人也好饮烈性白酒，高粱火酒度数高、冲劲大，喝得不多就能让人早入醉乡。

荣县人还讲究吃药膳。据说药王孙思邈很讲究用药膳治病，后来他的徒弟孟先著有《食疗本草》，孟先认为良医莫过于合理饮食，尤其是老年人，食疗最为适宜。常用大枣、芡实、百合、薏米等中药材与大米、糯米、绿豆煮粥吃，能强身健体。这有点像现在的八宝粥。苦藠胡豆炖猪肚清热祛疮毒，南瓜绿豆汤清热消暑，冬至吃补药、吃狗肉旺火驱寒，这些药膳风俗保留至今。

荣县农民、手工业工人多吸叶子烟，尤喜什邡烟、青神烟，因其劲大。妇女吸水烟，稍富之家有水烟袋，是铜制的；穷人家只用烟棒，来客必敬。泡楠茶，又称老人茶、老鹰茶，常被用来待客，其色淡红，其味带甜，又止渴。稍讲究的人家来客先待醪糟蛋、荷包蛋，有的还要待茶食如米花糖、油果。

2. 容装方面

荣县人在容装方面随时代变化而变化。发型上，清代男子留发梳辫，年过三十便留须，有“男没胡子不成相”之说。女孩出生后，剃过满月头便蓄发。年轻姑娘额前留刘海，后梳辫子。出嫁时发辫挽成结，称“毛纂”。出嫁前，用线绞去面部汗毛称“开脸”，有“光脸媳妇，毛脸女”之说。

辛亥革命后，提倡男人剪掉辫子，剃掉胡须。20 世纪 30 年代，理发开始用推剪，从此发型增多。青年人有平头、分头、学生头等；有的妇女逐渐改为短发；年轻姑娘有的仍留梳辫。后来男子光头减少，妇女多蓄辫子、短发、烫发；男青年也有留须的。首饰上，清末民初，女孩要戴耳环，有钱人挂金银耳环、耳坠；穷人用铜耳环、银耳环。富家子女拴银项圈，胸佩“长命锁”，又叫箭牌。这是拜保保或在庙子敬神时才佩上。有的手上戴锁圈，这是事先请算命先生决定的。姑娘出嫁时，备有头簪、钗、耳坠、手镯等首饰。即使是穷人家的姑娘头簪也不能少，多是铜或牛角做的。民国时期发结饰品逐渐被淘汰。富者盛行戴金戒指，戴金镯、玉镯。

封建社会，女孩六七岁时开始缠足，风行以足的大小定美丑。“三寸金莲”被视为最美，有“脚大难嫁”之苦。有的足小如粽，走路摇摇摆摆，十分困难，外出只能坐轿。辛亥革命后，特别是五四运动后，在一批女青年中开始放脚。到民国 20 年（1931 年）前后，“改良脚”才多起来。到抗日战争时期，荣县妇女缠足之风已经废除，这是解放妇女的一大进步。

3．服装方面

清末民初，男女服装有大襟、对襟两种，多为家庭妇女手工缝制。大襟有长短、材质、款式之别：男穿的叫长衫，女穿的叫短衫；棉的叫长、短棉袄，夹的叫夹衫，对襟称短褂；男着的有汗衣、马褂；无袖叫坎肩、背心。农民多穿短衫。女子则是中长式的，长的叫旗袍。男女都穿肥腰裤，俗称便裤、捆裤带。富裕的老年妇女，喜穿褶裙和镶边的短襟。妇女爱拴围腰，有的下厨房穿，有的不下厨房也穿。

冬天，富裕绅士穿长袍马褂，衣料多为绸缎，衬以狐皮、羊皮或丝绵；夏天穿长衫或短褂，非绸即麻。讲究白色，而且是大袖口。小康人家多穿土布袄衫，穿圆口朝鞋或双梁鞋。贫民多赤足或穿草鞋；穷苦人还穿短衫单裤过冬。衣服色调夏喜白、灰色；冬春喜蓝靛染的青色、蓝色。妇女喜红喜绿，老年妇女内衣喜用大红。

民国时期出现了西装、中山服、旗袍和裙子，细布渐为人们所喜爱，阴丹士林布、学生蓝、天津蓝在有钱人中很盛行。

民国初年，学界、商界盛行戴瓜皮帽，后盛行大礼帽，又叫博士帽。工人、农民普遍包白帕子，偶有戴毡窝帽的，老年妇女则多包青纱帕。

以前妇女做客穿花鞋，平时穿青布鞋，雨天穿爪子鞋；男子有鸡婆鞋、平鞋、皮鞋、圆口鞋；农民多穿草鞋或赤脚。袜子都用布缝，针织线袜在抗战时才多起来。

4．住宅方面

住宅大多坐北向南，建于山弯、坝上，“前有向山，后有靠山”；多忌路边、水边、闹市边，俗称“三边不沾”。富人住瓦房，穷人住草房、岩洞。瓦房、草房有一正一横“枷担弯”式和三合水、四合水、单排列等形式。农村房屋多是单家独房居住分散，不成村落。四合水、三合水外的空地作晒坝。单排式的晒坝也多修在房前。猪圈、牛圈和厕所多连在一起，修在住房对面或下风头的房侧。特点是檐口低，进出低头，“牛肋巴”窗子开得小，光线暗。

瓦房的建筑格局和草房基本相同，只是瓦房檐口高，窗子开得大，光线比草房好得多。瓦面青色，屋顶扎脊，堂外阶沿较宽，基础多用石料砌成，室内房壁多用木板装修。农村草房，以竹为筋，以土筑墙。青水砖墙和楼房极少，更无西式建筑。房前屋后喜栽竹子，以供家中编制箩筐、背篼等，也可观赏。

5．家族

许多同姓的家庭合为一个宗族。这种联合称为联宗。宗有大宗、小宗之分，大宗即正宗，小宗要服从大宗，大宗要照顾小宗。大宗的族长称为宗子或宗主，沿用嫡长子继承制。各姓祠堂，大宗为宗祠，小宗为支祠。如余家场刘姓，有的同姓不同宗。联宗以后，统一了辈分高低的排行，分属宗祠与支祠管率，形成了地方的一大势力。

家族的活动中心在宗祠。宗祠是进行伦理道德教育的场所。一般都置有田产，作为活动经费。族长在全族人中享有很高的威望。为了议事、执教执法，各个祠堂还设有族长一二人，事务一人，料理族务。

每年清明节，各祠堂都要举办清明会。有的在七月半举行集会，先祭祖宗，后议事、执行奖惩，最后全族聚餐。清明会有大小之分，支祠为小，宗祠为大，每户家长每年一般都不许女性入会，贫苦女孩想吃一顿好的只能扮成男孩。各祠堂都有族规家法，有的还经县衙备案，将族规刻碑，立于祠堂之内，或载于族谱之中。祠堂内挂有竹、木制板子。凡违反族规、经教育不改的，清明会上就由族长执法。家长带领违犯族规者跪在祖宗牌位面前，接受惩罚，使浮浪子孙为之震慑。各族规中规定，对一些读书、入学、中举，以及德行优良的族中子弟，分别给以奖钱资助；对族中死不能葬、病不能医的孤寡老人，给予一定周济。

各族的族规大同小异，其内容概括起来有几个方面：崇敬祖先，孝顺父母，尊敬师长，友爱手足、邻里，提倡读书，扶持有志儿孙，不能就学者要习农桑。反对游手好闲，坐吃山空；妇女要严守贞节，男儿要力戒烟、嫖、赌、盗。不然，有辱祖先，败坏族风。凡有违背，轻则按族规打板子，重则送官惩治。凭众责逐，永不得入祠。族内大小执事，正己正人，强调其为全族之范。有的宗族还根据不同的情况给族规增加新的内容，都写在族谱里面。族谱由族长保管，大约五十年修一次谱。三代不修谱，视为不孝。

6．家庭

家庭人口，以多为荣。“四世同堂”“五世同堂”就更荣耀，以为多子多福。弟兄分家被认为家门不幸。家庭实行封建家长制，妇女处于从属地位。家庭结构，一般都为三代人。家庭以耕读传家为本，经商被认为是末业。凡手工、医术、绝技，传子不传女，更不外传。家庭经济支配权在于家长，妇女无支配权和继承权，连清明会也不许妇女参加。不受一夫一妻制限制，无后被视为最大不孝，以此来维护社会基本生产单位有足够的人力财力，保证自给。家有家规，各有不同。读书的家庭要求子孙延续书香。有的家庭还立有家训，经常教育子孙遵循家训，不得违背。务农、习艺的家庭要求子孙承传本业。无论街上乡下，皆以勤俭治家为本。一般“堂前教子”甚严，动辄罚跪、杖责，谓之“不打不成人，打了做官人”“桑树条从小育”“黄荆棍下出好人”。家庭对妇女管教更为严苛，提倡“女子无才便是德”“男女有别”。好自幼要学针黹、纺织、养蚕、烧茶、煮饭；特别要求妇女要孝顺翁姑，保持贞节，不准看戏，不准个人赶场；家有男客，妇女都当回避。妇女有私奔失节行为，被视为“家丑”，有辱门风，将受到族人及夫家的笑骂凌辱，妇女被迫自杀的现象时有发生。

清末维新运动至民国时期，风气渐开，封建家长制开始动摇，封建家规的约束力有所松弛，反映在一部分青年男女摆脱封建家庭的桎梏，反对君主专制，走上民主革命的道路，如但懋辛、赖君奇等同盟会员，皆为反君主制的人士。“五四运动”以后，荣县不少青年男女，反对封建礼教，追求民主自由。他们办学校，传播新思想，其中不少人与封建家庭决裂，走上革命道路。一部分青年也走向了另一极端，吸食鸦片，热衷嫖赌，成为封建家庭的败家子，沦为社会流氓。民国时期烟、赌、抢劫成风，帮会林立，形成一个有形的黑社会，这也是对封建家规的一种冲击。

旧时年迈无子者多以弟兄之子为嗣，如果兄弟之子为独子，则称“兼祧”或“一子双祧”。无子养女，在家庭中受人歧视。

子女婚后，多与父母分居。弟兄分家时，旧时多请舅父主持，并宴请族中长辈或当地有声望的人。当众立约又叫“分管”。

五、祭祀

旧时祭祀多而繁杂，有祭孔、祭关岳、祭先农、祭社稷、祭神祇、祭历坛等，民国时期均已停办。唯有民间在堂屋中设神龛，供“天地君亲师”牌位，农历每月初一、十五或者亡人生日、节日举行家祭。这种风俗，1949 年后就少见了。

（梁汉学　吴锡昭）

出生寿庆习俗

一、出生

诞生是人生第一件大事，荣县各地都十分重视诞生前后之礼。这包括两个方面：一是母亲的礼仪。母亲从怀孕到生产前后都有一些不科学的“禁制”。如不能吃兔肉、芫荽、羊肉，床下不能放茶罐等，以免将来婴儿是兔唇、有狐臭、不说话、发癫病等。有的兴“胎教”，说生下的婴儿格外聪明。这方面的礼仪意在确保优生。二是婴儿的诞生仪式。如办三朝酒、剃胎毛等，其目的是使“添丁”广为人知，使新生儿的存在得到社会承认。

婚后生下第一个孩子时，男方要准备香烛、纸钱、酒、肉等向女方和媒人报喜。女方则准备鸡蛋、鸡、糯米、猪油、小孩衣服鞋帽、背条等物，派人送到男方，以示祝贺。有人认为小孩生辰可以决定一生的顺逆、贫富、荣辱等。生孩子的“报喜”“催生礼”“送祝米”承载着深厚的戚族情谊。一切都是为了小生命的降生顺利。“洗三”是小孩出生后首次仪礼，备办酒席、染红鸡蛋、蒸醪糟待客叫“打三朝”。它主要包含以下意思：一是为了清秽污，清白入世；二是为了增加小孩胆量，使其临事不惧；三是为了防治疾病。总之，生子女的礼仪寄托着让婴儿健康、安全的愿望。

孩子生下来满月，要办“满月酒”。有人说生男孩叫“弄璋酒”，生女孩叫“弄瓦酒”。弄璋、弄瓦有重男轻女之嫌。有钱人家生孩子的仪礼相当隆重。婴儿满月剃胎毛，要送厚礼。

周岁时进行抓周，在簸箕内摆针线、笔墨、书籍、印章、钱币、花朵、玩具等，让小孩坐中间，让他去抓叫“抓周”，又叫“试儿”。旧时以为小孩抓到什么能预测小孩的生活道路、志趣、爱好、前途等。

旧时有认干亲（拜保保）之俗，其目的在于借助神秘的力量保佑小孩健康、长命。有的说小孩在三岁吃“百家饭”可以免灾；给小孩上锁可通身无病，这种习俗以农村为甚。

以上行为和仪式虽有愚昧迷信成分，但也表达了旧社会劳动人民在天灾、瘟疫、人祸面前的抵御精神。这些行为和仪式，也寄托着朴素的、企图借助神的力量实现后代兴旺、健康的理想，成为文化的一部分。

二、寿庆

荣县旧俗称别人生日为寿诞，称自己生日为“母难日”。在家里宴会纪念“母难日”称为“做生”或“做寿”。长者做生，晚辈要行跪拜礼，称为“拜寿”或“拜生”。亲友馈送寿联、寿词、寿匾、寿桃、寿糕、寿面等称“寿仪”。亲友相约设宴给人做寿叫作“祝寿”或“供生”。古以十年为一旬或一秩，书写寿仪的款式一般以旬或秩为年龄单位，给 60 岁的人“祝寿”，寿仪款式即写“六旬大庆”或“六秩大寿”。

年寿还有代称：中国古代对每个年龄层都有特别的称呼，即为年寿的代称，较为常见的有以下几种：

黄口：本意是雏鸟的嘴，指代婴儿，也指十岁以下孩童。

垂髫：七八岁以下的幼童。旧时儿童不束发，头发下垂，髫，指儿童垂下的头发，因此用垂髫称儿童或童年。

总角：代称童年。旧时儿童将头发扎结，形如羊角，故称总角。

幼学：满十岁。

志学之年：十五岁左右的儿童。

束发：古代男童成长为少年须将头发束结，表明应学技艺。

豆蔻年华：豆蔻，多年生植物。豆蔻年华指十三四岁的女孩。杜牧诗云："聘聘袅袅十三余，豆蔻梢头二月初。"

及笄之年：笄，竹簪。旧时女子十五岁把头发挽结，插笄，表示成年。

弱冠：男子二十岁。古代男子二十岁行加冠礼，身体尚不强壮，故称"弱冠"。

而立：孔子以"三十而立"，因此称三十岁叫"而立之年"。

不惑：人到四十称"不惑之年"。

强壮：《礼记》云"四十曰强而壮"，意为智力强盛，可以出仕。故称四十为强壮。

天命：《论语》云"五十而知天命"，因此五十岁被称"天命之年"，又称半百，又叫知命。

花甲：六十岁，花甲即干支，六十年一轮回。

耳顺：六十岁。《论语》云"六十而耳顺"，六十岁又叫杖乡之年。

耆：六十岁。《礼记·曲礼上》云"六十曰耆"。

古稀：七十岁的代称。杜甫《曲江二首》中有"酒债寻常行处有，人生七十来古稀"，古稀又叫杖国。

杖朝：八十岁。《礼记·王制》云"八十杖于朝"。八十岁可拄杖出入朝廷，也叫渭水。

耄耋之年：泛指老年，八九十岁。

期颐：百岁人。《礼记》云"百年曰期颐"，意为百岁老人，需要后代赡养。百岁也叫荣寿。

黄发：老人白发转黄，黄发代指长寿老人。

鲐背：高寿老人。《尔雅·释诂上》云"鲐背，寿也"。现在有人称九十岁，也叫三乐。

上中下寿：古人以六十岁为下寿，七十岁为中寿，九十岁为上寿。

也有用拆字而称：七十岁为喜寿，八十八曰米寿，九十九曰白寿，百零八曰茶寿。

荣县人生日，"做九不做十"，认为十意味着满，满则溢，满也意味着完结。所以提前一年做生，如六十九岁生日即为"六旬晋九大寿"或"花甲晋九大庆"。荣县人还有给已故先人做寿的习俗，称死者生日为“冥诞”，叫作阴生。一般不宴请亲友，有的请和尚念经，烧赙子；有的到墓上烧钱化纸、鸣炮。

做生要吃长寿面。生日宴会上厨里给寿星煮一碗长寿面。相传，汉武帝崇信鬼神又相信相术。有一天与众大臣聊天，说到人的寿命长短时，武帝说“相书”上讲，人的人中长，寿命就长，若人中一寸长，就可以活到一百岁。坐在他身旁的东方朔听后就大笑了起来。众臣莫名其妙，都指责他对皇帝不恭。武帝问他笑什么，东方朔解释说：“我不是笑陛下，而是笑彭祖。人活一百岁，人中一寸长，彭祖活了八百岁，他的人中就长八寸，那他的脸有多长啊！”众人闻之也大笑起来。看来想长寿，靠脸长长点是不可能的，但可以想个变通的办法表达一下自己长寿的愿望。脸即面，脸长即面长，于是人们就借用长长的面条来祝祷长寿。渐渐地，这种做法演化为生日吃面条的习惯，吃“长寿面”这一习俗便一直沿袭下来。

麻姑献寿。传说每年三月初三，为庆贺西王母娘娘诞辰，要在瑶池设蟠桃会。届时，各路神仙都前来祝寿。麻姑以其在绛珠河畔用灵芝酿的酒作为寿礼进献王母。这便是“麻姑献寿”。如此，麻姑就成了民间的女寿仙，也成为长寿的象征。许多祝寿图中麻姑为一位美丽的仙女，腾云驾雾，带着美酒以及寿桃或佛手等，常伴有飞鹤、鹿、青松。麻姑祝寿图多用于为女士贺寿。

东方朔偷桃。传说，汉武帝寿辰之日，宫殿前一只黑鸟从天而降，武帝不知其名。东方朔回答说：“此鸟为西王母的坐骑‘青鸾’，王母即将前来为帝祝寿。”果然，顷刻间，西王母携几枚仙桃飘然而至。帝食后欲留核种植。西王母言：“此桃三千年一生实，中原地薄，种之不生。”又指东方朔道：“他曾三次偷食我的仙桃。”据此，始有东方朔偷桃之说。还有传说，东方朔活了一万八千岁以上，被称为寿星。后世帝王寿辰，常用东方朔偷桃图庆寿。

过去过生日，叫“祝生”。要年满六十岁的老人才有“祝生”资格，因为六十是一轮花甲。那时的人能活上六十岁不容易，算是高龄了。有句古语“人生七十古来稀”，就是说那个时候的人活到了七十岁就是少数。活到六十岁，满了一轮花甲，就是值得庆贺的高寿老人，所以要满六十岁才开始过生日，以后的日子，就是活一年算一年了。还有些家庭，如果上有老人健在，满了六十岁也不能祝生，意思是有父母在，不能摆老资格。

做生的风俗各地不一样，就是荣县山区与坝下，荣县东南路与西北路方向，过生日都有所不同。县城至成佳一带，普通客人送礼一般是一包糖（指过去），两把面（面与命同音，表示长寿）。如果是新姑爷为岳父岳母祝生，除糖、面外，还有烟、酒、肉（肉称为客菜）。山区地方，靠近宜宾、犍为一带送礼兴抬酒、挑粮：酒用大缸子两人抬，那里的人酒量大，吃酒也不用小酒杯，用大碗；时兴送粮食，不是几斤，而是一挑。还有挑蔬菜的，红白喜事都有这种送法，挑的挑，抬的抬。主要是过去的人穷，祝生请客承受不起，客人一个一个地凑点，大家凑合着把这件事办了。所以，人们把送礼称为“凑份子”，就是一个凑一份，大家凑起来办。过去赶礼很少拿钱的，多数都是拿实物。

（梁汉学　吴锡昭）

传统节日习俗

传统岁时节令由来已久，它是古代先民创造的将年月日与气候变化相结合的产物。

排定的节气时令，早在殷墟甲骨文中就有记载。汉代中期，岁时节日体系开始形成。在宋明以后社会文化的世俗化历史变迁中，即使是皇家的岁时观念也不可避免地出现世俗的趋向。明代的岁时祭祀已不再按照古时四立（即立春、立夏、立秋、立冬）迎气的时间举行，而是依照民间节日时间进行。

特定的地理与人文环境孕育了中国民众特有的岁时观念，形成了具有浓厚文化内涵的节日体系。在历史、现实的时间流程中，在除夕、春节、元宵、清明、端午、中秋、重阳等诸多节庆中，我们体味到了中华民族自强不息的生命意识，感悟到了民众情感的凝聚、历史的传承与社会活力的延续。

一、春节

（一）西北路春节民俗

荣县之西北路一般是指县之西北方向的长山、双古、新桥、金花、复兴等乡镇。其春节习俗有：

1．除夕与春节

中国农历年的最后一天称为除日，“除”是布新的意思，一年最后一天叫岁除，又叫除日，除日的晚上叫除夕。民间习惯把这天叫大年三十，它与新年第一天——春节（正月初一）尾首相连，是农历年辞旧迎新之时。

2．年的由来

年，《说文解字》曰“谷熟也。”《尔雅》曰：“夏曰岁，商曰祀，周曰年，唐虞曰载”。年者，“取禾一熟也”。从禾干声，《春秋》曰：“大有年”，《谷梁传》说五谷皆熟曰有年，五谷皆大熟为大有年。

荣县历来很重视过年。外出的亲人要赶回家与家人团聚，欢度佳节。过年的准备工作是从冬至开始的。冬至一到，有钱人家便开始宰年猪。这时温度低，猪肉好保存，且红苕已基本吃完，猪儿肥了，正好宰杀。有的做茶食，炒油果、米花、谷花、苕丝糖等，用来待客、送礼。到了腊月十六日“倒衙”，街上打更匠到市上打头。腊月二十三晚上要送灶王爷上天汇报工作，为了给灶神壮行，人们总是打扫阳尘，整理灶房，将糖果供于灶前，其中有一种特制的“灶糖”是少不了的。据说此糖很黏嘴，吃了不便说话，免得灶神在玉帝面前乱说。所有糖果最后还是凡夫俗子享用。敬灶神时，多由老婆婆主持，烧香化纸时，口中念：“灶主、灶主，请你上天说好事，坏事埋地府。”在旧社会，年年都是用这几句话来祈祷灶王爷陈述自己的心愿。到了腊月三十晚上灶神又回到厨房这块小天地来过年。

3．熏老鹰

在腊月三十上午，各家要大扫除，把垃圾堆在一起点燃，但不燃明火，只冒青烟，然后用棍子顶上一个罐子插在院坝里，这叫熏老鹰。据说这样做可以避免明年老鹰来抓小鸡。这实际是叫人们在年底要搞大扫除。

4．贴春联和年画

贴春联自蜀主孟昶开始，以后普及全国，四川人很重视，荣县人更甚。在旧历年底自己写春联，不会写的或自认为写得不如意的，就请人代写或在街上买回来。在腊月三十日下午（有的稍早，特别是街上门面要早一两天贴上），贴春联、年画、门神，家家户户焕然一新。随时代不同，春联内容不断变化。吉祥话或勉励话各行各业也有所不同。如商家爱贴“生意兴隆通四海；财源茂盛达三江”。有的张贴格言，以勉励自己或训诫子孙，如“致富不依天降福；发家乃靠已辛勤”。有的在大门上贴门神。如果没有门神，就贴“但求心中无愧；何须门上有神”。还有的把福字倒贴，表示福到了。有的在门口挂上红灯笼，灯笼式样很多，如漂亮的走马灯，有的灯笼还很精致。

5．立灯竿

腊月三十日晚上，寺庙山门外立上灯竿，开始点灯，顶上挂的叫玉皇灯，最低的叫土地灯，两侧再各 18 盏，总共 38 盏。每晚黄昏开始点亮，灯里的清油（菜油）是化缘来的。点到正月十五日，就倒灯竿了，表示新年已过完。

6．吃年夜饭

除夕晚上，各家团聚吃年夜饭。分了家的儿子儿媳依长幼进行聚餐过年。儿子儿媳多的可以提前过年，把老人接到家中聚餐，把最好吃的东西奉献给父母，以尽孝道。有钱人家过年讲排场，大祭祖先，八仙桌上摆得满满的，鸡鸭鱼肉自然不可少，鱼是主要的，表示年年有余。而穷人过年，能买上几斤猪肉，推一磨豆腐，就算是好年成了。如果年成不好，就是敬神“刀头”（猪肉）也无法买上四两。更糟糕的是，有债主上门讨债，连刀头也被债主拿走，所以穷人过年为“过年关”，过年比过关还难。明代著名诗人、书画家唐伯虎的《除夕口占》中云：“柴米油盐酱醋茶，般般都在别人家。岁暮清淡无一事，竹堂寺里看梅花。”这反映了贫苦人家的无奈与悲哀。

7．压岁钱

在除夕荣县还流行长辈给小孩压岁钱，压岁钱多少要由家境贫富来决定。有的不是送钱而是送学习工具，如笔、墨、书包、书籍等。

至于穷人连吃年饭的钱都没有，就谈不上压岁钱了。有的送压岁钱时，还要求小孩向长辈叩谢。

8．拖耗儿窝和吆蛤蟆

吃完年夜饭，小孩们就一齐去拖耗儿窝和吆蛤蟆。用高粱扫帚插上香烛，扫帚把上系上绳子，从堂屋拖出，边拖边大声唱：“耗儿窝，耗儿窝，一年十二窝，窝窝都流窝。”“青蛤蟆，黄蛤蟆，莫在我门口呱呱呱，吆你下河吃泥巴。”拖着围绕房子转，转多少圈不定，以尽兴为止。这样有利于小孩运动，帮助消化，以免小孩过年吃得过饱而伤了肠胃。在旧社会，穷人家难得吃到一次好饭菜，在过年时才会吃到一顿丰盛饭菜，所以容易吃得太饱。

9．喂果树

拖完耗儿窝，还要将剩余菜饭喂果树。传说过年喂了年饭，来年多结果子。做法是，用刀子把果树砍一些口子，把菜饭放入刀口中。笔者问过种果树的老果农这样做有什么好处，老果农说在冬春之际，用铁器在果树砍些口子有利于来年多结果，这是有科学依据的。

10．守夜

除夕有守岁的习惯，既有对逝去岁月的惜别留恋之情，又有对即将来临的新年寄以美好希望之意。守岁之俗由来已久。最早记载于西晋周处的《风土记》。除岁之夜，大家烧上火盆，穷人烧木柴，全家围在一起，叫“守岁”。守岁有两种含义：年长者守岁为辞旧岁，有珍惜光阴之意；年轻人守岁是为延长父母寿命。有的互相祝福，有的谈明年生产生活安排。老人爱说：“小孩长了一岁，大人老了一岁。”还要烧子时香，有钱人还要放鞭炮，希望一家人团团圆圆、和和美美地迎接新的一年。灶前点灯，洗刷锅灶，献茶果，迎接灶王爷回府，保佑一家人平安。灶内还要捂一个柴蔸。

11．冲刷水缸，洗膝盖

除夕夜要把家中水缸冲洗干净，换上干净水。有的还要放菖蒲、车前草，据说可以防病，新年过后取出。要用热水为小孩洗脚，洗膝盖。小孩贪玩不去洗，就哄着说把膝盖洗干净，明年才有吃食运，就是容易碰上亲友吃好东西。这也反映旧社会贫穷人很难吃上一顿好菜饭的光景。

12．送火神

正月初一黎明时，将柴蔸捂在灶内用微火盖着，早上起床，将昨夜捂的树蔸悄悄地放在十字路口，表示送走了火神，据传可免除当年火灾。

13．吃汤圆

新年初一早上，全家人高高兴兴，小孩穿新衣服，准备玩具如毽子之类，早饭后马上跑出去玩耍；大人积极准备做汤圆。馅子早已准备好，还有一颗包上铜钱，吃到这颗汤圆表示今年运气好。人人想舀到这一颗获得好运。吃汤圆表示团圆美好。

14．玩具

大年初一是人们最欢乐的一天，大人小孩都可放心玩耍，女孩多踢毽子，男孩多扯响簧、提簧，吹过山号（有乐器风味，幽雅动听）。响簧是用一根木棍，一端穿上挖口的竹筒，用胶粘好，用绳子在木棍上系上多圈，用根竹匾一拉，响簧就在地上转起来，筒内灌上风，嚯嚯地响起来。其声幽雅悦耳。提簧是一根木棍两端穿上竹筒，等于两个响簧用两根木棍系上绳子，用两只手巧力挪动，提簧发出幽雅动人声音，响声传得很远。过山号是用嫩竹锯掉节巴，只留中间空筒，由大到小削尖接连起来，最后削根小嫩竹尖，卡上竹叶之类一吹作响。在数华里（1 华里 = 0.5 千米）之外都能听见，声音也悠扬动听。响簧和过山号多为小孩玩耍，提簧因用力大，多为青壮年玩用，这些本地乐器不用花钱就可玩，为过年增添了不少乐趣。

15．祭拜祖先

新的一年来临，人们要做的第一件事就是祭祖。一方面，在辞旧迎新之际对祖宗先辈表达孝敬之意、怀念之情，即孔子说的“慎终追远”；另一方面，民间认为祖先和天地神佛一样关心和保佑着后代子孙们。春节祭祖的具体时间有的在子时，有的在清晨。祭祖时人们穿上新衣，摆上茶点、刀头等供品，燃烛焚香，叩拜祖先，鞭炮争放。

16．讲善书

正月初一早上吃过汤圆，小孩们穿上新衣服，跑出家门，有的拿上玩具，有钱家孩子还戴戏脸壳（面具），跑去找讲善书的先生，还提着小锣，遍山敲打，宣扬本地有人讲善书（又名圣谕、格言）。讲前要焚香化纸钱敬神。等到上午九点左右，看群众已基本到齐，就登台开始讲善书。其内容多是教人行孝、为善，如讲“二十四孝”之类的故事。其中有些内容带有因果报应的情节。听众多数是妇女和老人，这些人不喜欢跑动，而年轻人多去游山、逛寺庙去了。正月初一叫大年初一，大年初一早上，孩子不准说牛鬼蛇神、龙鼠豹虎等字，因为这些字不吉利。大年初一一天不扫地、不泼水、不倒垃圾，怕把财宝扫走；也不能打坏家具如盏盆；也不能吃生饭生肉，认为不吉利，反正禁忌甚多。见到亲友首先要说“恭喜发财！”。

17．拜年

正月初一出门见到熟人要拜年，说些祝贺的吉祥话，如“过年过得热闹”“恭喜发财！”。初二开始向亲友拜年。人们提着礼品，用一个猪腰子提兜，内装香烛、纸钱、腿筋肉、面条两把、叶儿粑 6～16 个，杂糖一包 6～10 两（1 两＝50 克）重。到特殊人家，还要加一瓶酒。走到主家也先说一些吉祥话，然后到家神面前烧香敬神，然后拜长辈和主人。拜年时间可以从初一开始，拜到正月尾，有人说“拜年可以拜到青草发芽”。

18．送财神

财神是民间普遍供奉的道教善神之一，一般认为正财神为赵公明，文财神为比干、范蠡，武财神为关羽，偏财神为五路神、利市仙官，准财神为刘海蟾。人们最熟悉的则是“正财神”赵公明和“武财神”关羽。

正月初一到正月十五叫新年头，有春官送财神到家。春官一进柴门，先放炮，然后用扫把扫灰尘，口中念平日编好的顺口溜，稍聪明的，还可见啥唱啥，全属奉承话。手中拿财神像，财神像上端印财神爷，两边的对字是："日进千家宝，时招万里财"，将财神爷像贴在主人正堂里。有的还用些"财宝"（用柏树枝上面吊些纸银宝，枝干用红纸包好，插在堂屋里）。之后，主人就送春官红包，把春官送出大门。

19．耍龙灯

传说龙灯始于唐朝。除了耍龙灯，还耍狮灯、牛儿灯、花灯。龙灯有多种如大龙、草龙、板凳龙、火龙等。大龙灯又叫闷龙，龙身九节，用彩布装成，只游不耍，每年正月初九（叫上九）出龙，到元宵结束。龙灯由十人操作，一人舞元宝作为前导，九人举龙身，配合锣鼓，随龙头蜿蜒前进，沿街舞游，供人观赏，故称游龙。

彩龙：又称小龙，龙身有九节、七节、五节，由于体型小，便于表演难度大的动作，常用九人、七人、五人操作。龙舞有立舞、跪舞、造型舞等上百种耍法。耍灯人平日下乡、上街去献艺，讨喜钱。他们提上马灯，先打帖子，主人表示欢迎，方得上门献艺。有的主人供茶点、水果，更好客者还留龙灯队吃酒席、发红包。有的主人为了考验耍灯人的技艺，把红包挂在长竹竿上，让耍灯人爬上竹竿去取，以表其惊险。草龙又叫草把龙，与大龙灯一样，只游不耍，草把龙资格最老，要请当地有声望的人掌龙头，以前由码头舵把子大爷耍草把龙的龙头。

板凳龙：把板凳打扮成彩龙，由三人玩耍，耍头的一人，耍龙尾二人，与彩龙一样可以跳、滚、钻花子。板凳上一样扎花绸或红布，扎成龙头样子。

狮灯：属杂耍性灯彩。由笑和尚和猴精逗引狮子做滚、翻、跌、扑等舞蹈，动作惊险，引人入胜。常在地坝、操场等开阔地搭桌翻台或立竿表演。表演时，狮、猴、和尚互相追逐。和尚头戴面具，手持拂尘，大腹便便，笨拙憨态，动作夸张可笑；猴子行动狡猾逗趣，灵巧机敏；狮子矫捷，顽皮可爱。狮衣狮头制作精巧，是一种民间艺术。狮灯把戏剧、杂技、舞蹈、哑剧、喜剧、游戏融为一体。

牛哩灯：荣县最普遍的一种灯彩。牛哩灯用撮箕装上两只角，用布或纸糊上，画成牛角，一块麻布做牛身，两人持舞，另一人扮作牛娃，身背篼，手拿鞭子，头上扎一个朝天辫。有一平坝即可表演。表演一些体操动作，如侧滚翻、正身翻、倒立、倒立行走等，诙谐有趣，很受群众欢迎。

花灯：花灯有花俏之意，有多种表演形式。一为“十二月唱花”，以各种花卉为题，祝贺人寿年丰，吉祥如意。二为对唱花灯，多由一男一女对唱，男扮小丑，女扮小旦，用小锣鼓伴奏，用“柳连柳”棍击板，边舞边唱，并有人帮腔，歌调较单一，有的内容较低级庸俗。

20．送穷

“送穷”是荣县民间一种很有特色的岁时风俗。其意就是祭送穷鬼（穷神），最早是在正月晦日（初一），后来逐渐移至正月初五。这一天各家用纸造妇人，称为扫晴娘、扫穷妇，身背纸袋，然后将屋内秽土都扫到袋内，送到门外用点燃的炮仗炸之。现在还有人初五放鞭炮，避邪免灾，把晦气、穷气、霉气从家中逐走的习俗。此外，旧时正月要吃得特别饱，俗称“填穷坑”。

民间广泛流行的送穷习俗，反映了老百姓辞旧迎新、送走旧日贫苦、迎接新一年的美好生活的普遍愿望。

21．闹元宵

正月十五是元宵节，又叫上元节、灯节，始于汉代，白天要组织抬会。抬会是由四人抬上床或桌子，在床或桌上演折古装戏，由小孩扮演戏中角色，如《秋江》《白蛇传》，儿童身体轻巧，好抬来游行。有的选美男孩抬游各街道，或进寺庙，观看庙会。有的川戏爱好者要打围鼓，又叫川戏坐唱，不必化装。

正月十五晚上，各场镇要烧花炮，年成好时，还要烧焰火。各街铺门口摆上香案，放上花炮，彩龙过时，点燃花炮，万众欢腾。放花炮，绝大多数向天上放，有极个别的恶少对着人放，或指向耍龙灯的艺人放。在旧社会耍龙灯、花灯的艺人，多是民间艺人，为了讨几个喜钱补贴生活，常被看成下等人。

闹元宵各场镇以场期而定，如奈河坝定在正月十四，余家场定在正月十五，双古坟定在正月十六举行。

22. 偷青

元宵节晚上，有些人要出门偷青，就是上山“偷”邻居的蔬菜，如青菜、豌豆尖、蒜苗等，回家煮着吃，或挂在门口，以表示今年清静无事，不出乱子（青与清同音）。徒手偷青被人看见不算犯罪，如果带有工具，如背篼之类，就是偷盗。

闹元宵之后，算把年过完了，以后一切照平常过日子。年成好时，看完元宵游行回家吃汤圆（元宵），天上圆月，地上元宵，象征团团圆圆，甜甜蜜蜜，也表示新年过得圆满。

过年还有许多忌讳，过去常说：“腊月忌尾，正月忌头。”意思是说过年中，不吉利的事不做，不吉利的话不说。如腊月三十要把秤杆、南瓜藏起来，说过年看见秤杆来年家中人会被蛇咬，看见南瓜明年诸事不顺，因为南与难同音。

（二）东南路春节民俗

成佳、龙潭、五宝、乐德等乡镇一般称为荣县东南路。这些地方的春节习俗与西北路大同小异，前述西北路的习俗东南路基本都有，仅有几处不同。

春节，正确的说法应该是指过年后的正月初一至正月十五，但习惯上都包括除夕（过年那天）。准确地说，过年（除夕）是上一年的最后一天，春节是次年的开始。过去没有“春节”这种说法，只有过年的说法，当然也包括从初一到十五这半个月在内。过去的“春节”，民间都喊作“新年头”，一指新年内的这段时间，二指新年的开头。

春节是一年中最重要、最重大、最喜庆的一个节日。过去的人穷，什么好吃的都留在春节吃，什么新衣服都留在新年穿。因此，大家辛苦劳累了一年，就盼望过年这一天，才能吃上一顿最丰盛的、平时任何一个节日都吃不上的“盛宴”。特别是小孩子，不仅盼着过年吃好吃的，而且也盼望着初一穿新衣服，这是平时享受不到的特别待遇。

虽然过去的人穷，连温饱问题都没有得到解决，常常吃了上顿无下，但春节气氛非常浓，比起现在的春节气氛浓多了。从荣县城和所辖各场镇到农家各院子，春节期间随处可见耍狮灯、舞龙灯、牛儿灯、踩高跷，各庙宇扯灯杆、烧花树、讲圣议（讲圣议有点近似讲评书，用三张桌子重起，讲书先生坐在最顶上的桌子的椅子上讲，下面围起很多听众，阵阵喝彩声不断，因过去没电视，那就是罕有的文化娱乐）。从正月初一到正月十五闹元宵，每天都有看点，天天热闹非凡。

农村每个院子（过去多四合院，没有现在这么分散）的男青年与小男孩子喜欢玩的是扯提簧、放地咕牛，一片嗡嗡叫，女孩子就踢毽子、跳绳。更小的孩子就玩纸糊的兔子灯、蝴蝶或其他各种样式的小灯笼、鸡嗉子蒙的手摇拨浪鼓、猪尿包蒙的手敲小鼓，一片热闹欢腾的喜庆氛围。家家户户挂红灯、贴对联、贴门神、贴财神，一片浓浓的年味。

1．封井

如果是大宅院，合用一个水井，大年三十，谁最后挑完水，谁就封井。一家人独用一井的，挑完水后也照样要封井。封井就是在井边点燃香烛，烧纸钱，谢水神，然后搬一块石板把水井盖好，封了井后当天就不能再搬开挑水了。

2．烧子时香

年三十晚上 12 点（子时），家家户户要烧子时香。一是表示送旧迎新，相当于现在到 12 点，家家户户都放鞭炮，形式不同，意义一样。二是感谢灶神，灶王爷为一家人辛苦了，盼望着常年都像“今天”一样煮好吃的，也是人们对幸福生活的渴望与期盼。

3．开井

旧时人们认为，大年初一吃了开井水新的一年全家少生病，因此很多人天刚蒙蒙亮就去抢挑开井水。最先到的人在井边点燃香烛、烧纸钱，然后把石板搬开就可以挑水了。

4．抱财归家

初一天早上到山上砍一抱柴，抱回来放在家里，因柴、财谐音，表示抱财归家，新的一年财运才好。初一天别人不论送给你一点什么，都要收下，不能说不要，得手就是财。初一天不要扫地，扫了也不要撮去倒在外面，要扫在门背后堆着，过了初一再扫或再撮去倒，因为那是财，不能倒在外。废水同样要装好，过了初一再倒。所有东西，包括垃圾都视为财，都不能往外倒。初一天只能进财，不能出财，出了财一年的财运就不好了。

5. 靠柏树

过去有初一、十五游百病的风俗习惯。正月初一与正月十五不干活，是难得休闲的日子，大人领着小孩去野外游耍、散步，说能摇肝摆肺、消除百病。这实际上与现在提倡的多到户外活动有助健康，是同一个道理。柏树不仅长得高大、四季常青，能活上几百年甚至上千年，而且有浓郁的香味，可以清心除秽。因此，若是游耍到大柏树下，大人就会叫小孩背靠着柏树，并教小孩说："柏树妈，柏树娘，我要给你长来一样长。不怕风，不怕雨，健健康康一辈子。"人们认为这样做小孩就能长得更快、更高，少生病。

二、清明节

清明节有踏青扫墓的习俗，节日前后，人们往往置办香、蜡烛、鞭炮、酒肉、水果等供品，去坟地扫墓祭祖，在坟头插上坟飘，以示哀思。《岁时百问》说："万物生长此时，皆清洁明净，故谓之清明。"清明扫墓、祭祀祖先有报恩怀旧的意思，在这天郊游、踏青，也充满人生情趣，所以几千年而不衰。

清明习俗：清明扫墓时间很长，常言"有钱前十天，无钱后十天"，当地有钱人提前扫墓，穷人可以延期扫墓。清明是古期，可以垒坟、立碑、动土震动祖坟。平日对祖坟动土，必须看期。上坟要带上刀头、敬酒、香烛、纸钱、坟飘。有钱人还要放炮，有的请上道士、带上乐器，边上坟边奏乐，叫谢坟，回到祠堂还要敬神演奏，表示庆坟敬祖。许多人都喜欢带上男孩子，集中讲先人事迹，很有意义。但旧社会禁止妇女上坟、吃清明会，这是重男轻女的表现。

祠堂中大多设有祖宗牌位，成立清明会并选有会首。旧社会的会首权力很大，掌握族权，保管族谱，对族中纠纷、子孙不孝，祠堂有权处理，或打或骂均行。办清明会者多是族上富裕的人，有的还有田产。他们每年利用租谷租金、利息办理清明节扫墓宴席开支。

清明插柳：据说插柳的习俗是为了纪念“教民稼穑”的农事祖师神农氏。有的把柳插在屋檐下，以预报天气，谚有“柳条青，雨蒙蒙；柳条干，晴了天”之说。柳树有强大的生命力，俗云“有心栽花花不发，无心插柳柳成荫”。柳条插到哪里活到哪里，年年插柳，处处成荫。还说头戴柳枝可驱毒虫伤害，人们扫墓归来用柳条扎圈戴在头上。又说柳枝可以驱邪防病，传说观音菩萨以柳枝沾水济度众生。古人还用柳枝赠别亲人，因柳与留谐音，以表示挽留之意。折柳相赠还有希望亲人像柳枝一样，走到哪里，都会留恋故乡亲人之意。所以李白有诗：“此夜曲中闻折柳，何人不起故园情。”

放风筝：放风筝也是清明时节人们所喜爱的活动。荣县旧时每逢清明时节，人们都喜欢放风筝，风筝各种各样。有人把风筝放上天后，便剪断牵线，任凭清风把它们送往天涯海角，认为这样能除病消灾，给自己带来好运。

寒食节：荣县都把清明前一天称作寒食节、熟食节、禁烟节，一般不上坟。这个节日以前要禁火，不生火煮食，只吃备好的熟食。

关于寒食，有一个传说：相传春秋时代，晋献公的妃子骊姬为了让自己的儿子奚齐继位，设计逼太子申生自杀。申弟重耳避祸逃亡，受尽折磨，随身侍从多已离开，只有最忠诚几人尚在身边。一日，重耳饿晕，介子推割腿肉烤熟奉重耳。19 年后重耳回国称王，即为晋文公。

文公执政后，重赏功臣，独忘子推，有人为之叫屈，文公忆旧事有愧，立派人请子推上朝受赏，差人寻不见子推。文公亲去子推家，房门紧闭。子推已负母去绵山躲避。文公搜山亦不见人，听人建议烧山寻人，三面放火，三天三夜，火熄亦不见人，后见子推母子抱柳树被烧死。文公望子推尸体哭拜，重葬母子于烧焦之柳树下，并将定阳易名介休，建祠供奉。将烧山之日定为“寒食节”，晓谕全国，每年此日禁忌烟火，食寒食。文公还将烧焦柳树伐段作木屐一双，每日叹道：“悲哉足下”。足下后为对上级或同辈的敬称。文公次年见老柳树已复活，因而赐名“清明柳”。后人为纪念这位有功不居、不图富贵的介子推，都禁火表示纪念，还用面粉和枣泥捏燕形串于柳条插门上来召唤他的灵魂，叫“子推燕”。文公也勤于国事，后成春秋五霸之一。

三、端午节

端午节又叫端阳节。端午节时，人们在门上挂菖蒲、陈艾；吃粽子，饮雄黄酒，并将酒涂在小孩脸上，同时遍洒酒于屋前屋后；妇女佩戴彩线缝制的香荷包，小孩挂布猴子（内装草药粉），扯草药煎水洗澡，以防虫除病。端午节从意义上说是纪念屈原，外地常开展划龙船的纪念活动，但荣县没有大江大河，不好开展这项活动，只有近年来在双溪湖举办过一次。端午节荣县地区有吃雄黄酒的风俗习惯，说是吃了雄黄药酒才不会被蛇咬，因为蛇怕雄黄，闻到雄黄的气味就会让开。还有个说法是吃了雄黄酒少生疮，雄黄有治疮毒的功效。另外，端午节还要吃咸鸭蛋、吃粽子。端午节还有个更具意义的风俗，家家户户在门窗上挂菖蒲、陈艾。一是认为端午节那天采集的菖蒲、陈艾比平时采集的更具药用价值；二是为了作免杀纪念，据说这与张献忠剿四川的故事有关。

一天张献忠在路上遇到一个妇女，身上背一个稍大一点的小男孩，手上牵着一个较小一点的小女孩。张献忠好奇地问：“为什么把大男孩背着？让小女孩走路？说明你重男轻女！”妇女回答说：“背的男孩儿是我哥哥的，他一家全被张献忠的兵杀光了，只剩下这根独苗了，所以我要背着他去逃生。手上牵的小女孩是我自己的，她爸虽被杀了，但我还在。”张献忠听后，觉得这位妇女心地很好，别人的娃背着，自己的娃牵着走，便随手在地上扯了两株草，交给妇女说：“不要去逃躲了，你把这两株菖蒲和陈艾挂在你家门上，我叫我的兵看到门上挂了菖蒲陈艾的不杀就是了。”

此妇女心好，她回去后看到凡是还没有来得及去躲的人家，就告诉他们赶快去扯菖蒲陈艾挂在门上，就可避免被杀。因此还没有走的人家都挂上了菖蒲与陈艾。果然，张献忠的兵没有杀挂了菖蒲陈艾的人家，这些人得救了。这天正是端午节，之后为了纪念免杀日，每逢端午节家家户户就在门上挂菖蒲和陈艾，时间久了，就形成了一种风俗习惯。

关于端午节的来历说法甚多，有纪念屈原说，纪念伍子胥说、纪念曹娥说等。据学者闻一多《端午考》列举百余条古籍记载及专家考证，端午起源于是中国古代吴越民族举行图腾祭的节日。但千百年来，屈原的爱国精神和感人诗词，已深入人心，故人们“惜而哀之，世论其辞，以相传焉”。因此，端午源于纪念屈原之说影响最广、最深，占据主流地位，而且民间把龙舟竞渡和吃粽子等习俗，都与纪念屈原联在一起。

端午食粽：根据纪念屈原说，屈原投江之后，为了让鱼不去咬他的身体，人们将粽子抛入河中喂鱼。粽子是用菱白叶（又叫粽叶）包糯米成牛角状，又叫角黍。其实包粽子除用糯米外，还可用豌豆、菜豆、腊肉、枣子、核桃等。每年在农历五月端午节初五前，都要浸糯米、洗粽叶、包粽子。端午吃粽子的习俗在全中国都很普遍，而且流传到朝鲜、日本及东南亚诸国。

挂菖蒲陈艾：端午节家家门口要挂菖蒲陈艾。有的把陈艾扎成老虎形状。有人说挂菖蒲陈艾是为了辟邪，其实夏天许多中草药正在成熟，到端午时，正好采摘。有的家还用菖蒲、陈艾加剑杆风、折耳根、三角风、蛇倒退等草药熬水洗澡，可以消毒，免生毒疮。俗话说：“端阳见草即是药，只要你用得着。”艾草代表招百福，可以灭蚊驱虫杀菌，制成艾卷熏炽穴位，配合针刺治病。菖蒲乃五端之首，叶片呈剑形，象征驱除不祥的宝剑，又称“水剑”“蒲剑”，插在门口传说可驱邪。《清嘉录》云：“截蒲为剑，割莲作鞭，副以桃梗蒜头，悬于床户，皆以却邪。”

吃雄黄酒和五毒药：端午吃咸蛋下雄黄酒、五毒药可以消除五毒之害。五毒即蝎、壁虎、蛇、蜈蚣、蟾蜍。此五毒常于端午出没，横行于家中，所以常把吃剩的雄黄酒、五毒药酒洒于房前屋后以驱五毒。有的将雄黄酒擦在小孩脸上驱毒。

佩戴香包：“五月初一做香包，五月端阳戴香包。”旧时在端午节前，家家户户的媳妇、姑娘及老太太都要动手绣制香包，以赠亲友和家人佩戴。香包有用五色丝线缠成的，有用碎布缝成的，内装些香料（常用白芷、川芎、芩草、排草、山柰、甘松等中药制成），目的也是驱毒辟邪，防病健身，而且清香四溢。

送端阳节：荣县境凡是新婚夫妇，到了端午节，都要带上礼物如粽子、点心、酒、肉、糖等到娘家送端阳节。大多当天去当天回。娘家要回赠新雨伞、新草帽、新扇子，都是成双的。这是一般殷实之家，穷人就更简单些，只送两顶草帽而已。

四、中元节

七月十五为中元节，与正月十五的上元节和十月十五的下元节同为古老的传统节日，合称“三元”。七月十五又叫“月半”，也叫“鬼节”。道教中有三官神祇，即天官、地官、水官，总称为三官大帝。道教《太上三官经》谓“天官赐福，地官赦罪，水官解厄”。“三元”为三官的诞辰。与道教不同，佛教称中元节为盂兰盆节，起源于目连救母的故事。目连是佛祖弟子，法力大。相传目连之母作恶多，死后变饿鬼，目连知后很伤心，用法力为母亲送饭菜，一到母亲口边就化为焰火。目连向佛祖求救，佛祖告诉目连，要靠众僧之力，于每年七月中以百味五果供养十方僧人，方能救母。目连依佛行事，其母终得解脱。目连救母行孝道，与中国崇尚孝道相符，受到人们提倡，因而形成中元习俗。

祭祖：荣县之地流行“七月十三，八月十四”，意思是七月十三日祭祖、招待父母，中秋要在八月十四提前过。七月半，有的寺庙要举办“盂兰会”。传说去世的祖宗要回家，四川人多数由湖广迁来，祭祀要提到十三日举行。民间不分贫富于十三日都要为死去的先辈烧敷子、纸钱、银包。敬神之后全家聚会。到十五夜在户外烧香化纸，泼水饭叫“偿孤”。

五、中秋节

每年农历八月十五日，是传统的中秋佳节。“秋暮夕月”的习俗在《大戴礼记》中就有记载。夕月即祭拜月神。古代帝王祭月的节期为农历八月十五，时日恰逢三秋之半，故名中秋节，又名仲秋、八月节、团圆节。中秋节的盛行始于宋朝，至明清时成为我国主要节日之一。

关于中秋的由来，“嫦娥奔月”的传说流传甚广。相传远古时代的射日英雄后羿娶了嫦娥。有一天，后羿从王母娘娘的手中求得一包不死药。嫦娥知道后将药吞下，变成仙女，往月宫飞去。人们知道此事后，纷纷在月下摆设香案，向嫦娥祈求平安吉祥，由此逐渐形成中秋节拜月的风俗。

赏月拜月：荣县与全国各地一样，在中秋节有赏月的习俗。旧时中秋月夜，庭院中设大香案，摆上月饼、红枣、糍粑、麻糖、茶、香烛等祭品，其中月饼和麻糖必不可少。点燃香烛，全家人一齐拜祭月亮。富贵人家在自己的亭台楼阁上赏月，并摆食品或安排家宴，子女团圆，共同赏月叙谈。

吃月饼和麻糖：月饼最初是用来祭奉月神的祭品。“月饼”最早见于南宋吴自牧的《梦粱录》，那时，它也只是一种饼形食品。后来人们把中秋赏月与品尝月饼结合起来，月饼成为家人团圆的象征。

荣县之地吃月饼时还要将糍粑、麻糖一起摆上桌子。糍粑是将糯米蒸熟在舂窝内打成粑，然后再烤烙蘸糖吃，同时还吃麻糖。据说是怕小孩吃了糍粑不消化，再吃助消化的麻糖。中秋节许多新婚夫妻要带上肉、酒、月饼、糍粑去娘家送中秋佳节。

朱元璋与月饼起义的故事：中秋节吃月饼相传始于元朝。当时中原广大人民不堪忍受元朝统治者的黑暗统治，纷纷起义抗元。朱元璋联合各路反抗力量准备起义。但朝廷搜查甚严，传递消息甚难。军师刘伯温献计，把“八月十五起义”的纸条藏入饼子里，分头传送到各路起义军。后各地起义如星火燎原，很快徐达攻下元大都，起义成功。朱元璋高兴得连忙下口谕，在即将来临的中秋节，让全体将士与民同乐，将传递信息的“月饼”作为节令糕点赏赐诸臣。此后月饼制作越加精细、品种更多，成为馈赠佳品。

荣县中秋节的传说也很多，如唐玄宗游月宫，受到嫦娥招待，见到玉兔。嫦娥告诉他如果中秋没有月亮，来年不产兔。唐玄宗问有没有补救办法，嫦娥告诉他，可以在兔笼里点灯代替月亮，所以中秋时兔笼里有点灯的习俗。

过去有一句民间俗语："端阳中秋李扯伙，过年杀个肥鸡婆。"意思是说过去太穷，一年四季都吃不饱肚子。富人家过节搞得热热闹闹，可穷人家一年的三大节气也与平时差不多，吃不上什么特殊的、好吃的东西。端阳与中秋就只好不兴了，与平时一样，只有等到过年才略特殊一点，吃上一点平时吃不到的好东西。

中秋节有吃麻糖、饼子的习俗。有句俗语："端阳盐蛋、粽子，中秋麻糖、饼子。"荣县人中秋吃麻糖没听说有什么纪念意义，主要是到中秋节谷子收回家的了，有了新收的酒谷（民间喊酒谷，酒谷打出来的米喊酒米，即糯米，可以用来酿造米酒）就可以做麻糖了，市面上也有了麻糖卖了，中秋便要吃麻糖。因为过去任何粮食是有限的，不是一年四季都有，市面上有了卖的，才会有的吃。

六、重阳节

农历九月初九，为传统的重阳节。《易经》把六定为阴数，把九定为阳数，九月九日，日月并阳，两九相重，故叫重阳，也叫重九。据《续齐谐记》所载，费长房对桓景说，九月九日汝南有大灾难，佩戴茱萸登高饮菊花酒可以免祸。此遂传为风俗。王维有《九月九日忆山东兄弟》："遥知兄弟登高处，遍插茱萸少一人。"

明清时，我国各地登高颇盛。到了重阳，文人雅士提壶携榼，出走登高，到仙人山、牛峰山、华阳山等处赋诗饮酒，还要带糕点，糕与高同音，还有祝愿高寿之意。

旧时到重阳喜蒸醪糟。俗话说："九月重阳蒸酒快""重阳蒸酒，香甜可口"，重阳节前后的气温适宜蒸甜酒（醪糟）。据说旧时四川省南溪县读书人于重阳在龙腾山岑山楼聚会，纪念诗人岑参，称为"岑公会"。

七、冬至节

冬至，俗称"冬节""长至节""亚岁"等。时间在每年的阳历 12

月 22 日或 23 日，是中国农历中一个非常重要的节气，也是一个传统节日，我地也有过冬至节的习俗。

冬至的由来：冬至就是冬至节，冬至前一天称为小至。古人把冬至看成节气的起点。从冬至起日子一天天长起来，叫作“冬至一阳生”。古人又认为，冬天来了，春天就紧跟着到来。杜甫诗：“冬至阳生春又来。”冬至经过数千年的发展，形成了独特的饮食文化，如用猪蹄、鸡肉炖补药，特别喜爱炖羊肉、狗肉。冬至过后天就冷了，吃了狗肉、羊肉燥热，以后更热和。但一般不给小孩吃，认为小孩不应该吃补药，过早吃补品，对身体有副作用。

有钱人家在冬至这天宰年猪，制腊肉，灌香肠，炒茶食如炒米花、谷花、油果、苕丝糖、苞谷花，用来待客、送客并储存起来，一直吃至第二年冬至。

八、其他节日

1．二月二

俗话说：“二月二，龙抬头。”旧时民众以为二月初二开始，龙要抬头行云作雨。因而围绕这种认识，形成许多传统。人们把这一天称为龙头节、春龙节、青龙节、雀王会。农历二月，正是各种杂草长新芽的时候，也正值春荒，可采初发新芽的野菜充饥。农民采野蒿煮熟，捣碎，渗点米粉做成“蒿蒿粑”吃，不仅节约粮食，而且嫩蒿蒿有清香味，很好吃。

民间说，二月初二是雀鸟的生日，农民就顺便拿一两个蒿蒿粑挂在树枝上，给鸟庆生。实际是想用蒿蒿地糊住雀鸟的嘴，以免它啄食粮食。所以又有人说，二月二是糊雀儿嘴巴。同时，二月二也是“龙头节”，民间叫“龙抬头”。人们怕龙抬头发洪水，引起水灾，因此在二月二要到龙王庙拜敬龙王。

2．社日

农家祭社祈新年的日子，立春后第五个戊日（在春分前后）。社，即土地神。杜甫《遭田父泥饮美严中丞》：“田翁逼社日，邀我尝春酒。”

王驾《社日》:“桑柘影斜春社散，家家扶得醉人归。”这是春社。立秋后第五个戊日为秋社，在秋分前后。

3．三月三

农历三月三，为上巳节。“巳”是地支之一。春秋时期上巳节已非常流行。在汉代以前其时间为农历三月的第一个巳日，也叫“元巳”。到了曹魏时期，上巳节就固定在三月初三。农历三月三，还传说是王母娘娘开蟠桃会的日子。有一首竹枝词是这样描述蟠桃宫庙会盛况的：“三月初三春正长，蟠桃宫里看烧香；沿河一带风微起，十丈红尘匝地扬。”这一天也是道教真武大帝的寿诞。真武大帝又称玄天上帝、玄武大帝、真武大帝、真武真君，是道教中主管军事与战争的正神。各地的道教宫观在三月三日这一天都要举行盛大的法会，道教信徒们也会在这一天到宫观庙宇中烧香祈福，或在家里诵经祈祷。

阴历三月上旬之巳日，自古有修禊之俗。《后汉书·礼仪志》:“三月上巳，官民皆絜于东流水上曰洗濯拔除宿垢灰为大絜。”自魏以后，但用三月三日，不用上巳日，民国 19 年（1930 年）改为用阳历三月三日为修禊之辰，并废上巳之称。永和九年（353 年）王羲之等人修禊于南亭，史上最有名。以后节俗有扩展，诸如流杯、泛酒、流蛋、流枣、乞子（套童儿）插柳、戴柳圈、探春、踏青、拔河以及歌会等。再后在荣县还盛行野外游乐，约上亲友，带上家人，准备好熟食下酒菜，上风景名胜玩耍，有的还在山野就餐。

4．浴佛节

每年的农历四月初八，是我国汉族地区纪念佛教创始人释迦牟尼诞生的佛教节日，称为浴佛节、佛诞节、龙华会。后来逐步演变成民俗节日，具有中国传统文化特点。其中的浴佛、斋会、结缘和放生在我地广为流行。

浴佛节由来：相传佛教为古印度迦毗罗卫国的王子释迦牟尼所创立。自东汉佛教传入我国后，各地佛寺林立，庙宇的主体建筑大雄宝殿内皆供奉释迦牟尼佛像。相传他出生后，天上九龙吐香水为他洗浴。因此有他生日为之洗浴的习俗。《荆楚岁时记》云：“四月八日，诸寺设斋，以五色香水浴佛，共作龙华会。”《洛阳伽蓝记·法云寺》：“四月初八日，京师仕女多至河间寺。”此日僧尼皆香花灯烛，置铜佛于水中，进行浴佛，一般民众则纷纷到佛寺进香，争舍钱财、放生、求子，祈求佛祖保佑，出现各种庙会。我国傣族泼水节，男女老幼沐浴更衣，互相泼水求福，就带有浴佛之意。荣县仙人山每年四月初八庙会亦极为闹热。

斋会：在浴佛节，我地各寺庙要准备斋饭，招待前来祭拜的信徒，也就是“斋会”。与会者吃斋饭，要交“会印钱”。在吃斋前要先念佛经，斋会后还要讨一些洗佛水来饮用，或食些佛寺煮的“乌米饭”，以示虔诚。

舍豆求缘：这是浴佛节中的一种结缘活动，它是以施舍的形式，祈求结来世之缘。因黄豆是圆的，圆与缘谐音，以圆结缘。我地四月初庙会时，人们要带来各地化缘来的黄豆交到庙上，有的将煮好的黄豆放在家门口供路人取食，也叫结缘，和谐相处，保一方平安。在家中煮好黄豆，供奉佛祖，口念“阿弥陀佛”以表对佛祖的虔诚，用此法修身养性。

放生：佛教主张不杀生，宣扬放生能够行善积德，修炼人的功德。故浴佛节有放生习俗。荣县各地寺庙的一些僧侣和老百姓常在这一天把自己养的或买来的小龟、小鸟、小鱼带到河边或山野放生。

5．六月六

六月六不仅是结婚古期，而且民间也有“六月六，晒衣服”的习俗。据说六月六晒了的衣服不会被棉虫叮。潮湿的屋子，放久了的衣服会受潮，六月的太阳大，晒一下是有好处的。农村每年六月六，大家都翻些冬天的衣服、被褥出来晒。六月六还有个习俗是杀鸭子祭猪圈，把鸭子杀了，提着鸭子绕着猪圈将鸭子流出的血滴在猪圈内地板上。这样做的目的是让猪少生病，能长能吃。

6．七夕节

七夕，七月七日。《荆楚岁时记》说七月初七晚间是牵牛织女聚会之时，家家妇女结彩缕穿七孔针，陈酒脯瓜果于庭中，以乞巧。杜牧《七夕》诗：“银烛秋光冷画屏，轻罗小扇扑流萤，天阶夜色凉如水，卧看牵牛织女星。”农历七月初七是七巧节，又称乞巧节、女儿节，是我国传统节日，也是荣县地区姑娘们最为重视的日子。

穿针乞巧：七巧节的习俗汉代已有，东晋葛洪的《西京杂记》有“汉彩女常以七月七日穿七孔针于开襟楼，俱以习之”的记载。传说唐太宗与妃子每逢七夕在宫夜宴，宫女们各自乞巧。民间也仿效，代代延续。“乞巧”，就是乞求灵巧。是时，姑娘、媳妇们竞赛穿针，先穿完为得巧，迟穿完的为输巧。

拜织女：旧时七巧节，姑娘、媳妇会预先与朋友相约，一齐祭拜织女，祭拜前要沐浴。七夕晚，于月光下，在桌上放好茶、果、鲜花，然后焚香祭拜，一起吃瓜果食品，默念自己的心愿，通常乞求上天能赋予她们聪慧的心灵和灵巧的双手，让自己的针织女红技法娴熟。姑娘们还乞求自己的姻缘美满。

牛郎织女鹊桥会：荣县与外地一样盛传牛郎织女的故事。传说牛郎父母早死，和兄嫂一起生活，嫂嫂薄待他，生活凄惨。一天老牛对牛郎说：“我快死了，今后你踩上牛角到河边寻妻，前边河里有七位仙女沐浴，你看上谁，就偷她的衣服，然后她追来讨衣服，你就可以娶她为妻。”牛郎照老牛的话去做，娶了织女为妻，两人相亲相爱地生活了十年，生下一男一女。不幸王母娘娘知道后派天兵将织女抓回天庭。牛郎不顾生死，担上孩子，踩上牛角腾空追去，王母娘娘用金簪划出一条天河，将二人隔在东西两方，夫妻二人隔河相望。他们的坚贞爱情感动了喜鹊，每年七夕，无数喜鹊用五彩羽毛架成一座跨越天河的彩桥，让牛郎织女相会。牛郎织女这对夫妻的爱情传说感动世人。直到今日，七夕仍是一个富有浪漫色彩的传统节日，被视为“中国的情人节”，还有人说牛郎织女是中国的爱神。

7．十月十五下元节

农历十月十五日，是“三元”中的下元节。在道教中下元节是水官大帝的生日，也是其下凡人间，为民解厄之日，因此下元节又叫“消灾日”。旧时这天，家家户户都会准备香烛祭品拜祀水官大帝，以求平安。现代，下元节已逐渐淡化。

8．腊日——腊八节

腊日，腊是祭名。《说文》中载“冬至后三戌腊祭百神”，可见汉代的腊日是冬至第三个戌日。但是《荆楚岁时记》以十二月初八日为腊日，并说村人击细腰鼓，作金刚力士以逐疫。十二月初八日是一般的解释，到今天还有“腊八粥”的风俗。杜甫《腊日》诗：“腊日常年暖尚遥，今年腊日冻全消。”又《咏怀古迹》（其四）：“岁时伏腊走村翁。”佛祖释迦牟尼是十二月初八成道的，故有成道日、成道会，民间称作“腊八节”。古印度人习于煮羹粥，据说释迦牟尼六年苦行之后，正是由于接受了牧牛女奉献的乳糜美羹，才恢复体力，在菩提树下睹明星而悟道成佛的。所以“腊八节”就有用了精美果蔬杂合煮成可口又滋补粥糜的传统。关于“腊八粥”的记载，最早见于宋孟元老《东京梦华录》中，“初八日，……诸大寺……送七宝五味粥与门徒，谓之腊八粥”，荣县也承此俗。至于煮粥所用果蔬种类多少，无一之规，各地有所不同。

9．腊月二十三过小年

小年又叫小岁、小年夜，是相对除夕大年而言的，一般在腊月二十三。小年被视为过年的开端，是我地民间祭灶、扫尘的日子。

祭灶：祭灶是小年最主要的节日习俗，自古有之，至今仍广为流传。灶王爷是神话传说中的司饮食之神。《庄子·达生》中有“灶有髻”之说，晋代司马彪注“灶神，著赤衣，状如美女”，可见最早的灶神是女性形象。汉代以后，灶神逐渐变为男神，受人尊崇。相传灶王爷每年腊月二十三要上天向玉皇汇报人间善恶，因此旧时家家在这天祭灶，供麦芽糖，意在把灶王爷的嘴粘住，以免他上天说自家坏话，还要烧钱纸，当作送灶王爷上路的盘缠。敬神时还要说：“上天言好事，下界保平安。”七天后，各家摆上供品，迎接灶神回来，俗称“迎灶”。

扫尘：小年之后不足十天便是大年了。为了除旧迎新，送灶前后，各家各户都要打扫卫生。家家用扫帚将墙壁上扫干净，擦洗桌椅，冲洗地面，干干净净，整洁一新迎接新年的到来，称之为“扫尘”。民谚说：“腊月不扫尘，来年招瘟神。”扫尘既有驱除病疫、祈求新年安康的意思，也有除陈（尘）布新的含义。

（梁汉学　吴锡昭）

荣县的天灯会

荣县地区自唐以来寺庙甚多，仅县志有记载的寺庙就多达几十座。天灯会原本是道家的节日盛会，后来佛寺也兴办了天灯会，再后来随着寺庙增多，几乎所有寺庙都举办天灯会。佛教天灯会日盛，逐渐取代了道家的天灯会。

天灯会上有许多民俗活动。光绪《荣县志》记载："正月人日后，各祠庙皆燃火树，各门首皆点红灯，谓之天灯。寓人寿年丰之意，兼仿古人傩礼，鸣金执梃，以驱瘟疫，谓之师灯。"正月初七以后，各祠庙都要点天灯，还有敲锣执棒的傩戏、师灯表演。

民国本《荣县志》也记载了新年和中秋，即上元和中元灯会的盛况："荣县新年灯火甚盛。唐人称火树银花。合者，盖林立矣。而楼台为甲观，乡民通曰亭。一城数亭，一亭各式，其高数重，构材雕楼，临春组合，彩笺书画，嵌灯如星。一亭染四五百灯，辉丽万有。西人来观，亦欣然京沪所不见也。七月十五，各乡馆举盂兰佛事，夜张花伞，其制不一。火之发也，瑰怪溢目。是皆承平游嬉，师灯为西凉胡舞，木缨絙索诸技，唐宋具详焉。"由这段记载可知，荣县新春灯会和中秋灯会自唐宋已来就已盛行。民国时期，新春伊始，城内有不少数层高的亭子都张灯结彩，每个亭子张挂数百个各式彩灯，从楼台上观赏，蔚为壮观，连外国人都高兴地认为，北京、上海那些大城市都没这样壮观。七月十五，各乡镇都要举办盂兰盛会，入夜还要燃放奇异瑰丽的各式烟火，还有师灯、傩戏、杂耍等各种节目助兴。

盂兰盛会源自佛经中目连救母的故事。目连僧的母亲罪恶深重，死后坠入饿鬼道中，目连送食，可是食物进了她的口，就化为烈火。目连为拯救母亲，求佛指示，佛给他一套盂兰盆经，说念此经，可招来四方之神一起拯救他母亲，这就是盂兰盛会的来源。后来，发展为对没人祭祀的孤魂饿鬼，也进行建醮超度祭奠，名为施孤。盂兰盛会要搭竹棚，立灯竿，设神坛，演大戏，诵佛经，办斋宴，派白米。这种佛事活动在东南沿海地区至今还在举办。

天灯会是一项烧钱的盛会，要维持它的运转实属不易，各地祠庙主要采取募资购置田产收租的形式维持灯会庞大的支出。根据荣县复兴观音寺《天灯碑记》，乾隆丁未年（1787 年），由会首邹某柱等出资购买李姓叔侄田产，采取置业收租的方式维持天灯会的运行，财务交由性元、性清二位寺僧管理。由于观音寺田产的收入比较丰厚，这里从初一晚上到十五晚上都一直点天灯，每天都会有各种不同的节目，直到正月十六早上才放下灯杆，结束灯会。到现在，观音寺大殿前一块平地叫灯杆坝，说明那里曾是举办天灯会的地方，当初天灯会灯杆就立在那里。观音寺天灯会的一节顺口溜就描写了过去天灯会的盛况：

大年初一的晚上，庙前就要扯灯杆。
敲锣打鼓唱一段，又烧文书又烧香。
玉皇灯像星星样，很远看到就可观。
点到十五那晚上，十六早上倒灯杆。
男女老少齐称好，一年四季保平安。
初一十五庙子上，大小和尚忙得慌。
大殿中央焚香案，和尚念经来烧香。
土地玄总鼓一响，万起本根铁钟安。
念完以后要擂鼓，越擂越响越安康。

截至目前，荣县境内至少发现五处七块天灯碑记，均为清朝中晚期碑刻，以观音寺天灯碑记时间最早。其中，大才寨两块，分别为嘉庆二年（1797 年）、道光元年（1821 年）；现存大佛寺碑林的东兴老灯碑记为道光二十八年（1848 年）；杨泗崖两块，分别为同治十二年癸酉（1873 年）、光绪五年（1879 年），时间最晚。古佛寺《培修碑记》也提到了天灯会，但该碑记刻于光绪二十七年（1875 年）。这些天灯碑反映的时代跨度达到 100 多年，说明荣县至少在乾隆至光绪年间就盛行天灯会。

此外，观音寺、东兴寺等寺庙还供奉有燃灯佛。但燃灯佛是信众对佛的崇拜，信众哪个部位有疾病就点燃燃灯佛哪个部位的灯，以祈求平安，不属于天灯会。

荣县的天灯会随道教、佛教的天灯会而兴起，逐渐演变为一种新春民俗活动。今天，享誉世界的自贡市恐龙国际灯会，其源头或在荣县的天灯会，在荣县的火树银花。

（钟学惠）

婚嫁风俗

一、西北路婚俗

旧式婚姻，男女双方订婚，全由父母之命，媒妁之言。讲究门当户对，贤父母则重人品不重门第家财。有的指腹为婚，孩子还没有出生就订婚了。双方父母决定，两位妈妈怀孕了就提亲，如果都生男孩或都生女孩，就打干亲家，如果是一男一女就是儿女亲家，这叫指腹为婚。男 18 岁，女 16 岁即可婚配。

古代女子出嫁曰“归”。《说文》：“归，女嫁也。”《诗经·周南·桃夭》：“之子于归，宜其家室。”可见，出嫁的女子以男家为家。《白虎通》：“嫁者，家业。”又：“娶者，取也。”《说文》：“娶，取妇也。”由“娶”“嫁”二字可知古代男尊女卑风俗。由“娶”“嫁”二字又知古代男子是主动的，女子是被动的。男子叫“娶妻”“娶妇”，女子则叫“嫁女”或“嫁妹”，嫁与不嫁操纵在父兄之手。古代婚姻要经过六道手续，叫“六礼”，即纳彩、问名、纳吉、纳征、请期、亲迎。各地的情况有所不同，荣县的情况是：

（一）说媒

过去强调“天上无云不下雨，地上无媒不成亲”。媒人又叫冰人，月下老人、红娘、红脸大人。订婚先由媒人在男女两方奔走说合，实际上是“媒人不去哄（说谎），两边拉不拢”“走东家说东家饭好吃，走西家说西家菜更香”。两家答应之后，女方用红纸开出女儿八字，即生年、月、日、时，送到男方。

（二）合婚（合八字）

男方接到八字放在香火上，即神祖牌位前，上面装盏水，放入两粒黄豆。三天之后去看两粒黄豆是否“嘴对嘴”，如果不是，就证明没有姻缘；如果是，则表明有姻缘，即找算命先生合八字。合得好，即算说成了，再约期行聘。

（三）开庚

开庚，又叫定聘。送八字又叫送庚帖。八字合得之后，媒人与两方商议开庚，看好期。男方如果家庭富裕，要准备许多礼物，如为女方办些穿戴衣料首饰、酒肉、纸烛，用抬盒送到女方。女方也要为男方办些衣服、文房四宝之类抬到男方，算是开庚。

如果后来有一方悔婚，有“男退三千，女退八百”的习俗。是谁提退婚，谁退礼。有婚约的男孩病危，通知女方，逼女方提前结婚，叫“冲喜”；男孩已死，逼女孩过门戴孝，永不另嫁，叫“守节”，俗称“望门寡”。有的女孩家贫，提前抬到男家，这叫“童养媳”，受虐待者居多。

（四）报期

订婚之后，到了认为有结婚必要时，先由男方请算命先生看期择好吉日。把日期提前百天，备齐礼物报送女方叫报期。男方办好被单、衣料等，有的折成干礼送钱。由媒人在双方走动，女方办好嫁妆陪奁，男方要准备好“科户菜”。先由女方介绍，有哪些直系血亲如舅父、姑孃等每家派一份礼物，送上大红桶贴表示庄重。这些直系血亲收到桶贴和礼物后，要送大礼，尤其是新娘的外婆，富豪家要抬几抬盒礼品如衣料首饰。因此有人叫“科户菜”为“香蚊肉”，意思是收了这份礼物要加倍还礼。

（五）过礼

在举行婚礼的前一天，有钱人的男方，要准备过礼，请媒人带队，把礼物送到女方；仪仗队、花轿、开锣旗伞、吹鼓手、三子铳、两只鹅（这是不收的，在路上为了叫得闹热）都要准备好，还要请保镖。礼物中有抬荤猪的，一般是一肘一肋，离娘鸡、大米（单铺单帐是一斗米约50斤）双铺双帐是100斤，新娘新衣一套至数套不等，有的配有金银首饰、许多红封。写红封有专人，比较复杂，如牵新封、上轿封、立头封、洗脸封、端茶封，热天有拿扇封，冷天有火提封等，送女方父母或当家人。男方大门上贴双喜、对联。结婚前一天晚上摆簪花酒，请多福多寿的长辈为新郎披红彩、插两杂金花于头上，于堂屋行加冠礼。外婆家办许多礼品、焰火之类，在这天晚上大放焰火，十分热闹。

女儿出嫁前一天晚上，有钱人家要设歌堂酒或叫“花宵酒”。新娘摆歌堂，设在正堂屋，新娘坐上方哭嫁，感谢父母教养之恩，感谢亲友关怀之情。亲戚中的少女、平日女友也来院陪哭。桌上摆满鲜花、糖果，闹到夜深方才收场。

（六）成婚

正式婚期，女方宴请客人，闺女梳妆打扮，外罩红衣，拜谢祖宗、父母后引上花轿，鸣炮起程，由哥嫂或叔婶陪送。抬到路上，如果遇上别人花轿，彼此送抬匠红包、喜糖（多由亲人出钱出糖），方才放行。

花轿到了男方大门口，新郎来接，先向花轿作揖，向抬匠送红包，抬匠要说些祝贺话，说一轮，走一步，又送红包，有的多达十余次。然后抬到堂屋门前放下轿子。柴门口先摆上香案，放香烛敬酒之类，请先生“回车马”。先生边烧纸，口中念念有词：“吉日良辰，天地开张，新人到此，车马回乡。娘家车马请回去，婆家车马请进来。天无忌，地无忌，年无忌，月无忌，日无忌，时无忌，姜太公到此，诸神回避。”于是请多福多寿的女人牵新娘下轿，当然也要先递红包给新娘。女儿出嫁还要叫亲兄弟或堂兄弟夫妇送亲，俗称“装舅子”。到男方称上客，先走到柴门站着，主人来请才能进屋。

新娘到男方举行婚礼，点燃花烛，放鞭炮，有人喊礼，先拜天地，再拜祖宗、父母，再拜亲戚长辈，最后夫妻对拜。这是旧式婚姻合法化的必经过程，含有异常神圣、严肃的不成文法的约束作用。拜堂时长辈送拜钱。

拜堂之后是将新人引入洞房。新郎揭开新娘盖头，与新娘同饮交杯酒，婚礼告成。这时亲友的孩子到堂前讨喜钱，由长辈在“拜钱”中抽出少许相送。

此时正当中午，开席时先由父母带上新郎和新娘到各桌介绍并由新人斟酒，这叫喜酒。桌席多少，按家庭贫富来决定。

（七）闹洞房

在旧社会，新婚晚上要闹洞房，图吉利，寄托亲友对新人的美好祝愿。“三天不分老少”，说笑逗趣，吃喜糖。有的闹得文雅；有的闹得低级庸俗，甚至闹得不欢而散。某地曾有一群雅士闹洞房，闹到深夜不散，有人提议，听说新娘很有文才，也会吟诗作对，因此请新娘吟诗。新娘起身吟诗曰：“谢天谢地谢诸君，奴本无才不会吟。借得古人诗一句，春宵一刻值千金。”众客领会了新娘意思，马上离开了洞房。

（八）送媒

喜酒喝毕，一般说来，媒人就要告辞主人回府。新郎新娘要亲送媒人，送上红绸或红布、猪头、面巾、红包，放鞭炮将媒人送出柴门外，媒人劝新人回。有的媒人要送红包给新郎新娘，双方告别返家。媒人在旧式婚姻中是一个重要角色，从相亲、送庚帖、订婚、报期、迎亲、拜堂，都要媒人跑腿，直到“新人进了洞房，才把月下老人忘”。

至于寡妇再嫁，旧时不许用花轿，用小轿也不能从正门进入，到了夫家后，先在侧门沐浴、更衣，才进屋。婚礼也在深夜举行。孩子是被带着改嫁，叫“随母下堂”，在人前要矮三分，经常受到虐待、歧视，俗名“带头”，有的一辈子抬不起头。至于寡妇，改嫁之后有许多限制，受人欺负，例如别人结婚不许进堂屋、新房，一切陪嫁品都不许摸。这是旧社会对寡妇的不公平的待遇。

（九）回门

回门有女儿不忘父母养育之恩，女婿去感谢岳父、岳母的意思，一般在结婚后的第二天、第三天或第十天。岳家要设宴款待，亲友还要来吃回门酒。新郎是上客，女方要用最隆重的礼节来接待。新郎、新娘要带上礼品如敬神酒、糖果之类，叩拜祖先，叩拜岳父、岳母。大多是当日去当日回。

结婚三日后，新娘上灶下厨，第一次上厨，要煮鸡蛋或荷包蛋孝敬公婆。农村三天后上山参加劳动，就算新婚之礼结束。

附“囍”的故事

中国传统中有贴“囍”字的习俗，以增添喜庆吉祥的气氛。关于这个字的由来，有这样的传说。据传，王安石 23 岁那年进京赶考，中途在马家镇留宿。饭后闲来无事，他上街游逛，见一个大户人家的宅院外面挂着一盏走马灯，灯上分明写着半副对联：“走马灯，灯马走，灯熄马停步。”显然是在等人对下联。王安石不由拍手称赞：“好对！好对！”站在一旁的管家马上进去禀告宅院的主人马员外，但再出来时已不见了王安石。进了京，王安石进了考场，答题一挥而就，交了头卷。主考官见他聪明机敏，便传来面试。考官指着厅前的飞虎旗曰：“飞虎旗，旗虎飞，旗卷虎身藏。”王安石脑中立刻浮现出走马灯上那半副对字，不加思索地答道：“走马灯，灯马走，灯熄马停步。”他对得又快又好，令主考官赞叹不已。考试结束，王安石回到马家镇，又特意走到马员外家观灯，已企盼多时的管家立即认出他就是前几日称赞联语的那位公子，执意请他进了宅院。看茶落座后，马员外便敦请王安石对走马灯上的对子。王再次移花接木，“飞虎旗，旗虎飞，旗卷虎身藏”。员外见他对得又巧妙又工整，决意把女儿许给他，并主动提出择吉日在马家完婚。原来，走马灯上的对子，乃是马小姐为选婿而出的。一对新人结婚那天，马府上上下下喜气洋洋。正当新郎新娘拜天地时，有人来报：“王大人金榜题名，明日请赴琼林宴！”这真是喜上加喜，马员外当即重开酒宴。面对双喜临门，王安石带着三分醉意，挥笔在红纸上写了一个大“囍”字，让人贴在门上，并随口吟道：“巧对联成双喜歌，马灯飞虎结丝罗。”从此，“囍”字便在我国民间开始流行。

二、东南路婚俗

东南路婚俗与西北路婚俗大同小异，套路基本一样，细节上另有特色。

（一）哭嫁

女儿梳妆好后上轿前要哭，母女俩同坐在一起哭，女儿哭，妈也哭。一是表示母女情深舍不得分离，二是妈在哭中教女儿到了婆家后应该如何对待丈夫和孝敬公婆。比如“在娘家听娘叫，在婆家听鸡叫，大声喊来小声应，凡事莫与公婆来争辩……”之类的教诲。女儿的哭词，多数是舍不得妈妈的情感方面的和感谢母亲十多年来的抚养之类的。一般是现编的哭词，有些是临嫁前母亲或婶娘教的。

过去女人地位低下，嫁出去后，常常提心吊胆，说话、做事都倍加小心，怕不小心说错了一句话，或做错了一点事，被人指责，被人唾骂，被婆家人耻笑娘家没有教养。因此，娘家的爹妈不仅平时要管教好自己的女儿，在出嫁前还要用哭嫁的方式来教育好女儿，以免到了婆家出差错。

如果是有钱、有地位或有文化修养的人家，更注重礼仪，更注重对子女的教养。对儿子稍宽松一点，对女儿的教养更严。女人不许与陌生男人说话，不能用正眼看男人（过去的女子想看看男子，只能用长袖遮挡住头，斜起眼睛悄悄偷看一眼），同一家人吃饭时只能坐或左或右两边，不能坐下方，更不能坐上方。穷人家嫁到有钱人家的媳妇吃饭没资格上桌子，只能独自一人在厨房吃；对谁说话都只能小声地说，不能高声大气的。这些都是哭嫁时娘教女儿的内容。女子自称为奴，或奴家。确实女人在旧社会过的是奴隶般的生活，处的是奴隶式的地位。所以不想离开家，不想离开自己的亲爹亲娘，因此哭得很伤感，绝不是流于形式，是发自内心的哭。

临出嫁之前，还有一个饯行礼，是女儿向父母和叔伯长辈告别的一种简单仪式。

（二）抬花轿

旧社会女人地位低，一辈子只有这一次人生中的大喜日子，因此必须搞得体面些，必须用花轿抬过去，意在不被婆家人轻视。

上轿时，由伴娘扶上花轿。过去的伴娘不是未婚姑娘，因为过去的未婚姑娘是不能随便出来见人的，而是儿女生得多的妇女，以期婚后儿女生得多、福气好。不论冬夏，新娘子必须随身带一个无火的火笼子，以防万一晕轿要呕吐之用。

送轿类似于现在的送亲，但不是一群人送，而是一个人送。送轿不能是女的，必须是男的，只能找哥哥或弟弟，没有哥哥弟弟的就找堂哥堂弟，或表哥表弟也行。

出门时与到婆家时，鸣礼炮，民间喊“三子冲”。紧接着就是唢呐，民间喊“呜哩呐”，因为结婚吹奏时发出的声音有点像呜——哩——呐——。一路上，热闹非凡，放礼炮的走在队伍最前面，吹唢呐的走在第二，抬媒婆的滑竿走在第三，抬新娘子的花轿走在第四，抬送新客的滑竿走在第五，这是很有讲究的。后面是挑脚篮的一长串，新娘子陪嫁的各种小物件就用垫了大红纸的脚篮挑，用一句现在的流行话说，就是“晒嫁妆”，摆开摆开的，才显得多，又便于路上行人与男女两方的客人看。走在最后的是抬大物件的，如床铺、被子、箱箱柜柜等物。

花轿的轿杆很拱，一般人是抬不来的，不小心就会翻下来，必须是专业人员抬。四个人抬，所以也叫四人大轿。抬在曲折的小路上，轿夫必须倍加小必，万一出了差错，便彩头不好，会被送新客（新娘的哥哥或弟弟）痛打一顿，还拿不到工钱。新娘子出嫁的早上是不能吃早饭的，更不能喝水，以防在路上大小便。有的妈心疼女儿，就煮一两个鸡蛋，叫她带在身上，饿了时填填肚子。

下轿后，由男方找的伴娘把新娘扶下轿，扶到堂屋早准备好举行婚礼的地方拜堂。但在未进门时，还要回车马，由懂得起的人烧香燃烛，敬上供品，念咒语退邪神。

（三）拜堂

拜堂就是举行结婚仪式，只不过与现在的结婚仪式的程序与方式不一样。一拜天地，二拜祖宗，三是夫妻对拜。司仪说一些吉利与恭维的四句（即顺口溜）。然后分别拜各位老辈子和姑爷姐丈，由新郎和新娘拿着托盘，受拜者必须往托盘丢礼钱，多少看个人大方与否。各位长辈拜完后，司仪宣布进入洞房。

铺床由男方找的伴娘铺，伴娘一边铺，一边说："一头一把草，夫妻二人同到老，同的同到胡子白，同的同到牙齿缺。床铺草儿几哈哈，儿女一扒拉，男孩长大中状元，女孩长大会绣花。"有的伴娘为烘托气氛，故意搞笑的改词说："……床铺草儿几哈哈，儿女一扒拉，花的花脑壳，黑的黑尾巴。"主人听了也不会不高兴，跟着一起笑，主要是图个闹热。床不能过早铺，以免其他人，特别是有身孕的人在床边坐，要新娘先坐后，其他人才能坐新娘的床边。

（四）入洞房

由伴娘牵新娘子（过去喊新姑孃）进入洞房，洞房是最神圣的地方。到了洞房，新娘子等待床铺好后就坐在床边上，一般不坐其他地方，比如凳子、椅子。很多好热闹的客人就跟了进来看热闹。

造箱：吃过午饭后，由婆婆妈叫送新客交出锁箱子的钥匙（钥匙之前是由送新客保管）。婆婆妈开锁后，不能用手去翻箱子里面的任何东西，只能用尺子或秤杆掀开箱子里面的衣物，把新娘的陪嫁衣物掀出来让客人观看。陪嫁东西多，鞋子做得好，显示女方有能力、富有。陪嫁东西少，女方脸上无光。掀箱是在刚吃饭后，送新客还没走之前进行，钥匙是由送新客保管，送新客走时钥匙才交给新娘。箱子被掀得乱七八糟的，等待客人退去后，新娘才整理好后锁上。

闹洞房：新婚之夜，不论男女老少，都可以进入新房闹洞房，闹到深夜。过去民间叫"费新姑孃"。方法多种多样，尽量给新郎新娘出难题。过去新娘一般不会随便开口说话，因此要找些话问这问那，故意逗她说话、逗她发笑，主要是取乐开心。闹过洞房以后，新娘的房间便不允许任何外人进去，连公爹也不能进去，婆婆妈有要事可以进去，但都要在新郎或新娘在屋子里面的时候去。

谢媒：在媒婆走之前，摆上一桌酒菜，一般是几个凉菜，表示一下感谢。找几个代表人物，新郎新娘、新郎的父母等，陪媒婆喝谢媒酒。喝酒时，主人家拿出事先准备好的红包、猪脑壳、一副枕头（枕头凡是老辈子都要在走之前送的，每人一副，这是规矩）送给媒婆。媒婆收下后，喊还要添，主人又添几个钱，添了又喊还要添，主人又添上几个钱。如果媒婆不喊还要添，主人反而不高兴。因为添是意味着添人进口，人丁兴旺，新娘子生一胎又一胎。

过去从媒婆进门说媒开始，到下聘礼、合八字、看期、送期，直到结婚生了小孩儿去谢媒为止，若干个繁琐的环节都离不开媒婆，都由媒婆在男女两方跑来跑去联络衔接，如果双方有了什么矛盾也由媒婆出面调解说和。为一桩婚姻的成功，媒婆跑了不少腿，做了不少工作，所以，生了小孩时要重重地谢媒，先去媒婆家谢媒，然后才去岳父岳母家报喜。报喜要挑一些酒肉糖之类的带去，娘家人要送小孩穿的衣服，烤尿片子用的枯炭，月母子吃的猪油、鸡蛋、酒糟（糯米酿的米酒）等，重重的一大挑，甚至两大挑。过去有生头胎，穿家婆（现在多数叫外婆）、吃家婆的这种说法。过去嫁女称输家，意指赔本生意，把人养大了嫁出去，还要倒赔上很多东西，办嫁妆和生了娃穿吃的一切东西都是娘家人花钱买，所以旧社会人们不愿意生女儿。男方称赢家，得到了人，还得了很多东西。到生了小孩以后，才与媒婆没有什么联系了，有好吃的愿意请她吃一顿就请，不愿意请她吃也不勉强，就凭个人的感恩之心了。生了小孩谢媒，民间叫“砍梅子树”，梅即媒之意，意思是把这棵树砍了，就完事了，几乎不会再有来往。

（五）回门

回门是简单的风俗习惯，一般三天回门，如果近的也可当天下午回门。回门时新郎新娘同坐轿回去，没钱的穷人走路回去。回门不歇，当天必回婆家。

回门的意义。过去在婚前双方一般没有来往，甚至双方互不相识，对彼此的家庭情况和来往路途都十分陌生，只凭媒人一张巧嘴和三寸不烂之舌的撮合，还不知真实情况到底如何。因此，回门一是为了熟悉一下路。二是娘家人要听听女儿对男方家庭情况与家里人的为人处事的介绍，说简单一点，就是向父母汇报情况，婚姻是终身大事，关系到女方一辈子，若与媒人说的相差太远，便及时退婚，或做其他处理，以免造成更大的不好解决的后果。

过去封建社会的各种礼节太繁琐，这样礼那样礼太多，回门也是众多礼节之一。成了亲戚，就要互相往来，不走不亲，越走才越亲。过去迎亲，新郎是不到女方家的，在家穿戴好，只等待花轿把人抬回来。因此，女方的父母可能还没见过新姑爷的面，回门的另一层意思是让女儿把新姑爷带回家，让父母看看，到底是怎么样一个人。

回门，男方要与女方带点礼物回去，女方也要办个招待，就不用大操大办了，只是意思一下，礼节到了就行。现在，在荣县农村，除了将抬花轿改成走路或坐婚车外，回门的风俗基本保持了下来。

（六）三朝粑

三朝粑是结婚第三天中午，婆婆要带着新媳妇做一顿粑吃。一是婆婆教会媳妇做粑；二是表示吃了粑，媳妇才“巴”这个家和“巴”婆婆，才养得家，心不会野。

在过去，结婚年龄都较小，一般十七八岁，小的才十五六岁就结婚了，因此烧火做饭不一定都会，做粑更不会。所以要由婆婆妈带一下，也让女方熟悉一下油盐柴米放在什么地方，熟悉一下男方家庭口味咸淡等。

过去一般家庭都穷，粑也是平时吃不到的膳食，结婚三天吃三朝粑也是改善生活。三朝粑的种类太多，看婆婆妈善于做哪种粑，或家里人喜欢吃哪种粑，就做哪种粑。婆婆教新媳妇做粑，还看婆婆的厨艺好与否，有的人很会做，有的人不一定做得好吃。也有新媳妇的亲妈更会做，做得比婆婆妈好，新媳妇在娘家从妈妈处学到了好手艺，把这手艺带到了婆婆家的情况。做三朝粑同时也是增加婆媳感情的一个机会。

做三朝粑以做二米粑的居多（二米粑就是现在的“叶儿粑”）。二米粑是将酒米（糯米）和饭米混合在一起做成的，所以叫“二米”粑。一般酒米、饭米各一半，软硬度较合适。酒米过多，很糍，会粘叶子，不好剥叶子，也糊嘴巴；饭米过多，很硬，不糍，不好吃。有的人喜欢吃糍一点的，就六成酒米，四成饭米；有的人喜欢吃硬一点的，就四成酒米，六成饭米。看各人的口味，最好还是各占一半，吃起更可口。还看酒米的品种，有的较糍，有的不怎么糍，不糍的酒米就得适当多掺一点。二米粑的做法是：先把米泡胀，然后用石磨磨成米浆，用布袋子装好，把水挤干。将少量米粉下锅煮熟，叫作打熟欠，用熟欠与浆粉反复揉搓后，包上自己喜欢吃的馅，蒸熟就可以吃了。

（梁汉学　吴锡昭）

第二篇　家风家训

蒋氏家族格言

国有法，家有训，蒋氏子孙记在心：
先有国，后有家，爱国就是爱自家。
遵法纪，守本分，堂堂正正做良民。
孝父母，敬师长，言谈举止礼要端。
教子侄，正且严，给德胜过给金钱。
兄弟和，姐妹亲，和家团结富临门。
慎交友，睦里邻，以心换心客满门。
勤耕作，重农桑，丰衣足食度时光。
诗要学，书必读，诗书自有黄金屋。
不欺诈，忌非行，待人接物要真诚。
不赌博，不奸淫，拒绝贪腐得安宁。
富不奢，穷不盗，败不气馁胜不骄。
穿不穷，吃不穷，不会计划一世穷。
本家训，族人定，蒋氏子孙严守行。

不忘祖宗：祖有远近培之则一，春秋祭扫事必躬亲。
孝敬父母：时时为其力之能为，事事尽其心之当尽。
友爱兄妹：不思兄弟之形禽心可比，不念姐妹之情兽性相当。
尊老爱幼：长我者当以父兄事之，幼我者应以子侄相怜。
夫妻好合：夫打妻闹家必败，夫唱妇随家道成。
严教子侄：好家教有规有矩严是爱，坏家风无章无法爱是灾。

和睦家族：不懂家人情义三世而穷，不知族系大义百世而衰。

勤俭持家：贵从勤中得，粥饭当思来之不易，
富从俭中来，丝缕常念物力维艰。

自重勿骄：我重人，人方重我，所自重也；
我骄人，人更骄我，则自轻之。

息事争讼：我有过，我改圆之，则人不讼我；
人有过，我情恕之，又何必讼人。

勤读诗书：书必读，得志则光宗耀祖，不负勤学之苦；
诗必颂，失意则检身寡过，不失固守之贞。

怜恤孤寡：欺孤凌寡公道不允，济弱扶贫族义大张。

（蒋永红）

于氏家族族规

族规十条

热爱祖国，遵守法律，两个文明天下扬；
敬奉祖宗，孝顺父母，兄弟姐妹要体谅；
族规民约，切莫违犯，男女平等新风尚；
重视育人，敬老尊贤，为国为民育栋梁；
团结友爱，尊老爱幼，助人为乐好思想；
艰苦奋斗，持家有法，勤劳致富真有方；
严禁赌博，不准贪污，切莫吸毒与嫖娼；
爱惜土地，净化环境，科教兴国谱新章；
广交朋友，以人为善，心平气和不霸道；
全族和睦，牢记族规，互相帮助永不忘。

族训九项

祖先忘不得，父母逆不得，兄弟姐妹薄不得；
夫妻闹不得，子女惯不得，老弱病残欺不得；
良心昧不得，朋友疏不得，欺哄敲诈行不得；
酒色贪不得，作风坏不得，流氓习气要不得；

赌博干不得，偷抢使不得，吸毒嫖娼做不得；
冤仇结不得，坏人交不得，国法民约犯不得；
报道惩不得，坏事做不得，待人接物燥不得；
宗派拉不得，正气歪不得，谦虚谨慎少不得；
公事拖不得，学习停不得，光阴似箭恍不得。

八要八不准

一要热爱祖国，尽忠报国。一不准无忠无孝，虐待老人。
二要勤奋上进，立志成才。二不准偷摸扒窃，害国害民。
三要遵纪守法，反腐倡廉。三不准吸毒嫖娼，贻害自身。
四要勤俭持家，艰苦创业。四不准打架斗殴，违法犯罪。
五要孝顺父母，尊老爱幼。五不准嫌贫爱富，歧视族亲。
六要行善积德，乐于助人。六不准嫉妒贤才，族内纷争。
七要顾全大局，团结为重。七不准族内恋爱，结婚开亲。
八要共建小康，和谐社会。八不准信仰邪教，自欺欺人。

家规家训

家族要兴旺，素质必在先。
和睦好家族，方能万事兴。
婚姻是大事，美满过一生。
父母养育恩，丧葬最后情。
勤劳能致富，节俭能守成。
士为知己死，友为朋舍命。
邻里关系好，远亲不如邻。
族中无后者，大家要关心。
为人父母者，身体要力行。

（于让耕）

范氏家训百字铭

孝道当竭力，忠勇表丹诚；兄弟互相助，慈悲无过境。
勤读圣贤书，尊师如重亲；礼义勿疏狂，逊让敦睦邻。
敬长与怀幼，怜恤孤寡贫；谦恭尚廉洁，绝戒骄傲情。
字纸莫乱废，须报五穀恩；做事循天理，博爱惜生灵。
处世行八德，修身率祖神；儿孙坚心守，成家种义根。

（范健康）

荣县颍川堂钟氏祖训

钟氏祖训

家规当法，家法当守。耕读文本，勤俭为要。
族谊当敦，嫁娶当慎。教子宜严，待人宜宽。
贫而无谄，富而无骄。远族当亲，诚敬祭祀。

钟氏家风五字经

孝悌家风顺，精忠国运昌。礼恭修身本，仁义立业纲。
富贵犹勤俭，贫穷志要良。言行防过错，恩德切莫忘。
正大传耕读，公平作贾商。从政守廉洁，治学耐寒窗。
作风严细谨，赌博不临场。族人当亲睦，遇仇必自宽。
国法警必畏，善事尽禳邦，一生惟苦搏，百世有馨香。

这是颍川堂钟氏祖训和家风五字经。颍川堂，在河南，钟姓的郡望。钟姓是一个多民族、多源流的中国姓氏，起源多达十余个。有源于中原姬姓、嬴姓、芈姓的，也有源于畲、羌等少数民族的。其中微子启后人逃居钟离山一脉，后来改姓钟离或钟，在河南颍川成为望族，被认为是钟氏主要来源。

钟氏历史上不乏名人，钟姓人家院门大都要镶嵌上“知音遗范”

“越国流芳”“墨渖（shěn）流芳”这样匾框，以表先祖上有春秋时期著名音乐家钟子期，唐代江南第一宰相钟绍京，三国时期曹魏著名书法家、政治家钟繇。“高山流水第；舞鹤飞鸿家”“墨沛毫端，擅飞鸣舞鹤之势；琴鸣指下，赏高山流水之音”等通用祠联即用的这些名人典故。祠联“金生丽水千年秀；重如泰山万古存”则是鹤顶格嵌典繁体字“锺”（钟）姓的析字联。

明洪武二年（1369年），颍川堂后人钟迪吉从湖广省麻城县孝感乡（今湖北省孝感市）迁徙到四川省犍为嘉阳安谷乡泉水山（今乐山市犍为县境内）开荒种地，成家立业。生有友福、友禄、友文、友才四个儿子。钟迪吉一生艰苦奋斗，勤劳简朴，却过得又穷又苦，在临终前告诫儿子们要迁居他方另谋生路。其后，大儿子友福迁居宜宾县，二儿子友禄迁居荣县，三儿子友文迁居仁寿县，幺儿子友才留居乐山犍为。

钟友禄来到荣县后，在东门外定居。经过两代人的奋斗，钟氏家族人丁兴旺、家境殷实，号称“钟半城”，人们将钟氏定居地称为钟家坪或钟家塆，即今旭阳镇原富东乡政府所在地水巷子、光明路一带。钟氏大祠堂建在钟家塆关岳庙（今已不存）。

钟友禄传到第七代，即明朝崇祯三年（1631年）遭遇战乱，族人多为避乱而逃难。有的逃到荣县的乐德、五宝等地，有的逃到富顺县。只有第七代孙钟崇喜仍居住在县城东门口飞仙桥（东门桥）。

乐德、五宝一支，大多赁屋而居，租田为业，世代农耕。清中叶乐德一支，部分后人留在乐德镇生活至今，一部分又迁居现过水镇租田生活，世居新会村钟家湾。

留居荣县城东一带者，后世逐渐发达，至中华人民共和国成立前有的读书、从军，富贵在外，有的在县内升官发财。如钟尔典在民国时任县政府督学，与五宝望族龙氏联姻。1949年后他将田产房产献给人民政府，此后仍在教界任教。

钟迪吉入川第九代钟启仕、钟启会迁居东兴乡钟家大房子，荣东、正安（今属高山镇）等地。在荣县的第八、九、十、十一世先祖都安葬在东郊关岳庙后面的皂桷嘴、莲花坝（今荣县旭阳镇大佛街莲花坝农贸市场内）等地，均已不存。

清朝康熙年间（1662—1722 年），孀居的第十一世祖婆带着独子回荣县高山乡（其时叫荣川乡）刘家塆（今高山镇太阳村四组）娘家居住，此后在这里繁衍生息。

自钟迪吉入川以来，颖川堂钟氏除定居荣县钟家塆的三、四代先祖在几十年时间内比较殷实外，多数时间家境贫寒，族人过着日出而作、日落而息的农耕生活。此外，第十五世祖钟学儒培养出两个太学生，曾使刘家塆钟氏家族兴旺。

荣县有东兴、高山、双石、过水等多个钟家湾、钟家大房子，基本跟湖广填四川有关，以县城为中心聚族而居的钟姓，多数源于颍川堂入川的钟迪吉，其他则是由不同族祖聚族而居形成的。荣县各个钟姓分支安居一隅以后，多有自己的祠堂和字辈，少数落魄家族因建不起自己的祠堂，沿用先祖字辈。

颍川钟氏除有族规、家风五字经外，还有家训、家典要录等家族规范。先辈严守家规家法，以耕读为本、勤学为要，要求嫁娶当慎、教子宜严、贫而无谄、富而不骄，对后世有一定借鉴意义。

（钟学惠）

蒋氏家风家训

尊长老，爱幼生，夫妻诚，妯娌亲，兄弟和，邻里敬；勤耕读，俭持家，老与少，惜年华，常自省，勤奋发。

——蒋氏家训

我的老家在荣县河口镇与宜宾合什镇交界处。据老人们讲，我们祖籍广东梅州，后来湖广填四川时迁到此地，生于此，耕于此，代代为农，蒋氏家族的训示一直流传下来。

我刚上小学的时候，顽皮贪玩，没有耐心，书写很差。一天下午，父亲把我叫到面前，脸色沉重，拿出一只装满豌豆的大碗，把手一斜，成千上万的小豌豆蹦了一地。这是要干嘛？我心里一怔，瞟了父亲一眼。见他板着脸，瞪着眼睛，下巴上的短胡子根根发怒地撑立着。“把豆捡回碗里，一颗都不能少！”父亲一手把大碗递给我，一手递过来一双竹筷子，“用筷子捡！”我不明白父亲为什么这么做，开始还觉得好玩，夹了十来颗豌豆，我受不了了。这圆溜溜的豌豆用手捡还容易，用筷子就很难了，一不小心豌豆就掉了，在父亲的严厉监视下我好不容易捡完了所有的豌豆。谁知父亲接过大碗，又把手一斜，整碗的豌豆又蹦得满地都是，父亲命令我再捡。那天我抹着眼泪捡完了的时候，天都快黑了。父亲语重心长地教育我学习就像捡豌豆，要有耐心，不能急躁，我明白了父亲的良苦用心，从此发奋读书。

在我的印象中，父辈对老人特别尊敬。那时生活条件艰苦，但凡吃鱼吃肉，父母亲都要让我们把阿公阿婆（爷爷奶奶）接到家里一同吃饭。在父辈们的影响下，我们小辈也知道尽可能对阿公阿婆好些。九岁那年，大人小孩都打松果去卖，五分钱一斤。我和姐姐就跟着满山遍野地跑，拿着竹竿打松果。傍晚时分，别的孩子都拿着钱买东西吃了。当我们满头大汗地用两背篓松果换到两元钱时，我和姐姐高兴极了，可以买二十根冰棍啊，那可是我们的最爱。可我们最后一致决定，买了一盒蛋糕，把蛋糕送到阿公阿婆手中时，我和姐姐觉得这汗流得真值了。

融四岁，能让梨。香九龄，能温席。这些都是古人孝悌的典范。我的家只是一个普普通通的家庭，但我们希望能把蒋家尊老爱幼、家庭和乐、勤学勤俭、奋发向上的良好家风一代一代地传承下去，正如神位台上方的四个字一样：祖德流芳！

（蒋申辉）

雷氏家训故事

一、雷氏祖训

华夏望族，列有雷门，姓自黄妃，树茂根深；文韬武略，星河映辉。名医雷公，黄帝大臣；

东汉雷义，情逾胶漆；晋代雷焕，遥知剑气；金代雷渊，贪官除尽；忠播睢阳，唐代万春；

梨园田公，雷威制琴；南宋三益，英烈一门；学精易理，元代德润；清朝履泰，票号始汇；

当代雷锋，万民称许；祖系雷裔，当感幸甚。宋代德骧，弹劾奸相，忍屈含冤，黜贬流放；

长子有邻，击鼓奏章，追封太师，立碑合阳。二子有终，少府少监；盐铁副使，裁制私贩；

有伦有庆，解池帮办；雷家坡村，始建家园。先祖海庭，幼丧双亲；离乡背井，颠沛迁徙；

张耿落户，数辈木艺。春雷声响，改天换地。吾辈苦读，杏坛为师；时逢盛世，家道康殷；

丙戌仲夏，新屋告竣；珙壁迎面，宅院生辉。规诫后侪，谨镌此训。纵观青史，方正立身。

幼须勤学，莫负光阴；勤能补拙，瘦土出金；磨穿铁砚，唯诵负薪；书读万卷，蟾宫折桂；

辈出精英，报国为民。仕则清廉，民则贤德。蓄积蕴养，乐道安贫。温良恭俭，礼仪诚信；

博爱众生，常施善德；务实正业，友睦乡邻。陋俗不染，守法遵规；身心清正，刚直为人；

学松高洁，效梅精神。父母生养，恩如海深；尊老爱幼，和谐温馨；团结友爱，家和为贵；

光前裕后，宝慈昭德；忠厚传家，光我雷门。企吾后辈，谨从此训，立身处世，铭刻于心。

二、雷氏源流

中华雷氏始于炎帝神农氏第九世孙方雷氏和皇帝大臣名医雷公。雷焕为雷公第六十四代传人，南方江西、湖南、四川一带雷姓世系，皆以雷焕为始祖。传说晋武帝时，天空斗、牛两宿之间常有紫气，当时的豫章人雷焕通晓天象，说“宝剑之精，上彻于天”，地点在豫章丰城，司空张华乃任雷焕为丰城令。雷到任后，在丰城掘得宝剑两口，一名龙泉、一名太阿。送龙泉与张华，自持太阿。后雷焕之子子华持剑过延平府延平津，剑入水，见二龙各长数丈而去，子华曰：“先公化支之言，张公终合之说，莫信乎。”斗、牛之间紫气即消失。宜都在今湖北省宜昌市，南朝陈析置宜都县，据推测，雷氏的某代祖先曾在宜都居住过。

明末清初，因为战争和饥荒，雷焕后人被裹挟于“湖广填四川”的巨大浪潮中，历经千难万险，一路减员折损，终在四川各市县寻得一丝生机。这入川雷焕后人中有一支悬壶济世的药王支脉，外号“药疙瘩”的三兄弟，平时以开医馆、卖草药为生，落地成都市青羊区祖祠。我祖雷腾蛟，源自“药疙瘩”的嫡系，后人分居成都、乐山、自贡、遂宁等地。雷腾蛟长子雷春泰生岱、嵩，后人聚居井研县、彭县、荣县等地。雷岱生四子大经大纶大统大绪，后人多居彭县；雷嵩为荣县雷氏先人，世居清朝四川上南道嘉定府，1949 年后为分土地落地拥斯茫河边。雷嵩妻子王氏于双古坟场横街天后宫生雷大震，雷大震生起富、起贵、起荣、起华四子和二女，起字辈曰：“大起开宗志，兴隆德胜方；君臣帝理力，万代享荣昌。”雷嵩一脉后代分支以聚居地黑凼沱、黄茅埂、买米塘、喻家沟等命名，如黑凼沱雷，简称黑凼雷，祖坟在平安寨南坡。

井研县千佛镇民建三组雷畅故居旁，还有一处乐山市文物保护单位——雷氏宗祠，为我荣县雷氏的兄弟祠。据《雷氏祖谱》记载，雷汉广携祖母骑白马、持宝剑而来；雷氏祠堂为其八弟兄及后人所建，占地 1000 平方米，四合院式，白墙青瓦，是典型的江西“样式雷”建筑。该祠有著名的“九子十翰林”的典故。据传，在明末之前，有一户雷姓秀才隐居深山，其九个儿子和一个女婿都曾考上翰林学士，后人把他们一家曾经居住过的那片山林叫作翰林山。而位于双古镇平安寨和大刀寨之间确有一个叫翰林山的地方，山前还有一个形似墨砚的椭圆形小山包。

三、雷氏名人典故

“陈雷之谊”与“如胶似漆”

《后汉书·独行列传》中记载：“陈重字景公，豫章宜春人也。少与同郡雷义为友，俱学《鲁诗》《颜氏春秋》。太守张云举重孝廉，重以让义，前后十余通记，云不听。义明年举孝廉，重与俱在郎署。”“雷义，字仲公，豫章鄱阳人……义归，举茂才，让于陈重，刺史不听，义遂阳狂被发走，不应命。乡里为之语曰：‘胶漆自谓坚，不如雷与陈。’三府同时俱辟二人。”

这两段文字记载到，同为豫章（今南昌）人的陈重和雷义是同窗好友，太守张云举荐陈重为孝廉，陈重先后十余次让给雷义均未被获准，第二年雷义也举孝廉，二人同为郎官。后来，二人因事都回到家乡，雷义被举茂才时，坚决让与陈重，刺史不准许，于是雷义装疯卖傻逃走了。乡人见到两人的友谊深厚，都赞叹说：“胶和漆合在一起，可以说是十分的牢固，但却比不上雷义和陈重的情谊呀！”

陈重与雷义之间互相举让之谊，后来被称为“陈雷之谊”，也是成语“如胶似漆”典故之一。

“金殿封官”与“样式雷”

据传，康熙二十二年（1683 年），二十四岁的雷金玉跟随父亲雷发达来到北京。他们家在南方时就擅以楠木盖楼、装修、做家具。在一次重修太和殿的大工程即将竣工时，因南方发生了水灾，要用做大梁的楠木被洪水冲走了，工部的官员只好从他殿移梁过来备用。太和殿上梁之日，康熙皇帝亲自前来观礼。宫鞭一响，开始上梁，只见大梁举起，却被榫卯卡住落不下来；几番折腾，大梁和殿柱的榫卯都吻合不上，可把官员们吓得要命。就在这时，雷发达毛遂自荐要上去试一试。可是那时有个讲究，做此事的人至少要有七品官职。情急之下，一个机灵的官员让雷发达换上官服，腰挂板斧，疾步爬上了殿顶，“笃、笃、笃”的几声斧头的敲击声后，大梁与殿柱正正当当、严丝合缝地装好归位了。康熙大喜，当即就赐封雷发达为工部样式房的掌案。当时有民谣记载此事，曰：“上有鲁班，下有掌班，紫薇照令，金殿封官”。后来经考证，康熙在《畅春园记》中非常挂念的一位能工巧匠便为雷金玉。这雷金玉就是中国古代宫廷建筑设计“样式雷”的杰出代表。“一家样式雷，半部古建史。”“样式雷”历经八代，凭借过人的想象力和炉火纯青的技艺，为中国古代皇家设计的集大成者。“样式雷”的浓墨重彩遍及“三山五园”，其设计实施的古代建筑园林颐和园、承德避暑山庄等入选“世界文化遗产名录”。金殿封官标志着“样式雷”的蓬勃兴起，更是开启了“样式雷”绵延二百多年的荣耀之门。

（雷德辉）

王氏家风家训

湖广填川，荣县王氏家族来自湖北麻城县孝感乡，世居荣川乡杜家井，字辈共16个：国正朝廷，永克友光，先开伟玉，齐振鹤昌。我祖父为朝字辈，我父亲为廷字辈，我本人为永字辈，我的独生女儿为克字辈，但是，未依字辈来取字。

家风是以家族和家庭为纽带，以中华传统文化为母体，以家族和家庭成员的奋斗精神为滋养的家族和家庭历史上各种思想文化、习俗作风、观念形态的总体表征；是指那些过去有的、现在仍然在起作用的东西，是一代一代传下来的活的东西；是历史延传下来的思想文化、制度规范、风俗习惯、宗教艺术乃至思维方式、行为方式的总和。它无处不在，时时刻刻影响着我们的社会行为，影响着我们的生活习俗。家训是祖辈对儿孙后代立身处世、持家治业的教诲和告诫，给下一代树立起做人的行为准则和道德标准。而今已照恩师嘱，古训文明万代留。王氏家族历来家风、家训如下：

王氏家风

勤奋读书，尊敬师长。
普爱众生，小心饮食。
谨慎交友，三思后行。
心怀感恩，遍施善行。
发扬祖业，有所作为。

虚怀若谷，谦恭宽厚。
前辈训诫，精进勤勉。
遵守礼仪，谦逊忍让。
勤学善思，敬惜字纸。
广结善缘，赢得福报。

王氏家训

一、团结宗族，捍卫国家，不容有违背涣散之行为。
二、服从祖训，端本孝弟，不容有悖偷蔑礼之行为。
三、保护祠产，维护公益，不容有侵蚀欺诈之行为。
四、崇尚道德，遵守法令，不容有作奸犯科之行为。
五、注意教养，勤求职业，不容有放弃贻误之行为。
六、禁食鸦片，严禁嫖赌，不容有伤风败俗之行为。
七、律己治家，忠信笃敬，不容有卑劣偷惰之行为。
八、刻苦耐劳，节俭朴实，不容有奢侈游荡之行为。
九、合敬同爱，排难解纷，不容有歧视推诿之行为。
十、振作精神，见义勇为，不容有废弛敷衍之行为。

王氏祖训

百代世第，及至于今。英才辈出，卓尔不群。孝悌为先，忠信为本。

惟耕惟读，恩泽子孙。不奢不侈，颗粒成廪。婚丧从俭，持家以勤。

嫁女择媳，勿尚重聘，积德行善，不惟俗伦。自强自立，处事以忍。

广结贤良，不谋非分。当差有事，尊上宽仁，努力进取，友朋谨慎。

勿以诱善，祸及自身。勿以亲恶，招惹公忿。酗酒无度，伤其身心。

聚众赌博，财帛散尽。贪婪飘荡，荒废青春。胡作非为，辱没先人。

恋衙投宦，必爱人民。忌才害贤，毒族害群。耸人告讼，不如兽禽。

利令智乱，灾难必临。祖灵在天，察尔甚真。阴诛阳谴，追究必深。

祖灵阴佑，和顺永存，后裔繁昌，福寿盈门。一荣一辱，天地一新。

世德世业，纠察昭昏。一谦受益，一满招损。神灵有鉴，莫辱斯文。

阴受其殃，阳恶是因。安贫乐道，其心也欣。焚毁朝夕，何堪明晨。

纨绔堕落，愧对乡邻。不肖为贤，浪子如金。振兴美族，直上青云。

秉公惩戒，繁荣后昆。恭愿后裔，永传家珍。百世不竭，积厚且纯。

张德扬惠，守规遵训。

王氏祠堂对联

承祖风，传家训，德业昭昭繁后代；续族谱，积世功，英才济济茂荣川。

（王永才）

简氏家训

家训，是家族对子孙立身处世、持家治业的教诲，是家族文化的重要组成部分。

在我国，家训这一文化现象形成已久，影响深远，对个人、家庭乃至整个社会的进步都发生过良好的作用。

家训的主旨是推崇忠孝节义，提倡礼义廉耻。绝大多数家训的内容不悖于社会主义核心价值观。其中关于孝道、爱国、勤劳、节俭、友善、诚信、学习、养性等方面的教诲（要求）值得世世代代后人们遵循。

笔者儿时常受父母教诲，什么“积财千万，不如薄技在身”（《颜氏家训》），“静以修身，俭以养德。非淡泊无以明志，非宁静无以致远。”（诸葛亮《诫子书》），“有田不耕仓廪虚，有书不读子孙愚”（朱柏庐《治家格言》）自觉受益匪浅。那时尚未发蒙，先受这些启蒙教育，对尔后“三观”形成都有重大影响。

荣县简氏系望族，居县城土主湾，耕读世家，后嗣繁昌、科甲蝉绵。三国时简雍助刘备取得四川建立蜀国政权，后任简州刺史。简文瑞、简敕叔侄一年同中进士，朝廷令建“父子地官坊”于南街旌表。简氏乐善好施、扶危济困，明末崇祯朝曾“出资千金”修建锁江桥……

《简氏族谱》成修于清咸丰年间丙辰年（1856年）。其中之“家规”，内容丰富、思想健康，读之有益，特推荐于前，以飨读者：

孝为百行之源、居家首务。凡衣服饮食，自家宜从省啬；父母身上，务从丰厚。父母欲为一事，如其合理，须承颜顺志，竭力助成之；如不合理，须婉言悦色谏止之，切不可亢言厉色。若加以劳苦，亦不敢怨憾父母。生则致敬，死则尽哀；葬则以礼，祭则必诚。循其分所当为，斯无忝于为子。

夫殁而母再嫁，或不幸而母被父出，为子者俱当尽孝。逢节逢生，务宜亲往拜省。如衣食艰难，亦当竭力供给。没后殡葬诸事，须以身任之，遵例服务衰杖期。虽曰母出庙绝，但谓不得入庙耳；如谓已嫁已出，遂不以母事之，天下岂有无母人哉？

兄弟，父母之遗体也。分而观之，固各为一体，合而言之，均父母所遗，不啻一体也。虽有贫富贵贱不同，而父母之心，原不欲其独富独贵。若因财产而兄弟阋墙、视如仇敌，非为不友，亦大不孝。试想父母生你们弟兄，伤了手足，便痛彻于心，就该知不孝之罪。莫如弟兄和气，学个九世才妙。

家中骨肉参商，皆因枕边冷语入耳太深。为弟兄者，勿听嫌言，当各谕其妇。或妯娌不和、口角斗胜，尤当谆谆教诫，务使和睦，方成丈夫。

夫妇拜家神毕，不先拜父母，而先拜他人，亲疏倒置，一非礼也。凡我族中有完配者，拜家神毕，须由亲而疏，由父党而母党，先拜祖父母及父母，后拜亲谊，断不可从俗先拜他人，亦断不可从俗妄拜他人，以致轻身取贱。

孀妇不幸失偶，立志冰操，服饰宜朴，切莫艳妆。嫌疑勿避，最忌戏谈，尤不可祭拜干亲，多出户庭，恐惹人说长道短，以致清名有玷也。

兄亡占嫂，弟亡占弟妇，或弟兄转房，上干列禁、下渎伦常。如有明知故蹈，族长公同禀官究惩。

似续之义，祖宗血脉所关。凡抚嗣承祧，必由亲及疏、班序须合，尤择其贤而有能者。如夫故守节，抚子承继，虽班序既合，又必子少于母，庶万全无弊。至若以长承嗣则礼法所不许。间有强抚异姓子承祧，是又自斩其血食也，万万不可。

丧葬乃人子大事，须以哀戚为本、丰俭称家，切不可作佛事、设大奠、奏乐者、放火炮、饮酒食肉，以干列禁。尤须速速修郭，择吉安葬。不可惑于风水，久停亲柩。如家有余积，思报亲恩，当施济放生、送地舍棺、广行善事，以资冥福。

子孙贤不贤，皆关教训。古人于五六岁便入小学、十五岁即入大学，无时不加教诲，所以子孙多贤。今人能养不能教，见子孙机巧，反谓聪明；子孙豪强，反谓能干；子孙贪污，反谓善于持筹。明明所为皆非，而不革正，其教诲安在哉。毋惑子孙皆愚也。

勤俭为治生之本。然俭而必勤，乃能裕其所出；勤而必俭，方能留其所入。倘或不勤，则误却一生精力，不俭，则折却一生福分，何以立业成家耶。世有不事耕读、不惜财用者，毫不体前人治产之艰辛，又不想后人保家之根本，只因一时体面，荡尽家业。上使祖宗血食其保，下使子孙衣食多艰。以至为娼为盗、为乞丐者有之。呜呼！不勤不俭者，受害若此，顾我族子孙，永守勤俭二字而勿忘。

居家处世，父子兄弟夫妇不亲、宗族乡邻朋友不睦，皆由出言做事不忍不让，致遭莫大之罪，惹莫大之祸。若当下一言能忍过，一事能让过，心也泰然、身也安然、家也宽然。所以古诗云，忍字敌灾星，忍过事堪喜且又想到，人善被人欺，人欺天不欺，何事不能忍？何事不能让？切不可逞我豪强，强是杀身刀；切不可说我柔弱，弱是守身宝。语又有云：争田不如另买；争婚不如另娶。我族当三复斯言。

庆生一事，最为冗费，亦未合理。以母难之日，反为欢喜之时，大属不孝。若父母在时，只宜具馔拜敬，以悦亲心，何必治酒待客；倘父母不在，须想吾亲费尽千般苦楚，儿子今日能饮能食，父母今日无形无声，每一念及，痛心糜已。此日乃思亲悲亲之日，尚忍张乐饮酒，以为乐乎!观自古帝王圣贤，无礼不制，并未制及此礼，可知老与少皆所不宜。就是自己儿孙，惟有改日称觞，以展其情可耳，何必大开筵席，侈然受贺哉！

酒所以合欢，亦可以成礼，如何可废？但不可滥者，不知节止，既醉而犹复强饮也。吾尝谓滥酒有四害：一废事；二耗财；三惹祸；四生病。由此观之，果有什么乐趣？曹月川诗云：养性勿食昏性水，成家宜戒败家汤。顾我族中人早自已觉焉可也。

淫为万恶首。人习于淫，身名俱贱。况淫心一荡，狡计百生。由此而夺算，由此而减禄，由此而杀身。何苦以俄顷之娱乐，始终身之荼毒也。我族中成年人，宜切切以此事，各戒其子弟，勿使有犯。如犯事者迹败露，宜经凭祠堂，照例治罪。纵无一月枷号，宜满杖一百板，以儆族众。

处世戒兴讼，讼则终凶。谁不解讼非美事，然或见理不明、养气不足，因之逞才持能，少不遂意，便成鹬蚌相持，迨至囊空气散，反悔莫追。曷若守本分之为愈也。凡我族内，倘有大小是非，忌宜从容调停。乡间劝息。范文正公，有戒讼诗二首云：些小事辞莫若休，不须经县更经州；费钱受辱赔茶酒，赢得猫儿卖了牛。辞讼湛休，饶人一着最为优；安家守分身无辱，免去赔钱作罪囚。旨哉斯言，当共味之。

天生五谷以养人。凡男妇大小，当惜米如珠。喂鸡喂鸭，切不可抛撒五谷，自遭天谴。

（戴泽祥）

吴氏家风

翻开吴氏族谱“吴氏祖宗规约”和“吴氏祖训”立即跃然纸上。吴氏祖规祖训，又被称为“吴氏家风”，其内容十分丰富，主要涵盖了忠孝伦理、苦读行善、骨肉亲情、平等礼让、住宅环保、阴宅避讳等。现仅就其中的“让德”做一简述。

“泰伯让德”的由来。据吴氏族谱记载：吴姓始祖为有熊氏。据说有熊国君之妃某日感觉有电火绕身而怀孕，遂生轩辕，轩辕生昌意……至十八世祖为古公。古公生三子：长泰伯，次仲雍，三季历。古公发现季历之子姬昌从小聪颖过人、天庭饱满，便产生了将王位传给季历进而传给姬昌的想法。这在当时是有悖常理的。泰伯知道父亲的心思后，便说服二弟仲雍和自己一道悄悄地逃到了荆蛮之地。该地名曰“吴”，因此当地人便称其为“吴泰伯”，吴泰伯便成了“吴”姓的第一人。吴泰伯将本该自己继承的王位通过特殊的方式巧妙地让给了三弟季历的美德便作为吴氏的“家风”传承了下来。姬昌即周朝奠基人，史称周文王，其子周武王伐纣成功后，就将吴泰伯所在的吴地封为吴国。

吴国王位传至东周第十一位君主时，其国王为寿梦。灵王十一年（前 562 年），吴王寿梦病重，召其四个儿子（长诸樊，次余祭，三夷昧，四季札）至床前，说：“你们四弟兄，惟季札最贤，因此，我要立他为世子（王位继承人）。”季札当即“顿首恳辞不允”。吴王无奈地说：“既然季札不肯受君位，那我死后就按长次第传位吧！”不久之后，吴王故。长子诸樊推辞王位于季札，季札再三不允，诸樊只好继位，遂带兵伐楚，不幸殉国。众推余祭为王，余祭又推给季札，季札仍不允，余祭只好勉强受位，为求速死以便尽快将王位传到季札手中，又带兵伐越，后被越国所杀。按先王之命，王位传给了夷昧，夷昧在位四年时，病重期间，把四弟季札叫到床前，嘱咐传位之事，季札依然不受，为不让夷昧难堪，便学先辈泰伯悄悄地逃到延陵的句容县去了。吴王夷昧只好将王位传给了自己的儿子州于，史称吴王僚。有诗为证：三让犹存泰伯心，百年丕显延陵续。

“让德”的传承。记得笔者初晓人事时，家父每逢初一、十五或逢年过节均要对祖先牌位“烧钱化纸”，而且要对祖宗祈祷。他祈祷的内容除保佑平安顺利外，还要加上一句“保佑别人的孩子欺负我家的孩子，我家的孩子决不欺负别人家的孩子”。当初我不太明白是啥意思，后来才知道这就是“让德”的具体化。

我们家人口众多，每顿吃饭时，桌子都坐得满满的，一旦有好吃的都放在桌子正中间，兄弟姐妹从不争抢，总是把它让给父母或弱小。在外受到别人家大孩子欺负一般都不还手，自己跑掉就是了。记得我读小学的路上，偶尔会遇到一些坏孩子，无缘无故地就会在水田里抠一把稀泥巴悄悄地甩在我的背上，可我从不还手，自己跑开然后将衣服洗干净就是了。以后走到这里自己就尽量快地离开这个是非之地。几十年后，家乡来了一个老乡，找我帮忙给办个事，我一眼就认出了他就是当年的“坏孩子”之一。但我依然在力所能及的情况下帮他办好了所求之事。

能让就让一点吧，没什么大不了的！让之德，始于吴氏，传于天下！

（吴岷钟）

张氏家风

小时候，常听父亲谈起张家祠堂的清明会，热闹非凡。彼时族中子弟齐聚，动辄两三百桌，族长要带领众人祭拜祖先，分派祭田部、学田部、义田部各部事务，重申祠规家法，严管族中子弟，敦孝悌，重节义，督学励勤，戒奢杜懒，很是威严。从小家里穷，父亲常以“会事不在家豪富，风流不在着衣多”安慰我们。

去年从堂叔手中接过他珍藏的族谱，便迫不及待打开来看。我萃坪张氏祖先，自明初洪武时入川，世代居住在荣县南部乐德镇外一里左右的萃坪山，耕地为生。原有家谱，后遭明末之乱，逃难黔境，谱牒失传。清初返川……历经几代搜集整理，在清同治八年（1869 年）由八世伯祖张模及九世祖必达等牵头创修成谱，后又经十世廷梁叔祖及十一世国维、国源祖等全面增修，才于民国 15 年（1926 年）完成这增修族谱。

谱中记载我族昌盛始于五世、六世，极盛于七世、八世（敦叙），发展为一县首富（赵熙《荣县志》记载）。先祖们因是以耕田致富，所以要子孙坚守“勤”“俭”，并且深知家族事业要发展壮大而且长久必以“仁”。因此虽富甲一方，却乐善好施，急公好义，扶危济困，深受乡里敬仰。为了让族里后辈铭记，族谱有明文规定“祠规即家法也”，共一十八条，至今读来亦字字珠玑，先辈们殷殷之心可见一斑。

现摘录几条以显我张家门风，祖辈遗训。

第一条“敦孝悌”。“敦”是督促之意，“孝”是孝顺父母，“悌”是敬爱兄长，就是敦促族人做到孝顺父母、敬爱兄长，并强调这是做人之根本。族中如有不肖子孙，“悖逆父母，欺侮长上”，将视其情况予以处理，情节恶劣的要送交官府惩办，情节较轻的可由家法处置，但决不宽恕。

第二条“严教戒”，就是严格教育约束子女。此条说到子弟是否贤能，关系到他们自己及整个家庭的成败，其关键在于做父兄的要严格教育。特别是人心风俗日益败坏时，族中子弟应该严格禁止窃盗、奸淫、烟赌。这三项为害很大，不仅废业破家，丧德败行，还可能导致杀身之祸、灭门之灾。所以做父母兄长的要负起管教的责任来，务必严加管教。如有不听约束的，可以交由族里治其相应之罪。

第三条“锄横暴”，即为除暴安良。宗族之间无论贫富贵贱，应该相亲相爱，如有横暴之人，恃强凌弱、以富欺贫、以大欺小、倚老发蛮，以致酿成祸端，甚至纠集众人结党营私，残害骨肉，都是族中败类，一经被害人家向祠堂投诉，一定从重惩处，决不宽贷。

第四条“戒奢侈”。谱里详述人生日常要用的，不外乎衣食住三方面，太过吝啬当然不合适，但若崇尚奢靡，会滋生骄奢淫逸的坏习气，导致败坏家财。至于孩子的成年冠礼、婚丧嫁娶、祭祀等，也应该与家庭条件相称，只要礼节完备就行了。张家以勤俭起家，做子孙的自当世代遵守家风，切不可攀比奢华，那就辜负了先人创业的艰辛，而且不为子孙做长远的打算。

第五条“警游惰”，即警告游手好闲和懒惰者。读书、务农、做工、经商，各人都应该有自己该做的事业。无业就成为游民，成了游民若不因为穷困而死的话，一定就要做很多违法不轨的行为。所以我家族子孙务须各谋正当职业，维持生计，期望能立业成家，如果有整日游荡、品行不端、不务正业，以致衣食都无着落的人，那就是咎由自取，不能像祠中孤苦贫穷的人那样享受义田同等的利益。

族谱记载的名人掌故颇多，淳朴的家风代代相传，濡养着族众。仅第十世廷彦祖所创“尊五堂”一支，第十一世弟兄九人中：秀才一人，留学日本三人，除夭折三人外，均学业有成，服务乡里有声。谱记廷彦祖书房对联“处世惟忠厚，必诚必信；持家崇孝悌，克勤克俭”，并常对诸子说：“先圣论语首言学，吾张氏以耕读传家，学以明理、学以知义、学以知事物、学以识时势，吾子孙必笃于学，世守勿替。”可见先辈们用一言一行在实践着勤俭良善、好学诚信的美德。

我父亲已是第十三代。为了家族的传承，增修族谱时还拟定了十三世以后的字辈："孝友兴家永，贤书庆国昌。存仁宏德泽，志学显朝邦"。虽是简洁，却彰显了张氏淳朴的家风，以及对后代子孙笃学成才的厚望。

【注】 作者随母亲姓。

（卢敬超）

吴玉章清廉轶事

自贡市荣县的巴蜀先贤吴玉章（1878 年 12 月 30 日—1966 年 12 月 12 日），原名永珊，字树人，历经戊戌变法、辛亥革命、讨袁战争、北伐战争、抗日战争、解放战争、中华人民共和国建设而成为跨世纪的革命老人，与董必武、徐特立、谢觉哉、林伯渠一起被尊称为“延安五老”。

吴老为社会进步、民族解放和社会主义建设、党的事业奋斗了一生，留下了很多光辉事迹。其中，不乏能彰显其高尚品格、坚强党性的清廉故事。今天，就让我们通过这一桩桩、一件件的“小事”来追忆他的风采，缅怀这位桃李满天下的教育家、永远值得我们纪念的革命家。

豆花饭就是他的美食

吴玉章 7 岁丧父，13 岁丧母，从小就参加田间劳动。他的一生勤俭朴实，不吸烟，不喝酒，连茶也少饮，长期穿布衣布鞋，随行只有一口皮箱、一条军毯。

1958 年 4 月吴老回故乡荣县时，一再告诫随行人员和接待干部，不许为他多加菜。一天中午，接待人员为他准备了一顿豆花饭加泡酸菜，他边吃边高兴地说：“四川人就喜欢豆花嘛！我已经有几十年没有吃到家乡的豆花和酸菜啰。”当警卫员提醒他：“吴老，你已经吃得不少了。”吴老诙谐地说：“平时我听你的，今天你就‘宽大’我一回吧！”一句话引得大家哈哈大笑。

当年已80高龄的吴老还瞒着随行人员，爬上老家自己的木板阁楼，翻箱倒柜清理藏书，弄得满身灰尘、汗流浃背。在秘书多次催促，并保证帮他清理好后，他才勉强走下来。随行人员把书一捆捆搬下楼，吴老一边指导如何分类，如何打包，哪些他要带走，一边又向人们讲解这些照片、资料的来历。可敬的是，他还把不少珍贵的书籍捐赠给了地方政府，甚至把故居也捐赠给政府开办了荣县师范学校。

拒国民党官员的“贿药”

1938年春，国民党荣县党部一位官员听说吴老回到了双石镇蔡家堰家中，便趁机去巴结，想为日后高升“打基础”。

这位官员跑到吴老家中，毕恭毕敬地向他呈上一个精美盒子说：“听说夫人跌伤了，我专门托人在外地买的。这是我孝敬夫人的。”吴老打开盒子一看，只见里面装的是十分名贵的药品和高级补品。

虽然当时吴老的夫人游丙莲确实因在山坡上劳动，不慎跌倒在两米多高的坎下，扭伤了脚髁，但吴老却对这位官员说：“谢谢。你的心意我领了，东西我不能收，请你带回去。”那位官员继续花言巧语想劝吴老收下。吴老还是婉言谢绝，并一语双关地说：“闲言碎语，众口铄金，你该知道，我是共产党员，你是国民党员，你还是拿回去吧，免得日后你有口难辩。”这位官员无法，只得收回盒子怏怏地走了。

“人民的儿子”深爱人民

吴玉章在1946年任中共四川省委书记时，曾收到一封河南农民的来信，信的头一句竟是“玉章吾儿”四个字。吴老对此称呼也不生气，他笑着说：“我活了这么大岁数，现在居然钻出个父亲来了！”原来那个农民的儿子也叫吴玉章，是家里的主要劳动力，抗日战争中当了壮丁，一去杳无音信。抗日胜利后，他听人说重庆《新华日报》登了吴玉章的消息，已当了“大官”，因此才托人写信。信中说：家里耕牛死了，年复一年的灾荒，又要上捐纳税，生活难以维持。

吴老回信道：“来信收到，请不要生气，因为你们找到的这个吴玉章已经68岁了，实在不是你们的儿子。儿子参加抗日是你们的光荣，八年抗战（现已称为十四年抗战，自1931年至1945年）有很多人流血牺牲，现在抗战胜利了，流血牺牲也就有了价值。为抗日流血牺牲的军人，他们的父母应该受到尊敬，胜利了的人民，有责任赡养他们的父母。你们是‘人民的父母’，我虽然不是你们的儿子，但我是个共产党员，是‘人民的儿子’。现在寄点钱，暂时解决两位老人的困难。以后再有困难，可就近找我们的同志帮忙。”

谁的礼物都一律不收

中华人民共和国成立后，吴老对自己要求更加严格，谁的礼物都一律不收。一次徐特立徐老打电话给吴老的秘书说：“告诉吴老，一会儿我去找他要。”秘书告诉了吴老，吴老却说：“快吃饭，吃了饭，我们到郊外去走走。”

吴老走后不久，徐老提着一条大鱼到吴家。吴老的媳妇说：“吴老出去了。”徐老说：“不要紧，我等他，他会回来的。”可是他后来左等右等，一直等到下午 4 点多，吴老都没有回来。徐老叹口气：“唉，这个吴老啊！”摇摇头走了。原来这天是吴老的生日，他后来对秘书说：“党中央、毛主席说了的，我们党不兴祝生。”吴老就是这么坚决执行党中央的决定。

吴老在工作中有时会遇到外宾赠送礼物，出于礼节当场不好拒绝，但他在收下后也一律交公。他说：“外宾送我东西，是因为我在这个岗位上，我这个岗位是党和人民给的，应交给党和人民。”

绝不占公家一点便宜

中华人民共和国成立后不久，党中央给吴老配备了一部北京牌小车。后来，党中央考虑到吴老年岁已高，就给他换了一部乘坐时更舒适的高级轿车。吴老坚决不要，说有小车坐，办事方便就足够了，何必要什么高级轿车。中央领导同志只好叫司机把车直接开到吴老家。这怎么办？吴老想了好久，终于想出了办法。他安排中国人民大学搞后勤的同志把高级轿车卖了，买回一部大客车，用来接送人民大学教师子女上下学。

一次，吴玉章的外孙女婿坐飞机从广州到北京开会，顺便给他带了几斤红糖。吴老问：“交运费了吗？”他的外孙女婿一脸茫然：“交什么运费？”“交红糖的运费。”“坐飞机的行李要几十斤以上才收运费，手上顺带的东西是不收运费的。”吴老生气地说：“你到北京来开会是公事，带糖是私事，公私不能混淆，不能占公家的便宜。假公济私的东西我不能收。”“外公，我懂了。”外孙女婿拿起糖到飞机场行李收费处一再说明情况补交了费，最后拿着收据回到吴老面前，他才收下了红糖。

有次接待外宾，吴老没有办酒席，只是清茶一杯、香烟一盒。外宾走后，收拾茶具和打扫卫生的工作人员顺手拿了一支香烟。吴老看见后，严肃地对工作人员说：“你这样不好，一支烟算不了什么，可那是公家的。公家的一片纸、一滴水，我们都不能去占便宜。”并谆谆告诫道：“犯大错误往往是从小错误开始的，一定要时时注意防微杜渐啊！”

（谢鸣明）

立志勤奋　诗书传家

小时候，父亲总爱讲起他童年的故事，讲他的外公。

清朝末年，川南一个偏僻的小山村，有一位姓熊的人家，一家三口，靠种地为生。儿子名义，他六岁的时候，父亲不幸病故。父亲去世后，母子俩相依为命，日子过得十分清苦。好在熊义聪明伶俐，勤奋踏实，虽说没有文化，但主意多。他十二岁跟人学做山货的小生意，每天起早熬夜，来来回回要走几十里山路，十分辛苦。由于他肯吃苦，讲信用，又善于经营，生意做得顺风顺水。二十岁便在镇上开了一家米店和一家布店，成为方圆几十里闻名的富商。年轻有成，春风得意，熊义有些飘飘然。

熊义的生意越做越大，有些大宗生意需要签合同，但是他一字不识，只好请一个“师爷”把文字关。有一次，有一批紧俏的布匹，利润空间非常大，熊义几乎投入整个家当。他窃喜：这么好的商机，这一次可以好好地赚他一大把。哪知“师爷”眼红，偷偷地与布商勾结，在合同上做了手脚，以次充好。劣质布料不仅卖不出去，还遭举报走私紧俏物资。熊义血本无归，差一点倾家荡产。这件事让熊义知道了知识的重要，他从《三字经》开始，生意上一有空闲就学习，很快在文字上再也骗不了他，生意也越做越红火，富甲一方。

熊义非常重视子女的教育，请私塾老师，送子女至新式学堂读书学文化。他的两个儿子学有所成，一个还是清末“蜀中五老”赵熙的子弟。熊义聪慧乖巧的小女儿嫁给只有十多亩薄田、能说会写的我的爷爷。熊义也成了我父亲的外公（我的太外公）。

父亲说，小时候，逢年过节到太外公家里，太外公总会把一大群幼小的表兄弟姐妹召集在一起，有板有眼地教他们背《三字经》和古诗词。大伙下一次去太外公家的时候，一个一个在他面前背所教的内容。每一次，父亲总是一字不漏地背诵出来。太外公的几个子女里，我们家里穷，但是在众多的表兄弟姐妹中，太外公最疼爱父亲。有一次，幼小的父亲不懂事，饭桌上伸长筷子去找自己喜欢吃的菜，大舅婆(父亲的大舅妈)敲打父亲的筷子恶狠狠地叫父亲不要搛“过河菜”，聪明的父亲明白这是大舅妈嫌自己家里穷。

父亲默默地吃完饭，与大家伙玩耍了一会儿，就向太外公辞行要回家。太外公十公纳闷：这孩子每次来总要耍几天，这次怎么刚来就要走呢？

“外公，什么叫‘过河菜’呀？大舅妈骂我搛过河菜是不是嫌我家穷呀？”父亲满腹疑问。太外公立即明白父亲闹着回家的原因。

“孩子，外公小时候比你家还要穷很多很多哟。穷不可怕，一个人要有志向，勤奋读书，将来就有出息。”太外公疼爱地说。

父亲懂事地点了点头。

太外公的话激励着父亲，父亲读私塾时有几十个同学，父亲的成绩一直名列前茅。随着弟弟、妹妹的降生，家里十多亩薄田“盘”不起父亲读书，太外公又去世了，父亲读到“高小”就辍学。不过父亲打得一手好算盘，写得一手好毛笔字，这两项技能让父亲尝到了一个人有“学问”的甜头。

十六岁，父亲被聘到一所学校教书，学校老师很是瞧不起这位“愣头青”，老师相邀一起上街、游玩，父亲总是“被遗忘的角落”。开校不久，学校搞节日庆祝，各个班级都要布置喜庆的内容。父亲先是到各教室转了一圈，然后提笔布置自己的班级。老师们布置好自己班级，大家一起参观各自的“杰作”。父亲一手“圆润”的赵体征服了学校的老师，从此，老师们上街、游玩再也不会忘记父亲这位“愣头青”了。

中华人民共和国成立初期，父亲凭着“准高小”文化被选为村文书，字写得漂亮，算盘打得又快又准，父亲很快成为“名人”。区公所的李政委三次调父亲到“供销合作社”去当主任，村里都以缺文化人为由强留住父亲。

男儿志在四方。朝鲜战争爆发后，父亲报名参加志愿军，抗美援朝保家卫国。回国后重操“旧业”站三尺讲台，勤勤恳恳、兢兢业业，挥动清瘦的教鞭走完一生。

我十二岁时候，刚刚过花甲的父亲因病离开了人世。他留给我一大箱报刊书籍，留给我太外公和他并不精彩的故事。“人再穷也要有志向，勤奋读书，将来就有出息。”这句话常常萦绕在耳际。

立志勤奋，诗书传家。这是父亲留给我们的最宝贵财富。

（胡为民）

第三篇 方言民谣

荣县方言特点及其溯源

按照“荣县方言溯源及其特点”调研方案。荣县政协课题组于 2019 年 7 月至 9 月，开展了一次调查荣县方言分布状况及音系特点、追溯荣县方言来源的大型调研工作，力图对荣县县域文化经济发展提供语言文化支持。

这次调研，县内布点双古、留佳、新桥、古文、高山、双石等六个镇，县外远赴重庆丰都和湖南宁远等地，采集了大量方言语音素材，了解和查看了部分家谱，进一步掌握了荣县方言的音系结构，对荣县方言的来源从理论和现实的角度进行了深入探索。根据田野调查和域外调查语音素材分析，对荣县方言的特点及来源得出如下分析报告。

一、荣县方言的音系特征及其内部分布情况

荣县位于四川南部，东邻自贡市贡井区，西接乐山市井研县，南连宜宾市，北靠眉山市仁寿县、内江市威远县，地处长江上游之沱江、岷江水系之间的低山丘陵区，地势西北高，东南低。处于这样的地理位置，从理论上讲，荣县方言属于西南官话灌赤片仁富小片，荣县话应该与乐山话或者自贡话、威远话相似，但是实际上荣县话与荣县周边县市的方言相差甚远。荣县是一个典型的方言岛。为了探讨荣县话的来源，彻底弄清楚荣县话的全貌成为一个必不可少的步骤。以往的

调查资料，例如1941年前中央研究院历史语言研究所丁声树的调查和2009年四川师范大学研究生刘燕在荣县旭阳镇的调查，虽然已经对荣县话的音系做过详细的描写，但是两次调查的荣县话却出现了不一致的地方。以往没有人对荣县话内部各乡镇做过共时调查，所以并不清楚荣县话内部是否存在差异，也无法证明前两次调查结果的不同是语音发展的结果还是地域不同的原因。基于此，课题组于2019年8月初，利用上海师范大学语音研究所、陕西师范大学文学院开发的方言田野调查系统——斐风，对荣县双古、留佳、新桥、古文、高山和双石这六个镇做了方言音系调查，分别采集了1000个单字、1200个词语的读音，整理出当地音系，并把六点音系与自贡话、威远话、乐山话进行对比，试图找出它们的远近亲疏关系，为进一步探求荣县话的来源提供资料。

（一）荣县方言的音系特点

1．声调

荣县内部声调都是只有阴平、阳平、上声和去声四类，虽然具体调值不同，但调类是一样的，并且都没有入声，入声全部归入去声，这点和自贡话、威远话一样。

2．荣县话音系

根据田野调查和音系分析，荣县话的音系有如下特点：

① 不分平翘舌。如：“资、次、丝”和“知、吃、诗”读音声母不分。

② 不分尖团。尖团音是尖音和团音的合称。尖音指z、c、s声母拼i、ü或i、ü起头的韵母，团音指j、q、x声母拼i、ü或i、ü起头的韵母。部分方言中分别“尖团”，如把“尖、千、先”读作ziān、ciān、siān，把“兼、牵、掀”读作jiān、qiān、xiān。普通话不分“尖团”，如“尖=兼”jiān，“千=牵”qiān，“先=掀”xiān。古文镇采集到朱家湾村13组陈家河王运高在读“小、笑、尖”的时候是分尖团的。

③ 普通话读-iɛn的韵读-in。如“烟、盐、言”等与读in（音、淫）的音相同。

④ 普通话读-yan 的韵读-yn。如“原、远、员、袁”等与读 yn（晕、云、允）的音相同。

⑤ 普通话读-aŋ 的韵读读-an。如“昂、胖、忙”等与读 an（搬、饭）的读音相同。

⑥ 普通话读-uaŋ 的韵读-uan。如“王、往”等与读 uan（玩、晚）的读音相同。

3．声韵特点

声母方面，荣县话除了古文话以外，其他五个乡镇的方言和乐山话一样都是不分平翘舌和尖团的。此次调查比较大的收获就是发现荣县古文话有少数几个字分尖团，需要注意的是《四川方言调查报告》中 1941 年丁声树调查的荣县话的声母是分尖团的，而之后不管是四川大学的调查还是四川师范大学的调查，都没有发现荣县话有分尖团的现象。关于荣县古文话分尖团的原因，有两个方面的猜测：一是荣县话本来就是分尖团的，只不过在语言的演变过程中，荣县其他地方分尖团的现象都消失了，只有古文话由于古文镇交通不便、发展缓慢变化较少，所以保留了尖团音；二是受自贡话的影响，自贡话在过去也是分尖团的。电影《抓壮丁》中饰演王保长的演员陈戈口中的自贡话台词就是分尖团的。

韵母方面，荣县话音系最大的两个特点，一是普通话读-iɛn/-yan 的荣县话读为-in/-yn，韵母中间少了元音 ɛ/a；二是普通话读-aŋ/-uaŋ 的荣县话读为-an/-uan，最大的不同是普通话读后鼻音尾而荣县话读前鼻音尾，即没有后鼻韵。接下来仔细分析各方言点韵母特点的不同：

① 普通话读-iɛn 的而古文话和高山话读为-in/iɛn 可能是受周边方言的影响，一部分字读音开始变化，处于-in 和-iɛn 之间的过渡段，一部分字还保留原读音不变。

② 普通话读-uan（弯）而留佳话读-uaŋ（汪）双石话读-uan/uaŋ 的原因可能是：荣县话本来全部都是读-uaŋ，后来其他点方言的语音受周边方言的影响变为-uan，而留佳话保留了没有改变，双石话则处于变化的阶段中，一部分字受周边方言的影响读-uan，一部分保持不变，可能最后所有的字也都会变为读-uan。

③ 普通话读-aŋ（肮）的韵而其他方言点都读-an（安）而双石话读-aŋ可能是受周边方言的影响。

④ 普通话读-iaŋ（央）的韵其他点都读-iaŋ而古文话读-ian（烟）的原因，有可能过去荣县话都是读-ian的，受周边方言的影响其他点都读-iaŋ，只有古文话保持不变。

⑤ 普通话读-uaŋ（汪）的韵其他方言点都读-uan（弯），只有留佳话读-uaŋ双石话读-uan/uaŋ的原因可能也是受周边方言的影响读得和普通话相似，而双石话处于向周边方言靠拢的过程中。

值得一提的是，1950年从荣县划归乐山市井研县的竹园镇仅与来牟镇一桥之隔，因曾长期属荣县管辖，竹园镇人至今还保留荣县长山话音系特征。

（二）荣县方言的内部区域特征

荣县方言与周边地区音系区别十分明显，但内部音系特征并无大的区别，主要是在声调方面有区别。根据这次调查的六个点的声调特征，方言内部大致可分为三个片区：以旭阳镇为中心的东南片区，这一片区为与野客山脉（崖上）地区区别，又称坝下片区，这是荣县方言的主流片区，主要包括旭阳镇、度佳镇、铁厂镇、正紫镇、东兴镇、高山镇、双石镇、乐德镇、鼎新镇；以铁山山脉为主体的西北片区，主要包括双古镇、观山镇、来牟镇、长山镇、留佳镇；以野客山脉为主体的西南片区，主要包括保华镇、东佳镇、新桥镇、河口镇、古文镇。三个片区的交接地带以及与周边地区接壤的地区，在发音方面均有渐变的过渡现象，并不是截然分开的。

1. 双古话声调特点

声调名称	调值变化	典型汉字
阴平	1 35	班东追间天
阳平	2 31	排图煤雷儿
上声	3 41	果品雨母老
去声	4 23	柱兴认吃折

声调说明：

阴平调为一个中升调，前期升势较陡，后期较为平缓，时长较长；

阳平调为一个中降调，降势较陡，时长较长；

上声调为一个中降调，降势较陡，时长最短；

去声调为一个中升调，前期有一个明显的下降趋势，后期升势也较为平缓，时长最长。

2．留佳话声调特点

声调名称	调值变化	典型汉字
阴平	1　25	帮天针亏休
阳平	2　21	河除骑严林
上声	3　42	洗肯使猛网
去声	4　13	竖痛味搭碟

声调说明：

阴平调是一个中升调，前期升势较陡，后期较为平缓，时长最长；

阳平调是一个低降调，降势较为平缓，时长较短；

上声调是一个中降调，前期有一个明显的升势，后期降势较陡，时长最短；

去声调是一个低升调，前期升势平缓，后期升势较陡，时长较长。

3．新桥话声调特点

声调名称	调值变化	典型汉字
阴平	1　45	翻猫胎初音
阳平	2　31	爬徐危毛牛
上声	3　51	写浅躲狗满
去声	4　24	杜面岁尺罚

声调说明：

阴平调为一个高升调，升势不大，比较平缓；

阳平调为一个中降调，前期降势平缓，后期较陡；

上声调为一个高降调，前期有一个明显的升势，后期降势较陡；

去声调为一个低升调，升势较陡。

4．古文话声调特点

声调名称	调值变化	典型汉字
阴平	1 35	抱刀抄甘宽
阳平	2 52	壶财时油连
上声	3 451	紫厂所左冷
去声	4 14	父气汗扎麦

声调说明：

阴平调为一个升调，前期升势较陡，后期较为平缓。

阳平调为一个高降调，前期有一个轻微的升势，降势较陡。

上声调为一个升降调，前期升势平缓，后期降势较陡，时长最短。

去声调为一个中升调，前期升势较陡，后期升势较为平缓。

5．高山话声调特征

声调名称	调值变化	典型汉字
阴平	1 45	飞包焦张坑
阳平	2 41	垂桃流门轮
上声	3 452	姐抢孔所米
去声	4 22	簿壮现拍学

声调说明：

阴平调为高升调，升势平缓，时长较短；

阳平调为一个高降调，前期有明显的升势，降势较陡；

上声调为一个升降调，前期升势较陡，时长最短；

去声调为一个平调，后期有比较明显的升势，但升势不大，时长最长。

6．双石话声声调特点

声调名称	调值变化	典型汉字
阴平	1 35	翻尖心终轻
阳平	2 31	肥埋如鱼零
上声	3 41	典口桶李染
去声	4 214	簿照面鸽杂

声调说明：

阴平调是一个中升调，前期升势较陡，后期较为平缓，末尾有轻微的下降趋势；

阳平调是一个中降调，前期降势较为平缓，后期较陡；

上声调是一个中降调，前期降势较为平缓，后期较陡，时长最短；

去声调是一个凹调，前期有一个明显的下降趋势，后期升势较陡，末尾有轻微的下降趋势。

二、荣县方言溯源

历史上操相同或相近方言的一部分人迁入操另一种方言的人的地盘，他们所带来的方言在本地方言的包围下，就如大海上的岛屿，就是我们通常所说的“方言岛”。荣县话可能就是在宋元以后的历次移民尤其是清初移民潮中逐渐形成并发展起来的。

荣县自宋元以来，每次朝代更替都曾遭遇战争灾祸、人口减少而有移民迁入，但真正大移民而形成今天的荣县话是在清初康乾至清中道光年间。根据《荣县志》等有关史料记载，崇祯十三年（1640 年）和十七年（1644 年）张献忠两次屠城荣县。顺治五年（1648 年），姚黄（姚天动、黄龙）农民起义军曾进驻荣县。加上 1860 年前后的李蓝之乱，明末清初的战乱，造成荣县人口锐减，至康熙二年（1663 年），全县仅有 1000 余人。康乾时期，清政府推行实边政策，低征田赋，奖励入川垦殖，大批以湖广为主体的移民迁入，充实了荣县人口，进而形成了荣县方言。荣县大塘冲吴氏、民国大善人黄九文、荣县钟氏各大支系、双石谢氏等家族的族谱也为此阶段大移民提供了相应证据。

那么，众多操相同或相近口音的人是从哪里移入的呢？即荣县人是从哪里来的呢？湖广填四川有一个共同的来源地——湖北麻城县孝感乡。现在已经证实，这里只是一个移民中转站。从这里迁入荣县的，确实有部分麻城人（如乐德镇钟德康家族），但多数并不是麻城人。这些移民除来自当时的湖广省（包括湖南湖北）外，还有的来自山西、江西、广东以及福建。

根据这次县内田野调查、域外考察得知，操荣县话相近方言的远不只是荣县人，目前已知的还有湖北的潜江市和湖南的宁远县，重庆的巫山、丰都县，他们自东向西散落于湖广到四川的各个地区，也成为一个个方言岛。这些方言岛和荣县话一样，声母都没有翘舌音，鼻音边音不分；韵母普通话读-iɛn（ian）的韵读-in（in），但他们有后鼻韵-ɑŋ（ang）。荣县话基本没有尖团音，丰都和荣县话儿化韵现象比较普遍（如“钱”一般说“钱儿”），但今天的丰都话早已受到周边四川方言（重庆话）的影响而与四川话混杂使用了，只有高家镇一带还保留着比较原始的音系。丰都和宁远都保留后鼻韵-ɑŋ 和尖团音。湖南宁远属于双方言地区，语音系统非常复杂，既有北方语系中的西南官话，也有平话。课题组考察的湾井镇下灌社区虽然也有荣县话的音系特点，但他们没有儿化韵，有些土话融入了平话音系，如他们把“冰、雪”都称作“冰垢”，“傍晚”称作“马夜黑”，“石头”称作“马路姑”，等等。

湖南宁远是一个在明代居民大量外迁的县。据宁远专家介绍，从明初到明末，宁远人口从十万锐减至一万多人，减少部分主要为移民外迁。宁远有移民到四川的，但目前还没有发现移民荣县的家族。荣县音系方言岛最东端在湖北潜江，最西端就在荣县。这也和湖广填四川的迁徙路径一致，只不过由于语言的发展变化和周边语言环境的影响，他们的发音特点已与荣县话有比较大的区别。因此基本可以推知，荣县人的最初来源地在最东端的湖北潜江等地。这些方言岛就像一颗颗珍珠，散落在湖广到四川的沿江迁徙旅途上，至地处我国西南的长江上游之沱江、岷江水系之间的荣县而止。

（钟学惠）

荣县语音

一、声调

荣县方言的声调有四类：阴平、阳平、上声、去声，与普通话声调一致。

调值四个，与普通话调值不同。古入声字归类为：城区全部归去声；西北方向长山、双古部分地区，有少数字归阴平，略带入声调。如屋、桌、石、不、缩、擦等字的读音高而短。

二、声母

荣县方言有辅音声母 19 个，零声母 1 个，共 20 个。如下：

b〔班白北并〕 p〔拍旁匹片〕 m〔妈忙米灭〕f〔方蝴反奋〕

d〔单德典弟〕 t〔汤昙体跳〕 l〔他男恼令〕 g〔街阁解告〕

k〔刊葵孔阔〕 h〔哈咸狠港〕 ng〔肮皑偶硬〕j〔江洁俭去〕

q〔妻劫巧鹊〕 x〔须霞显笑〕 n〔捏泥女念〕 r〔扔揺软孕〕

z〔朱侧载赞〕 c〔超陈彩册〕 s〔沙熟伞算〕 o〔腰吴雨月〕

荣县方言没有 n〔n〕，只有 l〔l〕，“恼男哪奶努宁”等字〔l〕的发音不纯，鼻腔有弱气流，略带〔n〕。

城区没有 zhi、chi、shi。“站芝处车书诗”等字的声母 z、c、s，但东南方向与普通话基本相同。

荣县方言读 fu 的字，如“忽呼胡壶浒户”等，普通话读 hu。
n 为舌面鼻音，荣县话“泥你鸟聂牛娘”等字的声母读 n。
ng 为舌根鼻音。荣县话“我爱熬安鸥恩”等字的声母读 ng。

三、韵母

荣县方言有单韵母 8 个，复韵母 15 个，鼻韵母 8 个，共 31 个。
i〔之资词师〕 i〔比笛机剔〕 u〔不粗姑律〕 ü〔菊吕区需〕
a〔妈茶发挖〕 ia〔家给峡呀〕ua〔挂华夸刷〕o〔歌玻科活〕
üo〔药学确脚〕ê〔德特克色〕ie〔姐灭列贴〕ue〔国帼扩或〕
üe〔绝缺靴阅〕er〔儿尔耳贰〕ai〔猜待鞋来〕iai〔阶解界械〕
uai〔乖怀帅歪〕ei〔杯批美飞〕uei〔威规亏类〕ao〔包草刀高〕
iao〔标刁交苗〕ou〔抽沟候扣〕iou〔丢究留秋〕an〔班盘饭兰〕
uau〔弯关环穿〕en〔耕很坑门〕in〔兵今盐面〕uen〔纯吨昏孙〕
ün〔荣军圈勋〕ong〔充风松梦〕iong〔邛兄熊用〕

荣县方言没有 ian、üan、ang、iang、uang 5 个鼻韵母（成佳、龙潭、五宝、牛尾等地例外）。“烟边棉钱先连”等字的韵母读 in，略带 an 声，普通话读 ian。“元娟泉宣冤悬”等字的韵母读 un，但 y 的发音不明显，普通话读 yan。“帮江张香光霜”等字的韵母都读 an。

荣县方言中的“握躲托若郭火”等字的韵母读 o，普通话读 uo。“割个可科合禾”等字的韵母读 o，普通话读 e。

“得刻责册舌彻”等字的韵母，荣县话ê，普通话读 e。

成佳龙潭一带无ü的韵母，“鱼雨举区需旭”等字读 i。

荣县方言没有舌尖后元音 i（成佳龙潭五宝等地除外）。“知纸吃迟时日”等字的韵母舌尖前读 i。

“皆介届戒芥邂”等字的韵母读 iai，普通话读 ie。

荣县方言“崩耕横蒸承省”等字的韵母读 en，普通话读 eng。“冰平明京轻兴”等字读 in，普通话读 ing。“丰风烹碰盟猛”等字读 ong，普通话读 eng。

（邹光耀）

荣县方言选编

呢【nē】：1. 与“这”相对，指另一，那一。◎[1]呢家馆子更好吃【cí】。2. 同助词“的”。◎我是从农村考出来呢。*便于理解，以下例句仍用“的”。

呢些：那些。

那【nā】：第三人称。◎你不要听那呢。*以下例句仍用“他”。

咾【lào】：了，啦，表示动作完成。

嘛【ma】子【zì】：1. 咋子，干什么。◎你到底要嘛子？2. 如何。◎你嘛子跟他说的？3. 为什么。◎你嘛子不听我的话？4. 怎么回事。◎你脸色不好看，嘛子的？5.（没有）怎么。◎人不舒服，没有嘛子吃。◎他没有嘛子说。

你嘛个我嘛个：同你一样。

你对的：你有能耐。

一火：一阵子。◎忙呀一火还没有忙出名堂来。

萝卜儿钱：过年钱，置办年货的钱。

搞一火【huò】：1. 也称搞火，相当于“原来”。◎搞一火我们还理得起亲戚。2. 搞了一阵子。◎一年到头搞一火还是该发点萝卜儿钱。

随在哪个：无论是谁。

嗦【suō】：语气词，表示得到确认，确定。◎是你嗦。

冇【máo】：1. 不，不要。◎大哥冇说二【ér】哥，大家差不多。

偷人：婚外性行为。

---

① 符号◎后的句子为例句。

叫他冇：叫他不要，任由他去。

径他：1. 径情（任性），任由。2. 算了。

假哥：情夫。

及：1. 去。◎及赶场。2. 花费。◎及呀好多钱？3. 达到。◎及呀岁数，记性不好。

恁【nén】：多么，这么。◎你弄的菜恁好吃的。

恁个子（说）：提出另外的意见。◎恁个子（说），大家平分。

高：1. 全部，完全，遍。◎十刀令牌都要高咾（黔驴技穷）。2. 上面。◎天高点。3. 上级。◎今天高头要来检查。4. 某方面。◎他在为人处事高点不行。5. 够。◎一个人分一颗都还分不高。

灶门前【qīn】：厨房。

洞【dǒng】门山：对面的山，表示对面。

后【hōu】边山：屋后边。

仄【zé】半边：侧面，旁边。◎我仄半边就是塘。

整在仄半边及呀：偏离方向，违背初衷。

边边上：边沿，临界。◎住在荣县挨到竹园的边边上。

均边：也称近边，往返距离近。

同房【fang】子、隔壁子：邻居。

对门室【shí】户：门户相对，指邻居。

点都：全面（否定）。◎点都不好吃。◎点都没得。

哈【hā】：1. 一下。◎你摆【bài】哈碗筷。2. 一起、一同。◎一哈吃。3. 整个，全部。◎钱一哈取出来。4. 摊开或刨开。◎你嘛子跟鸡一样，吃点哈点，哈点吃点。

哈哈：每次，每回，总是。

哈儿、哈哈儿：一会儿。

宙【zóu】时：随时，经常。◎你宙时发酒疯。

哈把【bà】儿：一时半会儿。

起事：1. 开始。◎起事只是脑壳痛，后来又咳。2. 分娩先兆。

嘿【hèi】：很，十分。◎嘿重的。

得【dái】行【xín】：1. 可以，要得。◎借点钱给我得不得行？2. 能干，厉害。◎他读书嘿得行。

头哈：起先，刚才。◎头哈都还在。

哈数、哈儿数：1. 心中有数。2. 本事，能力。3. 规矩，知趣。

过儿勤：一会儿。

慢儿：过一会儿、稍后。◎慢儿再吃中药。

耽【dán】儿：等会儿。

过身：1. 事后。◎你过呀身才说。2. 过去的。◎过呀身的事。

归一：1. 结束，完工。2. 整齐。3. 完好，完备。◎我给你准备归一。

来往：概数。◎三千来往块钱。

打光脚板：全体失落。

打光【guáng】头：得零分。

撺【cuān】送：让利。

理抹【má】：过问，追查。

不理不抹【má】：不闻不问，听之任之，也指没礼貌，冷淡不热情。

毛【mao】：发火。

打燃火：发怒，冒火。

矛【mào】：闹矛盾。◎他们两个搞矛呀。

一抹【má】不稜【én】手：一律回绝，不搭手，无反应。

摸它不稜手，掐【qiá】它不出血：无反应，不会操作。

抹【mò】油嘴【zuì】：别人有好事，旁人讨点小利。

干【gān】：量词。◎一干屋。◎一干烟。

镶：沿着物体的边沿延伸。◎把抹坡拆咾，再镶一干屋出来。

打圆磋：打圆场。

倒帮补：女方倒拿钱给男方。

倒贴黄【huan】瓜两条：倒贴。

巴锅：倒贴一部分。

整到：让你。◎整到你白跑一趟。

瞌宿【sū】：瞌睡。◎瞌宿遇到枕头——就缘。

再【zāi】咾：1. 很，完全。◎就你一个人对再咾。2. 反复，很。◎瞌宿来再咾。

瞌宿来泥【ni】咾：困乏嗜睡。

睏【kǔn】藁【gǎo】高：睡觉。

睡啜【chuō】：入睡。◎整死当睡啜。

睡啜呀都笑醒呀：遇到特别高兴的事。

梦儿梦啜：睡眼惺忪。

紧【jìn】到【dào】：反复，长时间。◎你紧到说。◎紧到不还钱。

宠祸【huō】：告状，打小报告。

一终【zhòng】：一直。◎他一终宠我的祸。

去【qù】终：从来（没）。◎他去终没来过。

一了来：一直以来。◎两口子一了来关系都不好。

活【huō】路【lū】：指各种体力劳动。◎人老骨头粗，正当好干活路。

说些来给婆婆冲喜【xì】：只是说得好听，让人高兴而已。

刷【shuǎ】母家：妯娌 。

黄瓜还没起蒂蒂：还早。

喂【wěi】：1. 喂养。2. 生育。◎打破沙锅问到底，讨个婆娘喂个女。3. 抚养。◎把你喂大咾就飞咾。

走人户【fū】：走亲戚。

人来客戚：礼尚往来。

放人户：将女儿许配人家。

看人户：第一次到婆家察看家庭情况。

新客：新女婿。

脚是洗干净咾的：有口福。

新姑娘【niāng】：新娘子。

打发女：嫁女。

接媳妇【fū】：父母为子完婚。

说婆娘：找媒婆说媒，指讨老婆。

吃猪脑壳：当媒婆。

害【hāi】儿【er】：害喜。

有好处：亦指妇女怀孕有喜。

装怪：意为小孩生病（忌讳说病）。

糢【mán】：饭。◎吃糢【man】糢【mān】。

奶【nāi】奶【nāi】：1. 乳房。2. 乳汁。

细娃儿：小孩子。

又哭又笑，小狗儿屙尿：面对破涕为笑的小孩说的一句顺口溜。

惯【guán】实：1. 惯养，宠爱。2. 犒劳。

大人：家长。◎回及把你的大人喊起来。

做半月：小产。

打晃灯：做事不认真，马虎，造成闪失。

搞嘣【bóng】嘣【bóng】灯：本指唱歌跳舞，比喻不务正业，贪图玩耍，或者做事没有效果，只是好看。

嘻【xì】儿晃【huang】荡【dāng】：嬉笑打闹，做事不认真。

脚猪：专为母猪配种的公猪。

亲猪：将母猪与公猪交配。

亲脉：摸脉，指号脉。

牵牛爬皂角【gě】树【shū】：强人所难。

抓到【dào】黄牛就是马：先抓在手再说，不管是不是自己的。

牛教【jiāo】三道就晓得转【zuàn】拐【guài】：用来形容人比牛还笨。

耳朵打蚊虫【chōng】：责人没有专心听，如牛耳。

牛屎不来马屎来：想法、要求、借口多。

懒得烧蛇【se】吃：形容人很懒。

不管牛打死马，还是马打死牛：事不关己。

歇【xié】：1. 歇气。2. 生产队工分计量。3. 时隔。◎歇哈儿吃中药。4. 住宿。

打米碗：打算，计算。

走到哪儿黑就在哪儿歇：走一步算一步。◎你个人要有一个打米碗，不要走到哪儿黑就在哪儿歇。

见子打子：没有固定的活或者计划好的事，见到什么就做什么。

嘛下台：怎么办。◎你老呀来嘛下台哟。

当山大【dái】王：天黑前赶不到目的地，只能露宿山头。

圆范【fán】：1. 圆满，完善。◎跳咾一火还没有跳圆范。2. 符合逻辑，没漏洞。◎你扯谎都没有扯圆范。

斩圆子：说歇后语。

要个南瓜来刨：要一定的钱财才能支持、支撑。◎摊子铺大咾，要个南瓜来刨。

咳【ké】妈儿：青蛙。

钓咳妈儿：隐瞒收支，截取自用。

数【shù】数【shù】儿：钞票，钱。

搂【lōu】：截留。◎搂钱。

搂嘴：偷嘴。

夹灰减口：贪占、截留、偷工减料。

偷嘴狗儿：偷吃东西的小孩。

缺【quē】：量词，截，节，段。◎这一缺路有点烂。

缺缺儿：断成一小节一小节的。

挠【lào】：1. 肩扛。◎说得轻巧，挠根灯草。2. 手拿，举。◎把手挠起来。

挠马马凳【dēng】：小孩的双腿叉开，骑在大人的颈上。

挠起半节就开跑：没等别人意思表达完整就发表意见或者断章取义。

挠磨刀石："老实"与"挠石"谐音，用于否定别人老实的说法。

恼【nào】火：1. 经济上生活上困难。2. 痛苦，难受。3. 艰难，难办。

下【xiā】得心：忍心。

为【wei】心不过：于心不忍。

下狠心：下定决心，横下一条心。

滥酒：酗酒。

口死眼闭：赌咒发誓，下定决心。◎他说得口死眼闭的，不再滥酒。

凶：1. 厉害。◎他喝酒凶。2. 严重，惨重。◎病得凶。3. 凶恶。◎你凶到我嘛子？

我打到你好凶：比喻有过错，对不起人。◎凭啥子？我打到你好凶吗？

恶【wé】：凶恶，多指骂人厉害。

拿给：介词，被。◎事情拿给你整馊咾。

雀【quó】儿哄【gòng】，雀儿哄：指两人说悄悄话。

螃海（甲）：螃蟹。◎螃甲拱灶烄【hòng】——恼（挠）火。

打【dà】整【zèng】：1. 收拾，整理。2. 收拾人，惩罚，教训。3. 宰杀鸡鹅鸭鱼。4. 对付。◎这个人不好打整。

软【ruàn】打整：用软办法收拾人或者对付人或事。

犮【quan】：用手指拔毛，也指一点一点地搜刮钱财。◎钱拿给婆娘犮干净咾。

鱼小不犮【quan】毛：不要嫌小。小鱼不用去腮、鳞及内脏。

芗【xiáng】料【liáo】：1. 佐料。2. 洗衣粉、液等洗涤清洁用品。

大种鸡叫得迟：大器晚成，厚积薄发。

毛【māo]】煞【shá】：相貌或者言行凶恶。

各人的娃儿各人抱回及：各自的任务自行认领或自行解决问题。

鸡婆种就要杀【sa】来吃：败家。◎你听他的，鸡婆种就要杀来吃。

大客：待客大方。

问客杀鸡：征求客人吃什么再安排。

暗【án】：时间晚。◎暗点来。

鸭子脑壳，遭得甩【shuài】：钱财等损失惨重，不停摇头叹息。

摆脑壳：摇头。1. 不同意，不答应。2. 自我表示叹息，惋惜，无奈。3. 对人或事不认可，持不好评价。◎说起他尽都摆脑壳。

啛：鸭子觅食的动作。直接或者暗示别人请客送礼，办招待等。◎他啛呀我几回喊办招待。

鸭子嘴壳，带吃带啛：吃别人的东西，又啛别人送东西。

梆硬【én】：很硬，硬梆梆。

鸭子死咾，嘴壳儿梆硬：固执己见，死不认错。

梆鼓逗硬：严格逗硬，不讲人情和价钱。

死硬咾：死定了。

拈都拈不起来：受损严重，无法挽回。

打倒呀：本钱收不回来。

落地生根：也称落地巴灰。多指打出去的牌不能再收回。

蜒：指做事拖拉。◎你男人喝酒才蜒得哟。

擩【ru】：插入、塞进。◎一只脚擩在泥巴头及咾。

慢蠕【ru】蠕【ru】：动作缓慢。

快当【dáng】：快捷。

杇【xiu】：一直守望，不羞怯，以求得到施舍或达到目的。◎他杇呀我几天我才把钱借给他咾。

杇皮：因多次受到刺激、责骂再无反应，不起效果。◎你的娃儿拿给你叨杇皮呀。

杇皮狗：多指看到别人有好吃或者好玩的东西不愿离开想得到的小孩。

美女怕杇夫：漂亮的女子也经不住死缠烂打追求的男子。

厚皮撕脸：死皮赖脸。

脸皮厚，吃得够：俗语。

蚂【má】蚂【má】登：蜻蜓。◎蚂蚂登吃尾【yì】巴——吃自己。

喂金鱼：喝酒干杯不彻底，杯子里还留一小口。

蔑笑：表面微笑，其实内心轻蔑。

滚呀茅石：指运气好，有财运。

下矮桩：放低身子，赔不是。

下软腰台：服软，找台阶下。

向【xiáng】火：烤火。◎小狗儿向火——望到。

目【mu】到：巴望，等待。◎你目到我会及洗碗。

巴能不得：巴不得。

肭【gà】：也叫肭儿。肉。◎红萝卜，蜜【mī】蜜【mī】甜，看到【dào】看到【dào】要过年，过年又好耍【shuà】，萝卜儿煮肭肭。

革【géi】：割。革肉，指买肉。

腼【liáng】：肥肉或糖食过量后腻人的感觉。

腼人：1. 腻人。2. 令人羡慕。◎你在吃来腼哪个吗？

等：1. 让。◎等你惹别个。2. 任由，听任。◎等你耍。3. 连。◎等你都没得钱呀，旭水河头的水都干呀。

哟【dī】哟【dī】儿：少许，一点点儿。

说起推粑就要米：急需，必需。

（李焕军）

方言语词

一、称谓

大哥、老哥子、老弟、老大爷、公公、老大公、先生、老师——对男性的尊称

大姐、大姑娘、大嫂、大娘、大婆、婆婆、老太太——对女性的尊称

爷爷——祖父（少数称祖父为公公）

娘孃、奶奶——祖母

老汉儿、老把子、爸爸、爹——父亲

娘娘、妈妈——母亲

男人、当家人、门前人、赶场的、老头子——丈夫

内人、屋头个、烧锅的、老婆、婆娘——妻子

大娃、大女，二娃、二女，幺儿、幺妹——子女（老大、老二、老三）

老丈人、泰山——岳父

老丈母、丈母娘——岳母

舅子——妻兄弟

舅母子——妻兄弟媳

舅舅——母兄弟

舅母（娘）——母兄弟之妻

伯、叔，大爷、二爷——父兄弟

姑娘——父姐妹

姑爷——父姐妹夫

姨娘（妈）——母姐妹

姨爷（爹）——母姐妹夫

亲家（母）——婿、媳父母，下一辈称亲家爷（娘）、姻伯（母），再下一辈称太姻伯（母）

哥儿、嫂嫂——哥哥、兄嫂

兄弟、弟娃儿、弟媳——弟和弟妻

大姨子、小姨子——妻姐妹

老姨、老挑、老五尺——妻姐妹之夫

湖广籍：

阿公、家家（gāgā）——祖父

阿婆——祖母

大大、阿爸——父亲

阿咪、咪咪——母亲

阿伢——伯父

阿娘——伯娘

福建籍：

公哒——祖父

假假——祖母

呔爸——伯父

咪咪——伯母

呔姑——大姑娘

满姑——幺姑娘

满满——幺叔

二、常用语

烧锅——煮饭

干饭——吃饭
遭不住——受不了
宠祸——挑拨
宝气——傻瓜
绷起——逞能
穿连裆裤——一伙的
抽底火——揭老底
啬家子——吝啬
麻子得——怎么的
富态——体胖
吃嘎儿——吃肉
猫毛儿疯——莫名其妙地发脾气
丧德——做缺德事
造孽——可怜
抓扯——厮打
添肥——吹捧
吃雷——未如实传到答应转达的话
失悔——后悔
剐毒——狠毒
整到住——整得凶
何犯于——用不着
安登儿逸——很舒服
几爷子——不同年龄的一伙人
吃裹搅——占便宜
假精灵——不懂装懂
挝你——踢你
啄嘴壳——斗嘴争是非
犟拐拐——倔强
火炮性——性子急躁
抹粉牌——哭
拐啰——错了

好踱——故意做作
不落教——不够朋友
喳噬——嘴喳喳
吃碰——碰壁
梭斗——顺吞
吃（吙）不梭——吃不消
拈过拿错——挑毛病
看笑神儿——幸灾乐祸
打假叉——欺骗
抛撒——浪费
谈黄话——无理的话
梭边边——逃避
不谙——没料到
唱卧龙岗——饿肚子
绷劲仗——提劲
打烂仗——不务正业
扭到闹——纠缠不休
繁——脏
涮得繁——事态扩大
负累你——谢谢你
死眉烂眼——没朝气
提劲打靶——逞强要霸
幺二和三——不严肃
装疯迷窍——假装不知
黄疯子——不明事理
冲壳子——说大话
耍滑头——狡诈
肇堂子——败大局
拧筋掼骨——装模作样
风湿麻木——不正常
辨眼皮——装作没看见

稳起不抖——不露声色
出言语——用骂人的话伤人
好意思——不知羞耻
假巴意思——假惺惺
背趸时——倒大霉
打麻子眼——黄昏
水得很——没诚意
过孽——吵架打架
踩假水——作假
塞包袱——行贿
等个儿情——等一会
恁多——很多
滔人——骂人
知趣——自觉
撇脱——干脆
闪火——中途失败
弯酸——故意为难
老坎——土气
梆硬——很硬
理抹——追查
强说——以为
瞭看——看
剪脑壳——理发
退篾——卸担子、退包袱
理扯火——胡扯

三、专用语

撑花儿——伞
水打棒儿——淹死的人

大肚皮——孕妇
月母子——产妇
寡母子——孀妇
二婚嫂——再婚的妇女
黑脑壳——偷盗者
扒二哥、撬杆儿、三支手——扒手
丁丁猫——蜻蜓
克蚂儿——青蛙
棒老二——土匪
雪弹子——冰雹
鬼东哥儿——猫头鹰
下河——去自流井
下井——去贡井
幺师——茶馆服务员
刀儿匠——卖肉人
锅儿匠——炒菜厨师
磴子匠——切菜厨师
刮刮匠——理发员
烧老二——土酒
洋马儿——自行车
报鸡婆——手扶拖拉机
打屁车——摩托车
放筏子——妇女私奔
粜耳朵——怕老婆
跑滩匠——走江湖的人
喜马儿——老鼠
梭老二——蛇
地洋子——狗
长耳朵——兔子
长冠子——鸡
蒲筒子（水上漂）——鸭

姜片子——客菜（结婚时送给女方送亲的亲戚朋友的猪肉，约一斤）
头刀菜——牲畜血
皮打皮——猪耳朵
皮内皮——猪肚子
甩不累——猪尾巴
灰毛儿——豆花

（邹光耀）

谚语

一、农谚

立春天气晴，雨水就均匀。
但看立春晴一日，农夫耕田不费力。
两春夹一冬，十个牛栏九个空。
正月青蛙叫，秧子撒二道。
清明要清，谷雨要淋。
立夏无雷声，粮食少几升。
立夏不下，犁耙高挂。
雨打初伏头，干死毛芋头。
立秋无雨实堪忧，万物结实只半收。
处暑逢单，打谷子晒谷桩。
重阳有雨一冬阴，重阳无雨冬多晴。
立冬无雨有冬干，冬暖难免倒春寒。
冬至雾，来年谷子满田熟。
冬至打红伞，胡豌二豆光杆杆。
晚上落雨白天晴，一人找来供两人。
喂猪不赚钱，肥了一块田。
寒露胡豆霜降麦，立夏小满正栽秧。

麦从立夏死，谷怕午时风。
秋前三天无谷打，秋后三天打不赢。
黄菊花儿开，种麦时间来。
误掉一年春，二年补不伸。
庄稼一枝花，全靠肥当家。
土是黄金板，人勤地不懒。
猪吃百样草，看你找不找。
养猪无他巧，窝干食子饱。
马无夜草不壮，牛无夜草不肥。
冷雨冷风秧要坏，放水撒灰当被盖。
种田不喂猪，等于秀才不读书。
九冬十月不修塘，五黄六月秧枯黄。
七月犁田一碗油，八月犁田半碗油，九月犁田啃骨头。

二、气象谚语

云朝东雨稀空，云朝南打破船，云朝北雨没得，云朝西背蓑衣。

云朝东，一场空；云朝南，落满塘；云朝西，披蓑衣；云朝北，雨莫得。

天上鲤鱼斑，晒死懒婆娘。
先打雷后下雨，当不得一场大露水。
雷公先唱歌，有雨就不多。
太阳出得早，无雨天也阴。
谷子午时不杨花，当天必有偏东雨。
蛐蟮滚沙必有雨。
辰巳两条龙，无雨也有风。
久雨烟子不出门，不出三天雨淋淋。
日落黑云接，有雨在今夜。
月逢初四雨，只有九天晴。
雨打二十五，后月无干土。

东云吹西，当下雨淋。
卯时起云，巳时不晴。
太阳反照，涨水淹灶。
有雨天边亮，无雨顶上光。
春寒有雨夏寒晴。
鱼鳅翻腾，大雨要来临。
鲳子河边跳，大雨要来到。
鸡晒翅，晴一日。
下雨蛙声噪，雨量不足道。
蜻蜓穿花会下雨，土狗扑灯雨要淋。
关节痛，雨来临。
墙脚湿，大雨至。

（邹光耀）

歇后语

一、常见歇后语

河边的筒车——光架架

蛐蟮栽桩（打倒立）——腰杆不硬

黄鳝爬犁头——绞铧（狡猾）

叫花子嫁女——光说吃

磨子上睡觉——想转了

耗子吃米汤——只够糊嘴

癞疙宝吃血旺——口敞红（宏）大

老母猪打架——光使嘴

螃蟹夹豌豆——连滚带爬

电灯点火——其实不燃（然）

木脑壳（木偶）吃辣椒——不呛（像）

木脑壳戏幺台——挂起

木脑壳流泪——假仁假义

狗坐轿子——不受人抬举

狗屎当马鞭——闻（文）也闻（文）不得，舞（武）也舞（武）不得。

耗子进书箱——咬文嚼字

香签搭桥——难过
新姑娘坐轿子——头一回
肩上打灶——恼火
三天吃两顿——饿（恶）得很
一口吃了城隍庙——满肚皮的鬼
蚊子咬菩萨——认错了人
口袋装茄子——叽里咕噜
无常二爷拉胡琴——鬼扯
生基头拉二胡——鬼扯
生基头打牌——鬼场合
瓦匠做活路——拖泥带水
高石头儿（鹅卵石）沾豆油水——外咸（行）
哑巴吃汤圆——心中有数
钟鼓楼的麻雀——吓疲了的
老人吃腊肉——扯皮
老年人联欢——非同儿戏
叫花子要黄连——自讨苦吃
空棺材出丧——木（目）中无人
北塔顶上放水瓶——水瓶（平）高
吹糖娃娃的改行——不想做人了
脱了裤儿打老虎——既不要脸也不要命
脱了裤儿打屁——多余的事
阿屎不带纸——想不揩（开）
茅厕头栽菜——将就屎（使）
茅厕头划船——粪（奋）勇前进
茅厕头打电筒——照屎（肇死）
带起口罩打喷嚏——响（想）不开
半天云头挂口袋——故意装风（疯）
头发上贴膏药——毛病
冬水田种麦子——怪栽（哉）
自行车下坡——不踩（睬）

外公死儿——无舅（救）
罗汉请观音——客少主人多
阎王的告示——鬼话连篇
紫苏当柴烧——不识货
豆腐干雕罗汉——饮食菩萨
卖豆芽的掉了秤——乱抓
墙上挂狗皮——不像画（话）
刷子脱毛——有板有眼
龙灯的脑壳——吃宝（饱）
太平洋的警察——管得宽
联合国里“讪坛子”——开国际玩笑
皇帝娘娘死男人——不二嫁（价）
孙猴子坐法台——毛手毛脚
饭桌旁边摆胡琴——吃起来扯

二、新编歇后语

娃娃儿的衣裳——小件（见）
娃娃儿睡碓窝——搁不平
马的肚子——草包
虾子过河——牵须（谦虚）
麻布上绣花——底子差
半天云挂剪刀——高裁（才）
曹操遇蒋干——该背时
菜刀打豆腐——两面光
矮子过河——淹（安）了心
月亮坝耍大刀——明砍
麦秆吹——小气
缺鼻子牛——嘴巴多
茶馆搬家——另起炉灶

汤圆下锅——各自滚
冷水刨猪——不来气
曹操变的——疑心重
四季豆变的——不进油盐
蚊子咬秤砣——嘴硬
干豆腐下酒——有盐有味
耗子钻牛角——越钻越紧
小和尚念经——有口无心
叫花子的冷饭——讨来的
木匠带枷——自作自受
竹林坝的笋子——冒尖
猪八戒顶碓窝——头重脚轻
下雨天走路——脚踏湿（实）地
锅底生锈——铁酥（特殊）
叫花子领奖状——穷光荣
木匠弹线——睁一只眼，闭一只眼
缎子上绣牡丹——锦上添花
杨柳开花——毫无结果
口袋装盐巴——包咸（涵）
皮球上点火——圆亮（原谅）
莲花白的包包——心子都紧了
人拜把子——你算老几
秋后的石榴——点子多
刘备的兄弟——红黑都是对的
做梦吃甘蔗——想得甜
水银落地——无孔不入
王佐断臂——留一手
捡芝麻丢西瓜——贪小失大
口传家书——言而无信
正月初一拜年——尽说好话
初一天要黄粑——专拣好的说

吃包苞粑打喷嚏——开黄腔
百家姓不读头个字——开口就是钱
豆腐掉在灰堆里——洗不清
驼子打伞——背湿（时）
黄连洗头——苦脑（恼）
装病服药——自讨苦吃
秤砣下水——不浮（服）
高射炮打蚊子——大材小用
苍蝇的屁股——绿（路）起（发呆）
叫鸡子打架——对头
两个麻雀儿打架——争一颗米（差一点点）
冰糖煮黄连——同甘共苦
乐山的大佛——老石（实）人
乌龟喝墨水——心黑透了
关二爷的脸——红起来了
十二岁进敬老院——福享早了
驾驶员罢工——想不开啰
和尚的木鱼——挨打的货
远洋轮启程——外航（行）
狗咬耗子——多管闲事
扁担吹火——一翘（窍）不通

（邹光耀　桂斌）

民谣民歌选

一、儿歌

1．家婆的亲外孙

地瓜根，满坡生，我是家婆亲外孙。
我走家婆当门过，要碗饭，冷冰冰。
大舅娘，起黑心，二舅娘，没良心。
唆条狗儿（恶狗）来咬我的脚板心。

2．打铁

张打铁，李打铁，打把剪刀送姐姐。
姐姐留我歇，我不歇，我要回家去打铁。

3．数一数

一二三四五，上山打老虎，老虎没找到，碰见小松鼠。
松鼠有几个，让我数一数，数去又数来，一二三四五。

4．地瓜藤

地瓜藤，地瓜根，我是家婆亲外孙。
家婆请我屋里坐，端根板凳三只脚。

拿只烟，空心心；
倒杯茶，冷冰冰；
下碗面，十几根；
家婆叫我多吃点，舅娘在旮旯鼓眼睛；
饭碗落下来咚一声。

5．打架歌

狗打架，毛扯脱；
鸡打架，啄脑壳；
螃蟹打架脚蹬脚。

6．鸦鹊窝

鸦鹊窝，板板梭，
王二嫂，卖馍馍；
馍馍香，卖生姜；
生姜辣，卖黄蜡；
黄蜡苦，卖钟鼓；
钟鼓敲上天，吓得土地老儿滚下山。

7．山歌

螃蟹歌
螃呀螃蟹嘞，螃蟹儿爪爪多嘞。
前面两个大爪爪嘞，后面八只小脚脚。
横哩横起爬喂，顺嘞顺起梭喂。
螃蟹儿要下水，连忙改裹脚哟。
唯咚呀饵哟，螃蟹儿下了坡哟。

数蛤蟆
一个蛤蟆一张嘴，两只眼睛四条腿。
乒乓乒乓跳下水，花儿梅子心水上漂。
两个蛤蟆两张嘴，四只眼睛八条腿。
乒乓乒乓跳下水，花儿梅子心水上漂。

三个蛤蟆三张嘴，六只眼睛十二条腿。
乒乓乒乓跳下水，花儿梅子心水上漂。

唱牛峰（张大军搜集）
乾隆三年时岁好，和珅起心要谋朝。
棒客抢人多和少，发财人搬到寨子高。
牛峰寨子生得好，四方悬崖几丈高。
山头生来天拄倒，哨楼修来四方缭。
柴方水便多少好，发财人上山把难逃。
仓坝谷子多得很，大局上银子万万挑。
局上规矩兴得好，不准女娃往外逃。
修座房子来围倒，保护安全大家好。
再等几年平息了，女娃下寨真逍遥。

二、薅秧歌

大田栽秧行对行，田中死条乌鱼娘。
黄鳝跑来哭妹妹，鱼鳅跑来哭姑娘；
螃蟹哭不出，七手八脚来帮忙；
蛤蟆赶来无帮法，叽叽呱呱做道场；
乌龟不忙又不慌，背个罗盘当阴阳。
一边薅来一边唱，庄稼老汉喜洋洋。

三、放牛歌

三根柏树一样高，看牛老么心头焦。
若是牛儿吃不饱，主人不打就是滔。

四、染匠歌

前世不孝爹娘，今生打入染房。

吃了多少泡菜饭，穿了多少湿衣裳。

五、旅店幺师谣

楼上楼下客，东方发了白；
草鞋脚马各拿各，帮人家拿没有工钱得。

六、架车号子

七十二行，架车为王；
腰杆拉断，颈子拉长；
下坡像条虎，上坡像只狼。

七、报路号子

其一
一人领：一眼看到底！
众人应：快慢由在你。（一领一应，下同）
天上满天星！地下有钉钉。
包包路，踩平处。
龙灯路（弯曲小路），要起来。
花花路（泥泞路），踩干处。
单轿一根线，跑得马来射得箭。
来到平阳地，搁着歇口气。
天上雨淅淅，快的不是好东西。
斜不带滑，稳稳踩不怕。
过来两块夹一缝（槽沟路），踩格不踩洞。
活摇活（活动石板路），各照各。
稀泥烂窖！稳踩不跳。

腰担起（中高侧低路）！高升起。
浆浆路，脚抓住。
两边岩，中间赶。
两边悬空空，捆起走当中。
黑得很，灯笼盯得紧。
天上明晃晃，地下水凼凼。
天上鸽子飞，地下牛屎堆。
两边生意（危险）多，抬起不要搁。
对着来（对面抬物来），你来我不来。
左边一杂花（姑娘），莫要理睬她。
花多，莫啰唆。
头上毛蓬蓬（老头），他是娃儿亲外公。
前面火炮响，响过我才忙。
喜事来（花轿、龙杠相遇），忧事去。

其二
么二拐，两边甩。
烂草鞋，提起来。
门槛！脚杆！
高矮！刁踩！
抬头望！向上。
越走越陡！上去就好走。
瞎子过河！摸着过磨。
打一杵（休息）！亮一肩。
跳蹬路！一脚一步。
拉一把（后面往前送）！喂着耍。
拉起！肘你。
坡上顺着下！脚跟不敢滑。
下坡陡得很，脚跟凑得紧。
天上火眨眨！大树底下歇一下。

八、龙灯叫门词

正月里，闹新春，邀约邻朋耍龙灯；
初到仙乡贵宝地，不识路径问一声。
远看财门大打开，近看财门关拢来；
大打开她关拢来，一条黄龙送宝来。

九、龙灯贺词

正月里来正月正，主人屋檐挂红灯；
自从龙灯来朝贺你也，土内年年出黄金。
锣一槌来鼓一声，机关社团门前耍龙灯。
龙灯专程朝贺你呛，官星高照公事人。
主人家好真殷勤，燃香点烛祭龙灯；
龙子龙孙保佑你，风调雨顺好收成。
多谢你，好主人，香茶麻糖甜在心；
自从龙灯朝贺你也，儿孙个个成翰林。
说走要走就要走，龙灯要出大门口；
多谢主人好款待也，明春再来讨杯酒。

十、扫财神歌

扫财扫财，
左扫左发财，
右扫右发财，
臭虫蛇蚤扫出去，
金银财宝扫进来！

十一、红豇豆

红豇豆，叶叶长，

爬来爬去看我娘；
娘又远，路又长，
哥留我过端阳；
嫂嫂嫌我吃得多，
拿起扁担打哥哥；
哥哥送我石盘岩，
妹呀妹，你要好久才回来？
我要牯牛下儿才回来；
我要公鸡下蛋才回来；
我要铁树开花才回来！

十二、荥县农民运动歌谣选

十唱（野客山歌）

一唱穷苦人，天亮就出门，黑了才归屋，累死没收成。
二唱穷苦人，日晒和雨淋，任你怎么挣，盘家总不行。
三唱穷苦人，八字相生成，说是命中定，简直乱弹琴。
四唱穷苦人，穷吃愁死人，要想大翻身，换个世道才行。
五唱穷苦人，救星引我们，兴个农民会，万事就搞成。
六唱狗地主，有的是田土，穷吃样样有，享尽人间福。
七唱狗地主，住的高房屋，坐轿我们抬，吃饭鱼和肉。
八唱狗地主，再说穿衣服，单夹棉毛皮，丝麻绸缎匹。
九唱狗地主，一切靠谁做？全是老子们，把他们养活。
十唱狗地主，我们已觉悟，快团结起来，打碎狗头骨。

红石坡

红石坡啊红石坡，
红石坡的粮食多。
劳动人民血汗尽，
粮食全进地主窝。

多少农民卖儿女，
多少尸骨堆成坡。
穷人找你算账时，
我看你朝哪里梭？

穷人哭长城

正月里来是新春，穷人重新哭长城，
为了全家穿和吃，手不住来脚不停。

二月里来是春分，脸朝黄土背朝天，
为了交租供地主，累死累活把田耕。

三月里来是清明，想起累死的祖人，
为了养活狗地主，粮食一颗都不存。

四月穷人更作难，青黄不接向谁言，
儿女饿得惊叫唤，谁人见了都可怜。

五月里来是端阳，地主过节多名堂，
鱼肉盐蛋和粽子，穷人只吃野菜汤。

六月里来热难当，再热还是上坡忙，
恐怕租子交不够，哪怕穷人饿断肠。

七月里来烧纸钱，地主收租更惨然，
一升一合全交出，欠租连利带本还。

八月里来是中秋，穷人越挣越辛愁。
闹到头来皮包骨，妻子儿女泪长流。

九月里来是重阳，农民才是地主娘，
农民养活了地主，反说地主养穷氓。

十月里来是阳春，大家下了一条心，
颇倒坛坛冲罐罐，砸烂地主铁围城。

冬月天气渐渐凉，东方出了红太阳，
今天穷人出了头，农民团结闹新章。

腊月三十过大年，农民今天好喜欢，
千年枷锁来砸烂，世界穷人大团圆。

【注】20世纪20年代后半期和30年代初，荣县农民运动在共产党领导下蓬勃发展，革命歌谣当时曾广泛流传于群众中。回忆搜集、整理者程慕仁同志，当时任中共荣县县委书记。

以上材料来源于《中共荣县党史资料汇编》1、2辑，蒋永红供稿。

十三、抗日儿歌

红缨枪

红缨枪，红缨枪，
枪缨红似火，枪头闪闪亮。
端起红缨枪，去赶那个小东洋。
小东洋是个横行霸道的恶魔王，
他的野心比天大，
要想把中国来灭亡。
老乡！老乡！
你愿作牛马？
你愿作猪羊？
拿起红缨枪，
去赶那个小东洋
打东洋那个保家乡，
不让那个鬼子再猖狂！

【注】

1939年，吴玉章回家乡。他离开荣县前，去成家场小学宣传抗日。《红缨枪》是吴老教学生唱的一首儿歌。

十四、荣县抗日儿歌一组

（1）

天上星宿排打排，
地下幺姑好人才，
日本人民是好的，
只有军阀是祸胎。
心儿坏，爱乱来，
杀我中国人，
抢我百姓财。
我们团结紧，
把他打下台。

（2）

日本军阀讨人嫌，
开起飞机到处钻，
丢下些炸弹，
死人一大摊。
你快架楼梯，
我来拿竹竿，
夺它下来，
忙把索索拴，
交人民审判，
彻底镇压这日奸。

（3）

幺姑幺姑捡干柴，
捡到梯子岩，
碰到日本军阀来。
问他来做啥？
他来抢钱财。
小朋友，快快来，
举起红缨枪，
队伍拉成排，
打完鬼子才回来。

（4）

洗青菜，洗白菜，
日本武人真正坏，
带起日货来，
到处古倒买。
我国工厂挤垮台，
工人受大害。
抵制日货干到底，
大家才痛快。

（5）

豌豆花，胡豆花，
儿歌唱得笑哈哈。
突然来了日鬼子，
强占我们的国家，
哪个肯当亡国奴，
我们不要他。
我们是钢铁，
不是稀泥巴，

反日永远不会垮。

（6）

办酒酒，姑姑宴，
日鬼乱想吃汤圆，
强把青岛占，
又想进四川，
有了我们的红缨枪，
就教日本鬼子寸步难。

（7）

山螺蛳，快出来，
后坡有人偷干柴，
偷柴不是别一个，
就是日本小奴才。
不平等条约，
他就大不该，
我们大声吼：
“反对！反对！”
把他屎吓出来。

（8）

熊家婆，施诡计，
妄想把我们吃进去。
谁人想把中国亡，
就是日本军国主义。
叔叔阿姨们，
拿起刀枪别着急，
反日一定反到底，
大家一路冲上去。

（9）

麻尔灯，赶场场，
告诉日本小姑娘，
快劝你们的军阀，
别来中国充霸王。
他杀人又放火，
奸淫又偷抢。
有我们小伙伴，
打得他们一下亡。

（10）

黄师蚂，要请客，
拉回苍蝇办酒席。
军阀主义的日本，
侵华也如小蚂蚁，
蚕食又鲸吞，
谁也不同意。
睡狮醒了吼起来，
快把日寇撵下东洋去。

（11）

烟子烟，烟上天，
中国是个万花圈，
日本鬼子直起走，
横顺朝我国内钻。
用洋布，用仁丹，
用鸦片，用枪尖，
用武辣的手段，
估到乱抓钱。

我们坚决反仇货，
四亿同胞快把枪刀扛上肩。
冲上前，
收尽，
烧光。

（12）

亮火虫，打灯笼，
日寇凶恶像夔龙，
张开血盆口，
想吞我亚东。
我们小伙伴，
打虎大英雄，
消灭你倭寇，
不需半点钟。
你看看，神州已是满天红。

（13）

日本小国家，人民本善良。
几个烂军阀，竟敢发猖狂。
说是本土小，决心侵邻邦。
区区小蚍蜉，梦想吞太阳。
欺负清王朝，软弱不成行。
不平等条约，强定一大帮。
辛亥革命后，继续演跳梁。
强占我青岛，并占东北方。
二十一条约，简直是荒唐。
妄想亡我国，蚕食不掩藏。
挓起膏药方，闯进我边防。
残杀我人民，强奸我女娘。

抢走我财宝，烧毁我村庄。
践踏我庄稼，填平我鱼塘。
砍伐我森林，掳走我牛羊。
强占我城市，改变我学堂。
奴化我儿童，没收我矿藏。
破坏我铁道，封锁我通商。
干扰我电台，打断我通航。
如此等罪恶，不是我夸张。
遗漏还很多，以后再说详。
睡狮已觉醒，怒吼震四方。
正告日本鬼，赶快来投降。
稍慢一点点，送你见阎王。
中华同胞们，休再睡梦乡。
既是中国人，就该细思量。
能忍此辱没？岂可听国亡！
不当亡国奴，快下定心肠。
展开反日旗，挺起大胸膛。
扛起镰和锤，紧握手中枪。
向着大目标，枪口对扶桑。
先毁日本货，再打狗豺狼。
通把日鬼子，打它下东洋。
再高呼口号：工农兵学商，
反日不胜利，决不下战场。
反日反到底，神州放红光。

【注】

以上儿歌，是1928年前后流传在民间的儿歌。根据中共荣县地下党第一任县委书记程慕仁提供整理，见《中共荣县党史资料汇编》，蒋永红供稿。

（梁汉学　蒋永红　桂斌）

第四篇　非物质文化遗产

古文竹编龙

荣县属亚热带季风气候，主要特点是气候温和，无霜期长，降雨充沛，四季分明。多年平均温度为 17.8 °C，以八月份最热，月平均气温 36.7 °C，一月最冷，月平均气温 2.3 °C。古文镇地处荣县南部，距离县城 25 千米处，位于北纬 28°55′37″、东经 104°04′57″，属亚热带季风湿润气候。雨量充沛，常年降雨量 1 500 毫米左右，年平均降水日数 142 天。夏季时间偏长，达到 180 天左右。这些气候情况的特殊性决定了慈竹这一资源在我县的广泛分布。慈竹这一自然资源的极大丰富，使古文镇竹龙手工艺得到了良好的发展。

2000 多年前，人们便掌握了竹编技艺，后不断地花样翻新，不断地传承和发展，竹龙手工艺终至精湛。竹编凝聚了许多代竹编艺人的辛勤汗水和丰富智慧，具有多种价值。

（1）历史价值：竹编手工艺有 2000 多年的历史，长期以来一直是重要的文化载体。

（2）文化价值：与其他手工艺一样成为手工艺艺术宝库中的一朵奇葩，流芳于世。

（3）工艺价值：凝聚了中国劳动人民长期的智慧和汗水，不可能被现代机械化技术所替代。它蕴涵着丰富的科学技术及精巧基因，是一份极其宝贵的非物质历史文化遗产。

（4）经济价值：广泛地在民间流传，成为古文镇从事此手工行业的群体的重要经济来源。

（5）社会价值：保护和传承竹龙工艺具有保护生态环境、节能环保、发展低碳经济等重要的现实意义。

竹龙手工编织的基本情况及工艺流程如下：

（一）组装前的材料选取及制作

（1）选取孔径大、长筒的隔年青慈竹。

（2）将慈竹从竹节处锯断成空筒。

（3）刮去慈竹表面竹青，阴凉两小时后开始用电工刀划篾片。每块篾片宽1.5厘米。

（4）启篾片时用锋利的电工刀划一层启一层（由外到内即青篾、二青篾、黄篾、二黄篾四层）。

（5）每层再启两片，两片之首相互粘连。能做到刚启下来的篾片可贴在报纸上读报。

（二）组装前的配件准备工作

1．竹席的编织及制作

（1）将划好的双篾片用排针分长短按规格划成竹篾并错落有致地压在高凳上，以减一压四法进行编织。

（2）每加一梭都要扣紧压实。

（3）将编好的竹席放在地板上进行细化处理，使之达到平整致密的效果。

（4）用白乳胶稀释后涂抹一层，待凝固后再晾干。

（5）定型后再用清漆涂抹一次，以达到防腐和光亮的效果。

2．龙鳞的制作

（1）按照需要的规格用圆规在竹席上画连续半圆，第二排错一半径长度画圆，照此方法推演。

（2）沿画好的轨迹剪下。

（3）在龙鳞的半圆弧上镶嵌红色花边。

3．龙头的制作

龙头的制作包括龙眼、龙睑、龙眉、龙鼻、龙耳、龙须、龙嘴、龙齿、龙舌等的制作。塑好形的龙头先用防雨布裱上一层，后用编织好的竹编块进行捆绑点缀。其中龙齿的制作是用竹块削成龙齿的形状；龙眼的制作是用激光纸及装饰灯进行组装。

4．龙腿、龙爪、龙云和龙角的制作

用斑竹根通过火烧烤塑形，后包装点缀。

5．龙骨架捆扎塑形

由美工指导，将所做龙的大小样放在地上，再用竹条、铁丝、钢条进行立体捆扎塑形。

6．灯具的安装

根据龙的大小定灯的瓦数和数量，后在龙的各个部位进行安装。

7．裱丝架

用防雨布进行裱糊。

（三）组装

将不同规格的鳞片在龙身的不同部位进行粘贴，后捆绑点缀脚、尾、脊。

整条龙长 2.65 米，高 0.96 米，直径 0.15 米，可达到内透明显、生动活泼、形象逼真、栩栩如生、喜庆祥瑞、令人赏心悦目的效果。

古文镇的竹编龙技艺是土生土长的一门手工技艺。其中最为著名的是本镇山边村七组万家坝朱家的祖传技艺。技艺由第一代朱正廷传给朱天富再传给朱心位，再到现今朱顺文等，已历经四代，一脉相承。该技艺按祖制传内不传外、传嫡不传庶、传男不传女、传长不传幼。1949 年前后，因生计所迫而中断。改革开放后由朱氏三兄弟发起，辜军、辜光海、辜勇、蒋传生、蒋传银、练思德、莫金龙等人参与摸索研究。如今，这一竹龙传统工艺得到了很好的传承和保护。

（谢华君　罗秀能　邹光耀）

留佳麒麟灯

麒麟是古代神话中的一种怪兽，它被古人尊称为“仁兽”“瑞兽”，视为吉祥的象征。麒麟形象怪异，又称四不像。其头像鹿，独角；身像龙，有鳞；尾像猪；蹄像马。

相传，七仙女与董永相爱，后被王母带回天宫后生下一子，董永强压悲愤，一心苦读，高中状元。玉帝闻讯后，派一名天将护送董永的儿子乘坐麒麟下凡，在长安会仙桥将其子送与董永，这就是民间俗称“麒麟送子”的来历。而麒麟灯舞的表演，则围绕故事情节展开。天将的威猛仪态、土地公的善良滑稽、仙童的活泼顽皮、云童的矫健身手、凤女的婀娜多姿在灯舞中一一展现，精彩纷呈，吸人眼球。

据说20世纪初，麒麟灯是由犍为县罗城镇姓熊和姓朱的两位民间艺人制成。因留佳镇与罗城镇地处两县交界（留佳镇地属荣县、罗城镇地属犍为县），且都为边境重镇，两地商贸往来及文化交流频繁，经济、文化繁华，素有“留、罗二场”之美称。20世纪初麒麟灯舞流传到留佳镇。1949年后，特别是20世纪五六十年代，逢年过节都要要麒麟灯，麒麟灯深受群众喜爱。

麒麟灯表演的独特之处在于它有完整的故事情节。其从服饰、音乐到表演动作，都借鉴了传统川剧的表演形式，具有显著的地域文化特色。麒麟灯表演阵容大，演员为50~100人，观赏性强。

据资料介绍，在国内除广东番禺外，只有“留、罗二场”有麒麟灯舞的表演。

麒麟灯起源于清乾隆年间，距今已有三百余年的历史，自广东流传到罗城。20 世纪初，由留佳街道宋良才、张国民二位长辈传承至留佳。多年来新春佳节、寿庆、婚嫁娶、重大节日的时候为增添喜庆、热闹的气氛，都要耍麒麟灯。

麒麟灯舞团队包括：天将一名、土地公一名、仙童二名、云童八名、凤女八名、旗手若干名、火龙二名。他们围绕麒麟起舞表演。

整个表演过程：旗面写有“麒麟”二字的帅旗先出场亮相，紧接着横幅出场，然后依次由旗队、仙女从横幅框内出场亮相。随即横幅退场，火龙（流星）上。到各自位置后，由天将、土地公各携日、月童并肩上场亮相。最后麒麟喷火，毕，驾雾出场。土地公上前接拜，戏麒麟开始。经“开四门”后，仙童迎上与麒麟嬉戏一圈后，天将上场又与麒麟戏耍一圈（即关四门）。麒麟灯舞表演快完毕时，由云童率先快步到前台排成一字形，仙女、流星、天将、土地公携日月童紧靠其后，再由麒麟喷火，至日月童之后，旗队、帅旗、横幅排列其后，集体造型亮相，谢幕。

以川剧“五锤半”“亮子”“黄板”“将军令”“凤点头”“风之车”“乐乐锣”等曲牌为主要旋律。

下为制作麒麟的主要道具和措施。

（1）麒麟头、身、尾共长两米左右。

（2）服装、乐器（川剧锣鼓、唢呐、大鼓）、宫灯、云牌、旗杆等。

（3）人员包括天将、土地公、仙童、云童、凤女等六十人。

20 世纪初，时任留佳镇镇长黄常武，率留佳川剧玩友到罗城传授技艺的同时，由李春荣（已故）、古长安（已故）、胡同林（已故）等人学习麒麟灯的技能。至此，留佳场就有了麒麟灯。1949 年前后，留佳的麒麟灯进入鼎盛时期。前一辈麒麟灯人逐渐年迈后，陆续由胡兆安、张贵明、宋良才等人将技艺传承至今。一百多年来，留佳镇麒麟灯一直没有间断过表演。为了不使这一非物质文化遗产失传，2010 年初，袁书科、李星木等热心人，在咨询、请教宋良才、张贵明的同时，上网查阅相关资料，自筹资金，自己重新制作麒麟灯及其道具，设计、购置所需服饰，组织人员排练，最终形成现在的留佳麒麟灯舞。

第一代传承人（1902—1952）：黄常武、李春荣、胡同林、古长安。

第二代传承人（1953—2009）：胡兆安、宋良才、张贵明。

第三代传承人（2010至今）：袁书科、李星木、余贵生、吴学坤。

麒麟灯有以下价值：

（1）历史价值：麒麟灯历史悠久，长期以来，作为一种文化载体，为中华文明乃至世界文明的延续发挥了巨大的作用。

（2）文化价值：麒麟灯作为一种文化载体，集教育、娱乐于一体，那宏大的场面、高难度的动作，以及凄美动人的爱情故事，深深打动着现代人。

（3）工艺价值：麒麟灯舞是中国劳动人民长期的智慧结晶，且难以为现代其他民间艺术所替代。

（谢华君　罗秀能　邹光耀）

荣县竹琴

一、历史渊源

竹琴，是广泛流传于我国的一种民间艺术。它历史悠久，最初起源于道家，以说唱的形式传经布道、劝人从善。竹琴何时传入荣县已无可考证。20 世纪 70 年代以前，在荣县的一些茶馆旅店如“四达茶馆”“荣南旅馆”等公众场合，便随处可见竹琴艺人的表演。如今，荣县地区的竹琴艺人仅存荣县鼎新镇李永栋一人。竹琴艺术在荣县即将失传，已近濒危。

二、基本内容

竹琴的制作工艺：竹琴由琴筒（鱼鼓）和简板两部分组成。琴筒由掏空的竹筒制成。简板由两块竹片做成，顶端系着两个铜铃。

琴筒的制作：选出直径两寸（约 6.67 厘米）左右，长约三尺（约 1 米）的一节米筛赤竹，内部掏空，去掉外层青皮后，将其挂起自然阴干。再用麻丝一圈挨一圈紧密地将竹筒缠绕一遍，刮上瓦灰，待瓦灰干后再仔细研磨、抛光、刷漆。刷上土漆后竹筒的外径相同，做好后用棉布缠紧。竹筒的上部敞开，下部蒙上蒙皮后用箍子固定。蒙皮选用鱼皮或猪小肠，刮掉肠衣上的脂肪，留下肠衣，再用酒将肠衣内外洗净，肠衣内灌满气晾干即可。

简板制作：选两块平直的宽约半寸、长约三尺的米筛赤竹，去掉外层青皮，在竹片的顶端向外弯曲，外观很像火钳，两块竹片上各拴一个碰铃即成。

表演形式：竹琴的表演形式灵活、多样，可坐唱、站唱，根据表演需要可个人单独表演，也可以双人表演或多人表演；对表演的场地亦不苛求，台上台下，茶楼酒肆，街头巷尾，田间地头都可表演。竹琴的表演内容丰富，题材广泛。古今中外，历史传奇，名人轶事皆可入唱，既可照剧本表演，也可信手拈来，即兴演唱。

三、基本特征

竹琴表演对场所的选择具有随意性，其表演场所主要在茶馆内、街道旁，甚至山寨古岭、地里田间。竹琴表演时，表演者将琴筒斜放在右手臂弯上，左手五指轻敲竹琴鱼鼓鼓面，发出“乓乓”的声音；右手则握住简板高高地竖起，竹片不紧不慢地打节奏，发出的声音清脆悦耳。

四、重要价值

竹琴表演时，根据剧情节奏或疾或缓地敲打，悦耳动听的声音给人以心灵的愉悦。这种敲打的技巧有助于烘托环境和气氛，丰富表演的内容。抢救竹琴，对我县精神文明建设、丰富群众文化生活、促进艺术的全面发展、构建和谐社会等，都将产生重要的作用。

（谢华君　罗秀能　邹光耀）

荣县土陶

一、历史渊源

荣县素有“陶乡”之称。据记载，陶乃秦汉时期从成都邛崃方向传入，距今已有 2000 多年历史。三国时诸葛亮引兵南征，曾在荣隐山一带冶铁制造兵器，同时设窑烧碗、钵、盆等陶器以供使用，曾经的烧窑遗址现还依稀可见。

目前，荣县土陶手工制作技艺以保华镇红豆树村二组黄氏家族及铁厂镇为代表。其历史可考于清朝中期［清道光三年（1849 年），有黄氏祖先碑文为证］，黄氏祖先从成都双流窑子坝迁移至保华镇红豆树村二组方家坝（现在的黄家坝），建窑烧制土陶，烧陶技艺后流传至青白乡、仁和乡。时有“前有王家、后有向家、中间黄家”一说，该技艺历经黄氏“汉、保、进、永、沐、先、仁、泽、长”共计九代传承至今，已有 200 多年的历史。荣县土陶 2018 年成功被列入四川省非物质文化遗产名录。

二、基本内容

采泥：要采密度高、质地细腻、黏附性好的泥土，采后进行晾晒，一般需要 2～3 天。

制坯（拉坯）：此过程是制陶的关键过程。要想对制作的土陶产品了然于胸、得心应手，光学习拉坯这一道工序至少需要3年时间。

自然干燥：拉好的坯要进行自然干燥，干燥的时间一般冬天为7~10天，夏天为1~2天。

上釉：为了让陶器美观耐久、密封性好，一般要对陶器上釉。

装窑、烧窑：一窑土陶，要连续烧制48小时，所需温度为1 140 °C~1 150 °C，冷却3天才出窑。

三、基本特征

荥县土陶制品以民用陶为主，主要有泡菜坛、酒坛、晒钵、油缸、坛盖等。现在发展到工业陶硫酸塔、蒸汽罐、硫酸罐等。土陶制作圈内流传着一首打油诗："头戴石盔、身穿石甲，赵子龙手拿长枪追赶，土行孙千变万化。"这首诗将土陶制作的主要生产工具和制作流程表达得淋漓尽致。

四、重要价值

荥县土陶制作技艺已有2000多年的历史。土陶制作技艺没有任何的文字说明、图解、工程方式等，全凭手传身授。制作者凭意念和手的感觉完成，有相当的随意性、艺术性，可根据需求制作各种制品。

（谢华君　罗秀能　邹光耀）

荣县铁器加工

一、历史渊源

铁器的出现和运用是文明的重要标志。从西周末年始，我国就有铁器的制作，它使生产与生活得到进一步发展和提高。在奴隶制解体到封建社会形成的过程中，铁器被更广泛地应用于农业生产。清朝中叶荣县铁器制作达到鼎盛，作坊遍布城乡。现在于佳乡邹永华师傅还在从事铁器制作。

二、基本内容

铁器制作简称打铁。打铁的工艺包括取材、锻打、裁剪、定型、镶钢、淬火、冷却、铲磨、抛光等步骤。荣县于佳铁艺的代表产品是“三刀”，即菜刀、剪刀、镰刀和锄头、火铲、火钳等。

工艺流程：

（1）取材：铁器的整体一般都用 A3 钢，农具类适量的嵌入 45# 钢，快口类的刀具嵌入 40 铬钢。

（2）发烊火：把原材料在炉火中煨红、煨透。

（3）打样品：根据客户要求打成所需成品的初样。

（4）敲冷柱：待初样自然冷却后，用铁槌敲打，使产品平直和增加硬度。这个过程既费时又费力，是影响产品质量的重要环节。

（5）铲：用铲具将产品铲平整，快口部分露出锋芒，产品整体全部完成。

（6）淬火：用水冷却产品。这一环节在整个工艺中是至关重要的一环，要准确掌握全靠日常经验的积累，如果冷却的速度与时间掌握得不够准确，制成的铁器看上去是一件完整的产品，实际上是一件废品。

三、基本特征

打铁是门技术活，并非简单地捶打。制造一件工具，包括选料、烧火、捶打、成型、淬火、打磨、制作等十几道工序。邹师傅说，就拿烧火来说，看起来简单，做起来却十分讲究，里边的学问深着呢。掌握火候，要靠铁匠的眼力、经验和天赋。邹师傅说，但凡打铁的，随便拿起一把刀，就能看出那把刀火候的老嫩和深浅。火候深浅，是指烧火的面积。有的刀，只有刀刃四五厘米处烧过火，等这四五厘米磨损后，便成为废铁一块，什么也不能切了。有的刀，当初烧火的面积大，甚至超过半个刀身，这样的刀火候深，即使刀被磨去了一半，仍然能切东西。做好铁具，原材料——钢——也很重要。好钢炼出的铁具，当然更加锋利、耐用。

四、重要价值

打铁技艺是纯手工技艺，千百年来仅靠师傅口传手教。其工具品种和式样直接体现了不同历史时期的农耕文化特征。它生动地见证了历史的变迁和人们生活及生产水平的提高。这也提示现在正在创业的人们，技不压身，学有一技之长，任何时候对个人的生存和发展都是十分有益的。

（谢华君　罗秀能　邹光耀）

万钟没骨工笔蝴蝶画

一、历史渊源

在中国绘画史上，“没骨”一词最初见于宋代。北宋沈括的《梦溪笔谈》曾记载徐熙的后代作花卉“不用墨笔，直以彩色图之，谓“没骨图”。万氏没骨工笔蝴蝶花卉画源自四川荣县的万钟先生。万氏蝴蝶画属中国画花鸟画中的南派——没骨工笔画，已有千余年的历史，极具民族特色。

二、基本内容

万钟，四川荣县贡井乡斑竹林（今自贡市贡井区建设乡）人。1933年考入四川艺专国画系，师从张秉钧先生学习没骨工笔花鸟画。1936年毕业，他曾聆听徐悲鸿先生教诲，其毕业作品受齐白石先生赞许。1942年他创作的《百蝶图》参加第三次全国美展。1955年他创作的《百花图》参加中华人民共和国首届全国美展。万钟一生致力于没骨工笔蝴蝶花卉画的创作。他继承了传统的没骨工笔花鸟画法，他师法占人，更师法造化，将科学与艺术相结合。他虚心学习，采众家之长，敢于创新，用生宣纸绘没骨工笔蝴蝶是他的独创。他把极难表现的蝴蝶画得栩栩如生，多次引来真蝶。他的没骨工笔蝴蝶“独树一帜，别开生面”，超越了前人，在当今中国花鸟画坛达到了一个新的高度。人民美术出版社出版有万钟绘《百蝶图》，万钟著《画蝶技法》。中央电视台和自贡市、荣县电视台拍有《中国一绝——蝶痴万钟》《蝶痴——国画家万钟》《蝶痴万钟》等专题片。北京科学教育电影制片厂拍摄有《荣州二蝶》艺术欣赏电影片。万钟的四个子女也继承了他的技艺，但是要达到万钟的水平殊为不易，并且他的子女已六七十岁，他的技艺有失传的可能。

三、基本特征

万氏没骨工笔蝴蝶花卉画，用笔叠色渍染，傅彩逼真，清淡雅致，不勾边线。画蝶时除要注意以上特征外，还要用油烟烘晕蝶翅，用金、银色勾翅脉，堆出眼睛后再以土漆点眼。

四、重要价值

诚如徐悲鸿先生所说：“古法之佳者守之，垂绝者继之，不佳者改之，未足者增之，西方画之可采入者融之。”这当是我们这一代，乃至后继者应尊崇的准则。

（罗秀能　邹光耀）

观山女子川剧座唱

荣县观山镇川剧座唱艺术系县级非物质文化遗产，其座唱队伍在荣县颇有名气。

这支队伍可追溯到上百年前。19世纪80年代，观山人程向荣（1871—1961）师从荣县川剧名家钟虎臣。他刻苦钻研川剧艺术，掌握了厚实的功底，打（乐器）唱（腔）俱佳。他长相俊美、嗓音甜润，出道后名噪一时。

中华人民共和国成立初期，程向荣的儿子、侄儿等人在其指导下，活跃在观山镇一带。

“文化大革命”结束后，观山镇川剧爱好者但昭安个人出资购买全套川剧锣鼓，组织一批年轻人学习吹、拉、弹、唱等川剧技艺，其中便有程向荣的侄孙程定孝。

程定孝从小耳濡目染川剧艺术，向叔祖父和父亲学得川剧技艺，对川剧情有独钟。20世纪60年代初，他还特地向双古镇川剧前辈陈万祥学习。陈万祥经常前来指导观摩，程定孝等人受益匪浅。他们不仅排练了几个传统折子戏，还排练了《巴山女民兵》《丁佑君》两个大型现代川剧。那时，群众文娱生活非常贫乏，他们的演出备受欢迎。

1993年，刚过不惑之年的程定孝与欧龙华、周华水、王青海等人商议成立了观山镇川剧协会。次年初，大家集资并派人到成都购置了大量乐器。

为提高技艺，程定孝特聘请原荣县川剧团鼓师（兼具乐队总指挥职能）李汉忠到观山镇给协会会员授课。1994年盛夏，会员们不畏高温酷暑，勤学苦练。培训期间，有戏迷不时送来水果，让学员们备受鼓舞。3个月培训结束时，他们能打唱十来个川剧节目。从此，逢年过节或兴趣所至，会员们都会在广场或茶馆里来一场川剧座唱，颇受观众青睐。

后来，观山镇川剧协会常被要求到红白事的人家座唱，既提高了座唱水平，也有了更多的活动经费，以适时添置一些必要的乐器和服装等。平时活动无报酬，为获得家属们的支持，协会利用这笔经费每年组织家属到附近旅游一次。

1998年春节前后，协会动员、召集程丽萍、程红梅、程晓英、程惠容、程淑香、余世英、朱雪英、邹淑君8位女青年，聘请本县过水镇的杨仲先前来向她们传授川剧技艺。这8人年龄都在20岁上下，都生长在戏迷世家，有初高中学历，还有一定的音乐基础。经过两个月的培训，她们基本掌握了常用的高腔、胡琴的吹打曲牌，能自打自唱十多个传统折子戏。

观山镇川剧协会将这8人组建为观山镇女子川剧座唱队，在当地演出了几场，效果甚佳。该座唱队还被慕名邀请到双古镇与当地的玩友联合演出好几场，后来又到包括乐山市井研县竹园镇在内的周边多个乡镇演出。观山镇女子川剧座唱队声名鹊起。

从2005年起，这批女子因结婚、打工等，纷纷背井离乡，曾经红火的女子川剧坐唱队走向落寞。

2009年，协会又召集李晓明、朱桂香、李菊芳、徐成君、刘小碧、喻容6名40多岁的妇女，再次邀请杨仲先前来培训两个月。这批学员排练了《穆桂英挂帅》中的《桂英打雁》及《劝赌》等折子戏，迅速挑起大梁。

2013年年底，协会排练《丁佑君》中的一折，在当地演出后，参加荣县春晚节目选拔赛，进入了复赛。2014年1月，该节目参加全县文艺调演，获得一等奖。

2014年年底，观山镇文化站站长徐晓娟开始着手将观山镇女子座唱队申报为县级非物质文化遗产。她经过4个多月的走访、撰写材料，完成了申报工作。

在徐晓娟的策划下，观山镇女子座唱队排练的传统折子戏《桂英打雁》参加 2016 年荣县春晚节目选拔赛并进入决赛。2016 年 1 月，该节目参加荣县文艺调演，获得一等奖。

2016 年 7 月，观山镇女子座唱队跻身县级非物质文化遗产。徐晓娟表示，她和座唱队骨干一道在努力壮大全镇玩友队伍，争取让更多人喜爱川剧这门艺术瑰宝。

一、历史渊源

川剧是中国戏曲宝库中的一颗光彩照人的明珠。它历史悠久，保存了不少优秀的传统剧目，融丰富的乐曲与精湛的表演艺术于一体。它是四川、云南、贵州等西南几省人民所喜闻乐见的民族民间艺术。在戏曲声腔上，川剧是由高腔、昆腔、胡琴腔、弱腔等四大声腔加一种本省民间灯戏组成的。这五个种类除灯戏外，都是从明朝末年到清朝中叶，先后由外省的戏班传入四川荣县观山镇。

二、基本特征

川剧座唱是四川文化的一大特色。成都，是戏剧之乡，早在唐代就有“蜀戏冠天下”的说法。观山镇川剧座唱属于传统的地方戏曲，主要是锣鼓，但又融入了地方民间音乐曲牌，组成了一个完整的折子戏和大茂戏体系。

三、重要价值

川剧表演艺术有深厚的生活基础，形成一套完整的表演形式，川剧剧本亦有较高的文学价值。川剧表演真实细腻、幽默风趣、生活气息浓郁，为群众喜爱，有的演员还创造了不少绝技，如托举、变脸、钻火圈等，善于利用绝技创造人物，让人叹为观止。

（蒋周德）

东兴抬工号子

一、穿越历史的雄浑歌唱

千百年来，辛苦劳作的自贡荣县东兴抬工，在抬运重物的艰辛劳作中，传唱着粗犷高亢的抬工号子，成就了抬工劳动中的独特风景。

由荣县方言唱出的东兴抬工号子唱腔独特、语音高亢嘹亮、唱词幽默诙谐、旋律根据道路状况而变化，前后相和、高低起伏，十分悦耳，不仅将抬工的喜怒哀乐表达得淋漓尽致，词曲中更蕴含着浓郁的人文风情。

二、从劳动中迸发的雄浑之音

2016 年 9 月 2 日，盐都自贡蓝天白云，《自贡日报》记者跟随荣县文化馆一行人前往荣县东兴镇，一探荣县东兴抬工号子的雄浑、美丽与神奇。

东兴镇距荣县县城约 10 公里，山高、坡陡、弯多、路窄，小车在蜿蜒陡峭的山路上缓慢行驶。实际上，即使是这样的路，也比过去好了太多。

李白有诗曰：“蜀道难，难于上青天。”过去的四川，交通十分不便。而荣县东兴镇尤为突出，乡间小路山高路陡。可以想象，在这样的路况下，人们要修房造屋，搬运石头、木料等重物，以及丧葬抬棺，势必只有多人合作，通过工具将所抬物体重量分解到每一个人的肩上，由此产生了专门的抬工。

日复一日，年复一年，在繁重艰辛的劳作中，为达到步伐一致，配合默契，抬工们发出“哼哟、嗨哟”的吆喝声，这吆喝声逐渐发展成调，成为号子。随着时间的推移，东兴抬工号子的曲调和内容越来越丰富和完善，彰显出自己的特色。今年70岁的唐培光是东兴抬工号子第三代传承人，身体硬朗的他如今依然是抬队一员。谈起抬工工作和抬工号子，老人满面放光，话语滔滔不绝。

东兴抬工根据所抬物体大小和重量，有二人抬、三人抬、四人抬、六人抬、八人抬、十六人抬、三十二人抬。根据所抬物品不同又分为丧葬抬工和工程抬工。“在劳作中，号子主要是起协调步伐的作用。”唐培光说。以8人的抬队为例，前盘4人叫引路人，后盘4人叫跟路人。劳动中承重肩的一方叫重步，空肩一方叫轻步。抬的过程中，引路人以号子为信号开始迈步，跟路人接唱号子下句。迈步讲究起轻落重，须是先迈轻步，一句号子唱完重步着地。肩、脚步、号子三者统一，做到整齐划一，既体现气势，又减轻肩上的压力。

“此外，号子也是抬起走得快慢的信号。路况好的，号子唱得就快，步伐速度也快；路况差，号子就慢，步伐速度也就慢。原则上每个号子唱完就休息，休息完又换肩起步。”唐培光说。

在交通不便的漫长岁月里，抬工这一职业有着广泛的生存空间。“我小时候，东兴镇几乎每个村都有自己的抬工队伍。抬工辛苦，收入也相应地比木工、石工等其他工种高。”

在高收入的诱惑下，抬工曾是许多年轻人心中理想的职业，然而他们并不都能如愿。“对抬工的要求高，要有力气，脾气好，人老实，不偷奸耍滑。另外还有特别重要的一点，会唱号子。”也正因为此，在很长的时间里，抬工身份是一种荣耀，甚至于姑娘们挑选心上人，也会首先从抬工中选择。

三、号子传递着抬工们的喜怒哀乐

千百年来，东兴抬工号子以口耳相传的形式，随着抬工这一技艺不断地传承，见证和呈现着一代代抬工们的喜怒哀乐。

今年41岁的张君是东兴抬工号子的第四代传承人。实际上，他们家可谓是抬工家族，他的爷爷、父亲、叔叔都曾当过抬工。传到他这一代，早已不需要以做抬工来改善生活条件，然而有着大专学历的他却主动接下了这一担子。“就是觉得抬工技艺及抬工号子是非常珍贵的民间文化遗产，应当把它们传承下去。”

2003年年底，身为生产队长的他动员了队里8位年轻人组成抬队开始训练。“先是练号子。”他们搜集了20多首号子歌词打印出来，人手一张，先背词，再请老抬工教唱。张君家门口有一块田，把号子练得差不多后，在老抬工的指点下，队伍就抬着石头，吼着号子，围着田反复转。每周一次。田埂路熟了，又走公路、上山路。一年下来，一群年轻人较为熟练地掌握了抬工技术和号子的说唱，开始“接单”，并继承了一代代东兴抬工质朴的传统：抬丧报酬不议价，全由主人决定给多给少。

在张君的记忆中，有两次抬丧的经历让他毕生难忘。一次是抬下山路，五六十度的斜坡，张君抬的后盘，身子没法站直，他只得半坐在地上往下滑，一条新裤子也因此而“报废”。还有一次，抬队出门就下大雨，全是山路，抬工们被淋得全身湿透。有一截又陡又窄的斜坡，大家全是用膝盖一步一步跪着上去。“山又高来坡又陡，天上下雨地又溜……”在那一刻，张君和队友们吼着低沉而坚定的号子，一步一步艰难前行，号子带给他们的不仅是步伐的协调统一，更是无比的勇气和力量。

实际上，在抬工这种既是重体力又极为枯燥的劳动中，号子有着各种风格，发挥着它的多种作用，充分表达着抬工们的喜怒哀乐。平路或一路顺畅时，号子就嘹亮欢快；上坡、下坡或者道路窄小危险时，号子就缓慢低沉坚定；开心时，号子吼得豪迈高亢；调皮时，号子就幽默诙谐；困倦时，吼起号子提振精神；枯燥时，唱着号子调节心情。

此外，号子唱得好坏也关乎着抬队的荣耀。“如果一个抬队号子唱得不好听或者老重复唱，就会被人瞧不起。想当年，我们队能唱几百首号子，哪怕是连抬三天，号子也不会重样！”唐培光回忆道。现在的他依然能唱七八十首号子，声音也依旧高亢嘹亮，在队中担任着领唱和教唱号子的任务。

今年73岁的梁昌发是现今东兴抬工队伍中年龄最大的一位，不管抬与不抬，他每天都会亮开嗓门吼吼号子。和梁昌发、唐培光一样，东兴镇的老抬工们都对号子有着深厚的感情，一吼起号子，心情便格外豪迈舒畅，再大的烦恼也抛诸脑后。对他们来说，几十年的抬工生涯，号子已经深深地渗透进他们的生命中，不可分离。

四、词曲里蕴含着丰富的人文风情

“东兴抬工号子词曲内容丰富，都是抬工们一代代或耳闻或目睹或亲身体验过的生活经历，是除了官方的正史之外，同样不可轻视的重要史料。”中国音乐家协会四川分会会员、我市音乐家张康成多年来一直致力于东兴抬工号子语言及音乐特点的研究，他认为东兴抬工号子的词曲里包含着不少民风民俗、民间文学、民间音乐的成分，蕴藏着大量的旧时东兴镇乃至自贡地区的人文风情。

“柑子树儿柑子丫，柑子树儿开白花。大路嫂嫂回娘家，手头拿把洋布伞，背上背个奶娃娃。把你娃儿拜给我，二百银钱打发他，当到喊声亲家母，背到喊声小冤家。”一首《回娘家》既体现出抬工们的活泼俏皮，也表现了小媳妇回娘家的情景和风俗。

“太阳出来红彤彤，背起草帽去上工。那日从你门前过，先睃脸来后睃脚……”号子《太阳出来红彤彤》描写了小伙子对美丽姑娘的一见钟情和爱慕与思念，歌词既口语化，又生动有趣。“清早起来眼不睁，昨晚陪郎到五更。啥子话儿都说尽，没有问郎好久生……”这首《情郎歌》则生动风趣地描绘了男女相爱相戏的场景，由歌词我们可以推想到抬工们吼唱时心中定会十分轻松愉悦。

“正月里来花灯闹，为娘曾把女儿教。一学剪二学裁，三学雕花四学做鞋……”一首《十二月歌》描述了一个女人从做姑娘时在家受教育，到提亲出嫁，再到回家向母亲哭诉丈夫不务正业的故事。“三月里来是清明，娘叫女儿去上坟。望山钱纸拿一柄，走到坟前哭淋淋……”除了讲述故事之外，这首号子歌词从一月写到十二月，囊括了民间习俗、人文景观、自然景观等内容，生动地再现了老百姓最普通的日常生活和当地的人文风情。

除词意外，东兴抬工号子在音乐上也具有鲜明的原生态汉族民间音乐特点：由荣县方言唱出，唱腔独特，语音高亢嘹亮，音韵协调，节奏强烈，旋律根据道路状况而变化。粗犷豪放的号子声在山间此起彼伏，穿山越岭，十分悦耳。

1966年的一天，21岁的张康成正和同事们在东兴镇山区修路，一阵高亢嘹亮的号子声传了过来。“当时就被震撼住了，觉得这个音乐好有气势。”此后多年，张康成一直留心收集整理东兴抬工号子，并以其为基础，创作了数首歌曲。这些歌曲相继被搬上舞台，赢得了老百姓的喜爱。

“东兴抬工号子或高亢豪迈，或宛转悠扬，或幽默欢快，说中有唱，唱中有说，具有一种特别质朴、本真的美感。同时它的俏皮活泼也体现了川南人幽默风趣、乐观向上的精神风貌。”在张康成看来，这些号子不仅将抬工们的喜怒哀乐表达得淋漓尽致，同时也反映了普通劳动人民对生活的热爱，对幸福的向往和追求。

五、抬工号子首次亮相震撼全场

近年来，交通设施日益完善，货物运输越来越方便快捷，曾经盛极一时的抬工逐渐退出历史舞台，抬工号子面临后继乏人、濒临消失的危险。拯救抬工号子，推广并传承这一民间艺术已迫在眉睫。

“目前，东兴镇有4支抬工队伍，主要是抬丧。”张君说。在他看来，适合抬工这一职业生存的空间越来越小，而更大的困难还在于抬工工作辛苦劳累，没有年轻人愿意加入。

所幸的是，近几年当地政府和文化部门高度重视这一珍贵的民间艺术，不惜力气予以大力地保护和传承。目前已搜集整理了几十首抬工号子，举办了培训班，发展壮大抬工队伍，并对现存的抬工号子进行了录影录像。8月初，东兴抬工号子被批准为荣县首批非物质文化遗产，现在正在积极申报市级非遗。

“我们希望通过大力宣传，让更多的人了解东兴抬工号子，并能有一批热爱民间艺术、能吃苦耐劳的年轻人将这一技艺很好地传承下去。”荣县文化馆馆长谢华君说。

“微微呀嘛闪啰喂……”6月11日，我市“文化遗产日”活动在富顺举行。8位身着白色短褂红色长裤的东兴抬工，抬着一块重达数百斤的石头，吼着整齐的号子，在50厘米宽的木板上，展示了上坡、拐弯、下坡等抬工技能。特别是在拐弯处，因为路太窄，抬前盘的4人中有一人根本无路可走，只能是肩上担着杠子，把手搭在另外两根杠子上，身体悬空，靠另外7人的力量把自己和石头抬着前行。整个表演充分展现了东兴抬工劳动的艰辛、高超的技艺以及号子的雄浑高亢，赢得现场一片喝彩。

演出的成功让谢华君倍感欣慰，“首次在舞台上亮相就引起了全场观众的赞叹，充分说明东兴抬工号子将来可以往舞台艺术方面发展，比如非遗表演、歌舞剧等。”

“东兴抬工号子蕴含着丰富的川南民间音乐元素，音乐人都应该从中汲取营养。另一方面，保护和传承这一珍贵的文化遗产，也是盐都音乐人的责任所在。”

张康成认为东兴抬工号子要传承下去，除了研究与保护，还要探索它新的表演形式和传承方法，比如以抬工号子为元素，创作歌曲等。通过“加工”，让其更加贴近、符合现代人的审美趣味。“让更多的年轻人喜欢它，东兴抬工号子才能更好地推广和传承下去。”

（陈勤）

长山锣鼓

在荣县长山镇，铿锵的锣鼓敲响着人们生活的喜怒哀乐。从昔日艺人们的“口传心授”，到译成现代打击乐简谱，它彰显的是生命的激情。

大地是鼓，双脚是槌，几百年来长山人踩着深深浅浅的鼓点，走过岁月更迭。激昂的旋律把无数的日子，串成一支支色彩浓烈的乡村乐曲，涤荡在苍峦翠峰间，萦绕在广阔的田野上，回转在瓦屋错落的村巷里。锣声与长山百姓血肉相连，鼓点与荣州大地浑然一体。

一、踏着激荡百年的鼓点

三条长凳，坐着的四个汉子，分别司着两面锣，一面鼓，一个钹。汉子挥动鼓槌，音韵铿锵浑厚，热闹了乡村寂静的天地。“咚咚锵，咚咚锵，咚锵，咚咚锵……”大山深处悠远的回响，触动了长山人有关锣鼓的记忆。

长山的锣鼓早在清朝时期就已兴起。古时逢时遇节祈福，祭火祭神，迎神赛社，就有社火锣鼓表演。而在长山民间，打击乐与众多农事结缘，旧时栽秧要打栽秧锣鼓，薅草要打薅草锣鼓，节奏强劲的锣鼓让乡人兴奋陶醉，不仅振奋了精神，还大大提高了生产效率。

长山人热爱生活，生儿育女、金榜题名、庆生祝寿、乔迁新居、白事红办这些事情在操办和欢度中，都离不开民间吹打乐助兴。每当庆生祝寿、升匾挂红之时，震天的锣鼓敲得热火朝天，悦耳的唢呐吹得心花怒放，把人们带入欢乐的极致。即使是丧事，因寿终正寝，魂归天堂，人们也要敲响锣鼓热闹操办，送故人最后一程。红白喜事热闹与否，民间打击乐举足轻重，它是操办者体面的标志、美满的象征。

多少年来，长山锣鼓就一直没有停息过。生活困难期间办喜事，锣鼓手连一顿饭也没有，大家敲过闹过都回家去自己想办法，就是这样也依然穷快活。党的十一届三中全会以后，农民得到了越来越多的实惠，锣鼓色彩明显发生了变化，长山锣鼓敲出了板眼和节奏，打法有单翻、双翻、反翻、三转弯等，珍稀锣鼓点“新三咡钻新四咡”也被挖掘了出来。乡亲们那种欢快愉悦的心情在欢乐的鼓点声中表现得淋漓尽致。

新世纪的长山锣鼓随着时代的进步得到长足发展，它开始为庆典、贺功、联欢、迎送宾客等活动添彩助兴。每年春节、元宵、端午、中秋这些传统节日离不开锣鼓营造气氛。在长山镇，舞龙灯、跳狮子、划彩船这些民间文艺表现形式是传统节日固有的形态，都与民间打击乐融为一体。“过年没得锣鼓响，吃喝再好是冤枉”，得到长山人普遍的认同。

长山锣鼓与当地生产生活息息相关。它之所以在人们的生活中广泛运用并受到欢迎，是因为它顺天时，合地利，遵民俗，达民情。

二、传承濒临消失的乐章

长山锣鼓文化实实在在，实打实用。历代艺人囿于“传艺不传谱”，“口传心授”的无形传承方式，以致长山锣鼓无曲谱可传。现在 50 多首曲谱均在一人的脑子里，他就是刘公任，长山锣鼓刘家班“教头”，与锣鼓相伴 66 年的民间艺人。

刘公任身体硬朗，精神抖擞，74 岁高龄记忆依然清晰。他从 8 岁开始，跟着父亲刘世庭练习锣鼓，一打就是 66 个年头。长山锣鼓一般由 4 个人表演，主要乐器为鼓、小锣、钹、大锣。“大锣面不太大，只有大瓷盆口直径，中心突出的锣心碗口大小，边上有两个鼻眼，穿过扣上一条粗布条绳，由一只手抓着，手靠不着锣面，不影响锣面的震动放音；对合的镲钹，钹心有孔眼可以穿布条子，好缠在手指上；小锣一掌能握，用一块像剑头的竹片敲打。”刘公任说四件头价钱不贵，民间称“四响”，但在旧时乡间一般只有大户人家才添置一套。村里有人家办喜事，有全村人都来凑热闹的，锣鼓班子从村子的不同角落兴起敲来，然后集中到一起，大家就开始了合奏敲花，讲究的是配合，如果有谁敲错了，立即就现丑。

最初半个月，刘世庭给刘公任讲的不是技艺，却是“学艺戒毒”，即戒贪、淫、妄、醉、抢、骗、妒、要、借、惰、赌。他父亲认为做人要有道德，从艺要有艺德，缺德者必然成不了气候。

授艺，刘世庭也有个奇怪的规定：学艺只准心记，不准文字记录，为的是学上曲牌终身不忘。每一套曲目，刘世庭只演习 10 次，再不重复。刘公任凭借记忆力记鼓点，记节奏，从早晨打到晚上，从钹练到锣，一天只吃一顿饭，却越打越精神。两年时间下来，50 多首锣鼓曲不仅牢牢刻在了刘公任的脑子里，聪明的他还将小锣称为“咙”，大锣声为“当”，锣钹合击声为“壮”，钹声为“奏”，马锣或小锣声为“咙或丑”。用简单的代号，刘公任将 50 余首曲子制成谱，这让刘家锣鼓从此有了书面记载。

刘家锣鼓“传男不传女”，刘公任一生无儿无女，遂将锣鼓技艺传与侄子刘志勇。民间打击乐记谱不容易，长山锣鼓由于是多声部，打法多变，记谱更难。叔爷在桌上一曲一曲地敲，刘志勇一个字一个字地往下记，鼓点在指间、笔端悄悄流淌，背曲牌、练敲打，认不了几个字的刘志勇一丝不苟地练习。“喜庆事选取鸳鸯鸟，丧事应用银河渡。”刘志勇跟着叔爷由浅入深一点一滴地学。完成了叔侄两代的传承，刘公任开始穿上草鞋，背着行囊，带着侄子和自己的两个徒弟以刘家锣鼓班的旗号在荣县长山一带行走，并在表演中将刘家锣鼓敲出了自己的特色，使之成为远近闻名的锣鼓班子。

刘家班的刘成春，加入班子前在该镇石笋村务农。26 岁那年，石笋村组建舞龙队，由于缺少用于伴奏的锣鼓班子，刘成春主动提出跟着老艺人学习锣鼓技艺。为了学好曲牌，他把牌子写在纸上，边念边打。在没有鼓的情况下，他就把桌子、椅子、床等作为鼓敲打，直到练熟为止。当时，镇里曲牌散落在各村，为了学会更多的曲牌，他花了大量时间走访民间艺人。经过多年的勤奋学习，他终于掌握了长山锣鼓的精髓，加入刘家班，成了当地的“名人”。长山锣鼓曲牌经历了从无谱到有谱的阶段，刘成春琢磨着将只有敲打手自己看得懂的特殊曲谱译成现代打击乐简谱，看似简单的转换却费了不少心血。他找来镇文化站站长，两人起早贪黑，针对符号逐一翻译，免却了刘公任多年来唯恐长山锣鼓失传的担忧。

三、敲响美好生活的向往

奔走在乡村农家间的长山锣鼓班子屈指可数，像刘家班子这样打的曲牌多、打得出特色的班子更是人们愿意请去的座上客。

对于锣鼓班的敲打架势，长山人再熟悉不过了。班子接受了主人的礼信后，根据不同的情景，4 人坐成一排，从 50 多个锣鼓曲牌中，挑出几个击打。打鼓的好比主角，打锣、打钹、打小锣的好比配角。每起一个鼓点，配角看主角的鼓槌怎么动、怎么划，便知将要击打哪支曲子，然后心领神会，默契配合，打得既不多一分，又不少一寸，信手拈来，水到渠成。鼓在他们手里，仅凭一对木槌，声音时而激越，时而奔放，时而凝重，时而轻盈。钹在他们手上就如玩具，无论闷击、亮击、侧击，还是柔击、挤击、缓击、急击、盖边等不同的花样，都让人耳目一新。小锣在他们手中上下翻飞，如自由自在的调皮猴，能打出抛锣、单锣、花锣等不同技法。

长山人有句话叫作“聪明鼓，明理钹，大汉配大锣”。其实击打大锣者并非要大汉。58 岁的但力华，身高不足一米七，大锣在他手中，通过击心、击边、轻击、重击、急击、缓击，发出的长音、短音、清音、浊音、厚音、薄音、轻音、重音，将人带进不同的情感之中。他还擅长通过一双精巧的手，使乐器发出的声响模仿飞禽走兽，他敲打的曲牌《燕双飞》《虎抱头》《画眉鸟》《母狮子》《龙摆尾》《狗儿》等等，更是魅力无穷，令闻者感到妙趣横生。长山锣鼓伴随着时代的发展世代流传，《敲石头》《讨债》《打卦虫》《犟牯牛》《七姊妹》等曲牌的取名都源自长山有滋有味的生产生活。

民间打击乐除能独立进行演出外，更多的则是为民间文艺形式的表演服务。春节、元宵等传统佳节，更是锣鼓的大汇合与大表演。多支锣鼓队有组织地集聚在大院坝一起比赛，同一曲牌轮番比赛，俗称“耍打”。每年春节期间长山集市热闹非凡，从早到晚，锣鼓声充塞于天地间，召唤着男女老幼从各个方向汇集，然后里三层外三层地站满集市大街两旁。欢快的《画眉钻杨柳花》鼓点让花船舞得更欢快，热烈的《母狮子》《龙戏凤》让龙舞得活灵活现，让狮跳得出神入化。

随着各项事业的发展，县级以上每年举办的各种大型活动为长山锣鼓的发展提供了极佳的机遇，长山锣鼓从乡间走向城市，在更为广阔的舞台亮相。1997 年，自贡市龙腾狮跃闹元宵活动上长山锣鼓大显身手；2008 年，自贡全民健身与奥运同行万众健身活动中，长山锣鼓一展风采……

四、拯救藏身民间的瑰宝

锣声在乡间的小路上回旋，时而骤然变成怆然的停顿，时而以热情的调子感染远云。岁月交替间，长山锣鼓这种田园味醇厚的精神营养品，一直滋润着这里的人们，如同永远驱动富有生命力的激情，不断撞击着人们的心灵，使人们在生产劳作、集会欢庆中感动、兴奋、激越、升腾。

然而，斗转星移，时过境迁，如今长山锣鼓却不容乐观。以前散布各村的锣鼓班子，现在屈指可数。当年的那套人马都已年逾花甲，有的已经谢世。而当今的年轻人大都追求现代时尚，不愿涉猎长山锣鼓，故人员青黄不接，队伍不断萎缩。

“我们也想找人来学，不然以后就真的没有人再会使用这些东西了。”刘志勇说常常在思考，他叔爷将锣鼓技艺传给了他，他继承下来后让谁传下去。以前也有几个年轻人到他那里学，后来因为外出打工离开了长山，要很长时间才能来一次。

“长山锣鼓申报非物质文化遗产，但这并不是最终目的。它是民间艺术，抢救、保护、传承依然是它的首要任务。”目前，长山镇政府正在将长山锣鼓积极申报市级非物质文化遗产。刘公任觉得：“要保护就保护长山锣鼓原貌，不夸饰，不攀高结贵，不改头换面，不伤筋动骨，才能原汁原味地传下去。”

带着对百年锣鼓的传承愿望，长山人坚守着世代相传的乡土文化基因。我们采访结束前，场院里热闹的鼓点再次响起，粘住了大家的脚步，吸引了附近的村民，院里人越聚越多，好戏就要开场……

（周孟娟）

双石花船

荣县双石，人们逢年过节喜欢摇“花船”。双石“花船”历史悠久、远近闻名，很富有乡村气味儿。

花船，又称旱船。关于旱船的来历，民间传说有多个版本：有为了纪念治水有功的大禹说，有神仙募金修桥说，还有端午节纪念屈原，因云梦县河浅不能竞舟，人们用纸扎成龙舟状模拟赛龙舟说。传说不同，但表演形式大同小异。划旱船也称跑旱船，就是在陆地上模仿船行动作。很早以来，荣县双石镇及周边乡镇每遇春节和重大节日就有跑旱船的表演。

双石的花船和其他地方的旱船有所不同，是从“花灯”演变而来的，不但有表演，还有唱词，所以双石的旱船又称花船。制作花船原先是用细竹竿绑成船型的架子，旱船的大小不等，随人意而定，用彩纸裱糊，现在多用金属架、彩绸制作。在船舱内用一根红布条拴在仓的两边沿。演出时表演者将红布条架在肩膀上，撑起旱船，双手握住两边仓沿，表演时摆动旱船行进。“幺姑”（旧时为男扮女装，现在一般为年轻女性扮演）站在花船中；花船的左边是手持篙杆（或桨），头戴草帽，身穿老生古装，脸部淡彩挂白色长髯口的老年“艄公”；花船的右边是一个手摇蒲扇搽脂抹粉打扮妖冶女妆男扮的“老娘儿”（现在则由女性扮演）；花船后面跟着一群装扮成鱼、蟹、龟、虾等水族动物（这种装扮其他地方少见）的演员。表演时，“幺姑”一边唱一边迈着碎步移动花船，花船平稳前进，犹如在水面上漂动。“艄公”做出划船的各种动作配合“幺姑”演唱；“老娘儿”摇着扇子做出各式各样滑稽动作，也可演唱。后面跟着的扮演蟹、龟等水族动物的演员的作用是帮腔……花船的唱词有事先写好的，但好的演员大多是即兴演唱，多为吉祥、奉承、赞颂之语，也有褒贬时事之词。花船使用的伴奏乐器是锣、鼓、钹等打击乐器，加上板胡、二胡、竹笛伴奏，气氛热烈，情绪活跃，具有浓郁的地方风情和民族色彩。

每年春节从农历正月初一到农历二月初二（龙抬头节），极富荣县地方特色和浓郁乡土气息的双石花船在双石及周边地区满街“摇”，“行进”在大街小巷、乡间院坝，大人、小孩竞相追逐、围观，好一派热闹景象。

那正是：双石花船摇，摇出吉祥与安康；俊俏幺姑唱，唱出人间喜和乐。

（胡为民）

双石农民漫画

一、历史渊源

漫画可以追溯到很久远的年代。中国的象形文字就是由图画演变而来的。人类从很早就懂得把某些画面连接起来表述事物的演变，于是就有了早期漫画的雏形。现藏于故宫博物院的公元10世纪顾闳中的名画《韩熙载夜宴图》，就已具备了这种雏形。这幅古代组画用5个前后联系的画面真实地反映了南唐官宦豪门奢华的夜生活。后来，印刷术的应用，使明代以著名美女故事为题材的《飞燕外传图》《会真记图》等早期漫画出版物得以留传至今。

农民漫画是漫画大家庭中的一员。它也有百年历史。

1910年，钟丙文开始农民漫画水墨创作，后在上海参加华君武漫画班学习，20世纪50年代朱永名拜钟丙文为师学习漫画活动，80年代程龙香拜朱永名为师从事农民漫画。程龙香先后举办双石农民漫画培训班16期，培养农民漫画传承人陈小东、彭杰、虞德忠、刘丹等100余人。

二、基本内容

双石农民漫画用简单而独特的夸张、比喻、象征等手法来描绘民间生活的图画，具有较强的社会宣传性，反映了民族精神，宣传了民主思想和时代风貌，提升了个性化的艺术品位。双石农民漫画是绘画艺术中的瑰宝，在荣县近现代绘画史上占有很重要的地位。

三、主要特征

漫画，乃绘事中简笔而注重意义之绘画，其“漫”字，有随意不受拘束之意。与漫笔、漫谈中“漫”字用意相似。漫笔、漫谈在文体中是随笔、小品文，而漫画是画中之随笔、小品，一般亦随意取材、篇幅短小，通过写实、比喻、象征、假借、夸张、点睛诸法表现精粹内容。

四、重要价值

荣县双石农民漫画，以其鲜明的乡土气息、浓郁的地方特色、深刻的思想内涵，展现了当地民间文化艺术，一直受到人们喜爱。

漫画是一种非常费时费力的产品，漫画作者耗费的时间和心血很多。一本好的单行本，需要一个画技纯熟、练习了5年以上的职业作者和1~10个助手以及1~2名漫画编辑几个月甚至一年的心血。比较复杂的漫画，每一页都需要至少半天的时间，一本100页的漫画经常需要3个月左右的工作时间才能完成。作为反映一个时代的漫画作品，其除了幽默、讽刺外，还是当时的社会风气和人们的价值观、人生观的历史反映。因此，一幅好的漫画不但是艺术品，还具有反映历史、记录历史的特殊功能。因此，漫画具有十分重大的历史价值。

（胡为民）

第五篇　民间故事

大佛造像传说

相传，在宋时，有个德高望重的老和尚叫淳德。他一生遍游天下，八方化缘聚资，总想为后人办一件好事，留下万世不朽之功。

一日，他路过荣州（即今荣县）城，见旭水河畔有一座山，山虽不大，却生得奇特，小巧玲珑。山之左右有状如虎、形似狮的众坡相拥，前有绿水流过，后靠石壁犹刀砍斧削，还有一尊未建好的石佛。

老和尚看罢大喜，灵机一动：倘若能在这石壁上斧凿留痕，造出一尊大佛，岂不就可以引来八方游客，流芳万代吗？打定主意，他就去请一位当石匠的朋友前来开凿。

淳德的朋友人称古石匠。由于他善刻千佛，技艺超群，声名远扬，受到人们的敬重。当淳德去请他时，他已事先答应了去荣州城南浮图岩造佛。只好对淳德说，他的大徒弟早已学得一身技艺，如不嫌弃可聘他去。淳德想，名师出高徒，便慨然应允了。

古石匠的大徒弟是个二十多岁的小伙子，身强力壮，机智聪明，能言善语。他跟着古石匠学艺多年，不但技艺精通，而且还有所创新。这次，师傅命他单独去淳德处摩崖刻石，他大喜过望，匆匆拜别师傅就要起程。不料古师傅却一反少言寡语的脾气，对他反复叨念：“手艺人要紧守古训，不可孟浪造次，倘若毁我声誉，决不轻饶……”

徒弟石匠和淳德和尚来到东山下时，举目一看，顿时就被这奇特的山形打动了。他在心中暗想，如能在这峭壁之上修一座大佛，岂不雄伟壮观！他转问淳德和尚：“大师，尊意欲在此修造千佛么？”

“哈哈，千佛遍布天下，有何奇哉？我决意在此传接唐时工匠遗墨，修成一尊如来大佛，以惊神州！”淳德说罢，展开一张图纸来。

徒弟石匠观看这图纸上的如来佛像，端庄清秀，体态雍容，慈眉善目，和蔼可亲，顿时就喜欢上了。他高兴地想，啊，自己的想法竟与淳德大师不谋而合了！

徒弟石匠有淳德做后盾，便于宋神宗元丰八年（1085年）择吉日动工了。他每天起早睡晚，悬于石壁上，用钻子精心凿打着。这么打呀凿呀，经历了八个春秋，熬过了八个寒暑，一尊栩栩如生的大佛眼看就要竣工了。恰在这时，他却积劳成疾，生了一场大病。淳德前去探视，见他骨瘦如柴，面容铁青，心中又感动又难过，慌忙为他诊治调理。不久，病体初愈，淳德就叫他去浮图岩看看师傅，散散心。他本欲不去，怕挨师训。淳德似乎看透了他的心思，笑着对他说："我随后就到，你只管放心去吧！"

话说古石匠自与大徒弟分手后，也应约前往浮图岩，几乎与大佛开凿的同时，开始修造千佛岩。历经八个春秋，他已凿出九百九十九尊四五尺高、千姿百态的佛像来。他正打算刻最后一尊时，突然听见有人叫他。他向下观看，见是大徒弟，心中不由一惊，忙问："难道你比为师还快，千佛已经修建完工？"

大徒弟说："我怎能狂妄自大，与尊师相比？"

"那你修了多少？"古石匠又问。

"仅一尊，尚没最后完工。"大徒弟胆怯地说。

古石匠一听，顿时无名火起："我修千佛，你修一佛，定是懒惰无疑。这岂不毁了我的名誉！如此浪徒，要你何用？！"

"师傅，你听我……"大徒弟跪到地上，急欲分辩。

然而，古石匠的暴躁脾气早已发作，哪容徒弟讲话，顿时热血冲顶，把手一扬，将钻子往徒弟头上扔去。说来也巧，那钻子不偏不斜，刚好落到徒弟的脑壳上。徒弟经此一击，当即扑地，鲜血喷涌，一命呜呼。

恰在这时，淳德和尚来了，见状惊问何故。古石匠还在骂徒弟懒惰，不堪教诲！淳德气愤至极，拉着古石匠就走。

古石匠还未到东山下，老远就看见了一座金碧辉煌的巨大的如来佛像，倚壁而坐。古石匠造佛一生，还从来没有见过如此壮观的大佛，不禁暗暗叫绝！

“你知道这佛有多大？”淳德和尚怒斥古石匠。“它身高十一丈，肩宽三丈六，就连它的耳朵也长一丈五，远比你的几个身子还长！再看看它的造型：头盘螺髻，足踏莲花，面形方长，大耳高鼻，气势何等雄伟，线条多么流畅！这样的艺术精品，你连想也不敢想！却骂徒弟懒惰，是何道理？”

古石匠被斥得目瞪口呆，心里暗诲：“天下有此一尊足矣，何须千尊万尊！徒弟，都怪我……唉，为师屈杀你了！”

古石匠为了悔过，立即攀上悬崖，继续徒弟未完的工程。他一边凿打着，一边流着痛苦的眼泪。而今，人们在大佛的身上，还可以看到处处粉红色的斑驳之点。据说，那是老石匠洒下的血泪。

不久，大佛竣工了，万人观瞻，无不惊叹。然而古石匠却在一片赞扬声中，羞愧而亡。

（曹家贵　邹光耀）

二佛的传说

相传很久以前，天上有位造佛神带着两个徒弟云游到荣州（荣县），见这里山清水秀、风景优美，一时兴起，对两个徒弟说：“你们两个跟随师傅多年，为天下塑造了数不清的佛像。今天师傅想考考你俩的手艺。题目是你俩在荣州各选一处造佛像，以鸡鸣为限，为师在大老君（威远县内滴水崖附近的一座奇峰）道观里等你们。”说毕，驾云而去。

师傅走后，师兄弟开始忙碌起来。大师兄选择旭水河边狭长的小山头。他以峭壁为基础，很快造好一尊佛像（二佛）；他看时间还早，便沿着石壁开凿了大大小小一千多尊佛像，最后在剩下的一块石壁上刻下“金碧崖”（千佛崖）三个大字。刚刻完，鸡就叫了。

大师兄驾云到大老君道观拜见师傅。师傅问大徒弟：“你造了多少尊佛像？”大徒弟说：“徒儿造了一千尊，有多没少。”师傅听了，满意地点了点头。

不一会儿，二徒弟到了。师傅因二徒弟迟到而显得有些不快。问：“你造了多少尊呢？”“徒儿只造了一尊。”二徒弟答道。

师傅一听勃然大怒，心想：我辛辛苦苦教了你多年，一夜之间只造了一尊，这个差距实在太大了吧。在愤怒之下，顺手捡起身边的铁榔头向二徒弟头上砸去。由于用力过猛，二徒弟顿时脑浆迸裂，惨死在师傅面前。大徒弟忙去阻拦，已是来不及了，只是说：“师傅，你该去看看再说。”

师傅觉得大徒弟说得有理。于是师徒二人来到二徒弟造佛地点（真如崖），一看：嗬！是一尊大佛，佛身高大、慈眉善目、雄伟壮观，师徒二人惊叹不已。他们走遍天涯海角，也没有造过如此大佛。师傅心里暗暗后悔，他痛心地对大徒弟说："你造的佛像堪称一绝，但是你的千尊万尊，也比不上你师弟这一尊，为师错怪他了。"

据传，大徒弟造佛地点就是如今的二佛寺。这个动人的传说故事，一直在民间广为流传。史料记载：二佛（弥勒坐佛）建于唐代，佛高5.8米，宽2.6米；千佛崖上，众多佛像穿金饰彩，在旭日的照耀下，金碧辉煌，故称为"金碧崖"。

（黄才金）

荣县白塔传说

荣县白塔俗称镇南塔，巍然屹立于四川荣县城南 500 米的龙头山巅。塔基为方形须弥座基，高 2 米，每边长 7.8 米。塔身四方形，外表塑有罗汉、寺庙之类。外看是 11 层，层层上收，各层均开窗。塔内 5 层，有实心柱。66 级踏道绕实心柱盘旋至顶。底层有拱门，装饰着仿木的斗拱 12 朵。塔顶呈覆盆。塔体通高 21.6 米。关于镇南塔的传说很多，多少春去秋来，内容都无法考证了。听老人讲过一个几近神话的传说。

荣县过去叫作荣德县。那时的县城挺小，在城南的一个山脚下（今龙头山，那时候不叫龙头山），有一户吴姓人家，有一个年方 16 的姑娘。姑娘叫吴元，长得十分的标致、水灵、乖巧，也很善良，是百里挑一的好姑娘。他们一家主要靠父亲在外地和县城间做点小买卖，家里还算殷实，父亲对唯一的掌上明珠可说是疼爱有加，要啥买啥，也请了当地一些能人教女儿琴棋书画，使其知书达理，虽然不是特别精通，也算得上一个才女。

一天县太爷到她们家里。这县太爷不是第一次来，他来是为他自家儿子提亲的，但每次来都被婉言拒绝。因为父亲知道自己的女儿早已心有所属，属于一次带女儿出门见世面的时候遇到的一个蒙古小伙子。

可是，父亲不知道，县太爷是有备而来，要么叫女儿嫁给县太爷的儿子，要么就以贩卖私盐罪，抓走父亲。父亲为了女儿的幸福，宁愿深陷牢笼也不妥协，换来一顿暴打。

当晚，父亲重伤在身加上愤气于胸，含恨而去。母亲一个弱女子，不堪重负，悬梁自尽，随父亲而去了。原本其乐融融的一家子，一夜之间亡故离散。吴元万念俱灰，泪干了，心死了，现在唯一能支撑她活下去的就是那个叫薛禅的蒙古小伙子，他约好的一年后来接她。后来不知道是什么原因，薛禅一直无有音信。第 3 天，村民在旭水河畔发现了吴元的尸体，一家 3 口，就这样没有了。崖壁大佛眼角流下了晶莹的泪水，红颜薄命啊，可悲！可叹！一代佳人，就这样香消玉殒。真所谓“香消玉碎佳人绝，粉骨残躯泪染衣”。

就在吴丫头投河的第 7 天，天降暴雨，旭水河水猛涨。荣德县城，大半被淹。河水涨到大佛的膝盖处，一时间，洪水袭击着篱笆、店铺、屋脊，一些家具也都在洪水中飘飘荡荡，一些人爬上了真如崖（也就是大佛山）避难。黄昏的时候，水才慢慢退去。就在这时候，避难的人们看见天空飘来似云非云的物体，形体像龙，有着 2 只角，慢慢飘在吴元家后的山上。众人尚来不及惊讶，那个像龙的物体的头忽悠分离，掉到了山头上，龙身随之烟消云散。众人忙跑过去寻，什么都没有，这就是“龙头山”的由来。据《荣德县志》记载：“端平二年（1235 年）八月戊辰未时，城南呈祥云，形似龙，瞬断头于山丘，众觅之，未果”。

此后，几乎每月都会有洪灾，给百姓带来的灾难可说前所未有。有人说在旭水河中看见了真龙，县太爷也着急了。后来听说在城西南方 15 公里处的新会寺里面住着一位得道高僧“尽尘大师”。于是，县太爷亲自上门请高僧拯救全县的老百姓。尽尘大师说，这是奇冤所至，真龙怨气太深，化解不了。除非强行压制，用强制又怕有后患。县太爷苦苦请求，拿百姓苍生做砝码，大师只得答应了。

翌日，尽尘大师来到龙头山山顶，看了看，叫人找了吴元丫头的一件贴身信物（一块雕龙玉佩）装入一个有八卦图案的檀木盒子里，用红绳缠了 81 圈，叫人在山顶挖了一个深 3 尺（约 1 米）的小坑，将檀木盒子放到里面，用土掩起来，掩一层土盖一层红布，共掩了 9 层，最后搬来一块大佛坐前的石头压着。县太爷千恩万谢地送走了大师。

当晚，只听龙头山顶轰隆隆地响，忽高忽低，旭水河的水也慢慢涨起来，眼看又是一场水祸。县太爷派人马不停蹄赶到新会寺请来尽尘大师。大师来到龙头山，从包袱里拿出一尊玉佛，压在埋盒子的地方，瞬间，一切都消停了。尽尘大师说只有修一座塔方能压制住它，塔每层须雕佛。第二天县太爷便召集百姓和能工巧匠日夜不停地赶工，整整修了 3 个多月。此后就有了这座白塔。

（王永才）

五龙寺的传说

距荣县城东二十华里高山铺境内的荣梨山上，高高地耸立着一座山峰，就像一支笔直插云霄。周围的群山一层又一层紧紧把它簇拥着。人们在很远很远处，也能隐隐约约望见这座山峰。山峰上长满了苍松翠柏，树下到处是奇花异草，飞禽走兽出没其间。峰顶有一座寺庙，叫五龙寺。寺庙东侧有一口水池，被人们称为“龙池”。下方有一个深不见底的大石洞，被人们称为“龙洞”。

传说很多年以前，山下住着一位樵夫，家中有年近八十、眼瞎耳聋的老娘。樵夫虽然家穷，但对老娘十分孝顺。每天卖柴得了钱，总要给老娘买喜欢吃的。周围乡邻都夸他是孝子。

一天中午，天气十分闷热，太阳照在身上火辣辣的。一会儿，只见天空乌云滚滚，雷公活闪震得地动山摇，紧接着狂风夹着暴雨，就像有人用水盆从天上朝地下泼水似的。樵夫忙不迭地躲到一棵大松树下，但还是被淋得像一只落水鸡。忽然，又是一声炸雷巨响，雷声过后，天空出现千万道金色火花。火花中，五个身穿金盔金甲的天神，押着五个高矮不一，十六七岁年纪的娃娃，风驰电掣地从天而降，恰好落在离樵夫躲雨不远水池下方的洞穴边，天神把这五个娃娃一齐推下洞去，然后马上驾起云头上天复命去了。这一幕被躲在大树后面的樵夫看得一清二楚。雨过天晴，樵夫不敢在山上久留，急忙挑着柴火下山。

回家后，樵夫把在山上所见奇异的一幕一五一十地告诉了母亲和乡邻。十里八乡的百姓通通知道了这件事。一位隐居深山修炼的道长路过这里，听说这事后，上山绕着水池和洞穴走来走去，端详了很久，便说洞中的五个娃娃是泾河老龙的儿子，泾河老龙因触犯了天条，被唐朝丞相魏征梦中斩首。洞中这五弟兄和它们父亲一样蛮横无忌，到处为非作歹，兴风作浪，造成洪水泛滥，致使生灵涂炭。玉帝知道后震怒，欲将兄弟五个捉拿处以极刑。幸亏太白金星以其年幼无知，尚可教化为由，向玉帝保奏，才将他们押到此洞穴反省思过。

此话一传出，当地一位阴阳便招来一拨山民，摆开香案，点上纸钱蜡烛香，口中念念有词。几番手舞足蹈之后，掐指算了一算，对众人说道："我们这个地方真的有神仙了！刚才太上老君对我说了，洞里关的那五个娃娃是落难的真龙，将来是要回去掌管雨部的。何不趁他们现在落难，好生供奉，求他们将来多多保佑我们这一带风调雨顺！"大家齐声赞同。于是将水池取名"五龙池"，将池下的洞穴取名"龙洞"。接着发动山民募捐，在池西边建起一简陋小庙，取名"五龙池寺"，寺内塑弟兄五个泥像，供山民祭拜，前来烧香求保佑的山民络绎不绝。

第二年开春到初夏，荣梨山一带久旱不雨，土头金黄色的麦秆干得像要燃烧，苞谷秧秧儿也干得歪眉倒影的；田里干得起坼坼，眼看插秧季节却无水，山民们非常着急，便推举乡中社会贤达承头，置办整猪、整羊到庙内祭拜求雨。求雨仪式刚一结束，天上就雷声隆隆，乌云密布，接着下起倾盆大雨。大雨从当天中午一直下到后半夜。第二天早晨，人们出门一看，堰塘里、田里的水装得满满的，土里的苞谷绿茵茵的。山民们非常高兴，都说这五兄弟真灵验。此后，荣梨山一带每次遭遇大旱，只要山民们组织前往祭祀求雨，老天就会下大雨。山民们更加深信这五兄弟灵验，前来烧香的人也越来越多。消息越传越广，后来，连地方官府也知道了这事，并且深信不疑。于是便由官府出面募捐，在洞口西边原小庙地址上重修一大庙，取名"慈云寺"。据史料记载，唐代官府还在这里立有"祈雨碑"。每逢大旱，一大班地方官员就会率领百姓，备上祭品，来这里求雨。到了宋代，皇帝还敕封荣梨山为"灵应侯"。不久宋代又一个皇帝给五龙池赐"会应庙"匾额。但老百姓却始终称其为"五龙寺"。清代乾隆年间，荣县知县黄大本又在山上修建了一座"灵雨亭"。

五龙寺背后山上有块约摸三张八仙桌那么宽的巨石，令人感觉有趣。这块巨石上面有一个很大的凹陷，形状像人的脚板印，人们称之为“神仙脚板印”。传说很久以前，一天，一位童颜鹤发的老人来到庙里对方丈说：今后庙里的粮食，全由我供给。只管叫小和尚到庙背后大石上去取。说完，化作一道白光而去。此后，果然每天大石上便有一袋大米。不多不少，刚好够庙里和尚吃一天。负责前去背米的小和尚起了贪心，想叫送米的人每天多送一点，以便将每天的剩余积攒下来，自己拿去卖钱花。另外，小和尚也想弄清楚送米的到底是什么人。当晚，小和尚躺在大石旁边草丛中，眼望天空，不肯眨眼。鸡叫头遍时，忽然看见一颗流星划过天空，朝荣梨山五龙寺背后这块巨石坠落下来，小和尚定神一看，哪里是什么流星？分明是一位鹤发童颜、白衣白袍的老神仙。小和尚连忙从草丛中站起来，老神仙一只脚刚落地，另一只脚还未挨地时，看见小和尚现身，便纵身化作一道白光消失得无影无踪，只在巨石上留下一个脚板印。从此再没有谁来给五龙寺送白米。

（曾昭禄）

马儿山下的传奇

荣县鼎新镇西南七八里的地方，有一座孤独挺立的山坡叫马儿山。以前这里是从自贡、龙潭、鼎新通往荣县古文镇、宜宾合什镇、柳嘉镇的必经之道。一条石板大道弯来绕去，从山下经过。驮马队叮叮当当的铃铛声，长年累月响个不停。大道上的一块块石板被马蹄的铁掌，踩踏成又大又深的凹槽，甚至踩穿成一个大大的窟窿。石板大道经过马儿山下一个叫洋镐子、窄口子的地方，进入山区。以前这里森林密布，一两人合抱的大树比比皆是。一条小河围绕着马儿山转了一大圈。沿河一带，一大笼一大笼的竹林蔽日遮天，阴森恐怖。

洋镐子、窄口子上的马儿山也是一座宝山。如果从天空俯视，你会看到马脑壳、马鞍子、马屁股等部位惟妙惟肖。马脑壳前、窄口子另一边的山腰上，矗立着一根十来丈高、一丈粗细的石柱，叫系马桩。上头一圈五六尺高的圆形石帽，石帽下一圈两三尺长，极像被马缰绳长期磨损后形成的凹槽。上下都是黑黑的石头，唯有中间凹槽处是红色的。

据说很久很久以前，山下住着一户人家。一天早上，鸡刚叫过头遍，主人打算起床做饭，吃了去一个远处的集镇赶集。忽然，门外传来叮叮当当的马铃声，主人心中感到诧异：这荒郊野外哪来的马铃声呢？他凑拢门缝一看，一匹金光闪亮的骏马正欢蹦乱跳地到河边吃水。饮完水之后，一晃就不见了。他吓得不敢出门赶集了，天亮之后，跑到河边石滩上一看，几个一尺左右直径、七八寸深的马蹄印清清楚楚地出现在石滩上。马儿山是一匹金马儿的传说不胫而走，人们想方设法绞尽脑汁地想得到这匹金马儿。一些强盗闻讯也前来盗宝。但大家找来找去也无法找到金马儿的踪影。偌大的马儿山也搬不走、揣不下。于是强盗们想出一条恶毒的计划，炸掉系马桩，让金马儿跑掉，大家都不要！乡亲们闻讯后，拿起锄头扁担从四面八方赶来，将强盗们赶走了。至今，一代又一代的乡亲们，找来阴阳道士，用目测、用罗盘在马脑壳、马鞍子、马屁股上转来转去，寻找风水宝地，埋葬死去的亲人，以求子孙发达、家业恒昌。许多人不惜重金在这里买风水宝地，十几里、几十里远地方的人去世后也到这里来安葬。但这都是迷信，哪里有什么风水宝地的庇佑。

（胡宗杰）

红凤鱼（外四）

荣县境内有两条大河，东南那条叫旭水河，流进沱江经长江注入东海；西北那条叫越溪河（又称涌斯茫河）流进岷江经长江注入东海。

很久以前，越溪河畔一个偏僻的小山村有户人家，家里只有母子两人。母亲是一个盲人，常年卧床不起，儿子憨厚老实，名叫柱子，二十过五了，依然是光棍一条。他是一个孝子，每天或上山砍柴，或下河捕鱼，以此维持母子二人的生计。

有一次，柱子在房前的小溪里捕到一条奇怪的鱼。这鱼全身呈红色，红中又带有丝丝绿意，通体光洁透明，尾巴如雄鸡的鸡冠又似展开的羽翼。柱子窃喜，莫非这就是传说中的红凤鱼！如果真能治百病，母亲的瞎眼病就能治好了。

回到家里，柱子烧好水，准备给母亲炖一碗鱼汤。他逮住红凤鱼，只见那红凤鱼泪水涟涟，十分可怜。柱子不由动了怜悯之心，涌起一种莫名的情绪，只好把鱼又放回水缸里。

说来也怪，红鱼每天在水缸里快乐而悠闲地游来游去，好似与柱子逗乐。不久，柱子对红凤鱼滋生出深深地依恋之情。每天干完活回家，总要到水缸边与鱼儿嬉戏一番，心里才觉得踏实。

大约两个月后，柱子有一天回家，只见桌上摆满美味佳肴，他奔到母亲的床前问谁到过家里。

“家里没有谁来过呀！我只闻到一股清香，还以为是你呢……”母亲回答说。

一连几天，柱子干活回家，家里都有一桌飘香的饭菜。问母亲还是说没有人来过。柱子觉得十分奇怪。有一次上山砍柴，半路途中就返回。远远看见家里炊烟直冒，急忙往家跑，隐隐约约地看见厨房有个年轻的女人。他冲进屋里，可屋里除了还没有做好的饭菜，没半个人影。这以后的好几天，柱子干活回家，再没有煮好的饭菜。

柱子很是失落，上山做活也没劲。有一天，他在山上砍柴，遇见一位白发苍苍的老者，颇有几分仙风道骨。

"有情人终成眷属。"只见那位老者自言自语说。

"老伯，你是说我吗？"

"是啊，小伙子。"老者和颜悦色地答道。

"我穷得叮当响，哪个姑娘愿意嫁给我呀！"

"哈哈哈，早就养在家里了……"老者说完，附在柱子的耳朵旁如此这般，说得柱子满心欢喜直点头。

大约又过了半月，柱子晌午回家，又是满桌子飘香。

有一天早晨，柱子出门时故意对母亲说今天上山砍柴回家得迟。他出门没走多远，就匆匆返了回来，藏在厨房的窗外，双眼死死地盯着屋里。巳时已过，水缸里忽然冒出一股青烟，紧接着飘出一位美丽的姑娘。她脱下"鱼壳"，站在屋中嘴里念念有词，手向空中一挥，食物随之而来。然后，美丽姑娘开始有条不紊做饭菜……

柱子一个箭步冲进屋里，一把抓住"鱼壳"。姑娘见柱子进来了，慌忙往水缸里跳，可怎么也变不回原样，她才发现柱子手里拿着"鱼壳"，赶紧求柱子还他的"鱼壳"。柱子诚恳地说："姑娘，如果你不嫌弃的话，我愿意与你生活一辈子。"

"如果你答应我的条件，我就和你一起生活。"姑娘满脸通红。

"什么条件？"

"你还是像以前一样靠双手劳动来过日子。"柱子满口答应了。

姑娘就和柱子成了亲，男耕女织，过着幸福美满的生活。

一年后，他们有了一个活泼可爱的小女儿。在鱼姑娘的操持下，家里越来越富裕，柱子母亲的病也好了。

生活富裕了，柱子不知不觉染上赌博的恶习，他整天泡在赌场里，不过问家里的事。柱子的母亲和鱼姑娘多次苦苦哀求他不要再赌了，可他不但不听，有时输光钱了，还回到家里用烧"鱼壳"威胁鱼姑娘，逼着鱼姑娘用法术变“银票”，鱼姑娘只好照办。

其实，鱼姑娘每用一次法术，就要消耗自己的许多“精气”。漂亮的姑娘没多久便憔悴不堪。

一个风雨交加的夜晚，输得一败涂地的柱子垂头丧气回到家，家中冷冷清清的，母亲、女儿和妻子无影无踪。柱子意识到发生什么，他惊惶失措地冲向藏“鱼壳”的地方，哪儿还有“鱼壳”的影子哟。

柱子又慌慌忙忙跑到屋外不远处的越溪河边，只见水流湍急、浊浪涛涛。这个时候，他方知昔日过错，悔恨交加，纵身跳入奔腾水流中……

从此，越溪河正江段每年春季都会涌出无数的鲜美可口的红凤子。

（外一）石下人家

川南荣县有座神奇的山，名叫荣德山，风景旖旎，相传太上老君曾在山上结庐炼丹，又名老君山。宋朝的时候，老君山脚下有户姓张的员外，膝下无儿子，只有三个长得如花似玉的女儿。大姐叫翠花，二姐叫翠莲，小妹叫翠香。

张员外的家里养着三朵鲜美可人的“花儿”，媒婆们的脚“踏烂”了张家的门槛。大姐如愿嫁了一个家财万贯的生意人，二姐心满意足地找到一个风流倜傥的官员。唯有三妹，既不喜欢有钱的人家，又不喜欢有权的主儿。媒婆说得口沫横飞天花乱坠她也无动于衷，只是摇头。你道这是为什么，因为翠香心中早就有了意中人。

话要从上个月的“庙会”说起。翠香与丫鬟小菁走在人流如织的庙会上，两人说说笑笑观赏美景，不知不觉走到人迹稀少的地方。这时，忽然冒出一群人来，为首的正是当地恶霸、当朝太师的远房侄儿——石大儿。这石大儿一见貌若天仙的翠香，两只色迷迷的眼睛骨碌碌地转。奴才们领会主子的意思，立刻挡住慌慌忙忙躲避的翠香的去路。石大儿正欲上前调戏，这时从不远的一棵大树旁边草丛里走出一个衣着简朴的年轻后生，大声呵斥石大儿。石大儿恼羞成怒，吆喝着爪牙气势汹汹地向后生猛扑过去。只见这后生三拳二脚便打得这伙人屁滚尿流、狼狈逃窜。翠香吓得忘了感谢恩人，拉着丫鬟又惊又怕地跑回家。

这石大儿调戏不成，多方打听，知道偶遇的美人是张员外的小女儿，顿时喜上眉梢，大摇大摆地上门提亲，扬言如果张家不答应这门亲事，就给张家“颜色”看看。翠花、翠莲听说石家上门来提亲了，轮番上阵劝说妹妹答应这事。由于翠香的两个姐姐的掺和，胆小怕事的张员外只好应承下来。

眼看迎亲日子临近，翠香整日面对窗户以泪洗面，希望那位年轻的后生忽然降临。事情也凑巧，离迎亲的日子还有两天，一只小鸟站在翠香闺房窗外的树上叽叽喳喳闹个不停，好似在唱：“小妹，小妹你别烦忧，想见心上人跟我走。”翠香初时没介意，小鸟在树上跳下窜一边不停地唱，终于引起了她的注意。于是，她便叫丫鬟去告诉父亲想到外面散散心，老员外满口答应了。

翠香和小菁跟随小鸟来到一处绿树环绕野花竞放的地方，小鸟忽然不见了。两人焦急地四处张望，哪里有人影呀。不一会儿，小鸟又飞了回来，在一棵树上唱开了：“小妹，小妹你莫发愁，搬开石头便有屋。”

小鸟这么一唱，翠香与小菁发现脚下有一块一米多长的石块，两人用力搬开石头，只见一个大洞，隐隐约约有鸡鸣之声。她俩壮着胆子走了进去，洞越来越宽敞，大约半里路光景，眼前展现出一个人间仙境：小桥流水，鸟语花香，一座漂亮的四合院被绿树环绕。穿过一座小桥，便到了四合院。

“小姐，你看那是谁？”翠香循着小菁的声音望去。只见年轻后生正在院子里浇花，大概是听到了小菁的话，他抬起了头来，看见到翠香甚是诧异。四目相视，翠香满脸通红，羞涩地低下了头。

小伙子热情地邀她们进屋。刚刚落座，心直口快的小菁就向小伙子陈述她们被救后发生的事情。

小伙子听了小菁的话后满脸怒色，不过，很快冷静下来，平静地对翠香说：“恶人会有恶报，一切都是天注定，姑娘你就放心回去吧。”

“多谢公子了。”翠香深深道了个万福，满目含情地离开这个“世外桃源”。

翠香回家的第二天，传来石大儿昨天晚上暴病死亡的消息。石大儿这一死婚约自然解除。

“真是上苍保佑。”翠香紧锁了一个多月的眉头终于舒展开来，心中愈发想念梦中的那个白马王子。

一个阳光灿烂的早晨，翠香与小菁又一次来到小鸟带她们落脚的地方，大树依然，芳草依旧，可无论如何寻找，一块石头也没有，更不要说地洞了。翠香满脸愁云回到家里，茶不思饭不想，一病不起。

张员外遍请了本地的名医，谁也诊断不出翠香的病来，吃了许多药也不见好转。眼见翠香的病情是越来越严重，张员外急得像热锅上的蚂蚁。翠香病得快不行的时候，张府来了一位白发苍苍的老者，他说能治好小姐的病。条件是治好了小姐病，必须答应一段婚姻。

张员外都快急疯了，只要能治好女儿的病，哪管它什么条件，满口应承下来。白发老头从脏兮兮的挎包里拿出三包草药，如此这般给员外耳语了几句。说来也怪，翠香吃了药，病情一天天地好转，很快就康复了。

不久，白发老人送来聘礼，并且附上了一封书信。信中既诉说了对翠香的爱恋，又说明自己其实是修成正果的蛇，翠香不答应这门亲事，也不会勉强她，只祝她能找到如意郎君。署名：石下人家。

翠香看了信是又惊又喜，明白石下人家就是两次救自己的年轻后生。心上人终于有了消息，恨不得早日见到朝思暮想的他，诉说相思之苦。

不久，翠香与年轻的后生喜结良缘。两人互敬互爱，住在那个世外桃源般的地方，过着神仙一样的生活。有一天，年轻后生对妻子说：“我要外出办事，大约要半年才能回来。你与小菁好好看着家。”丈夫一走，翠香觉得有些无聊，想念起亲人来。她便让小菁去接来两个姐姐。大姐、二姐虽是过着锦衣玉食的生活，可与妹妹比起来简直是天差地别。这里环境优美不说，一切家具都是金子打造的。两个姐姐顿时心生妒忌。

有一天，姐妹三人一起到花园看风景，走到一口古井旁，大姐翠花即生歹意，说道：“小妹，我们到井边照照谁最漂亮。”大姐这么一说，二姐翠莲立即领会到大姐意图，她也说道：“小妹，我们去照照看。”

三个美丽的脸蛋映在蓝汪汪的井水里。两个姐姐直夸妹妹美，趁翠香不注意，她俩一齐用力把翠香推入井中。为了掩人耳目，她俩呼天抢地哭了起来。不久，年轻后生回家，两个姐姐一把鼻涕一把眼泪地编出妹妹不小心掉下井里的谎话。年轻后生淡淡说了句："姐姐，我知道了。"然后叫小菁每人送了几大锭金子，打发她们回家。翠花和翠莲走后，年轻后生到井边转了三圈，一声不吭地蹲坐下来。几天后，井里长出一株荷，又过了几天，长出一支花苞，花苞慢慢变大，七七四十九天以后，硕大的荷苞慢慢地盛开，芳香四溢，里面竟然躺着翠香，好似沉睡了似的。

躺在荷花里的翠香慢慢睁开眼，她看见蹲坐在井边已经僵硬的夫君便轻轻地朝他吹了一口气，一股清香弥漫年轻人的全身，年轻后生很快苏醒过来。劫后余生，翠香与年轻后生更加恩爱，过着幸福美满的生活。再说，翠花和翠莲回到家里，不久，漂亮的脸上忽然长出许多毒疮，无论什么药物都医治不好，美女一下子变成丑八怪。姐妹俩都被自己的丈夫赶出了家门，她们无脸回到娘家，只能四处乞讨，过着悲惨的生活。

（外二）不二清官

荣县双古与内江威远接壤的地方，流传着这样一个故事。

清朝雍正年间，资州有位府官，为官清正，办事认真，从不贪赃枉法，并且执法严明，断案不分亲疏。他判案公正，审案说一不二，当地人叫他不二清官。

有一年秋冬之交，不二清官外出巡访染上风寒，一开始没有当回事儿，不料，病情加重，卧床不起。有一天，他叫伙夫上街买鸡蛋。不二清官只靠自己的俸禄生活，生活清淡，开支十分节约，只拿十个鸡蛋的钱给伙夫。

当天集市上鸡蛋很多，价钱比往常低一些。伙夫用十个蛋的钱买了十二个鸡蛋，拿回来放在"不二清官"卧房的书桌上，小声叫醒昏昏沉沉的不二清官："老爷，鸡蛋买回来了，放在书桌上。"不二清官睁眼看了看桌上的鸡蛋，有气无力地问："你垫钱了没有？"伙夫回答说："没有。"

伙夫离开后，唧唧几声老鼠的叫声轻叩耳膜，不二清官一下子来了精神，他看见两只老鼠悄悄地接近鸡蛋，兴趣顿生，侧身闭息观看老鼠怎样偷鸡蛋：一只老鼠用前脚和嘴将蛋抱起，翻身肚向天，另一只咬住它的尾巴，向洞里拖去，搬走一个蛋，又来搬第二个，一直把十二个鸡蛋搬完。

不二清官忽发奇想：老鼠神不知鬼不觉地偷走鸡蛋，我亲眼所见。人们称我不二清官，审案公正清明，我就要审此案。

于是，不二清官把伙夫叫到床前，伙夫低声问道："大老爷想吃蛋花汤吗？"

不二清官说："对，你给我煮一碗来！"

"好，好，好。"伙夫去拿蛋，书桌上的蛋不见踪影。

"老爷，蛋在何处？"伙夫不解地问。

不二清官反问道："我给钱叫你买蛋，你没买吗？"伙夫照实回答一遍。不二清官变脸说伙夫没有交蛋给他。

"你看书桌上有没有，未必本老爷生吃了这十二个鸡蛋？"不二清官翻身下床，立即通知衙役和陪审官员，到大堂审案。

不二清官宣布升堂，叫衙役把伙夫押到堂上来，跪在堂前。不二清官惊堂木一拍道："你这个狗东西，跟随我十多年，我从来没有怠慢过你，也不知你是这等人。今天本老爷叫你买鸡蛋，蛋没买回来，还诬蔑老爷把蛋生吃了。你究竟把钱拿到哪儿去了？从实招来，否则，重打四十大板。"

伙夫一听自己要是不认"罪"的话，要重责四十大板，慌忙招供道："我没有买蛋，上街走到醪糟摊子，闻到很香，用钱买了吃光了。"不二清官指责说："你早点这样说不就可以不让我升堂审理，以免麻烦衙役。你既如实招供，就免于动刑……"

不二清官这一闹腾，大汗淋漓，风寒病也好了。审案后，他细细一想，自己亲眼看见伙夫买蛋回来放在书桌上，亲眼看见老鼠搬走，我审问他为何假招供呢？并且编造的事实有眉有眼。哦，原来是怕受刑。由此看来，我审理案件王法太重，恐怕许多是屈打成招，不知冤枉多少好人，我哪是清官，分明是昏官呀！唉，我不知害了多少好人。思前想后，不二清官决定辞去官职，一个人游山玩水云游四方。

有一天，"不二清官"来到山清水秀的"升平场"。五里长滩平缓如床，河滩上有高高低低的许多漂亮的建筑，黎庶安居乐业。于是问当地人为何叫“升平场”。当地人回答说这三个字是流放西川路过这里的“果亲王”（雍正皇帝的弟弟，书法家）所书写，大家捐资镌刻于场口石坊之上的。

“好一派安乐升平的景象。”不二清官心有所动，便在沿河的街上买几间房子，开了一个杂货铺。他为人和善，诚实守信，童叟无欺，生意十分兴隆，人们亲切叫这个外地人为“不二老板”。

短短三年时间，不二老板就成为当地有名的富商。正当生意如日中天的时候，“不二老板”却人间蒸发。他的去向众说纷纭：有人说他挣了钱，又云游四方去了，有人说他上山当和尚去了，有人说隐居在荣县双古、仁寿、威远交界的景观独特的“俩母山”……

（外三）董正封怒砍“风水梧桐”

古荣州苍山青葱，绿水潺潺，环境十分优美。护城河两岸长满枝繁叶茂的梧桐。那个时候，梧桐树是荣州人心目中的“神树”。宋徽宗政和年间，显谟阁待制董正封曾经主持荣州的军政事务。

这个董正封勤政爱民、刚正不阿，为官清廉。当时，荣州官署有一座很高的楼，可以极目远望，可是被一棵高大的梧桐树遮挡了。梧桐树的枝叶几乎覆盖了官署，不仅让视野受到限制，而且鸟儿们栖息的粪便洒落院坝里满地都是，官署阴冷潮湿还散发着淡淡的酸臭味，于是董正封下令砍掉这棵梧桐。

县署的官吏们一听，慌慌张张地围着董正封下拜，请求留下这棵梧桐。一位大胆的官吏谏言道：“这棵树是荣州镇的风水宝物，已经历时二百年之久，有神物在上面居住，很灵验。平时烧香磕头，不敢怠慢。如果砍掉它，一定会引起大灾祸，况且，这么大一棵树也未必能够砍掉。”

“世上哪来的神物，全都是人们想象出来的。这棵梧桐不仅阻挡了视野，还严重影响了我们官署的环境卫生。今天，我非砍不可。我倒要看看神灵能把我怎么样？”董正封性情刚烈，斥退众人，他亲自率领工匠，挥动斧头，从早干到晚，梧桐树终于被砍倒了。

梧桐树倒地不久，忽然一阵狂风迷雾从树根而起，把屋顶上的瓦席卷而去，四下飞扬。霎时间，雷电交加，天昏地暗，暴雨倾盆。董正封和家里人聚集在一间屋里，只听得房上好似奔驰的烈马在拼力腾踏，又仿佛猛兽恶鸟伸出蹄爪，就要穿透屋顶椽箔，大有把人攫去之势。眼前如此阵势全家老小都很恐惧，哭叫声响成一片。董正封却安然不动，笑对窗外肆虐的风雨雷电。未时三刻左右，终于风平雷息，内外平安无事，没有什么扰乱。

这棵高大的梧桐树一砍，官署立刻明亮清爽起来，站在那座高楼上，举目远望，荣州美丽的风光尽收眼底。于是，大家不由得赞叹董正封决断英明。董正封也没有因为砍掉这棵“风水梧桐”得罪神灵，他年过八十才去世。

（外四）老君茶的传说

有一天，太上老君乘仙鹤闲游，只见有一座山高插蓝天，雄奇瑰丽，绿树成荫，心为所动，于是降下仙鹤，在一个风景优美的山洞旁结草为庐，潜心炼丹。有一天，偶然发现仙鹤降下的地方长出一种植物，低矮青翠，仙鹤总爱啄食。他颇为好奇，摘来以清泉煮之，细细品尝，清爽可口，于是题名：“仙鹤饮”。后来，得道成仙的吕洞宾途经此地，看见山上青树翠蔓，环境十分清幽，令人心旷神怡，不由得登山观景，上山眼见先祖老君的题名，心中大喜，摘嫩叶化泉泡来饮之，神清气爽，于是便伸手抓一山石为凳，小坐休憩。仙人离去，石凳遗存。这座山就是古荣州颇有名气的荣德山，又名老君山。

太上老君命名的“仙鹤饮”人们称作“老君茶”。

其实，荣县西部地区山清水秀，最适宜茶叶的种植。据《荣县志》：“茶自古有之，晋以前茶不通行，惟蜀惟盛。则唐天下风尚矣。”县境内的老君山（荣德山）、帽子山、高石梯等地方分布野生大茶树。

天上飘来的“老君茶”，荣州山水处处茶芳香。荣县茶历史悠久，茶文化丰厚，荣县天然氧吧高石梯生长着不少千年茶树，“龙都香茗”“绿茗春”“黄金叶”等驰名中外。

（胡为民）

望儿山的传说（外四）

荣县双溪水库大坝右边的那座山叫“望儿山”。

我听当地一个老人讲了望儿山的传奇故事与山名的由来。宋时苏东坡曾在望儿山对面那座山背后的“地仙洞”教书，所教的正是荣县王庠、王序兄弟俩。小河中有一个很大的乌龟充当其渡船，每天见小孩来到河边时，便游过来让孩子坐在它身上，渡他们过河，然后隐踪了。待放学时，乌龟又游到小孩面前送他过河，每天如此。庠、序母亲向夫人每天送孩子到这里，就站在山上目送着孩子过河，直到看不见孩子了才离去。到孩子放学时，她又站在这座山上，望着孩子放学从这里过河后把孩子接回家。人们就把这座山叫作“望儿山”，延续至今。

小河中的乌龟，据传说死后变成了一坨“乌龟石”。我当年修水库时，那坨乌龟石还在，那个讲故事的大爷指给我看了，具体位置在水库大坝偏左，有一张小圆桌的桌面大，形似不太规则的拱圆形，略似龟背。现在被大坝覆盖。

（外一）端午节赶娃娃场

过去荣县地区赶场日期是逢一四七、二五八、三六九，是以农历为准。1958 年改为了国历。如果是逢一四七赶场的场镇（如双石），农历五月初四就是赶端阳场，端阳场也是娃娃场。如果逢二五八赶场的场镇（如李宴），五月初五就是赶娃娃场。如果逢三六九赶场的场镇（如望佳），五月初三就是赶娃娃场。反正靠近端阳节的那个场期，就叫娃娃场。

五月初五为什么叫赶娃娃场？这个来历和起源我不知道，上辈人也解释不清楚，只知道五月初五端阳节前的最后一个场期叫娃娃场。我自幼知道，每年的“娃娃场”那天，去街上耍的娃娃最多，相当于现在的“儿童节”，只是喊法不一样而已。当时的小孩也知道农历五月初五是自己的节日，一个个很高兴。赶“端阳场”那天，大人要上街卖粮食、鸡蛋、鸡鸭或兔子，卖了才有钱买肉回家过节，给小孩买麻花。当时的麻花就是小孩的最佳零食，只有端阳节才能吃到。因此每逢“端阳场”也是“娃娃场”，各家未上学的小孩，或已上学的小孩正巧逢星期天，就会嚷着要同大人一起去街上耍。平时一般大人是不允许去的，但赶“娃娃场”，大人们都不会阻挡，会让小孩一同去。所以端午节赶娃娃场时，街上见到的小孩最多。那天的小孩最高兴，因为大人要给他买麻花吃。那天的小孩也比平时穿得好，因为那是他们自己的节日。

（外二）端阳节吃苋菜

我自幼知道端阳节有吃苋菜的习俗，说是五月初五吃了苋菜，不怕吃到猪毛，纵然不小心吃到了猪毛也不要紧，因为在五月初五吃了苋菜，吃下去的猪毛也会化掉，会随大便拉出来。也许同五月初五吃了雄黄药酒不怕被蛇咬差不多。

苋菜在嫩的时候是很可口的一种小菜，听说有补血的作用，但老了就不好吃了。端午节正是苋菜的鲜嫩时期，此时吃苋菜正适宜。

过去有个婆婆妈骂儿媳妇，她说：“苋菜一寸长，老娘不得尝；苋菜用镰刀割（指老了），一顿几钵钵。”意思是嫩的时候正好吃，却不给她吃，老了不好吃了，却天天顿顿给她吃。

（外三）端阳节绣香包

过去的女孩子每到端午节就会绣香包。香包的作用一是避汗臭，二是避蚊子叮咬。

香包的形式多种多样。手巧的女孩子能绣大红公鸡、各类雀鸟、猴子、鸡心等。其中鸡心最简单，就像扑克牌的“红桃”。不论绣的什么样式，里面装点香粉或香草，既好看又香，那就是当时小孩儿的玩具，也可作小女孩佩戴在胸前的佩饰物。

记得我小时候，有一年端午节，我姐姐给我做了个猴子香包，很小，比大人的拇指稍大一点。我家里当时很穷，没钱买香粉，我姐姐就用疳疮子（疥疮）药代替香粉装在里面。过去很多生疳疮子的，几乎每家人都备有这种药，万一被传染上了就好用。那个疳疮子药很臭，有点像现在的膏药的臭味。我闻到是臭的，骂我姐姐骗我，我把猴子甩了。我当时才六七岁，看了一眼猴子是怎么做的，我甩了以后，就找来针线自己做。我找了一块巴掌大的小花布，用剪刀剪成四方形，用线缝好四个角，翻一面后把棉花或碎布渣塞满猴子的肚子，再缝好。过去有一种球形纽扣（若没有用桂圆核、油珠米也行）用块小布包好做猴头，再找点彩色线拴在猴子腰上，从肚子下面拉到屁股处，既成了腰带，又成了尾巴，最后把四只脚缝几针合在一起，大功告成。猴子的大小，决定于布面的大小，布面越大，做的猴子就越大。

（外四）四月八毛虫嫁

农村春季野外很多毛虫、土蚕子，专吃植物幼苗。特别是毛虫，遍地都是，毛茸茸的又吓人，大家恨透了这种害虫。

农历四月初八，农村有“四月八，毛虫嫁”的说法。到了那天，人们就在秧苗田里，扯一大把秧苗，分成小团，搭在墙上。人们一边搭，一边说：“四月八，毛虫嫁，去嫁一户好人家，不再吃青草和庄稼，天天吃嘎嘎（肉）。”这反映了农民的愿望，巴不得各种害虫早爬走，爬得越远越好。过去没有农药，害虫太多也捕捉不了，只有望它自己爬起走。

说是四月八毛虫嫁，实际上是毛虫该上茧的时候了，到了四月八以后，毛虫逐步减少了。但四月八过后，毛虫减少了，另一种叫“瓦虱子”的虫又逐渐多了起来了。瓦虱子与毛虫一样，全身是毛，比毛虫小一点，但有剧毒。瓦虱子是生活在房子的瓦上，不知它吃什么，农村的房屋上很多很多，一旦掉在身上，立即起包，又痒又痛。这种瓦虱子比毛虫更可恶，虽不吃庄稼，但会毒人。地里的毛虫对人无毒，爬上人体不会起包，不会发痒，只是吓人。

（吴锡昭）

尝 新

在荣县广大地区，有着尝新的民间习俗。所谓尝新，就是在每年的秋收之后，吃第一顿新米饭要举行的一种祭拜仪式。

尝新在每年的秋收之后进行。选择优级的稻谷碾成熟米，在选择好的吃新日子里，用新米煮饭用甑子蒸，把饭做好以后，在坝子边设香案把饭和供品一起摆上，点上香蜡烧纸钱祭拜天地。感谢上天赐予了风调雨顺的气候，有了良好的自然环境，今年的稻子获得了大丰收，同时也祈祷来年风调雨顺。祭拜完了天地之后，又祭拜祖宗。祭拜了祖宗后，把饭舀上，然后再搛上肉，把饭和肉分开放入狗槽里，看狗先吃哪样。如是先吃肉，那就说明来年肉价要涨，来年的猪不好养；如果是先吃饭，那就说明来年的米价要涨，来年的庄稼就不好种。那尝新为什么要先喂狗呢？传说在很早以前，我国不产水稻，稻子是粘在狗尾巴上从印度带过来的。

中华民族是一个伟大的民族，受滴水之恩，当涌泉相报。尝新先喂狗，狗吃后，人再吃。爸爸、妈妈拿碗把饭舀起，把饭端到爷爷、奶奶的跟前，让他们首先吃一点，接着爸爸、妈妈也吃一点，最后，最年幼的也尝一点。

尝新仪式进行完毕之后，才正式进行午餐，全家感受丰收的喜悦，共享天伦之乐。

（韦泽高）

祭坛神

祭坛神流行于四川大部分地区。特别是在乐山、内江、自贡地带，许多农家都供有坛神。旧时，人们有供坛神保家财、保平安，供奉坛神菩萨，祈祷的习俗。他们在堂屋右侧用大红纸写牌位，低于祖宗香火位置供奉。牌位正中是“正一元皇会上主坛赵侯圣主部下统兵郭氏三郎伍猖辂阴司兵马养牲宝坛供奉神圣香位”，并列排有三十二位神仙，列上牌位。两旁是对联。上联是：“昔日嘉阳为太守”，下联是：“今朝西蜀作财神”，横额是：“永镇灵坛”或“威镇灵坛”。还有的是“威灵显应”四个大字。右侧屋角设有兵器库，两边也有对联。上联是：“白鹿洞中春不老。”下联是：“泰洪山下月常明”。横额是“祭赏雄兵”或“祭赏阴兵”，牌位下面用近百斤重的石头打成香炉坛墩。供奉时请端公安位，请回各方神仙、千千兵马、万万神将到堂，用鸡血祭祀，烧钱化纸。人们有大喜事，如添人进口、儿子入学中举，或买田置业，都要庆贺。如遇灾难瘟疫，也要请端公庆坛安位。

（李国英）

火烧东川沟

古时，东兴镇叫东川沟。它由柏杨沟、烂泥沟、丁泥沟、龙洞沟、乾沟、楠木沟等七条叉沟汇合而成。这里土地肥沃，牛羊壮实，鸡鸭成群，人们勤劳奋进，热情好客，心地善良。

相传，久远时的一个傍晚，一个白胡子老人，满头白发，穿一身破烂的白色衣裳，提着一个篮子，从东川沟场的这一头步履蹒跚地走到那一头。他一边走一边有气无力地喊："谁能帮我烧一下？谁能帮我烧一下？"场上两边的人，听到喊声，都纷纷探出头来，看到着装异样的老人，全都好奇地凑上前去。正当乡邻们靠近白胡子老人，老人篮子里两个红薯，犹如两道闪电，将乡邻震在原地，一动也不动。乡邻们世世代代在这山沟里繁衍生息，从未见过这种红薯。

"谁能帮我烧一下？谁能帮我烧一下？"老人的眼神里充满了企求，声音显得有气无力。"是叫人帮他烧红薯吗？""这不是红薯吧？""可这么硕大无比的红薯要完好无损地在柴火灰里烧熟透，怎么可能呢？"围观的乡邻议论纷纷。"只要烧几天几夜就可以烧熟了。"白胡子老人用祈求的口吻说。围观的乡邻们一听愣住了，几天几夜得耗费多大一堆柴！想来这是怪薯，乡邻们都纷纷退后，陆续离散，没有一个人愿意帮白胡子老人烧红薯。老人继续提着薯篮，从东川沟场的这一头摇摇晃晃地走到那一头，依然一边走一边喊："谁能帮我烧一下，谁能帮我烧一下。"白胡子老人在东川沟场，走了五六个来回，眼看天快黑下来。这时，东川沟场最东边的屋顶上冒出了滚滚浓烟，同时从浓烟处传来了喊声："白胡子老爷爷，您的红薯，我帮您烧。"老人一听，刚刚还显无力的眼神里，突然就闪现出一道奇异的光芒，似乎还夹杂着莫大的满足感，随后，便拽着那个沉甸甸的薯篮朝声音之处而去。

话说这个帮白胡子老人烧红薯的是一个铁匠，当红薯被埋进铁炉热灰时，红红的炉炭便发出耀眼的金黄色。这个埋着红薯的铁炉，火力旺盛地烧了三天三夜后自动熄灭，铁匠铺整整一年的柴火，化为乌有。乡邻都说铁匠是木脑壳，明明烧不熟的，非要白白浪费自家的柴火。铁匠并不理会，掏出红薯，轻轻按压，不多一分不少一分，正好熟透。

老人接过红薯，放于竹篮，向铁匠告别，临走时只留下一句谜一样的话："你要烧我就不烧。"

乡邻的小孩便拿"你要烧我就不烧"这句话来取笑铁匠。

铁匠心里阴沉沉的，不说话，但固执地认为自己做的并没有错。

第二天，东川沟的场集上毁灭性的灾难莫名降临。燥热的傍晚，人们跑到屋外乘凉。"起火了！"人群中突然传出一声惊恐的叫喊。乡邻们惊慌失措地从自家屋子拿出桶、盆、瓢、碗……从东川沟河里到场上，从水田边到场上，从井边到场上到处奔跑着救火的人。那火，并没有因为水的降临而熄灭，仿佛浇上去的是油，每浇一桶，火势便更猛烈一些。人们的呼喊、哭泣、咒骂都无济于事，当火舌刚窜到铁匠铺的墙面，熊熊的烈火竟一下子就熄灭了，仿佛有神灵的护佑。大火烧了三天三夜后，东川沟场便成了一片废墟，只有那铁匠铺完好无损。东川沟场上的人们，纷纷涌进铁匠铺，在铁匠的帮助下，人们陆续将家园建立起来。

有人说，火是火灾的前一天看到过的那个白胡子老人放的。那个老人是天上的神仙，是下凡体查并告诫人们要多做好事的。

此后，东川沟的人们就变得爱做好事了。"你要烧我就不烧"的传唱声便流传下来。

（陈秀容）

梧桐引凤

据说，荣德山的命名与一个凄婉动人的爱情故事有关。

宋朝年间，在旭川县山脚下有一座小小的村庄，村头住着凤姑一家。

凤姑是个可怜的姑娘。父亲蒋大郎生性懒惰，好酒贪杯，捕鱼卖点钱就买酒喝，全然不顾凤姑母女的生活。所以凤姑从小就跟着母亲蒋氏学习刺绣，以卖绣品的钱来贴补家用。

一天，凤姑正在街上卖绣品。旁边忽然来了一位书生，摆起一个摊位，卖他的书画作品。

凤姑见书生两眼发红、忧思重重的样子，不由十分奇怪，就主动上前招呼，问他为何如此悲伤。书生自我介绍说叫吴桐，母亲死后，父亲忧思成疾，不久前也去世了，家里本就不多的银两都花在了为父亲治病办丧事上，眼看三年一度的科考即将来临，家徒四壁，无可奈何，这才上街卖字画，希望能凑点路费去京城参加考试，谋个前程。

凤姑深深同情吴桐的遭遇，就帮他吆喝。在凤姑的帮助下，果真卖出了两幅作品，吴桐对凤姑万分感谢。

接下来的一段时间，两人都在一起摆摊，凤姑依然十分热情地帮腼腆的吴桐招揽生意。吴桐对这个善良而大方的姑娘打心眼里喜欢。一次收摊时，期期艾艾地对凤姑表达了爱意。谁知道凤姑把脸一沉，说道："吴公子，你是读书人，以后皇榜高中，前途不可限量，我只是一个粗俗的乡下丫头，整日里抛头露面，怎能与你相配呢？"凤姑如此深明大义，反而更加深了吴桐对她的爱恋，当即对天发誓，此生非凤姑不娶。凤姑有感于吴桐的一片痴情，只得暂时答应下来。

凤姑与集市上卖画的穷书生相好的消息传到了蒋大郎耳朵里，蒋大郎立时暴跳如雷。来到吴桐摊前，说已经收了朱屠户十贯铜钱的聘礼，把凤姑许配给了他的儿子，除非吴桐能拿出二十贯铜钱出来，加一倍利息退聘，否则不要妄想打凤姑的主意。

吴桐闻言面如土色，想不到未来的岳父如此自私自利，完全不顾女儿的幸福。那朱屠户的凶悍脾气人人皆知，他儿子朱槐也不是个省油的灯，凤姑嫁到朱家，怎么会有好日子过呢？凤姑两眼含泪，并无惊讶，显然早就有所耳闻，此时不为自己的将来着急，反而安慰吴桐，说父母之命不可违，要怨就怨自己命苦，有这样一个唯利是图的父亲。

次日，凤姑偷偷将自己多年积攒的私房钱全部交给了吴桐，让他早日上京，寻个地方住下，多多温习功课，好一举高中。吴桐接过钱袋，对凤姑说，朱家的婚事一定要想尽办法拖延，只要这次进京高中，就可以做官，就不怕没有钱退婚，请凤姑在家千万等着自己。凤姑表面点头答应，心里却是万般苦涩。朱家已经知道了两人相好的事情，派人传信说花轿三天后就要上门，此刻赶紧送走吴桐，就是怕他得知这事后冲动起来不顾后果，毁了一生前程。

吴桐一路顺利地来到京城，找到一处便宜的民居借住。怀着对凤姑的一往情深，肩负着拯救凤姑出水火的强烈责任，日夜苦读，果然一举高中，被皇上钦点为榜眼。随后在吏部派官时，吴桐主动要求回家乡旭川县任县令，虽然费了一番波折，耽搁了不少时日，但最后终于如愿以偿。

想到不知凤姑近况如何，吴桐真是归心似箭，一路快马加鞭，飞驰回到家乡。接任县令后，第一件事就是去凤姑家拜访。

县令大人来访，吓得蒋大郎手脚发软。再看县令竟然就是一年前集市上卖书画的穷书生，顿感大事不妙，战战兢兢迎进屋内。吴桐并不落座，急叫凤姑出来。

蒋大郎双膝一软，跪倒在地，结结巴巴说道："大人恕罪，我女儿凤姑两月前因生孩子难产，已经死了。"

吴桐听得此言，顿时如五雷轰顶，泫然欲泣。蒋大郎此刻不敢隐瞒，老老实实地和盘托出所有实情。

吴桐走后三天，朱家的花轿就上了蒋家的门。凤姑本想以死抗争，坚决不嫁，但是母亲苦苦相劝，说女儿死了她也不会独活，好歹留着一条命，等吴公子回来，说不定还有转机。凤姑无奈听从了母亲的话，嫁入朱家，因为看不惯朱家父子杀猪时灌水，又总是短斤少两，忍不住自告奋勇去卖肉，在卖肉时尽量做到公平。朱槐察觉后勃然大怒，骂她胳膊肘往外拐，又说她做姑娘时不检点，勾三搭四，不成体统，进了朱家门就要好好学学朱家的规矩，劈头就是一顿拳脚，打得凤姑头破血流。自此凤姑日夜承受朱槐欺凌，生不如死，准备一死了之时，惊觉身怀有孕，为了孩子只得委曲求全。

凤姑在快生产前夕，又忍不住好心提醒一个买肉的老婆婆，付钱时数清楚，以免多数。这话被卖肉的朱槐听到，当胸一脚将她踢翻在地，裙下血流不止，引发早产。等接生婆赶到时，凤姑已经不行了，嘴里念叨着“吴桐”二字，含恨而终。凤姑的母亲得到噩耗后，伤心过度，不久也随女儿去了。

吴桐泪眼婆娑，看也不看蒋大郎一眼，摇摇晃晃走出蒋家屋门。猛抬头看见院子里栽着一棵枝繁叶茂的树木，枝条随风齐齐朝他挥舞，似乎在向他打招呼，不由神思恍惚。

“大人，这棵树叫梧桐树，是凤姑未嫁时，听到一个外地人谈到有这个树名，花钱求他买了一棵树苗，栽在屋前……”紧随出来的蒋大郎察言观色，献媚地赶紧解说。

吴桐不等他说完，就拂袖而去。他心里已明白了凤姑的良苦用心。吴桐，梧桐，见树如见人，她早知今生无法与爱郎共结良缘，才植树寄托相思，原来凤姑对自己情深意浓，并不逊色自己一分啊，吴桐顿时心如刀绞。

吴桐回县衙后，又招来接生婆，细细询问凤姑死时情景。接生婆绘声绘色地说道：“大人，凤姑娘在世时，有情有义，乐善好施，无论看到谁有危难，都会出手相救，大家都说她是仙女下凡，来世间渡劫，一面普度众生。她死时，我亲眼看见一只凤凰从她身体里幻化出来飞走。那是她劫数已尽，回归仙府了，大人不要为她伤心，该高兴才是。”

吴桐点点头，想那时初遇凤姑时，她也是这样热忱地相助自己，丝毫不计回报。今后与其沉浸于悲痛中无法自拔，不如相信这个美丽的说辞，凤姑是凤凰所化，已经脱离苦海，逍遥红尘之外了，自己应该继续发扬她大公无私的精神，为老百姓造福。

吴桐解开心结后，自此专心致志治理旭川县，为了老百姓能安居乐业，不辞辛苦，日夜操劳，百姓们有感于他的勤政爱民，施德四方，都尊敬地称他为德公。

“凤凰鸣矣，于彼高岗。梧桐生矣，于彼朝阳。”吴桐每晚临睡前，常常借看书来缓解对凤姑的刻骨思念。一次偶然在《诗经》中翻读到这首诗，想起凤姑栽下的那棵梧桐树，恍然大悟。原来凤姑早就提醒自己，梧桐引凤，只要种下梧桐树，凤姑自然就会回来。

吴桐当即拿出银两，雇人买回大量梧桐树苗，在县境内一座大山上遍植梧桐，随后辞去官职，在山上结庐而居，一心一意等待凤凰（凤姑）回来。

吴桐后来有一天在山上突然消失不见，大家都说那天看见两只凤凰比翼双飞，在县境内盘旋一番后，双双远去，想必他真的等到了凤姑回来，并在凤姑帮助下，白日飞升，也做了神仙。

本境内一著名文人有感于吴桐的痴心，根据《说文》中“荣，桐木（即梧桐）也。”的解释和德公这一称谓，就把吴桐隐居的梧桐山尊称为荣德山。

（李苏）

“代白案”的绝招

民国 30 年（1942 年），黄希濂就任荣县县长不久，就把荣县作为模范县打造，他大力革旧立新，改造荣县旧貌。

这天荣县举行餐饮技术培训。从外地请来了白案大厨黄师傅做现场演示，所有学员围着案板观看。这黄师傅 50 多岁，红光满面，精神矍铄，一看就是精明强干之辈。他围裙一扎，袖子一卷，洒粉一抛，利索地将发面倒在案板上；双手又揉又和，团成一砣；手持面刀，“唰唰”两刀，在面团上划了个十字把面团撑开；倒了一碗冷水，放入碱粉，边搅拌边问：“这面是哪位师傅发的？”荣县有名的白案师傅“代白案”代大元笑嘻嘻地回答：“是我发的，发得孬？”“这个水掌握得太好了。白案第一关就是水分。”

黄师傅这才将碱水洒在面团上，然后使劲揉和，揉和成团后，又用刀划开，再洒碱水揉和。反复几次，面团揉得像个球体，胀鼓鼓地立在案板上。后“唰”一刀下去，把面团分开，他用鼻子嗅了嗅，顺手扭了一坨，在手中一团，像个鸡蛋，递给“代白案”，“拿去试笼”。

几分钟后，“代白案”将那个“蛋”端来，热气腾腾，雪白光亮，足足长了两倍。黄师傅抓来放在案板上，挥掌一击，把面蛋打成一块薄饼。只见那薄饼迅速膨胀，几秒钟又恢复成原样。在场的人无不拍手叫绝。

众学员齐说：“黄师，高招！”“代白案”接着说：“将就这面捏几个包子，让我们开开眼界。”黄师傅手起刀落截下一块，双手向外一揉一搓，形成一根圆条，左手捏面条，右手分面——“嗒、嗒、嗒”，大小一样的面团一字形摆在案板上。顺手抓一个，两手一团，在案板上一按，成了圆形薄饼，把馅一放，左手左旋，右手右旋，皱褶均匀、疏密有致的一个包子做好了，不到五分钟，十几个已完成。

“代白案”赶忙捡入蒸笼，放到翻泡滚浪的灶台上蒸。

黄师傅开始细讲：“白案关键是掌握碱和水，水的多少代师傅掌握得恰到好处，下来代师傅给大家讲。我只讲碱。用碱的目的是要中和发酵后面里的酸。碱少了，蒸出来的包子长不大，而且酸几几的；碱重了，包子发黄，吃了伤肠胃。只有酸碱完全中和，蒸出来的包子、馒头才颜色好、弹性好、口感好、有卖相。”

说话间包子已蒸好。揭开蒸盖一看，大家呆了。包子不但没有长大，相反成了一个饼，像个癞蛤蟆，麻点满面。黄师傅一见“唉呀”了一声，不好意思地说：“这个白案技术哪个也不敢充老手。”说完红着脸走了。

大家不知原因何在，相互瞪眼。“代白案”把蒸笼一翻，只见蒸笼底下有一层草纸。他说：“丢两张草纸在锅头，再好的技术也蒸不出好包子。这也是白案技术。”

真可谓，熬糖煮酒，称不得老手！黄大厨当众丢人现眼，就是对辅助技术环节细节的疏漏，虽身怀技艺，却功亏一篑，落得个异常尴尬的境地。

（彭朝先）

牛角山传奇

牛角山位于荥县城北八公里的地方，挺拔于众山之巅，周围群山叠翠。山路到此陡转直下，山路一侧岩石悬空盖顶，绝壁凌空，另一侧却是松柏迎风，松脂香味送怀而来。

在牛角山，流传着一个凄美的爱情故事。传说南宋晚期，有一位居住在荥州古城街的白面书生，每到酷暑季节，定要沿着茶马古道行走到牛角山的森林腹地避暑读书。他住进简易的竹棚，渴了喝山泉，饿了吃野果，掌一豆油灯，熏着艾草驱蚊，一心专读圣贤书。

云遮雾绕的牛角山北麓，生长着一大片茶林，夏茶成为那时煮茶的上好佳品。这是东川沟财主赵员外的茶园，雇有长工打理茶园，茶叶远销到秦岭以北，赵员外的生意越做越好，膝下千金晓芸不知不觉已年方二八，出落得如花似玉。赵员外把晓芸视为掌上明珠，对晓芸宠爱不已，晓芸满山采花摘茶，银铃般笑声洒落山谷。

一个彩霞满天的早上，女子的笑声传入书生耳里，书生为之一震，在这丛林密布、草虫唧哝的山沟里，笑声犹如天籁之音。书生禁不住寻着笑声而去，一个红衣少女出现在视线里，书生一时心慌气短，没有留意脚下的路，一脚踏空摔下了丈深的悬崖，巨大的响声惊得晓芸花容失色，急忙跑了过来，看到崖下呻吟的白面俊生，一下羞红了脸蛋，她大声喊叫附近采茶的长工救人。

晓芸背着员外护理书生，煮茶送饭。时间悄悄地过去一个多月，当书生恢复健康的时候，晓芸已深深地爱上了书生，两人面对牛角山私下定了终身。

千金和穷书生私定终生这事传到员外那儿，员外暴跳如雷，把晓芸关进闺房，昼夜专人守候。白面书生以泪洗面，痛彻心扉，他离开了伤心的牛角山，回到古城街。

一群披红挂绿的送亲队伍吹吹打打拥着一乘大红花轿，正要翻越狮子头山，登顶的时候，山谷里突然吹来一阵旋风，大红花轿东倒西歪，一团红影突然向悬崖坠落，山谷地传来一声闷响，新娘跳崖身亡。新娘就是晓芸，赵员外把千金嫁给东门桥的富商。

书生得知晓芸跳崖身亡，顿时晕倒过去，继后整日不思茶饭，念念叨叨，不到两个月，骨瘦如柴，他拄着竹杖，爬上狮子头山，一团白影飘落山崖。顿时，一对白鹭冲天而起，飞向远方。

这故事是一位年过九旬的老人讲来，老人现已作古。他曾说，离狮子头不远，屹立于大石门旁的一棵百年红豆树，就是新娘的化身。

牛角山山脉有晚清第一词人赵熙的坟茔；有像鲤鱼跃龙门的巨石，有似雄鹰展翅的山脉；还有金蟾望月的怪石，这些都映衬着牛角山的雄奇峻秀。

（邹光耀）

杀牛滩传奇（外一）

荣县西南方向有一个镇子，叫镇紫场。从镇紫场到长山桥（荣县西北方向的大镇子）有一条古道，全部用一尺见方的青石板铺筑而成。古道上有一个古怪的地方名叫“杀牛滩”。

“杀牛滩”前不巴村后不巴店，也不是集市，只是一个山坡，怎么就叫“杀牛滩”呢？唯一可以拿出来说的，仅是这山坡下面有一条小河。小河从上面的“老河沟”流经这里拐了一个弯，在这拐弯处便淤积成了一块沙地，或许就被称作“滩”吧。但无论是老爷爷还是“老爷爷”的“老爷爷”们都说这里从来就没杀过牛，只是听“老爷爷”的“老爷爷”的“老爷爷”说这里曾经杀过人，而且原来根本不叫“杀牛滩”，而是叫“杀人滩”。这究竟是咋回事呢？

据“老爷爷”的“老爷爷”们讲，这里曾经杀过不少的人。说是在很早很早以前，这里还是一片大森林，而且人烟十分稀少，而从宜宾观音场通往乐山的古道却要经过这里。这里当时是阴气森森的高山。当时的脚夫马帮从这里经过，密林深处常有“棒客”出没，“杀人越货”的事时有发生。因此，一个令人毛骨悚然的名字——“杀人滩”就在这古道上流传开了。“老爷爷”还说，在很早很早以前，在镇紫场附近还设过县城叫“云川县”，尽管史料无记载，但镇紫场周边曾挖出过新石器时期的“石斧”和疑似“唐砖汉瓦”，说当时县衙门宣判的“死囚”多被弄到这里来“砍头”，因此“杀人滩”便在当地被“固化”了下来。还有一些“老爷爷”们说，这里从古至今民风淳朴，“邻里皆家礼乐户，耕桑浇薄之风无殆闻，所谓仁里者也”（摘自镇紫镇吴氏族谱）。说是有“奸夫淫妇”或“偷蒙拐骗”等“恶人”一律按“族规”或“乡规民约”弄到这里的河滩上装进叫作“猪笼”的器具里沉入河中（据说当年这里的河水很深，足可淹死“恶人”）喂鱼。说这里的鱼非常肥美，肉质非常细嫩，就是因为吃这些“恶人”所致，因此，当地人就称这里为“杀人滩”。这条小河的下游汇入越溪河，如今越溪河中有一种鱼叫“老母猪鱼”，据传就是当年的“食人鱼”的后代。无论是强盗杀人还是官府杀人，还是民间惩治恶人，总之，这里曾是杀人的场所，所以“杀人滩”就被当作这里的古地名。

后来，随着时间的推移，时代的发展，山上的树木少了，人口也多了，旧县衙也不存在了，社会也进步了，在这里“杀人”的事再也没发生了。人们出于对“杀人”的忌讳，便将其改名为“杀牛滩”，该地名一直沿用至今。

如今，镇紫场已更名为正紫镇，正紫镇通往长山桥（如今更名为长山镇）的古道已多被通村公路取代，位于正紫镇窝棚湾村八组与正紫镇张家庙村二组交界处的“杀牛滩”早已由“高山”变成了“山坳”，毕姓村民早年在山坳上栽植的榕树（当地人称黄桷树）已枝繁叶茂，“杀牛滩”成为当地人前往正紫赶集时“歇气”的场所，亦是当地人在此传递或交流古今传奇的“蒲家庄”。

（外一）林伍公冲的大榕树

我的老家在嘉定府荣县中里仁义乡林伍公冲（今荣县正紫镇张家庙村一社，小地名朋石岩）。据我家族谱记载：上溯第十代祖先名叫吴绍华，于清康熙年间（1662—1722）由清流乡迁徙于此时，屋后便有一棵大榕树。由此可知，早在300多年前，这里已有“它”了。

我自小就从长辈们口中听到了不少关于这棵大榕树的传奇故事。说在很早很早以前，就有棕、桑、榕三兄弟来此寻找生根之地。一天，三兄弟实在走不动了，就在一块贫瘠的大石上停下来歇息。但这里除了石块还是石块，根本无法生根。于是大哥“棕”和二哥“桑”便决定让小弟“榕”暂时在这里等，他们去寻找能生根的地方后再来接小弟过去。小弟太小，无法跟两位哥哥去，只好同意，但他却边哭边说：

“你们找到好地方一定要回来接我哟！”大哥当即发誓：“如果我不回来接你，我就是挨千刀的！”二哥也发誓：“如果我不回来接你，我就会暴肚子！”谁知大哥、二哥找到肥土沃壤后怕小弟来会连累自己，就没有回去接小弟，只顾自己能过上好日子就不顾先前的诺言了。小弟在原先的石头上坐着等啊等啊一直不见两位哥哥回来，没办法，只好依靠自己的根深深地扎入石缝之下十几米，同时在石缝之间把根平行伸向远方，尽可能多地去寻找那有限的生命之源。由于顽强努力，这个叫“榕”的小弟很快就强壮起来了。再说大哥“棕”虽然找到了丰衣足食的好地方，但他身上的皮被人类看中，认为可为人类造福，于是每年都要用刀将他的皮剥去一层，一年复一年，大哥就成了“挨千刀的”。再说二弟“桑”虽身处肥土沃壤，但他贪婪无度，吃得太多，把自己的肚皮都胀破了，而且永远无法愈合。大哥二哥惨遭不幸，也深知是自己当初不守信用所致。因此，前往小弟处连声请小弟“容恕”，尽管小弟愿意原谅两位哥哥，但天理不容。从此，人们就将两位哥请求小弟“容恕”的话当作了小弟的名称“榕树”。大哥二哥也变成了“棕树”和“桑树”。

难怪我老家屋前的棕树虽然挺拔笔直，但人们每年都要去剥它的皮，使之常年遍体鳞伤；与棕树相邻的桑树也根根都皮开肉绽。

传说归传说，但我家屋后的大榕树确真真实实的枝繁叶茂，十分伟岸。而且他每年都要换新衣，它的旧衣服换下来铺在地上，如金黄色的地毯，让我们吴氏家族代代人走上去软软的非常舒服，“地毯”被踩过之后还可以烧锅煮饭。它换新衣服的时候还会结“黄桷泡”，吃起来酸甜酸甜的，是代代小孩的“美食”。尽管它几百年如一日地无私为我的祖先们奉献着“吃”的和“用”的，但它却不向我们索取什么，就是“施肥”“除草”和“治虫”等也从不需要，而它却越来越强壮，这就是“送人玫瑰，手留余香”吧。

我家的大榕树不仅强壮，还很“神”。在 20 世纪中期，我家人丁兴旺，人口猛增，父辈遗传下来的祖屋远远不够住。于是大哥就打算新修房子。但当时的木料十分稀缺，咋办呢？大哥只好请人将大榕树的一个枝丫砍下来锯成木板（桷子板），靠它修了三间土房。有天晚上我起夜去上厕所，突然看到我家阶沿上有些闪烁的光，我走近一看，原来是堆放在那里的修房子砍下的大榕树的木屑，木屑的每个斧口都在发光，用手去摸，木屑斧口仍然是冰凉冰凉的。第二天，大哥说昨晚做了一个梦，说有个白胡子老大爷的一个手指断了，鲜血淋淋的，而且说与大哥有关，大哥醒来后一直闷闷不乐，后来还病了一场。家里还有人看到被砍树枝的地方流了好多好多淡红色的汁浆，大家都说那是大榕树的“血”。从此以后，我们再也没去动过大榕树的“手脚”。

到 20 世纪末，社会上兴起“城市园林化”热，有人便打电话或亲自找上门来说要出高价买去这棵大榕树，都被我断然拒绝了（大哥已经“去”了，我就成了家中说话算数的“长辈”）。有人死心不改，买不成就来“偷”，但每每不怀好意的“偷树贼”在来的路上要么车子出故障，要么车子抛锚，甚至据说有一次还发生车祸，差点车毁人亡……从此，再也没有人敢打大榕树的主意了。

“今人不见古时月，今月曾经照古人。”我辈哪曾见过我家大榕树古时的沧桑，但我家大榕树却见证了我家十余辈人（吴绍华祖先到我辈恰好十代，我辈以下又有四代了）繁衍生息的荣辱历程。我家的老屋早已风雨飘摇了，大哥用大榕树的树枝修的土屋也坍塌了，而我家的大榕树却依然强壮。

（吴岷钟）

后　记

2017年年初，政协荣县委员会决定编辑出版“千年古县　荣县记忆”，甚是欣慰。本编写组承担《千年古风》分册的编写任务，责任重大，委实感到诚惶诚恐。

经过政协荣县委员会的指导、专家的指点，心头有些眉目。后来多次跑到乡下收集素材，倾听老人的讲述。拜访九十岁高龄的梁汉学老师，他已出书《牛峰情》12集，其中记录荣县西北路民风、民俗的文章有6万余字。再拜访年逾古稀的农民作家吴锡昭老师，他通过回忆记录整理了东南路的民风民俗，形成了2万余字的文章。阅读后感觉这些素材基本能勾勒出荣县民风民俗的轮廓,具有浓郁的乡土气息，有着荣县当地的普遍性和群众认同感。其中记述的生产生活习俗及传统节日习俗至今仍在民间流行沿用。

通过阅读《荣县志》(民国版、1993年版)，形成了《千年古风》的编写提纲，初步确定了此书的由民风民俗、方言民谣、非物质文化遗产、民间故事四篇组成。然后发出征稿启事，面向社会广泛征集稿件，得到了社会各界人士的鼎力支持，半年后形成16万字的初稿。

《千年古风》本着真实记录荣县本土的民风民俗，客观反映荣县优良的民风民俗的原则，以1949年前为节点，真实地反映荣县的出生寿庆、传统节日庆典，婚嫁风俗、丧葬习俗、信仰民俗等。书中文章原创度高，内容健康翔实，文字清新流畅，通俗易懂，雅俗共赏，在记录荣县独具特色的非物质文化遗产、语音、歌谣、民谚等方面，做了较大的贡献。

《千年古风》按篇章结构编辑，分别对每篇中的文章进行了四次修改补充，在第三稿时增加“家风家训”一篇，在征集过程中得到政协老领导、专家以及县委宣传部、县文联、县文化馆的指导和大力支持。该篇对荣县优良家风家训的文章进行了甄选采用，在《千年古风》分册里起到了画龙点睛的作用。此章浓缩了一代又一代荣县儿女志存高远、自强不息、不折不挠、敢为天下先的精神，彰显了荣县儿女勤劳勇敢、善良包容、正义不屈、保家卫国的优良家风。

本书四易其稿，对书名进行再一次讨论，最后定名为《民风雅颂》。由“民风民俗”“家风家训”“方言民谣”“非物质文化遗产”“民间故事”五篇组成。

本书的第一篇“民风民俗”，融合了西北路和东南路的民俗活动内容，东南路和西北路的民俗活动基本一致，相互补充。第二篇的“家风家训”在50多篇来稿中选用了12篇文章，风格各异。第三篇“方言民谣”，除部分参照1993年版《荣县志》内容外，其余文章均为原创。第四篇“非物质文化遗产”着重介绍了荣县土陶、铁器加工、农民漫画等。第五篇“民间故事”主要收集大佛、二佛、白塔、五龙寺、牛角山的传说文章，大部分为原创作品。

民风民俗是特定社会文化区域内历代人们共同遵守的行为模式。风俗具有多样性，习惯上，人们往往将由自然条件的不同而造成的行为规范差异，称为“风”；而将由社会文化的差异所造成的行为规则之不同，称为“俗”。所谓“百里不同风，千里不同俗”正恰当地反映了风俗因地而异的特点。民俗是一个社会群体在长期的生产实践和社会生活中逐渐形成并世代相传、较为稳定的文化事项，可以简单概括为民间流行的风尚、习俗。

在编辑本书过程中，由于年代久远，民风民俗的素材量偏少，素材单一，有些民俗活动事件收集不完整，无法考证补缺，所选文章中存在文字叙述单调乏味，知识性、趣味性、可读性不强等问题。政协老干部戴泽祥主任、蒋永红主任以及总编对本书的篇章进行了仔细阅读、删减、修改及校正，付出了辛勤的劳动。在此致以诚挚的谢意。

由于水平有限，加之编写时间仓促，书中难免有错漏之处，敬请读者批评指正！

《民风雅颂》编写组

2019年12月